I libri di Robert Galbraith
pubblicati da Salani

Il richiamo del cuculo
Il baco da seta
La via del male
Bianco letale
Sangue inquieto
Un cuore nero inchiostro
Sepolcro in agguato

ROBERT GALBRAITH

L'UOMO MARCHIATO

Traduzione di Andrea Berardini e Laura Serra

Romanzo

SALANI EDITORE

Titolo dell'originale inglese
THE HALLMARKED MAN

ISBN 978-88-310-2499-0

dal 1862
Gruppo editoriale Mauri Spagnol, Milano

www.salani.it
Per essere informato sulle novità GeMS visita www.illibraio.it

A Séan e Nadine Harris,
che mi hanno ridato
quello che credevo di aver perduto per sempre

L'UOMO MARCHIATO

Immerso nella lotta per la vita, ne riemersi,
seminai qui e là briciole facili a vedersi,
quando trovai il mio cigno e la cura fu chiara:
il grigiore sparì e colsi il tuo candore
sul mio petto; mi salvasti, ma inutilmente
se fu la tua rovina salvar questo incosciente!

Robert Browning
The Worst of It

PARTE PRIMA

Quanto alle miniere, non era tenuto a esprimere un giudizio... l'unica cosa che doveva fare era seguire i filoni ed estrarre il metallo in quantità proficua.

John Oxenham
A Maid of the Silver Sea

1

Spesso mi son lavato e vestito
ma a che affannarsi tanto?
Sto meglio a letto a riposare:
infinite volte ho agito alquanto
per dover da capo ricominciare.

A.E. Housman
XI, Last Poems

Da quando la BMW era entrata nella contea del Kent, i tergicristalli andavano alla massima velocità. Mentre ascoltava il loro ritmico, soporifero cigolio e scrutava l'orizzonte tra gli scrosci di una pioggia che aveva trasformato la strada deserta in un nero nastro lucente, Cormoran Strike avvertiva sempre più forte la stanchezza.

Poco dopo essere salito, la sera prima, sul vagone letto che dalla Cornovaglia lo avrebbe riportato a Londra, aveva ricevuto una telefonata del detective che in cuor suo chiamava 'Ryan Stronzo Murphy', l'uomo della sua socia, da lei incaricato di dirgli che Robin aveva mal di gola e la febbre alta e non poteva quindi accompagnarlo, l'indomani, dal nuovo potenziale cliente.

Di quella telefonata lo aveva infastidito tutto e, sebbene si rendesse perfettamente conto di essere ingiusto, dato che era la prima volta in sei anni che Robin si prendeva un giorno di malattia e dato che, avendo la febbre a quaranta e la gola in fiamme, era naturale che avesse chiesto a Ryan di avvertirlo, Strike era più irritato che mai. Oltretutto, contava sul fatto che Robin lo avrebbe accompagnato nel Kent con la sua vecchia Land Rover, e la prospettiva di passare parecchie ore in sua compagnia era l'unico motivo per cui aveva preso quell'appuntamento. Non lo aveva annullato solo per un misto di professionalità e masochismo e, dopo avere fatto in fretta una doccia ed essersi cambiato d'abito nella mansarda di Denmark Street, si era diretto nel villaggio di Temple Ewell, nel Kent.

Guidare era un'attività che, oltre a deprimerlo, gli costava dolore fisico. Il tendine del ginocchio su cui era stata innestata la protesi della gamba mancante era contratto e gli pulsava, perché nel periodo trascorso in Cornovaglia gli era toccato sollevare molti pesi.

Dieci giorni prima si era precipitato a Truro perché l'anziano zio Ted aveva avuto un secondo ictus. Lucy, la sorella di Strike, aveva aiutato lo zio a fare le valigie in vista dell'imminente trasferimento in una casa di riposo di Londra, ma a un certo punto, come aveva raccontato lei stessa al fratello, Ted « aveva assunto un'espressione strana e non era riuscito a rispondere a una domanda ». Dodici ore dopo che Strike era arrivato in ospedale, lo zio era morto con i nipoti accanto che gli tenevano la mano.

Così Strike e Lucy erano dovuti andare nella casa di St Mawes, che era stata lasciata in eredità a loro, per organizzare il funerale, parteciparvi e prendere le decisioni necessarie riguardo a mobili e suppellettili. Com'era prevedibile, Lucy era inorridita quando suo fratello le aveva proposto di affidare a una ditta specializzata il compito di vuotare l'abitazione appena loro avessero portato via gli oggetti che avevano un valore affettivo. Non sopportava l'idea che degli estranei toccassero cose di famiglia come i vecchi contenitori di plastica usati un tempo per i picnic in spiaggia, i lisi pantaloni da giardinaggio o il barattolo in cui zia Joan conservava con cura i bottoni avanzati, alcuni dei quali appartenevano a vestiti donati da tempo alle associazioni di beneficenza. Strike, sentendosi in colpa per il fatto che Lucy avesse dovuto affrontare da sola l'ictus fatale dello zio, l'aveva assecondata, trattenendosi a St Mawes per trasportare scatoloni quasi tutti etichettati 'Lucy' su un furgone a noleggio e buttare la spazzatura in una discarica, anche quella a pagamento. Nelle varie pause tra un facchinaggio e l'altro, aveva servito tè con pasticcini a sua sorella, che dal momento della morte dello zio aveva sempre avuto gli occhi rossi per la polvere e il pianto.

Lucy era convinta che a causare l'ictus fatale fosse stata l'angoscia provata dallo zio al pensiero di essere trasferito in una casa di riposo, e Strike aveva dovuto esercitare un notevole autocontrollo per non reagire con irritazione e rabbia ai continui rimproveri e accuse che Lucy rivolgeva a se stessa, per non risponderle male e non assumere un tono seccato quando era costretto a spiegarle che, se non prendeva un gran numero di oggetti legati al periodo più sereno della sua infanzia, non era perché soffrisse meno di lei per la perdita dell'uomo che era stato la sua unica vera figura paterna. Le sole cose di Ted che Strike aveva voluto erano il berretto rosso della Royal Military Police, il vecchio cappello da pescatore e il suo vetusto 'prete' (il randello di legno con cui si dava la mazzata finale al pesce boccheggiante) e una manciata di foto ingiallite. In quel momento quelle tre o quattro cose erano chiuse dentro una scatola da scarpe all'interno del borsone da viaggio che Strike non aveva ancora avuto il tempo di vuotare.

Un chilometro dopo l'altro, senz'altra compagnia che il dolore al tendine del ginocchio e il mal di testa di origine nervosa causato da dieci giorni di stress, Strike sentì aumentare sempre più l'antipatia che già nutriva per la potenziale cliente con cui doveva incontrarsi in giornata. Decima Mullins aveva la pronuncia blesa che lui associava alle tante mogli ricche e cornute che si erano presentate alla sua agenzia per dimostrare l'infedeltà o la delinquenza del marito e così assicurarsi, nella causa di divorzio, un assegno di mantenimento più elevato. Basandosi sull'unica conversazione telefonica avuta con lei, riteneva fosse una donna che faceva di ogni cosa un melodramma ed era convinta che tutto le fosse dovuto. Aveva affermato di non potersi assolutamente presentare all'agenzia investigativa di Denmark Street per motivi che gli avrebbe espresso appena si fossero visti di persona, e gli aveva spiegato che avrebbe esposto il problema a tu per tu, nella sua casa del Kent. L'unico elemento che si era degnata di rivelargli, nella telefonata, era che voleva incaricare l'agenzia di dimostrare una certa cosa, e poiché non si poteva immaginare alcuno scenario investigativo che non comportasse la dimostrazione di qualcosa, Strike non trovava particolarmente illuminante una simile dichiarazione.

In quello stato d'animo in cui convergevano irritazione e frustrazione, procedette per Canterbury Road in mezzo ad alberi spogli e campi allagati. Finalmente, sempre accompagnato dal cigolio sordo e metallico dei tergicristallo, seguendo il cartello che indicava Delamore Lodge imboccò, a sinistra, un viottolo pieno di pozzanghere.

2

... l'ho perduto, giacché non arriva,
siedo in stupida attesa... oh, cielo, spezza
questa folle apatia, peggior dell'angoscia,
con ogni tuo mezzo o messaggero!

Robert Browning
Bells and Pomegranates No. 5
A Blot in the 'Scutcheon

La casa davanti a cui era arrivato non era la villa di campagna che si era immaginato, tutt'altro. Delamore Lodge era una piccola costruzione fatiscente di pietra scura, simile a una cappella sconsacrata, circondata da un giardino incolto che pareva non fosse curato da secoli. Quando parcheggiò, notò che una delle finestre gotiche aveva parecchi pannelli di vetro incrinati che erano stati coperti dall'interno con sacchi neri dell'immondizia. Dal tetto mancavano alcune tegole. Sullo sfondo del tetro cielo di novembre da cui scendeva una pioggia battente, Delamore Lodge sembrava il tipo di edificio che i bambini del luogo avrebbero potuto ritenere abitato da una strega.

Appoggiando con cautela il piede della protesi, perché le foglie cadute da alcuni alberi spogli avevano formato, infradiciate com'erano, un tappeto scivoloso sul sentiero accidentato, Strike si avvicinò al portone di rovere e bussò. Gli fu aperto pochi istanti dopo.

L'idea che si era fatto di Decima Mullins, ovvero di una bionda ben curata con un tailleur di tweed fatto su misura, non avrebbe potuto essere più lontana dal vero. Si ritrovò davanti un donnino basso, grasso e pallido, con lunghi capelli castani arruffati le cui radici grigie facevano pensare che l'ultima visita dal parrucchiere fosse lontana nel tempo. Indossava pantaloni di una tuta sportiva nera e un poncho di lana dello stesso colore. Considerati il giardino incolto, la casa fatiscente e la modesta *mise*, Strike si chiese se non avesse di fronte un'eccentrica dell'alta società che aveva voltato le spalle alla vita mondana per mettersi a dipingere brutti quadri o fabbricare vasi di ceramica traballanti. Era un tipo di persona per cui non provava nessun trasporto.

«È la signora Mullins?»

«Sì, e lei è Cormoran?»

«Sì» rispose Strike, stupendosi che non storpiasse il suo nome come facevano i tanti che lo chiamavano 'Cameron'.

«Posso vedere un documento di identità?»

Poiché era assai improbabile che un rapinatore errante avesse deciso di presentarsi alla sua porta in pieno giorno a bordo di una BMW proprio nel momento in cui lei aspettava il detective cui aveva dato appuntamento a Delamore Lodge, Strike si seccò di doversi frugare in tasca sotto la pioggia torrenziale alla ricerca della patente. Appena gliela ebbe mostrata, Decima lo fece accomodare in un atrio angusto, così zeppo di portaombrelli e scarpiere da far pensare che i proprietari susseguitisi nel tempo avessero aggiunto le proprie suppellettili senza togliere le vecchie. Strike, che nell'infanzia aveva sopportato troppa infelicità, non tollerava il disordine e la sporcizia nelle persone che potevano permettersi di essere ordinate e pulite, e sempre più si convinse di avere davanti una donna delle classi alte che giocava a fare la trasandata. Forse dalla sua faccia trapelò l'aria di disapprovazione, perché Decima disse: «Questa era la casa della mia prozia. È stata data in affitto fino a pochi mesi fa e gli inquilini non l'hanno tenuta bene. Intendo ristrutturarla e poi venderla».

Non si notava, però, traccia di ristrutturazione o ammodernamento nell'ambiente. La carta da parati era strappata in vari punti e una delle lampade del soffitto era senza lampadina.

Strike seguì Decima in una minuscola cucina dotata di un antiquato fornello e foderata di piastrelle che parevano vecchie di secoli. Un tavolo di legno era circondato da sedie spaiate. Forse, pensò guardando un taccuino di pelle rossa sul tavolo, la padrona di casa era un'aspirante poetessa, cosa per lui ancora peggiore dei vasi di ceramica traballanti.

«Prima che cominciamo, voglio che mi faccia una promessa» disse Decima, girandosi a guardarlo.

«Va bene».

La luce del vecchio lampadario che pendeva dal soffitto non rendeva certo più bello il suo viso rotondo e piuttosto insignificante. Se acconciata meglio, sarebbe potuta sembrare quasi graziosa, ma Decima dava in generale l'impressione di non tenere affatto all'aspetto fisico. Non aveva cercato in alcun modo di nascondere né le borse violacee sotto gli occhi né l'acne rosacea che le deturpava il naso e le guance.

«Lei mantiene il massimo riserbo riguardo ai clienti, vero?» chiese.

«C'è un contratto standard» spiegò Strike, che non aveva ancora capito dove volesse andare a parare.

«Sì, lo so che si firma un contratto, ma non è questo che intendo. *Non voglio assolutamente che si sappia dove vivo*».

«Non vedo perché dovrei informarne altri».

«Voglio che mi assicuri che non dirà a nessuno dove abito».

«Va bene» acconsentì di nuovo Strike. Sospettava che da un momento all'altro Decima potesse mettersi a gridare o addirittura a piangere (cosa che, dopo i dieci giorni passati in Cornovaglia, gli riusciva ancor meno sopportabile).

«D'accordo, allora» disse lei. «Gradisce un caffè?»

«Sì, molto, grazie».

«Si accomodi pure».

La donna andò al fornello, su cui era posato un pentolino di peltro.

La sedia cigolò sotto il peso di Strike. La pioggia batteva contro i vetri ancora integri, mentre i sacchi neri attaccati con nastro adesivo telato alle finestre rotte frusciavano nel vento. A parte loro due, non pareva esserci nessuno, in casa. Strike notò che il poncho era macchiato in vari punti, come se la donna lo indossasse da parecchi giorni. I capelli, come già gli era parso, erano accordellati qui e là.

Vedendo che, borbottando fra sé, Decima apriva e chiudeva credenze come nello sforzo di ricordarsi dov'erano le cose e non riusciva a preparare il caffè, Strike cambiò di nuovo opinione su di lei. C'erano tre tipi di persone che era particolarmente bravo a identificare quasi a prima vista: i bugiardi, i drogati e i malati di mente. Aveva la sensazione che Decima Mullins appartenesse alla terza categoria e questo, pur spiegando la sua trasandatezza, non lo incoraggiava certo ad accettare il caso.

Finalmente la donna portò al tavolo due tazze di caffè e un bricco di latte. Poi, per nessun motivo evidente, si sedette con estrema lentezza, come pensasse di potersi fare male appoggiandosi con troppa forza alla sedia.

« Allora, al telefono ha detto che vuole in un modo o nell'altro delle prove, vero? » domandò Strike tirando fuori taccuino e penna. Non vedeva l'ora di togliersi il pensiero di quel colloquio.

« Sì, ma prima devo chiarire anche un'altra cosa ».

« Va bene » disse Strike per la terza volta, sforzandosi di apparire interessato.

« Mi sono rivolta a lei perché so che è il migliore, ma ho esitato a farlo perché abbiamo delle conoscenze in comune » annunciò la Mullins.

« Davvero? »

« Sì. Mio fratello Valentine Longcaster. So che non vi siete molto simpatici ».

La notizia giunse così inaspettata che Strike rimase per qualche istante senza parole. Valentine, che aveva incontrato di rado e sempre di malavoglia in un certo periodo della sua vita, era un bell'uomo elegante, con una lunga frangia che gli ricadeva sulla fronte. Faceva lo stilista per riviste di moda patinate dalle pretese artistiche, ed era stato uno degli amici più stretti della defunta Charlotte Campbell, la fidanzata storica di Strike, morta suicida pochi mesi prima.

« Allora il cognome 'Mullins' è...? »

« È il mio cognome da sposata, il cognome dell'uomo che sposai quando avevo poco più di vent'anni ».

« Ah, ho capito ».

Strike si chiese se dicesse la verità. Non ricordava che Valentine avesse mai menzionato una sorella, ma bisognava pur dire che, da parte sua, non aveva mai prestato la minima attenzione a quanto diceva Valentine. Se i Longcaster erano davvero fratello e sorella, lui non aveva mai conosciuto due fratelli che si assomigliassero meno, anche se in un certo senso questo rendeva più credibile la storia di Decima: ci stava che Valentine mettesse a tacere quella donna tozza e dall'aria sudicia, perché era uno che attribuiva grande valore all'aspetto fisico e all'eleganza.

«È particolarmente importante che lei non dica a Valentine né dove abito né... né tutte le altre cose che le chiederò eventualmente di tenere per sé» dichiarò Decima.

«Va bene» disse Strike per la quarta volta.

«Lei conosce anche Sacha Legard, vero?»

Strike ebbe l'impressione che un demone dispettoso avesse deciso di passare la giornata a sferrargli un calcio nelle palle dietro l'altro: Sacha, infatti, era il fratellastro di Charlotte.

«È imparentata anche con lui?» chiese.

«No» rispose Decima, «ma è coinvolto nella... nella cosa su cui vorrei che indagasse. Invece non ho mai avuto reali rapporti con Charlotte Campbell, l'ho solo incontrata in un paio di occasioni».

Qualcuno avrebbe potuto giudicare un segno di insensibilità il tono indifferente con cui la Mullins pronunciò quelle parole, dato che Charlotte era morta pochi mesi prima in una vasca da bagno piena di acqua e del suo sangue, ma poiché Strike era ben contento di eludere domande indiscrete o false espressioni di cordoglio, disse: «Allora, perché non mi spiega che cosa vorrebbe facessi?»

«Vorrei che lei scoprisse l'identità di un corpo» rispose la donna, scoccandogli un'occhiata da cui trapelava un misto di cautela e sfida.

«Un corpo?» ripeté Strike.

«Sì. Avrà probabilmente letto sul giornale di quell'uomo che hanno trovato nel caveau di un negozio di argenti, in giugno».

Cinque mesi prima, Strike era stato completamente assorbito da un caso difficile su cui aveva indagato l'agenzia e non aveva avuto il tempo di pensare a molto altro, ma si ricordava di quella notizia di cronaca, su cui per un breve periodo i media avevano battuto la grancassa.

«Bene, se è il cadavere a cui sto pensando io» disse (ma quel 'se' era improprio, perché quanti uomini venivano trovati morti ogni mese nella camera blindata di un negozio di argenti, a Londra?), «la polizia lo ha identificato quasi subito».

«No, non è vero» si oppose Decima con un tono che non ammetteva repliche.

«Credevo» (ma avrebbe voluto dire «mi ricordo benissimo») «fosse un ladro già condannato in passato per rapina».

«No, non era quel ladro lì» scosse la testa Decima. «Non lo era affatto».

«Sono sicurissimo di averlo letto da qualche parte» ribatté Strike, tirando fuori di tasca il cellulare. Ormai sperava di potersene andare entro una decina di minuti, perché la Mullins gli stava fornendo un motivo validissimo per rifiutare un caso di cui non aveva nessuna voglia di occuparsi. «Ecco, sì, vede?» osservò dopo avere digitato due o tre parole su Google. «'Il morto, che si era spacciato per il commesso William Wright nelle due settimane in cui aveva lavorato da Ramsay Silver, è risultato essere il ventottenne Jason Knowles di Haringey, già condannato per rapina a mano armata'».

«No, l'identificazione non è affatto certa» insistette Decima. «Me l'ha detto un poliziotto di mia conoscenza».

«Quale poliziotto?» domandò Strike, che in passato aveva già conosciuto gente che vantava legami immaginari con la polizia per giustificare le proprie ipotesi stravaganti.

«Sir Daniel Gayle, un commissario della polizia metropolitana in pensione. Sua figlia lavora per me. Le ho chiesto di farmi parlare con Sir Daniel, lui ha contattato alcune persone e poi mi ha riferito che la polizia non ha mai avuto la conferma del DNA. Non hanno mai *dimostrato* oltre ogni ragionevole dubbio che il cadavere fosse quello di Jason Knowles».

«Che interesse ha, lei, a scoprire la vera identità del morto?» domandò Strike.

«Ho solo bisogno di sapere» rispose Decima con voce tremante. «Devo saperlo. *Devo*».

Strike bevve un altro sorso di caffè per avere il tempo di riflettere. Gli tornarono in mente gli strani particolari del caso dell'uomo rinvenuto nel caveau del negozio. Il cadavere era stato spogliato e orribilmente mutilato, e questo aveva naturalmente suscitato grande interesse nei media, ma la curiosità e la compassione si erano gradatamente spente appena si era appreso che il morto era un crudele rapinatore. Knowles, aveva riferito la stampa, aveva picchiato con tale violenza la cassiera di un istituto di credito immobiliare che la poveretta aveva riportato fratture al cranio e da allora era vittima di crisi epilettiche. In realtà, tutti avevano convenuto che, per quanto avesse fatto una gran brutta fine, Jason Knowles se l'era meritata.

«Teme che il morto sia qualcuno che conosce?» domandò Strike.

«Sì, credo che... anzi sono sicura che fosse chi dico io» disse Decima con improvvisa veemenza e le lacrime agli occhi, «e ho bisogno di una prova, perché... mi serve una prova. Occorre che qualcuno mi dimostri che è come dico».

«Chi sarebbe, questa persona?»

«Era uno che conoscevo molto bene e che corrisponde perfettamente al cadavere rinvenuto nel caveau. Ogni particolare quadra: l'argento, l'assassinio, la scomparsa che coincide proprio con quell'avvenimento. Era lui, senza dubbio. So che era lui».

La casa solitaria, la donna in lacrime: Strike si sentì riportare alla situazione che aveva vissuto poco tempo prima in Cornovaglia, ma con connotazioni assai più strane. Non sapendo cos'altro fare, aprì il taccuino.

«Allora, quali somiglianze ci sono tra il corpo dell'uomo rinvenuto nel caveau e quello della persona di sua conoscenza?»

«Ho messo tutto nero su bianco» dichiarò Decima, allungando la mano verso il notes di pelle rossa e sfogliandone le ultime pagine che, vide Strike, erano quelle di un'agenda settimanale zeppa di appunti. «Il mio amico aveva ventisei anni e la stampa ha detto che il cadavere era quello di un uomo tra i venticinque e i trentacinque anni. William Wright era mancino, come il mio amico. Il gruppo sanguigno del defunto era l'A positivo, lo stesso del mio amico. La statura era di un metro e sessantotto-settanta, anche questa uguale. Wright ha sostenuto il colloquio di lavoro il 19 maggio, giorno in cui non ho visto il mio amico. Si è trasferito in una stanza d'affitto il 21 maggio e anche questo corrisponde, perché il mio amico quel weekend ha lasciato casa sua. Io avrei voluto che portasse tutte le sue cose da me, ma non ha voluto. Non capivo dove intendesse spostare tutte le masserizie. Evidentemente le ha portate nella stanza d'affitto».

Dopo avere riflettuto su un modo più diplomatico di dire la cosa che stava per dire, Strike ci rinunciò e chiese in maniera diretta: «Perché il suo amico ha cambiato nome ed è andato a lavorare in un negozio di argenti?»

«Perché... È complicato da spiegare».

«Ha denunciato la sua scomparsa?»

«Sì, certo, ma la polizia non si è data da fare. Si è limitata a registrare la versione di sua zia, secondo la quale...» S'interruppe, poi riprese, in tono concitato: «Senta, lo *so* che il morto era lui, capito?»

Strike, Robin e i loro collaboratori avevano un nome in codice – Gateshead – per definire le sempre più numerose persone che, col crescere della fama dell'agenzia investigativa, scrivevano e-mail e telefonavano per dire che erano spiate da dispositivi nascosti negli elettrodomestici, che a Westminster il parlamento gestiva sette sataniche o che avevano rapporti con celebrità che, inesplicabilmente, non corrispondevano i loro sentimenti perché ne erano impedite da forze maligne. Le caratteristiche distintive dei Gateshead erano una fede irrazionale, l'intolleranza verso qualsiasi domanda sensata e l'incapacità di prendere in considerazione spiegazioni alternative dei loro misteri. La donna seduta davanti a Strike presentava in quel momento l'intera, classica gamma di sintomi.

«Ha detto che la figlia di Sir Daniel Gayle lavora per lei» disse, nella speranza di chiarire l'enigma passando a un altro argomento. «Che tipo di lavoro fa?»

«Ho un ristorante, l'Happy Carrot di Sloane Street» disse Decima. «Lei è la mia maître».

Per caso, Strike conosceva quel ristorante che, sebbene si chiamasse 'carota felice', non era affatto un bistrot vegano, ma un locale molto caro e molto ben recensito che offriva prodotti biologici. Lui ci aveva di recente pedinato un pilota d'aerei infedele, che cenava lì con la sua amante. A meno che Decima non avesse mentito riguardo al fatto di essere sorella di Valentine, era nata ricca: i Longcaster erano una famiglia assai facoltosa e il padre di Decima e Valentine, che Strike non aveva conosciuto, ma di cui sapeva più di quanto gli piacesse sapere, possedeva uno dei club privati più esclusivi di Londra.

«Quanto a fondo conosceva l'uomo che ritiene corrisponda al cadavere del caveau?» chiese, tentando un'altra pista.

«Molto a fondo» rispose. «Io...»

Strike vide con assoluto stupore qualcosa muoversi sotto il poncho della donna: pareva quasi che i seni avessero acquisito vita propria. Poi nella cucina risuonò uno strillo assordante che lo fece sobbalzare.

«Santo cielo, speravo che avrebbe continuato a dormire!» esclamò Decima spaventata, alzandosi in piedi.

Si sfilò con una certa fatica il poncho, che per l'elettricità le fece rizzare i capelli sottili, e davanti agli occhi di Strike comparve un neonato legato alla madre da una soffice fascia.

«Non dica a nessuno del bambino!» gridò agitata la donna, sopra gli strilli del neonato. «*Nessuno deve sapere della sua esistenza*!»

L'espressione sconcertata di Strike acuì il suo panico.

«Il bambino è mio, posso mostrarle il certificato di nascita! L'ho avuto tre settimane fa. Ma nessuno sa della sua esistenza e lei non deve farne parola con nessuno!»

Robin aveva scelto un bel giorno di merda per farsi venire il mal di gola, pensò Strike mentre Decima cercava, senza successo, di liberarsi dalla fascia che le teneva il neonato urlante attaccato al corpo. Alla fine, spinto soprattutto dal desiderio di farlo smettere di strillare, Strike la aiutò ad aprire il fermaglio in cui si era impigliato il poncho.

«Grazie» disse lei. «Credo abbia fame. Sono io ad allattarlo».

«La lascio ai suoi compiti di madre» si affrettò a dire Strike, ben lieto di andare a sedersi in macchina pur di non assistere allo spettacolo.

«No, io... Basta che si volti».

Strike obbedì volentieri e si mise a guardare fuori dell'unica finestra che non era coperta da sacchi dell'immondizia.

Gli strilli si affievolirono. Strike sentì un rumore di sedie spostate e un piccolo gemito di dolore di Decima. Cercò di non pensare a ciò che stava accadendo alle sue spalle: si augurò solo che la Mullins non fosse una di quelle donne che allattavano tranquillamente davanti a estranei e lo facesse assistere alla scena. Infine, dopo molto più dei pochi minuti previsti, Decima disse con voce tremante: «Ecco, può voltarsi».

Si era rimessa il poncho e vi aveva di nuovo infilato sotto il bambino. Mentre Strike tornava a sedersi, disse accorata: «La prego, non dica a *nessuno* del mio bambino. Non lo sa nessuno, tranne il personale dell'ospedale».

Finché aveva creduto che vivesse da sola in quella casa, Strike si era sentito più che disposto a mantenere il segreto, nonostante sospettasse uno squilibrio mentale: in fondo, la donna non aveva mostrato tendenze suicide e aveva una famiglia alle spalle, per cui se proprio voleva vivere nella catapecchia che aveva ereditato, erano affari suoi. Ora, però, non gli andava di caricarsi del peso di essere l'unico al mondo – medici e infermieri dell'ospedale a parte – a sapere dell'esistenza del bambino.

«Non ha un... un assistente sanitario o qualcosa del genere?» chiese dopo essersi lambiccato il cervello per farsi venire in mente il nome della figura professionale che si prendeva cura delle puerpere.

«Non mi serve. Lei non deve dire a *nessuno* di Lion. Deve giurarmelo».

Il fatto che il bambino si chiamasse Lion, 'leone', non deponeva a favore della salute mentale della madre, pensò Strike.

«Perché non vuole si sappia che ha un figlio?» chiese.

Decima scoppiò in lacrime. Quando fu chiaro che il pianto era inarrestabile, Strike cercò il rotolo di carta da cucina e, non vedendolo, si alzò faticosamente e andò a cercare della carta igienica.

Nel bagnetto in fondo al corridoio, c'erano un antiquato sciacquone con la catena e un vaso di falangio avvizzito sul davanzale. Strike sfilò dal supporto l'intero rotolo di carta igienica, lo portò in cucina e lo piazzò davanti alla donna in lacrime, che lo ringraziò tra i singhiozzi e ne afferrò a tastoni due o tre strappi. Strike tornò a sedersi davanti al taccuino aperto.

«L'uomo che lei crede sia stato assassinato nel caveau era il padre del bambino?» domandò.

Decima si mise a singhiozzare ancora più forte, premendosi il rotolo di carta igienica sugli occhi. Strike la prese per una risposta affermativa.

«*Non mi ha abbandonato!*»

Poco prima aveva detto che il suo 'amico' aveva ventisei anni, mentre lei, pensò Strike, doveva averne una quarantina. Anche sua madre aveva sposato un uomo di diciassette anni più giovane, per mano del quale Strike era convinto che fosse morta (anche se la giuria non era stata dello stesso parere). Jeff Whittaker aveva sposato Leda Strike per i soldi che credeva possedesse e si era infuriato quando aveva scoperto che l'utilizzo di quel denaro era sottoposto a vincoli che gli impedivano di toccarlo. Di conseguenza, Cormoran Strike non aveva una grande opinione degli uomini giovani che si legavano a donne ricche molto più vecchie di loro.

«Tutti dicono che mi ha abbandonato!» singhiozzò Decima. «Valentine si è comportato fin dall'inizio in maniera orribile con me e Rupe. Mi ha detto letteralmente: 'Sarà meglio che tu non ti faccia ingravidare da quello'. Proprio così, ha detto! E io ero già incinta! È stato ben contento, Valentine, quando Rupe è scomparso! E mio p... padre ha sentenziato che Rupe era solo a caccia del mio denaro. Non è vero. Quando ci siamo conosciuti è stato un colpo di fulmine, una cosa che non mi era mai capitata prima: era come se lo conoscessi da sempre e Rupe ha provato lo stesso sentimento nei miei confronti, me l'ha detto lui. Ah, che incredibile alchimia c'era tra noi! È stato come se... come se ci fossimo *riconosciuti*, come se ci fossimo già frequentati e amati in una vita precedente, sì, in una vita precedente! »

« Si chiama Rupert, dunque? » si limitò a chiedere Strike, prendendo di nuovo in mano la penna.

« Sì, Rupert Fleetwood ». Decima cercò di calmarsi e dopo aver ripreso fiato aggiunse: « Rupert Peter Bernard Christian Fleetwood, nato l'8 marzo 1990 e cresciuto a Zurigo ».

« Allora è svizzero? »

« No. Sua zia ha sposato uno svizzero. Quando Rupe aveva due anni, i suoi genitori lo portarono a far visita alla zia, poi andarono a sciare e morirono investiti da una valanga. Così lui fu allevato in Svizzera dagli zii. Ma detestava stare a Zurigo e ha avuto un'infanzia molto infelice. Il suo unico desiderio era di ritornare in Gran Bretagna e alla fine riuscì ad andare a Londra. Poi suo cugino Sacha gli suggerì di cercare lavoro nel club privato di mio padre, perché papà è il padrino di Rupe, e così ecco in che modo ci siamo conosciuti. Io mi dividevo tra il club di papà e il mio ristorante, perché il precedente chef di mio padre era stato licenziato ».

Apprendere che il cugino di Rupert era Sacha Legard, famoso attore di notevole bellezza, lo indusse ancora di più a sospettare che Rupert Fleetwood fosse interessato più ai soldi che alla persona di Decima. Se somigliava a Sacha, era il tipo che si sarebbe dedicato molto più facilmente a donne giovani e affascinanti.

« Da quanto tempo lei e Rupert avevate una relazione? »

« Da un anno ».

« Fleetwood sapeva che lei era incinta? »

« Sì, e ne era felice, felicissimo! » singhiozzò Decima. « Ma aveva dei problemi e siccome era molto orgoglioso, voleva risolverli da solo. No, non mi avrebbe mai abbandonato, eravamo talmente innamorati! E nessuno lo capisce ».

« Poco fa mi ha detto che Rupert doveva traslocare. Non vivevate insieme? »

« Alla fine saremmo andati a vivere insieme, certo, ma lui aveva prima delle cose da sistemare. Cercava di *proteggermi* ».

« Proteggerla da cosa? »

«Aveva uno alle calcagna, un tipo pericoloso».

«Chi?»

«Uno spacciatore! E poi mio padre... mio padre aveva chiamato la polizia».

«Perché suo padre aveva chiamato la polizia?»

«Perché Rupe aveva preso una cosa, un oggetto a cui, secondo me, aveva diritto» disse Decima con una nota stridula nella voce.

«Che cos'aveva preso?»

«Una... una *nef*».

«Una che?» domandò Strike, alzando gli occhi dal taccuino. Non aveva mai sentito quella parola.

«È un grande ornamento da tavolo d'argento» spiegò lei, disegnando nell'aria, con la mano libera, i contorni di un quadrato di poco più di mezzo metro. «Una nave – *nef* in francese – che risale al diciassettesimo secolo e apparteneva ai genitori di Rupe. Papà e Peter Fleetwood solevano giocare a backgammon puntando soldi e, una sera in cui erano entrambi ubriachi, papà vinse e Peter dovette cedergli la nave».

«Per questo Rupe riteneva di avere diritto a possederla, perché un tempo la *nef* era stata dei suoi genitori?»

«S... no... Senta, subito dopo che papà ebbe vinto la nave al gioco, Peter e sua moglie Veronica morirono. Quindi sarebbe stato logico che papà restituisse la nave a Rupert, se non quando era bambino, almeno quando, da grande, avesse avuto un disperato bisogno di soldi. Ma papà non lo fece, benché Rupe fosse il suo figlioccio. Come ha potuto chiamare la polizia per farlo arrestare?»

L'ha chiamata perché Rupe gli aveva sgraffignato la fottuta argenteria, pensò, ben poco solidale, Strike. Ma a voce alta disse: «E Rupert aveva alle calcagna anche uno spacciatore?»

«Sì, ma quella era tutta colpa di Zac».

«Chi è Zac?»

«Il compagno d'appartamento di Rupe. Siccome Zac si è fatto coinvolgere in un giro di cocaina, un vero e proprio gangster ha cominciato a dargli la caccia perché non aveva pagato quel che aveva promesso di pagare o roba del genere. Lui è scappato e i suoi genitori gli hanno procurato un lavoro in Kenia. A Rupe, invece, è toccato pagargli l'affitto e il deposito cauzionale. Per giunta, Rupe si è ritrovato alle calcagna l'orrendo spacciatore che lo inseguiva e voleva fargli pagare il debito di Zac».

«Conosce il nome dello spacciatore?»

«Lo chiamano Dredge. Non conosco il suo vero nome. Minacciava di uccidere Rupe se non gli avesse dato i soldi, perché pensava che fosse ricco come Zac, ma Rupe non lo è, restano solo pochi spiccioli nel suo fondo fiduciario e riuscirebbe a malapena a saldare i conti iperbolici di Zac, perché i suoi zii avevano speso quasi tutto il denaro lasciato in eredità dai suoi genitori per mandarlo in un collegio vicino a Zurigo che lui detestava. Poi mio padre lo ha licenziato dal suo ristorante Dino's, ed è per questo che Rupe ha preso la nave, perché era disperato. Io avrei tanto voluto aiutarlo finanziariamente, ma lui ha rifiutato, perché sapeva che si diceva in giro che stesse con me solo per i miei soldi».

Strike aveva il forte sospetto che vi fossero cose che non gli erano state dette. Poiché Fleetwood non si era fatto scrupolo di commettere un clamoroso furto, era improbabile che avrebbe rifiutato un prestito o un dono in denaro della sua ragazza. Strike riteneva molto più probabile che il giovane avesse mostrato una riluttanza di facciata ad accettare che Decima pagasse lo spacciatore, perché voleva continuare a recitare la parte del romantico che la amava per i suoi begli occhi. Evidentemente era sicuro che lei avrebbe insistito e quando lei, invece, non lo aveva fatto, aveva cercato altre vie per mungere i ricchi Longcaster.

«Va bene» disse, voltando una pagina del taccuino. «Qual è l'ultima volta in cui ha visto Rupert?»

«Domenica 15 maggio» disse Decima con voce rotta, cercando di nuovo a tastoni l'agenda rossa. «Gli ho preparato la cena. Era preoccupatissimo perché Dredge gli stava alle calcagna e perché era disoccupato proprio nel momento in cui aspettavo un bambino. Capisce, dunque, cos'è successo?» domandò con sguardo implorante. «Ha preso la nave e l'ha portata in quel negozio, Ramsay Silver. I negozianti hanno acquisito l'oggetto, ma non potevano pagarlo finché non avessero trovato un compratore. A quel punto da Ramsay Silver si è liberato un posto e Rupert lo ha accettato subito per avere almeno un po' di denaro. Avrà pensato che, una volta venduta la nave, avrebbe potuto liberarsi di Dredge, smettere di impersonare William Wright e tornare da me. Invece Dredge deve averlo rintracciato e ucciso».

Era la prima volta che Strike conosceva qualcuno che voleva la certezza che la persona amata era morta anziché viva. Era, pensò, la manifestazione più estrema di un fenomeno che gli era fin troppo noto: una donna che si rifiutava categoricamente di accettare che il suo partner non fosse quello che credeva essere.

«Quando ha sentito per l'ultima volta Rupert?»

«Il 22 maggio. Ci siamo sentiti per telefono. Siccome nel weekend doveva traslocare dalla sua casa, non ci siamo parlati a lungo. Noi... noi...»

Di nuovo si lasciò sopraffare dai singhiozzi. Strike bevve un altro sorso del caffè ormai freddo.

«Abbiamo litigato» disse infine Decima. «Io volevo solo che restituisse la nave a papà, ma lui si è rifiutato, il che non era da lui, di solito non si comportava così. Ha detto che la nave era sua e voleva tenersela. Perciò, capisce» e qui Decima parlò con voce stridula, quasi in falsetto, «è colpa mia quel che è successo! È colpa mia se è andato da Ramsay Silver. Non si sentiva spalleggiato da nessuno, era disperato. E poi è stato assassinato! Il suo telefono è morto, i suoi interventi sui social si sono interrotti. Fuori di me dalla preoccupazione, sono andata alla polizia. Gli agenti sono stati settimane senza dirmi niente e alla fine mi hanno comunicato che Rupe era a New York, il che è semplicemente ridicolo. No, non è a New York, lo so benissimo!»

«Perché la polizia pensa sia a New York?»

«Hanno preso per buone le parole di sua zia, che afferma di avere ricevuto, il 25 maggio, una telefonata in cui Rupe le diceva di avere trovato lavoro là. Ma è assurdo, perché Rupe non conosce nessuno a New York, che cosa vuole che ci faccia in quella città?»

«Come si chiama la zia di Rupert?»

«Anjelica Wallner. È una donna terribile. Rupe la detesta. Ecco perché questa telefonata sembra assurda: Rupe non direbbe mai un fico secco ad Anjelica!»

«Lei ha parlato di persona con la signora Wallner?»

«Sì, ma lei si è limitata a urlarmi: 'È in America!' e a dirmi di smettere di importunarla. D'altra parte, Rupe non le aveva detto che stavamo insieme, forse perché Anjelica odia mio padre o se non lo odia ci va molto vicino».

«E gli altri parenti o amici di Rupert, che cosa dicono?»

«Dopo il 22 maggio, nessuno l'ha più visto. Sacha non risponde nemmeno più alle mie telefonate. Ha detto solo: 'Se Anjelica dice che è a New York, Rupe è a New York'.

«Nessuno dà peso a questa scomparsa» proseguì. «Albie, un suo amico, ritiene che Rupe se ne sia andato per 'schiarirsi le idee', ma anche lui, adesso, ha smesso di rispondere alle mie telefonate. Sacha si rifiuta di parlarmi e Valentine ha mostrato tale ostilità per questa nostra storia, che io mi sono rifugiata qui per partorire in pace il mio bambino.

«Voglio che Lion sappia che suo papà se n'è andato solo per cercare di risolvere una situazione difficile e che non intendeva affatto abbandonarci per sempre. Ma devo *provarlo*, dopo di che gli potrò finalmente fare un funerale decente, così avremo almeno una tomba presso cui fargli visita. Non posso andare avanti così. Ho bisogno che lei, Strike, dimostri che il cadavere scoperto nel caveau è il suo!» concluse querula, con gli occhi rossi e gonfi di un porcellino e il figlioletto del suo partner ladro nascosto sotto il lurido poncho.

3

Troppo improvvisa si annuncia tanta perdita.

Matthew Arnold
Merope: A Tragedy

Robin Ellacott aveva pregato Ryan di dire al suo socio che aveva mal di gola e la febbre alta, ma non era vero niente. In realtà, in quel momento era sdraiata su un letto d'ospedale con una flebo di morfina nel braccio, ma non voleva far sapere a nessuno il motivo per cui si trovava lì.

Il pomeriggio prima, mentre attraversava l'atrio di Victoria Station inseguendo una delle persone da sorvegliare, aveva provato lo stesso dolore che se le avessero conficcato un coltello incandescente nel basso addome, a destra. Le avevano ceduto le ginocchia e le erano venuti conati di vomito. Due signore di mezz'età erano accorse in suo aiuto e, mormorando spaventate che doveva essere appendice perforata, avevano chiamato un membro del personale della stazione. Subito Robin era stata trasportata in barella fuori della stazione e caricata sull'ambulanza. Si ricordava solo vagamente le facce dei paramedici, gli altri dolori lancinanti che aveva avuto e i sobbalzi della barella mentre la conducevano all'ospedale. Ricordava solo vagamente anche il freddo gel e la sonda ecografica sull'addome, poi il viso protetto dalla mascherina dell'anestesista. Il ricordo chiaro lo aveva avuto solo in seguito, quando si era svegliata e le avevano detto che a causa di una gravidanza ectopica aveva riportato la rottura di una tuba di Falloppio.

Appena aveva avuto modo di recuperare il cellulare, aveva telefonato al suo partner, Ryan Murphy, detective della CID, il dipartimento di investigazione criminale, per raccontargli quanto era accaduto, ma lui, pur essendo costernato, trovandosi dalla parte opposta di Londra non aveva fatto in tempo a raggiungerla entro l'orario serale di visita. Lo aveva pregato allora di telefonare a Strike per spiegargli che a causa di un forte mal di gola con febbre alta non avrebbe potuto, l'indomani, accompagnarlo in macchina nel Kent. Gli aveva inoltre detto che i suoi genitori non dovevano assolutamente sapere cos'era successo. L'ultima cosa di cui aveva bisogno Robin in quel momento era che sua madre Linda accorresse al suo capezzale, si chinasse su di lei e desse la colpa, inevitabilmente quanto ingiustamente, al suo lavoro.

Lo choc dell'improvviso ricovero in ospedale e del motivo per cui questo era avvenuto fu così grande che, ancora ventiquattr'ore dopo, Robin aveva l'impressione di aver varcato una porta che l'avesse introdotta in una realtà non sua. La notte prima non aveva quasi chiuso occhio a causa dei gemiti rauchi dell'anziana donna nel letto accanto. Quella mattina l'avevano trasferita in sedia a rotelle in una stanza singola appena liberatasi, e ne era molto contenta, anche se non sapeva cos'avesse fatto per meritarselo: forse, pensò, aveva fatto compassione a una delle infermiere più anziane perché nessuno era venuto a trovarla nell'orario di visita.

Benché fosse stordita per la notte insonne e la morfina, aveva dedicato quasi tutta la mattina a cercare di riepilogare gli eventi trascorsi per capire che cosa non avesse funzionato nel contraccettivo, in base alla data in cui era iniziata la gravidanza extrauterina secondo il chirurgo. Ormai riteneva di essere venuta a capo del problema e di avere compreso quando aveva commesso l'errore, e paventava il momento in cui, nel pomeriggio, avrebbe dovuto parlarne a Murphy. Provava soprattutto un gran senso di colpa per non aver saputo gestire meglio il proprio corpo e avere provocato un evento traumatico che, se avesse usato maggiore prudenza, si sarebbe potuta risparmiare.

Sdraiata sul letto, stava guardando dalla finestra uno stormo di storni volteggiare nel cielo plumbeo, quando le squillò il cellulare. Lo prese in mano e vide che era sua madre. Non sopportando l'idea di parlarle, lo lasciò suonare. Linda chiuse la comunicazione proprio nel momento in cui la porta della stanza si aprì. Robin si girò e vide il faccione cordiale del suo chirurgo, il dottor Butler.

«Buongiorno» le disse sorridendo.

«Salve» salutò lei.

«Come ci sentiamo, oggi?» chiese Butler, prendendo in mano la cartella clinica appesa alla testiera posteriore del letto e buttandovi un'occhiata.

«Bene» rispose Robin, mentre il dottore prendeva una sedia e ci si accomodava.

«Non ha male?»

«No».

«Bene. Allora, vediamo... Sapeva di essere incinta?»

«No» disse lei. Non volendo fare la figura della stupida, aggiunse: «Ho dovuto interrompere la pillola per un periodo, ma abbiamo usato i preservativi. Immagino che uno si sia rotto e che non ce ne siamo accorti».

«Quindi è stata colta di sorpresa?» domandò il medico.

«Sì» ammise Robin, anche se 'di sorpresa' non rendeva l'idea di quanto fosse stato grande lo choc.

«Bene, come le ho spiegato ieri, non abbiamo avuto altra scelta che rimuovere la tuba lacerata. È una gran fortuna che l'abbiano trasportata qui così celermente, perché la rottura delle tube può essere fatale». Il dottor Butler si fece serio e aggiunse: «Ma temo ci sia un altro problema di cui forse non si rende ancora conto».

«Di che si tratta?»

«Abbiamo trovato molto tessuto cicatriziale sulla tuba che abbiamo rimosso. Abbiamo esaminato l'altra, e abbiamo riscontrato lo stesso fenomeno».

«Ah».

«Le hanno mai diagnosticato una malattia infiammatoria della pelvi?»

«No».

«Che lei sappia, ha mai sofferto di clamidia?»

La fitta di paura fu attenuata dall'azione della morfina, ma Robin l'avvertì lo stesso.

«Sì, quando avevo diciannove anni, ma mi diedero degli antibiotici».

«Giusto» annuì lentamente il dottor Butler. «Ebbene, a quanto sembra, l'antibiotico non ha funzionato. Può succedere. Ha continuato ad avere i sintomi?»

«Non proprio» disse Robin. Sì, aveva avuto un certo dolore nei mesi successivi allo stupro che aveva posto fine al suo percorso universitario, ma in cuor suo lo aveva giudicato un fenomeno psicosomatico. L'ultima cosa che avrebbe voluto, all'epoca, sarebbe stata un'ulteriore indagine sulle sue parti intime. «No, credevo che l'infezione fosse finita».

«Be', i sintomi sono variabili, è facile non accorgersene. Si ricorda in quale occasione, successivamente, le sono stati somministrati antibiotici?»

«Mi pare... forse un anno dopo» rispose Robin, sforzandosi di ricordare. «Avevo la tonsillite e mi diedero un antibiotico».

«Sì, forse quell'antibiotico lì fece il suo dovere, perché al momento attuale non vi è infezione. Purtroppo, però, a causa del primo farmaco inefficace la clamidia ha fatto molti danni. Temo sia alquanto difficile che riesca a concepire un figlio in maniera naturale».

Robin guardò il dottore senza dire una parola.

Forse pensando che non avesse capito, Butler continuò: «In casi del genere l'embrione è ostacolato dal tessuto cicatriziale ed è per questo che non si impianta nell'utero, bensì nella tuba, che poi lacera. Come le ho detto, anche l'altra tuba è nelle stesse condizioni».

«Sì» disse Robin.

«Quanti anni ha?» le chiese il dottore, tornando a guardare la cartella clinica.

«Trentadue» rispose lei.

«Bene, le ovaie sono in condizioni normalissime. Se però ha in programma di avere figli, le consiglierei di far congelare al più presto degli ovuli. La maggior probabilità di maternità la può avere soltanto con la fecondazione in vitro».

«Ok» disse Robin.

«E stia molto attenta a usare bene i contraccettivi, in futuro. C'è un'alta probabilità che accada lo stesso con la tuba superstite, se le dovesse capitare di nuovo di concepire».

«Ci starò attenta» promise lei.

«Bene».

Il dottor Butler si rialzò e rimise a posto la cartella clinica. «La terremo qui un'altra notte, e se tutto procede normalmente, conto di dimetterla domani».

«Che bella notizia» disse Robin. «Grazie».

Il medico uscì dalla stanza.

Robin tornò a guardare fuori della finestra, ma gli storni erano scomparsi e nel cielo plumbeo non volava nessun uccello. Si sentiva la testa vuota. Non avrebbe saputo definire esattamente i propri sentimenti in quel momento. Era come inebetita.

Avrebbe dovuto naturalmente ricominciare a prendere la pillola, dopo essere stata costretta a sospenderla nei quattro mesi che aveva trascorso in incognito all'interno di una setta in cui la contraccezione era severamente proibita. Delle conseguenze della sua missione segreta presso la Universal Humanitarian Church parlavano ancora i giornali e la televisione. Gli investigatori avevano finito di recuperare tutti i cadaveri seppelliti in anonime tombe sul terreno in cui era sorta inizialmente la chiesa, e i fondatori della medesima, i coniugi Wace, erano stati arrestati assieme ai massimi dirigenti dell'UHC. Si stava inoltre tentando di rintracciare molti dei neonati dati via. I personaggi famosi che avevano sostenuto la setta stavano tentando di fare marcia indietro, alcuni con meno successo di altri: una famosa romanziera si era data alla macchia, mentre una giovane attrice era stata cacciata dal suo nuovo set cinematografico dopo che si era scoperto che era una delle 'mogli spirituali' del leader dell'UHC.

Il ruolo che l'agenzia investigativa Strike ed Ellacott aveva svolto nello smantellamento della setta era stato sminuito sia dalla polizia sia dall'agenzia stessa. Robin aveva fatto un rapporto completo e dettagliato su tutto quanto aveva visto a Chapman Farm ma, con suo immenso sollievo, aveva appreso che non le sarebbe stato chiesto di testimoniare in tribunale. Incoraggiati dalla denuncia pubblica del regime che vigeva nell'UHC, dove si simulavano eventi soprannaturali, si lavava il cervello agli adepti e li si sfruttava facendoli lavorare gratis, centinaia di ex membri continuavano a farsi avanti per raccontare la loro storia. Per decenni l'UHC aveva usato i suoi soldi e il suo potere per mettere a tacere tutte le critiche, mentre ormai non passava giorno senza che vi fosse un'intervista online o in TV all'ennesima persona che era stata danneggiata dalla setta. Il primo memoir di un ex membro era uscito in libreria appena due mesi dopo che Chapman Farm era stata perquisita, ed era subito salito ai primi posti della classifica.

Tutto questo avrebbe dovuto essere gratificante per Robin, che aveva visto assestare un colpo mortale alla setta con gran soddisfazione, ma il continuo battage dei media era stato ancora più traumatizzante di quanto avesse immaginato. Avrebbe preferito non sentir rievocare le 'stanze del ritiro', dove le donne appartenenti alla setta dimostravano la loro purezza spirituale accettando rapporti sessuali non protetti con chiunque volesse averli; aveva dovuto scacciare dalla mente tutti i ricordi del tempio pentagonale in cui per poco non era stata fatta affogare e non avrebbe mai voluto rivedere le foto del bosco oscuro che avevano continuato a essere pubblicate sui giornali.

Inoltre, naturalmente, non si era potuto tacere del tutto sul ruolo che aveva avuto l'agenzia investigativa Strike ed Ellacott nello smantellamento della setta. Anche se c'erano abbastanza dettagli sordidi sugli avvenimenti di Chapman Farm per tenere occupati a lungo i giornalisti, e benché solo gli stretti collaboratori dell'agenzia sapessero che cos'aveva dovuto sopportare Robin in quei quattro mesi, c'erano state varie telefonate di reporter a Denmark Street e in alcuni articoli erano state nominate sia lei sia l'agenzia. Un intraprendente cronista di tabloid l'aveva assillata sulla strada per l'ufficio, cercando di costringerla a fare qualche commento, finché era stato letteralmente messo in fuga dalla loro collaboratrice Midge, che lo aveva affrontato a muso duro: «Togliti dai coglioni, lei non ha un cazzo da dirti, cazzone».

Robin aveva sopportato pazientemente l'ordalia, decisa a non ammettere con nessuno quanto si fosse sentita fragile in quella circostanza. Per sua stessa scelta, si era presa solo una settimana di tempo per smaltire i lunghi mesi di lavoro ininterrotto e fortemente stressante, ma non aveva voluto aggiungere il contributo degli ormoni a quello che in cuor suo riconosceva essere uno stato d'animo assai provato. Così le pillole erano rimaste ancora un po' nel cassetto della toletta. Ma certo non si era affidata al caso perché, prima di decidere di ricorrere ai preservativi, aveva controllato su internet e constatato che garantivano il novantotto per cento di efficacia, se usati correttamente.

Se usati correttamente.

Il cellulare squillò di nuovo. Lo prese in mano e vide che era il numero di Strike. Buttando un'occhiata al pannello di vetro della porta per accertarsi che non stesse per entrare un altro medico, e lieta di poter finalmente pensare a qualcosa di diverso dalle sue tube di Falloppio, decise di rischiare e rispose.

4

Dovrebbe essere un'obiezione sufficiente a escludere qualsiasi uomo dalla società dei Massoni, il fatto che egli non sia disinteressato e generoso tanto nelle azioni quanto nelle opinioni che nutre sugli altri e nell'interpretazione della loro condotta.

Albert Pike
Liturgy of the Ancient and Accepted Scottish Rite of Freemasonry

« Ciao, come va la gola? » disse Strike. « Ce la fai a parlare? Se no ti mando un'e-mail dopo ».

« Ce la faccio » rispose Robin con una voce rauca che confermava la sua storia di copertura, ma che era causata dall'eccessivo caldo della stanza d'ospedale. « Mi dispiace molto di non averti potuto accompagnare in macchina. Dove ti trovi? »

« Parcheggiato davanti a un pub che si chiama Fox » disse lui guardando la pioggia battere forte sul parabrezza. « Sono appena uscito dalla casa di Decima Mullins ».

« Che tipo è? »

« Non si può riassumere con una parola sola. Vorrei sentire il tuo parere ».

Le raccontò del colloquio appena avuto, riferendo l'ipotesi di Decima, secondo la quale il cadavere dell'uomo che era stato rinvenuto nel caveau di Ramsay Silver a Holborn sarebbe stato quello del suo fidanzato.

« Santo cielo » mormorò Robin quando Strike ebbe finito di parlare. « Povera donna. Quindi dovremmo rintracciare per lei Rupert Fleetwood? »

« No » disse Strike.

«Ma allora cosa vuole?»

«Ha fatto capire molto chiaramente che non sta cercando un uomo vivo. Ogni volta che ho anche solo lontanamente accennato al fatto che Fleetwood potrebbe avere tagliato la corda per cavarsi dai guai in cui si era ficcato, ha avuto una crisi di pianto. Siamo in pieno territorio Gateshead. Vuole solo che venga identificato il corpo. Solo questo».

«Dimmi di questo omicidio del caveau» chiese Robin. Nel periodo in cui era stata in missione segreta a Chapman Farm, non aveva avuto accesso alle notizie di giugno e quella era la prima volta in cui ne sentiva parlare.

«Un tizio che si faceva chiamare William Wright è stato assunto da Ramsay Silver come commesso e ha lavorato nel negozio finché, due settimane dopo, è stato trovato morto nella camera blindata. Secondo la polizia, sarebbe tornato nottetempo con dei complici nel caveau per rubare l'argento, ma poi sarebbe scoppiata una lite che avrebbe portato al suo assassinio. Ricordo che, quando lessi gli articoli, mi parve una storia abbastanza strana».

«In che senso?»

«Be', la rapidità è l'elemento essenziale di una rapina, no? Se sono stati così abili da penetrare in un caveau, viene da pensare siano stati anche abbastanza furbi da non mettersi a litigare nel bel mezzo dell'operazione. Ma siccome quella notte è stata rubata una gran quantità di argenti preziosi, è difficile trovare una spiegazione che non sia quella della rapina in cui è stato accidentalmente ucciso uno dei banditi. Prima che fosse identificato il cadavere, i media avevano parlato molto del delitto, perché il corpo era stato orribilmente mutilato – secondo la polizia per impedirne l'identificazione – e perché Ramsay Silver tratta oggetti massonici e si trova proprio sotto la Gran Loggia d'Inghilterra...»

«Teorie del complotto?»

«A bizzeffe, ma quando la stampa ha scoperto che non era un'uccisione rituale massonica, ha perso interesse».

«E il morto era davvero il rapinatore che dicono?»

«Be'» ammise con riluttanza Strike, «Mullins sostiene che l'identità del cadavere non è stata dimostrata e forse ha ragione, perché ho appena dato un'occhiata ai giornali e in tutti gli articoli in cui si citavano le esatte parole del titolare dell'inchiesta, lui diceva di essere 'sicuro al novantanove per cento' che si trattasse di Jason Knowles, ma aggiungeva di aver bisogno di ulteriori dati. Ho guardato su Google e ho visto che da allora non c'è stata nessun'altra notizia capace di confermare l'identità, tipo 'il test del DNA ha stabilito che è lui', 'abbiamo dimostrato che è lui oltre ogni ragionevole dubbio'. Non sono stati trovati nemmeno gli assassini e l'argenteria rubata. E Sir Daniel Gayle, il commissario della polizia metropolitana citato da Decima, esiste davvero.

«Niente di tutto questo dimostra, però, che l'uomo nel caveau fosse Fleetwood. Decima ha cercato di giustificare la sua teoria dicendo che lui aveva un antico oggetto d'argento da vendere, ma perché la sua storia fosse attendibile si sarebbero dovute verificare troppe cose. Lo spacciatore che aveva minacciato di uccidere Fleetwood per i debiti del compagno di appartamento avrebbe dovuto rintracciarlo da Ramsay Silver, cioè nel negozio dove si fingeva il commesso William Wright; poi sarebbe dovuto penetrare lì di notte con un paio di complici; avrebbe dovuto forzare la serratura della cassaforte, uccidere Fleetwood, che guarda caso all'una di notte si trovava lì, mutilarne il cadavere, rimuovere tutto l'argento dal caveau, reinserire l'allarme, uscire dal negozio chiudendolo alle sue spalle senza lasciare tracce, e infine squagliarsela con un gran carico di candelieri massonici e degli altri oggetti che costituivano il bottino. Converrai che, se fosse riuscito a fare tutto questo, non avrebbe avuto bisogno di riavere indietro i suoi soldi, perché sarebbe stato una sorta di genio della lampada».

Robin scoppiò a ridere, ma s'interruppe di colpo con un piccolo gemito di dolore, sentendo una fitta all'altezza della ferita chirurgica.

«Tutto ok?» le chiese Strike.

«Sì, è solo il fastidio alla gola» rispose lei.

«Secondo me, la zia di Fleetwood, che vive in Svizzera, ha manovrato per allontanarlo da quella tardona della Mullins e lui è esattamente dove la zia sostiene si trovi, cioè a New York».

«Perché la chiami tardona?»

«Perché Decima ha trentotto anni, l'ho appena visto su Google».

«Abbiamo indagato tante volte su uomini che avevano mogli di vent'anni più giovani, no?» sottolineò Robin in tono sostenuto.

Troppo tardi Strike si ricordò che non voleva certo insinuare con Robin che fosse da condannare la differenza di età fra partner di una relazione amorosa.

«Volevo solo dire che... Decima non è il tipo di trentottenne per cui smanierebbe il ventiseienne medio».

«Be', non dovrebbe essere troppo difficile dimostrare che Fleetwood è davvero a New York».

«Solo che lei non vuole che lo dimostriamo. Preferisce crederlo morto che accettare l'idea di essere stata abbandonata. Ha chiamato il bambino 'Lion'» aggiunse Strike anche se non c'entrava niente.

«Come l'Aslan del ciclo di Narnia?» sorrise Robin. Sapeva benissimo che Strike era tipo da giudicare ridicolo il nome 'Lion'.

«Sì».

«Molti ricchi danno dei nomi strani ai figli» commentò Robin.

«Anche gli svitati» osservò Strike. «In ogni modo, volevo chiederti un parere, perché, dal punto di vista etico, credo non sia corretto prendere soldi da una così».

«In effetti... Però, data la situazione, si rivolgerebbe sicuramente a qualche altro investigatore».

«Oh, certo, ed è il tipo di caso che spinge una persona priva di scrupoli a spennare il suo pollo».

Seguì un breve silenzio, durante il quale Robin fissò il soffitto della stanza d'ospedale e Strike guardò il vapore del suo fiato salire verso il parabrezza coperto di goccioline di pioggia.

«Credo che sentirò i miei due o tre contatti nella polizia per sapere con che grado di certezza hanno riconosciuto Jason Knowles nel cadavere del rapinatore. Se dall'epoca delle prime notizie sui giornali la probabilità è salita al cento per cento, dirò a Decima, gratis, che il cadavere non era quello di Fleetwood e a quel punto, forse, sarà disposta a guardare in faccia la realtà».

«E se le probabilità fossero rimaste al novantanove per cento? » domandò Robin, controllando l'ora sul telefonino, perché si avvicinava in fretta il momento delle visite.

« Be' » disse Strike, la cui ricerca su Google aveva confermato che Decima era esattamente chi diceva di essere, « propongo di indagare solo per sfatare le sue illusioni, perché se non altro noi non la prenderemmo per il naso, ma agiremmo al fine di svelarle la verità. Tra l'altro, sia lei sia Fleetwood hanno a che fare con persone a cui speravo di non dover parlare mai più ».

« E cioè? »

« Valentine Longcaster e Sacha Legard ».

« Sacha Legard l'attore? » chiese Robin. « Perché dici che... Ah, ho capito ».

« Sì » fece Strike. « Sacha è il cugino di Rupert Fleetwood e Valentine è il fratello di Decima, ed era uno dei migliori amici di Charlotte ».

Di colpo, sia Strike sia Robin ripensarono all'ultima volta in cui avevano parlato di Charlotte, l'ex fidanzata di Strike: era stato circa un mese prima, quando il detective le aveva detto che Charlotte era sicura che lui fosse innamorato della sua socia. Nonostante la morfina, Robin provò uno strano misto di speranza e paura. Strike stava per continuare il discorso, quando lei all'improvviso lo prevenne.

« Scusami tanto, ma devo andare ».

E senza aspettare la risposta, chiuse la comunicazione.

5

Ma oh, amico, è crollata una casa
che nessuno potrà ricostruire...
A.E. Housman
XVIII, Last Poems

Robin aveva visto un'ombra avvicinarsi alla porta a vetri della sua stanza e infatti, un istante dopo, entrò il suo uomo, Ryan. Alto e bello come sempre, aveva un'espressione assai preoccupata e stringeva in mano un mazzo di rose rosse, diverse riviste e una grande scatola di cioccolatini Malteser.

«Cristo, Robin!» esclamò, vedendo la flebo e il camice per pazienti che le avevano fatto indossare.

«È tutto passato» disse lei. «Sto bene».

Murphy depose i doni, si chinò su di lei e la abbracciò con estrema delicatezza.

«Sto bene» ripeté Robin, benché anche solo l'atto di sollevare le braccia per rispondere al gesto affettuoso le provocasse un certo dolore.

Murphy avvicinò una sedia al letto.

«Raccontami che cos'ha detto il dottore».

Robin si accorse con preoccupazione di avere un groppo in gola che le impediva di parlare. Da quando era stata ricoverata non aveva più pianto e non voleva assolutamente piangere in quel momento, ma ripetere a voce alta le cose che le aveva detto il chirurgo avrebbe reso reale quello che era successo, invece di farlo rimanere in quello strano interludio in cui poteva quasi convincersi fosse stato solo un incubo.

Riuscì a riassumere quanto le aveva detto il dottore senza mettersi a piangere, anche se provò un intollerabile senso di colpa e vergogna quando parlò dell'infezione che, a sua insaputa, le aveva distrutto in maniera silente le tube di Falloppio. Quando ebbe finito il suo racconto, Ryan si prese il viso tra le mani.

«Cazzo» disse. «Dev'essersi rotto un preservativo».

«Sì» convenne Robin. «Oppure è scivolato giù o roba del genere».

Ryan alzò gli occhi a guardarla.

«Credi sia successo la sera in cui abbiamo litigato?»

«Sicuramente» fece lei, con un groppo in gola. «Calcolando le date, è l'unica sera in cui è potuto succedere».

«Pensi ancora che fossi ubriaco?» mormorò lui.

«No, affatto» si affrettò a dire Robin. «So che è stato un incidente».

La sera in questione, Murphy era arrivato tardi a casa di Robin, ed era teso e sgarbato. Sul lavoro era stato ed era tuttora alle prese con un caso tremendo: un bambino di sei anni era stato ucciso e suo fratello, di nove, aveva perso un occhio, perché erano rimasti coinvolti in una sparatoria tra gang rivali nell'East London. La polizia metropolitana non aveva indizi e la stampa aveva duramente criticato il modo in cui stava conducendo l'inchiesta.

La notte in questione, Murphy non era stato tanto rude, quanto maldestro nel rapporto sessuale. Quando si era ritratto dopo l'amore, lei gli aveva chiesto se il preservativo fosse integro, perché aveva qualche dubbio, e lui aveva detto: «Sì, è a posto, sto controllando, è a posto» con voce impastata come quella di un ubriaco. Quando lei, con molta cautela, gli aveva chiesto se avesse bevuto, Murphy, che era un ex alcolista, era esploso come Robin non lo aveva mai visto esplodere. Rivestendosi, aveva urlato che, se non aveva scandito bene le parole, era solo perché aveva avuto una giornata di merda ed era stanco morto. A che gioco giocava, lei, insinuando che si fosse di nuovo attaccato alla bottiglia? Un uomo non poteva nemmeno essere stanco morto? E così dicendo era uscito di casa.

Tre quarti d'ora dopo, era tornato tutto contrito e le aveva porto umilissime scuse. La domanda di Robin, aveva spiegato, gli aveva riportato alla mente la sua ex moglie, che si rifiutava di credere che lui stesse lontano dalla bottiglia anche quando aveva smesso di bere. La spiegazione era perfettamente plausibile, perché Ryan non puzzava di alcol, e Robin si era vergognata dei suoi dubbi. Lui era stato molto comprensivo e l'aveva sostenuta in tutti i modi quando si era infiltrata nella setta di Chapman Farm, una missione che l'aveva lasciata fisicamente spompata ed emotivamente sfiancata. Così si era sentita terribilmente in colpa per non essere riuscita a mostrargli altrettanta comprensione quando lui si era trovato a sua volta in una situazione difficile sul lavoro.

Sola nella camera d'ospedale da ormai ventiquattr'ore, Robin aveva avuto il tempo di riflettere sulla famosa notte. Avrebbe dovuto prendere la pillola del giorno dopo, in quell'occasione, ma aveva pensato che la sua preoccupazione per il preservativo rotto fosse priva di fondamento quanto il sospetto che Murphy avesse ripreso a bere. In ogni caso, la mattina dopo le era toccato alzarsi presto per un turno di sorveglianza. Grazie al cielo, sua madre non avrebbe mai saputo che la figlia aveva dato al lavoro la precedenza sulla sua salute... Grazie al cielo, non l'avrebbe mai saputo nessuno.

«Credevo che il preservativo fosse integro» mormorò Murphy. «Te lo giuro».

«Lo so» disse Robin, afferrandogli la mano. «La responsabilità è di entrambi. Avrei dovuto assumere la pillola del giorno dopo, è stato molto stupido, da parte mia, non farlo. Ma ricomincerò a prendere la pillola perché, come ti dicevo, il medico ha detto che c'è un'alta probabilità che...»

La voce le si ruppe. Murphy fece per abbracciarla di nuovo, ma lei lo respinse.

«Scusami, sono solo triste...»

Ryan le porse un fazzolettino di carta, poi le strinse di nuovo la mano.

«Grazie dei fiori, sono molto belli» disse Robin, soffiandosi il naso.

«Quando pensano di dimetterti?»

«Domani».

«Cazzo, così presto?»

«Speravi di stare più tempo lontano da me?» scherzò Robin, sforzandosi di sorridere.

«No, ma mi aspetta un... Vedrò se posso farmi dare qualche giorno».

«Tranquillo, Ryan. Tornerò a casa in taxi. È stata chirurgia laparoscopica, non un grosso intervento. Non ho nemmeno una borsa da viaggio da trasportare».

«Ma avrai bisogno di un aiuto, a casa. Fammi almeno telefonare ai tuoi genitori».

«No» replicò decisa Robin. «Non sopporto l'idea che vengano di nuovo qui a preoccuparsi inutilmente per me. Non lo reggo proprio, Ryan. Promettimi che non dirai niente».

«Va bene» acconsentì lui con riluttanza, «però sono convinto che...»

«Ordinerò cibi pronti e starò sdraiata sul divano a guardare la TV» lo interruppe lei. «Non ho bisogno di nessuno, a parte te, naturalmente».

6

Il dolore per la perdita delle persone amate è naturale e giusto. Tuttavia, piangiamo non solo la scomparsa di un amico e benefattore, ma anche la perdita della Vera Parola, di cui la sua morte ci priva e che d'ora in poi dovremo cercare finché non l'avremo recuperata.

Albert Pike
Liturgy of the Ancient and Accepted Scottish Rite of Freemansonry

Era sabato e quando Strike tornò in Denmark Street, quel pomeriggio, la trovò gremita di gente che faceva shopping. Mentre passava accanto ai soliti negozi di chitarre e dischi ancora più stanco, dolorante e depresso di quanto non fosse stato all'andata, la mattina, sentì provenire dalla porta aperta di uno di essi le prime note di *House of the Rising Sun*. Benché fosse di pessimo umore, per un attimo sorrise: il proprietario di quel particolare negozio gli aveva detto, una volta, che faceva pagare la chitarra cento sterline in più a qualunque cliente avesse suonato quel *riff* di fronte a lui.

Salì a fatica la scala di metallo ed entrò nell'agenzia deserta. Si preparò una tazza di tè scuro come creosoto, poi si portò una pila di cartelle nell'ufficio interno, perché voleva rimettersi in pari con il lavoro che aveva mancato di fare nei dieci giorni trascorsi in Cornovaglia. Tuttavia, prima di aprire i faldoni, riguardò su Google le voci della ricerca che aveva fatto su Mullins, soffermandosi su una foto di lei con il grembiule e il cappello bianchi da cuoca, pubblicata sul sito web del ristorante Happy Carrot. Nell'immagine la donna appariva assai più giovane e graziosa, con i capelli pettinati indietro in un lucido chignon e le fossette che il sorriso metteva in evidenza.

Con spirito masochistico, Strike cercò anche Valentine Longcaster e si ritrovò davanti una miriade di immagini di lui e Charlotte insieme, mentre uscivano da club esclusivi o partecipavano a serate inaugurali e party per il lancio di prodotti: la bruna, stupenda Charlotte e l'azzimato Valentine erano colti dall'obiettivo nell'atto di sorridere radiosamente o ridere allegramente.

Charlotte e Valentine non erano semplici amici. Con loro grande divertimento, durante l'infanzia erano stati fratellastri. Per due anni contrassegnati da rabbia e acrimonia, la madre di Charlotte, Tara, era stata sposata con Dino, il padre di Valentine, anche se i loro rispettivi figli non avevano mai vissuto sotto lo stesso tetto, perché Valentine (e presumibilmente Decima) erano stati condotti di nascosto a Los Angeles dalla madre, che aveva rimpiazzato Dino con un compositore di colonne sonore cinematografiche.

Negli anni in cui Strike l'aveva saltuariamente frequentata, Tara, da sbronza, aveva spesso sbraitato contro « quel fottuto bastardo di Longcaster ». Strike sospettava che il rapporto amichevole instaurato in età adulta da Charlotte con Valentine fosse dovuto, almeno in parte, a un senso di sfida nei confronti dell'odiata madre, anche se senza dubbio i due fratellastri avevano molto in comune: un velenoso senso dell'umorismo, la passione per la cocaina, la continua ricerca di distrazioni e melodrammi, e una profonda avversione per tutto quanto era decoroso e noioso.

Guardare quelle immagini era tutt'altro che divertente, ma Strike continuò a scorrerle, soffermandosi su una foto di Charlotte con al fianco, oltre a Valentine, il proprio fratellastro Sacha Legard, l'attore, che le assomigliava molto anche se aveva gli occhi di un vivido celeste mentre lei li aveva verdi con pagliuzze nocciola. Legard era nato dal terzo matrimonio di Tara, che era durato più di tutti: quello con un lord che possedeva una villa signorile chiamata Heberley House. Strike non ricordava che Sacha avesse mai parlato di un cugino più giovane che viveva in Svizzera; anche se non era poi così strano, dato che le sue conversazioni, da quando lo conosceva, ruotavano solo attorno a se stesso.

Successivamente cercò su Google Rupert Fleetwood e subito

trovò un account Instagram in cui da maggio non si era più registrata attività.

Nella sua pagina c'erano solo alcuni selfie nei quali Rupert appariva non già come il Sacha più giovane che Strike si era aspettato, bensì come un ragazzo dall'aria comune, il cui viso non sarebbe mai stato in bella mostra sulla copertina di una rivista. Era pallido, biondo, con spalle larghe, il collo corto e un viso così tondo che a Strike ricordò un formaggio Edam senza la cera rossa intorno.

In uno dei selfie, Rupert e Decima erano in un anonimo parco, imbacuccati per proteggersi da quella che sembrava una fredda giornata primaverile (l'8 marzo dell'anno prima). Né lui né lei si erano preoccupati di farsi belli per l'obiettivo: Decima aveva le guance rosse e gli occhi coperti da un ciuffo di capelli neri sospinti dal vento, ma non mostrava traccia delle occhiaie e dell'acne rosacea procuratele dallo stress. Rupert aveva il naso violaceo e un maglione dolcevita poco adatto al suo collo corto. Strike dovette però riconoscere che, almeno lì, non si vedeva troppo la differenza di età. Rupert aveva messo come didascalia dell'immagine due frasi in italiano: *Buon compleanno a me* e *Anime gemelle.* A parte quella parentesi italiana, non vi era, nell'account Instagram, alcun altro segno di multilinguismo e alcuna allusione all'educazione svizzera. La stragrande maggioranza dei post consisteva in fotografie di Londra, e sotto di essi non compariva nessun nome elvetico. Questo faceva pensare che non gli fosse piaciuto affatto crescere in un paese dell'Europa continentale e che avesse tagliato i ponti con il passato.

Nell'account c'erano alcune vecchie foto di famiglia, tra cui una che mostrava Rupert con i genitori e che era stata postata nell'anniversario della loro morte. Il bambino, con aria felice, era in braccio all'incantevole madre, una donna con le sopracciglia sottili e i corti capelli a caschetto tipici degli anni Novanta, probabilmente l'epoca in cui il piccolo era nato. Il padre Peter, un bell'uomo dal viso lungo, aveva un'aria affabile e vagamente bohémien.

Ancor più indietro c'era una foto di famiglia su cui Strike si soffermò: un paffuto Rupert di dodici o tredici anni era in compagnia dello zio Ned, il secondo patrigno di Charlotte, di fronte alla monumentale Heberley House, una villa dalle molte colonne. Come suo figlio, il famoso attore Sacha, Ned Legard aveva penetranti occhi azzurri.

Più che mai deciso a non accettare il caso di Decima Mullins, Strike chiuse l'account Instagram e passò le successive due ore ad aggiornarsi sugli ultimi sviluppi delle indagini di cui l'agenzia si stava occupando.

Stava ancora leggendo i faldoni, quando sentì bussare alla porta a vetri esterna. Imprecando sottovoce, perché immaginava che qualcuno si fosse presentato alla porta sbagliata, si alzò.

« Ciao, speravo proprio tu fossi tornato » gli disse Kim Cochran, l'ultimo acquisto dell'agenzia.

Kim, che un anno prima aveva dato le dimissioni dalla polizia metropolitana, aveva lavorato per un'agenzia investigativa rivale finché questa non aveva chiuso i battenti. Era una donna dai bei lineamenti e dall'aria sbarazzina, sempre ben vestita e pettinata. Con i suoi vivaci occhi scuri e i bruni capelli corti, gli ricordava un uccellino.

« Ho notizie di Plug » gli annunciò.

« Ah, bene » fece Strike, chiedendosi perché non si fosse limitata a mandargli un messaggio, invece di presentarsi in ufficio di persona. « Entra ».

Il soprannome 'Plug' era stato dato al soggetto pedinato perché somigliava a un personaggio del fumetto *The Bash Street Kids*. Tutti concordavano, in agenzia, sul fatto che fosse l'uomo più brutto su cui avessero investigato, un tipo con orecchie enormi, un notevole prognatismo inferiore, gli incisivi da coniglio e un corpo dinoccolato dai movimenti scoordinati. Oltre ad avere commesso una quantità di piccoli crimini, soprattutto spaccio di droghe leggere e furtarelli, Plug era il genitore single di un adolescente scheletrico, dall'aria perennemente oppressa e infelice.

Di recente padre e figlio avevano lasciato il minuscolo appartamento di Haringey per trasferirsi, non invitati, nella casa di Camberwell dove viveva la madre di Plug, una donna affetta da Alzheimer galoppante. Secondo il ricco zio, che si era rivolto all'agenzia Strike ed Ellacott, Plug non solo trattava a male parole la vecchia madre, ma le stava consumando i risparmi accumulati in tutta una vita, e nessuno in famiglia era ancora riuscito a trovare un modo legale per impedirgli di spillarle quattrini o di farlo sloggiare dalla sua casa. Lo scopo di chi si era rivolto all'agenzia investigativa era trovare qualche motivo per cui Plug potesse essere arrestato.

Quello di Plug era un caso un po' diverso dai consueti adulteri di cui si occupava la Strike ed Ellacott per conto di facoltosi clienti: era un'ottima cosa, pensavano tutti in agenzia, cercare di fermare un indubbio furfante e di proteggere una fragile vecchia signora. Purtroppo, Plug non era ancora stato colto con le mani nel sacco.

«Si è appena incontrato con un tizio a cui ha allungato un grosso rotolo di bigliettoni alla stazione di Tufnell Park» disse Kim. «Ho il video».

Gli porse il cellulare e Strike vide sullo schermo l'orrendo Plug consegnare a un uomo dalle mani piene di tatuaggi un rotolo di banconote da cinquanta sterline.

«La cosa strana è che non ha avuto niente in cambio» osservò Kim. «Speravo di vedere droga o roba del genere».

«Già» concordò Strike, tornando a guardare il video. Dopo avere consegnato i soldi con aria furtiva, Plug voltava le spalle e si allontanava.

«Potrebbe essere il compenso per servizi resi» ipotizzò Kim.

«Che cos'ha fatto, Plug, dopo?»

«È tornato da sua mamma, e credo che dopo di me se ne sia occupato Dev». Kim sbadigliò e si scusò con Strike. «Cercheremo di scoprire se farà altre strane consegne, stasera».

Si stirò, alzando le braccia e inarcando la schiena.

Strike allontanò lo sguardo dal suo maglioncino nero attillato e si mise a guardare la lista dei turni.

«Sono tutta anchilosata» disse lei, abbassando le braccia. «Ho passato troppe ore in macchina, questa settimana. Hai nessun programma interessante per il weekend?»

«Lavoro» rispose lui, sempre fissando lo schema dei turni. «Dovrò prendermi parte del lavoro di Robin, ora che è ammalata».

«Sarei lieta di sbrigarne una parte anch'io, se ti va» si offrì Kim. «Non ho molto da fare, questo fine settimana».

«Sei gentile» disse Strike, tornando a guardarla. «Senza di te, avremmo qualche difficoltà, perché Barclay è via domani e lunedì».

«Mi piace tenermi impegnata. Com'è andata in Cornovaglia?»

«È andata... come puoi immaginare» rispose lui, buttando di nuovo l'occhio sui turni.

«Era anziano, tuo zio?»

«Quasi ottanta».

«E tuttavia... non è mai facile, quando i nostri cari ci lasciano».

«No».

«Per giunta, appena sei tornato sei dovuto andare nel Kent da quella donna, Mullins. A proposito, com'è andata?»

«Bene» rispose Strike, col tono di chi desidera porre fine alla conversazione.

Kim afferrò il concetto e si alzò. Capiva sempre l'antifona.

«Allora sappi che sono disponibile. Scrivimi per e-mail le ore che hai bisogno che io copra nel weekend e andrò dove occorre».

«Grazie. Apprezzo molto».

Kim se ne andò. Dopo avere studiato per un'altra ventina di minuti i vari turni, Strike si sentì pizzicare gli occhi per la stanchezza. Chiuse l'ufficio e si diresse al piano di sopra, nella sua mansarda, dove si preparò una cena solitaria.

Mentre si cuoceva una bistecca con verdura si sforzò di non badare al dolore al tendine del ginocchio, ma fece ancora più fatica a ignorare una depressione sempre più profonda. Sedutosi al suo piccolo tavolo di formica, pensò al dilemma che ormai da molti mesi lo assillava e che negli ultimi tempi era diventato così tormentoso che nemmeno il triste interludio in Cornovaglia glielo aveva scacciato dalla mente. Non ne aveva parlato con nessuno, perché non voleva né consigli né conforto. Anzi, per i suoi gusti, gli avevano già fatto fin troppe domande inopportune sull'argomento.

Quando un uomo è costretto a riconoscere che, nonostante tutti i tentativi fatti per sventare il pericolo, si è innamorato della donna che è, insieme, la sua migliore amica e la socia con cui ha messo in piedi una fiorente attività, e quando quella donna da oltre un anno ha una relazione stabile e felice con un altro, quell'uomo sa che metterebbe a repentaglio sia l'attività professionale sia l'amicizia se le confessasse i propri sentimenti e tuttavia non vuole più continuare a chiedersi se, ove le confessasse il proprio amore, lei gli corrisponderebbe. Deve quindi decidere come, quando e dove debba svolgersi la conversazione che in passato si è sempre rifiutato di affrontare. Aveva rimuginato sul problema fin da quando aveva fatto il primo, modesto tentativo di abbattere la barriera che lui stesso aveva eretto tra sé e Robin Ellacott, un tentativo che consisteva nel riferirle come Charlotte, nel biglietto lasciato prima del suicidio, si fosse detta convinta che lui era innamorato della sua socia.

Per l'ennesima volta, mentre sedeva a consumare il suo pasto solitario, ripensò alla reazione di Robin quando le aveva parlato del biglietto. Era rimasta sbalordita. 'Sbalordita' era la parola giusta; poi si era anche innervosita. Il dialogo era stato interrotto dall'arrivo in ufficio di Ryan Stronzo Murphy. La volta successiva in cui Strike e Robin si erano incontrati faccia a faccia, Robin aveva chiaramente manifestato un imbarazzo che non aveva mai avuto con lui in precedenza.

Certo, un simile comportamento si poteva interpretare in vari modi. Forse dimostrava che Strike poteva nutrire una qualche speranza di essere corrisposto. Nei giorni successivi a quell'ammissione indiretta di un suo innamoramento, aveva controllato se Robin avesse nominato più spesso Murphy e detto di trovarsi in perfetta sintonia con gli uffici della CID, perché simili indizi gli avrebbero chiaramente fatto capire che pronunciare di nuovo la parola 'innamorato' con Robin non sarebbe stata una buona idea. Ma Robin non aveva nominato Murphy più spesso del solito. D'altra parte, però, non aveva nemmeno tentato di riprendere la conversazione in maniera indiretta o scherzosa.

Da allora, quando a volte enumerava gli indizi promettenti, Strike si diceva che l'imbarazzo non significava necessariamente repulsione, e ricordava che una volta le era uscita di bocca la frase « Non voglio perderti » e un'altra gli aveva detto di sua spontanea volontà che anche lui era, per lei, il suo migliore amico. Strike rammentava il giorno del matrimonio di Robin, quando la sposa aveva interrotto il suo primo ballo per corrergli incontro e abbracciarlo. Tuttavia, nei momenti più bui, ricordava anche i fatali istanti in cui, poco più di due anni prima, davanti al Ritz aveva fatto il gesto di baciarla e aveva letto nei suoi occhi un chiaro rifiuto. Strike aveva otto anni più di Murphy e benché sapesse, senza falsa modestia, di piacere molto a un certo tipo di donna, in base agli indizi disponibili sapeva di non essere il tipo fisico prediletto da Robin. Il suo attuale fidanzato e il suo ex marito (Matthew Stronzo Cunliffe) erano magri, prestanti e di una bellezza classica, mentre lui sembrava un Beethoven con il naso rotto e, nonostante gli strenui sforzi fatti in maniera intermittente per dimagrire, era ancora sei o sette chili sopra il suo peso forma, un peso che già di per sé doveva essere minore di quello standard per non gravare troppo sulla gamba integra.

Quel giorno Robin aveva chiuso la comunicazione appena lui aveva nominato Charlotte. Perché? Perché temeva di sentirgli dire di nuovo che l'ex fidanzata lo riteneva innamorato della sua socia? Perché voleva troncare ogni ulteriore discorso sull'argomento?

Finita la bistecca, sentendosi se possibile ancora peggio, Strike si avvicinò al borsone da viaggio che aveva usato per andare in Cornovaglia e tirò fuori la scatola da scarpe contenente le cose di Ted che si era portato dietro: due vecchi cappelli, il randello da pescatore con cinghia di cuoio, e le foto prelevate dalla casa di famiglia ora tristemente vuota.

Non aveva pianto al funerale, benché per tutto il tempo si fosse sentito il petto oppresso come da un macigno. Dopo la morte di sua moglie, due anni prima, lo zio era diventato sempre più fragile e confuso, ma benché Strike avesse annuito davanti alle frasi trite che gli erano state dette durante l'affollatissima veglia da chi era affezionato a suo zio («Forse è stato meglio così»; «Non avrebbe mai voluto rappresentare un peso per i suoi cari»; «Andarsene in fretta è proprio quello che avrebbe voluto lui»), l'investigatore aveva fatto fatica a nascondere una latente insofferenza. Tutti sembravano essersi dimenticati di chi fosse realmente Ted: non l'uomo claudicante che una mattina si era perso sulla spiaggia che fino al giorno prima aveva conosciuto come le sue tasche, ma l'eroe della sua adolescenza, il suo modello virile. Strike era stato lì lì per scoppiare in lacrime quando, durante un gradito interludio che si era concesso al bar con il suo vecchio amico Dave Polworth, questi aveva sollevato il boccale di birra cornica bionda e aveva detto: « Un uomo perbene, Ted ».

'Un uomo perbene' era un'espressione polworthiana dalle molte sfaccettature. Essere un uomo perbene significava essere un uomo forte, un uomo degli spazi aperti, ma anche un uomo retto. Significava mancanza di boria, rifiuto della stupidità e una forza d'animo fatta anche di fiducia in se stessi. Significava fare molta fatica ad arrabbiarsi, ma essere fermi nelle proprie convinzioni. Come Strike, Polworth aveva dovuto cercare un modello virile là dove aveva potuto trovarlo, perché neanche lui aveva avuto un padre che si potesse definire un 'uomo perbene', e i due ragazzi avevano trovato in Edward Nancarrow una persona degna di ammirazione ed emulazione, alla cui approvazione tenevano più che a quella di qualsiasi insegnante (fosse anche l'idolo della scuola) e i cui rimproveri stimolavano il desiderio di fare meglio, di impegnarsi di più, di guadagnarsi la sua stima.

Strike tirò fuori dalla valigia le foto e le guardò a una a una, soffermandosi sulla più antica di tutte, che era in bianco e nero. In essa si vedeva un uomo grande e grosso, di carnagione scura, che aveva una sua rude bellezza e ricci capelli neri proprio come quelli di Strike. Dava le spalle al mare e teneva la mano enorme sulle spalle di un piccolo Ted dall'espressione ansiosa.

Trevik Nancarrow, il nonno cornico, era morto prima che Cormoran nascesse e lui non ne aveva sentito la mancanza, avendo appreso che razza di uomo fosse. Forte come un toro, era un gran bevitore che, al di fuori delle mura domestiche, era considerato un membro rispettabile della comunità. All'interno della famiglia, invece, secondo i suoi figli era stato un orco.

Sua moglie, dopo una lunga malattia, era morta giovane, lasciandogli la responsabilità di due bambini tra i quali c'era una differenza di età di quattordici anni: Ted, di sedici anni, e Peggy, la madre di Strike, che di anni ne aveva solo due. La stessa età, pensò Strike, che aveva Rupert Fleetwood quando i suoi genitori erano scomparsi sotto una montagna urlante di neve. La madre di Trevik si era offerta di prendersi cura della piccola Peggy. Volubile e cattiva come il figlio ubriacone, la vecchia non aveva avuto tempo da dedicare a Ted: gli adolescenti maschi erano indisciplinati e chiassosi e dovevano stare con il padre, mentre Peggy, secondo lei, amava la nonna e aveva bisogno di lei, che era fiera di vestirla e pettinarle la lunga capigliatura nera.

Molto tempo dopo Ted aveva confidato a Strike che, se fosse rimasto nella casa di suo padre anche dopo i diciott'anni, sarebbe stato commesso un delitto, e non era chiaro chi sarebbe stato il morto e chi l'assassino. Il servizio militare lo aveva salvato. Non avendo nessuna voglia di ritornare a St Mawes, Ted, guadagnandosi il disprezzo di Trevik, era rimasto nell'esercito, e aveva rinunciato al mare e alla costa frastagliata che amava tanto per entrare nella polizia militare. Dopo di allora, era tornato a St Mawes solo quando aveva saputo della morte prematura del padre. In seguito aveva sposato la ragazza del luogo con cui aveva mantenuto una corrispondenza per sette anni.

Era stato Ted a interrompere la brutta tradizione di violenza e ubriachezza che era stata propria per generazioni degli uomini Nancarrow. La moglie di Ted non era vissuta nel terrore di essere presa a pugni e i nipoti da lui accolti come figli avevano conosciuto la disciplina, ma mai la brutalità. Ted aveva incarnato le virtù, fino ad allora sconosciute nella famiglia Nancarrow, della fermezza, della sobrietà e della correttezza, mentre Peggy a diciott'anni aveva colto la prima occasione di sfuggire alle grinfie della severissima nonna: era scappata con un ragazzo capitato a Truro con il luna park, si era ribattezzata 'Leda' e aveva portato il caos ovunque fosse andata, per poi morire in uno squallido squat di Londra.

Fissando la foto di Trevik con Ted bambino, Strike si rammaricò di non potere più contare su quella riserva di lucido giudizio e buon senso che lo zio aveva sempre rappresentato per lui. Ted aveva sempre trovato il modo di esprimere con parole chiare concetti che l'adolescente Cormoran, inquieto e spesso arrabbiato, aveva dovuto riconoscere essere veri, anche se non aveva ancora vissuto abbastanza da confrontare la loro correttezza con l'esperienza concreta.

«Non si può essere fieri di avere una cosa per ottenere la quale non ci si è dati da fare» era una delle massime che Ted amava ripetere. Strike era pronto a darsi da fare per conquistare Robin, ma le settimane trascorse da quando le aveva visto in faccia lo sguardo di sbalordimento gli avevano dato ben poche occasioni di far avanzare la sua causa. Il problema era che, prima dell'assunzione di Kim, tutti i detective dell'agenzia erano stati troppo assorbiti dall'enorme numero di casi da trattare. Inoltre, Strike aveva capito che a Robin era costato molto affrontare l'assalto dei media per lo scandalo dell'UHC a Chapman Farm: era parsa più nervosa e ansiosa del solito, anche se gli aveva risposto male quando lui le aveva suggerito di prendersi un periodo di riposo. Parecchie volte gli era capitato di dover cambiare bruscamente discorso quando un collaboratore dell'agenzia aveva annunciato allegramente a Robin, credendo di farle piacere, che era stato arrestato un altro membro dell'UHC.

Erano ormai parecchie settimane che Strike rimandava di giorno in giorno la confessione che si riprometteva di farle, perché temeva che esprimerle i suoi sentimenti in un momento così delicato fosse troppo egoistico da parte sua. Poi la morte di Ted lo aveva costretto ad allontanarsi da Londra e adesso il virus che aveva fatto ammalare Robin stava prolungando la separazione e dava senza dubbio a Murphy innumerevoli opportunità di recitare la parte del fidanzato premuroso.

Benché non avesse avuto alcuna notizia concreta in merito, Strike temeva che Murphy meditasse di farle una proposta. La loro relazione appariva più salda che mai, ed entrambi erano senza dubbio ben disposti verso l'idea del matrimonio, dato che erano già stati sposati in passato. Robin aveva trentadue anni e forse pensava anche di avere dei figli. Era apparsa ambivalente, su quell'argomento, l'unica volta in cui ne aveva parlato con lui, ma ormai era passato un certo tempo, e all'epoca non c'era ancora all'orizzonte il bel poliziotto della CID. Dopo l'ultimo, importante caso trattato dall'agenzia e la lunga, traumatica missione da infiltrata nell'UHC, forse Robin riteneva giunto il momento di prendersi una pausa dal lavoro. Questo rendeva più che mai urgente la confessione di Strike. Doveva trovare il modo di parlarle prima che Murphy le infilasse l'anello al dito e prima che Robin annunciasse di dover prendere un congedo di maternità.

«Non permettere mai all'altro di farti cambiare lo schema di gioco» gli aveva detto una volta Ted, anche se si riferiva alla boxe anziché all'amore. «Fa' sempre il tuo gioco e conta sui tuoi punti di forza».

Quali erano i punti di forza di Strike, in quel particolare caso? Senza dubbio, l'agenzia investigativa l'avevano fondata insieme ed era sicuro che Robin ci tenesse quanto lui. Il lavoro offriva loro diverse opportunità di passare molto tempo insieme, anche se ultimamente erano un po' calate. Quante occasioni si era lasciato sfuggire, pensò con amarezza: pernottamenti, pranzi insieme e lunghi viaggi in macchina. E lui, da quello stupido coglione che era, si era pure vantato di non aver permesso all'attrazione fisica di prendere il sopravvento! E qual era il risultato? Era seduto lì da solo con la gamba dolente davanti al fondo di una pinta di birra, mentre Murphy era probabilmente a casa di Robin, ad aggiungere frecce al suo arco portandole mazzi di fiori e scaldandole la pappa.

Irritato dalla sua stessa infelicità, Strike si alzò di nuovo e lavò i piatti della cena. Rimuginare non serviva a un bel niente: occorreva, invece, un'azione decisa.

Gli sembrò che il fantasma di Edward Nancarrow annuisse con aria di approvazione a quella conclusione. Così, finito di lavare i piatti, rimise le fotografie e i due cappelli di Ted nella scatola da scarpe e, dopo un attimo di esitazione, posò il vecchio randello da pescatore sul davanzale, l'unico ornamento, se così lo si poteva definire, che si sentiva di esporre nella sua casa.

7

Sul plumbeo cielo lo sguardo appuntato
pure fissando con occhio annoiato
il lungo svogliato pianeggiare
ricominciai infine a pensare.

A.E. Housman
XXXI, Hell Gate, Last Poems

I medici dimisero Robin dall'ospedale il sabato mattina, consigliandole di assumere all'occorrenza paracetamolo e ibuprofene, evitare un'attività fisica intensa e riprendere il lavoro normale dopo almeno altri tre giorni di riposo. Aveva dormito di nuovo male, stavolta non per via del rumore, ma perché aveva sognato più volte di essere tornata nella cassa in cui era stata rinchiusa per una notte a Chapman Farm. Quegli incubi la perseguitavano da un paio di mesi, ma non ne aveva parlato con nessuno, né aveva confidato ad anima viva di avere avuto inaspettati attacchi di panico soprattutto in mezzo alla folla o di essere costretta a dormire con l'abat-jour acceso se Murphy non passava la notte con lei. Sapeva cosa sarebbe successo se avesse confessato di essere psicologicamente sotto stress: tutti le avrebbero consigliato di rinunciare a quel tipo di lavoro. Dopo i difficili mesi trascorsi da infiltrata, Strike le aveva suggerito una o due volte di prendersi un periodo di riposo, ma lei non desiderava una vacanza, anzi, voleva riempirsi di impegni, immergersi in nuove indagini, distrarre la mente inquieta con i problemi altrui.

Prese il taxi per casa con un dolore sordo al basso addome, a destra, un fastidio che gli analgesici avevano attenuato, ma non eliminato. Benché avesse detto a Murphy, che era molto preso dal caso della sparatoria tra gang, di stare benissimo da sola, provava molta rabbia e molta voglia di piangere per il suo umore tetro. *Controllati*, pensò. *In fondo, è stata una cosa da poco. Pensa a Strike, che vive con una gamba sola. Starai meglio appena arriverai a casa.*

Tuttavia, era tornata nel suo appartamento solo da dieci minuti, quando l'inquilino del piano di sopra mise su, come al solito, della musica a tutto volume. Ascoltò le note ritmiche del basso, ma era troppo stanca e dolorante per salire a chiedere al vicino di abbassare. Sentì crescere la voglia di piangere, ma invece di darle libero sfogo andò a prendere il computer portatile. Appena lo aprì le squillò il cellulare, e vide di nuovo il numero di sua madre.

Facendosi coraggio, rispose.

« Ciao, mamma, scusa se non ti ho richiamato, ieri » disse prima che Linda avesse il tempo di parlare. « Stavo lavorando ».

« L'avevo immaginato » fece Linda con voce rauca.

« Tu stai bene? »

« Volevo solo dirti che... abbiamo dovuto sopprimere Rowntree ».

« Oh, no! » esclamò Robin. « Oh, mamma, mi dispiace! »

Il labrador marrone cioccolato della famiglia Ellacott era vecchio, ma Robin gli era affezionata. Le lacrime che negli ultimi giorni si era trattenuta dal versare le spuntarono agli occhi. Nel frattempo, era chiaro che Linda si era messa a piangere.

« Siamo stati costretti » ribadì con voce rotta. « È stato il fegato: il veterinario non ha potuto farci niente. È stato meglio, per lui, andarsene così, in maniera dolce ».

« Sì, certo, ma mi mancherà molto » disse Robin. « Papà come sta? »

« Vuole un altro cane e sta già guardando dei cuccioli su internet. Io però non ne sono così sicura. I cani ti condizionano molto. E poi non ce ne sarà mai nessuno come Rowntree ».

Parlarono per altri venti minuti, durante i quali Robin non accennò minimamente ai suoi problemi. Quando finalmente Linda chiuse la comunicazione, sua figlia tornò al computer con ancor più voglia di immergersi in questioni che la distraessero dai suoi pensieri.

Digitò su Google 'delitto del caveau', poi scorse le voci.

Come vide subito, c'erano state quattro distinte fasi nella copertura mediatica del delitto del caveau di Ramsay Silver, e tutti gli articoli si erano concentrati in un mese estivo in cui Robin era ancora infiltrata a Chapman Farm e totalmente isolata dal mondo esterno.

Subito dopo che era stato scoperto il cadavere di William Wright, nei circa cento titoli sensazionalistici comparsi sulla stampa si sprecavano parole come 'nudo', 'smembrato', 'mutilato' e 'massonico'. Da uno dei pezzi Robin apprese che a scoprire il cadavere senza mani e senza occhi era stato il proprietario del negozio, Kenneth Ramsay.

> «Come potete immaginare, è stato per me uno choc terribile. Per un istante ho creduto davvero che mi sarebbe venuto un infarto. Il cadavere era in terra e tutti gli argenti Murdoch erano scomparsi. Non ci capacitiamo di come sia potuto succedere e tanto meno del perché. Wright non era in possesso di chiavi o codici, non si capisce come sia potuto entrare nel negozio quella notte. Inoltre, non era assolutamente in grado di aprire il caveau».

Robin cliccò su un articolo a quello collegato per capire cosa fossero 'gli argenti Murdoch'.

> Tesori massonici di inestimabile valore, acquistati di recente all'asta, sono stati rubati dalla camera blindata in cui è stato assassinato William Wright. Facevano parte della collezione di A.H. Murdoch, un esploratore frammassone di origine scozzese, che nel 1827 scoprì una miniera d'argento, la seconda per importanza del Perù. Murdoch mise insieme la collezione di manufatti massonici più grande e preziosa del mondo, alcuni fabbricati con l'argento della sua miniera, altri raccolti nel corso di molti anni. Tra questi erano inclusi il pugnale da cerimonia di John Skene, il primo massone che sia emigrato in America.

Benché gli articoli evitassero di insinuare che William Wright fosse stato assassinato nell'ambito di un diabolico piano massonico, parecchie osservazioni ventilavano l'eccitante possibilità.

> Assassinato all'ombra di Freemasons' Hall, l'imponente luogo d'incontro di oltre un migliaio di logge massoniche.

> Gli argenti Murdoch hanno un grande significato per coloro che praticano l'arte segreta della massoneria.

La fase successiva di copertura mediatica era stata innescata appena si era scoperto che non esisteva nessun William Wright: il nome, il curriculum vitae e i dati personali si erano rivelati falsi. L'idea, prima solo ventilata, che nel crimine fosse coinvolta in qualche modo la massoneria era apparsa così sempre più probabile.

> **'DELITTO MASSONICO':**
> **CHI È L'UOMO BRUTALMENTE ASSASSINATO?**
>
> La polizia continua a cercare informazioni sul presunto commesso 'William Wright' di Doncaster, l'uomo che è stato denudato e smembrato nel caveau di Ramsay Silver, un negozio di oggetti massonici... Molti massoni famosi hanno il cognome Wright, tra cui il batteriologo Sir Almroth Wright e lo scrittore Dudley Wright.

Immagini sfocate di Wright, riprese dalla telecamera di sorveglianza di Ramsay Silver, erano state trasmesse alla stampa, ma erano di così scarsa qualità che Wright poteva essere in pratica qualsiasi uomo con barba e occhiali. La corporatura era la sua caratteristica più spiccata, in quanto, benché decisamente basso, era ben proporzionato e con due atletiche spalle larghe. La natura sfocata delle immagini accentuava l'aura misteriosa che circondava il delitto. Nella seconda fase della copertura mediatica, la polizia aveva annunciato che disponeva di molti indizi sulla possibile identità di Wright e che li stava vagliando tutti.

La terza ondata di articoli, che era stata di gran lunga la più concitata, era iniziata quando la polizia aveva divulgato altre immagini, stavolta notturne, delle telecamere di sorveglianza vicine a Ramsay Silver. In esse William Wright e altri tre individui si dirigevano verso il negozio nelle prime ore di sabato 18 giugno. Anche in quel caso le immagini erano abbastanza sfocate, ma uno dei quattro uomini era chiaramente basso e barbuto. I tabloid erano entrati in fibrillazione, mentre i giornali più autorevoli dicevano di riportare le storie sensazionalistiche di omicidi rituali massonici soltanto per scoraggiare la credulità dei lettori, dando in questo modo ampio spazio alle teorie del complotto.

> I detective online si sono precipitati a sottolineare che l'omicidio di 'William Wright' ricorda stranamente la leggenda di Hiram Abif, il mitico architetto capo cui fu affidata la costruzione del tempio di re Salomone, che comprendeva una cripta segreta dove si sarebbe dovuta collocare l'Arca dell'Alleanza. Abif conosceva una parola segreta, simbolo della sapienza divina. Decisi a scoprire la parola segreta, tre suoi muratori, Jubela, Jubelo e Jubelum, minacciarono Abif, che si rifiutò di dirla e fu quindi assassinato nel tempio con tre strumenti sacri ai massoni: la livella, la squadra e il maglietto. Versioni più elaborate di questi oggetti sono tra le cose che sono state rubate dal caveau di Ramsay Silver dov'è stato rinvenuto il cadavere di Wright.

Robin buttò un'occhiata anche ai commenti esaltati dei lettori, alcuni dei quali avevano rilevato altre caratteristiche massoniche nell'uccisione di William Wright.

> Mozzare le mani al cadavere rappresenta un'allusione alle Mani dei Misteri, smembrate dal corpo, che aprono il tempio della sapienza.

Gli oggetti d'argento che circondavano il cadavere possono ben essere un'allusione alla citazione biblica che si legge nel Terzo Grado: «prima che si spezzi il filo d'argento».

Ho appreso che sulla schiena di Wright è stata incisa la lettera 'G', un evidente riferimento all'unica lettera che si conosca della parola segreta di Hiram.

Poi, però, si era arrivati alla quarta fase di copertura mediatica, rivelatasi estremamente deludente per gli appassionati di notizie sensazionali. La polizia aveva annunciato che 'William Wright' era in realtà Jason Knowles, un ventottenne di Haringey. In passato, nel 2010, Knowles aveva scontato sei anni di carcere per la rapina a un istituto di credito immobiliare di Lewes. Nella foto segnaletica appariva come un uomo muscoloso dalle spalle larghe e dal collo taurino, con il viso lungo cosparso di lentiggini e lo sguardo da maniaco.

Concludeva il *Times* in un suo articolo:

«Date le numerose speculazioni apparse sui social media riguardo a un preteso 'omicidio rituale massonico', che sono state amplificate da una certa stampa, vorrei confermare che non abbiamo motivo di credere che la morte di Knowles sia in alcun modo associata, ispirata o commessa da massoni, né che la vicinanza a Ramsay Silver della Gran Loggia Unita abbia la benché minima relazione con il caso» dichiara l'ispettore capo Malcolm Truman, che ha condotto l'inchiesta. «Siamo ormai più che sicuri che Knowles e il suo assassino o i suoi assassini fossero motivati soltanto dal guadagno, e continuiamo a invitare chiunque sappia qualcosa sull'omicidio e gli oggetti rubati dal caveau a rivolgersi a noi».

Robin non si stupì di vedere che quelle notizie deludenti non avessero spento del tutto le speranze di chi non intendeva rinunciare all'idea che il delitto fosse stato una rielaborazione intenzionale dell'assassinio di Hiram Abif.

Shaun Coolidge

L'uomo è stato ucciso mentre rubava oggetti massonici da un negozio di articoli massonici poco lontano dalla Gran Loggia Unita d'Inghilterra, ma certo non sono stati i massoni a commettere l'atto.

Peter Mikkelsen

Se mai tu fossi assassinato nella corsia vegana di Tesco's, sapremmo che è stato un cetriolo a colpirti.

Floozy Soozy

Ah ah ah!

Debbie Palser

lol

Questo commento è stato eliminato perché viola le regole della community

Jane Burnett

Tutte quelle sciocchezze sui massoni, mentre è stata la rapina comune di delinquenti comuni!

SkankyDoodle

Quanti rapinatori e delinquenti comuni finiscono non solo uccisi, ma anche privati degli occhi e delle mani? Come mai dal negozio sono stati portati via solo oggetti connessi alla massoneria? E come mai il cadavere era nudo e chiaramente ucciso in maniera *rituale*?

Jane Burnett

Come figlia e moglie di massoni, ti posso assicurare che non esistono omicidi rituali nella massoneria! Ogni anno i massoni raccolgono molti milioni di sterline da devolvere in beneficenza, eppure sono continuamente stigmatizzati da gente ignorante come te.

Questo commento è stato eliminato, perché viola le regole della community

Jeff Grayling

La sicurezza in quel negozio doveva proprio far ca...are se quel tizio ha potuto scassinare la serratura del caveau dopo avere lavorato da Ramsay per appena due settimane.

Paul Everleigh

Era proprio quello che mi dicevo anch'io. O la sicurezza è un colabrodo o è un lavoretto fatto dall'interno.

Starbanger

Il mio commento è stato eliminato per ben DUE VOLTE dal moderatore!!! C'è qualcosa che puzza parecchio, qui! L'ispettore capo Malcolm TRUMAN è un massone, membro della Loggia Winston Churchill 7502, Holborn!!!!!!

Il cellulare squillò. Robin si augurò fosse Strike, ma era Kim Cochran.

« Ciao, ti disturbo solo un attimo » disse allegramente la nuova collaboratrice da un luogo che dal suono pareva essere l'interno di una macchina. « Plug pareva per caso intenzionato a prendere un treno quando lo hai perso di vista, venerdì, o doveva incontrare qualcuno? »

« Credo dovesse incontrare qualcuno » rispose Robin. Dopo essere uscita dalla sala operatoria, aveva avuto la presenza di spirito di mandare un messaggio a Kim e fingere di avere scambiato, nel trambusto, Plug per un altro. « Era diretto verso Caffè Nero quando l'ho perso di vista ».

« Credevo fosse impossibile confondere Plug con chiunque altro » replicò Kim, con una risatina.

« C'era una fitta folla » si giustificò Robin.

« Chiaro. Te lo chiedo solo perché ieri l'ho visto consegnare un rotolo di banconote a un tizio in Tufnell Park. Proprio in questo momento lo sto seguendo sull'A12. Strike mi ha chiesto di sostituirti, stamattina ».

« Va bene » disse Robin. Con uno sforzo, aggiunse: « Grazie per avere fatto il turno al posto mio ».

«È molto depresso, poverino».

«Chi?»

«Strike, dopo la Cornovaglia. Mi ha raccontato tutto».

«Ah, giusto».

«In ogni caso, grazie delle informazioni su Victoria Station. Tu torna pure al tuo paracetamolo».

Finita la conversazione, Robin strinse gli occhi, fissando il cellulare.

Si era detta che Kim Cochran era stata un buon acquisto fin dal primo momento in cui aveva cominciato a collaborare con l'agenzia. Faceva un lavoro esemplare e aveva buoni contatti nella polizia, perché aveva lavorato otto anni nella Met prima di fare il detective privato. Tuttavia, più Robin la conosceva, meno l'apprezzava a causa dell'enorme differenza di atteggiamento che aveva nei confronti dei titolari dell'agenzia, i due detective il cui nome era scritto sulla targa della porta d'ingresso. Kim rideva più allegramente e a lungo quando era Strike a fare una battuta, e mostrava deferenza per le idee e le opinioni da lui espresse. Nei confronti di Robin, invece, ostentava indifferenza o addirittura scarsa considerazione. Le aveva già lanciato una frecciata ironica per il fatto che, unica della squadra, Robin non avesse alcuna precedente esperienza in polizia o nell'esercito, e aveva insinuato che il principale titolo per cui faceva parte dell'agenzia fosse di andare a letto con un funzionario della CID. Quando lei aveva ribattuto: «E tu, quand'è che hai smascherato e smantellato un'intera setta del cazzo?», era scoppiata a ridere esclamando: «Ma scherzavo!»

Robin mise via il computer portatile e andò in cucina. Non voleva pensare a Kim Cochran ma, mentre si preparava il tè e un toast (perché il toast non la costringeva a tirare giù dalla credenza i piatti o a chinarsi per prendere i tegami) tornò con la mente distratta a un particolare che non avrebbe dovuto infastidirla, e cioè al fatto che Kim avesse chiesto a Midge (da cui Robin aveva avuto l'informazione) se Strike fosse sentimentalmente libero o impegnato.

Quando una donna passa anni a chiedersi se sia innamorata

dell'uomo che considera il suo migliore amico, quando sacrifica un matrimonio e la sicurezza economica per dare inizio con quell'uomo a un'attività professionale, quando, dopo aver scoperto che quello stesso grande amico va a letto in segreto con un'altra donna, è costretta ad ammettere con se stessa di essersi innamorata di lui, l'unica cosa da fare è disinnamorarsi nella maniera più veloce e drastica possibile, e proprio questo Robin aveva cercato di fare con tutte le sue forze. Siccome, diversamente da Strike, non moriva dalla voglia di passare il resto della vita non lavorativa da sola in un appartamento spartano, rompendo la monotonia con una serie di brevi amorazzi, aveva fatto quello che l'aveva esortata a fare Ilsa Herbert, amica sia sua sia di Strike: aveva accettato di bere qualcosa con Ryan Murphy.

A distanza di oltre un anno da quel drink, Robin era assolutamente convinta, anzi sapeva per certo, di amare Murphy. Gli avvenimenti degli ultimi giorni l'avevano traumatizzata e destabilizzata, ma lo choc sarebbe passato. Oltre a essere un gran bell'uomo, Murphy era buono e intelligente. Certo, c'era stata una conversazione, due mesi prima, nel corso della quale Strike aveva fatto certi discorsi...

In piedi accanto al tostapane, Robin si disse che non intendeva ricominciare ad analizzare pezzo per pezzo quel colloquio, perché non aveva bisogno di ulteriori complicazioni, sofferenze e stress. Lei stava con Murphy e Strike poteva fare quel che voleva, e se per caso desiderava rispondere alle profferte di Kim ('è molto depresso, poverino, mi ha raccontato tutto'), peggio per lui: a lei cosa importava?

Portò il tè e il toast accanto al computer mentre le note di *Stitches*, di Shawn Mendes, arrivavano dall'appartamento sopra il suo. Quando si sedette, le squillò di nuovo il cellulare, e stavolta era Strike.

«Ciao» le disse. «Come stai?»

«Un po' meglio» rispose Robin. «E tu?»

«Bene. Sono seduto nella BMW e guardo l'ex moglie di Cazzone fare colazione con un'altra donna».

«Bisogna che tu smetta di chiamarlo Cazzone, specie in pubblico» lo redarguì Robin, in parte divertita, in parte irritata. «Pat pensa che dovremmo chiamarlo 'Signor C'».

«Pat non è costretta, come me, a dargli degli aggiornamenti ogni settimana» replicò Strike.

Il cliente in questione, un giocatore di cricket sudafricano, era convinto che l'ex moglie avesse una relazione con un giornalista di tabloid sposato e che questo spiegasse la recente ondata di articoli poco lusinghieri, anche se attendibili, sul suo passato usciti su quel particolare giornale. Per caso, Strike conosceva il giornalista in questione: era Dominic Culpepper, e l'agenzia a volte aveva svolto degli incarichi per lui all'epoca in cui non poteva ancora permettersi di scegliersi i clienti.

«Se hai un attimo di tempo, vorrei scambiare due parole con te sul caso Mullins» chiese Strike.

«Certo, di' pure».

«Ho provato a sentire tutti i nostri contatti nella polizia per vedere se sanno niente del cadavere nel caveau, ma nulla da fare. Wardle, Layborn, ho tentato pure con Anstis: nessuno ha mai avuto minimamente a che vedere con il caso e nessuno conosce un detective che ci abbia lavorato. Tu non potresti fare un tentativo con Vanessa Ekwensi?»

«Sì che posso, ma è in congedo di maternità».

«Merda» imprecò Strike. «Potremmo chiedere a Kim se conosce qualcuno».

«Potrei chiedere a Ryan» propose allora Robin. «Anche se in questo momento è oberato di lavoro» aggiunse sentendo il silenzio all'altro capo della linea. «Sta lavorando al caso della sparatoria tra gang, quello in cui un bambino è rimasto ucciso e suo fratello ha perso un occhio».

«Brutta storia» commentò Strike in tono poco solidale. «Be', a meno che non troviamo un poliziotto amico che ci dia qualche informazione riservata, credo sia un vicolo cieco. Non possiamo dire a Decima che il morto non era assolutamente Fleetwood se non sappiamo che cos'ha detto la scientifica».

«Proverò a sentire Ryan» concluse Robin.

«Ho chiamato anche uno degli amici di Fleetwood, un tizio di nome Albie Simpson-White» spiegò Strike. «È cameriere da Dino's, il club di proprietà del padre di Decima, ma dice che 'non è disposto a parlare'».

«Dino's?» domandò Robin. «Il circolo privato con il ristorante sul retro?»

«Proprio quello».

«Volevo portarci mia madre per il suo sessantesimo compleanno, ma pranzare lì costa in media quattrocento sterline a persona».

«Quattrocento sterline? Per un pranzo?»

«Ha tre stelle Michelin».

«Non spenderei mai quattrocento cazzo di sterline per un pranzo, a meno che non mi regalassero anche il tavolo e le sedie».

Robin rise, ma smise subito perché provò una fitta di dolore.

«Non ti ho ancora chiesto com'è andata in Cornovaglia».

«Che cosa? Ah, come puoi immaginare. Lucy piangeva di continuo. Si è portata a Bromley praticamente tutto il contenuto della casa e dubito che Greg ne sarà molto contento. Al funerale ha partecipato un sacco di gente. Avrei voluto... Oh, cazzo, devo lasciarti, la Signora C si è mossa e devo pedinarla».

Strike chiuse la comunicazione, lasciando Robin a domandarsi che cosa avrebbe voluto Strike.

In mancanza di altre distrazioni, l'inquietudine che aveva tentato di dominare fin dal colloquio con il chirurgo si fece più forte. Dopo avere fissato per un altro minuto il nome della loggia massonica a cui dicevano appartenesse l'ispettore capo Truman, spostò il cursore in cima allo schermo e, con riluttanza, digitò 'congelamento ovuli'.

8

È il più triste degli spettacoli che si possano vedere sulla terra, quello di un uomo pigro e lussurioso... Egli è l'infedele amministratore che si appropria indebitamente di ciò che Dio gli aveva dato in custodia.

Albert Pike
Morals and Dogma of the Ancient and Accepted Scottish Rite of Freemasonry

L'ex moglie del giocatore di cricket che Strike chiamava 'Cazzone' e Pat 'Signor C' stava andando in macchina al suo appartamento di Chelsea. Benché frequentasse lo stesso ambiente di Dominic Culpepper, fino a quel momento lei e il giornalista non erano apparsi che meri conoscenti. Strike aveva suggerito al giocatore di prendere in più attenta considerazione altre persone a lui molto vicine per scoprire la fonte della soffiata fatta al giornale di Culpepper, ma Cazzone, « Dimostrandosi » come aveva detto Barclay « all'altezza del suo nome », aveva scartato subito l'ipotesi, continuando a insistere che l'agenzia doveva pedinare la sua ex moglie.

Così Strike guidò nella luce sempre più fioca in direzione di Glebe Place, dove la splendida ex modella parcheggiò la Mercedes S-Class ed entrò nella bella casa assegnatale nell'ambito dell'accordo di divorzio. Strike parcheggiò la BMW e, appoggiando la schiena al sedile, contemplò il portone d'ingresso. Dando quasi per scontato che la Signora C, l'ex moglie di Cazzone, si stesse cambiando d'abito per uscire di nuovo, tirò fuori di tasca il cellulare e cercò il numero – datogli da Decima – della zia zurighese di Fleetwood, Anjelica.

Il segnale di linea europeo, che gli suonò lungo e acuto all'orecchio, durò qualche secondo, dopo di che gli rispose una signora dal tipico tono sostenuto dell'alta borghesia.

«Wallner».

«La signora Anjelica Wallner?»

«Sì, chi parla?»

«Mi chiamo Cormoran Strike e sono un detective privato. Mi è stato dato il suo numero da...»

«Che cosa? Chi ha detto di essere?»

Strike fece appena in tempo a ripetere 'detective privato', che la sua interlocutrice esplose.

«Ma che cos'è questa storia? *Cos'è questa storia?* È di nuovo quella Decima o come diavolo si chiama?»

«Volevo solo chiederle se aveva qualche notizia di suo nipote Rup...»

«È intollerabile! Prima la polizia, poi lei!»

«Ha parlato con la polizia, allora?»

«Quale diritto ha quella, di mandare della gente a importunarmi?»

«Mi è parso di capire che fosse la fidanzata di suo nipote» osservò Strike.

«Mi sono informata, sa? So chi è quella là!» sbraitò la zia di Rupert. «Come gli è venuto in mente di mettersi con la figlia di quell'uomo orrendo?»

«Non le piace Dino Longcaster?»

«Che mi piaccia o no non ha la benché minima importanza! Per giunta, è una donna che potrebbe essere sua madre!»

«Be', non...»

«Lui puntava ai suoi soldi, e immagino sia perché non ne ha avuti abbastanza che se l'è squagliata. Glielo dica, a quella. Le riferisca ciò che ho detto!» urlò la signora Wallner nata Fleetwood. «Rupert vuole solo fare la bella vita. Non ha nessuna voglia di lavorare».

«Decima mi ha detto che lei pensa che Rupert sia a New...»

«*È* a New York! Gli ho spiegato che doveva cercarsi un lavoro decente e l'ha fatto, ed era ora che lo facesse, per la miseria! È un uomo adulto e deve risolvere i suoi problemi da solo».

«Per caso ha il suo numero di New...»

«Se non ha dato il suo numero a quella là, è perché non vuole che ce l'abbia!»

«Ma lei è sicura che Rupert sia in America? Ha avuto sue notizie dopo il 25 mag...»

«Non sono affari suoi se ho avuto o no sue notizie» lo interruppe lei. «È scandaloso, *scandaloso*, che quella mandi in giro gente a importunarmi così!»

«Decima è solo preoccupata per Rupert e vorrebbe avere la certezza che sta bene».

«La polizia ritiene plausibili le notizie che ha avuto sul suo soggiorno a New York, quindi dica pure alla signorina Longcaster di smettere di rompermi le scatole. *È il colmo che dia a tutti il mio numero di telefono*».

«Personalmente, non è preoccupata per la sicurezza di suo nipote?»

«Perché dovrei essere preoccupata, eh? Perché?»

«Perché mi risulta sia stato minacciato, prima di andarsene» riferì Strike.

«Se è rimasto implicato in faccende di droga, non ho nessuna compassione per lui. Sono cose troppo lontane da me. Gliel'avevo detto: 'Non intendo darti soldi, quindi non chiederli. Non chiederli e basta'».

«Rupert le aveva domandato un prestito?»

«Io non saldo i debiti di droga, non butto via i miei soldi!»

«Ha capito che era minacciato?»

«Non dubito che fosse minacciato! Avrebbe dovuto scegliersi meglio gli amici, no?»

«Se lei si è resa conto che...»

«Non ho altro da aggiungere. Arrivederla».

Anjelica Wallner chiuse la comunicazione.

9

Se mi vuoi migliore per il tuo amore,
non tornar più su codesti tristi temi.

Robert Browning
Paracelsus

Alle otto di sera, qualcuno suonò il citofono a casa di Robin.

«Ciao» disse Murphy. «Ho le patatine».

«Oh, che bello, sto morendo di fame!» esclamò Robin, aprendogli.

«Cazzo» fu la prima parola che disse Murphy entrando nell'appartamento e salutando Robin con un bacio. Guardò torvo il piano di sopra, da cui arrivava a tutto volume la musica del vicino. «Vuoi che vada a dirgli di spegnere?»

«È inutile» sospirò Robin. «Lo abbassa per un quarto d'ora, poi ricomincia pian piano ad alzare. Crede che, se aumenta il volume gradualmente, gli altri non se ne accorgano».

«Che razza di stronzo. Siediti pure, abbiamo bisogno solo di coltello e forchetta. Ho portato io da bere».

«Che bello, Ryan, grazie» disse Robin cinque minuti dopo, mentre mangiavano fish and chips tenendo in grembo il contenitore. Sul tavolino erano posati una lattina di birra analcolica e una Diet Coke. «Come vanno le cose, al lavoro?»

«Come sempre» rispose Murphy, che chiaramente aveva poca voglia di raccontarle i particolari della sparatoria tra gang. «E tu, come ti senti?»

«Molto meglio» lo rassicurò lei, sperando che a furia di ripeterlo avrebbe cominciato davvero a crederci.

Mangiarono per qualche minuto in silenzio.

«Senti» disse alla fine Robin, «sai niente di un delitto avvenuto mentre ero a Chapman Farm, quello in cui si riteneva fosse implicata la massoneria?»

«Ti riferisci al caso del cadavere nel caveau di Ramsay Silver?»

«Esattamente».

«Sì, fu una rapina a mano armata finita con un morto ammazzato» disse Murphy tra un boccone di merluzzo e l'altro. Dopo avere masticato, aggiunse: «L'altra ipotesi è che l'uomo si prostituisse e che sia stato assassinato dal proprietario del negozio: preso dal panico, non sapendo in quale altro modo sbarazzarsene, avrebbe gettato il cadavere nella cassaforte».

«È un'ipotesi basata su delle prove?» domandò Robin, con una patatina metà dentro e metà fuori dalla bocca.

«Probabilmente è un'idea balorda nata per scherzo. Sai come si diffondono queste voci. Il morto era nudo e spalmato di autoabbronzante».

«Conosci qualcuno che si è occupato del caso?»

«Sì, perché?»

«Strike ieri ha parlato con una donna che è convinta che l'uomo nel caveau fosse in realtà il suo fidanzato».

«È il tipo di donna che frequenta rapinatori?»

«Non direi. È un tipo dell'alta società, credo. Il suo ragazzo era un cameriere. Cameriere di un locale di lusso. Stiamo cercando di scoprire, per conto di questa donna, se sia mai stato accertato oltre ogni ragionevole dubbio che l'uomo nel caveau fosse davvero il rapinatore che hanno detto».

«A quanto ne so, erano sicuri dell'identità».

«Sicuri al cento per cento?»

«Non lo so» ammise Murphy. «Perché? Strike sogna ancora di far fare una brutta figura alla Met?»

«Perché dici così?»

Murphy prese dal tavolino la birra analcolica e ne bevve un sorso.

«Ci sono persone che hanno avuto la carriera rovinata dopo che Strike si è impicciato degli affari loro».

«Chi?» chiese brusca Robin. «Intendi Roy Carver? Strike tentò di suggerirgli la soluzione e lui non volle ascoltarlo. Se poi intendi incolpare l'agenzia perché ha risolto cose che la polizia non risolveva, devi incolpare anche me».

Murphy mangiò qualche altra patatina, prima di rispondere.

«Ti assicuro che i poliziotti che continuano a dare informazioni a Strike non si fanno molti amici, sul lavoro. Eric Wardle dovrebbe pensarci bene, prima di accettare di nuovo un pasto gratis al ristorante indiano».

«In cambio, abbiamo dato a Wardle un sacco di informazioni» replicò Robin. «È un *do ut des*, lo sai».

Si trattenne dal sottolineare che appena due mesi prima Strike aveva attribuito a Murphy il merito di avere arrestato un assassino e che l'agenzia aveva fornito allo stesso Murphy assistenza materiale in un altro caso. Non poteva fare a meno di sospettare che l'insistenza con cui i media avevano parlato della fortunata indagine sull'UHC, contrapponendosi ai tentativi fino ad allora infruttuosi di catturare l'uomo che aveva sparato ai due ragazzini nel conflitto tra gang rivali, avesse acuito il risentimento di Ryan.

Per qualche minuto mangiarono senza parlare, al suono del basso che li martellava dal piano di sopra.

«Scusami» disse alla fine Murphy. «È che non mi piacciono tutte le critiche feroci che ci fanno sulla stampa».

Scolò la lattina di birra e chiese: «Come si è ambientata, da voi, la Cochran?»

«Bene» rispose Robin. *Fin troppo, direi*, pensò.

«Ho saputo che aveva un'ottima reputazione, in polizia».

Poiché non aveva nessuna voglia di sentir magnificare le doti di detective di Kim, cambiò argomento, parlando delle ultime dichiarazioni che aveva rilasciato il presidente eletto degli Stati Uniti Donald Trump a proposito di Hillary Clinton, l'avversaria sconfitta che lui aveva detto di voler far arrestare. C'era una cosa da dire sull'inaspettata, trionfale elezione di Trump alla Casa Bianca: rappresentava sempre un argomento di cui parlare se si volevano evitare altri temi più insidiosi.

Quando ebbero finito di mangiare, Murphy invitò Robin a restare seduta e portò le posate in cucina per lavarle. Poi tornò in soggiorno con il caffè. Notando il suo sguardo indagatore mentre tornava a sedersi, Robin provò un pizzico di paura.

«Allora, come ti senti?» le chiese lui.

«Te l'ho detto che sto molto meglio. Sto abbastanza bene da poter riprendere il lavoro mercoledì».

«Non mi riferivo alla salute fisica».

Robin capì benissimo cosa intendesse. «Be', naturalmente sono contenta di essere stata dimessa. A proposito, mi ha appena chiamato la mamma. Hanno dovuto sopprimere Rowntree».

«Oh, merda, mi dispiace» fece Murphy.

Robin, che aveva parlato della morte di Rowntree solo per cambiare discorso, per qualche istante non riuscì a parlare. Aveva un groppo in gola e temeva che sarebbe scoppiata a piangere, anche perché capì che Murphy non aveva nessuna intenzione di lasciarsi sviare dall'argomento labrador.

«Non possiamo parlarne?» domandò lui, pacatamente.

«Parlare di che?» chiese lei, con un filo di voce.

«Di quello che ha detto il dottore».

«Ti ho spiegato che ho ripreso a prendere la pillola».

«No, non intendevo quello. Intendevo il congelamento degli ovuli».

«Non ci ho ancora riflettuto su».

«Non credi che sarebbe una buona idea? Così, per stare sul sicuro, no?»

«Sul sicuro?» replicò lei in tono improvvisamente brusco. «Ho guardato su internet che cosa comporta. Bisogna rimpinzarsi di ormoni e sottoporsi all'anestesia generale, e se per caso non riescono a procurarsi abbastanza ovuli o se questi ovuli non sono vitali, bisogna farlo varie volte».

«Perché non dovrebbero essere vitali? Hai solo trentadue anni».

Stupita della propria rabbia, Robin evitò di guardarlo negli occhi. *Non piangere*, si disse.

«Ho come l'impressione che tu ce l'abbia con me» mormorò Murphy.

«Non ce l'ho con te. È che, da come parli, sembra che procedere al congelamento degli ovuli sia come fare un salto al supermercato. Non è così. È una procedura invasiva, che porta via molto tempo. Potrei dovermi assentare dal lavoro per un po' ».

« Non puoi dimenticarti almeno per qualche minuto del lavoro? »

« È il colmo che dica così uno che ultimamente ha lavorato ventiquattr'ore su ventiquattro! »

« Mi dispiace di averti lasciato sola, oggi. Credi che mi abbia fatto piacere? Sei tu che non hai voluto avvertire i tuoi genitori! »

« L'essere lasciate sole non c'entra niente. Io sto *bene* da sola. Volevo solo sottolineare che per te va bene mettere il lavoro al primo posto, ma ritieni sbagliato che io faccia altrettanto ».

« È diverso. Io ci sono costretto ».

« Qualcuno ti ha forse puntato la pistola alla testa, obbligandoti a fare il poliziotto? »

« Oh, dai, sai benissimo che cosa intendo dire ».

« Sì, che il mio lavoro è così insignificante che non importa se non mi presento! »

« Non ho mai detto che fosse insignificante! »

« Vuoi che 'mi dimentichi del lavoro' » aggiunse Robin con voce tremante. « Be', io non ho nessuna voglia di dimenticarmene. Si dà il caso che mi piaccia molto il mio lavoro, e anche che sia molto brava a farlo! »

« Per la miseria fottuta, lo so che sei brava! Ti chiedo solo di mettere almeno per un breve periodo la tua vita al primo posto! »

« No, tu mi stai chiedendo di mettere al primo posto i miei ovuli. I miei ovuli e io *non* siamo la stessa cosa ».

Seguì un silenzio.

« Sto solo cercando di dirti che se vuoi procedere al congelamento degli ovuli, io ti sosterrò e aiuterò » riprese dopo un po' Murphy.

« In che senso mi 'aiuterai'? Ti sottoporrai ai vari esami e controlli, Ryan? Ti farai inserire dentro sonde, ti rimpinzerai di ormoni e proverai dolore, disagio e tutto il resto? »

« No » rispose lui, turbato.

«Non abbiamo mai parlato di figli» continuò Robin. «Non mi hai nemmeno mai chiesto se li volevo».

«Pensavo ti piacessero i bambini. Tua nipote, i tuoi figliocci...»

«Mi piacciono molto e voglio loro bene, certo, ma non è questo il punto». Robin sentì di nuovo una gran voglia di scoppiare in lacrime, ma era ben decisa a non versarle. «Senti, non avrei mai voluto parlare dell'argomento in questo modo, ma visto che me lo chiedi, ti dirò che non so se voglio dei figli miei, capito? Ma anche se non lo so, non è stato facile sentire il chirurgo dirmi di punto in bianco che quella merda di stupratore mi ha ridotto le tube in quel modo e... *No!*»

Murphy, che si era alzato per abbracciarla, si ritrasse di colpo.

«Scusami, ma ho ancora male alla ferita» spiegò lei. «Scusami tanto».

«Non scusarti».

Murphy si inginocchiò accanto al divano e le prese la mano.

«Che cosa posso fare per te?» domandò umilmente.

«Smettila di criticare il mio lavoro e di criticare Strike e l'agenzia» rispose lei con rabbia, asciugandosi gli occhi con la manica. «Mi hanno già criticato abbastanza Matthew e anche mia madre, maledizione. Nessun vuol far fare brutta figura a nessuno, stiamo solo cercando di capire se possiamo aiutare quella donna. Ha appena partorito il figlio del suo fidanzato e non sa dove lui sia finito. Dev'essere una situazione orribile».

«Smetterò di fare critiche» promise calmo Murphy. «Mi sono comportato da coglione. Cosa posso fare per farti sentire meglio? Qualsiasi cosa. Un gelato? Un weekend a Parigi?»

Robin si lasciò sfuggire, sia pur con riluttanza, un sorriso.

«Un cane? Vuoi un cucciolo?»

«Sembra tu stia cercando di adescarmi, Ryan!»

Murphy rise, e anche lei rise, benché le facesse male la pancia.

«Forza, su, dico sul serio» insistette lui. «Qualsiasi cosa».

«Qualsiasi cosa?»

«Te l'ho detto».

«Va bene» fece Robin, traendo un respiro profondo. «Scopri

fino a che punto la polizia è sicura che il cadavere del caveau fosse davvero quello del rapinatore Knowles».

Murphy si sedette sui talloni con un'espressione così assorta e strana che Robin si pentì di avergli fatto quella domanda.

«Scusa, lascia perdere» gli disse. «Non voglio che tu faccia niente».

«No, non è quello» replicò lui, passandosi una mano sulla faccia. «È che la donna di mia conoscenza a cui dovrei chiederlo, e che si è occupata del caso... da sbronzo l'ho palpeggiata, sei anni fa».

«Ah» disse Robin.

«Non abbiamo avuto rapporti sessuali. Lizzie mi aveva appena lasciato. Io ero ciucco. È successo al pub».

«Ho capito».

Murphy lasciò andare un sospiro.

«Ma glielo chiederò, se è così importante per te. Sa che adesso ho una ragazza».

«Lo sa davvero?»

«Sì, perché ogni volta che la vedo, mi fa capire che non le dispiacerebbe ripetere, e così ti ho nominata un sacco di volte» disse Murphy. «Ma se per te è così importante, posso provare lo stesso».

Robin esitò. Si rendeva conto che doveva essere molto cauta nel dire ciò che si accingeva a dire, ma era anche vagamente consapevole di come i sentimenti che stava per esprimere non fossero quelli che avrebbero avuto molte altre donne davanti alla prospettiva che il loro fichissimo ragazzo si vedesse con una con cui in passato aveva avuto, sbronzo o meno, un incontro amoroso.

«Be', mi fido di te» scandì, «anche se non mi va l'idea che un'altra donna cerchi di portarti via da me».

Aveva detto la cosa giusta. Dopo quelle parole, Murphy sembrò più felice e le strinse più forte la mano.

«Vedrò cosa posso fare».

«Grazie» disse lei, ricambiando la stretta.

«Mi ami solo per le informazioni riservate che ti posso dare?»

«No» rispose lei. «Mi piacciono anche le patatine... e un po' di altre cose».

Lui la abbracciò, e stavolta Robin non lo respinse. Era stupita di volere a tal punto quelle informazioni da passare sopra al fatto che Murphy offrisse da bere a una donna che gli aveva chiaramente messo gli occhi addosso, ma poiché aveva un sacco di altre cose di cui preoccuparsi al momento, pensò non avesse senso preoccuparsi anche di quello.

10

... un affetto e una premura fraterni dovrebbero governare tutti i rapporti e le relazioni tra di noi...

Albert Pike

Morals and Dogma of the Ancient and Accepted Scottish Rite of Freemasonry

Strike indisse una riunione della squadra mercoledì mattina, perché l'ex moglie del giocatore di cricket che Pat preferiva chiamare, anziché Cazzone, 'Signor C', era salita su un aereo per le Canarie. Plug era a casa di sua madre a Camberwell, e Midge lo stava tenendo d'occhio. Strike voleva fare un brainstorming, in particolare sul problema di come liberarsi al più presto del Signor C.

Arrivando davanti all'ingresso dell'ufficio alle nove di mattina, trovò la porta aperta e la segretaria già alla sua scrivania. Pat Chauncey, una donna di sessantotto anni con il viso scimmiesco e i capelli di un nero poco convincente, che parevano tinti con lucido da scarpe, com'era sua inveterata abitudine, teneva una sigaretta elettronica saldamente stretta tra i denti.

«Buon compleanno» gracchiò con quella voce baritonale che spesso induceva i clienti a scambiarla, al telefono, per Strike.

«Ah, sì, grazie» fece lui.

Non si era dimenticato il suo compleanno: sperava solo che se ne dimenticassero gli altri detective. Non desiderava, di prima mattina, un tea party con candeline e apertura dei regali, e non aveva una gran voglia di ricordare a Robin che compiva quarantadue anni. Tuttavia, vide sopra la scrivania di Pat una grossa busta e un enorme pacco cubico avvolto in carta azzurra e, in zona cucina, una vecchia scatola di latta decorata con immagini della principessa Diana, che certo non apparteneva all'ufficio.

«Ha chiamato una donna di nome Decima Mullins» annunciò Pat. «Vuole sapere quando le sottoporrai il contratto».

«Quando avremo deciso se accettare il suo caso» rispose Strike avvicinandosi al bollitore, in cucina.

«E il Signor C ha lasciato un messaggio, ieri sera. Vuole essere aggiornato».

«Cazzo!»

La porta d'ingresso a vetri si aprì di nuovo. Strike si girò e vide Robin.

«Ciao» sorrise lei.

«Hai uno splendido aspetto, per una che si è appena ripresa da una malattia».

«Ah, tutto merito del fard e del correttore che ho messo per te» scherzò Robin con allegria sincera. Si sentiva molto meglio di quanto non si fosse sentita nel weekend, e molto felice di essere di nuovo in ufficio. «A proposito, auguri».

Si avvicinò con una certa goffaggine a Strike, lo abbracciò e gli schioccò un bacio sulla guancia che lui gradì molto.

«Ti ho portato questo» continuò, tirando fuori dalla grande borsa un pesante pacchetto che fece tremare la scrivania, e dandoglielo in mano. «Quello» disse indicando il grosso pacco sul tavolo di Pat, «è da parte di tutti noi. Il mio lo puoi aprire subito. Non è molto fantasioso».

Non gli disse che aveva dovuto chiedere a Murphy di comprarlo mentre lei era temporaneamente costretta a letto, né che quello era il motivo per cui il regalo era abbastanza impersonale. Strike lo scartò e trovò una bottiglia di quello che un tempo era stato il suo whisky preferito: evidentemente Robin non sapeva che gli ricordava la sua ex fidanzata.

«Ottimo, grazie mille» disse.

«Allora, come mai hai indetto una riunione?»

«È un'occasione d'oro» rispose Strike. «La Signora C è via. Midge tiene d'occhio Plug, ma ci telefonerà, e Due-volte...»

«Mi prendi in giro?» chiese Robin, fermandosi nell'atto di appendere la giacca. «Due-volte è tornato?»

«Salve» salutò Kim, entrando in ufficio prima che Strike potesse rispondere. «Auguri, Cormoran!»

«Grazie» rispose lui, dirigendosi allo sgabuzzino dove tenevano le sedie pieghevoli di plastica. «Non ho ancora deciso niente riguardo a Due-volte» disse a Robin girandosi a metà verso di lei. «Finché non avremo fatto una scelta riguardo a Decima Mullins, non so se avremo spazio per lui».

«Presto dovrei avere qualche notizia sulle probabilità che il cadavere nel caveau sia davvero quello di Knowles» dichiarò con una certa sicurezza Kim Cochran, rivolgendosi a Strike. «Ho sentito un paio di contatti. La gente, però, è stranamente circospetta in merito a questa vicenda. L'ispettore capo, Malcolm Truman, è stato sospeso».

«Davvero?» domandò Robin. «Perché?»

La porta d'ingresso si aprì di nuovo.

«Salve» esordì Barclay con il suo accento di Glasgow. Alto, con il naso adunco e i capelli prematuramente ingrigiti, era, come Strike, un ex militare. «Ah, a proposito» aggiunse, vedendo il pacco sulla scrivania di Pat, «auguri».

«Grazie» rispose di nuovo Strike.

«Hai mica ancora detto a Robin di Due-volte?» si informò Barclay.

«Chi è Due-volte?» chiese Kim.

«Un tizio cui piace che gli si mettano le corna» spiegò Barclay. «Paga la gente perché colga in flagrante tradimento le sue fidanzate».

«Ah, un caso di feticismo delle corna» disse con autorevolezza Kim.

«Chi è la fortunata, stavolta?» chiese Robin a Strike.

«Sua moglie».

«Oh santo cielo, c'è una donna che ha avuto il coraggio di *sposarlo*?»

«Tutte commettiamo un errore, prima o poi» sentenziò Kim. «Va detto che io non ho mai *sposato* uno dei miei».

Rise. Robin, l'unica divorziata tra i detective presenti, sentì germogliare sempre di più l'antagonismo nei confronti di Kim, ma in quel caso capì che la nuova collaboratrice non aveva inteso offenderla.

Quando arrivò anche Shah, che era più basso di entrambi i suoi colleghi maschi e di così bell'aspetto che in genere veniva scelto per blandire testimoni o sospetti di sesso femminile, Pat chiamò Midge Greenstreet su FaceTime.

« Auguri, Cormoran! » esclamò Midge, che con i suoi corti capelli neri pettinati indietro e gli occhi grigio chiaro comparve sullo schermo seduta in macchina. « Quanti anni compi, quarantacinque? »

« Due » rispose Strike. « Quarantadue. Bene, cominciamo? »

« Hai mica aperto il nostro regalo? » domandò Midge.

« Non è facile comprare qualcosa per te » lo avvisò Pat, prendendo il grosso pacco dalla scrivania e porgendoglielo. « Ci siamo orientati verso una cosa pratica ».

Strike aprì il pacco e fu sollevato di non vedere niente che dovesse essere indossato davanti a tutti, e nemmeno un oggetto inutile che fosse costretto a tenere nella mansarda per pura educazione, bensì molte confezioni del suo liquido per vape-pen preferito.

« Qua c'è abbastanza nicotina da uccidere un toro » disse. « Fantastico, davvero fantastico. Grazie mille. »

« Ora » proseguì dopo un attimo « sarà meglio cominciare da Plug, nel caso Midge debba pedinarlo. Cosa sta combinando? » chiese rivolto allo schermo.

« Quel bastardo ha di nuovo urlato improperi alla sua povera vecchia mamma. Lo sentivo dalla strada, ma non è... »

« L'ho già detto a Cormoran » intervenne Kim, interrompendola. « Gliel'ho detto domenica ».

« Posso finire il discorso? » fece seccata Midge, sullo schermo.

« Prego, di' pure » si scusò Kim, alzando le sopracciglia.

« Ma non è uscito » finì Midge con espressione minacciosa.

« Esatto » rise Kim. « Be', domenica è andato in macchina a Ipswich, dove si è incontrato al pub con due tizi, uno dei quali annotava varie cose su una specie di libro mastro. Ho fotografato le targhe delle macchine e intendo chiedere a un collega della Met di confrontarle con l'archivio della polizia».

«Eccellente lavoro, questo confronto potrebbe esserci d'aiuto» disse Strike e Robin, ricordando la frase di Murphy ('aveva un'ottima reputazione, in polizia'), cercò di vincere il risentimento senza riuscirci. «Ma non abbiamo abbastanza personale per pedinare un intero gruppo di amici di Plug, a meno che non ci liberiamo di Cazzon... del Signor C» si corresse, vedendo lo sguardo di disapprovazione di Pat. «A proposito del quale...»

«L'ex moglie non sta scopando con Culpepper» lo interruppe Barclay. «Se Cazzone vuole che non vengano più pubblicate notizie di merda su di lui nei giornali, potrebbe provare a smettere di fare il cazzone».

«Sì, ma i giornali parlano delle boiate da lui fatte in passato, e se queste notizie non provengono dall'ex moglie, da chi provengono?» disse Shah.

Seguì un quarto d'ora di discussione sulla gente che il Signor C e la sua ex moglie solevano frequentare. A Robin arrivò un messaggio sul cellulare mentre la conversazione era ancora in corso. Era Murphy, che diceva:

Ho la notizia che cercavi, ma è assai più delicata di quanto non supponessi.

Robin gli rispose:

Grazie infinite, Ryan, davvero. Ti dispiacerebbe se anche Strike fosse presente, quando mi darai queste notizie riservate?

Dopo avere spuntato Signor C dalla lista degli argomenti da discutere, Strike passò a Decima Mullins. Quando riferì al resto della squadra quale fosse la situazione del momento, evitando di menzionare l'esistenza di un neonato, Kim ripeté che sperava che uno dei suoi contatti nella polizia fosse disposto a informarli sul test del DNA effettuato sul cadavere rinvenuto nel caveau di Ramsay Silver. Stando sulle spine, Robin aspettò la risposta di Murphy, che tardava ad arrivare. I detective avevano già discusso di vari argomenti connessi alle spese, come le indennità di congedo per le imminenti feste di Natale e Capodanno dei collaboratori, e avevano approvato un paio di cambi di turno, quando arrivò la risposta:

Sì, va bene, ma dovrà essere un incontro a tu per tu e NESSUN ALTRO deve sapere che ti ho dato informazioni. Sono dati molto sensibili.

Robin alzò gli occhi. Pat stava aprendo la scatola di latta decorata con le immagini della principessa Diana e ne stava estraendo una torta glassata fatta in casa. Con la sigaretta elettronica stretta tra i denti, infilò nella torta la candelina con il numero quattro e quella con il numero due.

«Non ho osato metterne quarantadue singole per timore di un incendio» disse a Strike posando la torta sulla scrivania.

Strike si sforzò di mostrarsi contento quando tutti intonarono *Happy Birthday*. Notando il suo sorriso forzato, Robin scoppiò a ridere prima che la canzone fosse finita e si accorse con sollievo che ridere non le procurava più forti fitte. Divertito suo malgrado per la risata di Robin, Strike fece un sorriso sincero proprio nel momento in cui Pat lo invitò a spegnere le candeline.

«Hai espresso un desiderio?» gli chiese maliziosamente Kim, mentre Pat cominciava a tagliare la torta.

Strike, che non aveva espresso alcun desiderio, non rispose.

«Scusa, posso parlare un attimo con te a proposito di Decima Mullins, dopo che abbiamo mangiato la torta?» domandò Robin.

«Certo» rispose lui, prendendo la fetta con il soffice ripieno al cioccolato che Pat gli stava porgendo. «Anch'io ho un paio di cose da dirti».

Robin provò una piccola soddisfazione vedendo un'ombra di fastidio nello sguardo di Kim.

11

Tra due vite saldate resta spesso una cicatrice,
sono separate, con l'ombra d'un altro...

Robert Browning
Accanto al caminetto

Quando i collaboratori ebbero finito di mangiare la torta e uscirono per fare i rispettivi turni, Strike e Robin si spostarono nell'ufficio interno, la cui finestra era appannata dalla pioggia sottile. Robin chiuse la porta di comunicazione con l'ufficio di Pat.

«Negli ultimi tempi, Midge non è propriamente di splendido umore» esordì Strike.

«Kim non l'ha fatta parlare quando era su FaceTime» la difese Robin.

«Non mi riferivo a quello. È un'intera settimana che è inavvicinabile».

«Lei e Tasha stanno passando un brutto periodo» spiegò Robin, che aveva sentito enumerare tutti i problemi di relazione tra le due donne l'ultima volta in cui era subentrata a Midge nel turno di sorveglianza alla Signora C. «Tasha è fuori Londra a girare e Midge ha il sospetto che ci sia del tenero tra lei e l'attore principale».

Strike mugugnò qualcosa di incomprensibile. La vita sentimentale dei suoi collaboratori non gli interessava minimamente: bastava già la sua a dargli sofferenza.

«Ryan è riuscito ad avere delle informazioni per noi sul cadavere trovato nel caveau» proseguì Robin. «Conosce una persona che si è occupata del caso».

«Ah, ottimo».

Strike non era per niente contento di essere in debito con Murphy, ma le informazioni erano preziose per il loro lavoro.

«So che è il tuo compleanno e che quindi avrai i tuoi programmi» continuò Robin, «ma se per caso fossi libero e potessi venire a casa mia stasera, ascolteresti direttamente da lui le notizie. Ryan non vuole mandare messaggi sull'argomento. A quanto pare, sono dati molto sensibili».

«Certo, posso venire» disse Strike, il cui programma per la sera era di sdraiarsi a letto con una birra a guardare l'Arsenal giocare la partita di Champions League contro il Paris Saint-Germain, un programma di cui non aveva parlato a sua sorella Lucy, convinta che fosse stato invitato a cena dai suoi amici Nick e Ilsa.

Robin raccolse una foto dalla scrivania.

«Era questa che volevi mostrarmi?»

«No, ma guardala pure» rispose Strike. «Quello è Fleetwood».

Mentre Robin osservava Rupert Fleetwood, un uomo dal viso tondo e dalle spalle larghe, con indosso una divisa da cameriere bordeaux, completa di gilet e cravatta a farfalla, Strike disse: «Ieri sera ho chiamato Shanker per chiedergli se avesse mai sentito parlare di un grosso trafficante di cocaina soprannominato 'Dredge'».

Robin provava per Shanker, un professionista del crimine che Strike conosceva dall'età di diciassette anni, un affetto che l'investigatore riteneva, almeno in parte, irragionevole.

«Che cos'ha detto?»

«Ha capito subito di chi parlavo. Lo stupido compagno d'appartamento di Fleetwood si era legato mani e piedi al tipo sbagliato. L'ho pregato di farmi il piacere di sondare il terreno in giro e scoprire se negli ultimi tempi quel Dredge avesse fatto fuori un ragazzo di buona famiglia. Solita tariffa» aggiunse, perché, per quanto fossero amici da tanti anni, Shanker non era uno che facesse piaceri gratis.

«Ah, benissimo» disse Robin. «A proposito, ho letto la tua email riguardo alla zia di Rupert. Non mi sembra una donna molto affabile».

«La tipica strega vecchio stile» fece lui. «Niente affetto e niente interesse per il nipote. Però non conosciamo tutti gli antefatti. Magari Rupert l'ha completamente spennata prima di lasciare la Svizzera per l'Inghilterra».

«Ma questa zia non ha detto che lui si trova a New York?»

«Sì, ma si è rifiutata di dirmi se dopo il 25 maggio avesse avuto sue notizie dirette. Certo, non posso fare a meno di chiedermi quanto la polizia si industrierebbe a cercare un uomo la cui parente più prossima sostiene che non è affatto scomparso dalla circolazione. Siccome non erano sposati e nemmeno conviventi, Decima non è nella posizione di far scattare una ricerca».

«Mentre ero ammalata ho dato una scorsa a tutta la copertura mediatica del delitto» disse Robin. «Qualcuno ha accennato alla leggenda massonica di Hiram Abif. Ne hai mai sentito parlare?»

«Oh, sì» rispose Strike. «Fu l'abilissimo architetto del tempio di Salomone, assassinato per essersi rifiutato di divulgare il suo segreto di gran maestro. *Manterrò inviolabili i segreti dell'onorevole fratello Gran Maestro, quando mi siano stati comunicati e siano da me ricevuti come tali, tranne in caso di omicidio e tradimento*» recitò a memoria.

Robin lo fissò.

«Che cos'hai da guardare?» fece lui.

«Non sarai mica massone?»

«Ma figurati!»

«Be', magari lo eri e non lo sapevo. Non è una società segreta?»

«'Una società con dei segreti', piuttosto. Lo è invece Graham Hardacre, un mio commilitone nell'esercito. Io ogni tanto lo chiamavo Hiram per prenderlo in giro. Intendiamoci, era entrato nella massoneria solo per avere un pasto caldo».

«In che senso?»

«Nel senso che sua moglie non cucinava. Vivevano di panini. Le cene massoniche erano un modo, per lui, di avere legittimamente accesso a una bistecca».

«Non poteva imparare a cucinare?»

«Se mai gli è venuta in mente un'idea del genere, l'avrà scartata subito, giudicandola folle. È un tipo curioso. Uno tosto, sia nel senso di duro sia nel senso di faccia tosta. Ottimo investigatore, però».

Mentre ne parlava, Strike si ricordò che, parecchi mesi prima, Hardacre gli aveva scritto un'e-mail a cui lui, preso com'era da impegni di lavoro e questioni personali, aveva dimenticato di rispondere. Le loro strade si erano drasticamente divise: Strike aveva lasciato l'esercito per andare a vivere a Londra, mentre Hardacre era rimasto nel ramo Investigazioni Speciali della Royal Military Police. Hardacre gli aveva fatto un paio di favori nei primi tempi dell'agenzia, ma Strike si rese conto in quel momento che non si vedevano da cinque anni.

«Be', sarà interessante sapere da Murphy quanto di vero c'è nelle voci su Hiram Abif» osservò.

«Perché gli uomini lo fanno?» chiese Robin.

«Fanno cosa? Uccidere?»

«No, perché amano tanto le società segrete con rituali e roba del genere? Le donne non sono così attratte da quel genere di cose».

«Non lo so» rispose Strike, ma dopo avere riflettuto un attimo aggiunse: «Forse agli uomini piace più che alle donne l'ordine gerarchico. E noi maschi tendiamo ad aver bisogno di una scusa per vederci. Dobbiamo avere il pretesto di fare qualcosa di preciso o guardare qualcosa di preciso, per trovarci insieme. Non andiamo gli uni a casa degli altri senza uno scopo a meno che non ci siano donne».

«Quindi la massoneria è come il calcetto?»

«Solo che nel calcetto non ci si dà la mano in modo strano ed è raro sentire un giocatore chiedere all'altro che età ha sua nonna».

«Che cosa?» domandò Robin, spiazzata.

«Si chiede 'Che età ha tua nonna?' per sapere a quale loggia si appartiene. Le logge hanno tutte un numero. Alla richiesta uno potrebbe benissimo rispondere: 'Duemilacinquantatré'».

«È stato Hardacre a raccontarti tutto ciò?»

«In parte sì, ma la maggior parte delle informazioni le trovi online. A quanto ho potuto capire da Hardacre, sei tenuto a soccorrere i bisognosi, soprattutto i fratelli massoni, e in genere a essere un cittadino modello. E devi seguire anche una raccomandazione».

«Che sarebbe?»

«Massima riservatezza. Solo una parolina fraterna all'orecchio».

«Questo principio della riservatezza vale anche per un'azione criminosa?» domandò incuriosita Robin.

«'Tranne in caso di omicidio e tradimento'» citò di nuovo Strike. «Ci sono informazioni che non sono destinate al pubblico. Hardacre non mi avrebbe mai confidato le cose importanti».

Robin buttò un'occhiata all'orologio, poi disse di malavoglia, perché era molto interessata alla conversazione: «Sarà meglio che vada, devo subentrare a Midge per un turno di due ore. Ti va bene stasera alle sette a casa mia? Ordinerò una pizza o qualcosa del genere».

«Sì, perfetto» disse Strike. «A stasera».

Robin uscì, lasciandolo a chiedersi come sarebbe stata una serata trascorsa in compagnia di lei e di Murphy, perché era la prima volta in cui sarebbe stato solo davanti a loro due come coppia. Forse, pensò, avrebbe trovato il modo di far fare a Murphy la figura del coglione.

Con quel pensiero senza dubbio puerile ma gratificante in mente, tornò al computer per preparare un aggiornamento per il Signor C.

12

Tutti noi ci sbagliamo, anche se non tutti nella stessa misura.

Albert Pike

Liturgy of the Ancient and Accepted Scottish Rite of Freemasonry

Solo dopo avere lasciato l'ufficio di Denmark Street, Robin cominciò a provare un certo senso di trepidazione per la serata che si prospettava.

Si rendeva perfettamente conto di come il suo socio e il suo uomo, che in passato avevano avuto rapporti abbastanza amichevoli prima che lei e Murphy iniziassero la relazione, fossero adesso rivali. In più di un'occasione Murphy aveva espresso il sospetto che tra lei e Strike ci fosse del tenero, e lei era riuscita a convincerlo del contrario solo dicendogli che Strike aveva una relazione con un'avvocata, anche se non era vero, in quanto il breve flirt con Bijou Watkins era terminato prima ancora che lei ne parlasse a Murphy. Da allora, Robin non aveva informato Ryan della fine della relazione, perché continuava a farle comodo dargli a intendere che ci fosse ancora. Capiva benissimo perché fosse così nervoso in merito al suo stretto rapporto con Strike, visto che la sua ex moglie lo aveva lasciato per un amico, ma di certo l'ultima cosa di cui aveva bisogno erano inutili scenate di gelosia. Matthew, il suo ex marito, gliene aveva fatte più che a sufficienza.

Il motivo per cui Strike provava antipatia per Murphy le appariva più misterioso, ma aveva il sospetto che il suo socio temesse di perderla a causa di un futuro matrimonio con relativi figli. Se fosse stato davvero quello il motivo, Robin l'avrebbe trovato offensivo e indisponente, perché aveva dimostrato in maniera incontrovertibile, e per un numero incalcolabile di volte, quanto tenesse all'agenzia. Certo, c'era un'altra possibile spiegazione per l'atteggiamento anti-Murphy di Strike, ma Robin non intendeva soffermarcisi, anche se in realtà ci rifletteva più spesso di quanto non volesse ammettere. *Ho detto ad Amelia esattamente quello che Charlotte aveva scritto... sapeva che ero innamorato di te.*

Basta, si disse decisa, mettendo in ordine il soggiorno alle sei di sera. Era seccata di essere così in ansia e detestava il proprio cervello indisciplinato che tornava sempre, maniacalmente, sulla conversazione durante la quale Strike aveva citato la lettera di Charlotte, per poi andarsene come se non fosse stata una notizia-bomba. *Non è innamorato di te, è solo uno stronzo rompiballe.* Pulì il tavolino con più forza di quanta ne occorresse, come a volere sfidare il leggero pulsare della ferita chirurgica, e ricordò a se stessa che era felice con Ryan.

Il suo nervosismo non si allentò quando, per distrarsi, guardò il telegiornale e vide la faccia di Jonathan Wace, il leader della setta UHC, che la fissava. Spense subito la tivù.

Sperava che Murphy tornasse alle sei e mezzo e si trovasse già lì all'arrivo di Strike, ma aveva venticinque minuti di ritardo. Proprio mentre pensava *peggio per lui se Strike lo precederà*, Ryan bussò alla porta rosso in viso, con in mano una borraccia e in spalla la borsa della palestra.

«Mi ha aperto il portone il tizio del piano di sotto» disse. «Scusa il ritardo. Ho fatto un'ora di palestra, ma quando sono uscito ho scoperto che una testa di cazzo mi aveva bloccato nel parcheggio. Ho dovuto aspettare che uscisse».

«Non è niente» disse Robin, baciandolo e abbracciandolo, lieta di sapere che aveva fatto un po' di ginnastica. L'attività fisica gli aveva sicuramente abbassato il livello di stress, sempre molto alto in quei giorni in cui la stampa continuava ad accusare la sua squadra di non avere ancora catturato l'uomo che aveva sparato ai due ragazzi. «Grazie mille, Ryan, di questo piacere. Ti sono davvero grata per le notizie che hai accettato di darci».

«Oh, be', non hai voluto un weekend a Parigi... Lui è già arrivato?»

«No, ma sarà qui a momenti» disse lei. «Ho ordinato tre pizze».

Voleva far vedere a Murphy che non si era affaticata a preparare una cena per il suo socio e, per lo stesso motivo, si era infilata un paio di jeans qualsiasi e una vecchia felpa.

«Hai avvertito Strike che sono notizie riservate, vero?» chiese Murphy.

Il campanello suonò. Robin aprì il portone e pochi minuti dopo i due uomini si strinsero la mano riuscendo quasi a sorridersi. Strike consegnò a Robin una bottiglia di vino rosso. Ringraziandolo, lei andò in cucina a prendere i bicchieri. Il campanello suonò di nuovo.

«Ci penso io» gridò Murphy, e mentre lui faceva entrare il ragazzo delle pizze, Strike si tolse il soprabito e lo appese all'attaccapanni. Girandosi a guardare il soggiorno, il detective notò la borsa da palestra di Murphy appoggiata con nonchalance davanti alla porta della camera da letto.

L'appartamento era rimasto identico dall'ultima volta in cui ci aveva dormito (anche se sfortunatamente sul divano letto). Si chiese se Murphy sapesse di quel pernottamento. Vide che la pianta che aveva regalato a Robin in occasione dell'inaugurazione della casa era viva e vitale, ma notò anche, con disappunto, che sulla mensola del caminetto c'era adesso, tra le altre, una foto di Robin e Murphy abbracciati, sullo sfondo di quella che probabilmente era la casa di famiglia di lei nello Yorkshire.

Appena ebbe dato la mancia al ragazzo delle consegne e passato le pizze a Robin, in cucina, Ryan tornò da Strike, ancora in piedi al centro del soggiorno.

«Le informazioni che ho ricevuto sono strettamente riservate» sottolineò. «Se qualcuno spifferasse qualcosa e si scoprisse che le ho passate io, mi troverei nella merda fino al collo, e siccome il mio contatto non avrebbe dovuto darmele, anche lei si troverebbe nella merda fino al collo».

«Io non spiffero» lo rassicurò Strike.

«Ho accettato solo perché me lo ha chiesto Robin».

Strike non capì bene perché Murphy avesse voluto fare quella precisazione, giacché era improbabile che fosse andato a caccia di informazioni per amore di lui.

«Comunque sia, accomodati» lo invitò bruscamente Murphy.

Strike si sedette in poltrona e Murphy sul divano. Resasi conto dell'imbarazzato silenzio, Robin si rammaricò di non aver provveduto a mettere su un po' di musica e, in cucina, si affrettò a preparare piatti, tovaglioli e bicchieri.

«Come vanno le cose con l'avvocata?» domandò Murphy a Strike.

«Quale avvocata?» fece il detective.

In cucina, Robin sentì una stretta allo stomaco.

«Credevo tu uscissi con un'avvocata. Bijou o qualcosa del genere».

«Ah, sì» disse lui. «Le cose vanno bene».

Robin arrivò in soggiorno trafelata e leggermente rossa in viso, reggendo pizze, piatti e tovaglioli. Evitò accuratamente di guardare in faccia Strike.

«Allora, cominciamo?» disse, sedendosi sul divano accanto a Murphy.

«Come ho appena detto a Strike, queste informazioni devono assolutamente restare tra noi» fece lui, tirando fuori il taccuino.

«E ci resteranno, Ryan, te lo prometto» dichiarò Robin, versando al suo socio un bicchiere di vino.

«Bene, allora, conoscete i fatti salienti» esordì Murphy con il taccuino in mano, mentre Strike prendeva la sua pizza. «Un tizio che si fa chiamare William Wright si fa assumere come commesso da Ramsay Silver, un negozio di Holborn. Ci lavora due settimane. Il terzo lunedì dalla sua assunzione, il proprietario del negozio apre il caveau, scopre il corpo mutilato del commesso e non vede traccia dei vari oggetti d'argento preziosi che erano stati depositati lì il venerdì precedente.

«Presto la polizia scopre che non esiste nessun William Wright. Nessun documento corrispondeva al nome e alla data di nascita che l'uomo aveva fornito, e le referenze che aveva dato al momento del colloquio di lavoro si rivelano false. L'antiquario per il quale affermava di avere lavorato a Doncaster non aveva mai sentito parlare di lui. I numeri di telefono dei precedenti datori di lavoro risultano appartenere a cellulari usa e getta. Una persona si fa avanti per dire che Wright ha vissuto al piano sotto di lui, a Newham: si è trattenuto lì solo un mese, ha pagato in contanti il deposito cauzionale e gli inquilini che abitavano nella stessa casa sapevano di lui solo che era William Wright, di Doncaster».

Murphy prese un sorso della sua borraccia. Strike, che stava scrivendo appunti, pensò d'un tratto che quella di chi si portava dietro le borracce d'acqua minerale quando faceva ginnastica era una posa insopportabile.

«L'ultimo giorno in cui si è matematicamente sicuri che fosse vivo è il 17 giugno» proseguì Murphy, voltando una pagina del taccuino. «La telecamera interna dimostra che è rimasto nel negozio per quasi un'intera giornata».

«'Quasi'?» chiese Strike.

«Nel pomeriggio è stato mandato fuori per un'incombenza, ma è tornato ed è rimasto da Ramsay fino alle sei. Alle 18.10 la telecamera lo ha ripreso mentre scendeva nella stazione della metro di Covent Garden.

«La telecamera di sorveglianza ha inquadrato quattro uomini che nelle prime ore di sabato mattina sono entrati in Wild Court, la strada su cui si affaccia Ramsay Silver, poco prima dell'ora in cui si sa che il negozio è stato aperto. La polizia suppone si trattasse di Wright e di tre suoi soci.

«La telecamera interna mostra qualcuno che entra nel negozio col buio, verso l'una di notte. La persona o le persone hanno attraversato la stanza e spento la telecamera. Si reputa che Wright sia stato ucciso poco dopo, da uno o più uomini tra quelli che l'avevano accompagnato. Secondo la scientifica, quando è stato trovato era morto da circa quarantott'ore».

«Siamo sicuri che Wright sia stato ucciso nel caveau e non da qualche altra parte e poi trasportato in seguito lì?» chiese Strike.

«No, non è stato ucciso altrove, ma senza dubbio nella camera blindata» disse Murphy. «Per la scientifica, la disposizione degli schizzi di sangue non lascia dubbi. C'era anche un'orma parziale che si è impressa in terra quando il sangue era ancora liquido».

«Avete i particolari dell'impronta?» domandò Strike.

«Credevo voleste identificare il corpo, non prendere gli assassini...»

«Identificare gli assassini aiuterebbe a identificare il corpo» replicò Strike, rispondendo con sguardo gelido allo sguardo gelido di Ryan.

«Come capirete tra un attimo, sarebbe una pessima idea cercare di rintracciare quei particolari assassini» disse Murphy, tornando a guardare i suoi appunti.

«Verso le tre del mattino la telecamera di sorveglianza è stata riaccesa e l'allarme è stato reinserito».

«Lo hanno disattivato appena sono entrati nel negozio?» domandò Strike.

«Non lo so» ammise Murphy, leggendo gli appunti. «Presumo di sì. In ogni caso, il negozio non è stato riaperto fino a lunedì mattina».

Prese un altro sorso d'acqua dalla borraccia e aggiunse: «Dopo la rapina, la telecamera esterna mostra solo individui o coppie nei pressi di Wild Court, per cui è chiaro che i tre ladri si sono separati».

«Trasportavano gli argenti rubati?» chiese Robin.

«Il mio contatto non ha saputo dirmi molto, in merito. Forse hanno portato via gli argenti con uno zaino. La polizia ritiene che uno di loro sia salito a bordo di un'auto per la fuga che sarebbe arrivata in Wild Street al momento giusto, ma la telecamera più vicina era fuori servizio. Secondo la mia fonte, poco dopo le tre di notte un'auto con la targa falsa e a bordo solo il guidatore era passata in precedenza davanti a un'altra telecamera. Quando ha superato le due telecamere successive, a bordo risultavano esserci due persone».

«Di che marca era, la macchina?» chiese Strike.

«Il mio contatto non me l'ha detto» rispose Murphy, stavolta senza neanche alzare gli occhi dal taccuino. «Poiché, come ho spiegato, sabato il negozio era chiuso, il cadavere è rimasto indisturbato fino a lunedì, quando il proprietario ha aperto il caveau».

«Il corpo era mutilato, vero?» domandò Strike.

«Sì, ma altri che lavoravano da Ramsay Silver hanno riconosciuto Wright dai capelli, dalla statura, dalla corporatura e così via. Il DNA del cadavere corrispondeva al DNA trovato nel negozio, quello ricavato, per esempio, dai capelli presenti nel sifone del lavandino. Il morto era abbigliato in modo strano, ma il mio contatto non mi ha saputo dire come. A quanto ho capito, la roba che gli hanno messo addosso doveva trasmettere un messaggio, forse un messaggio di umiliazione».

Murphy prese un altro sorso d'acqua. «La notizia successiva» proseguì «è quella di cui *non* potete parlare».

«Non ne parleremo» lo rassicurò Robin.

«Spiega perché non si sia avuta una conferma definitiva del fatto che Wright fosse Jason Knowles, ma se vi lasciaste sfuggire qualcosa...»

«Non ci lasceremo sfuggire niente, Ryan».

«Va bene» disse Murphy. «Jason Knowles aveva ottime conoscenze nel mondo della malavita, di cui era frequentatore. Quasi tutti i suoi familiari sono carcerati e suo zio è un giocatore accanito. Tuttavia, non era, di per sé, un pezzo grosso della mala, ma solo un ladro.

«Negli ultimi sei mesi la National Crime Agency aveva infiltrato un agente in borghese nella cerchia dello zio di Knowles, perché lo zio traffica in armi. L'infiltrato dell'NCA ha avuto le stesse informazioni da due fonti diverse: Jason è stato attirato in un agguato nella convinzione che lui e i suoi assassini stessero facendo insieme un lavoretto, e il suo corpo è stato mutilato perché non fosse identificabile. Corre voce che sia stato lo zio a dare personalmente l'ordine di ucciderlo, sospettando che fosse lui a passare informazioni alla polizia».

«Santo cielo» mormorò Robin.

«Tutto, nella rapina da Ramsay Silver, quadrava. Il cadavere corrispondeva in statura e corporatura a Knowles, e quando la polizia ha mostrato la sua foto alle persone che lavoravano nel negozio, tutte lo hanno riconosciuto come il finto commesso Wright.

Hanno detto che non erano sicure al cento per cento, perché Wright aveva la barba e gli occhiali, cosa che Knowles non aveva nelle foto, e Knowles non aveva nemmeno un'abbronzatura fatta con le creme. Inoltre, Wright aveva i capelli più scuri di Knowles, ma si è scoperto che i capelli del morto erano tinti. Infine, Knowles si era vantato che della sua successiva impresa avrebbero parlato tutti i giornali, e gli argenti che sono stati rubati erano importanti dal punto di vista storico».

«Le impronte digitali?» chiese Strike.

«Quello è un problema».

«Quelle di Knowles saranno state nell'archivio della polizia, immagino».

«Sì, ma siccome mancavano le mani del cadavere, significa naturalmente che l'assassino sapeva che le impronte sarebbero servite a identificare il morto».

«Non c'erano le impronte di Wright sparse per tutto il negozio?»

«I commessi portano guanti per maneggiare gli argenti e aprire le teche di vetro e purtroppo il negozio, l'area del personale e il bagno sono stati puliti con grande accuratezza lunedì mattina, poco prima che venisse scoperto il cadavere».

«Chi è la donna delle pulizie?» domandò Strike.

Murphy sfogliò due pagine.

«Un tizio di nome Todd».

«Un uomo, non una donna?» si stupì Strike.

«Ho sentito dire che anche gli uomini sono in grado di pulire» ironizzò Robin.

«Credevo fosse una leggenda metropolitana» replicò Strike.

Fingendo di non avere sentito né l'uno né l'altro commento, Ryan proseguì il suo riassunto.

«La spia dell'NCA avrebbe ovviamente corso dei rischi se la Met avesse identificato il DNA di Knowles, così l'NCA ha chiesto alla Met di prendere tempo e continuare a raccogliere informazioni finché non fosse finita l'indagine sul traffico d'armi e si fosse potuto incastrare lo zio senza far correre rischi all'infiltrato.

«Purtroppo, il responsabile dell'inchiesta, Malcolm Truman, ha fatto di testa sua e annunciato in seguito che la Met era sicura che il cadavere fosse quello di John Knowles».

«Perché cazzo Truman si è comportato così?» chiese Strike, alquanto interdetto.

«I giornalisti avevano scritto nei loro articoli che nell'omicidio c'entrava la massoneria, e Truman non voleva fare la figura di chi non ha nessun indizio. Secondo la mia fonte è un cretino arrogante che non voleva essere descritto dai giornali come un ispettore senza neanche uno straccio di pista. Dopo che ha fatto il nome di Knowles è stato sospeso. La squadra che si occupava del caso ha tentato di riparare ai danni, ma la stampa ha perso interesse appena ha saputo che Wright era un criminale e la faccenda della massoneria era una cazzata. In poche parole, William Wright era Jason Knowles, ma ancora oggi non sono in grado di dimostrarlo».

Alla fine Murphy depose la borraccia e prese un trancio di pizza.

«Immagino che le persone che lavorano da Ramsay non siano state sospettate, vero?» domandò Strike.

«No, hanno tutte un alibi di ferro» rispose Murphy masticando la pizza. «Todd, l'uomo delle pulizie, ha giocato a carte fin quasi all'alba con il solito gruppo di amici pokeristi da cui si è avuta conferma. La direttrice del negozio, Pamela, ha passato il weekend a Grantham, dove ha partecipato al matrimonio di una parente, che è iniziato alle otto di venerdì sera. Il proprietario, Ramsay, fa il badante part-time di sua moglie. Avevano degli amici che si sono trattenuti da loro nel fine settimana e hanno confermato che sabato si è allontanato da casa solo per pranzare con loro al pub».

Per qualche minuto i tre mangiarono la pizza in silenzio. Robin avrebbe voluto chiedere a Strike che cosa ne pensava, ma non voleva farlo in presenza di Murphy. Nel frattempo il suo socio rifletteva sul fatto che, con molta evidenza, l'uomo della CID non voleva che l'agenzia accettasse il caso. Benché fino a quel momento anche lui fosse stato assai restio a dire di sì a Decima, d'un tratto si chiese se non gli si stesse presentando la straordinaria opportunità di provocare uno screzio tra Robin e il suo uomo.

«Mi hai detto che c'erano altri possibili candidati, oltre a Knowles, al ruolo di Wright, vero?» chiese Robin a Ryan.

«Sì, ce n'erano un paio» rispose lui, prendendo di nuovo in mano il taccuino e voltando pagina. «Sono stati esclusi quasi tutti. Tranne due tizi di cui non si è riusciti ad avere il DNA.

«Uno era un tale Tyler Powell, la cui nonna ha chiamato il numero unico per l'emergenza. A quanto sembra, questo Tyler si era messo nei guai nelle Midlands, dove viveva, e ha detto alla nonna di avere trovato lavoro al sud. Aveva la statura e l'età corrispondenti al cadavere del caveau, ma non vi sono altri motivi per supporre che Wright fosse lui».

«Non potrebbero sottoporre a tampone la nonna per controllare il DNA?» domandò Strike.

«Tyler Powell è un figlio adottivo».

«E l'altra possibilità?» domandò Robin.

«Un uomo di nome Niall Semple. Ne ha parlato la stampa, perché era un ex paracadutista con problemi psichici che è scomparso da casa sua, in Scozia, troncando i contatti con tutti. Nemmeno in questo caso ci sono parenti di sangue. Quando è scomparso, gli avevano appena cremato la madre. Sua moglie si è rivolta alla polizia. Semple aveva la stessa statura e lo stesso gruppo sanguigno del morto, ma per il resto non ci sono prove che facciano pensare fosse lui».

«E nessuno ha ipotizzato che Wright potesse essere Rupert Fleetwood?» domandò Robin.

«La mia fonte ha nominato solo Powell e Semple» rispose Murphy.

«E la faccenda della prostituzione?» chiese lei.

«Come sarebbe?» disse Strike, alzando gli occhi dal taccuino.

«Solo una battutaccia che è stata ingigantita dai media» replicò Murphy. «Il fatto che il corpo fosse nudo ha dato origine a illazioni oscene».

«Potrà sembrare una domanda strana, ma c'era qualche segno inciso sulla schiena dell'uomo?» domandò Robin.

«Come cazzo fai a saperlo?» domandò brusco Murphy.

«L'ho visto su internet» rispose lei, irritata dal suo tono e ancor più irritata perché lo aveva usato davanti a Strike. «Nei commenti qualcuno ha scritto che il morto aveva la lettera 'G' incisa nella carne».

«Il mio contatto mi ha spiegato che si trattava di un segno caratteristico» rispose Murphy, chiudendo il taccuino. «E questo è tutto quanto vi posso dire».

«Be', grazie, Ryan» fece Robin. «È chiaro che...»

«È chiaro cosa?» disse Murphy, guardando Strike anziché Robin.

«Volevamo sapere se la Met avesse identificato senza possibilità di dubbio il cadavere» rispose Strike. «Ora sappiamo che non l'ha fatto».

«Non potete andare a rompere le palle alla famiglia Knowles» sibilò Murphy.

«Non intendiamo farlo. Non abbiamo i laboratori della scientifica, non possiamo analizzare il DNA».

«Allora non accetterete il caso?» domandò Murphy.

«Robin e io dovremo parlarne» disse Strike.

«C'è nessuno che cerca altri candidati?» chiese Robin.

«È Knowles e basta» la interruppe Murphy, guardando torvo Strike. «Prendereste solo per il culo quella donna, facendole credere che ci sia una qualche probabilità che Wright sia il suo toyboy».

«Non ne sono così convinto» replicò Strike con calma deliberata, pensando che così Robin avrebbe visto un Murphy sempre più aggressivo e desideroso di decidere lui cosa dovesse fare o non fare l'agenzia. «Vi sono molte somiglianze tra Rupert Fleetwood e il morto. Fleetwood aveva buoni motivi per starsene nascosto per un po' e aveva un prezioso oggetto d'argento da vendere».

Robin, che sapeva benissimo che Strike non credeva che Rupert Fleetwood fosse William Wright, immaginò stesse parlando così perché irritato quanto lei dal tono dittatoriale di Murphy.

«In ogni caso, sarà meglio che vada» disse Strike, posando il piatto e alzandosi in piedi.

«Di già?» fece Robin, sconcertata. «C'è dell'altra pizza. E del pudding».

«Devo vedermi con Bijou» dichiarò Strike guardandola negli occhi e Robin, anche se non sopportava le capitasse, arrossì. «Ti ringrazio, però» aggiunse rivolto a Murphy, chiaramente furibondo. «Le tue informazioni sono state davvero preziose».

13

Poi gli improvvisi inganni, i lunghi segreti,
le trame imperscrutabili, i criptici messaggi,
gli incontri casuali a lungo meditati, i rischi di uno sguardo:
«Lei lo sa oppure no?»

Robert Browning
In a Balcony

I turni erano organizzati in maniera che Strike e Robin si rividero soltanto nella giornata fredda e senza nubi di venerdì. Il centro di Londra era ormai tutto addobbato con decorazioni natalizie, e alle undici del mattino Robin si ritrovò a Mount Street, nel quartiere di Belgravia, sotto una delle sontuose ghirlande di luci argentee che attraversavano la strada, a fingere di parlare al cellulare mentre l'ex moglie del cliente giocatore di cricket faceva acquisti da Balenciaga.

Nonostante i guanti e il cappotto, il freddo le mordeva ogni frammento esposto di pelle. Si sentiva depressa e stanca, perché continuava a non dormire bene. La visita di Strike si era lasciata dietro un certo, sotterraneo disagio. La mattina dopo Murphy era tornato sull'argomento del corpo rinvenuto nel caveau, per sottolineare quali rischi ci fossero nel provocare un uomo che aveva ordinato di uccidere il proprio nipote e per ricordarle ancora una volta che altre persone, oltre a Strike, si sarebbero esposte a pericoli se Lynden Knowles avesse finito per credere di essere indagato per la morte di Jason. Robin aveva fatto un supremo sforzo per non apparire arrabbiata o sulla difensiva quando aveva ribadito che né lei né Strike avevano alcuna intenzione di avvicinare lo zio di Jason e che non doveva assolutamente temere che divulgassero il segreto dell'agente in borghese.

Avrebbe potuto dire ben altro. Avrebbe potuto ricordargli che non occorreva farle delle filippiche sui pericoli insiti nell'immischiarsi nelle faccende della criminalità organizzata, perché lei e Strike si erano già scontrati con una famiglia criminale non meno sociopatica di quella di Lynden Knowles. E avrebbe potuto dire a voce alta ciò che entrambi tacitamente sapevano, ossia che tutto quanto aveva detto Murphy era improntato all'avversione per Strike. Tuttavia si era trattenuta. Non voleva litigare.

Di norma, Robin avrebbe scritto a Strike un messaggio per chiedergli che cosa pensasse dell'idea di accettare il caso di Decima, ma l'intimo imbarazzo che aveva provato venendo colta in flagrante menzogna a proposito di Bijou Watkins le aveva impedito di farlo. Ora se ne stava lì impalata a guardare, dall'altra parte della strada, una decorazione incisa nella pietra sopra la vetrina di Balenciaga, una sorta di albero o forse una pannocchia di mais. Probabilmente era influenzata dal simbolismo massonico di cui aveva letto notizie quella mattina, durante il viaggio in metropolitana: per i massoni la pannocchia di mais simboleggiava l'abbondanza e la carità.

Sentendosi chiamare, trasalì e si guardò intorno: Strike le stava venendo incontro. Credeva di dovere passare le consegne a Shah, e solo di lì a un'ora. Fingendo di finire una telefonata, si rinfilò il cellulare in tasca.

«Plug è di nuovo diretto a Ipswich» furono le prime parole di Strike. «Dio solo sa che cosa debba fare laggiù. In ogni modo, Shah lo sta pedinando e mi ha detto che eri qui».

«Sei in anticipo» disse Robin. «Devo sorvegliarla io per almeno un'altra ora».

«Lo so. È che volevo parlarti a tu per tu del caso di Ramsay Silver. Ho appena parlato di nuovo con Decima Mullins, al telefono».

«Puoi aspettare un attimo?» fece Robin fissando la porta di Balenciaga. «La Signora C si è messa in moto».

La bruna, che indossava una lunga pelliccia ecologica nera e degli stivaletti dal tacco altissimo, era uscita dal negozio con una grande borsa in mano e adesso bighellonava per la strada. Robin e Strike si disposero sul marciapiede opposto, seguendola con lo sguardo da una ventina di metri.

«Che cos'hai detto a Decima?» gli domandò Robin.

«La verità, naturalmente tralasciando il particolare dell'agente infiltrato» rispose Strike. «Le ho spiegato che le prove indiziarie fanno seriamente pensare si tratti di Jason Knowles, ma che non c'è la conferma incontrovertibile che si tratti davvero di lui».

«E che cos'ha detto?» chiese Robin.

«Mi ha supplicato di provare a dimostrare la vera identità di Wright. Allora, che cosa ne pensi?»

«Mi era parso di capire che tu fossi contrario ad accettare il caso...»

«Non intendo mentire» disse Strike. «Quel cadavere comincia a interessarmi».

Ma quella, naturalmente, non era tutta la verità.

Appena aveva intuito che Murphy non voleva assolutamente che indagassero sull'uomo ucciso nel caveau, aveva capito che quel caso gli offriva molte opportunità di far progredire il suo piano riguardo a Robin. Poiché la faccenda dell'infiltrato dell'NCA era assai delicata, aveva una scusa ideale per insistere affinché fossero lui e Robin a occuparsi in coppia dell'intera vicenda Ramsay Silver, escludendo – o quasi – i collaboratori. Il bisogno di riservatezza avrebbe giustificato regolari incontri a due; inoltre, forse avrebbero dovuto visitare le città di origine degli altri possibili candidati al ruolo di William Wright per poterli escludere. Questo avrebbe significato lunghi viaggi in macchina insieme, numerose interviste congiunte a varie persone, successive discussioni vis-à-vis e, se la fortuna lo avesse assistito, pernottamenti in trasferta. Avrebbe anche avuto un pretesto eccellente per tirare di nuovo in ballo il biglietto lasciato da Charlotte prima di suicidarsi, quando avesse dovuto riassumere il motivo per cui Sacha Legard e Valentine Longcaster non avevano nessuna voglia di parlare con lui.

Strike non dubitava che qualcuno lo avrebbe definito cinico, ma questo non lo turbava affatto. In fondo, aveva tutte le intenzioni di rendere un buon servizio a Decima Mullins e, se fossero riusciti a dimostrare che Fleetwood era l'uomo del caveau, la loro cliente avrebbe avuto la risposta che cercava.

La bruna dall'altra parte della strada entrò da un gioielliere. Strike e Robin si voltarono automaticamente a guardare, dalla parte opposta, una vetrina dove si rifletteva l'oreficeria.

«Ma se pensi che questa indagine possa provocare problemi fra te e Murphy, lasciamo perdere» disse Strike.

Presa in contropiede, Robin alzò gli occhi a guardarlo.

«Io... anche se provocasse problemi, non sarebbe un buon motivo per rifiutare il caso» replicò istintivamente.

Interessante, pensò Strike. Ma a voce alta parlò diversamente.

«Be', se fossi nella tua posizione, qualche timore lo avrei, ma qualcuno potrebbe osservare che è proprio per questo che sono ancora single. Non mi hai chiesto com'è andato il mio appuntamento con Bijou» aggiunse, con un'occhiata in tralice.

«Santo cielo, scusami» disse lei, arrossendo. «Non ho mai... Mi sono dimenticata da dire a Ryan che avevi smesso di vederla. Io... mi spiace se ti sei sentito in dovere di annunciare che avevi un appuntamento con lei».

«Figurati. È molto meglio una fidanzata immaginaria che una vera. Premesso che in realtà non è mai stata la mia ragazza».

«Come la chiameresti, allora?» domandò Robin, completamente spiazzata dalla piega che aveva preso la conversazione. Il canone di Strike era in genere quello dell'assoluto riserbo riguardo alla vita privata.

«Un tentativo bislacco di distrarsi e avere una gratificazione istantanea che mi ha fatto totalmente passare la voglia di questo tipo di pratica» rispose Strike. Vedendo che l'ex moglie del Signor C usciva dall'oreficeria dall'altra parte della strada, aggiunse: «Ehi, ha fatto molto presto».

«Evidentemente non c'era niente che le piacesse» disse Robin, mentre riprendevano a camminare dietro alla donna. «Credo stia facendo gli acquisti di Natale».

«Cristo, non ricordarmeli» sospirò Strike. «Quanto li odio,

per la miseria! Pagherei mille sterline a qualcuno che li facesse al posto mio».

«Dove passerai il Natale?» domandò Robin. Per la prima volta in sei anni, entrambi i soci sarebbero stati liberi per le feste.

«Da Lucy» rispose lui. «Non ho potuto sottrarmi, non dopo che è morto Ted. Devo andare alla festa della vigilia con tutti i vicini di casa. Cazzo, preferirei mangiarmi i piedi! E tu, cosa farai?»

«Ryan e io andremo da papà e mamma. Anch'io, per la verità, tremo al pensiero di quei giorni».

«Davvero?» fece Strike. «Perché?»

«Non lo so» sospirò lei. «È lo stress delle riunioni familiari, no? Ci sarà un sacco di gente».

Ma c'era molto altro che non poteva dire. Ci sarebbero state, in casa, due donne incinte, sua cognata Jenny e la ragazza di suo fratello Martin: nessuno, in famiglia, sapeva del suo recente ricovero in ospedale, ma Robin non dubitava che si sarebbe parlato molto di bambini e gravidanze, e aveva paura che Murphy approfittasse della circostanza per ricominciare a discutere di congelamento degli ovuli.

«Mi piacerebbe restare a Londra e farmi i fatti miei ma, a meno che non si abbiano dei figli a cui badare, non è un'opzione ammessa».

«Non è ammesso neanche in quel caso» replicò Strike. «Joan si sarebbe mortalmente offesa se Lucy e Greg non si fossero presentati ogni anno per Natale con i figli, cioè i suoi pronipoti».

Mentre camminava davanti a loro, la donna che pedinavano a un certo punto buttò indietro la chioma fresca di phon del parrucchiere.

«Allora, che cosa dici, lo accettiamo o no il caso di Decima?» chiese Strike. «Decidi tu».

«Be', da tutto quanto mi hai riferito mi pare si possa dedurre che se non ce ne occupiamo noi se ne occuperà qualcun altro».

«Senza dubbio. E noi, diversamente dagli altri, non la prenderemmo per i fondelli».

«No» convenne Robin. «Poi devo ammettere che comincia a interessarmi, il caso del cadavere nel caveau».

«Sì, ma, come ti dicevo poco fa, non vorrei fosse occasione di screzio fra te e...»

«Chiamala e dille che accettiamo» lo interruppe Robin.

«Sei sicura?»

«Sicurissima».

«Le telefono subito» disse Strike, tirando fuori il cellulare.

Robin ascoltò quello che diceva con animo particolarmente ben disposto nei suoi confronti: apprezzava che avesse mostrato sensibilità verso il suo rapporto con Murphy e che avesse annunciato un inesistente appuntamento con Bijou Watkins per confermare scherzosamente la versione da lei data a Ryan.

«Va bene, le porterò il contratto» disse Strike al telefono. «D'accordo, sì, nessun problema, prego».

«Ci è infinitamente grata» disse dopo avere chiuso la comunicazione. «E ha pianto di nuovo».

I due soci camminarono in silenzio. Strike era molto soddisfatto di quanto aveva ottenuto negli ultimi dieci minuti. Commentando la fine del flirt con Bijou Watkins, aveva brillantemente chiarito che non era più interessato alle relazioni effimere, e Robin aveva accettato l'indagine su Fleetwood nonostante il suo uomo disapprovasse chiaramente un suo coinvolgimento nella faccenda. Quali che fossero i rischi e le possibili conseguenze, intendeva cogliere la prima occasione propizia per confessarle i propri sentimenti, e se una simile occasione non si fosse presentata spontaneamente, l'avrebbe creata *ad hoc.*

Non si può essere fieri di avere una cosa per ottenere la quale non ci si è dati da fare.

Non permettere mai all'altro di farti cambiare lo schema di gioco. Fa' sempre il tuo gioco e conta sui tuoi punti di forza.

PARTE SECONDA

« A volte le miniere più profonde si dimostrano alla fine le migliori ».
« E finché sono gli altri a pagare immagino continuerai a scavare ».

John Oxenham
A Maid of the Silver Sea

14

Hai fatto il primo passo oltre la soglia, il primo passo verso il sacrario interno e il cuore del tempio. Sei sulla strada che conduce sui fianchi del monte della Verità...

Albert Pike
Morals and Dogma of the Liturgy of the Ancient and Accepted Scottish Rite of Freemasonry

« Dove ti trovi? » esordì Strike il 2 dicembre, appena Robin rispose alla chiamata.

« Sull'A40 » rispose lei, costretta a parlare a voce alta perché era a bordo della sua vecchissima Land Rover che non disponeva di Bluetooth. « La Signora C è vicino a Stroud. Sto per subentrare a Midge ».

« Ci andrà Kim, a Stroud » replicò Strike. « Ho appena sentito al telefono il proprietario di Ramsay Silver. Non pensavo che sarebbe stato così ansioso di parlarci: era letteralmente entusiasta all'idea. Vorrebbe sapere se possiamo andare al negozio oggi stesso, all'una ».

« Bene, ottimo » disse Robin, molto più interessata a vedere la scena del delitto Wright che a sbirciare da dietro un cespuglio un campo da croquet deserto. « Torno subito ».

« Ci vediamo a mezzogiorno e mezzo davanti a Freemasons' Hall ».

Così Robin invertì la marcia, tornando verso Londra. Era una giornata gelida e nuvolosa, ma ogni tanto il sole spuntava da dietro le nubi, e allora si vedeva quanto il parabrezza fosse coperto di una sporcizia che non le era riuscito di eliminare all'inizio per i troppi impegni, poi per il fastidio all'addome causato dalla ferita chirurgica. Negli ultimi giorni la vecchia Land Rover aveva cominciato a fare un rumore strano, di cui Robin non aveva ancora capito l'origine. Di lì a poco avrebbe dovuto sottoporla alla revisione e aveva la netta sensazione che stavolta la macchina non avrebbe superato l'esame.

L'idea di visitare Ramsay Silver le migliorò il morale, che aveva proprio bisogno di essere tirato su, in quanto prima della telefonata di Strike le era capitato di rimuginare su un paio di conversazioni avute di recente con Murphy. Il suo uomo non l'aveva detto esplicitamente, ma era chiaro che aveva preso molto male la decisione sua e di Strike di accettare il caso di Decima Mullins, anche se lei si era premurata di dirgli che avrebbero cercato Rupert Fleetwood, senza indagare sull'identificazione del cadavere. Poi, la sera prima, Murphy si era lamentato al telefono della propria vicina di casa rompiballe, che sbatteva le porte, aveva continui battibecchi con i figli adolescenti e così gli impediva di rilassarsi.

«Sai, se comprassimo insieme un appartamento, potremmo liberarci di tutti questi stronzi» aveva detto di punto in bianco.

A quelle parole, Robin aveva provato qualcosa di molto simile al panico. Tuttavia, sentendosi in colpa per avere mentito riguardo all'omicidio nel caveau, si sentiva in debito con lui.

«Sì, immagino che potremmo pensarci» aveva risposto.

«Che entusiasmo!»

«No, dico sul serio, è un'idea niente male» aveva corretto il tiro Robin con una risatina nervosa.

Appena la telefonata era finita, aveva cercato motivi razionali per liberarsi dell'ansia che l'aveva assalita. Amava Murphy, no? Sì. Era convinta – sicura – di amarlo. E quasi tutte le donne sarebbero state felici di sapere che l'uomo che amavano e da cui erano amate voleva prendere quel tipo di impegno. Non era forse giusto cercare un appartamento migliore, senza vicini turbolenti, dove convivere?

Ma quando pensava alla coabitazione, sentiva riaffiorare alla mente l'immagine della terza e ultima casa che aveva condiviso con il suo ex marito. Era una bella abitazione, senza dubbio, una villetta a schiera costruita nel diciottesimo secolo per maestri d'ascia e capitani di lungo corso, ma ormai non le riusciva più di rammentarne i particolari. Ricordava solo il terribile senso di infelicità e oppressione che aveva provato per troppi dei giorni trascorsi lì.

Ma quello era Matthew. Ryan non è Matthew.

Murphy le aveva inaspettatamente suggerito l'idea di una convivenza appena un'ora dopo che lei aveva aperto la lettera del suo medico di famiglia, trovata sullo zerbino quando era tornata a casa tardi, dopo ore di sorveglianza. Dopo il recente ricovero in ospedale, il dottore voleva che prendesse appuntamento per un check-up. Robin non ne aveva parlato con Murphy. Non voleva fare il check-up; non capiva quale ne fosse lo scopo. Aveva già tutte le informazioni che le occorrevano e stava bene, la ferita chirurgica era normale e dunque cos'avrebbe potuto dirle o farle, di utile, il medico generico? Prima della telefonata di Strike, le riflessioni sul congelamento degli ovuli si erano intrecciate ai sentimenti ambivalenti che provava nei confronti della ricerca di una casa comune. Non per la prima volta, aveva l'impressione di non essere come le altre donne, di volere cose diverse rispetto a loro e di essere pronta ad affrontare un altro genere di sacrificio. Le ritornava spesso in mente la frase che le aveva detto poco tempo prima Strike: 'Se fossi nella tua posizione, qualche timore lo avrei, ma qualcuno potrebbe osservare che è proprio per questo che sono ancora single'.

Quando, un'ora e mezza dopo, scese dalla Land Rover in Great Queen Street, un passante calvo e corpulento disse allegramente: « Non se ne vedono più tante di così vecchie, in strada! »

« No » convenne Robin. « Ormai cade a pezzi ».

Guardò l'uomo voltare per entrare nell'immenso palazzo art déco di pietra grigio chiaro accanto al quale lei aveva parcheggiato. Non aveva mai visto prima Freemasons' Hall. Non ci aveva pensato, ma in quel momento si disse che forse chiedevano a chi entrava, se non proprio una parola d'ordine segreta, almeno la tessera di socio, ma un cartello accanto alla porta a vetri diceva che all'interno c'erano un caffè, un museo aperto al pubblico e dei tour guidati.

All'angolo c'era Strike, che si era alzato il bavero per proteggersi dalla giornata fredda e contemplava svapando la facciata del palazzo. Avvicinandosi, Robin si sentì molto meglio al pensiero che si sarebbe occupata di qualcosa di diverso dai suoi problemi personali, e il solo fatto di vedere il suo collega di lavoro la rese assai più allegra.

«Palazzo maestoso» disse, quando lo raggiunse.

«Davvero» fece lui.

Dal punto in cui erano, Freemasons' Hall sembrava fosse stata costruita come un triangolo isoscele, solo che nel punto in cui i lati lunghi convergevano era stata squadrata, in maniera da presentare una facciata molto alta e imponente che comprendeva colonne, un orologio quadrato e una torre.

«*Audi, vide, tace*» lesse Strike nell'iscrizione in alto sul palazzo. «'Ascolta, vedi, taci'».

«Possiamo fare quattro passi?» chiese Robin con le mani sprofondate nelle tasche. Il riscaldamento della Land Rover non funzionava più e la giornata era gelida.

«Sì, ecco perché volevo che ci vedessimo di buon'ora: perché ci potessimo fare un'idea del posto».

Così si incamminarono per Great Queen Street, con la gigantesca costruzione di pietra alla loro destra.

«Forse Ramsay è così ansioso di vederci perché spera che troviamo i suoi argenti rubati» rifletté Strike. «Ha avuto una serie di sfortune, negli ultimi due anni. Diciotto mesi fa il suo unico figlio, ormai adulto, è morto in un incidente di acquascooter mentre era in vacanza».

«Terribile» disse Robin.

«Poi sua moglie ha avuto un ictus massivo ed è ancora inabile. Era lei a dirigere il negozio, perché Kenneth lavora in una società finanziaria che ha sede sulla stessa strada. Mi ha raccontato questa storia stamattina. Credo cercasse di impietosirmi il più possibile per indurmi a trovare gli argenti rubati».

«Be', se sua moglie ha bisogno di cure mediche e non è in grado di lavorare...»

«Il mio non era un rimprovero, volevo solo ragguagliarti, perché credo sarà più disponibile che mai se fingeremo di essere interessati non solo al cadavere, ma anche al furto. Mi ha detto di avere registrato un leggero aumento della clientela dopo l'omicidio, ma erano più curiosi che gente interessata a comprare medaglie massoniche».

Mentre camminavano, Strike scrutò l'area alla ricerca di telecamere di sorveglianza e anche di strade trasversali e piazzole dove i membri della gang potessero essersi divisa la refurtiva senza essere notati, ma era una zona popolosa e sicuramente ben illuminata di notte, e gli pareva difficile che anche nelle ore notturne i criminali avessero potuto contare sull'assenza di passanti.

«Non capisco come i nostri assassini-rapinatori-massacratori siano potuti scappare in questa direzione» osservò. «No, credo che la polizia abbia ragione: gli argenti sono stati caricati sulla macchina per la fuga in Wild Street».

Robin si figurò istintivamente la faccia che avrebbe fatto Murphy se avesse sentito Strike degnarsi (come avrebbe detto lui) di approvare le conclusioni della polizia.

Voltarono a destra in Kingsway, una strada più larga e ancora più affollata. Passando, udirono canzoncine natalizie provenire da un negozio ed entrambi provarono quella nota di tristezza che affligge quasi tutti gli adulti al pensiero del Natale. Sia pure con rammarico, Robin non poteva certo dire di sentirsi così felice al pensiero di tornare in famiglia come si era sentita felice quando si era trasferita a Londra, e Strike all'improvviso pensò a Ted, a Joan e alla casa vuota in Cornovaglia, che era stata da poco messa in vendita.

«Ramsay Silver è in fondo a un vicolo, a destra» disse. «Non mi pare una gran posizione, per un negozio, ma data la vicinanza di Freemasons' Hall avranno un commercio dedicato ai massoni».

Buttò un'occhiata all'orologio.

«Siamo un po' in anticipo, ma possiamo avviarci lo stesso».

Così imboccarono un brutto vicolo su un cui lato era visibile una fila di bidoni di plastica.

Il negozio, che si trovava all'incrocio tra lo storico palazzo di mattoni rossi di Connaught Rooms e l'edificio di pietra grigia di Freemasons' Hall, appariva squallido e antiquato. In vetrina erano esposti, su velluto nero, medaglioni e catene da cerimonia. Piccole corone di lucine rosse erano state disposte intorno agli oggetti, in un mediocre tributo alla stagione natalizia. La tenda nera sopra il negozio recava, in lettere argentee, la scritta:

RAMSAY SILVER
Insegne massoniche, argenti e rarità

Quando aprì la porta, accompagnato dal suono della campanella del negozio, Strike notò che il grado di sicurezza delle due serrature era di poco superiore a quello di un'abitazione media.

Altoparlanti nascosti diffondevano canzoni di Natale, ma più forte della musica era una voce maschile. Un uomo tra i cinquanta e i sessant'anni, in piedi dietro il bancone, reggeva con le mani guantate una coppa d'argento e parlava con un cliente.

«Peccato non sia venuto qui l'anno scorso, se le piace l'art nouveau, perché avevamo due gioielli davvero speciali, disegnati da Alphonse Mucha». Appena si accorse dei nuovi arrivati, l'uomo si animò: «Ah, il signor Strike?»

«Sì» disse il detective.

«Sono subito da voi» fece Kenneth Ramsay.

Gli abiti gli pendevano addosso larghi, come avesse perso molti chili in poco tempo. I pochi capelli che aveva sul cranio erano candidi e ricci e questo, assieme al viso bianco e rosa che pareva per natura glabro e aveva un'espressione stranamente innocente, gli conferiva un'aria da cherubino invecchiato. Tornando a rivolgersi al cliente, un uomo alto con il cappotto di cashmere, disse: «Vuole magari vedere anche altre cose, se è l'art nouveau che le piace?»

«Voglio solo la coppa» rispose il cliente, che aveva già tirato fuori il portafogli.

«Ne è sicuro? Posso dirle che si adatterebbero bene a questa due candelieri del 1926 provenienti dall'Aitchison's Haven Lodge di Scozia? Starebbero magnificamente con...»

«No, grazie» replicò deciso il cliente.

«Ah, sì, d'accordo, nessun problema. Allora le faremo incartare la coppa. Laura, incartami questa, per favore!»

Una giovane donna occhialuta e accigliata, che stava rimettendo sugli scaffali vari altri oggetti d'argento, si avvicinò di malavoglia al banco e avvolse la coppa in plastica a bolle, fermandola con il nastro adesivo.

«Splendida scelta, è un pezzo davvero fantastico» disse Ramsay. «Belle decorazioni a spirale. È un collezionista? Vuole la confezione regalo? Da qualche parte abbiamo anche dei nastri, vero, Laura? Ha qualche bel programma per Natale o resterà in città? Vuole entrare nella nostra mailing list? Ne vale la pena, sa? La avvertiremmo in anticipo se ci capitasse qualche pezzo speciale».

«*Solo la coppa*» ribadì il cliente, senza più sforzarsi di mantenere un tono educato.

Robin si guardò intorno, nell'angusto negozio ingombro di roba. Sulle pareti di destra e sinistra si vedevano ripiani pieni di spade da cerimonia e scaffali carichi di argenti. Gli oggetti più voluminosi, come urne e centrotavola ornamentali, erano posati sui tavoli, mentre le tabacchiere e i gioielli erano in mostra dentro le vetrinette. I simboli massonici, che ormai erano diventati più familiari a Robin, erano dappertutto: occhi dentro triangoli, pannocchie di granturco, alveari, bare e teschi. Sulla parete posteriore la monotonia del mare d'argento era interrotta da antichi grembiuli e fasce con ricami d'oro, e Robin fissò a lungo un grembiule su cui era ricamata una mano che reggeva una testa mozza insanguinata.

Anche Strike, senza darlo a vedere, stava esplorando con gli occhi il negozio, per controllare soprattutto i sistemi di sicurezza piuttosto che gli argenti. Accanto alla porta che dava sulla strada c'era il tastierino dell'allarme, che aveva l'aria di essere stato installato almeno un decennio prima. Una piccola telecamera, anche quella di aspetto parecchio antiquato, era posizionata sopra una porta nera leggermente deformata, dietro il bancone.

Quando finalmente la coppa acquistata dal cliente fu infilata in una borsa nera e argento, Ramsay andò ad aprire la porta d'ingresso e al posto della sua voce si sentì arrivare dagli altoparlanti una canzone natalizia:

I saw three ships come sailing in
On Christmas day, on Christmas Day...

Il cliente, che aveva un occhio ipertrofico con strabismo verso l'alto, lanciò con l'occhio buono uno sguardo sdegnoso a Strike e Robin e uscì dal negozio, mentre Ramsay lo salutava chinando la testa come un lacchè. Appena la porta fu richiusa, il negoziante si tolse i guanti bianchi e, avvicinatosi a Strike, gli strinse la mano con una frenesia adulatoria non inferiore a quella mostrata verso il cliente.

«Quando mi ha telefonato, stamattina, ho pensato: finalmente, per la miseria! Un raggio di speranza, questo è stato. Un raggio di speranza, davvero. Ho letto di lei, sa. Non avrei potuto chiedere di meglio. Francamente non sapevo dove sbattere la testa. Forse lei è il dono del cielo che tanto imploravo».

«Le presento Robin Ellacott, la mia socia» disse Strike.

«Piacere, piacere» fece Ramsay, scendendo con lo sguardo dal viso al seno. Risalendo di nuovo al viso, le strinse la mano e disse: «Bella... voglio dire, cosa volete fare per prima cosa, dare un'occhiata in giro?»

«Sì, diamo un'occhiata in giro» confermò Strike.

«Certamente» acconsentì Ramsay. «Laura, puoi andare a pranzare, adesso!» gridò alla commessa imbronciata. La ragazza scomparve dietro la porticina nera alle spalle del bancone e ne riemerse un minuto dopo con cappotto e borsetta. Poi uscì, accompagnata dal suono della campanella.

«Allora, questo ovviamente è il negozio, ah ah!» spiegò Ramsay allargando le braccia. «Ora vi mostro il caveau. Da questa parte».

And what was in those ships all three
On Christmas Day, on Christmas Day?

Ramsay li accompagnò alla porta nera dietro il bancone. Strike, che era decisamente il più alto e grosso di tutti, si mosse con cautela per paura di far cadere le urne dai tavoli.

«Come vedete, ho sistemi di sicurezza di ultima generazione» osservò Ramsay fermandosi a indicare la telecamera sopra la porta nera che conduceva alla camera blindata. «Una telecamera che sorveglia il negozio e un'altra sopra la porta d'ingresso, fuori, con l'allarme. La notte le vetrine sono coperte dalla saracinesca di ferro e qui...» Dovette provare due volte prima di riuscire ad aprire la porta nera, che non si adattava bene al telaio e che solo alla seconda spinta cedette, rivelando una stretta rampa di scale che portava nel seminterrato. «Qui abbiamo il caveau».

Accese un interruttore e illuminò sia la scala sia un angusto scantinato. La ripida scala di legno scricchiolò quando i tre scesero. Il piccolo spazio sotterraneo puzzava leggermente di muffa e aveva tutta l'aria di essere stato attrezzato nella maniera più economica possibile molti anni prima. Accanto alla porta di acciaio del caveau c'erano un altro tastierino e una maniglia da cassaforte. Sulla destra si notava una porta socchiusa che lasciava intravedere un minuscolo gabinetto, mentre a sinistra erano visibili un lavandino, delle credenze in laminato con tazze e un bollitore, e un paio di attaccapanni a muro.

«Noi guardiamo dall'altra parte» disse Strike mentre Ramsay digitava il codice.

«Ah, sì, grazie» fece lui, distratto.

Quando la porta d'acciaio si fu aperta cigolando, Strike e Robin guardarono la camera blindata in cui era morto William Wright.

Il caveau, illuminato da un'unica lampadina senza paralume appesa al soffitto, era alto abbastanza perché ci stesse in piedi, senza curvarsi, non Strike, ma un uomo di statura media, ed era abbastanza largo da accogliere, steso in terra, lo stesso uomo di media corporatura. Sulle pareti di mattoni c'erano scaffalature al momento vuote. La camera blindata non conteneva altro che cinque casse di varie misure, su cui era stampato il nome GIBSONS, che Strike sapeva essere una piccola casa d'aste. Il detective tirò fuori il taccuino.

«Quelle sono le casse con cui sono arrivati gli argenti Murdoch che sono stati rubati» indicò Ramsay. Contemplò gli scaffali vuoti e aggiunse: «Pensare che non li avevo nemmeno visti!»

« Davvero? »

« Già. Sarebbero dovuti arrivare venerdì, all'ora di pranzo. Sono venuto a riceverli » disse, come se gli argenti fossero stati un ospite di riguardo, « ma Gibsons aveva numerose consegne quel giorno, così la mia è stata rimandata. Allora sono dovuto tornare al lavoro. Più tardi Pamela mi ha telefonato per dirmi che gli argenti erano arrivati ».

« Pamela sarebbe...? »

« Pamela Bullen-Driscoll, mia cognata, la sorella di mia moglie. Dato che Rachel è molto malata, in quel periodo ci stava dando una mano. Adesso è tornata al suo lavoro ».

« Ha avuto ospiti a casa nel weekend, vero? »

« Sì, e non potevo lasciare Rachel da sola con loro, per cui non sono venuto in negozio sabato e domenica ».

« Ma lei era qui lunedì mattina, quando è stato scoperto il furto? »

« Oh, sì, perché volevo vedere di persona John Auclair ».

« Chi è? »

« Uno dei maggiori collezionisti d'argenti » rispose Ramsay. « Un uomo ricchissimo. Mi aveva pregato di mettergli da parte gli argenti Murdoch e di farli vedere a lui prima che a qualsiasi altro cliente. Ecco perché Pamela non li aveva tolti dal caveau, ma si era limitata a estrarli dalle casse e metterli sugli scaffali.

« Sono sceso giù, ho aperto la porta blindata ed era tutto sparito. E Wright, cioè Knowles » e qui indicò in terra « era steso lì, prono. Gli avevano tagliato le mani. Non riuscivo a crederci. La scena non sembrava reale ».

« Prono, ha detto? » fece Strike, prendendo appunti.

« Sì. E c'era sangue raggrumato intorno alla testa e... » Ramsay deglutì a vuoto con aria nauseata.

« Sulla stampa si è letto che era nudo » osservò Strike.

« Sì, è vero, eccetto... Sì, era nudo ».

« Ho sentito dire che aveva una lettera incisa sulla schiena ».

« Come lo sa? » fece Ramsay, fissando sbalordito Strike.

« Lo hanno detto in un notiziario » mentì il detective.

« Ah. Non credevo che avrebbero divulgato quella notizia. Sì, aveva incisa sulla schiena la croce di Salem. Il marchio di Murdoch».

Strike prese un appunto, poi chiese: «Il corpo era nudo, eccetto che per che cosa?»

«L'ispettore capo Truman mi ha raccomandato di non parlarne».

«Davvero?» chiese Strike, guardandolo negli occhi.

«Be', vede, avevano cercato di far apparire l'omicidio come... Truman ha detto che se avessi parlato avrei avuto ulteriori guai. Ho afferrato il concetto. È stato una forma di riguardo, da parte sua. Mi è simpatico, Truman. È stato l'unico che pareva davvero interessato al recupero dei nostri argenti, però purtroppo gli hanno tolto il caso, non ci hanno detto perché, nessuno ci ha detto niente. Io sono un grande estimatore della polizia, che fa un lavoro molto difficile, però la squadra che si è occupata del caso non mi è sembrata troppo efficiente» osservò con un certo risentimento. «Non da quando se n'è andato Truman».

«Il cadavere indossava qualcosa di massonico?»

Robin intuì, dallo sguardo, che Ramsay era combattuto tra la fiducia ormai sempre più scarsa nella polizia e il desiderio di aiutare i detective che pareva considerare la sua ultima speranza.

«Sì» sussurrò alla fine. «Una fascia massonica, non ricordo quale. Quando hanno girato il cadavere, però, non mi sono concentrato sulla fascia. Gli occhi e le orecchie erano stati... Pamela ha cacciato un urlo».

Ramsay tacque.

«Bene, credo abbiamo visto a sufficienza, qui nel seminterrato» disse Strike. «Mi scusi, posso andare un attimo in bagno?»

«Certo» rispose Ramsay, chiudendo la camera blindata con un senso di sollievo. «Torniamo su?» disse a Robin, che sorrise. Tutti e due risalirono la scala di legno. Appena furono scomparsi, Strike, che non aveva alcun bisogno del bagno, si avvicinò al tastierino accanto alla cassaforte per esaminarlo con maggior attenzione.

Al piano di sopra, Ramsay indicò a Robin una delle due sedie davanti al bancone su cui era appoggiato il computer.

«Truman ha detto che parlare della fascia e della croce di Salem avrebbe fatto il gioco degli assassini» raccontò, sedendosi davanti a lei. «Ha detto che questo avrebbe indirizzato le indagini nella direzione sbagliata. Sapeva che la gente avrebbe cominciato a diffondere sciocchezze sui massoni».

Ramsay, e non c'era da stupirsene, pareva turbato dal fatto di aver dovuto rievocare la scoperta del cadavere nel caveau.

«Non so se il suo socio gliel'abbia detto» proseguì tormentandosi i bottoni dei polsini, «ma questo è stato un periodo molto difficile per mia moglie e me, anzi terribile, e poi perdere tutti gli argenti Murdoch quando non eravamo assicurati... Gli ultimi due anni sono stati davvero orribili, è stato tutto... tutto infernale, assolutamente infernale».

«Mi dispiace molto» disse Robin, ricordandosi dell'incidente di acquascooter in cui era morto il figlio. Ramsay batté in fretta le palpebre. Con l'unico intento di distrarlo, lei buttò un'occhiata alla vetrinetta più vicina, che era piena di ninnoli d'argento, e commentò: «Ha delle belle cose, in negozio».

«Oh sì, e anche a un prezzo abbordabile!» esclamò lui, illuminandosi.

Stupefatta, Robin lo guardò scattare in piedi, rinfilarsi i guanti bianchi e aprire la vetrinetta.

«Un bell'orologino da panciotto» propose, mostrandoglielo sul palmo ricoperto di ovatta. «Di argento massiccio, non placcato! Triangolare, naturalmente, con i simboli massonici al posto dei numeri, vede? È un articolo più da uomo, naturalmente» aggiunse vedendo il suo scarso entusiasmo. «Per le signore... forse le piacerà questo».

Prese un piccolo amuleto sferico d'argento e azionò un meccanismo per cui la sfera si trasformò in una croce.

«Bello, eh?» disse. «E anche questo ha i simboli massonici nascosti dentro».

«Molto carino» riconobbe Robin.

«Dica che glielo compri suo...» fece Ramsay, buttando un'occhiata al suo anulare. Vedendo che non portava la fede, aggiunse: «Oppure semplicemente si faccia un regalo da sola. Per Natale».

Robin fu sollevata di veder riemergere Strike dal seminterrato.

Aveva il viso abbastanza stravolto: la scala era troppo ripida per il moncone, che dopo il ritorno dalla Cornovaglia continuava a dolergli.

«Posso farle un buon prezzo» le assicurò Ramsay con un sorriso ansioso.

«Magari un'altra volta» rispose lei, imbarazzata.

Il negoziante richiuse la vetrinetta chiaramente a malincuore, tornò al suo posto dietro il bancone e frugò nel cassetto alla ricerca di un catalogo d'asta patinato.

«Ho segnato tutti gli oggetti che ho comprato, così potrete capire che cosa state cercando» spiegò a Strike quando quest'ultimo si sedette accanto a Robin.

«Perfetto» disse Strike, prendendo il catalogo che l'altro gli porgeva. Sulla copertina, dov'era scritto 'Collezione A.H. Murdoch', erano fotografati una spada e una grande nave d'argento su ruote.

«È una *nef*?» domandò Strike.

«Ah, lei conosce i suoi argenti!» esclamò contento il commerciante. «Sì, fu commissionata da Murdoch, che volle fosse fabbricata con l'argento di una miniera di sua proprietà, la seconda, per grandezza, del Perù, scoperta nel 1827. Murdoch fece usare come modello la *Carolina Merchant*, la nave che aveva trasportato il primo frammassone in America. Siamo stati tutti felicissimi che il suo pronipote abbia voluto si tenesse l'asta qui, a Londra, anziché negli Stati Uniti».

Ramsay si lanciò allora in uno sproloquio inarrestabile, nel corso del quale spiegò l'importanza degli argenti Murdoch ed espose i suoi argomenti con il tono entusiastico e sordo a ogni interferenza tipico dei monomaniaci.

«Come saprete, Murdoch era ispettore generale della giurisdizione della Louisiana... è la collezione di argenti massonici più grande e preziosa del mondo... con decorazioni in rilievo... superbo maglio massonico del diciannovesimo secolo... incisioni eccellenti...»

«Possiamo tenere il catalogo?» lo interruppe Strike a voce alta, per arginare il fiume di parole.

«Ah, sì, sì, ne ho un'altra copia».

«È massone anche lei?» domandò Strike.

«Oh, sì, certo» rispose il commerciante. «E lei?»

«Temo di no».

«Ah, pensavo che, essendo un ex militare... Uno dei nostri migliori clienti è un colonnello della fanteria leggera. Anche mio suocero, il padre di mia moglie, era massone. Rachel è una Bullen, della famiglia che ha creato la Bullen & Co., un'antichissima industria argentiera. Loro hanno il negozio nei London Silver Vaults. È una ditta che esiste da centoventisette anni».

«Caspita!» esclamò Robin, cui di solito toccava la parte di chi faceva sentire uniche e straordinarie le persone che interrogavano.

«Ma quando suo padre andò in pensione, un paio d'anni fa, passò l'attività a mia cognata e suo marito. Libero di fare la sua scelta, certo» arricciò il naso Kenneth. «Avevamo sperato che... Ma, per farla breve, Pamela, Geoffrey, Rachel e io abbiamo concluso un accordo, e noi due abbiamo preso lo stock di oggetti massonici, perché la Bullen & Co aveva una linea secondaria di articoli massonici assai più modesta della nostra, e abbiamo aperto questo negozio».

«Che tipo di negozio c'era, qui, prima che arrivaste voi?»

«Un gioielliere, perciò il terreno era già fertile, per noi» rispose Ramsay. «Un'ottima occasione».

«Però avete cambiato tutti i codici dei tastierini quando avete rilevato il negozio, vero?» chiese Strike.

«Sì, certo» assicurò Ramsay. Indicò il catalogo nelle mani di Strike e tornò al suo argomento preferito. «Mi sono procurato tutti gli oggetti più importanti della collezione Murdoch. Avevo fatto un'offerta prima dell'asta, ed è stata accettata. Ho lasciato qualcuno con un palmo di naso, sapete? Ah, ah, ah! C'erano molti collezionisti che erano assai interessati e aspettavano di fare l'offerta».

«Parliamo di William Wright» disse Strike.

«Certo, mi chieda pure quello che vuole» replicò Ramsay, ma prima che Strike avesse il tempo di parlare, si affrettò ad aggiungere: «Come avrete notato, i nostri dispositivi di sicurezza sono eccellenti, ma Knowles era un professionista, no?»

«Lo ha sottoposto a un colloquio di lavoro, prima di assumerlo?» domandò Strike.

«Sì, con Pamela. A lei all'epoca è piaciuto, anche se in seguito ha cambiato completamente idea. Era stata lei a dire che ci serviva qualcun altro, perché non era in grado di sollevare la roba più pesante e soprattutto di portarla su e giù per le scale: nessuno di noi ha la fortuna di diventare più giovane col passare del tempo, e lei ha problemi di vista».

«Che tipo di problemi?» si informò Strike.

«Si è sottoposta alla chirurgia laser oftalmica, e non ha funzionato. Da allora ha avuto un sacco di guai. Così abbiamo messo un annuncio».

«Avete avuto molte richieste?»

«Non molte. I giovani hanno pretese salariali che di questi tempi sono poco realistiche, anzi molto poco realistiche» osservò Ramsay leggermente irritato, «ma Wright mi è parso il candidato ideale. Un ragazzo basso, ma forte. Sapete, siccome due mesi prima il nostro addetto alla sicurezza aveva dato le dimissioni, ho pensato che con Wright potessimo, per così dire, prendere due piccioni con una fava. Era uno che faceva jujitsu».

«Quando ha iniziato a lavorare qui, gli avete dato i codici dei tastierini dell'allarme e del caveau? O le chiavi?»

«Oh, no» rispose Ramsay. «No, assolutamente no».

«Lei lo vedeva parecchio?»

«Mica tanto. A volte venivo qui a ora di pranzo e guardavo come andavano le cose. No, perlopiù c'era Pamela. Ah, e Jim, che viene a pulire due mattine alla settimana. Jim ha cominciato a lavorare per noi fin dall'inizio, un paio d'anni fa».

«Sarebbe Jim Todd?» chiese Strike.

Ramsay non domandò come mai il detective conoscesse il cognome del suo uomo delle pulizie.

«Proprio lui» si limitò a dire. «Ottima persona. Ha avuto un momento difficile e così lo abbiamo aiutato a venirne fuori offrendogli un lavoro. Fa pulizie per due o tre ditte».

«Quindi era soprattutto Pamela ad avere a che fare con William Wright?»

«Sì, anche Jim lo avrà visto qualche volta, sicuramente più di me. Come ho detto, ero molto occupato, ma per me era importante mandare avanti l'attività. Il negozio è la nostra creatura, sapete, e...»

La voce gli si ruppe. Robin pensò di nuovo al figlio morto nell'incidente di acquascooter.

«Dev'essere stato estremamente difficile, per lei» disse.

«Sì» ammise rauco Ramsay. «Sì, è stato molto difficile».

Lasciò vagare lo sguardo in giro, posandolo con apparente casualità sul seno di Robin. Lei incrociò le braccia sul petto e lui distolse subito gli occhi.

«Allora William Wright è stato ripreso dalle telecamere di sorveglianza per tutta la durata di venerdì 17 giugno?» domandò Strike con un tono meno comprensivo di quello di Robin. Aveva notato che il commerciante si mangiava con gli occhi la sua socia.

«Sì, sì, abbiamo sempre tenuto accesa la telecamera, per paura dei taccheggiatori. La polizia ha portato via il girato dopo la rapina, anzi, no, forse è ancora qui». Ramsay lanciò una vaga occhiata al computer e aggiunse: «Ma non saprei come...»

«Posso dare un'occhiata?» domandò Robin. «Abbiamo una telecamera simile nel nostro ufficio. Forse riesco a trovare il girato».

«Sì, certo» disse Ramsay. «La password» borbottò e, dopo un paio di tentativi, riuscì a entrare correttamente nel file video e cedette la sedia a Robin.

«Ho capito bene? Wright a un certo punto ha lasciato il negozio, quel venerdì?» chiese Strike.

«Sì, per brevissimo tempo, nel pomeriggio» rispose Ramsay, sedendosi sulla sedia lasciata libera da Robin. «Per una stupidaggine. Il fattorino che aveva consegnato la merce aveva confuso due casse. Aveva mandato per sbaglio il centrotavola Oriental Lodge, che vedete nel catalogo ed è davvero magnifico, a Bullen & Co e consegnato alcune delle cose che avevano comprato loro a noi. Pamela si è accorta di quanto era successo e ha mandato Wright da

Bullen per riavere l'oggetto. A dir la verità, è stata una cosa imbarazzante per Pamela» riconobbe Ramsay, arrossendo leggermente. «Se non fosse stato per questo disguido, infatti, non avremmo saputo che lei e suo marito avevano fatto delle offerte per alcuni pezzi della collezione Murdoch. Avevamo concluso un *gentlemen's agreement* in base al quale la Bullen & Co si impegnava a non farci concorrenza. Eravamo stati *noi* a concentrarci sul campo limitato degli argenti massonici».

«E Wright ha riportato indietro il centrotavola, vero?» chiese Strike.

«Sì, con un taxi. Non è stato via molto. I Silver Vaults sono solo un poco più avanti, lungo la strada».

«Credo di riuscire a scaricare il girato della telecamera di sorveglianza relativo a quel periodo di tempo» rifletté Robin, fissando il monitor. «Le spiace se ne facciamo una copia, signor Ramsay?»

«No, si figuri, fate pure» disse lui.

«Ha i numeri di telefono di Pamela Bullen-Driscoll e Jim Todd?» domandò Strike.

Ramsay glieli diede entrambi. Strike tirò fuori la fotografia di Rupert Fleetwood che gli aveva dato Decima.

«Secondo lei, è possibile che William Wright fosse quest'uomo?»

Il commerciante guardò la foto.

«Oh, no» disse. «No, no. Che cos'è, un cameriere? Wright portava gli occhiali, aveva la barba ed era bruno».

«Lei non badi alla divisa e cerchi di figurarselo con la barba e i capelli tinti» replicò Strike.

«No, no» insistette Ramsay, che pareva seccato. «No, quest'uomo non somiglia affatto a Knowles».

Strike rinfilò in tasca la foto.

«La polizia le ha mostrato le foto di due uomini di nome Niall Semple e Tyler Powell?»

«Sì, certo, ma non erano Wright, Wright era Knowles» ribadì Ramsay, a quel punto quasi agitato. «Sono sicuro che era Knowles».

« Va bene » disse Strike, scrivendosi un appunto. « Qualcuno le ha per caso proposto un'altra *nef* da mettere in vendita alla stessa epoca in cui Wright è venuto a lavorare da lei? »

« Un'altra *nef*? » fece Ramsay, confuso. « No, la *Carolina Merchant* è l'unica che abbiamo mai avuto in magazzino. Non trattiamo oggetti ornamentali che non siano massonici ».

« Va bene » disse Strike, segnandosi un altro appunto. « Si ricorda niente di Wright che le sia sembrato strano o peculiare? »

« No, affatto. Come le ho detto, io in realtà non lo vedevo molto. Ah, ma ci sono le cose che cercava! Le ha scoperte la polizia ».

« Era alla ricerca di qualcosa? »

« Sì, usava questo computer per andare a caccia di informazioni » spiegò, indicando con un cenno il monitor sul banco. « La polizia ha analizzato tutto ciò che ha cercato sul computer e ha scoperto che gli interessavano alcune cose strane ».

« La polizia ha esaminato la sua cronologia di ricerca? »

« Sì, esatto. Non avrebbe dovuto nemmeno utilizzarlo, il computer, che serve solo per gli ordini online e per i database dei nostri clienti. Ho detto a Pamela: 'Cos'è questa storia che si è messo a smanettare col computer?' E mi ha risposto che evidentemente l'ha fatto quando lei era fuori a pranzare. Sapete, molto di quanto è successo è dovuto all'incuria di Pamela » confessò con un improvviso moto di rabbia. « In teoria Pam ci dava una mano e dovevamo esserle grati per questo, ma in pratica è stata lei, venerdì, ad andarsene prima del tempo e a lasciare che Wright chiudesse la porta senza inserire l'allarme ».

« Davvero? » fece Robin, che era appena riuscita a tagliare, copiare e inviare per e-mail all'agenzia il pezzo di girato della telecamera che interessava a loro. « Come mai Pamela è uscita in anticipo? »

« Lei... è una faccenda privata » rispose Ramsay, imbarazzato. « In ogni caso, è stata una vera negligenza, da parte sua.

« Lei sa che cosa cercasse Wright su internet? »

« Ha cercato informazioni sui massoni e ha visitato un sito web dedicato al problema di come dimostrare la propria innocenza e fuggire dal carcere o cose del genere ».

«Ci sarebbe di grande aiuto se riuscisse a rammentare i particolari di quel sito» disse Strike.

Con il suo viso da cherubino invecchiato, Ramsay fece una smorfia per concentrarsi nel ricordo.

«Mi pare si chiamasse 'Accusati ma Innocenti', un sito di persone che si lamentavano di essere state incastrate con false prove o accusate di reati che non avevano commesso, e si davano consigli su come uscire dall'inghippo. C'era roba molto brutta, su quel sito. Alcuni auspicavano la creazione di squadre di vigilantes per ottenere vendetta».

«Si ricorda l'aspetto del sito, per esempio il logo o i colori?»

«Il logo voleva esprimere il concetto di occhio per occhio, mi pare due mani, ognuna delle quali stringeva un occhio».

«C'è qualcos'altro che può dirci, di Wright?» chiese Strike. «L'accento, eventuali riferimenti alla sua vita domestica, interessi?»

«Be', non avrebbe mai detto la verità riguardo ad argomenti del genere, le pare?» fece Ramsay, frustrato. «Era un delinquente. Recitava una parte. Ah, un attimo, c'è stata l'e-mail!» ricordò d'un tratto. «Riteniamo che abbia mandato una strana e-mail, da qui, usando l'indirizzo di posta elettronica di Ramsay Silver».

«A chi l'ha inviata?» domandò Strike.

«A un uomo di nome Osgood».

«Lo ha detto alla polizia?»

«Oh, sì. L'ha trovata Pamela, dopo che ci eravamo accorti che Wright usava il nostro PC. La polizia ci ha interrogato in merito, ma nessuno di noi aveva mandato quell'e-mail. Siamo rimasti di stucco, non avevamo mai sentito nominare questo Osgood, ma presumo sia uno dei criminali complici di Knowles. Forse gli ha fatto sapere che era riuscito a infiltrarsi nel personale del negozio».

«Le spiace se copiamo l'e-mail in questione?» domandò Strike.

«Prego, non mi spiace affatto. È ancora lì nella posta inviata» disse Ramsay a Robin, che la trovò senza difficoltà e la inoltrò agli indirizzi sia suo sia di Strike.

«Siccome so che deve tornare nell'ufficio dove lavora, le faccio un'ultima domanda » disse Strike. « Ha per caso l'indirizzo dell'abitazione di Wright? »

« Non ho conservato il suo curriculum vitae » rispose Ramsay, « ma ricordo bene la strada: St George's Avenue, Newham. La ricordo perché ho pensato che fosse di buon auspicio. Per via di San Giorgio ».

« Si ricorda anche il numero civico? »

« No, purtroppo no. Magari potete cercare nell'elenco telefonico ».

« Bene, grazie di avere accettato di parlarci » disse Strike. « Ci è stato molto utile ».

Si alzò, tenendo in mano il catalogo che Ramsay gli aveva dato.

« Se avete altre domande da fare, non esitate a chiamarmi » disse Ramsay, alzandosi a sua volta. Ora che Strike e Robin stavano per congedarsi, tornò ansioso e anche un po' servile. « Ecco qui il mio biglietto da visita » concluse. « Di qualunque cosa abbiate bisogno... »

Si salutarono di nuovo con una stretta di mano.

Quando Ramsay corse avanti ad aprire loro la porta, si udì la voce di Dean Martin che cantava:

Silver bells, silver bells,
It's Christmas time in the city...

15

L'atto che un uomo compie d'impulso, quando ha il cervello in fiamme, non viene compiuto con altrettanta celerità quando è meditato.

John Oxenham
A Maid of the Silver Sea

Mentre usciva con Robin nell'aria gelida del pomeriggio, Strike alzò gli occhi a guardare la telecamera sopra la porta d'ingresso. Aveva il sospetto che fosse disattivata, perché aveva una grossa incrinatura nell'obiettivo. Quello, pensò, era il motivo per cui la stampa non aveva pubblicato foto degli assassini che entravano nel negozio.

« Diamo un'occhiata a Wild Street » disse, e si allontanarono da Kingsway dirigendosi avanti, verso una strada molto più tranquilla, senza negozi né caffè.

« Sì, devono aver portato gli argenti qui e averli buttati sulla macchina pronta per la fuga » osservò Strike, esplorando con gli occhi l'intera strada. « C'è un pub, là » disse, indicando, alle loro spalle, il posto in cui si erano dati appuntamento. « Ti va di mangiare qualcosa? »

« Eccome » rispose Robin.

« Che cosa cercava di rifilarti, Ramsay, poco prima che risalissi dal seminterrato? » le domandò lui mentre si incamminavano verso il pub.

« Mah, prima un orologio da taschino triangolare, poi un ciondolo sferico che, se si aziona un meccanismo, si trasforma in una croce con simboli massonici nascosti. Quello, magari, avrebbe potuto anche convincermi ad acquistarlo ».

«Non ti definirei certo la tipica ingenua che si fa imbrogliare dai commercianti».

«Non lo sono, ma era un oggetto carino e poi...»

«Lui ti faceva un po' pena».

«Sì» ammise Robin. «Sì, è così».

«Non hai abbastanza soldi per andare in giro a salvare idioti dalla bancarotta».

«'Idiota' è un giudizio un po' duro».

«È un idiota» ribadì implacabile Strike. «Mi dispiace per le sue sfortune personali, ma figuriamoci se ha dispositivi di sicurezza di ultima generazione! Con quella roba lì il negozio è poco più protetto che se si lasciassero porte e finestre aperte. Avrebbe digitato il codice di apertura del caveau davanti a noi se non glielo avessi impedito io; non ha assicurato gli argenti che aveva pagato un sacco di soldi; ha assunto, per risparmiare, un addetto alla sicurezza completamente privo di esperienza; non ha controllato a dovere le referenze di Wright; dopo avere rilevato il negozio non ha mai sostituito con dispositivi più avanzati l'allarme e la telecamera e non ha fatto mettere una serratura migliore nella porta d'ingresso».

«Lo so, ma ha perso suo figlio e sua moglie è gravemente malata. Non sempre si prendono le decisioni giuste quando ci si trova in situazioni molto stressanti».

«Le persone nei guai sono proprio quelle che non possono permettersi di essere incaute» sentenziò Strike.

Non si accorse dello sguardo turbato di Robin e, anche se se ne fosse accorto, non ne avrebbe capito il motivo. Non immaginava certo quanto tempo libero la sua socia passasse, in quel momento, a rimproverarsi aspramente per quella che ormai considerava una sciocca mancanza di attenzione per i segnali di avvertimento che le si erano presentati alle età di diciotto e trentadue anni.

«Che cos'avevi in mente, in realtà, quando hai chiesto se potevi andare in bagno?» gli domandò.

«Volevo dare un'occhiata all'area del personale. Non occorreva un genio per capire quali sono i sei numeri che aprono il caveau, perché i tasti sono consumati. Sarebbe bastato memorizzare l'ordine dei tasti premuti da chiunque digitasse il codice. Il lavandino e il water sono puliti, per cui Todd non pare essersi comportato in maniera insolita quando ha lavato l'area del personale prima che arrivasse la polizia. Gli armadietti sotto il lavandino sono pieni di lucido per l'argento e amuchina».

«Pensi a una connivenza?»

«Quando c'è una rapina come questa, è la prima cosa che ci si deve chiedere. Todd ha pulito tutto, eliminando le impronte, e Pamela è uscita in anticipo dal negozio il giorno dell'omicidio, lasciando che fosse Wright a chiudere. Con una comune serie di passe-partout si sarebbe riusciti ad aprire la serratura a scrocco di quella porta, purché la mortasa non fosse stata chiusa a chiave. Ti fa riflettere, no?»

«Ciò premesso» continuò mentre compariva alla vista il pub Prince of Wales, «poiché tutti sembrano avere un alibi di ferro, potrebbe essersi trattato di mera incuria. Se Pamela Bullen temeva di compromettere ginocchia e vista andando su e giù per le scale del seminterrato, magari avrà dato a Wright il codice della camera blindata perché mettesse e togliesse roba di lì, e magari non avrà voluto ammettere, con Ramsay o la polizia, di essere stata così imprudente. Prego, dopo di te».

Dalla porta che Strike le teneva aperta, Robin entrò in un grande pub affollato e rumoroso, con il parquet in terra, colonne rivestite di piastrelle e tante ghirlande natalizie rosse e dorate che pendevano dal soffitto.

«Vado a ordinare da bere» disse Strike. «Cosa prendi?»

«Spremuta d'arancia, per favore».

«Ecco qui qualcosa da leggere» fece lui, dandole il catalogo di Ramsay. Si diresse al bancone, soppesando le possibilità di carattere non investigativo che il pranzo apparentemente casuale al pub gli offriva, mentre Robin, ignara, sedeva al tavolo accanto alla vetrata e sfogliava il catalogo.

Nell'introduzione si spiegava che gli oggetti di 'qualità museale' in vendita erano stati tutti acquistati o commissionati da A.H. Murdoch, esploratore, industriale e Gran Maestro americano del diciannovesimo secolo. Il marchio di Murdoch fungeva da sfondo di parecchie pagine del catalogo. Era un simbolo curioso: una croce inclinata con sbarre aggiuntive. Kenneth Ramsay aveva disegnato col pennarello un cerchio intorno a tutti gli oggetti che aveva acquistato e, analizzando i prezzi di listino, Robin calcolò che avrebbe dovuto pagare come minimo centocinquantamila sterline per i pezzi comprati all'asta. Siccome il negozio sembrava andare tutt'altro che a gonfie vele, Robin si chiese come diavolo ci fosse riuscito.

La collezione di A.H. Murdoch non era esclusivamente massonica. Qui e là c'erano argenti soltanto ornamentali, ma Ramsay non ne aveva acquistato nessuno all'asta. Si era invece procurato una serie di manufatti il cui uso era un mistero, per Robin. Che cos'era, per esempio, un 'maglio di posa'? A lei ricordava uno sturalavandini, perché aveva un'impugnatura di rovere lucidata e una parte terminale a forma di cono di argento massiccio, con complicate stelle a otto punte incise sopra. C'erano molte cazzuole e squadre, e diversi 'gioielli' che a lei sembravano semplici medaglie con elaborate incisioni, tra cui un'aquila bicefala su croce teutonica.

Quando Strike tornò al tavolino con le bevande e due menu, vide che Robin stava guardando la foto di un centrotavola d'argento riccamente ornato, che, secondo il catalogo, era alto più di un metro.

« 'Prezzo di stima: dalle sessanta alle ottantamila sterline' » lesse Robin a voce alta, girando il catalogo in maniera che Strike vedesse l'immagine.

« Cazzo! » fece lui, guardando il manufatto e trovandolo orrendo.

« Questo è il Centrotavola Orientale, che è finito per sbaglio alla Bullen & Co » disse Robin, rimettendo sul tavolo il catalogo ed esaminando gli innumerevoli simboli di cui l'oggetto era ornato. « La scala di Giacobbe, l'albero d'acacia, l'occhio che vede tutto, la stella fiammeggiante... »

« Stai studiando il simbolismo massonico? »

« Sì. È strano, però ».

« È un autentico obbrobrio » disse Strike, sbirciando dall'altro capo del tavolino l'immagine rovesciata.

«Non mi riferisco al centrotavola, ma al furto. Non è come rubare dei contanti o dei diamanti, che puoi vendere facilmente. I ladri non intendevano certo fondere l'argento, perché il valore degli oggetti sta nella loro forma. E solo questo centrotavola peserà una tonnellata».

«Proprio per questo penso che tutta la refurtiva sia stata buttata sulla macchina pronta per la fuga in Wild Street. Perché, però, qualcuno volesse quel mucchio di puttanate massoniche è un mistero».

Robin pensò alla mansarda spartana dove Strike viveva in un ambiente privo di qualsiasi oggetto di valore sentimentale o decorativo.

«Siccome tu personalmente non sei un tipo attaccato alle cose, credo sottovaluti il grado di ossessività che alcune persone maturano verso certi manufatti».

«Non sono un 'tipo attaccato alle cose'?»

«Esistono forse oggetti materiali a cui sei davvero affezionato?»

«Sì, la mia gamba finta».

«Ah, ah! Hai capito cosa intendo» disse Robin, sfogliando il catalogo. «La questione non è solo quella della misura e del peso degli oggetti, è anche che questi oggetti sono tutti pubblicamente collegati con l'omicidio di Wright. Credi che chiunque li abbia rubati li abbia ficcati in una cantina da qualche parte e che tutte le sere vada lì a covarseli con gli occhi?»

«Buona domanda» disse Strike. Prese un sorso di birra, poi aggiunse: «Un'altra buona domanda è: perché Lynden Knowles avrebbe dovuto volere un mucchio di argenti massonici?»

«Che conoscesse un compratore a cui non interessava come se li fosse procurati?» ipotizzò Robin, perplessa.

«A naso, ti sembra plausibile? Un gangster trafficante d'armi che diventa un ricettatore d'alto bordo?»

«No, non mi sembra plausibile» ammise lei.

«E se avesse voluto la roba per sé, cosa che ritengo assai improbabile, perché mai avrebbe dovuto associare il furto all'omicidio di suo nipote?»

«È strano» ammise Robin. «E perché uccidere Knowles nel caveau? Non sarebbe stato più semplice...»

«Spararlgli nella nuca mentre andava a fare una finta rapina e poi scaricare il corpo? Hai ragione, sarebbe stato più semplice. Che cosa prendi?»

«Una zuppa» disse lei. «Non ho molta fame».

Strike, che invece aveva una fame da lupo, tornò al bancone, dove ordinò una zuppa per Robin e fish and chips per sé. Quando tornò al tavolo, Robin gli diede il proprio cellulare, su cui aveva aperto l'e-mail indirizzata dal sedicente William Wright all'uomo di nome Osgood.

Ramsay Silver
Oggetto: Una cosa che dovrebbe sapere
A: Osgood@goodtunes.co.uk

Gentile signor Osgood (Oz),
se avesse la compiacenza di darmi un appuntamento, potrei aiutarla in una cosa che so essere stata un problema per lei.

«L'ha mandata una settimana prima di essere ucciso» osservò Strike. «Naturalmente niente dimostra che sia stato davvero Wright a inviarla».

«Se non è stato lui, è strano che nessuno in negozio abbia ammesso di averla mandata» osservò Robin, riprendendosi il cellulare.

«Questo è vero» riconobbe Strike, «ma se la polizia avesse pensato che Osgood avesse in qualche modo a che fare con il furto e l'omicidio, credo che avremmo letto qualcosa sulla stampa. Proveremo però a metterci in contatto con lui».

«È strano vedere con che rapidità l'interesse dei media si è spento, eh?» osservò Robin. «Appena i giornali hanno saputo che era Knowles, a nessuno è più interessato niente che al cadavere avessero mozzato le mani e cavato gli occhi».

«Procedura operativa standard, no?»

«Che cosa intendi dire?»
«Che i giovani violenti si facciano pure fuori a vicenda, chi se ne frega».
«Ma questo è stato un omicidio davvero *efferato.* Mutilare così il corpo. Se fosse successo a una donna...»
«Lieto che sia tu a dirlo, e non io».
«Perché?»
«Non è di moda affermare che, in certi contesti, gli uomini sono merce usa e getta».
«Non ho detto che fosse usa e getta».
«Lo so, ma non c'è stato un decimo dell'interesse che avrebbe suscitato il corpo mutilato di una donna, foss'anche stata una con la fedina penale sporca. E hai ragione, si è trattato di un crimine efferato, sadico. Un vero e proprio scempio».
«Volevo solo dire che, se fosse stata una donna, ci sarebbe stato un interesse morboso per il suo corpo nudo» spiegò Robin.
«È vero» convenne Strike, «ma gli uomini non commuovono il pubblico quanto lo commuovono donne e bambini. Non sto dicendo che le donne abbiano vita facile» aggiunse per difendersi preventivamente dall'eventuale accusa che sentiva aleggiare nella conversazione, «ma ci sono molti più uomini che donne che dormono all'addiaccio, e quando ne viene a mancare qualcuno, la stampa se ne occupa molto meno di quanto se ne occuperebbe se fossero donne. Ripeto, non dico che le donne abbiano vita facile: mi limito a constatare i fatti. Pensa ai due candidati al ruolo di Wright che non si sono potuti escludere sulla base del DNA. Di Semple hanno parlato un minimo, perché è un veterano invalido. Di Powell non hanno parlato per un cazzo. Ho dato una breve occhiata per controllare se la stampa ne avesse accennato, ma non ho trovato neanche un trafiletto».
«Io qualche notizia l'ho scovata» disse Robin, frugando nella borsa.
«Davvero?» si stupì Strike.
«Sì, ecco qui».
Gli porse due fogli di carta su cui aveva stampato due o tre foto che aveva trovato su Instagram e che appena ne avesse avuto mo-

do avrebbe inserito in archivio. Erano state tutte ingrandite a partire da immagini di gruppo in cui Tyler Powell era stato taggato. Era un giovane dalla corporatura possente, con orecchie molto grandi, il viso leggermente asimmetrico e capelli di un castano spento. In una delle foto indossava la divisa della nazionale d'Inghilterra.

«Sono sicura al novantanove per cento che sia il Powell giusto. Le foto sono state postate da gente di Ironbridge».

«Ironbridge è dalle parti di Birmingham, vero?» domandò Strike.

«Sì» rispose Robin.

Strike era lieto che Tyler Powell non vivesse più vicino a Londra. Un viaggio a Ironbridge avrebbe rappresentato l'occasione che cercava per stare in compagnia di Robin per qualche ora di seguito.

«Guarda il retro della pagina due» disse Robin. «Ho stampato alcuni dei commenti sotto l'ultima immagine».

Strike obbedì.

lolajonz non posso sopportare di guardare quel bastardo di Powell dopo quel che ha fatto

rileymiley bleah non potete togliere di lì TP?

ayeshaaaa ma perché guardiamo ancora le foto di quel pezzo di merda?

ponzie2 chloegriff elimina le foto nessuno vuole vedere quello stronzo

«Pare si sia reso impopolare» osservò Strike, girando la pagina per guardare di nuovo la faccia di Powell. Non aveva l'aria del bastardo, ma Strike ricordava bene un giovane soldato semplice, nel Rifle Corps, che aveva il viso da chierichetto ed era stato condannato per stupro a Cipro.

«Non ho ancora trovato niente sui social riguardo a Powell, ma continuerò a cercare» disse Robin.

« Va bene, e io chiederò a Hardy se può tirarmi fuori qualcosa su Niall Semple ».

Arrivarono i loro piatti. Strike mangiò due o tre patatine.

« Sai, mi piacerebbe sapere se l'ispettore capo Truman si arrotola i pantaloni anche quando non sguazza in una pozzanghera » disse.

« Che cosa? »

« Devi arrotolarti i pantaloni durante la cerimonia di iniziazione alla massoneria. Devi dimostrare che non hai ceppi, che sei un uomo libero. Non credo che i massoni abbiano ucciso Wright » si affrettò a precisare vedendo che Robin stava per obiettare, « ma fa riflettere il fatto che Truman abbia voluto mettere a tacere la faccenda della fascia e del marchio inciso sulla schiena del cadavere. Fa riflettere anche che, parlando con i giornalisti, abbia sempre escluso categoricamente un collegamento con la massoneria ».

« Qualcuno, su internet, ha scritto che Truman è massone. Era uno dei commenti a un articolo. Hanno addirittura nominato la sua loggia ».

« Ah, sì? »

« Ma è il tipo di cosa che la gente direbbe comunque, no? Ho esaminato alcune delle teorie cospiratorie sui massoni e ho visto che la gente non sa decidere se i massoni siano un paravento dietro cui si nasconde la dominazione mondiale ebraica o se siano affiliati al Ku Klux Klan ».

« C'erano parecchi massoni nell'esercito, quando ero nella polizia militare » disse Strike. « Hardy mi prendeva per il culo perché sostenevo che la massoneria influenzava le promozioni. Il suo ritornello era che la massoneria è una faccenda privata e che nessuno, nella sua vita quotidiana, avrebbe mai confessato questa appartenenza. Ma io ho visto con i miei occhi degli uomini cercare di ingraziarsi noti Gran Maestri alle cene, in mensa. La massoneria era diffusa anche nella polizia. Convivevano nella stessa loggia poliziotti e grossi criminali. Ti ricordi Duncan Hanrahan? »

« No » rispose Robin.

« Massone ed ex poliziotto convertitosi alle truffe. Ha tentato di corrompere parecchia gente attraverso le sue conoscenze massoniche in polizia. Posso vedere quello che si può trovare sul conto dell'ispettore capo Truman» concluse, segnandosi un appunto in merito.

«È proprio necessario?» domandò Robin.

Strike alzò gli occhi a guardarla. All'improvviso Robin appariva tesa, e Strike capì immediatamente che temeva che Murphy avrebbe avuto una brutta reazione se avesse appreso che l'agenzia aveva concentrato l'attenzione su uno dei suoi colleghi. Strike si rese conto che la questione andava trattata con grande cautela.

«Non credi sia importante sapere se Truman ha un motivo personale per annunciare in fretta e furia che William Wright è in realtà Jason Knowles?» le chiese, alzando le sopracciglia.

«Non vedo in che modo l'eventuale appartenenza di Truman alla massoneria ci possa facilitare l'identificazione di Wright» replicò Robin.

In realtà, all'improvviso si era resa conto delle possibili conseguenze di quella loro allegra conversazione. Aveva già mentito a Murphy, raccontandogli che stavano cercando Rupert Fleetwood e non che stavano tentando di fare le pulci all'identificazione di Knowles da parte della Met. Come avrebbe reagito Ryan se avesse scoperto che stavano sorvegliando le logge massoniche per vedere se un importante funzionario della polizia era entrato nella massoneria o ne era uscito?

«Direi che sarebbe alquanto importante, per la nostra indagine, se un alto funzionario della polizia desse agli interessi personali la precedenza sul dovere professionale» ribatté Strike. «E se avesse tenuto nascoste certe informazioni perché gli faceva comodo identificare in Wright Jason Knowles? Come si chiamava la presunta loggia di Truman, te lo ricordi?»

«No» rispose Robin sinceramente, anche se la innervosì ancora di più sentir parlare di 'interessi personali'. Non le piaceva il discorso del contrasto tra la fedeltà a un'associazione privata e la fedeltà al datore di lavoro, con cui fino ad allora non si era mai dovuta misurare nella professione.

Strike decise, per il momento, di fare marcia indietro riguardo a Truman e alla sua presunta affiliazione massonica, pensando che era molto meglio fosse Ryan, anziché lui, a far arrabbiare Robin. Così tacque e mangiò in silenzio qualche altra patatina.

«Bene, sarà meglio che diamo un'occhiata al sito web che ha visitato Wright, quello delle persone ingiustamente accusate» disse poi. «Però sarebbe molto strano che Knowles, se Knowles era, avesse fatto una cosa del genere. Di solito i professionisti del crimine come lui non hanno bisogno che degli sconosciuti su internet gli consiglino come pararsi il culo».

«No» convenne Robin, «ma una cosa del genere avrebbe potuto farla Rupert Fleetwood, piuttosto. Forse cercava consiglio su come convincere la polizia del fatto che non avesse rubato lui la nave d'argento».

«È salito in pieno giorno al piano di sopra del club per rubarla, poi ha ammesso con la sua ragazza che l'aveva con sé e si è rifiutato di restituirla, il che non è propriamente il comportamento di un uomo ansioso di nascondere le tracce. Se vuoi sapere cosa penso, Fleetwood ha rubato la nave per qualcosa di più del denaro. Ha voluto dire un gigantesco 'vaffanculo' a Dino Longcaster. Longcaster è il suo padrino. Magari il figlioccio ha pensato di poter battere la fiacca sul lavoro grazie alle conoscenze di famiglia, e ha avuto un attacco isterico quando si è reso conto di non poterlo fare. Tutta la faccenda puzza di arroganza e boria».

«È una fortuna che tu abbia di lui un'opinione così aperta e obiettiva» commentò secca Robin.

«Non mi piacciono i truffatori e le sanguisughe» replicò Strike. «Ma d'accordo, giusto per ipotesi, diciamo pure che nel caveau ci fosse Fleetwood. Si è imboscato da Ramsay Silver per sfuggire a vari problemi e responsabilità, con l'intenzione di sbolognare la nave a Kenneth Ramsay, che ci ha mentito dicendo che non gli era stata offerta nessun'altra *nef*. Perché, poi, avrebbe usato il computer del negozio per scoprire come difendersi da un'accusa di furto? Siccome era riuscito a scomparire alla vista e aveva trovato un possibile compratore per la sua merce, avrebbe dovuto ordinare online champagne, non chiedere consiglio su come sfuggire a un'imputazione».

Robin adesso aveva un'aria ancora più turbata.

«Che cos'hai?» le domandò lui.

«È che... non stiamo facendo qualcosa di immorale, accettando questo caso?»

Merda, pensò Strike.

«Mi era parso di capire che l'avremmo accettato per fare in modo che Decima si mettesse il cuore in pace».

«Ma se in realtà siamo convinti che il morto non fosse Fleetwood, se non c'è la *minima probabilità* che lo sia...» obiettò Robin.

«C'è sempre una minima probabilità» replicò il suo socio, facendo spudoratamente marcia indietro. «Non abbiamo promesso a Decima che dimostreremo che c'era Fleetwood nel caveau. Se dimostreremo che il morto era qualcun altro, le offriremo prove in base alle quali potrà rassegnarsi alla fine della relazione».

«Finché non comincerà a immaginare che Rupert sia stato vittima di un altro omicidio irrisolto».

«Se la sua illusione sopravvivrà anche dopo che avremo dimostrato che William Wright non era Fleetwood, sarò felice di essere il bastardo che le dice che è in preda a una fissazione morbosa».

«Non credi che sarebbe più misericordioso se lo facessimo subito?»

«Senti, ci sono somiglianze tra Wright e Fleetwood. Statura, corporatura, gruppo sanguigno, mancinismo, il fatto che Fleetwood scompaia proprio quando compare sulla scena Wright, la faccenda dell'argento. A proposito dell'argomento Fleetwood, potresti pensare tu a cercare di convincere l'amico di Rupert, Albie Simpson-White, a parlare con uno di noi? Ogni volta che chiamo da Dino's si rifiuta di venire al telefono. Forse una voce femminile gli farebbe meno paura...»

«Va bene» disse Robin, scrivendosi un appunto.

«Ho anche inviato un'e-mail a Zacharias Lorimer, lo spacciatore ex compagno di appartamento di Fleetwood, ma finora non mi ha risposto. Gli darò ancora qualche giorno di tempo, perché non voglio spendere soldi in una telefonata in Kenia se ha intenzione solo di mandarmi a quel paese. Non ho ancora provato a contattare Sacha Legard e Valentine Longcaster. Probabilmente dovrò mandare a Sacha un messaggio attraverso il suo agente».

«Che tipo è?» chiese Robin, senza riuscire a reprimere un piccolo brivido a sentir nominare il fratellastro di Charlotte, che aveva avuto una nomination agli Oscar.

«Uno a cui farebbe un gran bene un bel pugno in faccia».

«Strike!»

«Tu non lo conosci».

«Cos'ha che non va?»

«Gli hanno servito l'intera vita su un piatto d'argento: fin dalla nascita ha avuto tutto quello che voleva. I suoi genitori baciavano la terra dove camminava, e lui dà per scontato che anche il resto del mondo lo adori».

«E questo ti fa arrabbiare tantissimo, vero?»

«No» rispose Strike. «Be', sì, un po'» si corresse. «Ciò non significa che lo voglia morto».

«Oddio, spero ben di no!» esclamò Robin tra il serio e il faceto. «Di solito vuoi morte le persone che ti sono antipatiche?»

«Alcune sì» ammise lui, pensando a Jeff Whittaker, il secondo marito di sua madre. «Se venissi a sapere che a Mitch Patterson è venuto un colpo sul banco degli imputati, credo che festeggerei con una pinta di birra. Però preferisco saperlo in gattabuia».

Fino a pochi mesi prima, l'ex poliziotto Mitch Patterson era stato a capo dell'agenzia investigativa rivale per la quale aveva lavorato Kim Cochran. Non era mai corso buon sangue tra loro e, mentre tentava di far fallire la Strike ed Ellacott, Patterson era stato arrestato per le microspie che aveva illegalmente installato nello studio di un famoso avvocato di cui aveva intercettato le telefonate.

«Il processo inizia la prossima settimana» lo informò Robin.

«Lo so, non vedo l'ora, lo attendo molto più ansiosamente del Natale» disse Strike. Poi, fingendo che gli fosse venuta un'idea all'improvviso, aggiunse: «A pensarci bene, se c'è qualcuno che potrebbe parlare con Sacha Legard, sei tu».

«Perché? Sei tu che lo conosci».

«Sì, ed è questo il problema. Sicuramente sa cosa era scritto nel biglietto di suicida di Charlotte, e questo significa che al momento non sarà molto ben disposto verso di me. Anche se, probabilmente, il sentimento si estende anche a te».

Robin avvertì una sorta di improvviso, violento calore alla bocca dello stomaco: non sapeva se in quel momento fosse più forte la paura o la gioia, ma capì all'istante che sarebbe arrossita.

Strike notò che era diventata rossa e aspettò a vedere se avrebbe finto di non aver sentito o si sarebbe decisa a rispondere per la prima volta all'allusione.

Con gli occhi fissi sulla zuppa, la sua socia disse: «Sacha non può dare a te la colpa di quello che lei ha scritto nel biglietto. Lei era... i giornali hanno scritto che ha preso un cocktail di alcol e farmaci».

«Charlotte sapeva esattamente quello che diceva. Me lo aveva detto anche in precedenza, da sobria».

La notizia le giunse nuova. Prima che le riuscisse di formulare una risposta, a Strike squillò il cellulare e Robin ne approfittò per alzarsi da tavola dicendo che doveva andare alla toilette.

Seccato dell'interruzione, che giudicò assolutamente intempestiva, Strike rispose alla telefonata.

«Ciao» disse Midge, «volevo solo avvertirti che Kim e io ci siamo scambiati i turni, stasera. Sarà lei a fare il Dorchester con te».

«Perché?» domandò Strike, aggrottando la fronte.

«È convinta che Plug si sia accorto di lei, ieri, perciò preferisce che non la veda anche oggi».

«Va bene» disse Strike. «Grazie di avermi avvertito».

Chiuse la comunicazione, irritato. Contava di fare il lavoro del Dorchester con Robin. Seduti al bar, entrambi vestiti a festa per infiltrarsi in un ballo di beneficenza: sarebbe stato il contesto adatto per la confessione che intendeva farle, ma purtroppo a Robin toccava la sera libera.

Nel frattempo lei, agitata, si era ritirata nella toilette chiedendosi a che gioco giocasse Strike, tirando di nuovo fuori la storia del biglietto scritto da Charlotte prima di suicidarsi. Poiché conosceva bene il suo socio, sapeva che le possibilità erano due: o aveva ricordato i fatti com'erano, senza proporsi alcuna allusione imbarazzante, e aveva citato il biglietto per l'unico motivo che effettivamente spiegava quale potesse essere l'atteggiamento del fratellastro di Charlotte verso Strike e Robin, o...

O cosa? Stava forse cercando di dirle in maniera indiretta che nutriva per lei un sentimento più profondo di quello che avesse mai ammesso in precedenza? Stava tentando di capire che cosa lei provasse, a sua volta, per lui? O sentiva di poter giocare a quel gioco impunemente, ora che lei stava con Murphy? Si proponeva forse di mettere in crisi la loro relazione perché la preferiva single, in quanto temeva che potesse piantare in asso l'agenzia?

Sempre più irritata, si chiese perché, se Strike aveva da dirle qualcosa, quel qualcosa dovesse essere espresso attraverso le parole di una donna morta, che si potevano facilmente smentire. Che cos'avrebbe dovuto dire lei, Robin, in un pub affollato durante un viaggio di lavoro? Avrebbe dovuto forse dirgli: « Allora, aveva ragione, Charlotte? Sei davvero innamorato di me? » Se Strike avesse provato realmente per lei un sentimento che si avvicinava all'amore, avrebbe avuto innumerevoli occasioni per esprimerlo. A causa del proprio affetto per lui, Robin aveva sofferto molto più di quanto non fosse disposta ad ammettere a quel punto della vita. Se lui avesse confessato di amarla due anni prima, forse sarebbe stato tutto diverso... o no? Come Robin sapeva dopo anni di contatto stretto e costante con lui, Strike rifuggiva dalle relazioni impegnative. Al massimo stava con una donna per qualche mese, e lei era ormai abbastanza adulta e saggia da rendersi conto che non sarebbe mai stata il tipo di persona che si dedica al sesso occasionale o a brevi avventure. Era importante ricordarselo, ogniqualvolta i suoi pensieri indisciplinati si indirizzavano verso Cormoran Strike.

Pensò a Murphy, che non faceva giochetti, diceva chiaro e tondo quello che provava per lei, non aveva difficoltà a parlare di un futuro insieme e non mollava una relazione al primo accenno di difficoltà. Ryan che, in poche parole, non era un insopportabile bastardo che giocava con i sentimenti altrui per attuare un proprio piano confuso, ma probabilmente egoistico. Era inutile, se non addirittura masochistico, ricordare come si era sentita quando aveva abbracciato Strike il giorno delle proprie nozze o quando, sul marciapiede davanti al Ritz, si erano guardati negli occhi e lei aveva capito che stava per baciarla, o ancora quando gli aveva cercato la mano sul letto che avevano condiviso dopo la fuga da Chapman Farm.

Qualcuno bussò forte alla porta del gabinetto, facendola sussultare.

«C'è nessuno lì dentro?» domandò una voce arrabbiata.

«Sì» disse Robin, riabbottonandosi in fretta i pantaloni e tirando lo sciacquone.

Al tavolo, Strike stava ancora mangiando patatine quando sul cellulare di Robin, che era rimasto sul tavolo a faccia in su, arrivò un messaggio. Essendo bravo a leggere anche le scritte a rovescio, Strike non ebbe bisogno di toccare il telefonino per leggere:

Ryan

Potremmo probabilmente permetterci una casa come questa www.rightmove.c...

Fanculo, fanculo, fanculo.

«Com'è il tuo pesce?» chiese Robin, tornando a sedersi davanti al suo socio. Buttò un'occhiata al cellulare, poi se lo infilò nella borsa senza rispondere al messaggio.

«Ottimo» disse Strike.

Il messaggio lasciava pensare che Murphy e Robin intendessero andare a vivere insieme, e per Strike fu un brutto colpo. Inoltre, dal tono di Robin intuì che continuare a sfruttare il biglietto di suicida di Charlotte non sarebbe più stato, almeno per il momento, consigliabile. Tuttavia, non desiderando abbandonare del tutto il campo, chiese: «Hai detto a Murphy che accetteremo il caso di Decima?»

«Sì» rispose Robin.

«Come l'ha presa?»

«Bene» tagliò corto lei.

Strike batté in ritirata, ma per passare a un terreno solo di poco più sicuro.

«Manderò un'e-mail a Sacha Legard per chiedergli se sarebbe disposto a incontrare uno di noi».

Forse perché la conversazione era tornata, sia pure per via indiretta, all'argomento del biglietto di Charlotte o forse per altri motivi, Robin guardò l'orologio.

«Sarà meglio che mi dia una mossa» disse. «Dovrei essere a Camberwell tra quaranta minuti».

«Va bene» fece Strike raccogliendo le sue cose, «ma bisogna provare ad andare al più presto in St George's Avenue a parlare con i compagni d'appartamento di Wright. Sarà forse meglio che ci andiamo tutti e due, visto che, senza il numero civico, da soli rischieremmo di passare un'intera giornata a cercare la casa giusta».

«Bene» disse Robin, stavolta in tono sbrigativo. «Fammi sapere quando».

16

Questa singolare ragazza (che conosco
poco più di voi, coi suoi abiti estrosi,
l'eloquio eccentrico e l'allegria variabile,
forse non tanto saggia e un po' impudente
eppur adatta, ché strana è l'intera opera notturna)
potrebbe ugualmente aver ragione...

Robert Browning
In a Balcony

Strike tornò in ufficio d'umore assai più nero di quando ne era uscito. Forse era il massimo dell'ipocrisia che si sentisse offeso (come in effetti si sentiva) perché Robin gli aveva nascosto di stare cercando casa con Murphy (quante volte lui le aveva tenuto nascosti i particolari della sua vita privata, in tutto il corso della loro amicizia?), ma questo non diminuiva minimamente il suo risentimento.

Fa' sempre il tuo gioco, era uno dei principî di Ted. Andò nell'ufficio interno, guardò la lista dei turni e vide che lunedì era il giorno migliore per andare con Robin in St George's Avenue: ci sarebbe stato il tempo non solo di identificare l'ex residenza di William Wright e, auspicabilmente, interrogare i suoi vicini, ma anche di prendere insieme qualcosa al bar con la scusa di discutere dei dati raccolti. Dopo avere fatto i necessari aggiustamenti, Strike concentrò l'attenzione su Niall Semple, l'ex paracadutista che mancava all'appello ormai da sei mesi.

Come aveva detto a Robin, la stampa aveva accennato alla scomparsa di Semple, ma l'interesse era svanito nel giro di breve tempo. Aprì un articolo che non aveva ancora letto, in cui la moglie dell'ex paracadutista, Jade, supplicava che le dessero informazioni sul marito e su dove si trovava. Corredavano il pezzo tre foto di lui, la prima in cui appariva ben rasato con la divisa da paracadutista, la seconda nel giorno del matrimonio e la terza, l'ultima sua immagine conosciuta, in cui prelevava soldi a uno sportello bancomat di Camden.

Semple, un bel biondo dai capelli corti e dagli occhi celesti, con il collo taurino e gli zigomi alti, era il tipo fisico a cui in un film si sarebbe affidato forse il ruolo del giovane nazista, anche se, nella foto in divisa, aveva un sorriso accattivante.

Nella foto del matrimonio, invece, sfoggiava una folta barba, una scelta assai insolita per un soldato dell'esercito britannico, e aveva un'aria più severa che felice. La moglie Jade sembrava una bambola troppo truccata. Strike non era un fan delle sopracciglia angolari disegnate con la matita, che invece, evidentemente, a Jade piacevano molto. I folti capelli, tinti di un nero dai riflessi blu, erano pettinati indietro in un'acconciatura ad alveare che lasciava però ricadere sulle spalle alcuni riccioli, mentre il corpetto dell'abito da sposa, in parte trasparente, era confezionato in modo da dare massimo risalto al décolleté. Jade appariva bassa anche vicino a Semple, che secondo l'articolo era alto un metro e sessantanove. Strike non la giudicò attraente, ma immaginava che agli uomini che amavano il genere, uomini a cui piaceva sentirsi forti e virili accanto a donne minute con l'aria da ragazzine, sembrasse un buon partito.

Nell'ultima foto davanti al bancomat di Camden, il 4 giugno dell'anno prima, Semple appariva trasandato. Aveva la barba incolta e, in maniera abbastanza incongrua, teneva in mano una valigetta di metallo. Strike scrutò la mano che stringeva la ventiquattrore. O Semple portava un pesante orologio di metallo o aveva legato la valigetta al polso con delle manette.

Scorrendo in fretta l'articolo, apprese che nel 2014 l'uomo si era sottoposto a un'operazione chirurgica al cervello e di conseguenza era stato ritenuto non idoneo al servizio e congedato dall'esercito. Era scomparso dalla casa di famiglia a Crieff, in Scozia, il 27 maggio, pochi giorni dopo il funerale di sua madre.

«Sono disperata» dice la moglie Jade Semple. «Sono così preoccupata! Non riesco a dormire né mangiare, vorrei solo che Niall si mettesse in contatto con me. Se qualcuno l'ha visto, ci chiami, per favore. Chiami il numero unico per l'emergenza».

Strike si appoggiò allo schienale della sedia e fissò il monitor, pensando non tanto a ciò che diceva l'articolo, quanto a ciò che non diceva. La mancanza di dettagli sull'incidente che aveva lasciato Semple con una lesione così grave da porre fine alla sua carriera militare gli parve particolarmente interessante. Aprì Facebook, trovò abbastanza facilmente l'account di Jade Semple e scorrendo indietro controllò in quale data fosse scomparso il marito. Tutte le foto scattate il 26 maggio mostravano una festa in maschera. Jade aveva una gemella identica e Strike non riusciva a capire se lei fosse vestita come Rosalina o come la Principessa Peach della Nintendo. Non c'era traccia del marito in nessuna delle foto della festa.

Da quel giorno in poi, Jade aveva postato solo richieste di informazioni sul marito e link con articoli sulla sua scomparsa. L'ultimissima immagine la mostrava con in braccio un cagnolino che sembrava un batuffolo arancione, e la didascalia era: #NuovoBimboPeloso.

Strike le mandò un messaggio privato in cui spiegava che era un detective ingaggiato per condurre ricerche sull'identità del cadavere rinvenuto nel caveau di un negozio di argenti e le dava il suo numero di cellulare. Poi aprì la posta elettronica e cercò il messaggio che aveva ricevuto mesi prima dal suo ex collega e amico Graham Hardacre, della SIB, il ramo Investigazioni Speciali della Royal Military Police, cui si era dimenticato di rispondere. L'aveva appena trovato che ricevette un messaggio da Kim:

Dove vuoi che ci vediamo stasera? Kx

Strike notò la 'x' del bacio attaccata come in modo casuale all'iniziale del nome, e non la gradì. Rispose:

Davanti al Dorchester, alle 7

Aveva appena inviato il messaggio a Kim che lo chiamò Barclay.

«Qualcosa bolle in pentola» lo informò lo scozzese a bassa voce, prima che Strike facesse in tempo a salutarlo. «Plug sta visitando con due uomini una sorta di rimessa».

«Cosa intendi con 'rimessa'?»

«Una specie di discarica con steccati alti e capannoni. Siamo parecchio a nord di Ipswich, in una terra di nessuno. Sento abbaiare dei cani da guardia. Qualcosa bolle in pentola» ripeté. «Se resto qui fin dopo il tramonto, magari riesco a entrarci».

«Come la metti coi cani?»

«Mi cambio e infilo i pantaloni imbottiti».

«Va bene, ma cazzo, evita di farti prendere. L'ultima volta che Midge si è infiltrata in una proprietà privata, è stata inseguita da un tizio con un frustino».

«Sì, ma il frustino è roba da aristocratici, qui mi sa che mi inseguono con un coltello» disse Barclay.

«Non siamo coperti da assicurazione sanitaria» gli ricordò Strike.

«Bah, negli anni Novanta ero solito bere in un pub di Barlanark e non c'era sera che non finisse con qualche piccola coltellata. Ci sentiamo più tardi».

Appena Barclay ebbe chiuso la comunicazione, Strike tornò alla sua e-mail a Hardacre, dove si premurò di rispettare la forma, chiedendo come stessero la moglie e i due figli, con un notevole sforzo per ricordarsi i loro nomi.

Alle cinque e mezzo chiuse l'ufficio e andò in mansarda a fare una doccia, mangiare un panino e cambiarsi prima di recarsi al Dorchester. Il cattivo umore era aggravato dal fatto che considerava la missione serale – infiltrarsi in una cena di gala i cui proventi sarebbero andati a un istituto per la protezione dell'infanzia – del tutto inutile. La Signora C avrebbe partecipato e il cliente insisteva perché la moglie fosse sorvegliata anche in quell'occasione, benché Dominic Culpepper si trovasse, in quel momento, nel Lancashire. Il Signor C era convinto che la sua ex «una volta che avesse abbassato la guardia, forse si sarebbe lasciata sfuggire che scopava con Dominic».

Dopo essersi lavato e avere indossato lo smoking, Strike si chiese se andare al Dorchester a piedi per smaltire l'abbuffata di fish and chips o prendere un taxi, perché la gamba gli faceva ancora male. Scelse il compromesso di camminare aspettando che passasse un taxi, cosa che accadde in Shaftesbury Avenue.

Nella serata fredda, la combinazione di allegre luci di Natale e gente che festeggiava la fine della settimana lavorativa invadendo i marciapiedi scuri aveva il sapore della beffa per Strike e il suo cattivo umore. Appena il taxi rallentò davanti al Dorchester, che era decorato con molta verzura e migliaia di sfavillanti lampadine rosse, vide Kim Cochran, sola, accanto alla scala dell'albergo. Indossava un abito rosso attillato, dal collo alto e dalle maniche lunghe, sotto il quale erano chiaramente visibili i capezzoli. Era del tutto evidente che non aveva il reggiseno.

Strike scese e pagò il tassista che, comprensibilmente, fissò Kim anziché l'omone dal naso storto che gli stava mettendo biglietti da cinque sterline nella mano tesa.

«Ciao» salutò, raggiungendo Kim.

«Wow, come sei in tiro!» sorrise lei.

«Anche tu» ricambiò Strike, per cortesia.

Molti altri uomini in smoking stavano passando dalle porte girevoli dell'ingresso, accompagnati da truccatissime donne in seta e paillettes. Quando Kim lo precedette per superare le porte, Strike vide che il vestito le lasciava la schiena completamente nuda e rivelava una pelle liscia con un unico neo, poco a destra della colonna vertebrale.

«C'è un posto, là, dove possiamo sederci per un po'» disse Kim, indicando la lunga hall dal pavimento di marmo. «Ho fatto una ricognizione della toilette che le signore useranno durante l'evento e mi sono organizzata per entrarci e uscirne spesso, nel caso la Signora C si lasciasse sfuggire qualche indiscrezione chiacchierando con le altre donne. Dio santo, che sete! Ho avuto un paio d'ore davvero strane, oggi».

«Ah, sì?» fece Strike mentre raggiungevano l'area con divani e poltrone. «Come mai?»

«Innanzitutto, ho ricevuto una... una telefonata di Farah Navabi».

Strike sentì subito risvegliarsi l'interesse. Farah Navabi era una detective bellissima, ma non troppo competente, che era stata assunta dalla sua ex nemesi Mitch Patterson.

«Che cosa voleva?»

«Assumermi. Sta fondando un'agenzia sua».

«Ma come cazzo pensa di poterla gestire? È stata lei a installare le dannate microspie per conto di Patterson. E dovrà scontare una pena in carcere, come lui».

«È sicura che non sconterà un bel niente» disse Kim. «Non conosci Farah come la conosco io. Quella donna riesce a cavarsi da ogni impaccio. Dio, che voglia di un drink!»

«E tu, cos'hai detto?» domandò Strike.

«Le ho detto ovviamente di andare a farsi fottere. Sto bene dove sono. Oh, ecco la nostra signora» sussurrò, abbassando la voce.

Strike si guardò intorno. La Signora C si stava dirigendo verso la porta della sala da ballo con la stessa pelliccia ecologica che aveva indossato in Mount Street e la teneva aperta per mostrare un lungo abito viola ornato di lustrini. Era accompagnata da una bionda che portava un abito dorato dal corsetto così attillato che Strike si chiese come i suoi organi interni fossero ancora integri.

«Vado a controllare se dicono niente di interessante al guardaroba» disse Kim, alzandosi per seguire le due.

«Io sono al bar» annunciò Strike, alzandosi. La Signora C non doveva vederlo seduto lì da solo. Non avrebbero avuto modo di seguirla alla cena di gala, naturalmente, ma data la sua esperienza in missioni analoghe, Strike sapeva che una volta consumato il cibo, purché si fosse vestiti nel dovuto modo e si mostrasse il giusto grado di aplomb, ci si sarebbe potuti facilmente imbucare.

Poiché, dopo avere pedinato per anni i ricchi, conosceva bene la pianta di quasi tutti gli alberghi a cinque stelle di Londra, Strike girò a sinistra in fondo alla hall. Il bar del Dorchester si presentava in tonalità oro e verde, con tocchi di art déco, ed era addobbato con rami d'abete e luci natalizie. L'uomo sulla porta lo informò che era molto fortunato, perché solo per il rotto della cuffia poteva essere ammesso al bar. Ordinato un doppio whisky, Strike tirò fuori il cellulare per ingannare il tempo e lo sentì squillare.

«Strike».

«Sì!» disse una voce femminile a un volume così alto che lui, sobbalzando, allontanò il telefonino dall'orecchio. «Sono Jade Semple». La donna aveva un accento cockney così forte che pronunciò il proprio cognome «*Sempo*». «Sono la moglie di Niall. Lei mi ha scritto su Facebook, vero?»

«Ah, sì» fece Strike, «la ringrazio di avermi...»

«Come faccio a sapere se è chi dice di essere?»

Gridava come se si trovasse in fondo a un pozzo e a lui tornò in mente Bijou Watkins, abituata a parlare sempre a voce altissima.

«Possiamo sentirci su FaceTime, se preferisce» le disse. «Va bene se le mostro la mia patente?»

Sentì una voce maschile dire qualcosa sullo sfondo, e capì che era in viva voce.

«Non è difficile contraffare una patente» fece l'uomo.

«Che ne dice di vedersi a tu per tu?» propose Strike.

Evidentemente a quel punto la donna passò il cellulare all'uomo, perché la voce di lui arrivò forte e chiara.

«Chi l'ha assoldata?»

«Temo di non poterlo rivelare».

«Giornalista!» esclamò l'uomo con sicurezza. «Te l'avevo detto, amore».

La comunicazione fu chiusa.

Strike salvò immediatamente il numero di cellulare che Jade, incautamente, non aveva pensato di nascondere.

«Al guardaroba niente di interessante» gli bisbigliò una voce all'orecchio. «Oh, bene, si beve! Vodka tonic, per favore» disse Kim al barman. «Si sono seduti tutti a cena».

Il bicchiere di Kim arrivò proprio nel momento in cui l'uomo seduto accanto a Strike si alzò dal suo sgabello, e lei si affrettò a prendere il suo posto.

«Ops!» esclamò ridendo quando il vestito le si impigliò in un tacco e le si abbassò ulteriormente sulla schiena, dando a Strike la netta sensazione che, oltre al reggiseno, Kim non portasse neanche le mutande.

«Dio, che sollievo!» esclamò la detective dopo avere bevuto parecchi sorsi di vodka tonic. «Ora ti racconto questa. Subito dopo la telefonata della Navabi, ho visto comparire davanti alla porta d'ingresso il mio ex. Io indossavo già questo vestito che vedi, sicché ovviamente lui ha pensato che stessi per uscire con qualcun altro, e ovviamente è scoppiata una gran lite. È un tale idiota! Ci siamo lasciati» iniziò a spiegare, anche se Strike non aveva chiesto niente, «perché è stato licenziato per esubero del personale e questo fatto gli ha dato alla testa. Essere disoccupato è ormai l'unico suo pensiero. Non scherzo, sai? 'Ciao, sono Ray, non ho un lavoro'. È diventata una fissazione».

Rise di nuovo. Strike non riteneva fosse ubriaca, ma c'era in lei una sorta di frenesia, simile a quella di Kenneth Ramsay che ciarlava nel disperato tentativo di vendere quello che nessuno voleva. Strike non aveva alcuna voglia di essere informato sulla sua vita privata, ma siccome un prolungato silenzio avrebbe potuto incoraggiare domande indesiderate sul suo cattivo umore, finse interesse.

«Che lavoro faceva, il tuo ex?»

«Lavorava per una struttura ospedaliera» rispose Kim. «Adesso non fa che ripetere 'Mi hai lasciato proprio quando ero nel momento più difficile'. Ma ci sono altri lavori, caro Ray. Tira fuori le palle e manda il fottuto curriculum a qualcuno, ah, ah, ah! Oh, santo cielo, guarda quella!»

Kim fissò, nello specchio dietro al bancone, una donna alta e sottile che si era fatta fare chiaramente parecchi interventi estetici. A Strike ricordò Tara, la madre di Charlotte, la cui faccia, nell'ultima foto che lui aveva visto, rivelava un uso massiccio di filler.

«Perché lo fanno?» si chiese Kim. «Che senso ha? Guarda il collo e le mani! Chi vogliono prendere in giro? Tu ci staresti...?» chiese a Strike con un sogghigno.

«A far cosa, a sottopormi a interventi di chirurgia plastica?» disse lui, anche se aveva afferrato benissimo il senso della domanda di Kim.

«No» rise lei dandogli di gomito. «Dai che hai capito!»

Strike pensò tristemente che doveva cercare in qualche modo di sopportare le successive due ore. Ordinò ancora da bere e Kim fece altrettanto. La detective continuò a chiacchierare ininterrottamente e, benché le prestasse meno attenzione possibile e rispondesse solo meccanicamente, Strike apprese sulla sua più recente collaboratrice molto più di quanto avesse mai desiderato sapere. Ray, disse Kim, era stato sposato con un'amica (« Be', ovviamente ex amica, adesso, ah, ah, ah! ») che era a sua volta poliziotta: la loro relazione era stata il principale motivo per cui Kim aveva dato le dimissioni dalla Met (« In ogni caso, è sempre solo politica e ne avevo avuto abbastanza »). Tra i venti e i trent'anni, aveva anche avuto due lunghe, complicate relazioni con due poliziotti sposati. Strike trovava a dir poco strano che Kim gli raccontasse tutte quelle cose spontaneamente. A quanto pareva era convinta che lui considerasse quelle confidenze sofisticate ed eccitanti, anziché le storie dozzinali che erano.

« ... lui voleva figli, che io non voglio, e così abbiamo chiuso ».

Da altoparlanti nascosti arrivò la voce di Judy Garland che cantava *Have Yourself a Merry Little Christmas.* I pensieri di Strike tornarono a Robin. Un bel viaggio lungo fino in Scozia per parlare con Jade Semple avrebbe significato un pernottamento a più di seicento chilometri da Murphy, proprio il tipo di situazione che lui sperava che il caso di Decima Mullins avrebbe favorito. Doveva esercitare pressioni sulla Semple. Forse in quel momento Robin e Murphy stavano visitando la casa che Strike aveva visto sul telefono di Robin. E se nella borsa da palestra di Murphy ci fosse stato come regalo di Natale un anello di fidanzamento?

« Mi ha offerto dei soldi, proprio dei soldi, perché restassi. Ma ti rendi conto? Dei *soldi*! »

Someday soon we all will be together
If the fates allow...

« Francamente, sono ben contenta di lavorare per Natale. Bene, andrò a controllare se possiamo cominciare a infilarci di là oppure no » annunciò Kim e, alzandosi dallo sgabello, tornò verso la sala da ballo, mentre gli uomini al bar si voltavano a guardarle la schiena nuda.

Strike ordinò un terzo whisky e ritirò fuori di tasca il cellulare. Cercando distrazioni, aprì il sito web 'La verità sui massoni' e cominciò a leggere le risposte alle molte domande che la gente aveva posto.

GI-67: Gli ebrei possono essere massoni?
Stolkin: Sì, i massoni possono aderire a qualsiasi religione, anche se la Chiesa cattolica non permette ai suoi fedeli di entrare nella massoneria.
AustinH: È vero che i massoni si proteggono a vicenda?
Gareb 7: In senso fraterno, sì. Se si pensa di nascondere dei crimini, no, quella è la mafia.

«La porta è aperta» sussurrò Kim all'orecchio di Strike. «È sbronza e sta ballando».

Strike pagò il barman e seguì Kim di nuovo nella hall. Mentre si avvicinavano alla porta a due battenti della sala da ballo, Kim lo prese a braccetto e si mise a chiacchierare e ridere con lui, sicché passarono nella sala dove si teneva la cena di gala senza che nessuno dicesse niente.

Sui tavoli rotondi c'erano alti vasi di fiori bianchi misti a ghiaccioli di cristallo. Camerieri e cameriere in divisa si muovevano fra i tavoli portando via bottiglie vuote. La pista da ballo era affollata, ma Strike vide subito la Signora C, ai margini della sala, ballare guancia a guancia con la donna dal vestito dorato alle note di *Shout Out to My Ex*.

«Cazzo, la canzone parla proprio di un ex!» esultò Kim, già volteggiando al suono della musica. «Balliamo?»

«Non è il mio forte» replicò lui. «Per via della gamba».

«Va bene, farò da sola» disse lei e, mostrandogli ancora una volta la lunga schiena nuda, si allontanò per dirigersi verso la Signora C e la sua amica.

«Che cosa ci fai *tu* qui?» chiese, gelida, una voce di donna.

Strike si voltò e vide una bruna minuta dalla carnagione pallida e dai grandi occhi scuri, che indossava un abito nero senza spalline.

Oh, cazzo.

« Mi ha invitato un amico. Per una buona causa ».

« Cazzate » lo freddò l'onorevole Nina Lascelles.

Era andato a letto con lei due volte, sei anni prima. Era abbastanza bella, ma non era per quello che aveva fatto l'amore con lei: è che lei lo aveva aiutato a raccogliere prove importanti per un caso. All'epoca Strike aveva pensato che sarebbe stata una scortesia non andarci a letto, perché Nina gli aveva inviato chiari segnali in tal senso. Ma la loro goffa, per non dire irrilevante, storia sentimentale non era l'unico motivo per cui riteneva una disdetta la presenza di Nina al Dorchester, quella sera. Nina era anche la cugina di Dominic Culpepper, il giornalista che il Signor C sospettava fosse l'amante della sua ex moglie, e aveva chiaramente bevuto abbastanza champagne da quattro soldi da avere perso ogni inibizione.

Deciso a mantenere la conversazione su livelli civili, le chiese: « Con chi sei venuta? »

« Con il mio fidanzato » rispose.

« Ah, congratulazioni » disse lui. « Me lo indichi? »

Nina puntò il dito contro un biondo robusto che barcollava sulla pista da ballo accanto alla Signora C.

« Balla bene » disse Strike.

Nina non sorrise.

« Che cosa ci fai, *in realtà*, qui? »

« Te l'ho detto. Beneficenza per i bambini. Una buona causa ».

« Stai pedinando qualcuno ».

« Sono un donatore. L'istituto di beneficenza ha dato una mano al mio figlioccio ».

« Ah, ho capito, mi dispiace » si scusò Nina. Senza dubbio pensava che nemmeno uno come Strike avrebbe mentito riguardo a un figlioccio gravemente malato.

Strike avrebbe voluto allontanarsi, ma ritenne sconsigliabile farlo in un modo che lei avrebbe considerato sgarbato. Perché cazzo, sei anni prima, non le aveva semplicemente detto « grazie » e non le aveva mandato un mazzo di fiori?

Shout out to my ex...

« Dominic è incazzato con te! » gli gridò Nina. « Dice che ti ritieni troppo importante per lui. Dice che ormai le soffiate le fai solo a Fergus Robertson».

«Secondo te, Robertson è più importante di Dominic?» chiese Strike. Robertson era un giornalista scozzese, un tipo basso e calvo di origini proletarie, mentre il cugino di Nina, cronista di spettacolo, aveva frequentato la *public school.* Vedendo che la donna manteneva un'espressione gelida, Strike le fece una domanda che sapeva benissimo avere una risposta negativa.

«Dominic è qui?»

«No» disse Nina. «È quella la tua ragazza?» domandò guardando Kim ballare praticamente schiena contro schiena con la Signora C.

«Sì» rispose lui.

«Uhm» fece Nina con un lieve tono ironico, prima di bere con un gesto maldestro un sorso di vino.

Shout Out to My Ex era finita. La Signora C e la sua amica si allontanarono dalla pista, ridendo e barcollando, per dirigersi verso quella che Strike immaginò essere la toilette delle signore. Kim andò loro dietro.

«Come si chiama?» chiese Nina, seguendo con gli occhi Kim.

«Linda» rispose Strike istintivamente, per poi chiedersi come mai il primo nome che gli era venuto in mente fosse quello della madre di Robin, che lo detestava.

«È anche lei una detective?»

«No, lavora in un negozio».

«Come no!» fece Nina, di nuovo in tono ironico.

«C'è gente che lavora nei negozi, sai?» insistette lui. «Non tutti si occupano di editoria o di pubbliche relazioni».

«Lo so, grazie tante» ringhiò la donna, prendendo un altro sorso di vino.

Strike avrebbe voluto bere un altro bicchiere di whisky e avrebbe voluto ancora di più che Nina si levasse dalle palle. Perché non ballava con il suo promesso sposo, che in quel momento ballonzolava al suono di *Rockabye*?

«Lavori ancora alla Roper Chard?» domandò.

«Sì» rispose lei. «Anzi, se sapessero che sto parlando con te, mi chiederebbero subito di proporti di pubblicare un memoir» aggiunse con una risatina sarcastica.

«Non ci sarà nessun memoir».

«Non ne dubitavo» sibilò lei. «Per lo meno non veritiero».

Strike non aveva un io così ipertrofico da credere che tutta quella rabbia fosse dovuta solo al breve flirt che avevano avuto sei anni prima.

«Che cosa intendi dire?» le chiese.

«Intendo dire che tu hai letteralmente rovinato la vita a una mia amica».

«E in che modo lo avrei fatto?»

«Lascia perdere» ringhiò Nina.

Strike vide Kim avvicinarsi al tavolo.

«Linda, ti presento Nina!» esclamò prima che Kim avesse il tempo di aprire bocca. «Nina, questa è Linda».

«Ciao» disse allegramente Kim. «In quali circostanze hai conosciuto Cormoran?»

«Abbiamo scopato due volte, qualche anno fa» rispose lei, mentre Strike deplorava in cuor suo la tendenza delle classi alte a dire pane al pane e vino al vino.

«Ah» fece Kim, senza battere ciglio. «È bravo a letto, vero? E a proposito, Corm, mi è venuta voglia di far l'amore. Andiamo».

Così dicendo, lo prese a braccetto.

«Buonanotte» disse Strike a Nina, mentre si allontanava con Kim.

La detective si staccò dall'abbraccio un attimo prima che lo facesse lui.

«L'ho colta in flagrante» gli sussurrò, mostrandogli sul cellulare la foto che aveva appena fatto.

Appoggiate alla parete di piastrelle della toilette del Dorchester, due donne, una in viola, l'altra in oro, erano strette in un bacio appassionato.

«La donna in abito dorato è Lady Violet, la moglie di Dominic Culpepper» disse Kim con aria trionfante.

17

Sì, e non solo non abbiamo esplorato
il grande mondo variegato ch'è il cuore altrui,
ma nemmeno il nostro cuor, quel mondo stretto
che abbiamo chiuso in petto, conosciamo,
dei nostri atti poco sappiam le cause,
ce lo impedisca, chissà, la natural oscurità
che cela quella region in nube eterna,
oppur la nostra inveterata incapacità.

Matthew Arnold
Merope: A Tragedy

Sabato mattina Strike telefonò a Robin per darle due notizie, nessuna delle quali particolarmente gradita.

« Ieri sera Barclay è stato arrestato ».

« Cazzo » fece lei, bloccandosi di colpo mentre si portava alla bocca la tazza di caffè.

« Già. È stato colto di sorpresa da due uomini che lo hanno visto mentre cercava di entrare nella dannata rimessa che Plug stava visitando, a nord di Ipswich. Barclay è riuscito a salire sul tetto di un edificio dal quale, dicono, sono stati rubati degli arnesi agricoli. Così gli hanno preso le fottute impronte digitali e la polizia lo riconoscerà se tornerà a infiltrarsi nell'area ».

« Lui cos'ha detto che stava facendo? »

« Ha detto che era salito sul tetto per una scommessa. Ha fatto finta di essere sbronzo ».

Involontariamente Robin rise, benché sapesse benissimo che sarebbe stato un gran guaio se Barclay fosse finito a processo.

« Lieto che qualcuno trovi comica la cosa » disse Strike.

« Ha visto niente dal tetto, prima di essere trascinato giù? »

«No, dice che l'area era completamente buia, ma ci sono dei cani da guardia. Sono stati i cani a far sospettare la presenza di qualcuno ai tizi che l'hanno trascinato giù. Cazzo, spero proprio che non venga incriminato».

«La notizia un po' migliore è che Kim ha risolto il caso del Signor C» proseguì. Dopo avere spiegato che la detective aveva fotografato le due donne che si baciavano nella toilette del Dorchester, disse: «Così puoi prenderti un giorno libero, domani».

«Magnifico» fece Robin simulando entusiasmo, mentre immaginava quanto Kim fosse compiaciuta del suo successo.

Lieto che Robin avesse un imprevisto giorno libero, Murphy le suggerì di pranzare al Prospect of Whitby, dove lei non era mai stata. Era il più antico dei pub lungo il Tamigi, con pareti foderate di legno e modellini di navi sui davanzali. Mangiarono fuori, nel dehors affacciato sul grande fiume che scorreva di fronte. Tutta imbacuccata per proteggersi dal freddo, Robin pensò in quel tranquillo interludio a quanto andassero d'accordo, lei e Murphy, quando né l'uno né l'altra erano stanchi e stressati. Dopo avere bevuto un bicchiere di vino, si mostrò più entusiasta che in precedenza dell'idea di cercare casa insieme, una decisione resa tra l'altro assai più facile dal vicino di casa molesto, che il venerdì aveva dato una festa così rumorosa da non permetterle di farsi neanche un'ora di sonno. Il giorno dopo avrebbero dovuto vedere la casa a schiera di Wanstead, di cui Ryan le aveva già inviato la descrizione dettagliata per e-mail, e a pranzo convennero di andare «giusto a dare un'occhiata da vicino», come disse Murphy. Convennero anche che non avrebbero visitato nessuna casa a Clapham, Ealing o Deptford, dove Robin era vissuta con il suo ex marito, e nemmeno a Barnet, dove Murphy aveva abitato con l'ex moglie.

Murphy era allegro, la conversazione era piacevole e Robin non sentiva che affetto per lui. Sì, c'erano cose che non gli aveva detto, come la lettera del medico di famiglia, in merito alla quale non aveva ancora preso una decisione, la visita da Ramsay Silver per vedere il luogo in cui William Wright era stato assassinato e mutilato, e la ricerca della casa di Wright che avrebbe fatto il giorno dopo. Ma nella fredda, frizzante giornata d'inverno, con il lieve stordimento dato dal vino e il quieto fluire del torbido Tamigi lì accanto, avere taciuto quelle cose non la turbava più di tanto. Nessuno parlò degli ovuli e della necessità di congelarli e nessuno nominò mai Cormoran Strike. A coronamento della bella giornata, mentre era al bar a prendere altre bevande, Robin ricevette un messaggio in cui Strike le diceva che Barclay era stato rilasciato con il semplice pagamento di una cauzione.

Ottimo, gli scrisse. Non aveva parlato al suo uomo della CID dell'arresto di Barclay, così, quando lui le chiese come mai, tornando al tavolo, avesse quell'aria pigra e felice, gli rispose: «Perché sono con te» e lui la ringraziò con un sorriso.

Il lunedì mattina, giornata fredda e senza nubi, Robin si diresse verso St George's Avenue, a Newham, con la Land Rover più sferragliante che mai. Guidava da un quarto d'ora, quando ricevette una telefonata di Midge.

«Ciao, cosa c'è?» gridò per coprire il rumore del motore.

«Ho perso un sacco di ricevute delle spese e Pat mi ha detto di informartene» esordì Midge in tono irritato.

«Non importa» disse Robin. «Scrivi quello che pensi di avere speso e potremo risalire alle singole voci attraverso la documentazione della carta di credito. Ma stai bene?» s'informò, perché Midge sembrava enormemente stressata e Robin era convinta che non fosse solo questione di ricevute.

«No» rispose lei, brusca. «Tasha non risponde ai miei fottuti messaggi e Kim mi sta facendo incazzare. Posso chiederti una cosa?»

«Certo».

«C'è qualcosa tra Strike e Kim?»

Le ricevute, capì immediatamente Robin, erano il pretesto che aveva usato Midge per fare la domanda che le premeva.

«Che cosa intendi?» domandò, mentre il cuore si era messo all'improvviso a batterle forte.

«Strike e Kim, ti chiedo se scopano. Perché l'ho appena incontrata in ufficio e non faceva che parlare di venerdì sera».

«Ah, sì, ha registrato un notevole successo» disse meccanicamente Robin.

«Non mi riferisco alla foto della Signora C, che tra l'altro non era certo difficile da fare, visto che quelle due si palpavano davanti a tutti, in bagno. No, Kim sostiene che lei e Strike hanno parlato tutta la sera dei loro ex e poi lui, alla festa, è incappato in un'ex fiamma. Kim ha detto a quella donna che andavano a scopare, e da come l'ha detto sembrava che... Be', so che gli piacciono le donne, ma non pensavo fosse il tipo che lascia che il sesso interferisca nel lavoro».

«Non è successo niente» la rassicurò Robin, augurandosi che fosse davvero così.

«Ma ti piace, lei?» domandò Midge senza mezzi termini.

«È brava nel suo lavoro».

«Non è quello che ti ho chiesto».

«Midge...»

«Va bene, va bene, ho capito» fece scorbutica l'altra, chiudendo la comunicazione.

Robin continuò a guidare.

Strike sarebbe andato a letto con Kim? Era *davvero* andato a letto con lei? Sicuramente no. No, non avrebbe mai potuto farlo. Come aveva detto Midge, non lasciava che il sesso interferisse nel lavoro. Se c'era una cosa che Strike metteva al primo posto, sopra ogni cosa, era l'agenzia.

Così aveva incontrato una sua ex al Dorchester. Be', non poteva essere Charlotte (le si ficcò all'improvviso in testa l'orribile immagine di quel bel viso immerso in una vasca piena di sangue). Che fosse Ciara, la modella? O Elin, la presentatrice radiofonica? O Lorelei, la proprietaria di un negozio di abbigliamento vintage? O Madeleine, la creatrice di gioielli? O Bijou, l'avvocata? Continuò a guidare in direzione Newham, pensando alla serie di splendide donne che avevano avuto una breve relazione con Cormoran Strike. Era arrabbiata con se stessa per il fatto di stare rimuginando sulle parole di Midge ed era arrabbiata con il suo socio investigatore, anche se avrebbe fatto fatica a giustificare tale sentimento se le avessero chiesto perché lo provava. Non si poteva dimostrare che Strike avesse fatto niente di sbagliato. Ma non sarebbe mai andato a letto con Kim, no? Oddio, sperava proprio che non ci fosse andato...

Arrivò in St George's Avenue alle undici e parcheggiò. Mentre scendeva dalla Land Rover, fu superata dalla BMW di Strike.

« Ciao » disse lui quando si incontrarono sul marciapiede tra le rispettive macchine. « Ho appena parlato con Shah. Vuole provare a entrare nella rimessa misteriosa, oggi pomeriggio. Pensa di andare sul davanti e fingere di essere un veterinario che è stato chiamato e ha sbagliato indirizzo ».

« Ottimo » commentò Robin, cercando di scacciare il pensiero di Kim e della cena di gala. « Cerchiamo un posto con più campanelli, giusto? »

« Sì » disse Strike, chiedendosi se Robin avesse davvero un tono piuttosto freddo o fosse solo una sua impressione.

« Bene, allora perché tu non vai da quella parte e io dall'altra, poi ci telefoniamo se troviamo una casa che riteniamo papabile? »

Così i due soci si separarono, Strike proseguendo in su, Robin prendendo la direzione opposta.

18

Nessuno di loro aveva provato particolare simpatia per quell'uomo. Non era un uomo che si fosse fatto amici intimi. Ma la morte gli aveva conferito una nuova dignità al loro cospetto...

John Oxenham
A Maid of the Silver Sea

St George's Avenue non era una strada particolarmente lunga. Strike passò accanto a basse casette a schiera e a un paio di isolati di costruzioni tozze e squadrate, ma pochi minuti dopo che lui e Robin si erano separati, gli cadde l'occhio su una casa che gli parve promettente: alta, stretta, fatiscente, con i bidoni dalla spazzatura debordante e, accanto al portone d'ingresso, quattro campanelli su una pulsantiera sporca.

Telefonò a Robin.

«Credo di averla trovata».

«Di già?» fece lei, in piedi davanti a una scuola elementare all'altro capo della strada.

«Non è lontano da dove abbiamo parcheggiato».

Così Robin tornò indietro e trovò Strike in cima a una rampa di scalini luridi. Lui premette uno dopo l'altro tutti e quattro i campanelli, ma nessuna voce rispose al citofono. Buttò un'occhiata all'unica finestra al pianterreno. Qualcuno, per difendersi dalla luce, aveva riattaccato la sottile tenda parzialmente uscita dal binario con una pinza di plastica per capelli.

Un uomo slanciato, dalla barba lunga, li superò dall'altra parte della strada. Passando li guardò, ma tirò dritto. Poi Robin vide una donna pallida e corpulenta, vestita di leggings e felpa, camminare nella loro direzione tenendo da una parte una pesante borsa della spesa e dall'altra la mano di un bambino intento a sgranocchiare una tavoletta di cioccolata. Aveva capelli neri unti e tatuaggi sulle mani e il collo. Robin ebbe la netta sensazione che madre e figlio vivessero nella casa in cui stavano cercando di entrare e in effetti la donna si fermò ai piedi della scala e li guardò.

« Salve » disse Strike, che era davanti alla porta. « Magari può aiutarci... »

« Che cosa volete? » domandò lei con sospetto, salendo lentamente i gradini.

Strike sentì l'odore di cannabis di cui i suoi vestiti erano impregnati.

« È qui che abitava William Wright? » le chiese.

« Sì, perché? » fece lei, sempre più sospettosa.

Strike tirò fuori di tasca un biglietto da visita e glielo mostrò.

« Mi chiamo Cormoran Strike e questa è la mia socia Robin Ellacott. Siamo detective privati ».

La donna prese il biglietto da visita e lo fissò. D'un tratto sembrò capire e, quando alzò di nuovo gli occhi, lo fece con un'espressione quasi di ammirazione.

« Lei è quello che ha smascherato la setta e che ha beccato lo strangolatore? »

« La setta l'ha smascherata lei » rispose Strike, indicando Robin. « Io ho beccato lo strangolatore ».

« Ah! » fece la donna, guardando ora l'uno ora l'altra. Era chiaro che si riteneva al cospetto di due celebrità e Strike rifletté che in quel momento la fama, spesso fonte di seccature, gli appariva nel suo aspetto positivo: l'attrazione che gli eventuali testimoni provavano per la gloria riflessa.

« Ci è stato affidato l'incarico di scoprire tutto il possibile su Wright » spiegò, tirando fuori il portafogli dalla tasca. La donna fissò con sguardo avido la sua mano che tirava fuori tre banconote da dieci sterline.

« Immagino sappiate chi era Wright, vero? » chiese lei.

« Può darsi, come può darsi di no » disse Strike. « Qualunque cosa lei ci dica sarebbe strettamente confidenziale. Noi non c'entriamo niente con la polizia » aggiunse per assicurarle che a loro non interessava il forte odore di marijuana che aleggiava nell'aria frizzante di quella giornata d'inverno.

La donna si mordicchiò le labbra, riflettendo.

«Sì» rispose infine. «Va bene».

Prese le banconote dalle mani di Strike e aprì il portone d'ingresso mentre il figlio li fissava con lo sguardo vacuo e cauto dei bambini piccoli. Tutti e quattro scavalcarono una montagna di volantini che nessuno si era curato di raccogliere da terra. La lampadina dell'atrio era fulminata, il pavimento spoglio era di sudice mattonelle e in giro aleggiava un odore in parte di muffa, in parte di cucina. La donna aprì una porta sulla destra e li fece entrare in casa propria.

Quello che un tempo doveva essere un salotto era stato trasformato in un angusto monolocale che puzzava di cannabis e di sudore. Il pavimento era quasi del tutto ingombro di ciotole-posacenere, pacchetti di sigarette vuoti e altra spazzatura meno identificabile. In un angolo della stanza c'erano un vecchio fornello e un frigorifero; evidentemente gli inquilini dovevano lavarsi nel lavandino sporco visibile dalla porta socchiusa che dava su un minuscolo bagno. C'erano un letto matrimoniale, una branda, un televisore appoggiato precariamente su una scatola di cartone, un divanetto al momento occupato da due enormi sacchi neri pieni di spazzatura, e un cassettone sopra il quale erano posate due tazze con roba ammuffita e una lettera spiegazzata con l'intestazione *HM Courts and Tribunal Service*.

Strike ebbe la spiacevole sensazione di tornare indietro nel tempo, agli anni dell'infanzia trascorsi con sua madre. Anche l'uomo dai lunghi capelli unti che giaceva a pancia in giù sul letto matrimoniale aveva un'aria familiare. L'uomo si svegliò di colpo quando la sua partner chiuse la porta.

«Ehi, ma *che cazzo succede?*» biascicò intontito, guardandoli con gli occhi gonfi. «*Che cazzo è questa storia*?» chiese fissando Strike che, anche in abiti borghesi, aveva l'aria di rappresentare l'autorità costituita per chi d'istinto la fiutava da lontano.

«È Cameron Strike, il detective privato» disse la donna con

una certa euforia. È quello che ha catturato lo Squartatore Shacklewell e smascherato la setta UHC. E questa è... »

La donna si era già dimenticata il nome di Robin.

« Robin Ellacott » le venne in aiuto Robin.

« Sì » disse la donna. « Vorrebbero parlare di William Wright. Non sono della polizia, Daz ».

Strike, che aveva una notevole esperienza nel campo, riconobbe nell'uomo assonnato i segni del soggetto completamente fumato: rallentamento del linguaggio, stato di intontimento e una leggera, anche se in quel caso abbastanza giustificata, paranoia.

« Sì, ma che cazzo, Mandy » piagnucolò di nuovo Daz. « Cazzo, non ho niente addosso! »

Mandy rise, tirò fuori un paio di jeans da uno dei due grandi sacchi neri pieni di roba e glieli lanciò.

« Infilateli da sotto il piumone » gli disse, trascinando giù dal divano entrambi i sacchi. « Più tardi devo andare in lavanderia » spiegò ai due detective. Suo figlio corse a prendere un pupazzetto di Spider-Man che era spuntato fuori dall'interstizio tra i cuscini del divano.

« Il comune ci ha dato questo posto » li informò Mandy. « Bel cesso, eh? Ma sedetevi, prego » li invitò, indicando il divano. Benché fosse lurido, Strike e Robin ci si sedettero, costretti a stare così vicini che si toccavano con braccia e cosce. Mandy si accomodò sull'orlo del letto. Daz, ora nascosto sotto il piumone, si contorceva nel tentativo di infilarsi i pantaloni.

« Loro non credono che William fosse quel Jason là » spiegò Mandy alla figura informe che stava sotto le coperte. « Neanche io ho mai pensato lo fosse » proclamò fiera.

« Sì, invece, che lo pensavi » disse Daz con la voce smorzata dal piumone sotto cui faceva manovre.

Il bambino adesso stava frugando dentro la borsa della spesa della madre.

« Clint, *no*! » lo rimproverò Mandy. « Cazzo, no! »

Clint si mise a piangere.

« E va bene » disse lei, facendo subito marcia indietro. Tirò fuori dalla borsa un pacchetto di biscotti al cioccolato, lo aprì con i denti e diede al figlio un biscotto. «Non dare la colpa a me quando il dentista ti caverà tutti i denti» aggiunse, estraendo dalla tasca un pacchetto di sigarette Mayfair e aprendolo.

«La disturba se prendiamo appunti?» le domandò Robin.

«No, prego» rispose la donna con aria alquanto emozionata.

«Faccio io» sussurrò Strike a Robin, tirando fuori il proprio taccuino. Riteneva che la sua socia apparisse troppo poco minacciosa per uno come Daz, la cui testa era appena emersa da sotto il piumone.

«Quindi lei non credeva che Wright fosse Jason Knowles, Mandy?» chiese Robin.

«Ma sì che lo credevi» intervenne Daz prima che la sua ragazza avesse il tempo di rispondere. «Quando è uscita la notizia, tu hai detto: 'Cazzo, stava scappando!' Sono stato *io* a capire che il suo accento era farlocco. Non era di Doncaster. Conosco l'accento di quelle parti, avevo un amico di là».

«Lei crede che contraffacesse l'accento?» domandò Robin.

«Sì» rispose Daz.

«Poteva essere scozzese?»

«Non lo so. Può darsi».

«Poteva essere un uomo delle classi alte che cercava di parlare come uno della classe operaia?» continuò Robin, pensando a Rupert Fleetwood.

«Può darsi» ripeté Daz.

«Io l'ho visto là» dichiarò Mandy, quasi a voler attirare l'attenzione dei due detective, indicando l'atrio del palazzo. «L'ho visto il giorno in cui è arrivato».

«Aveva molta roba con sé?» chiese Robin.

«Solo una valigia» rispose lei. Si chinò, raccolse un accendino che si trovava in terra accanto a un calzino e si accese la sigaretta.

«Quale stanza aveva?»

«Quella qui sopra» Mandy indicò il soffitto. «È anche peggio di questa, grande la metà. Certo, ci abitava solo lui».

«Siete stati voi due a identificarlo dalle foto pubblicate sui giornali?»

«No, è stato Hussein» disse Mandy, esalando una boccata di

fumo. «Adesso si è trasferito con la moglie e la figlia. Erano nella camera all'ultimo piano».

«Sapete il loro cognome e dove si sono trasferiti?» indagò Robin.

«Mohamed, è il cognome. Sono siriani. Non so dove siano andati. La bambina era in sedia a rotelle. Hanno avuto subito la casa popolare dal comune, perché con la storia dell'invalidità erano in cima alla classifica. Forse se spingessi Clint in sedia a rotelle anche noi avremmo una casa e tutto quanto» aggiunse con amarezza.

Daz scese dal letto, scalzo e a petto nudo, e accese il bollitore che stava sopra il frigo. Era molto magro, ma con muscoli piuttosto molli e la pancetta bianca che gli sporgeva dai jeans. Aveva i numeri romani quattro e venti tatuati sulla schiena.

«Lo vedevate spesso, Wright?» chiese Robin.

«Abbastanza, sì. Ci pareva un po' strano, vero, Daz?» fece Mandy guardando il compagno.

«Sì» confermò lui, con una risatina ironica. «Pareva uno di quei tizi di *Indovina chi*».

«Indovina... ah, il gioco per bambini?» domandò Robin dopo qualche istante di incertezza.

«Sì» disse Daz, cercando bustine di tè. «Con quegli occhiali e quella barba, se davvero era la sua, ah ah!» fece Daz. «Poi, cazzo, aveva la pelle arancione, spalmata di autoabbronzante! Aveva un impiego, fuori. Lo vedevamo ricevere quei cazzo di pacchi pesanti, e io gli ho chiesto cosa c'era dentro, e lui mi ha risposto tutto fiero: pesi, ci sono dei pesi che ho comprato su eBay. Se li è portati lassù a fatica. Lo sentivamo maneggiarli, quegli scatoloni pesanti, con certe botte!»

Strike stava prendendo appunti in fretta. Clint, che aveva già mangiato il suo primo biscotto, ne prese furtivamente un altro dal pacchetto sul letto alle spalle della madre.

«Noi gli ridevamo dietro» raccontò Mandy, «perché ci ha detto che forse sarebbero venute delle persone a cercarlo e che se fossero venute, noi avremmo dovuto dire che non abitava lì. Ho pensato che si fosse montato la testa, poi però avete visto cos'è successo?» fece con aria lievemente stupita.

«Ha detto chi sarebbe potuto venire a cercarlo?» chiese Robin.

«No».

«Ha detto 'delle persone', vero? Al plurale?»

«Per la verità ha detto 'qualcuno', poi ha aggiunto 'o potrebbe mandare qualcuno'».

«Secondo me lo cercava la mafia» ridacchiò Daz, girandosi verso i due detective mentre sorbiva il tè da una tazza che aveva stampato il disegno a fumetti di un pene con la didascalia 'Mr Testa di Cazzo'.

«Sapete chi era, secondo me? Uno strippergram, uno di quelli che portano gli auguri facendo lo spogliarello. Finta abbronzatura e addominali palestrati. Ho detto a Mand, è un cazzo di strippergram e non vuole ammetterlo».

«No, Clint» disse brusca Mandy. Il bambino stava cercando di tirar fuori un piatto dal cassetto più alto del cassettone. Quando cominciò a piagnucolare perché non ci riusciva, sua madre lo distrasse con un terzo biscotto.

Daz, grattandosi la pancia con aria pigra, disse: «Una volta è venuto qui da noi, Wright».

«Davvero?» fece Robin. «Perché?»

«Voleva comprare un po' di erba. Noi stavamo mangiando cibo di rosticceria e lui ne ha mangiato un po' con noi».

«E avete parlato di qualcosa in particolare?»

«Ha detto che presto la sua ragazza sarebbe andata a vivere con lui, là al piano di sopra».

«Vi ha detto il nome della ragazza?»

«No» rispose Daz.

«Non era Rita?» fece Mandy, con scarsa convinzione.

«Ah, sì, può darsi» mormorò Daz, anche se Robin ebbe l'impressione che non se lo rammentasse affatto. «E poi c'era la faccenda della pistola, ti ricordi?» chiese a Mandy.

«Quale pistola?» domandò Robin, mentre Strike scriveva appunti sempre più in fretta.

«Mentre mangiavamo la roba della rosticceria cinese, guardavamo alla tivù *John Wick*» spiegò Daz, «e lui ha detto che uno degli attori non teneva la cazzo di pistola nella maniera giusta. Voleva fare la figura del duro, capite?»

«E quella faccenda di Rita?» aggiunse perplessa Mandy. «È stato allora che si è proprio fumato il cervello. Rita Linda o qualcosa del genere. Ci ha chiesto se la conoscevamo, ti ricordi?» disse a Daz.

«Ha domandato se conoscevate una ragazza di nome Rita Linda?» intervenne Robin.

«Sì» rispose Mandy. «Un nome tipo Rita Linda. Mi pare abbia detto... non ha detto che sapeva cosa le era successo?» Si rivolse di nuovo a Daz: «Non ci ha detto che ne avrebbero parlato i giornali?»

«Boh» fece lui, continuando a grattarsi la pancia.

«Sì, era un nome tipo Rita Linda» ribadì Mandy, pronunciandolo così in fretta che sembrò Ritalinda.

«*Ritalin*-da!» scherzò Daz. «Ah, ah, ah!»

«Ha detto che sapeva cos'era successo a Rita Linda e che ne avrebbero parlato i giornali?» tentò di riassumere Robin.

«Sì, qualcosa del genere, e gli è caduto il tubetto della droga, ti ricordi, Daz? E ti ha detto che era solo un campione di sangue, come se tu volessi rubarglielo».

«Scusi, ma non capisco» disse Robin. «Che cosa gli è caduto?»

«Il tubetto della droga. Quello dove si tiene l'erba. Gli si è sfilato di tasca quando si è alzato. Daz glielo ha raccolto, Wright glielo ha strappato di mano e Daz ha detto: 'Ehi, calma, non volevo mica fottertelo', e Wright ha replicato: 'A te non servirebbe a niente, perché è un campione del mio sangue'». Mandy rise. «Un campione del suo sangue! Che cazzata!»

«Non ha detto perché avesse con sé un campione del suo sangue?» domandò Robin.

«Sì, ha detto che voleva consegnarlo ai medici, e poi se n'è andato».

«Lei ha visto chiaramente la provetta? Era piena di cannabis?»

«Sì» rispose Mandy. «Be', doveva esserlo per forza, se ha pensato che Daz volesse rubargliela, no?» aggiunse dopo un attimo. «Altrimenti perché si sarebbe comportato in modo così strano?»

«Era un cazzo di sciroccato» concluse Daz. «Per la miseria, quando è venuta fuori la notizia sui giornali, ho detto a Mandy: 'Ecco cosa voleva dire la storia dei massoni!' Una volta è successo che mi ha chiesto come consideravo i massoni. Sembrava che stesse pensando se entrare o meno nella massoneria». Esaminò pigramente una mezza canna lasciata su un portacenere sopra il frigo e concluse, con una smorfia: «Fottuti massoni!»

«Ma quando ha saputo che era stato ucciso in un negozio che vendeva oggetti massonici...»

«Sì, ho capito perché mi aveva fatto quella domanda. Fottuti massoni!» esclamò di nuovo senza più sorridere. E aggiunse: «Non è affatto divertente, vero?» come se qualcun altro si fosse messo a ridere.

«Vi ricordate nessun altro suo discorso?» proseguì Robin. «Per esempio qual era la sua città d'origine o qualche dettaglio sulla sua famiglia?»

«No» rispose Daz.

«Non mi pare» confermò Mandy, dispiaciuta. «No, mi pare proprio di no».

«Vi ricordate se avesse mai visitatori?» domandò Robin.

«Sì, una ragazza e certe teste di cazzo con gli occhiali da sole. Ma lui non c'era in quel momento, vero, Daz?» chiese Mandy al suo ragazzo.

«Non c'ero nemmeno io» specificò lui.

«Ah, già, me n'ero dimenticata» ammise Mandy, con un sorrisino.

«Come sarebbe?» disse Robin. «Wright ha avuto delle visite quando non era in casa?»

«Proprio così» confermò Mandy. «È successo dopo che era stato ucciso. Anzi, no» si corresse, «la ragazza è venuta prima che fosse ucciso e l'uomo dopo. Io me ne sono resa conto solo in un secondo tempo, te l'ho detto, no?» chiese a Daz, che annuì.

«Può descrivermi questi visitatori, a cominciare dalla ragazza?»

«Mi pare sia venuta la sera prima che lui fosse ucciso».

«È sicura della data? Venerdì 17 giugno?»

Mandy assunse un'espressione allarmata nel momento in cui le si chiese di essere così precisa, poi però si tranquillizzò.

« Sì, il giorno era quello, perché nel weekend in cui accadde il fattaccio, noi due » e qui indicò il compagno « abbiamo avuto una lite, e io l'ho cacciato di casa, e quando ho sentito qualcuno aprire il portone d'ingresso, la sera, ho creduto fosse Daz che tornava, e così ho aperto la porta del mio appartamento e ho visto la ragazza ».

« È entrata con la chiave? »

« Sì » rispose Mandy. « Sembrava straniera. Forse pachistana, ma non troppo scura di pelle. Capelli neri molto lunghi. E indossava un top rosa a fiori » aggiunse, contenta di essersi ricordata quel particolare. « Aveva con sé una valigia ».

La penna di Strike, accanto a Robin, si mosse sempre più in fretta.

« Quando le ho chiesto se si trasferiva lì, perché Wright mi aveva detto che la sua ragazza sarebbe andata a vivere con lui, mi ha risposto che era solo in visita e non parlava bene inglese. È salita al piano di sopra e circa un'ora dopo è scesa. Lo so, perché guardavo dalla finestra ».

« Guardavi dalla finestra per vedere se tornavo io » sorrise compiaciuto Daz.

« No, guardavo così, perché mi andava di guardare dalla finestra! » sbottò Mandy. « Lei stava scendendo le scale e faceva molta fatica, perché la valigia adesso era pesantissima. L'ha caricata nel bagagliaio di una macchina e se n'è andata ».

« Si ricorda l'auto? »

« Era metallizzata » disse Mandy. « Sembrava nuova ».

« Si ricorda la marca? »

« No » rispose. « Poi, alle prime ore del giorno dopo, tipo le cinque del mattino, sento di nuovo aprire il portone d'ingresso ».

« Non riusciva a dormire » interloquì Daz. « Sentiva la mia mancanza ».

« Ma figurati! » fece sdegnosa Mandy. « Stavolta credevo davvero fosse Daz che tornava, così mi sono alzata e ho aperto la porta del monolocale e ho visto un tizio con i capelli ricci che saliva le scale con una valigia vuota. Lui mi ha guardato quando sono uscita dal mio appartamento nell'atrio e ho visto che portava gli occhiali da sole benché fossimo all'interno. Aveva un'aria proprio da figlio di puttana».

«Era nero o bianco?»

«Bianco. Allora sono rientrata qui e sono tornata a letto, e due minuti dopo ho sentito un gran colpo sulle scale e ho pensato, cazzo cosa succede? Mi sono alzata di nuovo e ho aperto la porta e il figlio di puttana con gli occhiali da sole aveva buttato la valigia giù dalle scale. 'Perché non fa un po' più di rumore?' gli ho detto, e lui non ha risposto niente, ma ha trascinato fuori la valigia e ha sbattuto il portone alle sue spalle. Sono andata a guardare di nuovo dalla finestra e ho visto che è salito in macchina ed è ripartito».

«Con 'macchina' intende la stessa che aveva guidato in precedenza la ragazza?»

«Mi è sembrato di sì. Sì, credo che guidasse proprio lei, perché l'uomo ha buttato la valigia sul sedile posteriore e si è seduto sul sedile passeggeri vicino a lei».

«È sicura che sia l'uomo sia la ragazza siano stati nella camera di Wright?»

«Sì, li ho sentiti camminare qui, al piano sopra il mio. E dopo ho chiesto a Hussein se avesse visto l'una o l'altra di queste persone e lui ha detto di no. Poi, il lunedì, sono usciti i giornali con la notizia che Wright era stato ucciso, e ho detto a Daz...»

«Io sono tornato sabato sera» spiegò Daz ai due detective. «Mandy aveva già sofferto troppo».

«Fanculo» gli disse lei, senza dargli peso. «Insomma ho detto a Daz che era strano che, subito prima dell'omicidio, quei due fossero entrati nella stanza di Wright per poi uscirne con delle valigie».

«Ve lo chiedo solo per informazione, non perché intendiamo divulgare la notizia» precisò Robin, «ma avete detto queste cose o parte di queste cose alla polizia?»

Daz fece una risatina e scosse la testa.

«No» disse Mandy, sorridendo con i denti scuri. «Vi ho spiegato che lo conoscevo appena».

Era chiaro come il sole che Daz spacciava erba e forse anche altre droghe. Non solo Strike e Robin avevano notato la battuta sul Ritalin, ma avevano anche visto i mandati di comparizione del tribunale ammucchiati sul ripiano del cassettone. Robin poteva ben immaginare che i principali sentimenti provati da Daz e Mandy nel ritrovarsi i poliziotti in casa fossero il panico e l'assoluta riluttanza a farli entrare nello squallido monolocale.

Fece qualche altra domanda, ma Mandy non seppe aggiungere niente né sull'abbigliamento né sull'età dell'uomo e della ragazza: la donna, disse, sembrava giovane, mentre il figlio di puttana più vecchio, ma l'atrio era molto buio.

«Qualcuno di voi due ha per caso visto l'interno della camera di Wright?» chiese Robin.

Entrambi scossero la testa.

«Prima che ce ne andiamo» intervenne Strike, infilando la mano nella tasca del cappotto, «potrei mostrarvi alcune foto?»

Tirò fuori il cellulare, se lo posò sul ginocchio e cercò le immagini di Niall Semple, Tyler Powell e Rupert Fleetwood. Mentre lo faceva, lo schermo del telefonino si illuminò e Robin vide un messaggio di Kim e le parole, in lettere maiuscole: 'COSÌ SEXY'. Un attimo dopo, Strike coprì lo schermo con la grande mano pelosa e rinfilò il telefono nella tasca interna, mentre Robin sentiva come una pioggia di cubetti di ghiaccio nello stomaco.

«Mi può dire se uno di questi uomini potrebbe essere Wright?» domandò Strike, alzandosi e mostrando le foto a Mandy. Daz, che nel frattempo si era acceso la mezza canna, si avvicinò al fondo del letto e si sedette accanto alla donna, per guardare.

«Che cos'ha indosso?» fu l'unico commento di Mandy, mentre osservava Rupert Fleetwood con la divisa da cameriere completa di cravatta a farfalla. «Bel ragazzo» commentò con aria di apprezzamento appena passò alla foto di Niall Semple. «Sembra Thor».

«Ma che cazzo dici» ringhiò Daz, grattandosi ancora una volta la pancetta flaccida.

«Che razza di orecchie!» rise Mandy davanti all'immagine di Tyler Powell. Poi lo guardò meglio e aggiunse: «Però, a pensarci bene avrebbe potuto essere lui, sapete? Con le orecchie coperte dai capelli».

«Davvero?» chiese Strike.

«No» sentenziò Daz.

«Sì, poteva essere lui» ribadì Mandy.

«Quanto è sicura, da uno a dieci?» domandò Strike.

Mandy apparve allarmata come prima, quando Robin le aveva chiesto se fosse sicura di una certa data.

«Cinque» rispose. «Ma somigliava un po' anche a questo» aggiunse indicando la foto di Rupert Fleetwood con l'aria di una che non voleva escludere nessuna possibilità.

«Va bene» concluse Strike, mettendo via le foto. «Grazie, ci siete stati di grande aiuto. Così, tanto per saperlo, che cos'avete pensato quando avete visto la foto di Knowles?»

«Non abbiamo mai pensato che fosse lui» dichiarò Mandy.

«Tu sì che lo pensavi» la contraddisse Daz. «Quando i giornali pubblicarono la foto, hai detto: 'Cazzo, ma allora era vero, si stava nascondendo e stava scappando!'».

«Non è vero, non l'ho mai detto» negò Mandy, contrariata.

«C'è nient'altro che ricordiate, di Wright?» chiese Robin, ma entrambi avevano ormai detto tutto quello che avevano da dire. Tuttavia, perfino Daz pareva in qualche modo restio a lasciare andare i detective: la loro visita aveva rappresentato un interludio insolito e piuttosto emozionante.

Robin non vedeva l'ora di uscire a prendere una boccata d'aria, ma si sentiva leggermente in colpa a lasciare la famiglia in quelle condizioni, specie ora che Mandy, al momento del congedo, si era messa a parlare di case popolari.

«Siamo da un anno in lista d'attesa per una casa popolare del comune» disse, accompagnandoli al portone d'ingresso.

«È terribile» commentò Robin.

Strike infilò di nuovo la mano in tasca e tirò fuori altre venti sterline.

«Per il disturbo» disse. «Comprate a Clint qualcosa per Natale».

«Oh, grazie!» esclamò Mandy, ora assai più lieta di vederli andare via.

La porta si chiuse alle loro spalle e i due scesero la rampa di scale.

«Hai fatto un bel gesto» disse Robin.

«Spero non li spendano tutti in erba. Ti va di discutere di questa visita al pub che c'è più avan...»

«Non potremmo parlarne domani?» lo interruppe Robin. «Ho un impegno tra poco».

«Ah, va bene» acconsentì Strike.

«Ho un sacco di lavoro d'ufficio da sbrigare in agenzia e non vorrei rimandarlo, perché dopo devo vedere una casa».

«Va bene» ripeté Strike.

Cazzo, cazzo, CAZZO.

Tornò pian piano indietro, alla BMW, tirando fuori nel frattempo il cellulare. Un altro messaggio di Kim era seguito a quello che gli era capitato di intravedere a casa di Mandy.

Scusa, il messaggio di prima non era per te!

Strike risalì al messaggio precedente.

Era COSÌ SEXY con lo smoking!

19

Noi non siamo certo i primi a sedere
in taverne mentre fuori la tempesta lanciava
le speranze umane nel vuoto, e imprecava
contro la bruta canaglia che creò il mondo.

A.E. Housman
IX, Last Poems

« Allora, è stata una mera perdita di tempo » disse Murphy posando, sei ore dopo, un bicchiere di acqua tonica e un sacchetto di patatine davanti a Robin.

« Lo so » ammise lei.

Erano seduti a un tavolo d'angolo di un pub pieno di baccano e confusione vicino alla casetta a schiera di Wanstead che avevano appena visitato. Dopo aver passato, quella mattina, un'ora nel monolocale di Mandy e Daz, Robin pensava che qualsiasi cosa le sarebbe apparsa bella in confronto, ma di sicuro quelle 'tre camere da letto, con cucina e soggiorno separati' non erano stati ristrutturati e riarredati da almeno trent'anni. Insieme a loro, a valutare l'appartamento, c'era anche una coppia di mezz'età che considerava la casa un'occasione per investire: parevano intenzionati a ristrutturare, vendere e ricavare un bel profitto.

Murphy aveva solo dieci minuti di tempo, prima di tornare in ufficio. Non aveva aggiornato Robin su come stava procedendo il caso della gang, né le aveva detto che cosa avrebbe fatto quella sera. Era arrivato tardi all'appuntamento per vedere la casa e non aveva quasi spiccicato parola per tutto il tempo della visita. Ora continuava a controllare il cellulare.

« Qualcosa non va? » gli chiese Robin, incerta.

« In effetti, qualcosa non va » rispose lui.

Prese un sorso di birra analcolica, poi si spiegò.

«La madre ha concesso una lunga intervista al *Mail*». Robin capì subito che si riferiva alla donna che aveva avuto un figlio ucciso e l'altro accecato nella sparatoria tra gang. «Forse presto sarà anche online».

«Dio santo, mi dispiace, Ryan».

«Sono schifato, proprio schifato da tutto» mormorò Murphy con furia. «Avevamo agli arresti il tizio che guidava la macchina da cui ha sparato l'assassino. Abbiamo chiesto un prolungamento dell'arresto per continuare a interrogarlo e ci è stato rifiutato, porca puttana».

«Come mai vi è stato rifiutato?»

«Perché il tizio ha un fottuto, merdoso avvocato di grido, ecco perché».

Dato il suo stato d'animo, Robin capì che non era il caso di esprimere solidarietà né di fare ulteriori domande. Prese un sorso di acqua tonica e aprì il sacchetto di patatine.

«A te com'è andata, la giornata?» le chiese Murphy con sforzo evidente.

«Bene» rispose lei, cercando di mostrarsi allegra.

«Che cos'hai fatto?»

«Abbiamo cercato di trovare Rupert Fleetwood. E non ci siamo riusciti».

Murphy fece un sorriso forzato.

Cinque minuti dopo, finito di bere, disse: «Devo proprio andare».

«Va bene. Io resto ancora un po', magari prendo un altro sacchetto di patatine».

Murphy la baciò e se ne andò.

Robin dovette ammettere che era contenta che se ne fosse andato. Ora era libera di togliersi dalla faccia il sorriso finto, godersi l'anonimato di un pub affollato e rumoroso e cercare di affrontare il proprio stato d'animo, che era un misto di ansia, tristezza e un altro sentimento che non aveva troppa voglia di identificare.

A parte la deprimente visita alla casetta a schiera fatiscente che avevano appena fatto, e a parte l'inquietudine che le aveva procurato vedere il messaggio inviato a Strike da Kim, era preoccupata perché si rendeva conto di come lei e Strike possedessero a quel punto delle informazioni che non erano state date alla polizia. Aveva assicurato a Mandy e Daz che l'agenzia non avrebbe passato a nessuno le informazioni che loro due avevano dato, ma naturalmente si trattava di una bugia: l'agenzia aveva l'obbligo di trasmettere prove importanti alle persone ufficialmente incaricate di gestirle perché, qualunque cosa credesse Murphy, loro per deontologia non cercavano mai di nascondere oppure omettere le notizie da trasmettere alle autorità competenti.

In cuor suo, Robin si era chiesta se dire a Ryan che un uomo e una donna avevano portato via cose dal suo monolocale sia prima sia dopo che William Wright era stato assassinato ma, dato l'umor nero di lui quando si era presentato all'appuntamento, aveva deciso, per il momento, di non dirgli niente. Se fosse andata a bere qualcosa al pub con Strike per parlarne, avrebbero potuto naturalmente sviscerare l'argomento insieme.

COSÌ SEXY. Fissando il bancone laminato, Robin si chiese quando mai avesse sentito il bisogno di mandare a Strike un messaggio con le parole 'COSÌ SEXY'. A meno che non avesse dovuto riferire di una conversazione origliata, Robin non immaginava nessuna circostanza in cui avrebbe spedito un simile messaggio anche dopo anni di amicizia sempre più stretta. Come minimo, il messaggio suggeriva un grado fino ad allora insospettato di familiarità e complicità tra Kim e Strike.

Lo schermo del cellulare si illuminò e comparve un messaggio del suo socio.

Com'era la casa?

Robin non lo sapeva, ma Strike in quel momento era seduto da solo nel suo pub preferito, il Flying Horse, e pure lui si sentiva depresso, anche se aveva almeno la compensazione dell'alcol. Gli era occorsa mezz'ora per decidere di mandare quel messaggio di quattro parole. Voleva spingerla ad ammettere che lei e Murphy pensavano di andare a vivere insieme perché, per quanto sgradito fosse il concetto, non si poteva sferrare efficacemente alcuna offensiva contro un nemico che si nascondeva.

Robin contemplò il messaggio per parecchi minuti. Per quanto in quel momento fosse irritata con Strike, era anche vagamente toccata dal fatto che si fosse disturbato a farle quella domanda. Dopotutto, erano amici. Lei era la migliore amica di lui, e lui di lei.

Gli scrisse la risposta:

Orribile

Strike fu lievemente rallegrato dal messaggio. Se non altro, la coabitazione non era imminente. Iniziò di nuovo a digitare:

Credo di avere trovato il sito web che William Wright stava esplorando con il computer dell'ufficio: www.AccusatiMaInnocenti.org

Robin cliccò sul link e si ritrovò in un sito con, nell'intestazione, il logo che Kenneth Ramsay aveva descritto: due mani stilizzate, ognuna delle quali reggeva un bulbo oculare.

Scorse a scendere le voci. Il sito era chiaramente l'ultima risorsa dei disperati. Avvocati del tipo meno rispettabile si facevano pubblicità lì e pescavano a strascico nella speranza di beccare qualche illuso che cercasse indennizzi o appelli contro condanne. I profani erano prodighi di consigli gratuiti che rasentavano il criminale, oppure visitavano il sito in uno spirito di *Schadenfreude*, il sentimento di gioia maligna per le disgrazie altrui:

Anon 9: Sono stato arrestato mentre guidavo in stato di ebbrezza, ma nessuno mi ha letto i miei diritti Miranda: significa forse che posso ricorrere in appello?
Dogger: I diritti Miranda sono letti negli USA, coglione.
AustinH: Il padre della mia ragazza ha sparso la voce che avevo fatto qualcosa di orribile. Come posso fermarlo? Mi ci vuole un avvocato?

Kojak:	Ti posso sistemare la faccenda senza che tu ricorra agli avvocati.
Kibosh:	Sono stato accusato di 'palpeggiamenti inappropriati' di una ragazza sul posto di lavoro, con sospensione dall'ufficio ma retribuzione intatta. Vorrei sapere se nessun altro ha subito un'analoga accusa del tutto infondata.
Belter:	Pregiudicato per reati sessuali.
C2J88:	Pregiudicato per reati sessuali.
Japh:	Pregiudicato per reati sessuali.

Robin rispose al messaggio di Strike.

A quanto pare, WW si nascondeva o era in fuga da qualcosa o qualcuno.

Sì. Telefonerò a Wardle per chiedergli di quella coppia che ha portato via della roba dall'appartamento di Wright. A proposito, non possiamo rimandare troppo questa verifica.

Robin si rilassò un poco. Non sarebbe stata costretta a dire niente a Murphy e, auspicabilmente, Ryan non avrebbe mai saputo dove Wardle avesse trovato le sue informazioni.

Nel frattempo, Strike era contento che Robin sembrasse disposta allo scambio di messaggi. Gli pareva che questo significasse che in quel momento non si trovava con Murphy. Le mandò un altro messaggio.

Ho mandato un'e-mail a quel tizio, Osgood. Ancora nessuna risposta.

Robin rispose:

No? Be', non mi pareva molto interessato alle e-mail non richieste.

Strike scrisse 'vero', poi mandò un altro messaggio.

Mi chiedo perché un uomo si porti dietro una provetta di sangue.

Che fosse una bugia?

Ci ho pensato anch'io. Mi sono anche chiesto se sulla macchina per la fuga contenente gli argenti Murdoch ci fossero pure un uomo riccio e una donna dai capelli lunghi.

Già.

Bisognerebbe anche vedere foto del cadavere per controllare se vi siano ferite di difesa.

Non ho molta voglia di vederle, e tu?

Potremmo avere fortuna almeno con alcune di esse. Kim dice che forse ha modo di procurarcele.

Robin sentì una forte fitta di risentimento.

Per amore del cielo, calmati, ci occorrono informazioni, le disse una voce razionale nel cervello, ma era poca cosa in confronto all'io infuriato che avrebbe voluto digitare in risposta: *Perché non ti occupi del caso con la tua fottuta Kim invece che con me, se lei ha tutti questi canali di accesso?*

Portò il bicchiere alle labbra, ma vide che era vuoto. Alzando gli occhi, si accorse che un gruppo di donne vicino a lei le lanciava occhiate astiose perché occupava da sola un intero tavolino e scriveva messaggi sul cellulare pur non essendo impegnata né a bere né a mangiare. Allora raccolse le sue cose e uscì dal pub.

La sera era gelida. Nel cielo brillavano, lontane e ostili, le stelle. Una volta a bordo della Land Rover, chiuse le portiere e riprese in mano il cellulare. Intanto Strike le aveva inviato un altro messaggio.

A proposito, che cosa pensi di lei?

Robin fissò quelle parole per qualche secondo, poi scrisse la risposta.

Di chi, di Kim?

Sì.

All'insaputa di Robin, Strike stava cercando consapevolmente di disarmare quella che riteneva potesse essere una bomba a orologeria. Non era sicuro che Robin avesse letto il messaggio con le parole 'COSÌ SEXY', e forse era la vanità a fargli supporre che potesse essere stata anche solo lontanamente toccata da quel giudizio, ma non gli piaceva per niente l'idea che Kim dicesse cose su di loro alle sue spalle e, dopo la serata di gala al Dorchester, non si sarebbe stupito se avesse pure alluso a una reciproca attrazione sessuale che non esisteva.

A bordo della Land Rover, Robin si preoccupò di non impiegare troppo tempo a rispondere.

Sa fare il suo lavoro.

Aggrottando leggermente la fronte, Strike rifletté sulla risposta. Era mera diplomazia o Robin non aveva notato un'ombra di civetteria nel modo in cui Kim si rivolgeva a lui? Oppure l'aveva notata e non gliene importava?

Che cosa pensi di lei personalmente?

Chiedendosi se Strike non le stesse domandando l'approvazione ufficiale della relazione tra lui e la nuova collaboratrice, esitò. Aveva paura di rispondere in maniera negativa, perché non voleva che lui capisse che... che cosa? Poi, vedendo i tre puntini, comprese che il suo socio stava di nuovo scrivendo e attese.

Perché comincia a scocciarmi.

All'improvviso le stelle, che si distinguevano appena di là dal parabrezza appannato della Rover, brillarono benigne. Ora Robin poteva essere generosa.

Però sa fare il suo lavoro.

È solo a me che pare una persona molto piena di sé, allora?

No, pensò Robin, sentendosi ancor più sollevata di come s'era sentita quando Strike le aveva detto che avrebbe parlato a Wardle della coppia che aveva rubato oggetti dall'appartamento di Wright. No, anche lei pensava fosse *piena di sé.* Rifletté se dirgli della domanda che le aveva fatto Midge quella mattina, ma per qualche motivo si trattenne. Data la sua relazione con Murphy, riteneva non le convenisse aprire il discorso su Kim che andava dietro a Strike: forse era meglio non accennare proprio all'argomento.

È molto compiaciuta di sé, ma non si può dire che non abbia alcun motivo di compiacersi. È stata un'ottima mossa, fare quella foto al Dorchester. A proposito, l'hai mostrata al Signor C?

Sì. È contento. Speriamo solo che non ci siano conseguenze.

Cosa intendi dire?

A quella cena ho incontrato una che conosco, la cugina di Dominic Culpepper. Se C userà quella foto per cercare di sfasciare il matrimonio di Culpepper, Dominic non ci metterà molto a capire chi stava pedinando sua moglie e la Signora C.

Il sorriso si spense sulle labbra di Robin. Dunque l'ex amante che Strike aveva incontrato per caso al pranzo di gala era la cugina di Dominic Culpepper? Non era nessuna delle ex amanti di cui Robin aveva sentito parlare. Ma quante ex aveva, allora, Cormoran Strike?

Ignaro della nuova fossa che si era involontariamente scavato con le proprie mani, Strike scrisse un altro messaggio.

Oggi pomeriggio ho esaminato il girato della telecamera interna di Ramsay Silver.

Niente di interessante?

Un paio di cose di cui mi piacerebbe parlarti. E tu, hai avuto fortuna con Tyler Powell?

Oggi pomeriggio ho provato a chiamare sua nonna. Nessuna risposta. Credo di avere anche rintracciato i genitori, ma non hanno connessione fissa. L'intera famiglia vive a Ironbridge. Strano che sia stata la nonna, e non il papà o la mamma, a chiamare il numero unico per l'emergenza.

Nel freddo della sera, Robin aveva le mani sempre più intirizzite, ma continuò a digitare.

A proposito, come se l'è cavata, Dev, con la misteriosa rimessa di Ipswich?

Niente da fare. C'era una specie di guardiano che non si è bevuto la sua storia.

Strike, devo proprio andare adesso. Sto congelando e devo tornare a casa.

Ma certo. Abbiamo tutti e due il mercoledì pomeriggio libero: possiamo guardarci il girato di Ramsay Silver?

Perfetto, scrisse Robin.

A una quindicina di chilometri di distanza, al Flying Horse, Strike si rimise in tasca il cellulare e contemplò con profondo malumore le bottiglie dietro il bancone. Gli toccava cominciare a fare i maledetti acquisti di Natale. Sua sorella Lucy continuava a mandargli ansiosi messaggi riguardo alla vendita della casa di Ted e Joan, e là da qualche parte doveva esserci una casa che sarebbe andata a genio a Robin e Murphy.

Tuttavia, pensò alzandosi, si era assicurato un altro pomeriggio da solo con Robin. Poiché ormai la sua socia era tutta assorbita dalla ricerca di una casa da condividere con il suo fidanzato, da quel momento in poi ogni conversazione a tu per tu era da considerarsi un'occasione.

20

Il quando, il dove e il come appartengono
a me. Lavoro triste, ma di questo mi occupo.
Robert Browning
Second Year 1731 – King Charles

«Come mai abbiamo un acquario?»

Erano le nove di mercoledì mattina e Strike, appena entrato in ufficio, si era trovato davanti la segretaria Pat intenta a sistemare con la paletta la ghiaia di un acquario posato sopra il tavolino accanto al divano sul quale, fino a poco prima, c'era stato un vaso con una pianta di plastica.

«Perché nessuno mi ha detto che la nonna di Tilly gliene aveva già comprato uno» rispose brusca Pat, sopra il rumore della ghiaia.

«Chi è Tilly?»

«Una delle mie pronipoti» ringhiò la segretaria. «Voleva i pesci rossi per il suo compleanno e io ho comprato tutta la baracca, per poi scoprire che l'altra nonna glielo aveva già comprato. Così all'ora di pranzo mi toccherà andare a prenderle un altro regalo».

«Immagino tu intenda metterci dentro dei pesci?»

«Be', certo non ci metto un gatto» rispose irritata lei.

Strike non aveva nessuna voglia di aggiungere la cura dei pesci rossi al carico lavorativo, ma dato che in quel momento Pat era di pessimo umore, decise di non chiederle perché non vendesse l'acquario su eBay. Mentre si avvicinava al bollitore, lasciò sulla scrivania di Pat un foglio su cui era scritto 'Hussein Mohamed'. L'aveva già pregata di cercare su internet tutto ciò che poteva sulla famiglia siriana vissuta nell'appartamento sopra il monolocale di

William Wright, composta da padre, madre e figlia in sedia a rotelle.

« Abbiamo avuto un paio di telefonate strane » lo informò Pat sempre manovrando la paletta.

« In che senso 'strane'? »

Pat depose in terra il sacco della ghiaia, andò alla propria scrivania e premette un bottone sul telefono. Una voce maschile stridula e petulante disse: « Sono Calvin Osgood. Vi sarei grato se mi richiamaste immediatamente e mi diceste che cos'è questa storia. E per la cronaca, *nessuno mi chiama Oz* ».

Dopo aver comunicato il proprio numero di telefono, l'uomo aveva riappeso.

« Niente di particolare » disse Strike. « È solo un tizio che ha ricevuto una strana e-mail da Ramsay Silver. Lo richiamerò appena avrò bevuto il caffè. E l'altra telefonata curiosa? »

Pat premette di nuovo il bottone della segreteria telefonica. Dopo alcuni ansiti affannosi e gutturali, una brusca voce maschile disse: « Lasciate perdere e non vi succederà niente di male ».

« Nient'altro? » disse Strike, girandosi a guardare la segreteria che mandava di nuovo il *bip*. « Molto generico ».

« Già » disse Pat. Strike capì che la donna stava cercando di nascondere un'inquietudine che Strike non poteva certo rimproverarle. Tutti e due si trovavano in ufficio quando, tempo prima, Pat aveva aperto un pacco che era risultato essere un congegno esplosivo. Avvicinandosi al bollitore, Strike riepilogò mentalmente i casi di cui al momento si occupava l'agenzia, chiedendosi quale di essi dovessero 'lasciar perdere'.

Due-volte era stato di nuovo accettato come cliente perché, quali che fossero le sue caratteristiche personali, pagava sempre il conto con perfetta puntualità. Tuttavia, a meno che la sua passione feticistica per le donne infedeli non avesse dato origine a una nuova, curiosa branca, non avrebbe mai chiamato l'agenzia per dire di smettere di pedinare la moglie. Restavano quindi Plug e il cadavere nel caveau.

« Potrebbe essere uno dei tizi che hanno trascinato Barclay giù dal tetto della rimessa» ipotizzò. «Poi c'è Plug, da cui Kim dice di essere stata notata, l'altro giorno. Controllerò».

«È una nuova camicia?» chiese Pat, guardandolo di traverso.

«Ehm, sì» rispose lui, che l'aveva indossata quella mattina per via dell'appuntamento con Robin. L'osservazione gli procurò un vago imbarazzo, quasi che la segretaria gli avesse letto nel pensiero.

«Ti sta bene» commentò burbera Pat, tornando al suo acquario.

Appena raggiunse, corroborato da una tazza di caffè forte, la scrivania dei due soci, chiamò Kim, che reagì, lì per lì, con un atteggiamento nettamente difensivo che fino ad allora non aveva mai avuto.

«In realtà, Plug non mi ha notato, è che ho avuto scrupolo» si giustificò. «Ho pensato alla remota possibilità che mi avesse notato. In ogni caso, avevo la parrucca e portavo gli occhiali. Impossibile che mi abbia seguito fino all'agenzia. Però ho pensato fosse meglio che non lo pedinassi di nuovo a poca distanza di tempo».

«Ok» disse Strike. Non dimenticava che a causa di quel cambiamento di turni Kim aveva finito per accompagnarlo al Dorchester con un abito da sera che le lasciava la schiena completamente nuda.

«Magari è successo con Robin» riprese Kim. «Ti ricordi che lo ha perso di vista alla stazione Victoria? Forse lui si è accorto che lei lo pedinava e l'ha seminata. Robin non è troppo attenta ai travestimenti, eppure dovrebbe, dato che la sua foto è comparsa sulla stampa un sacco di volte».

«Be', non è affatto certo che il problema sia Plug» tagliò corto Strike. «Ti lascio al tuo lavoro». Chiuse la comunicazione, bevve altro caffè, poi rispose al messaggio di Osgood con una telefonata.

Stava spiegando chi era e perché chiamava, quando Osgood lo interruppe con la vocetta stridula che, pensò Strike, avrebbe avuto una zanzara se avesse potuto parlare.

«So chi è lei, me lo ha spiegato nella sua e-mail! Non ho niente a che vedere con Ramsay Silver. L'ho detto e ripetuto alla polizia:

qualcuno sta fingendosi me. Si finge me, sicché ricevo e-mail indirizzate a lui che non c'entrano niente con me! »

« Ritiene che le sia stata rubata l'identità? »

« Non lo ritengo, lo *so*! Questo tizio si fa chiamare Calvin 'Oz' Osgood e dice di essere un produttore discografico, cosa che in effetti io sono, solo che non mi sono mai fatto chiamare Oz e nessun altro si è mai fatto chiamare Oz. Questo tizio ha collegato il mio profilo LinkedIn alla sua cazzo di pagina Instagram, sicché ricevo e-mail indirizzate a lui sul mio account professionale! »

« 'Indirizzate', dice, al plurale? Quindi ne ha ricevute più d'una? » fece Strike, tenendo il telefonino tra orecchio e spalla e collegandosi a LinkedIn per cercare *Calvin Osgood produttore discografico.* « Che cosa dicevano, queste e-mail? »

« Be', ce n'era una, proveniente da Ramsay Silver, dove mi proponevano di aiutarmi a risolvere un problema, e c'era un idiota che mi chiedeva se fossi ancora interessato a comprare la sua monovolume. Poi mi sono arrivati i discorsi deliranti di una ragazza che scriveva in pessimo inglese e diceva che avevo fatto uno scherzo a sua cugina, mi ero comportato male con lei e cagate simili ».

Strike aveva appena trovato quello che riteneva fosse il vero profilo LinkedIn di Osgood. L'immagine era di un uomo paffuto, anche se non brutto, che dalla faccia pareva avere sui trentacinque anni. A interessarlo di più fu che Osgood aveva capelli neri ricci. Dando una scorsa al testo, apprese che produceva ogni tanto musica per programmi televisivi, nessuno dei quali Strike aveva mai guardato.

« Ha conservato le e-mail indirizzate a 'Oz'? »

« Le ho cancellate » rispose Osgood, aggiungendo, a mo' di giustificazione: « Non sapevo che la polizia e dei detective privati mi avrebbero chiamato riguardo a quella robaccia ».

« Le e-mail cancellate non potrebbero essere ancora nel suo archivio? »

« Le ho eliminate! » disse Osgood con toni quasi isterici nella voce stridula. « La polizia non mi ha aiutato per niente. In che guaio mi trascineranno, adesso? »

« Dev'essere stato molto difficile, per lei » commentò Strike, non del tutto sincero. Aveva appena trovato la pagina Instagram che Osgood aveva descritto. Nell'account che affermava di essere quello di Calvin 'Oz' Osgood, produttore discografico, c'era un link con la vera pagina LinkedIn di Osgood per corroborare la credibilità del falso account, ma 'Oz' non compariva nelle foto Instagram se non in maniera molto parziale: un occasionale ciuffo di capelli bruni e ricci, una nuca di capelli neri altrettanto ricci, una lente degli occhiali a specchio. In mancanza di foto chiare e frontali, le piccole tracce visibili del finto Osgood avrebbero potuto essere facilmente delle fotografie del vero produttore. Le immagini mostravano ambienti ricchi e affascinanti: piscine a sfioro, lunghe spiagge bianche, fuochi artificiali alle Seychelles, tavoli per mixer, fotografie di cantanti famosi che parevano essere state scattate dalle quinte, interni di aerei privati. Le didascalie erano corte e poco significative, simili a brevi hashtag: #HighLife, #GouldingGig, #MusicMagic. In una si vedevano due piedi nudi abbronzati su una bilancia che diceva 68 kg, e la didascalia era: #TargetPeso.

«Quelle sono le uniche e-mail che ha ricevuto da gente che crede che lei e l'Oz di Instagram siate la stessa persona?» domandò Strike. «Quella proveniente da Ramsay Silver, quella che parla della monovolume e l'altra dove si accenna a un presunto scherzo?»

«Sì» confermò Osgood, ancora più sulla difensiva. «Perché dovrei mentire?»

«Volevo solo verificare» spiegò Strike. «Be', la ringrazio di avermi richiamato».

«Ero a Manchester quando quel Wright è stato ucciso, e l'ho già dimostrato alla polizia» aggiunse Osgood.

«Allora non la disturberò oltre» fece Strike, e dopo averlo di nuovo ringraziato per la sua disponibilità, chiuse la comunicazione e procedette alla ricerca inversa delle immagini che Oz aveva postato su Instagram.

Come aveva sospettato, vide che erano state tutte rubate da altri account e che i ciuffi o la nuca di capelli ricci di Oz erano stati modificati con Photoshop. Strike riteneva che la foto dei piedi sulla bilancia, dov'era segnato un peso per raggiungere il quale Strike avrebbe dovuto perdere almeno altri due arti, avesse lo scopo di spiegare la discrepanza di dimensioni tra il produttore discografico vero, quello paffuto visibile su LinkedIn, e colui che lo impersonava su Instagram.

Prese un foglietto di quelli che appuntava sulla bacheca di sughero e lo intitolò: 'Oz'.

> Impersona su internet Calvin Osgood, produttore discografico.
> Nel gennaio dell'anno scorso ha creato un falso account su Instagram. Potrebbe avere propri capelli ricci o portare una parrucca riccia quando finge di essere Osgood.
> Qualcuno, da Ramsay Silver, ha mandato a Osgood/Oz un'e-mail offrendogli aiuto per un problema non specificato.
> Un'altra e-mail gli proponeva in vendita una monovolume.
> La terza e-mail, in pessimo inglese, parlava di uno scherzo fatto alla cugina di una ragazza.

Strike attaccò il foglietto sotto ai vari ritagli di giornale e agli appunti relativi ai quattro potenziali William Wright, poi tornò alla scrivania e passò il resto della mattina a fare lavoro d'ufficio per nulla connesso con il caso del caveau.

Era ancora lì e stava consumando un pranzo tardivo, quando Midge arrivò per fare rapporto sugli ultimi dati raccolti. Sentendo che chiedeva a Pat: « Abbiamo acquisito dei pesci? » e che Pat ringhiava in risposta: « No, tacchini, non vedi? », la chiamò nell'ufficio interno e le chiese se riteneva che di recente Plug avesse capito che lei lo pedinava.

« No, perché? » rispose Midge con un'inattesa carica di aggressività. « Che cazzo racconta adesso Kim? »

« Non racconta niente » replicò Strike. Si ricordava di come Robin gli avesse detto che la storia d'amore di Midge era in crisi, ma non gli piacque molto quel tono polemico. « Abbiamo ricevuto una telefonata anonima, in ufficio, e mi sono chiesto se potesse essere Plug o uno dei suoi compari ».

« Ah, ho capito » fece lei con espressione perplessa. « Be', ieri sera Plug ha fatto una cosa molto strana. È uscito da casa di sua mamma a mezzanotte, è salito sul suo furgone e si è diretto in un'area recintata a non troppa distanza. Nel terreno c'è un capannone, lui ci si è avvicinato con una torcia, è rimasto dentro cinque minuti, poi è uscito, lo ha richiuso ed è tornato a casa. Ho aspettato che fosse rientrato nel suo appartamento, poi sono tornata al capannone. Per farla breve, mi sono quasi massacrata un ginocchio per scavalcare lo steccato e ho scoperto che nel capannone c'è un essere vivente».

«Cosa? Lì dentro?»

«Sì. È un animale, non un essere umano, a meno che non sia sordo. Ho detto: 'Batti due colpi se mi senti', ma nessuno ha battuto niente. Qualunque creatura sia chiusa nel capannone, è grande, ma non si muove molto. Le finestre sono oscurate e l'ingresso è chiuso da una grossa catena con lucchetto».

Strike sentì Pat borbottare «Ciao» e capì che era arrivata Robin. Seguì Midge nell'ufficio esterno, dove Robin stava appendendo il cappotto e Pat si preparava a fare altro caffè.

«Oh, abbiamo acquisito dei pesci?» esordì Robin guardando l'acquario, ma Strike la interruppe subito.

«Com'è stata la Signora Due-volte?»

«Noiosa» rispose Robin. «Non fa che andare per negozi e pranzare con le amiche. Ho appena passato le consegne a Dev ai grandi magazzini Harvey Nichols».

Robin si accorse che Strike indossava una camicia azzurra che non gli aveva mai visto prima.

«Abbiamo ricevuto una telefonata di minacce» la informò il socio. Pat le fece ascoltare il secondo messaggio che era arrivato in segreteria durante la notte.

«Lasciate perdere e non vi succederà niente di male?» ripeté Robin. Una volta, proprio lì in agenzia, aveva aperto un pacco che conteneva una gamba tagliata, e quindi una generica minaccia nella segreteria le pareva abbastanza insignificante in confronto. A ogni modo, non aveva nessuna voglia di vedersi recapitare altri pacchi indesiderati. «Ma che cosa dovremmo lasciar perdere?»

«E chi lo sa».

I due soci si ritirarono nell'ufficio interno.

«Non menzionare i pesci» sussurrò Strike mentre chiudeva la porta dell'ufficio. «L'acquario doveva essere un regalo di compleanno per la pro-nipotina di Pat, ma una nonna rivale l'ha battuta sul tempo».

«Ah, capisco» disse Robin. «Be', i pesci ravviveranno l'ambiente».

«Sì, ci solleveranno molto il morale i pesci che tireranno le cuoia e Pat che ne darà la colpa a me».

Robin rise, poi, notando che dall'ultima volta sulla bacheca era stato aggiunto un foglietto, si avvicinò per guardare.

Appuntato alla parte inferiore c'era il foglio con i nuovi dati trovati da Strike su 'Oz', e accanto il foglio con su scritto 'Wright', dov'erano stati messi insieme gli appunti di Strike sull'uomo che era vissuto per un mese in St George's Avenue e aveva lavorato da Ramsay Silver per quindici giorni.

h. 1,69 – gruppo sanguigno A+ – mancino – 25-30 anni – abbronzatura da crema – palestrato, pesi – consumatore di erba – ha maneggiato pistole per professione o divertimento? – finge di avere l'accento di Doncaster ma non è di là? – Sa cos'è successo a 'Rita-Linda', qualcosa di cui hanno parlato/parleranno i giornali? – la sua ragazza doveva andare ad abitare con lui? – tra i soci/nemici potrebbero esserci l'uomo bruno e riccio con la pelle olivastra e la ragazza dai lunghi capelli neri (forse dell'Asia meridionale). Il bruno e la bruna hanno la chiave del portone e del monolocale di Wright.

DA FARE: Chiamare Jim Todd, uomo delle pulizie di Ramsay Silver 07335-854042
Chiamare Pamela Bullen-Driscoll, direttrice di Ramsay Silver 07194-241267

Sull'orlo inferiore della bacheca c'era una nuova fotografia, quella di un uomo con capelli neri, folti baffi e fronte con una pronunciata attaccatura a punta di vedova. Accanto Strike aveva scritto:

DA CONFERMARE: Se l'ispettore capo Malcolm Truman sia, come sembra, membro della loggia Winston Churchill.
Prossima riunione a Freemasons' Hall 23 dicembre ore 18.30

Evidentemente, pensò Robin con una lieve morsa allo stomaco, Strike aveva trovato su internet delle allusioni all'appartenenza di Truman alla massoneria. Alzò gli occhi e vide che in alto c'era un nuovo foglietto su 'Oz'.

«Allora quell'Osgood è vittima di un furto d'identità?» chiese.

«Così sostiene lui» rispose Strike. «Non è molto contento di essere stato trascinato in un'indagine su un omicidio».

«Non c'è da stupirsene».

«Afferma che era a Manchester quando Wright è stato ucciso. Controllerò, ma sospetto sia vero e che la polizia abbia concluso che lui non c'entra niente. Certo, la polizia non sapeva che un uomo bruno e ricciuto è entrato nella stanza di Wright la mattina dopo che lo stesso Wright era stato assassinato».

«Credi possa essere stato il cosiddetto 'Oz'?»

«È una possibilità, ma resto disponibile ad accogliere ogni ipotesi».

«Hai parlato a Wardle dell'uomo riccio e della ragazza asiatica?»

«Gliene ho parlato, sì, e lui ha passato l'informazione alla squadra che si occupa del caso. Ho anche contattato Jim Todd, l'uomo delle pulizie, e Pamela Bullen-Driscoll, la direttrice del negozio. Risposte interessanti».

«Davvero?» fece Robin sedendosi, mentre Pat entrava nella stanza con due tazze di caffè che depose accanto a ognuno di loro.

«Grazie, Pat» disse Strike.

«Biscotti?»

«No, grazie» rispose lui. «Sto cercando di fare il bravo».

«Neanche per me, grazie» disse Robin. «Con il Natale alle porte...»

«A *te* un biscotto non fa proprio niente» replicò Pat.

« Per favore, puoi chiudere la porta alle tue spalle, Pat? » chiese Strike.

La segretaria uscì con un sorrisetto sulle labbra.

« Allora dimmi tutto su Pamela e Todd » fece Robin.

« Todd è lieto di vederci, ma non può prima del 19. Pamela Bullen-Driscoll mi ha detto in pratica di togliermi dalle palle ».

« Sul serio? »

« Molto garbata e molto fredda » spiegò Strike. « 'Ho già detto tutto quello che dovevo dire alla polizia, signor Strike' ».

« Ah » disse Robin. « A proposito, ho ricevuto la tua e-mail su Jade Semple ».

« Sì, un'altra che non ha nessuna voglia di parlare con me. Le ho mandato foto dei miei documenti per dimostrarle che sono chi dico di essere, ma non ho ricevuto risposta. Forse non è così ansiosa di trovare il marito come ha affermato con la stampa. Quando abbiamo parlato, c'era con lei un uomo piuttosto nervoso. Ma ho guardato il girato delle telecamere di Ramsay Silver nei giorni che ci interessano e, se vieni qui, ti mostro la sintesi ».

Così Robin prese la sua tazza di caffè, avvicinò la poltroncina a rotelle a lui e gli si sedette così vicino che Strike sentì una zaffata del profumo che lui stesso le aveva regalato in passato.

« Bene » disse il detective, e aprì il taccuino a una pagina su cui erano elencate le varie ore, sicché guardandolo poteva capire quando fermare le immagini. Premette 'play' e, subito dopo, l'avanti veloce.

« Oh, santo cielo » fece Robin.

« Già » disse Strike.

La qualità delle immagini in bianco e nero era pessima e i contorni di armadietti, tavoli e argenteria del negozio vuoto erano sfocati.

« Sapevo che quella telecamera era un vero catorcio » osservò. Guardando i minuti trascorrere veloci nel piccolo orologio digitale in un angolo dello schermo, aggiunse: « Alle 8.40 arriva Pamela Bullen-Driscoll ».

Premette 'play'. Comparvero in controluce i contorni piuttosto squadrati di una donna dietro la porta a vetri che ne nascondeva i lineamenti. La donna entrò, accese le luci, poi digitò un numero sul tastierino accanto alla porta per disattivare l'allarme. Strike premette di nuovo l'avanti veloce.

«La terza cosa che fa sul tastierino è di aprire la porta nera e scendere nel seminterrato: lo deduciamo dal fatto che quando riappare non ha più la borsa e ha una tazza di caffè in mano. Nel negozio alza le saracinesche» concluse, mentre Robin guardava la donna maneggiare la manovella di metallo. «A proposito, noterai che la saracinesca di destra è difettosa e non copre fino in fondo la vetrina, un'altra falla nella sicurezza che Ramsay non si è curato di colmare riparando o sostituendola. Alle 8.54 arriva la vittima dell'omicidio». Premette di nuovo 'play' e disse: «Ecco William Wright».

Nel girato si vedeva un uomo in giacca e cravatta, sfocato e indistinto quanto Pamela, entrare nel negozio. Il viso era quasi interamente coperto da una folta barba e da un paio di occhiali da sole dalla montatura spessa, che spiccava nonostante la pessima qualità delle immagini. A Robin tornò in mente il commento di Daz, secondo cui Wright sembrava un personaggio di *Indovina chi*. Nel girato della telecamera di sorveglianza, Wright alzava una mano per salutare Pamela, che a quel punto era seduta al banco.

Strike premette di nuovo l'avanti veloce.

«Non è successo niente di interessante, la mattina» disse, mentre Pamela e Wright si muovevano per il negozio con la comica frenesia dell'avanti veloce. «Gli affari non vanno tanto bene. Entrano a curiosare tre clienti, uno solo dei quali compra qualcosa, questo qui» disse, indicando un uomo anziano che andava avanti e indietro tra una vetrinetta e l'altra.

Premette di nuovo 'play' alle 11.46, e con Robin guardò William Wright scrivere una ricevuta per il vecchio.

«È decisamente mancino» notò Robin.

«Proprio così» confermò Strike, premendo di nuovo l'avanti veloce. «Poi, alle 13.03, compare Kenneth Ramsay».

In effetti, a quell'ora arrivò Kenneth Ramsay, che Robin riconobbe per via della chioma argentea.

«È agitato perché pensa che stiano per arrivare gli argenti Murdoch» disse Strike, premendo l'avanti veloce. Sullo schermo Ramsay camminava su e giù gesticolando e scambiando commenti con Pamela e Wright.

Il Ramsay registrato dalla telecamera usciva dal negozio tre volte per esplorare con gli occhi Wild Court nella speranza di vedere il furgone di consegna di Gibsons, ma ogni volta tornava indietro deluso.

«Si trattiene in negozio fino alle 14.14» continuò Strike, «poi decide di non poter prolungare oltre la pausa pranzo e se ne va. Alle 15.15 finalmente compare la roba».

Premette 'play'.

Un omone in tuta si presentò alla porta, e Wright gli aprì. Il fattorino entrò, spingendo un carrello su cui erano state caricate due casse di medie dimensioni e una più piccola.

«Wright prende le prime tre casse» proseguì Strike, mentre Robin seguiva tutte le azioni sullo schermo, «ed esce dal negozio per aiutare l'uomo delle consegne con la cassa più grande, che poi tolgono insieme dal carrello per scaricarla accanto alle altre. Ora guarda questa scena. Il fattorino di Gibsons dice che non è suo compito trasportare le casse altrove».

Sul monitor Pamela gesticolava e l'uomo scuoteva la testa. Poi Pamela firmò il documento di consegna e il fattorino se ne andò.

Pamela tornò di nuovo nel seminterrato.

«È andata ad aprire il caveau» spiegò Strike. «Nota che non lo fa in presenza di Wright».

Guardarono Wright sollevare la cassa più piccola e rimanere ad aspettare che Pamela risalisse. Quando Pamela riemerse dal sotterraneo, Wright scese e Pamela fece una telefonata al cellulare.

«Vedremo il risultato della telefonata di Pamela alle 15.45» disse Strike, premendo di nuovo l'avanti veloce.

Una donna bionda entrò in negozio e diede un'occhiata veloce alle vetrinette. In quattro e quattr'otto Wright sollevò una delle casse di medie dimensioni e la portò nel caveau. La cliente bionda parlò con Pamela, che infilando i guanti bianchi aprì una vetrinetta. Mentre mostrava alla donna piccoli oggetti indistinguibili, Wright risalì dal seminterrato e portò giù la terza cassa.

Alle 15.47 comparve in negozio un secondo uomo. Era quasi calvo, quasi sferico nella forma, e aveva in spalla uno zaino. Anche lui, come il fattorino in precedenza, indossava una tuta. Strike mise in pausa.

«Questo è Jim Todd, l'uomo delle pulizie» disse Strike.

«Come fai a saperlo?»

«Perché, quando gli ho parlato, ha dato per scontato che io sapessi che era stato chiamato in negozio da Pamela perché Wright aveva bisogno di aiuto per portare la cassa più grande nel caveau. Todd era in zona, perché il venerdì pomeriggio fa le pulizie in un ufficio del quartiere. Pamela ha insistito perché lasciasse il suo lavoro un po' prima e la aiutasse da Ramsay».

«Todd non sembra il tipo che solleva grossi pesi» osservò Robin.

«Hai ragione» convenne Strike, premendo di nuovo 'play'. «Guarda qui».

Wright, che era appena risalito dal caveau, assieme a Todd sollevò la cassa più grande, ma era chiaro che Todd faceva una fatica tremenda a sostenere il peso, benché fosse condiviso. Pian piano, procedendo di lato come granchi, si diressero alla scala e scomparvero nel sotterraneo. Pamela era ancora indaffarata con la cliente bionda. Strike premette l'avanti veloce. Nella scena successiva, Wright risaliva dal seminterrato da solo.

«Credo che Todd abbia avuto un piccolo infarto nel sotterraneo» disse Strike. «Continua a guardare».

La cliente bionda non aveva ancora deciso cosa comprare e a Robin tornò in mente il piccolo amuleto sferico d'argento che le era piaciuto. Alla fine Todd ricomparve, massaggiandosi il petto. La bionda se ne andò. Pamela scese la scala del sotterraneo da sola.

«Questo è il momento in cui, quando comincia ad aprire i coperchi delle casse, Pamela si rende conto che nella consegna sono stati scambiati alcuni colli» raccontò Strike. «E sale di nuovo in negozio».

Pamela tornò su, tenendo in mano degli oggetti non identificabili.

«Gli 'oggetti minori' che Pamela aveva acquistato e che sarebbero dovuti andare da Bullen & Co?» chiese Robin.

«Che brava detective sei!» esclamò Strike.

«Trova una borsa per gli oggetti, la dà a Wright e gli dice di portare la roba da Bullen & Co. Lui esce e lei fa un'altra telefonata».

Strike schiacciò di nuovo l'avanti veloce. Pamela finiva la telefonata al cellulare, poi parlava con Todd, che a giudicare dai gesti le diceva di dovere assolutamente andare altrove.

«E lei ribatte che ha ancora bisogno di lui» osservò Robin.

«Già» convenne Strike, «perché Wright non è in grado di trasportare da solo nel caveau il centrotavola, una volta che Bullen & Co lo abbia restituito».

Nel girato della telecamera Pamela scendeva nel seminterrato e ricompariva alle 16.42. Poi tirava fuori qualcosa dalla tasca della giacca.

«Guarda attentamente» avvertì Strike, premendo di nuovo 'play'.

«Un messaggio?» disse Robin, mentre la Pamela dello schermo fissava un oggetto che teneva in mano.

«Credo proprio di sì» disse Strike. «Osserva il linguaggio del corpo».

Pamela restava immobile per quasi un minuto, prima che Todd le dicesse qualcosa. Poi alzava gli occhi a guardarlo. Un'altra animata discussione, dopo di che Pamela indicava il caveau e si batteva la mano destra a taglio sul palmo della sinistra.

«Per ribadire che era suo dovere restare» commentò Strike. «Lui vorrebbe andarsene, ma lei ha bisogno che rimanga ad aiutare Wright a portare giù il centrotavola, nel momento in cui arriverà».

Strike premette di nuovo l'avanti veloce, fermandosi quando l'orologio segnò le 17.06, l'ora in cui Pamela riceveva un'altra telefonata sul cellulare. Con il telefonino incollato all'orecchio, la donna faceva segno a Todd, che usciva dalla porta d'ingresso. Alle 17.09, sia Wright che Todd ricomparivano, barcollanti sotto il peso di un'altra grande cassa.

«Il Centrotavola Orientale è stato consegnato all'attuale compratore» disse Strike, mentre sul monitor i due uomini sparivano vacillando dietro la porta che conduceva al sotterraneo.

Todd risalì dalla cantina reggendo la borsa a tracolla di Pamela. La donna gliela strappò di mano e, parlandogli quando aveva già voltato le spalle, si diresse all'uscita.

«E se ne va» disse Strike, mettendo di nuovo in pausa.

«Uno strano comportamento per una donna che prima era apparsa così meticolosa riguardo alla sicurezza» notò Robin.

«Proprio così. Se l'è squagliata lasciando in negozio due uomini che non avevano i codici e nemmeno le chiavi, o che in teoria non avrebbero dovuto averli».

Strike premette di nuovo 'play'. Jim Todd sembrava in preda a un accesso di tosse.

«È a questo punto che ha avuto l'infarto?» chiese Robin.

«È sopravvissuto, ma credo che questa sfacchinata gli sia costata parecchio».

Strike mandò l'avanti veloce fino alle 17.55.

«Wright ritorna al piano di sopra. Todd se ne va».

«Un attimo» disse Robin, mentre lui metteva subito in pausa. «Ha qualcosa in mano, no?»

Strike riavvolse e premette di nuovo 'play'.

«Sì, ha qualcosa in mano» disse Robin. «Una borsa o roba del genere. La tiene stretta al petto».

«Può darsi» disse Strike. Le immagini erano troppo sgranate perché si riuscisse a distinguere bene. «Abbassa le saracinesche e, come prima, quella di destra non scende fino in fondo alla vetrina. Spegne la luce e se ne va sbattendo la porta».

Strike mise di nuovo in pausa.

«Che cosa ne pensi?» domandò.

«La porta della camera blindata poteva essere ancora aperta. La porta d'ingresso non è stata chiusa nella dovuta maniera. E non è stato inserito l'allarme».

«Ottima analisi» si complimentò Strike.

«Collusione tra Wright e Pamela?»

«È una possibilità. Ora guarda...»

Strike schiacciò ancora una volta l'avanti veloce. Il negozio si faceva sempre più buio a mano a mano che la telecamera riprendeva gli avvenimenti. Le dieci, le undici di sera. Mezzanotte. L'una. Un filo di luce penetrava nella fessura lasciata dalla saracinesca difettosa in una delle vetrine.

Quando l'orologio segnò l'1.10, Strike premette di nuovo 'play'.

Qualcuno stava aprendo la porta del negozio. Nel buio pesto si riusciva a stento a vedere cosa stava succedendo: un lieve bagliore sul vetro della porta, un'ombra che si muoveva nel negozio. La telecamera veniva spenta all'1.11.

« Continua a guardare » si raccomandò Strike.

Tutto nero per un istante, poi l'orologino ricominciava a funzionare alle 3.07 del mattino. Un'ombra si muoveva all'interno del negozio nella direzione opposta a quella in cui si era mossa in precedenza. La figura, pressoché indistinguibile, si fermava accanto all'allarme. La porta si apriva e chiudeva, poi l'ambiente restava vuoto.

Robin prese in mano la tazza di caffè ormai tiepido con una sgradevole sensazione di formicolio alla schiena. Nell'intervallo in cui la telecamera era stata spenta, era stato commesso un assassinio. Le parve di sentire lo sguardo degli uomini le cui foto erano appuntate al pannello di sughero alle sue spalle: in fondo, loro due stavano trattando un avvenimento drammatico come un enigma interessante.

« Questo è tutto, circa la notte dell'omicidio » concluse Strike, mettendo di nuovo l'avanti veloce. « Nel weekend non succede assolutamente nulla: il negozio rimane vuoto per tutto sabato e continua a esserlo la domenica. Poi, lunedì 20, abbiamo un'apertura anticipata. Alle otto di mattina, in maniera che Todd possa pulire prima dell'arrivo dei clienti... »

Guardarono Pamela Bullen-Driscoll comparire di nuovo in controluce e aprire la porta d'ingresso. Todd, in tuta, la seguiva all'interno.

« Todd non ha la chiave » osservò Robin. « Dev'essere presente lei per farlo entrare ».

« Esatto ».

Strike mise in pausa mentre Pamela disinseriva l'allarme.

«O ha dimenticato di non averlo inserito venerdì o sapeva che qualcun altro lo aveva inserito. Non sembra preoccupata o perplessa perché qualcuno l'ha reinserito».

«Perché mai l'assassino lo ha reinserito?» domandò Robin.

«Ottima domanda» replicò Strike. «La riattivazione dell'allarme fa pensare che il colpevole sia qualcuno che lavorava nel negozio o qualcuno che aveva connessioni con uno che ci lavorava. E l'apertura anticipata ha dato a Todd un'ora di tempo per cancellare tutte le impronte digitali del mondo. Ora guarda».

Strike premette di nuovo 'play'. Todd scompariva al piano di sotto. Con l'avanti veloce videro Pamela alzare con la manovella le saracinesche di metallo. Todd risaliva dal seminterrato con un secchio contenente detersivi e cominciava a lucidare le vetrinette e il banco.

«Ed ecco cosa succede alle nove» disse Strike, mentre l'orologio nell'angolo di destra del monitor segnava i minuti crescenti. «Dovrebbe arrivare Wright, ma non arriva. Pamela fa una telefonata: nessuna risposta».

Todd scomparve di nuovo nel seminterrato.

«Sta pulendo l'area della cucina e la toilette. Pamela esce in strada a guardare se da qualche parte spunta Wright, che ormai ha quaranta minuti di ritardo. Torna al banco, fa un'altra telefonata: nessuna risposta. Ed ecco che arriva Kenneth Ramsay».

Robin guardò Ramsay arrivare e poi scendere la scala del caveau. Strike schiacciò di nuovo 'play'.

«Così, fuori dall'occhio della telecamera, Ramsay ha aperto la camera blindata. Immagino che abbia urlato, perché guarda qui...»

Pamela correva verso la scala e guardava giù.

«Poi scende anche lei».

Per due minuti, il negozio rimaneva vuoto. Infine la porta d'ingresso si apriva ed entrava un ometto con la barba e un abito scuro.

«Questo» spiegò Strike mettendo in pausa «è John Auclair, il collezionista a cui Ramsay pensava di rifilare gli argenti Murdoch.

Ho cercato su internet notizie su di lui. È un milionario della pubblicità».

Pamela risalì dal seminterrato, andò barcollando al telefono sul banco e fece una telefonata.

«Chiama la polizia, poi si lascia cadere su una sedia. Presumibilmente dice all'esterrefatto Auclair quello che hanno appena scoperto e, com'è logico, Auclair se la squaglia».

Sullo schermo, videro il tycoon della pubblicità indietreggiare, aprire la porta e scappare via. Strike mise in pausa.

«Il resto non vale la pena guardarlo. Arriva la polizia e succede quello che è perfettamente prevedibile. La porta viene bloccata e Ramsay, Pamela e Todd restano chiusi lì per essere interrogati».

Gli squillò il cellulare. Strike vide, stupito, che era il suo vecchio amico Shanker.

«Come va?» gli chiese.

«Vorrei dirti due parole» rispose lui.

«A proposito di che?»

«A tu per tu».

Come Strike sapeva, Shanker era generalmente allergico alle lunghe conversazioni telefoniche. Preferiva trattare gli affari di persona, perché spesso quegli affari comportavano uno scambio di botte e coltellate.

«Quando?» chiese il detective.

«Presto» rispose Shanker. «Subito».

«Dove ti trovi?»

«Clapham Junction. Bisogna che venga tu da me. Io sono costretto a stare qui. Devo vedere un tipo».

Strike buttò un'occhiata alla finestra. Era l'ennesima giornata gelida e grigia, gli faceva ancora male la gamba e contava molto su quel pomeriggio con Robin, durante il quale sperava, forse troppo ottimisticamente, di avere l'occasione di dichiararsi. Ma Shanker non si faceva mai vivo a vuoto e, se lo chiamava, era per qualcosa che valeva la pena ascoltare.

«Va bene» acconsentì di malavoglia. «Dammi un'ora di tempo».

«Al Falcon» disse Shanker, chiudendo la comunicazione.

«Che cosa vuole?» domandò Robin.
«Che ci vediamo. Subito».
«Perché?»
«Forse ha scoperto che è stato lo spacciatore Dredge a far assassinare Rupert Fleetwood nel caveau».
«Nel qual caso l'enigma sarebbe risolto per l'ora del tè?» chiese Robin con una punta di delusione, perché anche lei era contenta all'idea di passare un pomeriggio con il suo socio.
«Dubito che sia davvero così» disse Strike, sperando di non sbagliarsi, perché aveva bisogno di quel caso.
«Mi piace la tua camicia, comunque» disse Robin. «È nuova?»
«Sì» rispose lui. «Grazie».
Sentendosi leggermente più allegro, passò nell'ufficio esterno per prendere il cappotto dall'attaccapanni.

21

Eppur il mio cuore presagisce
che rischio o morte t'attenda su quel campo
lieto sarei di saperti sano e salvo...

Matthew Arnold
Sohrab and Rustum:
An Episode

Ci vollero quaranta minuti, a Strike, per raggiungere la stazione di Clapham Junction. Per coincidenza, l'ultima volta in cui era stato in quella parte di Londra aveva sorvegliato la prima amante-convertita-in-segretaria-particolare di Due-volte. Nel corso della vita, aveva visto la zona trasformarsi in un quartiere sempre più borghese. Lui si ricordava Clapham Junction all'epoca in cui era piena di banchi dei pegni e loschi garage che smerciavano auto rubate. Ora c'erano un supermercato Waitrose e vari wine bar, e ci abitavano dinamici professionisti che la sera tornavano a passo veloce nelle loro case da oltre un milione di sterline.

Strike conosceva da un pezzo il pub dove Shanker gli aveva dato appuntamento, ma anche il Falcon si era imborghesito. Entrando, vide che le pareti erano rivestite di legno levigato, dal soffitto pendeva un lampadario di vetro colorato e le panche avevano un'imbottitura di pelle appena rifatta. C'era qualcosa di rassicurante, per lui, nel vedere Shanker che, seduto da solo con aria accigliata, schioccava compulsivamente le dita e scoraggiava così, senza sforzo, chiunque pensasse anche solo lontanamente di sedergli accanto. Nascondeva con la barba una cicatrice profonda che andava dal centro del labbro superiore fino allo zigomo e che, in un viso rasato, avrebbe messo in evidenza una bocca arricciata in una sorta di ghigno permanente alla Elvis. Con i capelli tagliati a spazzola e i tatuaggi che gli coprivano le mani e il collo, era sideralmente diverso dagli eleganti clienti che affollavano il bar, alcuni dei quali gli lanciavano occhiate di sguincio con un misto di fascinazione e trepidazione.

Shanker, come sapeva bene Strike, era quasi del tutto amorale, un uomo cresciuto in condizioni che la maggior parte della gente dei Paesi sviluppati avrebbe fatto fatica a comprendere, un mondo in cui la violenza era la realtà quotidiana e l'unica legge era quella della sopravvivenza. L'unica cosa che, contro ogni previsione, aveva creato un legame tra loro era il comune affetto per la donna profondamente instabile che era la madre biologica di Strike e la madre adottiva di Shanker. Era stata lei, Leda, a raccogliere dalla strada l'adolescente Shanker appena accoltellato e a portarselo nella casa occupata abusivamente dove viveva con i suoi figli. A causa della convivenza, i due ragazzi avevano maturato un senso istintivo di rispetto reciproco che era sopravvissuto a una divergenza di interessi in teoria assoluta, e ogni tanto l'uno era ancora capace di essere utile all'altro. Ognuno si sarebbe molto dispiaciuto di apprendere della morte dell'altro, ma spesso passavano mesi o addirittura anni senza che si vedessero o sentissero, ed era assai insolito che Shanker chiedesse a Strike un incontro tête-à-tête, com'era appena accaduto.

«Come va?» gli chiese Strike dopo avere preso una pinta al bar ed essersi seduto al suo tavolo.

«Mi beccherò trentasei mesi se quello stronzo del mio avvocato non si deciderà a muovere il culo» rispose torvo Shanker.

«Ah, sì? Qual è l'imputazione?» domandò Strike, senza disturbarsi a fingersi sorpreso. Era da una vita intera che Shanker entrava e usciva di prigione.

«Ostruzione alla fottuta giustizia. Un mucchio di cazzate. E Alyssa mi ha sbattuto fuori di nuovo, cazzo».

«Mi dispiace» disse Strike.

Non sapeva che già in passato la compagna di Shanker aveva deciso che la sua vita domestica avrebbe funzionato meglio senza di lui, ma certo la notizia non lo stupiva.

«Come sta Angel?» chiese, sapendo che la figlia maggiore di Alyssa aveva la leucemia.
«Sta bene».
«Ne sono felice».
«Già» fece Shanker, imbronciato. «Voglio bene a quei bambini. Cazzo, voglio bene anche a lei, a quella stronza».
Bevve qualche sorso di birra.
«Era di questo che mi volevi parlare?» chiese Strike. «Perché, sai, non sono molto esperto di questioni sentimentali».
«No» rispose Shanker. «So cosa fare riguardo a quella stronza di Alyssa».
«Ah, sì, cosa?» domandò Strike, pronto a contrastare ogni piano di vendetta o intimidazione che Shanker meditasse di attuare contro una madre single la cui figlia maggiore aveva avuto una grave malattia.
Ma Shanker rispose: «Gioielli».
«Gioielli?» si stupì Strike.
«Ho avuto la soffiata dal mio vecchio, prima che si rimbambisse» spiegò Shanker. «Le donne non dicono mai di no a un gioiello. È l'unica cosa giusta che il mio vecchio mi abbia mai detto. Le donne non lo buttano via, il gioiello, e pensano a te ogni volta che lo guardano».
«Un saggio consiglio» commentò Strike.
«Tu potrai anche riderne, cazzo, ma il vecchio ha avuto figli da dieci donne diverse».
«Regalando gioielli a tutte?»
«Be', aveva anche un uccello lungo venti centimetri» disse Shanker, e Strike rise.
«Allora perché sono qui, per Dredge, lo spacciatore?»
«Eh sì» fece Shanker, come se gli fosse venuto in mente solo in quel momento. «Dredge non ha ucciso quel ragazzo. Cercava solo di intimidirlo. Il ragazzo gli ha dato duemila sterline in contanti e Dredge ha rinculato».
«Ehi, un attimo, che cosa?»
«Quel ragazzo» fece spazientito Shanker. «Fleetcomesichiama, il tipo che pensavi fosse morto. Non è morto. Ha dato a Dred-

ge duemila sterline perché non gli stesse più addosso, e Dredge non gli è stato più addosso. Non è stato mica Fleetcomesichiama a fregare Dredge, sai? È stato il suo amico, che se l'è squagliata in Africa».

«Dici sul serio? Rupert Fleetwood ha dato a Dredge duemila sterline perché lo lasciasse in pace?»

«È quel che t'ho appena detto, no?»

«Sì» riconobbe Strike. «Be', buono a sapersi».

«Però non è per quello che ti volevo vedere» disse Shanker, abbassando la voce.

«Davvero? Perché volevi vedermi, allora?»

«Volevo farti un favore».

Strike prese un sorso di birra e aspettò, incuriosito.

«Stai ficcando il naso dove non dovresti, Bunsen».

Strike lo guardò perplesso.

«Che cosa significa?»

«Significa» rispose Shanker abbassando ancora di più la voce «il morto nel caveau».

Lì per lì, Strike rimase senza parole per la sorpresa. Non gli aveva detto niente del cadavere rinvenuto da Ramsay Silver, ma solo che voleva scoprire se Fleetwood era stato ucciso o malmenato da Dredge.

«Come cazzo fai a sapere che sto investigando su quello?»

«Si dice il peccato, non il peccatore».

Strike lo fissò.

«Era Knowles?»

Shanker alzò le sopracciglia.

«Era Knowles, vero?» insistette Strike.

Shanker rimase zitto.

«E basta con questo atteggiamento di merda!» esplose Strike, spazientito.

«A cosa ti riferisci?» replicò Shanker con una certa indifferenza.

«A *questo*!» sbottò Strike. «Al fatto che alzi le fottute sopracciglia e non ti pronunci se non per dire che 'si dice il peccato, non il peccatore'».

Per quanto fin dall'inizio fosse apparso di malumore, Shanker sorrise.

«Ti conviene mollare, Bunsen».

«*Cazzo, ma allora, era Knowles o no?*»

Con aria distratta, Shanker schioccò le dita. Alla fine scosse la testa.

«No».

«Non era Knowles?»

«No».

«Knowles è ancora vivo?»

«Certo che no, cazzo!» si spazientì Shanker. «Era un drogato e si è beccato quel che si meritava. Ma non era in nessun merdoso negozio di argenti».

Strike lo fissò. C'erano molti argomenti su cui Shanker era straordinariamente ignorante – la geografia di qualunque area non fosse la Grande Londra, come funzionava il fisco, chi faceva le leggi – ma la sua conoscenza della malavita organizzata londinese non aveva pari. L'avvertimento generico lasciato da qualcuno in segreteria telefonica acquisiva adesso una connotazione piuttosto diversa.

«Perché mi consigli di non ficcare il naso, se non era Knowles? Lynden non vuole che indaghi sulla faccenda?»

Shanker si protese verso di lui e, a voce ancor più bassa di prima, sussurrò: «Senti, Bunsen, Lynden pensa sia strano che gli sbirri credano che fosse Jason. Perché mai Lynden avrebbe dovuto infilare Jason nella merdosa cassaforte di un merdoso negozio di argenteria? Perché complicarsi la cazzo di vita più di quanto il caso di Jason non meritasse?»

«Questa è una cosa che per la verità ho pensato anch'io» ammise Strike.

«Ecco, vedi che quando vuoi non ragioni alla cazzo di cane?»

«Allora dov'è Knowles, adesso?»

«Da Barnaby» rispose Shanker, con un sorriso truce.

«Che cazzo è 'Barnaby'?»

«Si dice il peccato, non il peccatore».

«Se non era Knowles, perché mi dai questo avvertimento? Perché Lynden Knowles non vuole che dimostri che il cadavere *non era* quello di suo nipote? »

« A Lynden non frega un cazzo né che dimostri né che non dimostri niente » scrollò le spalle Shanker. « Anche se trovassero quel che resta di Jason, non potrebbero attribuire a lui l'omicidio. È proprio questo lo scopo di Barnaby ».

« Ma allora perché...? »

« Perché » rispose Shanker in un vero e proprio bisbiglio « il tizio nella cassaforte era un servizio ».

« Un servizio? »

« Sì » disse Shanker, « e non devi ficcare il naso nei cazzi del tipo che l'ha commissionato, è chiaro? »

« Sai chi l'ha commissionato? »

« Qualcosa so » rispose Shanker.

« Chi è? »

« Non lo conosco personalmente ».

« Conosci il tizio che ha commesso l'omicidio? »

« Noi ci conosciamo da tanto, Bunsen, ma tu stai dal tuo lato della strada, io dal mio. Capisci cosa intendo? »

Strike lo guardò negli occhi e rimase zitto.

« Non lo conosco bene » proseguì Shanker. « Abbiamo conoscenze in comune ».

« E dunque? »

« E dunque si è reso uccel di bosco. Una mossa intelligente, per uno come lui ».

« Perché, di solito non è intelligente? »

« È uno schizzato. Uno che spiffera. Ma ha fatto un lavoro eccellente » commentò Shanker con stima professionale. « Ho sentito dire che ha guadagnato una barca di soldi per il servizio ».

« Ma ha parlato, altrimenti tu non avresti saputo che era stato lui a commettere l'omicidio ».

« Eh, sì, t'ho detto che spiffera ».

« Dunque, perché è stato ucciso il tizio nel caveau? »

Shanker vuotò il bicchiere.

« Ho sentito dire che calcolava di fare un sacco di soldi facili e non ha capito con chi aveva a che fare ».

«Frodi?» chiese Strike. «Ricatti?»

«Tu il sale in zucca ce l'hai, no, Bunsen?» replicò Shanker con aria di apprezzamento.

«Vuoi ancora da bere?»

«Perché no».

Strike andò a prendere altre due pinte di birra al banco, tutto addobbato con fronzoli dorati. Era così preso dal colloquio con Shanker che non si era nemmeno accorto del sottofondo musicale natalizio.

Hither, page, and stand by me,
If thou knowst it, telling
Yonder peasant, who is he?
Where and what his dwelling?

«Come hai saputo che stavo investigando sul caso?» domandò dopo essere tornato a sedersi.

«Ti hanno visto» disse Shanker. «Visto dove non avresti dovuto essere. E la voce è circolata e il pezzo grosso che aveva commissionato il servizio non è contento che tu ficchi il fottuto naso nella faccenda. È tutto quel che so».

«Senti, Shanker, se c'è un secondo Lynden Knowles che mi dà la caccia, devo saperlo. Non riguarda solo me, ma anche Robin e il resto dell'agenzia. Che cosa c'è in ballo, esattamente, in questa faccenda?»

«Cerca di capirlo da solo. Pensa a dov'è avvenuto il fatto».

Si guardarono negli occhi. Strike si accorse che Shanker non batteva ciglio né rideva.

«Ti prendi gioco di me? Non penserai che i massoni vogliano farmi fuori?»

«Sai qual è il tuo problema, Bunsen?» fece Shanker, aggrottando la fronte. «Sei di un'ingenuità pazzesca. Credi che siccome uno ha un sacco di soldi e gira in giacca e cravatta e non è mai stato colto con le mani nel fottuto sacco per nessuna fottuta cosa non sia capace di...?»

«No, non penso questo, ma...»

«Credi che un uomo che ha tanto da perdere, e paga un sacco di soldi per liberarsi di un tipo che ha le prove delle sue malefatte, e la passa liscia, sia contento quando viene a sapere che tu stai ficcando il naso nella faccenda? Ormai sei famoso, sai, Bunsen?» concluse con una certa ammirazione.

«Va bene, visto che hai fatto trenta, fai trentuno e dimmi chi è questo pezzo grosso della massoneria».

«Non posso, t'ho detto. Non conosco il suo nome».

«Non è che presumi sia massone per il semplice fatto che il delitto è avvenuto in un negozio che vendeva oggetti massonici?»

«No» rispose Shanker, stavolta spazientito. «Ti sto spiegando che è un cazzo di massone. L'ha detto il tizio che ha fatto il servizio. Il pezzo grosso è massone, ha un mucchio di soldi e ha gente che fa i lavori sporchi per lui».

Shanker sorseggiò la birra, mentre a Strike tornarono in mente le parole di Mandy in St George's Avenue, quando aveva detto che forse sarebbe venuto qualcuno a cercare Wright o «avrebbe potuto mandare qualcuno».

«Non conosci il nome del massone?» domandò Strike.

«Cazzo, ma quante volte devo ripetertelo?»

«Sai chi era la vittima?»

«No, so solo che aveva delle prove contro il massone e che per questo è stato eliminato».

«Il killer non si fa per caso chiamare 'Oz'?» chiese Strike, tirando a indovinare.

«Come il cazzo di mago?»

«Sì».

«Non mi risulta proprio».

Shanker buttò un'occhiata verso la porta, a destra.

«Ora devo andare, Bunsen».

Strike si guardò intorno. Un uomo grande e grosso, con ancora più tatuaggi di Shanker, era appena entrato nel pub.

«È tutto quel che sai?» domandò Strike.

«Tutto quel che so» rispose Shanker, alzando una mano per segnalare la propria presenza all'omone tatuato sulla porta.

«Va bene» disse Strike, alzandosi. «Grazie dell'avvertimento».

Finì la pinta al bar, poi uscì dal Falcon senza voltarsi a guardare Shanker o il suo socio in affari.

In tutta la vita, Shanker non lo aveva mai volontariamente messo fuori strada: aveva sempre preferito dirgli chiaro e tondo « Fatti i cazzi tuoi » le volte in cui lui gli aveva rivolto domande troppo indiscrete. Strike doveva quindi prendere molto sul serio l'ipotesi che lui e Robin si fossero involontariamente imbattuti in un crimine che non era stato scoperto finché loro due non erano arrivati sulla scena a complicare le cose.

Si alzò il bavero per difendersi dal freddo, poi rimase per qualche istante fermo a svapare e riflettere sulla prossima mossa. Una cosa, in particolare, che gli aveva detto il suo vecchio amico gli aveva fatto venire un'idea. Rimettendo la sigaretta elettronica nella tasca del cappotto, s'incamminò non verso Denmark Street, ma verso Wild Court.

22

Ma soprattutto la grande, difficile domanda: «Chi?»
John Oxenham
A Maid of the Silver Sea

Quella sera, Strike telefonò a casa di Robin per informarla che Rupert Fleetwood era riuscito in qualche modo a raggranellare duemila sterline per tacitare lo spacciatore con cui il suo compagno di appartamento aveva un debito di droga, e che Shanker gli aveva consigliato di lasciar perdere l'indagine sul cadavere nel caveau. Murphy era a cena da lei e l'appartamento era troppo piccolo perché non udisse tutto quello che Robin diceva: solo se lei si fosse chiusa in bagno avrebbe avuto sufficiente privacy. Siccome fingere di dover fare una doccia al primo squillo del suo socio avrebbe dato a Ryan buoni motivi per insospettirsi, Robin rispose a Strike con monosillabi e non disse niente che lasciasse intuire l'argomento.

Per fortuna di Robin, che già rimuginava su quanto aveva appena saputo, Murphy non le fece domande. Era chiaramente stanco e depresso e, seduto sul divano, guardava il telegiornale. Il *Mail* di martedì era uscito con due pagine d'intervista alla madre dei ragazzini che erano stati colpiti durante la sparatoria tra gang, e a quella erano seguiti, nei giorni successivi, articoli di altri quotidiani. Per la prima volta Robin, con il resto della popolazione che leggeva il giornale, aveva appreso che all'inizio l'ex compagno della madre dei due bambini era stato arrestato e che questo – come si insinuava – aveva fatto perdere ore e giorni che avrebbero potuto essere spesi per cercare i veri colpevoli, di cui nel frattempo si erano perse le tracce.

Ancora una volta Robin, intuendo che Murphy non gradiva domande né espressioni di solidarietà, non aveva nominato l'articolo del *Mail* e nemmeno i vari altri pezzi pubblicati altrove, ma non si poteva non sospettare che Ryan avesse avuto una parte nella falsa partenza dell'indagine. Sapendo bene quanto Ryan fosse stato gentile e comprensivo con lei dopo che era emersa dal lungo periodo di confinamento a Chapman Farm, per non parlare della sua sollecitudine quando era stata ricoverata in ospedale, avrebbe voluto sostenerlo di più e alleviargli la tensione e, forse, il senso di colpa. Mangiarono le lasagne che lei aveva comprato e riscaldato e, siccome la mattina dopo dovevano alzarsi molto presto tutti e due, andarono a letto alle nove e mezzo. Non facevano l'amore da quando Robin era stata dimessa dopo la gravidanza ectopica, ma Murphy le passò il braccio intorno alle spalle e la baciò sulla testa.

«Quanto sono fortunato ad avere te» disse.

«Anch'io sono fortunata ad avere te» disse lei, restituendo il bacio.

Appena Ryan voltò le spalle e acquisì il respiro lento del sonno, Robin rimase sveglia al buio a rimuginare sulla telefonata di Strike e le sue possibili conseguenze. Il suo vero desiderio sarebbe stato di scendere dal letto e richiamare il socio, ma siccome non voleva svegliare Murphy, rimase dov'era e alla fine si addormentò. Sognò che era con Strike all'interno di Ramsay Silver e che per qualche misterioso motivo il negozio era pieno di pupazzi di peluche anziché di spade e grembiuli massonici.

Alle nove del giorno dopo, era di nuovo a Camberwell, a sorvegliare la casa in cui Plug viveva con l'anziana madre. Aveva intravisto la vecchia signora da una finestra del pianterreno, e provato un moto di pietà: appariva preoccupata e borbottava fra sé. Poi, cinque minuti dopo che lei era arrivata, il figlio quattordicenne di Plug, che avrebbe dovuto essere a scuola, era uscito di corsa dalla casa con aria terrorizzata e si era messo a camminare in fretta lungo la strada. Robin aveva solo una frazione di secondo per decidere se continuare a sorvegliare la casa o seguire il ragazzo, e decise di seguire lui.

Provava per il figlio di Plug quasi altrettanta pena che per la vecchia madre. Non solo il ragazzo aveva ereditato le enormi orecchie e il prognatismo inferiore del padre, ma sembrava solo, infelice e spesso anche spaventato. Poteva ben immaginare che non fosse divertente, per un quattordicenne, essere stato portato via da Haringey e costretto a vivere con una nonna malata di Alzheimer e un padre che lo prendeva sempre a male parole. Il ragazzo camminava molto veloce, a volte mettendosi addirittura a correre, e Robin aveva la sensazione che, qualunque fosse la sua incombenza, gli fosse stata assegnata dal padre. Ben presto le venne una sorda fitta al fianco, e pensò che forse era ancora la ferita chirurgica a dolerle. Le tornò in mente la lettera del medico di famiglia e il check-up che continuava a non fare.

Seguiva il ragazzo da un quarto d'ora, quando le squillò il cellulare.

«Hai un attimo di tempo?» le chiese Strike.

«Sì» rispose lei, cercando di non ansimare. «Sto seguendo a piedi Plug junior. Tu dove sei?»

«Da Liberty» rispose lui, e a Robin tornò subito in mente il suo trentesimo compleanno, quando Strike l'aveva portata in quel grande magazzino di lusso e le aveva comprato il suo profumo preferito, prima che fatalmente andassero al bar del Ritz. «La Signora C è dal parrucchiere».

«Non sapevo che da Liberty ci fosse anche il parrucchiere».

«Non lo sapevo nemmeno io, e adesso sono costretto a stazionare nel reparto abbigliamento femminile come un maniaco» disse Strike, spostandosi per permettere a un gruppo di donne di esaminare file di vestiti larghi e flosci, con fantasie floreali sgargianti, che gli parevano di straordinaria bruttezza.

«È Natale» disse Robin. «Bisogna far vedere che si comprano regali. Bisogna *comprare* regali».

«Non qui dentro» disse Strike.

«Perché?»

«Non... non posso».

La musica, l'incredibile scelta di prodotti, la folla, il non sapere assolutamente cosa potessero volere le donne cui doveva fare il regalo di Natale: Strike avrebbe preferito farsi devitalizzare un dente. Almeno, il dentista avrebbe agito in silenzio praticandogli l'anestesia.

«Sembreresti meno strano, in quel reparto, se avessi una borsa della spesa. Per chi compri, tu, uomo che conosce tante donne?»

«Per Lucy e Prudence. Pensavo di non prendere niente a Prudence, ma mi ha invitato al loro pranzo di Natale. Non posso andare, però l'invito significa probabilmente che ha un regalo per me».

«Quando ha cominciato, la Signora Due-volte, la sua seduta dal parrucchiere?»

«Cinque minuti fa».

«Allora hai davanti almeno due ore e mezzo».

«Come fai a saperlo?»

«Perché deve fare due distinte tonalità di colpi di sole».

«Ti ho chiamato per parlare di Shanker e di quella telefonata anonima in ufficio, che adesso comincio a prendere molto più sul serio di prima».

«Possiamo parlarne mentre scendi a pianterreno» disse Robin.

«Perché dovrei scendere a pianterreno?» chiese Strike, dirigendosi ugualmente verso la scala mobile.

«Per prendere una borsetta e una sciarpa per Lucy e Prudence».

«Sono sicurissimo che hanno già borsette e sciarpe» replicò lui.

«Dio, sei tremendo!» esclamò Robin. «Credo che Plug junior stia andando nell'area recintata in cui è andato suo padre l'altra sera» aggiunse, continuando a guardare il ragazzo davanti a lei.

«Magari il coccodrillo, o qualunque sia l'animale che tengono nel capannone, è scappato sfondando le pareti a morsi» disse Strike. «Esco dal grande magazzino, in maniera da poter seguire il filo dei miei pensieri e parlare in santa pace di Shanker».

«Va bene» disse Robin, «ma dopo...»

«Dopo comprerò qualcosa, d'accordo» sospirò lui.

Si fece strada nell'affollato reparto cartoleria e finalmente, con sollievo, uscì sul marciapiedi e tirò fuori la sigaretta elettronica.

«Allora» disse, mentre Robin continuava a pedinare il ragazzo e sentiva una fitta sempre più forte al fianco. «Ho chiamato Decima e le ho detto che siamo praticamente sicuri che Fleetwood si sia liberato dello spacciatore Dredge allungandogli dei soldi in contanti. Lei non ci crede o, per meglio dire, è convinta che questo dimostri che Fleetwood ha venduto la nave a Kenneth Ramsay, e che Dredge lo ha ucciso lo stesso per mandare un avvertimento a Zacharias Lorimer.

«Ho chiamato anche Wardle per dirgli che, secondo il nostro contatto con il mondo del crimine, il corpo di Jason Knowles è andato da 'Barnaby', di qualunque persona o cosa si tratti, e che il cadavere nel caveau di Ramsay Silver non è quello di Jason Knowles».

«Ottimo!» disse lei, che da tempo era preoccupata per le informazioni in loro possesso che non avevano ancora trasmesso alla polizia. Per fortuna, Murphy non avrebbe mai scoperto nemmeno da dove provenissero. «Non avrai detto a Shanker dell'agente in borghese che...»

«Cazzo, no, certo che no!»

«Scusa» si affrettò a dire Robin. «Scusa, è ovvio che non l'hai fatto, non so perché te l'ho chiesto».

Ma sapeva benissimo perché glielo aveva chiesto: viveva nella paura paranoica che il suo uomo scoprisse quanto lei e Strike si immischiassero in questioni che non li riguardavano.

Plug junior aveva rallentato il passo per rispondere a una telefonata, e Robin rallentò a sua volta. Ormai aveva un dolore lancinante al fianco destro.

«In realtà ti ho chiamato perché secondo Shanker questo è un delitto su commissione e chi l'ha ordinato sa che stiamo indagando, o meglio che *io* sto indagando. Shanker non ha menzionato te».

«Dove pensi che ti abbiano visto e abbiano quindi capito che stavi indagando?»

«Immagino da Ramsay Silver o in St George's Avenue» rispose Strike.

Sopra un voltone alla sua sinistra, vide un orologio riccamente ornato con un San Giorgio meccanico e, sopra, il drago. La scritta in caratteri dorati, sotto, diceva:

Nessun minuto passato tornerà più. Sii vigile e cerca di non fare nulla invano.

A Camberwell, il figlio di Plug stava aprendo la porta dell'area recintata e Robin, con sollievo, si rifugiò accanto a una cassetta della posta.

«La faccenda si fa sempre più strana e torbida» disse Strike. «Se accettiamo la premessa che un massone ricco e potente abbia fatto ammazzare uno che lo ricattava, perché di solito le vittime di un ricatto tendono a volere morto il ricattatore, non vedo un motivo al mondo per cui l'omicidio avrebbe dovuto essere commesso da Ramsay Silver. Anzi, verrebbe da pensare che un massone dall'intento omicida voglia tenere l'intera macabra operazione il più possibile lontana da un negozio che vende oggetti massonici. E perché cazzo avrebbe dovuto ordinare di avvolgere il cadavere in una fascia massonica?»

«E se Wright fosse stato davvero il ricattatore di un ricco massone, perché mai sarebbe dovuto andare a lavorare per un altro massone?» aggiunse Robin, guardando Plug junior precipitarsi verso la porta del capannone chiusa col lucchetto.

«Infatti. L'intera vicenda sembra inventata da un complottista. Pare l'intreccio di un film di serie B».

«Ma Shanker non è un complottista».

«No di certo» osservò Strike, scandendo bene le parole. «Però, se porti Shanker nel campo delle trame dei ricchi e potenti nel mondo rispettoso della legge, il suo discorso fa presto a diventare fantastico. Non lo convincerai mai che chi ha conseguito potere e ricchezza senza violare la legge non sia in realtà un cattivo, ed è convintissimo che esistano società segrete e influenze nascoste a cui persone come lui non hanno accesso». Intuendo quello che Robin stava per dire, continuò: «Sì, lo so che c'è chi gode di vantaggi ingiusti e che esistono reti di vecchi amici che si fanno piaceri a vicenda, ma quello che crede Shanker va molto al di là di questo. Se tu gli dicessi che il primo ministro ruba metà degli introiti dell'erario e li mette sul proprio conto in banca, Shanker ti direbbe che sei un fesso a crederci, perché in realtà ne ruba i tre quarti. In sostanza, è convinto che tutti siano disonesti come lui, e che i leader politici e i miliardari del mondo intero cospirino tra loro per malversare facendola franca».

«Non può pensare che *tutti* siano disonesti» replicò, comprensibilmente, Robin. «Ti conosce».

«Accetta l'idea che saltino fuori ogni tanto scherzi della natura come me, ma è più ingenuo di quanto si pensi appena si esce dalla sfera delle sue competenze».

«Pensi dunque che Shanker abbia preso un abbaglio e che abbia detto un mucchio di sciocchezze?»

«Afferma di sapere chi è il killer. È uno, dice, che non sa tenere la bocca chiusa e ha dunque parlato, vantandosi di averla fatta franca. Dobbiamo prendere questo discorso molto sul serio. Poi c'è stata anche quella telefonata in agenzia. Può darsi sia stato uno sciroccato che ha chiamato a caso, ma può anche darsi di no».

«Vuoi lasciar perdere?» chiese Robin e, appena fatta la domanda, si stupì di sentirsi infelice al pensiero.

«No» rispose Strike. «Sono sempre più interessato al caso, ma non dipende solo da me. Ecco perché ti ho chiamato».

«Be', se Shanker ha ragione, il rischio c'era già, no? Chiunque abbia ucciso Wright, fin dall'inizio non è stato contento che noi stessimo indagando, ti pare? Francamente, non credo che saremmo in minor pericolo se rinunciassimo. Non possiamo trasmettere loro il messaggio che ci ritiriamo in buon ordine. Anzi, è molto meglio sapere che ci stanno addosso, così ci premuniamo».

«È esattamente quello che penso anch'io» disse Strike. «Che cosa sta facendo Plug junior in questo momento?»

«È dentro il capannone».

La fitta all'addome, in basso a destra, era acutissima. Per la prima volta, Robin pensò che le convenisse fissare l'appuntamento col suo medico. In precedenza, ignorare i sintomi l'aveva portata direttamente ai problemi che aveva vissuto di recente. L'atteggiamento responsabile era di fare il check-up. Desiderosa di distrarsi, chiese: «Hai seguito il processo a Patterson?»

«Sì» disse Strike. «Finora non è molto avvincente, vero? Speravo che lo avrebbero definito un coglione e gli avrebbero dato dieci anni».

«Forse diventerà più interessante quando sarà lui a salire sul banco degli imputati. Non torni da Liberty a comprare qualche regalo?»

«E va bene» sospirò Strike, tornando nel negozio, dove fu accolto da un soffione d'aria calda e da *Jingle Bell Rock*. «Come faccio a capire quali sciarpe devo prendere?»

«Be', Prudence ama i colori classici» disse Robin, sempre fissando il capannone in lontananza. «Panna, blue oltremare, nero. Niente di multicolore o di hippy, chiaro? Lucy, invece, sta bene con i colori pastello, perciò orientati verso cose chiare e non prendere niente di sgargiante o pacchiano».

«Come fai a sapere queste cose?» domandò Strike, sinceramente colpito.

«Come faccio a sapere che cosa dona alla gente?»

«Come fai a sapere tutto quello che mi hai detto» rispose lui, che si trovava adesso davanti a un'incredibile gamma di sciarpe di differenti disegni e dimensioni. «Per esempio come puoi ricordare quali colori porta Prudence?»

«Me lo ricordo per lo stesso motivo per cui tu ricordi la leggenda di Haram Abif. Ascolta, so che non ti piacerà, ma credo che dovremmo comprare dei regali di Natale anche per il personale dell'agenzia».

«Cazzo, no!» gemette Strike.

«Fa bene al morale e una volta tanto abbiamo una squadra fantastica» insistette Robin. «Dovremmo far vedere quanto la apprezziamo».

«Non intendo comprare altre sciarpe» dichiarò deciso Strike.

«Non occorre che tu lo faccia» replicò lei. «Pensavo a bottiglie di vino e liquore, oppure a buoni da spendere nei negozi». Poiché non dubitava che Strike non avesse la più pallida idea di cosa regalare a lei, come non aveva idea di cosa regalare alle sorelle, aggiunse: «Se pensi a una sciarpa per me, mi piacciono l'azzurro e il verde».

«Troppo tardi, ho già scelto il regalo per te» disse Strike. «Ora devo andare, non riesco a sentire un cazzo con questo baccano. Ci sentiamo dopo».

Chiuse la comunicazione, lasciando Robin leggermente sorpresa.

23

Quando giovinezza non più sia accanto...
quale mai affanno sta lontano,
quale mai pena non è presente?
Invidia, rivolta, contese, battaglie
e stragi...

Sofocle
Edipo a Colono

Anche se il caso del Signor C era stato risolto, il fatto che fosse stato accettato Due-volte significava che l'agenzia lavorava di nuovo al massimo della sua capacità. Nei giorni successivi, quindi, Strike e Robin si videro solo di passaggio e si comunicarono solo per messaggio o per telefono che nessuna delle persone contattate per informazioni sul caso del caveau aveva risposto.

«È Natale e la gente è indaffarata o fa visita alla famiglia» ricordò Robin a Strike il lunedì.

Nonostante la mancanza di risposte, c'erano stati sviluppi in due questioni di comune interesse, entrambe prive di relazioni con l'assassinio di William Wright. Il primo era consistito in due giorni di grande eccitazione per il caso Patterson, di cui parlavano estesamente i giornali. Il martedì Farah Navabi era salita sul banco dei testimoni e si era prodotta in una recita straziante e molto d'effetto. Scoppiando in singhiozzi, tanto che un giudice premuroso le aveva chiesto se volesse interrompere un attimo la deposizione per avere il tempo di ricomporsi, la bella Navabi aveva deliziato la corte raccontando come fosse stata incessantemente intimorita, intimidita e sessualmente molestata dal suo capo, e aveva confessato di aver messo le microspie nello studio legale solo perché Patterson l'aveva minacciata di grave rappresaglia se non avesse fatto ciò che le era stato ordinato.

«Non so dirvi quanto me ne sia pentita» aveva singhiozzato. «Andrew Honbold è un brav'uomo, un uomo degnissimo, mentre Mitch mi aveva convinto che fosse un mostro».

«Come avevo previsto» disse Kim Cochran quella sera, con un sorrisetto durante un passaggio di consegne che Strike si premurò di rendere breve, «la Navabi ha preso in affitto un ufficio in Belsize Park e ci ha già accolto un sacco di clienti di Patterson».

Il mercoledì Patterson, un omone alto, con spalle larghe e viso butterato e rugoso, nel tragitto tra l'auto e il tribunale fu inseguito dai paparazzi. La sua deposizione, divulgata da molti giornalisti con tweet in tempo reale, diventò subito un meme, in quanto Patterson urlò in continuazione la frase: «È totalmente, completamente falso». Quando alla fine gli fu permesso di lasciare il banco dei testimoni, l'aveva ripetuta quarantasette volte e nessuno, con la possibile eccezione dello stesso Patterson, si stupì quando la mattina dopo fu giudicato colpevole con sentenza rimandata all'anno nuovo.

A Strike tutta la storia sarebbe piaciuta molto di più se non avesse scoperto, sul sito di notizie dove aveva letto della condanna di Patterson, un pezzo velenosissimo su di lui scritto da Dominic Culpepper. Proprio come temeva, Nina aveva senza dubbio detto a suo cugino che era stato Strike a sorvegliare sua moglie al Dorchester.

Qualche mese prima un'altra testata aveva cercato di pubblicare un articolo in cui Strike era definito un donnaiolo come suo padre, che aveva regolarmente rapporti sessuali con le clienti e che era andato a letto con una donna legata sentimentalmente proprio con l'avvocato nel cui ufficio Mitch Patterson aveva messo le microspie. L'articolo non era mai stato pubblicato perché, curiosamente, proprio Charlotte aveva detto di no a chi le chiedeva di sputtanare Strike a mezzo stampa, e anzi aveva telefonato alle amanti di lui che conosceva per assicurarsi che nessuna di loro parlasse.

Ma la sottile barricata che Charlotte aveva eretto per proteggerlo era stata abbattuta dalla rabbia di Culpepper e dal risentimento di Nina. Il giornalista non aveva più avuto bisogno di citare le ex amanti che avevano rifiutato di parlare la volta precedente, perché era stata sua cugina, Nina, a fornirgli le citazioni anonime con cui era riuscito a elaborare il ritratto di un uomo laido e senza scrupoli che usava le donne per ottenere ciò che gli serviva, un parassita libidinoso che, come Patterson, razzolava tra i rifiuti e approfittava della miseria umana per manipolare cinicamente persone di buon cuore. Culpepper aveva anche riesumato la storia delle origini di Strike: come molti sapevano, il detective era stato concepito, nel 1974, su un pouf poltrona a una festa dove circolavano molta droga e molti personaggi famosi. Inoltre, aveva trovato anche qualcun altro pronto a parlare ufficialmente delle luride pagliacciate dei detective privati: Lord Oliver Branfoot.

Strike non aveva mai conosciuto Branfoot, ma sapeva com'era e come parlava perché era uno di quei personaggi pubblici che riuscivano a penetrare nella mente delle masse come un invisibile gas venefico. Rampollo di una famiglia nobile, educato al Marlborough College, era un uomo grasso e trasandato, noto soprattutto per la erre moscia. Già deputato conservatore, ora presiedeva varie istituzioni benefiche e commissioni politiche, aveva sempre la battuta pronta per i giornalisti, infarciva di citazioni latine la conversazione e sfruttava fino in fondo una debolezza tipicamente inglese: la simpatia per un riccastro che sembra disposto a ridere di se stesso e ama partecipare ai quiz comico-giornalistici sulle notizie di attualità, dove recita istrionicamente la parte dell'aristocratico gioviale e imbranato. Benché non sapesse perché Branfoot volesse associare il proprio nome allo sputtanamento di un uomo che non conosceva, Strike pensò che c'era almeno una ragione evidente per cui aveva inveito sui giornali contro l'attività dei detective privati, che a suo dire avrebbe dovuto essere regolata da norme molto più severe.

Strike non si faceva illusioni sulla probabile traiettoria della furia di Dominic Culpepper: quell'articolo, sospettava, era il primo sparo di una battaglia che si prefigurava come un'articolata vendetta. Provò il forte desiderio di chiamare Robin, perché di solito il suono della sua voce lo aiutava a sopportare meglio qualunque situazione odiosa gli capitasse di fronteggiare, ma era possibile che lei non avesse ancora visto l'articolo, e gli sembrava davvero folle attirarvi l'attenzione di lei, prima che lo vedesse.

Robin, invece, aveva già letto il pezzo in cui Culpepper attaccava ferocemente il suo socio. Come Strike, infatti, aveva scorso su internet la cronaca della condanna di Patterson e aveva visto anche l'altra cronaca, su cui stava meditando mentre, seduta a pranzo al bar del Rosewood Hotel, guardava la moglie di Due-volte, con la sua splendida acconciatura, sorseggiare un cocktail in compagnia di un'amica.

Strike si sarebbe forse leggermente rincuorato se avesse saputo che Robin non aveva provato, davanti alle accuse e alle insinuazioni, l'orrore che Culpepper aveva sperato di suscitare nei suoi lettori.

Negli ultimi sei anni e mezzo, nessuno aveva lavorato a più stretto contatto di lei con Cormoran Strike e sarebbe stata pronta a giurare che, quali che fossero i suoi difetti, non c'era tra questi l'abitudine ad andare a letto con le clienti, sebbene varie divorziate e divorziande (si ricordava in particolare l'affascinante Miss Jones) avessero fatto inequivocabilmente capire di essere del tutto disponibili. Robin aveva anche notato che nell'articolo non era citata nessuna ex cliente, nemmeno in maniera anonima.

Tuttavia una donna a lei sconosciuta, la cugina di Dominic Culpepper, che lo aveva aiutato in un caso, provava chiaramente molto rancore nei suoi confronti. Nell'articolo si insinuava che Strike avesse sedotto un'ignota donna per ottenere delle prove per risolvere un caso e questo, bisognava ammetterlo, non configurava un comportamento lodevole, ma dopotutto lei non aveva il diritto di stigmatizzarlo, visto che durante un'indagine precedente aveva permesso a un importante testimone e potenziale sospetto di sbatterla contro il muro di un pub e infilarle la lingua in bocca.

A quel punto delle sue riflessioni, le arrivarono quasi contemporaneamente sul cellulare due messaggi. Il primo era di Murphy e conteneva il link con una nuova casa da visitare.

> **Vale la pena darle un'occhiata? Vedo che Patterson ha avuto quello che si meritava. Hai letto l'articolo su Strike? X**

Strike sarebbe stato contento di sapere che la reazione istintiva di Robin a quel messaggio fu di irritazione verso Ryan e di spirito di solidarietà verso l'investigatore suo socio. Siccome di recente Murphy era stato colpito lui stesso dagli strali della stampa (e non era nemmeno stato nominato con nome e cognome), Robin si sarebbe aspettata maggiore solidarietà nei confronti di un'altra persona che era stata maltrattata dai media. Invece di rispondere o di aprire il link di un'altra villetta a schiera, stavolta in Wood Green, guardò il secondo messaggio, che era dello stesso Strike.

> **Due-volte ha appena telefonato.**
> **Sta per raggiungere sua moglie**
> **e la sua amica per un cocktail.**
> **Tu puoi smontare dal turno:**
> **starà con lei per il resto della**
> **giornata.**

Robin aveva appena alzato la mano per chiedere il conto che le squillò il cellulare. Era un numero sconosciuto, anche se riconobbe il prefisso di Ironbridge. Rispose subito.

«Pronto, parla Robin Ellacott».

«Pronto» disse una voce incerta, troppo giovane per essere quella della nonna di Tyler Powell. «È lei che ha chiamato la mia prozia?»

«Se la sua prozia è Dilys Powell, sì» rispose Robin.

«Be', in questo momento è all'ospedale» disse la ragazza.

«Oh, mi dispiace. Lei ha sentito i miei messaggi, vero?»

«Sì» rispose lei. «Sto dando da mangiare al suo gatto. Perché voleva parlarle?»

«Volevo parlarle di suo cugino Tyler» spiegò Robin.

«Non è qui» disse la ragazza. «È partito».

«Sì, lo so» fece Robin. «Ha avuto sue notizie, di recente?»

Robin sentì il rumore di una penna sulla carta e immaginò che la sua interlocutrice stesse facendo scarabocchi o prendendo appunti.

«Non mi piace, Tyler» disse infine la ragazza. «Non ci rivolgiamo la parola».

«Be', potrebbe per favore dire alla sua prozia che ho chiamato e pregarla di mettersi in contatto con me quando starà meglio?» domandò Robin.

«Va bene» rispose la ragazza.

«Grazie mille» fece Robin. «Posso sapere il suo nome?»

Ma lei aveva già chiuso la comunicazione.

Dieci minuti dopo, il panciuto Due-volte entrò nel bar con indosso un abito tutto sgualcito e rivolse un gran sorriso a sua moglie e alla sua amica. Robin prese borsa e cappotto e uscì, stando bene attenta a non guardare in faccia il cliente, che aveva la tendenza a sorridere furbescamente ogniqualvolta vedeva uno dei detective da lui assoldati spiare qualunque donna in quel momento fosse la sua amante.

Nell'atrio dell'albergo Robin si fermò davanti a un grande albero di Natale circondato da modellini di cerbiatti d'argento. Mentre si recava al Rosewood Hotel, si era resa conto di essere molto vicino ai London Silver Vaults. Tirò fuori il cellulare e chiamò Strike.

«Ciao, senti, sono a cinque minuti da Bullen & Co. Che ne diresti se provassi a parlare con Pamela Bullen-Driscoll?»

«Credo sia un'impresa praticamente impossibile».

«Però è una testimone chiave ed è sempre più facile ottenere qualcosa in un incontro faccia a faccia che per telefono» osservò lei, dirigendosi verso l'uscita.

«Forse sì, vale la pena tentare» riconobbe Strike. Robin aveva un tono particolarmente amichevole, rifletté, ed evidentemente non aveva ancora letto l'articolo online in cui Culpepper lo stroncava. «Forse sarà più disponibile con una donna. A proposito, tra circa un'ora andrò a Ipswich».

«Perché?»

«Uno dei compari di Ipswich di Plug ha fatto due anni di carcere per peculato. Lo ha scoperto Kim. Ho pensato di andare a ficcare un po' il naso per scoprire cosa questo tizio stia progettando oggi che coinvolga Plug, un giro di soldoni e un libro mastro».

« Va bene » disse Robin. « Allora ti farò sapere come va con Pamela. Magari riceverai una mia telefonata anche solo tra dieci minuti ».

Chiuse la comunicazione e controllò le strade sul telefonino. Poi s'incamminò lungo High Holborn, svoltò in Chancery Lane ed entrò nei Southampton Buildings.

24

Siete stati informati, nel grado dell'Arco Reale, che re Salomone costruì una cripta segreta, alla quale ci si poteva avvicinare attraverso altre otto cripte o appartamenti consecutivi, tutti sotterranei, a cui conduceva un lungo corridoio stretto...

Albert Pike
The Ancient and Accepted Scottish Rite of Freemasonry

Ai Silver Vaults si accedeva attraverso una porta di legno poco vistosa, con una piccola tettoia di vetro. Robin suonò il citofono e, dopo che un uomo della sicurezza le ebbe frugato nella borsa e fatto firmare il registro, poté entrare. Le dissero di fare tre rampe di scale e di non scattare foto fuori dei singoli negozi.

Affascinata, scese l'ampio scalone di pietra, dove i suoi passi echeggiarono, e si ritrovò in uno spazio diverso da tutti quelli che aveva visto fino ad allora.

Un lungo corridoio sotterraneo, dal basso soffitto a volta, si apriva davanti ai suoi occhi e, su entrambe le pareti, si susseguivano le pesanti porte d'acciaio di camere blindate. S'incamminò, notando sul soffitto le telecamere poste a intervalli regolari e guardando, ai due lati, i negozi aperti, autentiche grotte di Alì Babà piene di argenti di uno splendore abbagliante. La luce vivida che illuminava sia il corridoio sia i negozi le faceva quasi male agli occhi, specie quando era riflessa da superfici argentee lucidate con cura. Svoltò a un angolo e vide che il labirinto sotterraneo si estendeva ben oltre il primo corridoio.

Bullen & Co era nel secondo tunnel. Era uno dei negozi più grandi, con una moquette celeste e un vero e proprio mare d'argento: scaffali di piatti, vassoi, scatole, urne, brocche e scudi. Su massicci tavoli di mogano facevano bella mostra di sé pezzi giganteschi come candelabri, centritavola decorati con cherubini e un'enorme *nef*, un galeone a vele spiegate.

Una donna che, pur essendo di spalle, Robin riconobbe subito essere Pamela Bullen-Driscoll, perché aveva visto nel video la sua sagoma squadrata dietro la porta a vetri di Ramsay Silver, parlava in fretta al telefono sul banco.

«Te l'ho già detto, Geoffrey, te l'ho già detto. Non me ne importa niente!»

Parve avvertire la presenza di qualcuno alle sue spalle, perché si voltò, disse al suo interlocutore telefonico: «Ho da fare, adesso!» e sbatté giù il ricevitore.

Era una donna che non aveva sentito il bisogno di cambiare il suo stile perché la moda era cambiata intorno a lei. Dai capelli scolpiti dalla lacca ai grandi orecchini e al collier d'oro, dalla giacca nera a doppiopetto con le spalline al rossetto rosa satinato, Pamela non era mai uscita dagli anni Ottanta, anche se i decenni successivi le avevano reso più profonde le rughe sulla fronte e intorno alla bocca. Benché non fosse sovrappeso, era tozza e con il busto corto. Teneva gli occhiali dorati da presbite appesi al collo con una catenella di cristalli.

«In cosa posso servirla?» chiese.

«In questo, spero» rispose Robin, tirando fuori dalla borsa il biglietto da visita. «Mi chiamo Robin Ellacott e sono dell'agenzia investigativa Strike ed Ellacott».

«Non ho niente da dire!» esplose Pamela.

Facendo un passo indietro, sbatté contro un tavolo carico di oggetti d'argento e una delicata tazza di corno, dentro un contenitore di argento finemente istoriato, cadde in terra. Pamela la calpestò per disgrazia e il corno andò in frantumi. Un istante dopo scoppiò a piangere.

Si mise a raccogliere i pezzi dal pavimento a tastoni come un'ubriaca, facendo vari tentativi per ciascun pezzo, e Robin corse ad aiutarla.

«Se ne vada, per favore, e si chiuda la porta alle spalle!» singhiozzò. «Non ho niente da dirle!»

Robin si girò, andò all'ingresso e in effetti chiuse la porta, ma restando dentro quello splendido negozio di argenti. Tornò da Pamela e la aiutò in silenzio a raccogliere tutti i pezzetti di corno. La proprietaria sembrava troppo angosciata per curarsi del fatto che la detective non avesse obbedito agli ordini. Raggiunse barcollando una piccola scrivania, prese dei fazzoletti di carta da una scatola d'argento e, lasciandosi cadere sulla sedia, continuò a piangere.

Robin depose i pezzi di corno sulla scrivania, sentendosi in colpa e cercando di mostrarsi solidale. Dopo avere pianto ancora per qualche minuto, Pamela disse: «Sono gli occhi! Mi sono sottoposta a un intervento col laser e adesso non vedo più bene. Vedo sfocato, doppio, ho dei tremendi mal di testa... *Ho bisogno dei miei occhi!*» gridò istericamente. «E mio marito...»

Non finì la frase, ma continuò a piangere e i fazzoletti di carta, che erano già grigio scuro, diventarono ancora più scuri macchiandosi di mascara.

«Posso... C'è mica un posto dove le possa fare un tè o un caffè?» chiese Robin.

Poiché Pamela non rispondeva, Robin decise di esplorare da sola il negozio. In un angolo c'era una sorta di piccolo chiosco dentro cui vide una macchina del caffè e delle tazze. Fece due caffè, aggiunse molto dolcificante a quello di Pamela, poi tornò alla scrivania e si sedette davanti a lei. Pamela pianse ancora un poco, poi, con un singulto, smise e allungò la mano verso la tazza. Le ci vollero due tentativi per afferrare il manico. Sorseggiò il caffè dolcissimo, poi mormorò: «Grazie».

«Non possono trovarle una cura efficace per gli occhi?» domandò Robin con sincero interesse.

«Sto cercando qualcuno, sì. Mi avevano detto che poi non avrei più visto sfocato, e invece...»

«Quando è stato l'intervento?» domandò Robin, accendendo di nascosto il registratore del cellulare, nella borsa.

«In gennaio. Quei mal di testa... Ma non posso smettere di venire in negozio. È il mio lavoro».

«È un negozio stupendo» si complimentò Robin. «Bullen & Co è una ditta antichissima, vero?»

«Quattro generazioni» rispose Pamela con un singulto. «La fondò il mio bisnonno. Ma ormai non ci sono più Bullen. Io non potevo avere figli e mio... mio nipote...» Di nuovo singhiozzò. «Ah, che periodo tremendo abbiamo vissuto!»

Robin lasciò accortamente che passasse qualche secondo di silenzio, prima di riprendere a parlare.

«Signora Bullen-Driscoll, noi abbiamo davvero un gran bisogno del parere di un'esperta. Non sappiamo niente dell'argento, capisce?»

«Vuole parlare... dell'argento?»

«Sì, se non le spiace. Ci aiuterebbe a capire perché gli argenti Murdoch sono così importanti e perché qualcuno si sia messo nell'impresa di rubarli. Il signor Ramsay dice...»

«Kenneth è uno stupido!» esclamò la donna con improvvisa rabbia. «Un *idiota*! Non avevo idea di che cosa avesse fatto! Glielo avrei impedito, ma lui non me l'ha detto, non l'ha detto a mia sorella. Ha rimesso un'ipoteca sulla loro casa, preso in prestito una somma iperbolica a un tasso di interesse assurdo, e ha venduto tutte le loro azioni. Mia sorella non sapeva niente, *niente*, finché non è stato troppo tardi. Una follia! Io glielo avrei detto, che il suo stupido piano non avrebbe funzionato!»

«Quale piano?»

«Ha pagato gli argenti Murdoch *molto più* di quanto valevano. Una vera e propria pazzia! Era convinto che John Auclair, un noto collezionista, sarebbe corso nel suo orrendo negozietto e gli avrebbe dato mezzo milione di sterline per i Murdoch! Nessuna persona sana di mente pagherebbe mezzo milione quella roba! Kenneth è uno stupido, uno stupido assoluto!»

«Allora lei non crede che avrebbe realizzato un profitto per la collezione?» domandò Robin.

«No di certo» fece spazientita Pamela. «La collezione Murdoch interessa solo a un gruppo molto ristretto di persone».

«Intende dire i massoni?»

«Sì. Be', non necessariamente solo i massoni...» L'occasione di parlare dell'argomento su cui aveva una competenza specifica sembrava in qualche modo averla calmata. « A.H. Murdoch era un personaggio alquanto romantico, credo. Uno di quegli esploratori vittoriani che giravano il mondo. Alcuni dei pezzi che raccolse avevano un loro valore artistico, ma la maggior parte, come il pugnale di Skene e il Centrotavola Orientale, sono francamente orribili ».

« Il Centrotavola Orientale è quello che fu consegnato per sbaglio qui, vero? »

« Sì. Un obbrobrio gigantesco, alto quasi un metro, tutto coperto di simboli massonici. Francamente, non vedo proprio a chi possa interessare. Due anni fa, quando comprarono il negozio, dissi a Rachel: 'Stai facendo un errore' » spiegò con rinnovata collera. « Dall'inizio alla fine fu un'operazione bislacca e mal gestita, ma lei non mi ha voluto ascoltare. 'Kenneth pensa che andrà molto bene' ripeteva. 'Kenneth conosce il mercato'. 'Kenneth conosce la gente che verrà qui a fare la fila per comprare'. E naturalmente sono stati in perdita fin dal primo momento in cui hanno aperto! La posizione è pessima e non c'è domanda per quel genere di articolo. Se si fossero accontentati di vendere online... Ma Rachel è sempre stata così sciocca negli affari. Né lei né suo marito avevano la più pallida idea di ciò che stavano facendo. Lei si è stizzita quando mio padre mi ha affidato la ditta, qui, e Kenneth odia il lavoro che fa in ufficio e sperava di riuscire a mollarlo per sproloquiare tutto il giorno di argenti massonici. Per non parlare della sicurezza: nessuno dei due ha la minima idea di cosa sia. Lei potrà pensare che, essendo una Bullen » e qui usò lo stesso tono che se avesse nominato una Mountbatten-Windsor, « Rachel avesse idea di ciò che occorre per garantire la sicurezza... » Indicò con un gesto il negozio e in generale i Silver Vaults e aggiunse: « I Vaults di Londra sono al quarto posto *nel mondo* per la sicurezza. Non c'è mai stato un furto, qui, *mai.* Quanto sono stati stupidi, a comprare quel tugurio fatiscente, credendo di poter fare le nozze con i fichi secchi. Io li avevo avvertiti, e guardi cos'è successo! »

« Lei è stata molto gentile ad andare a dare loro una mano » osservò Robin.

«Be', ho *dovuto* farlo. Dopo che mio nipote...» Gli occhi le si riempirono di nuovo di lacrime. «Poi, siccome mia sorella ha avuto un ictus, è ovvio che ho cercato di fare quello che potevo. Nessuno dei due voleva rinunciare al negozio. 'Ormai è l'unica cosa che abbiamo' dicevano. È naturale che mi sia offerta di aiutarli».

«John Auclair è entrato da Ramsay Silver per vedere la collezione, vero?»

«Sì» sbuffò, «ma uno non diventa miliardario com'è diventato John Auclair se è un idiota. Conosco John, nel corso degli anni gli ho venduto alcuni pezzi. Era consapevole che Kenneth aveva pagato la merce molto più del suo valore reale. Sapevo che sarebbe venuto lunedì per decidere cosa prendere una volta che Kenneth avesse avuto un bisogno disperato di incassare un po' dei soldi spesi. Ma naturalmente non ha visto nessun pezzo, perché...»

«È terribile, avere perso tutto così» disse Robin, che non voleva introdurre troppo presto l'argomento del cadavere nel negozio.

«È stato tremendo» confermò Pamela, scossa da un brivido. «Non avevo idea che qualcuno fosse rimasto in negozio per tutto il weekend. Wright non lavorava il sabato, Kenneth nel fine settimana si occupa di Rachel e io non potevo esserci, perché mi trovavo al matrimonio di mia cugina».

«Immagino che lei e il signor Ramsay siate gli unici a conoscere i codici e ad avere le chiavi, vero?»

«Sì. Be', immagino che Todd sappia accendere e spegnere la telecamera, ma non credo conosca i codici dell'allarme o della cassaforte, e non ha sicuramente le chiavi. Kenneth si è precipitato in negozio dopo che ero arrivata io, temendo di perdere il cliente John Auclair. Era uscito di soppiatto dall'ufficio dove lavora e dove il suo impiego è appeso a un filo, ed è corso nel seminterrato, dove ha cacciato un urlo disumano».

Pamela deglutì a vuoto.

«Io ho gridato: 'Cos'è successo, Kenneth, stai poco bene?' Ho pensato che fosse scivolato e si fosse fatto male. Non mi ha risposto. Mi sono avvicinata alla scala e ho chiesto: 'C'è qualche problema?' E siccome lui ha continuato a non rispondere, sono scesa e...» Si interruppe un attimo, poi aggiunse con una nota di amarezza: «Avrebbe potuto impedirmi di vedere quella scena, avrebbe potuto avvertirmi! È stato orribile. Ho ancora gli incubi. Glielo ha detto, Kenneth, che Wright aveva le mani mozzate e... tutto il resto?»

«Ne ha appena accennato» rispose Robin. «Dev'essere stata una scena spaventosa».

«Terrificante. Poi è comparso John. Io ero appena risalita dal caveau per chiamare la polizia. Per poco non sono svenuta di fronte a lui. Ho fatto appena in tempo a dire al centralino 'C'è un cadavere, abbiamo trovato un cadavere', che mi sono dovuta sedere per non svenire. John è scappato via. Non lo biasimo, chi mai vorrebbe rimanere coinvolto in una cosa del genere? Poi Kenneth è risalito su, balbettando, e anche Todd è venuto su. Aveva visto tutto, naturalmente. Stava pulendo il bagno quando Kenneth è sceso nel caveau». Pamela rabbrividì e aggiunse: «Uomo orribile. Davvero orribile».

«Chi, Jim Todd?» domandò Robin.

«Sì. Non mi piace per niente. Non credo sia degno di fiducia».

«Davvero?»

«C'è in lui qualcosa di assolutamente spregevole. Kenneth non sa proprio giudicare le persone» aggiunse con improvvisa foga. «Questo vale per tutti quelli che ha assunto. Lui bada sempre solo a pagarli poco!»

«Pagava poco Wright?» domandò Robin.

«Sì, e lui è un perfetto esempio di ciò che intendo dire!» esclamò Pamela, frustrata. «Avevano pagato il loro primo addetto alla sicurezza praticamente niente, sicché lui, appena trovata un'occasione, non se l'è lasciata scappare. Siccome stavano perdendo un fiume di soldi, non lo hanno rimpiazzato, ma io non volevo essere da sola in quel negozio quando andavo ad aiutare, non ce la facevo a salire e scendere le scale per trasportare gli argenti, e come avrebbe potuto farlo Rachel, se mai si fosse ripresa dall'ictus? Così Kenneth ha messo un annuncio per una sorta di tuttofare, un commesso che però fosse anche in grado di sollevare grandi pesi e occuparsi della sicurezza».

«Il signor Ramsay ha detto che non sono stati in molti a rispondere all'annuncio» osservò Robin.

«No, naturalmente, dato il salario offerto. Non sono stati in molti a rispondere. Io gliel'avevo detto, a Kenneth, che il curriculum di Wright non mi sembrava il massimo. Era pieno di errori di ortografia».

«Di ortografia?» ripeté Robin.

«Sì, e poi ha mentito».

«Wright?»

«No, Kenneth! Era d'accordo con me che dovevamo scartare a priori Wright, ma lui ha messo il suo indirizzo e-mail nella lista dei candidati al colloquio e io non mi sono resa conto di niente finché Wright non si è presentato in negozio. Solo allora ho capito che Kenneth mi aveva ingannato per dare a quel tizio la possibilità del colloquio. Come se non bastasse» aggiunse con una nota di furia nella voce, «ha accusato *me* di avere commesso l'errore e avere aggiunto per sbaglio alla lista l'indirizzo di Wright!»

«È molto ingiusto» osservò Robin, che trovava l'informazione particolarmente interessante. «Quante persone hanno affrontato il colloquio, alla fine?»

«Solo tre, anzi, due. Uno dei tre, proprio quello che io pensavo fosse il più adatto, non si è presentato. Immagino abbia ricevuto un'offerta migliore. Così c'erano solo Wright e un ragazzo di diciassette anni che sembrava non saper piegare neanche un sacchetto di carta. Per questo, naturalmente, per i soli requisiti *fisici*, Wright è risultato l'unico possibile».

«Sosteneva di essere di Doncaster, vero?» disse Robin. «Aveva l'accento dello Yorkshire?»

«Francamente non lo so» borbottò Pamela a denti stretti. «Non mi sembrava un tipo molto raffinato, anche se era abbastanza educato, ma ho capito immediatamente che, qualunque cosa avesse detto durante il colloquio di lavoro, non sapeva nulla dell'argento o degli oggetti antichi. Non ne aveva una conoscenza nemmeno *elementare.* Ha chiesto a me quale fosse il significato del leone passante!»

«E qual è?» domandò Robin.

Pamela la guardò con una certa incredulità per quella manifestazione di ignoranza. «Il leone passante è il marchio britannico più elementare e comune. Significa che l'oggetto è di argento sterling, cioè che è di argento 925, con una purezza del 92,5 per cento. Quando l'ho spiegato a Wright, ha detto: 'Che buffo!'».

«Buffo?» ripeté Robin. «Che cosa c'era di buffo nell'argento sterling?»

«Non ne ho idea» rispose Pamela. «Ma in seguito, quando abbiamo scoperto che era Knowles, ho pensato: 'Avrei dovuto capirlo dal nome *William Wright*'. La William Wright è una nota ditta di Sheffield, che produce argenteria per rinfreschi e ricevimenti. Evidentemente è là che a Knowles è venuta l'idea. Mi sono sentita una stupida per non averlo intuito subito».

«Il signor Ramsay dice che Wright usava il computer del negozio per guardare cose che interessavano a lui» osservò Robin.

«Sì, ha visitato un sito che prometteva la 'verità sui massoni' o qualcosa del genere. Immagino si possa sostenere che cercava di prepararsi sull'argomento, ma non ci sono informazioni adeguate sugli oggetti d'argento, in un sito come quello, solo sciocchezze complottistiche. La gente che visita siti del genere vuole solo parlare delle trame massoniche. Magari c'è qualche massone che li visita per smentire, ma non si trova niente sugli *oggetti* massonici».

«Il signor Ramsay ci ha fornito il girato della telecamera di sorveglianza relativo al giorno in cui sono arrivati gli argenti Murdoch, ma non abbiamo avuto ancora modo di esaminarlo» mentì Robin. «È stata una giornata normale?»

«Sì» rispose Pamela, anche se dal tono trapelava una certa cautela. «O meglio, non è stato normale l'arrivo degli argenti Murdoch, però il resto della giornata sì».

«Il signor Ramsay ci ha spiegato che l'argento è arrivato tardi» osservò Robin.

«Sì, è vero. Il fattorino della casa d'aste Gibsons adesso è stato licenziato. Avevo già avuto a che fare con lui, una volta. Si chiama Larry McGee. Un uomo negligente, non certo il tipo di persona a cui affideresti oggetti di valore. Non mi stupisce che Gibsons l'abbia licenziato».

«Gli argenti sarebbero dovuti arrivare all'ora di pranzo, vero?»

«Sì, mentre sono arrivati solo alle tre e un quarto. Poi McGee si è rifiutato di trasportarli nel caveau e si è limitato a scaricare le casse nel bel mezzo del negozio. Così ho dovuto chiamare Todd perché aiutasse Wright a sollevarle. Todd fa pulizie il venerdì pomeriggio in un ufficio di Kingsway che chiude a ora di pranzo, per cui era nei paraggi».

«Qualcuno ha per caso aperto le casse per controllare l'argento?» domandò Robin.

«Sì, certo, io stessa. Sono molto attenta alla sicurezza. Non intendevo permettere a quei due di maneggiare oggetti preziosi senza che fossi presente. Ho aperto il caveau per loro e, quando hanno trasportato le casse all'interno e sono risaliti su, sono scesa e ho sollevato personalmente i coperchi. È stato allora che, aprendo la cassa più grande, ho scoperto che McGee aveva consegnato le cose nostre, di Bullen & Co, a Ramsay Silver, e ho capito che il Centrotavola Orientale doveva essere là da noi. Wright è andato a prenderlo da mio marito». Per un attimo Pamela sembrò sul punto di scoppiare di nuovo a piangere, ma trasse un respiro profondo e continuò: «Forse farà fatica a crederci, ma in seguito, *dopo tutto quello che era successo*, Kenneth mi ha accusato di avere comprato alcuni oggetti della collezione Murdoch per Bullen & Co. Ha detto che ero venuta meno al nostro *gentlemen's agreement*. Una vera e propria assurdità! Niente di quello che avevamo acquistato noi era massonico, avevamo preso solo alcuni bei pezzi di argenteria generica. Credo che Kenneth sia convinto che qualunque cosa A.H. Murdoch abbia anche solo toccato, sia sua per diritto divino!»

«Allora nutre per A.H. Murdoch un'ammirazione tutta speciale?» domandò Robin.

«Oh, sì. Sa, Murdoch scrisse anche dei libri, e mio cognato li ha tutti. Fa parte, Kenneth, di una piccola, schifosissima loggia di Lewisham. Anche mio padre era massone, ecco perché, finché è stato vivo, ha curato anche un piccolo settore della Bullen & Co dedicato agli oggetti massonici. Ma papà era ben lungi dall'avere le sciocche idolatrie di Kenneth».

«Allora, dopo che ha messo gli argenti Murdoch nel caveau, è stata una giornata del tutto normale?» domandò Robin. «Avete chiuso alla solita ora e così via?»

Seguì un istante di silenzio, durante il quale Robin intuì che Pamela stava pensando che era stata filmata dalla telecamera.

«Me ne sono dovuta andare un po' prima. Avevo un mal di testa tremendo, quello che mi perseguita da quando mi sono sottoposta all'intervento laser agli occhi».

«Poco prima di andarsene aveva ricevuto un messaggio, vero?» chiese Robin come casualmente.

«Che cosa?» fece la donna. «Ah, sì».

Ancora una volta, all'improvviso, le si riempirono gli occhi di lacrime.

«Non voglio parlarne. Il messaggio non aveva in alcun modo a che fare con tutto questo: né con gli argenti Murdoch né con Wright. Ho pregato Todd di badare al negozio finché non fosse tornato Wright. Non c'erano pericoli, le cose erano al sicuro. Così sono andata a casa».

Evitando di chiederle in qual modo Wright e Todd avrebbero dovuto chiudere a chiave la porta, inserire l'allarme o aprire il caveau per metterci il centrotavola, Robin le rivolse un'altra domanda.

«Immagino lei non possa darmi la clip della *sua* telecamera dal momento in cui William Wright è venuto qui, quel venerdì, per prelevare il centrotavola, vero?»

«Be', non vedo perché no» disse Pamela e, sempre con le lacrime agli occhi, si chinò sulla tastiera. La tazza di caffè e la solidarietà di Robin l'avevano resa molto più malleabile. «Ma non troverà niente di utile, temo. Lui si vede solo per pochi secondi».

Pamela inviò lo stralcio di filmato all'indirizzo di posta elettronica di Robin.

«Posso mostrarle una foto?» chiese Robin a quel punto.

Estrasse dalla borsa una foto di Rupert Fleetwood e gliela fece vedere.

«Il nostro cliente vorrebbe sapere se William Wright poteva essere quest'uomo qui».

Pamela si infilò gli occhiali da presbite che le pendevano dalla catenella e osservò Rupert con la sua divisa bordeaux da cameriere. Robin capì che faceva fatica a mettere a fuoco.

Alla fine scosse la testa, mentre nella sua acconciatura resa immobile dalla lacca non si muoveva un capello. «No, assolutamente no».

«Allora siete stati tutti d'accordo sul fatto che William Wright fosse Jason Knowles?» chiese Robin. «Con 'tutti' intendo tutti quelli che lavorano al negozio».

«Oh, sì» rispose Pamela. «Sì, era senza alcun dubbio Knowles. Del resto, i conti tornano, no? Knowles aveva intravisto un'opportunità. La sicurezza, da Ramsay Silver...»

«Le telecamere hanno un'aria decisamente vecchia» osservò Robin.

«*Vecchia*?» sbottò Pamela, riesumando l'iniziale tono di disprezzo. «Bullen & Co ha sostituito quei modelli già vent'anni fa, e tra l'altro la loro telecamera esterna non ha mai funzionato fin dall'epoca in cui hanno rilevato il negozio. Kenneth non si è mai deciso a ripararla. Pensava bastasse la *vista* della telecamera a scoraggiare i ladri».

«Ho capito» disse Robin, rimettendo nella borsa la foto di Fleetwood. «Il signor Ramsay ha accennato a una strana e-mail che è stata inviata dal negozio una settimana prima della rapina. È stata mandata a un uomo di nome Calvin 'Oz' Osgood, a cui veniva offerto aiuto per risolvere un problema».

«Sì, l'ha mandata Wright» si affrettò a dire Pamela. «Certo non l'ho inviata io, e nemmeno Kenneth. Né lui né io avevamo mai sentito nominare quell'uomo».

«E se fosse stato Jim Todd a mandarla?»

«Avrebbe dovuto avere la password del computer» replicò Pamela. «Io di sicuro non gliel'ho mai data».

«Signora Bullen-Driscoll, lei mi è stata di immenso aiuto» concluse con cordialità Robin, alzandosi in piedi. «Spero di cuore che riesca a risolvere il suo problema agli occhi».

«Grazie» disse Pamela, alzandosi a sua volta. «Lei è stata... molto gentile».

Dieci minuti dopo, Robin era da sola davanti all'entrata della metropolitana di Chancery Lane. Teneva il cellulare incollato a un orecchio e un dito premuto sull'altro, e aveva il volto illuminato da un grande sorriso.

« Ellacott, sei fantastica, cazzo! » esclamò Strike a voce così alta che si udì al di sopra del frastuono del traffico.

25

«Saremo tutti ricchi prima di morire».
«Dipende da quando moriremo» brontolò Tom, un'osservazione nella quale, per quanto ovvia, c'era indubbiamente molta verità.

John Oxenham
A Maid of the Silver Sea

Il viaggio di Strike a Ipswich aveva fruttato qualche altra informazione sull'amico di Plug che Kim aveva scoperto essere un ex malversatore. Secondo una vicina che era uscita dalla propria casa con un setter irlandese e con cui Strike aveva attaccato bottone fingendosi un grande amante dei cani, l'amico di Plug era stato processato per avere violato la legge contro il maltrattamento degli animali e gli era stato proibito per cinque anni di avere qualsiasi tipo di animale domestico.

«Che schifo» aveva detto la vicina a Strike, guardando accigliata il giardino anteriore pieno di erbacce di quel nemico delle bestiole. «Secondo me, bisognerebbe vietare per tutta la vita di avere cani, gatti o che so io a uno che viene processato per crudeltà verso gli animali. Lei non sa che cosa ha fatto a quel povero cane da caccia! Non sopporto le persone che maltrattano gli animali. Se vuol sapere il mio parere, bisognerebbe fare a loro quello che loro fanno ai loro cani o gatti».

Mentre, quella sera, tornava a Londra in macchina, Strike si chiese se la crudeltà verso gli animali non facesse parte degli affari di Plug e dei suoi soci, che spesso si scambiavano clandestinamente rotoli di banconote. Arrivato a casa, fece una telefonata anonima alla Reale Società per la Protezione degli Animali: a quanto pareva, riferì, uno o più animali di grossa taglia erano imprigionati senza accesso all'aria e alla luce del sole nel capannone chiuso col lucchetto di Plug. Si augurò che così ne venisse fuori qualcosa di interessante.

Al momento di lasciare l'ufficio, notò che l'acquario di Pat aveva acquisito tre abitanti e si fermò a guardarli. Non erano pesci rossi. Anzi, uno era nero, e gli parve così deforme che si chiese se avesse una malattia: aveva infatti un'escrescenza bitorzoluta sulla testa, il corpo pieno di protuberanze e dei movimenti dondolanti. Appoggiato alla base dell'acquario c'era un biglietto su cui era scritto, con la calligrafia di Pat: NON DATE LORO DA MANGIARE, L'HO GIÀ DATO IO, una raccomandazione che Strike fu ben lieto di seguire.

Spense le luci e uscì. Il suo piano per il giorno dopo era di rintracciare Larry McGee, il fattorino che era stato licenziato da Gibsons poco dopo avere consegnato gli argenti Murdoch. Dopo colazione si diresse alla casa d'aste, intenzionato a fingere di non sapere che McGee era stato licenziato e sperando di ottenere informazioni sul suo licenziamento dalle persone con cui fosse riuscito a parlare.

Mentre si avvicinava all'angolo tra Denmark Street e Charing Cross Road, vide una donna lì in piedi da sola. Sempre attento ai possibili agguati dei giornalisti dopo la pubblicazione dell'articolo di Culpepper, avvicinandosi la guardò con attenzione, ma escluse che lavorasse per la stampa. Era una giovane donna robusta, con extension platinate, e da vicino Strike notò ciglia finte e labbra siliconate. La figura che il cappotto attillato con cintura stretta metteva in risalto rivelava interventi di chirurgia estetica anche nel corpo. Gli tornò in mente Bijou Watkins, che si era fatta aumentare il seno. Quando le passò accanto, la bionda chinò la testa e incassò le spalle, ma Strike sospettò che non fosse tanto per rimanere in incognito, quanto per non essere importunata da un maschio a caso, cosa che doveva succederle abbastanza spesso.

Mezz'ora dopo Strike arrivò alla casa d'aste Gibsons, che si trovava in un elegante palazzo edoardiano di Northumberland Avenue. Belle luci natalizie dorate ornavano i contorni di una grande vetrina, dove due dipinti astratti erano appesi a fili quasi invisibili. Un uomo alto come lui, con la testa rasata, il pizzetto e un impeccabile abito nero, era di guardia sulla porta.

«Buongiorno» salutò Strike, tirando fuori dal portafogli il biglietto da visita e mostrandoglielo. «Vorrei parlare con Larry McGee».

«La vedo dura» rispose l'uomo.

«Perché?»

«Perché è morto, amico».

L'addetto alla sicurezza guardò il biglietto da visita che Strike gli aveva porto e alzò le sopracciglia, stupito.

«Lei è il detective che ha risolto il caso di Lula Landry?»

«Sì, sono io» confermò Strike. «McGee lavorava ancora qui quando è morto?»

«No» rispose l'uomo, guardandolo adesso con curiosità. «Era stato licenziato».

«C'è modo di parlare della faccenda con qualcuno?»

Cinque minuti dopo, con una certa sorpresa dato che aveva previsto un secco no, Strike fu accompagnato dall'addetto in un candido ufficio dove un altro quadro astratto era appeso dietro una scrivania sgombra. La persona lì seduta era una donna nera fra i trenta e i quarant'anni, alta e vestita con un tailleur pantalone viola. Portava i capelli acconciati in lunghi riccioli a spirale, e la targa sulla scrivania diceva che era 'Diana Boadu'. Aveva l'accento di una che aveva fatto le scuole private, anche se non esibiva affatto l'altezzosità che Strike si sarebbe aspettato da una donna così elegante in un contesto così lussuoso come quel palazzo edoardiano. Al contrario, come l'addetto alla sicurezza, parve affascinata se non addirittura piuttosto emozionata all'idea di parlare con il detective Cormoran Strike.

«Perché diavolo si interessa a Larry McGee?» domandò quando Strike ebbe accettato l'offerta di un caffè e un sottoposto dai capelli rossi fu mandato a prepararlo.

«È stato lui a consegnare gli argenti Murdoch» spiegò Strike.

«Ah, capisco» disse Diana Boadu.

«Ma ho appena saputo che è morto».

«Sì, ho sentito dire che è morto» confermò Diana, che non sembrava troppo rattristata dalla notizia. «Ma è successo mesi dopo che l'avevamo licenziato» aggiunse, come temendo che Strike potesse pensare che fosse stato il licenziamento a causare il decesso.

«Per caso sa di che cosa sia morto?»

«Forse lo sa Carter, il direttore delle consegne, ma credo sia via per un lavoro».

«Sarebbe un problema, per lei, darmi il numero di telefono di Carter?»

Il caffè arrivò proprio mentre Diana dettava il numero. Strike ringraziò l'inserviente dai capelli rossi.

«Posso chiederle per quale motivo McGee è stato licenziato?»

«Non vedo perché non possa» rispose Diana. «Immagino che... voglio dire, data la sua reputazione, suppongo sia una persona riservata, giusto?»

Strike pensò per un attimo all'articolo di Culpepper che stigmatizzava il suo comportamento con le donne e si disse che evidentemente non l'avevano letto tutti. «Molto riservato» assicurò, tirando fuori il taccuino.

«Be', lo abbiamo sospettato di furto».

«Davvero?»

«Sì. Il primo episodio riguardava due cocker spaniel di ceramica dello Staffordshire, che scomparvero nel tragitto tra il magazzino e l'acquirente. Il compratore era un collezionista alquanto distratto, che aveva acquistato un sacco di lotti e ha impiegato una settimana ad accorgersi che i cani non erano compresi nella consegna.

«Si trattava di una questione spinosa. Non potevano essere stati rubati al magazzino e mai caricati sul furgone di McGee e, be', francamente, c'è sempre la possibilità che l'acquirente stesso sia un truffatore. Abbiamo indagato, ma non siamo riusciti a dimostrare niente, così abbiamo concesso a McGee il beneficio del dubbio e abbiamo rimborsato l'acquirente con la nostra assicurazione».

«McGee le faceva da solo, le consegne?»

«Sì» rispose Diana. «Di solito mandavamo i fattorini in coppia, ma siccome era un periodo in cui gli impegni erano continui, McGee fece quella consegna da solo. Riteniamo che abbia colto l'opportunità».

«Quanto valevano i cani di ceramica?»

«Dalle due alle tremila sterline» rispose Diana. «Poi... Ah, ecco Carter!» esclamò sorpresa.

Strike si girò e vide un uomo bianco atletico, tra i cinquanta e i sessant'anni, sbirciare dalla porta a vetri dell'ufficio di Diana con la mano già pronta a bussare.

«Entra, Charlie!» gridò lei.

«Volevo solo dirti che la consegna del Burne-Jones è stata di nuovo rimandata» la informò Carter, aprendo la porta e facendo capolino.

«Oh, santo cielo» si irritò Diana. «Non siamo un deposito merci. Lui l'ha comprato e deve prenderlo in consegna».

«Chiamava da Istanbul».

«E va bene» sospirò lei. «Ti presento Cormoran Strike, Charlie. È un...»

«Detective privato, sì» finì al suo posto Carter, sporgendosi ancora di più. «Me l'ha detto Bradley».

Strike immaginò che Bradley fosse l'addetto alla sicurezza.

«È qui per parlare di Larry McGee» chiarì Diana. «Vuoi sederti anche tu con noi?»

Carter corse a sedersi con tale celerità che Strike sospettò che la storia della consegna rimandata fosse soltanto un pretesto per scoprire cosa stesse succedendo nell'ufficio di Diana. Dall'aspetto, Strike lo giudicò un ex militare o ex poliziotto: i folti capelli grigi erano tagliati cortissimi, lo sguardo era penetrante e la tuta blu savoia era perfettamente stirata.

«Ho appena spiegato al detective il caso dei due cani di ceramica scomparsi» lo aggiornò Diana. Tornando a rivolgersi a Strike, riprese: «In ogni caso, lo scorso gennaio successe la stessa cosa con un'altra consegna di McGee. Stavolta era un *kifwebe*».

«Un che?» chiese Strike. Il caso del caveau se non altro gli permetteva di ampliare il proprio vocabolario: prima la *nef*, adesso il *kifwebe*.

« È una maschera fabbricata dai popoli Songye e Luba. Questa era degli anni Venti del secolo scorso, era particolarmente bella e valeva circa cinquemila sterline. Anche quella scomparve nel tragitto tra il magazzino e l'acquirente e ancora una volta il cliente aveva comprato alla stessa asta molti lotti, sicché non si accorse subito che una delle maschere mancava all'appello. Due oggetti facilmente trasportabili che spariscono da una partita di vari lotti acquistata dallo stesso compratore, e tutt'e due le volte il fattorino è McGee ».

« Una coincidenza decisamente sospetta » disse Strike.

« Sì, molto ».

« Però gli avete ancora permesso di consegnare da solo, vero? »

« No » replicò Carter, anticipando Diana. « Non è più uscito da solo dopo che i cani di ceramica erano scomparsi. Furono in due a consegnare il *kifwebe* e l'uomo che lo accompagnava difese McGee, dicendo che non c'era stata alcuna occasione, per lui, di rubare il pezzo. Era uno sciocco, quel ragazzo » aggiunse, scuotendo la testa. « Si è fatto prendere dal panico e ha pensato che sarebbe stato licenziato se avesse ammesso che McGee era rimasto da solo con la maschera. Alla fine dovemmo lasciar perdere e attribuire la scomparsa del pezzo non a un comportamento criminale, ma a un colpo di sonno ».

« Dunque non chiamaste la polizia? » chiese Strike a Diana.

« È una questione delicata » rispose lei.

« Non volete farvi la fama di quelli che non curano abbastanza la sicurezza ».

« Proprio così. La perdita non era ingente, in senso relativo naturalmente, tuttavia... Non potevamo dimostrare che McGee avesse rubato la maschera, ma dopo l'accaduto la direzione obbligò Charlie a tenere un registro di tutte le infrazioni, di tutti i casi in cui c'erano stati ritardi nella consegna o trascuratezza. Insomma, volevamo liberarci di McGee ».

« Prima di assumerlo, il suo curriculum sarà stato controllato, immagino » osservò Strike.

«Credo di sì, certo» disse Carter, «ma non da me personalmente. Ho ereditato McGee dall'ultimo direttore delle consegne». Rivolto a Diana chiese: «Gli hai parlato dei porno?»

«Non c'ero ancora arrivata» rispose lei.

«I porno?» fece Strike.

«Durante il lavoro McGee guardava film porno sul cellulare» raccontò Carter. «Ogni minuto libero era sempre lì a guardare filmini e non gliene importava niente se qualcuno lo vedeva, almeno finché non veniva redarguito. Ah, McGee faceva proprio una bella vita nella sua fantasia!» concluse.

«In che senso?»

«Nel senso che due dei ragazzi che lo accompagnavano nelle consegne mi hanno detto una volta che Larry parlava sempre di donne, e sosteneva che le ragazze gli facevano regolarmente delle avances».

«*Larry McGee* pensava che le ragazze gli facessero delle avances?» chiese Diana con una risata di disprezzo.

«Sì» annuì Carter. «Affermava che erano attratte da lui come mosche dalla m... cioè, come api dal miele. A sentir lui, l'adolescente che viveva dirimpetto a casa sua lasciava apposta sollevata la tapparella e si svestiva davanti alla finestra. Senza contare le ragazzine che si avvicinavano timidamente a lui per chiedergli una sigaretta e, chinandosi, gli mostravano le mutandine. In ogni caso, in seguito ha ricevuto una strigliata per il suo comportamento con le ragazze che visitavano il magazzino».

«Abbiamo dei depositi e dei garage alla stazione di Waterloo» spiegò Diana. «McGee per la maggior parte del tempo stava là, facendo battute spinte su quello che indossavano le ragazze e la loro vita sessuale. Dopo avere ricevuto due reclami, abbiamo cominciato a pensare a una vera e propria procedura disciplinare, poi però ci ha dato lui stesso un motivo inoppugnabile per licenziarlo, così non ce n'è stato bisogno».

«Quale è stata la goccia che ha fatto traboccare il vaso?» domandò Strike.

«Oh, ha fatto una cazz... una sciocchezza» disse Carter, correggendosi per la seconda volta. «È successo con gli argenti Murdoch. Era come sempre con un collega, e avevano già fatto un paio di consegne, quando lui, deliberatamente, l'ha lasciato a piedi. Ha finto di avere un'emicrania e lo ha pregato di andare a prendergli una medicina in farmacia, da Boots. Quando lui è tornato, McGee era scomparso con il furgone».

«Ho capito» disse Strike, scrivendo in fretta degli appunti sul taccuino. «Quando avete scoperto cos'era successo?»

«Dave mi ha chiamato immediatamente» rispose Carter.

«A che ora ha staccato McGee?»

«Circa a mezzogiorno e mezzo».

«Allora gli argenti Murdoch erano ancora nel retro del furgone?»

«Sì».

«Quando ho saputo che McGee aveva scaricato il compagno, ho chiamato di persona l'acquirente, Kenneth Ramsay» intervenne Diana. «Lui mi ha spiegato che gli argenti Murdoch non erano stati consegnati in negozio all'ora stabilita. Mi sono preoccupata moltissimo. L'ho pregato di telefonarmi se e quando McGee si fosse presentato con la merce. Non gli ho detto che cos'era successo, solo che eravamo in pensiero per il ritardo. In ogni caso, lui mi ha richiamato per dire che McGee si era presentato al negozio solo dopo le tre. Ero inquieta, perché temevo che sarebbe mancato di nuovo qualcosa: era un altro caso in cui vari oggetti andavano allo stesso acquirente, ed erano le stesse condizioni in cui avevamo registrato la perdita dei due cani di ceramica e della maschera africana. Ma Ramsay mi ha passato la donna che era nel negozio e lei mi ha assicurato che c'era tutto, solo che due lotti erano stati scambiati. Un centrotavola era andato da Bullen & Co e alcuni degli oggetti destinati a Bullen & Co erano stati consegnati a Ramsay Silver. Le ho chiesto di mandarmi fotografie di tutto quanto aveva lì e di chiamarmi appena il centrotavola fosse tornato da Ramsay. Dovevo assicurarmi che non ci trovassimo di fronte a un altro furto, anche se, di tutti i lotti da rubare, non vedevo perché McGee avrebbe dovuto scegliere proprio il centrotavola. Era un oggetto estremamente riconoscibile e, a meno che non fosse un sollevatore di pesi, un uomo da solo non poteva assolutamente trasportarlo».

«E lei le ha mandato le foto?»

«Sì, ha fotografato gli oggetti e mi ha inviato le immagini. I lotti erano tutti presenti e corrispondevano, e dopo mi ha telefonato per avvisarmi che era arrivato pure il centrotavola. C'era tutto, e per me è stato un grande sollievo».

«Le ha mandato anche una foto del centrotavola?»

Diana aggrottò la fronte, tirò fuori l'iPhone e iniziò a scrollare.

Intanto Strike si rivolse a Carter: «Ha mai scoperto che cos'aveva fatto McGee tra il momento in cui ha scaricato il compagno e quello della consegna degli argenti Murdoch?»

«Affermava di essersi perso, ma non credo si aspettasse di essere creduto» rispose Carter. «Era solo una recita».

«In che senso?»

«Nel senso che, quando è tornato al magazzino dopo che aveva finalmente consegnato la roba a Ramsay, l'ho convocato subito in ufficio e gli ho chiesto cosa fosse successo. Ha dichiarato che Dave ci stava mettendo troppo tempo in farmacia, che lui sapeva che erano già in ritardo e così aveva pensato di ripartire, e poi si era perso. Sapeva benissimo che stava per essere licenziato e non gliene fregava niente, anzi, sembrava quasi contento. Uscì dall'ufficio con un sorrisetto ironico sulle labbra».

«Lei lo ha detto alla polizia?»

«Sì, ma la polizia ci ha messo un po' a venire a parlarci. Si è presentato un giovane agente, credo solo per dovere d'ufficio. Penso che alla polizia non interessasse niente di ciò che era successo agli argenti prima che arrivassero da Ramsay. In ogni caso, non l'ho più sentita».

«Non ha per caso una foto di Larry McGee?» gli domandò Strike, e Carter tirò fuori il cellulare dalla tasca della tuta.

«Credo di averne una qui» mormorò, mettendosi a cercare.

«No, la donna di Ramsay Silver non mi ha mai mandato una foto del Centrotavola Orientale» intervenne Diana, che stava ancora esaminando le immagini sul suo telefonino. «Ma mi ha mandato un messaggio in cui mi diceva che era arrivato».

«Ecco qua McGee» disse Carter, porgendo il cellulare a Strike. «È l'omone al centro. Erano all'Hassan's stag».

Strike guardò la foto di un gruppo di uomini in un pub. McGee, come Carter, aveva tra i cinquanta e i sessant'anni: alto, sovrappeso e con un viso rubicondo, aveva il labbro inferiore cascante che lo faceva somigliare a un cammello. I pochi capelli che aveva ancora in testa erano grigi.

«Posso fotografare quest'immagine?» chiese.

«Prego».

Strike lo fece, poi voltò una pagina del taccuino.

«Qualcuno ha mantenuto i contatti con McGee dopo che è stato licenziato?»

«Bradley lo ha visto qualche volta» rispose Carter. «Bradley è il nostro addetto alla sicurezza. Sia lui sia McGee abitavano a Hounslow, stesso quartiere».

«Sarebbe un problema, per voi, farmi parlare un attimo con lui?» domandò Strike a Diana.

Pochi minuti dopo, Carter fece entrare nell'ufficio l'addetto alla sicurezza, che aveva un'aria abbastanza sorpresa.

«Sì, l'ho incrociato un paio di volte al pub» disse Bradley quando Strike gli chiese se avesse più visto McGee dopo il licenziamento.

«Quanto tempo dopo che era stato licenziato?»

«Mah...» Bradley si accarezzò il pizzetto, poi rispose: «La prima volta che l'ho visto è stata il sabato dopo il licenziamento».

«Il giorno dopo la consegna?» chiese Strike. «Prima che, lunedì, fossero scoperti il cadavere e il furto da Ramsay Silver?»

«Sì» rispose Bradley. «È stato prima che la notizia comparisse su tutti i giornali. Gli ho solo chiesto perché aveva scaricato Dave ed era ripartito, e lui mi ha snocciolato le sue solite cazz...»

Diversamente da Carter, Bradley fu lento a trovare un sinonimo della parola che all'ultimo momento aveva deciso di non pronunciare davanti a Diana. Dopo un breve silenzio disse: «Delle sue solite sciocchezze».

«Che cosa ha detto?» domandò Strike.

«Mi ha detto che era stato trattenuto da 'una biondina bollente' che lo aveva attirato in un vicolo» riferì Bradley con un sorrisetto.

«Cristo santo!» mormorò Carter, levando gli occhi al cielo.

«Gli ho detto che raccontava un mucchio di balle e lui s'è fatto una risata» continuò l'addetto. «Ha spiegato che in ogni caso voleva lasciare Gibsons e che presto avrebbe avuto una bella sommetta in contanti, per cui non gliene importava più di tanto che lo avessero licenziato».

«Le ha detto da dove gli sarebbe arrivata la sommetta?»

«No» rispose Bradley. «Credo intendesse un'eredità o qualcosa del genere. Non abbiamo parlato a lungo, lui non mi era mai piaciuto molto. Siccome abitava nella mia stessa strada, a volte lo incrociavo».

«L'ha più visto, dopo di allora?»

«Sì, una volta. Alla fine di ottobre, nello stesso pub. Si era lasciato parecchio andare, secondo me aveva messo su una decina di chili. Gli ho chiesto se aveva avuto la bella somma che si aspettava e lui mi ha lasciato di stucco, perché ha ribattuto che non mi aveva mai detto che stava per ricevere dei soldi, ed è uscito dal pub. In seguito ho saputo che era stato trovato morto nel suo appartamento, dopo che un vicino si era lamentato della puzza. Ne hanno parlato i giornali locali» aggiunse con aria di circostanza. «Un modo triste di andarsene».

«Ne hanno parlato i giornali, dice?» domandò Strike, continuando a scrivere.

«Sì. L'*Hounslow Herald.* Cause naturali. Pare abbia sempre avuto problemi di cuore. Aveva il colorito della carne in scatola, sa? È morto così anche mio padre».

«Proprio il tipo di persona di cui vanno a caccia le giovani bionde bollenti» commentò Carter, e Bradley ridacchiò.

26

... desisti!
La parte di te guerriera potrebbe, io credo,
trovar difficile una vera spada brandire,
e dunque gettala e gusta l'ineffabile gioia
di maneggiarla nella fantasia...

Robert Browning
Sordello: Book the Fifth

« Ma è così... *strano* » disse mezz'ora dopo Robin al telefono, mentre Strike tornava a piedi in ufficio.

« Sì, è vero, è molto strano » riconobbe lui, coprendosi con l'indice l'altro orecchio per escludere il rumore del traffico.

Gli faceva di nuovo male la gamba ma, ricordandosi della forma smagliante di Murphy, con la sua borsa da palestra e la sua borraccia, resistette alla tentazione di prendere un taxi.

« Pare che McGee fosse convinto che avrebbe ricevuto una somma tale da compensare la perdita del posto di lavoro » ragionò Strike. « Ma per che cosa sarebbe stato pagato? »

Robin, che era seduta al volante della Land Rover davanti alla casa di Pimlico che la Signora Due-volte stava visitando, non rispose subito. Dopo un breve silenzio, i due soci parlarono all'unisono.

« Posso solo... » mormorò lei.

« Pensavo... Di' pure tu » disse Strike.

« Mi vengono in mente due possibilità » riprese Robin. « O stava facendo qualcosa che non aveva assolutamente a che fare con la consegna degli argenti, o voleva in qualche modo manometterli. Ma gli argenti non sono stati manomessi ».

« Manomessi no, però qualcosa è andato davvero storto con la consegna. Il Centrotavola Orientale non è finito dove sarebbe dovuto finire».

«Però alla fine è stato consegnato a Ramsay Silver. Sembra una cosa così assurda da fare, scambiare gli indirizzi di due casse, se è questo che è successo davvero».

«Pamela non ha mai visto il centrotavola, però. Siccome è corsa via dal negozio subito dopo che la cassa era stata messa nel caveau, non ha avuto modo di fotografarlo e mandare la foto a Gibsons. Non abbiamo prove che il centrotavola sia finito davvero lì».

«Credi che Wright l'abbia rubato mentre tornava da Ramsay dopo essere stato da Bullen & Co?»

«Non vedo in che modo. Non avrebbe potuto sollevarlo da solo ed è tornato da Ramsay troppo presto. Non avrebbe avuto il tempo di compiere una deviazione per depositarlo da qualcun altro».

«Ma di tutti i pezzi da rubare il centrotavola sarebbe stato il meno appetibile, no?»

«È proprio quello che mi ha appena detto la responsabile della casa d'aste».

«Secondo Pamela, era praticamente invendibile, anche a dei massoni».

Robin stava fissando il portone d'ingresso della casa in cui la Signora Due-volte stava facendo visita a un'amica.

Dopo un altro breve silenzio, Strike osservò: «Immagino che la polizia abbia giudicato irrilevante la consegna ritardata e sbagliata di McGee, ma mi piacerebbe comunque sapere se gli hanno parlato. Si potrebbe provare a rintracciare i parenti per scoprire se è mai stato interrogato dalla polizia. Non mi dispiacerebbe nemmeno vedere i risultati dell'autopsia».

Robin avvertì un senso di disagio che ormai le era sempre più familiare, perché ancora una volta, Strike stava facendo le pulci alla polizia. Pensò di nuovo a Murphy e al biglietto sulla bacheca dell'ufficio, in cui si ipotizzava un'appartenenza dell'ispettore capo Malcolm Truman a una loggia massonica.

«Credo di non avere mai affrontato un caso in cui succedessero così tante cose senza senso» proseguì Strike. «Non vedo perché

McGee sia scomparso dal radar prima di consegnare gli argenti e non riesco ancora a capire perché Wright sia stato ucciso dentro il caveau».

«Allora diamo per buono quello che ha detto Shanker? Si è trattato di un assassinio su commissione, non di una rissa che è uscita dal controllo?»

«Non potremo esserne sicuri finché non sapremo in che modo è morto esattamente Wright, ti pare? Se nella parte anteriore del corpo ci fossero segni e coltellate che facessero pensare al tentativo di difendersi, potrebbe anche trattarsi di una zuffa finita male, però mi sembra un posto stranissimo, una camera blindata, perché ci scoppi una fatale lotta al coltello. Come ho già detto in precedenza, una rapina è un lavoro dove la tempistica è tutto. Se un bandito si incazza mentre l'operazione è in atto, aspetta di essere uscito dalla banca o dal caveau prima di discutere con gli altri. Direi che non dobbiamo trascurare, d'ora in poi, l'importanza di Ramsay Silver. Va bene cercare vari candidati per Wright, ma ho la sensazione che, solo quando scopriremo perché è stato ucciso nel caveau, capiremo chi era».

«Che ne è del tuo 'il mezzo prima del movente'?» chiese Robin, citando il detto che il suo socio amava ripetere.

«Questo è il mezzo» rispose Strike. «Il movente potrebbe essere qualsiasi cosa: rabbia, gelosia, mancato pagamento di un debito. Quello che voglio sapere è perché Wright è stato ucciso *là.* Sappiamo che ha lasciato Ramsay Silver alle sei e sappiamo che è tornato al negozio di notte. Non è assolutamente credibile che si sia presentato per caso da Ramsay all'una di notte senza rendersi conto che stava per avere luogo una gigantesca rapina, e questo fa pensare che fosse lui stesso un furfante. Il guaio è che, a quanto ne sappiamo, se si esclude Knowles, l'unico candidato al ruolo di Wright che avesse già commesso un furto è, al momento attuale...»

«Rupert Fleetwood» lo anticipò Robin.

«Esattamente».

«Ma tu non credi che Wright fosse Fleetwood».

«Immagino che, una volta definito lo scenario in questo modo,

Fleetwood salga un poco nella graduatoria dei sospetti, perché aveva all'attivo almeno un furto comprovato di argento» disse Strike con una certa riluttanza. «Ma c'è una differenza enorme tra uscire in piena luce del sole dal club del suo padrino Longcaster barcollando sotto il peso della *nef* e una rapina come questa, accuratamente pianificata. Perché bisogna ammettere che chiunque l'abbia ideata, l'ha fatta franca. Da allora, nessuna traccia dell'argento e nessun indizio. Ma se il morto fosse Fleetwood, direi che sarebbe stato particolarmente avventato, per la gang, sbarazzarsi di lui nel caveau. Fleetwood era un giovane altoborghese con ottime relazioni sociali, per giunta cugino di un attore famoso, e quando gente del genere viene assassinata, ci si aspetta una vendetta. Con altri tre uomini nel caveau, faccio fatica a pensare che almeno uno non sarebbe intervenuto a fermare una lite tra Fleetwood e il suo assalitore, conoscendo le potenziali conseguenze che avrebbe causato lasciarlo lì morto in terra».

«Sono d'accordo» disse Robin. «Non quadra».

«Se invece l'omicidio di Wright fosse stato pianificato e organizzato, mi parrebbe ancora più strano di una lite scoppiata per caso. Di tutti i posti in cui sbarazzarsi di qualcuno, il caveau di un negozio di argenti massonici sembra il più stupido. Le misure di sicurezza di Ramsay Silver saranno anche state pessime, ma era pur sempre rischioso cercare di entrare in un negozio del genere per commettere un crimine di cui avrebbero sicuramente parlato i giornali».

«Mi tocca andare, Strike. Credo che la Signora Due-volte stia per fare di nuovo shopping» lo interruppe Robin, guardando la donna scendere i gradini di casa con la sua amica, e chiuse la comunicazione. Il suo socio, a cui a quel punto brontolava la pancia per la fame, entrò in un supermercato per comprarsi da mangiare. Pensando di nuovo alla forma smagliante di Murphy con la sua borsa della palestra, scelse un'insalata invece del grosso panino con bacon e pomodori che avrebbe voluto.

Al ritorno non vide più la bionda che aveva notato in precedenza all'angolo di Denmark Street, ma quando aprì la porta dell'ufficio scorse una piccola busta bianca che non c'era quando era uscito. Chinandosi a raccoglierla, vide il suo cognome scritto correttamente e, come spesso gli accadeva, il nome scambiato con un altro: CAMERON STRIKE. La calligrafia era strana, come se l'autore o l'autrice avesse scritto meticolosamente tra due righe orizzontali, e Strike, che in passato aveva avuto motivo di consultare dei grafologi, sospettò che quella tecnica fosse stata usata per eliminare ogni traccia di individualità.

In ufficio, trovò Midge e Pat intente a conversare. Appena entrò, tacquero. Midge aveva gli occhi rossi.

« Buongiorno » disse Strike, fingendo di non avere notato niente. Superando l'acquario, entrò nell'ufficio interno, chiuse la porta e si sedette alla scrivania sua e di Robin. Aprendo la busta bianca, trovò un foglio su cui erano scritte due righe in quello che riconobbe essere il cifrario pigpen.

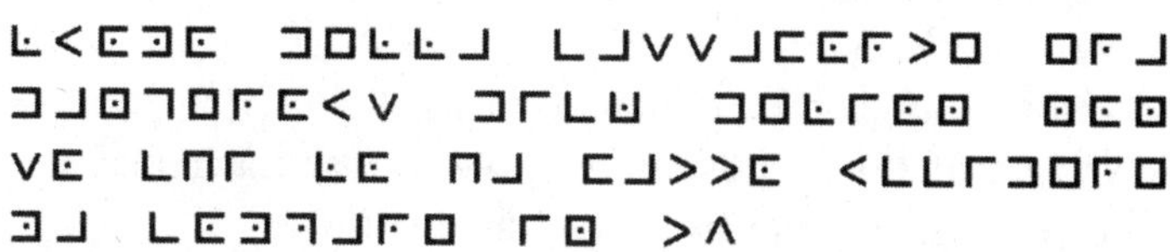

« Che cazzo è questa roba? » mormorò, e aveva appena acceso il computer per trovare la traduzione che Pat bussò alla porta.

« C'è un uomo, al citofono. Dice che vuole parlarti di Niall Semple ».

« Davvero? » fece Strike, e gli venne subito in mente l'uomo che aveva consigliato a Jade Semple di non parlare con lui al telefono. « Ha detto il suo nome? »

« No, e non ha neanche un appuntamento » rispose Pat con aria seccata. Disapprovava per principio che si facessero entrare persone che si presentavano alla porta senza appuntamento.

« Fallo entrare ».

Strike si alzò, chiuse le ante della bacheca su cui aveva appuntato le foto di Semple e degli altri possibili Wright, e nascose sotto la tastiera il biglietto con il linguaggio cifrato. Poi si diresse all'ufficio esterno in tempo per vedere Pat aprire la porta a vetri, Midge uscirne e uno sconosciuto mettere un piede dentro.

Era un bell'uomo vicino ai sessant'anni, alto quasi come Strike, con spalle larghe e un abito blu scuro di chiara fattura sartoriale. Aveva una grossa testa di capelli brizzolati tagliati corti, le mascelle squadrate e un paio di occhiali dalla montatura d'argento. Entrò nell'ufficio non proprio con l'aria di aspettarsi un saluto deferente, ma qualcosa di simile. Strike non si meravigliò troppo di vedere un sorriso cordiale sostituire il precedente cipiglio sul viso della segretaria: Pat aveva un debole per gli uomini di bell'aspetto.

« Il signor Strike? » disse lo sconosciuto con un tono da alta società che al detective sarebbe sembrato più adatto ad annunciare una festa in giardino. Di sicuro non era l'uomo che aveva chiamato Jade Semple 'amore'.

« Sì ».

« Ralph Lawrence ».

Si strinsero la mano.

« Gradisce un caffè? » domandò Strike.

« No, grazie, ho pochissimo tempo » rispose Lawrence.

« Potrei fargliene uno ristretto » disse Pat.

« E va bene, allora, vada per il caffè ristretto » accettò Lawrence, con un sorriso che Strike giudicò volutamente affascinante.

« Prego » disse il detective, facendolo accomodare nell'ufficio interno. Notò che lanciava un'occhiata generale alle due stanze, come volesse mandarne a memoria i dettagli, mentre si dirigeva alla scrivania dei due soci.

« Abbiamo una conoscente comune » disse Lawrence, sedendosi nella sedia di Robin mentre Strike chiudeva la porta.

« Ah, sì? » fece lui. « Chi è? »

« Angela Darwish ».

L'interesse di Strike per l'ospite non invitato aumentò enormemente. Lui e Robin avevano conosciuto Angela Darwish nel contesto di un caso precedente che riguardava un gruppo terroristico di estrema destra. La Darwish aveva agito in collaborazione con la Met e non aveva mai rivelato quale fosse il suo esatto incarico né chi fosse il suo datore di lavoro, ma al termine dell'indagine Strike aveva capito benissimo che era dell'MI5. Ciò non significava, naturalmente, che anche Lawrence lavorasse per i servizi segreti britannici, ma certi vaghi sospetti che a Strike erano venuti riguardo a Niall Semple ora prendevano maggiormente corpo.

«In cosa posso aiutarla?» chiese, sedendosi a sua volta.

«Lei sta cercando di identificare il cadavere rinvenuto nel caveau di Ramsay Silver, vero?»

Non avendo prove che dimostrassero che Lawrence era davvero un agente dell'MI5, Strike rispose con una domanda.

«È stata la moglie di Semple a dirle che volevo un colloquio con lei, o per caso monitora i messaggi privati sulla sua pagina Facebook?»

«Ha parlato con qualcun altro, oltre a Jade?»

«Perché me lo chiede?» replicò Strike, disposto a rispondere anche per ventiquattr'ore di seguito alle domande con domande.

«Credo che un uomo della sua intelligenza capisca perché glielo chiedo» rispose Lawrence con un lieve sorriso.

Pat bussò alla porta dell'ufficio interno ed entrò con il vassoio. Per quanto puerile potesse essere la sua reazione, Strike si irritò un poco vedendo che aveva tirato fuori lattiera e zuccheriera per il loro raffinato visitatore.

«Grazie mille» disse Lawrence, sorridendo alla segretaria, e Strike notò la gioia con cui Pat rispose: «Prego».

«Posso essere franco?» domandò Lawrence dopo che Pat ebbe richiuso la porta.

«Non lo so. Può?»

Strike non era polemico solo perché aveva fame e l'unica prospettiva era quella di mangiare un'insalata del supermercato, e neanche perché lo irritava l'aura di ricchezza e sicurezza dell'ospite: aveva conosciuto molti uomini di quella risma, nell'esercito. Trovava offensivo che Lawrence fosse convinto che anche solo alludere all'MI5 dovesse indurlo ad accettare come vangelo tutto quanto diceva. Siccome era convinto di meritare maggiore rispetto, si appoggiò allo schienale della sedia senza ricambiare il sorriso e sorseggiò il caffè dalla tazza sbeccata dell'Arsenal che Pat aveva giudicato appropriata per il suo capo.

«Sono già alla ricerca di Niall Semple persone in una posizione migliore della sua» dichiarò Lawrence.

«Ah, sì?» disse Strike. «La mia agenzia ha registrato un cento per cento di successo nel rintracciare gli individui che ha cercato di rintracciare, ma se voi lo localizzerete prima di noi, fateci un fischio».

Aveva sperato che il sorriso sulle labbra di Lawrence si spegnesse, ma non fu così.

«Lei che cosa sa di Semple?»

«Nessuno lo ha visto vivo da quando un cadavere alto circa come lui e dello stesso peso ed età è comparso in un caveau a Holborn».

«Lei per conto di chi ha preso questo incarico, un quotidiano?» chiese Lawrence.

«Se lei è chi lascia intendere di essere, può sempre hackerare il nostro computer e scoprirlo» ribatté Strike.

Il sorriso di Lawrence non si spense neanche stavolta. Aveva l'aria di uno che aveva avuto troppo a che fare con stupidi ostruzionisti come Strike per farsi venire il sangue amaro.

«Signor Strike, Niall Semple non era l'uomo nel caveau di Ramsay Silver. Gliene do la mia personale garanzia».

«Va bene» concesse Strike. «Me ne dia la prova e lo spunteremo dalla lista».

«Purtroppo, non posso fornirle le prove senza violare l'Official Secrets Act» replicò l'altro.

«Senza prove io non posso escluderlo» ribadì Strike, indifferente all'allusione di Lawrence, secondo cui identificare quel cadavere poteva mettere a repentaglio la sicurezza nazionale.

Strike colse nel suo interlocutore un certo disappunto per il fatto che l'appello al suo senso dello Stato e della sicurezza nazionale non avesse sortito effetto. Lawrence appuntò lo sguardo sulla sua protesi, in parte nascosta dalla scrivania.

«Herrick, vero?» chiese, riferendosi al nome dell'operazione dell'esercito britannico in Afghanistan in cui era avvenuto l'incidente.

«Sì» rispose Strike, intuendo che, mostrandosi al corrente, aveva fatto la domanda per lusingarlo.

«Capisco che, essendo lei stesso un ex militare, possa avere un certo senso di solidarietà verso Semple...»

«Non ho bisogno di nutrire sentimenti solidali verso una persona scomparsa per cercare di scoprire se è viva o morta» chiarì Strike. «È il mio lavoro».

«Lei non ha le risorse che abbiamo noi».

«Eppure, con tutte le vostre risorse, non lo avete trovato».

«Lei ama la pubblicità, signor Strike, ma la pubblicità, in questo caso, può fare del male».

Strike capì di avere il coltello dalla parte del manico quando Lawrence, resosi conto di avere commesso un errore attaccandolo personalmente, se ne pentì subito e si affrettò a dire: «Guardi che noi siamo dalla stessa parte, signor Strike».

«Io voglio scoprire se Niall Semple è morto, voi volete impedirmi di scoprirlo» riassunse lui. «Sono parti diametralmente opposte, cazzo. Vuole che le dica cosa penso stia succedendo?»

«Prego» fece Lawrence, allungando la mano verso la tazza di caffè.

«Temendo che un tabloid scriva che sono alla ricerca di Semple, avete deciso di procedere con i piedi di piombo e di cercare di convincermi a lasciar perdere. Il fatto che burocrati di alto rango tentino di intimidirmi» e qui Strike vide con soddisfazione il suo interlocutore battere le palpebre, non gradendo di essere definito un burocrate «mi fa pensare che Semple sia rimasto ferito in un'operazione di cui non volete che il pubblico venga a conoscenza. Magari ha subito danni cerebrali e può rappresentare un onere per lo Stato. In poche parole, vi farebbe comodo che fosse morto, ma vi farebbe ancora più comodo che di una morte del genere non parlassero i giornali».

Per un istante si guardarono in faccia e gli occhi azzurri dell'ospite si incrociarono con quelli castani di Strike.

«Va bene» disse Lawrence, deponendo la tazza di caffè e alzandosi. «Grazie di avermi ricevuto. In qualunque momento mi volesse contattare, chiami questo numero».

Tirò fuori una scatolina d'argento e lasciò sulla scrivania un biglietto da visita bianco, di carta spessa. «Arrivederla».

Se ne andò senza stringergli di nuovo la mano. Invece di accompagnarlo alla porta, Strike prese il biglietto da visita e lo esaminò con scarso interesse. Recava solo il nome dell'uomo, che non gli pareva scontato fosse quello vero, e un numero di cellulare. Aprì le ante della bacheca, attaccò il biglietto sotto la foto di Semple, poi tornò al computer, aprì Facebook e mandò un messaggio alla moglie di Niall.

Non svolgo incarichi per i giornali. Vorrei solo scambiare due parole con lei.

Se Lawrence era davvero in grado di accedere ai messaggi privati di Jade Semple su Facebook, quello, sperava Strike, gli sarebbe piaciuto.

Tornò a sedersi alla scrivania e, troppo di malumore per infliggersi pure l'insalata, prese il biglietto cifrato che aveva nascosto sotto la tastiera e si mise al lavoro, traducendo il messaggio simbolo per simbolo. Nel giro di pochi minuti, scrisse sotto le righe in codice una frase di senso compiuto:

l'uomo | nella | cassaforte | era | dangerous | dick | delion | non | so | chi | lo | ha | fatto | uccidere | ma | compare | in | TV

27

L'unica difficoltà era decidere come analizzare la cosa, cosa fare e come.

John Oxenham
A Maid of the Silver Sea

Sabato mattina, una giornata fredda e nebbiosa, Robin si svegliò, esausta, nell'appartamento di Murphy a Wanstead. Avrebbe voluto dormire un altro paio d'ore, perché, sebbene avesse detto al suo uomo che «lo avrebbe raggiunto subito a letto» e «doveva solo inviare altre due e-mail», era rimasta alzata in soggiorno fino alle due, a studiare con cura la pagina Facebook di Calvin Osgood, il vero produttore discografico, e la pagina Instagram di Calvin 'Oz' Osgood, colui che si fingeva il produttore. Dopo essersi districata in mezzo a un labirinto digitale di connessioni e vicoli ciechi, era arrivata su un sito web di giovani persone scomparse e non era riuscita a procedere oltre.

Si era infilata a letto quatta quatta per non svegliare Murphy, ma aveva avuto una notte inquieta, funestata da incubi su Chapman Farm. Tuttavia, visto che avevano un appuntamento per visitare un'altra casa, si era alzata con gli occhi gonfi alle otto e, senza lamentarsi, si era vestita, aveva fatto colazione ed era uscita nella gelida mattina nebbiosa. Erano saliti sulla Toyota Avensis di Murphy, perché Robin aveva portato la Land Rover in un garage a fare la revisione. Affidandola ai meccanici, si era sentita come il proprietario di un cane che aspetta di sapere dal veterinario se il suo beniamino sopravviverà: lo strano sferragliare della macchina, infatti, di origine ancora oscura, negli ultimi tempi era aumentato.

Quel giorno Murphy era di umore migliore. La Met aveva arrestato di nuovo il guidatore dell'auto da cui si riteneva fossero partite le pallottole che avevano raggiunto i due ragazzini, e Murphy le aveva detto con cautela, ma anche con fiducia: «Credo che stavolta inchioderemo quei bastardi».

Banchi di fitta nebbia gravavano sulla strada mentre si dirigevano a ovest, a Wood Green, ma l'Avensis era calda e confortevole. Robin pensò alla sua vecchia Land Rover e si disse che forse non sarebbe stato male avere una macchina con un riscaldamento funzionante. Alla radio stavano trasmettendo *Do They Know It's Christmas?* quando le squillò il cellulare che si collegò automaticamente al Bluetooth, mostrandole che era Strike.

«Ciao, cosa c'è?» disse.

«Ho notizie, se puoi parlare».

«Veramente... sto andando a vedere un'altra casa» rispose lei, spaventata, perché non voleva assolutamente che Strike rivelasse a Murphy i particolari delle loro indagini, tanto meno che dicesse che sapevano che il corpo non era quello di Jason Knowles. «Posso richiamarti dopo?»

«Nessun problema» acconsentì Strike. «Ci sentiamo più tardi».

Robin chiuse la comunicazione, mentre dagli altoparlanti continuavano ad arrivare le note di *Do They Know It's Christmas?*

«Che cos'è che non devo sapere?» domandò Murphy.

«Non fare lo sciocco» lo redarguì Robin. «Sono solo stanca. In questo momento non me la sento di sostenere una lunga chiacchierata di lavoro».

Continuarono a procedere nella nebbia e dopo un poco Robin si mise a parlare del loro imminente viaggio a Masham.

Vedi? pensò. *È te che porto a casa dei miei. È con te che passerò il Natale.*

«Oh, questa sì che sembra bella!» esclamò entusiasta Murphy quando, mezz'ora dopo, arrivarono in Moselle Avenue. Le villette a schiera erano di mattoni rossi e apparivano tutte in condizioni molto migliori di quella che avevano visto di recente a Wanstead.

Robin era appena scesa dall'auto quando ricevette un'altra telefonata, stavolta dallo stesso numero di Ironbridge che aveva visto tempo addietro. Dato che il giorno prima aveva lasciato un altro messaggio a Dilys Powell, disse: « Devo assolutamente rispondere, Ryan, riguarda Rupert Fleetwood. Tu entra. Ti raggiungo tra cinque minuti ».

« Ti aspetto » fece lui.

Robin si chiese se non pensasse che fosse di nuovo Strike.

« Fa un freddo cane qui fuori, entra e mostrati interessato, non voglio che ci cancellino l'appuntamento ».

Così Murphy attraversò la strada e fu fatto accomodare in casa, mentre Robin rispose alla telefonata.

« Parla Robin Ellacott ».

« Sono Dilys » disse una voce stridula.

« La signora Dilys Powell, la nonna di Tyler? » chiese Robin.

« Sì » rispose la donna con tono sospettoso e confuso.

« Grazie per aver chiamato, signora Powell. Sono un'investigatrice privata e speravo di poter parlare con lei di suo nipote ».

« Che cosa? È stata lei a chiamarmi ».

« Sì, ho chiamato ma la sua pronipote mi ha detto che lei era ricoverata in ospedale » scandì lentamente Robin, per farsi capire.

« Che cosa? »

« Spero stia meglio, adesso! » gridò lei, per farsi udire.

« Be', sono a casa » borbottò Dilys Powell.

« L'avevo chiamata perché abbiamo saputo che temeva che l'uomo rinvenuto nel caveau fosse Tyler. Il cadavere trovato nella camera blindata, intendo. Si è fatto vivo, Tyler, dopo che lei si è rivolta alla polizia? »

« No, non si è fatto vivo » rispose Dilys. « Non una parola ».

« Che cosa le ha fatto pensare che potesse essere l'uomo del caveau, signora Powell? »

« Che cosa? » fece lei. « Parli più forte, non sento! »

« Potrei venire a trovarla? » chiese Robin, di nuovo alzando la voce e scandendo le parole. « Posso venire a parlare con lei di Tyler, a Ironbridge? »

« È scappato » disse la donna. « Ha detto dove andava a Griff, ma non a me ».

« Griff è un amico di Tyler? » domandò Robin, cercando con l'altra mano il taccuino.

«Abita più avanti, lungo la strada. Lei cos'è che vuole?»

«Parlarle di Tyler, signora!» ripeté Robin a voce ancora più alta e chiara. «Posso venire a Ironbridge, magari dopo Natale?»

Seguì un breve silenzio.

«Sì, può venire».

«La ringrazio molto» disse Robin, mentre il portone della casa da visitare si apriva e Murphy, sulla soglia, la guardava. «Posso richiamarla per prendere appuntamento per la visita, signora Powell?»

«Richiamarmi? Sì, va bene».

Robin chiuse la comunicazione e attraversò di corsa la strada.

«Scusami, ma era urgente» si giustificò con Ryan.

Una loquace donna incinta, all'incirca sua coetanea, fece loro visitare la casa, che era perfettamente pulita. In soggiorno, il marito badava a un bambino di due o tre anni e a una bambina più grande.

«Dovevano andare al parco, ma sono rimasti a casa perché fa un freddo cane e poi Nate ha appena avuto la tosse» spiegò la madre a Robin e Murphy, superando il resto della famiglia e accompagnandoli nella piccola cucina che luccicava di pulizia. «È un bel quartiere, con vicini simpatici. Siamo stati molto felici, qui, ma abbiamo bisogno di più spazio ora che arriva un altro bambino. E poi vorrei stare più vicino ai miei genitori. Ecco il giardino». Con un sorriso, indicò un piccolo prato ben curato davanti alla finestra della cucina.

Al piano di sopra, la donna li fece accomodare in una stanzetta ammobiliata con un letto sulla cui testiera era inciso il nome NATHAN. Sulle pareti azzurre erano dipinti aeroplani gialli e rossi. Murphy prese la mano a Robin e la strinse. Lei avvertì una lieve morsa allo stomaco e un pensiero le attraversò all'improvviso la mente.

Non vivrò mai in questa casa.

«E questa è naturalmente quella di Laura, e la nostra» disse, orgogliosa e raggiante, la proprietaria mostrando loro una seconda camera da letto più grande, con pareti in parte bianche in parte rosa confetto.

«Bella» disse meccanicamente Robin, guardando con aria vacua il piumone giallo e i mobili di pino.

«Ecco il bagno».

Era immacolato, con piastrelle blu e bianche. Sotto ogni profilo una bella casa, solo che Robin aveva già preso la sua decisione. La scala era stretta, e Murphy le lasciò andare la mano, dandole la precedenza. Mentre scendevano, suonò il campanello.

«Ah, caspita, credo siano i visitatori successivi» disse la proprietaria. «Sono in anticipo».

«Ci sono molte richieste?» domandò Murphy.

«Sì» rispose la donna, come scusandosi. «Se volete andare a guardare meglio il giardino, fate pure».

Così Robin e Murphy uscirono dalla porta di servizio e si ritrovarono nel prato ricoperto di brina, a respirare l'umido, ingrato sentore della nebbia che si stava a poco a poco sollevando.

«Che cosa ne pensi?» domandò lui.

«È bella» rispose Robin, che non voleva buttarsi subito a sottolinearne i difetti.

«Secondo me ci sarà chi offrirà molto più del prezzo richiesto».

«Temo anch'io» convenne lei, fingendo rammarico. «Poi il parcheggio penso sia difficile, con due macchine. Però è bella».

Dalla finestra della cucina videro una famiglia di quattro persone guardarsi in giro.

«Vuoi dare un'altra occhiata al piano di sopra?» domandò lui.

«Ci sono ottime foto online. Cosa ne dici se invece andiamo a berci un caffè al bar e diamo un'occhiata al quartiere?»

«Buona idea».

Così rientrarono in casa, ringraziarono i proprietari e uscirono di nuovo in Moselle Avenue. Mentre stavano per attraversare la strada, a Murphy squillò il cellulare.

«Scusami, una telefonata di lavoro» disse.

Si allontanò lungo la strada, rispondendo alla chiamata solo quando fu sicuro che Robin non potesse udire. Robin aspettò che fosse a una cinquantina di metri di distanza, poi richiamò Strike.

«Com'era la casa?» le domandò il socio.

«Non un granché» rispose lei, sentendosi sollevata nel dirlo, anche se sapeva che non era stata tanto la casa a non piacerle, quanto il gesto di Murphy. Che cosa significava quel suo stringerle la mano? Consolazione? Speranza? Incoraggiamento? «Dimmi le tue novità, perché anch'io ne ho qualcuna».

Strike le parlò della visita fattagli da Ralph Lawrence in ufficio, il pomeriggio prima.

«Dio santo!» esclamò Robin, immensamente felice di avere impedito a Strike di raccontare l'accaduto al Bluetooth della macchina di Murphy. «L'MI5 ci intima di stare alla larga dal caso Ramsay Silver?»

«Presumendo che Lawrence dica la verità riguardo alla propria identità, nella missione in cui rimase ferito Semple, all'inizio sarebbe stato coinvolto l'MI6, se Semple fosse stato membro del Reggimento».

«Quale reggimento?»

«Il Reggimento con la erre maiuscola» rispose Strike. «La SAS e, dovessi scommettere, direi la Squadriglia E».

«Che cosa significa?»

«Operazioni sotto copertura, il che spiegherebbe perché la stampa non abbia fornito particolari su come Semple abbia riportato il danno cerebrale. Stava compiendo una missione che né il pubblico britannico né il nemico dovevano conoscere. Spiega anche la barba. Le Forze speciali sono le uniche dove è permesso averla. Ma non è Lawrence che mi preoccupa».

«No?»

«Credo che, se avesse avuto prove inconfutabili del fatto che il cadavere nel caveau non era quello di Semple, Lawrence me le avrebbe date. In mancanza di prove, abbiamo tutto il diritto di continuare a investigare».

Robin non disse niente, anche se, ancora una volta, s'immaginò la faccia che avrebbe fatto Murphy se lo avesse sentito parlare così.

«In ogni caso» proseguì Strike, «ho inviato un altro messaggio alla moglie di Semple e spero di avere notizie dal mio ex commilitone del SIB, a cui ho chiesto di trovarmi qualche informazione su Semple. Ma questa non era l'unica cosa che volevo dirti».

Strike riferì del biglietto che aveva trovato infilato sotto la porta dell'agenzia.

«Ma che diavolo...» sbottò Robin al termine del racconto.

«Già, e credo di sapere chi ce lo ha fatto avere» disse Strike. «Ieri, quando sono uscito dall'ufficio, in fondo a Denmark Street c'era una donna, all'angolo, che ha chinato il viso per non farsi vedere, quando sono passato. Lì per lì non ci ho badato, ma credo fosse diretta alla nostra porta e che ci abbia infilato lei il biglietto appena ha visto che uscivo. Quando l'ho superata, aveva l'atteggiamento di una che aspettava qualcuno, ma l'angolo tra Denmark Street e Charing Cross Road è uno strano posto dove darsi appuntamento, con il freddo che fa e la confusione dei pub e delle kebabberie».

«Mi dici di nuovo il nome sul biglietto cifrato?»

«Dangerous Dick de Lion, pericoloso cazzo di leone».

«Sembra...»

«... una pornostar?»

«Stavo per dire un personaggio dei cartoni animati».

«È una pornostar».

«Ma perché...?»

«Ho guardato su internet. È davvero un attore porno, e dall'aria che aveva la donna ferma all'angolo di Denmark Street, direi che anche lei è del settore. Inoltre, se per caso Dangerous Dick aveva degli account nei social, li ha cancellati tutti. Naturalmente questo potrebbe significare che ha iniziato un'altra attività del tutto avulsa dall'industria porno, ma potrebbe anche significare qualcos'altro».

Strike non si stupì dello sbalordito silenzio che seguì all'altro capo della linea.

«Il biglietto diceva che *è stato fatto uccidere*?»

«Sì».

«Da una persona che compare in TV?»

«Così sembra».

«Ma questo non significa che...?»

« Sì, quadra con quanto mi ha detto Shanker, ossia che l'omicidio è stato commissionato da un pezzo grosso ».

« E come fa, quella donna, a sapere che stiamo investigando sul cadavere nel caveau? »

« Questo, per me, è molto più interessante delle dimensioni del pene di Dangerous Dick de Lion, che se ti interessa puoi controllare online ».

« Ma perché scrivere un biglietto? La donna avrebbe potuto benissimo inviarci un'e-mail anonima ».

« Forse non voleva lasciare un'impronta nel web. Forse pensa che ci serviamo di giovanissimi maghi del computer che la rintraccerebbero subito. Ha scritto il biglietto in maniera che la calligrafia non fosse identificabile, il che potrebbe spiegare il linguaggio in codice, anche se un altro modo di definire il pigpen è 'cifrario della massoneria' ».

« Stai scherzando? » fece Robin, lanciando un'occhiata a Murphy, che le voltava ancora le spalle.

« Non so se siano tutte cazzate oppure no, ma bisogna che d'ora in avanti prendiamo qualche precauzione » disse Strike. « Voglio sapere in ogni momento dove ti trovi, e se per caso c'è da andare in un posto poco illuminato e poco frequentato, non ci vai da sola ».

« E io, lo saprò dove sei *tu* in ogni momento? » replicò Robin.

« Se vuoi, sì ».

« Ma è meno importante che sapere dove sono io, vero? »

« Non ho nessuna voglia di farmi squartare e coprire con una sciarpa massonica, ma, con tutto il rispetto, immagino avrebbero più difficoltà ad assalire me che te. Quali sono le tue notizie? »

« Che cosa? » fece Robin. « Ah, sì, ne ho due o tre. La nonna di Tyler Powell mi ha richiamato poco fa. È stata ricoverata in ospedale, ma adesso è a casa e sarebbe lieta di parlare con me, se fossi disposta ad andare a Ironbridge ».

« Splendido » disse Strike. « Potremmo riuscire a interrogare sia Dilys sia la moglie di Semple durante un unico viaggio ».

« Sì, ottimo » convenne Robin.

« E le altre cose? »

«Midge e Tasha si sono lasciate».

«Ah» commentò Strike. «Mi pareva che qualcosa non andasse. Quando ho visto Midge, ieri in ufficio, mi è sembrata sull'orlo di una crisi di pianto».

«Sì, e quindi cerca di...»

«Non fare il bastardo?»

«Stavo per dire 'non essere troppo esigente con lei, in questo momento', ma va bene anche 'non fare il bastardo'».

«Mi sembra giusto. Nient'altro?»

«Be', magari non è di nessuna utilità, ma ieri sera ho esplorato a fondo Facebook e Instagram alla ricerca degli account del vero Osgood e del finto Osgood Oz, e c'è una ragazza...»

Murphy si era girato e adesso le stava venendo incontro.

«Devo andare, Strike» si sottrasse in fretta Robin. «Ti finirò il racconto più tardi, ma la faccenda sta diventando sempre più...»

«Sì, senza dubbio» convenne lui.

28

Io ho il mio gusto della verità,
così come il mio pizzico di falsità...
Robert Browning
Mr Sludge, «The Medium»

Alle due meno un quarto di lunedì pomeriggio, Strike si diresse a Holborn per interrogare Jim Todd, l'uomo delle pulizie di Ramsay Silver. Avendo un pretesto per telefonare a Robin, la chiamò, perché aumentare al massimo le occasioni di contatto con lei serviva sia a fare leva sui suoi punti di forza sia a impedire a Ryan Murphy di portare avanti il suo piano.

«Ciao» disse lei, rispondendo al secondo squillo. «Ho appena scoperto perché non riusciamo mai a beccare da Dino's l'amico di Rupert, Albie. Non ci lavora più da cinque mesi».

«Non avrebbero potuto dircelo subito, cazzo?» brontolò Strike. Anche Robin era in giro e camminava lungo una strada molto trafficata, sicché Strike fu costretto a premersi l'indice contro l'altro orecchio per sentirla.

«No, perché, a detta della cameriera che ho atteso al varco per poterla interrogare, a loro non è permesso dare informazioni per telefono sul personale. Dice che Albie è andato a lavorare da Harrods, ed è là che sono diretta. Tu dove sei?»

«Quasi a Leather Lane».

«Dove stava un tempo Nico Ricci» aggiunse Robin, riferendosi a un vecchio gangster che era stato il sospetto in un caso precedente.

«Proprio così».

«Mi chiami per un motivo particolare o volevi solo controllare se i massoni mi avessero già fatto fuori?»

«Sì, c'è un motivo. Ho appena sentito Hardacre, il mio ex commilitone del SIB, il ramo Investigazioni Speciali della polizia militare. Ha detto che Semple era sicuramente nella SAS e rimase invalido nel 2015, dopo un grave trauma alla testa che lo lasciò in coma farmacologico per tre mesi. Nessun dettaglio disponibile, nemmeno per la polizia militare, il che mi fa pensare che appartenesse senz'altro alla Squadriglia E».

«Allora Lawrence è davvero dell'MI5?»

«Credo che si debba accettare come ipotesi di lavoro» rispose Strike. «Cambiando completamente discorso: che cosa volevi dirmi sabato scorso, a proposito della pagina Facebook di Osgood?»

«Ah, sì» fece Robin, che in quel periodo di scarso sonno si era dimenticata di dargli quell'informazione, anche se l'aveva messa nel file. «Be', la stessa ragazza, di nome Sapphire, appare sempre nei commenti sia della pagina Facebook del vero Osgood, sia della pagina Instagram del finto Oz. Ho indagato un po' e credo di averla trovata. Si chiama Sapphire Neagle e pensa che stranezza: è sul sito web delle persone scomparse. Ha smesso di postare messaggi sui social in novembre e da allora non è più stata vista. È evidente che può essere una mera coincidenza, ma...»

«Un chiaro contatto online con un uomo che non è affatto chi dice di essere, fa pensare» osservò Strike.

«È proprio questo il punto» convenne Robin. «Non voglio dire che questa Sapphire stia con Oz o che lui l'abbia fatta fuori, Dio non voglia, ma è una possibilità. Pensavo di chiamare l'istituto che si occupa delle persone scomparse per vedere cosa mi dicono. Che ne pensi?»

«Male non fa. Dovremmo anche avvicinare un contatto della polizia, vedere se sa cosa le è successo. A proposito, la Land Rover ha superato la revisione?»

«No» sospirò Robin. «Mi hanno telefonato dieci minuti fa. Dicono che gli interventi necessari costerebbero più di quanto prenderei dalla rottamazione» spiegò, cercando di non lasciar trapelare la sua profonda tristezza. Aveva con quella vecchia auto un legame sentimentale che avrebbe fatto fatica a spiegare a chi non sapeva quanto essa fosse associata, nel suo cuore, alla fuga dal primo marito, a cui la Rover non era mai piaciuta, e alla carriera di detective che tanto significava per lei.

«Potresti addebitare parte dell'acquisto di una nuova auto all'agenzia» disse Strike. «Una nuova Land Rover ci farebbe comodo. È utile avere una macchina che è in grado di attraversare anche terreni di campagna e non salta troppo agli occhi nelle zone rurali. Ci offrirebbe una bella gamma di utilizzo. Bene, fammi sapere come va da Harrods. Ora devo andare. Sono in Leather Lane».

Finita la telefonata, Strike procedette lungo una stretta strada fiancheggiata di negozi, fast food e bancarelle del mercato, pensando alla Land Rover defunta di Robin, destinata alla rottamazione. Benché non fosse attaccato quanto lei a quella macchina, il suo pensionamento gli sembrava segnare la fine di un'epoca. E gli venne in mente che, data la notizia della rottamazione, forse bisognava ripensare al regalo di Natale per Robin.

Il Craft Beer Co, il pub che Todd aveva scelto per il colloquio, si trovava all'angolo di due strade ed era decorato, sopra la porta, con cesti appesi e un modello tridimensionale dello stendardo reale britannico. Entrando, Strike alzò gli occhi verso la bandiera con l'arpa, il leone rampante e i leoni passanti.

Riconobbe Jim Todd non dal viso, perché la qualità delle immagini della telecamera di Ramsay Silver era pessima, ma dalla figura. L'uomo delle pulizie era seduto su una panca rivestita di pelle e aveva davanti, sul tavolo, un boccale da pinta pieno fino all'orlo. Basso, calvo e molto corpulento, aveva mani e piedi piccoli, due occhietti azzurri e una bocca larga dalle labbra sottili. I pochi ciuffi superstiti di capelli, intorno alle orecchie, erano grigiastri e lanuginosi. Indossava un paio di vecchi pantaloni e una giacca sudicia, e teneva lo sguardo pungente fisso su una giovane donna dalla vertiginosa minigonna, in piedi davanti al bancone.

«Cameron, eh?» fece quando Strike lo raggiunse con una mezza pinta di birra IPA in mano.

«Cormoran, ma se mi vuole chiamare Cameron, per me va bene lo stesso» rispose Strike, sedendosi di fronte a lui. «La ringrazio di avere accettato di vedermi, mi ha fatto un piacere. Questo è il suo locale?»

«Abbastanza. Abito più avanti lungo la strada, in una stanzetta che mi è comoda per i miei lavori. Siamo io e un gruppo di pachistani, stipati sopra un ristorante libanese, ah, ah, ah!»

«Eh già, non è facile trovare alloggio a Londra» disse Strike, tirando fuori il taccuino. «Lei fa pulizie per varie ditte, vero?»

«Vero».

«Tutte nella stessa zona?»

«Holborn, Covent Garden, sì. Li ho ottenuti con il passaparola. Sono bravo». Continuava a sorridere, ma c'era un'ombra di sfida nel suo tono.

«Bene, come le ho anticipato per telefono, questo colloquio mi serve solo per capire meglio il quadro generale. Quante ore alla settimana lavora per Ramsay Silver?»

«Dal lunedì al giovedì faccio regolarmente la mattina e anche un po' di più, perché lucido della roba d'argento».

«Da quanto tempo?»

«Due anni».

«Ha risposto a un annuncio o...?»

«Un altro tizio per cui lavoro ha fatto il mio nome a Ken Ramsay, e Ken mi ha assunto».

«Aveva frequenti rapporti con William Wright?»

«Lo vedevo abbastanza, sì. Ma lei intende Knowles, non Wright, vero?» chiese con un sorriso furbo, come se avesse colto Strike in fallo.

«La polizia non ha ancora stabilito con sicurezza chi fosse William Wright».

«Credevo di sì».

«No» replicò Strike, «ma lei è sicuro fosse Knowles, vero?»

«Oh, sì!» disse Todd, sempre con il sorriso sulle labbra. «Era senz'altro Knowles, su questo siamo d'accordo tutti, Ken, Pamela e io».

«Pamela non ci vede tanto bene, però, vero?»

«Come? Ah, sì, ma mica è cieca!»

« La polizia le ha mostrato per caso altre foto, oltre a quelle di Jason Knowles? »

« Sì, me ne ha fatte vedere un paio ».

« Si ricorda il nome degli uomini di cui le hanno mostrato le foto? »

« Uno di loro era un soldato ».

Strike si segnò un appunto.

« Quella di Knowles era una foto segnaletica? »

« Sì » disse Todd e, rispondendo a una tacita domanda, aggiunse: « Non era solo per via della foto segnaletica. Sembrava proprio Wright ».

« Dalle immagini della telecamera di sorveglianza del negozio mi risulta che Wright fosse parecchio camuffato ».

« Be', sì » ammise Todd.

« Era uno di quegli uomini che nascondono il viso dietro una barba molto folta ».

« In effetti aveva un gran barbone » riconobbe Todd. « Certi uomini hanno una barba che va da qui » e indicò con l'indice tozzo un punto della guancia a qualche centimetro dall'occhio « fin quasi al petto. Pamela gli aveva detto di accorciarsela un po', ma Wright mi confidò che aveva delle cicatrici lasciate dall'acne e che voleva tenerle coperte ».

« Davvero? » chiese Strike, scrivendo un altro appunto. « Senta, le spiace guardare alcune foto che ho qui? Credo conosca almeno una delle persone ritratte ».

In effetti, quando posò gli occhi sulla foto di Niall Semple, Todd lo riconobbe.

« Sì, eccolo, è questo qui il soldato ».

Scosse leggermente la testa davanti all'immagine di Tyler Powell e si soffermò invece, di nuovo sorridendo, davanti a quella dell'uomo che Strike non poteva che chiamare Dick de Lion, finché non avessero scoperto il suo vero nome. Nella foto meno sconcia che Strike fosse riuscito a trovare online, de Lion era a petto nudo.

« Chi è, uno spogliarellista? »

« Non che io sappia » rispose Strike.

«Però, sa che Wright era proprio di quel colore?»

«Cioè, un colore da crema autoabbronzante?»

«Sì. Poteva essere lui, chissà».

Todd strizzò gli occhi e Strike immaginò che stesse cercando di figurarsi il biondo Dick de Lion con i capelli neri, una gran barba e un paio di occhiali. De Lion aveva occhi castani e denti bianchissimi, anche se questi potevano essere stati ritoccati nella fotografia.

«Sì che poteva essere lui» ripeté Todd.

«Quanto ne è sicuro, in una scala da uno a dieci?»

«Non so... cinque? Ma potrebbe sul serio essere lui. Wright era un po'...»

Invece di finire la frase, alzò la mano destra e la lasciò penzolare, floscia, dal polso.

«Intende una checca?» chiese Strike.

«Con le mossette, sì».

Todd passò dalla foto di de Lion a quella di Rupert Fleetwood.

«No, non penso sia questo qui» disse, restituendola.

«Ha avuto molto a che fare con Wright, in negozio?» domandò Strike.

«Un po', sì».

«Gli ha parlato?»

«Un po', sì» ripeté.

«Che accento aveva? Aveva per caso l'accento di Doncaster?»

«Non so com'è l'accento di Doncaster» replicò Todd.

«Non potrebbe essere stato scozzese e avere simulato l'accento inglese?»

«Non credo».

«Potrebbe essersi finto uno della classe operaia, mentre era di una classe più alta?»

«Scommetto che uno di quelli appartiene alla buona società, eh?» fece Todd, indicando le foto di Strike.

Strike ignorò la domanda.

«Di che cosa parlavate, lei e Wright?»

«Dei massoni» rispose prontamente Todd, di nuovo sfoderando un sorriso. «Era sempre dietro a fare domande su di loro».

«Lei è massone?»

«Ah, ah, ah!» rise Todd. «Io no di certo, amico!»

Seppellì il viso nella birra e bevve due lunghi sorsi prima di rimettere il boccale sul tavolo.

«Secondo lei, Wright si è interessato ai massoni dopo avere cominciato a lavorare da Ramsay Silver, o era già interessato alla materia prima di essere assunto?» continuò Strike.

«Non lo so, però era chiaramente molto preso dalla faccenda della massoneria. Pensi che a ora di pranzo andava a curiosare in Freemasons' Hall».

«Davvero?»

«Oh, sì. Un giorno camminavo per Great Queen Street, perché dovevo andare in una delle altre ditte per cui lavoro, quando ho visto Wright entrare proprio a Freemasons'. La volta successiva che l'ho visto gli ho detto: 'Ehi, hai trovato la capra da sacrificare?'. Ah, ah, ah!»

«E lui cosa rispose?»

«Rispose che voleva vedere il Tempio Diciassette».

«Perché?»

«Non lo so, non me l'ha detto. Ha solo detto che voleva vederlo. Dopo che ho scoperto che era Knowles, però, ho pensato: 'Col cazzo che era il Tempio Diciassette, stava solo cercando qualcosa che aveva a che fare con gli argenti da rubare'. Hanno un museo, là a Freemasons', e un negozio con dentro dei libri, e lui li consultava. Probabilmente cercava di scoprire quale valore potesse avere quel cavolo di argento dei massoni».

«Ha detto alla polizia che Wright aveva visitato Freemasons' Hall?»

«Sì, certo» annuì Todd con il solito sorrisetto sulle labbra.

«Wright le ha mai detto che forse qualcuno sarebbe venuto a cercarlo?»

«No, anzi il contrario».

«Che cosa intende dire?»

«Secondo me c'era un tizio che sorvegliava il negozio. L'ho visto un paio di volte aggirarsi lì intorno. Quando l'ho visto una terza volta, ho detto a Wright di stare attento a quel tipo. Era un omone, uno che aveva pressappoco la sua stazza, Cameron. Era lì che ciondolava intorno a Ramsay Silver, ma quando ho avvertito Wright, lui ha detto che lo aveva notato, ma che era uno che lavorava alle Connaught Rooms. Non ha battuto ciglio, insomma. Dopo ho capito che doveva essere un suo complice».

«Ha parlato a Pamela o Kenneth di quell'uomo?»

«Non volevo che si preoccupassero. In ogni caso, erano affari di Wright, in fondo era lui l'addetto alla sicurezza».

«E alla polizia, ha parlato della presenza di quell'uomo?»

«Sì, mi pare di sì» disse. «Sì» ripeté, bevendo un altro lungo sorso di birra.

«L'uomo che si aggirava lì intorno era bruno con i capelli ricci?»

«Cosa? No, aveva i capelli lisci. Chi è che è bruno con i capelli ricci?»

Strike ignorò la domanda.

«Dunque Wright non le ha mai detto di essere in fuga o di aver bisogno di nascondersi o di essere stato accusato a torto di qualcosa?»

«Cioè, di cosa?»

«Non lo so» disse Strike, «ma ha visitato, sul computer di Ramsay Silver, un sito web che si chiama 'Accusati ma Innocenti'».

«Conosco quel sito, la polizia mi ha fatto domande al riguardo» rispose Todd, stavolta serio. «Mi hanno chiesto se lo avevo mai visitato. No, che non l'ho visitato. Non avevo la password del fottuto computer. È colpa di quella lì se quel perfetto idiota ha usato il computer alla cazzo di cane».

«Che cosa intende dire?»

«È colpa di lei perché lei, Pamela, non c'era il giorno in cui è arrivato quel cazzo di argento Comesichiama. Se l'è squagliata in anticipo, no?»

«Sarebbe così gentile da raccontarmi esattamente come sono andate le cose quel pomeriggio?» chiese Strike. «Lei lavorava presso un'altra ditta quando arrivò la merce, vero?»

«Sì. Giovedì avevo detto a Pamela: 'Le do una mano se ha bisogno e mi paga lo straordinario', perché sapevo che una delle cose in arrivo era pesantissima. Kenneth ci mostrò tutto nel catalogo, e io ho detto: 'Vi aiuto, se avete bisogno'».

«Non avrebbe dovuto trasportare l'argento nel seminterrato il fattorino di Gibsons?»

«Ha visto la scala?» replicò Todd. Da quando Strike aveva nominato il sito 'Accusati ma Innocenti', aveva assunto un tono suscettibile e adesso aveva anche aggrottato la fronte.

«Sì, l'ho vista» disse Strike.

«Pensa che la gente debba rischiare l'osso del collo per portare giù la roba? Ero presente, una volta, quando un facchino non aveva voluto scendere quella scala con delle casse in mano. Non si deve pensare anche alla salute e alla sicurezza? Prima che arrivasse Wright, avevo detto a Pamela, mi dia dieci sterline e gliele porto giù io, queste cose».

«In quell'occasione l'uomo delle consegne che non voleva scendere la scala troppo ripida era Larry McGee?»

«Chi?» fece Todd, prendendo il boccale e bevendo un altro sorso di birra.

«McGee è quello che ha consegnato gli argenti Murdoch».

«Ah. No, non lo so, non credo di averlo mai visto».

«Quindi non sarebbe in grado di riconoscerlo?»

«No. Chi era?»

«Gliel'ho appena detto. Il fattorino mandato dalla casa d'aste Gibsons».

«Mai sentito nominare».

«Quand'è, allora, che Pamela la chiamò perché desse una mano con gli argenti Murdoch, se lo ricorda?»

«Verso le tre. Ho dovuto aspettare di potermene andare senza dare troppo nell'occhio, perché ero nell'altra ditta per cui lavoro».

«Dunque a che ora è arrivato da Ramsay Silver?»

«Circa mezz'ora dopo. Wright aveva portato quasi tutto giù da solo. Era unicamente per la cassa grande che aveva bisogno di me. Io e lui l'abbiamo trasportata giù».

«È tornato in Kingsway dopo avere messo la cassa nel caveau?»

«No, perché allora Pamela ha urlato, da sopra, che c'era stato per errore uno scambio, e ha incaricato Wright di andare a prendere la cassa che era stata consegnata da Bullen & Co, e a me ha detto: 'Resti qui, per favore, ad aiutare Wright a portare giù la cassa quando arriverà'. E io ho risposto: 'Devo per forza andare, credevo che qua fosse solo una questione di cinque minuti'. E lei: 'No, la prego, resti!', e io non volevo, perché dovevo conservarmi l'altro lavoro, ma lei, come posso dire, mi ha fatto sentire in colpa, così sono rimasto».

«In che modo l'ha fatta sentire in colpa?»

«Be', sa, Ken e sua moglie e il figlio... Sa che loro figlio è morto?»

«Sì» rispose Strike.

«Insomma, alla fine ho detto che restavo. È un brav'uomo, Ken, non volevo deluderlo. Così Wright arriva con la cassa giusta e insieme la mettiamo giù nella cassaforte, e Pamela dice: 'Jim, mi porti su la borsa', e io l'ho portata su e credevo di avere finito, ma Pamela ha detto che dovevo restare lì da Ramsay finché Wright non tornava su, perché Wright stava tirando fuori dalla cassa i fottuti candelabri o quel che erano. Poi se l'è squagliata, Pamela, e io sono rimasto bloccato lì, a badare al negozio».

«Quindi lei non ha visto il contenuto dell'ultima cassa, quella che avrebbe dovuto contenere il Centrotavola Orientale?»

«No. Alla fine Wright è risalito dal sotterraneo e io gli ho detto: 'Devo andare, devo finire il turno nell'altra ditta' e lui ha chiesto: 'E io come faccio a inserire l'allarme e tutto il resto?' e io ho risposto: 'Non è un problema mio', e me ne sono andato. Fingeva, no? Ha colto l'occasione. Ha lasciato aperte sia la porta del negozio sia la porta della cassaforte. È stato per colpa di *lei*, di Pamela, che è successo tutto questo».

L'interpretazione di Todd si poteva contestare, ma poiché la sua cronaca dei fatti coincideva perfettamente con quanto si era visto succedere nel girato della telecamera di sorveglianza, Strike non fece altre domande sulla giornata di venerdì, ma voltò pagina nel taccuino.

«Lei non è stato da Ramsay Silver nel weekend?»

«No, gliel'ho detto, ci lavoro solo dal lunedì al giovedì».

« Disponeva delle chiavi del negozio o del codice del tastierino? »

« No, non li ho mai avuti ».

« La polizia le avrà chiesto dove fosse venerdì sera, immagino ».

« Sì. Giocavo a carte con altri quattro tipi a casa mia, e tutti loro lo hanno detto alla polizia, per giunta all'angolo della nostra casa c'è una telecamera che mostra che sono tornato nel mio appartamento quando... »

« Non dubitavo che la polizia glielo avesse chiesto » lo interruppe Strike. « Possiamo parlare, adesso, del lunedì successivo, quando furono scoperti il cadavere e il furto? Lei era nel seminterrato quando Kenneth aprì la porta del caveau, vero? »

« Sì. Avevo pulito l'area del personale al piano di sotto. In quel momento stavo facendo il cesso ».

« Che cosa ricorda della scoperta del corpo? »

« Ero al cesso » ribadì Todd. « Avevo la porta chiusa perché, se la si lascia aperta, impedisce il passaggio tra la scala e la cassaforte. Sento Kenneth aprire la camera blindata, poi lo sento urlare. Io dico: 'Sta poco bene, Ken?' Pamela, da sopra, urla qualcosa, poi scende le scale e fa un suono strano, stranissimo, così dico: 'Ma cosa succede?' ed esco per vedere cosa c'è che non va ».

Todd bevve un sorso di birra prima di continuare.

« Cazzo, che razza di servizio gli hanno fatto! Gli hanno inciso della roba nella carne, mozzato le mani e poi, quando l'hanno girato sul davanti, che brutto spettacolo! »

« Chi è che l'ha girato? » domandò Strike.

« I poliziotti. Sono venuti e non ci hanno permesso di lasciare il negozio. C'era uno sbirro davanti alla porta di Ramsay, per tenere lontano il pubblico. Siamo stati bloccati lì quasi tutto il giorno. Ci hanno portato dei panini. È venuta la scientifica, che ha fatto le foto, e hanno girato il cadavere perché vedessimo. Pamela per poco non ha vomitato. Gli avevano cavato gli occhi, maciullato la faccia e tagliato l'uccello ».

« Gli avevano tagliato il pene? »

« Sì. Che orrore! Poi la polizia lo ha infilato in un sacco e lo ha portato via e ci ha permesso di tornare a casa ».

«Qualcuno ha detto alla polizia che John Auclair era stato da Ramsay subito dopo che era stato scoperto il cadavere?»

«Sì, credo che gliel'abbia detto Ken».

Strike prese un altro appunto.

«Lei sa mica niente delle circostanze in cui Wright era stato assunto? C'era stato un disaccordo sulle modalità con cui era finito nell'elenco dei candidati al colloquio, vero?»

«Ah, lo sa? Sì, li ho sentiti litigare sulla questione».

«Kenneth e Pamela?»

«Si incolpavano a vicenda di avere messo l'indirizzo di posta elettronica di Wright nell'elenco dei candidati al posto di quello di qualcun altro».

«Secondo lei, chi è stato, in realtà?»

«Che cosa intende dire?» fece Todd, perplesso.

«Chi è più probabile sia stato, tra Pamela e Kenneth, a includere l'e-mail sbagliata nella lista dei candidati?»

«Non lo so» rispose Todd. Ma dopo un attimo aggiunse: «Probabilmente Ken».

«Perché pensa sia stato lui?»

«Perché, non so, a volte è sbadato. Ma è un brav'uomo» aggiunse, come se Strike avesse insinuato il contrario. «Non ha niente che non vada, Ken».

«Però pensa che possa avere commesso un errore?»

«Tutti possono commettere un errore».

«Questo è vero» disse Strike. «Sa mica niente di un'e-mail non firmata mandata da Ramsay Silver a un uomo di nome Calvin 'Oz' Osgood?»

«No, perché?» chiese Todd, guardandolo dritto negli occhi.

«Ha mai usato il computer del negozio?»

«No, gliel'ho già detto» ribatté senza battere ciglio. «Sono l'uomo delle pulizie, che cosa ci dovrei fare col dannato computer?»

«Non è mica un crimine, usare il computer, le pare?» disse Strike. «Dunque non conosce un uomo di nome Osgood o 'Oz'?»

«No» ribadì con aria battagliera.

«Non si ricorda nient'altro di Wright, cose che eventualmente si è lasciato scappare?»

«Non era il tipo che si lasciava scappare niente».

«Ma le aveva detto che sarebbe andato a visitare il Tempio Diciassette».

«Probabilmente era una balla» tagliò corto Todd. «In realtà, voleva solo fare una ricognizione che riguardava l'argento».

«Bene, questa conversazione è stata molto utile, grazie» concluse Strike. Tornò di qualche pagina indietro, nel taccuino, e aggiunse: «Mi restano solo un paio di cose da chiederle. Perché, prima, ha definito William Wright un 'perfetto idiota'?»

«Che cosa?»

«Ha detto che era colpa di lei, di Pamela, se quel 'perfetto idiota' usava il computer».

«Be', perché mai Pamela gli ha affidato la responsabilità del negozio?» disse Todd. «È una stupida squinternata che se la squaglia lasciando un ladro a gestire il negozio!»

«Ma perché ha dato a Wright del 'perfetto idiota'?» insistette Strike.

«Be', è proprio stupido andare a cercarsi roba come quella nell'ambiente di lavoro».

«Roba come cosa?»

«Come... qualunque cosa fosse quel sito web. Che cos'era?»

«'Accusati ma Innocenti'».

«È proprio da idioti far capire al datore di lavoro che si ha in mente qualcosa».

«Tutte le persone che scrivono in quel sito web affermano di essere innocenti» replicò Strike.

L'unica risposta di Todd a quell'osservazione fu un sommesso «Uhm».

«E poco fa ha chiesto: 'Chi era?' a proposito di Larry McGee» disse Strike, girando pagina.

«E allora?»

«Ha chiesto 'chi *era*' al posto di 'chi è'»

Todd lo fissò con aria vacua.

«Larry McGee è morto» disse Strike. «Lei lo sapeva già?»

« No, come facevo a saperlo? Chi era, chi è, che differenza c'è? »

« È sempre vissuto in questa parte di Londra? » domandò Strike, rinfilandosi il taccuino in tasca.

« Qui intorno » ribatté l'altro, ormai con un atteggiamento decisamente aggressivo.

« E ha sempre fatto pulizie? »

« Ho fatto varie cose. Tuttofare, diverse cose ».

Strike riteneva che Todd avesse sui sessantacinque anni e dunque stesse per percepire o avesse appena percepito la pensione sociale. Non portava la fede. Il suo desiderio di fare qualche lavoretto in nero e le difficili condizioni dell'alloggio in cui viveva facevano pensare che non avesse né risparmi né famiglia, ma potevano far pensare anche a qualcos'altro.

Se Strike fosse stato ancora nel SIB e Todd fosse stato un soldato, avrebbe avuto accesso immediato ai suoi dati anagrafici, agli indirizzi precedenti e a ogni eventuale comportamento illecito. La sensazione che ci fosse qualcosa di poco chiaro nell'uomo delle pulizie era aumentata con il procedere del colloquio, anche se non gli era mai capitato di coglierlo in flagrante menzogna, anzi il contrario: le informazioni verificabili che aveva dato erano assolutamente esatte. Tuttavia quel lapsus, quando aveva usato per McGee l'imperfetto al posto del presente, e il suo chiaro disagio nel sentir nominare il sito 'Accusati ma Innocenti' erano interessanti.

« Bene, la ringrazio di avere accettato di parlarmi » si congedò, alzandosi.

« È stato un piacere » rispose Jim Todd, anche se il suo tono lo smentiva.

Strike si incamminò di nuovo per Leather Lane, riflettendo sull'uomo da cui si era appena congedato, che alla sua età ormai avanzata rimediava i soldi che poteva quando poteva. Lo incuriosiva il fatto che parecchi titolari di ditte fossero pronti a dare lavoro a un uomo tra i sessanta e i settant'anni, come lo incuriosiva il fatto che tali ditte fossero tutte nel centro di Londra anziché in qualche periferia degradata.

Strike sapeva che i padroni di casa rispettabili spesso non sono disposti ad affittare a certi tipi di uomini, e che quegli stessi uomini a volte hanno scelte limitate anche in quanto a case popolari. In questa categoria rientravano le persone uscite da poco di prigione, specie se avevano commesso particolari tipi di reato. Uomini del genere hanno bisogno di amici, se vogliono sopravvivere con un minimo di comfort nel mondo esterno, e Cormoran Strike aveva l'impressione che, per quanto conducesse una vita poco invidiabile, Todd sotto sotto ricevesse un insolito grado di assistenza, che né la sua personalità né i suoi talenti parevano giustificare.

29

... le anime dei morti malvagi passarono nei corpi degli animali con la cui natura i loro vizi avevano più affinità... A questa dottrina probabilmente facevano riferimento le figure di animali e mostri che venivano fatte vedere agli Iniziati...

Albert Pike
Morals and Dogma of the Ancient And Accepted Scottish Rite of Freemasonry

Il palazzo di mattoni rossi di Harrods si levava in tutto il suo massiccio splendore nel cuore di Knightsbridge, stagliandosi contro il cielo grigio del pomeriggio con le sue lampadine illuminate e le tende verdi e oro tese a proteggere vetrine piene di vestiti, borsette e gioielli che Robin non si sarebbe mai potuta permettere.

Quel giorno le vetrine esponevano la solita gamma di prodotti di marca in una cornice di finta neve. Entrando, Robin si ritrovò immersa in una fantasia natalizia così sontuosa da indurla a pensare che anche la persona comune, percorrendo le sale dalle decorazioni fastose e scintillanti, avrebbe potuto credere (almeno finché non avesse visto il cartellino dei prezzi) di potere offrire ai suoi cari dei giorni di festa all'insegna del lusso e del glamour.

Il grande magazzino era talmente immenso da disorientare, e Robin non se la sentì di rimproverare alle commesse l'aria spazientita con cui risposero alla sua richiesta di aiuto: erano sopraffatte dalla folla del Natale e alcune, comprensibilmente, si insospettivano sentendosi domandare dove potesse trovare un fratello che lavorava in un reparto di cui non ricordava il nome. Piano dopo piano, dopo aver salito la scala con le decorazioni egizie, dove spiccavano *ankh* d'oro, statue di faraoni e pareti e soffitto raffiguranti le costellazioni, esplorò immense sale piene di mercanzie alla ricerca di un giovane le cui foto aveva visto su Facebook.

Finalmente, dopo due ore e mezzo di ricerche ininterrotte, trovò Albie Simpson-White nel reparto sportivo al quarto piano. In piedi accanto a un cavallo in fiberglass a grandezza naturale, stava aiutando una madre e la figlia adolescente a trovare la taglia giusta di un paio di pantaloni da cavallerizza.

Le parve un ragazzino, più giovane dei ventiquattro anni denunciati sulla sua pagina Facebook: alto, biondo e con la faccia da bambino, aveva una carnagione che molte donne gli avrebbero invidiato. Dopo averlo spiato tra le camicie in aertex finché non ebbe finito con le due clienti, prima che qualcun altro lo potesse bloccare, Robin si avvicinò al banco.

« Albie? »

Parve leggermente stupito di essere chiamato per nome, anche se quello stesso nome era scritto sulla targhetta appuntata al risvolto della giacca.

« Sono Robin Ellacott, una detective privata » disse lei, deponendo sul banco il proprio biglietto da visita. « Le sarei molto grata se accettasse di parlare con me di Rupert Fleetwood. Non qui, naturalmente, ma in una pausa dal lavoro o a turno finito. Potremmo prendere un caffè o un drink... »

Il ragazzo guardò il biglietto sul banco, batté le palpebre per qualche istante, poi chiese: « È... è stata Decima ad assumervi? »

« Sì » rispose Robin.

Albie si guardò intorno.

« Eppure gliel'avevo detto che non sapevo dove fosse andato » sussurrò. « Glielo avevo detto! Lei ha continuato a chiamarmi, ma io *non so dove sia Rupe* ».

« Le sarei davvero molto grata se accettasse di scambiare due parole con me » ribadì Robin. « Solo per chiarirmi il quadro generale. Decima è terribilmente preoccupata per Rupert ».

« Non ha senso che si preoccupi tanto ».

« Come fa a saperlo? È in contatto con lui? »

« No, ma sono sicuro che sta bene » disse lui con un diffuso rossore sul viso infantile.

« Ci servirebbe davvero molto ogni possibile informazione » insistette Robin.

« Chi le ha detto che lavoravo qui? »

« Ho parlato con una sua amica di Dino's, Lina ».

Albie lanciò un'occhiata, a una decina di metri di distanza, a un uomo in giacca e cravatta che aveva, come lui, la targhetta con il nome sul bavero, poi tornò a guardare lei. Robin capì che, come la maggior parte della gente inaspettatamente interpellata da detective privati, Albie aveva tanta paura di accettare quanto di rifiutare il colloquio. Probabilmente si chiedeva quante cose lei sapesse, e se respingerla avrebbe provocato conseguenze.

« Va bene » acconsentì, agitato. « Ci vediamo davanti all'ingresso del personale stasera alle otto ».

« Dov'è l'ingresso del personale? »

« Al numero ventotto di Basil Street ».

« Grazie mille, Albie » disse Robin. « Tenga pure il mio biglietto da visita, nel caso avesse bisogno del mio numero di cellulare ».

Albie se lo infilò subito in tasca, poi si rivolse a un cliente che aspettava di pagare un paio di scarpe da tennis.

Non avendo voglia di tornare al gelo, in strada, Robin scese a pianterreno per passare le ore che la separavano dal colloquio. Era appena entrata in una delle caffetterie, che sentì il bip di un messaggio. Tirò fuori il cellulare e vide che sua madre le aveva mandato una foto con la didascalia 'Saluta Betty' e un emoji con la faccina che roteava gli occhi. Nella foto il padre di Robin, Michael, teneva in braccio un cucciolo di labrador nero.

Robin ripose il telefonino in borsa senza rispondere e si rimise in moto con la vaga idea di comprare dei cioccolatini o dei biscotti da portare ai suoi, a Masham. Tuttavia, era quasi impossibile fare qualche passo senza essere schiacciati dalla folla, ed era continuamente urtata da clienti pieni di rabbia e privi di scopo. Da quando aveva passato il tremendo periodo da infiltrata nella setta di Chapman Farm, non sopportava più di ritrovarsi in mezzo alla folla, specie in spazi privi di finestre.

Proprio quando aveva deciso che fosse meglio aspettare fuori al freddo, le cadde l'occhio su un tubo di plastica trasparente pieno di caramelle rosse, bianche e verdi. Le tornò in mente la provetta che William Wright aveva affermato essere un campione di sangue. Chissà se sua nipote Annabel avrebbe gradito il tubo con le caramelle? Allungò la mano per prenderlo, ma non ci riuscì.

Una mano enorme le afferrò all'improvviso la nuca, stringendola così forte da impedirle di voltare la testa o anche solo gridare, e premendole le dita d'acciaio contro la carotide. Robin fu così scioccata che non capì cosa stesse succedendo e non poté neanche alzare le braccia, mentre i clienti del grande magazzino continuavano a sciamarle intorno.

Sentendo l'uomo che la teneva stretta (perché poteva essere solo un uomo per dimensioni e forza della mano che le bloccava il collo) cercare di infilarle un oggetto piccolo e gommoso nella mano sinistra, chiuse il pugno e tentò disperatamente di trovare il fiato per urlare, ma il suo aggressore le strinse ancora più forte il collo e lei capì che doveva aprire la mano e lasciargli fare quello che voleva. Così alla fine l'aggressore le ficcò nella sinistra un pezzo di gomma e le sussurrò qualcosa all'orecchio.

«*Succederà di nuovo se non molli il fottuto osso*».

Mentre glielo diceva, le diede una spinta così forte alla schiena da mandarla a sbattere contro una donna che teneva in braccio un bambino. Questa, vedendosela arrivare addosso, strillò e lasciò cadere un vaso di burro al brandy che andò in frantumi in terra.

«Ma guardi dove va!» gridò, riprendendo a fatica l'equilibrio, mentre il bambino si metteva a piangere e tutti si voltavano.

«Scusi, scusi tanto, è che qualcuno mi ha spinto!»

Con il collo che ancora le doleva, Robin si girò e si alzò in punta di piedi, scrutando la sala. Le parve di vedere un leggero trambusto davanti a una porta lontana, come se qualcuno stesse aprendosi un varco a forza per uscire dalla caffetteria, ma era impossibile scorgere il suo assalitore in mezzo a quella selva di teste.

Tremante, guardò l'oggetto che l'aggressore le aveva ficcato in mano. Era un piccolo gorilla di gomma.

Lo fissò per un lungo istante, cercando di dirsi che l'uomo era un malato di mente e lei la malcapitata a cui aveva rifilato per caso il suo assurdo dono, e di convincersi che nella calca l'avesse scambiata per un'altra persona e l'aggressione non significasse quello che aveva il terrore significasse.

Succederà di nuovo se non molli il fottuto osso.

Lo stupratore che l'aveva indotta ad abbandonare gli studi universitari e le aveva rovinato le tube di Falloppio portava una maschera da gorilla quando aveva aggredito lei e altre sei ragazze, due delle quali erano morte strangolate. Era stato condannato all'ergastolo, era ancora in prigione e tutte le richieste di libertà condizionale erano state respinte. Quando, a diciannove anni, aveva deposto in aula, Robin l'aveva fatto senza che il suo nome e la sua identità fossero resi noti alla stampa.

Come poteva, uno sconosciuto, sapere che lei era la Testimone G?

« Scusi » disse una voce irritata, e un uomo alto, dall'aria aristocratica, allungò la mano davanti a lei per prendere una scatola con una torta di Natale.

Con il piccolo gorilla di gomma ancora stretto nella mano sinistra, Robin si scostò e attraversò con passo incerto la caffetteria alla ricerca dell'uscita, sempre scrutando in viso ogni uomo nella vana speranza di identificare l'aggressore. Avrebbe voluto buttare via il gorilla, gettarlo da qualche parte, ma il suo assalitore non aveva guanti, per cui forse sul giocattolo c'era il suo DNA, come c'era il DNA sulla maschera di gomma che il suo stupratore aveva indossato, e che era stata rinvenuta sotto le assi del parquet dello 'studio' in cui quel mostro non aveva mai permesso alla moglie di entrare. Robin infilò il gorilla nella borsa.

Si diresse verso il lato di Harrods che riteneva fosse quello di Brompton Road e, mentre passava accanto a banchi di cosmetici e sgomitava in mezzo alla fitta folla, si chiese cos'avrebbe detto Murphy appena glielo avesse raccontato. Si sarebbe sicuramente infuriato. Le avrebbe chiesto quali misure di autodifesa aveva preso. E mentre si immaginava tutte le sue reazioni, decise che non gli avrebbe detto niente.

Doveva, invece, riferire dell'episodio a Strike. Aveva mai detto al suo socio che lo stupratore che per poco non l'aveva uccisa portava una maschera da gorilla? No, forse no.

Fuori il freddo era sempre più pungente e stava scendendo velocemente la sera. Robin si avvicinò a una delle vetrine vividamente illuminate per stare lontano dalla traiettoria delle orde in shopping natalizio, emettendo nuvole di vapore acqueo dalla bocca. Strike le rispose dopo un paio di squilli.

«Ciao» disse lei, cercando di suonare normale. «Com'è andata con Todd?»

«È stato interessante. Tu hai avuto fortuna con Albie Simpson-White?»

«Sì, accetta di vedermi dopo il lavoro».

«Ottimo».

«Sì, in realtà ti chiamo perché mi è appena successa una cosa strana» disse Robin, sforzandosi di non lasciar trapelare dal tono quasi neutro lo stato di profondo turbamento in cui si trovava.

Quando ebbe raccontato l'intero episodio di aggressione, Strike chiese incredulo: «Ti ha ficcato in mano un gorilla di gomma?»

«Sì» rispose Robin. «Il fatto è che... l'uomo che quando avevo diciannove anni fece sai cosa, la cosa che mi indusse ad abbandonare gli studi, indossava una maschera da gorilla di latex durante... l'attacco».

D'un tratto Robin si rese conto di avere una gran voglia di piangere, e in cuor suo si augurò che Strike non reagisse con rabbia, rimproverandola per non avere usato maggior cautela o non essere stata così svelta da identificare l'aggressore.

«Ok» disse Strike e, con sollievo di Robin, lo disse con un tono serio, ma non irato. «Dove hai appuntamento con Simpson-White?»

«Mah, pensavo da queste parti, in un pub o qualcosa del genere».

«Vuoi che venga a prenderti, dopo?»

«Che cosa?» fece lei, quasi ridendo. «No, assolutamente no. Il centro città è affollatissimo. Sarà solo un breve...»

«Che cosa fai, dopo?»

«Vedo Ryan» rispose lei.

«Prendi un taxi» disse Strike.

«Ma non c'è nessun bi...»

«Prendi un taxi, cazzo!»

«Va bene, va bene, lo prendo» protestò Robin. Guardò l'ora e si incamminò verso l'ingresso del personale davanti a cui doveva incontrare Albie. «Forse è stata solo una coincidenza» aggiunse sforzandosi di assumere un tono calmo e sereno.

«Non è stata una coincidenza».

«No, nemmeno io lo credo» riconobbe lei, mentre le passavano accanto gli autobus a due piani, con passeggeri illuminati per un momento dalle festose luci dorate delle vetrine di Harrods.

Si sentì spuntare le lacrime agli occhi e per qualche istante ebbe la tentazione di scappare. Ma scappare dove? Dai suoi, a Masham, come aveva fatto dopo lo stupro? Da Murphy, al quale sapeva che non avrebbe confidato l'accaduto?

«Sii prudente» disse Strike con un tono che, capì Robin, solo con un grande sforzo di volontà gli era riuscito di smorzare. «Ok?»

«Lo sarò» rispose lei. «Promesso».

30

Non chiedermi altro, ché non mi esca dal seno:
altri han taciuto, né io sarò mai da meno.

A.E. Housman
VI, Additional Poems

Poco dopo le otto, Albie uscì dalla porta di ingresso del personale e cercò Robin con gli occhi, tra la folla dei dipendenti diretti a casa.

«Salve, vuole mangiare un boccone?» chiese lei, nascondendo il profondo turbamento dietro una voce allegra. «Offro io. Potremmo prendere un hamburger o qualcosa del genere».

Avendo tre fratelli, due dei quali minori, Robin sapeva quanto era importante il cibo per i giovani maschi.

«Ehm, sì, va bene» accettò Simpson-White, e Robin lesse nel suo sguardo, di là dall'ansia, una certa soddisfazione per il fatto che gli venisse offerto qualcosa.

«Conosce il pub Alfred Tennyson?» chiese lei, che durante l'attesa aveva perlustrato i paraggi. «Ci vogliono dieci minuti per arrivarci, ma la cucina è buona».

In realtà non ci aveva mai mangiato, ma tutti i locali lì intorno apparivano ancora più cari e c'era un limite alla cifra che il commercialista le avrebbe permesso di far passare come legittima spesa di lavoro.

Camminarono nella serata gelida, in mezzo a un'orda di passanti. Robin parlò del più e del meno. Lui raccontò dello sconto riservato al personale di cui godeva da Harrods, e di quali buoni affari fosse riuscito a fare nell'acquisto di quasi tutti i regali di Natale. Disse di essersi 'scassato' di recente un ginocchio giocando a calcio, e che la gente lo scambiava sempre per un aristocratico 'a causa del doppio cognome', ma in realtà il sangue blu non c'entrava niente ed era stata sua madre, femminista, a volere che nel certificato di nascita fosse segnato, per parità, anche il suo cognome. Sembrava un giovane amabile e intelligente, anche se non particolarmente studioso («Non capisco che senso abbia l'università, perdi solo del tempo che potresti dedicare a guadagnare soldi») e le parve piuttosto strano che uno come Rupert Fleetwood, il cui comportamento riguardo alla nave d'argento rubata e alla compagna incinta era da insensibile e irresponsabile, fosse buon amico di un ragazzo che appariva coscienzioso, responsabile e lavoratore.

L'Alfred Tennyson era affollatissimo, ma riuscirono a trovare un tavolo per due nell'area adibita a ristorante. Robin si infilò nel posto in cui dava le spalle al muro e nessuno avrebbe potuto tenderle un agguato da dietro senza essere visto. Albie, che sembrava combattuto tra il piacere di un pasto caldo decente dopo una lunga giornata di lavoro e la preoccupazione per l'imminente colloquio, ordinò un hamburger e una pinta di birra, poi si protese in avanti e infilò le mani tra le ginocchia.

«Allora, come ho già detto, Albie» esordì lei quando la cameriera se ne fu andata, «cerco solo di farmi un quadro generale. Non sappiamo molto di Rupert, se non che aveva una relazione con Decima ed è stato cresciuto in Svizzera dai suoi zii».

«Va bene» disse lui con aria nervosa.

«Quando lo ha conosciuto?»

«L'anno scorso. All'inizio dell'anno scorso, mi pare in febbraio. Quando cominciò a lavorare da Dino's».

«Lei per quanto tempo ci ha lavorato?»

«Due anni. Forse un poco di più».

«Le piaceva lavorarci?»

Arrivò la birra, di cui il giovane prese un lungo sorso.

«Ma sì, almeno in parte. Ha parlato con il signor Longcaster?»

«No, ma so della *nef*» rispose Robin.

«Non lo giudichi da quello» si raccomandò Albie.

«Giudicare chi, Rupert?»

«Sì».

Robin sentì il tavolino tremare leggermente e capì che Albie stava muovendo in su e in giù una delle lunghe gambe.

«A lei invece Rupert era simpatico, vero? Eravate amici?»

«Sì» confermò, abbozzando un sorriso. «È un buon ragazzo, un po'... all'antica, sa? Un tipo serio e giudizioso, il tipo a cui tutti sentono di poter confidare i propri problemi».

La descrizione non quadrava affatto con l'idea che Robin si era fatta di Rupert Fleetwood, ovvero quella di uno dei tanti giovani dell'alta borghesia londinese in cui si era imbattuta nella sua carriera di detective. Ragazzi che, vivendo come turisti nella loro stessa città, prendevano il meglio di quanto offriva e mai si insudiciavano con la volgare terra calpestata dai comuni mortali, a meno che non attraversassero una crisi personale, perlopiù provocata da una forte diminuzione dei fondi garantiti da un genitore che firmava gli assegni o da un consumo di droga uscito dal controllo.

«Che cosa sa di Zac, l'ex compagno di appartamento di Rupert?»

«Ha tentato di fregare uno spacciatore nel pagamento della droga, poi se l'è squagliata e ha lasciato che Rupert e Tish si prendessero la colpa».

«Chi è Tish?»

«L'ex ragazza di Zac. Lo spacciatore ha minacciato sia lei sia Rupe. Ha cercato di arrivare a Zac attraverso loro».

«Come si chiama Tish, di cognome?»

«Non l'ho mai saputo. L'ho vista solo una volta».

Arrivò l'hamburger e Albie si mise subito a mangiarlo: era chiaramente affamato.

«Rupert non aveva molti soldi, vero?» domandò Robin.

«No. Così a vederlo e sentirlo parlare sembra ricco, ma non c'è rimasto niente nel suo fondo fiduciario. Tutti i soldi sono stati spesi per pagare il collegio svizzero. Rupert deve lavorare per mangiare. Ha parlato con sua zia?»

«Le ha parlato il mio socio».

«Rupert non la sopporta. Ha avuto una brutta infanzia. Era molto infelice nel collegio svizzero e non gli piacevano per niente la zia e lo zio. Mi ha detto che non si è mai sentito legato a loro.

Sarebbe voluto ritornare in Inghilterra, dai suoi parenti di parte materna. Gli era molto simpatico lo zio Ned, ma è morto poco dopo che Rupe era tornato in Gran Bretagna».

«Che cosa faceva, Rupert, prima di essere assunto da Dino's?»

«Ha lavorato per un'agenzia immobiliare, ha fatto l'addetto all'accoglienza in un ristorante di Soho e poi Sacha... Sa che Rupe è il cugino di Sacha Legard?»

«Sì, lo so» rispose Robin. «Sono in rapporti amichevoli?»

«Non credo che Sacha voglia essere troppo amichevole».

«Come mai?»

«Per timore che Rupe gli chieda qualcosa» rispose Albie con aria saggia.

«Che genere di cosa?»

«Non lo so. Soldi, biglietti per una prima, bazzicare i suoi amici famosi...»

«Secondo lei Rupert vorrebbe quel genere di cose da Sacha?»

«No» rispose. «L'unica cosa che vuole è la famiglia. È stato Sacha, però, a suggerirgli di andare a lavorare da Dino's. Sacha è membro del club. Ha detto che, se Rupert voleva un lavoro migliore di quello del ristorante, doveva chiedere al signor Longcaster, dato che era il suo padrino e tutte quelle balle lì».

«Rupert aveva avuto molti rapporti con Longcaster prima di andare a lavorare per lui?»

«Non sapeva nemmeno che fosse il suo padrino, prima che glielo dicesse Sacha. Alla zia di Rupe non piace il signor Longcaster, ma a Rupe non fregava più niente di cosa pensasse la zia di questo o quello, così è andato al club e il signor Longcaster gli ha detto: 'Ah, sei il figlio di Veronica e Peter?' e si è offerto di prenderlo in prova per un periodo».

«Quindi, prima d'allora, il signor Longcaster non era stato un padrino che si dava da fare per il figlioccio?»

«Credo si fosse completamente dimenticato di Rupert finché lui non si è presentato al club».

«E a Rupert piaceva lavorarci?» domandò Robin.

Si stava avvicinando gradualmente all'argomento Decima, ma non voleva arrivarci troppo presto.

«La pensava come me» rispose Albie. «Certe cose gli parevano belle. Si vedono personaggi molto famosi da Dino's e all'inizio è interessante, ma dopo che si è lì da un po' ci si rende conto che sono persone come le altre. Alcuni sono a posto, altri sono stronzi, capisce?»

«Anche Rupert la pensava così?»

«Sì. Non ha parlato con il signor Longcaster?» si informò di nuovo.

«No» rispose Robin, ma stavolta aggiunse: «Perché?»

«È un... Lo odio» disse il giovane con improvvisa, sorprendente veemenza. «Li odio tutti, tranne Decima. Lei è a posto. È l'unica brava persona, fra tutti loro».

«Quando dice 'tutti loro' intende...»

«I Longcaster. Lui e sua moglie, una vera troia, e gli altri suoi figli. A Valentine, se gli bruciasse la casa, neanche ci piscerei addosso per spegnere le fiamme» proseguì con furia. «È una merda umana, si comporta come se il club fosse suo e tratta a pesci in faccia il personale. Cosima, la più giovane, è una mocciosa viziata. Decima è l'unica persona decente, ha sempre trattato bene il personale. Be', in realtà per un certo tempo ha fatto parte lei stessa del personale, lavorava ai menu. Il signor Longcaster le aveva chiesto di dare una mano. Come chef è bravissima, ma ho letto su internet che il suo ristorante è in difficoltà».

Robin colse un vago senso di colpa nel discorso, ma Albie si affrettò a proseguire.

«In ogni caso, lei non va d'accordo con la famiglia. Proprio come Rupe. Li ho sentiti discuterne, una volta».

«Quindi lei ha osservato da vicino la loro relazione?»

«Sì, direi di sì».

Il fatto che la cliente avesse loro proibito di parlare del bambino era molto seccante. Robin sentiva che Albie sarebbe stato sensibile a una forma di ricatto affettivo.

«Pensa che Rupert e Decima fossero una coppia affiatata oppure no?»

«Perché me lo chiede, se lavora per lei?»

«Perché» rispose Robin guardandolo negli occhi «credo che

sarebbe più corretto e giusto che, nel lungo periodo, Decima venisse a sapere la verità anziché delle bugie. Se Rupert le vuole davvero bene, come mai ha raccontato balle e ha tagliato la corda lasciandola a chiedersi il perché? »

Albie abbassò lo sguardo sul piatto e mangiò altre due patatine.

« Decima crede che il cadavere trovato nel caveau sia di Rupe, vero? » chiese.

« Sì, glielo ha confidato Decima stessa? »

« Già, ma è assurdo! » ribatté Albie con una risatina imbarazzata. « Perché diavolo Rupe sarebbe dovuto andare a lavorare in quel negozio? »

« Il perché me lo ha appena detto lei. Doveva lavorare per mangiare. Siccome era scappato con la nave d'argento del signor Longcaster, aveva dei buoni motivi per nascondersi, no? Ma lei non mi sembra affatto il tipo di persona che incoraggia un amico a scaricare la sua ragazza senza dire una parola, vero? »

Per la seconda volta, Robin lo vide arrossire.

« Non lo sono » mormorò.

« Rupert è andato da Decima a dire che era tutto finito? »

Albie aprì la bocca per parlare, la richiuse, poi disse: « No ».

« E questo cosa significa? »

« Non lo so. Il fratello di lei era molto contrario alla loro relazione, pensava che Rupe fosse troppo giovane e probabilmente, conoscendo Valentine, pensava anche che non fosse abbastanza ricco ».

« Rupert ha deciso di troncare la relazione perché Valentine la disapprovava? »

« No. Non avrebbe voluto troncare con Decima, ma... »

« Ma doveva? » domandò Robin. « Perché? Aveva paura di Valentine o del signor Longcaster? »

« Non è che 'doveva', non volevo dire questo » spiegò Albie, sempre rosso in viso. « È che, sa, con quello spacciatore alle costole e tutto il resto... Non voleva che se la prendessero anche con Decima ».

« È una bella storia, Albie, ma perché mai Rupert avrebbe troncato ogni rapporto con lei, se voleva proteggerla? E perché rubare la nave del padre di lei, se le voleva così bene? Anche questo le ha causato guai, no?»

«La nave non era... lui non la... lei non sa cos'è successo» balbettò.

«Sono qui per scoprirlo» lo incoraggiò Robin.

Albie trasse un respiro profondo, poi parlò a voce molto bassa.

«Senta, il signor Longcaster è un prevaricatore. Non ama nessuno eccetto sua figlia Cosima, e lei gli va a genio solo perché è bella, bionda e snella. Perfino uno come Valentine ha paura di suo padre. Il signor Longcaster si è comportato come una merda con Decima, benché lei si fosse prestata a dargli una mano al club e benché sia una donna piena di talento, le assicuro, una che come chef è bravissima. Ma per il signor Longcaster conta solo l'apparenza, devi avere l'aspetto giusto, devi avere bellezza e presenza: essere grassottelli o poco belli o non sapere vestirsi bene è, come dire, una colpa. Decima e Rupe non hanno l'aspetto che il signor Longcaster vuole che abbiano le persone della sua famiglia e del suo club. Lei penserà che esageri, ma è così che vive Longcaster. Tutto dev'essere perfetto: i tovaglioli ben piegati, i cocktail ghiacciati al punto giusto, le cameriere magre quanto si conviene. Non sto scherzando. Escogita un modo per costringere le cameriere ad andarsene se gli sembra che non abbiano il look giusto. Gli piace vivere in questo mondo sotto il suo completo controllo. Rupe si era ustionato gravemente a una mano in cucina, un paio di giorni prima di andarsene, e Longcaster invece di compatirlo si è arrabbiato. Ha detto che non voleva che i suoi camerieri portassero bende, perché con le bende non erano eleganti.

«Poi lo chiamava 'mollusco incapace'. Ogni volta che Rupe commetteva un errore, e Rupe era un gran lavoratore che faceva solo errori di poco conto, lo accusava di essere un pappamolle e faceva delle battute pesanti». Albie adesso aveva un'aria molto arrabbiata. «Gli diceva cose come: 'Ammasso di materia decerebrata semisenziente' o 'Specie invasiva sostanzialmente inutile'. E lanciava frecciate contro il padre di Rupe».

«Che cosa diceva?»

«Che Rupe era identico a lui, 'blob sgocciolato da quel vecchio blob decerebrato', come amava dire. Una sera in cui Rupe serviva al tavolo del signor Longcaster e dei suoi amici una cena privata nella Sala Dostoevskij – perché tutte le sale portano il nome di giocatori famosi – il signor Longcaster ha indicato la *nef* a uno degli amici, mentre Rupert era presente, e ha detto che l'aveva vinta al padre del cameriere che li stava servendo. Poi ha aggiunto che Peter Fleetwood era 'ancor più schiappa nel backgammon che nello sci'. E consideri che i genitori di Rupe morirono proprio in un incidente di sci». Albie adesso non era più rosso in viso, bensì pallido.

«Mi sembra un comportamento di una crudeltà inaudita» commentò Robin.

«E non le ho ancora raccontato tutto» mormorò Albie. «Comportarsi come una merda con Rupe era diventato il suo nuovo hobby. Poi il signor Longcaster ha scoperto che Rupert e Decima avevano una relazione. Credo sia stato Valentine a notare che stava succedendo qualcosa tra i due e a raccontarlo al padre. Allora ha dato inizio alla stagione della caccia contro entrambi. Rupe non ha retto. Ecco come è nata la faccenda della nave. Un giorno ha visto rosso, ha preso la nave d'argento ed è sparito dalla circolazione».

«Quand'è l'ultima volta che l'ha visto?»

«Dunque, vediamo... Quando ha preso la *nef*, quel giorno. Poche ore prima che la rubasse».

«Da allora non l'ha più visto?»

«No».

«Ma eravate ottimi amici, vero?»

«Sì» rispose Albie.

«Davvero non l'ha più visto dal giorno in cui si è portato via la nave?»

«No».

Robin era sicura che mentisse. Mentre aveva raccontato in maniera assai spigliata tutta la storia del bullismo di Dino Longcaster, adesso aveva dei modi chiaramente evasivi.

«Rupert le ha telefonato o inviato messaggi?»

«Ehm, forse un paio di volte».

«Recentemente?»

«Forse. No, non recentemente. Diciamo qualche giorno dopo che aveva lasciato Dino's. Da allora, più niente».

Com'era già capitato a Strike nel colloquio con Jim Todd, Robin a quel punto sentì acutamente lo svantaggio di non avere l'autorità per imporre all'interlocutore di mostrare i messaggi sul cellulare e collaborare. Il piatto di Albie era quasi vuoto e Robin sapeva di avere ormai esaurito il tempo.

«Lei sa che il negozio di argenti in cui è stato rinvenuto il cadavere che Decima crede essere quello di Rupert è specializzato in oggetti massonici?» domandò.

«Ehm, sì, mi pare di averlo letto sui giornali» rispose il giovane.

«Rupert si interessava alla massoneria? Aveva per caso qualche legame con i massoni?»

«No. Non l'ho mai sentito parlare dei massoni».

«E secondo lei, conosceva un uomo di nome Osgood, o 'Oz'?»

«Ch'io sappia, no».

«Non è preoccupato per lui?» chiese Robin.

«Per chi, per Rupert? Perché dovrei esserlo?» fece con una punta di timore nella voce.

«Be', è venuto a trovarsi in una situazione molto stressante, le pare? Aveva alle calcagna la polizia e uno spacciatore, non aveva alcun sostegno da parte della famiglia e magari aveva altre cose che lo turbavano e che non si sentiva capace di affrontare».

Era il massimo che Robin poteva osare dire, riguardo al bambino di Decima.

«Rupert non si sarebbe mai ucciso» dichiarò Albie. «Non lo avrebbe mai fatto. Sono sicuro che sta bene. Ora devo andare, devo vedere alcune persone».

«Chiedo subito il conto» disse Robin e, come aveva sperato, Albie era troppo educato per alzarsi da tavola mentre lei chiamava il cameriere. Dopo avere mimato il gesto dello scrivere per far capire che voleva il conto, domandò a Simpson-White: «Perché ha mollato Dino's?»

«Ne ho avuto abbastanza, dopo il modo in cui il signor Longcaster aveva trattato Rupe. Non volevo restare lì un minuto di più. Anche altri due o tre hanno detto che se ne sarebbero andati perché indignati da quel comportamento, poi però sono rimasti» aggiunse acido. «Era più facile restare. Pagano bene».

Cinque minuti dopo, a conto pagato, uscirono insieme sul marciapiede affollato dove alcuni clienti con il bicchiere in mano facevano capannello.

«La ringrazio di avere accettato di parlarmi, Albie» disse Robin. «Le sono molto riconoscente».

Tese la mano e, quando il giovane gliela strinse, gliela trattenne.

«Penso che lei sappia più di quanto mi ha detto. Credo che lei sappia dov'è Rupert».

«No, le assicuro che non lo so!» esclamò lui.

«Comunque sia, penso sia in contatto con lui».

Albie si liberò della stretta.

«Non è vero!»

Robin si aspettava che voltasse le spalle e scappasse via, ma ora che non era più trattenuto dalla sua mano, sembrava inchiodato al marciapiede dal suo stesso buon cuore.

«Senta, dica a Decima... le dica che Rupe l'amava davvero».

Nonostante il buio, Robin si accorse che era di nuovo arrossito.

«Se l'amava, perché è sparito dalla circolazione e l'ha lasciata senza dirle una parola?» replicò Robin.

«Forse non aveva scelta, perché so che l'amava molto» lo giustificò Albie. «Non l'amava per i soldi o che so io, checché ne pensasse Valentine. Era... era davvero pazzo di lei».

«Perché dice 'era'?» domandò Robin. «Che cos'è cambiato?»

«Niente, voglio dire... Evidentemente lui ha deciso che non avrebbe funzionato. Decima è molto più vecchia e... e poi c'erano altre cose».

«Albie, lei sa più di quello che mi ha detto».

«A volte è molto meglio non sapere le cose» sbottò, con l'aria di uno a cui erano state strappate a forza le parole di bocca. «Ora devo andare. Grazie dell'hamburger».

Voltò le spalle e si allontanò con le sue gambe lunghe, mischiandosi alla folla.

Robin lo fissò finché scomparve, poi si guardò intorno con aria nervosa. Nessuno la osservava: non c'erano uomini appostati nell'ombra e pronti a saltarle addosso.

S'incamminò nella direzione opposta, controllando se ci fossero taxi liberi e ripensando a tutto quanto Albie le aveva detto, senza smettere di darsi più volte un'occhiata alle spalle.

PARTE TERZA

Ci hanno speso un sacco di soldi e ne hanno tirato fuori un sacco di terra, ma di argento se n'è visto poco.

John Oxenham
A Maid of the Silver Sea

31

... Polifemo accecato, menando colpi
a casaccio, precipitava tra le pietre appuntite
per l'impeto dei suoi stessi colpi.

Albert Pike
Morals and Dogma of the Ancient and
Accepted Scottish Rite of Freemasonry

Strike non credeva che l'MI5 avesse ordinato a un suo agente di afferrare Robin per il collo e le avesse ficcato in mano un gorilla di gomma per indurre l'agenzia a ritirarsi dall'indagine sul delitto del caveau, ma la faccenda dell'aggressione lo aveva spinto a chiedersi quale vespaio avessero involontariamente stuzzicato per provocare una reazione così violenta. Lo inquietava il fatto che l'aggressore aveva mostrato di sapere benissimo dove trovare Robin, ed era passato all'attacco proprio nel punto in cui era meno probabile essere visto. Ciò significava che la seguiva già da un po' senza che lei se ne fosse accorta.

Questa considerazione l'aveva fatta anche Robin e quando, la mattina dopo, parlò con Strike al telefono, ammise di avere pensato, spaventata, che l'uomo la stesse pedinando da ore.

«Sfido chiunque ad accorgersi di essere pedinato in mezzo alla folla del Natale nel centro di Londra» disse Strike per incoraggiarla, benché in cuor suo fosse molto preoccupato.

«Lo so, però mi sento lo stesso stupida» confessò Robin. «Non commetterò più un errore del genere».

«Temo che a questo punto dovremo prendere un po' più sul serio la telefonata anonima che ci è stata fatta in ufficio» osservò lui.

«*Lasciate perdere e non vi succederà niente di male*?»

«Già».

«Quindi ritieni sia sicuramente il caso del cadavere nel caveau?»

«Il mio sesto senso dice di sì». Conscio com'era di quanto fosse delicato l'argomento per Robin, e tuttavia sicuro che andasse affrontato, Strike raccolse tutto il suo coraggio per dire: «Non vedo come potesse sapere...»

«Che ero la Testimone G al processo per stupro?» domandò Robin, che si era fatta forza proprio considerando di dovere parlare chiaramente del problema.

«Sì».

«Credo di avere la risposta. È su internet. L'ho scoperto ieri sera».

«Merda, ma in che modo...?»

«Pettegolezzi locali, probabilmente» disse lei sforzandosi di assumere un tono normale, mentre in realtà, quando aveva scoperto il suo nome sul sito web, la sera prima, si era sentita molto male. «La gente di Masham sapeva cos'era successo. Amici e familiari, dopo che ho abbandonato l'università. In ogni caso, l'ho trovato nei commenti... nei commenti all'articolo che parlava di te. Una persona rimasta anonima ha detto che non capiva come potessi lavorare con te, perché ero stata vittima io stessa di uno stupratore di alto profilo».

«Oh, cazzo!» esclamò Strike. «Mi dispiace che...»

«Non dispiacerti» lo interruppe lei bruscamente. «Non è colpa tua».

Strike era restio a dire quello che voleva dire a quel punto, ma decise che era bene essere chiari anche a costo di provocare una lite.

«Parlo seriamente: vorrei che tu mi tenessi sempre informato su dove ti trovi. Niente strade poco frequentate la sera, quando sei sola. Qualcuno potrebbe pensare che tu sia un bersaglio facile».

«Va bene» acconsentì lei, ma Strike capì dal tono che le era costato fatica. Robin non sopportava che esprimesse una preoccupazione che implicasse anche lontanamente una sfiducia nelle sue capacità di cavarsela da sola. In realtà, anche se aveva buoni motivi per ritenerla a volte sconsiderata (difficile dimenticare che si era gettata davanti a un treno in movimento nel tentativo di salvare un uomo che non sarebbe mai stata in grado di sollevare e portare al sicuro, o che era entrata da sola in una casa in cui un noto killer stava in agguato nell'oscurità), si fidava della sua capacità di valutare il rischio più di quanto lei stessa non immaginasse. Ed era convinto che, di tutti i membri dell'agenzia, fosse lei ad avere l'etica del lavoro più simile alla sua.

«Lo hai detto a Murphy, dell'aggressione?»

«Sì, certo» rispose Robin con una certa durezza, e Strike capì che era meglio lasciar perdere l'argomento.

Ma Robin mentiva. Non aveva detto assolutamente nulla a Murphy dell'uomo che l'aveva aggredita da Harrods, perché bastava già il suo socio a darle lezioni sulla sicurezza, e non aveva alcuna intenzione di tirare di nuovo fuori la storia dello stupro. Il piccolo gorilla di gomma adesso era chiuso in un sacchetto da freezer nel cassetto dei calzini, a casa.

Strike e Robin dovevano vedersi per fare il punto della situazione il 22 dicembre, l'ultima mattina che lei avrebbe passato in agenzia prima di Natale. Quel giorno Strike aprì gli occhi al trillo della sveglia, che mise a tacere con una manata, e staccò la sigaretta elettronica dal caricabatterie per tirare una lunga boccata. Mentre guardava il vapore salire verso il soffitto in ombra, sentì l'aria fredda di dicembre filtrare nell'appartamento dagli infissi difettosi.

Dal giorno della loro ultima conversazione a tu per tu, si era chiesto se il 22 non fosse anche il giorno migliore per introdurre con Robin l'argomento di cui non aveva ancora trovato occasione di parlarle. Certo, la situazione non sarebbe stata quella dei suoi migliori piani. Aveva sperato di confessarle i propri sentimenti in un pub o un ristorante fuori mano, dove vino e risate la aiutassero ad abbassare la guardia, ma ora temeva che, tra la ricerca della casa e l'imminente festività del Natale, Murphy ne avrebbe approfittato per farle una proposta di matrimonio. Se Strike si fosse dichiarato proprio il 22, prima che Robin andasse dai suoi a Masham, le sarebbe rimasto il tempo e lo spazio per riflettere su ciò che voleva realmente. Forse, in fondo, era quella l'occasione giusta: una fredda giornata d'inverno, in un contesto poco romantico come l'ufficio dov'era nata la loro amicizia e dove lui, contro tutte le sue intenzioni, si era innamorato di lei.

Steso sul letto, ancora svapando, cercò di immaginare in qual modo avrebbe potuto introdurre l'argomento.

«Senti, c'è una cosa che volevo dirti».

«Sai, bisogna che tu sappia una cosa».

«Più volte ho cercato di dirti una cosa...»

Gli venne in mente che, in precedenza, solo una volta aveva fatto la prima mossa con una donna. In tutti gli altri casi (e poteva figurarsi la reazione che avrebbero avuto gli altri uomini se solo fosse stato così stupido da dichiararlo a voce alta) era stata la donna a prendere l'iniziativa o a fargli capire, in maniera così chiara da equivalere a un'avance, che sarebbe stato gradito un approccio sessuale. L'unica eccezione era stata a quel party studentesco a Oxford, quando, in preda ai fumi dell'alcol, si era avvicinato a Charlotte, a cui non aveva mai rivolto prima la parola. Era la ragazza più bella che avesse mai visto, ma non aveva corso alcun rischio. Male che fosse andata avrebbe avuto un bell'aneddoto da raccontare: aveva avuto l'audacia di avvicinare la donna che tutti i maschi presenti alla festa guardavano con un misto di concupiscenza e ammirazione.

Stavolta era diverso. Se quel giorno avesse messo chiaramente le carte in tavola, avrebbe dovuto anche calcolare le potenziali conseguenze: l'agenzia avrebbe rischiato di saltare, l'amicizia più importante della sua vita sarebbe stata distrutta, tutte le speranze di instaurare l'unica relazione cui teneva davvero, infrante. Mentre svapava sdraiato sul letto, ascoltando il cigolio della finestra della cucina che tremava nel vento, gli tornò in mente un'immagine indelebile: l'espressione di Robin quando lui, davanti al Ritz, aveva fatto l'atto di baciarla. E se quel 22 dicembre gli avesse risposto con la medesima espressione?

Tuttavia, doveva assolutamente parlarle. Non poteva vivere con la consapevolezza di non averci nemmeno provato. Presa la decisione, si tirò su a sedere, scese dal letto e saltellò verso il bagno appoggiandosi, come faceva sempre, alle spalliere delle sedie e agli stipiti delle porte.

Aveva appena terminato di fare colazione che, alle nove in punto, qualcuno bussò alla porta del suo appartamento. Sconcertato, aprì e sul pianerottolo vide la segretaria dell'agenzia.

«L'hai letto?» gli chiese Pat con la sua voce baritonale.

«Letto cosa?»

«Il giornale parla di te. Quel Culpepper».

«Cosa? Un altro articolo?»

«Sì. Non mi ero resa conto. Avevano chiamato, ieri, chiedendo un commento, ma credevo parlassero dell'altro pezzo che era già uscito. Al piano di sotto ci sono circa quindici messaggi in segreteria e abbiamo due tizi che ciondolano davanti all'ufficio».

Strike andò immediatamente al laptop che era in carica sul tavolo della cucina, si sedette e lo aprì.

«Cosa vuoi che faccia?» chiese Pat, guardandolo.

«Rispondi 'no comment' a chiunque telefoni».

Trovò l'articolo e, mentre Pat si richiudeva la porta alle spalle, cominciò a leggerlo.

Il figlio di Jonny Rokeby accusato di avere abusato di una escort

Cormoran Strike, figlio illegittimo della rock star Jonny Rokeby e detective privato prediletto dai londinesi più abbienti, è accusato di avere pagato Candy, una escort di 23 anni, per incastrare un uomo sposato e di avere, quando il piano è fallito, tentato di costringere la donna a fare sesso con lui... «È successo nel 2013 e credevo fosse una brava persona, perché aveva catturato quello strangolatore che andava dietro alle ragazze lavoratrici... In realtà ero molto contenta, perché pensavo che lo avrei aiutato a fare qualcosa di buono...

«Non mi sembra giusto dire il nome e cognome dell'uomo da incastrare, non ha voluto fare niente con me. Ma quando chiesi a Strike quel che mi spettava, mi disse che mi avrebbe dato i soldi solo se fossi andata a letto con lui...»

... il recente articolo che ha pubblicato questo giornale su Cormoran Strike, in cui si spiegava che un'altra donna ha affermato di essere stata usata dal detective perché fornisse informazioni necessarie a un caso...

... figlio della rock star Jonny Rokeby e della super-groupie degli anni Settanta Leda Strike, morta di un'overdose di eroina nel 1994...

«Questa è un'ulteriore prova, se mai ve ne fosse bisogno, di come i detective privati si muovano in un Far West privo di regole per arginare il quale occorre un urgente intervento legislativo» dice Lord Oliver Branfoot... «Le sporche tattiche utilizzate da questi detective vanno limitate per il bene della comunità».

Abbiamo chiesto a Cormoran Strike un commento.

Strike sedeva immobile davanti allo schermo, con i muscoli tesi, le orecchie che ronzavano e lo stomaco in subbuglio. Culpepper aveva superato ogni limite, inventando di sana pianta: l'intera storia era del tutto priva di fondamento. Che la ragazza, il cui viso era pixellato nelle due foto di accompagnamento, ma il cui corpo, vestito solo di un succinto reggiseno rosso e di altrettanto succinte mutandine dello stesso colore, era chiaramente visibile, fosse anche lei una chimera? Oppure Culpepper aveva pagato una vera escort perché impersonasse Candy sul giornale?

Strike distolse gli occhi dallo schermo e li posò senza volere sul randello da pescatore che stava sul davanzale e che era un consunto ricordo di Ted, un uomo su cui nessuno avrebbe mai potuto raccontare porcherie e, anche se le avesse raccontate, non sarebbe stato creduto. Guardò poi il cellulare: nessuno gli aveva mandato messaggi. Senza dubbio i suoi amici e parenti si stavano chiedendo se l'accusa fosse vera, se fosse in quel modo che si comportava nella vita professionale e se quello fosse il suo piccolo, sporco segreto.

Si alzò con l'impressione che il cuore volesse uscirgli dal petto. Poi afferrò le chiavi e uscì, sbattendosi la porta alle spalle.

32

Come appaio a me stesso, è il caso di domandare?
Non certo un eroe, lo confesso!

Robert Browning
Una donna leggera

Poiché quella mattina aveva visto su internet l'articolo su Strike un attimo prima di prendere la metropolitana, Robin passò tutto il tempo del viaggio fino a Denmark Street con gli occhi fissi sui piedi del passeggero di fronte, a riflettere su quello che aveva appena letto, anziché sulla scoperta che aveva fatto la sera prima e di cui non vedeva l'ora di parlare a Strike.

Era convinta che la storia di Candy fosse falsa, ma poteva esserne sicura al cento per cento? Nel 2013 non era intima di Strike com'era adesso, e c'erano state zone della sua vita che erano rimaste completamente oscure. Una voce dentro di lei le diceva: «Sai che non ha mai fatto niente di tutto questo», ma la vita le aveva insegnato che uomini di cui in teoria ci si sarebbe potute fidare ciecamente – bravi commercialisti iscritti all'albo come il suo infedele ex marito, stupratori seriali come l'uomo che aveva posto fine ai suoi studi universitari e le aveva rovinato le tube (conviveva con una donna che lo aveva sostenuto per tutta la durata del processo e gli aveva fornito falsi, per quanto fragili, alibi), bigami e donnaioli come i soggetti con cui aveva avuto a che fare sul lavoro – a volte nascondevano grandi e spinosi segreti che, una volta emersi, avevano distrutto la vita non solo a loro, ma anche a tante altre persone. Quanto a sincerità e trasparenza nella condotta sessuale, Strike aveva un curriculum davvero scarso. Robin non avrebbe saputo niente di Madeline, se non glielo avesse detto Charlotte, né avrebbe sospettato di Bijou, se Ilsa non le avesse fatto la soffiata, o della cugina di Dominic Culpepper, se non l'avesse menzionata Kim Cochran.

No, Strike non sarebbe stato il primo uomo a fare una cosa che nessuno intorno a lui lo credeva capace di fare, e Robin avvertì una strana sensazione alla bocca dello stomaco, come se ci si contorcessero mille vermi. Desiderava solo correre in ufficio a chiarire subito con lui la cosa, convinta com'era (ma c'era davvero da fidarsi delle proprie convinzioni?) che se lo avesse guardato negli occhi, avrebbe intuito la verità.

Appena lasciata Tottenham Court Road, le squillò il cellulare.

«Strike voleva farti sapere che ci sono dei giornalisti davanti all'ufficio» disse Pat.

«Quanti?» domandò Robin.

«Due».

«Cosa sta succedendo lì?»

«Credo che stia per fare qualcosa di stupido» rispose Pat.

«Che cosa intendi dire?»

«Sta cercando di contattare il giornalista che ha scritto quella roba».

«Arrivo tra cinque minuti» promise Robin, accelerando il passo.

Appena svoltato l'angolo di Denmark Street, sentì un uomo chiamarla per nome. Chinò la testa e continuò a camminare: per fortuna, pareva non ci fossero fotografi.

«Miss Ellacott! Miss Ellacott! Che cosa ne dice dei commenti di Lord Branfoot? E che cosa pensa di Candy, Miss Ellacott?»

«No comment» replicò fredda lei, rifiutandosi di guardare in faccia il giovane che la interrogava. Ma un attimo dopo si ritrovò davanti un uomo più anziano che registrava con il cellulare quanto stava accadendo.

«Lei sapeva di Candy, Miss Ellacott? L'ha conosciuta?»

«No comment» ripeté lei e, arrivata finalmente all'agenzia, dopo avere aperto con la chiave, sbatté la porta in faccia ai giornalisti.

Fece di corsa le due rampe della scala di metallo, procurandosi una fitta all'addome nel sito della ferita chirurgica, e raggiunse la porta a vetri. La prima cosa che vide, entrando, fu la faccia allarmata di Pat. Poi udì il suo socio urlare a voce così alta che probabilmente lo sentì l'intera strada.

«SÌ, LASCIO UN FOTTUTO MESSAGGIO! *DITE A QUEL PEZZO DI MERDA CHE VENGO A PRENDERLO, VA BENE?*»

«Oh, per amor del cielo!»

Robin aprì la porta dell'ufficio interno e corse dentro.

«*SE PENSA CHE L'UNICA NOTIZIA IMBARAZZANTE CHE HO SU DI LUI SIA SOLO CHE SUA MOGLIE...*»

Strike si accorse che la sua socia era arrivata per il semplice fatto che gli strappò di mano il telefonino.

«*Ma che cazzo fai?*»

Robin passò un dito sullo schermo per troncare la telefonata.

«Non puoi dichiarare guerra a Culpepper!» disse con furia, allontanandosi da Strike ma tenendosi stretto con tutt'e due le mani il suo cellulare. «*Non puoi.* Lui ha dalla sua un quotidiano nazionale!»

Strike la guardò con espressione minacciosa.

«Allora hai visto l'articolo. Ovviamente».

«Sì, l'ho visto».

«Non può farmi una porcata del genere, cazzo. *Non può farmi questa cazzo di porcata.* Io lo *distruggo*, quel bastardo! Gli farò rimpiangere di...»

«Strike...»

«Hanno pagato una fottuta troia! Hanno riesumato qualche...»

«Lo so cos'hanno fatto, dobbiamo parlarne!» gridò Robin, sbattendo la porta dell'ufficio interno in faccia a Pat, che stava assistendo alla scena.

Strike si mise a camminare su e giù in maniche di camicia.

«Cos'hai da guardare?» gridò furioso a Robin, che lo fissava. «Vuoi che te lo dica chiaro e tondo, eh? Benissimo, te lo dico, cazzo! Non ho mai pagato una prostituta, non ho mai pagato nessuna escort, punto. E meno che mai l'ho pagata per incastrare qualcuno».

«Lo so» disse Robin (ma lo sapeva davvero o lo sperava soltanto?), «ma questo non è il modo di affrontare la situazione. Se minacci Culpepper, gli fornisci solo altro materiale da pubblicare».

Si augurò che non le tremasse la voce, ma doveva fargli un'altra domanda: le cose erano degenerate troppo perché si continuasse a evitare educatamente l'argomento.

«Chi era la donna del primo articolo al vetriolo?»

Strike capì in quel momento la furia dei predatori messi con le spalle al muro. La sua attività professionale sotto attacco, il suo rapporto con Robin minacciato: sapeva di doverle una spiegazione e sapeva che era cruciale che lei apprendesse la verità da lui e che lui la rendesse meno sordida possibile, ma in quel momento l'unica cosa che avrebbe voluto fare sarebbe stata spaccare tutto.

«Si chiama Nina Lascelles» disse. «L'*onorevole* Nina Lascelles, se vuoi l'intera fottuta denominazione. È attraverso di lei che ho ottenuto il manoscritto di quel cazzo di *Bombyx Mori*» disse, riferendosi a un libro su cui l'agenzia era ansiosa di mettere le mani. «Culpepper mi ha detto che sua cugina lavorava per l'editore e mi ha dato il suo numero di telefono. Ci siamo visti, siamo andati insieme al party della Roper Chard e lei mi ha passato di straforo una copia del manoscritto. Non c'è stata seduzione, nessuna promessa di niente. Le è piaciuta l'avventura».

«E poi?» chiese Robin, sempre stringendo con entrambe le mani il cellulare di lui.

«La sera successiva l'ho invitata a cena con me da Lucy. Come forma di ringraziamento».

Robin, che non era mai stata invitata a cena da Lucy, non capiva come mai Strike, uomo estremamente riservato, avesse mischiato in quel modo famiglia e lavoro.

«E poi?»

«Sono andato a letto con lei» ringhiò, aggressivo. «Sì, ci sono andato due volte. Poi non l'ho mai più chiamata. Ma non c'è stata nessuna maledetta coercizione, nessun *do ut des*, niente».

«Va bene» disse Robin.

«È stata una cosa come un'altra. Non sentivo particolare...»

Ebbe il buon senso di interrompersi, ma era chiaro che Robin aveva intuito come sarebbe finita la frase: *non sentivo particolare attrazione per lei.*

Però ci sei andato a letto, pensò Robin. *È chiaro che ci sei andato, e adesso vedi cosa succede?*

«Voleva una relazione con tutti i crismi» spiegò Strike, ritenendo che una simile pretesa fosse un punto a proprio favore. «Voleva che continuassimo a vederci. Ecco perché mi ha mostrato rancore quando ci siamo incontrati per caso quella sera, al Dorchester. Mi ha addirittura rinfacciato di avere rovinato la vita a una delle sue migliori amiche».

«Qual è questa amica?» fece allarmata Robin, immaginando nuove avventure di cui si potessero nutrire i giornali scandalistici.

«Cazzo, non ne ho la più pallida idea. Forse una moglie fedifraga su cui abbiamo indagato. Ma Nina ha intuito che ero lì al Dorchester per lavoro, sicché quando il Signor C ha detto alla sua ex che sapeva cosa stava facendo...»

«Be', in futuro» disse Robin (usando le stesse parole che, ne era certa, avrebbe usato lui se fosse stato coinvolto un altro dipendente), «forse non dovresti occuparti dei casi in cui sai che potresti incappare in ex fidanzate».

«Ma per la miseria, non ne ho così tante!»

«Però molte provengono dalla stessa cerchia sociale, no?» obiettò Robin, decisa a dire la sua non tanto per punirlo, quanto perché per lei salvaguardare l'agenzia era più importante che assecondare i sentimenti del socio. «È un miracolo che tutto questo non sia già successo. Tu sei anche il membro più riconoscibile dell'agenzia. D'ora in avanti dobbiamo tenerlo sempre presente».

Dopo avere covato la rabbia in silenzio per qualche secondo, Strike gridò a pieni polmoni: «CAZZO DI UNA MINCHIA!» a nessuno in particolare, anche se l'urlo fece sobbalzare Robin.

«Sai cosa devi fare?» disse lei, sforzandosi di essere calma. «Chiama Fergus Robertson».

Strike la guardò torvo.

«Ci avevo pensato, ma non sono...»

«Questa storia non si potrà liquidare con i 'no comment'. Parla con Robertson e digli la verità. Sei sempre stato leale con lui».

«Non volevo dover...»

«È troppo tardi per quello che non volevi dover fare» sibilò Robin. Anche lei era titolare dell'agenzia e non intendeva restare lì a guardare dei figli di puttana distruggerla. «Devi spiegare a Robertson i fatti. Devi rispondere all'attacco».

«Non basta. Bisogna fermare questa cosa alla fonte».

«Cioè cosa intendi fare, seguire la escort e minacciarla perché ritratti?» replicò Robin, spazientita. «E che cosa otterresti? Che uscirebbero con il titolo *Altre minacce di Cormoran Strike alla escort*. O pensi di picchiare Dominic Culpepper con una mazza da baseball? Perché questo...»

«Ridammi il telefono».

«Non puoi minacciare Culpepper, Strike! NON PUOI!»

«Non intendo farlo. Chiamerò Robertson e gli chiederò cosa posso fare per limitare i danni».

Robin gli restituì il cellulare, ma lo tenne d'occhio.

«Preferirei che tu non ascoltassi la telefonata».

«Va bene» disse gelida Robin, e uscì dalla stanza.

Strike aspettò che la porta si richiudesse alle sue spalle, poi si sedette e fece il numero di Robertson.

«Ehi, salve» gli rispose una voce divertita. «Pensavo proprio di chiamarla, visto che non risponde a nessuno dei miei colleghi. Come mai, all'improvviso, il signor Culpepper ha tutta questa voglia di incastrarla?»

«Potrei essere disposto a dirglielo, purché lei mi garantisca che le due o tre citazioni siano esatte» rispose Strike.

«Le citazioni di chi sarebbero?»

«Mie».

«Va bene, fuori il rospo» disse Robertson, e Strike sentì il fruscio di una pagina che veniva voltata.

«Non ho mai pagato nessuna donna e, ribadisco, *nessuna*, escort o non escort che fosse, affinché attirasse o incastrasse un testimone o una persona su cui investigavo» dichiarò Strike, mentre dal telefono giungeva il rumore della penna di Robertson che scriveva in fretta sulla carta. «Né ho mai cercato di fare sesso in cambio di soldi, trattenendo pagamenti o in qualsiasi altro modo coercitivo. Non ho mai conosciuto, parlato o interagito in altro modo con la donna che si fa chiamare Candy e le sue dichiarazioni, di cui non è stata data alcuna prova, sono completamente prive di fondamento».

«Pensa di procedere a un'azione legale?» domandò Robertson, che stava ancora scrivendo.

«Ufficialmente sì, ho preso contatto con degli avvocati, ma ufficiosamente no, perché, come sa benissimo Culpepper, non ho i soldi per una causa».

«Va bene» disse Robertson. «Sembra sia diventata in pochissimo tempo una questione molto personale».

«C'è un motivo» spiegò Strike, «e credo sarò disposto a darle qualche informazione in merito, se mi garantisce che sarò citato fedelmente».

33

E abbiam percorso molte migliaia di linee,
su ognuna mostrando spirito e potere,
eppur mai, neanche per breve ora
seguimmo la linea personale d'esser
noi stessi,
mai riuscimmo a dichiarare uno solo
dei sentimenti taciuti del cuore,
che scorrono così, sempre inespressi.

Matthew Arnold
The Buried Life

Robin era nel bagno del pianerottolo, dove si era rifugiata per non rispondere alle domande di Pat e adesso, per la seconda volta in tre settimane, era seduta sul water con la testa tra le mani e il cuore pieno di rabbia e risentimento verso Cormoran Strike.

Lo aveva forse preso per una sorta di Sir Galahad? No, questo mai, lo conosceva troppo bene per idealizzarlo così ma, come milioni di donne prima di lei, pensava che l'uomo a cui voleva così bene fosse migliore di come aveva scoperto che fosse. Gli credeva quando diceva che non aveva mai conosciuto Candy la escort, ma restava il fatto che, se Strike avesse evitato di avere rapporti sessuali con una donna che aveva sedotto perché lo aiutasse in un caso professionale, Culpepper non avrebbe avuto un appiglio a cui attaccarsi per la sua storia volgare. Cinque minuti dopo, Robin tornò in ufficio e vide che Strike era ancora chiuso nell'ufficio interno, mentre Pat aveva il ricevitore incollato all'orecchio e ascoltava qualcuno parlare. Stava appendendo il cappotto, quando la sentì dire: «Per favore, attenda in linea, signor Rokeby».

Gli avvenimenti della mattina erano stati così intensi che Robin lì per lì non badò al nome. Solo girandosi a guardare la segretaria e vedendo la sua espressione tra lo stupito e lo spaventato, capì chi era la persona all'altro capo del filo.

«È il padre di Strike» mormorò Pat.

«Oddio» sussurrò Robin. Di tutte le cose che in una mattina del genere potevano far uscire completamente dai gangheri Strike, suo padre era la peggiore. «Che cosa vuole?»

«Parlargli» bisbigliò Pat, indicando con un cenno del capo la porta dietro alla quale era chiuso Strike. «Dice che non può chiamarlo sul cellulare, perché Strike lo ha bloccato. E dice anche che, se Cormoran non fosse disponibile, vorrebbe parlare con te».

Robin udì in lontananza, nell'ufficio interno, la voce del suo socio che parlava ancora con Fergus Robertson. La telefonata sarebbe terminata da un momento all'altro.

«Di' che siamo occupati entrambi, ma che può lasciare un messaggio e uno di noi lo richiamerà. Poi girami il messaggio, non mandarlo a...»

La porta dell'ufficio interno si aprì.

«Allora, la facciamo questa riunione di aggiornamento?» disse Strike, con cipiglio.

«Sì, certo» rispose Robin, cercando di assumere un tono normale.

Gli passò accanto per entrare nell'ufficio interno e chiuse la porta escludendo Pat, che aveva ancora il ricevitore del telefono fisso premuto contro il petto.

«Robertson pubblicherà un articolo in cui sarà riportata la mia totale smentita della versione di Culpepper» annunciò Strike, che respirava come se avesse appena fatto quello che avrebbe voluto tanto fare: picchiare Culpepper fino a ridurlo in poltiglia. «Dice che ci metterà anche un po' del 'Cormoran Strike che conosco', ovvero citerà lo Squartatore di Shacklewell, lo smantellamento dell'UHC, il servizio reso alla comunità, la gratitudine dei clienti ecc».

«Ottimo» disse Robin.

Nessuno dei due guardò l'altro negli occhi. Robin sentì di nuovo Pat che alzava e abbassava la voce nell'altro ufficio. Strike andò alla finestra e guardò, tra le veneziane, Denmark Street.

«E ha detto che avrebbe chiamato... sì, l'ha fatto».

In strada, il giornalista più anziano, dei due che stazionavano lì davanti, proprio in quel momento stava rispondendo a una telefonata, presumibilmente di Robertson. Poi si avvicinò a quello più giovane e gli disse con tutta probabilità che non aveva senso continuare a fare la posta a Strike, perché Strike aveva appena rilasciato a un loro collega l'unica dichiarazione che intendeva fare.

«Bene» disse Strike, sedendosi senza guardare Robin e tirando fuori il taccuino sul caso del caveau, «ho delle notizie su Larry McGee. Ieri sera ho parlato con sua figlia».

Il livello di adrenalina nel sangue si rifiutava di scendere e non gli riusciva di scacciare dalla mente le fantasie in cui prendeva a pugni Dominic Culpepper fino a spaccargli tutti i denti. L'idea di confessare a Robin i suoi sentimenti per lei era naturalmente svaporata: c'erano momenti poco adatti a simili dichiarazioni e c'erano momenti in cui parlare sarebbe stato una vera follia. E quale occasione peggiore di quella, in cui Strike era stato costretto a confessare quanto poco elegantemente avesse trattato una donna e a seguire il consiglio di Robin sul modo migliore di opporsi a un'accusa di molestie a una prostituta?

«Allora, non c'è stato niente di sospetto nella sua morte» disse, cercando di concentrarsi sugli appunti che aveva preso mentre parlava con la figlia di McGee. «Dall'autopsia risulta un infarto del miocardio dovuto a un diabete mal curato. In sostanza, l'addetto alla sicurezza di Gibsons ha detto la verità: McGee si è lasciato andare dopo essere stato licenziato».

«McGee era in buoni rapporti con sua figlia?» domandò Robin, cercando a sua volta di apparire interessata solo al lavoro.

«Non lo vedeva da una decina d'anni. Ha saputo che era morto solo perché la polizia ha bussato alla sua porta. A quanto mi ha detto, non era un tipo molto simpatico: ha abbandonato la moglie quando la figlia aveva sei anni, ha sempre cercato i soldi facili, aveva un comportamento inquietante con le donne ed è stato licenziato da un precedente posto di lavoro perché aveva palpeggiato una collega. Le ho chiesto se sapeva perché suo padre fosse convinto che avrebbe presto avuto a disposizione una bella somma e mi ha risposto che non ne aveva idea, che nessuno, nella sua famiglia, aveva molto da lasciare in eredità, soprattutto a lui. Le ho domandato se pensava che il padre avesse mai rubato sul lavoro o partecipato a un furto, e ha risposto che era un'ipotesi a cui non avrebbe fatto fatica a credere. Lo hanno cremato e hanno lasciato le ceneri al crematorio» aggiunse Strike. «La figlia ha detto che nessuno, in famiglia, voleva occuparsi dell'urna». Tornò indietro di qualche pagina e aggiunse: «In ogni caso, hai letto la mia e-mail su Jim Todd?»

«Sì» rispose Robin. «Pensi che abbia conosciuto McGee al di fuori dell'ambiente di lavoro?»

«Non credo che l'imperfetto che ha usato quando mi ha chiesto 'chi era?' sia stato un lapsus, e sono convinto sia stato Todd a visitare il sito 'Accusati ma Innocenti' da Ramsay Silver» rispose Strike. «Si è innervosito quando ho menzionato quel sito e, considerato quanto sono in genere negligenti in quel negozio, non credo a Todd quando dice che non poteva accedere a internet perché non sapeva la password. Da come mi ha descritto le sue condizioni di vita nell'appartamento dove abita, direi che là non ha certo un computer. Definire Wright 'un perfetto idiota' per avere guardato cose al computer nel luogo di lavoro forse era in realtà un rimprovero rivolto a se stesso. La gente li fa, questi passi falsi. Allora, che ne diresti di tenerlo sotto sorveglianza?»

«In teoria sono d'accordo, ma in pratica non abbiamo il personale, non credi?» disse Robin.

«Be', dobbiamo lo stesso cercare di sorvegliare Todd. Sono sicuro non ti sarà sfuggito che, avendo Pamela gli occhi alquanto malconci, l'identificazione di Wright con Jason Knowles dipende quasi esclusivamente da Jim Todd».

«Infatti non mi è sfuggito» disse Robin, che non apprezzava molto il tono brusco del suo socio. Non era colpa sua se a lui era venuto in mente di andare a letto con la cugina di un giornalista.

«In ogni caso» riprese Strike, «ho letto i tuoi appunti su Albie

Simpson-White. Sei convinta, vedo, che sappia più di quanto ammette di sapere».

«Sì» confermò Robin. «La storia secondo cui Rupert non avrebbe avuto altra scelta che di lasciare Decima non mi convince. 'A volte è molto meglio non sapere le cose' ha dichiarato. Mi piacerebbe scoprire a cosa alludeva».

«Che Fleetwood abbia un'altra fidanzata incinta?» buttò là Strike, dando poca importanza alla cosa.

Quella reazione irritò ancora di più Robin. Dopotutto, lei aveva ascoltato educatamente le sue ipotesi su Jim Todd.

«Ma ha detto che Rupert in realtà amava molto Decima e lo ha descritto come un giovane molto responsabile ed equilibrato».

«Cazzo, se 'responsabile' ed 'equilibrato' significa mettere incinta la propria ragazza, rubare un grande oggetto d'argento al padre di lei e poi tagliare la corda, bisogna creare un nuovo dizionario per Simpson-White» disse Strike e Robin intuì, correttamente, che, dato l'umore del suo socio in quel momento, sarebbe stato inutile cercare di convincerlo a guardare con maggiore indulgenza a Rupert Fleetwood.

«Bene, se avessimo abbastanza collaboratori, io suggerirei di mettere sotto sorveglianza anche Albie» disse, «perché credo ci sia la remota probabilità che ci conduca direttamente a Rupert. So che Decima non vuole che lo troviamo vivo, ma...»

«No, non vuole che lo troviamo vivo» convenne Strike. «Le ho telefonato ieri perché volevo controllare l'attendibilità di ciò che avevamo scoperto su Wright in St George's Avenue, e mi ha fatto capire chiaramente che l'unica notizia che vuole sentire è quella della sua morte».

Mise il taccuino con gli appunti sul colloquio con Decima sopra il mucchio di notes sul tavolo, e raddoppiò lo sforzo per concentrarsi.

«Le ho chiesto se Rupert sollevasse mai i pesi. Ha risposto che amava mantenersi in forma e andare in palestra e che magari avrebbe potuto anche sollevare i pesi se avesse avuto a disposizione un cross-trainer. A quanto sa lei, non ha mai praticato il jujitsu, ma a scuola ha fatto un po' di lotta libera. Non lo ha mai visto fumare erba, ma sa che in passato l'ha fatto. Le ho chiesto se Rupert sapesse maneggiare una pistola e ha risposto di sì, un fucile, perché il suo costoso collegio svizzero comprendeva un circolo del tiro a segno. Infine le ho domandato se Rupert conoscesse o avesse mai menzionato una donna di nome Rita o Rita Linda, e ha detto di no. Le ho pure domandato se fosse ambidestro».

«Che cosa?» fece Robin, stupita. «Come mai questa domanda?»

«Perché, prima di telefonarle, ho esaminato tutti i dati in nostro possesso, compreso il girato della telecamera di Bullen & Co».

«Ma sono inutili» replicò Robin, che aveva già guardato i tre minuti di filmato. «Wright è oscurato praticamente per tutto il tempo in cui si trova lì dentro».

«Sì, ma quando l'ho guardato per la seconda volta, ho notato una cosa. Vieni qui che te la mostro».

Così Robin si avvicinò con la poltrona a rotelle al lato della scrivania riservato a Strike. Mentre lo faceva, sentì vibrare il cellulare in tasca e sospettò che Pat le avesse appena inviato un messaggio di Jonny Rokeby. Con la sensazione di nascondere in tasca una bomba piccola ma potente, guardò Strike aprire la clip in bianco e nero di Bullen & Co, che era molto più nitida e definita di quella di Ramsay Silver. La telecamera dotata di grandangolare offriva una panoramica generale del negozio, dove si vedevano una gigantesca cassa in terra vicino all'entrata e un paio di clienti che curiosavano. Un uomo con una cravatta larga, che Robin giudicò essere il marito di Pamela, era al banco e scriveva qualcosa.

«Eccolo che arriva» disse Strike.

Basso e atletico, con il solito barbone e gli occhiali scuri, Wright appariva per qualche istante ben delineato, anche se purtroppo si grattava una guancia e poi veniva coperto dalla sagoma del più corpulento dei clienti. In una mano aveva una sportina nera e argento. Il marito di Pamela raccoglieva il foglietto su cui aveva scritto qualcosa e gli si avvicinava.

«Adesso» disse Strike, rallentando il video, «so che non lo vedi chiaramente per via dell'uomo che gli sta di fronte, ma guarda bene: Driscoll prende la sportina e Wright si china sopra la cassa per firmare quella che immagino sia una ricevuta del centrotavola. Guardagli il gomito».

«Oh, santo cielo, come ho fatto a non accorgermene?» fece lei. «Firma con la mano destra!»

«Infatti» disse Strike, mettendo in pausa. «Vi sono quindi tre possibilità: uno, è ambidestro; due, per qualche motivo non voleva che la firma rilasciata a Bullen & Co apparisse come la sua; tre, fingeva di essere mancino da Ramsay e si è dimenticato il suo finto mancinismo quando ha dovuto firmare qualcosa in maniera inaspettata».

Mentre tornava con la poltroncina a rotelle all'altro capo della scrivania, Robin udì nell'ufficio esterno una voce chiara e sonora che riconobbe essere quella di Kim Cochran. Poi Kim bussò alla porta dell'ufficio interno e la aprì prima che l'uno o l'altro dei due soci dicesse: «Avanti».

«Oh, se è un brutto momento...» disse, guardando Robin.

«No» fece Strike, non volendo dare a Robin l'impressione che avesse dei segreti da discutere con Kim. «Che cosa c'è?»

Kim entrò nell'ufficio interno con l'ennesimo abito attillatissimo, nero e lungo fino al ginocchio. Ai piedi calzava stivali con i tacchi alti e, come notò Robin, era perfettamente truccata. Con una risatina di finto imbarazzo indicò la propria *mise*, come se solo in quel momento si fosse ricordata di indossare un abito non certo da lavoro.

«Scusate il vestito, ma è il mio ultimo pomeriggio libero prima di Natale e sto andando a pranzo con mia sorella. In ogni caso, sono riuscita ad avere i dati sulla macchina per la fuga che è stata usata dai killer del caveau».

«Davvero?» fece Strike.

«Sì» disse lei. «Posso sedermi?»

Andò a prendere una terza sedia senza aspettare la risposta. Benché irritata dall'intrusione, Robin approfittò della distrazione generale per tirar fuori di tasca il cellulare e guardare il messaggio che le aveva inviato Pat.

Rokeby dice di avere visto l'articolo sul giornale e vuole offrire al figlio i suoi avvocati, che pagherebbe lui. Sa che Cormoran non ha mai fatto quelle cose e che Culpepper è un pezzo di merda. Dice che non sopporta che si continui a tirar fuori la storia del figlio illegittimo.

Pat aveva inviato anche un secondo messaggio.

È stato molto gentile.

«A proposito, adoro i pesci rossi» disse tutta sorridente Kim, tornando al tavolo con una delle sedie pieghevoli. Si sedette e, quando accavallò le gambe, l'orlo del vestito attillato le salì a metà coscia.

«Allora» esordì, «nessuno dei miei contatti sa dirmi perché non abbiano dato alla stampa i dati sulla macchina per la fuga. Come ho già detto in precedenza, pare esserci qualcosa di molto strano in questo caso: tutti sono alquanto abbottonati, ma comunque sia era una Peugeot 208 con targa falsa. È arrivata al termine di Wild Court con una sola persona a bordo, ma quando ha lasciato Wild Court di persone ce n'erano due, anche se nessuna di queste si vede chiaramente. Si è diretta a ovest lungo la A40, poi è scomparsa in un'area residenziale dove ritengono abbia cambiato di nuovo targa. Finora questo è ciò che ho scoperto, ma continuerò a cercare».

«Sono informazioni molto utili, grazie» disse Strike, con il tono di chi voleva congedarla, ma Kim fece finta di non accorgersene.

«Ho notizie anche su Plug».

«Davvero?» fece Strike.

«Sì. Qualunque cosa ci fosse in quel capannone, è stata spostata. Ho seguito Plug e suo figlio fino all'area recintata poco dopo mezzanotte. Sono rimasti là dentro una decina di minuti, poi hanno tirato fuori dal capannone qualcosa che era avvolto in un sacco. Qualcosa di grosso, perché hanno dovuto trasportarlo in due. Doveva essere o un cadavere o un drogato».

«Cazzo» disse Strike. «Io avevo chiamato la società per la protezione degli animali».

«Forse è per quello che si sono liberati della creatura che era lì dentro» osservò Robin. «Un ispettore si sarà presentato al capannone e Plug lo avrà saputo».

«Poi lo hanno caricato sul retro del furgone di Plug» proseguì Kim come se Robin non avesse parlato «e si sono diretti a Haringey, dove hanno portato il loro sacco in una merdosa casa di Carnival Street».

«Plug e suo figlio un tempo vivevano a Haringey» fece notare Robin. «Magari un loro amico ha accettato di badare alla creatura».

«Dopo di che» riprese Kim, sempre comportandosi come se Robin non avesse parlato, «sono usciti da quella casa e sono tornati dalla madre di Plug».

«Sai il numero civico dell'edificio di Carnival Street?» domandò Strike.

«Sì, il quindici» rispose Kim.

«Bene, ottimo lavoro» disse Strike, «inserisci i dati nel file. Forse varrebbe la pena tenere d'occhio anche quella casa».

Alzandosi e rimettendo a posto la sedia, Kim gli chiese: «Vuoi un caffè?»

«Oh, sì, ottima idea, grazie» rispose lui.

«Tu, Robin?»

«No, grazie» rispose istintivamente lei, anche se in realtà lo avrebbe gradito.

Kim sorrise e uscì, lasciando la porta aperta.

«Di che cosa stavamo parlando?» domandò Strike, passandosi una mano sul viso.

«Del mancinismo di Wright» disse Robin. «Immagino tu ne abbia parlato a Decima».

«Sì. Abbiamo accettato il caso partendo dal presupposto che non l'avremmo illusa, vero?»

«Certo».

«Dunque le ho detto la verità: non abbiamo ancora trovato alcuna prova che faccia pensare che Wright fosse Fleetwood, e oggi appare ancor meno probabile che lo sia di quanto non lo fosse all'inizio. A quel punto è scoppiata in lacrime, mi ha supplicato di continuare a investigare e mi ha detto che ha inviato a Sacha Legard un'altra serie di messaggi in cui lo pregava di parlare con me, visto che ignora le mie e-mail».

Kim ricomparve con una tazza di caffè.

«Grazie» disse Strike, notando il suo caloroso sorriso mentre gli porgeva la tazza e quasi pentendosi di avere accettato. Kim uscì chiudendosi la porta alle spalle.

Resterà in agenzia finché non usciremo, pensò Robin. *Non vuole avere indossato quel vestito per niente.*

«Immagino che il motivo per cui la Met non ha fatto sapere che era una Peugeot 208 sia che qualcuno, nella cerchia di amici di Lynden Knowles, ne guida una» mormorò Strike a bassa voce.

«È probabile» convenne Robin.

Strike voltò un'altra pagina del taccuino. «Andando avanti, Pat ha trovato finora novantadue Hussein Mohamed sposati, quindi ne abbiamo di strada da fare prima di scovare quello che abitava sopra William Wright. Appena avrò tempo, però, li esaminerò per vedere se ce ne sia uno che corrisponde.

«Ho anche fatto una piccola ricerca sul nostro amico pornostar, Dangerous Dick. È iscritto – o almeno lo era – a quella che sembra essere la maggiore agenzia di intrattenimento per adulti di Londra, la Triple XR. L'ho chiamata, dando ovviamente un nome falso, e ho chiesto se mi mettevano in contatto con lui. Non risulta più nei loro registri».

«Ah!»

«Ovviamente ciò non significa che sia stato fatto fuori, ma è ugualmente interessante. Ho chiesto il suo numero di cellulare e allora, con tono diffidente, mi hanno invitato a lasciare un messaggio per lui. L'ho fatto, pregandolo di chiamarmi, ma non mi ha chiamato. Immagino ci siano molti matti che provano a contattare le pornostar, per cui credo che la prossima a cercare un contatto dovrai essere tu. Sei un'altra voce e in più sei una donna e quindi sembrerai meno sospetta, ma non riesco a pensare ad altra scusa che quella di dire che stai facendo il casting per un film porno».

«Va bene». Robin si chiese quanti altri problemi imprevisti avrebbe dovuto affrontare quel 22 dicembre. In che modo sarebbe riuscita a convincere un'agenzia di attori porno che era davvero una produttrice di film hard era per il momento un mistero.

«Cercheremo di organizzare la cosa dopo Natale» disse Strike. «Nel frattempo, tenterò di identificare la donna che ha infilato il biglietto cifrato sotto la nostra porta. Se anche lei è una pornostar, avrà un profilo online. Ma veniamo a te. Che cos'hai scoperto?»

«Be', sono in un completo vicolo cieco riguardo a Sapphire, la ragazza che ha mandato messaggi a Osgood e Oz. Ho chiamato l'istituto che si occupa delle persone scomparse e mi hanno detto che se n'è andata dalla casa della famiglia affidataria. Era lì solo da un mese e non aveva detto ai genitori affidatari di avere conosciuto un uomo, né aveva mai menzionato una persona di nome Oz. Ma non è la prima volta che scappa, per cui forse non ci sono strani motivi sotto. Però» proseguì Robin dubbiosa «in realtà ho trovato qualcos'altro. Magari è del tutto irrilevante, ma per quel che vale te lo mostro».

Digitò alcune parole sulla tastiera, poi girò il monitor in maniera che Strike potesse leggere l'articolo datato giugno.

C'erano due foto di una bella ragazza dalla pelle olivastra e dai capelli neri lunghi fino alla vita. In una indossava una T-shirt e dei jeans; nell'altra posava con aria provocante in lingerie nera.

GIOVANE UNIVERSITARIA PUGNALATA SUI COLLI DEL NORTH WESSEX

Il corpo della giovane donna che è stato scoperto sui colli del North Wessex domenica 19 giugno è risultato essere, secondo la polizia, quello della studentessa spagnola Sofia Medina, di 20 anni. Definita dagli amici una «ragazza estroversa, spiritosa e molto laboriosa », Medina stava studiando Teoria e tecniche della produzione audiovisiva alla University of West London. È stata vista viva per l'ultima volta dalla compagna di appartamento Gretchen Schiff, di 21 anni, il pomeriggio di giovedì 16 giugno. « Mi aveva detto che forse sarebbe stata via tutto il weekend » ha spiegato la Schiff ai reporter. « Non mi è parsa una cosa strana. Aveva un sacco di amici. Ho pensato che avrebbe dormito a casa di un'amica dopo un party o qualcosa del genere ». Sofia Medina postava molte immagini proprie sul suo account OnlyFans, e un'amica che desidera restare anonima dice che lo faceva per guadagnare abbastanza da finanziarsi gli studi universitari. « Io l'avevo avvertita che stava rendendo troppo facile agli uomini trovarla nella vita reale. Sul sito aveva detto di essere una studentessa e aveva postato foto sue scattate nella toilette dell'università. La mia grande paura è che un uomo che l'ha vista su OnlyFans l'abbia seguita e rapita ». Le analisi della scientifica hanno rivelato che Medina è stata violentata prima di essere uccisa. Si reputa che il delitto sia avvenuto nelle prime ore di domenica 19 giugno. Il suo corpo, martoriato da molte coltellate, è stato scoperto da un dog sitter.

LA VOLKSWAGEN ABBANDONATA

La polizia vorrebbe identificare il proprietario di una VW Up Complete 999 cc, che è stata trovata abbandonata senza targa in Baydon Road, a cinque chilometri da dov'è stato rinvenuto il corpo. Chiunque abbia informazioni su questa automobile, è pregato di chiamare il...

Robin pensava di dovere spiegare a Strike perché gli avesse mostrato quegli articoli, ma appena ebbe finito di leggere, lui disse: « Sì, mi ricordo di aver visto la notizia. Credi che Sofia Medina possa essere la donna orientale dalla pelle olivastra che portò via degli oggetti dall'appartamento di Wright prima che lui fosse assassinato? »

« Be', è chiaro che non è un'orientale, ma l'atrio di quella casa è buio e Mandy vide la coppia solo per qualche istante. So che è improbabile, ma Medina corrisponde alla descrizione sommaria che ci è stata data di quella ragazza: pelle scura ma non troppo, lunghi capelli neri, accento straniero. Ed è stata assassinata appena ventiquattr'ore dopo che era stato ucciso Wright». Esprimendola a voce alta, Robin si rese conto di quanto fosse debole l'ipotesi, e tuttavia si era sentita in dovere di esporla. «Mi ha colpito che Sofia abbia detto all'amica che sarebbe stata via per tutto il weekend, ma non abbia spiegato cos'avrebbe fatto».

«Forse avevano litigato o forse non erano amiche, ma solo due persone che avevano affittato insieme un appartamento».

«Sì, lo so che potrebbe essere così, ma guarda questo» disse Robin.

Digitò un'altra stringa di ricerca.

«È la descrizione che avevano dato del cadavere prima che fosse identificato con quello di Sofia Medina: '*Latinoamericana o dell'Asia meridionale, altezza 162 cm, indossa jeans, scarpe da ginnastica e una T-shirt rosa con il disegno di una peonia*'». Robin guardò Strike e aggiunse: «Mandy ha detto che la ragazza che entrava e usciva dall'appartamento di Wright indossava un top con un disegno floreale».

Capendo dalla sua espressione che era interessato, proseguì.

«L'ultima volta in cui Sofia è stata vista viva, era il pomeriggio di giovedì 16, quindi il giorno prima che arrivassero da Ramsay Silver gli argenti Murdoch. Venerdì pomeriggio, una ragazza che corrispondeva alla descrizione di Sofia e che indossava una maglietta uguale o molto simile alla sua arriva in St George's Avenue a bordo di una monovolume metallizzata, entra nell'appartamentino di Wright, infila la roba in una valigia ed esce. Una monovolume metallizzata, forse la stessa del giorno prima, compare nelle prime ore della mattina successiva. Un uomo dai capelli ricci entra nell'appartamento di Wright e ne esce con una valigia carica di altra roba. Guida qualcun altro. Il giorno dopo, Sofia viene assassinata nella campagna del North Wessex, vicino a una vecchia Volkswagen monovolume abbandonata».

«Una VW monovolume» ripeté Strike.

« Sì, lo so che avrebbe quadrato di più se a essere abbandonata fosse stata una Peugeot 208 ».

« Non necessariamente » osservò Strike. « Ti ricordi che un uomo ha inviato un'e-mail a Calvin Osgood, pensando che fosse Oz, e gli ha chiesto se fosse ancora interessato a comprare la sua monovolume? »

« Santo cielo, è vero! »

Strike strinse gli occhi e si accarezzò il mento.

« Sai, le donne possono essere utili in certe circostanze ».

« Grazie tante! »

Per la prima volta da quando si era svegliato quella mattina, Strike abbozzò un sorriso.

« Voglio dire, di solito la presenza di una donna fa sembrare tutto più innocuo. A torto o a ragione, la gente, vedendo un uomo e una donna, pensa 'è una coppia che fa le solite cose di una coppia', non 'sono lì per commettere un furto e un omicidio' ».

Strike tirò una lunga boccata dalla sigaretta elettronica. Aveva bisogno di aumentare la concentrazione di nicotina, perché quella roba non gli dava certo il piacere che gli avrebbe dato fumare una delle sue Benson & Hedges.

« Va bene, diciamo per ipotesi che Sofia Medina aveva iniziato una relazione con uno dei tizi che hanno fatto fuori Wright. Spingiamoci un po' più in là e diciamo anche che quell'uomo era il nostro amico ricciuto, Oz. Lei spiega alla ragazza con cui divide l'appartamento che sarà via tutto il weekend perché sa che aiuterà Oz a rubare gli argenti Murdoch e ad assassinare William Wright ».

« Se la metti così, suona meno credibile » disse Robin. « Sofia era una studentessa, aveva delle prospettive nella vita. Perché mai avrebbe dovuto accettare di farsi coinvolgere in un delitto? »

« Forse lui l'ha costretta ».

« In che modo? »

« Le giovani donne le cui famiglie non sanno del loro account OnlyFans possono essere soggette a ricatto ».

« Ma che cosa l'avrebbe costretta a fare, con il ricatto? Non può avere ucciso *lei* Wright e non sarebbe neanche servita a molto per il trasporto di un peso come quello del Centrotavola Orientale».

«Be', con una ragazza che aveva quell'aspetto fisico, l'ovvia risposta sarebbe stata di fungere da esca».

Tutti e due pensarono immediatamente alla Candy dal viso pixellato, che posava con il reggiseno e le mutandine rossi sul giornale.

«Wright disse ai suoi vicini che una ragazza sarebbe venuta a vivere con lui» ricordò Robin. «Che fosse Sofia Medina? Che sia stata lei a convincerlo ad andare a lavorare per Ramsay Silver?»

«È un'ipotesi» osservò Strike, riflettendo sui vari particolari. «Forse Wright pensava di costituire con Sofia una sorta di coppia alla Bonnie & Clyde, senza rendersi conto che dietro di lei c'era gente che si apprestava a cavargli gli occhi e tagliargli il pisello».

«Forse, invece, non c'è alcun collegamento» replicò Robin, perdendo di nuovo fiducia nella sua ipotesi.

«Certo, Medina magari non si era resa conto che l'operazione avrebbe comportato un omicidio e una mutilazione» osservò Strike. «Oz potrebbe averle fatto credere che si trattasse solo di un furto. Magari le ha raccontato una frottola, ossia che aveva diritto a quegli argenti e che lei lo avrebbe solo aiutato a riavere ciò che gli spettava di diritto. Ramsay gli aveva fatto un torto e la sua era una vendetta. Oppure... aspetta un attimo».

Strike si alzò e andò a rileggere sulla bacheca il biglietto in cui aveva elencato ciò che avevano scoperto su Oz. «Una ragazza che scriveva in pessimo inglese diceva che Oz aveva fatto uno scherzo a sua cugina...»

«In pessimo inglese» ripeté Robin. «Pensi che la ragazza fosse spagnola?»

«Perché no. Peccato che quello stupido stronzo abbia cancellato le e-mail».

«Ma come poteva, lei, credere a uno 'scherzo' quando Oz è entrato nel negozio nottetempo e ne è uscito grondante sangue?»

«Forse non si è accorta delle macchie di sangue, se lui trasportava il pesantissimo Centrotavola Orientale» disse Strike.

«Ma come avrebbe giustificato il fatto di essere uscito dal negozio anche con un carico di abiti da uomo? Perché ricorderai che Wright è stato completamente denudato».

«Sì, giusta osservazione» fece Strike, aggrottando la fronte. «Potrei richiamare Wardle e sottolineare con lui che l'aspetto e i vestiti di Sofia Medina corrispondono alla descrizione della donna che entrò a casa di Wright nelle prime ore del mattino».

Strike era ancora in piedi dietro a Robin e guardava la bacheca sempre più piena di appunti. Intanto Robin si chiese preoccupata che cosa fare riguardo al messaggio di Jonny Rokeby. Avrebbe preferito non parlarne, perché, a meno che non ci fossero state comunicazioni tra loro di cui non sapeva niente, le ultime parole che il suo socio aveva detto a suo padre erano: 'vattene affanculo'. Sarebbe stato però sbagliatissimo non fargli sapere che il padre gli aveva offerto assistenza legale.

Ignaro di quel che le passava per la testa, Strike esaminò un altro foglietto appuntato sotto la foto di Tyler Powell e disse: «Hai trovato 'Griff'?»

«Chi?» chiese Robin.

«L'uomo di cui Tyler Powell afferma di fidarsi molto più che di sua nonna, dice qui».

«Ah, sì. Secondo nonna Dilys, Tyler avrebbe informato Griff, anziché lei, di dove andava. Credo che quello sia il suo indirizzo. Dilys ha detto che Griff abita 'più avanti, lungo la strada' e un certo Ian Griffiths vive proprio davanti ai genitori di Tyler. Forse vale la pena parlare non solo con la nonna, ma anche con lui».

«E Dilys potrebbe avere un incontro con noi in gennaio?» domandò Strike, sempre leggendo gli appunti di Robin.

«Sì» rispose lei.

«Ho esercitato maggiori pressioni su Jade Semple e comincia a cedere. Le ho ripetuto che non lavoro per la stampa, anche se non capisco perché sia così preoccupata per i media. Se vuole davvero trovare il marito, un po' più di copertura mediatica le farebbe comodo. In ogni caso, se riesco a convincerla a vederci, cercheremo di fissare i tre colloqui a distanza ravvicinata, magari nello stesso giorno».

« Va bene » convenne Robin, cercando di capire quale fosse il modo migliore di introdurre l'argomento Jonny Rokeby.

Strike si allontanò dalla bacheca e si stava imbarcando in una discussione sul modo migliore, per loro, di andare da Londra a Ironbridge, quando Robin lo interruppe.

« Senti, devo dirti una cosa... »

Per un attimo Strike pensò che proprio quelle parole, o altre molto simili, avrebbe voluto dirle lui la mattina del 22 dicembre.

« ... ma ti prego, ti *prego*, non dare in escandescenze e promettimi che non farai niente di avventato ».

« Va bene » promise il detective, chiedendosi cosa diavolo stesse per dirgli. Certo, non avrebbe mai fatto una premessa del genere prima di annunciare il suo fidanzamento, no?

« Tuo padre ha appena chiamato in agenzia. Ha visto l'articolo e vuole offrirti aiuto, un aiuto legale. Dice che pagherebbe i suoi avvocati per intraprendere un'azione legale ».

Strike la fissò. Robin sentì provenire dall'ufficio esterno la risata di Kim.

« Ha telefonato mentre tu parlavi con Robertson » continuò Robin. « Ho detto a Pat di prendere il messaggio. Be', tutto qui. Ha spiegato che gli dispiaceva molto che si sia tirata di nuovo fuori la sua vecchia storia. Vorrebbe aiutarti. Pat dice che è stato gentile. Ti prego, non dare fuori di matto ».

« Non sto dando fuori di matto » disse Strike, trattenendosi.

Non in tua presenza, in ogni caso.

Robin controllò l'ora sul cellulare.

« Sarà meglio che vada » disse, alzandosi.

« Vai nello Yorkshire, oggi pomeriggio? »

« Stasera, ma prima devo fare le valigie e sistemare alcune cose » rispose lei.

In effetti, nel pomeriggio aveva appuntamento con il suo medico. Era stato difficile fissarne uno sotto Natale e non voleva farlo saltare.

« Ho qui il regalo per te » disse, tirando fuori dalla borsa quello che sembrava un biglietto. « So che non si presenta granché bene, ma capirai quando lo aprirai ».

«Grazie» disse Strike, accettandolo meccanicamente. «Io ho lasciato il tuo nella mansarda. Aspetta un attimo che salgo a prenderlo».

Robin lo seguì nell'ufficio esterno, dove Kim era appoggiata al lavello con una tazza di caffè in mano. Mentre Strike si dirigeva alla porta, Kim gli disse: «Grazie del buono da spendere nei negozi, Cormoran».

«Ringrazia Robin, è stata sua l'idea» replicò lui, e salì nel suo appartamento. Appena la porta a vetri si fu richiusa, Pat chiese a Robin, con il ringhio che credeva essere un sussurro: «Gliel'hai detto?»

«Sì» rispose Robin.

«Che cosa farà?»

«Non lo so».

Kim, con i suoi vigili occhi da uccello, stava guardando ora l'una ora l'altra, e a Robin parve quasi di vedere le sue narici fremere per la curiosità.

Strike tornò dopo pochi minuti con in mano una scatolina quadrata e piuttosto sottile, avvolta nella carta da regalo e accompagnata da un biglietto.

«Buon Natale» le disse, porgendogliela.

«Grazie».

Il telefono sulla scrivania di Pat squillò e Robin sentì una stretta allo stomaco. *Ti prego, ti prego, non di nuovo Rokeby.*

«Agenzia investigativa Strike ed Ellacott... Chi?»

Pat sgranò gli occhi.

«Glielo passo subito».

Premette un bottone e si girò a guardare Strike.

«Dice di essere Sacha Legard».

«*Che cosa*?» fece Kim, strabuzzando gli occhi. «L'attore?»

«Sarà meglio che vada» disse Robin, stringendo in mano il regalo di Strike. «Buon Natale a tutti».

Se Kim e Pat non fossero state presenti e Legard non fosse stato in linea, forse Robin avrebbe detto qualcosa di più a Strike, e magari lo avrebbe di nuovo supplicato di non litigare con suo padre, più per il suo stesso bene che non per quello di Rokeby, ma data la situazione si limitò a sorridergli, prima di voltare le spalle e andarsene.

« Va bene » disse ingrugnito Strike a Pat (*fanculo Rokeby, fanculo il Natale, fanculo il fottuto Culpepper, fanculo tutto, cazzo*). « Passami Legard di là ».

Si ritirò di nuovo nell'ufficio interno. Il telefono squillò sulla scrivania.

« Strike ».

« Cormoran » disse la bella voce impostata di Sacha Legard. « È da un pezzo che non ci sentiamo ».

« Sì ».

« Non mi ero reso conto che cercavi da un po' di contattarmi ».

Figurati se non te n'eri reso conto!

« Ho ricevuto una telefonata di Dessie Longcaster, Dessie Mullins, intendo » continuò Legard. « Sembrava sconvolta ».

« Ti ha detto perché era sconvolta? » domandò Strike.

« Sì, per via di mio cugino Rupert » rispose l'attore con un tono tra l'irritato e l'ironico.

« Decima è molto preoccupata per lui. Possiamo, tu e io, parlarne a voce? »

« Francamente, temo si tratti della tipica tempesta in un bicchier d'acqua » disse Legard.

Tutti i giornalisti che lo avevano intervistato affermavano che Sacha Legard era non solo un attore di eccezionale talento, ma anche un uomo di dolcezza e generosità d'animo fuori del comune. Strike, che sapeva come stavano davvero le cose, da anni aveva smesso di leggere le loro servili sviolinate: mangiando già abbastanza cibi fritti, non aveva bisogno di altri fattori che gli facessero aumentare la pressione. Lasciò che il silenzio parlasse per lui. Legard voleva forse macchiare la sua bella immagine pubblica facendo la figura di chi non era disposto ad aiutare una donna angosciata? Non gli importava davvero nulla di sapere dove fosse finito il suo giovane cugino?

« Be', se può servire a tranquillizzare Dessie, certo che possiamo parlarne a voce » disse alla fine.

«Splendido» fece Strike. «Ti va bene domani? Ho l'intera giornata libera».

«Certo. Vieni al National Theatre alle tre. È l'ultima sera in cui rappresentiamo...»

«Va bene. Ci vediamo là». E Strike sfogò la gran voglia di riempire di pugni qualcuno che aveva fin dalla mattina prendendosi la soddisfazione di riappendere prima che l'attore gli spiegasse di quale pièce magnificamente recensita fosse il protagonista in quel momento.

34

Non accusare la luce declinante
né della notte la voce sussurrante:
foss'anche la notte del tutto silente,
il cuor ti darebbe un consiglio perdente.

A.E. Housman
XVII, More Poems

Andare dal medico fu per Robin un'impresa difficile sotto profili che non aveva previsto. L'unica cosa che le interessava era sapere se bisognasse preoccuparsi del forte dolore all'addome nella regione in basso a destra, e la breve risposta del giovane, brusco sostituto che fu costretta a vedere al posto della dottoressa da lei richiesta, fu: « No ».

Dopo averle domandato se avesse sintomi di un'infezione, come la febbre, e se la ferita chirurgica si fosse cicatrizzata bene (Robin disse di no quando le propose di darvi un'occhiata), il medico sentenziò: « Ha subito un intervento chirurgico ». Come se lei non lo sapesse, come se avesse dormito durante la rottura della tuba, l'intervento e la terapia con la morfina.

« È ancora in via di guarigione » spiegò il dottore. « È stata per caso fisicamente molto attiva da quando è stata dimessa dall'ospedale? »

« Abbastanza » rispose Robin, ricordando la corsa per avvicinarsi al capannone di Plug e quella che aveva fatto su per le scale dell'agenzia quel giorno stesso.

« Bene, questo è il motivo del dolore in basso a destra ».

« Va bene » disse Robin, chinandosi per raccogliere la borsa e andarsene.

Ma il dottore non aveva finito di parlare.

«Vedo che in ospedale hanno parlato con lei della fecondazione in vitro» disse, guardando il monitor del computer.

«Sì, ma...»

«Ha trentadue anni, vero?»

«Sì».

«Fino ai trentacinque anni, ha circa il cinquantacinque per cento di probabilità di avere un feto vitale attraverso FIV, ma le probabilità sono più basse al primo impianto. Se aspetta di avere quarant'anni, scendono al dieci per cento».

«Ok, la ringrazio» disse Robin.

«Le donne spesso pensano che la FIV sia una rete di sicurezza, ma non ci sono garanzie. Se vuole una fecondazione in vitro, bisogna che ci pensi...»

«Più prima che dopo» lo anticipò Robin. «Sì, me lo ha spiegato il chirurgo».

Non intendeva essere sgarbata, ma ne aveva abbastanza di quel medico, delle sue statistiche, del suo monociglio e della sua aria paternalista. Forse si era solo immaginata di leggergli in viso un'aria giudicante quando, guardando il monitor, aveva detto 'clamidia' a voce alta, ma tutto voleva, tranne che dirgli in che modo si erano rovinate le sue tube di Falloppio.

Durante l'intero viaggio di quattro ore da Londra a Masham, Robin finse un'allegria che non sentiva. Murphy, che aveva avuto il tatto di non menzionare l'articolo su Strike e Candy, era di ottimo umore, perché finalmente aveva eseguito con la sua squadra tre arresti per la sparatoria tra gang costata cara a due fratelli: l'uomo che aveva sparato, il guidatore della macchina da cui erano partiti i colpi e la ragazza di quest'ultimo, che aveva fornito a entrambi un falso alibi. Sinceramente contenta per lui e per la madre dei due ragazzini colpiti, Robin si profuse in congratulazioni. In quell'atmosfera allegra, si disse, sarebbe stato sbagliato riferire i discorsi del medico.

Non sapeva quando sarebbe stato il momento giusto per parlare di FIV. Aveva l'orribile sensazione che, se avesse detto a Murphy quali erano le probabilità di una gravidanza e un parto di feto vitale attraverso fecondazione in vitro, lui le avrebbe proposto di cercare un figlio immediatamente, e che la frase 'Hai solo trentadue anni', da lui detta in precedenza, si sarebbe trasformata in: 'Hai già trentadue anni'. Pensò a tutte le donne che nel mondo sarebbero state felici di sentire il loro compagno dire di desiderare un figlio e si chiese perché mai lei, invece, provasse tanta paura da sentirsi soffocare all'idea di una gravidanza. Una gravidanza che aveva creduto di volere in anni passati, prima di essere mandata come segretaria interinale in uno scalcinato ufficio di Denmark Street. Tutto era cambiato, allora: la parte di lei che lo stupratore sembrava averle portato via per sempre era risultata viva, anche se latente, e pronta a cogliere la propria occasione, mentre qualcosa che le era parsa scontata – avere figli come e quando voleva – era svanita per sempre, benché allora lei non lo sapesse.

Non piangere, si disse, mentre di là dal finestrino dell'auto scorreva la scura M11, la radio trasmetteva canzoncine di Natale e Murphy raccontava nei minimi particolari come avesse interrogato personalmente la ragazza dell'autista, inchiodandola alle sue contraddizioni.

«È dipendente dalla spice» spiegò a Robin.

«Spice? Una spezia?»

«Si chiama così la cannabis sintetica. Cazzo, si è diffusa dappertutto, sai? La ragazza sudava come se fosse stata in una sauna. Diceva al massimo tre parole al minuto. Ci sono volute quasi cinque ore per farla crollare».

Murphy prese un sorso d'acqua, come se il ricordo dell'interrogatorio gli avesse seccato la gola.

«Cazzo, non vedo l'ora di fare questa vacanza, ho proprio bisogno di uno stacco».

«Anch'io» disse Robin, ma non era sincera. Anzi, avrebbe dato qualsiasi cosa per viaggiare nella direzione opposta e tornare all'appartamento da single e al suo lavoro, anche se era un lavoro che comportava il rischio di farsi afferrare alla nuca da un energumeno. *Succederà di nuovo se non molli il fottuto osso.*

Finalmente arrivarono, col buio, alla vecchia casa di pietra di Masham in cui era cresciuta Robin. Suo padre aveva addobbato con lucine bianche il vecchio lillà del giardino anteriore. Quando

Robin suonò il campanello, fu sommersa da un coro di festosi saluti. Betty, la nuova cagnolina, corse fuori e si piazzò in mezzo alla strada, da dove la recuperò Murphy. C'erano Stephen, il fratello maggiore di Robin, sua moglie Jenny, una donna alta in così avanzato stato interessante che dovette fare ben tre tentativi di alzarsi dalla poltrona per salutare i nuovi venuti, e Jonathan, il fratello minore che si era appena laureato e lavorava per una società di consulenza di brand management a Manchester. E naturalmente c'erano il padre e la madre di Robin: Michael, con i suoi capelli neri e gli occhiali dalla montatura di corno, e Linda, così affezionata a Murphy che gli riservò un abbraccio non meno caloroso di quello dato alla figlia. La famiglia li aveva aspettati per la cena. Si sedettero al tavolo immacolato della cucina, mentre il pavimento, intorno, era tutto coperto di fogli di giornale perché per il momento Betty, che continuava a scodinzolare senza posa, non era ancora stata addestrata a trattenere i bisogni. Tiratasi un po' su, Robin bevve vino, mangiò il piatto di pollo ai funghi che aveva cucinato sua madre e non si turbò più di tanto quando seppe che il suo ex marito, Matthew, era anche lui in città per Natale, assieme alla seconda moglie e al figlio.

«Quella Sarah è di nuovo incinta» disse Linda alla famiglia riunita a tavola. «L'ho vista al supermercato».

«Buon per lei» commentò Robin in tono volutamente brusco.

«Quand'è il termine?» domandò Murphy a Jenny.

«Dicono il 3 gennaio, ma francamente, andrebbe bene anche stasera, se il bambino volesse» rispose lei. «Non ne posso più dei bruciori di stomaco».

«Sai già che è un maschio?» chiese Robin, che non era stata informata.

«Sì, e calcolano che sarà più di quattro chili» rispose Stephen.

«Mi fa piacere che almeno uno di noi sia contento della sua stazza» osservò Jenny.

«Eravamo preoccupati» disse Linda rivolgendosi con tono di bonario rimprovero alla nuora. «Perché, sai» e qui si girò a guardare Robin, «ha lavorato fino a un mese fa».

«Mi sono occupata solo degli animali di piccola taglia, Linda» si giustificò Jenny, che era una veterinaria. «Niente cavalli né buoi».

«Credevo che sarebbe venuto anche Martin» disse Robin.

Martin, il terzo dei quattro fratelli Ellacott, fino a poco tempo prima aveva vissuto con i genitori, ma adesso era andato ad abitare con la sua compagna incinta nella vicina Ripon.

«No, verranno domani» spiegò Linda, e dal tono di lieve riserbo Robin capì che c'era un problema di cui sua madre non desiderava parlare di fronte a tutti.

Robin fu felice di andare a dormire nella sua vecchia camera. Murphy si addormentò appena posata la testa sul guanciale. Robin sentì l'andirivieni degli ospiti in bagno, intuì che i genitori di Annabel controllavano che la bambina stesse bene nell'ex stanza di Martin, ascoltò Jonathan camminare su e giù per la mansarda dove, in quanto ultimogenito, aveva dovuto dormire da piccolo. Per qualche istante si chiese che cosa ci fosse nella scatolina sottile donatale da Strike per Natale. L'aveva lasciata in fondo al borsone da viaggio quando aveva tirato fuori le sue cose, invece di portarla di sotto e metterla ai piedi dell'albero come aveva fatto con tutti gli altri regali, quelli suoi e di Murphy per la famiglia e quelli che loro due si erano scambiati. La scatolina di Strike aveva le dimensioni e il peso di quelle degli orefici, ma niente era meno probabile di un dono del genere: mai le avrebbe regalato una cosa così personale un uomo che un anno aveva scartato l'idea di comprarle personalmente per il compleanno un profumo, terrorizzato all'idea di comprarle un profumo con un nome straniero che equivalesse a 'Scopabilissima'.

Andrà tutto bene, si disse, ascoltando il respiro lento di Murphy: *Sono solo quattro giorni.*

35

Perché, allora, non parlò, scrisse,
operò prima? Di chi la colpa
del suo silenzio ininterrotto?

Robert Browning
Waring

Benché Strike considerasse l'autocommiserazione un'ingiustificabile perdita di tempo, l'abbattimento da cui fu colto la mattina dopo si rifiutava di andarsene. Per quanto in passato Robin avesse lamentato la tensione propria delle riunioni familiari natalizie, era assai probabile che il suo malumore sarebbe svanito nel clima di festa che avrebbe trovato a Masham. Ci sarebbero stati i bambini, le canzoncine natalizie e forse vin brûlé. E tutti sarebbero stati conquistati da Murphy, il funzionario della CID, indubbiamente il partito ideale... Strike era stato a Masham un'unica volta, quando aveva partecipato, non invitato, al matrimonio di lei. Be', di sicuro non l'avrebbe fatto una seconda volta.

Al momento era seduto al volante della sua BMW e teneva d'occhio un magazzino di materiali edili in cui si era imbucato il disoccupato Plug. Mentre sorvegliava la porta in attesa che lui ne uscisse, il pensiero dei molti altri problemi di cui doveva occuparsi non fece che accrescere il suo sconforto.

L'articolo di Fergus Robertson era apparso sul *Telegraph* quella mattina. Com'era prevedibile, il traballante codice d'onore che ancora esisteva tra scribacchini aveva impedito a Robertson di dire al mondo il vero motivo per cui in quel momento Dominic Culpepper voleva a tutti i costi distruggere la sua reputazione, ma aveva lasciato intuire che Strike si era fatto molti nemici durante la sua carriera investigativa e riferiva fedelmente le sue parole là dove affermava di non avere mai pagato Candy né alcuna altra donna e minacciava (vanamente) azioni legali. Forse, rifletté sempre guardando il magazzino, avrebbe dovuto rivolgersi davvero a un avvocato. Il costo sarebbe stato esorbitante, ma aveva la terribile sensazione che la sua smentita non sarebbe bastata a chiudere per sempre la faccenda di Candy.

Non intendeva affatto accettare l'offerta di aiuto finanziario di suo padre, un'offerta che, ne era certo, nasceva solo dal desiderio di Rokeby di dare maggior lustro alla propria immagine pubblica. Strike riteneva che il padre avesse violato un confine territoriale chiamando il suo ufficio in Denmark Street e parlando con una delle sue impiegate. Sì, Robin aveva probabilmente ragione: la tattica migliore sarebbe stata ignorarlo. Ma se fosse tornata da Masham fidanzata con Murphy, Strike avrebbe considerato annullate tutte le promesse che le aveva fatto.

Nel frattempo Jade, la moglie abbandonata di Niall Semple, la sera prima gli aveva inviato un messaggio:

Senta non ha senso che venga a parlare con me perché non credo più che fosse Niall l'uomo in quel negozio

Era una brutta notizia, perché nel caso che Robin fosse tornata da Masham senza anello di fidanzamento, un viaggio in Scozia avrebbe dato a Strike un'eccellente occasione di dichiararsi, mentre se fossero andati solo a Ironbridge, sarebbe stato difficile giustificare un pernottamento in albergo. Aveva risposto a Jade:

Che cosa le ha fatto cambiare idea?

La risposta della donna era stata:

Credo che abbia un'altra donna

Strike allora le aveva chiesto se non l'avrebbe tranquillizzata sapere con sicurezza che suo marito non era il morto nel caveau, ma non aveva avuto risposta.

Come se non ci fossero già abbastanza grane, quella mattina, poco dopo avere lasciato Denmark Street, aveva ricevuto una telefonata anonima sul cellulare, inoltratagli dal telefono fisso dell'ufficio. Dopo qualche rauco ansito, una voce gracchiante aveva detto:

« Lasciate perdere. Gadu è dalla nostra parte. *Lasciate perdere* ».

« Chi cazzo è 'Gadu'? » aveva chiesto Strike, al che l'anonimo individuo aveva riappeso.

Gadu. Da quando un ignoto aggressore aveva preso per il collo Robin da Harrods, Strike non era più incline a trattare l'anonimo molestatore telefonico come un mattacchione che si divertiva a fare scherzi. Tuttavia, siccome al momento Robin era al sicuro nello Yorkshire, era solo irritato che l'ennesima seccatura si fosse aggiunta a tutte le altre.

Nell'immediato futuro, non vedeva niente che lo potesse rallegrare. Avrebbe volentieri passato i successivi tre giorni a dormire, ma non gli era permesso nemmeno quello. L'indomani era la vigilia di Natale, il che significava che doveva partecipare alla festa data da Lucy in onore dei vicini, seguita da una notte nella stanza degli ospiti e dall'allegria forzata del Natale, giorno in cui suo cognato Greg avrebbe fatto le solite critiche pungenti alle sue scelte di vita. Di solito Strike faceva finta di niente per amore di sua sorella, ma mentre osservava il magazzino dove Plug stava comprando materiale edilizio, gli venne in mente che prendere a pugni Greg sarebbe stato quasi altrettanto gratificante che picchiare Dominic Culpepper, e per qualche secondo si abbandonò alla fantasia di mandarlo al tappeto facendolo rovinare sul tacchino. In ogni caso, prima del pranzo di Natale doveva incontrare Sacha Legard al National Theatre, una prospettiva che gli ridestava ricordi della sua defunta fidanzata, ricordi che, nello stato di scoraggiamento in cui si trovava, gli riusciva quasi impossibile ricacciare indietro.

Charlotte aveva sempre avuto, verso la famiglia e il suo fratellastro Sacha, un atteggiamento oscillante tra due estremi. Per gran parte della vita aveva mandato tutti all'inferno e affermato che detestava e temeva Heberley House, il palazzo signorile dove aveva trascorso quasi tutta l'infanzia, e dove sua madre e il suo patrigno avevano dato feste sontuose in cui scorrevano fiumi di droga. Era stato proprio durante una di quelle feste che Charlotte, all'età di dieci anni, aveva ingerito per sbaglio dell'LSD. Charlotte affermava di disprezzare le convenzioni della sua classe sociale, accusava collegi e parenti di essere i responsabili della sua infelicità e, una volta liberatasi di loro, diceva di volere dalla vita solo piaceri semplici e contatti umani autentici. Quello era il lato di lei che Strike aveva amato e con cui aveva solidarizzato. Quella era, all'inizio della loro relazione, la Charlotte che si era permesso di credere 'vera'.

Tuttavia, con l'età e l'esperienza aveva finito per capire, sia pur a malincuore, che la donna che amava aveva molte facce, cambiava pelle come un camaleonte e spesso lo manipolava. In altre parole, Charlotte aveva molte personalità che erano altrettanto reali di quella prediletta da Strike, e poteva mutarle da un momento all'altro senza preavviso. D'un tratto trovava noiosi e limitati i divertimenti che Strike poteva offrirle con lo stipendio di poliziotto militare, e manifestava il desiderio di passare una costosa giornata alle corse, tra fiumi di champagne e piogge di scommesse, oppure di correre di punto in bianco a Marrakech con amici dell'alta società, compresi 'Sachy' e 'Val', perché lì, diceva, «amore, ci divertiremo». Poi lo sfotteva per la sua riluttanza a simili colpi di testa e la sua mania borghese della solvibilità e della sincerità.

«Oh, ma certo che Sacha è un gigantesco ipocrita» aveva detto una volta, ridendo, quando Strike aveva così definito il fratellastro di lei perché, per tutta la durata di una cena di varie portate, aveva parlato di socialismo con un altro ricco attore. «Sappiamo tutti che vota tory e che non c'è elusione fiscale che si faccia sfuggire» aveva aggiunto Charlotte. «Rilassati, amore, tu prendi troppo sul serio queste cose».

Durante le crisi maniacali da cui era colta a intervalli regolari, Charlotte chiedeva a Strike perché gli stesse tanto a cuore che l'immagine pubblica corrispondesse alla morale privata. L'importante, diceva, era che una persona avesse spirito e stile. Perché Strike si sentiva in dovere di annoiare e irritare tutti con lagne che traevano origine da un'infanzia vissuta nella povertà e nello squallore? Seguivano litigi durante i quali lei lo accusava di avarizia e incapacità di godersi la vita. Se poi lui si azzardava a ricordarle che lei stessa pochi giorni o addirittura poche ore prima gli aveva dichiarato il proprio odio per la falsità, il doppiopesismo e il materialismo, di colpo esplodeva, accusandolo rabbiosamente di odiarla, disprezzarla e ritenerla frivola e indegna, e concludendo lo sfogo con un'ubriacatura autodistruttiva, il lancio di oggetti o spesso entrambe le cose.

L'unico membro della famiglia al quale Charlotte non aveva mai, in nessuna circostanza, manifestato affetto era sua madre. Charlotte era stata considerata una figlia superflua rispetto alle esigenze dei genitori, che avevano già una femmina e avevano sperato, la seconda volta, di produrre un maschio. Tara aveva sempre mostrato solo disprezzo e crudeltà verso di lei, sentimenti che Strike aveva sempre pensato nascessero dalla loro forte somiglianza fisica: Tara, una narcisista, non sopportava di vedere la sua perduta bellezza giovanile rispecchiata nelle fattezze della figlia seduta al tavolo della colazione. Non gli era mai capitato di vedere, né prima né dopo, una madre e una figlia legate da un così profondo odio reciproco, e attribuiva l'instabilità mentale di Charlotte soprattutto al fatto che, da bambina, fosse stata trattata con una trascuratezza che rasentava l'abuso.

L'istinto materno latente di Tara si era finalmente risvegliato con l'arrivo di Sacha, nato dal suo terzo matrimonio. Tara stravedeva per l'unico figlio maschio, era ben contenta di riconoscere i propri lineamenti in un volto maschile e lui era diventato l'unica persona che quella narcisista, nel suo edonismo, amava come se stessa. Di conseguenza, Sacha era l'unica creatura di quella famiglia dedita ad alcol e droghe che potesse dire con sincerità di avere avuto un'infanzia assolutamente felice.

Avere avuto quella fortuna non era, naturalmente, responsabilità sua, e Strike non gliene faceva una colpa. Semmai gli rimproverava il fatto che, una volta cresciuto, non avesse notato la crudeltà di Tara verso Charlotte. Sacha era l'unico essere vivente che sarebbe potuto intervenire con qualche efficacia, eppure non si era mai preoccupato dei tentativi di suicidio e dei periodi di ricovero in clinica psichiatrica della sorella: in quei momenti difficili non era mai andato a trovarla, non le aveva mai telefonato e non aveva mai alluso a simili episodi dopo che erano passati. Quando Charlotte stava bene, era ben lieto di trovarsi con lei, perché Charlotte era un personaggio ornamentale e brillante in qualsiasi evento mondano, ma quando non stava bene, per lui era come se non fosse mai esistita.

Vi era stata una e una sola occasione in cui Strike aveva chiesto aiuto al giovane fratellastro. Nonostante le sue frequenti recriminazioni contro Heberley House, Charlotte aveva voluto dare una grande festa nella magione di famiglia in occasione del suo trentesimo compleanno. Prevedendo che, nell'organizzare il gigantesco party, ci sarebbero state infinite possibilità di drammi e litigi, Strike aveva cercato di convincerla che fosse preferibile dare una festa a Londra o magari passare, loro due da soli, un weekend all'estero. Ma non c'era stato niente da fare. Charlotte voleva tartine e champagne, duecento persone in smoking e abito da sera stipate nella sala da ballo, foto ricordo scattate sullo scalone e lanterne appese tra gli alberi del parco, e lo scarso entusiasmo di Strike per il progetto era stato inevitabilmente preso per dispettoso ostruzionismo. Forse la bambina trascurata e disprezzata, in lei, tentava di dimostrare di avere pur sempre un certo valore agli occhi della famiglia, o forse covava in lei il desiderio di creare uno scenario in cui si verificasse un'implosione. Sta di fatto che Strike aveva ormai imparato a capire la componente che in Charlotte cercava a volte di provocare a se stessa le ferite più vaste e profonde che poteva.

I due mesi di prevedibilissimo conflitto con Tara che avevano preceduto la festa erano culminati in un annuncio: Tara aveva annullato metà degli impegni connessi ai preparativi e comunicato che il giorno del compleanno di Charlotte sarebbe andata a St Moritz con il figlio Sacha. Ignaro della bomba sganciata da Tara nella segreteria telefonica, Strike, che all'epoca era in licenza dall'esercito e aveva appena bevuto una pinta di birra con il suo vecchio amico Nick, tornando nell'appartamento di Charlotte non aveva trovato nessuno: il vestito nero di pizzo che lei aveva deciso di indossare a Heberley il giorno del compleanno era stato fatto a brandelli e sparso per tutta la camera da letto, e nel lavandino del bagno c'erano macchie di sangue. Aveva provato a telefonarle, ma lei non aveva risposto né era tornata a casa la sera. La mattina dopo, non trovando nessun altro membro della famiglia, Strike aveva chiamato Sacha.

Sacha gli aveva risposto al cellulare dalla sala d'aspetto di prima classe dell'aeroporto di Heathrow, mentre era in compagnia dei membri del jet set che Tara amava frequentare. Non aveva perso minimamente il suo buonumore quando aveva saputo che sua sorella era scomparsa e aveva lasciato un abito a brandelli e macchie di sangue in bagno. Benché parlasse con un uomo di dieci anni più grande e con un'esperienza di vita ben maggiore, il ventenne Sacha, assumendo un tono da annoiato viveur, gli aveva detto che lo psicoterapeuta di Tara le aveva raccomandato di usare una certa severità con la figlia quando questa voleva attirare troppo l'attenzione su di sé. La cosa migliore che Strike potesse fare, aveva detto Sacha mentre in sottofondo si udivano le risate di Tara e dei suoi amici, era di ignorare quell'evidente messinscena e, prima che Strike potesse dirgli cosa pensava di lui e di sua madre, aveva chiuso la comunicazione.

Strike aveva impiegato altre quarantott'ore per rintracciare Charlotte nell'ospedale dov'era stata ricoverata per avere inghiottito una manciata di antidepressivi accompagnandoli a tutto il whisky che era riuscita a bere senza vomitare in un locale di Soho. Quando era caduta dalla sedia, il direttore del pub era accorso in suo aiuto, ma lei lo aveva trattato malissimo, gridandogli di tenere lontano le sue luride mani. Incredibilmente, era riuscita a rialzarsi da sola e uscire barcollando sul marciapiede, e poi era passata in strada in mezzo al traffico, dove un autobus per poco non l'aveva investita. Il giorno dopo il *proprio* trentesimo compleanno, passato a fare inutili telefonate ad altri parenti e a chiamare un ospedale dietro l'altro, Strike l'aveva finalmente trovata, stesa in un letto del reparto chirurgia, dove le avevano praticato la lavanda gastrica. Aveva una spalla fratturata e, nelle braccia, segni di ferite autoinferte. Come ricompensa per quei tre giorni di paura e incessanti tentativi di indurre i parenti di lei a interessarsi al suo destino, si era sentito dire da Charlotte che era un maledetto, merdoso bastardo perché era andato a bere una birra con Nick proprio quando le sarebbe stata più necessaria la sua presenza. Poi gli aveva dato per l'ennesima volta l'ultimatum (« O me o l'esercito ») e Strike, come sempre, aveva scelto l'esercito, tornando in Germania, dove all'epoca era di stanza, da uomo temporaneamente libero.

Quando la polizia aveva trovato Charlotte morta in una vasca da bagno piena di sangue, Sacha aveva rilasciato alla stampa una dichiarazione affettuosa e accorata: « Sono solo uno dei tanti che l'amavano, sconvolto e incapace di comprendere che non la sentiremo più ridere. *La morte posa su lei come un gelo precoce sul fiore più dolce di tutto il campo* ».

Seduto al freddo sulla sua BMW, in preda a quegli sgraditi ricordi, Strike si chiese per l'ennesima volta per quale incomprensibile motivo avesse accettato così tante volte di riprendersi Charlotte, in passato. Lui dava estremo valore alla verità, mentre Charlotte era un'incorreggibile bugiarda. Lui sosteneva che, con il lavoro, ci si poteva liberare dal condizionamento del proprio patrimonio genetico, mentre Charlotte era convinta fatalisticamente di essere condannata a priori dal retaggio di droga e dipendenza della sua famiglia. E tuttavia avevano finito per conoscersi così bene che ognuno dei due capiva con inquietante precisione cosa pensasse e sentisse l'altro. Finché era stato invischiato nella relazione, Strike non era mai riuscito a immaginare di amare un'altra donna così profondamente, ma da quando si erano lasciati, considerava quella relazione una lunga infezione da cui era riuscito finalmente a guarire.

Mentre, seduto al volante, sorvegliava il magazzino, rifletté che Robin, una persona in apparenza molto meno complicata della sua ex fidanzata defunta, era per lui assai più enigmatica di quanto non fosse mai stata Charlotte. Non conosceva i suoi pensieri né i suoi sentimenti e l'amore per lei, che gli era capitato di maturare in maniera del tutto involontaria, non somigliava tanto a un'infezione, quanto al riconoscimento di una carenza di cui fino ad allora non si era reso conto, ma di cui avvertiva in maniera sempre più dolorosa i sintomi. Ormai tutti i suoi pensieri tornavano là anche quando non c'era alcun nesso apparente: tornavano a Robin, che era a Masham con Murphy, mentre lui era solo e infelice, e di quella solitudine e quella infelicità doveva incolpare solo se stesso.

36

Mi è stato detto che un fanciullo greco,
che molti invano amavano,
si specchiò alla sorgente di un bosco
e mai più guardò altrove.

A.E. Housman
XV, Un ragazzo dello Shropshire

Strike aveva alcune opinioni tutte sue sull'architettura, ma aveva sempre considerato il palazzo brutalista sede del National Theatre, a metà tra un parcheggio multipiano e una centrale elettrica, uno dei peggiori abominî di Londra. Incamminandosi verso quell'obbrobrio alle tre meno dieci del pomeriggio, e contemplando a una certa distanza i luccichii grigiastri del Tamigi, pensò che in fondo era più bello il magazzino di materiali edilizi la cui sorveglianza aveva appena passato a Midge. Nello striscione appeso all'ingresso si annunciava che la pièce dove avrebbe recitato Sacha si intitolava *La morte non è un castigo*, e la foto mostrava un protagonista dall'espressione seria e risoluta, che indossava un pigiama a strisce.

Una ragazza con gli occhiali, una gran testa di capelli e l'espressione timida stava davanti all'ingresso con un cordoncino al collo.

«Il signor Strike?»

«Sì».

«Sono Grace. Sacha mi ha pregato di accompagnarla da lui. È un palazzo dove ci si può perdere, se non lo si conosce».

«Va bene» disse Strike.

La ragazza gli tenne la porta aperta e attraversarono insieme l'enorme foyer dalla moquette marrone, con l'alto soffitto che pareva fatto di giganteschi waffle di cemento. La ragazza gli chiese se avesse già visto l'opera teatrale che aveva per protagonista Sacha.

«No» rispose lui.

«Oh, è magnifica!» esclamò lei ammirata, e ne parlò per diversi minuti, spiegando che Sacha vi interpretava il personaggio realmente vissuto del dottor Walter Loebner, che era sopravvissuto alle torture della Gestapo, era fuggito dal campo di concentramento ed era vissuto abbastanza da deporre contro i suoi torturatori.

Strike provò la tentazione di sbuffare, ma si trattenne. Naturalmente nessuna legge decretava che solo uomini coraggiosi potessero interpretare il ruolo di persone che, dopo essere sopravvissute ad atroci torture, effettuavano fughe rocambolesche, ma trovava davvero paradossale che Sacha Legard impersonasse il dottor Loebner. Sia Strike sia Charlotte, entrambi dotati di un notevole coraggio fisico, avevano spesso riso, tra loro, del fatto che Tara avesse inculcato nel figlio prediletto un sacro terrore dei guasti che potevano essere arrecati a quella fine opera d'arte che erano il suo faccino e il suo corpicino. Strike sapeva benissimo che Sacha era molto preoccupato per la sicurezza delle imbragature volanti e che temeva di rimanere ferito durante le prove di duelli alla spada. Nello sci non era mai andato oltre le pendenze per bambini di due anni e preferiva gli stuntmen per fare immersioni, cavalcate e salti da piattaforme alte. Naturalmente niente di tutto ciò era noto al grande pubblico, perché Sacha sullo schermo sembrava assai credibile nel ruolo di temerario.

«... andare a Broadway, ma credo non si possa immaginare nessun altro che Sacha nel ruolo di Walter, e in effetti l'anno prossimo dovrebbe interpretare un film sull'argomento» stava dicendo la ragazza.

Presero l'ascensore. La giovane proseguì nel suo peana su Sacha finché l'aria profondamente annoiata del suo ospite non la indusse a tacere. Alla fine, quando uscirono al terzo piano, lo accompagnò in un piccolo bar riservato al cast, dove sedeva Sacha con l'unica compagnia del barman.

Indossava un paio di jeans e una camicia blu e, nonostante l'illuminazione inclemente del locale, appariva un uomo di straordinaria bellezza. Come molti attori, era assai più smilzo dal vivo di quanto non apparisse sullo schermo o anche sul palcoscenico.

«Cormoran!» lo salutò cordialmente, alzandosi. «L'ultima volta in cui ci siamo visti dev'essere stato al funerale di papà».

«Sì, credo di sì» disse lui, stringendogli la mano.

«Grazie, Vostra Grazia» disse sorridendo l'attore alla ragazza dagli occhiali, che arrossì di piacere alla battuta sul suo nome.

«Prego, milord. Posso portarvi qualcosa?»

«Cosa bevi?» domandò Sacha a Strike.

«Un caffè, se c'è» rispose lui, e Grace corse a prenderlo.

«Hai avuto un grande successo dall'ultima volta che ci siamo visti» osservò Sacha con calore.

«Anche tu» replicò Strike, con un certo sforzo.

«Bah, in questo gioco, sei bravo solo finché ti recensiscono bene» si schermì Sacha, sdrammatizzando.

«Può ben dirlo, visto che l'*Independent* ha detto che 'domina il palcoscenico'!» esclamò la ragazza, tornando con il caffè.

«'Domina il palcoscenico', non so neanche cosa significhi!» fece Sacha, sorridendo e alzando gli occhi al cielo.

Strike aveva spesso pensato che Sacha fosse più naturale sul palcoscenico che fuori. Quando la macchina da presa si accendeva o il sipario si alzava, Sacha scimmiottava alla perfezione i sentimenti umani. Fuori scena, invece, aveva sempre l'aria di posare e in quel momento, secondo Strike, recitava da 'attore di talento che si riposa'.

«Allora adesso sei Lord Legard».

«Oh, per la miseria, no» rise Sacha. «No, sono come papà e non uso il titolo. Sono così datate, tutte queste cose!»

Ma tu l'hai fatto sapere ai subalterni per poi scherzarci su, stronzo.

Mentre si recava al National Theatre, Strike si era chiesto se Sacha avrebbe menzionato Charlotte, se gli avrebbe stretto la mano per esprimere la sua comprensione o se avrebbe citato di nuovo quel verso di *Romeo e Giulietta*, tutte cose che gli sarebbero parse deplorevoli, ma la completa assenza di ogni riferimento alla sorellastra gli diede ancora più fastidio. Forse, pensò, era logico che Sacha preferisse non riesumare il passato e questo, perversamente, lo stimolò ancor più ad alludervi appena se ne fosse presentata l'occasione.

Grace depose il caffè davanti a Strike, che la ringraziò, e poi si allontanò.

« Allora, vuoi parlare di Rupe? » chiese l'attore.

« Sì » disse il detective, tirando fuori il taccuino.

« Bene, forse è meglio dirti subito, molto francamente, che non sarò di grande aiuto. Ero in Messico per delle riprese, quando è successa la vicenda di Rupe e Dessie – Dessie che a malapena conosco, peraltro – sicché tu sai probabilmente molto più di me su tutta la faccenda. Però naturalmente voglio aiutarti, anzi darti tutto l'aiuto che posso » concluse con convinzione.

« Conosci appena Decima? »

« Purtroppo sì. L'avrò vista tre o quattro volte, solo con Valentine. Voglio dire, ho mangiato da Happy Carrot. È una chef davvero molto dotata. Peccato per quello che è successo al ristorante, ho sentito dire che è in difficoltà. Lei ha preso un congedo o un'aspettativa, vero? »

Strike sospettò che Sacha lo invitasse ad ammettere che la sua cliente stava attraversando una crisi sentimentale. Vedendo che non rispondeva, Sacha proseguì.

« Sì, quindi temo di non essere aggiornato sulla cosa. Sai, sono passato direttamente dal set di *Conquest* a questa pièce a teatro ».

Strike non aveva idea di che cosa fosse *Conquest* (film, serie TV, spot di dopobarba?) e non gliene importava nulla, per cui si limitò a chiedere: « Rupert è tuo primo cugino, vero? »

« Sì, esatto, è il figlio della sorella di papà. Poveraccio. Sai cos'è successo, con la valanga e tutto il resto? »

« Sì, me l'ha detto Decima ».

« Che terribile tragedia. Io avevo solo dodici anni quando è successo. Ricordo ancora di avere pianto come una fontana. È stata la mia prima esperienza di vero dolore ».

Poiché Strike, con il suo silenzio, si mostrò restio ad accettare l'invito a compatirlo, l'attore proseguì.

«Sì, be', così Rupe è stato cresciuto in Svizzera dalla zia paterna, che era molto severa con lui finché è stato bambino. L'unica cosa che poteva fare papà era invitarlo a Heberley ogni due o tre anni, ma siccome Rupe è assai più giovane di me, non abbiamo mai giocato molto insieme, da bambini. Però è una persona amabile».

«Pare che per qualche motivo si sia ficcato in un sacco di guai» lo informò Strike.

«Be', come ti dicevo, tu sai probabilmente più di me, in merito» replicò Sacha con aria mesta.

«Eri al corrente del debito di droga?»

«Il cosa?!» disse l'attore, più attonito che realmente confuso.

«È stato minacciato. Il suo compagno di appartamento ha imbrogliato uno spacciatore che poi se l'è presa con Rupert».

«Ah».

«E Rupert ha cercato di liberarsi di lui pagandogli duemila sterline».

«Capisco».

«Non sapevi che era braccato da un feroce spacciatore di cocaina?»

«Io... no, non ne avevo proprio idea».

«Ti ha chiesto dei soldi in prestito?»

Il bel viso di Sacha si accese di un lieve rossore.

«Dubito che questi siano affari tuoi».

«I miei affari consistono nel fare domande che di solito non rientrerebbero negli affari miei».

«Uno sporco lavoro, ma qualcuno deve pur farlo, eh?»

«Non è che *devo*» replicò Strike. «È solo il tipo di lavoro che più si adatta alle mie capacità».

«Senti, la persona con cui dovresti parlare, in realtà, è la zia di Rupe, Anjelica. Lei conosce tutta la storia».

«Le ho già parlato. Non ha avuto molte parole di elogio nei confronti di Rupert, né grande comprensione per la situazione difficile in cui si trova».

«Ah» fece Sacha, con un altro sorriso mesto. «Be', credo sia convinta che Rupe sia geneticamente predisposto a diventare un buono a nulla».

«I genitori di Rupert erano dunque dei buoni a nulla?»

«Non mia zia, ma Peter Fleetwood non era certo quel che si definirebbe un gran lavoratore. Uomo affascinante, ma in genere passava il suo tempo a bere e giocare d'azzardo».

«Sai che Rupert ha rubato una nave d'argento dal club Dino's?»

Un detective meno esperto forse non avrebbe notato la lieve contrazione agli angoli della bocca del suo interlocutore.

«No. Ti ripeto, io non...»

«Eri in Messico, sì. Ma in seguito lo hai saputo, no?»

«Sì» rispose Sacha, e Strike notò in lui una leggera riluttanza ad ammettere anche quel piccolo dato concreto.

«Quando lo hai saputo?»

«Ehm, per la verità è stato il giorno del mio compleanno».

«Cioè?»

«Il 21 maggio».

«Rupert ti disse che cos'aveva fatto?»

«No, io... Be', per la verità ho visto Rupe e Valentine litigare in un angolo, alla mia festa di compleanno. Eravamo da Claridge e, insomma, c'è stata una piccola scenata. In realtà io non avevo invitato Rupe perché sai, non era una gran festa, molti dei presenti lui non li conosceva, ma mi sono guardato intorno e l'ho visto. Tutto sommato mi pareva abbastanza strano che si fosse imbucato, in fondo avrebbe dovuto evitare tutti i posti in cui era probabile incontrare i Longcaster...»

«Già» concordò Strike, scrivendo rapidamente appunti. «Alla festa era presente Dino?»

«Dio santo, no» rispose Sacha con una risatina. «Dino non partecipa mai ai party, a meno che non avvengano nel suo club. Lo conosci?»

«No».

«Dino è un personaggio notevole».

«A Tara non importa che tu bazzichi il suo ex marito?»

«Oh, ormai è passata tanta acqua sotto i ponti» sdrammatizzò Sacha. «Non è la mamma a impormi chi devo o non devo vedere.

No, alla mia festa ho invitato solo Val e Cosima. Lei per la verità era in lacrime».

«Chi è Cosima?» domandò Strike, anche se già sapeva.

«La sorellastra di Decima e Valentine. Una ragazza adorabile».

Strike si ricordava che negli appunti presi da Robin durante il colloquio con Albie Simpson-White Cosima era stata definita una 'mocciosa viziata'.

«Perché era in lacrime?»

«Perché Rupe aveva un atteggiamento offensivo o aggressivo, credo. A dir la verità» e qui Sacha abbassò la voce, «ho dovuto chiedere all'addetto alla sicurezza di pregarlo di andarsene. Pareva fosse venuto proprio per litigare. Dopo che se n'è andato, ho chiesto a Val qual era il motivo del litigio e lui mi ha parlato di questa nave d'argento che mancava all'appello da Dino's».

«Ti ha detto perché Rupert si fosse presentato alla festa?»

«Immagino volesse indurre Val a bloccare l'indagine della polizia o qualcosa del genere. Val era abbastanza incazzato per la faccenda, come potrai immaginare».

«Ma perché Val avrebbe dovuto bloccare l'indagine della polizia sul furto? La nave d'argento era di suo padre, no?»

«Francamente non conosco i dettagli» disse Sacha con un lieve gesto di smarrimento. «Era tutto nuovo, per me. Non capivo cosa stesse succedendo e, come potrai immaginare, avevo un sacco di gente con cui parlare e tenere i rapporti, quella sera, così ho lasciato perdere».

«Hai più avuto notizie di Rupert dopo il party?»

«No, l'unica notizia che ho avuto dopo su di lui è che era partito per New York».

«Come l'hai saputo?»

«Anjelica ha mandato un'e-mail a tutti i membri del consiglio d'amministrazione dicendo che Rupert aveva trovato lavoro là».

«Lo hai più sentito, dopo che è andato a New York?»

«Mi pare di no» rispose Sacha, aggrottando leggermente la fronte. Si protese in avanti e abbassò ulteriormente la voce.

«Senti, posso parlarti francamente? Credo... intendiamoci, mi dispiace dirlo, ma se devo essere sincero credo proprio che Dessie si sia illusa. Val ritiene che sarebbe meglio, che sarebbe più *corretto*, nei suoi confronti, che qualcuno la aiutasse ad affrontare la realtà».

«Che sarebbe?»

«Oh, via, Corm» sorrise Sacha (e a Strike non piacque per niente che gli si rivolgesse con il diminutivo che usavano i suoi amici e Charlotte quando non lo chiamava 'Bluey'), «Dessie è molto più vecchia di Rupe. Detesto dirlo, ma credo che Rupe abbia semplicemente aperto gli occhi e voluto tirarsene fuori. Dessie è adorabile, è fantastica, ma credo che Rupe abbia avuto un semplice flirt con lei mentre lavorava da Dino's e che nella sua testa lei l'abbia trasformato in un *grand amour.* Lui ha ventisei anni, e si sente troppo giovane per legarsi mani e piedi».

Trovando comodo dimenticare di avere detto a Robin che Decima non era 'il tipo di trentottenne per cui smanierebbe il ventiseienne medio' e di avere sostenuto che ad attrarre Rupert verso di lei fossero stati i soldi, Strike disse: «Stavano insieme da un anno, no? Non certo un'avventura».

«Non lo so, perché...»

«Eri in Messico, sì. Hai il numero di telefono di Rupert a New York?»

«No».

«Sai dove lavora?»

«Devi chiederlo ad Anjelica».

«L'ho fatto. Si è rifiutata di darmi recapiti e numeri di telefono».

«Be', con tutto il rispetto, non è obbligata a darteli, ti pare?»

«Allora non hai mai controllato se lui sia davvero andato a New York?»

«È un adulto, non vuole che io lo bracchi».

«Quindi la tua posizione è: è andato a New York, è sicuramente vivo».

«Che cosa intendi dire con 'vivo'?» chiese Sacha, senza più sorridere.

Forse l'attore, come Strike stesso, ebbe all'improvviso l'impressione che Charlotte si fosse seduta al loro tavolo con il sorriso sulle labbra. Le erano sempre piaciute le situazioni tese in cui c'era il rischio che scoppiasse una lite e aveva sempre adorato vedere membri della sua famiglia, che lei diceva di odiare ma da cui non era mai riuscita davvero ad affrancarsi, scontrarsi con quel suo uomo così indifferente alla loro ricchezza e alla loro schiatta. Rupert Fleetwood, verso il quale Strike aveva provato fino ad allora ben poca simpatia, pareva all'improvviso diventato il sostituto di Charlotte, uno che i parenti di sangue consideravano, nella migliore delle ipotesi, con indifferenza e che, scomparendo dalla circolazione, aveva causato più irritazione che preoccupazione. D'un tratto parevano essere passati solo pochi giorni dalla sera in cui Charlotte per poco non era stata investita da un autobus, a Londra.

«Non so come dirlo in maniera più chiara» osservò Strike. «'Non morto', se preferisci».

«Perché diavolo dovrebbe essere morto?»

«Aveva perso il lavoro, era senza un soldo, era minacciato da uno spacciatore e braccato dalla polizia, aveva appena rotto una relazione amorosa, non aveva una famiglia e...»

«Ha una famiglia» lo corresse Sacha.

«Non per fare critiche, ma mi risulta che non vada d'accordo con gli zii che vivono in Svizzera, per cui resti solo tu e per tua stessa ammissione...»

«Credi che non avrei fatto qualcosa se avessi pensato che Rupert fosse davvero scomparso?»

No, stronzo, non avresti fatto niente.

A Strike pareva quasi di vedere il sorriso soddisfatto di Charlotte. Il colloquio con Sacha cominciava a divertirlo.

«Da dove arrivava, esattamente, la *nef*, la nave d'argento?»

«Da Dino's».

«Voglio dire, in origine era di proprietà di Peter Fleetwood o di Legard?»

«Che importanza ha?»

«Be', dove pensava di poterla scaricare, Rupert?»

Seguì un breve silenzio durante il quale Strike vide il viso pallido di Sacha prendere colore.

«Non starai seriamente insinuando che...»

«Non insinuo niente» mentì Strike. Non credeva assolutamente che Rupert avesse rubato la nave su ordine di Sacha perché abbellisse il buffet di Heberley House, ma gli piaceva l'idea che l'attore, abile come un'anguilla nel sottrarsi a colpe e responsabilità, potesse comparire nei verbali di polizia o negli articoli di giornale in relazione alla nave rubata e allo spacciatore. «Era un cimelio di casa Fleetwood, vero?»

«No» replicò Sacha dopo un altro istante di silenzio. «Era nostra. Voglio dire, della sorella di papà».

«Ah» fece Strike, scrivendo un altro appunto. «Bene, dubito che Rupert l'abbia portata all'estero. Aveva urgente bisogno di contanti e quindi avrà voluto venderla. C'è stata nessuna inchiesta giornalistica?» chiese, ispirato dalle proprie recenti disavventure con Culpepper.

«Inchiesta su cosa?»

«Be', il materiale per aizzare i giornali scandalistici non mancava, ti pare? 'Il cugino di un famoso attore, braccato da uno spacciatore, se la squaglia con un tesoro di famiglia'».

«No» disse Sacha, «nessuno ne ha parlato, non c'è stato alcun interesse».

Strike alzò le sopracciglia, stupito, godendosi il disagio che trapelava chiaramente dallo sguardo del suo interlocutore.

«Tu sei un membro del club Dino's, vero?» chiese. «Sei stato tu a suggerire a Rupert di andare a lavorare lì».

«Sì».

«Hai mica idea del perché la zia di Rupert consideri Dino Longcaster 'un uomo orribile'?»

«Un sacco di gente ritiene Dino un uomo orribile» osservò Sacha con un sorriso tirato. «Non hai mai sentito il parere di mia madre sull'argomento?»

«Sì, l'ho sentito. Tara è in contatto con Rupert?» domandò Strike, che non dubitava la risposta sarebbe stata negativa, perché una come Tara mai al mondo si sarebbe interessata a un nipote spiantato, frutto di un precedente matrimonio di sua sorella.

«No, e ti consiglio di...» iniziò Sacha, cedendo per la prima volta all'irritazione.

S'interruppe, ma Strike, il cui unico scopo era punzecchiarlo al punto da indurlo a porre fine al colloquio, chiese: «Mi stai dicendo che non devo osare contattare tua madre?»

«Sì».

«È di nuovo in qualche clinica a disintossicarsi dall'alcol, eh?» fece Strike in tono così urbano che Sacha impiegò qualche secondo ad accorgersi del senso delle sue parole.

«Ti consiglio di non contattarla per motivi che pensavo dovessero risultare ovvi» dichiarò Sacha con le gote rosse e l'espressione inquieta.

«Charlotte, intendi».

Finalmente quel nome era stato pronunciato, e dei due uomini che si fronteggiavano ai capi opposti del tavolo, Strike appariva di gran lunga quello più a suo agio, e non solo perché era colui che aveva infranto il tabù. Era molto più alto e grosso dell'attore, non aveva paura di aggiungere un'altra frattura a quella che gli aveva deturpato il naso e non vedeva l'ora di tirare un pugno a qualcuno, mentre era sicuro che Sacha, benché arrabbiato, si augurasse in quel momento che nel bar del cast ci fosse un qualche pulsante per le emergenze.

«Credi che vedermi le susciterebbe intollerabili ricordi della sua amata figlia defunta, vero?» fece Strike. «Era l'aggettivo usato nella sua dichiarazione alla stampa, no? 'La nostra amata Charlotte'».

«Mi dispiace, ma devo andare» disse Sacha, più pallido di quanto non fosse stato quando Strike era entrato nel bar.

Capendo che il suo interlocutore sperava si alzasse a sua volta, Strike rimase apposta seduto, traendone grande soddisfazione.

La grande sfortuna del codardo è di vedere pericoli dappertutto e la grande sfortuna dello snob è di sottovalutare sempre coloro che considera inferiori. Così Cormoran Strike capì che Sacha Legard, che era sia uno snob sia un codardo, non aveva alcuna fiducia nell'autocontrollo dell'ex soldato seduto di fronte a lui.

«Non cerco la lite, Corm» disse.

Ma l'avrai, razza di merdoso cagasotto.

« Farà gran sensazione, sui giornali, la notizia che due tuoi parenti si sono uccisi a distanza di pochi mesi l'uno dall'altro. Dove devo mandare le foto del cadavere di Rupert, quando lo troverò? Te le invio attraverso il tuo agente? »

« Mi stai minacciando? » chiese Sacha con un filo di voce.

« Ti ho fatto solo una domanda ».

« Non ho alcun motivo di supporre che Rupert si sia ucciso ».

« Sono sei mesi che nessuno lo vede. I suoi account sui social sono inattivi. Nessuna telefonata. Era braccato da un grosso spacciatore. I parenti affermano che è in America, ma fanno ostruzionismo contro chiunque tenti di contattarlo ».

« Perché non andare fino in fondo e insinuare che lo abbia ammazzato uno di noi? » sibilò Sacha, sforzandosi vanamente di accompagnare la battuta con una risatina di disprezzo.

« Be', dovendo trovare un movente, potrebbe essere che volevate riportare la nave d'argento a Heberley House senza pagargli un centesimo » disse Strike.

« A me è stato assicurato che Rupert è a New York » replicò Sacha. « Posso solo dirti quello che mi è stato riferito ».

« Io sottoporrei questa frase ai tuoi PR prima di pronunciarla durante l'inchiesta giudiziaria » disse Strike.

« Ma... cos'è, questa, una vendetta? » disse Sacha, tirando fuori da qualche parte un briciolo di coraggio. Forse contava sul fatto che il barman gli sarebbe venuto in aiuto se Strike gli fosse piombato addosso prendendolo per la gola. « Sì, vuoi vendicarti o qualcosa del genere, vero? Ma Charlotte era malata, era malata da anni ».

« Oh, ma allora te n'eri accorto? »

« Sì, è proprio una vendetta! » esclamò Sacha con un pallore mortale intorno agli occhi e alla bocca. « Charlotte è stata mandata dagli psichiatri migliori e ha avuto le cure migliori che la famiglia potesse offrirle. Tu non sai... »

« Cosa cazzo non so io? Cosa cazzo non so *io*? »

« Ma se non ti sei nemmeno presentato al suo funerale! »

« Avevo un'altra cazzo di sceneggiata a cui partecipare, quel giorno! »

Strike si alzò e vide con soddisfazione Sacha ritrarsi, nella sua sedia.

« Sono stato assunto per fare un lavoro » dichiarò. « Se un giorno dovrò dire sul banco dei testimoni che tu sei un egocentrico pezzo di merda cui non frega assolutamente un cazzo se un suo parente scompare, ti assicuro che lo dirò e sarò io, allora, a dominare il cazzo di palcoscenico. Passa un felice Natale ».

37

Ma perché esecrare il caso singolo?
In quante guise, nella vigilia di Natale,
avvengon le medesime stanche cose?
Lo stesso tentativo di farti credere,
e con nient'altro che lo stesso effetto:
ogni metodo del tutto convincente,
come dicevo, per chi è già convinto...

Robert Browning
Christmas-Eve

«Be', se è vero che si è comportato così, è una condotta criminale» stava dicendo Murphy.

Robin si fermò sulle scale. Aveva dormito fino alle nove e mezzo, cosa che non faceva da mesi e, quando si era svegliata, aveva trovato il letto vuoto. In casa regnava il silenzio, e dunque probabilmente uno o entrambi i genitori di Annabel avevano portato la bambina a fare una passeggiata nel parco o degli acquisti nei negozi. Robin era arrivata a metà della scala che portava in cucina, quando aveva sentito la voce di Murphy e qualcosa, nel suo tono, l'aveva indotta a fermarsi e mettersi in ascolto accanto alla parete tappezzata di foto.

«Lei te ne ha parlato?» domandò Linda.

«No» rispose Murphy, «e io non ho tirato fuori l'argomento, perché so che si irrita».

«Credo che non sopporti di ammettere i difetti di lui, perché teme che le diremmo che dovrebbe cercarsi un altro lavoro, e come se non ci fossero tante altre professioni che potrebbe fare. Qui, però, siamo su un livello completamente diverso, questa è una faccenda davvero... davvero *sporca.* Sai mica se al momento abbia una donna? »

« Credo di sì, un'avvocata, pare » disse Murphy.

« Mi chiedo cos'abbia detto, l'avvocata, quando ha letto l'articolo ».

« Chi lo sa » commentò Murphy. « Lui le avrà assicurato che è tutta spazzatura inventata. Che cos'altro avrà potuto dirle? »

« Sul *Telegraph* era scritto che adirà le vie legali ».

Robin aveva un fastidioso batticuore, ma si impose di rimanere calma. Avrebbe solo fatto il gioco di sua madre e, in pratica, anche di Murphy se avesse avuto una reazione troppo emotiva. Scese gli ultimi gradini in punta di piedi.

« Con me lei non ha parlato di azioni legali ».

« Be', se lui non querelerà... »

« State parlando di Strike e Candy? » disse Robin, entrando in cucina e sforzandosi di apparire allegra, anziché arrabbiata.

Murphy la guardò con aria tra il sorpreso e il colpevole. Linda si bloccò nell'atto di asciugare uno dei piatti della cena. La cagnolina Betty saltellò incontro a Robin, abbaiando festosa. Lei si chinò meccanicamente ad accarezzarla, ma mentre lo faceva fissava Ryan.

« Ti ho lasciato dormire perché sembrava ne avessi proprio bisogno » fece lui, che indossava una T-shirt e i pantaloni di una tuta e stringeva in mano la solita borraccia di acqua. « Stavo per andare a fare una corsa ».

« Non sarò certo io a fermarti » dichiarò Robin con un tono che voleva dire: 'Ne parleremo dopo'.

Non si stupì di vederlo uscire dalla porta di servizio con un'aria imbarazzata. Quando la porta si fu richiusa, si rivolse a sua madre.

« Se ti interessa Strike, forse faresti meglio a chiedere notizie a me anziché a Ryan, perché sono io a lavorare con lui ».

Il *Telegraph* era posato sul tavolo della cucina e Robin vedendolo si arrabbiò ancora di più. Molto probabilmente sua madre lo aveva sfogliato per controllare se c'erano altri articoli sgradevoli sul conto di Strike di cui discutere con Murphy mentre lei non era a portata d'orecchi.

«Volevo solo...»

«Lo so cosa volevi» la interruppe Robin, prendendo la caffettiera mentre Betty le saltellava intorno ai piedi calzati di ciabatte. «Allora sputa il rospo».

«Ho letto l'articolo su quella... quella donna e, be', la gente di Masham sa che lavori per lui e mi ha chiesto ragguagli».

«Bene, adesso avrai modo di ragguagliare i vicini con un intero bollettino».

«Non fare così, Robin!»

«Se vuoi parlare di me alle mie spalle...»

«Non parlavamo di te».

«'So che si irrita', 'non sopporta di ammettere i difetti di lui'!»

«Stavamo solo...»

«La nostra agenzia ha scoperto che la moglie del giornalista autore dell'articolo ha una relazione extraconiugale» disse Robin. «È la vendetta del giornalista, affermare che una escort è stata assoldata per incastrare un uomo».

«Il cronista non ha detto che *tutti voi*, all'agenzia, avete assoldato la escort» replicò Linda.

«Nessuno di noi l'ha assoldata» sibilò Robin con violenza, girandosi a guardare torva la madre. «Nessuno!»

«Oh, va bene, se tu dici che non è vero, non è vero». Linda aveva ancora il piatto e la tovaglietta da tè in mano, ma non si decideva a deporli.

«E Strike li sta citando in giudizio» rincarò la dose Robin, per pura rabbia. «Perciò bada a leggere il giornale, quando ritratteranno, così potrai avvertire subito i vicini».

«Robin...»

«Se vuoi parlare male del mio socio, parlane in faccia a me, non al mio uomo» continuò Robin, che più si sfogava più sentiva crescere, anziché diminuire, la collera. Non si era resa conto di quanta ne avesse accumulata (perché era la bambina buona, sempre accomodante, la sorellina educata a non protestare in mezzo a tre maschi turbolenti). «Non ne posso più di questo tuo continuo demolire Strike e l'agenzia. Forse, se questo non succedesse ogni maledetta volta che ti vedo, mi verrebbe voglia di venire più spesso a trovarvi! »

Dal piccolo ansito che le sfuggì di bocca capì di avere ferito parecchio sua madre, ma non le importava. Pensò agli strascichi dell'operazione chirurgica cui si era sottoposta da sola, pur di non sentire Linda dire che tutto ciò le era capitato per colpa di un'agenda di impegni di lavoro troppo fitta, pensò alla settimana che aveva passato dai genitori dopo il lungo lavoro da infiltrata a Chapman Farm, una settimana in cui Linda aveva accresciuto anziché alleviato le sue ansie, e pensò alle innumerevoli frecciatine sui pericoli a cui si esponeva con quel lavoro, mentre Jenny, la veterana delle gravidanze, strappava solo il commento « Eravamo preoccupati », e non era continuamente sollecitata a mollare il lavoro che amava e in cui si era impegnata tanto.

« Strike non ha bisogno di intimidire le escort perché scopino con lui » proseguì Robin, ormai col vento in poppa. « Visto che sei tanto interessata all'argomento, sappi che se la cava egregiamente con le donne e non ha certo bisogno di pagarle. Mi pareva di ricordare che ti fosse simpatico e che tu mi abbia detto una volta che aveva un fascino particolare, prima di decidere che è l'incarnazione del diavolo. Inoltre, dato il suo passato nella polizia militare, non ha bisogno che sia Ryan a dirgli che è un'azione illecita costringere una donna a fare sesso trattenendo gli emolumenti che le sono dovuti ».

« Robin... »

« Dimmelo in faccia! Dillo chiaramente che Strike non ti piace, dillo chiaramente che avresti preferito fossi rimasta la ragazzina che ero dopo essere stata violentata! »

« Non puoi sostenere una cosa del genere » mormorò Linda. « Come puoi dirmi questo? »

« Lo dico sì. Faccio quello che sono adatta a fare, quello che ho sempre desiderato fare. È che mi ci è voluto più tempo per arrivarci per via di quello che mi è successo. Ma tu avresti preferito vedermi condurre una mezza vita, avresti preferito... »

« Non avrei certo voluto che tu continuassi a stare con Matthew » la interruppe Linda. « Non ci è mai piaciuto. Sono stata contenta quando hai posto fine al matrimonio. Non avrei mai voluto confessarlo apertamente, ma sì, sono stata contenta che tu abbia divorziato. Abbiamo sempre pensato che fosse l'uomo sbagliato per te».

«Peccato che tu non sia altrettanto acuta nel giudicare cosa è giusto per me» replicò Robin.

«Robin...»

«*Non sono più in quel maledetto sottoscala!*» urlò Robin. «Ma tu, per come mi tratti, mi fai sentire come se ci fossi ancora!»

Aveva riempito troppo la tazza e il caffè era traboccato. Betty, che non gradiva le urla, era sgattaiolata via e adesso mordicchiava un osso di gomma in un angolo. Robin sapeva di avere ferito sua madre più di quanto avesse mai fatto anche nell'adolescenza, quando c'erano stati, naturalmente, tanti mutui rimproveri e tante porte sbattute. Un tempo lei e sua madre erano intime, ma negli ultimi quattro anni, da quando Robin aveva riportato una ferita che le aveva lasciato una cicatrice di venti centimetri nel braccio, si era spalancato tra loro un abisso sempre più grande. Robin era furiosa e si sentiva offesa per il fatto che Linda insinuava sempre che la figlia fosse una docile sciocca disposta a fare, senza criterio e senza tener conto del pericolo, qualunque cosa volesse il detective suo socio: non aveva idea, lei, di quante volte Strike avesse invitato alla prudenza la sua migliore agente e quanto poco desiderasse vederle correre rischi inutili.

«Tu non hai figli» mormorò Linda.

«Ti ringrazio di avermelo ricordato» disse Robin. «Temevo di averli dimenticati da qualche parte».

«Non sai cosa vuol dire preoccuparsi a morte per la propria figlia».

«E tu non sai cosa vuol dire avere le *mie* preoccupazioni» replicò Robin, ripensando al freddo gel e alla sonda ecografica sull'addome, al gorilla di gomma nascosto nel cassetto dei calzini, a Londra, all'MI5 contrariato con l'agenzia per le sue indagini e all'ispettore capo Malcolm Truman con la sua loggia massonica. «Quindi siamo pari».

Aveva appena versato parte del caffè in più nel lavello, quando la porta d'ingresso si aprì. Suo padre Michael, Stephen e Annabel entrarono in cucina allegri, loquaci e rossi in viso. Linda si asciugò in fretta gli occhi con la tovaglietta da tè mentre suo marito deponeva sul tavolo una borsa della spesa piena di roba da mangiare.

« Zia Bobbin » cinguettò Annabel, avvicinandosi a Robin e mostrandole un bastoncino. « Questo è Bastoncino » disse.

« Siamo in piena fase Bastoncino » spiegò Stephen a sua sorella.

« Bello » disse Robin a Annabel, che era alta per la sua età, bruna come sua madre, ma con le fossette di suo padre. « Bisogna prendersi cura di lui ».

« Altrimenti un cane lo porterà via » annuì Annabel con aria seria.

« Jenny dorme ancora? » domandò Stephen a Linda.

« Sì, e anche Jonathan » rispose la madre con tono fintamente allegro, riprendendo ad asciugare e mettere a posto le stoviglie. « Non so che scusa abbia *lui* ».

Robin sedette al tavolo della cucina e si avvicinò il solitario *Telegraph* mentre gli altri intorno a lei erano rumorosamente indaffarati: Linda aprì e chiuse credenze, Michael mise a posto la spesa, Stephen sbottonò il cappottino ad Annabel e le diede un bicchier d'acqua. Dopo avere letto distrattamente un articolo sul Consiglio di sicurezza delle Nazioni Unite senza assimilare una parola, Robin voltò pagina.

C'era una foto di Lord Oliver Branfoot, un uomo sciatto dalla testa taurina, che sorrideva in smoking accanto a un uomo molto alto e a una corpulenta bionda in abito da sera. La didascalia diceva: 'Il Branfoot Trust consiglia la reintroduzione del riformatorio'.

« Hai seguito la saga di Martin? » disse una voce vicino a lei.

« Che cosa? » trasalì Robin.

« La mamma non ti ha raccontato di Martin? » chiese Stephen.

« No » rispose lei, alzandosi con la tazza di caffè in una mano e il giornale nell'altra. « Scusa, ma me ne parlerai dopo. Devo chiamare Strike ».

38

Qual è dell'uomo saggio la riscossa?
In questa vita di fatica ininterrotta
lavorare meglio ch'egli possa
e vincer quanto può con la lotta.

Matthew Arnold
Empedocles on Etna

Benché, tecnicamente, fossero le vacanze di Natale, Strike era seduto alla scrivania dei due soci. Per risparmiarsi un altro giro in mansarda aveva portato giù il borsone da viaggio che aveva preparato per il breve soggiorno da Lucy, più due sporte piene di regali di Natale per la famiglia, tra cui la sciarpa color pastello scelta per Lucy da Liberty, una bottiglia di gin per Greg, buoni regalo per nipoti grandi e piccoli e infine per Jack, il suo preferito, un kit di sopravvivenza che a lui, da ragazzo, sarebbe piaciuto molto. Tra le altre cose, lo zaino conteneva una bussola, tavolette per depurare l'acqua, razioni alimentari di emergenza, trucco per la mimetizzazione, un coltellino multiuso e multifunzioni e un paio di stick luminosi d'emergenza. L'ultimo di questi stick gli aveva ricordato l'oggetto a forma di tubo che era scivolato dalla tasca di William Wright la notte in cui l'uomo aveva condiviso con Mandy e Daz cibo cinese e cannabis, e che Wright stesso aveva affermato essere una provetta di sangue. Strike continuava a non avere idea di che cosa fosse davvero.

Pat aveva preso le ferie di Natale, ma aveva attaccato all'acquario un altro cartello scritto a mano:

NON DATE DA MANGIARE AI PESCI. C'È UN SISTEMA AUTOMATICO DI ALIMENTAZIONE A TEMPO, CHE DURERÀ UNA SETTIMANA.

Poiché i collaboratori stavano svolgendo varie incombenze, Strike era solo e libero di dedicarsi a una ricerca per condurre la quale preferiva non avere gente intorno: identificare la donna che aveva infilato il biglietto in pigpen sotto la porta dell'ufficio. Ciò significava setacciare fotogrammi che pubblicizzavano film porno, e siccome non aveva nessuna voglia di essere sorpreso con un'erezione e non gli piaceva nemmeno l'idea di dovere spiegare al commercialista perché avesse messo sul conto dell'agenzia dei film per adulti, stava cercando di vedere tutto senza pagare.

Partendo dalla premessa che la bionda dovesse avere lavorato con Dangerous Dick de Lion se pensava o temeva che fosse stato assassinato, esplorò sistematicamente il repertorio di de Lion, che comprendeva titoli come *La parola agli arrapati* e *La casa del culo.* L'uomo aveva fatto del 'crossover', cioè aveva lavorato sia in porno eterosessuali sia in porno omosessuali, e Strike al momento stava buttando l'occhio a varie donne nude o discinte nella speranza di identificare quella che aveva visto solo una volta. Stava guardando una bruna farsi penetrare sia analmente sia oralmente, quando gli squillò il cellulare.

« Ciao » disse Robin, « scusa se chiamo la vigilia di Natale ».

« Figurati » replicò Strike, chiudendo la finestra che aveva aperto sul computer, come se lei potesse vedere quel che stava facendo, e augurandosi che l'erezione gli passasse abbastanza presto da permettergli di concentrarsi.

« Immagino tu non abbia visto il *Telegraph* di oggi, vero? »

« No » rispose Strike con la cupa sensazione che, se non altro, la notizia successiva sarebbe servita a ridurre la sua erezione. « Non ci sarà mica un altro articolo? »

« No » disse Robin, « non c'è niente su di te, ma c'è una foto di Lord Oliver Branfoot e, sai, accanto a lui c'è il cliente che abbiamo visto nella clip di Ramsay Silver, l'uomo alto con un occhio che guardava al soffitto ».

Seduta sul letto, ancora in pigiama, Robin aspettò la risposta di Strike.

« Cazzo » fece lui dopo pochi istanti.

«Ti ricordi che Kenneth Ramsay ha fatto il tuo nome, anche se non il mio, davanti a lui?»

«Chi sarebbe questo cliente?» domandò Strike.

«Sir Victor Lambert» lesse lei sul giornale. «Fa parte del Branfoot Trust e ho appena guardato su internet le notizie che lo riguardano: è un banchiere. Ma non può avere ordinato lui di ammazzare Wright, vero? Non sarebbe certo andato a fare compere da Ramsay, dopo».

«Già, sarebbe stato incauto da parte sua» convenne Strike.

«Quindi...» fece Robin, ma non si sentì di esprimere a parole ciò che pensava: se appariva già molto improbabile un collegamento tra Sofia Medina e l'assassinio di Wright, ciò che stava ipotizzando in quel momento era cento volte più improbabile.

«Pensi che Lambert abbia detto al suo amico Branfoot che ho ficcato il naso da Ramsay Silver e che Branfoot, che ha commissionato il delitto Wright, si sia fatto prendere dal panico e abbia cominciato a darci addosso?» chiese Strike.

«Be', so che è una forzatura, ma non si può dire che non quadri» osservò Robin. «Shanker ha detto che 'ti hanno visto' e abbiamo sempre saputo che poteva essere successo solo da Ramsay Silver o in St George's Avenue. So che Branfoot rilascia opinioni su qualsiasi argomento, ma come mai all'improvviso si interessa tanto a un'agenzia di investigazioni private? Perché ce l'ha tanto con noi? E poi è sempre in televisione, il che quadra anche con quanto dice il biglietto in pigpen, dove si parla di uno che sta in TV».

Robin sentì rumore di passi su per le scale. In quel momento le avrebbe fatto un gran piacere che Murphy la scoprisse intenta a parlare con Strike al telefono e anzi lo avrebbe pregato di restare fuori della stanza finché non avesse finito la telefonata. Ma i passi superarono la sua camera da letto e Robin pensò che Murphy avrebbe probabilmente prolungato la sua corsa, dopo la scena avvenuta in cucina.

«Be', il semplice fatto che uno sia così bravo ad autopromuoversi non significa che non possa essere anche un imbroglione» disse alla fine Strike. «Pensa a Jeffrey Archer o a Jimmy Savile».

Si alzò, contemplò ancora una volta la bacheca di sughero appesa alla parete dell'ufficio, dov'erano appuntati i quattro candidati al ruolo di William Wright, e fissò Dick de Lion, con la sua finta abbronzatura, i suoi capelli ossigenati e i denti bianchissimi.

« Forse sarebbe utile scoprire quale sponda preferisca Branfoot, sessualmente parlando ».

« È sposato con una donna » disse Robin, che aveva dato una rapida occhiata su Google prima di chiamare Strike. « Nella foto sul *Telegraph*, lei è con Branfoot e Lambert. Hanno due figli ».

« Un forte movente, se ha fatto sesso con de Lion » rifletté Strike. « Comunque, questo non spiegherebbe il motivo per cui de Lion sarebbe andato a lavorare da Ramsay Silver. In ogni caso, sì, credo dovremo dare un'occhiata più da vicino a Branfoot. Potrei telefonare di nuovo a Fergus Robertson e vedere cosa sa dirmi ». Strike si allontanò dalla bacheca per scrivere un appunto per se stesso nel taccuino aperto sulla scrivania. « A proposito, abbiamo avuto un'altra telefonata minatoria ».

« Davvero? »

« Sì. *Lasciate perdere. Gadu è dalla nostra parte* ».

« Che significa 'Gadu'? »

« È proprio ciò che ho chiesto a chi chiamava. Ha riagganciato ».

« È un nome proprio? »

« Io non l'ho mai sentito. In ogni caso, guardati da lui o da loro. Ho parlato anche con Sacha Legard ».

« Davvero? » chiese Robin, con un lieve fremito interiore. « Com'è andata? »

« Ho avuto abbastanza informazioni » rispose Strike, e le raccontò il colloquio, tralasciando alcune delle frasi più aggressive che aveva detto a Legard e concludendo: « Dunque uno di noi deve parlare con Valentine Longcaster e, se lui non è disposto a un colloquio, vediamo se sua sorella Cosima può spiegarci come mai Fleetwood si era imbucato a un party del jet set dov'era indesiderato, per parlare con la famiglia a cui aveva appena rubato un mastodontico oggetto d'argento. Ho cercato Cosima su internet. Ti ricordi di Gambelunghe? » domandò, riferendosi a un'adolescente che l'agenzia aveva sorvegliato per un periodo, perché la madre era convinta che avesse una relazione con il suo ex.

«Sì» rispose Robin, che in due o tre occasioni aveva pedinato la vivace ragazza bionda.

«Be', le assomiglia molto. Forse, a pensarci bene, dovresti interrogarla tu. Ha solo diciott'anni e io sarei probabilmente accusato di altre molestie sessuali se mi avvicinassi anche solo di poco a lei».

«Sì, mi sembra ragionevole» concordò Robin.

«C'è anche un'altra cosa» aggiunse Strike. «Ieri sera ho mandato Shah a sorvegliare l'entrata di Freemasons' Hall. Indovina chi è comparso alle sei e mezzo, con la borsa del grembiule in mano, per recarsi alla riunione della sua loggia?»

«L'ispettore capo Malcolm Truman?» rispose Robin con un senso di scoraggiamento.

«In persona. Shah gli ha scattato di nascosto alcune foto».

«Interessante» si sforzò di dire Robin.

«Come vanno le cose a Masham?» domandò Strike, andando alla finestra e contemplando Denmark Street, dove i clienti che si erano ridotti a comprare regali all'ultimo momento si affollavano, in preda al panico, nei negozi di musica.

«Vanno male» disse Robin. «Ho appena fatto una litigata tremenda con mia madre».

«Ah». Dispiaciuto che la litigata non fosse stata con Murphy, Strike concentrò il suo sguardo su un anziano hippy che si affrettava con un ukulele sotto un braccio e un pacco di dischi di vinile sotto l'altro. «Be', è la stagione giusta per i litigi».

«Tu quando vai da Lucy?»

«Il più tardi possibile. La mia intenzione è di arrivare quando la festa è già a metà, adducendo motivi di lavoro».

«Se soffro io, devi soffrire anche tu» replicò Robin. «Vacci per tempo e aiuta tua sorella a preparare da mangiare. Su, fai il bravo».

«A proposito, ora che mi ricordo, grazie del regalo».

«Lo hai già aperto?»

«Sì» disse Strike. «Non volevo farlo davanti a Greg».

«Perché?»

«Perché è uno stronzo» rispose Strike, ritenendola una ragione sufficiente. Il regalo di Robin era un mese di consegna di cibi e birra della Cornovaglia. Strike lo aveva gradito molto ed era contento di averlo aperto prima, così da non dover dare spiegazioni né sentire commenti sul suo girovita già abbastanza largo o sulla donna che sembrava conoscere così bene i suoi gusti.

Sarebbe voluto restare ancora a parlare con lei, ma non vedeva motivo di prolungare la telefonata e quando lei disse: «Sarà meglio che vada», annunciò a sua volta che doveva andare, le augurò buon Natale e chiuse la comunicazione.

Era appena tornato a sedersi alla scrivania e si sentiva un po' più su di morale grazie alla chiacchierata con Robin, quando squillò il telefono fisso nell'ufficio esterno. Non c'era più il rischio che fosse Charlotte, abituata in genere a chiamare per le feste e nelle occasioni speciali, soprattutto quando era ubriaca, ma Strike era sul chi vive per via dei giornalisti, che potevano voler trascinare la storia di Candy facendone un serial natalizio. Così andò alla scrivania di Pat, accese l'altoparlante e lasciò che scattasse la segreteria. Appena la voce rauca della segretaria ebbe finito di dire che l'ufficio era chiuso per Natale, si udì un *clic* e poi una voce femminile dai toni esagitati e dal forte accento scozzese.

«Salve, ho bisogno di aiuto, lui me ne ha dato un po', ma c'è altro, mi ha detto, è tutto nascosto sotto il ponte, io però ho bisogno di aiuto per prenderlo, perciò venite al Golden Fleece e lì chiedete di me. Devo continuare a muovermi sempre, ho gente alle calcagna. Non sto scherzando, venite al Golden Fleece».

Il messaggio terminò e Strike rimase a fissare, sconcertato, il telefono.

39

E mentre quei ceri scemano e pullulano strani pensieri
assieme a un brusio nei miei orecchi
per la vita da me vissuta prima di questa vita...
Robert Browning
Il Vescovo dà istruzioni per
la propria tomba a Santa Prassede

Robin ebbe l'inevitabile lite con Murphy nella quieta privacy della loro camera, al suo ritorno dalla corsa. Dopo avere fatto la doccia e messo un maglione che le aveva regalato Jenny e che aveva ritenuto opportuno indossare lì dai suoi per Natale, gli disse cosa pensava esattamente del fatto che parlasse di lei con Linda alle sue spalle e gli chiese perché, se aveva delle domande da fare sulla faccenda di Candy, non le avesse fatte a lei.

«Lo sai perché» rispose Murphy a bassa voce, come a bassa voce aveva parlato lei. All'inizio, quando era tornato, rosso e sudato, dalla corsa, aveva avuto un atteggiamento contrito, ma davanti alla rabbia di Robin aveva dato sfogo anche lui alla sua riserva di collera. «Perché non vuoi sentire il minimo accenno di critica a Strike, e l'ultima volta in cui ho detto che lo avevo visto sul giornale mi hai piantato il muso».

«Ma se ti ho detto *un sacco di volte* quanto Strike è irritante!» replicò Robin, sicura di averglielo ripetuto e in ogni caso di averlo pensato in più di un'occasione.

«Devi averlo detto quando avevo l'auricolare nelle orecchie» ribatté Murphy. «Con me non parli mai di lui, proprio come con lui non parli mai di me».

«Ma che cavolo dici?»

«'Sto andando a vedere un'altra casa'».

«Che cosa?»

«È quello che hai detto a Strike mentre eravamo diretti a Wood Green. 'Sto andando a vedere un'altra casa'».

«Ma è vero, stavamo andando a...»

«Sì. *Stavamo*».

«Io...»

«*Noi*» disse Murphy, non più a bassa voce. «Tu e io. *Noi*».

«Il pranzo è pronto!» gridò Jonathan dalla tromba delle scale.

Com'era prevedibile, l'atmosfera intorno al tavolo della cucina vibrava per le cose non dette, mentre tutti consumavano il loro piatto di pasta al sugo. Linda era insolitamente silenziosa, ma per fortuna il parlottio ingenuo di Annabel riempì gli spazi vuoti nel dialogo tra Robin e sua madre e tra Robin e Ryan, e Betty rappresentò un elemento di distrazione quando fece una gran cacca proprio accanto al fornello AGA.

Nel momento in cui Linda tirò fuori dal forno il pasticcio di mele, il terzo fratello di Robin, Martin, bussò alla porta di servizio. Come il padre, Martin aveva occhi e capelli neri, ma non possedeva né il buon carattere né la scrupolosità professionale di Michael Ellacott.

«Non c'è Carmen, con te?» chiese ansiosa Linda.

«Verrà dopo» rispose Martin, accigliato.

Robin passò quasi tutto il pomeriggio in soggiorno con Jenny e Annabel, mentre tutti i maschi della famiglia, più Murphy, parlavano di calcio in cucina. Annabel giocò a fare l'infermiera con una bambola di pezza che fingeva fosse caduta da un albero e si fosse rotta tutte le ossa, e mentre Robin l'aiutava ad avvolgerla in bende formate da carta igienica e le somministrava la medicina contenuta in una tazza di plastica, Jenny raccontò la storia della relazione tra Martin e Carmen, che fino a quel momento comprendeva ben tre rotture con successive riconciliazioni.

«Tua madre è preoccupatissima» confidò Jenny alla cognata.

«Quando dovrebbe partorire, Carmen?» domandò Robin, che non l'aveva mai conosciuta, ma sapeva che era rimasta incinta dopo appena tre mesi di relazione con Martin.

«In febbraio» mormorò Jenny. «Vorrei poter attribuire tutta la colpa agli ormoni di lei, ma in realtà quei due sono così *simili*».

«Santo cielo» sussurrò Robin.

Martin aveva una storia lavorativa frammentaria e una soglia della noia molto bassa. Gli piaceva soprattutto bere e scommettere: i soldi gli erano sempre scivolati come acqua tra le dita e quando, in passato, Robin aveva pensato che diventare padre potesse 'farlo maturare', aveva espresso più una speranza che una vera convinzione.

«Qualcuno vuole un tè?» chiese Murphy, comparendo sulla soglia del soggiorno.

Ricordandosi del caffè di Kim, che aveva di recente rifiutato, Robin stavolta fu più conciliante.

«Sì, grazie, volentieri, Ryan» disse e, come prevedeva, vide l'espressione dura di Murphy addolcirsi un poco.

Alle sei del pomeriggio i quattro fratelli Ellacott con Murphy, ma non Jenny che era troppo stanca, decisero di andare a prendere un drink al Bay Horse, il locale che avevano frequentato da ragazzi. Robin fu lieta di allontanarsi da sua madre, che aveva messo su un'espressione da martire utile solo ad acuirle, anziché a placarle, la collera. Aveva anche una gran voglia di un sorso d'alcol, che pensava potesse infonderle quell'allegria da giorno di festa di cui sentiva la mancanza in casa.

Mentre uscivano nella sera gelida, una vecchissima Nissan Micra si fermò davanti a casa e, dal fatto che Martin attraversasse la strada per avvicinarsi alla macchina, Robin dedusse che al volante ci fosse la sua ragazza.

«Meglio tirare dritto, nel caso diano in escandescenze» mormorò Jonathan.

«Ma davvero le cose vanno così male?» domandò Robin, camminando con Jonathan dietro a Stephen e Murphy, che ridevano di gusto per una battuta che Robin si era persa.

«È un litigio continuo. Carmen è una tipa molto tosta».

«Che cosa intendi dire?»

«È zeppa di tatuaggi, beve come una spugna e dice 'cazzo' ogni due parole. Puoi immaginare come ne sia felice la mamma».

Dati i sentimenti che nutriva in quel momento per sua madre, Robin era propensa a concedere a Carmen il beneficio del dubbio.

Solo quando imboccarono la strada del Bay Horse si chiese, per la prima volta nella vita, perché si chiamasse Silver Street, 'via dell'argento'. E le si affollarono in testa pensieri di centritavola, magli e squadre massonici, mentre si mescolava con i fratelli alla folla del pub in cui aveva bevuto il primo alcolico permesso dalla legge e festeggiato poi i suoi voti eccellenti senza immaginare quanto sarebbe stato breve – e per quale motivo – il suo percorso universitario. Il pub era diviso in tre settori, due ai lati della porta d'ingresso e uno consistente in una sala sul retro. Com'era prevedibile la vigilia di Natale, era pieno di gente. Quando Murphy gridò che avrebbe offerto lui il primo giro di drink, Robin chiese un whisky. Le ultime tre volte in cui aveva bevuto whisky, lo aveva fatto con Strike. Nella prima occasione aveva avuto bisogno del forte, immediato sollievo dell'alcol perché per colpa di Strike si era ritrovata con entrambi gli occhi neri e sangue dal naso, nella seconda perché temeva di avere fatto un errore catastrofico in un'indagine e nella terza perché aveva subito un interrogatorio della polizia.

Lo scotch ebbe il consueto effetto positivo e, mentre lo beveva bruciandosi la gola, Robin sentì sciogliersi il duro nodo che le serrava il petto. Le fu più facile, a quel punto, prendere la mano a Murphy e stringergliela. Lui ricambiò la stretta, si chinò a baciarla sulla bocca e si sorrisero. *È davvero adorabile*, pensò Robin e, sempre tenendosi per mano, si guardarono intorno sotto le decorazioni di Natale. Lei salutò con la mano un paio di amiche di scuola che erano sempre rimaste a Masham e fu sollevata quando vide che non le si avvicinavano per parlarle.

«Robin, ti presento Carmen» le urlò Martin all'orecchio.

Robin si voltò e vide una donna più alta di lei, con la testa rasata ai lati e il resto dei capelli tinto di un acceso rosso pomodoro e legato in una coda di cavallo. Indossava una giacca di pelle sopra un top attillato e aveva il décolleté tutto coperto di tatuaggi, uno dei quali raffigurante il naufragio di un galeone al tramonto, con sirene sedute sulle rocce. Il ventre gravido pareva non fare parte di lei, perché il resto del corpo era scheletrico.

«Ciao, lieta di conoscerti» urlò Robin, mentre dagli altoparlanti la voce di Slade intonava *Merry Christmas Everybody*.

«E io di conoscere te!» gridò Carmen.

«No, questo giro di bevute lo offro io» disse Robin a Jonathan quando lo vide armeggiare alla ricerca del portafogli. «Che cosa prendi, Carmen?»

Pensava che la donna, incinta di sette mesi, avrebbe chiesto un succo di frutta, invece la sentì rispondere: «Vodka doppia con ghiaccio, grazie». Lasciò la mano di Murphy per andare al bancone.

Lì era in fila un'altra donna incinta, una bionda con i capelli a caschetto e un viso gonfio e insieme tirato come quello di Jenny. La donna le lanciò un'occhiata mentre facevano la fila e solo allora, con grande stupore, Robin riconobbe in lei Sarah Shadlock, vecchia compagna di università, amante e poi seconda moglie di Matthew, il suo ex marito.

«Ciao, Sarah» disse istintivamente.

«Ciao» mormorò Sarah, occupando lo spazio vuoto lasciato da un uomo che si era allontanato dal bancone con quattro pinte di birra strette nelle grosse mani.

«Lascia che ti aiuti» disse Murphy all'orecchio di Robin e, quando lei si girò sorridendo, la baciò di nuovo sulla bocca. Forse era alticcio come gli uomini che cantavano in un angolo assieme a Slade, ma certo appariva felicissimo che la loro lite fosse finita. Robin vide Sarah scoccare loro un'occhiata, prima di ordinare da bere.

Nello stato di vago, placido calore generato dal secondo doppio whisky, Robin pensò che nelle prime ore della mattina successiva, prima che si svegliassero gli altri, avrebbe potuto cercare di riconciliarsi con Linda. Intanto Carmen e Martin stavano urlando ed era difficile capire se si scambiassero affettuosità o insulti. Alla fine avrebbero probabilmente risolto la questione, pensò Robin prima di chiedere a Stephen, cui toccava quel giro, un terzo doppio whisky. Lui e Murphy andavano particolarmente d'accordo e stavano ridendo di un'altra battuta che lei non aveva udito. D'altra parte, non era quello il senso del Natale? Al momento, Robin sentiva una generale benevolenza verso tutti e, per continuare a provarla, aveva bisogno di un terzo whisky. Quando Stephen glielo mise in mano, gli disse: «Ti voglio bene, Button» e lui rise e sussurrò: «Sei sbronza, Bobbin», il suo soprannome da bambina come Button lo era di lui.

Attraverso un corridoio vuoto tra la folla, Robin vide il suo ex marito, Matthew, seduto a un tavolo d'angolo. Forse le sarebbe sfuggito se al tavolo non ci fosse stata Sarah, la donna che aveva appena riconosciuto in fila al banco. Le parve ingrassato, e con un'ombra grigia sotto gli occhi. Mentre distoglieva lo sguardo, dagli altoparlanti arrivarono le note di *Not Tonight Santa.* Con un intimo brivido di disagio, ricordò l'epoca in cui era uscita quella canzone: aveva ventun anni e l'uomo oggi seduto in un angolo lontano del vecchio Bay Horse era stato per lei la dimostrazione vivente di come i ragazzi interessati a fare sesso non fossero tutti mostri, anche se in seguito si era rivelato sleale, prepotente, infedele e interessato solo ai soldi. L'approccio tenero di Matthew era avvenuto dopo il terribile, scioccante stupro a causa del quale (senza che lei lo sapesse) un'infezione pian piano le avrebbe rovinato le tube di Falloppio, impedendole di fare quello che Sarah, Jenny e Carmen avevano fatto tanto facilmente: concepire un figlio nella maniera naturale, senza l'intervento di dottori con il monociglio che sciorinavano statistiche e facevano ramanzine.

«Lei è Robin Ellacott?»

«Che cosa?» disse stupidamente Robin alla ragazza che aveva fatto la domanda. Era una sconosciuta dal viso infantile, che indossava un vestito simile a una succinta camicia da notte e aveva delle ciglia finte così folte da ricordarle i bruchi pelosi che lei e Stephen avevano catturato da piccoli e tentato vanamente di allevare in scodelle piene di lattuga.

«Lei è Robin Ellacott?» ripeté la ragazza.

No stocking this morning
But that don't make me blue...

«Sì» rispose Robin.

«Come fa a lavorare con quello là, se fa cose del genere?»

«Che cosa?» gridò Robin.

La ragazza si alzò in punta di piedi e le urlò all'orecchio: « Come fa a stare con uno che costringe le giovani donne a fare sesso con lui? »

« Non capisco cosa... »

A scoppio ritardato Robin si rese conto dell'allusione.

« Non è mai successo! » gridò.

« Che cosa? »

« *Non è mai successo!* Non deve credere a tutto ciò che legge sui giornali! »

Guardò la ragazza voltare le spalle e comunicare la sua risposta a due amiche a loro volta succintamente vestite e pesantemente truccate. Probabilmente frequentavano la stessa scuola che aveva frequentato lei troppi anni prima perché si fossero viste nelle sue aule. Voltò le spalle al terzetto, mandò giù altro whisky e vide Martin e Carmen litigare con molta evidenza vicino alla parete dov'erano esposti per bellezza i coperchi dei fusti di birra. Distolse gli occhi: non voleva vedere o preoccuparsene, quella sera. Murphy era stato cooptato da un gruppo di conoscenti di Stephen, ma per fortuna Jonathan arrivò a portarle l'ennesimo doppio whisky.

« Grazie, Jon » disse, e ascoltò il fratello minore urlarle delle cose che era quasi sicura riguardassero questioni professionali, perché colse le parole 'spinoso' e 'difficile' e poi, aveva notato in precedenza, a casa, Jon assumeva un tono pomposo quando parlava del suo primo, vero lavoro.

« Fantastico » buttò là Robin a caso e lui replicò: « Come sarebbe a dire, fantastico? »

« Non lo so » disse Robin, confusa. A pranzo non aveva mangiato molta pasta per via dell'atmosfera tesa, e ormai lì al pub aveva consumato un terzo di bottiglia di whisky liscio.

« Ho detto che *ha il cancro*! » gridò Jonathan.

« Cazzo, ma chi? » fece lei, allarmata.

« La mia capa! » strillò il fratello.

« Oh, ma è terribile! » esclamò Robin, cercando di non lasciar trapelare il sollievo che aveva provato alla notizia che non fosse nessuno di sua conoscenza.

« Già » disse Jonathan, continuando a blaterare, ma Robin ormai capiva solo una parola su quattro. Le tre ragazze con le ciglia da bruco peloso, che non erano riuscite ad attirare l'attenzione maschile, stavano chiaramente parlando dell'orribile trentenne che lavorava per un noto pervertito, ma fingeva di non saperlo. Robin si chiese se avessero letto su internet dello stupro da lei subito o se, a sua insaputa, la sua storia passata avesse finito per entrare nel folclore locale.

« Vado a prendere una boccata d'aria » gridò al fratello.

« Che cosa? » fece Jonathan.

« Torno subito! » urlò lei ancora più forte e Jonathan, pensando senza dubbio che andasse alla toilette, distolse lo sguardo, per cui non la vide uscire con in mano il bicchiere contenente le ultime gocce di whisky.

Era molto freddo in Silver Street, ma Robin fu felice di essersi liberata della folla. Si appoggiò al muro imbiancato a calce del pub, sperando di scrollarsi di dosso la sbronza, prima di rientrare. Trincò l'ultimo goccio del suo quarto whisky poi, spinta dalla forza dell'abitudine, tirò fuori di tasca il cellulare per vedere se Strike le aveva mandato un messaggio, ma ovviamente non c'era nessun messaggio, perché il suo socio era alla festa di Lucy. Era Natale. Non c'era lavoro da sbrigare.

Il buonumore le era passato: avrebbe dovuto fermarsi a due whisky oppure mangiare di più, a pranzo. Il respiro le usciva in una nuvola di vapore, nella sera gelida. Guardò a destra, verso Chapman Lane, poi, con un curioso sussulto interno, pensò a quale coincidenza fosse quel nome, Chapman, e quanto fosse strano che le cose che ci sono familiari da una vita siano date per scontate e non vengano mai messe in discussione. Bisognava porre una certa distanza tra se stessi e l'oggetto per riflettere bene e chiedersi perché e come succedessero certe cose, e se fosse solo una coincidenza che succedessero o ci fosse, dietro, un significato.

Strike le avrebbe riso dietro per quel pensiero, quella mistica elucubrazione.

Doveva fare pace con sua madre, si disse, specie adesso che aveva visto Martin e Carmen insieme.

Linda.

Rita Linda.

Ci ha chiesto se la conoscevamo.

Rita Linda.

Non ha detto che sapeva cosa le era successo?

Ritalin-da.

Portò il cellulare all'altezza della testa e digitò su Google 'Rita Linda'.

Linda Rita Clay era una parrucchiera di Nantwich. Rita Linde era una compositrice tedesca. Linda Mae Ritter viveva a Detroit e aveva sette figli, di cui sei erano frutto di due parti trigemini.

Robin provò a scrivere il nome in vari modi: Reeta Linder, Reena Lynda, Reata Lindar.

Forse intendevi Reata Lindvall?

«Tutto bene, Rob?»

Robin si voltò. Il suo ex marito le stava davanti con un pacchetto di Marlboro Light in mano. In passato, da studente, fumava ogni tanto, ma in seguito non aveva mai fumato, almeno finché loro due erano stati sposati.

«Ciao» disse Robin.

Matthew si accese una sigaretta.

«Stai lavorando?» le chiese, con un mezzo sorriso.

«Sì» rispose lei.

«Ah».

Rimasero in silenzio per qualche minuto. La chiesa dove si erano sposati, e dove Strike era arrivato senza essere invitato, rovesciando uno degli addobbi floreali, era ad appena dieci minuti di distanza.

«Chi è il Paul Newman della situazione?»

«Cosa?» fece Robin. «Ah, Ryan? È un funzionario della CID».

«Capito» disse Matthew, espirando il fumo. «Ho sempre pensato che saresti finita con Strike».

«Nascondevi molto bene questa tua convinzione» commentò ironica lei.

Matthew rise. «Quanto ti trattieni?»

«Fino al ventinove».

«Noi stiamo qui fino a Capodanno».

Vedendo che Robin non diceva niente, aggiunse: «Dev'essere molto stressante, per te, tornare qua».

Robin, che non vedeva nell'ex marito alcun fattore di stress, tornò a guardare sul cellulare la frase: *Forse intendevi Reata Lindvall?* Ma Matthew continuava a parlare.

«Non hai ancora avuto figli?»

«Ne ho nove, ma tutti adottati» rispose Robin, cercando di leggere notizie su Reata Lindvall, ma scoprendo di avere la vista inesplicabilmente annebbiata.

Matthew rise di nuovo.

«Non è una cattiva idea. Presto mi toccherà passare ancora notti insonni per i fottuti pannolini e per...»

«Ah, sei qui!»

Sarah, con due cappotti in braccio, aveva usato un tono gelido. Robin la guardò, ma la donna che aveva fatto l'amore con Matthew nella loro camera matrimoniale, a Depford, e che aveva lasciato un orecchino di brillanti tra le lenzuola apposta perché Robin lo trovasse, non aveva più voglia di ricordare.

«Volevo solo fumarmi una sigaretta» spiegò Matthew, gettando il mozzicone.

«Sono stanca» fece Sarah, porgendogli il cappotto.

«Va bene» disse Matthew. E girandosi verso Robin: «Ciao».

«Ciao» rispose lei.

I Cunliffe si allontanarono. Decidendo che lo sforzo di concentrarsi sullo schermo del cellulare era eccessivo dati i whisky bevuti, Robin trasse una lunga boccata di aria fredda e rientrò nel pub.

40

La birra, mio caro, la birra è quel che occorre
agli uomini che non vogliono pensare:
e guarda pure dentro il tuo boccale
se vuoi vedere un mondo che non c'è.
E di certo è piacevole, ma passa:
il guaio è che non dura.

A.E. Housman
LXII, Un ragazzo dello Shropshire

Strike arrivò al party di Lucy, a Bromley, alle nove e mezzo di sera. Il suo obiettivo era stato di perdersi più festa che poteva senza apparire sgarbato, e soprattutto evitare il doloroso stadio iniziale di simili riunioni, quando i partecipanti sono sparsi qui e là, la conversazione stenta ad avviarsi e la scelta della compagnia è così limitata che si rischia di venire agganciati da un rompiballe che poi non ti si toglie più di torno.

Tuttavia, aveva fatto più tardi di quanto non avesse inteso, perché aveva perso la nozione del tempo mentre cercava di identificare la bionda che era convinto avesse infilato il biglietto in pigpen sotto la porta dell'agenzia. Particolarmente frustrante era stato che, un attimo prima di accorgersi che era in ritardo e che doveva mettersi in viaggio per Bromley con un borsone pieno di regali e una ventiquattrore nel bagagliaio della BMW, l'aveva trovata.

Il suo nome da professionista era Fyola Fay, e aveva lavorato con de Lion in *So chi ti sei fatto l'estate scorsa* e *Ragazza trombata.* Se Strike non avesse promesso di partecipare al maledetto party, avrebbe potuto restarsene seduto alla scrivania a esplorare sistematicamente OnlyFans, Flickr, ModelHub e i tanti altri siti dove una donna poteva arrotondare lo stipendio vendendo sue foto o video online, e cercare indizi che lo portassero alla vera identità di Fay e al modo di contattarla. Invece adesso, dopo avere attraversato il giardino anteriore con la sua piccola, spoglia magnolia, si stava avvicinando alla porta di casa con la sporta di regali malamente incartati e, dopo aver guardato per un intero pomeriggio tette, peni enormi e orifizi sia maschili sia femminili, si preparava a fingere interesse per il lavoro, la casa e i figli di altre persone.

Temeva che Lucy fosse arrabbiata per il suo ritardo, invece quando Adam, il suo nipote più piccolo, gli aprì la porta, scoprì che così non era. Lucy, che era in fondo al corridoio e, vestita elegantemente, portava in testa due piccole corna da renna con luci LED, gridò: « Stick! » e piantò in asso le due donne con cui stava conversando per correre ad abbracciarlo. Con un lieve senso di colpa, lui si rese conto che era felice e sollevata di vedere che alla fine era arrivato. Dagli altoparlanti dell'Hi-Fi, in soggiorno, provenivano le note di *I Wish It Could Be Christmas Everyday.* Decidendo di comportarsi meglio che poteva, Strike salì la scala per depositare i bagagli nella stanza degli ospiti, salutò il suo nipote preferito, Jack, che con altri tre ragazzini giocava con la PlayStation a un videogame sparatutto nella sua camera, e scese di nuovo nell'affollato pianterreno. Il soggiorno era gremito di adulti che indossavano vestiti da sera o maglie con decorazioni natalizie, e di una schiera di bambini piccoli che Strike stette attento a non calpestare o far cadere mentre andava in cucina a cercare qualcosa da mangiare e da bere.

« Eccolo qua! » esclamò suo cognato Greg, con finto entusiasmo.

Greg stava parlando con altri tre uomini che portarono tutti le lattine di birra alla bocca nello stesso momento, come avessero fatto le prove di simultaneità. Tutti guardarono Strike con la vaga aria di sfida che alcuni uomini assumono quando si trovano davanti un maschio che potrebbe essere considerato superiore a loro per stazza, muscolarità o successo mondano.

« Che piacere rivederti! » esclamò una voce femminile alle spalle del nuovo arrivato e, girandosi, Strike vide una donna che non ricordava di avere mai conosciuto: bruna, sovrappeso, con la pelle unta e una sorta di caffettano argentato lungo fino alle ginocchia, che gli ricordò un foglio di carta alluminio. Sfoggiava degli orecchini a forma di angelo che, come le corna di Lucy, brillavano di luci LED.

« Marguerite » disse, delusa dall'espressione vacua di Strike, da cui si capiva che non l'aveva riconosciuta. « Ci siamo visti qui, alla cena per il tuo compleanno, qualche anno fa. Tu eri con la tua ragazza, Nina ».

« Ah, sì! » fece Strike, finalmente capendo chi era: Lucy l'aveva invitata per farle conoscere suo fratello, senza immaginare che lui si sarebbe presentato in compagnia di un'altra donna. « Come stai? »

« Molto bene » rispose Marguerite. « C'è anche Nina? »

« No » disse Strike.

« Con te le donne vengono facilmente e altrettanto facilmente se ne vanno, eh, Corm? » disse Greg con il tono aggressivamente scherzoso che spesso usava con lui. Marguerite, alla notizia che non c'era Nina, si illuminò.

« Vado a prendermi una birra » le disse Strike, notando su un lontano ripiano una pila di sei pacchi di lager. Si fece strada a forza tra la folla radunata intorno alla tavola imbandita di cibo, e molti girarono la testa al suo passaggio, facendo commenti. Dato il pessimismo di cui era intriso al momento, Strike sospettò che mormorassero alle sue spalle per via dell'articolo di Culpepper, anziché perché ammirati per i suoi successi di detective. Stando attento a non incrociare sguardi, arrivò alla birra come a un porto sicuro.

Mentre tirava la linguetta della lattina, sentì il bip dei messaggi sul cellulare. Sperando fosse un messaggio di Robin, tirò fuori di tasca il telefonino, ma vide che il mittente era Kim.

Plug ha lasciato suo figlio a casa con la vecchia ed è tornato in Carnival Street con un mucchio di assi e reti metalliche leggere nel bagagliaio del furgone.

Be', e cosa dovrei farci, io? pensò irritato. Aveva l'impressione che Kim cercasse semplicemente una scusa per mettersi in contatto con lui e la sensazione fu acuita dal fatto che quasi subito seguì un altro messaggio.

Spero tu stia passando un'ottima vigilia di Natale x

Strike rimise il cellulare in tasca senza rispondere e alzò gli occhi a guardare il gruppo di uomini intorno a Greg, cui si era unita Marguerite, che lo osservava. Non aveva nessuna voglia di intrupparsi con loro: avevano l'aria di quegli uomini che ti attaccano un lungo bottone sulle migliori stazioni di servizio dell'M1 o sui più recenti tornei di golf. Quanto a Marguerite, aveva uno sguardo affamato.

Il cellulare gli segnalò un nuovo messaggio.

«Scusate» mormorò genericamente. Estrasse di nuovo il telefonino dalla tasca e, desiderando solo allontanarsi da quella gente che lo fissava, uscì dalla porta di servizio sulla pedana in legno costruita da Greg davanti al prato gelato.

Poiché si aspettava un nuovo messaggio di Kim, si stupì di vederne uno di Jade Semple, che a giudicare dall'ortografia sembrava stesse tentando con molto più successo di lui di affogare nell'alcol la pena della vigilia di Natale.

Non c redo che bNiall fosse li cadavere è solo il nomo William Wrihgt che mi ha fato pensare chera lui.

Strike rispose:

Niall era collegato in qualche modo a quel nome?

Qualcuno batté sulla finestra alle sue spalle. Strike si voltò e vide Luke, il maggiore dei suoi nipoti e quello che gli era meno simpatico. Il suo scopo nel battere sui vetri, si disse Strike, doveva essere di indurlo a mostrare la faccia ai suoi due amici ghignanti, quasi che lo zio fosse una sorta di pesce nell'acquario. Aggrottando la fronte, voltò di nuovo le spalle alla finestra e vide che Jade gli aveva mandato un altro messaggio:

Credo di sì, ma mi sono fata prdere dal panico e no credo fosse luii.

« Stick, ma che cosa ci fai, qui? »

Tutta tremante con il suo leggero abito da sera, Lucy era uscita sulla pedana.

« Scusami » le disse Strike per la seconda volta quella sera, infilando subito in tasca il cellulare. « Problemi di lavoro. Uno dei collaboratori è stato preso a pugni in faccia ».

Era quasi vero: per poco a Shah non avevano rotto il naso, un paio di missioni prima.

« Oh, ma è terribile! » esclamò Lucy. « Com'è successo? »

« Torniamo dentro » disse Strike, sentendosi di nuovo in colpa. « Presentami i tuoi amici ».

Nell'ora successiva bevve birra e fece vacue, chiassose conversazioni con i genitori dei bambini che frequentavano le scuole dei figli di Lucy. Alcuni gli fecero domande sul suo lavoro di detective, altri gli dissero che sua sorella era una persona adorabile, altri ancora, apparentemente già sbronzi, non riuscivano a ricordare la sua faccia tra quelle dei genitori che accompagnavano i figli a scuola e si chiedevano perplessi come mai fosse lì presente uno che non apparteneva alla loro cerchia. Faceva eccezione una donna magrissima, ubriaca fradicia, con indosso un vestito cascante che probabilmente era di gran moda, ma che a lui ricordò un sacco della posta: era sicurissima di conoscere Strike « per via del taekwondo » ed era convinta che il figlio di lui, Fingal, avesse molto talento per quello sport e non dovesse mollarlo. Alla fine Strike si disse d'accordo e promise di incitare Fingal alla perseveranza, al che lei lo abbracciò, quasi soffocandolo con il puzzo di sudore.

Cinque minuti dopo, appena rifornitosi di un'altra birra, fu incastrato da un uomo che, con la sua fronte sfuggente e il suo lungo naso appuntito, sembrava un whippet. Pensò che fosse un agente assicurativo, perché voleva sapere in che modo assicurasse l'agenzia contro errori professionali che avrebbero potuto causare danni a persone o arresti ingiusti. Quando Strike gli disse la verità, ovvero che la sua agenzia non aveva mai commesso un errore professionale che avesse portato a un arresto sbagliato o a danni a persone, o almeno a danni a un soggetto coinvolto nelle indagini

(Robin avrebbe forse potuto citarlo in giudizio se mai avesse deciso di farlo), l'uomo dalla faccia di whippet parve seccato.

«Ma mettiamo accadesse...»

«Non vedo come possa» replicò Strike.

Da venti minuti si rendeva conto che la grande massa argentea di Marguerite gli ronzava intorno come un massiccio, imprevedibile asteroide in orbita intorno a lui e, vedendo che il suo interlocutore era deciso a discutere fino alla nausea dell'argomento assicurativo, disse chiaro e tondo che doveva «andare al gabinetto» e lo piantò in asso.

Com'era prevedibile, c'era la fila davanti al bagno del piano di sopra. Strike si mise in coda con una certa riluttanza, visto che tra i bisognosi di toilette c'era la donna dal vestito cascante che gli aveva attribuito un figlio di nome Fingal, e tirò fuori il cellulare per scoraggiare la conversazione. Voleva rileggere il messaggio di Jade Semple, invece vide un nuovo messaggio di Kim:

Sto lavorando, e dovrei conoscerti MOLTO meglio per mandarti dei nudi.

Cazzo. Si preparava a inviargli un altro messaggio tipo «Oh, scusa, non era per te» oppure la foto di una donna nuda? Quello che Kim Cochran non capiva era che per sedici anni Strike aveva avuto a che fare con una persona che faceva quei giochetti a un livello ben più sofisticato, una Gran Maestra per così dire, e che le tecniche seduttive da lei tentate erano, al confronto, robetta.

Un uomo obeso che portava un maglione con la figura di una renna uscì dal bagno, dove entrò al suo posto la donna che puzzava di sudore. Quando Strike avanzò fino a essere il primo davanti alla porta, gli arrivò un altro messaggio da Jade Semple.

una donna ha ritirato soldi con la carta di credito di Niall dopo che era stato trovato il cadavere

Strike stava ancora riflettendo su quel messaggio quando si aprì la porta del bagno.

«Non sono stata io a fare puzzo, ma il tizio che mi ha preceduta!» gridò la donna dal vestito cascante, chiaramente ubriaca.

Risero tutti, tranne Strike. Lei se ne andò barcollando e gli lasciò il posto. La donna non si sbagliava circa la puzza, e Strike aprì la finestra prima di fare una lunga pisciata. Una volta che il fetore se ne fosse andato, avrebbe voluto barricarsi al cesso per il resto del party e concentrarsi su Jade Semple, ma anche con quel po' di puzzo che restava si permise qualche istante di tranquillo ritiro, durante il quale le mandò un messaggio:

Se per Niall c'era qualche collegamento con il nome 'William Wright', vorrei parlarle di persona.

Aspettò qualche minuto, ma siccome lei non rispondeva, godendosi la temporanea libertà dalle chiacchiere degli ospiti si sedette sulla tavoletta chiusa e scrisse su Google: «Vero nome della pornostar Fyola Fay». Proprio mentre partiva la ricerca, qualcuno bussò alla porta del bagno.

«*Presto, esca, sta per vomitare!*»

Strike aprì e si scostò per far entrare un bambino dai capelli rossi di circa sei anni, che aveva il viso quasi verde per la nausea ed era per metà sorretto, per metà trascinato dalla madre. Con un potente conato, il bambino vomitò copiosamente a mezzo metro dal water, coprendo di schizzi le scarpe e l'orlo dei pantaloni di Strike, nonché il tappetino bianco a pelo lungo alla base del lavandino.

«È intollerante al lattosio» disse la madre, stressata. «Si è mangiato una montagna di bastoncini al formaggio, vero, Hector?» aggiunse arrabbiata, tenendo la testa del figlio sopra il water mentre arrivava un altro potente getto.

Strike non si considerava particolarmente schizzinoso, ma il vomito era di gran lunga il fluido corporeo che gli era meno gradito. Inoltre, poiché metteva la pulizia personale ai primi posti nell'elenco delle virtù, trovò particolarmente seccante non potersi togliere di dosso quelli che gli sembravano fagioli al curry.

Tornò al piano di sotto, ma dovette fermarsi a metà strada a causa della folla di persone che stavano per andarsene e ostruivano il passaggio. Nell'atrio sottostante, Marguerite era in agguato come uno squalo elefante e lui, pur non guardandola direttamente, si accorse che lo aveva puntato. La batteria di uno dei suoi orecchini a luci LED si era scaricata.

Per fortuna, proprio mentre Strike arrivava nell'atrio, l'attenzione della donna fu attratta da Faccia di Whippet, e lui poté sgattaiolare in cucina, dove sperava di pulirsi scarpe e pantaloni con la carta assorbente. Passando accanto a Greg, disse: «Forse è meglio tu sappia che il tuo bagno è appena stato teatro di una catastrofe ecologica».

«Perché, cos'hai combinato?»

«Io niente, ma un bambino di nome Hector ha mangiato troppi bastoncini al formaggio».

Avrebbe potuto aggiungere che uno degli amici di Greg aveva fatto una cacca così puzzolente da sembrare radioattiva, ma il colpevole era lì a mezzo metro di distanza, intento a trangugiare le salsiccette servite come antipasto e per niente preoccupato del fetore che aveva prodotto.

«Cazzo» brontolò Greg, uscendo dalla cucina.

«Mi scusi» disse alle sue spalle la donna ubriaca in abito cascante, e ancor prima di vederla Strike sentì il suo puzzo di sudore. Da dietro, lei gli mise le mani intorno alla vita come volesse spostarlo di peso, poi però scivolò su un liquido che qualcuno aveva versato sul pavimento e a lui, nel tentativo di afferrarla per impedirle di cadere, scivolò in terra il cellulare.

«Lei è una brava persona» farfugliò la donna e Strike, appena l'ebbe raddrizzata, la tenne rigidamente a distanza di sicurezza, per non essere di nuovo abbracciato.

Marguerite, intanto, gli aveva raccolto da terra il cellulare.

«Oh santo cielo» mormorò con un sorrisetto.

Strike intravide l'immagine che stava guardando: un primo piano di Fyola Fay con la bocca stretta intorno a un enorme pene nero. Strike le strappò il telefonino dalle mani, conscio di come, tra tutti i conoscenti e gli amici di Lucy, sarebbe presto circolata la voce che lui si era fatto una sega in bagno durante la festa di Natale di sua sorella. Non riuscendo a farsi venire in mente una spiegazione che non suonasse assurda, rimise il cellulare in tasca e si diresse, con aria impassibile, al lavello, dove fece del suo meglio per ripulirsi dal vomito di Hector. Con la coda dell'occhio vide avvicinarsi la massa compatta ricoperta d'argento.

Cazzo, non provare a dirmi che ti piace il porno.

«Non preoccuparti» gli sussurrò la donna con aria furba. «Io non faccio pettegolezzi. Sai, anche alle donne piace il porno».

«Voglia scusarmi» replicò lui, rifugiandosi ancora una volta nel giardino posteriore, con la gamba vera che quasi si congelava dentro la stoffa bagnata.

Perché diavolo aveva smesso di fumare? Mentre scendeva i gradini che dalla pedana di legno portavano al prato, deciso a confondersi col buio e restare in pace almeno per qualche minuto, sentì di nuovo il segnale acustico dei messaggi. Se quella stronza di Kim gli aveva mandato di nuovo 'per sbaglio' un nudo, gliene avrebbe dette quattro. Ma quando estrasse il cellulare dalla tasca, fu sollevato di vedere che era Robin. Poi lesse:

idy~#=eeid

Messaggio accidentale, ovviamente. Ma rispose:

Cifrato? Se sì, manda la chiave.

41

Infilati nel tuo letto stretto,
stacci, e nulla più sia detto!
Vano l'assalto! Tutti tengon duro
sarai tu a frangerti di sicuro.

Matthew Arnold
The Last Word

Tutto era andato malissimo al Bay Horse. Era ora di chiusura, e Robin era ormai ubriaca fradicia («Ci difenderemo dall'alcol rifocillandoci» aveva detto a Linda la compagnia diretta al pub, ma nel locale nessuno aveva consumato cibo e Robin aveva avuto la cattiva idea di bere altro whisky liscio dopo avere incontrato, fuori, Matthew).

Di ritorno dalla toilette, aveva visto Martin e Carmen che ancora litigavano. Poi Jonathan, che aveva incontrato due vecchi amici del calcio al banco, l'aveva pregata di portare delle pinte di birra a Stephen e Murphy. Murphy le aveva lanciato una strana occhiata, allungandole il telefonino lasciato sul tavolo, e lei aveva visto che era arrivato un messaggio, ma non l'aveva letto, perché era troppo concentrata sul compito di non far traboccare la birra dai boccali. Porgendo a Murphy la birra, gli aveva chiesto: «È questa quella analcolica?», pensando che lui avrebbe saputo distinguere l'una dall'altra dall'odore, ma di punto in bianco, senza alcun preavviso, lui si era inalberato come la sera del loro peggior litigio.

«Che cazzo vorrebbe dire, questo discorso?»

Robin aveva visto lo sguardo costernato di Stephen mentre Murphy voltava le spalle. Aveva tentato di rispondere, ma si sentiva la bocca impastata, come piena di bambagia.

«Non volevo... Era solo...»

Gli occhi erano come coperti da una pellicola e le si era appannata la vista. Troppo whisky. Troppe donne incinte. Troppi Matthew e Sarah. *Not tonight Santa.*

Infine era arrivata l'ora di chiusura. Fu un sollievo tornare a casa nella fredda aria della sera, anche se Robin continuava a vedere le cose intorno a sé come immagini di un libro pieghevole: Silver Street, il cielo, i suoi fratelli e Murphy le apparivano come una serie di fotogrammi instabili. Murphy era in testa al gruppo con Jonathan e lei non sapeva dire dove fossero finiti Martin e Carmen. Troppo whisky...

«Per che cosa ti ha fatto quel cazziatone?» chiese Stephen a bassa voce.

«Non... niente» rispose lei. «È che ha pensato che intendessi accusarlo di bere vera birra. Sono molto ubriaca, Button».

Stephen le circondò le spalle con un braccio. Il primogenito degli Ellacott, che gestiva una grande proprietà a una trentina di chilometri da Masham, era il più alto dei fratelli, un omone quasi come Strike, anche se era molto diverso quello che aveva sentito quando Strike la tenne abbracciata davanti al Ritz e tentò di baciarla. *Non pensarci*, si disse.

Anche le stelle le apparivano ballerine, mentre almeno quelle sarebbero dovute restare ferme. Dicevano che quando si aveva mal di mare, conveniva fissare l'orizzonte, ma in quel momento Robin non vedeva nessun orizzonte, solo lampioni dai contorni confusi e le spalle curve e rabbiose di Murphy.

Finalmente arrivarono a casa, dove la cucina vuota era impregnata dell'odore di ciò che Linda, Jenny e Annabel avevano mangiato a cena. Svegliatasi dentro la sua cuccia chiusa, Betty cominciò a guaire e uggiolare perché la liberassero. Murphy salì al piano di sopra senza dire una parola. Jonathan augurò a tutti la buonanotte e Robin biascicò a sua volta «Buonanotte» e pensò che le sarebbe convenuto fare una capatina nel bagno del pianterreno.

«Stai poco bene, Bobbin?» domandò il fratello.

«No, sto bene, vado a letto, Button».

Diversamente dall'Hector di Bromley, della cui esistenza nulla sapeva, Robin riuscì a raggiungere il water prima di vomitare. Una gigantesca mano crudele e inesorabile le torse lo stomaco più volte e alla fine, esausta, tremante e imperlata di sudore, giacque sul pavimento di piastrelle. Si sentiva debole e sfiancata, oppressa dall'idea di avere completamente rovinato la vigilia di Natale. Dopo una decina di minuti, quando la piccola stanza buia smise di vorticarle intorno, si alzò con cautela in piedi.

Rientrò in cucina proprio nel momento in cui Martin e Carmen ci arrivavano dalla porta di servizio, tutti e due in condizioni nettamente peggiori a causa dell'alcol bevuto.

«Chi c'è nella mia camera?» domandò Martin.

«Annabel» rispose Robin con uno sforzo notevole della memoria.

Martin e Carmen avrebbero dovuto pernottare nel loro appartamento, che distava solo una ventina di minuti in macchina.

«Cazzo!» ringhiò furioso Martin, come se fosse colpa di Robin. Robin si sentì molto in colpa e per poco non offrì loro la sua stanza, prima di ricordarsi che ci stava anche Murphy. «Ci toccherà dormire nel merdoso soggiorno» disse Martin, dirigendosi verso la sala.

«Hai l'aria scoppiata quasi come me» disse Carmen, guardandola, e Robin abbozzò un sorriso.

Salì al piano di sopra e aprì con grande cautela la porta della camera da letto, sperando che Murphy dormisse già. Ma naturalmente non dormiva. Steso supino a petto nudo, alla luce dell'abat-jour la guardò con faccia impassibile richiudere piano la porta alle sue spalle.

«Hai vomitato, eh?»

«Sì».

«E poi sarei *io* quello che beve».

«Ryan, pensavo tu fossi in grado di distinguere dall'odore quale birra fosse normale e quale analcolica» disse Robin restando sulla soglia, perché non voleva avvicinarsi troppo a lui prima di essersi lavata i denti. «Tutto qui. Non intendevo certo accusarti di bere birra vera».

Si rendeva perfettamente conto di fare una certa fatica a pronunciare bene le parole, perché aveva ancora alcol in corpo. Visto che Murphy non rispondeva, si avvicinò alla sedia della camera da letto su cui era posato il suo pigiama.

«Non puoi passare neanche la vigilia di Natale senza correre a scrivergli un messaggio» fece lui di punto in bianco.

«Che cosa?» trasecolò Robin, in piedi con il pigiama in mano.

«Strike. Che cos'hai fatto, quando sei uscita in strada?»

«Non ho mandato messaggio a Strike».

«Bugiarda» disse lui. «Hai lasciato il cellulare sul tavolo quando sei andata in bagno. Ho visto che lui ti ha risposto con un suo messaggio».

Robin si frugò in tasca, tirò fuori il cellulare e fissò il messaggio incomprensibile di Strike, che acquisì senso solo quando lei vide il messaggio che gli aveva mandato accidentalmente, forse dopo che aveva rinunciato a ogni tentativo di leggere notizie su Reata Lindvall.

«È stato un messaggio accidentale. Guarda tu stesso».

Si avvicinò al letto e gli mostrò il telefono. Ryan lo prese e lesse i due messaggi.

«Ah» disse.

Robin si riprese il telefono. Non era ancora sobria e avrebbe avuto molta voglia di piangere, ma indossò la vestaglia e si preparò ad andare in bagno. Quando arrivò alla porta, si sentì chiedere:

«Perché ti sei ubriacata a quel modo, stasera?»

«Perché ho litigato con la mamma» rispose lei con un groppo in gola, «e dopo ho litigato con te... e poi tutte le donne sono incinte, cazzo».

Lui sollevò leggermente il busto, sul letto. Era incredibilmente bello nella luce fioca (*Chi è il Paul Newman della situazione?*).

«Mi dispiace, Robin» mormorò. «Su, dai, vieni qui».

«Non posso, devo lavarmi i denti, sono disgustosa» disse lei, lottando con le lacrime.

«Tu non sei mai disgustosa».

«Lascia che mi lavi, prima» disse lei, chinandosi sulla valigia quasi vuota e afferrando il regalo di Natale di Strike, che era nascosto sotto le ciabatte. Poi si rialzò tenendo la scatolina nella tasca della vestaglia e uscì dalla stanza.

La casa era silenziosa. Robin si chiuse a chiave in bagno. Le sarebbe piaciuto fare una doccia, ma siccome aveva paura di svegliare Annabel, si spogliò e si lavò a pezzi, si infilò il pigiama e si lavò i denti molto più a lungo del solito, finché non le andò via del tutto il sapore del whisky. Le pulsava la testa, ma se non altro non vedeva muoversi né il pavimento né le pareti, intorno.

Rimessasi la vestaglia, sedette sull'orlo della vasca e scartò il regalo di Strike, avvolto in carta blu trapunta di stelline d'oro. Capì che lo aveva incartato lui stesso, perché era bozzoluto e c'era troppo nastro adesivo. Strike era negato a incartare regali.

Quando ebbe tolto la carta, però, vide una scatolina chiaramente di oreficeria, di cartone azzurro. Con grande cautela, come se contenesse una bomba, alzò il coperchio.

Un grosso braccialetto a maglie d'argento, da cui pendevano sette ciondoli portafortuna, era posato su un fondo di gommapiuma nera, e Robin riconobbe subito nell'amuleto centrale il globo massonico che aveva ammirato da Ramsay Silver. Fissò l'oggetto incredula, a bocca aperta per lo stupore. Poi prese il braccialetto e, per quanto sbalordita, fu subito in grado di risalire al ragionamento fatto da Strike nel comprarle i ciondoli. Era tornato nel negozio di Ramsay per acquistare il globo che le era piaciuto tanto e qualcuno, forse lo stesso Kenneth, aveva cercato di vendergli altri amuleti («Ne faccia un braccialetto!») e questo gli aveva dato l'idea. Tuttavia non si era accontentato di comprare un intero lotto da Ramsay, ma aveva costruito pazientemente tutto l'insieme, su cui c'era proprio il suo marchio, perché il braccialetto era piuttosto goffo e inelegante, con i ciondoli che non sempre si intonavano gli uni agli altri, eppure ciascuno era stato studiato accuratamente e rimandava a battute che avevano fatto tra loro o a ricordi condivisi, insomma a cose che non dicevano nulla agli altri, ma molto a loro due.

Una Land Rover metallizzata, la macchina di cui forse solo Strike avrebbe sentito la mancanza quanto lei; il parlamento britannico, dove Robin aveva lavorato sotto copertura, mettendo una microspia di una liceità non meno dubbia di quella della cimice che aveva portato all'arresto di Mitch Patterson (non lo aveva mai confessato a Murphy); uno scudo in miniatura di smalto con lo stemma di Skegness, dove una volta avevano mangiato insieme le patatine fritte, scherzato sui viaggi a dorso d'asino e intervistato il testimone chiave di un caso d'omicidio di trent'anni prima; una pecorella d'argento (« *Tuo padre cosa fa? Non me l'hai mai detto* ». « *È professore di gestione sanitaria, produttiva e riproduttiva delle pecore... cosa c'è da ridere?* »); una bilancina d'argento (« *Questo sta per Bilancia... è il mio segno, avevo un portachiavi con questo simbolo* », « *Sì, be'... Io preferisco la razionalità* »); un pettirosso in argento e smalto, il portafortuna più luccicante e recente di tutti, in onore del suo nome, Robin, e forse del Natale; e al centro quello che era chiaramente il più costoso dell'intero lotto, a parte il braccialetto stesso: la piccola sfera d'argento con il complicato meccanismo che la trasformava in una croce massonica snodabile. Robin la avvicinò agli occhi per esaminare i simboli incisi dentro, ma non riuscì a distinguere niente per via delle lacrime che le scendevano lungo le guance.

Perché mi hai fatto un regalo così? si chiese, lasciandosi scivolare dal bordo della vasca in terra. Stringendo forte il braccialetto, pianse silenziosamente con la testa sulle ginocchia e le lacrime che le bagnavano i pantaloni del pigiama.

Le ci vollero diversi minuti per riprendere il controllo. Dopo, guardò e riguardò di nuovo ciascun ciondolo, pensando che nessun altro regalo le avessero dato quel giorno (perché ormai doveva essere passata mezzanotte ed era Natale) avrebbe significato per lei quanto significava quel braccialetto: niente, né un brillante né una nuova Land Rover, sarebbe valso quanto quello. Sapeva quale immane sforzo avesse compiuto Cormoran Strike per mettere insieme un simile dono, lui che trovava l'acquisto di regali un compito ingrato e giudicava inconcepibile che qualcuno si ricordasse cosa gradisse o indossasse qualcun altro. Eppure si era ricordato di tutte quelle cose e voleva farle sapere che se le ricordava. *Oddio, io lo amo*, pensò Robin e poi un'altra voce nella sua testa disse severa:

No, non lo ami.

Sì che lo amo.

Sei ancora ubriaca.

Asciugandosi gli occhi con l'orlo della vestaglia, allungò la mano verso il cellulare. Non importava se lo svegliava, non importava se si chiedeva come mai fosse sveglia e gli scrivesse un messaggio nelle prime ore del giorno di Natale, quando avrebbe dovuto essere a letto con il suo uomo.

Grazie. Mi piace moltissimo. xxxxx

A quattrocento chilometri di distanza, nella stanza degli ospiti di sua sorella, a Bromley, Cormoran Strike, tormentato dal bruciore e dal gonfiore di stomaco dopo aver bevuto tutta quella birra, e irritato per quello che considerava il party più brutto della sua vita, sentì il cellulare vibrare e lo cercò tastoni al buio. Quando vide sullo schermo il messaggio di Robin, d'un tratto il Natale e le insolite opportunità che offriva se si era disposti a coglierle gli parvero una cosa meravigliosa.

Mi fa piacere, digitò e poi lentamente, scrupolosamente, aggiunse la x del bacio cinque volte, per ognuno dei suoi.

PARTE QUARTA

Tanto lavoro per non ottenere niente produce tempi stressanti, nelle imprese commerciali come negli individui. I grandi pozzi sprofondarono sempre di più, le gallerie si diramarono sotto il mare, e c'era costante bisogno di sempre più soldi per impedire che quelli già spesi andassero perduti.

John Oxenham
A Maid of the Silver Sea

42

Nella carriera d'ogni uomo vi son momenti
in cui egli non può non prender posizione,
se osasse sottrarsi il mondo capirebbe
che non ha compreso la partita e perde la vita (...)
Così, dovrebbe sposar la donna che più ama
e di cui ha più bisogno, quale che sia
codesto amore o bisogno.

Robert Browning
Bishop Blougram's Apology

Strike passò la notte di San Silvestro sorvegliando la Stapleton Tavern di Haringey, dove Plug festeggiò l'anno nuovo con un gruppo di amici dall'aria rozza come lui. Usò il tempo in maniera proficua. A partire dalla festa della vigilia di Lucy, aveva scambiato vari messaggi con Jade Semple e quella sera stavano continuando a scriversi. Lei era chiaramente di nuovo ubriaca. Benché continuasse a insistere che suo marito non era l'uomo trovato morto nel caveau, la sua disponibilità a comunicare con Strike faceva pensare che qualche dubbio ancora lo nutrisse. Strike sperava, a furia di battere il chiodo, di poterla convincere in un futuro imminente a un incontro tête-à-tête.

Era deciso a non lasciarsi sfuggire l'occasione di passare una sera da solo con Robin in un ristorante decente a centinaia di chilometri da Murphy o da qualunque altro stronzo potesse interferire. Certo, se si fosse dichiarato e Robin lo avesse respinto, il viaggio di ritorno sarebbe stato particolarmente imbarazzante, ma valeva la pena tentare. Se fosse accaduto il peggio, se ne sarebbe fatta una ragione. In fondo, si era adattato alla perdita di una gamba.

La risposta che la sua socia aveva dato il giorno di Natale alla sua fantasiosa incursione nel regno dei regali natalizi gli aveva restituito speranza. Quando aveva guardato i ciondoli d'argento carichi di riferimenti a scherzi o avvenimenti privati vissuti da loro due, Robin doveva avere capito quello che le aveva voluto dire implicitamente. Il fatto che avesse aperto il regalo nelle prime ore del giorno di Natale non tradiva forse un particolare desiderio di vedere cosa lui le avesse donato? Le cinque x dei baci che seguivano il 'grazie' e l'uso dell'espressione 'mi piace moltissimo' erano forse propri di una donna che voleva tenere un uomo a debita distanza? E dov'era Murphy mentre lei scriveva tutte quelle 'x'? Era forse troppo sperare che avessero litigato?

Simili riflessioni gli permisero di sopportare a cuor leggero le lunghe, infruttuose ore di sorveglianza di Plug. Tuttavia quando, alle tre del mattino, tornò nella fredda, deserta Denmark Street, i piacevoli pensieri in cui si era cullato furono bruscamente interrotti.

Sulla porta dell'ufficio era stata dipinta una lettera 'G' scarlatta che era ancora umida di vernice. Strike rimase a contemplarla a lungo, ma già dopo pochi secondi escluse si trattasse del tag di un graffitista ubriaco. Nessun'altra porta di Denmark Street era stata così decorata, e pareva troppo una coincidenza che qualcuno avesse dipinto a caso l'unica lettera dell'alfabeto che di recente aveva acquisito un doppio significato sinistro per l'agenzia investigativa in uno dei piani alti del palazzo.

La 'G' simboleggiava forse la lettera al centro della squadra e del compasso che erano l'emblema più noto della massoneria? Era stata scelta perché altri simboli, come l'acacia o l'occhio della provvidenza, erano più difficili da disegnare? O era piuttosto un messaggio per Robin, che era stata la Testimone G nel processo al suo stupratore e potenziale assassino?

Maledicendo in cuor suo quella seccatura, Strike salì nella mansarda, tirò fuori detersivi e stracci e ritornò in strada per togliere la lettera, ma, non disponendo di acqua ragia, riuscì solo a renderla illeggibile e a lasciare sulla porta un'informe macchia rossa. Si sarebbe dovuta inevitabilmente ridipingere la porta, prima che il padrone di casa la vedesse ridotta così.

Erano le quattro del mattino quando si tolse finalmente la protesi. Si chiese se informare o no Robin. Non voleva rivangare di nuovo la storia dello stupro, che gli pareva uno di quei casi in cui vale il principio 'Meno se ne parla, prima si guarisce'.

Solo quando attaccò il cellulare al caricabatterie si accorse di avere ricevuto un messaggio vocale durante la notte, e lo ascoltò.

« Parla Valentine Longcaster » disse una voce dalla pronuncia blesa delle classi alte, mentre sullo sfondo si udivano chiacchiere e rumore di piatti. « Ho ricevuto i tuoi messaggi del cazzo. Non ho un cazzo da dirti. Fai un favore a tutti noi e attua il buon proposito per l'anno nuovo mettendo la cazzo di testa nel forno ».

Strike puntò la sveglia, sbadigliò e si mise a letto. La risposta di Valentine alle e-mail che lui gli aveva mandato non lo stupiva. Varie volte, quando era pieno di alcol, cocaina o entrambi, Valentine, indicando Charlotte, aveva informato sale gremite di gente che *quella era di gran lunga la persona che preferiva al mondo.* Diversamente da Sacha, che era così desideroso di dimenticare, non intendeva fingere di avere scordato la lettera in cui Charlotte, prima di suicidarsi con un'overdose e tagliandosi i polsi nella vasca, aveva dato la colpa del suo gesto a Strike, che si era rifiutato di rispondere alla sua telefonata.

Il cellulare vibrò. Strike lo afferrò e vide un messaggio di Jade Semple.

> va bbene può venire il 17 ma non dic a nessun perché no voliono che parli co lei

Ottimo. Strike le rispose Ci vediamo il diciassette, chiedendosi chi fossero quelli che non volevano farla parlare con lui, e dandosi una risposta intuitiva.

Si sdraiò di nuovo a letto a dormire, pensando che dopotutto l'anno nuovo era iniziato con una nota positiva e programmando alcune manovre strategiche che non avevano assolutamente nulla a che fare con lo scomparso Niall Semple.

43

Le stelle generose mi han fatto molti omaggi:
numerose le gioie, due soli gli svantaggi.
Ma, oh, questi due ultimi mi tolgon il diletto:
il cervello in testa, ed il cuore nel petto.

A.E. Housman
XVII, Additional Poems

Parecchi giorni dopo essere tornata da Masham e avere lavorato da quel momento quasi ininterrottamente, Robin si sentiva ancora come si era sentita quando aveva scartato il braccialetto di Strike: in ansia e in colpa. Il suo nervosismo era simile a quello di chi aspetta i risultati di un esame o l'esito di analisi mediche. Quando, di tanto in tanto, il suo inquieto inconscio le suggeriva prospettive future che desiderava o temeva (non sapeva decidere se fosse più un desiderio o un timore), lo metteva subito a tacere.

Il braccialetto di Strike era nascosto, adesso, dentro l'unica borsetta da sera del suo guardaroba, ma era difficile dimenticare che cosa aveva pensato quando, ancora in preda ai fumi dell'alcol, se lo era trovato davanti. Inoltre, sapeva che se un'altra donna le avesse mostrato quello stesso braccialetto e spiegato il significato dei ciondoli, lei avrebbe osservato: « Credo stia cercando di dirti che è innamorato di te ». Quale uomo avrebbe fatto a una donna un regalo così personale, così pieno di significati che solo lui e lei potevano afferrare, senza rendersi conto di come poteva essere interpretato?

Eppure era un dono di Cormoran Strike, l'uomo che viveva per libera scelta da solo, in autonomia, in due stanze sopra il suo ufficio. Sì, il recente riferimento al biglietto lasciato da Charlotte prima di suicidarsi faceva pensare desiderasse instaurare un tipo di dialogo a cui loro due si erano avvicinati solo una volta, quando avevano mangiato pollo al curry in ufficio e Strike le aveva detto che lei era la sua migliore amica. Robin aveva creduto che stesse per dirle qualcosa di più, che stesse, cioè, per riconoscere quello che era convinta entrambi avevano provato il giorno in cui si erano abbracciati al suo matrimonio. In quel momento, Robin sarebbe stata pronta a giurare che Strike stesse per chiederle di scappare con lui e lasciare Matthew da solo sulla pista da ballo.

Ma lui, presentandosi al matrimonio, non aveva detto niente, né aveva parlato dei propri sentimenti in ufficio, quando avevano mangiato pollo al curry e bevuto whisky. Se da un lato si sentiva in colpa quando si chiedeva se Strike nutrisse certi sentimenti per lei, dall'altro non dimenticava le conclusioni cui era giunta nel bagno del pub Prince of Wales, ovvero che Strike – se in maniera conscia o inconscia non sapeva – stava giocando una partita intesa a indebolire la sua relazione con Murphy, perché aveva paura che le venisse voglia di abbandonare l'agenzia per condurre una vita più tranquilla.

Le cose che aveva pensato quando, ubriaca, si era seduta sul pavimento del bagno dei suoi genitori, le parevano sleali nei confronti dell'uomo con cui stava progettando di mettere su casa. Amava Murphy, no? Sicuramente gli aveva detto che lo amava e pensava – sapeva – di amarlo. Se si escludevano i suoi due recenti scatti d'ira, uno causato dallo stress, l'altro dalla gelosia, ed entrambi legati alla sua personale storia di alcolismo e al fallimento del suo matrimonio, Murphy non aveva mai litigato con lei. Era un uomo buono e intelligente, e la comprensione che le aveva dimostrato in occasione della gravidanza ectopica era stata notevole. Non aveva mai fatto commenti sui suoi guadagni, né si era mai lamentato della vecchia Land Rover o di quella che tutti gli altri parevano considerare una professione troppo movimentata. La loro vita sessuale, che avevano ripreso dopo l'intervento, era molto più soddisfacente di quella che Robin aveva avuto con Matthew, perché a Murphy interessava farla godere mentre, a ben riflettere, Matthew a letto cercava solo l'applauso. Ryan era anche generoso: Robin stava portando gli orecchini di opale che lui le aveva regalato per Natale e che si intonavano con il pendente donatole dai suoi genitori per il trentesimo compleanno. Particolare più importante di tutti, era franco e onesto. Non faceva giochetti, non mentiva, non divideva in compartimenti la sua vita impedendo a Robin di capire che posto occupasse in essa.

Gli doveva, quindi, altrettanta franchezza e trasparenza, no? Eppure, si sentiva sempre più come pensava si sentissero i coniugi infedeli che, accumulata una montagna di bugie, vivono nella costante paura di commettere la svista che può farli scoprire. Se Murphy avesse saputo che lei e Strike stavano parlando con i parenti di altri potenziali William Wright, avrebbe capito che stavano indagando sul cadavere nel caveau e non solo cercando lo scomparso Rupert Fleetwood.

Ma c'era di peggio: Strike le aveva mandato l'itinerario della loro visita a Crieff e Ironbridge. Aveva prenotato due posti nel vagone letto per Glasgow, la notte del sedici. Da lì avrebbero preso una macchina a noleggio e sarebbero andati a Crieff a parlare con la moglie abbandonata di Niall Semple, per poi proseguire verso sud fino a Ironbridge, dove viveva la nonna di Tyler Powell. Nel frattempo, avrebbero fatto una sosta pernottando nel Lake District. Robin aveva cercato su Google quell'albergo della regione dei laghi e le era sembrato molto bello, con una spettacolosa vista su Windermere. Di solito pernottavano nei posti meno cari quando viaggiavano per lavoro. Provava una vaga eccitazione nervosa al pensiero di stare in quell'albergo, ma aveva preferito non analizzarla, perché era già abbastanza oppressa dal senso di colpa. Aveva detto a Murphy che il futuro viaggio di tre giorni al nord era collegato al « caso Fleetwood ». Per fortuna, essendo più indaffarato che mai in ufficio, lui non aveva chiesto troppi dettagli.

La sua incertezza e il suo persistente senso di colpa si tradussero, esteriormente, in un atteggiamento di maggiore gentilezza e considerazione verso Ryan. Prima di tornare con lui a Londra, aveva accettato di fare un'offerta per la seconda casa che avevano visto, ma sapeva benissimo che non sarebbe stata accettata e non si stupì quando, al termine della prima settimana di gennaio, seppero che era stata aggiudicata a chi aveva offerto quasi diecimila sterline più della cifra massima che loro avrebbero potuto permettersi. Intanto Murphy le aveva mandato le specifiche di altri immobili, e lei si era impegnata ad andare a vederli appena avesse potuto.

Nel frattempo, valutava con grande attenzione ogni mossa che faceva nel suo rapporto con Strike. La sera buia e uggiosa di Capodanno arrivò a casa dopo un turno di sorveglianza di Plug, che non si era mosso da quando era tornato alle ore piccole dal pub. Non aveva fatto in tempo a togliersi il cappotto che Strike le aveva mandato un messaggio:

Valentine Longcaster non vuole parlare con noi. Non c'è da stupirsene. Era il più sfegatato fan di Charlotte.

Seduta sul divano, provò di nuovo il brivido di – cosa? panico, emozione? – che aveva tante volte avvertito al sentir nominare Charlotte, ma siccome era ben decisa ad apparire calma e professionale, scrisse:

Peccato. Vorrei sapere perché Rupert si sia imbucato alla festa di compleanno di Legard. A proposito del problema di indurre la gente a parlare, che ne diresti se tentassi di avvicinare Gretchen Schiff, la compagna d'appartamento di Sofia Medina?

Strike tardò a rispondere alla domanda. Dopo cinque minuti, Robin pensò che si fosse dimenticato chi era Sofia Medina, e aggiunse:

Sofia, la ragazza il cui cadavere è stato trovato nei colli del North Wessex. Con un top rosa indosso.

Visto che continuava a non esserci risposta, si portò il cellulare in cucina e si preparò una tazza di tè. Il messaggio di Strike arrivò proprio quando l'acqua cominciava a bollire.

Scusa, credevo che la Signora D-V fosse in movimento: falso allarme. Credo sia una buona idea cercare di far parlare la Schiff. Se Sofia Medina conosceva un tipo dai capelli neri ricci, abituato a portare gli occhiali da sole negli interni, avremmo in mano qualcosa di concreto.

Va bene. Mando un messaggio alla Schiff. Ho trovato il suo account Instagram.

Robin aveva altre due cose da dire a Strike: riguardo a una si sentiva imbarazzata e a disagio, mentre l'altra forse era del tutto irrilevante per la loro indagine. Mentre lei si chiedeva se non fosse meglio affrontare entrambe con dei messaggi anziché in un colloquio a tu per tu, Strike scrisse:

Notizia lampo: ho appena sentito Barclay, a cui oggi pomeriggio ho detto di sorvegliare Todd. Todd per due ore ha pulito un bar, poi ha chiamato qualcuno da una cabina telefonica e ha fatto un viaggio a vuoto in metropolitana.

Quanto a vuoto?

È rimasto seduto sulla Circle Line per un'ora, arrivando fino al capolinea, poi è tornato indietro ed è sceso dov'era salito. C'è decisamente qualcosa di losco in lui. Non riesco a trovarlo in nessun archivio. Credo stia usando un nome falso.

Robin a quel punto ricevette un messaggio da Murphy, che era al lavoro. Vide il link rightmove.co.uk, che suonava come un'immobiliare, e lo archiviò senza leggerlo. Scrisse invece un altro messaggio a Strike:

Credi che Todd sia schedato?

Comincio a ritenerlo assai probabile.

Dopo avere letto quel messaggio, Robin decise di menzionare l'argomento che trovava imbarazzante. Nel breve lasso di tempo che, per Natale, non aveva dedicato a chiedersi quali fossero i suoi sentimenti per Strike o quelli di Strike per lei, si era domandata cosa il suo socio voleva che lei facesse riguardo al pornoattore Dick de Lion, il quale, se bisognava credere al biglietto cifrato che qualcuno aveva infilato sotto la loro porta, era il vero cadavere del caveau. Così scrisse:

Volevo parlarti di Dick de Lion.

Non ci fu una risposta immediata, forse perché la Signora Duevolte si era messa davvero in movimento. Robin aprì allora il link mandatole da Murphy e guardò le foto di una casa a Walthamstow. Diversamente dalla maggior parte delle villette a schiera con due-camere-da-letto-più-ripostiglio che le aveva mandato fino ad allora, sembrava essere stata arredata di recente ed era d'angolo nella schiera. Il messaggio di Murphy diceva:

Solo due camere da letto, però.

Ma quanti figli della provetta conti di fare? fu l'immediato pensiero di Robin.

Squillò il telefono. Strike aveva deciso di chiamare invece di inviare un messaggio. Sforzandosi di ignorare il senso di vuoto alla bocca dello stomaco, Robin gli rispose.

«Che cosa intendevi, dicendo che volevi parlarmi di de Lion?»

«Be', ecco, per quante ricerche io possa fare per informarmi, credo di non potermi fingere una che cerca il cast per un film porno. Scusa, ma non sarei affatto brava in questa recita. Se pensi che questo sia l'unico modo per scoprire dov'è de Lion, dovrai affidare il compito a uno degli altri».

Si chiese se Strike la giudicasse troppo puritana o inadeguata. La verità era che provava una forte avversione per la pornografia. Lo stupratore che le aveva rovinato le tube di Falloppio teneva sotto le assi del parquet, dove aveva nascosto anche la maschera da gorilla, una pila di film porno specializzati in strangolamenti e stupri.

«Non volevo ricorrere a nessuno degli altri nella ricerca di de Lion» disse Strike.

«Allora perché non proviamo a identificare la donna che ci ha infilato il biglietto cifrato sotto la porta?»

«Ah, cazzo, mi ero dimenticato di dirtelo. So chi è. Il suo nome d'arte è Fyola Fay, mentre il suo vero nome è Fiona Freeman, e vive a Wimbledon. Ho trovato un sito web dedicato all'outing delle pornostar femmine. Vero nome, professione passata e presente, stato civile ecc. Purtroppo, non c'è un sito equivalente per gli uomini».

«Strano» brontolò Robin, cupa. «Provo a parlarle?»

«Dobbiamo rifletterci bene su» osservò Strike. «Non dubito che preferirebbe parlare a te che a me, ma ho scoperto che vive con un regista porno che ha l'aria di sollevare due autobus al posto dei pesi e divorare steroidi a colazione. Forse ci converrà sorvegliare la casa per assicurarci di trovare Fyola senza accompagnatore.

« A proposito, pare che abbiamo trovato un'altra Gateshead. È una scozzese che sembra tutta matta e ha telefonato due volte chiedendomi di incontrarla al Golden Fleece ».

« Dov'è? »

« E chi lo sa » disse Strike. « Pare abbastanza pazza da avermi confuso con il Giasone degli Argonauti ».

Robin si mise a ridere.

« C'era un'altra cosa di cui volevo parlarti » disse. « So che potrebbe non entrarci niente, però a casa ho cercato su Google Rita Linda e vorrei che tu dessi un'occhiata a uno dei risultati che ho trovato. È l'unico che spiegherebbe la frase secondo cui Wright 'sapeva cos'era successo a Rita Linda' e che 'ne avrebbero parlato i giornali' ».

« Cazzo, devo andare, la Signora D-V si è messa in moto » disse Strike, e chiuse la comunicazione.

Robin scrollò le sue foto recenti sul cellulare e trovò lo screenshot del paragrafo su 'Reata Lindvall' che aveva salvato. Reata era la donna il cui nome aveva trovato online mentre, fuori della porta del Bay Horse, era troppo sbronza per riuscire a leggere, e mandò il testo a Strike.

Si preparò un tè, mangiò qualche biscotto, si sedette al portatile e tornò alla pagina Instagram abbandonata di Sapphire Neagle, la ragazzina scomparsa che aveva lasciato online messaggi sia per Calvin Osgood, il vero produttore discografico, sia per Oz, colui che lo impersonava online. Cercò di identificare la scuola che Sapphire aveva frequentato per un breve periodo prima di scomparire. A giudicare dai molti selfie che le due si erano fatte insieme, una bella ragazza nera pareva essere diventata sua amica nelle settimane in cui lei aveva frequentato la scuola, ma Robin non era ancora riuscita a trovare il suo vero nome.

Benché avesse materiale su cui concentrare la mente e benché si fosse appena scambiata informazioni concrete con il suo socio, non era riuscita a mitigare l'ansia che provava. Si sentiva come se dovesse succedere qualcosa, qualcosa di perturbante e catartico, un po' come quando si coglie nell'improvviso cambiamento della pressione atmosferica l'annuncio di un imminente temporale.

44

Se non sei molto ricco, non puoi avere tutto,
ma l'uomo che da ricchezza è toccato,
subito vi si attacca, e si crede in diritto
nato dal sangue...

Robert Browning
Half-Rome

All'insaputa di Robin, anche Strike aveva problemi legati agli immobili. Era stata fatta una buona offerta per la casa di Ted e Joan a St Mawes, ma Greg pensava dovessero cercare di spuntare un prezzo più alto. Perché cavolo Greg si impicciasse della faccenda, visto che non era intestatario dell'immobile, era una domanda che Strike non aveva ancora posto solo per non guastare l'armonia familiare. Aveva appena avuto con sua sorella due telefonate cariche di tensione, sull'argomento. In entrambe le occasioni, aveva sostenuto che bisognava accettare ciò che veniva offerto. La seconda volta, Lucy aveva dichiarato: «Greg ha detto che tu... oh, non so proprio cosa fare».

Strike non sapeva ciò che Greg avesse detto di lui, ma poteva immaginarselo. Suo cognato doveva avere brontolato con Lucy che Strike non aveva bisogno del denaro in più che lui, Greg, contava di strappare agli acquirenti o che era troppo stupido per capire che si poteva spuntare qualcosa in più. Cormoran sapeva che la tendenza di Lucy a cercare di ottenere di più non era dovuta, in realtà, a spirito mercenario. In un suo modo confuso, sua sorella sperava di ottenere il massimo del valore da quella casa che aveva significato tanto per lei, e per così tanto tempo.

Anche per lui, del resto, la vecchia abitazione di St Mawes non era solo un ottimo immobile da mettere sul mercato. Tuttavia era convinto che l'offerta che era stata fatta fosse più che equa. Per quanto fosse triste pensare che altre persone abitassero nelle stanze di Ted e Joan, valeva davvero la pena, per qualche migliaio di sterline in più, scoraggiare una simpatica famiglia del luogo e inseguire l'offerta di acquirenti che cercavano una seconda casa ed erano in grado di spendere di più? Strike era abbastanza stupito di scoprire che in fondo vedeva le cose da un punto di vista molto cornico ed era sicuro che il suo vecchio amico Dave Polworth lo avrebbe approvato in pieno.

Nel frattempo, Decima Mullins aveva chiesto un colloquio di aggiornamento il 13 gennaio, quando, disse, avrebbe dovuto recarsi comunque a Londra. Strike, che sospettava il viaggio potesse riguardare il ristorante in via di fallimento, accettò di vederla e, sapendo benissimo quanto poche fossero le nuove informazioni in suo possesso, giudicò fosse il caso di contattare l'ex compagno di appartamento di Rupert, nonché responsabile di uno dei suoi problemi più pressanti: Zacharias Lorimer. Gli mandò quindi, per la seconda volta, un'e-mail accennando vagamente a un'inchiesta della polizia e insinuando che fosse nel suo assoluto interesse rispondere.

Poco prima dell'una di un gelido venerdì, esattamente una settimana prima dell'appuntamento con Decima, Strike ritornò in Denmark Street e trovò Pat alla sua scrivania e l'ufficio, per il resto, deserto.

«Hai ricevuto un messaggio da un uomo che sta in Kenia, Zacharias Lorimer» disse Pat a Strike.

«Ah, sì? E cosa dice?»

«Può parlarti su FaceTime oggi alle quattro e mezzo ora del Kenia, che sarebbe l'una e mezzo ora nostra. Il suo numero è vicino alla tua tastiera».

«Perfetto» disse Strike, controllando l'orologio e dirigendosi verso il bollitore. «Vuoi un caffè?»

«Sì, grazie» rispose brusca Pat. «È appena tornato Dev. Dice che Todd è stato di nuovo sulla Circle Line e tu sai cosa significa».

«Va bene, grazie».

«E ho trovato degli altri Hussein Mohamed».

«Quanti ne abbiamo, a questo punto?»
«Centocinque».
Poiché Pat sembrava di umore accettabile, Strike indicò l'acquario e, puntando il dito sul pesce dall'aspetto vagamente osceno con un'escrescenza bitorzoluta sulla testa, domandò: «Quello lì nero ti ha fatto pena?»
«È un Oranda, una varietà speciale» gracchiò lei, togliendosi di bocca la sigaretta elettronica.
«Ah» fece Strike.
«Io lo chiamo Cormoran. Ha i capelli come i tuoi».
«I capelli?»
«Sai cosa intendo» disse Pat.
Dopo avere preparato il caffè per entrambi, Strike andò nell'ufficio interno, tenendo in mano il panino che aveva comprato lungo la strada. Ne aveva appena preso due morsi che gli arrivò sul cellulare un messaggio di Robin.

Ti aggiorno su Gretchen Schiff. Magari mi sto gasando troppo, ma secondo me sa qualcosa. Non ho parlato di omicidio, ho solo detto che stiamo investigando su un furto, un uomo dal nome falso e una donna simile nell'aspetto a Sofia. Mi aspettavo...

Il cellulare di Strike squillò: era Lucy. Lui rifiutò la telefonata e continuò a leggere il messaggio di Robin.

... dicesse che Sofia non poteva avere avuto niente a che fare con un furto, ma è rimasta zitta. Poi mi ha chiesto più particolari. Ho detto che non mi sentivo di specificarli per telefono, ma che glieli avrei detti di persona. Le ho mandato foto del mio documento di identità.

A Strike squillò di nuovo il cellulare: era Midge. Stavolta rispose.
«Ciao, cosa c'è?»
«Stronza di una Kim!»
«Che cos'ha fatto?»
«Mi ha aggredito verbalmente perché ho preso appunti troppo

imprecisi. Sono un'ex poliziotta anch'io, cazzo, non ho bisogno che mi dica come tenere i fottuti file! Te l'ho riferito subito nel caso ti avvicinasse per questa faccenda: le ho appena detto di andare a quel paese».

«Perfetto» disse Strike, molto meno sinceramente di quando aveva detto la stessa parola cinque minuti prima, a Pat. Poi si ricordò che si era impegnato con Robin a «non essere troppo esigente con Midge» in quel momento.

«Senti, mi dispiace, ma sono i suoi modi del cazzo» fece Midge con rabbia. «Kim non è il fottuto capo di nessuno!»

«Le dirò due parole» promise Strike. «Adesso non posso parlare, devo fare una telefonata».

Chiuse la comunicazione e tornò al messaggio di Robin.

La mia impressione è che sia preoccupata e voglia sapere cosa so. Sto aspettando che mi dica se è disposta a vedermi.

Strike depose il panino e stava per rispondere, quando il telefono gli squillò per la terza volta: era Kim.

«Ciao, scusa se ti disturbo, ma Midge e io abbiamo appena litigato» esordì l'ex poliziotta.

«L'ho saputo» disse Strike.

«Senti, sono pignola riguardo al problema di tenere aggiornati i file. Il guaio è che non stiamo andando da nessuna parte con Plug, e scavare nella vita dei suoi amici pare la pista migliore. Midge è un po' approssimativa...»

«Non mi sono mai accorto che fosse approssimativa» replicò Strike, ed era vero, anche se a volte aveva avuto motivo di giudicarla indisciplinata. «Inoltre, si può comunicare coi colleghi senza dare l'impressione di sentirsi un loro superiore».

Guardò l'ora sul monitor del computer. Mancavano tre minuti alla telefonata con Zacharias Lorimer.

«Se non le è piaciuto il mio tono, mi dispiace» fece Kim. «Probabilmente sono talmente concentrata sul lavoro da desiderare che tutti diano il massimo».

« Sta a Robin e me decidere se tutti i collaboratori diano il massimo ».

« Ok, concetto afferrato » disse Kim. « Chiedo scusa. Per essere completamente franca con te, ero incazzata con lei perché continuava a parlare di quel maledetto articolo di giornale, hai capito quale, quello che parla di te e Candy... »

« Le scuse dovrebbero aggiustare tutto » tagliò corto Strike, anche se non gli era piaciuto ciò che aveva sentito.

« Chiamo subito Midge » disse Kim. « Anzi, se hai un attimo, volevo anche spiegarti perché ti ho mandato quel messaggio la vigilia di Natale. Mi sono sentita alquanto in imbarazzo per l'errore. Nella rubrica, tu sei subito sopra un tizio, Stu, che da quando mi sono lasciata con Ray mi assilla perché ci vediamo... »

« Non importa. Ora devo andare ».

Chiuse la comunicazione, profondamente seccato. Si chiese se Midge avesse davvero parlato tanto del dannato articolo. In passato, Midge aveva fatto con molta franchezza qualche commento sulla sua vita privata, per esempio inveendo contro « quella dalle tette finte » quando dell'infelicissimo flirt di Strike con Bijou Watkins si era occupato *Private Eye*. Resosi conto che era l'una e mezzo in punto, si affrettò ad attivare FaceTime e digitò il numero che Pat gli aveva scritto su un post-it accanto al computer.

Zacharias Lorimer rispose dopo pochi squilli. Strike si trovò davanti un giovane biondo dai capelli folti e ondulati e dalla carnagione rosa bruciato, simile al colore del prosciutto, che è tipica degli anglosassoni quando si espongono al vivido sole dei Paesi del sud. Era seduto in un elegante capanno dalle pareti di legno. Da una finestra alla sua destra arrivava una luce accecante. Sullo sfondo era parzialmente visibile un grande quadro raffigurante una leonessa, davanti al quale c'era un vassoio pieno di bottiglie. Strike dedusse quindi che Zacharias non faceva la fame in Kenia, anche se la camicia kaki lasciava vagamente intuire che svolgesse un ruolo da ranger del parco.

« Salve, lei è Cormoran, vero? » lo interpellò prima che lui avesse il tempo di parlare.

« Sì » disse Strike. « Grazie di avere accettato di... »

«Va bene, senta, non so dove si trovi Rupert, chiaro?» dichiarò con forza il giovane. «L'avevo detto, a Decima, che non sapevo dove fosse, e questo è quanto, chiaro?»

«Chiarissimo» disse Strike. Riconosceva subito i fanfaroni quando li incontrava e di conseguenza cambiò tattica. «Lo ha detto alla polizia?»

«Come sarebbe?» fece lui, guardandolo dallo schermo con i suoi occhi leggermente rossi.

«Credevo che... Ma va bene, signor Lorimer, vuol dire che non l'hanno ancora rintracciata...»

«Di che parla? Perché mai la cazzo di polizia dovrebbe volermi rintracciare?»

«Oltre che per il debito di droga, intende dire?»

Lorimer senza dubbio avrebbe preferito che Strike non sapesse niente dei suoi traffici con Dredge, perché sulla sua pelle scottata si disegnarono chiazze violacee. Strike dedusse anche che Lorimer non fosse proprio una cima, perché dopo una lunga pausa disse, con uno stupore e una perplessità malamente simulati: «Ma di che parla?»

«Parlo di Dredge, lo spacciatore a cui lei non ha pagato un chilo della miglior cocaina colombiana».

«Io non...»

«Non me ne frega un cazzo della coca» disse Strike, «ma se preferisce parlare con la polizia che con me, la lascio subito andare».

Tese una mano come per chiudere FaceTime, ma Zacharias lo richiamò.

«Aspetti!»

Strike ritirò la mano.

«Nessuno si è messo in contatto con me, a parte lei, chiaro?» dichiarò Zacharias, con tono spaventato.

«Senta» disse il detective con un'aria circospetta del tutto calcolata, «io voglio solo informazioni su Rupert. Se la polizia pensasse che mi immischio nell'indagine o ficco il naso tra i sospetti...»

«Che cosa intende per 'sospetti'? Di cosa sarebbero sospettati?»

«Lei quand'è partito per il Kenia?»

«Perché?»

«Perché se se n'è andato dopo che dell'assassinio avevano parlato tutti i quotidiani britannici, non posso essere accusato di averla informata di particolari che lei già conosce».

«Io... cosa?» fece Zacharias, sconcertato. «Un attimo, si tratta forse della faccenda del caveau?»

«Come fa a saperlo?» domandò Strike bruscamente, come se Zacharias avesse mostrato di essere a parte di segreti sospetti.

«Perché Decima ne ha accennato, ma è del tutto assurdo, ho letto della vicenda su internet e ho visto che la polizia ha scoperto che era un rapinatore».

«Da allora ci sono stati sviluppi, ma credo non sia il caso di parlarne. Grazie comunque di avermi concesso questo colloquio».

Ancora una volta, Strike allungò la mano per chiudere FaceTime e ancora una volta l'altro lo trattenne.

«Aspetti un attimo, pensano davvero che il cadavere fosse quello di Rupert? Ma è... è una gran cazzata!» disse Zacharias, che a quel punto appariva in preda al panico.

«Ha un motivo concreto per pensare che non lo fosse?» gli domandò Strike. «Ha forse avuto contatti con Rupert dopo che è stato trovato il cadavere nel caveau?»

«No, ma questo non significa che... *Non può* essere lui!»

«Lei sapeva che Rupert aveva per le mani un'antica nave d'argento di cui voleva disfarsi?»

«No» rispose Zacharias, con aria sinceramente confusa.

«L'aveva rubata perché aveva bisogno di contanti per liberarsi di Dredge, dopo che lei se l'era comodamente squagliata in Kenia».

«Io non gli ho mai detto di rubare nessuna nave d'argento!» esclamò Zacharias, rosso come un peperone. «Se l'ha rubata, peggio per lui!»

Allungò la mano per prendere un bicchiere di qualcosa che non si vedeva, forse acqua o gin, e bevve un lungo sorso.

«Allora a lei non risulta che abbiano fracassato la testa a Rupert perché lei non paga i suoi debiti?»

«Non so nemmeno chi sia, questo Dredge».

«Mi risparmi queste cagate!» ringhiò Strike. «Sappiamo entrambi che lei non è in Kenia per i bei panorami. Quando è stata l'ultima volta in cui ha avuto notizie di Rupert?»

«Non l'ho più sentito, da quando abbiamo lasciato la casa che dividevamo».

«Non ha idea di dove sia andato, sempre che non sia il cadavere nel caveau?»

«No. Di nuovo in Svizzera, forse, a fare il maestro di sci o qualcosa del genere. Parla tedesco e italiano. È quello che avrei fatto *io* se fossi stato nei suoi panni».

«Forse non c'è molta richiesta di istruttori di sci in maggio, il mese in cui Rupert è stato visto per l'ultima volta» replicò Strike.

«Potrebbe essere stato ospitato dai suoi zii a Zurigo, prima dell'inizio della stagione sciistica».

«Sua zia dice che Rupert è a New York».

«Allora probabilmente è così».

«A lei ha mai detto che cercava lavoro a New York?»

«No, non che io ricordi. Senta, se si è rifugiato da qualche parte, sono fatti suoi che non hanno niente a che vedere con me, chiaro? Io non l'ho mai spinto a rubare niente! Era un tipo confuso e disorganizzato, invischiato in una relazione del cazzo. Ha quasi quarant'anni, quella Longcaster! Mi sa che lui aveva un cazzo di complesso di Edipide».

«Complesso di Edipide?»

«Ma sì, quella cosa per cui vorresti scopare con tua madre» disse Zacharias. «Le assicuro che prima che io partissi stava andando fuori di testa. Si stracciava i vestiti e cagate del genere».

«In che senso, si strappava i vestiti?»

«Tish non gliel'ha detto?» fece Zacharias con espressione beffarda.

«Tish è la sua ragazza?»

«La mia ex ragazza. Lei probabilmente sa dov'è Rupert, lo chieda a lei, verso la fine erano pappa e ciccia».

«Avevano una relazione?»

«No» fece accigliato Zacharias, ma Strike sospettò un altro tipo di tradimento: forse i due avevano legato per la paura che entrambi avevano della vendetta di Dredge contro chi non c'entrava.

«Come si chiama, di cognome, Tish?»

«Benton, Tish Benton» disse prontamente Zacharias, forse augurandosi, con spirito di vendetta, che Strike indirizzasse le sue snervanti attenzioni verso di lei.

«Ha il suo numero di telefono?»

«Non quello attuale».

«Ha idea di dove viva?»

«No. Provi a chiederlo ai suoi genitori, che stanno nello Hampshire».

Strike si scrisse un appunto.

«Cos'è questa storia di Rupert che si stracciava i vestiti?»

«Non i *vestiti*» lo corresse Zacharias, come se non fosse stato lui stesso a usare quel termine, «solo la stupida T-shirt portafortuna che indossava tutti i giorni. La stracciò. Non so, credo sia stato una specie di gesto dimostrativo. Per guadagnarsi ancora di più la simpatia di Tish».

«Quando se la stracciò, la T-shirt?»

«Non lo so, non molto tempo prima che io partissi».

Guardò qualcosa che era fuori dell'obiettivo della telecamera, forse un superiore che si stava avvicinando, perché subito dopo disse: «Ora devo andare. Ho un lavoro da sbrigare».

«Che cosa sta facendo, laggiù?» domandò Strike.

«Roba per turisti, capanni ecologici» rispose di malavoglia.

Quel lavoro, pensò Strike, era l'equivalente, nel ventunesimo secolo, dello spedire i figli deludenti nelle colonie. Forse, il fatto che la famiglia gli avesse procurato una comoda sinecura spiegava perché lo stesso Zacharias fosse convinto che Rupert Fleetwood fosse andato sulle Alpi a fare il maestro di sci.

«Posso rivolgerle un'ultima domanda?» chiese.

«Cosa vuol sapere?» replicò sgarbato Zacharias.

«Lei o Rupert conoscevate un uomo di nome Osgood o Oz?»

«No».

«Ha mai sentito Rupert menzionare qualcuno con quel nome?»

«No» ripeté Zacharias.

Strike sentì una porta aprirsi fuori campo.

«Devo andare» tagliò corto Zacharias e, protendendosi in avanti, premette il bottone per chiudere la comunicazione.

Strike si appoggiò allo schienale della sedia, contemplò accigliato lo schermo, poi guardò i propri appunti.

Tish Benton sa qualcosa di più?
Fleetwood parla tedesco e italiano
Ha stracciato la 'T-shirt portafortuna'

Dubitava che simili informazioni avrebbero contribuito a risolvere il caso e aveva bisogno di fare un progresso decisivo, perché le spese di quell'indagine sempre più vasta stavano diventando troppo alte. C'era ancora un viaggio da fare in Scozia e a Ironbridge, e Strike non aveva dimenticato che il ristorante di Decima correva il rischio di fallire. Strappando la pagina dal taccuino, si alzò, aprì le ante di legno che coprivano la bacheca di sughero e appuntò il foglietto sotto la foto di Rupert Fleetwood.

Dall'ultima volta che aveva guardato la bacheca, era stato aggiunto un nuovo foglio, senza dubbio da Robin quando era passata di lì. Era una stampata dell'articolo che Robin aveva trovato online, di cui gli aveva già inviato la foto. Riguardava una donna svedese di nome Reata Lindvall, che era stata assassinata nel 1998 assieme alla figlia seienne, in Belgio. Il suo ex amante era stato giudicato colpevole dei due omicidi e condannato all'ergastolo.

Strike aveva risposto al messaggio di Robin sulla Lindvall con un generico «conviene tenerlo presente», ma non voleva riempire la bacheca di cose che, a suo giudizio, avevano un valore del tutto ipotetico. I loro candidati al ruolo di William Wright erano bambini quando la Lindvall era stata assassinata e nessuno risultava avere un collegamento con il Belgio. Se qualsiasi altro detective dell'agenzia avesse appuntato alla bacheca quell'articolo di giornale, lo avrebbe tolto, ma poiché ce l'aveva messo Robin, per il momento lo lasciò lì.

Facendo un passo indietro con la tazza di caffè in mano, esaminò il quadro d'insieme formato dai vari foglietti disposti in colonne sotto i possibili Wright. Non aveva nessuna intuizione e nessuna certezza riguardo ad alcuno; gli sembrava, però, estremamente probabile che William Wright fosse una persona che non rientrava in nessuno di quegli elenchi.

Ritornò alla scrivania, prese in mano il cellulare e chiamò Robin. Lei rispose con un rumore di motore sullo sfondo.

«Dove sei?» le domandò Strike.

«La Signora Due-volte è a Chelsea» rispose lei.

«Be', volevo complimentarmi per il lavoro sulla Schiff. Se lei...»

«*Cazzo!*»

«Che cosa c'è?»

«È la frizione di questa dannata macchina a noleggio: continua a bloccarsi».

«Hai mica ancora dato un'occhiata alle nuove Land Rover?»

«Sì, ma non ce n'è nessuna che mi possa realisticamente permettere, nemmeno se mi aiutasse l'agenzia» disse Robin, seccata. «Scusa, Strike, ma mi devo concentrare sulla guida, il traffico è tremendo e questa dannata frizione...»

«Va bene, ci sentiamo do...»

Robin aveva già chiuso la comunicazione.

Sedendosi davanti al monitor, Strike riprese in mano la tazza di caffè ormai freddo e la sigaretta elettronica, pensando a quanto fosse scomodo, per la ditta, continuare a noleggiarle auto. Per lui, la Land Rover di Robin era associata a molti viaggi importanti, durante i quali avevano scherzato, pranzato e fatto lunghe conversazioni. Alcuni dei momenti migliori che avevano vissuto insieme li avevano vissuti a bordo di quella vecchia macchina piena di spifferi, con la lattina nel vano portaoggetti che fungeva da portacenere per lui e rumori di sferragliamento che si facevano sempre più persistenti.

Prese di nuovo in mano il cellulare e chiamò Lucy.

«Ho appena visto che mi avevi telefonato, prima».

«Oh, sono contenta che tu mi abbia richiamato» disse la sorella con la stessa voce stressata che aveva avuto nelle due precedenti telefonate. «Volevo parlarti della casa per cui Greg insiste si debba chiedere di più. Purtroppo, ho appena saputo dall'agente immobiliare che gli Smith non possono offrire una sola sterlina in più».

«Sai, ho riflettuto su quello che Ted e Joan avrebbero desiderato» dichiarò Strike in perfetta malafede.

«Secondo Greg, loro avrebbero voluto che ottenessimo dalla vendita più soldi possibile» spiegò Lucy.

Non dubitavo che quello stronzo avrebbe detto così.

«Sai, per il futuro dei ragazzi» spiegò la sorella, «e anche per noi, immagino» si affrettò ad aggiungere.

«Credi davvero che a loro sarebbe importato di più del denaro che di chi andava a vivere nella loro casa?» domandò Strike. «Lo so che magari riusciremmo a rifilarla a qualche londinese in cerca di una seconda casa, ma...»

«Loro non sarebbero stati contenti» riconobbe Lucy. «No, avrebbero preferito vendere a gente del luogo».

«Proprio così» convenne Strike. «Quanti anni hanno i figli degli Smith?»

«Sei e otto, credo».

«Una famiglia com'eravamo Ted, Joan e noi due» commentò Strike con malafede ormai spudorata.

Lucy emise un suono che Strike sospettò fosse un pianto soffocato.

«Senti, sta a te decidere» le disse. «Se vuoi cercare di spuntare di più...»

«No, hai ragione, hai assolutamente ragione» rispose Lucy con voce rotta. «Senza alcun dubbio Ted e Joan avrebbero desiderato che la casa fosse, come prima, la residenza fissa di una famiglia. È da tanto che lo penso, ma Greg... No, ormai è deciso, saranno gli Smith ad averla».

«Sono d'accordo» dichiarò Strike. «Credo che Ted e Joan, che non erano persone venali, sarebbero stati contenti di vendere a loro».

«No, non erano venali, hai ragione» mormorò Lucy, soffiandosi il naso. «Grazie, Stick, sapessi che peso avevo sul cuore. Per me è stato un grande stress. Tu come stai?»

«Benissimo, grazie. Scusami, Lucy, ma ora ti devo lasciare. Sto lavorando. Tienimi informato sulla faccenda degli Smith».

Chiuse la comunicazione. Quando i soldi della vendita della casa in Cornovaglia fossero stati sul suo conto, sarebbe stato non solo libero dall'onere di dover tenere d'occhio una proprietà a quattrocento chilometri da Londra, ma anche in grado di fare a Robin un prestito personale per comprare una nuova Land Rover. Sentendosi di umore migliore, si rimise al lavoro, cercando indirizzo o numero di telefono di Tish Benton.

45

Lentamente, si lascia andare piano
per terra, il cappuccio del pastrano
ricade indietro, le braccia avante
ancor stringon le mani dell'amante,
la faccia seppellisce nel suo petto
mentr'egli giace esanime nel letto.

Matthew Arnold
Tristram and Iseult

Robin era contenta di avere adesso un piano su cui concentrarsi, un compito da portare avanti con tale impegno da escludere tutte le questioni personali: convincere Gretchen Schiff, l'ex compagna di appartamento di Sofia Medina, a incontrarla di persona.

Poiché la pagina OnlyFans di Medina era scomparsa da internet, presumibilmente dietro ordine della sua famiglia, Robin non poté controllare quali uomini le avessero richiesto un contatto nel mondo reale. Gretchen rappresentava quindi l'unica speranza di raccogliere più informazioni su di lei. Vi erano stati lunghi intervalli tra i messaggi di Robin e le risposte di Gretchen, ma lei era sempre più convinta che, come aveva detto a Strike, la ragazza «sapesse qualcosa». Anche se la diffidenza e la riluttanza ad accettare un incontro si potevano spiegare con il fatto che era rimasta traumatizzata alla notizia che Sofia era stata assassinata, Gretchen non si era scandalizzata all'idea che l'ex compagna di appartamento avesse partecipato a un furto, e questa mancata reazione di stupore era interessante almeno quanto le ripetute domande che la ragazza aveva fatto riguardo all'uomo dal nome falso su cui Robin stava investigando.

Finalmente, con sua gioia, si sentì rispondere dalla studentessa che accettava di parlarle giovedì al Montagu Pyke, un pub di Wetherspoons.

Pioveva a catinelle quando si incontrarono all'ora di pranzo. Robin era sul chi vive mentre si recava al pub: si guardò continuamente alle spalle e prese tutte le misure di controsorveglianza possibili, come attraversare la strada inaspettatamente per vedere se qualcuno si buttava in mezzo al traffico per seguirla, ma giunse alla conclusione che nessuno la pedinava.

Fu ben contenta di trovare riparo dalla pioggia, ma quando entrò vide che il pub non era certo il tipo di locale che si sarebbe potuto definire intimo e confortevole. Un tempo il Montagu Pyke era famoso perché ci si suonava musica dal vivo, dato che lo spazio, con l'alto soffitto a volta, era abbastanza grande da accogliere qualche centinaio di persone. Le pareti bordeaux erano tappezzate di grandi manifesti di eventi musicali che vi avevano avuto luogo e avevano coinvolto star come gli Who, Jimi Hendrix e i Deadbeats, la band del padre di Strike. Proprio quello fu il primo poster da cui Robin fu attratta: in primo piano c'era lui, Jonny Rokeby, con i capelli lunghi, i pantaloni a zampa d'elefante e una giacca di pelle aperta sul torace nudo. Aspettò che un gruppo di giovani chiaramente sbronzi ordinasse caraffe di cocktail, poi prese un caffè e si portò la tazza a un tavolino da cui si vedeva bene l'ingresso.

Riconobbe subito Gretchen appena lei entrò nel pub chiudendo l'ombrello bagnato. Era una ragazza ben fatta, una bionda naturale con folti capelli lunghi fino alle spalle, la carnagione pallida e due occhi verde chiaro. Non era truccata e il maglione di lana aggiungeva qualche centimetro a un seno già molto abbondante.

Era accompagnata da un giovane alto, asciutto e dallo sguardo intenso, che sfoggiava il pizzetto, uno chignon da uomo e un paio di occhiali dalla montatura tonda. Presero entrambi una birra e quando Gretchen vide Robin, che le aveva mandato una sua foto, mormorò qualcosa all'amico e si diresse al suo tavolo.

«Salve» salutò Robin, sorridendole e tendendole la mano. Gretchen gliela strinse, ma non ricambiò il sorriso. Robin tese la mano anche al ragazzo, ma lui la ignorò.

«Lei è Robin, vero?» chiese Gretchen.

«Sì».

Come aveva già notato Robin durante la loro unica telefonata, benché fosse austriaca Gretchen parlava un inglese senza accento.

«Questo è il mio ragazzo, Max».

«Salve, Max» fece Robin, mentre la coppia si sedeva davanti a lei. «Frequenta anche lei la University of West London?»

«Sì».

«Che cosa studia?»

«Digital marketing» rispose lui con l'aria di chi non intendeva fornire più informazioni dello stretto necessario.

«Volete mangiare qualcosa?» domandò Robin, spingendo il menu verso di loro. Entrambi scossero la testa. Max non si tolse nemmeno il tascapane di tela dalle spalle.

«Bene, come le ho già spiegato, Gretchen, la nostra agenzia sta indagando su un furto» esordì Robin.

«Perché investigate voi su questo furto, e non la polizia?» chiese Max con forte accento tedesco.

«Anche la polizia sta indagando» replicò Robin.

Poteva anche essere vero, pensò. Magari qualcuno, alla Met, era tornato in St George's Avenue e aveva chiesto a Daz e Mandy altre informazioni sulle persone che erano entrate nottetempo nel monolocale di Wright e ne erano uscite trasportando valigie cariche di roba.

«Ma il nostro cliente non ritiene che la polizia stia prendendo questo furto abbastanza sul serio, perché gli oggetti rubati non avevano eccessivo valore» proseguì Robin.

Anche quello poteva essere vero: le uniche cose che era sicura fossero nella stanza di William Wright erano i suoi pesi e l'abito e gli occhiali che metteva sempre quando faceva il commesso da Ramsay Silver.

«Allora perché volete sapere di Sofia?» domandò Max con il suo accento tedesco.

«Venerdì 17 giugno, una ragazza è stata vista entrare e uscire dall'appartamento la cui serratura era stata scassinata. Aveva lunghi capelli neri e indossava un top rosa molto simile a quello che portava Sofia quando fu trovata cadavere. Poi, nelle prime ore della mattina seguente, nella camera è entrato un uomo bruno e riccio. Riteniamo che l'uomo e la donna siano poi ripartiti insieme a bordo di un'auto metallizzata».

Appena sentì nominare l'uomo bruno e riccio, Max assunse un'espressione vacua, mentre Gretchen afferrò di colpo la bottiglia di birra e bevve nervosamente un sorso.

Celando dietro un'aria indifferente il brivido di eccitazione che provò davanti a quella reazione, Robin riprese: «Ma naturalmente tante donne hanno lunghi capelli neri e portano dei top rosa. È solo che vedere una ragazza corrispondente alla descrizione fisica di Sofia in circostanze così inusuali appena ventiquattr'ore prima che la stessa Sofia fosse trovata morta, ci ha indotto a chiederci se non ci fosse un collegamento».

Sarebbe stato logico, pensò, che seguissero commenti come «Sofia non avrebbe mai partecipato a un furto con scasso», «non può essere stata lei» o «siete sulla pista sbagliata», mentre i due studenti rimasero seduti immobili, senza guardarsi. Nonostante il silenzio, a Robin parve quasi di vedere una muta comunicazione tra loro: *E adesso? Di' qualcosa, dài. Qualsiasi cosa.*

«Ma come lei dice» osservò alla fine Max, «ci sono tante donne che hanno i capelli lunghi, il top rosa e così via. E non credo che Sofia si sarebbe invischiata in una cosa del genere, vero?» domandò alla sua ragazza con un atteggiamento tutt'altro che spontaneo.

«No, credo di no» rispose Gretchen.

«Conosceva bene Sofia, Gretchen?» chiese Robin.

«Sì» disse lei, aggiungendo subito: «Ma solo perché dividevamo lo stesso appartamento. Avevo messo un annuncio sulla bacheca dell'università e lei ha risposto. Avevamo amici diversi».

«Le era simpatica?»

«Che importanza ha se a Gretchen era simpatica o no?» intervenne Max con aria sprezzante.

Ignorandolo, Robin si rivolse di nuovo alla ragazza.

«Qualcuno dei suoi amici aveva capelli neri e ricci?»

«No» si affrettò a rispondere Gretchen, quasi interrompendola.

Sì, pensò Robin, senza dubbio era l'uomo bruno e riccio a sentir nominare il quale la coppia si era subito irrigidita.

«Ma siccome mi ha detto che non avevate lo stesso gruppo di amici, Sofia non avrebbe potuto avere un amico del genere senza che lei lo sapesse?»

«No, non credo» insistette la ragazza, sforzandosi visibilmente di mantenere un tono calmo e pacato.

«Ho letto sui giornali che Sofia aveva un account OnlyFans. Non la preoccupava che la sua compagna d'appartamento rendesse troppo facile agli uomini trovare il vostro indirizzo?»

«Non sono stata io» protestò Gretchen. «È stato qualcun altro a dirlo alla stampa, non io».

«Che cosa c'entra questa storia di OnlyFans con il furto?» chiese Max. «Non è illecito postare le proprie foto nude. Non è un reato».

«No, certo» disse Robin, per poi rivolgersi di nuovo a Gretchen.

«Ha mai sentito Sofia nominare un uomo di nome William Wright?»

«No, non mi ha mai fatto il nome di nessun William».

«William?» fece Max. «No, neanch'io le ho mai sentito nominare un William».

«E *lei*, Max, che cosa pensava di Sofia?» chiese Robin. Se era tanto ansioso di parlare, che parlasse.

«La conoscevo solo perché Gretchen divideva con lei l'appartamento» disse, ma non resistette alla tentazione di aggiungere: «Era una ragazza che amava divertirsi».

«*Sag das nicht*» mormorò Gretchen.

«Non c'è niente di male nel volersi divertire» rispose Max alla sua ragazza. «Era quel genere di persona, tutto qui. Mi mostrò i suoi... come si dice *Requisiten*? La prima volta che andai a casa loro mi mostrò le parrucche e le altre cose».

Vedendo che Robin li guardava educatamente con aria interrogativa, Gretchen spiegò: «Si riferisce agli attrezzi scenici».

«Attrezzi scenici?» ripeté Robin, senza capire. Dopo un attimo, si rese conto di cosa la ragazza intendesse. «Ah, per le foto da postare online?»

«*Ja*» confermò Max. «Sex toys, parrucche e così via».

«Ho capito». Rivolta a Gretchen, Robin chiese: «La polizia l'ha interrogata su tutte queste cose?»

«Sì» rispose.

«Anche sulla sua vita sentimentale?»

«Sì» rispose con riluttanza. «Era una ragazza popolare».

«Era sempre con qualche uomo» aggiunse Max. «Lo sanno tutti».

«Aveva un suo ragazzo, un fidanzato?»

«Non che... no» disse Gretchen. «Credo di no».

Gretchen era stata così evasiva anche con la polizia o le sue frasi smozzicate erano dovute allo choc o all'imperfetta conoscenza dell'inglese?

«Sofia ha mai confidato all'uno o all'altra di voi di essere stata minacciata o di avere paura di uno degli uomini che visitavano il sito OnlyFans?» domandò Robin.

«Le piaceva essere al centro dell'attenzione» dichiarò Max. «Non era preoccupata».

«Dunque non ha mai visto Sofia con un uomo bruno e riccio?» chiese Robin a Gretchen.

«Gretchen ha già detto di no» rispose al suo posto Max. «Ha detto alla polizia tutto ciò che sapeva».

«Non conoscevo tutte le persone che conosceva Gretchen» disse la ragazza. «L'ho spiegato alla polizia. È come dice Max. C'erano tanti uomini diversi».

«Le risulta che abbia mai rubato niente?»

«No» rispose Gretchen.

«Ne è sicura?»

«Magari dimenticava di restituire qualcosa» rispose con qualche incertezza Gretchen, «ma è molto diverso da un furto nella casa di qualcuno».

Poiché la cordialità non la stava portando da nessuna parte, Robin decise di cambiare tattica e tono.

«Perché ha accettato di vedermi, Gretchen?» domandò senza più sorridere.

«Perché volevo sapere di che cosa si trattava».

Robin colse tensione nella sua voce. Capì anche che Max aveva una gran voglia di allontanare la sua ragazza da quella pericolosa donna, riordinare le idee e studiare i passi successivi. Decise perciò che l'unica soluzione fosse il bluff.

«Gretchen, la nostra agenzia ha ottimi contatti nella polizia. La polizia sa già che Sofia si accompagnava a un uomo bruno e riccio. È in questo modo che l'abbiamo collegata con la coppia che ha svaligiato l'appartamento di Newham. Credo lei sappia chi è quell'uomo e credo lei sappia che Sofia stava con lui, nel weekend in cui è stata assassinata».

«Come faceva Gretchen a sapere con chi stava Sofia?» replicò arrabbiato Max. «Lei non era là». Poi si alzò e disse alla sua ragazza: «*Lass uns gehen*».

Gretchen si alzò a metà.

«Temo dovrò informare la polizia del fatto che si sta deliberatamente rifiutando di fornire delle informazioni» dichiarò Robin.

Gretchen tornò a sedersi, come se le avessero ceduto le gambe. Max si chinò e le sibilò all'orecchio: «*Da solltest mit einem Anwalt reden!*»

Robin, che aveva fatto tre anni di tedesco a scuola, si ricordò che la parola 'Anwalt' era venuta fuori la volta in cui aveva imparato i nomi di arti e mestieri. Alle parole del suo ragazzo, Gretchen assunse un'espressione disperata e, coprendosi il viso con le mani, scoppiò in singhiozzi.

«*Ich hätte es sagen sollen!*»

«*Dann geh zurück zur Polizei!*» sibilò lui con rabbia, e Robin dedusse dall'ultima parola che Max stava dicendo a Gretchen di dare ogni eventuale informazione alla polizia, e non a lei.

«Non è obbligata a dare le sue informazioni su quell'uomo a me, ma le deve dare alla polizia» disse Robin, cambiando di nuovo tattica e rassicurandola. «Sono certa che nessuno le rimprovererà niente. La gente dimentica le cose, poi all'improvviso le ricorda...»

Gretchen continuava a singhiozzare. Max tornò a sedersi e le posò con qualche esitazione una mano sulla schiena, mormorandole parole in tedesco. La ragazza scosse la testa, sempre piangendo e seppellendo il viso tra le mani. A un tavolo vicino, quattro giovani intenti a bere da una brocca di liquido viola fissavano la scena. Robin scoccò loro un'occhiata gelida e loro tornarono subito a concentrarsi sul proprio cocktail purpureo.

«Mi dica cos'altro sa di Sofia» la incalzò Robin, ritenendo meglio, per il momento, abbandonare l'argomento dell'uomo bruno e riccio.

Gretchen alzò gli occhi a guardarla. Il suo viso afflitto, rigato di lacrime, appariva infantile. Si asciugò il naso con la manica del maglione e disse: «Era... quel che ha detto Max».

«Una ragazza che amava divertirsi?» disse dolcemente Robin. «Be', ha ragione lui, non c'è niente di male in questo».

Accarezzandole le spalle, Max le sussurrò tra i denti: «*Sag nichts anderes. Sie hat keine Autorität*».

«Io non sarò una poliziotta, ma la mia agenzia e la polizia lavorano a stretto contatto» disse Robin, «e continuare a tacere ciò che si sa...»

«Era a caccia di un vecchio che la mantenesse» si lasciò sfuggire Gretchen.

Non occorreva sapere il tedesco per capire che Max aveva appena imprecato sottovoce. Litigarono tra loro nella madrelingua, Max sussurrando parole rabbiose, lei alzando sempre più la voce rotta dal pianto. Alcuni termini ricorrevano: *Polizei, Anwalt* e *Lüge*, che Robin ricordava significare 'bugia'.

«*Weil die Polizei es bereits weiß!*» esplose infine Gretchen con lui. Poi, rivolta a Robin, disse, con l'accento tedesco che prima, quando era meno tesa, non aveva avuto: «La polizia lo sa già, vero? La polizia sa che lei conosceva l'uomo dai capelli ricci?»

«Sì» rispose Robin. *E se i poliziotti non ci hanno dato ascolto quando abbiamo detto che quest'uomo era nella casa di Wright, lo faranno adesso.*

«Vedi?» disse Gretchen con aria disperata al suo ragazzo. «Lo sanno già!»

«Mi dica di quest'uomo» la incalzò Robin. «Dove l'ha conosciuto, Sofia?»

«Su... su OnlyFans».

Robin estrasse dalla borsa il taccuino, che entrambi i giovani guardarono con preoccupazione. Ma ormai erano troppo coinvolti per poter tagliare la corda.

«Per quanto tempo sono stati insieme?»

«Solo un mese, prima della sua morte. Lei diceva di amarlo».

«Non era amore» fece spazientito Max. «Le piacevano i suoi soldi».

«È ricco» spiegò Gretchen a Robin. «Le ha regalato un collier di rubini, rubini veri».

«È sicura che fossero veri?» domandò Robin, prendendo appunti.

«Sì, perché li ha portati da un orefice, che ha detto che erano autentici».

«Sofia portava il collier, l'ultima volta che l'ha vista?»

«Lo portava sempre» disse Gretchen, mentre Robin scriveva e rifletteva che non era stata fatta menzione di un collier di rubini quando il cadavere era stato rinvenuto nei colli del North Wessex.

«Lei lo ha conosciuto, Gretchen?»

«No, non volevo che lo facesse venire a casa nostra, non volevo facesse venire nessuno degli uomini di OnlyFans. Disse che lavorava nella musica».

Robin avvertì un altro brivido di eccitazione a quella notizia.

«Ma quell'uomo aveva fatto cose brutte, da giovane» continuò Gretchen.

«Che tipo di cose?»

«Non lo so. Per Sofia, questo lo rendeva più...»

«Eccitante?» suggerì Robin.

Gretchen annuì e aggiunse, con aria triste: «Ma anche se io non volevo, lei lo ha fatto venire nel nostro appartamento. L'ho capito perché l'ho visto uscire dal palazzo un giorno in cui stavo tornando a casa. L'ho intravisto da lontano, un uomo, come ha detto lei, bruno e riccio e molto più vecchio di lei e ho intuito che era lui. E ho detto: 'Ti sei portata O... Te lo sei portato qui, qui, eh?' »

Robin decise, per il momento, di far finta di non aver sentito l'iniziale 'O', ma prima che potesse rivolgerle la domanda successiva, Gretchen scoppiò di nuovo a piangere.

« Non volevo che la sua famiglia sapesse che stava con un uomo sposato! I suoi sono religiosi, e molto vecchi. Per questo Sofia è voluta venire in Gran Bretagna a studiare, per sfuggire al loro controllo. Era... ingenua. Sì, *ingenua*! » ribadì con Max, che stava per contestare l'affermazione. « Faceva tutte quelle cose, metteva le sue foto nude su internet, ma era naïf, era infantile. Viveva immersa in un mondo di fantasia. O... quell'uomo le ha raccomandato di non dire a nessuno che stava con lui, perché era sposato e aveva un bambino, ma lei si è confidata con me. Era euforica per quella relazione, non ce la faceva a tenere tutto per sé. Ha voluto mostrarmi il collier ».

« Sofia era con quell'uomo, il weekend in cui è stata assassinata? » tornò a chiedere Robin.

« Non lo so, ma credo di sì » rispose Gretchen tra le lacrime. « Mi ha detto che sarebbe andata in un posto speciale. Siccome lui viaggiava molto, ho creduto che stessero per volare all'estero, ma lei ha fatto una risatina, come se si preparasse a una birichinata, per cui ho pensato che lui intendesse portarla a casa sua in un weekend in cui sua moglie era via. La faccenda non mi piaceva, non mi pareva giusto che Sofia andasse a casa di un uomo sposato e padre di famiglia ».

« Le ha confidato dove viveva lui? »

« Ha detto che aveva una gran villa con piscina in campagna ».

« Si ricorda per caso una contea o una città? »

Gretchen scosse la testa.

Robin depose la penna.

« Lei è una brava persona, Gretchen. Ha una morale solida. Era preoccupata per quello che Sofia aveva intenzione di fare con quell'uomo ed era protettiva nei suoi confronti ».

Gretchen chiuse gli occhi verdi come se non riuscisse a guardare in faccia Robin.

«Per questo so che dev'essere stato qualcosa di grave a impedirle di parlare alla polizia di quell'uomo» proseguì Robin.

«*Ja*, gliel'ho già detto... La sua famiglia...»

«Non credo che sia stato perché voleva proteggere i suoi genitori dalla notizia che Sofia aveva una relazione con un uomo sposato» obiettò Robin con tono fermo. «Sapevano già che postava i suoi nudi su internet per guadagnare soldi. In ogni caso, se è stato lui ad avere assassinato la loro figlia, non crede che i genitori vorrebbero vederlo in arresto?»

Gretchen ricominciò a piangere.

«Ha paura di lui?» domandò Robin. «Teme che le farebbe del male se parlasse di lui alla polizia?»

Max stava fissando il poster dei Deadbeats. Aveva smesso da un po' di cercare di influenzare l'andamento del colloquio, perché ciò che aveva tentato di impedire ormai era avvenuto.

«Gretchen, quell'uomo ha anche delle *sue* foto?» continuò Robin, abbassando la voce.

La ragazza scosse appena la testa, ma si mise a singhiozzare ancora più forte.

«Le ha?» chiese di nuovo Robin a voce ancora più bassa, e Gretchen annuì.

«Sofia... Lui le ha offerto un sacco di soldi per delle foto di noi due. Io... ero sbronza. E il giorno dopo volevo che gli dicesse di cancellare le immagini, ma so che lui le ha ancora».

«La cosa migliore che lei possa fare è di dirmi subito il suo nome e qualunque altra cosa si ricorda di lui» fece Robin.

«Ma le mie foto finirebbero sui giornali!» esclamò lei tra i singhiozzi.

«Se lei è una testimone, ci sono mezzi per proteggerla».

«La gente saprebbe che ho fatto quelle foto. Lo saprebbero i miei, i compagni di college, i professori...»

«E anche i suoi futuri datori di lavoro» intervenne con rabbia Max.

«La gente penserebbe che faccio cose del genere abitualmente, mentre non è vero, non le ho mai fatte. Ero ubriaca e lei ha detto che mi avrebbe dato metà della somma».

« Preferisce che l'assassino di Sofia la faccia franca? » mormorò Robin. « Preferisce che sia libero di uccidere altre ragazze? O pensa che Sofia abbia avuto quel che si meritava perché è stata sciocca e le piacevano i collier di rubini? »

« No! » strillò Gretchen. « Mi era *simpatica*! Era spiritosa ed era... affettuosa ».

« Allora mi dica tutto ciò che sa di quell'uomo » la esortò Robin con tono deciso.

« Sofia non mi ha detto altro che la sua professione, e che era sposato ».

« Come si chiama? »

« Non era il suo vero nome » disse Max in tono sprezzante. « Non avrebbe mai usato il vero nome ».

Ma Gretchen, con il moccio e le lacrime che colavano mischiati dal mento, mormorò: « Osgood. Calvin Osgood. Però lei lo chiamava Oz ».

Max lasciò andare un gran sospiro e le circondò le spalle con il braccio.

« *Und jetzt rufen wir einem Anwalt an* » sentenziò.

« Sì » disse Robin, chiudendo il taccuino. « Credo che rivolgersi a un avvocato sia un'ottima idea ».

46

E come ombre di nubi
sospinte lungo la campagna
noi due per sempre insieme viaggiamo,
ma non noi due soltanto.
A.E. Housman
XLII, L'allegra guida,
Un ragazzo dello Shropshire

«Be', una cosa è certa: non ho nessuna notizia che superi in importanza ciò che hai scoperto ieri» disse Strike quando Robin arrivò in ufficio alle undici della mattina dopo. Dovevano pranzare con Decima Mullins al Quo Vadis di Dean Street e Strike aveva proposto una breve riunione di aggiornamento tra loro due prima dell'incontro con la cliente, non perché ci fosse molto da dire che non si fossero già comunicati per messaggio, e-mail o telefono, ma perché non voleva farsi sfuggire nessuna occasione di colloquio privato con la sua socia.

Era un'altra giornata gelida, col cielo di un grigio plumbeo, e Robin indossava un abito di maglia verde bottiglia e degli stivali neri adatti sia al freddo sia al ristorante scelto dalla loro cliente. Strike, che portava l'unico abito che gli andasse bene dopo oltre un anno di dieta intermittente, si trattenne dal dirle che era molto bella. Doveva riservare i complimenti a quando fossero andati nell'albergo del Lake District: fino ad allora, riteneva più opportuno mantenere un atteggiamento strettamente professionale.

«Allora, quanto ritieni probabile che Oz e Sofia Medina abbiano svaligiato l'appartamento di Wright?»

«Le probabilità stanno crescendo, e parecchio» rispose Robin, sforzandosi di apparire ottimista.

L'entusiasmo che aveva provato dopo il colloquio con Gretchen e Max durante la notte era stato incrinato dall'ansia. Ancora una volta, lei e Strike erano in possesso di informazioni che si sarebbero dovute passare alla polizia. Strike le aveva assicurato che le avrebbe trasmesse a Wardle, e Robin ancora una volta si augurò che il suo uomo non venisse a sapere da dove erano arrivate, ma aveva l'impressione che ormai, nel giro di poco tempo, Murphy avrebbe capito di cosa in realtà si stavano occupando.

«Ma non abbiamo ancora il quadro completo, vero?» disse Robin. «Ammesso sia stato davvero Oz a ripulire l'appartamento di Wright, perché mai coinvolgere Medina? Perché non l'ha vuotato da solo? E perché è stato svaligiato in due tappe? Perché tornare là dopo che Wright era morto?»

«Ho un'ipotesi in merito e, se fosse giusta, il motivo sarebbe che Oz ha cannato».

«In che modo?»

«Credo che Medina avesse il compito di prendere dal monolocale tutto quello che potesse permettere di identificare Wright, ma c'era una cosa che la ragazza non era in grado di sollevare. Così Oz è tornato per prenderla e l'oggetto gli è caduto per le scale perché non era in grado di reggerlo. Ti ricordi che Wright aveva comprato i pesi *dopo* che si era trasferito lì? E a meno che non gli avesse fatto visita nel periodo precedente l'assassinio di Wright, Oz non poteva sapere che i pesi erano là».

«Ma che importanza poteva avere che i pesi fossero lasciati nell'appartamento oppure no?» replicò Robin. «La polizia aveva già il DNA di Wright e non le si poteva impedire di vedere a chi corrispondeva».

«È proprio su questo punto che inciampa la mia ipotesi. Non so perché ci fosse così bisogno di prendere i pesi, ma non mi viene in mente nessun altro oggetto che una donna piuttosto piccola non fosse in grado di trasportare e che Oz stesso facesse fatica a sollevare. Credo che non fosse nei piani che Oz dovesse anche solo avvicinarsi alla stanza di Wright, ma è stato necessario e, purtroppo per lui, Mandy era sveglia alle cinque del mattino».

«Continuo a non capire perché avesse bisogno di Sofia Medina» replicò Robin. Rappresentava uno svantaggio, perché poteva spifferare qualcosa alla sua compagna d'appartamento. Quanto al fungere da esca, non poteva essere lei la ragazza che Wright pensava sarebbe andata a vivere con lui».

«Perché no?»

«Perché la cronologia non torna» osservò Robin. «Gretchen dice che Sofia conosceva Oz solo da un mese. Sofia sarà stata anche ingenua, ma non credo che lo fosse al punto da farsi mantenere pure da un secondo uomo, quando quello che voleva era Oz, o i suoi rubini e il suo stile di vita da jet set. Inoltre, Wright avrebbe dovuto essere ancor peggio che ingenuo per accettare di accogliere come convivente una ragazza appena conosciuta, quando sapeva benissimo che c'era chi gli dava la caccia».

«A caval donato non si guarda in bocca, specie se il cavallo è una ragazza molto attraente e a ricevere il dono è un uomo» commentò Strike, ripensando non senza cruccio al corpo nudo di Bijou Watkins. «Però sì, hai ragione, la cronologia non torna. Be', se la polizia comincerà a indagare su Oz e Medina, forse riusciremo a raccogliere qualche briciola».

«Sto ancora tentando di avere informazioni sulla ragazza scomparsa che mandava messaggi a Oz online, Sapphire Neagle» riferì Robin. «Ho trovato il suo account Instagram e ho identificato un'amica che potrebbe esserci di aiuto. Se solo riuscissi a scoprire che scuola frequenta quest'amica, potrei provare a parlarle».

«Qualunque nuovo dato tu riesca a procurarti è utile, perché non riesco proprio a capire come tutte queste informazioni, alcune delle quali irrilevanti, si colleghino» disse Strike, mettendosi a guardare l'insieme di appunti su Wright e Ramsay Silver raggruppati sull'orlo inferiore della bacheca. «Dobbiamo anche trovare il modo di sfoltire l'elenco degli Hussein Mohamed, perché non abbiamo abbastanza collaboratori per bussare a un centinaio di porte nella remota possibilità di trovare quella giusta. Nel frattempo, Midge dice che Jim Todd ha chiamato altre due volte da cabine telefoniche e si è di nuovo fatto tutta la Circle Line senza scendere da nessuna parte».

«Continua a interessarmi il messaggio che Pamela Bullen ha ricevuto il giorno della rapina, e che l'ha spinta a uscire di corsa dal negozio senza chiudere a chiave».

«Già» disse Strike, grattandosi il mento, «ma la polizia avrà sicuramente controllato questo dettaglio e giudicato soddisfacente ciò che lei ha detto».

«Eppure...»

«Hai ragione, anch'io vorrei chiarire quel particolare, ma lei ti ha già mentito e non credo ci dirà la verità adesso. Mi sono informato un po' su John Auclair, il collezionista di argenti che era presente da Ramsay quando fu scoperto il cadavere, ma non potremo parlargli presto, perché...»

«È a Montecarlo» lo anticipò Robin. «Lo so, l'ho visto su internet. Bello, il suo yacht».

Strike prese un sorso di tè, voltò le spalle alla bacheca e la guardò.

«Vogliamo dare una scorsa alle ultime informazioni sui nostri quattro candidati al ruolo di William Wright?»

«Va bene».

«Partendo dall'ultimo» cominciò Strike indicando la foto di Dick de Lion, con i suoi addominali scolpiti e la sua pelle abbronzata, «non ho avuto fortuna nella ricerca del suo vero nome, ma ho indagato su Lord Oliver Branfoot. Secondo Fergus Robertson, sono anni che nell'ambiente giornalistico corrono voci su di lui».

«Che genere di voci?»

«Nel mondo dei tabloid si sussurra che sia attivo su entrambe le sponde. Robertson mi ha detto che Branfoot ha dovuto dimettersi da parlamentare perché c'è stato un incidente in cui era coinvolto un giovane stagista. Pare che allo stagista sia stato dato un lauto compenso per avere rifiutato di parlare con la stampa e aver tenuto la bocca chiusa. Branfoot ha rassegnato le dimissioni affermando che lo faceva per la moglie malata, e da allora si è concentrato sul suo think tank e sulle attività di beneficenza. Nutre particolare interesse per i giovani maschi in difficoltà, cura progetti per i delinquenti minorenni e così via, e Robertson è convinto che non siano iniziative del tutto altruistiche.

«Non ho detto a Robertson perché siamo interessati a Branfoot, ma non è uno stupido, si è accorto che ultimamente Branfoot ha mostrato un insolito interesse per l'attività degli investigatori privati. L'ho pregato di drizzare le orecchie e gli ho promesso uno scoop per il suo giornale se verremo a sapere qualcosa. Se, ed è un 'se' grosso come una casa, Branfoot per ipotesi avesse qualcosa a che vedere con il cadavere nel caveau e se, ed è un 'se' ancora più grande, fosse vero quanto scritto nel biglietto cifrato e il corpo fosse quello di Dick de Lion, avremmo un movente. Siccome de Lion ricattava Branfoot o rifiutava di tacere in cambio di una bella somma, come aveva fatto lo stagista, Branfoot ha deciso di liberarsi di lui. Ma affermare che non abbiamo prove concrete di questo è a dir poco un eufemismo».

«Però questa ipotesi spiegherebbe quanto ti ha detto Shanker» rifletté Robin.

«Sì, ragion per cui ho chiesto a Robertson se Branfoot sia massone» continuò Strike. «Robertson non lo sa, ma mi è parso entusiasta all'idea di indagare sulla faccenda, per cui spero che cerchi informazioni che potranno esserci utili». Strike tornò a guardare la bacheca e aggiunse: «D'altro canto, abbiamo anche in programma il nostro giro in Scozia e a Ironbridge. Se qualche nuovo dato ci facesse pensare che il cadavere del caveau fosse quello di Semple o Powell, Branfoot diventerebbe irrilevante».

Al pensiero dell'albergo nel Lake District Robin, pur avendo appena provato uno di quei tremiti interiori che la mettevano in imbarazzo, disse con apparente indifferenza: «Allora prima di tutto ci occupiamo di Jade Semple?»

Si sentì bussare, e un istante dopo la porta che divideva l'ufficio interno da quello esterno si aprì.

No, di nuovo! pensò Robin, mentre Kim Cochran entrava con in mano una sedia pieghevole.

«Oh, scusate, non pensavo fossi qui stamattina, Robin» disse. Si girò tutta sorridente verso Strike e aggiunse: «Credo che questo ti piacerà».

«Cosa c'è?» ribatté lui con un tono così seccato che a Robin si allargò il cuore.

Kim mostrò una grande busta giallo-bruna e disse: «Ho informazioni sui tre uomini che andarono da Ramsay Silver per assassinare Wright e ti ho procurato le foto del cadavere».

47

E il destino, seguendo la sua rotta decisa,
franse la sua nave contro roccia sommersa.

Robert Browning
The Agamennon od Aeschylus

« Mi stavo lavorando da settimane questo tizio di mia conoscenza e finalmente, ieri sera, mi ha dato le informazioni che volevo » spiegò Kim con aria trionfante, aprendo la sedia pieghevole e sedendosi. In cuor suo, Robin fumava di rabbia. Non le bruciava solo il fatto che Kim si accingesse a surclassarla (anche se questa era una componente non da poco), ma soprattutto che avesse modi spicci con lei e riservasse gran sorrisi a Strike.

« Bene » continuò l'ex poliziotta aprendo la busta giallo-bruna, « superfluo dire che se qualcuno scoprisse che questo tizio mi ha dato copie delle foto... »

« Non lo scoprirà » dichiarò Strike, tendendo la mano. Benché ci fossero tre distinte foto, Kim le diede tutte a lui, e Robin sentì crescere la collera.

« Gesù » disse il detective. Dopo avere esaminato la prima, la passò a Robin sul tavolo.

Le orbite vuote erano buchi scuri e terrificanti. Il sangue secco, simile a un rossetto spalmato da un ubriaco, copriva la bocca a cui erano stati strappati i denti. Un orecchio era stato tagliato, mentre la ferita dell'altro era ancora coperta dai lunghi capelli neri. La fascia massonica rossa e nera, con ricami d'oro che brillavano per il flash della fotocamera, attraversava un torace muscoloso e glabro, su cui era stata spalmata una crema autoabbronzante che in certi punti non era stata applicata bene, per cui si vedevano macchie di bianco sotto le braccia. Tuttavia, quell'abbronzatura che voleva dare una falsa idea di salute non riusciva a nascondere le ampie chiazze di scoloritura livido-violacea, che non erano lividi, ma segni di *livor mortis.* Anche il pene era stato tagliato, e al suo posto c'era uno squarcio nerastro. Le braccia terminavano con due moncherini al posto delle mani. Robin distinse ossa e tendini e si chiese, con una vaga sensazione di disgusto, dove fossero finite le parti del corpo mozzate. Erano state infilate in una borsa o in tasca?

A suo tempo, parlando con Strike, si era detta sorpresa che la stampa non si fosse maggiormente interessata allo scempio che era stato fatto di quell'individuo non identificato, dopo aver scoperto che si sarebbe trattato di un criminale. Ora si sentiva lei stessa vagamente in colpa per aver smesso di pensare a lui come a un essere umano, man mano che l'indagine procedeva. Nella sua mente, con quello scenario innaturale di fasce e argenti che appariva a un tempo strano, teatrale e improbabile, il defunto del caveau si era quasi ridotto a una statua di cera al centro di un singolare enigma.

«Ed eccolo di schiena» disse Strike, spingendo verso di lei un'altra foto.

Robin credeva che il marchio inciso nella carne fosse piccolo, invece la croce di Salem partiva dalla nuca per arrivare alla fessura dei glutei: erano stati rimossi interi pezzi di carne per disegnare la croce inclinata con le sue tre barre, che a Robin ricordò il lato frastagliato del bacon.

«Hanno proceduto alla mutilazione parecchio tempo dopo che era stato ucciso» rifletté Strike. «Non c'è abbastanza sangue perché l'operazione sia stata fatta subito dopo la morte».

«Gli assassini sono rimasti in negozio due or...» disse Robin.

«È stato assalito alle spalle e colpito in testa con un oggetto pesante» la interruppe Kim. «La regione occipitale è stata sfondata. L'autopsia dice che a ucciderlo è stato proprio lo sfondamento del cranio. Senza dubbio si sarà formata una pozza di sangue sotto il corpo prima che cominciassero a mutilarlo. Forse hanno fatto apposta ad aspettare, perché non volevano che il sangue filtrasse oltre la porta della camera blindata».

«Anche se fosse filtrato, che importanza avrebbe avuto?» obiettò Strike. «Non c'era nessuno in negozio sabato e domenica. Sai di chi fosse quest'orma?» domandò indicando la terza fotografia.

«Era sotto il cadavere» rispose Kim. «L'hanno vista quando lo hanno sollevato».

«Davvero?» fece Strike, aggrottando la fronte e passando la terza immagine a Robin.

Robin vide una debole impronta parziale impressa nel sangue fresco e notò alcuni particolari che non volle condividere davanti a Kim.

«E i quattro uomini che sono entrati nel negozio quella notte?» domandò invece.

«Non sono affatto entrati» rispose Kim, guardando Strike anziché lei. «È stata esclusa la loro colpevolezza. A quanto pare, alla polizia hanno cannato di brutto e questo si è saputo soprattutto grazie a te».

«A me?» si sorprese Strike. «Io cosa c'entro?»

«Il mio contatto dice che tu hai fornito una notizia che avevi avuto da un tuo informatore, un gangster o qualcosa del genere, secondo cui non c'era Jason Knowles nel caveau».

Kim scrutò Strike in viso con i suoi vividi occhi castani per avere conferma di quanto aveva appena detto, ma lui rimase del tutto impassibile.

«Così, non molto tempo dopo che avevi fornito questo suggerimento, sempre che sia vero che l'abbia fornito tu, la polizia ha avuto conferma di quanto sostenevi. Il mio contatto dice che ha ricevuto nuove informazioni, non si sa da chi».

Dall'agente dell'NCA sotto copertura, pensarono simultaneamente Strike e Robin.

«A quanto sembra, Jason Knowles è stato attirato da un'altra parte con la prospettiva di un grande furto con scasso, sicché non ha avuto nulla a che vedere con la rapina del caveau e adesso tutti sono incazzati con te perché avevi ragione a dire che Knowles non c'entrava niente».

«Per quale motivo hanno escluso i quattro uomini di Wild Court?» chiese Strike.

«Be', alla Met tutti si sono affannati a controllare di nuovo quello che aveva fatto Truman, e hanno riesaminato il girato della telecamera di sorveglianza che aveva ripreso i quattro mentre entravano in Wild Court da Great Queen Street. Non conosco i dettagli, ma alla fine i tizi sono stati rintracciati. A quanto sembra, erano quattro studenti stranieri sbronzi che si erano persi. Hanno vagato per Wild Court, per qualche motivo hanno litigato, si sono separati e alla fine sono tornati al loro ostello. La polizia ha escluso nel modo più assoluto che abbiano avuto a che vedere con la rapina, per cui adesso il problema è capire come e quando Wright è tornato al negozio se non era uno di quei quattro, perché nel girato della telecamera non si trova nessuna immagine in cui compaia lui.

«Inoltre» continuò Kim «c'è la questione di un fattorino di nome McGee o qualcosa del genere che è andato a Dalston, ma non ho capito bene quello che diceva il mio contatto in merito, perché a quel punto lo avevo spinto a bere un po' troppo» concluse con una delle sue risatine.

«Dalston» ripeté Strike, scrivendosi un appunto.

«Sì, sarebbe andato a Dalston e poi tornato in Old Street, ma come ho detto non so che rilevanza abbia questa notizia, forse lo sai tu» aggiunse Kim, sorridendogli.

Si appoggiò alla spalliera della sedia e accavallò le gambe con un'espressione estremamente soddisfatta. D'altra parte, pensò Robin, aveva ogni diritto di esserlo.

«Si sa niente di nuovo a proposito della macchina per la fuga, la Peugeot?» domandò Strike.

«Ah, sì, quasi me ne dimenticavo» rispose Kim. «La polizia ritiene che ci fosse una coppia a bordo. Credo che un esperto sia riuscito a ingrandire i fotogrammi della telecamera di sorveglianza e che siano emerse con chiarezza le immagini di un uomo e una donna».

«Sì, esatto» confermò Strike. «Bene, grazie mille, questi dati ci saranno di estrema utilità».

«Prego» disse Kim, continuando a sorridere, ma senza accennare ad alzarsi.

« Ehm, ti dispiace, Robin, se dico due parole in privato a Cormoran? »

Robin si stupì che la sua rabbia potesse salire oltre il livello già raggiunto ma, date le circostanze, capì che sarebbe potuta arrivare a vette ancora superiori.

« No, figurati » rispose, alzandosi e cercando di conservare un tono garbato. Pensò che avrebbe dovuto congratularsi a sua volta con lei per le informazioni che aveva ottenuto dalla polizia, ma poiché Kim l'aveva trattata come fosse del tutto invisibile, non se la sentì di farle i complimenti e uscì dalla stanza chiudendosi la porta alle spalle.

« Scusa, ma ho pensato preferissi che non ci fosse nessun altro nella stanza mentre ti davo questa informazione » disse Kim a Strike dopo che Robin se ne fu andata.

« Quale informazione? »

« Bijou Watkins è attualmente pedinata dall'agenzia di Farah Navabi, e il cliente è Andrew Honbold ».

Strike la fissò interdetto. La frase conteneva notizie che sembravano prive di senso.

« Farah vorrebbe ancora che io passassi alla sua agenzia » spiegò Kim. « Ieri sera mi ha telefonato per dirmi che tu sarai costretto a uscire dall'attività di investigazione privata a causa della cattiva stampa ».

Cercando di ignorare l'improvvisa sensazione di bruciore allo stomaco, Strike replicò: « Andrew Honbold ha assoldato Farah Navabi, la donna che gli aveva messo una microspia nell'ufficio? »

« Sul banco dei testimoni, lei aveva ripetuto tra le lacrime che Honbold era tanto una brava persona e confessato di essere stata costretta da Patterson a mettergli una cimice in ufficio. Lui se l'è bevuta e così l'ha assoldata per pedinare la Watkins ».

« Ma perché? » chiese Strike. « Perché la fa pedinare? »

« Non lo so, ma Farah Navabi a quanto sembra pensa che questa faccenda ti possa danneggiare ».

« Va bene, grazie della soffiata » disse Strike.

Kim si alzò.

« Tutto a posto con la faccenda di Midge, spero ».

« Sì, tutto a posto » fu la risposta di Strike, che non vedeva l'ora se ne andasse.

Kim uscì dalla stanza. Robin ricomparve sulla soglia.

« Tutto bene? » chiese al suo socio, che aveva un'espressione particolarmente seria.

« Sì, bene » rispose Strike dando un'occhiata all'orologio. « Senti, potresti darmi qualche altro minuto di tempo? Devo fare una telefonata ».

48

Lungo il percorso seguito dalla
Luna, vi sono nove cospicue stelle...

Albert Pike
Morals and Dogma of the Ancient and
Accepted Scottish Rite of Freemasonry

Robin si ritirò di nuovo. Con suo disappunto, Kim non si decideva a lasciare l'ufficio: in piedi davanti alla porta, stava frugando nella propria borsa. Poiché la sua sedia era vuota, Robin pensò che Pat fosse nel bagno del pianerottolo.

« Non volevo farlo, ma doveva sapere » disse Kim, voltandosi e sorridendole.

« Sapere cosa? » domandò Robin.

« Meglio che non lo dica » rispose Kim, con un sorrisetto insopportabilmente compiaciuto. E, infilatasi il cappotto, uscì.

Nel frattempo, nell'ufficio interno, Strike cercava di telefonare a una sua vecchia amica, l'avvocata Ilsa Herbert, attraverso la quale aveva in origine conosciuto Bijou. Non era colpa di Ilsa se era andato a letto per due volte con Bijou, anzi, Ilsa lo aveva messo in guardia da lei dopo il loro primo incontro, dicendogli che era chiacchierona e indiscreta, ma Strike, irritato per il consiglio non richiesto e arrabbiato per la relazione sempre più stretta tra Robin e Murphy, le aveva fatto chiaramente capire che non doveva impicciarsi della sua vita privata.

La linea era occupata. Strike rifece il numero varie volte e i cinque minuti che gli occorsero per raggiungere Ilsa gli parvero un'ora. Finalmente rispose.

« Ciao, Corm ».

Strike capì subito, dal tono, che lei conosceva il motivo della chiamata.

«Devo solo ritirarmi in un posto dove ci sia un po' di privacy» disse Ilsa.

Strike ascoltò i suoi passi. Avrebbe voluto che corresse.

Alla fine Ilsa riprese la telefonata da una stanza dove risuonava una leggera eco. «Ecco, ora posso parlare».

«Che cosa sai di Honbold e Bijou Watkins?» domandò lui.

«Che cosa intendi dire?»

«Ho appena avuto una soffiata. Honbold fa pedinare Bijou».

«Dio santo. Be', corre voce che Honbold abbia presentato in tribunale una diffida da ogni pubblicazione».

«Perché?»

«Per impedire che sulla stampa si dica che lui non sa se la bambina di Bijou sia sua o tua».

Strike non rispose subito, perché la peggiore delle ipotesi che gli erano passate per la testa, mentre aspettava che Ilsa rispondesse al telefono, si era appena avverata.

Aveva usato i profilattici quando era andato a letto con lei, perché non era un idiota. Quando le aveva detto che non voleva più vederla, si era reso conto di come per Bijou l'obiettivo fosse stato sempre e soltanto il Patrocinante della Corona sposato, che sperava di costringere a lasciare la moglie: Strike aveva rappresentato solo un piacevole diversivo e un potenziale mezzo per ingelosire Andrew Honbold. In seguito, sia lui che Bijou avevano mentito al Patrocinante, affermando di non avere mai avuto rapporti intimi e di avere solo preso un drink insieme. Honbold, noto fustigatore della stampa scandalistica, era stato cacciato da sua moglie dopo che della relazione con Bijou avevano parlato i giornali, e fino a quella mattina Strike aveva considerato chiusa la faccenda, supponendo, in assenza di altre informazioni, che i due si sarebbero sposati appena lui avesse divorziato.

«La bambina non è mia» disse. «Non può esserlo, se deve ancora nascere».

«L'ha già avuta, prematuramente» replicò Ilsa. «O almeno, lei dice che era prematura».

«Non lo capiscono, i medici, se lo è oppure no?» domandò

Strike, che era abissalmente ignorante riguardo a tutto quanto concerneva parto e neonati.

« Non conosco i particolari, Corm ».

« Perché cazzo Honbold dovrebbe...? Lei gli ha detto che siamo stati a letto insieme? »

« No, non è stata lei a dirglielo » rispose con qualche esitazione Ilsa. « Corm, mi dispiace, io avevo tentato di avvertirti. L'intero studio legale sapeva che tu e lei eravate andati a letto insieme e quindi era inevitabile che a un certo punto la notizia arrivasse all'orecchio di Honbold. Voglio dire, prima di rimanere incinta, lei, per ingelosirlo, ha fatto di tutto perché sapesse. Un giornalista ha appreso che il Patrocinante era convinto che la bambina fosse tua e allora lui si è rivolto all'Alta corte di giustizia per impedirgli di pubblicare la notizia. Non vuole si parli di nuovo di lui su tutti i tabloid, ma credo abbia rotto con Bijou. Immagino che la faccia pedinare perché non vuole pagare il mantenimento della bambina, e quindi vorrebbe dimostrare che Bijou va ancora a letto con te ».

« *Non può essere mia* » ripeté Strike.

Non gli piacque il silenzio che seguì.

« Cosa c'è? » fece lui, aggressivo.

« Io non... »

« Tu sai qualcosa ».

« Corm... »

« *Sputa il rospo, dunque!* »

« E va bene. Bijou usava un trucchetto quando voleva indurre Honbold a lasciare sua moglie. Prendeva i preservativi usati dal bidone dell'immondizia e... »

« Non l'avrebbe mai fatto con me » replicò Strike, con il panico che gli attanagliava le budella. « Voleva Honbold, non me ».

Di nuovo, silenzio dall'altra parte.

« Sai qualcos'altro? »

« Non è che lo *sappia*, sono solo voci » disse Ilsa. « Gli avvocati sono dei gran pettegoli ».

« Che cosa si dice? »

« Be', siccome prendeva da tempo un farmaco che abbassa il contenuto di spermatozoi nello sperma, Honbold ha ritenuto strano di essere riuscito a metterla incinta. Poi ha saputo che eravate andati a letto insieme, si è imbufalito e ora è convinto che la bambina è tua».

«Quando è nata?» chiese Strike, cercando di ricordarsi epoche e date e di trovare la formula aritmetica che avrebbe dimostrato, oltre ogni ragionevole dubbio, come non potesse essere lui il padre.

«Non lo so esattamente, credo ai primi di dicembre».

Non era un'informazione abbastanza precisa per lui. Se la bambina era nata a termine, vi era la possibilità che...

«Io ho appreso tutto ciò solo ieri pomeriggio, quando nello studio si è diffusa la voce della diffida» spiegò Ilsa. «Credo che Honbold abbia assoldato il detective privato solo da pochissimo».

«Sì, in effetti anch'io lo credo» concordò Strike, che ormai era tutto imperlato di sudore sotto giacca e cravatta. «Dovessi venire a sapere qualcos'altro...»

«Sì, certo, ti chiamo, Corm» gli assicurò Ilsa. «Senti, io... Mi dispiace».

«Tu avevi cercato di avvertirmi» rispose lui, anche se ammetterlo gli costò fatica. «Ascolta, mi puoi mandare il numero di telefono di Bijou? Io l'ho cancellato».

«Va bene».

«E per favore, puoi evitare di parlare a Robin di questa storia? Vorrei essere io a informarla».

«Ma certo».

La telefonata finì e Strike aprì la porta dell'ufficio esterno, dove Pat stava digitando sulla tastiera. Non c'era nessun altro.

«Dov'è Robin?» chiese.

«Gabinetto» rispose secca Pat.

Gli arrivò un messaggio sul cellulare. Ilsa gli aveva appena inviato il numero di Bijou. Strike si ritirò di nuovo nell'ufficio interno, ma rifletté che non poteva chiamarla in quel momento, quando c'era il rischio che Robin entrasse nella stanza. Doveva farlo dopo, appena fosse terminato il pranzo con Decima.

Intanto, nel piccolo bagno umido del pianerottolo, Robin, lavandosi le mani, pensò che se Strike avesse lodato il lavoro d'indagine indubbiamente brillante di Kim, non sarebbe riuscita a rispondere con garbo.

«Tutto bene?» gli chiese di nuovo quando lo raggiunse nell'ufficio interno.

«Sì, Kim voleva solo discutere di una faccenda personale» rispose lui, sforzandosi di suonare normale.

«Ti considera il responsabile delle risorse umane dell'agenzia, vero?»

«E chi lo sa».

«Allora, la coppia sulla Peugeot. Pensi che fossero...?»

«Oz e Sofia Medina?» disse Strike, cercando di concentrarsi sul lavoro e pensando in cuor suo che Kim non avrebbe sicuramente detto a Robin niente di Bijou (non dubitava le piacesse molto l'idea di condividere con lui un segreto piuttosto sordido da cui era esclusa la sua socia). «È possibile».

Robin prese in mano la foto dell'orma rinvenuta sotto la testa insanguinata del cadavere.

«Sembra piccola per un piede maschile, vero?» disse.

«Già, così è parsa anche a me».

«E poi era *sotto* il corpo».

«Fantastico. Voglio dire, sì» fece Strike, che stentava ancora a concentrarsi.

«La mutilazione, la fascia, sembra tutta una messinscena studiata nei particolari» osservò Robin. «Come mai non hanno eliminato l'impronta?»

«Forse non l'hanno notata, poi ci hanno trasportato sopra il corpo, mentre lo mutilavano».

«Senti, se era Sofia Medina a guidare la Peugeot su cui è salito Oz dopo l'assassinio, potrebbe non avere visto su di lui macchie di sangue» rifletté Robin. «Chiunque lo abbia ucciso, ha aspettato che iniziasse il *livor mortis* prima di cominciare a mutilare il corpo».

Robin sentì il *bip* di un messaggio e guardò lo schermo del cellulare: era suo fratello Stephen.

«Qualche problema?» domandò Strike, vedendo il suo sguardo tra il sorpreso e il preoccupato.

«Non proprio. Mia cognata è stata appena sottoposta a taglio cesareo d'urgenza. Santo cielo, il bambino è di quasi cinque chili!»

«Come me» disse Strike, ancora faticando a dominare la preoccupazione.

«Hai avuto un parto cesareo?» scherzò Robin.

«No, ero quasi cinque chili. È questo che ha dato origine al mio nome».

«Come sarebbe?»

«Cormoran era un gigante cornico. Mia madre disse per scherzo che mi avrebbe chiamato così, mia zia Joan la prese sul serio e ribatté che non poteva dare un nome simile al bambino, allora mia madre mi chiamò davvero così per fare un dispetto a Joan».

«Stephen e sua moglie chiameranno il bambino Barnaby» disse Robin, guardando la foto del suo nuovo nipote che, così grosso, rosso in viso e avvolto in un asciugamano dell'ospedale pareva un lottatore di sumo dall'aria sdegnata. «È nato di venerdì 13».

«Chi?» fece distratto Strike.

«Mio nipote. Oggi è venerdì».

«Ah» disse Strike. «Sì, certo».

Non era un uomo superstizioso, ma pensò che, dopo quel particolare venerdì 13, forse lo sarebbe diventato.

49

Oh, molti mesi ancora a venire
ogni notizia mi farà trasalire
sarò in attesa dei giorni a tornare
ma non sarà più lui ad arrivare.

A.E. Housman
XLII, A. J.J. More Poems

La coscienza suggeriva a Strike di dire a Robin quale nuova, imprevista calamità si fosse abbattuta su di lui, di avvertirla che i tabloid li avrebbero di nuovo sommersi sotto un mare di schifezze. Tuttavia, dopo che era uscita la bufala di Candy, dopo che aveva dovuto ammettere di essere andato a letto con Nina Lascelles e dopo che era riemersa la notizia dello stupro subito da Robin a margine degli articoli che lo descrivevano come uno sfruttatore di donne, non si sentiva di aggiungere all'orrido mucchio di circostanze a suo sfavore anche la remota possibilità – *ti prego, Dio, remotissima!* – che avesse generato un figlio, anzi una figlia, con una donna che detestava. Un primordiale istinto di sopravvivenza, quindi, mise a tacere la coscienza: avrebbe sistemato le cose senza che Robin venisse a sapere niente.

A mezzogiorno e un quarto i due soci lasciarono l'ufficio per andare a pranzare in Dean Street. La giornata era fredda e luminosa. Il sole, in cielo, era un'abbagliante moneta di platino che si era fatta strada tra la coltre di nubi. Cercando di dissimulare l'immensa ansia che provava, Strike disse: «Pare si possa escludere che Wright sia stato ucciso durante una lite finita tragicamente. Qualcuno lo ha assalito alle spalle, sfondandogli il cranio. Non è stato un incidente».

«No» convenne Robin, «è molto più probabile che la mutilazione, la fascia massonica e il marchio inciso sulla schiena fossero pianificati. Un omicidio premeditato».

«Secondo te, quanti conoscono il marchio di A.H. Murdoch?»

«Non molti, ma anche la croce di Salem è un simbolo massonico».

«È vero» disse Strike, ricordandosi della 'G' scarlatta che qualcuno aveva dipinto sulla porta del loro ufficio a Capodanno. «Hai mica trovato una nuova Land Rover?»

«No, superano tutte di parecchio la mia disponibilità, anche quelle di seconda mano. A proposito, abbiamo mica avuto altre telefonate dalla Gateshead scozzese, quella del Golden Fleece?»

«Dall'anno nuovo, più nessuna» rispose Strike.

Gli squillò il cellulare. Lo estrasse dalla tasca e vide che era Pat. Temendo che Bijou, che non aveva più il suo numero, stesse tentando di raggiungerlo in ufficio, silenziò il telefonino.

«È Lucy» disse a Robin. «La richiamerò. Circa l'argomento macchina, mia sorella e io abbiamo appena venduto la casa di Ted e Joan, e pensavo che l'agenzia potrebbe pagarti una parte di Land Rover. Io ti presterei il resto».

«Che cosa? Ma non puoi fare una cosa del genere!»

«Sì che posso. I soldi resterebbero lì sul mio conto a non far niente. Per il momento non ho investimenti in vista».

Il primo pensiero che ebbe Robin fu cosa avrebbe pensato Murphy se avesse accettato un prestito così ingente da Cormoran Strike. Lo avrebbe sicuramente considerato l'ennesimo legame tra loro, un altro di quegli impegni che, fino a quel momento, lei non aveva mai preso con lui. Tuttavia si sentiva stranamente vulnerabile e smarrita senza la sua macchina, il suo 'mezzo di fuga' le sarebbe venuto da dire se non avesse subito represso il pensiero.

Comparve alla vista il Quo Vadis, il ristorante e club privato dal grande portone nero dove Decima aveva prenotato un tavolo. Rendendosi conto di non avere ancora risposto a quella che sotto ogni profilo era un'offerta molto generosa, disse: «Grazie, Strike, ma non puoi farmi un simile prestito. Sarebbe eccessivo».

«Tu hai bisogno di un'auto tua e io credo che nessun responsabile commerciale ci consiglierebbe di continuare a noleggiare macchine per te».

«Ma...»

«La Land Rover era comodissima, specie per i percorsi lunghi e per i viaggi fuori Londra».

«Ma anche di seconda mano costano un sacco!»

«So quanto costano. Vediamo quanto il commercialista calcolerà che possa pagarti la ditta e io metterò la differenza. Possiamo firmare un contratto di prestito, se questo ti fa sentire meglio».

«Ma impiegherei secoli a rimborsarti».

Bene, pensò Strike, ma a voce alta disse: «E allora? Ti ho appena detto che in questo momento non mi serve a niente quel denaro».

«È un'offerta davvero molto generosa, ma...» fece Robin, pensando a una Defender 90 di seconda mano che le era piaciuta molto e che aveva visto su internet proprio il giorno prima.

«Per la miseria, non ti sto offrendo un rene!» esclamò Strike, e Robin si mise a ridere.

Entrarono al club, nel cui foyer le pareti erano rosso sangue. Alla reception fecero il nome di Decima e furono accompagnati al piano di sopra, in un grande ristorante dalle pareti bianche e dalle sedie di pelle. Da lì furono fatti passare in una saletta privata chiamata 'la Biblioteca', illuminata da lampade sferiche e con muri blu coperti di scaffali di libri.

Decima era già seduta a un tavolo rotondo e indossava un abito nero largo. Aveva perso molti chili da quando si era incontrata con Strike: aveva gli occhi castani segnati da occhiaie, ma si era spazzolata i capelli e tinta la ricrescita grigia. Aveva l'aria di una creatura costretta per forza a uscire dalla tana alla luce del sole. Strike, che temeva di dovere assistere a scene di allattamento, notò subito che il bambino non era presente.

«Non l'ha portato con sé?»

«Lion? No, l'ho affidato a una baby-sitter del posto» rispose lei, guardando il cellulare posato sul tavolo lì accanto. «Non gli mancherà il latte, ne ho tirato un bel po' prima di venire».

Era il tipo di informazione di cui Strike avrebbe fatto volentieri a meno.

« Ha una sua foto da mostrarmi? » chiese Robin, sorridendo.

« Un paio » rispose Decima e, preso il cellulare, le fece vedere le immagini.

« Bello » disse Robin, ma in realtà le parve un bambino come tanti altri. Era più piccolo di suo nipote Barnaby, che era un colosso già da neonato, ma altrimenti non lo si sarebbe distinto da innumerevoli altri bambini. Tuttavia, diversamente dalle foto che le arrivavano sempre più numerose da amici e parenti, quelle ritraevano il piccolo sempre da solo, sul fasciatoio o nella culla. Era chiaro che nessuno viveva con Decima e fotografava la madre assieme al figlio, così com'era chiaro che quel bambino il padre non lo avesse nemmeno mai visto.

« Non avrei voluto lasciarlo solo, non l'ho mai fatto prima » disse inquieta Decima, « ma oggi dovevo venire in città per risolvere alcune questioni. Per fortuna, all'Happy Carrot ce la faranno ad andare avanti senza di me ancora per un po' ».

« Mi piace questo club » disse Robin, cercando di metterla a suo agio.

« L'ho scelto perché è vicino al vostro ufficio e possiamo parlare in privato. Mio padre lo detesta ».

« Non vedo come lo si possa detestare » replicò Robin, guardandosi intorno e apprezzando l'eleganza sommessa della sala, con i pannelli di legno alle pareti e i fiori freschi sui tavoli.

« Mio padre non apprezza nessun club, a parte il suo » spiegò Decima. « In ogni caso, questo è sempre pieno di giornalisti. Di letterati, o meglio *merderati*, come li chiama mio padre ».

Robin avrebbe anche riso, se Decima non avesse avuto quella faccia tirata.

Arrivò un cameriere a chiedere che cosa bevevano.

« Per me solo acqua, sto allattando » disse Decima, e anche stavolta Strike pensò che dava informazioni del tutto superflue.

Quando la porta si fu richiusa, Decima entrò subito in argomento, guardando Strike anziché Robin.

«Vorrei dire innanzitutto un paio di cose, se per voi va bene» esordì con voce tremante, ma tono assertivo.

«Certo» fece Strike.

«Bene. Primo, sembrate pensare che, dando a Dredge duemila sterline, Rupe si sia messo al sicuro, ma Zac ne doveva a Dredge ben più di duemila. Fare del male a Rupe significava, per Dredge, mandare un messaggio minatorio a Zac».

«È possibile» osservò Strike, «ma non abbiamo trovato prove atte a dimostrare che...»

«E se Rupe disponeva di duemila sterline, vuol dire che aveva venduto la nave. È evidente che ha avuto un anticipo da Ramsay Silver, in attesa della vendita da effettuare in negozio!»

«Il proprietario di Ramsay Silver afferma di avere avuto nel suo stock una sola nave massonica, che gli è stata rubata la notte in cui Wright è stato assassinato».

«Ma Ramsay non ammetterebbe mai di avere avuto in suo possesso la nave di mio padre, vi pare?» replicò Decima. «Era stata rubata!»

«Be', è notoriamente difficile provare l'inesistenza di un fatto» disse Strike, cercando di mantenere un tono cortese. «Non possiamo essere sicuri al cento per cento che Kenneth Ramsay non abbia mai comprato la nave di suo padre, ma credo sia molto improbabile che questo sia successo. Il suo negozio è specializzato in oggetti massonici e...»

«Ma allora dove le avrebbe prese, Rupe, duemila sterline?»

«Non nego che possa avere venduto la nave da qualche parte».

«Ma è una ben strana coincidenza che da Ramsay Silver spunti fuori un cadavere dell'esatta corporatura di Rupe, il quale aveva un massiccio oggetto d'argento da vendere, no?» alzò la voce Decima. «E non è una strana coincidenza anche che Rupe fosse braccato da uno spacciatore che lo aveva minacciato di *morte*?»

Naturalmente, Decima aveva già sostenuto quella sua tesi sia a voce sia per e-mail. Strike avrebbe potuto rispondere che il cadavere non corrispondeva a Rupert Fleetwood più di quanto corrispondesse a tutti gli altri uomini la cui foto era appuntata al sughero della bacheca, in ufficio. Avrebbe potuto osservare anche che nel Paese dovevano esserci migliaia di persone in possesso di oggetti d'argento che avrebbero gradito convertire in denaro sonante, ma che non c'era motivo di supporre fossero morte nel caveau di Ramsay. Mentre cercava di articolare una risposta diplomatica, Decima lo precedette.

« Volevo anche dire un'altra cosa. Non credo che Rupe sia andato alla festa di compleanno di Sacha Legard. Sacha mente oppure si sbaglia ».

« Non penso si sia sbagliato » obiettò Strike. « C'erano numerosi testimoni. Sarebbe molto stupido dire una bugia così spudorata ».

« Ma Rupe non ci sarebbe *mai* andato! »

« Perché? »

« Perché una settimana prima del party, Sacha era da Dino's con alcuni amici e tutti parlavano dell'imminente festa di compleanno e quando Sacha alzò gli occhi e vide che era Rupe a servirgli i cocktail, parve molto imbarazzato, in quanto non gli aveva parlato del party né gli aveva mandato l'invito. Ma Rupe mi disse che avrebbe preferito crepare che andare da Claridge's con Sacha e i suoi amici. E la festa fu il 21, cioè proprio nel weekend in cui Rupe e Zac traslocarono. Non c'era un motivo *al mondo* per cui Rupe sarebbe dovuto andare a una festa a cui non era stato invitato, quando era indaffarato a impacchettare la sua roba e a organizzare il trasloco! Poi avete detto che andò alla festa per parlare con Val. Val è l'*ultima* persona che avrebbe voluto vedere, dopo la faccenda della nave e dopo che si era dimostrato tanto ostile alla nostra relazione ».

« Anch'io ho pensato fosse strano che Rupert andasse da Valentine » ammise Strike, « però a quanto pare ha parlato sia con suo fratello sia con sua sorella Cosima ».

« Cosima è la mia sorellastra » lo corresse Decima, le cui guance pallide erano all'improvviso diventate rosse. « Siccome Rupe la *odiava*, non ha senso nemmeno che abbia parlato con lei! »

« Perché la odiava? »

« Perché è viziata e crede che tutto le sia dovuto. Mio padre la adora e le dà tutto quello che vuole ».

Il cameriere tornò per prendere le ordinazioni. Sia Strike sia Robin scelsero una pasta a caso.

«Ho alcune nuove domande da farle, Decima, se non le spiace» cominciò Strike appena l'uomo se ne fu andato.

Con l'espressione di chi si aspetta una trappola, lei rispose: «Dica pure».

«Rupert le ha mai menzionato un uomo di nome Calvin Osgood, o 'Oz'?»

«No, perché?»

«Esiste la possibilità che Oz sia coinvolto nell'omicidio».

«Potrebbe trattarsi di uno degli amici di Dredge» buttò là Decima.

«Può darsi» fece Strike, che voleva evitare, se possibile, pianti e lacrime. «Ha mai sentito nominare una ragazza di nome Sofia Medina?»

«No» negò di nuovo lei, a quel punto con aria preoccupata. «Perché?»

«Anche lei potrebbe essere coinvolta» rispose Strike.

«No, non ho mai sentito nominare nessuna donna di nome Sofia».

«Bene, andiamo avanti. Lei ha per caso il numero di telefono di Tish Benton? I suoi genitori, nello Hampshire, sono fuori e non riesco a trovare il suo attuale indirizzo».

«Perché vuole parlare con Tish? Lei di sicuro non sa niente».

«Lorimer mi ha detto che era diventata un po' una confidente di Rupert, quando ancora dividevano la casa».

«Non credo sia vero» disse subito Decima.

«Be', questo è quanto ha detto Lorimer».

«In ogni caso, non ho il numero di Tish. Lei e Zac stavano sui nervi a Rupe, e non facevano che bisticciare quando dividevano la casa. Non credo sia mai stata amica di Rupe» aggiunse con una nota di timore nella voce che suscitò in Robin un moto di pietà.

«Sa per caso di che cosa si occupi Tish, professionalmente?» domandò Strike.

«Di marketing. Lavorava per una ditta che produce borsette, non ricordo quale».

« Va bene » disse Strike, segnandosi un appunto. « Ancora un'ipotesi di Lorimer: lui ritiene che Rupert possa essere tornato in Svizzera e che lì si sia messo a fare il maestro di sci ».

« Rupe non avrebbe *mai* fatto il maestro di sci, nel modo più assoluto » replicò Decima in tono improvvisamente brusco. « Mai! Innanzitutto, non avrebbe mai voluto mettere gli sci ai piedi, ma lo costrinsero a farlo in quel dannato collegio svizzero. Detestava sciare. Chi non avrebbe odiato quello sport, considerato che i suoi genitori erano morti mentre sciavano? Per fortuna che Zac si professa suo *amico*! Un amico avrebbe ovviamente capito che fare il maestro di sci sarebbe stato l'ultimo dei suoi desideri! »

« Sì, anche a me è parsa un'idea improbabile » ammise Strike. « Ora, la prossima domanda le potrà sembrare strana, ma Zacharias ha detto che Rupert aveva una 'T-shirt portafortuna' ».

« Ah, sì, è vero » confermò Decima, e per una frazione di secondo si illuminò di un sorriso. Poi, però, le cadde la faccia. « L'hanno trovata nell'appartamento di Wright? »

« No » rispose Strike, « ma ce ne può parlare? »

« Perché? »

« Lorimer dice che Rupert l'ha stracciata, prima di scomparire ».

« Che cosa? » fece lei con un filo di voce. « No, Rupe non l'avrebbe mai fatto ».

« Perché? »

« Perché pensava gli portasse fortuna. La adorava, quella maglietta ».

« Perché avrebbe dovuto portargli fortuna? » domandò Robin.

« L'aveva avuta indosso quando gli erano capitate belle cose: quando aveva saputo di avere trovato lavoro a Londra e di poter tornare in Inghilterra, quando era stato promosso all'esame della patente e quando, una sera, gli ho detto che ero incinta ».

Oh, cazzo, pensò Robin. *Cazzo.*

Decima scoppiò in lacrime.

« *Non può averla stracciata!* » gridò, fuori di sé. Robin pensò che l'avesse udita l'intero piano del Quo Vadis. Istintivamente allungò la mano per toccare la sua e provare a consolarla, ma Decima si ritrasse.

«No, no, lasci stare. Rupe non può avere stracciato quella T-shirt!»

Strike e Robin si scambiarono un'occhiata, lui di irritazione, lei di preoccupazione.

«Adorava quella T-shirt!» ripeté Decima tra i singhiozzi, cercando tastoni un fazzoletto. «La adorava!»

«Ce la può descrivere?» chiese Robin senz'altro scopo che quello di darle l'impressione che i detective la prendessero sul serio, la ascoltassero e facessero del loro meglio per aiutarla.

«È nera, con su scritto 'White Lion'» rispose lei, piangendo con il viso seminascosto dal fazzoletto.

«'White Lion'?» ripeté Robin.

«Erano una band glam rock degli anni Ottanta» spiegò la Mullins. «Rupe trovò la T-shirt in un negozio di abbigliamento usato quando era adolescente. Gli ricordava il passato, perché aveva un video di suo padre che cantava un pezzo dei White Lion mentre lui era in culla. *Little Fighter*, si chiamava la canzone, e Rupe era solito cantarla. Era un po' uno scherzo, una sorta di sigla personale. È per quello che ho chiamato Lion così, per via dei White Lion».

«Ho capito» disse Robin e, senza curarsi di quel che pensasse Strike, aggiunse: «Allora, a quanto pare, Zacharias si sbagliava. Non vedo perché Rupert avrebbe dovuto stracciare una maglietta che per lui significava tanto».

La porta della sala si aprì di nuovo e il cameriere ricomparve con i piatti. Finse educatamente di non notare le lacrime di Decima e depose il vassoio sul tavolo mentre lei si asciugava le guance e si soffiava il naso.

Quando lo vide sparire di nuovo dalla sala, Strike disse: «Si renderà conto che la polizia ha preso in considerazione altri potenziali Wright, oltre a Jason Knowles, vero?»

Robin non comprese perché il suo socio avesse all'improvviso cambiato argomento, ma Strike agiva per il proprio personale interesse. Aveva la sgradevole sensazione che, subito dopo quel colloquio, Robin gli avrebbe detto che era loro dovere morale convincere Decima di come il suo amante non fosse mai stato William Wright, ma non intendeva sacrificare l'imminente viaggio a Crieff e Ironbridge: aveva bisogno di quell'albergo del Lake District. Era quindi fondamentale che Robin sentisse dalla bocca della stessa Decima quanto fosse necessario che loro due escludessero tutti gli altri possibili candidati al ruolo di William Wright.

« Sì, so che la polizia ha preso in considerazione altri potenziali candidati » ammise Decima, sempre in lotta con le lacrime. « Sir Daniel... Sir Daniel Gayle è un sovrintendente in pensione » spiegò a Robin, con la sua patetica considerazione per le cariche (*capisce? ho fonti attendibili e ottime conoscenze, e sono una persona razionale*), « mi ha detto che stavano conducendo ricerche su un veterano scomparso e su un uomo che aveva ucciso qualcuno per sbaglio e poi era fuggito ».

« Si ricorda il nome di quello che aveva ucciso qualcuno per sbaglio? » chiese Strike.

« No. Sir Daniel ha detto che tenevano ancora aperto il dossier su quei due uomini solo perché non riuscivano ad avere il DNA di nessuno dei due. Perché mi chiedete di loro? » si informò, sempre cercando di arginare le lacrime con il fazzoletto.

« Lei ha detto che voleva le prove dell'identità dell'uomo del caveau » rispose Strike. « Questo per forza di cose significa contemplare altre possibilità, ma se lei preferisce che ci concentriamo esclusivamente su Rupert e su cos'è successo a lui... »

« È morto, me lo sento, è morto! » esclamò Decima con una nota di isteria nella voce. « Ne voglio avere la certezza, naturalmente, ma *so* chi c'era nel caveau ».

« Allora vuole che proviamo a escludere gli altri due uomini? » domandò Strike.

« Sì, credo che se li escludeste, potreste convincere la polizia a svegliarsi e prendere più sul serio l'ipotesi di Rupe » rispose Decima asciugandosi il viso bagnato di pianto con il tovagliolo. « In gravidanza avevo detto agli agenti che avrebbero potuto usare per l'identificazione di Wright il DNA del mio bambino, appena fosse nato, ma quando Anjelica ha dichiarato che Rupe era a

New York, l'hanno chiusa lì e hanno smesso di indagare su di lui. È perché non eravamo sposati, ne sono certa. Ma lui non è affatto a New York, *non può* essere a New York, mi pare di sentirlo... »

« Di sentirlo? » chiese Robin, preoccupata.

« Mi pare di sentirlo arrivare dal vialetto e chiamarmi per nome. Sogno che è tornato, ma so che non tornerà mai più, che non vedrà mai Lion, che non saprà mai, mai, quanto vorrei chiedergli scusa ».

« Scusa di che? » domandò Robin.

« L'ultima volta che gli ho parlato, ero molto arrabbiata con lui perché aveva rubato la nave e mi pareva fosse stata un'idea incredibilmente stupida. È colpa mia, è tutta colpa mia. Ero in collera e Rupe ha pensato di non avere altra scelta che sistemare tutta la faccenda da solo. Sono stata *io* a ucciderlo, e un giorno dovrò spiegare a Lion ciò che ho fatto! »

50

Nessuna meschina ambizione o spregevole avidità
o vile calcolo potrà indurre un vero
Cavaliere scozzese al disonore.

Albert Pike
Morals and Dogma of the Ancient and
Accepted Rite of Scottish Freemasonry

Un'ora dopo che avevano pranzato con Decima senza ottenere più informazioni di quante ne avessero avute nel primo quarto d'ora del colloquio, Strike e Robin lasciarono il Quo Vadis, consapevoli di come la loro cliente fosse assai più infelice ora che aveva parlato con loro di quanto non lo fosse stata prima. Decima, che non aveva toccato cibo, aveva continuato a sostenere che Rupert era William Wright, a ripetere che era braccato da Dredge lo spacciatore e a insistere con una sorta di disperazione morbosa sulla corrispondenza di corporatura tra Rupert e il morto: stessa altezza e stesso peso, e per giunta stesso gruppo sanguigno.

Benché, al ristorante, avesse ricevuto il benestare ufficiale di Decima per il viaggio a Crieff e Ironbridge, Strike intuiva di avere dei problemi con Robin, dal cui sguardo trapelava un misto di collera e preoccupazione. Così le propose di prendere un caffè nel bar che gli piaceva di più in zona, e che era a pochi minuti di distanza. In effetti, appena si furono seduti a uno dei tavolini rotondi di metallo del Bar Italia, Robin disse: « Mi sento a disagio, Strike ».

« Per che cosa? » domandò lui, preparandosi a combattere. Aveva enumerato mentalmente tutti gli argomenti mentre andavano in Frith Street. Il vagone letto era prenotato. L'albergo con vista lago era là che aspettava.

«Perché credo che quella donna abbia un esaurimento nervoso» rispose Robin. «Si è convinta che Rupert sia morto e che sia colpa sua se questo è successo. Facendo quel che facciamo, la incoraggiamo su questa strada».

«Se il lavoro non lo facciamo noi, lo farà qualcun altro» replicò lui.

«Allora dovremmo mettere sotto sorveglianza Albie Simpson-White. Sono sicura che sa dov'è Rupert».

«Decima ci ha fatto capire molto bene che non vuole che Rupert sia trovato in vita».

«Ma dai, Strike, è assurdo! Hai appena visto com'è ridotta, no?»

«Probabilmente troveremmo un paio di persone altrettanto schizzate su qualsiasi autobus londinese. Non la si può definire pazza».

«È una madre single, unica responsabile di un bambino. Mi dispiace, ma credo che abbiamo...»

«Una responsabilità morale? Sono d'accordo, ed è per questo che prima dimostreremo che il cadavere non era di Fleetwood, meglio sarà».

«Tu vuoi solo continuare a indagare. Vuoi far fare brutta figura alla Met».

Appena quelle parole le furono sfuggite di bocca, si pentì di averle dette. Non era una frase da lei: era stato Murphy a suggerirgliela all'improvviso. Oppure Robin aveva proiettato su Strike il proprio senso di colpa per le molte cose che stava nascondendo al suo uomo.

«Far fare brutta figura alla Met?» ripeté lui, fissandola.

«Mi sono espressa male» si affrettò a dire Robin. «Non intendevo...»

«Tu credi dunque che questa indagine sia dovuta solo a un mio capriccio narcisistico?»

«Assolutamente no, penso tu sia realmente interessato al cadavere del caveau e che non abbia riflettuto abbastanza su ciò che è meglio per Decima».

«Ciò che è meglio per Decima è smettere di incolparsi per l'assassinio di Fleetwood, perché Fleetwood *non* è stato assassinato per un cazzo e qualcuno deve dargliene le prove» replicò Strike.

«Ma potremmo dargliele se pedinassimo Albie Simpson».

«Se la Signora Due-volte corresse a scopare con qualcuno di diverso dal marito o se Plug violasse la legge, allora sì che avremmo qualcuno in grado di seguire Simpson-White, ma come possiamo far pagare a Decima un pedinamento del genere quando lei ci ha detto esplicitamente che non è quello che vuole?»

«Allora lasciamo che spenda un sacco di soldi perché indaghiamo su uomini che non hanno alcun collegamento con lei?»

«Ha convenuto che lo facessimo poco fa, al Quo Vadis».

«Sai benissimo che sei stato tu a indurla ad accettare!»

«Non possiamo prendere i suoi soldi senza essere franchi sul modo di usarli».

A quel punto Strike sferrò l'offensiva. Non avrebbe voluto farlo, perché sperava di compiere il viaggio in Scozia con una Robin che non fosse arrabbiata con lui; ma ora che il viaggio stesso rischiava di essere annullato, non aveva altra scelta.

«Tu hai deciso di accettare questo caso sapendo che Decima quasi sicuramente si sbagliava nel ritenere che il cadavere fosse quello di Fleetwood».

«Lo so, ma...»

«L'unica cosa che è cambiata è che l'hai conosciuta e ti fa pena».

«Forse è vero, ma...»

«Per lei, o si portano le prove dell'identità di quel corpo, o niente. Finché Fleetwood non è contattabile in alcun modo, lei continuerà a cercare di dimostrare che il cadavere nel caveau era il suo. Se non saremo noi a portare delle prove, sarà qualcun altro a occuparsene. Noi ci distinguiamo dagli altri perché non mandiamo il conto per non aver fatto un cazzo. Noi cercheremo attivamente di fare quello che vuole lei e, se verrà fuori che Wright era Semple, Powell o de Lion, avremo fatto il nostro lavoro, dimostrando che non era Fleetwood».

«E se dimostrassimo che non è nessuno di loro?»

«Allora avrebbe ragione lei. La polizia prenderebbe forse più sul serio l'ipotesi che fosse Fleetwood, lei fornirebbe il DNA del figlio ed ecco che avrebbe la certezza. Tu pensi che io non la stia aiutando, ma non è così. Se trovassi il modo di costringere Valentine a parlare... »

« Perché va bene costringere Valentine a parlarci, ma non mettere sotto sorveglianza Albie? Perché va bene cercare quella Tish Benton con cui coabitò Rupert? »

« Perché tutto quello che Fleetwood ha detto e fatto *prima* di scomparire potrebbe permetterci di capire se abbia cercato di mascherarsi da William Wright. Possiamo giustificare la ricerca, nella fattura che le presenteremo. Quello che invece non potremmo giustificare mai sarebbe di cercare un Fleetwood vivo e vegeto, perché la cliente ci ha detto chiaramente che non lo vuole ».

« Ma a un certo punto Decima dovrà pur rendersi conto che esiste questa possibilità! »

« Non è nostro compito dire alla cliente che deve indagare su una cosa piuttosto che su un'altra » disse Strike. « Non siamo dei fottuti assistenti sociali ».

Rimasero seduti in silenzio per quasi un minuto. Robin bevve un sorso di caffè senza mai guardarlo in faccia.

« Ora devo andare » disse. « Devo cambiarmi. Stasera ho da sorvegliare Plug. Se non ci incontriamo prima, ci vediamo a Euston lunedì sera ».

Strike la guardò allontanarsi, scontento di com'era andata la conversazione, poi tirò fuori dalla tasca il cellulare che aveva silenziato. C'era un'altra telefonata di Pat cui non aveva risposto, oltre a quella che aveva rifiutato mentre andava al Quo Vadis. La richiamò.

« Ciao, vedo che mi hai cercato ».

« Sì, una donna di nome Bijou Watkins voleva parlarti » riferì la segretaria.

A Strike non sfuggiva che Pat sapesse benissimo chi era Bijou Watkins, ma apprezzò che fingesse di avere dimenticato i due o tre articoli di giornale che lo avevano associato a lei, qualche mese prima.

« Va bene, ho il suo numero di telefono » disse. « La chiamo subito ».

« D'accordo » rispose brusca Pat chiudendo la comunicazione.

Strike contemplò il jazz club di Ronnie Scott, che si trovava quasi dirimpetto al caffè dov'era seduto in quel momento, e rifletté su cosa dire. Poi tirò una boccata di nicotina con la sigaretta elettronica e fece il numero di Bijou.

51

L'unica cosa che voglio è che la questione
sia definita per sempre. Allo stato attuale,
tu dici troppe bugie e ti fai male da solo:
non ti piace quel che in realtà ti piace molto,
e ti piace quel che, stando alle tue parole,
trovi assolutamente detestabile.

Robert Browning
Fra Lippo Lippi

« Pronto ».

« Sono Strike ».

« Oh, grazie al cielo » disse Bijou. « Senti, mi dispiace, non volevo trascinarti in questa faccenda, ma... »

« So della diffida da ogni pubblicazione. So che lui pensa sia figlio mio ».

« Cosa? Ma perché? »

« Perché la gente ha spettegolato, proprio come tu speravi facesse quando hai cercato di far ingelosire Honbold al punto da indurlo a lasciare la moglie ».

« Non capisci ».

« Non *osare* dirmi che non capisco, cazzo » replicò Strike, a stento controllandosi ora che quella voce stridula e gracchiante gli ricordava come avesse trascorso noiose ore in sua compagnia solo perché era un cretino che voleva farsi una scopata facile. « Senti, ascoltami bene: lui ti sta facendo pedinare ».

« Andrew? »

« Chi altri? » sbottò Strike, reprimendo un urlo perché un'audace coppia di mezz'età aveva avuto la cattiva idea di sfidare il freddo e andare a sedersi al tavolo vicino. Rinunciando al suo caffè, si alzò in piedi, si rimise la sigaretta elettronica nella tasca del cappotto e si diresse verso Denmark Street. «Perciò non può esserci nessun incontro tête-à-tête tra noi, se è questo che mi volevi proporre con la tua telefonata».

«Oh, santo cielo» gemette Bijou. «Che aspetto ha la persona che mi segue?»

«Come cazzo faccio a saperlo? Ti sto solo avvertendo che da questo momento in poi devi vivere come una suora agorafobica, almeno finché non avrai i risultati del test del DNA».

«Andrew si rifiuta di sottoporsi al test! È convinto che la bambina sia tua!»

«E non lo è?»

«Certo che no!»

«Ne sei sicura?»

«Certo che ne sono sicura!»

«Perché dall'ultima volta in cui ci siamo visti, un uccellino mi ha parlato di una tua brutta abitudine da camera da letto» continuò spietato Strike.

«E cioè?»

«I preservativi usati. Buttati nella spazzatura. Una sorta di fai-da-te».

«Io non ho mai...»

«La mia fonte invece dice che è quello che fai, e temo sia molto più attendibile di te. Ho anche sentito dire che Honbold ha buoni motivi per pensare di non avere messo incinta una donna».

«Ti riferisci alla sulfasalazina? È un farmaco che riduce il numero di spermatozoi, ma non rende certo sterili!»

«Se ti sei servita di preservativi usati per ingravidarti con il mio sperma perché Honbold sparava a salve e pensavi di convincerlo che il feto fosse suo...»

«*Ma per chi mi prendi?*»

«Ti prendo per chi sei, ed è per questo che stiamo facendo questa cazzo di conversazione. Ti avevo avvertito quando hai cercato di trascinarmi nei tuoi casini l'ultima volta: non sopporterò senza reagire che tu ci provi di nuovo e mi procuri ancora più dolore di quanto non me ne abbia già procurato».

«Stai minacciando una neomamma!» strillò Bijou. «Che cosa ne diranno i giornali, eh?»

«Prova a rivolgerti alla stampa e io risponderò al tuo fuoco con una bomba nucleare. Non *osare* minacciarmi con i fottuti giornali. Honbold dovrà sottoporsi al test di paternità».

«Dice che non lo farà a meno che io non lo porti in tribunale! È così arrabbiato! Ti prego, Cormoran, ti *prego*, ho bisogno che tu faccia il test, così potrò dimostrare che Ottolie è sua».

«Col cazzo!» esplose lui. «Se lo facessi, significherebbe che penso di poter essere il padre e appena ne filtrasse voce...»

«Come potrebbe mai filtrare?»

«Probabilmente grazie a te, perché tu dici a tutti ogni cazzo di cosa, non tieni la maledetta bocca chiusa nemmeno quando sarebbe tuo massimo interesse farlo. Se dicessi a Honbold che mi sono sottoposto al test del DNA, tutti i suoi sospetti verrebbero confermati».

«Ma no, no, gli dirò che hai fatto il test solo per dimostrare che non sei il padre».

«A meno che tu non menta e non ritenga che la bambina possa essere mia, tu non hai bisogno del mio DNA. Di' a Honbold che lo porterai in tribunale, se necessario, e vedrai allora quanto conta la sua diffida di merda!»

«Ma se mi rivolgessi al tribunale, lui non...»

«Non ti sposerebbe? Dopo tutto questo, credi ancora di poter diventare la signora Honbold? Digli che vi rivedrete in tribunale e lasciami fuori dalla faccenda, cazzo!»

Fremendo di rabbia, chiuse la comunicazione.

52

Benché gli atti sian giudicati dalle cause,
e un atto possa averne molte assai diverse,
l'una pura, l'altra impura ma ugualmente influente,
non abbiamo il potere di capire se la causa
dichiarata dall'attore sia proprio quella vera.

Matthew Arnold
Merope: A Tragedy

Il venerdì di Robin finì solo nelle prime ore di sabato mattina, quando le luci nella casa della madre di Plug, a Camberwell, si spensero e lei capì che il figlio, che aveva urlato e sbraitato molto quel pomeriggio, era finalmente andato a letto. Tornò a casa nella notte gelida a bordo della Mazda a noleggio e, tra uno sbadiglio e l'altro, pensò contro la sua stessa volontà a innumerevoli cose stressanti, la più stressante delle quali era Decima Mullins.

Forse Strike aveva ragione a dire che quella fragile donna ossessionata dal cadavere rinvenuto nel caveau avrebbe assoldato qualcun altro se loro avessero rinunciato all'indagine, ma quella sera, per la prima volta, Robin non si era sentita a posto con la coscienza nel fare il suo lavoro, e non aveva certo bisogno di aggiungere altri sensi di colpa a quelli che aveva per motivi suoi. Per esempio l'imminente viaggio a Crieff e Ironbridge già le gravava sulla coscienza, perché aveva deliberatamente taciuto a Murphy la loro esatta destinazione, dicendogli in maniera vaga che avrebbero cercato Rupert Fleetwood da qualche parte del Northumbria. E il peggio era che continuava a provare un brivido di eccitazione mista ad apprensione al pensiero di pernottare nel bell'albergo del Lake District.

Gli stress generali e particolari erano acuiti da un lato da Murphy, che insisteva perché visitasse almeno una delle case le cui immagini le inoltrava per e-mail, dall'altro dai familiari che, ogni dieci minuti, le mandavano sul cellulare un fiume di informazioni sul suo nuovo nipotino, costringendola a simulare la gioia e l'entusiasmo che si aspettavano da lei. Le sarebbe toccato, oltretutto, trovare il tempo, nella sua fitta agenda di impegni, per comprargli e inviargli un regalino.

Il mondo pareva brulicare di neonati e nascituri: Jenny e il piccolo lottatore di sumo chiamato Barnaby; la cugina Katie, del cui primogenito Robin era la madrina, aveva appena annunciato una seconda gravidanza; presto sarebbe nato il figlioletto della difficile coppia Martin/Carmen; l'amica poliziotta Vanessa Ekwensi avrebbe partorito di lì a poco; infine c'era Lion Fleetwood, con la sua aria fragile e i suoi occhi stupiti, fotografato sul fasciatoio.

Non pensarci. Da quando lo choc della gravidanza ectopica era passato, Robin aveva represso l'insidiosa tendenza a soffermarsi sul fatto che a provocarle la rottura di una tuba di Falloppio fosse stato un essere umano in carne e ossa. Molto meglio considerare la gravidanza ectopica alla stregua di un'appendice perforata, non come un embrione che, se non fosse stato per la clamidia non curata, avrebbe potuto portare in agosto alla nascita di una creatura che le avrebbe cambiato la vita. *Non pensarci, che senso ha rimuginare?*

Si accinse a fare il turno di sorveglianza a Jim Todd, che iniziava a mezzogiorno. Era la prima volta che seguiva l'uomo delle pulizie, e aveva indossato il piumino più caldo, un comodo berretto che le nascondeva i capelli e una sciarpa che le sarebbe tornata comoda nel caso avesse dovuto coprirsi il viso. Shah le aveva mandato un messaggio per informarla sul luogo in cui si trovava Todd al momento, un caffè di Kingsway. Alla fine l'agenzia aveva scoperto, sorvegliandolo, che Todd abitava sopra un ristorante libanese e anche che non usciva quasi mai dal palazzo prima di mezzogiorno nei giorni in cui non faceva le pulizie. Robin si guardò intorno per sincerarsi che nessuno la seguisse, come faceva sempre da quando uno sconosciuto l'aveva afferrata per la nuca, da Harrods, e le aveva ficcato in mano un gorilla di gomma, e si tranquillizzò non vedendo persone sospette.

«Un freddo cane, eh?» la accolse Shah quando lo raggiunse. «È là dentro da mezz'ora. Una colazione tardiva».

«Va bene, grazie» disse Robin.

Si aspettava che Shah se ne andasse subito, perché a casa aveva una moglie e due bambini piccoli e probabilmente non voleva giocarsi buona parte del weekend, invece si stupì di vedere che si tratteneva ancora.

«Senti, spero di non essere inopportuno, ma volevo chiederti una cosa» le disse.

«Certo, chiedi pure» fece Robin, augurandosi che non fosse un'altra lamentela su Kim Cochran.

«Perché Bijou Watkins telefona a Strike?»

«Quando gli ha telefonato?» domandò lei, sorpresa.

«Ieri. Stavo schedando le fatture in ufficio, nel pomeriggio, quando ho sentito Pat trasmettergli il messaggio».

«Ah, ho capito» fece Robin. «Non lo so. Voglio dire, hanno rotto già da un po'. Sei sicuro che Pat abbia detto Bijou?»

«È un nome che si distingue abbastanza dagli altri».

«È vero» ammise Robin.

«Non è proprio il caso che Strike combini di nuovo casini con quella stronza di Bijou Watkins. Tu ti sei persa il guaio che è successo, ma cazzo...»

«Che cosa mi sono persa?» domandò Robin.

«*Private Eye* riportò una voce secondo cui Strike avrebbe aiutato Bijou a mettere delle cimici nell'ufficio del suo amante sposato. Qualche tempo fa il *Mail* scrisse che Bijou era incinta e pubblicò una specie di apologia dell'ex moglie. La stampa odia Honbold, che è il promotore della Campagna per il Giornalismo Etico. Non abbiamo bisogno che venga fatta altra pubblicità alla vita sessuale di Strike, dopo quella storia di merda della escort e l'accusa che gli hanno mosso di scopare le donne perché gli procurino prove».

Il nodo che Robin sentiva alla bocca dello stomaco si tese ancora di più. La lealtà verso Strike confliggeva in quel momento con il desiderio di placare le ansie di Shah. Non era certo un collaboratore che potevano perdere a cuor leggero: era un ottimo detective.

« Forse la Watkins ha telefonato in cerca di aiuto professionale e non per questioni personali » osservò.

« Allora spero proprio che le abbia detto di no. Abbiamo già abbastanza clienti, non abbiamo bisogno di donne che lui si scopa ».

« Non va a letto con le clienti » ribatté Robin.

« Sarà meglio che non cominci a farlo adesso » disse Shah, brusco. « Scusa, so che non è colpa tua, ma mia moglie ha creduto all'articolo sulla escort e continua a chiedermi perché lavoro per un simile stronzo ».

« Quell'articolo affermava il falso ».

« È ciò che ho detto a mia moglie, per cui sarebbe bene che Strike da ora in poi si tenesse lontano dai guai. Ecco là Todd ».

Robin guardò dall'altro lato della strada. L'uomo delle pulizie, con il suo corpo quasi sferico, la lucida zucca pelata e i ciuffetti di capelli intorno alle orecchie, era appena uscito dal Black Sheep Coffee e stava camminando lungo la strada.

« Ti saluto » disse Robin a Shah, e s'incamminò dietro a Todd dal lato opposto.

Confusa e preoccupata per quanto riferito dal collaboratore, avrebbe voluto chiamare subito Strike per chiedergli cosa stesse succedendo, ma Todd era diretto verso la stazione della metropolitana di Holborn, ad appena un minuto di distanza, e sparì nei suoi meandri dopo aver attraversato il trafficato viale a quattro corsie.

Mentre scendeva con la scala mobile nella stazione, badando a nascondersi dietro un buon numero di persone, Robin rifletté sulle prove che dimostravano come la relazione tra Strike e Bijou fosse finita. Il suo socio le aveva detto esplicitamente di non avere mai considerato Bijou la sua donna. Non le aveva nascosto la notizia della gravidanza di lei, anzi, non molto tempo dopo che Robin era uscita da Chapman Farm, l'aveva informata con suprema indifferenza del fatto che aspettava un figlio da Honbold, come se non gli importasse assolutamente nulla della madre né del bambino.

Dunque, che Bijou si fosse davvero rivolta all'agenzia per motivi professionali le sembrava improbabile. Andrew Honbold non avrebbe mai voluto che lei assoldasse Strike, non dopo che *Private Eye* aveva scritto che i due avevano una relazione. Avvertendo sempre più forte il senso di vuoto allo stomaco, capì che c'era in ballo qualcosa, qualcosa di cui Strike non le aveva parlato.

Todd prese il primo treno in direzione est. Con le gambe grasse e corte spaparanzate sul sedile, si mise a fare qualche gioco sul telefonino, mentre Robin, in piedi, ondeggiava appesa alle maniglie che pendevano dal soffitto e si teneva pronta a seguirlo appena si fosse mosso, anche se in quel momento i suoi pensieri erano assai lontani dall'uomo a forma di uovo il cui riflesso vedeva nel finestrino scuro.

53

All'occhio apparve ancora scura
l'eterna opera di muratura,
ma nelle tenebre per la pupilla
brillava a tratti qualche favilla.

A.E. Housman
XXXI, Hell Gate, Last Poems

Strike, che aveva il sabato pomeriggio libero, per l'ennesima volta osservò, nell'ufficio interno, la bacheca su cui aveva appena cambiato la disposizione dei foglietti con gli appunti sul caso del caveau.

Cercando di reprimere il vago senso di paura che lo tormentava da quando aveva parlato al telefono con Bijou, in ufficio, fissò l'orma parziale trovata sotto il corpo di Wright. Lo avevano colpito parecchie cose di quell'immagine, prima che lo distraessero le notizie su Bijou Watkins.

Robin aveva ragione: era l'impronta di un piede relativamente piccolo. Benché fosse solo parziale, era assai netta, il che pareva strano, perché era stata trovata sotto il corpo e quindi avrebbero dovuto prodursi vari sbaffi. Se invece l'orma avesse avuto il tempo di asciugarsi prima che il cadavere fosse spostato, come mai l'assassino non l'aveva vista e cancellata?

Aveva notato anche un'altra cosa di quell'impronta di scarpa da ginnastica. La pedata mostrava una suola leggermente più consumata sul lato destro che su quello sinistro. Strike conosceva parecchie cose sull'andatura, perché il modo di camminare era stato importante nel suo processo di riabilitazione dopo l'amputazione. Quando avevano valutato l'uniformità dell'appoggio nell'ambito degli aggiustamenti necessari alla protesi, lo avevano fatto salire su una piattaforma luminosa, e di conseguenza aveva imparato alcuni dettagli sui modi diversi in cui le suole si consumano se il soggetto ha un qualche squilibrio nell'andatura. Se non si sbagliava (ma l'articolo di argomento ortopedico che aveva appena letto pareva confermare la sua ipotesi), la persona che aveva indossato quella scarpa da ginnastica era leggermente zoppa.

Strike prese dal tavolo il notes. Aprendolo, vide un appunto che Robin aveva scritto forse solo per sé: REGALO BARNABY. Lì per lì gli tornò in mente Shanker e il misterioso 'Barnaby' in cui finivano i corpi, poi però si ricordò anche che 'Barnaby' era il nome del nuovo nipotino della sua socia. Passando a una pagina bianca, scrisse un'unica parola: ZOPPO?, poi staccò il foglio e lo appuntò alla bacheca, sotto la foto dell'orma.

Aveva sostituito l'articolo su Reata Lindvall, la svedese che era stata assassinata in Belgio nel 1998, con alcune foto di Sofia Medina uccisa nel Wessex. La studentessa spagnola sporgeva le labbra con aria provocante. I lunghi capelli neri le scendevano in lucide onde lungo il viso dalla carnagione ambrata, e la vacua sensualità della sua espressione spegneva ogni tratto di personalità.

Accanto alle immagini di Medina c'erano le tre foto del cadavere di William Wright procurate da Kim. Strike esaminò per qualche istante i dettagli della fascia massonica, poi si sedette alla scrivania, accese il computer, cercò su Amazon gli ebook di A.H. Murdoch e comprò quello che sembrava il più noto, *Secrets of the Craft.*

Immaginò che il numero 32, che era in bella vista sulla sciarpa ed era composto da perline rosse, si riferisse a uno dei gradi massonici, e presto scoprì di non essersi sbagliato. Il grado trentadue conferiva al massone il rango di 'Sublime Principe del Real Segreto', ed era simboleggiato da spade a lama ondulata e una croce teutonica ornata di un'aquila che appariva anche nella fascia. Più in alto di tale grado c'era solo quello di 'Sovrano Grande Ispettore Generale'.

Da tempo fuori diritti, il libro di Murdoch non era stato formattato bene, ma era stato scannerizzato in forma digitale, sicché qualche parola, ogni tanto, risultava illeggibile. Strike lesse in fretta alla voce 'Grado Trentadue':

> Il Sublime Principe del Real Segreto diventa, con l'assegnazione del grado, nient'altro che un cavaliere cristiano, il legittimo successore spirituale dei cavalieri templari...

Strike scorse ancora il testo, finché non trovò la parola 'argento'.

> Quando eleva e illumina, la donna casta e pura è come l'argento, o la luna. Il [...] frammassone non deve mai in alcun modo confondere il volgare piombo con questo metallo nobile, altrimenti si ritroverà intrappolato nei sotterranei della libidine e della dissolutezza.

L'ultima riga gli riportò sgradevolmente alla memoria Bijou Watkins, ma prima che potesse farsi di nuovo prendere da tristi pensieri, sentì squillare il cellulare.

«Strike».

«Ho bisogno di andarmene al più presto» disse una voce fievole dall'accento di Glasgow.

«Barclay, stai male?» chiese Strike, aggrottando la fronte.

«Sono spacciato. Dovrai mandare qualcun altro a sorvegliare Plug».

«Ti hanno di nuovo individuato?»

«No, ho mangiato un cazzo di gambero».

«Un cazzo di *cosa*?»

«Ho mangiato un merdoso gambero, quello schifo di panino doveva avere l'etichetta sbagliata, cazzo!»

Strike lo sentì vomitare.

«Cosa sei, allergico?»

«Sì, per la miseria!» rispose Barclay con un filo di voce. «Devo trovare un cazzo di cesso».

«Va bene, ci penso io a Plug» disse Strike. «Dove si trova?»

Barclay vomitò di nuovo.

«A Camberwell, da sua madre» ansimò.

«Va bene, vai subito via» disse Strike, alzandosi. «Sei sicuro di non aver bisogno di...?»

«No, sta arrivando mia moglie».

La conversazione si chiuse con Barclay che ricominciava a vomitare.

54

Un uomo può essere buono in generale, ma molto cattivo in particolare: buono nella Loggia e cattivo nel mondo; buono in pubblico e cattivo nella sua famiglia; buono a casa e cattivo in viaggio...

Albert Pike
Morals and Dogma of the Ancient and Accepted Scottish Rite of Freemasonry

Robin stava ancora pedinando Jim Todd, che era sceso dal primo treno in Liverpool Street e aveva cambiato con la Circle Line, che, per motivi fino a quel momento ignoti, sembrava essere di gran lunga la sua linea preferita.

L'uomo delle pulizie rimase sulla Circle Line per quasi un'ora, facendo ogni tanto giochi sul telefonino e guardando i passeggeri intorno. Una o due volte cambiò posto, anche se Robin non riuscì a capirne il motivo. Non sembrava essersi accorto di lei, ma per precauzione, ogni tanto, quando lui guardava altrove, Robin cambiava qualche particolare del suo aspetto per confonderlo. Una volta infilò un paio di occhiali dalle lenti trasparenti che teneva sempre in borsa per quel genere di situazione, un'altra si tolse il berretto double face e lo indossò dalla parte rossa anziché nera. Cambiava spesso anche posizione: ora si sedeva, ora stava in piedi e insomma usava vari espedienti per impedirgli di intuire che nella carrozza c'era un'altra persona che sembrava godersi la Circle Line quanto lui.

Mentre sorvegliava Todd usando quelle accortezze, continuava a farsi inquiete domande riguardo al rapporto tra Strike e Bijou Watkins. Era assurdo pensare ci fosse ancora qualcosa tra loro, no? Dopotutto, Bijou aspettava un figlio da un altro uomo...

Aldgate... Tower Hill... Monument...

Tuttavia, come Robin sapeva bene, Strike aveva più volte nascosto, in passato, i dettagli della sua vita sessuale.

Gloucester Road... High Street Kensington... Notting Hill Gate...

Bijou era incinta. Loro due avevano avuto una relazione un anno prima, no? Forse era passato meno di un anno. E poi c'era l'orribile cosa che le aveva detto Ilsa quando, cercando di convincerla a dissuadere Strike dal continuare quella relazione sconsiderata, le aveva confidato fin dove si spingesse Bijou per cercare di farsi ingravidare dall'amante sposato. Strike non voleva figli, era sempre stato chiaro su quello.

Baker Street... Great Portland Street... Euston Square...

Le porte della metropolitana si aprirono e richiusero. Nello scompartimento entrò un branco di ragazzine che, ridendo e chiacchierando, stringevano in mano gli acquisti fatti in centro. Robin le guardò e, con il suo pratico abbigliamento a strati, all'improvviso si sentì vecchia. Due adolescenti avevano le gambe nude e la carne chiazzata dal freddo sotto la minigonna che non avevano avuto paura di mettere neanche in una gelida giornata di gennaio.

Todd si alzò. Robin cambiò posizione per vederlo meglio nel caso si fosse diretto alla porta per scendere. Vide che adesso si reggeva con una mano a una maniglia a pendaglio, sempre guardando il telefonino.

Farringdon...

Una donna anziana si alzò dal sedile accanto alle adolescenti e si avvicinò lentamente alla porta per prepararsi a scendere. Con rapidità sorprendente per un uomo così grasso, Todd occupò il posto lasciato vuoto. Ora si trovava proprio di fronte alla ragazzina con la pelle chiazzata e la minigonna. Incrociò i piccoli piedi e chinò la testa sul cellulare, apparentemente intento a fare un gioco.

Barbican...

Pochi secondi prima di averne la prova, Robin capì perché Jim Todd amasse viaggiare per ore sulla Circle Line e perché nessuno degli altri collaboratori lo avesse ancora sorpreso a fare quella certa cosa: perché le occasioni erano rare nei gelidi mesi invernali.

Furtivamente, lui protese il telefonino in avanti, in maniera che si trovasse sotto la minigonna della ragazzina che stava in piedi a gambe divaricate per mantenersi in equilibrio. Robin fece una mossa involontaria e forse per quello, o forse per la sensazione di essere osservato, Todd si guardò intorno e incrociò proprio i suoi occhi.

«EHI!»

Robin non era l'unica ad avere visto: un uomo alto, nero, con gigantesche cuffie sulle orecchie, lo indicò col dito.

«TI HO VISTO, LURIDO PORCO!»

Lanciandosi contro Todd, l'uomo inciampò nello zaino di un vicino di posto. Robin fu bloccata da un lato dalle adolescenti irrequiete, una delle quali stava dicendo spaventata: «Che cos'ha fatto? Che cos'ha fatto?», dall'altro da un gruppo di persone che allungavano il collo per vedere cosa fosse successo. Quando la metro si fermò a Barbican Station Todd era già sulla porta e, mescolandosi alla folla in attesa sulla banchina, scomparve alla vista.

«Permesso, permesso!» gridò Robin, cercando di passare. Quando finalmente riuscì a farsi strada tra i corpi e a scendere, si guardò ansiosamente intorno, ma di Todd non c'era più traccia.

55

Aveva la crudeltà primordiale del selvaggio,
che non riconosce altra sofferenza che la propria.

John Oxenham
A Maid of the Silver Sea

Strike era appostato davanti alla casa della madre di Plug, in Vestry Road, dov'era subentrato a Barclay che si era sentito male. Il sole era tramontato e la pozza di vomito rossiccio che al suo arrivo aveva notato sul marciapiede era ormai avvolta nelle tenebre.

Mentre si preparava a passare una serata seduto a bordo della BMW, vide aprirsi il portone d'ingresso e uscirne Plug da solo, con indosso un pesante giubbotto nero invernale. Con disappunto, si accorse che non partiva in macchina, ma si metteva in cammino, non lasciandogli altra scelta che di seguirlo a piedi.

Rammaricandosi di non avere avuto il buonsenso di portare i guanti, lo seguì lungo Peckham High Street. All'inizio pensò che andasse in rosticceria per il solito cibo da portar via, ma dovette ricredersi, perché invece continuò a camminare e alla fine scese la scala della stazione di Queen's Road Peckham.

Sulla banchina della metro, Plug avvicinò un altro uomo, un tipo tarchiato, dalla testa quasi integralmente rasata e l'espressione di uno che dominava a stento l'aggressività.

I sospetti che Strike nutriva sui viaggi regolari di Plug nella rimessa fuori Ipswich, gli affari che pareva intrattenere con altri uomini dall'aria rude e lo strano episodio della creatura nel capannone non avevano trovato il conforto di una prova. Poiché quella era la prima volta in cui si trovava in condizioni di poter origliare la conversazione del sorvegliato, silenziò il cellulare e si avvicinò ai due, che parlottavano in maniera apparentemente casuale.

«Cosa offre?»
«Mille» disse Plug.
«Vale di più».
«Gliel'ho detto anch'io. Vale molto di più».
I due uomini, entrambi con lo sguardo torvo, si azzittirono. Era difficile capire se si detestassero o fossero amici per la pelle, perché appartenevano a quella categoria di inglesi che manifestano amore e odio con un'espressione pressoché identica.
Arrivò la metropolitana e Strike li seguì a bordo. La carrozza era affollata, sicché non parve innaturale, per lui, scegliere un posto accanto a loro. Finse di mandare un messaggio, ma in realtà stava scrivendo tutte le frasi che riusciva a origliare.
«Ho saputo che hai avuto guai a Ipswich».
«Non guai. Gente, tutto qui. Ma non sono tornati».
Il treno ripartì. Strike drizzò le orecchie.
«Quella troia non sarebbe male».
«Ma va'» fece Plug.
«È bella».
«Se vuoi buttar via i soldi, fa' pure» ghignò Plug.
La metropolitana procedette sferragliando verso il London Bridge.

56

Interrogai il tempio che mai cessò di parlare,
cuore che dice la verità e la dice assai chiara,
dalla grotta d'oracoli la sacerdotessa udii gridare
che lei e io saremmo morti, mai più tornati in gara.

A.E. Housman
XXV, The Oracles, Last Poems

Robin aveva corso lungo i corridoi e scrutato tra la folla delle scale mobili, ma non aveva trovato più traccia di Jim Todd. Probabilmente non era la prima volta che era stato sorpreso a fare foto sotto le gonne delle ragazze e aveva elaborato delle strategie per simili circostanze, come rifugiarsi nei nascondigli delle stazioni della sua adorata Circle Line e usare sistemi per riemergere il più velocemente possibile in superficie. Poco tempo dopo avere rinunciato a cercarlo, Robin vide sia il giovane nero che come lei aveva capito cosa stava facendo Todd, sia le adolescenti che, agitate e in lacrime, parlavano con un'agente della Polmetro. Ma Robin sapeva che tutto sarebbe finito in niente. Il reato era troppo banale e Todd era scomparso. Che cos'avrebbe potuto mai fare la donna in divisa blu scuro?

Sentendo una fitta al fianco, senza dubbio causatale dalla corsa appena fatta, si appoggiò alla parete di piastrelle della stazione e guardò la gente del sabato sera salire in metro per andare a bere e mangiare. Immaginò il commento maligno di Kim appena avesse saputo che aveva perso di vista Todd a Barbican Station proprio come aveva perso di vista Plug a Victoria Station. Poi le tornò il pensiero che la perseguitava ormai da ore e che nemmeno la scoperta di cosa faceva Todd sulla Circle Line per giorni di seguito aveva potuto scacciare: la relazione tra Strike e Bijou.

Adesso aveva una scusa per chiamarlo. Siccome Strike aveva la serata libera, probabilmente era a casa. Gli avrebbe detto cosa faceva Todd col cellulare quando aveva vicino una donna, poi gli avrebbe chiesto con noncuranza come mai Bijou avesse telefonato in ufficio. Gli avrebbe spiegato che Shah era preoccupato per la faccenda e l'avrebbe presentata come una questione professionale riguardante i rapporti con i collaboratori. Presa la decisione, tornò alla scala mobile e, nonostante il dolore al fianco, salì i gradini per arrivare prima in cima e chiamare subito Strike.

Quando fu in un'Aldergate Street ormai buia, chiamò il suo socio, ma trovò al primo squillo la segreteria telefonica. Non lasciò messaggi, però provò ancora, con lo stesso risultato.

Si sentì invadere da una sensazione peggiore dell'ansia. Era sabato sera. Dov'era Strike, per avere il telefono staccato? Guardò ancora per qualche secondo il traffico in strada, poi voltò le spalle e ridiscese in metropolitana. Mentre era sulla scala mobile, si ricordò della sera in cui Strike era venuto a casa sua ad ascoltare ciò che Murphy aveva da dire su Jason Knowles, e le tornò in mente che se n'era andato dicendo che doveva vedersi con Bijou. Lei lo aveva inteso come uno scherzo, ma forse non lo era affatto e i due continuavano ad avere una relazione.

Quel sabato sera Murphy avrebbe voluto vederla, ma siccome lei doveva lavorare, avevano deciso di passare insieme la domenica. L'idea di trascorrere l'indomani un'intera giornata con il suo uomo avrebbe dovuto rallegrarla e mitigare l'orribile misto di paura e rabbia che provava, ma non era così. Robin avrebbe voluto parlare di Todd a Strike guardandolo in faccia e, sempre guardandolo in faccia, chiedergli di Bijou Watkins.

Appena imboccò Denmark Street, capì che il suo socio non c'era, perché le luci erano tutte spente sia nella mansarda sia nell'ufficio sottostante. Tuttavia, mentre guardava le finestre, in alto, lo richiamò. Ancora una volta, rispose la segreteria telefonica.

È fuori con lei.

Non puoi saperlo.

Allora perché non risponde al telefono?

Entrò dal portone e salì le tre rampe di metallo che portavano alla mansarda di Strike. Sapeva che sarebbe stato inutile, ma voleva sincerarsene. Bussò alla porta, ma non ebbe risposta. Allora scese al piano di sotto, aprì l'ufficio e disinserì l'allarme.

Nella stanza interna accese la luce e notò con la coda dell'occhio qualche variazione nella bacheca, rispetto all'ultima volta in cui l'aveva guardata. Controllò l'ora sul cellulare. Era molto più presto di quanto pensasse: la lunga giornata e il cielo nerissimo, fuori, l'avevano indotta a credere che fossero come minimo le nove. Con il cuore in gola, si accomodò sulla solita sedia e rimase immobile a rimuginare per uno o due minuti. Poi, tirando un respiro profondo, telefonò a Ilsa Herbert.

«Ciao, Robin, come stai?» rispose Ilsa dopo pochi squilli.

Robin colse nel suo tono una certa cautela.

«Sto meglio, grazie» rispose sinceramente. «E tu? Come sta Benjy?» Benjy era il suo figlioccio.

«Adesso cammina» rispose Ilsa. «Ciò significa che tira i fili delle lampade e dà zuccate contro il tavolino almeno due volte al giorno, per cui puoi immaginarti la calma e la tranquillità. Che succede?»

«Non molto» rispose Robin con falsa allegria. «Per un motivo o per l'altro, è un periodo piuttosto frenetico. Ho molto lavoro e la Land Rover è definitivamente da rottamare». Deglutì a vuoto, poi aggiunse: «Sai di Bijou Watkins?»

Vi fu una breve pausa in cui Robin si immaginò l'espressione prudente di Ilsa.

«So in che senso?»

«Nel senso di lei e Strike» disse Robin.

«È... è stato lui a parlartene?» domandò Ilsa, e Robin sentì il cuore battere ancora più forte.

«Sì» rispose.

«Oh, grazie al cielo!» fece l'altra con immenso sollievo. «Mi aveva pregato di non farti sapere niente, perché voleva essere lui a dirtelo di persona, ma proprio mezz'ora fa ho detto a Nick: 'Scommetto che non ha aperto bocca'. Ha mica ancora parlato con lei?»

«Credo lo stia facendo in questo momento» rispose Robin, con le orecchie che le ronzavano.

«Un incontro tête-à-tête?»

«Sì, credo di sì».

«Oh, Dio santo» mormorò Ilsa, allontanando la bocca dal microfono per riferire al marito: «Robin dice che Cormoran si vede con Bijou stasera». Tornò al telefono e riprese il discorso: «Io avevo cercato di avvertirlo, Dio solo sa se non l'ho fatto! Se la bambina fosse davvero sua... Lui dice che non può esserlo, ma ti avevo raccontato, no, del trucco dei preservativi usati?»

«I preservativi che tirava fuori dalla spazzatura?» fece Robin, mentre il ronzio alle orecchie diventava sempre più acuto. «Sì, me lo avevi raccontato».

«Detto tra noi, i pettegolezzi in studio sono che la bambina sia di Corm, che lei si sia accorta di essere incinta dopo che lui l'aveva scaricata e che allora abbia cercato di farla passare per figlia di Honbold. Ma questa versione è probabilmente quella che *piacerebbe* alla gente, non quella vera. Ti ha parlato, Corm, della diffida da ogni pubblicazione?»

«Oh, sì» rispose lei.

«Mi stupisce che Honbold sia riuscito a ottenerla dal tribunale. Se il tuo personaggio pubblico è tutto incentrato sull'etica personale e i valori della famiglia, e hai tradito tua moglie e vuoi sottrarti all'obbligo di mantenere una figlia che hai generato fuori del matrimonio, l'argomento, a me pare, è di concreto interesse pubblico. Ma cosa vuoi, Honbold ha amici ad alto livello e non sarebbe diventato così ricco se non avesse saputo far valere le sue ragioni in tribunale. Deve averli convinti che la storia della sua paternità è infondata, ma non durerà, perché i giornali non sopporteranno a lungo la museruola. Penso che alla fine tutto si risolverà con un test del DNA e a quel punto la stampa si scatenerà in un senso o nell'altro. Santo cielo, spero proprio che la bambina non sia di Corm».

«Una femmina, eh?» fece Robin con una voce che veniva da un posto lontano, non collegata né con la sua bocca intorpidita né con il suo cervello paralizzato.

« Sì, ma sono quasi sicura non sia di Corm, perché erano *secoli* che Bijou cercava di incastrare Honbold. Però, anche se detesto dirlo, Corm le piaceva moltissimo. Non è stata una faccenda casuale, credo le andasse parecchio a genio l'idea di diventare la signora Strike. Poi, però, lui l'ha mollata e allora naturalmente è tornata da Honbold ».

« Già » fece Robin con la voce disincarnata che veniva da chissà dove.

« Mi dispiace per lei, dico sul serio, perché non è certo bello essere abbandonate subito dopo avere partorito, ma Bijou è talmente odiosa che non posso non pensare abbia avuto quel che si è cercata. Ma mi fa pena Corm. So che è una testa di cazzo, ma ha usato precauzioni e i preservativi sono sicuri, no? »

« Al novantotto per cento, se utilizzati correttamente » rispose Robin come un automa.

« A meno che qualcuno non li tiri fuori dal bidone della spazzatura. Dio, che razza di assurdo casino! »

« Be', nessuno l'ha costretto a combinarlo » osservò Robin con un groppo in gola. « Nessuno gli impone di andare a letto con delle donne e poi scaricarle solo perché loro sono disponibili e lui vuole divertirsi un po' senza vincoli ».

« Lo so, ma che una simile grana gli sia scoppiata in faccia così... »

Incapace di continuare a fingere di non essere turbata, Robin disse: « Scusami, Ilsa, ma adesso devo proprio andare ».

« Oh » fece Ilsa, sconcertata. « Ma come, hai chiamato solo per chiacchierare o volevi sapere qualcosa? »

Cazzo.

« Oh, scusami, scusami tanto » fece Robin fingendo di essere distratta, mentre la gola traditrice si stava chiudendo ancora di più e gli occhi le bruciavano per le lacrime. « Volevo sapere se un giorno di questa settimana avevi voglia di bere qualcosa con me ».

« Non questa settimana. Sono in tribunale, siamo sommersi dal lavoro. Posso mandarti un messaggino la prossima settimana? »

« Perfetto » disse Robin, anche se la parola le uscì di bocca come uno squittio.

«Robin?» fece Ilsa.

La voce non le uscì.

«Robin!» ripeté l'altra, in tono preoccupato. «È vero che sapevi già tutto quello che t'ho detto?»

«Sì, certo» si sforzò di dire lei, ma ormai era chiaro che stava piangendo. «È solo che... è un casino, come hai detto tu. Per favore, non riferire a Strike che ti ho chiamato per parlare di questo. Si irriterebbe molto, specie se sapesse che la faccenda mi ha turbato».

«Certo, non ti preoccupare» fece Ilsa, comprensiva. «Mi dispiace moltissimo, Robin, so che questo è un incubo per l'agenzia, specie dopo che sono usciti quegli articoli sul giornale».

«Già, quello è il guaio, ma speriamo che... Stiamo a vedere che cosa dice il test del DNA».

«Allora ti chiamo per un drink non la settimana entrante, ma quella successiva» fece Ilsa.

«Perfetto» disse Robin. «Ciao».

Finita la telefonata, crollò con il busto sulla scrivania, seppellendo il viso tra le braccia. Un confuso groviglio di sentimenti, alcuni consci, ma la maggior parte a lungo soffocati, ruppe ogni vincolo per esprimersi fino in fondo, e le cateratte del pianto che aveva trattenuto per mesi si aprirono all'improvviso.

Così Strike forse era appena diventato padre, assieme a Matthew, Stephen, Martin, Shah e Barclay, mentre lei doveva cercare di non pensare al suo bambino perché non era nemmeno un bambino, ma solo un agglomerato di cellule. No, non era un feto, un vero essere umano. Era stata derubata di quello che tante altre donne facevano con decisione e facilità, addirittura, a volte, attraverso il sordido appuntamento con un viscido preservativo buttato nella spazzatura. No, la sua creaturina annidata nella tuba di Falloppio si era formata per incuria e ignoranza, poi le aveva causato un dolore atroce ed era morta senza conoscere sua madre. E anche se Robin non l'aveva cercato, quel bambino, ora lo piangeva, vergognandosi sia che fosse vissuto sia che fosse morto.

E Strike? Strike, per il quale nutriva sentimenti che non avrebbe dovuto nutrire e che anzi aveva cercato di estirpare, ma che ultimamente si erano riaccesi, Strike che le aveva regalato il braccialetto, che batteva sul tasto del biglietto in cui Charlotte diceva che era innamorato di lei, e che le aveva offerto un prestito per la Land Rover soltanto per tenerla legata a lui e all'agenzia. Era un'operazione cinica, non era sincero con lei, non le aveva detto che nuovi scandali le sarebbero esplosi come mine sotto i piedi. Strike non voleva quello che Murphy le stava offrendo. No, voleva solo continuare ad agire in maniera furtiva, nascondendo segreti importanti riguardo ad altre donne, così forse di lì a un altro anno Robin avrebbe scoperto che era andato a letto con Kim Cochran, e ci sarebbero stati altri sordidi strascichi e altre scoperte scioccanti. Robin sentiva il bisogno di scacciare per sempre sentimenti che non fossero di pura amicizia per il suo socio e invece, in quel preciso momento, provava qualcosa di più.

Pianse anche per il senso di colpa, perché nascondeva troppe cose a Murphy, specie quelle più importanti, ovvero che sentiva per Strike quello che non avrebbe dovuto sentire e ormai non poteva più negarlo, benché si rendesse conto di dover porre fine alla cosa, e al più presto.

Quante volte ancora si sarebbe torturata chiedendosi quali fossero i veri sentimenti di Strike per lei, quando lui non faceva altro che nasconderle un segreto dietro l'altro? Quanta parte della sua vita avrebbe lasciato in sospeso nella speranza e nell'attesa (ormai lo ammetteva senza remore) che Cormoran Strike diventasse diretto e sincero e le dicesse chiaramente ciò che voleva e sentiva? Lui le aveva già *dimostrato* quello che voleva, non c'era alcun bisogno di dirlo: voleva una serie di belle donne da scartare quando non facevano più comodo, e voleva Robin a disposizione per aiutarlo a gestire un'attività di successo che adesso era minacciata proprio dalle sue avventure amorose. Quale romantica idiota poteva mai sperare che un uomo del genere cambiasse, all'età di quarantadue anni, per trasformarsi in un monogamo desideroso di una tranquilla vita domestica?

Alla fine, traendo un respiro profondo, si tirò su a sedere, si asciugò gli occhi rossi e gonfi con la manica del cappotto, poi andò nel bagno del pianerottolo a prendere della carta igienica per soffiarsi il naso e asciugare la scrivania macchiata di lacrime e mascara. Tornò a sedersi, ancora singhiozzando ogni tanto, con un incipiente mal di testa e la prospettiva del lungo viaggio di ritorno in metro.

Non avrebbe tradito Ilsa: si poteva giocare, in due, al gioco ipocrita di non ammettere ciò che si sapeva, ma Robin non poteva sopportare di parlare con Strike finché non avesse ripreso l'autocontrollo.

Il telefono dell'ufficio squillò. Non voleva rispondere: non voleva che Strike sapesse che era stata lì. Tuttavia accese meccanicamente il microfono della segreteria telefonica per sentire il messaggio, se ce ne fosse stato uno. Ascoltò la voce rauca di Pat dire che rispondeva l'agenzia investigativa Strike ed Ellacott, che l'ufficio era aperto dalle nove alle cinque e che potevano lasciare un messaggio. Poi ascoltò, dopo il *bip*, una stridula voce maschile.

« Ti era stato detto di mollare. *Molla, cazzo*, o sarà peggio per te, stronza di una puttana! »

Un *clic*: chi chiamava aveva riappeso.

Robin fissò il telefono con gli occhi che ancora le bruciavano. Nonostante fosse così abbacchiata, le parve di riconoscere la stessa voce che le aveva sibilato all'orecchio: «*Succederà di nuovo se non mollate il fottuto osso*» quando era stata afferrata alla nuca da una mano maschile, da Harrods. Pensò a Todd (che aveva fotografato la ragazzina sotto le gonne appena qualche ora prima) e a come l'aveva guardata direttamente negli occhi, quasi avesse intuito che lo osservava. Ma non era stato Todd a ficcarle il gorilla di gomma in mano perché, se fosse stato lui, Robin avrebbe sentito il suo pancione premerle contro la schiena.

Ti era stato detto di mollare. Lo sconosciuto sapeva che non stava 'mollando'. Come faceva a saperlo? Forse Todd lo aveva chiamato per dire che era stato pedinato da lei? Chi chiamava stava sorvegliando l'ufficio, in quel momento? Non sarebbe stata la prima volta che qualcuno si presentava in Denmark Street per minacciarli. Si immaginò Strike e Murphy gridarle di stare attenta, di chiamare un taxi, di prendere sul serio la minaccia, come facevano gli uomini quando erano preoccupati e preferivano rivolgere la loro aggressività verso la donna che valutare la situazione in maniera spassionata, ma se l'uomo all'altro capo del filo avesse voluto davvero farle del male, perché mai avrebbe lasciato un messaggio in segreteria? Sarebbe stato sensato, da parte sua, andarla a braccare in ufficio dopo la telefonata appena fatta?

Senza più pensare al messaggio minatorio, accese il computer. Aveva bisogno di trovare un pretesto per sottrarsi al viaggio in Scozia lunedì sera.

Quaranta minuti dopo aveva due motivi così validi, e li aveva trovati così facilmente, che pensò fosse stata la mano del cielo, giunta attraverso il monitor, ad accarezzarle la testa. *Ecco qui. Ti meriti una pausa.*

Prese il cellulare, poi lo depose di nuovo sul tavolo. Non voleva mandare un messaggio a Strike, perché avrebbe potuto richiamare. Allora aprì la posta elettronica. Dopo avere riflettuto sui convenevoli, decise di evitarli del tutto, perché quella sera non aveva nessuna voglia di dire 'Caro Strike'.

> **Ho scoperto perché a Todd piace tanto viaggiare sulla Circle Line per l'intero pomeriggio. Piazza il cellulare sotto le gonne delle ragazzine e scatta foto. Mi ha guardato in faccia quando lo osservavo ed è stato letteralmente cacciato dal vagone. Nel trambusto che è seguito l'ho perso di vista.**

Si interruppe per pensare, poi riprese a scrivere.

> **Ho riflettuto sul viaggio della prossima settimana e mi sembra assurdo che interroghiamo insieme Jade Semple quando sei stato tu a convincerla a parlare. Ho appena identificato la scuola che ha frequentato Sapphire Neagle prima di scomparire e vorrei provare a parlare con una sua amica nel tragitto tra casa e scuola, per chiederle se per caso sa qualcosa di Oz.**
>
> **Ho anche guardato la pagina Instagram di Valentine Longcaster. Sta facendo sopralluoghi a God's Own Junkyard per un servizio fotografico di moda martedì e io conosco il posto, che è a**

Walthamstow, non lontano da casa mia. Credo che mi presenterò di persona per chiedere udienza. Forse è più facile che parli con me che con te.

Mercoledì andrò in macchina a Ironbridge per interrogare Dilys Powell, perché sono io ad avere parlato con lei, in precedenza.

Si interruppe di nuovo. Buttò un'occhiata alla bacheca e si accorse che Strike aveva tolto l'articolo su Reata Lindvall. Si rendeva perfettamente conto che nessuno dei loro potenziali Wright aveva, che si sapesse, alcun collegamento con Reata Lindvall o il Belgio, ma era contenta di avere un altro motivo per essere arrabbiata con Strike, che aveva sprezzantemente eliminato la notizia in cui lei si era imbattuta la vigilia di Natale, in un momento in cui – con il suo ex marito di fianco alla porta del pub e il suo fidanzato, arrabbiato, che l'aspettava dentro – aveva pensato come sempre al lavoro.

Ho notato che hai tolto il foglietto su Reata Lindvall, ma, siccome non abbiamo altre piste riguardo all'identità di 'Rita Linda', puoi chiedere per favore a Jade se Niall o altri della famiglia hanno sentito parlare di lei o hanno qualche legame con Liegi?

Robin fece un'ennesima pausa, poi fissò il monitor con gli occhi rossi e scrisse:

Non potrò trattenermi a lungo a Ironbridge, perché Ryan e io stiamo cercando casa insieme e la prossima settimana ne abbiamo un paio da vedere.

Ci vediamo martedì.

PARTE QUINTA

Era ancora un caso di fede e speranza, un caso in cui si continuava a lavorare e investire denaro e in cui, fino ad allora, il ritorno era dato quasi soltanto dagli scarti che si frapponevano tra loro e le loro più fervide speranze.

John Oxenham
A Maid of the Silver Sea

57

Quando le campane suonan l'ore
della buia notte nel cuore,
in bocca sento il sapore sciatto
di tutto quanto io abbia fatto.

A.E. Housman
IX, Additional Poems

Nella vita Cormoran Strike aveva ricevuto molti epiteti dalle donne, ma nessuna gli aveva mai dato dello stupido. Annunciando esplicitamente che stava per mettere su casa con Ryan, usando un tono gelido nell'e-mail e mandando messaggi esclusivamente legati al lavoro nelle quarantott'ore successive, Robin gli aveva fatto chiaramente capire, come se glielo avesse urlato in faccia, che gli opponeva il secco, sdegnoso rifiuto di cui lui aveva avuto paura in tutti quei mesi, ma che fino ad allora non si era mai materializzato.

Era cambiato qualcosa, anche se non capiva cosa. La rabbia che Robin aveva provato perché lui non aveva voluto mettere sotto sorveglianza Albie Simpson-White era diventata una furia incontrollabile dopo che avevano bevuto il caffè al Bar Italia? O Murphy aveva sollevato obiezioni al loro viaggio al nord e chiesto (non senza qualche ragione) che bisogno ci fosse di andare insieme in Scozia per parlare con una donna che viveva sola? O ancora, forse lui non si era reso conto di avere fatto una serie di piccoli sgarbi a Robin, come lasciava pensare il riferimento irritato alla rimozione dalla bacheca del foglietto con le notizie su Reata Lindvall?

Aveva telefonato alla sua socia dopo essere arrivato in ufficio e avere sentito la nuova telefonata minatoria fatta dallo sconosciuto dalla voce stridula, ma gli aveva risposto la segreteria telefonica.

Robin gli aveva mandato un breve messaggio, dicendogli che stava prendendo tutte le precauzioni possibili. Il tono del messaggio lo aveva indotto a chiedersi se non fosse il caso di costringerla a un colloquio, di mandarle un asettico messaggio con la domanda 'Tutto bene?', ma data la sua lunga esperienza di donne arrabbiate, sapeva che al massimo avrebbe ricevuto un 'bene' passivo-aggressivo. La sordida storia di Bijou gli pesava sulla coscienza, ma Robin non poteva saperne niente, no? Ilsa aveva promesso di non parlargliene e, se Kim avesse spifferato qualcosa, Robin di sicuro ne avrebbe chiesto conto a lui, no? Certo Strike non intendeva accennargliene di sua spontanea volontà: non voleva far la figura del donnaiolo bastardo e irresponsabile più di quanto non la facesse già.

Annullò la prenotazione all'hotel del Lake District, perché non aveva nessuna intenzione di contemplare Windermere da solo, e alle undici e mezzo di lunedì sera, nonostante l'autodisciplina che di solito gli impediva di bere da solo, salì sul vagone letto, il Caledonian Sleeper, con due pinte di Doom Bar già nella pancia e una bottiglia di scotch infilata nel borsone che si era portato dietro per il viaggio notturno a Glasgow.

La cabina era piccola e troppo calda. Senza togliersi il cappotto, sedette sulla cuccetta inferiore e bevve un un whisky liscio da un bicchiere di plastica. Gli scozzesi della cabina accanto parlavano a voce così alta che sentiva alcune parole, soprattutto « dai, stronzo » e « dai, bastardo ». Era impossibile capire se litigassero o scherzassero.

Quel lunedì sera, Strike era in preda al disgusto di sé e a un nero fatalismo. Che lui fosse il padre della bambina di Bijou pareva molto più probabile di quanto non lo fosse stato tre giorni prima. Da un lato la distanza insormontabile tra lui e l'unica donna che voleva, dall'altro il legame sempre più stretto – e indesiderato – con una donna che non gli era nemmeno mai piaciuta. Non era una gigantesca, schifosissima ironia cosmica? Lui, con il suo eterno risentimento verso un padre che lo aveva generato per puro caso, sarebbe stato costretto da un test del DNA ad assolvere nel modo più meccanico agli obblighi parentali e incatenato a sua volta a una progenie indesiderata?

Sette anni di occasioni mancate con Robin: le avrebbe contate per il resto della vita come l'avaro conta i centesimi. Aveva mandato tutto a puttane, e adesso era finita: lei sarebbe andata a vivere con Murphy e l'avrebbe sposato e avrebbe avuto dei figli da lui e avrebbe piantato in asso l'agenzia. E lui, come il gigantesco cazzone che era, avrebbe dovuto tirare i remi in barca, perché ci aveva messo troppo ad agire, ci aveva messo troppo a riconoscere ciò che era lapalissiano e adesso si meritava quell'infelicità, si meritava quell'abissale disperazione, perché era stato un arrogante coglione che credeva lei fosse là pronta per lui appena si fosse degnato di coglierla.

A mezzanotte meno un quarto il treno partì, conducendolo verso un appuntamento che lui aveva organizzato solo per avere il pretesto di cenare con Robin. Un secondo whisky non ebbe altro effetto che di farlo sudare. Si tolse a fatica il cappotto e aprì il finestrino, poi si sdraiò sulla cuccetta inferiore, tenendo il bicchiere di plastica con il whisky in equilibrio sul petto e pensando all'e-mail in cui Robin aveva infine dichiarato che sarebbe andata a vivere con Ryan, cosa che Strike aveva del resto intuito già da tempo.

A quanto capiva, non poteva fare molto, in quel momento, per migliorare i loro rapporti. Non pensava ci fosse alcuna possibilità di riportare in vita quella che era sempre stata una speranza d'amore piuttosto esile, ma non voleva perderla come socia nell'attività professionale o, peggio ancora, come amica. Se a farla arrabbiare era il fatto che si fosse rifiutato di mettere sotto sorveglianza Albie Simpson-White, non poteva trovare un rimedio immediato, perché non c'era nessuno che potesse pedinare White. Sarebbe stato altrettanto impotente se all'origine dell'improvvisa freddezza di Robin fosse stata un'esplosione di gelosia di Murphy. Se invece il problema fosse stato la rimozione dalla bacheca dello stupido foglietto con l'articolo su Reata Lindvall, avrebbe potuto fingere di prendere sul serio la possibilità che 'Rita Linda' fosse stata davvero Reata Lindvall. Così, bevendo un altro sorso di whisky, cercò su Google quella donna e si soffermò su una cronaca del suo omicidio pubblicata su un sito belga e tradotta in pessimo inglese.

Reata era nata in Svezia nel 1972 da madre nubile e padre ignoto, ed era rimasta orfana a dieci anni, quando sua madre, un'alcolista, era morta. Era stata allora sballottata da una famiglia affidataria all'altra, finché nel 1988 era scappata. Si era poi trasferita con un'amica in Svizzera, dove entrambe erano state assunte come 'addette alle pulizie degli chalet'. Nel 1993 Reata aveva partorito una bambina, Jolanda, che, come lei a suo tempo, era 'figlia di padre ignoto'.

Leggere di due figlie concepite per sbaglio non servì certo a migliorargli l'umore. Tuttavia, Strike continuò a leggere.

Reata aveva deciso di dare in adozione la bambina, ma aveva cambiato idea dopo averla messa al mondo. Poco dopo il parto aveva conosciuto il belga Elias Maes, un uomo di trentanove anni con cui aveva iniziato una relazione. E alla fine lei e Joanda si erano trasferite a Liegi per vivere con lui.

> La relazione con Maes era difficile e contrassegnata da episodi di violenza. Entrambi i partner facevano grande consumo di alcol. Maes accusava Lindvall di essere una madre negligente e i due si rinfacciavano a vicenda le loro infedeltà. I vicini dicevano che Maes si lamentava del comportamento di Reata e trattava male la piccola Jolanda. Lindvall e Maes si divisero per sei mesi nel 1998, poi tornarono insieme.
>
> Il 20 giugno 1998 Reata e Jolanda scomparvero. Gli amici, preoccupati, si rivolsero alla polizia. Maes, che era assente per lavoro, quando tornò fu arrestato perché sospettato di averle rapite o uccise. In seguito fu rilasciato senza imputazioni.
>
> Nonostante gli appelli pubblici, non si trovò più traccia di Reata o di sua figlia. Maes, che era visto ancora con sospetto, nel 1999 si trasferì ad Anversa.
>
> All'inizio del 2000, la polizia ricevette una soffiata e perlustrò il bosco vicino al lago d'Ougrée. Furono rinvenuti frammenti di ossa

umane e di abbigliamento. L'analisi del DNA dimostrò che i resti appartenevano a Reata e Jolanda.

Maes fu di nuovo arrestato. Gruppi femministi belgi manifestarono davanti al tribunale per tutta la durata del processo. Nel marzo del 2001, Maes fu giudicato colpevole degli omicidi di Reata e Jolanda Lindvall, e condannato a due ergastoli.

Strike bevve altro whisky e si chiese se mandare a Robin un messaggio con qualche commento anodino o qualche domanda sulla Lindvall per dimostrare che non aveva liquidato del tutto l'argomento, ma continuava a non capire in che modo la svedese assassinata potesse avere un qualche rilievo nella loro indagine. Inoltre, era masochisticamente sicuro che in quel preciso momento Robin stesse scopando con Murphy e se la spassasse.

Gli scozzesi della cabina attigua continuavano a scherzare o litigare, e Strike d'un tratto rimpianse di non essere da un'altra parte, da qualsiasi parte, piuttosto che chiuso in quella scatola di sardine sferragliante. Sempre stringendo la bottiglia di whisky, si alzò dalla cuccetta, aprì la porta della cabina e s'incamminò per il corridoio.

L'angusta carrozza bar, illuminata da una luce violenta, era piuttosto sporca e poco meno deprimente della sua cabina. Un gruppetto di uomini era in piedi in fondo allo scompartimento e dall'accento si capiva che erano tutti scozzesi. Strike si sedette all'unico tavolo, si versò un altro bel sorso di whisky nel bicchiere di plastica, e guardò con aria vacua i tralicci e le finestre illuminate delle case che scorrevano fuori del finestrino.

Sentì il *bip* di un messaggio. Sperava fosse Robin, ma naturalmente era Kim.

Immagino che se sei sul vagone letto tu non stia ancora dormendo. Non è questa la donna che abbiamo visto al Dorchester?

Strike cliccò il link dell'articolo che Kim aveva allegato e vide in effetti l'onorevole Nina Lascelles in abito da sposa, accanto all'uomo biondo che aveva indicato sulla pista da ballo come il suo fidanzato. Delle nozze di Percy, come si chiamava lo sposo novello, parlavano i giornali perché si trattava di un giovane deputato laburista. Strike fissò la foto per quasi un minuto, chiedendosi perché una delle damigelle gli sembrasse vagamente familiare. Poi si rese conto che la donna bruna e accigliata su cui aveva soffermato lo sguardo era una che avevano sorvegliato in passato. Midge aveva sorpreso quella signora sposata mentre faceva visita al suo amante, il che spiegava la frase di Nina al Dorchester: '*Hai letteralmente rovinato la vita a una mia amica*'.

Scrollò e vide che sotto l'articolo su Nina ce n'era un altro di Dominic Culpepper, e con uno spiacevole senso di vuoto alla bocca dello stomaco scorse il nome di Charlotte.

Il pezzo sottolineava la natura 'ben poco convenzionale' del matrimonio di sua madre Tara e del suo quarto marito, un certo Lord Jenson. I due vivevano separati, Jenson mantenendo la grande casa di Mayfair in cui era vissuto con la defunta prima moglie, Tara ('della ricca famiglia Clairmont, che fondò a suo tempo l'omonima catena alberghiera') continuando a dirigere Heberley House, la grande villa ereditata da suo figlio, una gestione che – parole di Tara – «fa comodo a Sacha, sempre in giro per set cinematografici. D'altra parte chi può occuparsi di Heberley meglio di me?»

Naturalmente, si accennava anche al 'tragico' suicidio di Charlotte.

> «Ha sempre avuto problemi fin dalla più tenera infanzia» dice con tristezza Lady Jenson. «Abbiamo fatto tutto quello che potevamo, naturalmente, ma quando dall'infanzia è passata all'età adulta... Purtroppo, ha instaurato una lunga relazione estremamente disfunzionale che riteniamo abbia contribuito parecchio ai suoi problemi di instabilità mentale».
>
> Prima del matrimonio, Charlotte aveva avuto una relazione quasi ventennale, contrassegnata da continue rotture e rappacificazioni, con Cormoran Strike, il controverso detective privato che di recente è stato accusato di molestie a una escort.

Nonostante tutto, Lady Jenson rimane sulla breccia.
«Si impara a sopportare le avversità della vita» dice.
«Certo, la perdita di una figlia...»

«Che cavolo ci fa, lei, qui?» disse una voce tonante.

Strike alzò gli occhi. Un uomo basso, tarchiato e quasi completamente calvo, che stava masticando vigorosamente un chewing gum, si era staccato dal gruppo al bancone e lo stava guardando. Era Fergus Robertson, il giornalista che di recente aveva riportato sul *Telegraph* la sua smentita della versione di Candy.

«Sono qui per lavoro» rispose Strike, «e lei?»

«Idem» rispose Robertson, sedendosi, pur se non invitato, sul sedile di fronte a Strike. «Devo registrare la reazione di Nicola Sturgeon al discorso di Theresa May sulla Brexit, domani. Il giornale mi ha appioppato un'intervista».

«Bene» disse Strike, rinfilandosi in tasca il cellulare.

«Vedo che non ha voglia di arricchire le Ferrovie britanniche» osservò Robertson guardando lo scotch che Strike si era portato da casa.

«Prego» fece Strike, spingendo la bottiglia verso di lui. Il giornalista se ne versò una dose generosa nel bicchiere di plastica.

Strike era così depresso che non riusciva neanche a fingere interesse per la conversazione di Robertson, ma almeno starci seduto davanti rappresentava una qualche distrazione. Quando lui gli restituì la bottiglia, l'investigatore si versò un altro triplo scotch.

«Curioso, averla incontrata qui» fece il giornalista. «Intendevo telefonarle appena fossi tornato da Edimburgo».

«Ah, sì?» disse Strike, senza troppo interesse. «Come mai?»

«Non ha mai sentito parlare della loggia massonica Winston Churchill?»

«Perché me lo chiede?» replicò Strike, che sapeva benissimo che era la loggia cui era affiliato l'investigatore capo Malcolm Truman.

«Lei mi aveva chiesto se Oliver Branfoot fosse massone».

«Sì, e lei mi aveva risposto che non lo sapeva».

Robertson si ficcò in bocca altro chewing gum alla nicotina e lo scrutò in viso.

«I massoni dalle attività losche fanno sempre notizia» disse.

«Immagino di sì» convenne Strike, non ancora così ubriaco da fornirgli inavvertitamente informazioni che potessero procurare a entrambi una querela.

«Corre voce che la loggia Winston Churchill abbia all'interno parecchi membri della polizia».

«Ah, sì?»

«Sì. Ho parlato con un collega che ha scritto di massoneria nel '99» abbassò la voce Robertson. «Si ricorda quando la Commissione Affari interni stese il suo rapporto sulla massoneria nella vita pubblica?»

«No» rispose Strike, che aveva passato gran parte del 1999 in Kosovo. «Che cosa scrisse nel rapporto?»

«Che c'è un sacco di paranoia ingiustificata riguardo ai massoni, ma i massoni stessi contribuivano chiudendosi nel loro riserbo, e che ci sono stati casi in cui le accuse di influenza massonica erano forse giustificate. Come si scoprì attraverso le indagini della Commissione Affari interni sul traffico di influenze massonico, lo scienziato forense coinvolto nell'inchiesta sui Sei di Birmingham era massone. 'Per quanto riguarda lo scienziato forense' dissero, 'la nostra conclusione è che la massoneria ha rappresentato un fattore nel rapporto stretto e non professionale che egli ha avuto con la polizia'».

Robertson abbassò ancor di più la voce e, scrutando Strike in viso per vedere la sua reazione, proseguì: «In ogni caso, l'altro giorno parlavo con questo tizio e ho buttato là il nome di Branfoot, al che ha detto che sì, Branfoot è massone e ha cambiato loggia un paio d'anni fa. A quanto pare era in una di quelle logge che sono zeppe di aristocratici, e secondo la mia fonte si è trasferito nella Winston Churchill».

Vedendo che Strike non parlava, il giornalista ringhiò scherzosamente: «Su, avanti, lei sa qualcosa su Branfoot».

«Si è unito al coro degli anti-Strike di Culpepper e volevo sapere perché, tutto qui».

A Strike era appena stata data una preziosa informazione, ma era troppo stordito dall'infelicità e dall'alcol per trarne gran piacere. Il bar pieno di voci e risate maschili, il giovane barman foruncoloso con il suo panciotto di poliestere, il puzzo di whisky da quattro soldi e la vista di Robertson, lì davanti, che masticava chewing gum come un matto, all'improvviso gli parvero ancora più intollerabili della sua angusta cabina.

«Ho bisogno di dormire un po'» annunciò alzandosi.

«Mi tenga informato, mi raccomando!» disse il giornalista.

«Senz'altro» rispose Strike.

Afferrò il collo della sua bottiglia di whisky e si allontanò lungo il corridoio, dondolando al movimento del treno.

Tornato alla cuccetta, rifletté se mandare un messaggio a Robin per dirle che Branfoot apparteneva alla stessa loggia di Malcolm Truman, ma che cazzo importava? Lei in quel momento stava sicuramente ridendo e scherzando con il suo fidanzato della CID dopo avere fatto una bella scopata. Avrebbe potuto darle la notizia appena fosse arrivato a Ironbridge. Tuttavia, un pensiero vendicativo gli diede una sorta di freddo conforto.

Adesso aveva un'ottima ragione per indagare più a fondo sull'ispettore capo Malcolm Truman, che per fatale coincidenza apparteneva alla stessa loggia massonica di Lord Oliver Branfoot, e chiunque disapprovasse che ficcasse il naso nell'operato di un membro della Met (come, per esempio, Ryan Stronzo Murphy), poteva infilarsi le sue obiezioni su per il culo.

58

Una ragazza dal giardin del castello
con passo furtivo e guancia accesa
tra siepi di mirto fiorito e bello
al chiaro di luna era scesa
incontro alla nave dell'amante pirata.

Matthew Arnold
A Southern Night

Robin, che aveva passato gran parte del weekend a fingere entusiasmo per la casa che lei e Murphy avrebbero visto giovedì sera, fu lieta, lunedì, di avere la scusa di alzarsi prima di Ryan. Voleva trovarsi davanti alla Juniper Hill High School di Finsbury Park prima che cominciassero ad arrivare gli studenti, in maniera da accrescere le probabilità di intercettare Tia Thompson, amica della scomparsa Sapphire Neagle.

Mentre, sul marciapiede opposto all'ingresso di quel brutto, grigio palazzone, guardava le prime alunne entrare nella scuola con la loro divisa rossa, tentò inutilmente di non pensare a Strike.

Non l'aveva chiamata nel weekend. Non che lei si aspettasse che lo facesse, ma aveva creduto si sarebbe fatto vivo per chiederle il motivo di un'e-mail così gelida e della decisione di sottrarsi al viaggio in Scozia, visto che ci sarebbero state molte altre occasioni di parlare con Tia Thompson e Valentine Longcaster. Ma no, Strike non le aveva telefonato affatto. Bell'amicizia!

Forse dovrei mollare, pensò. *Forse dovrei trovarmi un altro lavoro.*

Ma era una forma di gioco autodistruttivo: in realtà, non aveva la benché minima intenzione di rassegnare le dimissioni. Abbandonare tutto ciò che aveva contribuito a costruire? Rinunciare a quasi sette anni di sacrifici, rischi e duro, incessante lavoro? Buttare alle ortiche la professione che amava, solo perché Cormoran Strike era un bastardo bugiardo e manipolatore? Perché una cosa era certa: era davvero un manipolatore e adesso le era chiaro. La sua offerta di comprarle una nuova Land Rover, il regalo di Natale, le ripetute allusioni al biglietto lasciato da Charlotte prima del suicidio, erano tutte strategie volte a tenerla legata a sé e all'agenzia, mentre lui se ne andava in giro a ingravidare quella maledetta Bijou Watkins e magari andare a letto con varie altre donne. *Be', buona fortuna, Bijou, hai scelto un padre fantastico per la tua bambina.*

La folla di allieve in divisa rossa stava aumentando e Robin scrutò i volti di tutte le ragazze nere che vide. La maggior parte arrivava a gruppi, ma quando finalmente Robin individuò e riconobbe Tia, notò che camminava da sola, svapando e guardando lo schermo del cellulare. Fissava il telefonino con tale interesse che, quando si accinse ad attraversare la strada, a una ventina di metri di distanza da lei, Robin non poté trattenersi dal gridare: «Attenta, Tia!»

La ragazza trasalì e fece un salto indietro un attimo prima che l'autobus le passasse accanto.

«Come cavolo fa a sapere il mio nome?» chiese la studentessa mentre Robin le correva incontro.

«Speravo di potere scambiare due parole con te» disse Robin. E subito dopo non poté fare a meno di aggiungere: «Non dovresti guardare Snapchat mentre attraversi la strada».

«Per sua informazione, sto leggendo un cazzo di libro» replicò Tia mostrandole lo schermo del cellulare.

«Ah» fece Robin. «Be', comunque sia, speravo di potere parlare con te di Sapphire Neagle».

«Perché?»

«Mi chiamo Robin Ellacott e sono una detective privata. Sapphire è scomparsa e io sto cercando di scoprire che cosa le è successo».

Le allungò il biglietto da visita. La ragazza lo esaminò, accigliata.

«Vorrei solo farti un paio di domande» spiegò Robin. «Sono un'investigatrice professionista e sono preoccupata per Sapphire. Niente di quello che dirai finirà mai in tribunale o altrove. Io sto solo cercando di ritrovarla».

«Va bene, ma si sbrighi, perché non voglio perdere la lezione di inglese» acconsentì Tia.

«Sai se Sapphire abbia conosciuto un uomo molto più grande, un uomo maturo, prima di scomparire?»

«Sì» rispose, «e io gliel'avevo detto».

«Detto a chi?»

«Alla polizia». Tirò un'altra boccata di sigaretta elettronica e soffiò fuori il vapore. Robin sentì odore di zucchero filato.

«Che cosa gli hai detto?» le domandò.

«Quell'uomo aveva promesso di procurarle un lavoro da corista che l'avrebbe fatta andare in tournée. Con Ellie Goulding».

«L'hai mai vista con quell'uomo?»

Tia scosse la testa.

«L'ha vista nessun altro con lui?»

«Non lo so. Credo di no».

«Come l'ha conosciuto, Sapphire?»

«Da queste parti, da Jimmy's» rispose Tia indicando l'angolo della strada.

«Che cos'è Jimmy's?»

«Un bar».

«Allora non l'ha conosciuto online?»

«Gliel'ho già detto, l'ha conosciuto da Jimmy's. Un pomeriggio se l'è squagliata e si è messa a parlare con quel tizio al bar. Lui le ha offerto un caffè. Tia mi ha detto che poi aveva controllato su Google e che non diceva bugie».

«In che senso bugie?»

«Lavorava davvero nell'industria discografica o roba del genere».

«Ti ha fatto il suo nome?»

«No, non mi ha raccontato più nulla di lui, perché io ho detto che quell'uomo era un sacco di merda. Si è incazzata come una iena e mi ha dato un ceffone».

«Ti ha dato un *ceffone*?»

«Sì» rispose con un sorriso ironico. «Ma non mi ha fatto male, in realtà, perché è alta, ma molto magra, tanto che alcuni ragazzi la chiamavano Olivia, come la moglie di Braccio di Ferro».

«Ma eri sua amica?»

«Non proprio» fece spallucce Tia. «Io le facevo da 'buddy', ero la sua mentore. Se si è bravi studenti, si devono seguire quelli che magari sono appena arrivati e hanno difficoltà».

«Hai dovuto prenderti cura di lei?»

«Sì, un poco. Ma lei litigava sempre. Ha passato la maggior parte del suo tempo alla Juniper nella classe di sostegno».

«Che cos'altro sai di lei?»

«So che suo padre e suo zio hanno abusato di lei finché, a sette anni, non è stata affidata ai servizi sociali» rispose, e la frase suonò tanto più scioccante in quanto era stata pronunciata come un dato di fatto.

«Che orrore!» esclamò Robin.

«Già» disse Tia impassibile. «La dava a chiunque. Ragazze come lei credono di superare ciò che hanno vissuto lasciando che i ragazzi facciano il loro comodo con loro e raccontandosi la favola che in fondo è una sciocchezza».

Lo sguardo di quegli occhi dalle folte ciglia era troppo maturo e stanco del mondo per il suo viso giovane e rotondo. Robin non pensò che la sua aria imperturbabile fosse una posa. Forse Tia aveva svolto la funzione di 'buddy' per troppe allieve travagliate per continuare a ignorare le brutture della vita.

«Pensi che Sapphire andasse a letto con il sedicente produttore discografico?»

«È probabile» rispose la ragazza, tirando un'altra boccata dalla sigaretta elettronica.

«Ti ricordi se abbia detto nient'altro di lui?»

«Sì, che le aveva regalato un collier. Un collier di rubini».

Nonostante il suo umore generalmente nero, a quella notizia Robin provò un brivido di eccitazione.

«Rubini!» ripeté con disprezzo Tia. «Erano solo perline. Mia zia ha un anello di rubini e conosco la differenza».

«Ricordi qualcos'altro che ha detto di lui?»

«No» rispose Tia. Proprio in quel momento suonò, in lontananza, la campanella, e torme di ragazzine con la divisa rossa sciamarono all'interno dell'orrido edificio grigio.

«Devo andare» disse.

Robin la guardò attraversare la strada. Tia era appena arrivata al cancello della scuola che all'improvviso si girò e le gridò: «Mi è appena tornata in mente una cosa! Lui le ha detto che gli ricordava una ragazza svedese che aveva conosciuto in passato. È stato quando le ha detto che aveva l'aspetto giusto per fare la corista».

«Una ragazza svedese?» chiese Robin, con il cuore che le batteva forte.

«Sì» confermò la ragazza.

«Grazie, Tia, mi sei stata di grande aiuto!» le gridò di rimando Robin. «Non dovresti nasconderla, quella?» aggiunse indicando la sigaretta elettronica che la ragazza stringeva ancora in mano.

«Ah, sì!» esclamò lei, e per la prima volta sorrise. Poi, infilata la sigaretta nello zaino, voltò le spalle, tornò verso la scuola e attraversò in fretta il cortile ormai vuoto.

59

Svogliata guarda dalla finestra
verso il mare molte leghe lontano
dalla sua solitaria torre in riva
mentre i cavalieri sono alla guerra.

Matthew Arnold
Tristram and Iseult

Da quando, alle sei del mattino, era sceso zoppicando dal treno alla stazione centrale di Glasgow, Strike aveva il moncone della gamba sudato e dolente, perché si era addormentato interamente vestito senza togliersi la protesi, e adesso si sentiva malissimo: inquieto, poco riposato e con forti fitte alle tempie.

Pur rendendosi perfettamente conto che con quasi una bottiglia di Johnnie Walker in corpo superava il limite del tasso alcolico, salì a bordo dell'Audi A1 automatica che aveva preso a noleggio e si diresse a nord sotto l'ennesima pioggia torrenziale. Si fermò durante il viaggio a un *food truck* a lato della strada, dove mangiò bacon fritto con omelette, perché non si era sentito di consumare la colazione puzzolente di plastica che offrivano sul treno. Nella mezz'ora successiva guidò nel costante dubbio di doversi fermare per vomitare.

Poco prima delle undici, sempre sotto la pioggia battente, con lo stomaco ancora in subbuglio e la testa pulsante, fece il suo ingresso a Crieff, la piccola città del Perthshire dove continuava a vivere la moglie che Niall Semple aveva abbandonato. Fermò l'Audi in un parcheggio vicino alla strada principale. La casa dei Semple gli era parsa a breve distanza sulla mappa, ma non aveva notato che Comrie Road, la via che doveva percorrere per arrivare all'abitazione, era su un ripido pendio. A testa china, imprecando tra sé e sé contro il tempo, la collina e il whisky che si era scolato, si avviò lungo la strada passando accanto a piccoli negozi al pianterreno di palazzi vittoriani di pietra colorata.

Gli squillò il cellulare e per rispondere si riparò alla meglio in un androne.

«Ciao, Pat, che cosa c'è?» gracchiò.

«Sei ammalato?»

«No, sto benissimo» rispose, mentre la pioggia gli colava lungo la nuca.

«Forse ho trovato il tuo Hussein Mohamed» disse lei. «C'è un articolo di cronaca locale su una profuga siriana di nove anni, Hafsa Mohamed, che è in sedia a rotelle. Dice l'articolo: 'Suo padre Hussein racconta orgoglioso che, mentre lui e sua moglie masticavano già qualche parola di inglese quando arrivarono a Londra, Hafsa ha dovuto cominciare da zero, e adesso parla correntemente l'inglese ed è molto brava alle elementari di Forest Gate'. Forest Gate è a Newham. A quanto pare, sono rimasti nell'area che conoscevano».

«Promette bene» commentò Strike. «Puoi contattare il giornale e chiedere se possono darti il numero di telefono della famiglia?»

«Sì, va bene» rispose Pat, scrivendosi un appunto.

«Sarà meglio che vada, mi aspetta un colloquio» salutò Strike.

Mentre si rimetteva il cellulare in tasca, volse il viso al cielo e lasciò che la pioggia gli cadesse direttamente in faccia nella speranza che lo facesse sentire meglio. Sopra l'androne, notò un simbolo familiare: una squadra e un compasso di ferro, che sporgevano non troppo vistosi dall'anonimo portone blu presso il quale si era rifugiato.

Fece qualche passo indietro sul marciapiede, osservando la loggia massonica, che occupava lo spazio di una casetta unifamiliare a due piani, poi proseguì lungo la via. Mentre cercava di mantenere l'equilibrio sul marciapiede bagnato, ignorando il fuoco nella pancia e le fitte alle tempie, si chiese quanti massoni si riunissero nel minuscolo tempio che si era lasciato alle spalle. Avrebbe dovuto fermarsi a prendere un analgesico. Non avrebbe dovuto scolarsi un'intera bottiglia di Johnnie Walker Black Label. E non avrebbe dovuto mangiare la schifosa omelette.

I Semple abitavano in una grande casa quadrata indipendente di pietra grigia, con un giardino anteriore ben curato. Come aveva appreso dai messaggi di Jade, era quella in cui suo marito era cresciuto e che aveva ereditato alla morte della madre.

Quando Strike suonò il campanello, gli aprì la porta la minuta moglie di Niall Semple che, con sua sorpresa, era vestita per uscire. Aveva un impermeabile giallo canarino con un cappuccio che si era già calata in testa e portava al guinzaglio un cane che pareva una volpe passata in asciugatrice. Era un cane arancione di piccola taglia, dal pelo lungo, folto e ritto su tutta l'estensione del corpo. Il cane si mise ad abbaiare furiosamente contro l'estraneo.

«Cameron?» urlò Jade Semple per coprire il rumore.

«Sì» fece lui, che non aveva nessuna voglia di correggerla.

«Non so perché ho accettato di vederla» disse la donna con un misto di irritazione e inquietudine, «ma possiamo parlare mentre porto a passeggio Pom Pom. Non ho molto da dirle».

Strike, che non moriva dal desiderio di fare un'altra camminata sotto la pioggia e non vedeva l'ora di sedersi, disse comunque: «Ok».

Nella sala alle spalle di Jade, un uomo basso, con i capelli rossi e il tipo di baffi che Strike associava ai piloti della Seconda guerra mondiale, uscì da una porta con una tazza di caffè in mano, per poi dileguarsi. Senza rendersi conto che il detective aveva visto l'ospite, Jade disse: «Andiamo, allora» e, dopo aver chiuso a chiave la porta, s'incamminò lungo il sentiero che attraversava il giardino.

Strike non poté fare altro che seguirla. Aveva la sensazione di aver appena visto l'uomo che aveva chiamato Jade Semple 'amore' e le aveva detto che Strike lavorava probabilmente per un giornale. Sospettava inoltre che, come lui, Jade soffrisse di mal di testa, una conclusione che trasse non solo dall'abitudine della donna di scrivergli messaggi dall'ortografia zoppicante (non vedeva bene lo schermo e non usava tanto bene neanche le dita), ma anche dal pallore, dal viso gonfio e dal fatto che si fosse applicata male le pesanti ciglia finte. Alta appena un metro e cinquanta, aveva un'aria da elfo, con grandi occhi castani e il nasino a punta, e si era spruzzata addosso un intenso profumo orientale. Gli ricordò un'amica di sua zia Joan, negli anni Ottanta, il cui profumo era così potente da coprire l'odore di fumo di un barbecue. Nel caso di Jade, Strike sospettò (ma forse giudicava in base a se stesso, visto che in pratica aveva fatto il bagno nel whisky e sicuramente si sentiva) che la donna stesse cercando di nascondere di avere dormito fino a tardi e non avere fatto in tempo ad andare sotto la doccia. Il piccolo ciuffo di capelli neri dai riflessi azzurri che si intravedeva sotto il cappuccio giallo appariva spettinato e la guancia sinistra era attraversata dalla tipica piega lasciata dal guanciale. Strike immaginò che Baffo Fulvo avesse tenuto sveglia la signora fino alle ore piccole.

«Andiamo al MacRosty Park» disse Jade. «Sa, adesso non penso *assolutamente* che fosse di Niall il cadavere nel caveau. Lo pensavo prima di rendermi conto di cos'era successo, in realtà. Non so perché ho detto che ero disposta a parlare» ripeté per l'ennesima volta, distrattamente.

«All'inizio cosa l'aveva indotta a credere che fosse Niall?» domandò Strike, strizzando gli occhi per difendersi dalla pioggia e sforzandosi di non zoppicare. Aveva l'estremità del moncone tutta infiammata.

«Il fatto che fosse un negozio di oggetti massonici, che il corpo somigliasse al suo e che pure il gruppo sanguigno fosse lo stesso. Poi anche perché, dopo la lesione al cervello, era andato un po' fuori di testa con i massoni. Sa che Niall è massone?»

«No» rispose Strike. «Che grado ha?»

«Cavaliere di qualcosa, non ricordo».

«Non principe?»

«No, 'cavaliere'. Tutti gli uomini della sua famiglia erano massoni. Però lui, prima di rimanere ferito, non era mai stato così fissato. Per lui era solo una cosa per socializzare. Dopo il trauma gli è venuta la mania e leggeva tutto il tempo libri sulla massoneria. Per questo, quando ho visto che era un negozio di oggetti massonici, ho pensato fosse lui. Anche perché c'era il nome William Wright».

«Suo marito aveva un qualche collegamento con quel nome, vero?»

«Sì, abbastanza. Wright era un famoso, come si dice... botanico, nato a Crieff due secoli fa o giù di lì».

«Niall è interessato alla storia locale, vero?»

«No, lui no, ma suo padre lo era. Si è autopubblicato un libro sulla storia della massoneria nel Perthshire e gli ha dedicato un intero capitolo, a questo William Wright, pensando fosse massone. Poi invece è venuto fuori che Wright non era mai stato massone, così ha dovuto eliminare quelle pagine dal libro. Quando ho visto che il tizio del negozio d'argenti si faceva chiamare 'William Wright', ho pensato: ma Wright non era quello che papà Semple aveva creduto massone e che poi non lo era? Sono andata a controllare e ho visto che non mi sbagliavo».

Attraversò la strada per dirigersi in un parco completamente fradicio e Strike la seguì, augurandosi che non lo invitasse a camminare sull'erba bagnata e scivolosa, il peggior terreno possibile per la sua protesi.

«Poi, però, ho scoperto la storia della donna» proseguì Jade con amarezza, «e così ho capito cos'era realmente successo. Io sto qui a Crieff solo perché prima o poi dovrà tornare. Non mi trasferisco di nuovo a Colchester per lasciarlo libero di venire qui con una donna. Cazzo, dopo quel che ha fatto, non intendo rendergli le cose facili. Per la miseria, sarà meglio che torni a casa e mi dica in faccia che vuole il divorzio».

Con sollievo di Strike, entrarono nel parco attraverso un liscio sentiero asfaltato. Continuava a piovere forte, ma l'aria fredda e pulita gli aveva tolto un po' di inquietudine. Lì all'aperto, sotto la pioggia, non avvertiva più tanto il profumo pungente di Jade e la sua voce sonora gli giungeva un po' meno assordante. Passarono accanto, sulla destra, a un'area giochi per bambini.

«Pensa che suo marito sia in questo momento con la donna di cui mi parlava in un messaggio, quella che ha usato la carta di credito di Niall dopo che era stato trovato il cadavere nel caveau?»

«Sì».

«La polizia l'ha rintracciata?»

«Non ancora, ma mi hanno mostrato una sua immagine presa dalla telecamera di sorveglianza di uno sportello bancomat dove è stata usata la sua carta. Sembra proprio una sgualdrina» specificò con furia Jade. «Bionda, quando lui mi ha sempre detto che non gli piacevano le bionde. Non sapevo nemmeno che ci fosse, quel conto corrente bancario che hanno usato tutti e due. Lui me l'ha tenuto nascosto».

«Suo marito ha prelevato denaro di cui lei non sapeva niente?»

«Sì. Nessuno mi dirà mai quanto ci fosse su quel conto e se adesso ci sia ancora qualcosa o più niente. La polizia è venuta da me solo con questa foto della donna e mi ha chiesto se la riconoscevo. Non l'avevo mai vista in vita mia. Ha dei tatuaggi sulla faccia» aggiunse amareggiata. «Di gran classe, eh?»

Si chinò per togliere il guinzaglio al volpino di Pomerania, che corse a balzelloni sull'erba, mentre loro due continuarono a camminare lungo il sentiero.

«Che tipo di tatuaggio aveva, questa donna?»

«Non era molto chiaro, l'aveva sotto un occhio. Avrei dovuto capirlo. Avevo sentito mio marito parlare al telefono con una donna, a casa, circa una settimana prima che se la squagliasse. Le aveva detto: 'Ci vediamo all'Engineer'. Io sono entrata nella stanza e lui mi ha guardato con aria colpevole e ha riappeso. Abbiamo litigato. Gli ho chiesto: 'Con chi ti devi vedere? Cos'è questo Engineer?' E lui ha detto che non sapeva di cosa stessi parlando. Stronzo bugiardo. So cos'è quel maledetto Engineer, sono andata a controllare. È un pub di Camden. Che coincidenza, eh? Proprio a due passi dallo sportello bancomat dove prelevava i soldi dal conto segreto».

«È sicura che al telefono stesse parlando con una donna?»

«Sentivo la voce di lei che berciava all'altro capo del filo» rispose Jade. «Io ascoltavo da dietro la porta, nell'atrio».

«Lo ha detto alla polizia?»

«Sì, e la polizia ha detto che nessuno, all'Engineer, ricorda di avere visto mio marito. E con ciò? Sarà stato affollato, il pub. Eravamo sposati da appena un mese, ma stavamo insieme da molto di più. Prima che ci sposassimo lui mi aveva fatto qualche cornino e anch'io gli avevo fatto qualche cornino, ma dopo che ci siamo sposati abbiamo detto: ora basta, ora ciascuno è fedele all'altro».

«Giusto» disse Strike.

«POM POM, NO!» urlò Jade, facendo trasalire Strike. Il cane aveva raccolto qualcosa che la padrona non voleva mangiasse. La donna si avventurò in mezzo all'erba bagnata. Strike aspettò sul sentiero sotto la pioggia battente, guardandola cercare di strappare dalla bocca del pomerania l'oggetto che aveva addentato.

Jade gli ricordava Penny Polworth, la moglie del suo più vecchio amico, non tanto nell'aspetto (Jade era più carina, nonostante i capelli arruffati e le ciglia finte applicate male), ma per il modo in cui parlava del marito divenuto uccel di bosco. Gli era sempre sembrato che i Polworth vivessero in uno stato di costante animosità reciproca che parevano considerare l'unica condizione naturale per un uomo e una donna sposati. Ciascuno dei due era massimamente felice le volte in cui riusciva ad averla vinta sull'altro, e ciascuno si lagnava dell'altro sia che l'altro fosse o non fosse presente. Strike si ricordava bene quando l'amico gli aveva spiegato a chiare lettere perché avesse fatto la proposta di matrimonio a Penny. (*Ho pensato a tutti i soldi che avevo speso per cercare la figa, e alla rottura di coglioni, e mi sono chiesto se avrei avuto voglia di guardarmi un porno da solo a quarant'anni, e lì mi sono detto che proprio quello era il punto, solo quello lo scopo del matrimonio. Troverò una meglio di Penny? Mi piace sparare cazzate con le donne nei bar? Dopotutto, Penny e io andiamo abbastanza d'accordo. Mi sarebbe potuto capitare di molto, molto peggio. Non è brutta. E ogni sera avrei avuto il mio bel buco a casa ad aspettarmi, ti pare?*) Strike era stato testimone dello sposo alle nozze e gli pareva di ricordare che entrambi i coniugi fossero abbastanza felici il giorno del matrimonio, ma mai, neanche una volta, aveva invidiato la loro relazione. Di fatto, non aveva mai invidiato nessun matrimonio, salvo forse (lo riconosceva con intimo dolore, non avendo in realtà mai riflettuto veramente sulla cosa) quello di Ted e Joan, che sembravano piacersi tanto quanto amarsi.

«Andiamo da questa parte!» gli fece segno Jade dal prato dove si trovava.

Piuttosto che spiegarle che aveva una gamba artificiale, Strike strinse i denti e si avviò sull'erba bagnata in direzione della donna e del volpino di Pomerania, che, essendosi visto privare del rancido oggetto delle sue brame, aveva ricominciato ad abbaiare.

«Possiamo andare là vicino a quegli alberi» disse Jade, mettendosi di nuovo in moto. «Là si è più riparati».

Mentre camminavano, Strike tirò fuori la sigaretta elettronica.

«Ne avevo anch'io una uguale» disse Jade, guardandolo svapare, «ma lui me la portò via».

«Lui chi, Niall?» chiese Strike, in quel momento preso soprattutto dal problema di non inciampare.

«Sì, disse che non voleva che svapassi. Cazzo, per lui ho smesso di fumare e di fare viaggi e mi sono imbucata qui al gelo nella merdosa Crieff. Non potevo almeno svapare?»

«Non vedo perché no» disse Strike, diplomaticamente. «Che cosa intendeva dire quando ha detto che suo marito era andato 'un po' fuori di testa con i massoni' dopo la lesione al cervello?»

«Leggeva continuamente libri sulla massoneria e stava ore e ore senza parlare. Un giorno è uscito di casa per fare una corsa e, cazzo, è arrivato fino a Dunkeld».

«Dov'è?»

«A più di trenta chilometri da qui. Ma si è bloccato sul ponte».

«Che cosa intende con 'bloccato'?»

«Si è fermato, aveva paura di percorrerlo. Ha dato fuori di matto. Anche il ponte c'entra con la massoneria, è stato costruito da un vecchio massone. Dicono che su quel ponte ci sia un marchio massonico o che so io. Sono dovuta andare a prenderlo in macchina, mio marito. Bah, avrei fatto meglio a lasciarlo là» aggiunse con una punta di amarezza.

«Che lei sappia, Niall aveva qualche rapporto con Camden?»

«No, poi però, come ha visto, è venuto fuori che io ignoravo un sacco di cose».

«Lui conosceva mica Freemasons' Hall?»

«Non lo so».

«E gli argenti antichi?»

«No. Perché mai avrebbe dovuto conoscere gli argenti antichi?»

A Strike vennero subito in mente le teche di vetro piene di argenti della Rhodesia conservate a Hereford, la base militare più fortificata del Regno Unito, dove i recinti erano sormontati da filo spinato e le telecamere sorvegliavano il perimetro, all'interno del quale era proibito fotografare e anche copiare a matita ciò che si vedeva, e dove quanto accadeva dietro alcune porte chiuse era protetto dall'Official Secrets Act.

«Che genere di cose leggeva Niall, prima di scomparire?» domandò.

«Non lo so. Vecchi libri».

«Se li è portati dietro, quando se n'è andato?»

«Può darsi. Aveva con sé una borsa quando è stato ripreso dalla telecamera del bancomat».

«Sì, l'ho notato» disse Strike. «Una valigetta di metallo. Lei l'aveva mai vista prima?»

«No».

«A me è sembrato che se la fosse legata al polso con una manetta».

«Sì, anche la polizia la pensa così».

Erano adesso al riparo del baldacchino di foglie degli alberi. Strike sarebbe stato più contento di quella protezione se il terreno non fosse stato fangoso. Sempre costretto a dedicare metà della propria attenzione a evitare un capitombolo, continuò a rivolgerle domande.

«Che cosa può dirmi del giorno in cui Niall scomparve?»

Seguì un breve silenzio. Strike decise che sarebbe stato più cortese (e certo più facile per lui) fingere di non avere notato che si era messa a piangere. Aveva una buona scusa: le lacrime si potevano confondere con le gocce di pioggia. Ma perché non c'era Robin? Perché era costretto ad affrontare da solo tante donne in lacrime?

«Tutti pensano che sia stata una stronza a lasciarlo per due giorni da solo mentre non stava ancora bene» rispose rauca Jade, «ma la mia gemella e io compivamo trent'anni. Ero stata al capezzale di Niall, in ospedale, per tre mesi di seguito, poi ci siamo trasferiti qui, nella vecchia casa di sua madre, e lui quasi non mi rivolgeva la parola, era sempre dietro a leggere quelle cazzate sui massoni e a fare delle corse all'aperto. Gli dissi: 'Vorrei fare una festa per il mio trentesimo compleanno', ma lui non volle venire, così alla fine gli annunciai che sarei andata da sola. Non vedevo i miei familiari da secoli. E fu allora che se ne andò, mentre mi trovavo a Colchester per il weekend».

«Non lasciò un biglietto?»

«Sì, o meglio, non un vero biglietto» disse Jade con voce strozzata. «Solo un pezzo di carta con su scritte delle assurde cazzate. Non c'era nemmeno il mio nome, sul biglietto, anche se lo lasciò sul mio cuscino».

«Adesso dove si trova quel pezzo di carta?»

«L'ho dato al tizio che venne a trovarmi dopo che Niall se n'era andato».

«Che tizio?»

«Lawrence o qualcosa del genere, un uomo dell'esercito o del Ministero della Difesa, non so, all'epoca ero in un tale stato di prostrazione! Ma lui sembrava sapere tutto di Niall e disse che lo stavano cercando. Non l'ho mai più visto né ho saputo più niente di lui».

«Lawrence le mostrò un tesserino identificativo, però, immagino».

«Non ricordo, è probabile» rispose Jade. «Voleva sapere dove pensavo fosse andato Niall e questo fu prima che scoprissi della bionda, perciò dissi che, secondo me, stava dormendo all'addiaccio, in quanto non aveva prelevato niente dal nostro conto cointestato. Ero preoccupatissima» aggiunse con un singhiozzo che nemmeno il suo interlocutore poté fingere di non sentire.

«Mi dispiace, dev'essere molto doloroso per lei» disse Strike. «So che...»

In quella, gli scivolò la gamba artificiale: per un attimo rimase sospeso in aria, poi, con un gran tonfo, piombò supino nel fango. Il volpino di Pomerania si mise ad abbaiare come un matto, quasi interpretando l'urlo di dolore del detective come un invito alla battaglia.

« Dio santo! » esclamò spaventata Jade, guardando l'asta di metallo che si intravedeva sotto il pantalone al posto della carne. « Zitto, Pom Pom! Perché non mi ha detto che non aveva una gamba? »

« Ce l'ho una gamba » disse stupidamente Strike, mentre il cane continuava a corrergli intorno abbaiando. « No » aggiunse, rifiutando la mano che Jade gli tendeva per aiutarlo a rialzarsi: una donna alta un metro e mezzo non poteva sollevarlo più di quanto lui potesse tirarsi su aggrappandosi a una foglia d'albero penzolante. Dopo vari tentativi, infangandosi tutte le mani nel corso del processo, riuscì a rimettersi in piedi. Il ginocchio destro gli faceva un male atroce e l'estremità del moncone era in fiamme. Non desiderando né compassione né discussioni sulla sua gamba mancante, dichiarò con allegria forzata: « Bene, rimettiamoci in marcia ».

« Avrebbe dovuto dirmelo » ribadì lei. « Torniamo sul sentiero ». Il suo atteggiamento cambiò. Anche se era ancora in lacrime, guardò con una certa preoccupazione il suo interlocutore, che adesso, completamente infangato, procedeva a fatica senza riuscire più a nascondere la zoppia.

« La lesione al cervello è l'unica che Niall ha riportato? » chiese lui.

« No, aveva anche ustioni sulla schiena e una specie di ammaccatura nella nuca » rispose lei. « Non ho mai capito come sia successo, perché non mi diceva mai cosa faceva quando era in missione. Ma Ben, il suo migliore amico nel reggimento, rimase ucciso proprio all'epoca in cui Niall riportò quelle ferite. Hanno dovuto ripeterglielo molte volte che Ben era morto, perché non lo accettava. 'Dov'è Ben?', 'Come sta Ben?' continuava a ripetere. Ben era stato il suo testimone di nozze » aggiunse con un singhiozzo. « È andato tutto male. Io sono rimasta incinta e ci siamo sposati, poi ho perso il bambino e alla fine, circa un mese dopo, lui è rimasto gravemente ferito. Quando uscì dal coma, dopo la morte di Ben, mi sentii così fortunata! E invece no, cazzo, ecco che Niall scompare! »

«Mi dispiace» disse Strike.

Gravidanze non cercate, aborti: le circostanze gli ricordavano di nuovo, senza volere, Bijou Watkins, e anche Charlotte, che aveva affermato, quando ormai la loro relazione era agli sgoccioli, di avere perso un bambino che lui dubitava fosse mai esistito.

Ritornarono pian piano verso casa Semple, parlando di questo o quell'argomento, mentre il dolore alla gamba aumentava sempre di più. Quando arrivarono vicino al portone, Jade si fermò.

«La inviterei a entrare, ma tra pochi minuti devo uscire» disse imbarazzata.

«Non si preoccupi» fece Strike, sicuro che fosse una bugia e che la donna non volesse fargli conoscere Baffo Fulvo. «Sono in macchina e mi darò una ripulita in albergo. Grazie di avere accettato di vedermi».

Non poteva tendere la mano perché aveva tutte le dita infangate, così fece un vago saluto e voltò le spalle. Si era già avviato zoppicando verso l'auto, quando si sentì richiamare.

«Ehi, Cameron!»

Jade lo raggiunse con il cellulare in mano.

«Ho fatto una foto del biglietto che Niall mi ha lasciato sul cuscino. Se vuole, gliela mando sul cellulare».

«Splendido, non so come ringraziarla».

«Bene, allora buona fortuna nella ricerca dell'identità di quel cadavere» disse Jade. Poi si girò e tornò nella casa del marito, dove l'aspettava il suo nuovo uomo.

60

Ora ch'ella vedeva le sue speranze infrante,
la mente le cadde in una nera voragine...
John Oxenham
Maid of the Silver Sea

A oltre settecento chilometri di distanza, Robin si trovava in una zona industriale di Walthamstow e guardava l'ingresso del vasto capannone che ospitava God's Own Junkyard, un misto di negozio, servizio di noleggio e museo contenente ogni sorta di insegne al neon, alcune provenienti da vecchie botteghe, altre fatte su ordinazione. Aveva intravisto lo sgargiante interno in technicolor in cui si muovevano le modelle, il fotografo, il truccatore e i vari addetti che portavano dentro accessori e barre appendiabiti zeppe di vestiti. Aveva anche scorto per un attimo lo stilista Valentine Longcaster, che aveva riconosciuto dalle foto trovate su internet. Era un uomo con i capelli biondo cenere che gli ricadevano sulla fronte in una lunga frangia, vestito con jeans neri, camicia rossa e gilè multicolore. La settimana precedente aveva postato sulla sua pagina Instagram alcune foto artistiche di insegne al neon e, in risposta alla domanda di una persona che pareva essere sua amica, aveva detto che si preparava a fare 'uno shooting marte'.

L'entusiasmo che Robin aveva provato quella mattina, quando Tia Thompson le aveva dato informazioni preziose, si era abbastanza raffreddato, e non soltanto perché faceva un freddo cane e provava un certo imbarazzo a stare lì in mezzo a pallet e furgoni, mentre meccanici incuriositi le passavano accanto (uno si era anche grattato i cinque centimetri di natiche visibili dai pantaloni cascanti). No, il motivo principale per cui era sempre più infelice era che aveva riconosciuto una delle modelle appena entrate nel capannone: era Ciara Porter, una donna alta e spigolosa, con pelle lattea e capelli biondo platino. La stampa non aveva mancato di ricordare ai lettori delle cronache rosa che Ciara si era laureata in lettere a Cambridge, ma per Robin era solo una delle donne con cui era andato a letto Cormoran Strike. Sembrava che Londra ne fosse piena: magari una delle sue ex era la signora che si era seduta di fronte a Robin in autobus o la cameriera che le aveva servito il caffè quella mattina...

Dio santo, smettila di pensare ossessivamente a lui. Devi piantarla con questa ossessione.

Robin non credeva che avrebbe ricavato alcunché di utile dalle ore di sorveglianza lì al freddo. Non poteva entrare in God's Own Junkyard, perché era chiuso al pubblico per il servizio fotografico, e quando Valentine alla fine fosse uscito di lì, gli sarebbe bastato salire in macchina per allontanarsi: nessuno poteva costringerlo a parlarle di Rupert Fleetwood. Tuttavia era contenta, se il suo risentimento e la sua infelicità si potevano definire contentezza, di avere trovato il pretesto per evitare l'albergo del Lake District.

A pochi passi da lì, un meccanico che stava armeggiando con una macchina portava un fazzoletto sulla metà inferiore del viso, come un bandito. Robin avrebbe voluto mettersene uno pure lei, anche se forse sarebbe parso strano. Non si sentiva più le labbra e le dita dei piedi per il freddo.

Le squillò il cellulare: era Murphy.

«Ciao, Ryan».

«Devo chiederti una cosa» fece lui con voce irata.

«Che cosa c'è?» domandò Robin, scostandosi un poco dal suo punto di osservazione, che comunque ogni tanto andava cambiato.

«La tua agenzia ha cercato di entrare in possesso delle foto del cadavere di William Wright?»

Oh, cazzo.

«Cosa? Perché me lo domandi?»

«*Rispondi, cazzo*!»

«Ryan, io... Strike e io non abbiamo assolutamente cercato

di averle, ma... sì, Kim Cochran è riuscita a procurarsene delle copie».

«Cazzo, *CAZZO*, Robin!»

Robin dovette allontanare il cellulare dall'orecchio, tanto forte era l'urlo.

«Ma ti rendi conto? Cazzo, eppure te l'avevo detto quanto era delicato quel caso!»

A quanto pareva, la notizia che alla Met nessuno credesse più che il cadavere del caveau fosse quello di Jason Knowles non era ancora giunta a Murphy.

«Kim ha agito di sua iniziativa» spiegò Robin. «Non le abbiamo ordinato noi di farlo. Com'è succes...?»

«Lo stupido coglione da cui le ha avute è stato visto fare delle copie e poi è stato visto bere con lei, e adesso è stato sospeso dal lavoro senza stipendio. Cazzo, ma ti rendi conto?»

«Mi rendo conto che mi stai incolpando di una cosa che non ho fatto» replicò lei, sentendo montare la rabbia in petto. «Ti ho appena detto che non le abbiamo chiesto noi di procurarcele. Kim ha creduto di fare una cosa utile».

«Be', non è utile a *me* che voi pregiudichiate la riuscita di un'inchiesta della polizia, per la miseria!»

«Ma che cosa abbiamo pregiudicato? Abbiamo solo guardato qualche foto!»

«Perché quella stronza della Cochran ha pensato che delle foto potessero aiutare a trovare Fleetwood?»

«Be', la cliente è convinta che il cadavere nel caveau sia quello di Fleetwood».

«Dovete smetterla di prendere per il culo quella donna e dirle chiaro e tondo che il cadavere è di Knowles!»

«Forse dovresti deciderti ad andare a parlare con i tuoi colleghi che si occupano del caso per farti dire quanto ritengano probabile che il cadavere sia di Knowles!» esclamò arrabbiata Robin. «Ora devo andare».

Chiuse la comunicazione, divisa tra la rabbia e l'infelicità che Murphy le aveva procurato tanto quanto Strike. Per fortuna non gli aveva detto né che l'MI5 li aveva avvertiti di non indagare più su Niall Semple, né che l'ispettore capo Malcolm Truman era massone, né che un uomo l'aveva aggredita da Harrods ficcandole in mano un gorilla di gomma...

Il meccanico che teneva il volto coperto come un bandito continuava a osservarla.

61

Gli occhi dell'uomo allegro e dell'uomo malinconico sono appuntati sullo stesso creato, ma assai diversi sono gli aspetti che essi ne colgono. Per l'uno, il creato è tutto bellezza e gioia... L'altro, invece, contempla con oziosa tristezza la stessa scena e ne vede solo gli aspetti opachi, negativi e malsani.

Albert Pike
Morals and Dogma of the Ancient and Accepted Scottish Rite of Freemasonry

Due ore e mezzo dopo aver lasciato Crieff, Strike interruppe il viaggio di ritorno fermandosi nella cittadina scozzese di Moffat, dove in un bar della piazza del mercato prese un caffè, un hamburger e finalmente ebbe modo di far riposare il ginocchio destro. Il fango sul cappotto e i pantaloni si era seccato e la pioggia era diminuita, ma il cielo di metà pomeriggio si stava già oscurando. Molti avrebbero forse trovato Moffat pittoresca, ma Strike vedeva tutto quanto con l'occhio astioso del doposbornia e dell'infelicità. Il ginocchio era gonfio e dolente, e il monumento dedicato a un ariete, in cima a una montagnola di pietra visibile attraverso la vetrata del caffè, gli fece peggiorare ulteriormente l'umore. Le pecore, anche quando erano scolpite nel bronzo, gli ricordavano il mestiere del padre di Robin, professore di gestione sanitaria produttiva e riproduttiva degli ovini, e la sera in cui loro due erano stati insieme al Ritz e lei gli aveva parlato appunto del padre.

Tirando fuori il cellulare, guardò la foto che Jade gli aveva inviato del biglietto lasciatole dal marito Niall poco prima di scomparire.

Omnia in numeris sita sunt
generativo
occulto
caos
benefico
generativo
caos
divinità
benefico
RL sa dove

L'unica cosa che Strike capì del biglietto fu la frase latina, che significava: *tutto è contenuto nei numeri.*

Cercò su Google 'botanico William Wright' e vide che Wright era effettivamente nato a Crieff ed era stato seppellito a Edimburgo. Controllò pure 'Dunkeld' e vide che il ponte era stato costruito dal massone Thomas Telford. Apprese inoltre che un ponte sul fiume Dee era stato eretto da un altro massone, Isambard Kingdom Brunel. Gli tornò in mente che Semple doveva incontrare la donna misteriosa in un pub che si chiamava Engineer, 'ingegnere', e si chiese distrattamente se la massoneria si confacesse particolarmente agli ingegneri o viceversa.

Controllò su Google i gradi della gerarchia massonica e imparò che ce n'erano ben nove in cui il titolo assegnato era quello di 'cavaliere'. Visitò di nuovo il sito 'La verità sui massoni' e cercò qualche notizia che riguardasse la SAS o le forze armate.

Nei forum trovò solo due thread vagamente attinenti. Il primo, datato 2011, parlava di quanti soldati decorati fossero massoni.

K of the East: Paddy Mayne, uno dei membri fondatori della SAS, la Forza aerea speciale, lo era senz'altro. Morì andando a sbattere contro un trattore fermo in Irlanda, dopo una cena massonica.

Jeroboam9: Quasi sicuramente Austin 'Fuzz' Hussey (anche lui della SAS, battaglia di Mirbat) era massone.

Harry O'Dim:	Hussey non lo era, ma Johnson Beharry VC lo è senz'altro.

L'unico altro accenno all'esercito che Strike trovò sul sito fu un altro breve scambio:

St Geo:	È vero che un sublime principe del real segreto morì durante Operation Toral?
DeMolay:	Sì.
St Geo:	'lo scontro tra due religioni, un confronto testa a testa, come due capre delle tenebre sul ponte dell'infinito' Pike

Strike rilesse la citazione. Un pensiero lo assillava. I ponti...

Gli squillò il cellulare: era l'amico Eric Wardle, il suo contatto di più lunga data nella polizia.

«Ciao, qual buon vento?» disse.

«Hai delle foto del cadavere nel caveau» rispose Wardle.

«Ah». Diversamente da Robin, Strike non sentì aumentare le pulsazioni alla notizia che la Met sapeva. «Che problema c'è?»

«Be', la squadra che sta lavorando al caso è incazzata nera con te» spiegò Wardle. «Il tizio che vi ha passato le foto è stato sospeso».

«Per la cronaca, sappi che è stata un'iniziativa di uno dei nostri collaboratori. Non arrivo però a dire che mi dispiaccia avere le foto».

«Kim Cochran è una rompicoglioni» disse brusco Wardle. «A quanto ho sentito dire, ha provocato guai in ogni operazione a cui ha partecipato. È una mangiauomini».

Strike decise di fingere di non avere sentito.

«Sono più incazzati per il fatto che ho le foto o per il fatto che hanno cannato, dicendo che il corpo era di Knowles?»

«Tutt'e due le cose. E probabilmente pensano che tu stia per metterli in ombra. Ancora una volta».

«Se identificassi il corpo non sarebbero loro a essere messi in ombra, bensì Malcolm Truman» replicò Strike. «Intendono riconoscere l'errore o continuare a fingere che sia Knowles?»

«Non lo so. Ho solo pensato dovessi sapere che picchieranno duro se ti metterai di traverso».

«Messaggio ricevuto» disse Strike. «Hai mica idea di cosa ne sia stato del corpo di Knowles?»

«No, nessuna. Sono in aspettativa per motivi di salute».

«Sei malato?» chiese Strike.

«Non proprio» rispose Wardle. Poi, intuendo che l'altro aspettava una spiegazione, aggiunse: «Il dottore dice che è depressione».

«Ah, ho capito».

Qualche anno prima, Wardle aveva perso il fratello, investito da un'auto pirata. Da allora, aveva cercato di fare da padre ai quattro nipoti, ma la moglie lo aveva lasciato portandosi dietro il loro bambino di tre mesi.

«Sto pensando seriamente di andarmene» confessò Wardle.

«Di lasciare la Met?» chiese Strike, per capire cosa intendesse realmente. A volte gli uomini, quando parlano di 'andarsene', intendono qualcosa di più definitivo. Strike ne aveva conosciuti un paio, che si erano congedati così.

«Sì» rispose. «Non ne posso più».

«In qualunque momento tu lo decida, sei il benvenuto all'agenzia» disse Strike. «Cambi ritmo e hai una squadra di gente simpatica. A parte me, naturalmente».

«Ah, ah» rise Wardle, senza allegria.

«Ci facciamo una birra, appena torno a Londra?»

«Sì, va bene. Dove sei?»

«In Scozia. Ti chiamo appena torno in città».

«D'accordo» disse Wardle, senza entusiasmo.

Dopo la telefonata, Strike guardò fuori della vetrata e si sentì ancora più depresso. Fuori aveva ricominciato a piovere forte. Estrasse la sigaretta elettronica e vide lo sguardo di rimprovero della cameriera. Allora se la rimise in tasca e ordinò un secondo caffè.

62

Ubi honor non est, *dove non v'è onore,*
ibi contemptus est, *lì c'è il disprezzo,*
ibi injuria frequens, *lì c'è frequente*
l'ingiuria, ibi et indignatio,
lì v'è pure l'indignazione, ibi
quies nulla, *lì non v'è più quiete,*
e dove non v'è quiete, ibi, *lì,*
la mente spesso precipita
dalle vette ove sperava dimorare.

Robert Browning
Dominus Hyachnthius de Archangeli

Erano le sei e mezzo e la zona industriale era immersa nel buio. La maggior parte della gente che entrava e usciva dai centri d'attività che circondavano God's Own Junkyard era scomparsa, anche se restavano alcuni ritardatari a cui Robin era grata, perché rendevano la sua presenza meno incongrua.

Finalmente la porta dell'Unità Dodici si aprì e Robin intravide di nuovo la forte luce al neon, all'interno. Nella fredda aria della sera, tre modelle uscirono dal capannone strette nel cappotto e, chiacchierando, si accesero una sigaretta. Alla fine, quando tutti i vestiti furono caricati su un furgone e il fotografo e il suo assistente ebbero messo via le attrezzature, Valentine Longcaster uscì e si fermò un attimo ad accendere una sigaretta e parlare con le modelle. Così infreddolita che ormai non le importava più di ricevere un secco rifiuto, Robin pensò: *Ora o mai più* e si avvicinò al gruppo.

«Signor Longcaster!»

Valentine si voltò.

« Mi chiamo Robin Ellacott. Sono una detective privata e vorrei chiederle se posso scambiare con lei due parole a proposito di Rupert Fleetwood ».

Si sentì addosso quattro paia di occhi. Ciara Porter, così pallida da sembrare illuminata anche al buio, la guardò stralunata, mentre una delle altre modelle, una ragazza dai capelli neri con taglio pixie, trasse un piccolo respiro e sussurrò a Ciara: « Ehi, ma *quella non è GP?* »

« Sì, credo proprio di sì » disse con la sua pronuncia blesa Valentine, esalando una nuvola di fumo.

Convinta che Longcaster si sarebbe rifiutato di parlarle, Robin rimase di stucco sentendolo dire: « Va bene, parliamo di Rupert Stronzo Fleetwood ».

La modella col taglio pixie scoppiò a ridere.

« Qui vicino c'è un ristorante » disse Robin, che non aveva nessuna intenzione di interrogare Valentine davanti a un pubblico. « Possiamo parlare lì, se le va ».

« Dubito ci sia niente che 'mi vada' a Walthamstow » replicò Valentine, « ma d'accordo, la seguo con la mia macchina ».

« Io non sono venuta in macchina » spiegò Robin. « Sono due passi a piedi, giusto un paio di minuti ».

« Allora ci vediamo lì » fece Valentine. « Come si chiama il ristorante? »

« Arte e Pasta » rispose Robin. « È proprio dietro l'angolo ».

« Lo troverò ».

« D'accordo, l'aspetto lì » disse Robin.

Voltò le spalle e s'incamminò. Alle sue spalle, sentì lui che faceva un commento inintelligibile, e le risate delle modelle.

Sul muro esterno del piccolo locale, a pochi minuti di distanza, era dipinto un murale. Troppo intirizzita per aspettare fuori, Robin entrò e si sedette a un tavolo per due sotto un soffitto alto, parzialmente di lamiera ondulata. Lanterne colorate pendevano sui tavoli appese a barre di ferro e le pareti erano tappezzate di disegni di bambini. Era sicura non fosse il tipo di locale che poteva piacere a Valentine Longcaster.

Passarono venti minuti senza che si vedesse nessuno. Robin ordinò una bottiglia di acqua minerale e controllò l'e-mail. Pat aveva inviato sia a lei sia a Strike un messaggio in cui diceva che il quotidiano locale aveva rifiutato di fornire il numero di telefono della famiglia Mohamed, cosa che Robin trovò incomprensibile finché non vide l'allegato su Hafsa, la profuga siriana di nove anni. La foto mostrava una bambina dal viso dolce e paffuto, con grandi occhi dalle folte ciglia. Stava ancora esaminando il messaggio quando le comparve accanto una figura e, alzando gli occhi, si accorse che era Valentine.

Quando lo aveva visto sullo sfondo illuminato da forti luci al neon di God's Own Junkyard, avrebbe potuto prenderlo per un venticinquenne, perché era magro e si muoveva con grande agilità. Inoltre, i capelli biondi erano tagliati sulle tempie, ma la frangia era lunga e liscia, da ragazzo, e gli abiti erano eccentrici e giovanili. Invece quando si sedette al tavolo di fronte a lei, le parve che dimostrasse tutti i suoi quarant'anni. Aveva il mento piuttosto molle, le borse sotto gli occhi iniettati di sangue e le pupille così dilatate che le iridi azzurre parevano quasi nere. Tra l'altro, aveva intorno alla bocca dei foruncoli gialli che si era inutilmente industriato a coprire col fondotinta.

«Allora, dov'è Decima?» chiese, togliendosi il giaccone nero.

«Non lo so» rispose Robin.

«Ma davvero?» fece lui in tono sarcastico. «Immagino che pensi che se resterà in clandestinità abbastanza a lungo, Fleetwood tornerà da lei per la paura che si faccia del male da sola, vero?»

Al tavolo si presentò una giovane cameriera.

«Che cosa si può bere senza avvelenarsi?» domandò Valentine, guardandola.

«Oh, be', abbiamo...»

«A me una Peroni» ordinò lui.

«A me va bene quest'acqua qui» disse Robin prima ancora che la cameriera glielo chiedesse.

La ragazza andò a prendere la birra per Valentine. Robin tirò fuori il taccuino.

«Allora, posso chiederle quando è stato che ha visto Rupert per l'ultima volta?» domandò.

«*Può*» fece lui. «Intende chiedermelo?»

«Ok» disse Robin. «Quando l'ha visto per l'ultima volta?»

«Il 21 maggio dell'anno scorso, come lei sa già, perché Sacha lo ha detto al caporale Brokeby».

Robin decise di ignorare il nomignolo spregiativo con cui Longcaster aveva deciso di riferirsi a Strike.

«Da allora non ha più avuto alcun contatto con lui?»

«Certo che no».

«Perché dice 'certo che no'?»

«Ma la smetta di fare le domandine alla Miss Marple, tanto non mi prenderà in castagna».

«Che cosa intende dire?»

«Come Decima le avrà sicuramente anticipato, credo che Fleetwood sia un fottuto stronzo opportunista. La famiglia è ben contenta che si sia fatto uccel di bosco».

A Robin squillò il cellulare. Lo tirò fuori di tasca, vide che era sua madre e rifiutò la chiamata.

«Lei litigò con Rupert il 21 maggio, vero?» domandò a Valentine. «A proposito di cosa?»

«Si era imbucato alla festa di compleanno di Sacha e a me non piacciono gli scrocconi».

«Come mai Rupert andò a quella festa, visto che aveva rubato la nave d'argento a suo padre? Sembra strano che un ladro vada proprio a...»

«Be', è un idiota patentato, capisce?» disse, togliendosi dagli occhi la lunga frangia e guardando torvo Robin con le pupille dilatate. «Era sicuro che mio padre non avrebbe chiamato la polizia per timore della pubblicità negativa, ma a mio padre non frega un emerito cazzo di ciò che dice la stampa di lui e certo non gliene sarebbe fregato un cazzo di ciò che avrebbe potuto dire di Fleetwood. Al party lo informai che mio padre aveva telefonato alla polizia appena si era accorto che la nave d'argento era sparita, così lui si spaventò e si levò di nuovo dai coglioni. Decima avrebbe dovuto pagargli il corrispettivo in soldi del valore della nave, perché lui si convincesse a restituirla. A quanto pare lei non ha imparato la lezione».

«Quale lezione?»

«Che se vuoi trasformare un gigolò in arredo fisso, ti tocca continuare a foraggiarlo» disse Valentine. «A poco più di vent'anni Decima aveva già sposato una sanguisuga, gliel'ha detto?»

«No» rispose Robin.

«Be', così fu, e quindi la famiglia aveva già fatto questa esperienza. Mullins era un Fleetwood di migliore aspetto. Con le sue idee finanziarie del cazzo cercò di convincere tutti a investire, poi si mise con una donna più bella appena si rese conto che Decima non era in realtà quel bancomat che lui credeva, ma lo sembrava solo».

La cameriera tornò con la birra chiara di Valentine, e siccome lui non ringraziò, lo fece Robin al posto suo.

«Siete pronti a ordinare da mangiare?» domandò.

«Io non mangio» dichiarò Valentine.

«Per me spaghetti alla carbonara, per favore» disse Robin, ritenendo che almeno uno di loro dovesse giustificare l'occupazione di un tavolo. La cameriera si allontanò.

«Allora pensa che Rupert abbia lasciato sua sorella per un'altra donna?»

«È ciò che fanno quasi tutti gli uomini con cui si mette».

«Sua sorella Cosima si arrabbiò per ciò che le disse Rupert alla festa, vero?»

«E allora?»

«Che cosa le disse, per farla arrabbiare tanto?»

«Non sono affari suoi, cazzo».

«In realtà *sono* affari miei, perché sono pagata per scoprire per quale motivo Rupert è scomparso» replicò Robin.

«Non è scomparso affatto, è in America».

«Come fa a saperlo?»

«Me l'ha detto Sacha». Dopo un attimo di esitazione, Valentine aggiunse: «Fleetwood fu sgarbato con Cosima quando lei gli disse che non sarebbe dovuto venire al party non invitato».

«Fu lei che gli si avvicinò, vero? Per dirgli che doveva andarsene?»

«No» rispose Valentine, e subito dopo: «Può darsi».

«Sacha ha detto al mio socio che Rupert si era imbucato alla festa per cercare rogna. Con chi voleva litigare? Con Cosima? Con lei, Valentine?»

Valentine sorseggiò la Peroni senza rispondere.

«A me pare che i conti non tornino» insistette Robin. «Si sarebbe imbucato solo per bere gratis? Durante quel weekend traslocò dalla sua casa. Il trasloco è sempre stressante e comporta una gran fatica. Inoltre, ho parlato con un buon amico di Rupert, Albie Simpson-White, e...»

«Chi?»

«Uno che lavorava nel club di suo padre, Valentine. Da come Simpson-White ne ha descritto il carattere, appare poco credibile che Rupert sia andato a un party non invitato».

«Ma siccome l'ha fatto, Albie Nonsochecazzo non sembra dotato di grande intuizione, le pare?» ribatté Valentine.

«Sacha ha detto che Cosima scoppiò in lacrime. È una che si mette a piangere nel bel mezzo di un party solo perché uno che si è imbucato è stato sgarbato con lei?»

«Sta per caso cercando di fare dello spirito?» sibilò Valentine, protendendosi verso di lei con aria all'improvviso aggressiva.

«Volevo solo...»

«Se lei e quello stronzo del suo socio provate anche solo ad *avvicinarvi* a Cosima...»

«Non occorrerà farlo se lei si decide a...»

«*Ha sentito quel che le ho appena detto?*»

«Perché ha accettato di parlare con me?» chiese Robin, sforzandosi di apparire calma. Quando Valentine si era proteso in avanti, gli aveva visto un leggero residuo di polvere bianca intorno alle narici: aveva sniffato cocaina o in macchina o poco prima di uscire da God's Own Junkyard. «La gente in genere accetta di parlare con noi investigatori perché vuole scoprire che cosa sappiamo già».

«È questo che le ha insegnato il grande detective? Piccoli giochetti psicologici che anche un bambino capirebbe?»

«Non è un giochetto psicologico, io...»

«Pende dalle labbra del suo Brokeby, l'uomo con un piede e mezzo, abbeverandosi alla sua sapienza?»

«Ha due piedi, di cui uno artificiale. Forse intendeva le sue gambe? Ma prego, vada avanti».

«È proprio il tipo di risposta che darebbe lui, il piccolo stronzo pedante e polemico».

«È tutt'altro che piccolo».

«Lei gliel'ha visto, naturalmente».

«Ma davvero siamo qui a fare allusioni al pene?» trasecolò Robin.

«*Quod si non aliud potest, ruborem ferreo canis exprimamus ore*».

«Bisogna che me lo traduca, perché non ho studiato il latino».

«Se lo faccia tradurre da quello stronzo del suo uomo».

«Nemmeno il mio uomo parla latino».

«Non lo parla, ma lo capisce».

«Poi Cormoran Strike non è il mio uomo».

«Oh, si è già stancato?» fece Valentine. «La storia è durata poco».

«Non stiamo insieme e non lo siamo mai stati» disse Robin. «Io sono qui...»

Le squillò di nuovo il cellulare: era sempre sua madre Linda e Robin rifiutò un'altra volta la chiamata.

«Voi due avete scopato subito dopo che lui ha lasciato Charlotte» disse Valentine.

«È mal informato» replicò Robin.

«È lei che è mal informata, cara».

«Credo di sapere meglio di lei con chi vado a letto».

«Lo sapeva che lui l'ha riempita di botte?»

«Signor Longcaster, per favore».

«Preferisce non sentire la verità nuda e cruda sul suo eroe?»

«Cormoran Strike non è il mio eroe, è il mio socio nell'attività professionale».

«Charlotte mi disse che lei aveva la faccia romanticamente estatica ogni volta che lui entrava nella stanza».

«Ci vide insieme al massimo per un minuto e mezzo» replicò

Robin, cominciando, nonostante tutta la buona volontà, a perdere l'aplomb. «E a quanto ricordo, io guardai lei per l'intero min...»

«Lo credo che l'abbia guardata. Le è piaciuto quel che ha visto?»

«Che cosa intende dire?»

«Avrà scrutato bene la concorrenza, no? E, cazzo, avrà capito che non era certo una rivale all'altezza di Charlotte!»

«Dato che non ero in concorrenza, non...»

«Sa come la chiamava, Charlotte?»

«Non me ne potrebbe fregare di meno».

«'GP'» disse Valentine. «Vuol sapere per che cosa stanno quelle iniziali?»

«Credo che abbiamo finito» annunciò Robin, ma con esecrabile tempismo la cameriera arrivò proprio in quel momento e le mise davanti gli spaghetti alla carbonara.

«Grazie» mormorò.

«Parmigiano?»

«No, grazie».

La cameriera si allontanò.

«Credo che abbiamo finito» ripeté Robin, ma Valentine non si mosse.

«Se il caporale Brokeby fosse venuto da me a dire, come ha detto a Sacha, 'e se Fleetwood si fosse ucciso?', me lo sarei mangiato vivo» sibilò Valentine. «Se *lui* vuole parlare di suicidio sono più che pronto a parlarne, cazzo!»

«Be', la possibilità l'ha avuta e si è rifiutato di incontrarlo» replicò Robin.

«È colpa sua se Charlotte è morta».

«Non è vero» disse Robin.

«Lui l'ha *distrutta*».

«Si erano lasciati sei anni prima che lei si suicidasse».

«È quello che le ha detto lui, eh?»

Robin sentì un nodo alla bocca dello stomaco. Dunque Strike le aveva nascosto anche quello? Aveva continuato a vedere Charlotte e ad andarci a letto in tutti quegli anni in cui aveva dichiarato di avere rotto con lei?

«GP sta per Galoppino Portaborse» disse spietatamente Valentine. «La piccola aiutante di Cormoran Strike, sciatta e provinciale».

«Che carino» commentò Robin. «Se ha finit...»

«Andava a donne mentre facevano coppia insieme, la picchiava e lei continuava disperatamente ad amarlo. La notte in cui Charlotte morì, le aveva detto delle cose...»

«Io invece so che Strike non rispose al telefono» replicò Robin.

«Allora ha bisogno di una fonte di informazioni migliore».

Si alzò e la squadrò dall'alto in basso.

«Lei è davvero un misero galoppino portaborse. Brokeby la trascina di qua e di là al buio come uno stupido animale. La smetta di rompere il cazzo alla mia famiglia. Non voglio vederla mai più».

Si allontanò con la giacca sulle spalle, imprecando contro una donna che stava sulla porta e che ci mise un attimo di troppo a spostarsi per farlo passare.

63

Gli altrui pensieri
eran fugaci e leggeri,
di incontri d'amore
di fortuna e di onore.
I miei eran di sventura
stabili di natura,
sicché non mi stupì
quando sventura colpì.

A.E. Housman
VI, More Poems

Ormai a Robin era passata completamente la voglia di mangiare gli spaghetti. Proprio quando pensava di chiamare la cameriera per chiedere il conto, le squillò il cellulare per la terza volta. Vedendo che era di nuovo sua madre, trasse un respiro profondo e rispose, chiudendosi l'altro orecchio con un dito per escludere il rumore del ristorante.

«Ciao, mamma, scusa se non ho risposto, prima, ma stavo lavorando. Tutto bene?»

«Carmen ha avuto il bambino» disse Linda.

«Ma come? Credevo che dovesse partorire tra...»

«È in anticipo di un mese» spiegò Linda. «È stato un parto difficile e i medici dicono che qualcosa non va».

Robin provò un brivido freddo.

«Non va nel bambino?»

«Sì. Siamo qui all'ospedale e aspettiamo notizie».

«Che cos'ha che non va?»

«Non muove bene un braccio o qualcosa del genere, non so, nessuno ci ha dato informazioni dettagliate. Ritengono sia una lesione da parto, qualche nervo sofferente o cose così, sembra non lo sappia nessuno».

«Oh, no» mormorò Robin, con un senso di totale impotenza. «Io... che cosa posso fare?»

«Niente, niente, volevo solo fartelo sapere. Ah, ecco che arriva il dottore. Ti richiamo, Robin».

Linda chiuse la comunicazione.

«Non vanno bene gli spaghetti?» domandò la giovane cameriera, ripresentandosi al tavolo.

«No, tutto a posto» rispose lei, alzando gli occhi a guardarla. «Posso avere il conto, per favore?»

«Ma è sicura che gli spaghetti non...»

«No, no, la prego, mi porti il conto» la interruppe Robin.

Cinque minuti dopo, uscì nella notte gelida e si avviò verso la più vicina stazione della metro. Alla fine, incapace di sopportare da sola l'ansia che la tormentava, si tolse i guanti e chiamò Ilsa.

«Ciao, come stai?» disse lei, rispondendo al terzo squillo.

«Scusami tanto se ti disturbo di nuovo, Ilsa, ma ho bisogno di parlare con qualcuno, anzi, con te».

«Perché, cos'è successo?»

«La ragazza di mio fratello ha partorito con un mese di anticipo e il bambino ha qualcosa che non va».

«Oh, no, Robin, mi dispiace tanto!»

«Non è per quello che ti telefono, però, tanto per il momento non posso farci niente» disse distrattamente Robin. «Forse non dovrei pensarci in questo momento, ma Ilsa, ho assoluto bisogno di sapere se Strike è stato violento con Charlotte Campbell».

«*Che cosa?!*»

«Ho appena parlato con un uomo di nome Valentine Longcaster, che...»

«Ah, *quello*» fece Ilsa, in tono molto duro. «Lo conosco! Lo abbiamo incrociato un paio di volte, la prima in occasione di un orrendo party su una chiatta e la seconda a una cena a Belgravia. Come cavolo hai fatto a conoscerlo?»

«È una faccenda complicata» rispose Robin. «In ogni caso, mi ha detto che Strike riempiva di botte Charlotte e Ilsa, se è vero...»

«Assolutamente no» replicò Ilsa.

«Ne sei sicura?» le chiese Robin, e mentre lo diceva capì che nessuno le avrebbe mai potuto dare la garanzia assoluta di cui aveva bisogno. Chi sapeva cosa succedeva quando un uomo e una donna erano da soli tra quattro mura, senza nessuno che li vedesse e udisse? «Non potrei lavorare con lui se... È una cosa che, a parte tutto il resto, non potrei mai sopportare».

«Robin, è stata *lei* a picchiarlo. Gli lanciava degli oggetti, gli graffiava la faccia...»

«Come puoi sapere che non lo facesse per difendersi?»

«Be', tanto per cominciare, la sera della festa sulla chiatta, da ubriaca fradicia afferrò un coltello e cominciò ad agitarlo in aria. Ce ne andammo tutti, ma Nick aveva lasciato sulla barca i suoi occhiali da sole preferiti, così tornò indietro. Vide dalla vetrata Charlotte minacciare di accoltellare Corm e se stessa, poi vide lui disarmarla e lei scivolare in terra. Non dicemmo mai a Corm che Nick aveva assistito alla scena, ma molti anni dopo Corm gli confidò che Charlotte lo accusava di averla scaraventata da un lato all'altro della chiatta o scemenze del genere. Se Corm fosse stato così violento, come mai era sempre lui a uscire dalle liti con le labbra spaccate e perché lei lo supplicava sempre di tornare?»

Robin avrebbe voluto credere a Ilsa, ma dati gli avvenimenti recenti, non poteva essere certa di nessuna notizia relativa a Cormoran Strike.

«Senti, nove volte su dieci le donne dicono la verità a proposito della violenza e io lo so, perché ho portato avanti molte cause di maltrattamento domestico, ma Corm non è un uomo che maltratta le donne» proseguì Ilsa. «*Non lo è*, Robin. Ascolta, cinque anni fa mi sono occupata di un caso davvero terribile: una donna che voleva avere l'affidamento esclusivo della bambina».

Robin sentì dei passi alle sue spalle. Si guardò dietro, ma l'uomo era a una cinquantina di metri. Non le piaceva essere seguita, non dopo Harrods e non dopo l'incidente che le aveva lasciato una cicatrice di una ventina di centimetri nel braccio destro. Poi chi poteva dire che quell'uomo seguisse proprio lei? Andava semplicemente nella stessa direzione, nella sera buia. In ogni caso, era una strada residenziale, si vedevano dappertutto finestre illuminate e molti avrebbero udito le sue urla.

«... aveva avuto una propria storia di violenza, così era convinta che l'unico modo per ottenere l'affidamento esclusivo fosse di dipingere il partner come un mostro. Disse che aveva aggredito madre e figlia con bottiglie rotte e usato legacci...»

Era una sua fantasia, o l'uomo alle sue spalle stava accelerando il passo? Robin si guardò dietro e vide che era decisamente più vicino e teneva una mano dentro il giubbotto.

«Sul banco dei testimoni, però, crollò. Le cose non potevano essere andate nel modo che diceva. Nel frattempo, il suo partner era stato visto tutto coperto di lividi ed escoriazioni...»

L'uomo dietro a Robin passò sotto la luce di un lampione. Portava una maschera da gorilla di latex.

«Ilsa!» gridò Robin. «Sono in Shernhall Street e mi dirigo verso la metro di Wood Street. Un uomo mi sta seguendo e sto per riprenderlo con il cellulare e descrivertelo!»

«Robin, cosa...?»

«Se mi succede qualcosa, chiama la polizia!»

L'uomo si stava dirigendo proprio verso di lei. Robin sollevò il telefonino per riprenderlo e urlò: «Porta una maschera da gorilla, è alto circa un metro e settantacinque, ha i capelli neri, un giubbotto verde, i guanti neri...»

L'uomo rallentò il passo. Robin vide i suoi occhi brillare dietro i fori per gli occhi della maschera.

«Deve fermarsi» sussurrò lui, avvicinandosi mentre lei indietreggiava. «Fermarsi. Fermarsi, ho detto».

Da sotto la giacca, estrasse un pugnale.

«ILSA, HA UN COLTELLO!» strillò Robin.

64

Pensò, inoltre, che le vere bugie fossero bugie dette per far del male, mentre quella aveva il bene al centro...

Robert Browning
Pompilia

« Deve fermarsi » ripeté l'uomo da dietro la maschera. « Ha capito? Lasci perdere. Se lascerà perdere, non le verrà torto un capello. *La pianti* ».

Prima che Robin potesse dire o fare alcunché, l'uomo lanciò il coltello ai suoi piedi, voltò le spalle e scappò.

Ilsa urlava qualcosa all'altro capo della linea. Troppo sbalordita per riflettere su quanto era successo, Robin fissò il pugnale sul marciapiede, poi si accovacciò e lo esaminò da vicino.

« ROBIN, CI SEI? ROBIN! »

« Sì » disse lei, portando di nuovo il telefonino all'orecchio con il cuore che le batteva forte in gola. « Sì, sono qui. Sto bene. Va tutto bene. È scappato ».

« GESÙ CRISTO, ROBIN! »

« Va tutto bene, sto bene. Non mi ha fatto del male ».

« Tutto a posto, signora? » chiese un uomo in ciabatte che era appena uscito dalla casa più vicina. « Ho sentito un urlo ».

« Sì » rispose Robin, mentre Ilsa farfugliava al telefonino che Robin aveva abbassato per rispondere al soccorritore. « Sì, grazie, tutto a posto. Sono stata inseguita da un uomo, che però è fuggito ».

« È sicura di sentirsi bene? »

Era un uomo anziano, e quando si avvicinò al lampione Robin vide che aveva uno sguardo preoccupato.

« Sì, sì, sto bene, grazie. La ringrazio moltissimo di essere venuto a controllare ».

L'uomo si ritirò in casa. Robin portò di nuovo il cellulare all'orecchio.

« Scampato pericolo, Ilsa, mi ha solo lanciato il coltello ».

« *Cosa*? »

« Lo so » Robin trasse una forza perversa dal panico che colse nella voce dell'amica. « Era un aggressore ».

« *E ti ha lanciato un coltello?* »

« Sì » ripeté Robin, fissando, in terra, il pugnale la cui lama di una ventina di centimetri appariva spuntata. Aveva il manico nero attraversato da una striscia di ottone orizzontale, su cui era inciso un simbolo a lei noto. Tirò fuori i guanti di tasca e lo sollevò, mentre Ilsa continuava a parlare.

« Scusa, dicevi? » le chiese, rialzandosi e soppesando il pugnale. Era lungo una quarantina di centimetri, pesante e senza dubbio da cerimonia, non una vera arma. Nonostante questo, avrebbe costituito un bell'oggetto contundente.

« Ho detto, chiama la polizia! »

« Non credo che riuscirebbero a prenderlo » osservò Robin, esaminando il disegno del compasso e della squadra inciso sull'impugnatura. « È buio e portava una maschera. Non ci sono telecamere, qui. In ogni caso, non sono ferita. Voleva solo spaventarmi ».

« Questo non è un buon motivo per non chiamare la polizia! »

« Dov'era appostato quando ha cominciato a seguirmi? » chiese Robin più a se stessa che a Ilsa.

« Robin, mi stai facendo cagare sotto dalla paura! »

« Ti ho detto che sto bene, non sono ferita, ho solo bisogno di trovare il modo di nascondere questo pugnale per evitare di farmi arrestare in metropolitana ».

Il telefonino ricominciò a pigolare.

« Scusa, Ilsa, è di nuovo mia madre, bisogna che le risponda ».

« Ma... »

« Ti richiamo dopo ».

Dal buio sbucò un uomo a passeggio con il suo cane. Robin si ficcò il pugnale massonico all'interno del cappotto e lo tenne fermo stringendosi la cintura. Poi rispose alla telefonata della madre.

«Ciao, mamma».

«Oh, Robin, che incubo!» disse Linda tra le lacrime.

«Cos'è successo?» domandò Robin, allarmata.

«Martin ha minacciato di prendere a pugni il dottore!»

«*Cosa?*»

«È venuto fuori che Carmen ha una pelvi androide».

«Che cos'è?»

«Una conformazione del bacino per cui il bambino fa più fatica a passare. Ritengono sia per quello che ha riportato una lesione durante il passaggio. Se il parto fosse avvenuto a termine, avrebbero proceduto probabilmente a un taglio cesareo. Martin li accusa di non avere capito il problema e non avere agito più tempestivamente. Carmen è stata in travaglio per diciannove ore e adesso Martin è stato accompagnato fuori dell'ospedale».

Robin continuò a camminare ascoltando al telefono sua madre piangere. Lì per lì non seppe dire altro che: «Dov'è papà?»

«È corso dietro a Martin per calmarlo».

«Quanto mi dispiace, mamma» disse Robin. «Vorrei poter fare qualcosa».

«Oh Dio santo, aspetta un attimo, è arrivato Stephen».

Robin sentì la madre mormorare a bassa voce: «È Robin, Stephen, le ho appena raccontato...» Poi tornò da lei dicendo: «Ecco, sono di nuovo qui».

«Ma che cos'ha che non va il bambino? La motilità di un braccio è compromessa?»

«Dicono che sono i nervi strappati, una paralisi. Devono indagare. Dicono che se è così forse il problema si risolverà, ma sembrano preoccupati».

«Mamma, io...» fece Robin, ma non le venne in mente niente che potesse essere d'aiuto. «Ti prego, da' a Carmen un abbraccio da parte mia e dille che non vedo l'ora di conoscere... come pensano di chiamarlo?»

«Dicono che vorrebbero chiamarlo Dirk» rispose Linda.

« Non m'importa, voglio solo che stia bene. E tu, Robin, stai bene? » aggiunse, sentendo all'improvviso il dovere di sincerarsene.

« Io? » fece Robin, fermandosi un attimo per stringere di più la cintura, perché il pugnale stava scivolando giù. « Sto benissimo, non preoccuparti per me ».

Più vigile che mai, si affrettò verso casa, guardandosi spesso alle spalle. Una volta nel suo appartamento, infilò il pugnale con i simboli massonici dentro un sacchetto da freezer che poi nascose nel cassetto della biancheria, assieme al piccolo gorilla di gomma che le era stato ficcato in mano dall'uomo che l'aveva aggredita da Harrods.

Che fosse lo stesso uomo di quella sera? Non poté fare a meno di pensare di essersi appena trovata davanti a Oz. Prima di tirare le tende del soggiorno, controllò la situazione in strada per assicurarsi che non la stesse sorvegliando qualcuno appostato sotto casa. Rifletté che c'era stato un aspetto comico nel modo di agire di chi l'aveva minacciata: buttarle ai piedi il coltello era stato una sorta di assurdo anticlimax, il tipo di cosa che avrebbe potuto fare un bambino. Ma la maschera da gorilla l'aveva turbata parecchio, molto più del coltello. Era stato un atto vile, un insulto personale volto a suscitarle un terrore atavico. Per venti minuti, dopo essere tornata a casa, controllò per ben tre volte la porta d'ingresso, verificando che fosse chiusa col catenaccio e che avesse l'allarme inserito.

Più ci pensava, più era sicura che l'uomo l'avesse seguita quella mattina da casa sua, avesse preso l'autobus con lei, poi fosse rimasto in agguato nella zona industriale. Riflettendoci bene, si disse che il meccanico con il fazzoletto sul viso che si aggirava da quelle parti aveva lo stesso giubbotto verde che indossava l'uomo con la maschera da gorilla. Aveva finto di essere uno dei tanti operai che andavano e venivano dal capannone e aveva aspettato l'occasione giusta per spaventarla con la maschera e il pugnale e trasmetterle il messaggio. Si sentì umiliata: lei, che aveva seguito l'addestramento in sorveglianza e controsorveglianza, non avrebbe dovuto comportarsi in maniera così ingenua. Conosceva tutti i trucchi perché li usava lei stessa: togliersi e rimettersi il soprabito, cambiare certi particolari del proprio aspetto, nascondere la faccia, mutare continuamente posizione. L'uomo non era neanche stato troppo bravo nel suo pedinamento; lei aveva sorpreso più volte il finto meccanico mentre la scrutava.

Naturalmente sapeva benissimo perché era stata così imprudente. Contenta di essere da sola e di non dover fingere allegria con Murphy, aveva ricominciato a rimuginare su Strike e Bijou Watkins, poi l'aveva distratta la presenza sul set di Ciara Porter.

Nervosa e arrabbiata con se stessa, benché non avesse mangiato quasi nulla per tutto il giorno, prese solo due morsi del panino che si era preparata e buttò il resto nel bidone. Si chiese se telefonare a Ryan, ma decise di no, perché era ancora irritata per il tono che aveva usato con lei durante l'ultima telefonata. In ogni caso, non poteva raccontargli dell'uomo con il pugnale, perché avrebbe reagito molto male e l'ultima cosa di cui aveva bisogno Robin in quel momento era sopportare la preoccupazione di Ryan o sentirgli ripetere che non doveva più indagare sul cadavere del caveau.

No, l'unica persona con cui poteva parlare, l'unica con cui *doveva* parlare era Strike. Prese di nuovo in mano il cellulare e rifletté se chiamarlo, poi decise di parlargliene a voce il giorno dopo, a Ironbridge.

L'inquilino del piano di sopra doveva essere via, perché dal soffitto non arrivava il suono martellante della sua musica. Almeno quella era una nota positiva: senza il solito baccano, le sarebbe riuscito di udire un eventuale tramestio sul pianerottolo ed eventuali rumori di gente che voleva introdursi in casa sua. Andò ad aprire il rubinetto della vasca per fare il bagno, ma per due volte lo chiuse perché le pareva di avere sentito dei suoni fuori della porta d'ingresso.

Nessuno farà irruzione, sta' calma, per la miseria.

Entrò nella vasca, cercando di godersi l'acqua calda e rilassarsi. Doveva assolutamente dormire, perché la mattina dopo si sarebbe dovuta alzare alle cinque per andare a prendere la macchina a noleggio con cui sarebbe andata a Ironbridge, dove aveva appuntamento con la nonna di Tyler Powell.

Continuava a vedere con gli occhi della mente la maschera da gorilla e le pupille dello sconosciuto che brillavano alla luce del lampione. Era il terzo uomo che l'aveva aggredita sbucando dal buio: ricordava le mani che avevano tentato di strangolarla nel sottoscala, l'urlo del suo allarme antistupro, il coltello che le tagliava la carne...

Charlotte Campbell che brandiva un coltello in mano su una chiatta. *È colpa sua se Charlotte è morta.* Un bambino prematuro con una lesione al braccio. *Il cinquantacinque per cento di probabilità di avere un feto vitale attraverso FIV.* La cassa chiusa nella stanza chiusa a Chapman Farm. *Non sai cosa vuol dire essere preoccupate a morte per la propria figlia.* Un braccialetto, un pugnale e un piccolo gorilla di gomma tenuti nascosti all'uomo con cui stava cercando casa. *Non è utile a* me *che voi pregiudichiate la riuscita di un'inchiesta della polizia, per la miseria. Stiamo solo cercando di capire se possiamo aiutare quella donna. Sto benissimo, non preoccuparti per me.*

Non poteva dire la verità alle persone che le volevano bene, perché quelle persone non desideravano sentire la verità, desideravano solo che le sue bugie non fossero bugie.

Il bagno non l'aiutò a rilassarsi. Charlotte Campbell aveva riempito del suo sangue una vasca da bagno come quella...

Finì di lavarsi e tolse il tappo con la speranza che i pensieri neri fluissero via con l'acqua, poi si asciugò e si mise il pigiama. Per la prima volta da quando si era trasferita in quell'appartamento, si rammaricò di essere da sola. D'un tratto si ricordò la sera in cui Strike aveva pernottato lì e si era addormentato russando sul divano letto e lei aveva trovato quel suo ronfare rassicurante, perché il loro ufficio era appena stato distrutto da una bomba.

Come mai pensava a Strike anziché a Murphy? Accese la TV, poi la spense quasi subito. Voleva udire bene il suono di eventuali passi sul pianerottolo.

Lei è davvero un misero galoppino portaborse. Brokeby la trascina di qua e di là al buio come uno stupido animale.

Deve fermarsi. Se lascerà perdere, non le verrà torto un capello. La pianti.

65

Poca fortuna m'è capitata
e non mi può confortare
pensar che un'altra brigata
non ne abbia da buttare.

A.E. Housman
XXVIII, Last Poems

Strike aveva usato il bastone retrattile che si portava dietro per le emergenze per entrare al Travelodge di Penrith, e si era spalmato l'estremità del moncone con la solita crema idratante prima di dormire. Purtroppo, né il bastone né la crema gli avevano alleviato il dolore al ginocchio destro, che continuava a essere gonfio e a dolergli quando camminava o trasportava anche il minimo peso.

Il viaggio che avrebbe dovuto fare a Ironbridge la mattina dopo era quindi problematico, anche se l'Audi era automatica. La pioggia cessò appena si diresse a sud, ma il sole intermittente non servì certo a rallegrarlo. Secondo il piano poi andato in fumo, avrebbe dovuto allontanarsi dal Lake District con Robin al fianco, felicissimo che il suo amore fosse stato corrisposto e (meglio ancora) consumato, o (dato l'umore del momento non dubitava sarebbe stato questo l'esito più probabile) molto imbarazzato per il rifiuto di lei, che a sua volta sarebbe stata a disagio. Ma avrebbe preferito perfino quel grande imbarazzo reciproco allo stato di profonda depressione da cui si sentiva attanagliato. Non era disonorevole perdere dopo avere rischiato qualcosa: avrebbe affrontato la sconfitta e se non altro avrebbe avuto la consolazione di aver provato, ma essere abbattuti prima ancora di emergere dalla trincea era un'ignominiosa débâcle.

Il paesino di Ironbridge era di una bellezza che Strike non si aspettava. Un pittoresco ponte di ferro ad arco attraversava il verde, limaccioso fiume Severn, fiancheggiato da grandi alberi dalle chiome frondose. Gli edifici parevano sul punto di ruzzolare giù dal ripido colle della riva settentrionale, dove la strada principale, parallela al fiume, era piena di negozi, caffè e pub dalla curiosa aura anni Cinquanta, con le insegne illuminate dal freddo sole invernale. Non si godette la scena, anzi; avrebbe preferito parcheggiare in mezzo a casermoni pieni di graffiti e vetri rotti, che sarebbero stati più in sintonia con il suo umore.

Lasciò l'Audi al parcheggio dello Swan Taphouse e stava per segnalare con un messaggio a Robin dove si trovava, quando, a un centinaio di metri di distanza, vide la sua socia scendere dall'auto a noleggio. Era seccato di dovere usare il bastone per avvicinarsi a lei: non sopportava di avere l'aria di volerla impietosire.

Robin, che la notte prima aveva dormito solo due ore, durante le quali aveva sognato di non svegliarsi in tempo per andare a prelevare l'auto noleggiata, di trovarsi ancora nella cassa chiusa a Chapman Farm e di fronteggiare un Ryan irato che la sgridava, durante il viaggio era giunta alla decisione di assumere un atteggiamento del tutto naturale con Strike. Mentre si dirigeva a nord, aveva ricevuto una telefonata di Murphy, che si era scusato per averle parlato con tanta rabbia delle fotografie del cadavere nel caveau, e alla fine avevano confermato la loro intenzione di vedere, il giorno dopo, la casa con due camere da letto a Walthamstow. Naturalmente lei non gli aveva detto di essere stata minacciata con un pugnale su cui erano incisi simboli massonici.

Mentre si avvicinavano l'uno all'altra, entrambi con un certo imbarazzo, Strike e Robin ebbero pensieri assai diversi. A Strike Robin non sembrò nella forma migliore. Non aveva ancora ripreso i chili che aveva perso a Chapman Farm e nella pallida luce invernale appariva un po' troppo magra ed esausta. Aveva anche una macchia nera sotto l'occhio destro. Ma non importava: la desiderava come non aveva mai desiderato una donna in vita sua, e ormai era troppo tardi.

Quanto a Robin, vedendo Strike venirle incontro zoppicando dovette riconoscere, molto a malincuore, che era estremamente attraente anche se aveva i capelli arruffati e il viso mal rasato. Le ci era voluto molto tempo per capire cosa le donne trovassero di tanto sexy in un uomo troppo grosso, con il naso rotto e una corporatura da orso, e trovava davvero sconvolgente essere attratta fisicamente da lui proprio in un momento così poco adatto. Bisognava, pensò, ricalibrare la vista e concentrarsi esclusivamente su Murphy (*chi è il Paul Newman della situazione?*), perché Strike era un bugiardo che nascondeva alla sua socia d'agenzia sia le amanti sia i figli avuti da loro.

«Ciao» disse il detective quando furono vicini, evitando di guardarla come lei evitò di guardare lui. «Abbiamo mezz'ora di tempo prima del colloquio con Dilys, vero?»

«Sì» rispose Robin.

«Vuoi prendere un caffè o qualcos'altro, al bar?»

«Va bene. Credo che quell'albergo sia aperto».

Nonostante avesse appena deciso di adottare un atteggiamento naturale, Robin sentì di avere un tono ostile mentre indicava il Tontine Hotel, un grande edificio georgiano con le persiane verde pisello, affacciato sul ponte di ferro che dava il nome al paese.

Attraversarono la strada in silenzio. Robin avrebbe potuto chiedergli come mai usava il bastone, ma poiché lui di solito non sopportava le domande sulla sua gamba, decise di stare zitta. Nel frattempo, Strike si domandò perversamente perché non gli facesse nemmeno una domanda sulla sua gamba.

Appena si furono seduti a un tavolino vicino alle vetrate del Tontine ed ebbero ordinato un caffè, Strike le riferì del suo colloquio con Jade Semple, tralasciando di citare sia il tremendo dopo-sbornia sia il fatto che, mentre parlava con la moglie di Semple, fosse caduto a gambe all'aria nel fango, perché in quel momento l'unica cosa positiva per lui era la sua reputazione di detective e per nulla al mondo intendeva rinunciare anche a quella.

«Se Niall era in condizioni mentali così precarie da aver paura di attraversare un ponte» disse Robin alla fine del racconto, «ti pare probabile che fosse nella forma migliore per scappare con una ragazza? L'eventuale amante non si sarebbe preoccupata per lui e non avrebbe forse declinato ogni responsabilità?»

«Non ne ho idea, ma sarò franco: non credo che il matrimonio dei Semple fosse un'unione intellettuale. Lei è di Colchester, il che significa che lo ha probabilmente conosciuto quando Niall era ancora nel 3 Para, il terzo battaglione paracadutisti, perché è a Colchester che avevano la base. Per dirla schietta, i superiori avvertono gli uomini di quel tipo di reggimento di non farsi accalappiare dalle ragazze locali che cercano un mezzo per fuggire dalla vita di paese. Lei è abbastanza carina, ma non mi pare che abbiano molto in comune. Siccome ha superato la selezione della SAS, Semple sarà stato molto intelligente, e lei stessa mi ha detto che sono stati entrambi infedeli prima di sposarsi. In pratica, lei è rimasta incinta, lui si è sentito incastrato e tuttavia ha pensato fosse giusto sposarla».

Molto irritata dal fatto che Strike fosse così impudente da parlare come niente fosse di gravidanze accidentali e criticasse sotto sotto Semple per essersi legato a una donna con cui non aveva niente in comune, Robin disse: «Le hai chiesto di Reata Lindvall e del Belgio?»

Merda, se l'era completamente dimenticato.

«Sì, nessun collegamento» disse Strike.

«Le hai chiesto se conosce un uomo di nome Oz?»

Cazzo, non le aveva domandato nemmeno quello.

«Sì» rispose lui. «Non le pare».

«Allora quanto ritieni probabile che Niall Semple fosse l'uomo del caveau?» fece lei, cercando di suonare freddamente professionale.

«Tutto considerato, come candidato lo ritengo leggermente più probabile di Fleetwood, perché è massone e, a quanto dice Jade, dopo essere rimasto ferito ha sviluppato un'ossessione per la massoneria. Inoltre, c'è un collegamento con il nome William Wright. Però mi dico anche: uno con una lesione al cervello sarebbe stato capace di inventarsi tutti gli stratagemmi necessari a inscenare di essere William Wright? E perché faceva sempre quelle corse di trenta chilometri? Questo mi fa pensare che si allenasse o pensasse di allenarsi per qualcosa. Non posso fare a meno di chiedermi se non abbia lasciato il paese per tornare in qualche campo di battaglia a cercare o vendicare il suo migliore amico».

«Ma se avesse lasciato la Gran Bretagna, lo sapremmo».

«Credi che gli agenti della SAS viaggino sempre con passaporti autentici?»

«Ah» fece Robin, cui non era venuta in mente quella possibilità.

«Stiamo parlando di un tipo di individuo che sa navigare orientandosi con le stelle, scalare palazzi senza usare corde, imparare l'arabo in due settimane. Sono il meglio del meglio, i SAS. Faccio fatica a capire perché un uomo così avrebbe dovuto ritenere importante infiltrarsi in un negozio di argenti di Londra».

«Che la ferita alla testa gli abbia suscitato un interesse abnorme per gli argenti Murdoch?»

«Be', sì, e Jade mi ha inviato sul telefonino la foto del biglietto da lui lasciatole sul cuscino quando è scomparso» disse Strike, tirando fuori il telefonino. Robin si sentì ancora più arrabbiata con lui per avere ignorato i suoi suggerimenti, ma prese in mano il cellulare e lesse lo strano messaggio.

«RL sa dove» disse a voce alta. «Hai mica idea di che cosa significhi?»

«No» rispose Strike.

Solo in quel momento gli tornò in mente che RL erano le iniziali di Reata Lindvall, ma poiché c'erano milioni di altre persone con quelle iniziali, non trovò il dettaglio troppo significativo.

«L'altra cosa che ho scoperto è che Semple si era legato la valigetta al polso con le manette. Avevo intuito che così fosse, ma poi ho visto la foto sui giornali».

«Pensi avesse cose di valore nella valigetta?»

«Parrebbe la spiegazione più ovvia, ma se così fosse stato davvero, Semple sarebbe dovuto entrare in possesso del materiale prezioso nel periodo intercorso tra quando lasciò Crieff, il 27 maggio, e quando prelevò soldi da un bancomat il 4 giugno. Jade dice che non ha preso con sé niente di valore, forse solo qualche vecchio libro di argomento massonico».

«Bene, io ieri sono riuscita a parlare con Tia Thompson, l'amica di Sapphire» disse Robin, restituendogli il cellulare e facendo in modo che le loro dita non si toccassero.

«Ah, ottimo lavoro» commentò Strike cercando di ingraziarsela, ma lei non sorrise. Dopo avergli fatto un conciso riassunto di tutto quanto le aveva detto Tia, concluse: «L'ultima cosa confidatami dalla ragazza è che il misterioso produttore discografico disse a Sapphire che gli ricordava una ragazza svedese conosciuta in passato».

«Molto interessante» fece Strike, decidendo di non dire ad alta voce ciò che pensava, ovvero che 'Sembri una svedese' era la trita formula cui ricorrevano alcuni uomini per lusingare le bionde inglesi. Disse invece, sempre cercando di ingraziarsi Robin: «Be', non è che abbondiamo di candidate al ruolo di Rita Linda, perciò sarà bene tenere a mente la Lindvall. E parlando di studentesse, Pat ritiene di avere trovato Hussein Mohamed, o meglio sua figlia».

«Sì, Pat mi ha mandato un'e-mail».

«Con la foto della bambina, che era sul giornale, potremmo...»

«Gironzolare intorno alle scuole elementari di Forest Gate e sorvegliare casa sua?»

«Con Tia Thompson ha funzionato, no?»

«Non ho sorvegliato la sua casa, e Tia ha sedici anni. Pensi davvero sia la stessa cosa stalkerare una bambina in sedia a rotelle che è appena scampata a una guerra civile?»

«Non sto parlando di stalkerare e... va be', lasciamo perdere, era solo un'idea».

«Sarà meglio che paghiamo il caffè» fece Robin. «Ormai non ci resta molto tempo».

«Faccio io» disse Strike, tirando fuori il portafogli.

«Io devo andare alla toilette» annunciò Robin, alzandosi. «Ah, la casa di Dilys è in cima a una strada molto ripida. Ho appena visto il cartello. Se ti fa male la gamba...»

«Non c'è problema» tagliò corto Strike.

Allora peggio per te, pensò Robin mettendosi in cerca della toilette.

Strike chiese il conto, poi contemplò tristemente, fuori della vetrata, il grande ponte di ferro. All'improvviso il suo inconscio decise di riesumare il pensiero che gli era venuto mentre rifletteva nel bar di Moffat. La sconosciuta scozzese che aveva telefonato due volte in agenzia per pregarlo di aiutarla e aveva chiesto di incontrarlo al Golden Fleece aveva detto: *È tutto nascosto sotto il ponte.*

Intanto Robin, che si stava lavando le mani alla toilette, si guardò allo specchio sopra il lavandino e notò non solo il suo aspetto pallido e stanco, ma anche una grande macchia di mascara sotto l'occhio destro. Strike avrebbe potuto avvertirla, pensò furiosa, pulendosi.

66

... era solo la malintesa giustizia di un popolo semplice che chiedeva sangue in cambio del sangue e non era tanto interessato a sapere di chi fosse il sangue, quanto a soddisfare la propria sete di giustizia.

John Oxenham
A Maid of the Silver Sea

Robin non aveva mentito riguardo alla ripidità di New Road, una strada al paragone della quale la Comrie Road di Crieff era una passeggiata in pianura. Saliva su per un colle dietro la via principale e la pendenza era così forte che, nonostante il freddo, Strike presto si mise a sudare per il dolore e, contro la sua volontà, fu costretto a fermarsi ogni due o tre metri.

«Senti, posso benissimo interrogare Dilys da sola» propose Robin, nel cui cuore al risentimento stava temporaneamente subentrando la compassione.

«No, arrivo» ansimò Strike.

Un misto di orgoglio e ostinazione, e anche un triste residuo della determinazione a passare più tempo possibile con Robin, lo indusse a proseguire. Murphy, pensò mentre il ginocchio urlava pietà, sarebbe senza dubbio salito su quel pendio saltellando come una cazzo di gazzella.

Tutte le case ai lati della stretta strada erano affacciate sul fiume sottostante, sicché quelle di destra mostravano al viandante la facciata posteriore. Erano indipendenti e ben tenute, alcune con i mattoni a vista, altre cottage intonacati con piante rampicanti intorno al portone. Robin, che aveva cercato di adattare il passo a quello di Strike senza far vedere troppo che andava molto più piano del normale, a un certo punto si fermò di colpo e fissò una targa azzurra e rotonda sulla facciata di una casa in una breve fila di villette a schiera.

« Strike ».

« Cosa? »

Lei indicò col dito. Strike guardò e lesse:

BILLY WRIGHT
COMMENDATORE DELL'ORDINE
DELL'IMPERO BRITANNICO
1924-1994
LEGGENDARIO CALCIATORE
CAPITANO DELL'INGHILTERRA E DEI WOLVES
È VISSUTO E CRESCIUTO QUI

« Cristo » mormorò Strike, lieto di avere la possibilità di smettere di camminare e cercando di non far vedere che il bastone gli reggeva metà del peso. « Billy Wright, avrebbe dovuto venirmi in mente. È che non penso mai a lui come a un William ».

« E la nonna di Tyler vive proprio lì » osservò Robin, indicando una casa color arancione scuro, un po' più piccola delle vicine villette a schiera.

'Proprio lì' si disse Strike, doveva significare un posto vicinissimo, invece gli ci vollero altri cinque minuti di mostruosa fatica per raggiungere il portone di legno dell'abitazione di Dilys Powell.

Robin bussò, poi bussò ancora. E aspettò con il suo socio.

Oh, no, pensò. La donna le era parsa abbastanza vaga entrambe le volte in cui le aveva parlato. Che si fosse dimenticata del loro appuntamento?

Strike si trattenne a stento dal bestemmiare. Robin sbirciò dentro una finestra impolverata, di là dal vaso di fiori di plastica posato sul davanzale, e intravide una stanza da vecchia signora, con poltrone dal coprischienale, porcellane modeste e un tappeto fantasia color porpora.

« La casa dei genitori di Tyler è un po' più in là » disse. « Proviamo ad andarci? »

«Va bene» rispose Strike, cercando di fingere che il tragitto non gli costasse alcuno sforzo.

Si rimisero in cammino. Strike si inclinò su un fianco, usando il bastone come seconda gamba.

In cima al colle c'era una casa bianca più grande di quella di Dilys, davanti alla quale c'era il cartello 'in vendita'. Robin bussò. Non rispose nessuno. Andò a sbirciare anche lì dalla finestra e vide che la sala al pianterreno era priva di mobili.

«Ehi!»

I due detective si voltarono. Un uomo basso, con capelli neri piuttosto lunghi e l'aria estremamente aggressiva, era uscito dall'ingresso posteriore della casa di fronte. Con indosso una T-shirt degli Steely Dan e in mano una chitarra acustica, corse verso di loro facendo proprio quello che Strike aveva cercato di evitare nell'ultimo quarto d'ora: scivolò sul prato e inciampò. Tuttavia si riprese subito e, con l'aiuto della chitarra, si raddrizzò. Poi, zoppicando per via di un piede un po' varo, si avvicinò e urlò: «Che cosa volete? Siete merdosi giornalisti, eh?»

«No» disse Strike, stupito che fossero stati scambiati per rappresentanti della stampa. Tirò fuori il portafogli e mostrò il biglietto da visita. «Siamo detective privati».

Robin immaginò che l'uomo fosse il vicino di casa di Tyler, Ian Griffiths, perché era uscito dall'abitazione che lei sapeva essere di sua proprietà. Essendo cresciuta in una famiglia di persone alte (l'unica di media statura era sua madre, mentre tutti i suoi fratelli erano di qualche centimetro sopra il metro e ottanta), si sentì leggermente in colpa (esisteva il razzismo verso i bassi?) quando notò per prima cosa che Ian Griffiths era poco più di un metro e mezzo. Non poté che ammirare il suo coraggio, però, giacché stava affrontando Strike come se fosse dispostissimo a sfidarlo anche fisicamente, benché tra loro ci fossero oltre trenta centimetri di differenza e Strike avesse spalle notevolmente più larghe. Forse, pensò, Griffiths intendeva usare la chitarra come arma.

«*Detective?*» ringhiò l'uomo strappando il biglietto dalle mani di Strike e leggendolo. «Cosa siete, del maledetto *Shropshire Star*, vero?»

«No» disse Robin, prima che Strike potesse rispondere. Riteneva necessario placare il vicino, e il talento di Strike in quel campo era discontinuo. «Dilys Powell ci ha invitato qui per parlare di suo nipote Tyler, ma a quanto pare non è in casa».

«Dilys si è rivolta a voi?!» chiese Griffiths, assolutamente incredulo.

«No, lavoriamo per un altro cliente» spiegò Robin.

«Quello stronzo di Faber Whitehead, vero?» disse Griffiths con aria ancora più arrabbiata.

«Non conosco nessuno di nome Whitehead» replicò Robin con voce dolce. «Dilys pensa che Tyler sia l'uomo che è stato trovato morto nel caveau di un negozio di argenti a Londra, lo scorso giugno. Ecco perché voleva parlare con noi».

«Ah» fece Griffiths, ammainando leggermente le vele gonfie della sua rabbia. «Sì, mi aveva parlato di quella storia...»

«Lei per caso non sa dove si trovi Dilys?» domandò Robin.

«No» rispose lui, guardando verso la casa della signora Powell. «Probabilmente si è dimenticata di avere appuntamento con voi. Prende un sacco di medicine. Ha fatto una brutta caduta un paio di mesi fa. Questa collina è letale, quando è ghiacciata».

La sua aggressività si stava trasformando in imbarazzo. Il bruno Griffiths sembrava sui quarantacinque anni e, con i suoi occhi nocciola e la fossetta nel mento, era proprio un bell'uomo. Abbassò lo sguardo sulla chitarra e d'un tratto parve sorpreso di averla tra le mani.

«Conoscerà Tyler Powell, che se non sbaglio abita di fronte ai suoi genitori, vero?» chiese Robin.

«Sì, lo conosco» rispose il vicino, con l'aria di uno sul punto di prendere una decisione in merito a qualcosa. Si girò a guardare di traverso Strike, verso il quale sembrava nutrire particolare diffidenza, e gli domandò: «Veramente non lavora per i Whitehead?»

«Non li ho mai sentiti nominare» confermò Strike.

«E va bene, se volete potete entrare da me e aspettare Dilys. Non credo sia andata lontano. Volete una tazza di tè? Fa un freddo cane».

«Grazie, è molto gentile» disse Strike, grato al pensiero di far riposare il ginocchio destro e non gravarlo più del peso del corpo.

«Sono Ian Griffiths, ma tutti mi chiamano Griff» si presentò finalmente l'uomo, tendendo la mano che gli strinsero prima Strike, poi Robin.

Sempre reggendo la chitarra, Griffiths li condusse al cancello posteriore della sua casa. Il giardino era pieno di bizzarre sculture, compresa un gargoyle.

Strike, che aveva abbandonato l'università alla fine del primo anno, aveva solo un vago ricordo degli alloggi per studenti ma, osservando con sguardo disapprovante l'interno della casa di Griffiths, pensò che chi ci abitava non avesse mai superato l'adolescenza. Non solo la casa puzzava di bastoncini d'incenso, per i quali Strike nutriva grande avversione, perché emanavano l'odore caratteristico delle varie case in cui l'aveva trascinato Leda nella sua infanzia, ma il soggiorno in cui Griffiths li fece accomodare era ingombro di oggetti kitsch che Strike avrebbe classificato come 'cianfrusaglie': statuine del *Día de los muertos*, palle di vetro con neve e lustrini, un orsacchiotto rasta, cuscini sparsi in ordine psichedelico e un manifesto incorniciato, raffigurante Gesù che fumava una canna, erano tra gli oggetti per i quali Strike non avrebbe mai trovato un uso concreto. Varie candele erano state infilate nel collo di bottiglie di vino vuote. Su scaffali sgangherati erano ammassate pile di vinili e CD, mentre in un angolo si vedevano una tastiera e altre due chitarre. Nonostante il disordine, però, Strike dovette ammettere che la casa era abbastanza pulita.

C'erano molte fotografie in cornice, nelle più grandi delle quali era ritratta una bella donna bruna, con una camicetta tinta a nodi e una collana di perline, che cingeva con un braccio una bambina bella come lei. La stessa bambina compariva anche in altre foto, tra cui due in cui aveva la divisa scolastica.

Griffiths si accorse che Robin guardava le foto.

«Ho perso mia moglie sette anni fa, per cancro al seno» disse.

«Oh, mi dispiace» disse Robin.

«Grazie» rispose Griffiths. «Ci siamo trasferiti a Ironbridge per stare vicino a mio fratello e sua moglie. Chloe ormai è cresciuta. Ha fatto il Pass Interrail e gira l'Europa con il suo ragazzo, per cui al momento ci sono solo io. Volete il tè al latte o al limone?»

Quando Griffiths andò a preparare il tè in cucina, Strike e Robin si appoggiarono allo schienale del divano, che era coperto da un telo con la fantasia di un mandala. Robin, che sapeva esattamente cosa Strike pensasse del gusto del loro ospite negli arredi, avrebbe potuto commentare, ma scelse di tirare fuori il taccuino.

«Lo interroghi tu, io prendo appunti» disse Strike a bassa voce. «Credo che tu gli sia più simpatica di me».

«Bene» annuì Robin, rinfilando il notes in tasca.

Griffiths tornò dopo cinque minuti con tre tazze di tè e un piatto di pasticcini Tunnock's. Strike lo ringraziò e posò la sua tazza su un traballante tavolino di vimini, trovandosi costretto a spostare la statuina dorata di un bambino intento a fare pipì e una grande candela viola ornata di cristalli.

«Lei è un musicista, signor Griffiths?» chiese Robin.

«Sì» rispose. «Do lezioni di piano e chitarra. Suono in una band. Sono ormai un po' troppo avanti con gli anni per firmare contratti discografici, ma facciamo i pub, i matrimoni e roba del genere».

Si sedette davanti a loro e scartò un pasticcino.

«Scusate se sono stato un po'... rude, ma abbiamo avuto un sacco di problemi. Riguardo a Tyler, intendo».

«Che genere di problemi?» domandò Robin, mentre Strike teneva la penna sospesa sopra la pagina del taccuino.

«Non ve l'ha detto, Dilys?»

«No, ma sappiamo che Tyler si è comportato in modo da far arrabbiare qualcuno, a Ironbridge» spiegò Robin. «Abbiamo visto su internet che la gente chiedeva addirittura che si togliessero le sue foto dai social per non doverlo guardare in faccia».

Griffiths si mangiò un pasticcino quasi intero e poi disse: «È stato cacciato via. Feccia pronta al linciaggio, ecco chi erano».

«Che cos'era successo?» domandò Robin.

«È una storia lunga».

«Ci piacerebbe ascoltarla, se non le spiace».

« Uhm, la gente da queste parti direbbe che lo sta chiedendo alla persona sbagliata ».

« Perché? »

« Perché sono l'unico, oltre a sua nonna, che sta dalla parte di Ty. C'è stato un incidente automobilistico e la gente ne ha dato la colpa a Ty ».

« C'era dunque lui, al volante? »

« No, è questo il punto, per la miseria! Cercavano solo un capro espiatorio ».

Robin aspettò. Griffiths depose il piatto con il pasticcino sbocconcellato, poi disse: « Il fatto è che Ty usciva con una ragazza, Anne-Marie, che era buona amica della mia Chloe, quindi la conoscevo. Una brava ragazza. Piena di vita. Ty era innamorato pazzo di lei. Mi disse che era unica, la più bella e così via.

« Poi, però, i maledetti Whitehead si sono trasferiti in una grande casa lungo la stessa strada. Gente con un sacco di soldi. Lui è un architetto, lei un'insegnante di yoga. Vasca idromassaggio sul retro della villa, Range Rover parcheggiata nel vialetto d'accesso, insomma conoscete il tipo. Gente che si fa in quattro per essere invitata alle cene che contano.

« Bene, hanno avuto due figli maschi. Il più piccolo, Hugo, era una lingua lunga, uno sbruffone. Più giovane di Ty, aveva una ventina d'anni all'epoca dei fatti.

« In ogni caso, Anne-Marie si innamorò di Hugo. Ty è un ragazzo adorabile. Non sarà l'intelligentone che attira l'attenzione di tutti, ma è davvero un bravissimo ragazzo. Lavorava in un garage a Dawley e aveva le mani d'oro. Non che abbia avuto la vita facile, no di certo. I suoi genitori, be', dico genitori, ma è stato adottato, solo che, quando lui aveva un anno, la madre adottiva se l'è squagliata e dopo di allora non ha voluto più avere niente a che fare con lui. Non ho idea di dove sia fuggita. Suo padre si è risposato, ma né a lui né alla moglie fregava niente di Ty. Tutti e due amavano bere e fare festa e quando Gill, la matrigna di Ty, ha ereditato dei soldi, lei e il marito, Ivor, si sono trasferiti in Florida. Ed è là che sono tuttora. Fanculo a Ty. Lo hanno lasciato da solo nella vecchia casa, che hanno messo in vendita ».

«Però non è stata ancora venduta» disse Robin, guardando dalla finestra posteriore l'abitazione dei Powell.

«No, perché non hanno ancora ricevuto un'offerta che gli andasse bene. Ivor è così. È il tipo che vuole guadagnare il massimo dalle vendite, anche fosse un solo centesimo in più».

A Strike, che stava prendendo appunti, venne subito in mente Greg.

«Tyler non sarebbe potuto andare con loro in Florida?» chiese Robin.

«No» rispose Griffiths. «Ty ama Ironbridge. È l'unica realtà che conosce, capite. In ogni caso, loro non volevano tirarselo dietro. Ritenevano che, avendo ormai venticinque anni, dovesse rendersi autonomo. Così, Anne-Marie ha lasciato Ty per Hugo e Ty non sapeva per quanto tempo ancora avrebbe avuto un tetto sopra la testa. Chlo e io volevamo offrirgli la nostra stanza degli ospiti, ma questo è stato prima di...»

«Prima di cosa?» chiese Robin.

«Ah, è stato difficile per Chlo» disse Griffiths, imbarazzato. «Lei e Ty erano buoni amici all'epoca in cui ci siamo trasferiti qui, ma quando è successo quel che è successo, tutti gli abitanti si sono rivoltati contro chi aveva preso le parti di Ty e immagino sia per quello che... Be', per la verità non si può fargliene una colpa, a Chlo, ma ha cambiato idea su di lui. Non ha più voluto che Ty vivesse qui a casa nostra, dopo l'incidente.

«Non conosco i dettagli di quanto è accaduto quella sera, ma in sostanza c'era un concerto a Birmingham a cui voleva andare un gruppo di ragazzi. Siccome Hugo non era riuscito a farsi prestare la Range Rover di suo papà, ha chiesto a Ty se lui e Anne-Marie potevano dargli un passaggio. Niente di male in questa richiesta» si affrettò a dire. «Ty è generoso, sapete? È sempre pronto a fare piaceri a chiunque. Ma all'ultimo momento, ha detto che non si sentiva bene e che però Hugo poteva usare lo stesso la sua macchina. Ty ama le macchine. Aveva avuto quella lì per pochi soldi e l'aveva rimessa tutta in sesto. Cazzo, era il suo orgoglio e la sua gioia, quindi la gente delira quando pensa che...

«In ogni caso, Hugo aveva appena preso la patente e ha avuto un incidente. Anne-Marie è morta sul colpo e Hugo è rimasto in coma per tre mesi. Morte cerebrale, ma sua madre non voleva staccare la spina.

«Naturalmente, la gente, qui, era sconvolta. Anne-Marie era una ragazza del luogo, era cresciuta in un appartamento sopra una pasticceria della strada principale e la conoscevano tutti. E siccome Hugo era in coma e i Whitehead erano i beniamini del momento...

«I Whitehead hanno fatto circolare la voce che non fosse stato un errore di guida di Hugo. La macchina doveva avere avuto un malfunzionamento che l'aveva fatta uscire di strada. La gente ha cominciato a dire che c'era stato un intervento di tipo meccanico, che l'auto era stata manomessa. Dissero che Ty aveva sistemato le cose in maniera che l'auto uscisse dal controllo. Una vendetta contro Hugo e Anne-Marie». Dopo un istante di silenzio, Griffiths aggiunse: «Stronzate. Assolute stronzate. Ma le voci si sono diffuse e tutti hanno cominciato a guardare Ty di traverso. Alla fine, lui è venuto da me e mi ha detto che ne aveva abbastanza, voleva solo andarsene. Scusate...» fece, alzandosi di colpo e sbirciando New Road dalla finestra. «Ecco Dilys, evidentemente era andata in chiesa. Vado a chiamarla, eh?»

67

Le parlai, ma lei solo biascicò
in lingua antiquata, gli occhi ritratti
nelle orbite, la statura diminuita,
insomma, l'anima nel corpo sprofondata
come una lama al fodero restituita.

Robert Browning
The Flight of the Duchess

Dilys Powell era una donna minuta con guance cascanti, candidi capelli sottili e un'aria fragile e malata. Indossava un pesante cappotto di tartan ed entrò nella stanza pian piano, col deambulatore e una grande borsetta nera infilata in un braccio.

«Buongiorno, signora Powell» la salutò Robin, alzandosi in piedi. «Sono Robin Ellacott. Si ricorda che abbiamo parlato al telefono di suo nipote Tyler?»

Per tutta risposta, Dilys tirò su col naso.

«Era in chiesa» disse Griffiths, accompagnandola a una poltrona. «È là che è sepolto suo marito. Ho raccontato loro dell'incidente, Dilys» le riferì, alzando la voce perché era sorda. «Di Hugo e Anne-Marie e del perché Tyler se n'è andato da Ironbridge».

«Lui non ha mai fatto niente a quella macchina» borbottò Dilys.

«È quello che ho detto» le assicurò Griffiths.

«Non ha mai fatto niente a quella macchina» ripeté Dilys. Staccò le mani dal deambulatore e, con l'aiuto di Griffiths, si sedette in poltrona.

«Signora Powell» cominciò Robin, «speravamo di poterle rivolgere qualche domanda sul motivo per cui pensa che l'uomo nel caveau fosse Tyler».

«È sparito e non mi ha mai detto dove andava» lamentò Dilys. «Lo ha detto a *lui*» aggiunse, lanciando un'occhiata risentita a Griffiths.

«Soltanto p...» iniziò la frase Griffiths.

«Argento» lo interruppe Dilys.

«Che cosa intende dire, signora Powell?» domandò Robin.

«Parlò di 'argento' al telefono».

«Tyler?»

«Sì».

«Che cosa disse dell'argento?»

«Non lo so».

«Con chi parlava, con lei?»

«Probabilmente con Jones».

«Chi è Jones?»

«Un suo amico di Higwell Farm, a Apeton» rispose.

«Come si chiama di nome, Jones?»

«Wynn» disse Dilys, mentre Strike scriveva in fretta appunti.

«Wynn è un buon amico di Tyler?»

«Sì» fece Dilys, aggrottando la fronte. «Non mi piace».

«Perché non le piace?»

«È maleducato» spiegò Dilys. Si girò verso Griffiths e disse: «Ho bisogno di andare al gabinetto».

«Certo» fece lui, aiutandola ad alzarsi dalla poltrona e a riprendere possesso del deambulatore. «Prima porta a sinistra lungo il corridoio».

Dilys si allontanò pian piano dal soggiorno. Quando fu fuori portata d'orecchio, Griffiths mormorò: «È peggiorata molto in salute, da quando Ty se n'è andato. Lui era buono con lei, le faceva la spesa e cose del genere. L'ha presa molto male, Dilys, che se ne sia andato, specie dopo che i genitori di lui si sono trasferiti in Florida. Ivor è figlio di Dilys. Noi tutti ci siamo offerti di aiutarla, ma Dilys ama la propria indipendenza».

«C'è anche una nipote, no?» chiese Robin. «Le ho parlato prima di Natale».

«Non vive da queste parti, è tornata all'università» spiegò Ian. «Non è una persona su cui fare affidamento. Il gatto, a cui lei avrebbe dovuto dare da mangiare mentre Dilys era all'ospedale, è morto. Era un gatto anziano, ma Dilys non ha perdonato la nipote e quando esce dai gangheri non scherza. È peggiorata da quando è scivolata sul ghiaccio, l'autunno scorso. È rotolata dal pendio ed è svenuta battendo la testa. È rimasta là stesa al buio per due ore senza che se ne accorgesse nessuno. È stata un mese in ospedale e... Merda! » Sentendo un rumore sordo arrivare da un punto della casa, Griffiths scattò in piedi e uscì dal soggiorno. Robin e Strike udirono altri due tonfi, Dilys che diceva: « Non sono stata io! Ce la faccio! », poi il rumore di una porta che veniva chiusa.

« Non è niente, ha solo urtato contro il tavolino del corridoio » spiegò Griffiths, rientrando in soggiorno.

« Allora Tyler non ha mai menzionato l'argento o oggetti d'argento con lei? » domandò Robin.

« No, mi ha detto solo che aveva trovato lavoro in un pub, al sud. Dilys si è arrabbiata con me perché non gliel'ho detto, ma ero convinto che lo sapesse. In ogni caso, non so se Ty dicesse la verità. Non mi ha mai comunicato il nome del pub. Forse voleva solo che io pensassi che aveva un progetto di vita ».

Sentirono in lontananza lo sciacquone.

« Lei è stato in Belgio » disse Strike.

« Che cosa? » fece Griffiths.

Strike raccolse la statuina dorata dal tavolo accanto al quale era seduto. « Questo è il Manneken Pis, vero? Una copia della statua belga ».

« Ah, me l'ha mandata Chlo da uno dei paesi in cui è stata con l'Interrail. È un riferimento agli scherzi che facevamo in famiglia. Dicevamo: ovunque tu vada, prendi il souvenir più pacchiano che trovi ».

« Ho capito » disse Strike, rimettendo giù la statuina. Immaginò che lo scherzo in famiglia spiegasse anche la madonnina luccicante e l'elefantino thailandese rosa fluorescente sullo scaffale sopra la testa di Griffiths.

« La signora Powell è stata interrogata dalla polizia, vero? » chiese Robin.

« Sì » rispose Griffiths, « ma credo che l'interrogatorio non abbia portato a niente. Siccome Ty ha preso con sé tutta la sua roba quando se n'è andato, non si è potuto escludere che fosse lui l'uomo del caveau sulla base del DNA. Come ho detto, dopo che Gill e Ivor si furono trasferiti in Florida lui è diventato in un certo senso come un inquilino abusivo in casa propria. Hanno portato via quasi tutti i mobili prima di mettere in vendita la casa».

«Che lei sappia, hanno mantenuto i contatti con Tyler?» domandò Robin.

«Non ne ho idea, dovreste chiederlo a Dilys, ma come vi ho spiegato, non sono genitori molto solleciti».

Pochi minuti dopo, Dilys tornò strascicando i piedi in soggiorno e Griffiths l'aiutò di nuovo a sedersi in poltrona. Invece di ringraziarlo, lei lo guardò torva.

«La tua Chloe non ha più rivolto la parola a Ty, mentre erano sempre stati amici».

«Non è vero, Dilys» ribatté Griffiths. «È solo che Chloe si è messa a girare l'Europa con l'Interrail...»

«Tyler non aveva nessuno dalla sua parte» ribadì Dilys. «Proprio nessuno. Tutti a dire che aveva manomesso la macchina. Non l'ha mai manomessa. Mai».

Appariva in parte arrabbiata in parte turbata, e muoveva senza posa le mani in grembo.

«Quando se n'è andato, Tyler, da Ironbridge?» domandò Robin.

«Mesi fa» rispose Dilys. «Molti mesi fa».

«Dev'essere stato... in maggio, vero, Dilys?» fece Griffiths. «So che è successo non molto tempo dopo il compleanno di Chloe».

«Chloe e Tyler erano amici, ma lei se n'è andata per i fatti suoi e non ha mai preso le sue parti» disse Dilys, per la quale quello doveva essere un punto molto dolente.

«Ma è stato solo perché ha fatto l'inter...»

«Era sempre attaccato al cellulare, Tyler. Per difendersi, diceva. Guardava su internet. Gli ripetevo: 'Smetti di leggere quello che dicono di te, in questo modo ti tormenti e basta'».

«Ha più avuto sue notizie da quando se n'è andato, signora Powell?» chiese Robin.

«Mi ha uattappato» rispose, sempre agitando le mani in grembo. «Poi, però, ha smesso».

«Intende dire che ha comunicato con lei con WhatsApp?»

«Sì».

«Si ricorda quando i messaggi hanno smesso di arrivare?»

«Come ha detto?» fece Dilys, aggrottando la fronte e portando la mano all'orecchio.

«Posso vedere i messaggi?» alzò la voce Robin per farsi sentire.

«A che scopo?»

«Per vedere le date» rispose lei.

Griffiths raccolse da terra la borsa e la diede alla vecchietta. Borbottando fra sé, Dilys frugò tra le sue cose e alla fine tirò fuori un vecchio Nokia. Respirando affannosamente, picchiò sui tasti e dopo un lungo armeggiare porse l'apparecchio a Robin, che vide sullo schermo una serie di messaggi.

Tyler Powell

ciao nonna spero tu stia bene

Dilys Powell

le ginocchia mi fanno così male
che quasi non cammino

Tyler Powell

mi dispiace non puoi chiamare
Doris?

Dilys Powell

non posso rompere
continuamente le scatole a
Doris. Tu quando torni?

Dilys Powell

perché mi ignori?

Dilys Powell
bastardo ignorante

Dilys Powell
dopo tutto quello che ho fatto per te

Tyler Powell
nonna non sono ingrato ma ho da fare ho trovato lavoro

Dilys Powell
sei contento che io sia prigioniera nella mia stessa casa?

Dilys Powell
non riesco a fare la spesa né niente

Dilys Powell
te lo scordi che ti lasci i soldi dopo che mi hai trattato così

Dilys Powell
piccolo bastardo ingrato

Tyler Powell
e va bene sono un bastardo ingrato allora starai meglio se non avrai più mie notizie

Dilys Powell
dove sei?

Dilys Powell
ho bisogno di sapere dove sei

Dilys Powell
sto poco bene le ginocchia
fanno le bizze

Dilys Powell
dove sei Tyler

Dilys Powell
ho chiamato la polizia

Dilys Powell
dimmi dove sei sono
preoccupata

L'ultimo messaggio di Tyler era stato mandato il 16 giugno dell'anno prima. Il messaggio finale di Dilys a lui era stato inviato in ottobre.

Tuttavia, subito prima di quella chat, su WhatsApp ce n'era un'altra che Robin, vedendo il nome 'Tyler', aprì senza farsi vedere e scorse fino al primo messaggio, che era stato mandato il 12 luglio dell'anno prima.

07700 903361
nonna questo è il mio nuovo
numero

07700 903361
nonna ho eliminato il mio vecchio
telefonino perché c'era gente
che mi molestava, per cui
bisogna che tu, adesso, usi
questo numero per telefonarmi.
Puoi darlo a Griff, ma a nessun
altro, capito?

Dilys Powell
chi sei?

07700 903361

sono Tyler. Adesso devi usare questo numero per chiamarmi.

Dilys Powell

sei Wynn Jones?

07700 903361

no, nonna, sono io, Tyler. Ora ti chiamo, d'accordo?

07700 903361

nonna rispondi al telefono sono io Tyler

07700 903361

nonna NON È WYNN SONO IO

L'ultimo di quei messaggi era stato mandato poco prima di Natale.

«Signora Powell, le spiace se fotografo queste conversazioni?» domandò Robin.

«Faccia pure» disse Dilys, e Robin fotografò entrambe le chat.

«Posso anche annotare il numero del padre di Tyler?» chiese Robin, vedendo il nome di Ivor Powell su un thread WhatsApp più vecchio.

«Sì, va bene» rispose di nuovo Dilys.

Robin copiò e salvò il numero, poi restituì il Nokia.

«Da quando Tyler se n'è andato, ha più parlato al telefono con lui, signora Powell?»

«No» rispose Dilys. «Quello non è lui, è quel Wynn Jones che fa gli scherzi».

«Wynn Jones di Higwell Farm?»

«Sì».

«Pensa che le abbia telefonato fingendo di essere Tyler?»

«Che cosa?»

«Pensa che Jones l'abbia chiamata fingendo di essere Tyler?»

«Che cosa?»

«Lei non crede sia stato davvero Tyler a chiamarla?»

«Un maleducato» disse Dilys. «E pensare che prima di questa storia era un bravo ragazzo».

«Lei, Griffiths, ha più parlato con Tyler, da quando se n'è andato?» domandò Robin.

«È da giugno che non lo sento» rispose Griffiths.

«A quanto pare, desiderava farle avere il suo nuovo numero di telefono» osservò Robin.

«Quello là non è Tyler» insistette Dilys, polemica. «Io li distinguo».

«Signora Powell, lei chiamò la polizia verso la fine di giugno, vero?» domandò Robin, guardando di nuovo i messaggi. «Era perché aveva visto gli articoli sul caveau?»

«Lui aveva parlato di 'argento'» insistette ostinata Dilys. «Lo avevo sentito con le mie orecchie».

«Sapeva che il negozio in cui fu rinvenuto il cadavere era di oggetti d'argento massonici?» domandò Robin.

«Che cosa?»

«Quel negozio vende cose che riguardano i massoni. Tyler era per caso interessato alla massoneria?»

«Massoni?» ripeté Dilys. «Quelli che si stringono la mano in maniera strana?»

«Sì» rispose Robin.

«No, mai al mondo si sarebbe intruppato con quelli» fece spazientita. «Lui lavorava in un garage».

«Tyler sapeva niente dell'argento in generale?» chiese Robin. «Marchi, oggetti antichi, cose del genere?»

«No» rispose insospettita Dilys, «ma potrebbe imparare. Non è mica stupido».

«Quali interessi aveva? Il signor Griffiths ci ha già detto che gli piacevano le macchine».

«Amava la sua macchina» rispose Dilys. «Se l'è montata tutta da solo. Conosce bene i motori». Come per controbattere una tacita accusa, ripeté: «Non è mica stupido».

«C'era nient'altro cui fosse interessato?» domandò Robin.

« Il calcio. I Wolves. Adora i Wolves ».

« Ho capito » fece Robin. « Lungo il sentiero, abbiamo appena visto la targa commemorativa sulla facciata della casa di Billy Wright. Lo sapeva che l'uomo che si era fatto assumere come commesso nel negozio di argenti si faceva chiamare William Wright? »

« Sì » annuì Dilys. « Billy Wright ».

« Posso controllare con lei qualche altro particolare? » domandò Robin. « Quanto è alto, Tyler? »

« Più alto di lui » fece Dilys, indicando con mano tremante Griffiths.

« Non ci vuole molto » commentò Griffiths con un sorriso amaro. « Credo sia alto un metro e sessantesette-sessantotto, vero, Dilys? »

« Aveva nessun segno distintivo, come cicatrici o altro? »

« Una voglia » rispose la donna.

« Davvero? Dove? »

« Sulla schiena ».

« È mancino o destrimano? »

« Destrimano ».

« Conosce mica il suo gruppo sanguigno? »

Dilys scosse la testa.

« Sapeva niente delle armi da fuoco? »

« Armi da fuoco? Be', sì, qualcosa sapeva ».

« Davvero? »

« Sì. In passato ha avuto un fucile ad aria compressa. Sarebbe voluto entrare nell'esercito, ma non l'hanno preso ».

« Davvero? » disse stupito Griffiths.

« È stato prima che tu venissi ad abitare qui » spiegò Dilys, soddisfatta che ci fosse qualche informazione su Tyler che Griffiths non conosceva. « È rimasto molto male quando gli hanno detto di no. Ci teneva tanto ».

« Perché non lo hanno voluto nell'esercito, Dilys? » chiese Robin.

« Perché è allergico alle noccioline » rispose lei. « Una volta per poco non ci ha rimesso la pelle, quando un bambino a scuola gliene ha offerta una ».

« È terribile! » esclamò Robin.

« Io non sapevo che fosse allergico alle noccioline » disse Griffiths.

« Be', ci sono molte cose che non sai » replicò Dilys.

« Tyler faceva attività fisica? » domandò Robin.

« Lavorava in un garage » ribadì Dilys.

« Voglio dire, si manteneva in forma correndo o facendo attività sportive? » alzò la voce Robin, per farsi sentire.

« Sì, era in forma ».

« Trascinava pneumatici tutto il giorno » disse Griffiths.

« Non è mica stupido » ripeté per la terza volta Dilys.

« Tyler conosceva per caso una ragazza di nome Rita? »

« Rita come? » chiese Dilys, che non aveva mai smesso di muovere nervosamente le mani in grembo.

« Non sappiamo il cognome. Tyler conosceva nessuna ragazza di nome Rita? »

« Non c'è nessuna Rita da queste parti » sentenziò Dilys.

« Ha mai sentito Tyler parlare di una Rita o Rita Linda? » domandò Robin a Griffiths.

« No » rispose lui. « L'unica ragazza di cui l'ho sentito parlare era Anne-Marie ».

« Un bell'acquisto! » borbottò Dilys. « Guarda che razza di guai ha provocato ».

C'erano due modi di interpretare quella frase, pensò Robin.

« Tyler è rimasto molto male quando Anne-Marie lo ha lasciato? » chiese.

« Non glien'è importato niente. Perché avrebbe dovuto importargliene? Quella lì andava con tutti ».

« Era a pezzi quando Anne-Marie è morta, Dilys » ribatté Griffiths in tono di rimprovero.

« Cuore troppo tenero » borbottò Dilys. « I morti sono morti ».

« Il signor Griffiths ci ha parlato della famiglia Whitehead » intervenne Robin.

« Quei maledetti! » esclamò Dilys con le mani sempre più tremanti. « Adesso, dopo tutti i guai che hanno combinato, se ne sono andati ».

«Si sono trasferiti dopo che Hugo è morto» spiegò Griffiths.

«Ha idea di dove siano andati?» chiese Robin.

«So che erano originari delle Home Counties» rispose Griffiths.

«È una fortuna che ce ne siamo liberati. Raccontavano in giro bugie, dicendo che la colpa dell'incidente era di Tyler. E tutti ci hanno creduto!»

«Io no, Dilys» fece Griffiths, «e neanche...»

«La tua Chloe se l'è squagliata e lo ha lasciato da solo in mezzo a tutte quelle false accuse. Nessuno lo ha difeso, nessuno». Dilys si morse le labbra, come per impedirsi di piangere.

«Quando ha letto gli articoli di giornale che parlavano del cadavere rinvenuto nel caveau, cosa le ha fatto credere che si trattasse di Tyler?» domandò Robin con il tono più comprensivo possibile.

«Il fatto che il cadavere somigliava a lui e che io l'avevo sentito parlare di argento al telefono» rispose Dilys.

«La polizia venne a interrogarla, dopo che aveva chiamato il numero unico per l'emergenza?» proseguì Robin.

«Inutile» disse. «Inutile».

«Ma l'hanno interrogata?»

«Sono venuti a parlarmi, ma è stato del tutto inutile».

«Un'ultima cosa, signora Powell: Tyler le ha mai parlato di un uomo di nome Oz o di un uomo che lavorava in campo discografico?»

«Oz?» fece Dilys. «Cosa siete, giornalisti?»

«No, signora Powell, siamo detective privati» disse Robin. «Si ricorda che abbiamo parlato per telefono e le ho chiesto se potevamo...»

«Devo tornare a casa» la interruppe Dilys di punto in bianco. «Devo andare».

Appariva molto stanca e anche un po' confusa, e respinse con la mano Griffiths che cercava di aiutarla ad alzarsi dalla poltrona. Robin capì che non aveva senso tentare di convincerla a restare. Dilys afferrò il deambulatore, prese, senza ringraziare, la borsa che Griffiths le porgeva e si diresse lentamente alla porta di servizio.

«Ce la faccio da sola!» ringhiò quando il padrone di casa provò a seguirla lungo il viottolo che attraversava il giardino.

«Scusate» disse Griffiths, tornando da Robin e Strike.

«No, anzi, la ringraziamo del tè e delle informazioni» fece Robin, alzandosi. Accanto a lei, Strike stentò a rimettersi in piedi, perché il ginocchio destro si rifiutava di collaborare. Robin tirò fuori dalla borsa il biglietto da visita e lo diede a Griffiths.

«Se le tornasse in mente qualche altro particolare, può farcelo sapere?»

«Sì, certo» rispose lui, infilandosi il biglietto nella tasca dei jeans. «L'incidente automobilistico fu una disgrazia e la gente se la prese con Tyler solo a causa dei pettegolezzi. Sapete come sono le chiacchiere di paese».

Robin pensò con amarezza a Masham e al fatto che la notizia del suo stupro fosse filtrata su internet.

«Sì, lo so» disse.

Con un gemito soffocato che non riuscì a reprimere, Strike riuscì ad alzarsi dal divano.

«Grazie, ci è stato di grande aiuto» disse, soffocando una smorfia di dolore mentre tendeva la mano a Griffiths.

68

A lungo tentiamo invan di far parlare e agire
il nostro io segreto, e nel dire e fare
siam eloquenti e fini, ma di ver nulla appare.

Matthew Arnold
The Buried Life

«Credo che possiamo tornare sul corso passando di là» propose Robin indicando un viottolo che, a poca distanza dalla casa di Griffiths, scendeva quasi verticale fino ai piedi del colle.

«Io preferisco tornare dalla strada da cui siamo arrivati» disse Strike, che in realtà non avrebbe voluto fare nemmeno quello, bensì salire su una funivia che lo portasse alla macchina senza fargli patire le pene dell'inferno.

Tornarono sui loro passi in silenzio. Già salire per New Road gli era riuscito alquanto faticoso, ma scendere rappresentò un tale stress per il suo ginocchio destro che a ogni passo temeva gli cedesse. Dilys non era ancora arrivata a casa sua, e la si vedeva in lontananza camminare molto lentamente con il deambulatore. Era piccola e tozza nel suo cappotto scozzese, ma siccome anche loro due procedevano piano, non la superarono, e lei rientrò in casa prima che passassero davanti alla sua porta.

«Vuoi che mangiamo qualcosa mentre discutiamo del colloquio?» domandò Strike, cercando di nascondere il dolore e il sudore, quando arrivarono finalmente in fondo alla strada.

«Va bene» disse Robin.

«C'è un pub vicino a dove ho parcheggiato la macchina» disse Strike. Così si diressero al Swan Taphouse, un grande albergo grigio chiaro di fronte alle pigre acque del fiume, dove c'era un dehors con tavoli di legno, protetto da ombrelloni blu quadrati. Strike appuntò gli occhi sulla panca più vicina e quando la raggiunse ci si lasciò cadere con sollievo. Si accorse che Robin lo guardava interdetta e si ricordò che le donne tendevano a non condividere la sua indifferenza verso il freddo.

«Se preferisci andare dentro...»

«No, va bene» rispose secca lei, combattuta tra l'irritazione per il fatto che non le avesse chiesto prima se le andava di stare fuori e la compassione che nonostante tutto provava, perché era evidente che Strike soffriva molto. «Vado a prendere da bere. Che cosa vuoi?»

«Birra analcolica, di qualsiasi marca» rispose lui.

Una cameriera uscì dall'edificio poco dopo che Robin vi era entrata. Benché chiaramente sorpresa di vedere clienti che nel mese di gennaio preferivano il giardino esterno anziché l'interno, porse a Strike due menu. Lui tirò fuori il taccuino, ma anziché leggerlo contemplò le acque color cachi del fiume e le persone che portavano a passeggio il cane lungo la riva, finché Robin non ricomparve con la birra e un succo di pomodoro.

«Allora, che cosa pensi di Powell come candidato?» le chiese appena si fu seduta di fronte a lui.

«Be', al telefono parrebbe aver parlato di argento, ma...»

«Magari si riferiva a una macchina color argento che doveva riverniciare in officina» disse Strike. «Poi ci possono essere dei pub con la parola 'argento' nel nome, e può essere anche un cognome. A meno che non si riferisse al Long John Silver dell'*Isola del tesoro*».

Sperava di strapparle almeno un sorriso, ma Robin rimase seria.

«Be', dobbiamo sicuramente parlare all'amico di Tyler di nome Wynn Jones» proseguì Strike. «Possiamo andare a cercare la sua fattoria subito dopo mangiato».

«Io non posso trattenermi a lungo. Per prima cosa, domani, devo sorvegliare la casa di Fyola Fay. Tu puoi occuparti da solo di Jones».

«Va bene» disse Strike. *E devi andare a vedere altre case con Stronzo Murphy, naturalmente.*

Ciascuno faceva fatica a guardare negli occhi l'altro. La panca lasciava meno spazio vuoto tra loro di quanto non avesse fatto il tavolo del Tontine Hotel e Robin, decisa a parlare solo di lavoro e a non dare a Strike alcun pretesto per domandarle il perché di tanta freddezza, disse: «Tyler sembra la tipica persona che poteva visitare il sito 'Accusati ma Innocenti'».

«Sì, è vero» riconobbe Strike, mentre Robin tirava fuori il cellulare per esaminare le foto che aveva fatto dei messaggi WhatsApp tra Tyler e Dilys.

«L'ultimo messaggio inviato da Tyler dal suo vecchio numero risale a poco prima che Wright fosse assassinato. Poi le ha mandato un nuovo numero, dicendo che al vecchio lo 'molestavano'. Dilys pensa che Wynn Jones per qualche motivo fingesse di essere Tyler. Ora provo a chiamare quel numero».

Il cellulare squillò varie volte, poi scattò il messaggio della segreteria: «Sono Tyler. Sono occupato, lasciate un messaggio e vi richiamerò».

«Buongiorno, Tyler, mi chiamo Robin Ellacott e vorrei parlare con lei, se possibile». Lasciò il suo numero di cellulare, poi chiuse la comunicazione.

«Straordinaria coincidenza, che Tyler abbia cominciato a mandare messaggi da un nuovo numero subito dopo che Wright era stato assassinato» disse Strike.

«Già» disse Robin, esaminando i messaggi fotografati piuttosto che guardare in faccia Strike. «Anche se la gente era arrabbiata con lui. Nei commenti su Instagram che ho trovato, molti chiedevano a Chloe Griffiths di togliere le foto di lui, perché non volevano vederlo. In effetti, può darsi si sia stancato di ricevere orribili messaggi o telefonate».

«Senz'altro» disse Strike, il cui scopo principale, in quel momento, era di alleviare la tensione tra loro due.

«Ma immagino che la polizia avrà visto questi messaggi e siccome non lo ha escluso come candidato, evidentemente non ha la prova che sia ancora vivo» osservò Robin, continuando a guardare il telefonino anziché il suo socio.

«Oppure alla Met hanno smesso di verificare se sia vivo quando Truman ha deciso che il cadavere era quello di Knowles» rifletté Strike. « Ho già fatto questa considerazione, ma la rifaccio: a chi frega quando dei giovani uomini scompaiono? »

« Pare abbia cercato di chiamare Dilys » disse Robin, sempre esaminando i messaggi, « ma se voleva che la nonna smettesse di assillarlo, perché non le ha semplicemente fatto sapere dov'era? »

« Forse temeva che lo dicesse ad altri » osservò Strike. « Era possibile che la nonna spifferasse il suo indirizzo o cercasse di mandare qualcuno a prenderlo. Ciò premesso, tutta la sceneggiata del nome falso e del travestimento mi sembra un po' eccessiva per un tipo come Powell, e non vedo perché diavolo avrebbe dovuto desiderare di lavorare in un negozio di argenti massonici. C'è sempre bisogno di bravi meccanici. Perché non andare a fare il meccanico altrove? »

« A meno che non avesse *davvero* manomesso la macchina prestata a Hugo e temesse di essere arrestato per questo » ipotizzò Robin.

« Faccio fatica a capire in che modo, manomettendo i freni o il volante prima che i due andassero al concerto, avrebbe dovuto provocare un terribile incidente sulla via del ritorno. Avranno esaminato la macchina, no? Ci sarà pure stata un'inchiesta ».

« Però c'è un collegamento con il nome William Wright ».

« Vero » convenne Strike, grattandosi il mento. « Bene, se Powell non ti richiamerà sarà meglio scambiare due parole con i Whitehead, sempre che riusciamo a trovarli. Se sono davvero convinti che lui abbia sabotato la macchina, questo potrebbe essere un movente, per cui bisogna controllare se così sia o no. Poi abbiamo la voglia sulla schiena. Che la croce di Salem incisa nella carne avesse lo scopo di cancellare un segno naturale che sarebbe servito a identificarlo? »

« E gli avrebbero cavato occhi, orecchie e mani per puro divertimento? »

« Hai dimenticato il pene » disse Strike, anche se in realtà Robin non lo aveva affatto dimenticato. « Il guaio è che si potrebbe ipotizzare che le mutilazioni abbiano avuto il preciso scopo di impedirci di identificare tutti i possibili Wright ».

Mentre sorseggiavano le loro bevande, contemplarono il Severn per evitare di guardarsi in faccia. Robin si chiese quando si sarebbe decisa a riferire a Strike dell'uomo che l'aveva seguita con il pugnale massonico in mano. Prima che potesse aprire bocca, la cameriera tornò per prendere le ordinazioni. Strike scelse eglefino fritto in pastella di birra, Robin nachos con pollo.

«A proposito di massoneria, non ti ho ancora detto che sul treno per la Scozia ho incontrato per caso Fergus Robertson» raccontò Strike. «Da lui ho saputo che Lord Oliver Branfoot è massone ed è membro della loggia Winston Churchill, la quale si riunisce in uno dei templi di Freemasons' Hall ed è anche la loggia di...»

«Malcolm Truman» lo anticipò Robin, consapevole di avvertire, sempre più forte, l'ormai familiare senso di vuoto alla bocca dello stomaco.

«Sì. Pare che Branfoot abbia cambiato loggia qualche anno fa, e che la Winston Churchill pulluli di poliziotti».

Strike notò che Robin aveva assunto all'improvviso un'espressione vacua. Stava per continuare il discorso, quando lei lo prevenne.

«Anch'io ho da dirti una cosa che non t'ho ancora detto. Ieri sera, dopo che ho parlato con Valentine Longcaster...»

«Ah, allora ha accettato di farsi interrogare da te?» domandò Strike, provando a sua volta un senso di paura. Aveva creduto – e sperato – che Longcaster la mandasse a quel paese.

«Sì» disse Robin.

«E ha parlato male di me?»

«Abbastanza».

«Che cos'ha detto, che riempivo di botte Charlotte? Che scopavo con tutte? Che è colpa mia se si è ammazzata?»

«Sì, ma io volevo...»

«Anche quando ero arrabbiato non l'ho mai toccata neanche con un dito, salvo che per impedirle di farsi del male» la interruppe Strike.

Quanti altri colpi bassi doveva ricevere? Quant'altra dignità dovevano togliergli, proprio al cospetto di una persona la cui stima contava per lui molto più di quella di chiunque altro?

«Va bene» disse Robin, «ma non è questo che...»

«Ti ha detto qualcosa di utile riguardo a Fleetwood o è stato solo l'eterno ritornello di Charlotte la santa contro Strike il bastardo?»

«No, non ha detto niente di particolarmente utile su Fleetwood» rispose pacata Robin. «Ma era molto nervoso al pensiero che avvicinassimo sua sorella Cosima, e in generale è stato evasivo sul motivo per cui Rupert si sarebbe imbucato alla festa di Legard». Robin trasse un respiro profondo, poi aggiunse: «Ma non era di questo che volevo parlarti.

«Quando sono uscita dal ristorante in cui avevo avuto il colloquio con Longcaster, sono stata seguita». Non avrebbe voluto dirgli cos'era successo dopo, ma si sentì in dovere di farlo. «Credo che mi abbia pedinato fin dalla mattina, quando sono uscita di casa, ma io non me ne sono accorta. Portava... portava una maschera da gorilla nel momento in cui mi ha raggiunto».

«*Che cosa?*»

«Ma lo avevo già notato prima, nella zona industriale dove ho aspettato Longcaster: poi mi sono accorta che l'uomo con la maschera indossava lo stesso giubbotto verde di un tizio già presente sul luogo. Per fare la sua mossa, ha aspettato che fossi completamente sola e non ci fosse nessun altro in giro».

«Quale mossa?» chiese Strike.

«Ha tirato fuori un coltello e...»

«*COSA*?» gridò Strike a voce così alta che una donna che passava con un bichon frisé al guinzaglio si girò a guardare.

«Ti spiego subito che cosa» fece Robin, abbassando la voce. «Era un pugnale su cui erano incisi simboli massonici. Lo so, perché me l'ha lanciato contro. Dopo l'ho raccolto e me lo sono portato a casa. Era un avvertimento, non un'aggressione» si affrettò ad aggiungere, perché Strike aveva assunto un'aria minacciosa. «Ha detto: 'Lasci perdere. Se lascerà perdere, non le verrà torto un capello'. Ha cercato di spaventarmi» spiegò, senza specificare che c'era riuscito benissimo, «ma non c'è mai stato un vero tentativo di farmi del male».

«*Perché cazzo non mi hai telefonato dopo che era successa una cosa del genere?*»

«Che cos'avresti potuto fare?» replicò lei, fredda. «Eri in Scozia».

«Ti avevo detto, e tu ti eri mostrata d'accordo, che se fossi andata da qualsiasi parte da sola, mi avresti avvertito. Lo avevamo deciso insieme, dopo Shanker, dopo quell'aggressione da Harrods e dopo tutte le telefonate di merda in ufficio, l'ultima delle quali rivolta specificamente a te».

«'Stronza di una puttana' poteva anche riferirsi a Kim o Midge, e non posso telefonarti ogni volta che sono da qualche parte da sola» replicò lei in tono non più pacato. «Era una strada residenziale ben illuminata, e non mi ha fatto realmente del male».

«Ti rendi conto che hanno dipinto una cazzo di 'G' sul portone d'ingresso dell'agenzia, la notte di San Silvestro?»

«Che cosa? No, non lo sapevo. Perché non me l'hai detto?»

«E quel tizio ti ha detto di fermarti?»

«Perché non mi hai detto che ci hanno dipinto una 'G' sulla porta?»

«Qualcuno pensa chiaramente che tu sia l'anello debole della catena».

Nel momento stesso in cui si lasciò sfuggire di bocca quelle parole, Strike si pentì. Robin diventò verde di rabbia. Da un lato si sentiva in difetto per le frecciate di Kim sulla sua mancanza di formazione in polizia e per non aver saputo individuare, il giorno prima, l'uomo che l'aveva pedinata, dall'altro era esterrefatta per l'impudenza di Strike, che insinuava fosse lei l'anello debole dell'agenzia, quando i suoi intrallazzi con le donne avevano procurato loro un sacco di pubblicità negativa sulla stampa.

«Non intendevo 'anello debole' nel senso che tu non sia brava» cercò di rimediare lui, «ma nel senso che sei una donna e Branfoot sa che cosa dire ai suoi scagnozzi per spaventarti a morte».

«Non abbiamo uno straccio di prova che dimostri che Branfoot abbia qualcosa a che vedere con quegli uomini!» esclamò furiosa Robin.

«Chi altri, tra le persone collegate a questo caso, ha un branco di sicari pronti ad agire al suo comando? 'Oppure potrebbe mandare qualcuno' ha detto Wright. Sei stata *tu* a riconoscere in una foto sul giornale l'amico di Branfoot che abbiamo visto da Ramsay Silver. Oltretutto, Branfoot appartiene alla stessa schifosa loggia dell'ispettore capo».

«Lo so, sono perfettamente capace di ricordare le informazioni che mi hai dato due minuti fa! Ma siccome non sono *io* ad avere dato a Branfoot la scusa per stroncarci sui giornali...»

Punto nel vivo, anche Strike perse l'aplomb.

«Allora è la cattiva stampa a disturbarti tanto?»

«Cosa vorresti dire?»

«Non vuoi che investighiamo su una loggia massonica piena di funzionari della Met?»

«Tutto ciò non ha niente a che vedere con Ryan!» gridò Robin, furibonda e insincera. «Lo so che quella loggia è un po' sospetta, ma non abbiamo prove!»

«*Un po'* sospetta? Puzza più di un peschereccio pieno di pesce marcio! Perché Branfoot ha cambiato loggia? Perché ha deciso di andare in quella piena di poliziotti?»

«Io non...»

«Tu non lo sai? Ma raccontalo a qualcun altro! Sappiamo benissimo che Branfoot è un losco figuro. Jimmy Savile si è ingraziato per anni le forze di polizia locali, invitandole tutti i venerdì a prendersi un drink».

«Non crederai *seriamente* che Truman sapesse che dietro l'assassinio c'era Branfoot e che abbia insabbiato tutto per fargli un piacere?» sibilò Robin con disprezzo.

«Non è detto che i fatti si siano svolti in maniera così grossolana. Non sto affermando che Truman sappia che Branfoot ha ordinato l'assassinio di Wright!»

«Perché mai Branfoot avrebbe fatto uccidere qualcuno in un negozio di articoli massonici?»

«Perché era pappa e ciccia con una combricciola di poliziotti massoni che si riunivano nella stessa loggia, perché sapeva che sarebbero stati propensi a mettere a tacere qualunque delitto fosse apparso di stampo massonico, e perché così sarebbe riuscito a esercitare la massima influenza sull'inchiesta! O Branfoot ha avuto un colpo di fortuna ed è stata affidata l'indagine al suo amico Truman, o Truman ha manovrato dietro le quinte affinché l'indagine fosse affidata a lui».

«E perché mai Branfoot avrebbe ordinato di mettere una fascia massonica sul cadavere e di incidergli sulla schiena la croce di Salem?»

«Se tutta quella messinscena truculenta fosse stata fatta ad arte per dimostrare che qualcuno voleva incastrare i massoni e Truman fosse caduto nella trappola e, incitato da Branfoot, si fosse affrettato a negare ogni collegamento con la massoneria?»

«Cioè Truman avrebbe messo a repentaglio la sua intera carriera per far felice Branfoot?»

«*Ascoltami bene*: non è detto che abbiano insabbiato tutto solo per Branfoot. Truman forse ha messo a repentaglio la sua carriera perché la massoneria rappresenta la sua grande occasione, il centro della sua vita affettiva e sociale. Per certi uomini è davvero così. O puoi negare ci siano uomini lusingati di frequentare l'aristocrazia, il cui ego freme all'idea di conversare con Lord Oliver Branfoot in tivù?»

«Non lo nego, ma...»

«Allora ammetterai che Truman può essere stato facilmente indotto da Branfoot a diffondere l'idea che qualcuno stesse cercando di incastrare i massoni, nel qual caso, la faccenda di Jason Knowles sarebbe stata, per Truman stesso, una manna scesa dal cielo. Dal punto di vista professionale, ha pagato un prezzo per il suo sbaglio, ma continua imperterrito ad andare a Freemasons' Hall ogni mese, il che dovrebbe dirti parecchio sulle cose a cui dà la precedenza, nella vita».

«Abbiamo imbastito una storia su Branfoot che non è confortata da uno straccio di prova» replicò con veemenza Robin. «Il biglietto cifrato, l'amico di Branfoot che faceva compere da Ramsay Silver, Branfoot che attacca i detective privati e Dick de Lion possono benissimo non avere alcun collegamento tra loro».

«Fa specie un discorso del genere da parte di una che mi incitava a condurre indagini su una donna belga il cui nome assomiglia vagamente a quello di Rita Linda» disse Strike e subito, vedendo Robin arrossire, si pentì.

«Ho premesso fin dall'inizio che l'ipotesi era molto improbabile» replicò lei. «Tra l'altro, era una svedese, non una belga».

«Il concetto è che...»

«Ho afferrato il concetto, grazie, ma per quanto io sia l'anello debole della catena, visto che parliamo dell'incapacità di cogliere il punto, ti è mai venuto in mente che tutte e due le volte in cui sono stata minacciata stavo per parlare con qualcuno di Rupert Fleetwood?»

«Tutte e due le volte in cui sei stata minacciata, ti trovavi in posti in cui era facile aggredire senza essere presi» ribatté Strike. «Come facevano i tuoi aggressori a sapere con chi dovevi parlare? Mi hai appena detto che il tizio con la maschera da gorilla ti ha seguito da casa tua!»

«Allora spiegami perché una pornostar dovrebbe andare a lavorare in un negozio di argenti massonici» obiettò lei, tornando all'offensiva.

«Una trappola» disse Strike.

«Una trappola? Organizzata in che modo, e da chi?»

«Se quello che sarebbe dovuto accadere a Knowles fosse accaduto in realtà a de Lion? Se de Lion avesse creduto di partecipare al furto di un carico di argenti? Il fatto che Branfoot sia un pezzo di merda non significa che de Lion fosse un angelo. Non sappiamo niente di lui, poteva essere lui stesso un imbroglione. E se Oz e Sofia Medina avessero attirato de Lion da Ramsay Silver dicendogli che avrebbe guadagnato un centinaio di migliaia di sterline svaligiando il negozio? Allora il furto degli argenti Murdoch avrebbe senso: rubarli l'avrebbe fatta apparire come una rapina con delitto secondario rispetto allo scopo principale, mentre in realtà era un delitto con furto secondario rispetto allo scopo principale».

«E dove sarebbero gli argenti, adesso?»

«Cazzo, non lo so, potrebbero essere da qualsiasi parte! Seppelliti in un bosco. Chiusi in un'anonima cassetta di sicurezza. Branfoot è ricco sfondato, non ne ha bisogno».

«Non posso fare a meno di notare» osservò gelida Robin, «che il tuo atteggiamento verso la Met e il tuo atteggiamento verso la SAS sono assai diversi».

«Che cosa?» reagì lui, sbalordito.

«Il massone Niall Semple non può assolutamente essere coinvolto in un furto di argenti massonici perché è, come tutti i SAS, il meglio del meglio, parla correntemente l'arabo e naviga orientandosi con le stelle, mentre il massone Malcolm Truman, della Met...»

«Truman e Branfoot sono nella stessa loggia del cazzo! Perché Branfoot ce l'ha tanto con noi? Perché questo suo improvviso interesse per le agenzie investigative?»

«Forse perché sua moglie lo fa pedinare e lui se n'è accorto! Forse i giornali indagano di nascosto su di lui per via delle voci che circolano sulla sua vita sessuale».

«All'inizio di questo caso mi avevi detto che non t'importava se Murphy...»

«*Ryan non c'entra!*» gridò Robin, tanto più rabbiosa in quanto sapeva benissimo di stare, almeno in parte, mentendo. «Che cosa ne sarà dei nostri contatti con la Met, se cominciamo a gettare discredito sui poliziotti?»

«Cazzo, la Met ha già messo Truman in aspettativa e probabilmente sarebbe lieta di avere un motivo per licenziarlo! Se pensi che Wardle, Layborn e Ekwensi smettano di parlarci perché aiutiamo la polizia metropolitana a liberarsi di un elemento marcio, hai di loro un'opinione peggiore di quella che ho io!»

«È al tuo *atteggiamento* che mi riferisco. Sei sempre pronto a pensare il peggio della polizia, mentre...»

«Ci sono un sacco di stronzi nell'esercito, come mi è perfettamente noto, visto che ci stavo dentro».

«Hai detto che intendevi 'sferrare un duro attacco' a Branfoot. Pensi che se ne starebbe zitto se tu facessi insinuazioni su di lui?»

«Per caso Murphy sa che abbiamo foto del cadavere?» chiese Strike. «È imbestialito per questo, vero?»

Robin si sentì di nuovo arrossire.

«Non è quello».

« Ah, no? »

Furibonda, Robin si alzò in piedi.

« Sarà meglio che mi rimetta in viaggio. Sono stanca e ho bisogno di tempo per prepararmi all'incontro con Fyola Fay ».

« Non aspetti che arrivi il tuo piatto? »

« Non ho fame » sibilò Robin, tirando fuori di tasca le chiavi della macchina.

Vedendogliele in mano, Strike disse: « Sto comprando una nuova Land Rover ».

« Che cosa? »

« Mi pare di essere stato chiaro, no? Abbiamo bisogno di una nuova Land Rover. Non puoi continuare a girare su macchine a noleggio, l'agenzia non può... »

« Prenderò qualcos'altro, è che per il momento non ho trovato niente che mi possa permettere ».

« È esattamente il motivo per cui... »

« Non posso accettare un prestito così grande da te » lo interruppe Robin.

« Allora non prenderlo. La Land Rover sarà di proprietà dell'agenzia, ma a guidarla sarai tu. Dunque cerca quella giusta e mandami i dati ».

« Va bene » disse lei, gelida.

Voltò le spalle e si allontanò, ma prima che Strike avesse il tempo di capire cos'era successo, fece marcia indietro e tornò al tavolo.

« Mi sono dimenticata una cosa » annunciò, sparando una bugia molto più grossa di quella che aveva appena detto affermando di non avere fame.

« Che cosa? »

« Dev mi ha riferito che Bijou Watkins ha telefonato in ufficio. Che cosa voleva? »

Come Robin si aspettava, Strike rimase di stucco.

« Voleva un consiglio » rispose dopo un istante.

« Ah, davvero? » fece lei, guardandolo torva. « Un consiglio su che? »

« Pensa che Honbold la tradisca » si inventò Strike.

« Ah, sì? »

« Sì. Le ho detto di contattare un'altra agenzia, che non volevo assumermi l'incarico ».

« Allora posso dire a Dev che non ci saranno altri articoli scandalistici sulle tue avventure con le donne? »

« Glielo comunicherò io stesso » replicò Strike.

« Perfetto, perché di tutto abbiamo bisogno, tranne che di perdere Dev. Ci vediamo in ufficio ».

Voltò di nuovo le spalle, stavolta senza guardarsi indietro o tornare sui suoi passi.

La cameriera arrivò con due grandi piatti pieni di roba da mangiare.

« Oh... » si meravigliò vedendo Robin allontanarsi lungo la strada. « Vuole...? »

« Li mangio entrambi io » brontolò Strike, spostando il taccuino per fare posto al pranzo.

PARTE SESTA

Senza dubbio vi era, laggiù, dell'argento, e le molte sottili vene che trovarono alimentarono in loro la costante speranza di grandi filoni e giacimenti di cui esse non erano che le effimere tracce.

John Oxenham
A Maid of the Silver Sea

69

Stanco di me e stufo di chiedermi
chi sono e che dovrei diventare,
sto a prua di questa nave sul mare
che mi sospinge sotto le stelle chiare.

Matthew Arnold
Self-Dependence

Così dunque stavano le cose, pensò Robin. Strike le aveva spudoratamente mentito. Lui che l'aveva sgridata perché non lo aveva subito informato di un episodio insignificante (nello stato d'animo risentito del momento, tendeva a minimizzare lo spavento causatole dall'uomo con la maschera da gorilla e il pugnale massonico), le nascondeva del tutto in malafede che esisteva un ulteriore rischio di scandalo e clamore mediatico per l'agenzia (e Robin attribuiva tutta la sua rabbia e il suo risentimento a questo, invece di riconoscere che la morsa allo stomaco le si acuiva ogni volta che pensava a una possibile paternità di Strike).

Quando, nelle prime ore della mattina successiva, imboccò Wycliffe Road con Barclay al volante, aveva un'ulteriore fonte di irritazione: l'occhio destro arrossato che lacrimava perché, la sera prima, aveva tritato una gran quantità di peperoncini rossi molto piccanti ed evidentemente alla fine non si era lavata abbastanza bene le mani. Toccandosi la palpebra destra doveva essersi infiammata i condotti lacrimali. Aveva tritato i peperoncini con in mente un piano di cui non intendeva mettere a parte Murphy, in primo luogo perché lui non sapeva ancora niente dell'uomo che l'aveva presa per il collo da Harrods e di quello che l'aveva minacciata con il pugnale massonico, e in secondo luogo perché in Gran Bretagna era illegale portarsi dietro lo spray al peperoncino. Tuttavia, quella mattina si sentiva un po' più tranquilla sapendo di avere in borsa, chiuso dentro uno spruzzatore di plastica trasparente, un potente miscuglio di peperoncino piccante, pepe di Cayenna, aglio e aceto. Si sarebbe preoccupata delle grane legali in seguito, se avesse dovuto usarlo. Su internet si diceva che lo spray al peperoncino rappresentava un buon insetto-repellente per il giardino, ma certo le sarebbe stato difficile far credere che se l'era portato nella borsa per difendere dai parassiti le tre piante in vaso che aveva in casa. In ogni modo, una cosa era certa: nessun uomo l'avrebbe più afferrata per la nuca senza patire conseguenze e nessun uomo le sarebbe arrivato così vicino da agitarle un pugnale davanti agli occhi.

Barclay parcheggiò a breve distanza dal villino dove Fyola Fay, le cui bollette erano intestate a Fiona Freeman, viveva con il suo compagno regista di porno Craig Wheaton, un uomo completamente pelato, dall'enorme torace muscoloso, la cui targa personalizzata cominciava con GYM. Fiona usava i social o per promuovere i nuovi film in cui compariva o per eccitare il pubblico del suo account OnlyFans. Il post più recente era la pubblicità di un sex toy che aveva la forma dei suoi genitali e davanti la scritta 'Entrate nella vostra star preferita!' Fino a quel momento, la sorveglianza dell'agenzia non era riuscita a trovare nessun orario in cui Fiona risultasse sicuramente in casa e Wheaton sicuramente fuori. Robin non voleva parlarle in presenza dell'energumeno, perché già in passato aveva avuto un colloquio con una donna il cui partner era tornato inaspettatamente e l'aveva aggredita per la rabbia di trovarla a casa sua, e non aveva nessuna voglia di ripetere l'esperienza. Il piano era che Barclay tenesse d'occhio la casa per vedere quando usciva Wheaton. Se la coppia fosse rimasta in casa tutto il giorno, non avrebbero tentato nessun approccio.

«Dammi una gomitata se mi addormento» disse Barclay, sbadigliando. «Ieri ho sorvegliato la Signora Due-volte fino alle due di notte. Be', mi sembra già una gran cosa non vomitare».

«Perché, hai vomitato di recente?» chiese distrattamente Robin.

«Non ti ha raccontato, Strike, del gambero?»

« Quale gambero? »

« Ne ho mangiato uno per sbaglio un paio di settimane fa, mentre sorvegliavo la casa della mamma di Plug. Ho comprato un panino in un cesso di posto che non mette le etichette giuste sulla roba che vende. Se solo mi avvicino a qualsiasi mollusco o crostaceo, io mi piego in due e vomito come un vulcano. Strike è dovuto venire a sostituirmi. È stata la notte in cui tu hai scoperto che l'uomo delle pulizie fotografava le mutande delle ragazze ».

« Ah » fece Robin.

Tornò a guardare la porta della casa di Fiona Freeman ripensando alla sera in cui si era convinta che Strike fosse con Bijou Watkins per un incontro clandestino o per risolvere l'imbroglio della paternità incerta. Allora, dopotutto, non era andato affatto da lei. Ma questo cambiava forse qualcosa? Strike continuava a nasconderle la verità, no? Continuava a non voler ammettere che un'altra ondata di articoli scandalistici avrebbe potuto mettere a repentaglio l'agenzia.

« Ehi, guarda » la allertò Barclay quando le tende del soggiorno nel villino di Fiona furono scostate e si intravide lei con indosso un paio di leggings e un reggiseno sportivo color verde lime.

« Merda, sembra si prepari ad andare in palestra » disse Robin, mentre la chioma platinata di Fiona spariva dal vetro.

« Magari ha un tapis roulant in casa » obiettò Barclay.

Passarono venti minuti, poi il portone d'ingresso di casa Freeman si aprì e uscì Wheaton da solo, con indosso una tuta sportiva. Scese i gradini e salì in macchina.

« Io ci provo » decise Robin, aprendo la portiera.

« Bene, buona fortuna ».

« Ci teniamo in contatto ».

Bighellonò in strada per una decina di minuti per assicurarsi che Wheaton non tornasse a prendere qualcosa che aveva dimenticato, poi attraversò la strada, salì i gradini e suonò il campanello.

Pochi istanti dopo, Fiona aprì. Dalla ricerca fatta su internet, Robin sapeva che aveva ventitré anni. Era una giovane donna ben fatta e ogni centimetro del suo corpo era stato abbellito o potenziato per inviare un unico, macroscopico e grossolano messaggio: super-lampadata, con lunghi capelli platinati, folte ciglia finte rivoltate in su, unghie false rosa fluorescente, seno artificiale, filler nelle labbra e negli zigomi, perfino dita dei piedi ornate di anelli e smalto acceso, catenella tatuata intorno alla caviglia destra.

« Fiona, mi chiamo Robin Ellacott e sono una detective privata. Lavoro per l'agenzia Strike &... »

Fiona fece per sbatterle la porta in faccia, ma Robin infilò il piede dentro.

« Stiamo investigando sul cadavere trovato nel caveau » si affrettò a dire. « Sappiamo che lei pensa fosse Dick de Lion... »

« Se ne vada! Fuori dai coglioni! » ringhiò la donna con una voce quasi più rauca di quella di Pat.

« Stia certa che niente di quello che dirà sarà divulgato. Nessuno saprà che ha parlato con me. Sarebbe meglio per lei, se parlasse ».

« FUORI DAI COGLIONI! »

Temendo che le fracassasse le ossa del piede, Robin si ritrasse. La donna sbatté la porta. Abbastanza scossa e ansimante, Robin rimase dov'era, sulla soglia.

Un minuto dopo, Fiona comparve alla finestra lì accanto.

« FUORI DAI COGLIONI, HA CAPITO? » urlò da dietro il vetro.

« Sarebbe meglio, per lei, se mi parlasse! » gridò di rimando Robin.

Fiona le mostrò il dito medio e sparì di nuovo. Robin rimase dov'era sperando che, appena fossero state recepite, le sue vaghe minacce avessero effetto.

Con la coda dell'occhio scorse di nuovo una macchia verde lime: Fiona era tornata un attimo alla finestra per vedere se lei era ancora lì, ma si era ritirata subito.

Passarono altri cinque minuti. Forse, pensò, Fiona aspettava che Wheaton tornasse e facesse la voce grossa con lei. La porta si aprì leggermente.

« Le ho detto di togliersi dai coglioni » ripeté Fiona. « Fuori dalle palle! »

« O parla con me, che manterrò il più assoluto riserbo su quanto mi dirà, o dovrà spiegare in tribunale perché ha scritto quel biglietto» disse Robin. «La scelta è questa».

Per qualche altro secondo la porta rimase aperta di un centimetro, poi si aprì di parecchi di più.

«Non so a che cazzo si riferisca» disse Fiona. «Io non ho mai scritto nessun biglietto».

«Sì, invece» replicò Robin. «Ha scritto un biglietto anonimo in linguaggio cifrato massonico e lo ha infilato sotto la porta della nostra agenzia».

«Lei è matta. Io non ho mai...»

«È stata ripresa dalla telecamera» bluffò Robin. «Possiamo dimostrare che era lei».

Fiona aveva un'abbronzatura da lampada troppo opaca per permettere a Robin di capire se fosse impallidita, ma si portò alla bocca la mano dai lunghi artigli e spalancò gli occhi azzurri. Per qualche istante rimase immobile e muta, tenendo l'altra mano sulla maniglia della porta.

«Mi dica solo che cosa sa, e me ne andrò subito» insistette Robin.

Il vicino di casa aprì il portone d'ingresso.

«Avanti» sussurrò Fiona, spostandosi di lato per farla entrare. Aveva chiaramente paura che il vicino capisse che cosa stava succedendo.

Ansimando, accompagnò Robin in cucina, sempre coprendosi la bocca con i lunghi artigli e ancheggiando con l'enorme sedere modellato dalla chirurgia estetica rivestito di lycra verde. Aveva una farfalla tatuata poco sopra la cintura. Robin tirò fuori il cellulare, attivò il registratore e lo nascose di nuovo in borsa.

La cucina, dalle pareti bianche, aveva al centro un'isola pure bianca, su cui erano posati un portacenere pulito, un pacchetto di Marlboro Light e un iPhone chiuso in una custodia rosa con i lustrini. Una cyclette dall'aria costosa era collocata davanti a una portafinestra che dava su un cortiletto posteriore. Su tutto campeggiava la grande foto in bianco e nero, incorniciata, di Wheaton e Fiona nudi dalla cintola in su. Lui le stava dietro con i suoi muscoli lubrificati e, tenendole le mani sui seni, si protendeva verso di lei per baciarla sulla bocca.

Fiona si mise a camminare avanti e indietro nel ristretto spazio tra la cyclette e l'isola. «Craig mi ucciderà» gemette, sempre tenendo le mani artigliate sulla bocca. «Darà fuori di matto».

«Craig è il suo partner?» domandò Robin, fingendo di non saperlo.

«Sì».

«Non sa del biglietto cifrato?» chiese Robin.

«No, non sa di quel cazzo di biglietto, certo che non lo sa, per la miseria!» esplose Fiona.

«Probabilmente lei si limiterà a confermare cose che già sappiamo» disse Robin.

«Anche altri hanno parlato?» domandò la donna, smettendo di colpo di camminare su e giù.

«Sì» rispose Robin, anche se era vero solo in parte. Shanker, per esempio, aveva parlato.

«E che cos'hanno detto?»

«Che l'uomo nel caveau è stato ucciso perché aveva delle informazioni su una persona ricca e importante».

«Oh, *cazzo*!» mormorò Fiona ricominciando a camminare su e giù.

«Le prometto che la terremo fuori da questa faccenda se ci dirà quello che sa».

«Non potete tenermi fuori, ci sono dentro fino al collo, cazzo! Craig mi ucciderà!»

D'un tratto, a Robin venne un sospetto a cui si guardò bene dal dare voce a colloquio appena iniziato.

«Conosce Dick de Lion?» domandò.

«Si chiama Danny» rispose Fiona, con i labbroni tremanti. «Sì, lo conosco, ho lavorato con lui. L'avevo avvertito di non farsi coinvolgere, l'avevo *avvertito*!»

«Coinvolgere in che cosa?» domandò Robin.

Fiona afferrò il pacchetto di Marlboro Light, si avvicinò alla portafinestra, l'aprì e si accese una sigaretta. Tirò una lunga boccata e soffiò il fumo in direzione del giardino, che era lastricato, con piante in vaso e un grande tavolo circondato di sedie color rosa carico.

«Come si chiama di cognome, Danny?» domandò Robin.

«De Lion. È il suo vero cognome».

«In che cosa, secondo lei, non avrebbe dovuto lasciarsi coinvolgere?»

Fiona tirò un'altra boccata e di nuovo esalò il fumo in direzione del giardino, agitando la mano libera per disperderlo. Robin decise di fare marcia indietro.

«Di dov'è Danny, di Londra?»

«No» rispose, «proviene da un posto strano, dove non ci sono automobili. Credevo scherzasse, invece è vero. Non ci sono macchine nel suo paese, solo trattori e carretti tirati da cavalli. Ho idea sia un'isola. Io all'inizio pensavo raccontasse palle, ma non è così. Mi ha mostrato le foto».

«Si ricorda il nome di questo posto?»

Fiona scosse la testa.

«Sa mica quanti anni ha Danny?»

«Venticinque».

«Lavora da tempo nell'industria del porno?»

«Penso da due o tre anni, come me».

Lanciò un'occhiata disperata a Robin.

«Non so come si chiami il tizio, il riccone, intendo. Craig non me l'ha mai detto. So solo che a volte compare in televisione».

Fiona tremava leggermente al freddo, ma continuò a tenere la finestra aperta, perché il suo bisogno di nicotina era più forte del bisogno di calore. Tirò un'altra lunga boccata e soffiò di nuovo il fumo in direzione del giardino.

«In che modo Danny ha conosciuto quell'uomo?» domandò Robin, procedendo con cautela. «È stato Craig a presentarli?»

Fiona annuì, senza guardarla in faccia.

«E Danny e il riccone hanno iniziato una relazione?»

«Macché!» fece lei, con una risata sarcastica.

«Da quello che sappiamo noi, pare che Danny fosse ricattato» buttò là Robin, cogliendo la palla al balzo.

«No, non era ricattato» replicò Fiona, girandosi verso di lei.

« Lui stesso non ha mai ricatt... era uno scherzo! Craig mi disse che Danny e il riccone avevano litigato e che il riccone aveva una rete di contatti importanti e conosceva gente che non andava per il sottile e aveva la polizia al suo servizio. Poi Danny è scomparso ».

« Quando? »

« Non lo so, forse alla fine di maggio dell'anno scorso ».

« Come mai Craig conosce il riccone? » chiese Robin.

« Lo conosce da quando era bambino » rispose Fiona. « Non so esattamente in che modo ».

A Robin arrivò il segnale acustico di un messaggio. Tirò fuori il cellulare e vide che era Barclay.

Wheaton sta comprando roba all'alimentari. Ti avverto appena risale in macchina.

Robin rinfilò il telefonino, che ancora registrava, nella borsa e disse: « Quindi è stato Craig a dirle che il cadavere nel caveau era quello di Danny? »

« Sì » rispose Fiona, mettendosi a piangere. « Mi ha detto di... di piantarla di chiedere alla gente dove fosse Danny, a meno che non volessi fare la sua stessa fine ».

« Danny è l'unico uomo che Craig ha presentato al riccone? »

Fiona scosse la testa, tra le lacrime.

« Ce ne sono stati degli altri? »

« Sì. Anche ragazze. Il riccone è bisessuale. Craig mi ha detto che è sposato con una donna, ma gli piacciono entrambi i sessi ».

Tirò un'altra boccata di fumo e si asciugò le lacrime con il dorso della mano.

« Come ha fatto a sapere che noi stavamo indagando su quel cadavere, Fiona? »

« Ho sentito Craig accennarne al telefono con il riccone. Ha sempre un tono diverso quando parla con lui, e l'ho sentito dire che no, 'Cameron Strike' non gli aveva ronzato intorno. Sembrava spaventato, Craig. Così ho cercato su Google 'Strike' e ho visto che era un detective privato ».

Fiona uscì scalza in giardino, spense la sigaretta sul pavé, lanciò il mozzicone nel giardino del vicino e chiuse la portafinestra. Sempre piangendo, tornò all'isola e si sedette lì, sorreggendosi la fronte con la mano.

Robin sentì di nuovo il *bip* di un messaggio e dopo pochi istanti anche Fiona ne ricevette uno. Entrambe presero in mano il cellulare. Quello di Robin diceva:

Wheaton è risalito in macchina con la borsa della spesa, ma in questo momento è fermo e sta scrivendo un messaggio al cellulare.

«È Craig» mormorò Fiona, rispondendo al messaggio del partner.

«Sta tornando a casa?» domandò Robin con finta noncuranza.

«Non ancora. Vuole sapere che cosa ci serve dall'enoteca».

Robin rimise il cellulare in borsa.

Fiona si alzò di nuovo in piedi e prese il deodorante per ambienti da un cassetto dell'isola. «Ho pensato di dare un'imbeccata a quello Strike con un biglietto, perché Craig legge le mie e-mail, i miei messaggi e tutto quanto».

Spruzzò abbondantemente in giro per la cucina il deodorante, poi nascose le sigarette dietro al frullatore in una credenza pensile.

«Danny voleva solo un po' di soldi» disse con voce rotta, tornando a sedersi. «Non è mica un crimine. Non aveva mai avuto molto. Pensava di poter guadagnare abbastanza con il riccone, ma ha sfidato troppo la sorte, io l'avevo avvertito».

«In che modo ha sfidato la sorte?» domandò Robin.

«Be', ecco, il riccone ha pagato perché si facesse incapsulare i denti, in quanto Danny aveva dei gran brutti denti. Danny ha aggiunto qualche sterlina al conto, ma mica tanto, eh. Continuava a fare un po' di cresta, cercava di scucirgli altri soldi, capito? Io gli ho detto di stare attento, ma lui rispondeva che era il suo favorito».

«È perché Danny faceva la cresta che litigarono?» domandò Robin. «Il riccone si rese conto che Danny cercava di prendere più soldi di quelli pattuiti?»

«Sì» rispose Fiona. «La cresta cominciava a essere eccessiva. Il riccone mise Danny con le spalle al muro e fu allora che lui disse la cosa che disse, per scherzo. Era solo uno scherzo. Ma il riccone lo prese sul serio e gli rispose che quello era un ricatto».

«Ma Danny e il riccone non avevano rapporti sessuali?»

«No».

«Allora per che cosa poteva mai ricattarlo, Danny?»

«Be', il riccone ama guardare e filmare in segreto. Si eccita spiando le persone che non sanno della sua presenza».

«Ma Danny, quando aveva rapporti sessuali, sapeva che il riccone era lì a fare il voyeur?»

«Be', sì. Tutti lo sapevano. O almeno alcuni».

«Dove avvenivano le riprese?»

«Il riccone ha un appartamento con un falso specchio. L'ambiente era tutto attrezzato per le riprese segrete. Craig ha interpretato la parte del padrone di casa con gli operai che hanno sistemato tutto».

«Craig quindi fingeva che fosse il suo appartamento, e che le modifiche fossero per lui?»

«Sì, proprio così».

«Sa mica dove sia, questo appartamento?»

«No. So solo che è lì che è successo tutto quanto».

«Il riccone assolda dunque dei pornoattori che recitino nei suoi filmini privati?»

«Sì. Non vuole usare persone che si prostituiscono. Non si fida di loro. Si fa i suoi film personali per uso privato. È tutto legale. E paga parecchio, anzi, una barca di soldi. Ecco perché Danny ha continuato a tornare».

«Ma solo alcune delle persone riprese dalla telecamera sanno che quell'uomo le guarda?»

«Be', sì» ammise, rauca, Fiona, guardandosi le unghie fluorescenti. «I professionisti lo sanno tutti, ma non i... i dilettanti. Craig mi ha detto che c'era sempre qualcuno che non sapeva di essere filmato. Una volta c'è stata una ragazza che lavorava per il riccone, credo fosse un'assistente del suo ufficio. Uno dei professionisti del porno l'ha agganciata in un bar e l'ha portata nell'appartamento, che lei credeva fosse il suo, poi l'ha fatta bere e se l'è trombata mentre il riccone guardava e filmava. E ha fatto lo stesso con due ragazzi che lavorano per un istituto di beneficenza che il riccone dirige. Ha assoldato due professionisti che hanno attirato i due nell'appartamento, e il riccone ha guardato e filmato tutto. I dilettanti sono sempre sessualmente disponibili. Non è mai stato stupro. Non sono stati drogati. E nessuno era minorenne. Erano tutti consenzienti».

Ma non disposti a essere guardati e filmati, pensò Robin. Perfino Fiona sembrava sapere che quello che aveva appena descritto non era un gioco del tutto innocente, perché aggiunse: «Craig mi ha detto che alla fine i professionisti convincevano i dilettanti a prendere soldi, per esempio per un taxi o cose del genere, ma a prenderne più del necessario, sicché alla fine erano pagati anche loro per i film».

A Robin arrivò il *bip* di un nuovo messaggio.

Wheaton è risalito in macchina e sembra diretto a casa.

«Il riccone appare mai davanti alla telecamera?» domandò Robin.

«No, mai. È sempre dietro lo specchio».

«Allora cosa ha detto, Danny, al riccone che aveva il sapore del ricatto?»

«Il riccone ha rinfacciato con furia a Danny di avere fatto una grossa cresta, e allora Danny ha replicato: 'Scommetto che i miei film indipendenti guadagnerebbero una barca di soldi se cominciassi a pubblicizzarli'. E il riccone ha dato fuori di matto. Danny si è spaventato. Ha finto di essere calmo, ma ha avuto una paura tremenda».

«Davvero Craig non le ha mai detto il nome di quell'uomo?»

«No, mai. Dice che ne andrebbe della sua incolumità, se lo spifferasse in giro».

«A parte il fatto che è ricco sfondato e qualche volta compare in tivù, Craig ha mai menzionato altri particolari privati riguardanti quell'uomo?»

«Ha solo detto che sua moglie non sa dell'appartamento».

«E che è massone» aggiunse Robin, come se avesse già la certezza di quell'informazione e Fiona, senza rendersi conto della sua finta, annuì.

«Questo è il mio biglietto da visita» disse Robin, porgendoglielo e mettendosi la borsa a tracolla. «Se le tornasse in mente qualsiasi altra cosa riguardo a quell'uomo, mi chiami pure. Nessun altro, a parte Strike, saprà mai che ha parlato con me».

«Allora era davvero Danny l'uomo nel caveau?» chiese con voce lacrimevole Fiona, accompagnandola alla porta.

«Non lo so» rispose Robin, «ma se mi manda per messaggio il suo numero di telefono, le farò sapere chi era appena avremo appurato la sua identità».

Uscì sul primo gradino, poi si girò di nuovo a guardarla e, pensando alle parole di Strike, 'non siamo dei fottuti assistenti sociali', disse: «Lei non è obbligata a stare con lui, Fiona. Potrebbe fare anche qualcos'altro».

«Come dice?» si stupì lei.

«Non... non ho l'impressione che Craig la tratti con il dovuto rispetto. Gli uomini che leggono tutti i messaggi e le e-mail delle loro compagne non... Io una volta stavo con uno che mi ascoltava tutti i messaggi della segreteria telefonica e me li cancellava. È finita male. Ma so che non sono affari miei».

«No, non lo sono».

Mentre scendeva i gradini fino al marciapiede, Robin sentì il portone d'ingresso sbattere. Poco prima di svoltare l'angolo, si guardò alle spalle e vide che Fiona sbirciava dalla finestra anteriore. Si aspettava che le mostrasse di nuovo il dito medio, invece si accorse che la sua espressione era semplicemente vuota.

70

La vita, la sfortuna, l'isolamento, l'abbandono, la povertà sono campi di battaglia che hanno i loro eroi, eroi oscuri, ma a volte più grandi di quelli che diventano famosi.

Albert Pike
Morals and Dogma of the Ancient and Accepted Rite of Scottish Freemasonry

Martedì mattina, Strike si sedette a consumare la colazione davanti alla finestra della mansarda tutta appannata per la condensa, e vide che Robin gli aveva inviato un'e-mail durante la notte. Da quando gli aveva annunciato che non sarebbe andata con lui in Scozia a parlare con Jade Semple, invece di telefonargli, come faceva prima, aveva cominciato a mandargli e-mail. Strike aveva anche notato che le lettere non erano mai precedute da saluti.

Allego il file audio del colloquio con Fyola Fay. Punti importanti: il vero nome di Dick de Lion è Danny. Viene da un'isola dove non circolano le macchine ed è scomparso alla fine di maggio.

Il partner di Fyola Fay conosce il riccone «fin da quando era piccolo». Ho fatto qualche ricerca: Craig Wheaton ha trascorso gli anni dell'adolescenza in un istituto maschile finanziato in parte dalla fondazione di Oliver Branfoot.

Sempre in allegato, una possibile Land Rover.

R

Strike prese il cellulare e la chiamò.
«Ho appena visto la tua e-mail».

«Ah, sì» rispose lei, fredda.

«Ottimo lavoro davvero. Hai trovato l'anello di congiunzione tra Branfoot e de Lion».

«Una congiunzione indiretta, sì» disse lei, cui l'infelice parola 'anello' ricordò l'espressione 'l'anello debole della catena' con cui Strike l'aveva designata a Ironbridge. Strike parlava come se tutto fosse normale tra loro, e anche se Robin non avrebbe mai voluto una conversazione tesa, capace di farla arrabbiare o addirittura piangere, quel tono imperturbabile la urtava. Non intendeva assolutamente scusarsi per ciò che aveva detto allo Swan Taphouse, ma era seccata del fatto che neanche Strike avesse intenzione di farlo.

«Be', io ho appena trovato l'amica di Rupert, Tish Benton, o in ogni caso i suoi genitori» annunciò Strike.

Robin sospettava che così dicendo volesse dimostrarle che non si era dimenticato di Decima.

«Sì, l'ho trovata anch'io» replicò fredda. «Ha una pagina Instagram, ma è impostata come privata. Le ho mandato la richiesta di diventare follower».

«Ottimo, perché i genitori si sono molto insospettiti quando ho detto chi ero. Ho lasciato il numero di telefono e chiesto a Tish di chiamarmi, ma non nutro speranze».

«Ah, sì, bene, ma c'è anche un'altra cosa che volevo dirti. Vorrei sottoporre a sorveglianza Albie Simpson-White. Non m'importa se spendiamo soldi, sono anzi pronta a dedicare alla sorveglianza parte del mio tempo libero o a fare i turni che toccherebbero agli altri nelle ore in cui lo sorvegliano. Mi procura disagio spendere i soldi di Decima per indagare su tutti gli altri potenziali Wright, se non si cerca attivamente di risolvere il suo caso».

«Va bene» assentì Strike in tono rassegnato, «cominceremo a sorvegliare Simpson-White».

«Grazie» fece gelida Robin.

«Non ho avuto fortuna con l'amico di Powell, Wynn Jones» disse Strike. «Non era alla fattoria. Pare abbia avuto un incidente con un trattore. Non sembravano ansiosi di dirmi dove contattarlo, ma ho lasciato il mio biglietto da visita. Immagino che Tyler Powell non ti abbia richiamato, vero? »

« No » rispose Robin, rimpiangendo di avere lasciato il suo vero nome nella segreteria telefonica di Tyler. Se Powell era vivo, ma si nascondeva da persecutori del suo villaggio, sicuramente avrebbe preferito non parlare con una detective privata, specie se sospettava fosse stata assoldata dai Whitehead.

« E abbiamo avuto anche un'altra telefonata anonima » annunciò Strike.

« L'uomo o la scozzese? »

« L'uomo » disse Strike. « Ha detto: 'Fermatevi, o sarete purificati come l'argento e provati nel crogiolo dell'afflizione'. Pat ha trascritto la frase stenograficamente, per cui è precisa. Ho guardato su internet e la si trova, più o meno uguale, nel Libro di Isaia ».

« Ho capito » disse Robin.

Strike cliccò sul link di una Land Rover di seconda mano, che lei gli aveva inviato per e-mail.

« La Defender 90 mi pare ottima » disse. « Vuoi andare a vederla? »

« Sì, va bene » rispose Robin. « Potrei andarci domenica pomeriggio. È tutto? »

« Sì, credo di sì ».

Robin chiuse la comunicazione senza salutarlo. Strike posò il cellulare sul tavolo, sentendosi un po' più depresso di quanto non fosse stato prima di telefonarle.

Si era appena rimesso al lavoro che gli squillò il telefono. Wardle chiamava per dire che bisognava posporre il loro appuntamento con il pollo al curry in città, perché la sua ex moglie gli aveva chiesto inaspettatamente di badare al loro bambino di diciotto mesi. Il poliziotto gli fece capire che avrebbe potuto dargli le due o tre informazioni in suo possesso anche per telefono, ma Strike rifiutò l'offerta e disse che avrebbe preso un pollo al curry in rosticceria e glielo avrebbe portato alle sette di sera, per parlargli a voce di ciò che aveva scoperto.

Per quanto fossero amici, sarebbe stata la prima volta in cui Strike andava a casa di Wardle. La loro reciproca simpatia, che si era consolidata nonostante un'iniziale, mutua diffidenza, era cresciuta con gli anni, ma i due non avevano quasi mai fatto una conversazione che si potesse definire davvero intima, anche se in fondo Strike non ne aveva mai fatte con nessuno. Tuttavia, Strike conosceva Wardle abbastanza da sapere che le cose dovevano andargli malissimo, se era disposto ad ammettere di essere in aspettativa per depressione. Inoltre, sapeva che le recenti disgrazie capitategli, come la morte del fratello, l'abbandono da parte di sua moglie, il trasferimento in un appartamento da scapolo e l'affidamento congiunto del bambino erano tutti fattori che, uniti a un lavoro molto impegnativo, giustificavano ampiamente la depressione. Strike non poteva dimenticare due suicidi su cui aveva indagato nell'esercito: entrambi quegli uomini avevano retto alle difficoltà finché all'improvviso non si erano uccisi. Così, quella sera, andò a Brixton anche se la gamba gli faceva male e nonostante lui stesso avesse i suoi problemi.

Alle sei, appena uscito dalla rosticceria con il pollo al curry sottobraccio, sentì squillare il cellulare e quando vide il numero di Bijou ebbe un gran brutto presentimento.

« Oh, grazie al cielo, ci sei » disse lei con una nota di isteria nella voce. « Senti, scusami, ma bisogna proprio che tu ti sottoponga al test del DNA. *Devi* ».

« Così, all'improvviso? »

« Andrew ha detto che se io lo trascino in tribunale, andrà dritto da un giornalista di nome Colin Pepper e dirà che è sicuro che la bambina è tua! » disse lei tra le lacrime.

« Ah, cioè Honbold per primo violerebbe la diffida da ogni pubblicazione che lui stesso ha richiesto al tribunale? » chiese Strike, sentendo riaffiorare di colpo la nota sensazione di tremendo cerchio alla testa.

« Si sta comportando malissimo, è convinto che Ottolie sia tua e se posso avere la *prova* che così non è... TI PREGO, è una cosa che serve a te quanto a me! »

Strike, che aveva l'orribile impressione che Bijou avesse ragione, vide un autobus a due piani venirgli incontro sulla strada e, per una frazione di secondo, pensò di buttarcisi sotto ed eliminare così se stesso e tutti i suoi problemi per perdersi nel nero, beato nulla del non essere. Ma l'autobus passò e lui continuò ad arrancare.

« Va bene » disse, senza nemmeno mostrarsi arrabbiato. « Vuoi che compri il kit? »

« No, lo compro io, ma dovremo vederci, in maniera che io possa prendere il campione tuo e nello stesso tempo anche il mio e quello di Ottolie ».

« Ma tu sei sorvegliata » le ricordò Strike.

« Non mi sono accorta di niente ».

« Perché sono bravi nel loro lavoro, non perché non siano lì » replicò lui. « Bisogna rifletterci bene su. Ti richiamo appena ho studiato un piano ».

Chiuse la comunicazione e continuò a camminare, cercando di accantonare i suoi problemi per pensare a quelli di Wardle.

L'appartamento del poliziotto era in un moderno isolato di Brixton Water Lane. Strike suonò il citofono e salì due piani di scale che non giovarono certo al suo moncone. Wardle lo attendeva sulla porta con in braccio il figlio di un anno e mezzo assonnato e già in pigiama. Quella vista riuscì terribilmente sgradita a Strike, che si immaginò nella sua mansarda, intento a badare a una figlia, per permettere a Bijou di gironzolare per la città alla ricerca di un altro potenziale marito ricco.

« Presto si addormenterà » disse Wardle e, con sorpresa di Strike (la sua esperienza di bambini piccoli era che andavano a letto quando pareva a loro e spesso facevano bizze e capricci), il figlio di Wardle non protestò quando fu messo nella stanza degli ospiti mentre Strike andava in cucina a togliere il coperchio al contenitore di plastica con il pollo al curry. Dal soggiorno arrivavano musichette di cartoni animati.

La cucina era pulita e ordinata come Strike se l'era immaginata, ma Wardle non aveva fatto alcuno sforzo per rendere la casa accogliente o cambiare un arredo che doveva senza dubbio essere dei precedenti inquilini, giacché era difficile che fosse stato lui a scegliere piastrelle con disegni di carote, ravanelli e rape.

« Grazie della cena » disse il poliziotto, sedendosi a tavola. « Quanto ti devo? »

« Offro io » replicò Strike. « In cambio mi darai informazioni ».

« Be', hai fatto girare i coglioni, e parecchio, alla squadra che investiga sull'omicidio ».

« In che modo? » chiese Strike, prendendo un pezzo di pane naan.

« I testimoni, i vicini di casa di Wright, tale Daz e qualcun altro ».

« Mandy, sì. Che cos'hanno fatto? »

« Negano di averti detto alcunché ».

« Ah ».

Strike non se ne stupiva. La reazione immediata e istintiva di Daz e Mandy a una seconda convocazione della polizia era stata evidentemente di negare tutto, anche se non capivano che si sarebbero procurati molti più guai e problemi continuando a non dire tutta la verità agli agenti.

« E uno dei due si è lasciato sfuggire che hai dato loro dei soldi ».

« Che hanno preso, in cambio delle informazioni. La Met pensa forse che io faccia piovere denaro nelle mani di chi non ha niente da dirmi? »

« Ti sto solo avvertendo che questo è l'atteggiamento che ha assunto la squadra investigativa, di accusarti di farti una reputazione fingendo di avere trovato cose che loro non hanno trovato ».

« Allora nessuno indaga su Oz e Sofia Medina? »

« Non ho detto questo » rispose Wardle. « Una delle donne della squadra, una di nome Iverson, pensa che Daz e Mandy ti abbiano detto la verità e che valga la pena indagare su questo Oz. Murphy la conosce, Iverson. Anzi, la conosce a fondo ».

Strike ebbe un moto di interesse che non c'entrava con il caso.

« Ah, sì? »

« Sì » disse Wardle. « Si sono palpeggiati per bene, in un pub, qualche tempo fa ».

« Quanto tempo fa? » domandò Strike, fingendo noncuranza.

« All'epoca in cui lui si divise dalla moglie » rispose Wardle, e il piccolo barlume di speranza, o di qualcosa di vagamente simile alla speranza, che si era acceso in Strike, tremolò e si spense. « Ti ho già detto che diventava molto stronzo quando beveva e nessuna sottana era al sicuro con lui in giro. Ultimamente è stato di pessimo umore. Iverson dice che, se non sapesse che non è così, sarebbe pronta a scommettere che abbia ricominciato a bere. E bada che ne avrebbe tutti i motivi».

Anche se avrebbe voluto tanto credere che Murphy si fosse rimesso a bere, Strike ne dubitava: era troppo sperarci.

«Perché ne avrebbe tutti i motivi?» chiese.

«È stato sulla scena di quella sparatoria tra gang, quella dove hanno colpito due ragazzini».

«Sì, l'ho sentito dire».

«Be', è stato lui a mandare tutto a puttane. Ha arrestato l'amico della madre, che è notoriamente un pezzo di merda violento e vendicativo con dei precedenti, ma ha affossato tutte le prove».

Strike, che immaginava Robin sapesse già quanto gli stava dicendo Wardle, pensò che, anche non l'avesse saputo, lui avrebbe fatto solo la figura dello stronzo se avesse tirato fuori l'argomento, per cui non lo sviscerò.

«In ogni caso» proseguì Wardle, «ho controllato per te l'alibi di Calvin Osgood, e risulta valido. Quel giorno si trovava davvero a Manchester, come aveva affermato».

«Ne ero convinto, ma volevo una conferma» disse Strike, spingendo verso l'amico uno dei contenitori di plastica. «Assaggia, è buono».

Wardle prese una porzione di pollo al curry di Madras. Sembrava essere dimagrito negli ultimi tempi e, diversamente da Strike, non aveva chili da perdere. Quando loro due si erano conosciuti era un bell'uomo con la faccia da ragazzino, ma adesso pareva invecchiato di molti più anni dei sette che erano trascorsi da allora, e i capelli sulle tempie si erano parecchio ingrigiti.

«Iverson ha per caso guardato l'account Instagram di Oz?» domandò Strike. «Perché Robin ha scoperto che una ragazza di nome Sapphire Neagle, che ora risulta scomparsa, era in comunicazione con lui».

«Non ne ho idea» rispose Wardle. «Probabilmente evita di darmi informazioni importanti perché sa che sei mio amico. Di certo, però, la squadra è molto incazzata con Truman. Sapevi che è massone? »

« Sì » rispose Strike, lieto che Robin non fosse lì presente ad ascoltarlo.

« Secondo molti, Truman voleva a tutti i costi che il corpo fosse quello di Knowles per distogliere l'attenzione dal luogo in cui è avvenuto l'assassinio. Non era proprio il caso che i giornali parlassero della nutrita presenza di poliziotti massoni nella Met, ti pare? Sapevi che hanno escluso la colpevolezza dei quattro tizi visti a Wild Court? »

« Sì ».

« Ora dunque cercano di capire in che modo Wright e il suo assassino siano entrati nel negozio, perché pare non siano stati ripresi da nessuna telecamera ».

« C'era di mezzo una Peugeot, no? »

« La macchina metallizzata che si ritiene abbia caricato l'assassino alle tre di notte? »

« Sì. Immagino abbiano tentato di rintracciarla, vero? »

« Sì, ma niente da fare. Hanno guardato tutto il girato delle telecamere di sorveglianza, ma l'auto è scomparsa in un'area residenziale e se n'è persa ogni traccia ».

Strike aveva appena ripreso in mano forchetta e coltello, quando gli squillò il cellulare. Vedendo che era Robin, rispose subito.

« Ciao, puoi parlare liberamente? » gli chiese. Contento che l'avesse chiamato invece di mandargli un'e-mail, disse: « Sì, certo, dammi solo un minuto ».

Si alzò da tavola e indicò la porta d'ingresso, facendo capire a Wardle che aveva bisogno di parlare in privato.

« Sono qui, dimmi pure » fece appena fu sul pianerottolo fuori dell'appartamento.

« Sono al pronto soccorso, ma sto bene » disse. « Plug è qui, con suo figlio. Il figlio ha delle ferite gravi in viso. È stato morsicato. Credo di capire cosa sta succedendo, Strike ».

« Cosa? »

« Cani. Cani pericolosi. Il bambino è stato morsicato in Carnival Street dove tengono l'animale misterioso nel capannone. Erano entrambi sanissimi quando sono entrati, ma venti minuti dopo Plug è uscito trasportando suo figlio con il viso tutto insanguinato».

«Cazzo» disse Strike, pensando alla rimessa recintata fuori Ipswich. «Combattimenti di cani. Si tratta di questo, vero? I contanti servono per le scommesse o per comprare animali. Bene, ottimo lavoro, ora sappiamo con che cosa abbiamo a che fare. Se la fortuna ci assiste, un medico chiamerà la polizia appena avrà capito la natura della ferita».

«Plug è assolutamente furioso. Sono sicura che farà pressioni sul ragazzo perché non dica cos'è successo realmente. Gli farà dire che era un cane randagio o roba del genere».

«Sì, probabilmente procederà in questo modo, nel qual caso toccherà a noi inchiodarlo. Sarà più facile, ora che sappiamo cosa stiamo cercando di dimostrare. A proposito, hai deciso niente circa la Land Rover?» chiese alla fine, ansioso di incoraggiare quel clima un po' più amichevole.

«Sì, ho preso appuntamento per andare a vederla domenica pomeriggio. Ora sarà meglio che vada, il ragazzo è stato portato via perché devono mettergli i punti».

«D'accordo, ciao» disse Strike, e tornò da Wardle, che stava aprendo la sua seconda birra.

«Era Robin» riferì.

«Ah» fece Wardle.

«Senti, ti ringrazio delle informazioni» disse Strike, tornando a sedersi. «È bello sapere che nella Met c'è ancora qualcuno che non mi ritiene uno stronzo».

«Hanno la loro percentuale di stronzi» disse Wardle, e Strike notò l'uso della terza persona, anziché della prima persona plurale.

«Parlavi sul serio quando dicevi di voler lasciare la polizia?» gli domandò.

Wardle bevve altra birra.

«Non lo so» rispose. «Mia madre è appena morta».

«Oh, cazzo, mi dispiace» disse Strike, che non l'aveva saputo.

« Grazie. È successo il mese scorso. Non si è mai ripresa dalla morte di mio fratello. Le ha spezzato il cuore ».

Le parole gli uscivano a fatica, come se aderissero alla gola e dovessero essere trasportate con uno sforzo alla bocca.

« Ha deciso di non sottoporsi al secondo ciclo di chemioterapia. Ci ha cresciuti entrambi come mamma single. Eravamo tutta la sua vita. La morte di Terry l'ha distrutta, poi April mi ha lasciato e mia madre non ha più visto molto Liam ».

« Liam? »

« Mio figlio » sorrise Wardle. « Il bambino che mi hai appena visto mettere a letto ».

« Ah, sì, certo ».

« In ogni caso, mamma mi ha lasciato molti più soldi di quanto non pensassi. Il fatto è che poco prima di morire aveva avuto un'eredità che non ha fatto nemmeno in tempo a godersi. Prima che scomparisse, continuavo a dirmi che sarebbe stato folle non continuare a lavorare per maturare una pensione decente, ma con quello che mi ha lasciato lei, sarei anche in grado di provvedere al futuro di Liam ».

Sospirò, poi aggiunse: « Senti, perché non andiamo a sederci in un posto più comodo? Passo tutta la notte qui sulla sedia davanti al computer e a volte mi si intorpidisce il culo ».

Il soggiorno era arredato con un divano, due poltrone, un televisore e poco altro. Appena ebbe varcato la porta, Strike sentì in lontananza strillare: « Papà! »

« Cazzo » mormorò Wardle, correndo nella stanza degli ospiti.

Sedendosi sul divano con la birra in mano e gli occhi sullo schermo televisivo, Strike pensò alla parola 'papà', che aveva appena sentito. Lui non aveva mai chiamato così nessun uomo, nella sua vita, perché la figura più paterna che avesse mai avuto era Ted, suo zio. Molto tempo prima, da bambino, avrebbe tanto voluto poter chiamare 'papà' Rokeby e parlare di lui come di un padre, ma non l'aveva mai fatto. Già da bambino era assai pignolo nelle definizioni. Non si poteva chiamare 'papà' un uomo che si era visto solo per dieci minuti. S'immaginò la bambina che Bijou aveva appena partorito chiamarlo 'papà' e bevve un altro lungo sorso di birra.

Il cartone animato che aveva guardato il figlio di Wardle era finito, e al suo posto c'era un quiz comico-giornalistico sulle notizie di attualità. All'improvviso, Strike si rese conto di stare guardando Lord Oliver Branfoot, che sedeva curvo dietro un podio illuminato dai riflettori, accanto a un giovane comico.

Uomo corpulento dalle spalle larghe e rotonde, portava un abito completo così stazzonato che pareva avesse dormito con quello. I capelli neri dal pessimo taglio, o acconciati in modo da dare quell'impressione, il naso largo e carnoso e gli occhi in giù gli conferivano un'aria buffa da gigantesco gnomo da giardino.

Il conduttore fece una domanda.

«A che cosa si riferiva il presidente Trump quando, questa settimana, ha detto che 'i nemici continuano a dire che è orribile'?»

Branfoot premette il pulsante per primo.

«Alla sua pettinatura?» disse con l'erre moscia e la voce affettata, suscitando un facile scroscio di risate. «Davvero» continuò con la sua pronuncia blesa, guardando il pubblico dello studio televisivo con aria austera e perplessa, come l'avessero stupito le risate. «Dico sul serio. Dev'essere la pettinatura».

«Senti chi parla!» fece il comico seduto accanto a lui, suscitando altre facili risate.

«Oh, mi sento molto offeso da questo commento» disse Branfoot fingendosi indignato. Quando era in televisione, tendeva a usare di più le parole contenenti la erre per sfruttare il valore comico della pronuncia blesa. «Non sarò Richard Gere, ma non vado in giro con un covone di grano in testa!»

Il pubblico rise ancora.

«La risposta» disse il conduttore «è il suo account Twitter».

«Nessun problema, mi ha chiamato nel sonno» disse Wardle, tornando in soggiorno. «Cristo, no, non quel cazzone di Branfoot! Perché continuano a invitarlo a queste trasmissioni?»

«Perché è ben lieto di recitare la parte dell'imbecille» disse Strike.

«Non sono sicuro che sia una recita» osservò Wardle.

«È pura, assoluta scena» ribatté Strike, fissando gelido lo schermo. «Quello stronzo sa *perfettamente* quello che fa».

71

Ma persisto, giacché anch'io
ho il mio pizzico d'intuizione...

Robert Browning
Balaustion's Adventure

Benché Robin si fosse offerta di sacrificare il suo tempo libero perché loro non dovessero sacrificare il proprio, i collaboratori si irritarono molto quando seppero che all'elenco delle persone da pedinare era stato aggiunto Albie Simpson-White. Robin sapeva che costituiva una gran mole di lavoro sorvegliare Plug, più la rimessa di Carnival Street dove ritenevano fossero tenuti un cane o i cani feroci, più i complici di Plug a Londra e Ipswich, più tenere d'occhio la Signora Due-volte e infine chiarire tutti i punti oscuri del caso Ramsay Silver che loro due non potevano risolvere da soli.

Com'era prevedibile, Kim Cochran fu la persona che espresse più chiaramente il suo disprezzo per la nuova missione. Robin sospettava che Strike avesse detto ai collaboratori che seguire Albie era un desiderio specifico di Robin, perché un giorno aveva sentito Kim dire a Shah: « Allora scarpiniamo dietro a quel Simpson-White sperando che ci conduca al suo amico scomparso? » Poi, appena aveva intravisto Robin nell'ufficio interno, aveva fatto una delle sue solite risatine e aggiunto: « Be', sono successe cose ancora più strane. Magari questa settimana vincerò alla lotteria ».

Vorrei proprio che tu vincessi alla maledetta lotteria, così forse te ne andresti, pensò arrabbiata Robin a mezzogiorno di domenica, mentre seguiva Albie nel tratto da casa sua alla metropolitana. Di lì a un paio d'ore avrebbe dovuto subentrarle Kim e, se ci fossero stati altri commenti ironici nel passaggio di consegne, l'avrebbe rimessa al suo posto.

Per fortuna faceva sempre un gran freddo, quindi il berretto e la sciarpa con cui si imbacuccava apparivano del tutto naturali. Poiché il suo viso era noto ad Albie, Robin si era anche messa una parrucca nera e un paio di occhiali. Il ragazzo non l'aveva degnata di uno sguardo: ascoltava la musica con le cuffie e la seguiva battendo ritmicamente i grandi piedi. Così Robin, almeno per il momento, fu libera di pensare alla casa di due camere da letto che lei e Murphy avevano visitato il mercoledì.

Era una villetta a schiera d'angolo, il che significava che era molto luminosa. Aveva bisogno di poca ristrutturazione ed era vicino a una fermata della metropolitana. Murphy aveva ancora dei dubbi riguardo alle dimensioni, ma quando lei gli aveva ricordato quanto fosse stata sopra il budget la casa con tre camere di Wood Green, aveva accettato di fare un'offerta che era stata accettata proprio quel venerdì.

Robin era contenta che fosse stata presa la decisione, e si diceva che quel senso di sollievo fosse felicità. Aveva addirittura telefonato a sua madre, dicendole che lei e Murphy sarebbero andati a vivere insieme. Com'era prevedibile, Linda se n'era mostrata assai lieta, anche se dopo avere espresso la sua approvazione le aveva confidato che Martin e Carmen erano sempre a litigare e, secondo lei, quello era il motivo per cui il piccolo Dirk piangeva sempre. Questo non aveva certo contribuito ad alleviare il senso di ansia e colpa che Robin avvertiva ormai costantemente. Per giunta, non aveva ancora mandato nessun regalo ai suoi nuovi nipoti.

Da quando l'uomo con il giubbotto verde e la maschera da gorilla l'aveva minacciata, era sempre nervosa e si guardava continuamente alle spalle per vedere se era seguita. Inoltre, il numero di cose che non aveva detto a Murphy le pesava sulla coscienza. L'idea di Strike, secondo cui Malcolm Truman avrebbe interferito nell'indagine per proteggere i massoni, cominciava ad apparire sempre più credibile e preoccupante, e Robin poteva solo immaginare quale sarebbe stata la reazione di Murphy se fossero riusciti a dimostrare che nel caveau c'era il cadavere di Danny de Lion e che l'ispettore capo aveva deliberatamente cercato di confondere le acque riguardo alla sua identità perché sollecitato a farlo da un fratello massone.

Albie scese dalla metro a Notting Hill Gate e Robin lo seguì lungo Pembridge Road, finché, svoltato a un angolo, non fu entrato nel pub Sun in Splendour, che aveva una facciata bombata color giallo vivo. Scrisse un messaggio con l'indirizzo a Kim, poi entrò nel pub, dove vide Albie seduto da solo a un tavolo, con una pinta di birra davanti.

Non osando avvicinarsi troppo a lui, ordinò un succo di pomodoro e rimase al bancone, guardando ogni tanto Albie in uno specchio e buttando ogni tanto l'occhio al cellulare per dare l'impressione di essere una donna che aspettava un'amica ritardataria.

Aprendo WhatsApp, vide che aveva appena ricevuto un nuovo, lunghissimo messaggio da un numero sconosciuto.

Salve, sono Chloe Griffiths, la figlia di Ian Griffiths. Papà mi ha pregato di mettermi in contatto con lei come testimone della buona reputazione di Tyler Powell. Io non intendevo farlo, ma il mio fidanzato pensa che debba dirle la verità anche se papà non vuole sentirla.

So che papà le ha detto che Tyler non ha avuto assolutamente a che fare con quell'incidente automobilistico e io non voglio dire che ci abbia avuto a che fare, ma so per certo che Tyler non è il ragazzo di buon cuore che crede papà. Papà è convinto che chiunque ami gli Steely Dan e voglia imparare a suonare la chitarra sia un bravo ragazzo, ma Tyler non lo è.

Diventa molto aggressivo con le ragazze quando è ubriaco, e lo è stato con molte mie amiche. Papà è dispiaciuto per lui, crede che Tyler abbia un disperato bisogno d'amore perché i suoi genitori non sono stati troppo buoni con lui, ed è convinto che non abbia mai fatto niente di male, ma non è così. Anne-Marie ci uscì solo un paio di volte e lui cominciò a dire che si sarebbero sposati. Secondo papà, questo dimostrava soltanto che Tyler desiderava metter su famiglia, ma Anne-Marie era terrorizzata da lui, che si era dimostrato troppo violento e possessivo quando erano usciti insieme. Quando lei lo scaricò, Tyler si infuriò e cominciò a dire peste e corna di lei in giro.

Anche un'altra ragazza che conosco, Zeta, ebbe una brutta esperienza con lui, ma non andò alla polizia a denunciarlo, anche se molti di noi la incoraggiarono a farlo. Zeta disse che non aveva prove da presentare. Non voglio dire quello che successe, perché magari lei non vuole parlarne, ma può provare lei a parlarci telefonando al suo numero: 07700 942369.

Tyler e io eravamo abbastanza amici quando ci stabilimmo nella casa davanti alla sua, perché mi faceva pena e mia mamma era morta da poco e lui fu comprensivo e solidale. È abbastanza stupido e capivo che era infelice a casa sua, poi però cominciò a trovare ogni pretesto per venire sempre a casa nostra e credo abbia preso lezioni di chitarra da papà solo per tentare di flirtare con me. È il tipo che crede che, se una ragazza lo tratta con gentilezza, voglia stare con lui. Quando gli dissi che avevo un fidanzato diventò molto cattivo e smise di venire a lezione di chitarra e sua nonna cominciò a comportarsi orribilmente con me.

Anne-Marie era una delle mie migliori amiche e francamente il motivo per cui ho voluto fare il pass Interrail è, almeno al cinquanta per cento, la speranza che il viaggio mi impedisse di pensare tutto il giorno a lei. Inoltre, la gente del paese si stava coalizzando contro di me, perché papà andava in giro a difendere Tyler con tutti e la gente riteneva che io la pensassi come lui, in quanto un tempo Tyler e io eravamo amici.

Non posso dimostrare che Tyler abbia manomesso la macchina, quella sera, ma è davvero molto strano che abbia fatto fagotto e se ne sia andato da Ironbridge, perché non aveva mai desiderato vivere altro che lì. Papà non può lamentarsi che le abbia detto la verità, solo perché non vuole sentirla.

Pochi secondi dopo che Robin aveva finito di leggere il messaggio, le telefonò Strike.

«Ciao, dove sei? Puoi parlare?»

« Sì, sono in un pub » rispose Robin, tenendo d'occhio Albie attraverso lo specchio.

« La prossima settimana Hardy, il mio vecchio commilitone nella polizia militare, sarà in città per un matrimonio in famiglia e ritiene di potermi far fare un tour privato di Freemasons' Hall. Vuoi venire a vedere il Tempio Diciassette? »

Robin esitò. Era molto curiosa di vedere l'interno di Freemasons' Hall, specie durante un tour privato, ma era ancora arrabbiata con Strike.

« No, siamo già impegnati oltre il limite delle possibilità umane. Tu continui a occuparti di Semple e io vado avanti con Tyler Powell. In effetti, ho appena ricevuto un messaggio da Chloe Griffiths, figlia dell'ex vicino di casa di Tyler. Te lo inoltro ».

« Va bene » disse Strike, deluso del rifiuto di Robin. Era quasi sicuro che desiderasse vederlo. « Oggi pomeriggio vai a dare un'occhiata alla Land Rover, vero? »

« Sì » disse Robin. « Ora sarà meglio che vada. Tra un minuto deve subentrarmi Kim ».

Proprio mentre lo diceva, vide la collaboratrice entrare nel pub.

« Ciao » disse a Strike, e chiuse la comunicazione.

« Albie è il tizio biondo seduto per conto suo » spiegò Robin a Kim senza guardarla in faccia, mentre stavano entrambe in piedi, fianco a fianco, di fronte al banco bar come due persone che non si conoscevano. « Tu ti potrai avvicinare più di me, perché non l'hai mai visto prima » disse Robin, guardando lo specchio. Specchio nel quale vide, proprio in quel momento, una giovane e bella bruna dai capelli lucenti entrare nel pub e salutare Albie con la mano.

« Siamo molto interessati a una ragazza di nome Tish Benton » sussurrò Robin a Kim, mentre la nuova arrivata si prendeva da bere al capo opposto del bancone. « Questa che è appena entrata potrebbe essere lei. Se tu riuscissi ad avvicinarti abbastanza da sentire il suo nome, sarebbe fantastico ».

« Sì, credo rientri nelle mie capacità » osservò Kim.

« Fa piacere saperlo » disse acida Robin, e uscì.

72

... abbiamo creato una società insieme,
benché i miei dèi non fossero i tuoi, perché
eravamo fratelli nei sacri misteri...

Albert Pike
The Ancient and Accepted Scottish
Rite of Freemasonry

Robin non lo sapeva, ma Strike al momento era preoccupato per un problema investigativo che considerava ancora più pressante di quello del cadavere di William Wright.

Dopo essersi scervellato a capire quale fosse il modo migliore per eludere la sorveglianza cui l'ex amante aveva sottoposto Bijou Watkins, e quale fosse il posto più discreto in cui sottoporsi al tampone del DNA, aveva deciso di approfittare della sua ampia conoscenza degli alberghi a cinque stelle di Londra. Nella stessa fredda, umida mattina, aveva organizzato l'incontro con il suo vecchio amico Graham Hardacre per un tour di Freemasons' Hall. Aspettò nella mansarda che si facessero le nove e dieci, e a quel punto ritenne ragionevole supporre che Bijou fosse sveglia ma ancora a casa, e senza passanti o altre persone che potessero origliare. Afferrò il randello di Ted e, sedendosi, lo soppesò mentre aspettava la risposta, che arrivò dopo pochi squilli.

« Pronto ».

« Sono io » disse Strike. « Ho un piano per il test del DNA ».

« Oh, grazie al cielo » rispose lei con foga. « Oggi? »

« Dopodomani. Ma non devi dirlo a *nessuno* ».

« Certo che no! » fece stridula Bijou. « Santo cielo, non penserai mica che voglia che la gente sappia? »

« Benissimo, ho prenotato una stanza al Savoy » disse Strike.

« L'albergo? »

« No, il cavolo » rispose irritato lui. « Certo che è quel cazzo di albergo ».

« Non possiamo incontrarci in albergo, penserebbero... »

« Senti » la interruppe Strike, che aveva previsto le sue obiezioni e non aveva nessuna voglia di assecondarle, « è l'hotel di Londra in cui è in assoluto più difficile seguire una persona, perché è una specie di labirinto. Ha due ingressi, davanti e dietro, e tre distinti ascensori che servono parti diverse dell'edificio. Il personale è discreto e professionale, ed è abituato a ospitare gente famosa, per cui non cade nella tipica trappola tesa da chi vuol farsi dire chi ha prenotato cosa. Nessuno sarà in grado di pedinarti fino alla stanza e nessuno potrà dimostrare chi hai visto o cos'hai fatto in camera, purché naturalmente tu segua le mie istruzioni ».

« Ma... »

« Quanto è probabile che ci incontriamo per scopare in un albergo lussuoso di una città in cui ciascuno di noi dispone di un appartamento, per giunta essendo tu accompagnata da una bambina? Sei lì per incontrarti con una vecchia amica americana che è venuta in città per lavoro e ci sta solo ventiquattr'ore, ma desidera vedere la bambina. Prendi il caffè nella sua stanza alle quattro del pomeriggio. Ecco cosa dire, se hai bisogno di una giustificazione ».

« Va bene » fece dubbiosa Bijou.

« Hai da scrivere? »

« Sì » rispose lei, e dal rumore si capì che stava frugando nella borsa. « Dimmi pure ».

« Tu entrerai dall'ingresso principale. Niente mosse furtive, non hai niente da nascondere. Attraversi l'atrio, scendi i gradini, giri a sinistra e poi a destra. Arriverai così all'ascensore rosso ».

« Ascensore rosso » ripeté Bijou, che stava chiaramente prendendo appunti.

« Se qualcuno ti segue, risulterà evidente, perché non avrà altra scelta che di entrare in ascensore con te. Se qualcuno effettivamente entra con te in ascensore, per quanto innocente possa apparire, esci. Fingi di avere dimenticato qualcosa o di esserti accorta che è l'ascensore sbagliato: ce ne sono anche uno azzurro e uno verde. Se la persona che è entrata in ascensore con te esce a sua volta quando ti vede uscire, fermati subito e fa' chiaramente capire che ritieni strano il suo comportamento».

«In che modo lo faccio capire?»

«Fissalo. Fagli bene intendere che sei sospettosa. Deve sapere che non è più in incognito e che rischia che tu lo affronti direttamente o lo denunci al personale dell'albergo per averti seguito».

«E se questa persona mi chiede dove vado ed è lui o lei ad affrontare *me?*»

«O racconti la storia della tua amica americana al piano di sopra, o chiedi perché si fa i fatti tuoi. Non salire in ascensore con *nessuno*, capito?»

«Va bene» disse Bijou.

«Quando sarai in ascensore da sola, premi il bottone del sesto piano. Non sarà lì che uscirai, ma vogliamo che l'estraneo corra all'ultimo piano mentre tu scenderai al quarto. Io sarò già nella stanza ad aspettarti. Faremo i tamponi e io me ne andrò immediatamente dall'uscita posteriore dell'albergo. Tu resterai nella stanza per almeno un paio d'ore, per giustificare la storia del caffè con l'amica. Poi tornerai giù e riattraverserai l'atrio uscendo dall'ingresso principale».

«Va bene» disse Bijou, «ma costerà un sacco prendere una stanza al Savoy e in questo momento allo studio non mi pag...».

«Non ti preoccupare» la interruppe Strike. «Ho già pagato io».

«Oh» fece Bijou. «Be', ti rimborserò la metà, se...»

«Non c'è bisogno. Voglio solo chiarire questa faccenda».

Dopo averle detto il numero della stanza, Strike chiuse la comunicazione.

Rimise la mazza sul davanzale della finestra e si alzò, cercando di non pensare a come lo avrebbe massacrato la stampa se Dominic Culpepper si fosse reso conto che c'era una storia in cui si combinavano Strike, una splendida bruna, una bambina concepita per sbaglio e un Patrocinante della Corona che era famoso per avere fustigato tante volte i tabloid; per non parlare degli effetti che lo scandalo avrebbe avuto su Robin e il resto dell'agenzia. Strike aveva notato che ultimamente i suoi rapporti con Shah erano all'insegna della freddezza, e aveva la sgradevole sensazione che fossero così perché Shah sapeva che Bijou aveva telefonato all'agenzia.

Scese le scale. Non aveva intenzione di andare in ufficio, perché voleva arrivare un po' in anticipo all'appuntamento con Hardacre, ma Pat, vedendolo passare, lo chiamò da dietro la porta a vetri.

«Cosa c'è?» chiese lui, affacciandosi dentro.

«La Gateshead scozzese ha chiamato di nuovo ed è stata terribilmente scortese» riferì lei con aria accigliata.

«La donna che vuole vedermi al Golden Fleece?»

«Sì» rispose Pat. «È molto arrabbiata perché non l'hai richiamata. Bestemmiava».

«Non ho il suo numero» osservò Strike. «Cosa diceva, stavolta?»

«Qualcosa a proposito di un ingegnere e di gente che vuole catturarla e tagliarle la testa».

«Va be', se richiama, cerca di farti dare il suo numero di telefono».

«Stava per scendere, quando cambiò idea ed entrò nell'ufficio interno, dove scrisse qualcosa su un foglietto che appuntò sul sughero della bacheca, sotto la foto di Niall Semple: *Donna scozzese. Engineer. La gente la vuole prendere e decapitare.*

«Se quella donna richiamasse, chiedile se è bionda e ha un tatuaggio in viso» disse a Pat mentre tornava verso l'uscita.

«In viso?» fece Pat.

«Sì, in viso, quella cosa sul davanti della testa» rispose Strike, sparendo.

Hardacre gli aveva proposto di vedersi in un pub a breve distanza da Freemasons' Hall, chiamato Freemasons' Arm, perché 'conviene fare le cose per bene' gli aveva scritto in un messaggio. Tuttavia, come vide subito entrando, il pub era deludente, giacché era privo di qualsiasi emblema massone e poneva invece l'accento su vecchie fotografie di calciatori.

Hardacre era già al bancone. Alto appena un metro e mezzo, l'uomo del SIB era diventato più grassoccio dall'ultima volta in cui si erano visti e aveva perso altri capelli color topo, anche se la sua faccia gioviale e anonima era molto meno rugosa di quella di Wardle. Si scambiarono il solito mezzo abbraccio e la solita mezza stretta di mano.

«Sei più magro, Oggy».

«Non ancora abbastanza» replicò Strike, a cui la camminata di dieci minuti aveva risvegliato il dolore al tendine e all'intero ginocchio. «Hai un'ottima cera. Come va la famiglia?»

«Tutti bene, grazie» disse Hardacre. «Ci prendiamo una birretta prima che tu venga iniziato?»

«Sì, certo» disse Strike. «Ma prima ti tolgono tutti i soldi e il metallo di dosso, vero?»

«Ti sei preparato?» sorrise Hardacre.

«Mi chiedo se l'alcol sia una buona idea, se devo saltellare al buio su una gamba sola» rifletté Strike.

«Forse faranno un'eccezione per la tua gamba di metallo, a meno che tu di solito non la usi come arma».

«Non tanto spesso, ma qualche volta sì, e lo sanno» disse Strike.

Si portarono le loro pinte di birra a un tavolo vicino alla vetrata.

«Allora, che cosa stiamo cercando?» chiese Hardacre.

«Il museo e il Tempio Diciassette» rispose Strike.

«Il museo non è un problema, ma di solito non fanno entrare il pubblico nei templi, a parte il Gran Tempio. Perché ti interessa il Diciassette?»

«Perché ci era interessato William Wright, almeno secondo il mio informatore».

«Molto specifico, voler vedere un solo tempio».

«Il detto informatore non è del tutto attendibile. Sto controllando le notizie nella remota possibilità che siano vere. Immagino non avrai nient'altro da dirmi su Niall Semple, vero?»

«Qualcosa sì» replicò Hardacre, abbassando la voce, «ma acqua in bocca, mi raccomando, Oggy. Finirei nella merda fino al collo se scoprissero che ti ho passato la notizia».

«Nessuna pubblicità, sta' tranquillo» dichiarò Strike, assai più solidale di quanto non fosse stato con Ryan Stronzo Murphy quando gli aveva rivolto la stessa richiesta.

«Il nome Ben Liddell ti è familiare?»

«No» disse Strike, «ma so che il migliore amico di Semple si chiamava Ben e so che è rimasto ucciso durante la stessa missione in cui Semple riportò la grave lesione al cervello».

«Sì, è lui. Bene, Semple si incazzò come una iena per la morte del suo amico e a quanto ho sentito dire – intendiamoci, non dovrei sapere niente di tutto questo, Oggy – mostrò estrema animosità verso il reggimento, quando tornò *compos mentis* e protestò anche per l'esposizione mediatica riguardante l'operazione fallita in cui era morto Liddell».

«Questo spiega molte cose» disse Strike, pensando a Ralph Lawrence, il presunto agente dell'MI5 che preferiva di gran lunga che l'agenzia rinunciasse ai tentativi di trovare Niall Semple. «Che cosa sai di quell'operazione?»

«Niente, e francamente non voglio neanche saperlo» rispose Hardacre.

«Questo Ben Liddell aveva nessun parente stretto?»

«Non ne ho idea».

«Va bene. Posso farti un paio di domande sulla massoneria?»

«Sì, certo».

«Tu per caso sai che cos'è 'gadu'?»

«Gadu? Cioè G-A-D-U?»

«Per la verità non l'ho visto scritto» disse Strike. «Se la parola fosse proprio questa, che cosa vorrebbe dire?»

«È un acronimo massonico. Vuol dire Grande Architetto Dell'Universo».

«In altre parole, Dio?»

«Sì, perché?»

«Abbiamo un anonimo che ci telefona dicendo che 'loro' hanno 'gadu' dalla loro parte. Pensavo che la massoneria non fosse una religione, invece lo è?»

«No, non lo è» rispose Hardacre.

«Ma credete in Dio».

«Bisogna credere in un potere superiore, per essere massoni. Non occorre che sia un particolare Dio».

«Questo nonostante il fatto che la maggior parte del simbolismo sia cristiano e tenda a mutuare temi dell'epoca delle Crociate?»

«È comunque sempre e soltanto simbolismo» dichiarò Hardacre. «Non miriamo più a ricostruire il tempio di Gerusalemme, ma solo a erigerlo nel nostro cuore puro».

Strike sbuffò.

«Hai mai letto i testi di A.H. Murdoch?»

«Poca roba» rispose Hardacre. «Il linguaggio è troppo aulico e oscuro. Preferisco *A Bridge to Light*».

«Che cos'è?»

«Un'introduzione divulgativa al rito scozzese».

«I ponti sono una costante nella massoneria, vero?»

«Una costante in che senso?»

«Semple, mentre correva in campagna, si è fermato perché aveva paura di percorrere un ponte massonico. Ha dato fuori di matto. E in ufficio ci ha telefonato una donna scozzese che è convinta ci sia qualcosa di massonico nascosto sotto un ponte».

Hardacre bevve un sorso di birra e per un attimo guardò Strike pensierosamente.

«C'è qualcosa a questo proposito, in *Morals and Dogma* di Albert Pike, un altro testo fondamentale del rito scozzese: 'Il generale in ritirata potrà tagliarsi un ponte alle spalle per ritardare l'inseguimento e salvare il corpo principale del suo esercito, anche se in questo modo consegnerà un distaccamento a distruzione certa'. Dice che una simile azione non è ingiusta, ma 'può violare un concetto ideale e utopico di giustizia'».

«Interessante» disse Strike. «Questo probabilmente concorda con i sentimenti di Semple, furioso perché il suo amico Liddell era stato sacrificato».

«Sì. E anche quando si è introdotti al quindicesimo grado c'è un ponte».

«In senso letterale?»

«In genere non costruiscono un ponte di legno in mezzo al tempio, no, ma c'è la rappresentazione simbolica di un ponte».

«E cosa succede? Sbucano fuori i troll e ti ghermiscono se sbagli la parola d'ordine?»

«Ah, ah!» fece Hardacre. «Attraversi il ponte, sopra un fiume in cui galleggiano parti del corpo...»

«Parti del corpo?»

«È simbolico, Oggy» ribadì Hardacre.

Constatando, con leggera sorpresa, che il suo vecchio amico sembrava oscillare tra il senso di imbarazzo e il senso di sfida, Strike decise di lasciar perdere per il momento i commenti ironici sulla massoneria.

«Secondo te, i massoni quanto ritengono importanti le medaglie?»

«I gioielli» lo corresse Hardacre.

«... gioielli che ottengono per avere raggiunto i vari gradi?»

«Be', probabilmente non vorrebbero mai perderli. Perché?»

«Perché, a quanto pare, Semple ha portato qualcosa di prezioso, o qualcosa che riteneva prezioso, qui a Londra oppure lo ha prelevato qui. L'ultima volta in cui è stato visto, reggeva una valigetta che teneva legata al polso con le manette».

«Se gli era venuta la mania della massoneria, potrebbe aver pensato fosse importante portarsi dietro le sue insegne» osservò Hardacre.

«E che cosa comprenderebbero, queste insegne? Una fascia? Un grembiule? Medaglie o gioielli, come li chiami tu?»

«Probabilmente tutto questo» rispose Hardacre. «A proposito, ho dato un'occhiata a ogni eventuale collegamento massonico con il nome William Wright. Un certo capitano William Wright della loggia di Ardwick morì durante la Prima guerra mondiale».

«Dov'è Ardwick?»

«Nel Lancashire orientale. La loggia è ancora attiva».

«Era famoso, questo Wright? La maggior parte dei massoni lo conosce?»

«Ne dubito. L'unico avvenimento per cui avrebbe potuto far

parlare di sé è che affogò in mare. Come sta andando, in generale, questo caso? »

Strike gli fece un breve riassunto degli avvenimenti recenti, compresi le telefonate anonime in ufficio e l'incontro di Robin con un uomo mascherato che l'aveva minacciata con un pugnale, anche se non specificò che portava una maschera da gorilla.

« Cazzo » fece Hardacre. « Ma tutto ciò indica un'unica cosa, ti pare? »

« Che la direzione massonica è del tutto sbagliata? »

« Certo! » rise Hardacre. « Brandire un pugnale massonico per strada! Credi che un vero massone lo farebbe mai? »

« Potrebbe essere un massone pazzo » ipotizzò Strike. « Ma sono d'accordo, gli elementi massonici rappresentano probabilmente una cortina di fumo ».

« Senza alcun dubbio » convenne Hardacre.

« Dunque non credi che un massone possa commettere un omicidio? »

« Be', non oserei mai fare un'affermazione del genere. Non bisogna dimenticare ciò che ha detto Albert Pike ».

« Ricordamelo un po' ».

« 'La massoneria non modifica la natura umana e non può tirar fuori un uomo onesto da un delinquente nato' ».

Finite le birre, uscirono nella giornata di vivido sole. Dieci minuti dopo, Hardacre parlò sottovoce a una donna al banco di accoglienza dell'atrio di marmo di Freemasons' Hall, dove l'alto soffitto era cinto da una cornice dorata.

« Sei fortunato » annunciò, tornando dal detective. « Tempo mezz'ora, e possiamo dare un'occhiata al Tempio Diciassette. In questo momento ci sono dentro delle persone. Andiamo prima al museo? »

Così salirono l'ampia scalinata per visitare il museo del primo piano.

Erano esposti diversi argenti massonici, anche se per Strike era difficile capire quale beneficio avrebbe potuto trarre William Wright dal contemplarli.

« Guarda qui » disse Hardacre, indicando con un cenno un piccolo olio appeso al muro. «Ecco il tuo uomo, Alexander Hughson Murdoch».

Il quadro raffigurava un gentiluomo vittoriano dall'aria severa, con capelli grigi, favoriti e sopracciglia che conferivano allo sguardo un'espressione sagace. Indossava la raffinata veste del Gran Maestro, completa di grembiule con ricami in oro, e aveva al collo una catena d'oro. Dipinta sullo sfondo c'era la *nef* d'argento che era stata rubata da Ramsay Silver, una replica in miniatura della nave che aveva portato il primo massone in America. La breve biografia accanto al quadro spiegava che Murdoch era nato a Edimburgo ed era emigrato in America, dov'era passato gloriosamente dall'indigenza al possesso di un patrimonio di molti milioni.

Mentre Strike continuava a guardare il contenuto delle vetrinette, Hardacre visitò il negozio di fronte al museo, ritornando pochi minuti dopo.

«La donna alla cassa dice che il museo era interessato a fare un'offerta per alcuni degli argenti Murdoch, ma che la sua offerta è stata superata da quella di Ramsay».

Strike si girò a guardare il negozio alle sue spalle.

«Vendono pugnali, là dentro?»

«Non ne ho visto nessuno» rispose Hardacre, «ma li puoi comprare abbastanza facilmente. Sono in vendita su internet».

«E chiunque ne può acquistare uno? Non occorre neanche fornire una password o mostrare per esempio un tatuaggio come il tuo, con l'occhio che tutto vede?»

«Io di solito mando la foto del mio piercing Prince Albert, ma solo così, per ridere» scherzò Hardacre. «No, chiunque può comprarli».

Diede un'occhiata all'orologio.

«Credo che ora possiamo andare nel Tempio Diciassette».

«Secondo la tua esperienza, quanto è comune che un massone cambi loggia?» domandò Strike mentre uscivano dal museo per incamminarsi lungo un corridoio dal pavimento di marmo.

«Non è così insolito» rispose Hardacre. «La gente si trasferisce in altre città. O magari ne trovi una che ti piace di più o ancora preferisci non incontrare qualcuno che non ti va più a genio».

«Credevo che i fratelli massoni avessero rapporti così sereni e idilliaci tra loro da scongiurare un simile rischio».

«Ti ho appena detto che la massoneria non modifica la natura umana. Perché sei interessato alle persone che cambiano loggia?»

«Pensiero ozioso. Per caso sai niente della loggia Winston Churchill, che si riunisce proprio qui?»

«Come si riuniscono qui un migliaio di altre logge» replicò Hardacre. «Corre voce che in una di esse usino veri teschi umani nei loro riti. La loggia Norwegian, ma non dire che ti ho fatto la soffiata, non voglio essere scomunicato».

Un uomo in giacca e cravatta stava camminando nella loro direzione con in mano un lungo bastone il cui pomello era una croce di Salem. Strike lasciò che passasse e non fosse più a portata d'orecchio, prima di riprendere a parlare.

«Al papa non secca che andiate in giro con un pastorale come quello?»

«Il papa in genere non ci ama molto. Nella massoneria sono accettati troppi dèi non cristiani».

Pochi minuti dopo arrivarono alla porta di legno contrassegnata dal numero diciassette, e Hardacre l'aprì. La sala era foderata di pannelli di rovere scuro, e sul pavimento a scacchi c'erano abbastanza sedie per accogliere un'ottantina di persone. Sul muro dietro a uno scranno simile a un trono era scolpito un grande cigno incatenato.

«È il simbolo del Buckinghamshire» spiegò Hardacre, indicando il cigno. «Questo tempio fu fondato da frammassoni di quella contea. Qui si riuniscono tre delle logge più antiche, risalenti a prima del 1717».

«E questa roba cos'è?» chiese Strike, girandosi a indicare lo strano mucchio di oggetti sparsi al centro del pavimento a scacchi.

«Ah, se te lo dicessi sarei costretto a ucciderti» disse Hardacre.

Dieci stendardi erano appesi a pali che si fronteggiavano su tappeti bianchi e neri, e Strike fu subito attratto dal leone che stava sotto la parola 'Giuda'. Sul pavimento erano sparsi vari strumenti, come una vanga e un piccone, un vecchio libro con il nome della loggia e diversi oggetti geometrici tridimensionali scolpiti nella pietra bianca.

«Sono tutte cose disposte così per un rito, immagino» disse. «Questa roba non sarebbe qui, altrimenti, vero?»

«No» rispose Hardacre.

Strike si guardò intorno nella sala. Notò le pietre da taglio grezze e quelle 'perfette', cubi raffiguranti, rispettivamente, i massoni non iniziati e quelli illuminati, e lì accanto scranni che dovevano appartenere a massoni che detenevano un grado cerimoniale elevato.

«Non posso dire che mi sia chiaro ciò che William Wright voleva vedere in questa sala» osservò dopo avere dato un'ampia occhiata in giro, «ma per me è sufficiente».

Così i due amici lasciarono il tempio.

«Sostieni ancora che ai massoni non è permesso usare l'appartenenza a una loggia per promuovere i propri interessi personali?» domandò Strike.

«È scritto nelle regole, Oggy» rispose Hardacre. «Durante le riunioni non ci è consentito discutere di politica o religione, o concludere affari».

«Eppure, come hai già osservato tu, la massoneria non modifica la natura umana».

«Pensa quello che vuoi» replicò Hardacre, bonario come sempre.

Quando uscirono dalla sala alla luce del sole, si misero a parlare di amici comuni che erano stati a loro volta nell'esercito, e Strike smise di pensare a GADU, il cigno incatenato e il significato simbolico dei ponti per rimandare la riflessione a un momento di maggiore calma.

73

So che la gente cela il suo pensiero
per tema sia ritenuto non vero
o anche disprezzato e esecrato,
so che ognuno vive mascherato
ed estraneo all'altrui contatto
e anche a se stesso, eppure è accetto
che un ugual cuore batta in ogni petto!
Ma pure noi, amore, vogliam nel gelo infreddolire
e il cuor e la voce nostra intorpidire?

Matthew Arnold
The Buried Life

Alle otto della sera successiva, Robin, informata da Due-volte che sua moglie avrebbe festeggiato il compleanno di un'amica al Coya, un ristorante sudamericano di Mayfair, si sedette a un tavolo e guardò la signora, fino a quel momento irreprensibile, mangiare e bere con altre sette donne. Il locale seminterrato dalle luci soffuse, dove fronde lussureggianti dovevano evocare la foresta pluviale, era invaso da una musica martellante. Robin, che era passata da casa a cambiarsi, indossava un vecchio abito azzurro e aveva messo la catenina con l'opale che i genitori le avevano regalato per il trentesimo compleanno e gli orecchini della medesima pietra che Murphy le aveva donato per Natale. Quando si era guardata allo specchio prima di uscire di casa, le era tornata in mente la sera in cui aveva avuto indosso quello stesso vestito e Strike le si era avvicinato per baciarla sul marciapiede davanti al Ritz.

Poiché temeva di dare troppo nell'occhio mangiando da sola, aveva chiesto a Midge di raggiungerla, ma Midge non era ancora arrivata. Così Robin si mise a scrivere nel taccuino buttando ogni tanto un'occhiata casuale alla Signora Due-volte e alle sue amiche, che erano come lei sui trent'anni, molto allegre e chiaramente intenzionate a ubriacarsi il più possibile al più presto possibile.

Aveva appena alzato gli occhi per la terza volta nella speranza che arrivasse Midge, quando vide Strike in giacca e cravatta avvicinarsi al suo tavolo e sentì una sorta di scossa elettrica alla bocca dello stomaco.

« Midge e io ci siamo scambiati i turni » disse il suo socio, sedendosi di fronte a lei. « Credo sia giusto confrontarci un attimo sull'argomento del caveau, perché sul fronte delle informazioni ho le novità di un'intera giornata ».

« Sì, ho letto nel file le tue osservazioni sul Tempio Diciassette ».

« Ieri sera ho saputo qualcosa anche su Semple. Il suo migliore amico, Ben Liddell, che era anche lui scozzese e rimase ucciso durante la missione in cui Semple fu gravemente ferito, aveva un'unica parente vivente: sua sorella Rena. Mi chiedo se non sia lei la nostra Gateshead scozzese ».

« Tu dici? »

« Sì. Potrebbe addirittura essere la donna con cui Jade Semple ha sentito che il marito si dava appuntamento per telefono. La Gateshead ha chiamato di nuovo ieri, farfugliando di un *engineer*, un ingegnere. Quando Jade origliò la telefonata di Niall, sentì che il marito doveva vedere quella donna in un pub che si chiamava Engineer. La psicopatica pare avere paura di andare là e preferirebbe vedermi quindi al Golden Fleece ».

« Ho capito » disse Robin, con ben scarso entusiasmo. Evidentemente, pensò, per Strike fare ipotesi sulla svedese Reata Lindvall era assurdo, mentre era sensato immaginare che una Gateshead, solo perché era scozzese, rappresentasse una pista promettente.

« Ma ho una notizia ancora più interessante » disse Strike, senza rendersi conto di avere irritato ancora di più Robin. « Guarda qui ».

Le porse il suo cellulare e lei guardò un articolo di giornale del 2010, sopra il quale c'era la foto di Jim Todd che fissava imbronciato l'obiettivo. La didascalia diceva: **IN CARCERE LO STUPRATORE DI BATTERSEA**.

«Stupro di secondo grado di una diciassettenne, condannato a dieci anni, uscito dopo cinque» disse Strike.

«Come cavolo hai fatto a trovarlo?» domandò Robin, dimenticando per un attimo lo spirito polemico.

«Ti avevo detto che, secondo me, Todd aveva un nome falso. Ho cominciato a cercare variazioni di Todd e James e mi è venuto fuori l'articolo. È incredibile, ma la gente tende a scegliere nomi falsi che ricordano il loro nome vero».

Robin gli restituì il cellulare. Strike, che aveva riconosciuto sia l'abito sia il pendente che lei aveva all'epoca del Ritz, la notte in cui per poco non l'aveva baciata, si ricordò di quanto avesse auspicato, fino a poco tempo prima, una situazione come quella: loro due tutti in ghingheri, che cenavano da soli al ristorante. Era la circostanza in cui avrebbe dovuto farle la famosa dichiarazione che ormai era certo sarebbe stata rifiutata.

«C'è di più» continuò, cercando di scacciare quel triste pensiero. «Appena ho trovato il vero nome di Todd, non mi è stato troppo difficile scoprire che ha un fratello maggiore che è consigliere comunale per i conservatori. Gli ho telefonato. Non è stato per niente contento di sentire che ero un detective privato interessato al fratello pervertito, ma è diventato molto più cordiale appena gli ho chiesto quanti anni ha sua nonna».

«È massone?»

«Sicuramente. È saltato alla conclusione che siamo stati assoldati da Kenneth Ramsay per mettere a tacere tutte le chiacchiere sul sospetto di trame massoniche inerenti al delitto. Superfluo dire che non l'ho contraddetto.

«In sostanza, quando Todd uscì di galera dopo lo stupro di Battersea, andò da suo fratello a battere cassa. Il fratello gli indicò la porta, e Todd allora minacciò di spifferare un sacco di segreti di famiglia alla stampa locale, tra cui il fatto che la loro madre faceva la vita. Il fratello maggiore cedette al ricatto e gli procurò un paio di lavori di pulizia per dei 'fratelli' massoni, sperando di impedirgli così di passare il tempo a giocarsi i soldi a carte. Pare che le uniche cose che a Todd interessano siano le carte e le donne.

«In ogni caso, il fratello presumeva io sapessi già che il reato sessuale di Todd risaliva ad anni prima. Sono stato al gioco, ho sondato un po' il terreno e ho saputo che Todd fu arrestato in Belgio nel '97».

«In Belgio?» si sbalordì Robin.

«Sì. Lavorava come autista di pullman, trasportando ragazze dell'Europa orientale da un bordello all'altro in un giro di prostituzione e abusi, e lo faceva con il nome di 'Jim Philpott', il cognome di sua madre da ragazza. Guarda qui».

Strike le passò di nuovo il cellulare per farle vedere un altro articolo. Lì, tra altre sette foto segnaletiche risalenti al 1997, c'era Todd con i suoi occhietti piccoli e la sua bocca larga, anche se all'epoca in testa aveva una folta capigliatura color castano spento. Un livido sullo zigomo faceva pensare che avesse opposto resistenza quando la polizia belga lo aveva messo con le spalle al muro. Era stato arrestato nel quadro di un'operazione paneuropea contro una gang specializzata in prostituzione e traffico di minorenni, che attirava giovani donne promettendo loro una carriera di modelle o di governanti di persone abbienti in Gran Bretagna.

Todd, vide Robin, aveva scontato dodici mesi per i suoi reati, la condanna in assoluto minore tra tutte quelle toccate agli uomini arrestati. Nessuna delle ragazze salvate dalla polizia lo aveva accusato di maltrattamenti fisici: tutte avevano solo detto che lui, perfettamente al corrente del traffico, le aveva trasportate da un bordello all'altro e da un gruppo di seviziatori all'altro in Francia, Germania, Lussemburgo e Belgio. Robin dubitava che il ruolo di Todd fosse stato solo quello di autista. Niente garantiva che fosse stata trovata fino all'ultima vittima, e la sua successiva condanna per stupro in Gran Bretagna faceva pensare fosse stato fortunato a sfuggire a una condanna più severa. Tuttavia lesse che Jim Todd era in carcere quando Reata Lindvall e sua figlia erano scomparse, per cui non poteva assolutamente essere stato lui a ucciderle.

«Interessante» disse, ridandogli il cellulare.

Sempre sperando che l'atmosfera diventasse un po' più amichevole, Strike aggiunse:

«Ho anche scoperto che cosa diceva il messaggio che indusse Pamela a lasciare prima del tempo Ramsay Silver».

« In che modo lo hai scoperto? » chiese Robin, reprimendo un sentimento di rivalità professionale. Considerava Pamela la propria testimone ed era stata fiera di avere ottenuto da lei un bel bagaglio di informazioni.

« Ho rintracciato suo marito e gli ho parlato oggi pomeriggio. Sono separati. Pamela lo ha sbattuto fuori di casa perché aveva scopato con una vecchia amica che aveva ritrovato su Facebook ».

« Allora, che cosa diceva il messaggio? »

« Era un messaggio in cui questa vecchia amica di lui le diceva che aveva una relazione con suo marito e che erano profondamente innamorati, e le chiedeva se si potevano vedere al caffè Debenhams, in Oxford Street, per discutere della faccenda. Tuttavia... »

« Il messaggio non era in realtà della vecchia amica? »

« Proprio così. Arrivava da un telefonino usa e getta. Venerdì, dopo avere aspettato da sola al Debenhams fino all'ora di chiusura, Pamela ha mangiato la faccia al marito, che si è fatto prendere dal panico e si è tradito dicendo 'è stata una volta sola', prima di rendersi conto che il messaggio era stato mandato da un numero sconosciuto. Dunque, qualcuno conosceva così bene la vita privata di Geoffrey e Pamela da sapere esattamente come attirare lei fuori del negozio: Geoffrey dice che già prima di ricevere il messaggio Pam nutriva dei sospetti sulla vera natura dell'amicizia ritrovata del marito. Gli ho chiesto chi avrebbe potuto sapere quei particolari e ha risposto che lui e Pamela avevano avuto un paio di liti sull'argomento, una volta alla Bullen & Co e un'altra da Ramsay, dove lavorava lei ».

« Allora chiunque, nell'uno o nell'altro negozio, avrebbe potuto sentire il litigio? »

« Esattamente. L'altra cosa che mi ha detto Geoffrey è che fu senza dubbio l'autentico Centrotavola Orientale ad arrivare da Bullen & Co, perché fu lui ad aprire la cassa e controllarne il contenuto. È un esperto di argenti antichi, quindi credo che possiamo prenderlo in parola ».

« Ho capito » disse Robin, sforzandosi di vincere il risentimento che provava perché era stato Strike, anziché lei, a trovare tutte quelle informazioni. « Be', io invece ho parlato con Ivor Powell, il padre di Tyler, in Florida ».

« E cos'hai scoperto? »

« Ha detto di avere ricevuto alcuni messaggi da Tyler, che lavora in un pub. Pareva seccato che lo disturbassi con quelle che ha definito le 'stupidaggini' di Dilys e si è rifiutato di mandarmi i messaggini di Tyler. Non mi sorprenderei se non li avesse ricevuti affatto. Mi ha dato l'impressione di uno a cui non importa un bel nulla del figlio ».

Arrivò al tavolo un cameriere a chiedere che cosa volesse da bere Strike.

« Il messaggio della figlia di Griffiths riguardo a Powell era interessante » osservò Strike dopo avere ordinato.

« Sì » convenne Robin. « Fa di Tyler un quadro assai diverso da quello che ha dipinto il padre di lei ».

« Pat non ha ancora trovato Powell in nessuno dei pub che hanno la parola 'silver' nel nome. Certo, lui potrebbe avere fatto come Todd e avere cambiato nome. Un nome molto diverso da William Wright, voglio dire ».

« Ho indagato anche sull'incidente automobilistico in cui rimasero uccisi Anne-Marie Morgan e Hugo Whitehead » disse Robin. « Sembra quasi certo che Hugo abbia perso il controllo della macchina nella tempesta. Il sistema ABS della Mazda non funzionò, l'auto slittò, andando a sbattere contro un autoarticolato, gli airbag non si gonfiarono e la macchina prese fuoco. Immagino che la gente di Ironbridge abbia trovato strano che non sia entrato in funzione il sistema ABS, ma in circostanze del genere può succedere, specie se Hugo andava troppo veloce ».

« Dunque non pensi che Powell sia fuggito da Ironbridge perché aveva la coscienza sporca? »

« Forse non ha provocato lui l'incidente » rifletté Robin, « però vorrei sapere che cos'ha da dire Zeta, l'altra ragazza che ha avuto a che fare con lui ».

Arrivò la birra di Strike, servita da un cameriere che chiese se fossero pronti a ordinare da mangiare. Strike optò per il manzo, Robin per il pollo. Il gruppo della Signora Due-volte esplose in un coro di stridule risate. Buttando un'occhiata a quel tavolo, Robin vide lei parlare con un gran bel cameriere dagli occhi neri e scuotere la testa, civettuola, per liberare la fronte da un ciuffo di capelli sapientemente tinti.

« Immagino non ti sia sfuggito che vediamo un insolito numero di responsabili di reati sessuali convergere in qualche modo in questo caso » osservò Strike. « McGee molestò una collega in un precedente posto di lavoro, Todd è uno stupratore e uno sfruttatore, Oz adesca minorenni... »

« Probabilmente non ti piacerà la mia risposta » disse Robin.

« Che è? »

« Gli uomini sottovalutano sempre il numero di loro simili che sono pervertiti e predatori. Non ti sarà sfuggito il detto 'tutte le donne conoscono una vittima di stupro, nessun uomo conosce uno stupratore' ».

Strike decise di ritirarsi in territorio più sicuro.

« L'omicidio di William Wright mi sembra un lavoro da professionista, non da persona inesperta. Non ci sono molti individui dotati di tale sangue freddo da passare un paio d'ore con un uomo ammazzato di fresco, incidergli un marchio nella schiena e tagliarlo a pezzi nel cuore della notte in un caveau sotterraneo. Ci vogliono nervi saldi ».

« Credi sia Oz l'uomo che, come dice Shanker, sarebbe stato assoldato per fare il lavoro? »

« Sempre che sia stato davvero un 'servizio'. Oz dev'essere per forza l'esecutore, sì, ma ho ancora dei dubbi. Se io assoldassi un killer » continuò abbassando la voce, « non penserei neanche lontanamente di scegliere uno che ha compiuto reati sessuali. Guarda Todd. È nell'archivio degli stupratori, sa cosa rischia se viene arrestato e tuttavia non resiste alla tentazione di fotografare le mutande delle ragazze. Non si può pensare che un uomo la cui vita è dominata da impulsi come quelli si concentri bene sul lavoro, e i pochissimi errori che Oz ha commesso durante l'esecuzione di questo omicidio sono tutti connessi al sesso e alle donne ».

« Intendi dire usare due volte lo stesso personaggio? »

« Innanzitutto quello, sì, è stata un'idea balorda. Immagino abbia pensato che aveva funzionato alla perfezione con Medina, con cui tutto era filato liscio, e si sia detto che forse conveniva usare di nuovo 'Oz', un personaggio che si era studiato a dovere. Ma ha peccato di troppo ottimismo supponendo che una quattordicenne come Sapphire Neagle avrebbe tenuto la bocca chiusa riguardo a un tizio che le regalava tutti quei rubini».

«Sapphire, però, non ha mai detto a nessuno il suo nome» osservò Robin.

«Però ha parlato di un uomo affascinante, molto più anziano di lei, che le aveva promesso di farle fare la corista. E non è l'unico passo sconsiderato del killer. Perché far visita a Medina a casa sua? Suppongo sia uno che ama il rischio, il brivido, l'avvicinarsi il più possibile all'orlo del burrone. È stato il massimo dell'idiozia insistere a fotografare Gretchen e Sofia insieme. Forse ha pensato che così avrebbe tenuto in pugno Gretchen, ma era altrettanto probabile che lei sarebbe stata ben contenta di vederlo arrestare. L'errore più grande di tutti è stato usare Sofia per la rapina quando la ragazza era chiaramente una chiacchierona. Perché servirsi di una così? Se hai bisogno di una donna per un lavoro, perché non ne scegli una giudiziosa e affidabile che tenga la bocca chiusa?»

«Forse non conosceva nessun'altra donna disposta a guidare la macchina per la fuga» disse Robin.

«O forse non ha resistito alla tentazione di servirsi di una ragazza che sapeva che alla fine avrebbe violentato e assassinato. Sofia Medina era la ciliegina sulla torta, un bonus che il killer si è assegnato da solo. È quello il settore in cui l'autocontrollo di Oz viene meno: le donne».

Seguì un breve silenzio, durante il quale i due soci seguirono il filo dei loro pensieri.

«Ci sono però ancora delle anomalie» rifletté alla fine Strike. «Shanker mi ha detto che l'esecutore del 'servizio' era 'uno schizzato' e 'uno che spiffera', ma non un maniaco sessuale. Oz pare un tipo efficiente e dotato di autocontrollo, senza dubbio un gran manipolatore e pure un buon attore. Anche ammesso sia stato imprudente riguardo a Sofia Medina, a conti fatti bisogna dire che non siamo più vicini a sapere chi è il bruno ricciuto con gli occhiali da sole di quanto lo fossimo all'inizio».

«Secondo me, i ricci neri sono una parrucca scelta per imitare il vero Osgood» disse Robin.

«Forse hai ragione».

«Ma Mandy adesso nega di avere mai visto l'uomo riccio e la ragazza dai lunghi capelli neri» disse Robin, che aveva letto la nota di Strike nel file.

«Già, e il guaio è che, se nessuno ha visto una ragazza di aspetto fisico corrispondente a quello di Medina e un tizio corrispondente a Oz nella casa di Wright, l'ipotesi che Oz sia l'assassino cade».

«Restano l'e-mail inviata a Osgood dal computer di Ramsay Silver e la testimonianza di Gretchen, secondo la quale Sofia usciva con un uomo molto più vecchio di nome Oz» disse Robin. «E restano i completi estranei che hanno inviato al vero Osgood delle e-mail riguardanti una monovolume in vendita, un problema non specificato e uno scherzo fatto a una ragazza».

«Non c'è bisogno che tu me lo ricordi, ho ben presente tutto ciò» osservò Strike. «Sono sicuro che Oz e Medina abbiano vuotato il monolocale di Wright e sono sicuro che fossero loro la coppia a bordo della macchina pronta per la fuga, ma la squadra investigativa si è convinta che Mandy si sia inventata quella storia sul momento, perché io avevo dato a lei e Daz dei soldi per la collaborazione e lei voleva offrirmi qualcosa in cambio».

Arrivarono i piatti ordinati.

«Kim mi ha detto che la ragazza con cui Albie Simpson-White si è incontrato al pub non era Tish Benton» riferì Strike prendendo forchetta e coltello. «Si chiama Clarissa e ha parlato unicamente della sua imminente vacanza in Sicilia. C'è però una cosa curiosa: la ragazza vive a Pembridge Gardens, praticamente di fronte a una loggia massonica femminile».

«Lo ha scritto Kim nel file, oppure ti ha comunicato la notizia con una telefonata?» domandò Robin, che non aveva avuto occasione di controllare.

« Mi ha telefonato, non so se l'ha inserito anche nel file » rispose Strike. « Perché? »

« Perché mi pare che riservi le critiche alla mia linea investigativa e le notizie alla tua » fece lei, pentendosi subito dopo. In tono meno aggressivo aggiunse: « Questa settimana proverò a parlare con Cosima Longcaster. Voglio scoprire perché Rupert andò a quel party non invitato ».

« Ottimo » disse Strike. « Sarà utile, perché Decima sta smaniando per avere un altro aggiornamento ».

Seguì di nuovo un breve silenzio, durante il quale i due soci pensarono al Bar Italia e alla lite che avevano avuto riguardo alle loro responsabilità nei confronti di Decima, ma naturalmente né l'uno né l'altra ne parlò.

« La nuova Land Rover è magnifica » disse Robin.

« Bene. Come sta andando la ricerca della casa? »

« Ne abbiamo trovata una che ci piace, e la nostra offerta è stata accettata ».

« Ah » disse Strike, cui la notizia fece l'effetto di un pugno nello stomaco. « Congratulazioni ».

« Grazie » rispose Robin, con gli occhi fissi sul piatto.

74

... così finì la partita
che non avrebbe dovuto essere iniziata.
A.E. Housman
XIV, The Culprit, Last Poems

La notizia che Robin e Murphy sarebbero andati una volta per tutte a vivere insieme gli pesava ancora in petto come un macigno quando, alle tre e mezzo del pomeriggio successivo, Strike entrò al Savoy Hotel dal lato affacciato al Tamigi. Prese la chiave elettronica alla reception della lussuosa hall color panna e verde, poi salì con l'ascensore rosso, le cui pareti laccate erano decorate in oro. Benché fosse sicuro di non essere stato pedinato, mentre la piccola cabina rosso-dorata saliva ai piani superiori, si sentì come immaginava si sentissero i colpevoli che entravano in aula per essere giudicati.

Nel lungo corridoio deserto in cui si ritrovò, la moquette verde Nilo e lilla rese felpati i suoi passi. Senza nessuno intorno, entrò nella 'Superior Queen' che aveva prenotato, affacciata su un gelido cortile. La stanza, arredata in stile vagamente Art déco, gli era costata settecento sterline.

Si sedette sulla sedia dalla spalliera rigida davanti alla scrivania e accese la televisione per distrarsi, ma i pochi minuti passati a guardare il presidente Trump giustificare la sua decisione di limitare l'immigrazione dei musulmani negli Stati Uniti gli fecero venire voglia di spegnere. Aprì le e-mail sul suo cellulare e ne vide una lunga e lamentosa in cui Decima Mullins gli elencava tutte le somiglianze tra Wright e Fleetwood di cui gli aveva già parlato a voce. Dopo averla scorsa, lasciò da parte il telefono e si mise a leggere l'unico testo disponibile nella camera, una grossa rivista patinata rivolta a un pubblico che comprava, o si limitava a desiderare, beni di lusso.

In copertina c'era una giovane, splendida bionda con indosso una gran quantità di brillanti, e la didascalia attirò la sua attenzione.

COSIMA LONGCASTER, LA RAGAZZA PIÙ GLAMOUR CHE ESISTA

Saltò tutta la pubblicità di orologi da uomo, borsette di coccodrillo e penne stilografiche di platino, finché trovò quattro pagine di fotografie di Cosima. Con i capelli che volavano al soffio di un vento artificiale, la giovane modella faceva pubblicità ad altri collier e anelli di brillanti, e nella quinta pagina rilasciava qualcosa di vagamente simile a un'intervista.

Piatto preferito Qualunque cibo piccante. Più piccante è, meglio è!

Bevanda preferita Ho un mio cocktail speciale da Dino's, il Cosmic: tequila, zenzero e miele. Buono!

La sua idea di divertimento? Qualsiasi sera da Dino's, lì mi sento a casa.

Passioni segrete? Sono assolutamente dipendente dalle trasmissioni di true crime, tutte quelle che parlano di omicidi irrisolti.

Il più bel regalo che le sia stato fatto? Papà mi ha regalato per i diciott'anni uno stupendo diamante rosa non incastonato. Devo ancora decidere come portarlo.

Una cosa che nessuno sa di lei? Ho fatto il test del DNA per risalire agli antenati e risulta che sono per il tre per cento una Neanderthal!

Strike buttò il giornale nel portariviste da cui l'aveva preso.

Bussarono alla porta. Si alzò, andò ad aprire e vide una Bijou dall'aria spaventata, con le mani sul manubrio di un passeggino dall'aria assai costosa.

«Ti ha seguito nessuno?» chiese, spostandosi per farla entrare.

«Credo di sì, una donna bruna, ma non è salita in ascensore con me».

«Sei andata al sesto piano prima di venire qui, come ti avevo detto?»

«Sì, ho fatto tutto quello che mi hai detto di fare».

Strike guardò, a destra e sinistra, il corridoio esterno, che era deserto. Chiuse la porta a chiave e si girò verso Bijou, che si stava togliendo il cappotto. Era leggermente ingrassata rispetto a com'era durante la loro brevissima relazione, ma era sempre bella, con i lucidi capelli bruni e gli occhi chiarissimi che contrastavano con la carnagione olivastra. Al posto degli abiti attillati che le aveva visto indossare di solito, portava un pesante maglione color panna e un paio di jeans.

La bambina nel passeggino dormiva della grossa. Strike vide due occhi chiusi sotto un berrettino rosa chiaro. Si era chiesto se avrebbe intuito, vedendola, una qualche parentela genetica che rappresentasse una pista promettente, ma gli sembrò solo una scimmietta calva e non provò per lei altro che un'antipatia venata di apprensione.

«Ho qui il kit» disse Bijou, frugando nella borsa e tirando fuori una scatola di cartone. «Infilati il tampone in bocca, sfregalo contro la guancia e poi mettilo in questo liquido. Io, nel frattempo, farò il nostro».

Per nessun reale motivo, Strike si ritirò nel bagno dalle piastrelle bianche e nere perché lei non lo guardasse fare il tampone. Conclusa l'operazione, tornò in camera da letto, dove Bijou sedeva fissando con aria vacua le pareti color pergamena e oro e il tappeto a fiori.

«Ecco qua».

Bijou gli sfiorò le dita prendendo il campione che le porgeva, e lui ritrasse la mano come se si fosse scottato.

«Bene» disse, «fammi sapere appena hai i risultati».

«Tutto qui?» fece lei, con la voce incrinata.

«Che cosa ti aspettavi?» disse lui, già con la mano sulla maniglia della porta.

«È che non c'è bisogno... non c'è bisogno di avere un atteggiamento così disgustoso riguardo a tutta questa faccenda».

«Hai vissuto nella bambagia se pensi che questo sia un atteggiamento disgustoso» replicò lui, e se ne andò.

75

Se si è così disposti, due persone sono destinate a incontrarsi e rendersi felici a vicenda.

Robert Browning
Half-Rome

Il giorno dopo, Robin si trovava davanti alla casa di Longcaster, a Belgravia, quando Strike le telefonò.

« Novità » le annunciò concisamente. « Kenneth Ramsay ha appena telefonato per dirmi che Jim Todd è scomparso. Giovedì non si è presentato al lavoro da Ramsay, venerdì non è andato nell'ufficio di Kingsway dove pure lavora, e non risponde né al telefono né al campanello del suo appartamento. Mi chiedo se non ti abbia riconosciuto, in metropolitana, e non si sia preso paura. Ci sono tue foto su internet e potrebbe averti collegato a me ».

« Ah » fece Robin, con un senso di vuoto alla bocca dello stomaco. Non voleva certo essere il motivo per cui Todd aveva tagliato la corda. Già si immaginava le frecciate che le avrebbe lanciato Kim.

« Potrebbe anche essere crepato a casa sua, com'è successo a McGee » continuò Strike, « ma se fosse successo questo, mi parrebbe una coincidenza troppo grande. Appena ho un po' di tempo proverò a parlare con i suoi vicini ».

Dopo la telefonata, Robin sentì aggiungersi a tutti gli altri problemi un senso di inadeguatezza professionale. Todd che era scomparso forse a causa sua, Albie Simpson-White che non li aveva affatto portati più vicino a Rupert Fleetwood, e i suoi tentativi di parlare con Cosima Longcaster che non erano ancora approdati a nulla.

Come lei aveva già scoperto, la ventunenne Cosima non era una persona con cui fosse facile stabilire un contatto. Viveva con i genitori in una grande casa di Belgravia, a cinque minuti a piedi da Dino's, il club privato di suo padre. A giudicare dal suo account Instagram, dove aveva ventimila follower, aveva come occupazione principale socializzare e fare selfie e, in più, ogni tanto faceva la modella. Magra e bionda, con lunghi capelli fini come quelli di un bambino, pelle di pesca e gambe da puledra, postava foto almeno due volte al giorno, in alcuni casi sfoggiando questo o quell'abito della sua cabina armadio, ma più spesso posando con amici in vari club e ristoranti alla moda. Passava inoltre un sacco di tempo da Dino's.

Avvicinarsi a lei per parlarle era difficile soprattutto per via del costante cordone di persone che la circondava. Cosima o era in casa e aveva intorno personale di servizio in divisa, o si divertiva con grandi gruppi di amici in posti per entrare nei quali occorreva essere membri o possedere un sacco di soldi. Quando viaggiava, lo faceva con Uber o con uno chauffeur che guidava una delle macchine di famiglia, per essere libera di bere. Diversamente da suo padre, la cui invariabile routine era di uscire di casa a mezzogiorno in punto e raggiungere in fretta Dino's, dove pranzava e si tratteneva fino alle prime ore del mattino, Cosima non andava da nessuna parte a piedi.

Dino Longcaster era un uomo alto e grosso, sempre impeccabilmente vestito, con la carnagione scura e vistose borse sotto gli occhi. Aveva una testa anormalmente grande e rotonda, simile a una palla di cannone, i capelli grigio scuro pettinati indietro e impomatati, e un'espressione di noia e disprezzo sempre dipinta in faccia. Sapendo quanto fosse stato prepotente con Rupert Fleetwood, Robin quasi si compiaceva di detestare un uomo che non conosceva personalmente, perché le pareva trasudasse arroganza da ogni poro, dalla conformazione della faccia al perfetto nodo mezzo Windsor della cravatta.

Passò le ore successive ad aspettare che uscisse Cosima, ma alla fine fu costretta ad andarsene senza averla vista, perché quella sera aveva appuntamento con Murphy.

Lui aveva prenotato un tavolo al Duke, il suo pub gourmet preferito, a Wanstead, il che significava, se non altro, che non le sarebbe toccato tornare a casa a cambiarsi d'abito. Si ritoccò il trucco in metropolitana e risalì in superficie nella gelida sera, guardandosi sempre alle spalle per controllare che nessuno la seguisse, come faceva ormai tutte le volte che si trovava da sola al buio.

Aveva fatto appena pochi passi quando le squillò il cellulare. Era di nuovo sua madre. Robin sospettava che le dovesse dare notizie che non l'avrebbero rallegrata.

«Ciao, mamma».

«Oh, Robin!» piagnucolò Linda.

«Che cos'è successo?» chiese lei, spaventata.

«Pensiamo che si siano separati. Martin e Carmen, intendo. Lui non ne vuole parlare, ma sono tre notti che dorme qui da noi».

«Santo cielo» fece Robin, continuando a guardarsi alle spalle, nella strada deserta. «Allora Carmen è da sola a casa con un bambino malato?»

«In realtà non è *malato*, ma sì, è da sola con lui. Non so cosa fare. Non mi è mai parso che le piacessimo troppo. L'ho chiamata nel pomeriggio per offrirle aiuto, ma non ha risposto».

Non c'era niente che Robin potesse dire o fare per porre rimedio alla situazione, ma ascoltò pazientemente finché un *bip* le annunciò che c'era un'altra telefonata in attesa.

«Mamma, mi dispiace moltissimo, ma ora ti devo lasciare. Ti chiamo domani».

«Robin Ellacott» disse, prendendo l'altra telefonata.

«Salve» fece una voce timida di ragazza. «Sono Zeta».

Per qualche istante Robin, che era stanchissima, non riuscì assolutamente a capire di chi si trattasse.

«Non... non capisco come abbia avuto il mio numero» proseguì la ragazza.

«Oh» disse Robin, capendo finalmente che Zeta era la ragazza con cui, secondo le voci, Tyler Powell si sarebbe comportato male, a Ironbridge. «Me lo ha dato la sua amica Chloe Griffiths».

«Ah, avrei voluto non lo avesse fatto» fu il commento.

«Io l'ho chiamata solo per un semplice controllo dei dati» spiegò Robin, cercando di suonare rassicurante. «Niente di quello che mi dirà sarà divulgato».

«Che cosa vuole sapere?» domandò trepidante Zeta.

«Chloe mi ha detto che lei ha avuto una brutta esperienza con Tyler».

«Non voglio che lo dica alla polizia!»

«Non glielo dirò» si affrettò ad assicurarle Robin.

«Perché non ho nessuna prova. Lui semplicemente direbbe che non è vero!»

«Capisco. Vorrei comunque sapere cos'è successo».

«Be', io ero ubriaca fradicia, al pub Jockey & Horse, e parlavo di Anne-Marie e Hugo e dell'incidente automobilistico. Lei ne è informata?»

«Sì» rispose Robin.

«Non voglio guai. Non voglio che Tyler torni e... e si vendichi o cose del genere».

«Stia tranquilla, non lo dirò alla polizia».

«Va bene. Tyler era presente e io non me n'ero accorta. Qualcuno deve avergli detto cosa stavo blaterando e lui mi si è avvicinato furibondo. Una settimana dopo, mentre di sera tornavo a casa a piedi per Wellsey Road, una macchina è salita sul marciapiede e ha cercato di investirmi. Mi ha mancato solo di pochi centimetri».

«Ha visto chi era al volante?»

«No, aveva messo gli abbaglianti».

«Ma pensa fosse Tyler?»

«Sì».

«Ha riconosciuto la sua macchina?»

«No, ma lui lavorava in un garage e poteva prendere in prestito qualsiasi auto».

«Ho capito» fece Robin. «Lei che cosa disse, mentre era ubriaca al pub, Zeta?»

«Quello che dicevano tutti. Tyler soleva vantarsi di sat... sabotare le macchine delle persone che non gli piacevano, nel garage dove lavorava. Lo sapevano tutti».

«Capisco».

«Non lo dica alla polizia» la pregò ancora una volta Zeta.
«No» disse Robin. «Lei ha...?»
«Allora arrivederci».
E Zeta chiuse la comunicazione.
All'improvviso, mentre camminava, Robin si sentì invadere da una grande stanchezza. Non ne poteva più di uomini prepotenti, crudeli, pervertiti, ma doveva mostrare a Murphy una faccia allegra al suo arrivo al pub, perché con quella cena avrebbero festeggiato l'offerta per la casa, che era stata accettata. Non era, infatti, colpa di Murphy se Tyler Powell aveva usato la sua abilità di guidatore per terrorizzare una giovane donna, o se Lord Oliver Branfoot e Dino Longcaster si divertivano a umiliare le persone meno ricche e influenti di loro, o se Craig Wheaton controllava tutte le e-mail e i messaggi della sua compagna. Non si poteva incolpare Murphy se Niall Semple aveva abbandonato la donna appena sposata poco tempo dopo che lei aveva abortito, se Jim Todd aveva stuprato una studentessa, se Larry McGee era così porno-dipendente da non poter fare a meno di guardare video in continuazione, anche sul lavoro, e se uno o più uomini non identificati stavano usando lo stupro che lei aveva subito in passato per intimidirla. Continuando a guardarsi alle spalle e toccando, per rassicurarsi, lo spray al peperoncino artigianale dentro la borsa, ricordò a se stessa che milioni di maschi, tra cui Murphy, suo padre e i suoi fratelli, non erano depravati, violenti e sadici, ma brave persone dall'animo buono. Il guaio era che le brave persone dall'animo buono non comparivano quasi mai nei casi di cronaca nera. Si rendeva conto che, a causa del proprio lavoro, rischiava di farsi un'idea distorta del mondo e pensò a quanto sarebbe stato bello prendersi una pausa, fuggire da quella Londra buia e terribilmente fredda e smettere di pensare agli aspetti più sordidi della vita umana. Ma non era ancora il momento, no. C'era ancora troppo da fare.

Quando entrò al pub, vide Murphy già seduto a un tavolo di legno con una pinta di birra davanti.
«Sei splendida» le disse.

« Bugiardo » fece lei, baciandolo. « Il mio aspetto è come il mio stato d'animo: distrutto ».

Essendo stata in piedi tutto il giorno, non le parve vero sedersi. Ordinò un bicchiere di vino nella speranza che, come le era successo col whisky la vigilia di Natale, le avrebbe fatto venire più voglia di festeggiare.

Dopo che ebbero brindato alla nuova casa e Robin ebbe bevuto un lungo sorso di vino, Murphy disse: « Senti, non voglio fare delle reprimende qui al pub, chiaro? »

Dio santo, che cosa c'è, adesso? pensò Robin.

« Perché non mi hai detto che avevano escluso che il cadavere nel caveau fosse quello di Jason Knowles? » chiese lui con tono pacato, ma sguardo scrutatore. « Tu lo sapevi, vero? »

« Sì, lo sapevo » ammise Robin, troppo stanca per mentire. Stavano per andare a vivere insieme e doveva essere franca con lui, almeno là dove la franchezza era praticabile. « Abbiamo saputo da Kim Cochran che la squadra investigativa aveva escluso che il corpo fosse di Knowles. Non te l'ho detto perché tu non volevi che indagassimo su quel cadavere e poi perché avevi detto che volevamo 'far fare brutta figura alla Met'. Così non me la sono sentita di parlartene ».

« Ho capito » fece Murphy. « Allora sai chi fosse, il morto nel caveau? »

« No » rispose lei con un lieve senso di colpa, perché sapeva di Dick de Lion e di Lord Oliver Branfoot.

« Me lo diresti se lo sapessi? »

« Oh, dài, Ryan, credi che nasconderei una notizia del genere alla polizia? »

« No, non credo la nasconderesti alla *polizia*, ma mi chiedo se la diresti a *me* ».

« Be', ma cer... »

« Perché so che mi sono comportato da stronzo al riguardo » la interruppe lui.

Robin gli prese la mano e gliela strinse.

« Ho capito che cosa provavi » disse. « So perché non volevi che ci intromettessimo. Il caso era molto delicato, l'ho intuito ».

Murphy prese un sorso di birra.
«Ho saputo che Strike ha informato la polizia di come il corpo di Knowles sia finito 'da Barnaby'».
«Sì» confermò Robin.
«Avete scoperto che cos'è questo Barnaby, se è un luogo o una persona?»
«No» rispose Robin, mentre le tornava improvvisamente in mente che non aveva ancora comprato i regali per i suoi nuovi nipoti.
«Chi è il contatto di Strike, che è a conoscenza di tante cose riservate?»
«Non potrei dirtelo neanche se volessi. Non conosco il suo vero nome».
«È chiaramente molto ben informato».
«Sì» riconobbe Robin.
«È un criminale, naturalmente».
«Sì» confermò lei, bevendo un altro sorso di vino e sempre tenendogli la mano.
«Bene, ho qualche informazione per te, se vuoi» disse Murphy. «A proposito di quella Peugeot, la macchina per la fuga».
«Dici sul serio?»
«Sì. La notizia sta per essere data ufficialmente, il primo passo della polizia nell'ammettere che Truman ha cannato. Ma tu la puoi avere in anticipo».
Robin gli lasciò andare la mano e tirò fuori il taccuino dalla borsa. Murphy rise.
«Perché ridi?» chiese lei.
«Ogni volta che senti odore di soffiata, fai quell'espressione!»
«Che espressione?»
«L'ho vista il giorno in cui ti accompagnai per la prima volta a casa, quando ti dissi che avevamo arrestato Philip Ormond. L'espressione di un cane che vede un coniglio. Concentrata. Intensa».
«Oh!» fece Robin.
«Mi piace» aggiunse Murphy.
Arrivò una cameriera a prendere le ordinazioni. Appena se ne fu andata, Murphy cominciò a darle le informazioni a bassa voce.

«La Peugeot è stata noleggiata a Reading, nel tardo pomeriggio di giovedì».

«Chi l'ha noleggiata?»

«Una giovane bionda».

«Una *bionda*?» si stupì Robin, pensando a Sofia Medina.

«Sì, perché?»

«Perché...» Stavano per andare a vivere insieme. Doveva essere franca con lui, ogniqualvolta era possibile esserlo. «C'è una ragazza di nome Sofia Medina, una studentessa spagnola, che riteniamo abbia avuto qualcosa a che fare con l'assassinio del caveau».

«Davvero?»

«Sì, ma aveva lunghi capelli neri». D'un tratto le tornò in mente un particolare: «Ah, però!»

«Però cosa?»

«Sofia, mi ha detto una testimone, aveva delle parrucche che metteva per i video su OnlyFans. Ma aspetta un attimo, la bionda e la bruna avevano le stesse misure?»

«Che cosa?» fece Murphy, comprensibilmente confuso.

«Intendo la stessa statura» disse Robin, pensando all'alta, scheletrica Sapphire Neagle, che era stata soprannominata 'Olivia' come la moglie di Braccio di Ferro.

«Non ne ho idea» rispose Murphy.

«Oh, lascia perdere. Continua il discorso della bionda».

«Presentò all'autonoleggio una patente falsa».

«Sai che nome c'era scritto sopra?»

«No. In ogni caso, la squadra ha dovuto analizzare centinaia e centinaia di ore di girato delle telecamere di sorveglianza per cercare di ricostruire ciò che aveva fatto il veicolo e non è stato facile, perché le targhe erano state cambiate e l'auto entrava e usciva da aree non sorvegliate da alcuna telecamera.

«La bionda è uscita dall'autonoleggio e ha preso l'M4 in direzione del villaggio di Whistley Green. Durante la notte è stata persa di vista. Venerdì, in tarda mattinata, è ricomparsa sulla M4 con targa falsa ed è arrivata a Dalston».

«Dalston» ripeté Robin, scrivendo appunti. «Era ancora da sola a quel punto?»

«Sì» rispose Murphy. «È scomparsa dalla sorveglianza delle telecamere a Dalston, ma la polizia è pressoché sicura che l'auto sia entrata nel circuito dei garage semiabbandonati che aspettano di essere demoliti. Poi passano ore, durante le quali la macchina non è registrata da nessuna parte, ma una telecamera riprende la bionda a piedi».

«Dov'era diretta?»

«È scesa nella stazione della metro di Dalston Junction. La polizia non ha ancora capito dove e quando è uscita dalla metropolitana, ma una ragazza dai lunghi capelli neri sale in superficie da Dalston Junction verso le sei del pomeriggio, con indosso abiti diversi».

«Ah» fece Robin, sempre continuando a scrivere.

«E guida la macchina fino a Newham».

Benché non lo desse a vedere, Robin provò un brivido. La squadra investigativa all'inizio non aveva creduto a Mandy, però a quel punto, evidentemente, aveva cambiato idea. A voce alta chiese: «È andata in St George's Avenue, a Newham?»

«Non lo so, può darsi. Poi è stata vista a Holborn, a tarda sera. La bionda è di nuovo al volante. Poco dopo le tre di notte, prende su un uomo che si trova all'estremo limite di Wild Court. La coppia si allontana passando per aree non sorvegliate da telecamere, ma viene inquadrata per breve tempo a Newham» e qui Robin fu sicura che la polizia avesse cambiato completamente idea riguardo alla versione di Mandy, «verso le cinque del mattino. Poi va a Orpington, direzione Petts Wood, dove viene di nuovo persa di vista, ma rimette la targa originale. L'auto riappare sulla M4, e la bionda la restituisce all'autonoleggio di Reading in buone condizioni. La donna risulta appena visibile all'obiettivo della telecamera di sorveglianza: è ai margini del campo visivo e dopo sale su una monovolume la cui targa non è visibile. La monovolume parte e se sanno cos'è successo dopo, il mio contatto non me l'ha detto».

«Di che marca era la monovolume?»

«Non lo so».

«Qualcuno ha perlustrato Petts Wood alla ricerca degli argenti?»

«È probabile, ma non ne sono sicuro».

«Il tuo contatto è la stessa donna con cui...?»

«Sì, la stessa con cui ho parlato in precedenza».

«Non ha cercato di sedurti in cambio delle informazioni?» chiese Robin, sapendo che gli avrebbe fatto piacere.

Lui sorrise. «In polizia non c'è nessuna che ti faccia concorrenza, credimi. L'unica cosa che è successa quella sera al pub è che ci siamo trovati lì e basta. Fine della storia».

Ricordandosi di Strike e Nina Lascelles, Robin bevve altro vino.

«Grazie, Ryan, ti sono davvero grata per le informazioni».

«Figurati» disse lui. «Allora, dovrebbero fare la perizia domani».

«La perizia?» chiese Robin senza capire. Poi fece mente locale: «Ah, sì, la perizia sulla casa, certo».

«Non vorrei che ci ritrovassimo con del legno marcio».

«La casa mi sembrava in ottime condizioni. Sono sicura che risulterà tutto a posto».

Parlarono della nuova abitazione finché non arrivò la roba da mangiare. A quel punto Murphy bevve un altro sorso di birra e abbassò di nuovo la voce.

«Senti, non occorre una risposta immediata, chiaro? Non c'è nessuna fretta, sto solo cercando di imparare dai miei errori».

«Quali errori?»

«Avrei dovuto parlare con Lizzie, prima che ci sposassimo. A proposito dei figli».

Robin avvertì un improvviso senso di vuoto allo stomaco.

«Intendo dire, visto che stiamo per andare a vivere insieme, voglio sapere cosa ne pensi» proseguì Murphy. «Dopo quello che è successo, intendo».

Robin ebbe all'improvviso la sgradevole sensazione che Ryan le avesse dato l'informazione sulla Peugeot solo perché fosse più disposta ad ascoltare quel discorso, solo perché, ricevendo notizie utili alla soluzione del caso, le venisse più voglia di parlare di ovuli congelati.

«Va bene» disse. «La risposta è che non lo so. È la verità. Non lo so».

Murphy la guardò in ansiosa attesa.

«Un tempo pensavo di volere dei bambini» continuò lei. «O forse pensavo semplicemente che li avrei avuti, non so. Poi ho trovato questo lavoro, che amo più di qualsiasi altra cosa, anche se non più di te» si affrettò ad aggiungere, perché doveva pur dirlo mentre stava seduta davanti all'uomo con cui sarebbe andata a vivere, no? «Ma non posso immaginare di fare un lavoro del genere e nel contempo crescere una famiglia, con tutte le ore di sorveglianza che si fanno e lo stress e... non dico il rischio, non vado certo in cerca del rischio» e qui pensò allo spray al peperoncino in borsa e al pugnale massonico nascosto nel cassetto dei calzini, «ma ammetto che sarei molto meno propensa ad affrontare dei pericoli se avessi dei figli. Forse verrà il momento in cui vorrò davvero averli, ma... ma non posso garantirtelo. Non posso prometterti che succederà, al momento non lo so. Se dunque la questione dei figli è un fattore cruciale...»

«Non lo è» disse Murphy. «Avrei solo voluto parlare di queste cose con Lizzie prima che ci sposassimo, perché io li volevo, ma non sapevo che lei non li volesse assolutamente».

Chiedendosi se Ryan avesse controllato quali probabilità c'erano di concepimento e nascita di un feto vitale con la fecondazione in vitro, Robin disse: «So che devo prendere una decisione in merito al congelamento degli ovuli, e so che il tempo non mi favorisce».

La sensazione di costrizione che aveva provato con l'ex marito nella casa del capitano di lungo corso a Deptford, una sensazione che credeva di essersi lasciata da un pezzo alle spalle, riaffiorò all'improvviso.

76

Come lo chiamerò, costui,
questo scarno straniero
dai colori scuri e dagli occhi svegli?

Matthew Arnold
The Strayed Reveller

Essendo arrivato al quarto pomeriggio senza sapere nulla dei risultati del test del DNA, Strike, tormentato dall'ansia, telefonò a Bijou mentre si dirigeva nella squallida strada di Holborn in cui lo scomparso Jim Todd, alias Todd Jameson, come aveva scoperto che si chiamava, era vissuto fino a tempi recentissimi.

«Non abbiamo ancora saputo niente» sibilò Bijou. «Ti avvertirò quando mi diranno qualcosa».

«Sei sicura che i campioni siano arrivati dove dovevano arrivare?»

«Sì, mi hanno mandato un'e-mail per dirmi che li avevano ricevuti».

«In alcuni di quei laboratori ti danno la risposta in due giorni» protestò lui.

«C'è stato il weekend» replicò Bijou con una mancanza di preoccupazione che Strike giudicò deplorevole. «Te l'ho detto, ti farò sapere appena mi daranno notizia».

Strike continuò a camminare. Era di umore nero e in più il tendine del ginocchio gli doleva sempre di più. Non solo stava sulle spine per i risultati del test, ma la relazione con Robin continuava a essere gelida. La sua ultima comunicazione era stata una lunga e-mail in cui gli aveva elencato i movimenti della Peugeot a noleggio che era stata utilizzata per la rapina e l'omicidio del caveau. Di quelle informazioni, diceva, era al corrente grazie a Murphy, e lasciava capire, in maniera passivo-aggressiva, che anche lui, Strike, avrebbe dovuto ringraziare il funzionario della CID per questo. Strike aveva risposto semplicemente 'molto interessante, parliamone'. Poi le aveva inviato un breve messaggio in cui diceva di volere mettere sotto sorveglianza Lord Oliver Branfoot per cercare di scoprire dove si trovava l'appartamento in cui venivano girati i video segreti. Robin non aveva risposto, forse perché, pensò Strike, gli rimproverava ancora di voler dimostrare il collegamento massonico tra Oliver Branfoot e Malcolm Truman.

Arrivò davanti all'affollato ristorante libanese sopra il quale abitava Todd e suonò tutti i campanelli che c'erano accanto alla sudicia porta verniciata di grigio, ma non ebbe risposta. Allora si piazzò in un androne dall'altra parte della strada e rimase a guardare e aspettare.

Il ristorante faceva anche servizio di takeaway, e, a giudicare dai cibi che la gente comprava e si portava via passando davanti a lui, doveva emanare un profumo appetitoso. Era sceso il crepuscolo quando, finalmente, un giovane basso, dalla pelle scura, con indosso una casacca bianca macchiata che faceva pensare lavorasse in una cucina, sbucò dall'angolo della strada e si avvicinò alla porta grigia. Strike attraversò immediatamente e lo raggiunse proprio nel momento in cui infilava la chiave.

«Buonasera» disse. «Per caso sa se Jim Todd è in casa?»

«Todd?» fece il giovane, battendo gli occhi stanchi e arrossati. Aveva folte sopracciglia nere e un lieve ma spiccato accento del Punjab. «Lo conosce?»

«Non molto bene».

«In quale appartamento abita?»

«È proprio quello che speravo di scoprire» disse Strike.

«È suo amico?»

«No» disse Strike. «Lo sto solo cercando».

«Le deve dei soldi?»

«No, perché?»

«A me deve dei soldi. Cinquanta sterline» rispose il giovane. «Glielo dica, quando lo trova».

«Gli ha prestato dei soldi, eh?»

«Glieli ho vinti».

Il ragazzo girò la chiave nella serratura, che era semi-arrugginita.

«In che modo glieli ha vinti?» chiese Strike.

«A poker» rispose lui, aprendo la porta.

«Lei è per caso uno degli uomini che giocarono a poker con Todd la notte tra il 17 e il 18 giugno dell'anno scorso?»

Stupito, il ragazzo si mise subito sulla difensiva.

«Sono un detective privato» spiegò Strike, tirando fuori il biglietto da visita. «Sto investigando su un delitto. Lei fu interrogato dalla polizia in merito a Todd, per confermare il suo alibi?»

«Sì» rispose.

«Fino a che ora rimaneste insieme?»

«Fino alle quattro. Lui voleva continuare a giocare, anche se non stava nemmeno vincendo».

«Quand'è che l'ha visto per l'ultima volta?»

«Non lo so, una settimana fa, forse. Come mai c'è tutta questa gente che lo cerca?»

«È venuto qualcun altro, a parte me e la polizia?» chiese Strike.

«Sì. È venuto un altro tizio a cercarlo».

«Quando?»

«Non so» fece lui, tenendosi sul vago. «Che sia stato mercoledì?»

«Bianco?»

«Sì».

«Capelli ricci?»

«Non lo so, aveva un cappello».

«Per caso portava occhiali da sole anche al chiuso?»

«Sì» rispose stupito il giovane, convinto chiaramente che Strike avesse indovinato a caso.

«Gli ha parlato?»

«Sì. Era fermo davanti alla porta di Todd, e bussava. Io, che stavo cercando di dormire, sono uscito e ho detto: 'Todd se n'è andato. Smettila, cazzo!' Lui ha chiesto: 'Dov'è andato?' E io: 'Non lo so, ma mi deve cinquanta sterline'. 'Scordatele' ha detto lui, e se n'è andato».

Strike tirò fuori il portafogli e gli allungò cinque biglietti da dieci sterline.

« Il suo aiuto mi può essere davvero prezioso » disse. « Si ricorda nient'altro dell'uomo che è venuto a cercarlo? Caratteristiche del volto, corporatura, vestiti, accento? »

Con gli occhi sulle sterline, il giovane disse: « Non era alto come lei ».

« Va bene. Nient'altro? »

« Quando se n'è andato, ho notato una cosa curiosa ».

« Zoppicava? »

« Un po' ».

« La stanza di Todd è ancora vuota? »

« No, l'ha presa un mio amico ».

« Al suo amico secca se do un'occhiata? »

« Posso chiederglielo ».

Condusse Strike nella tromba delle scale, che puzzava più di quella di Daz e Mandy a Newham. C'era anche un leggero sentore di urina vecchia. Sul soffitto tremolava una lampadina a fluorescenza.

Strike salì le scale aggrappandosi al corrimano, dietro il giovane aiuto cucina. Il palazzo era stato chiaramente modificato in maniera da accogliere più inquilini possibile, e Strike dubitava che le modifiche fossero state fatte con i debiti permessi. Arrivati al piano, si trovarono davanti una porta socchiusa che lasciava intravedere una doccia e altre quattro porte chiuse. L'aiuto cucina bussò alla seconda.

« Gagandeep! »

Dopo un minuto di conversazione tra i due in panjabi, un altro giovane dalla pelle scura aprì la sottile porta. Era alto e barbuto, anche lui con un'aria esausta, e indossava solo un paio di boxer. Comprensibilmente sospettoso, si rivolse all'amico e si mise di nuovo a parlargli velocemente in panjabi. Poi, finalmente, permise a Strike di entrare.

La stanza, la cui finestra impolverata dava direttamente sulla facciata di mattoni dell'edificio di fronte, era piccola e arredata con pochi, vecchi mobili da quattro soldi. Lo striminzito letto, pensò Strike, doveva essere stato molto scomodo per un uomo quasi sferico come Todd. L'intonaco dei muri era scrostato, dal soffitto pendeva una nuda lampadina e la moquette era tutta macchiata.

«Todd ha lasciato niente, qui?» domandò Strike.

«Sì» disse Gagandeep.

Andò all'armadio e lo aprì, mostrando come i suoi vestiti fossero in parte impilati sotto un numero insufficiente di grucce di metallo. Dopo avere rovistato per qualche secondo, tirò fuori un vecchio libro rilegato che porse a Strike. *Per averli in pugno: come vincere tanto e sempre*, si intitolava.

«Vorrei comprarglielo» disse Strike, tirando fuori altro contante dal portafogli da cui aveva preso le cinque banconote per il primo ragazzo del Punjab. «E se per caso vedete di nuovo l'uomo che bussava forte alla porta di Todd, chiamatemi» aggiunse, indicando il biglietto da visita in mano all'aiuto cucina. «Se mi saprete dare qualche dritta su di lui, ci saranno altri soldi per voi».

77

Credimi, una parola casuale
a un cuore saldo non cale
è solo di spillo puntura
se hai una radice sicura.

Robert Browning
A Lover's Quarrel

Per Robin, il giorno di San Valentino cominciò male. Murphy aveva passato la notte da lei e, oltre a una cartolina di auguri, le aveva comprato un cagnolino di peluche con un cuore in bocca, un'allusione alla precedente proposta che le aveva fatto di prenderle un cucciolo. Robin era scoppiata a ridere e l'aveva baciato.

«Lo puoi portare con te nel turno di sorveglianza o in qualunque cosa tu faccia stasera» le aveva detto lui. «Un giorno di San Valentino per procura».

Robin aveva deciso di ignorare la frecciata, che le faceva chiaramente capire come Murphy fosse ancora seccato che lei avesse da lavorare, quella sera, ma il senso di colpa e l'irritazione che quella frase le aveva suscitato l'accompagnava ancora nel pomeriggio del 14, mentre guardava la Signora Due-volte fare shopping di scarpe da sola. Quando le squillò il cellulare, fu sollevata di vedere il numero dell'ufficio anziché quello di Ryan.

«Ciao, Pat».

«Ha chiamato un uomo di nome Wynn Jones» disse la segretaria. «Amico di quel Tyler Powell».

«Ah, bene» fece Robin, che aveva telefonato alla fattoria dove lavorava Jones e aveva lasciato un messaggio in cui lo pregava di richiamarla. «Che cos'ha detto?»

«Che non vuole parlarti. Dice che sa chi ti ha assoldato».

«E chi sarebbe, secondo lui, questa persona?»

«'Quello stronzo di Faber Whitehead'» citò malvolentieri Pat.

«Il padre del ragazzo che ha sfasciato la macchina di Tyler» disse Robin. «Immagino tu non abbia salvato il numero di Jones» aggiunse speranzosa.

«Sì che l'ho salvato» disse Pat.

«Per favore, puoi mandarmelo?» chiese Robin mentre un *bip* le diceva che era in attesa un'altra telefonata.

«Va bene» fece Pat, chiudendo la comunicazione.

Robin controllò lo schermo del telefonino e quando vide che l'altra telefonata era di Murphy, ebbe uno strano presentimento negativo. In effetti, quando rispose, le prime parole di lui furono: «Quello stronzo del venditore ci ha tirato un merdosissimo bidone».

«Come sarebbe?»

«Qualche bastardo gli ha offerto cinquemila sterline in più della nostra cifra. Me l'ha appena comunicato l'agenzia».

«Oh merda» fece Robin.

Ma a scioccarla di più non fu tanto la notizia, quanto il profondo senso di sollievo che provò nell'udirla.

«Non mi sembri troppo dispiaciuta» sibilò lui.

«Certo che sono dispiaciuta, ma sono all'interno di Selfridges, Ryan, non posso scoppiare in lacrime senza attirare l'attenzione» sussurrò Robin, mentre la Signora Due-volte provava un paio di scarpe verde smeraldo con il tacco a spillo. «Che cosa consiglia l'agente immobiliare?»

«Di offrire di più, naturalmente».

«Eh, già. E tu, sei disposto a farlo o cerchiamo qualcos'altro?»

«Non ho nessuna voglia di passare altri dodici mesi così. Ho dovuto praticamente trascinarti a forza solo per farti vedere tre case di merda».

«Non è vero» disse Robin, stupita della sua improvvisa aggressività e sicura che cercasse il litigio per dare sfogo alla rabbia per il bidone tirato dal venditore. «Mi piaceva quella casa, sono stata io a dire di comprarla, ricordi?»

«Ma sei ben contenta di lasciarla perdere e continuare a cercare».

«Non sono *contenta*, mi chiedo solo se possiamo permetterci di aggiungere altre cinquemila sterline» disse Robin mentre la Signora Due-volte si guardava in uno specchio a figura intera.

«A che gioco vuoi giocare? Vuoi prendere una casa ancora più piccola?»

«Non sto giocando a nessun gioco. Vorrei solo evitare la bancarotta».

«Be', non è che tu debba mettere i soldi da parte per una macchina nuova, visto che Strike ti ha comprato una Land Rover».

«Non mi ha comprato una Land Rover, è una macchina di proprietà dell'agenzia di cui sono socia» replicò Robin, facendo un'estrema fatica a parlare a bassa voce, perché ormai il supremo sforzo che aveva fatto per non arrabbiarsi era decisamente fallito. «E se hai qualcosa da dire contro le case piccole, dillo e basta!»

«Io non ho niente da...»

«Ah no, non hai *niente* da dire contro le case piccole?» ribatté Robin con furia, a voce sempre meno bassa. «Prima affermi che non vuoi farmi pressione, poi mi rimproveri di non volere lo spazio per i bambini!»

«Te la sei messa in testa tu questa cosa, io non l'ho mai detta!»

«Non tentare di manipolarmi, Ryan, non sono una cretina. Ora devo andare».

E chiuse la comunicazione.

Pochi minuti dopo, Murphy la richiamò. Robin non rispose, perché era ancora angosciata e turbata non solo per quella nuova esplosione di rabbia da parte del suo uomo, ma anche per la sensazione di sollievo provata davanti alla notizia del bidone tirato dal venditore. Quel sollievo significava chiaramente che aveva represso e negato qualcosa fin dal momento in cui aveva accettato di andare a vivere con Ryan.

Per la seconda volta in pochi giorni, fantasticò di fuggire lontano, in un posto caldo e luminoso dove avesse modo di decidere che cosa voleva realmente. La distanza, si disse, le avrebbe permesso di vedere le cose in prospettiva: in un ambiente sconosciuto sarebbe riuscita ad astrarsi dalle convenzioni che imponevano di accettare certe cose perché 'bisognava', perché quando si diceva a una persona 'ti amo' si davano per scontati certi obblighi. Ricordò ancora una volta a se stessa quanto fosse stato buono e sensibile Murphy dopo la sua gravidanza ectopica e dopo il suo lungo confinamento a Chapman Farm, per non parlare di quanto fosse stato franco e onesto nella discussione sugli eventuali figli. Pensava – sapeva – di amarlo, ma quando le telefonò una terza volta, gli fece di nuovo rispondere dalla segreteria telefonica.

Alle quattro passò le consegne della sorveglianza della Signora Due-volte a Midge, poi si diresse al garage dov'era parcheggiata la Land Rover, perché doveva subentrare nel turno a Strike, che stava sorvegliando la casa di Carnival Street dove Plug junior era stato morsicato dal cane e dove, al momento, si trovava Plug senior. Aveva appena infilato la chiave nel cruscotto che le arrivò un messaggio di Murphy.

Visto che non rispondi alle mie telefonate, ti scrivo un messaggio. Non è così che volevo andasse il giorno di San Valentino. Speravo tu fossi delusa come me del bidone tiratoci dal venditore, ma non sembravi affatto delusa, tutto qui. Ho espresso la mia contrarietà verso le case troppo piccole perché tutti e due amiamo avere spazio. La storia dei figli non c'entrava niente.

Bugiardo, pensò Robin, e rispose:

Tu hai detto 'a che gioco vuoi giocare'. In che senso? Non mi è piaciuta per niente la tua

osservazione sulla macchina: pensavo semmai che saresti stato contento che non fossi costretta a spendere migliaia di sterline mie proprio nel momento in cui cerchiamo di comprare casa insieme, ma tu non ti lasci mai sfuggire l'occasione di trascinare Strike in una discussione.

Il cellulare le ronzò molte altre volte mentre si dirigeva con la Land Rover a Haringey, ma ignorò i nuovi messaggi. Sentiva in petto tutto il peso dell'ansia e della paura, anche se non sapeva dirsi bene di che cosa avesse paura. Di essere sincera con se stessa? Di essere sincera con Murphy? Delle conseguenze che sarebbero seguite se avesse espresso anche solo vagamente qualche riserva riguardo alla decisione di andare a vivere insieme? Perché si era lasciata trascinare in quella situazione? Non aveva imparato niente dalla catastrofe del suo breve matrimonio? Non aveva imparato che conveniva ascoltare i propri dubbi?

Però la situazione attuale non era la stessa, pensò: *Ryan* non era *Matthew.*

Un lato di Carnival Street era costituito da una fila di fatiscenti villette a schiera, mentre l'intero lato opposto era occupato da un cantiere di demolizione. Arrivando, Robin vide la BMW di Strike parcheggiata poco più avanti. Immaginando che ripartisse subito, ora che l'aveva vista arrivare, parcheggiò, tirò fuori il cellulare e vide alcuni messaggi di sua madre.

Martin e Carmen sono tornati insieme. xxx

Ottimo, scrisse Robin, prima di leggere gli ultimi messaggi di Ryan.

Non colgo ogni occasione per trascinare Strike in una discussione, perché so cosa succede quando lo nomino: tu ti incazzi come una belva.

Il messaggio successivo diceva:

Volevo che avessimo una casa in cui poter vivere per molti anni, non un posto in cui dopo pochi mesi ci si sentisse soffocare. Ho l'impressione che tu voglia rendere la situazione il più temporanea possibile, come fossimo studenti che potrebbero doversi trasferire nel giro di un anno. E non credo sia un delitto volere delle stanze degli ospiti.

L'ultimo diceva:

Solo perché l'altra sera volevo una franca discussione sull'argomento, ti sei tanto arrabbiata per la faccenda dei figli. Io non ti faccio pressioni, ma non intendo nemmeno scusarmi per il fatto di desiderarli, questi figli. L'unica cosa che voglio è un rapporto franco da ambo le parti.

La portiera dalla parte del passeggero si aprì e Robin trasalì, mettendo subito mano alla borsa dove teneva il peperoncino. Poi si accorse che era Strike e che stava salendo in macchina.

«Ho due o tre cose da dirti».

«Va bene» disse Robin, deponendo il cellulare e cercando di fare mente locale.

«Un'ora fa l'amico di Ipswich di Plug, che è stato condannato per maltrattamento di animali, si è diretto alla rimessa con una bestia nel retro del furgone, un cane che, come ha detto Barclay, 'sembra una cazzo di tigre'. A quanto pare, da allora parecchi altri uomini sono andati nella rimessa, tutti con furgoni. Ma parlando d'altro... cazzo!»

Plug e un amico erano appena usciti dal capannone, trascinando un cane gigantesco che a Robin sembrò Cerbero davanti alle porte dell'inferno: era un incrocio tra un rottweiler e un gigantesco bulldog, nero come la pece e molto muscoloso, e ringhiava da dietro la museruola. Ci volle la forza di entrambi gli uomini per costringerlo a salire sul retro del furgone di Plug.

«Non scendi?» chiese Robin, mettendo in moto.

«No, vengo anch'io» disse Strike, allacciandosi la cintura.

78

Altri oltre a me, se devo dire il vero,
han sopportato sudando caldo e freddo,
nei loro lombi con il ghiaccio e il fuoco
la paura combatteva il desiderio.

A.E. Housman
XXX, Un ragazzo dello Shropshire

« Cazzo, è proprio tipico che tutto questo succeda la notte in cui li sorveglia Barclay » disse Strike, tirando fuori di tasca il cellulare. « Bisogna che se ne vada immediatamente. Con tutta probabilità lì c'è la gente che lo trascinò giù dal tetto ».

Chiamò Barclay e gli disse che lui e Robin stavano arrivando e che lui doveva fuggire subito, prima che lo avvistassero.

« Strano scegliere proprio la sera di San Valentino per un combattimento di cani » commentò Robin appena Strike ebbe chiuso la comunicazione.

« Credo che non abbiamo davanti degli inguaribili romantici ».

« Se non altro non si è portato dietro il figlio » disse Robin. « Dio santo, mi fa pena, quel ragazzo ».

« Già, non penso sia molto divertente avere per padre uno come Plug. Hai letto la mia e-mail sul tizio con gli occhiali da sole che dopo la sparizione di Todd è andato a bussare alla sua porta? »

« Sì, ho letto tutte le tue e-mail » rispose Robin con un tono più aggressivo di quanto non intendesse.

« Qualche problema, Robin? »

« Nessuno » si affrettò a dire lei. L'ultima cosa che voleva, in quel momento, era di discutere del suo umore. « Poco fa hai detto 'parlando d'altro'. A che cosa ti riferivi? »

« Ah, sì. Credo di avere identificato Danny de Lion ».

«Stai scherzando?»

«No. Non so ancora se è vivo o morto, ma risultano notizie di lui a Sark, che corrispondono perfettamente a quelle dateci da Fay: è un'isola piccola dove non circolano macchine, solo carretti trainati da trattori o cavalli. Se è la persona giusta quella che ho individuato, si chiama in realtà de Leon, non de Lion, ha l'età che corrisponde e ci sono un paio di foto online in cui è senza dubbio somigliante al nostro, prima che si tingesse i capelli e la pelle. Ha ancora una madre e un fratello sull'isola. Sai com'è la bandiera di Sark?»

«No» disse Robin.

«La croce di San Giorgio con due leoni passanti nel quadrante in alto a sinistra».

«Dio santo!» esclamò Robin. Il fatto che l'agenzia stesse dimostrando che Malcolm Truman aveva tramato per nascondere la verità sull'omicidio di William Wright non avrebbe certo allentato la tensione nella sua relazione con Murphy, anche se al momento era così arrabbiata con lui che la notizia senza dubbio la turbava meno di quanto avrebbe fatto prima che lui le telefonasse per dirle del bidone tirato dal venditore.

«A quanto risulta dalla mia ricerca su internet, la madre e il fratello non hanno un telefono fisso oppure non sono in elenco» continuò Strike, «ma Sark è così piccola che sto pensando di andarci e bussare alla loro porta. Non farò pagare la trasferta a Decima» si affrettò ad aggiungere prima che Robin protestasse, «ma pagherò di tasca mia. Sai, ho preso dei soldi dalla vendita della casa di Ted e Joan».

«Pensi che Wright fosse de Leon, vero?»

«Non sono ancora pronto a scommetterci, ma è l'unico per il quale riesco a imbastire una storia coerente: era un ricattatore ed è stato eliminato nel caveau perché questo ha dato a Branfoot il massimo controllo sull'inchiesta. Tuttavia siamo ben lungi dall'averlo dimostrato, ed è per questo che vorrei andare a Sark. Se la famiglia di de Leon ha avuto contatti con lui anche dopo il 17 giugno dell'anno scorso, possiamo escluderlo dalla rosa dei candidati. Se non ha avuto più sue notizie, andrò dal partner di Fyola e cercherò di spaventarlo al punto da costringerlo a dirmi dov'è che Branfoot gira i suoi filmini segreti. Trovare l'indirizzo dell'appartamento dove tiene la telecamera e il falso specchio è l'unica cosa che può davvero fare paura ai suoi scagnozzi».

A Robin squillò il cellulare, che si collegò subito al Bluetooth, rivelando il nome di Murphy.

«Ignora» disse lei, mentre il telefonino continuava a suonare. «Quindi tendi a escludere Semple e Powell?»

«Non ancora» rispose Strike, molto più interessato al fatto che lei avesse ignorato la telefonata di Murphy il giorno di San Valentino di quanto non lo fosse a Niall Semple o Tyler Powell. «Devo però ammettere che, da quando ho incontrato Hardy, ho ripreso un po' in considerazione l'ipotesi Semple».

«In che senso?»

«Mi ha suggestionato vedere Freemasons' Hall e ascoltare Hardy. Forse ho proiettato troppo la mia esperienza personale su Semple».

La telefonata di Murphy cessò. Il successivo silenzio apparve particolarmente greve.

«In che senso hai proiettato la tua esperienza su di lui?» chiese Robin.

«Siccome la religione e il misticismo mi sembrano sciocchezze, ho ritenuto molto più probabile che un ex membro della SAS tentasse di tornare in servizio attivo per conto proprio che attraverso riti e miti massonici. D'altra parte la lesione al cervello ce l'aveva davvero e la faccenda del ponte che non riusciva ad attraversare mi ha fatto un certo effetto, così ho scaricato un libro, *A Bridge to Light*, di cui mi ha parlato Hardy. È un'introduzione ai gradi massonici».

Strike aprì Kindle sul suo cellulare per guardare i brani che aveva evidenziato la sera prima.

«Hardy mi ha detto che c'è un ponte, nella cerimonia di iniziazione al quindicesimo grado con cui si diventa Cavalieri d'Oriente. Jade Semple ricorda che il grado che aveva raggiunto Niall era 'cavaliere di qualcosa'. Durante l'iniziazione, il candidato deve attraversare un ponte su un fiume 'in cui galleggiano corpi, teste e altre membra'. Il candidato alla fine raggiunge la 'sala del tesoro di re Ciro, che contiene i sacri tesori... l'Arca dell'Alleanza, i candelieri d'oro, l'altare e i vascelli d'oro e d'argento'.

« Suppongo che Semple si sia trovato in una situazione con una sola via d'uscita e sia stato costretto a scegliere tra la guerra e la massoneria, ma quello lì » e indicò l'ebook sullo schermo del telefonino « è zeppo di riferimenti alla militanza spirituale. Di fatto, quando uno arriva a essere 'Sublime Principe del Real Segreto', diventa 'soldato di Dio in lotta contro il fanatismo, l'intolleranza, l'integralismo e tutti i mali che hanno fatto della terra un inferno'. Il che non è troppo distante da questi versi:

Siamo i Pellegrini, maestro, pronti
ad andar sempre più avanti nel cammino,
dopo gli ultimi azzurri innevati monti
oltre il mare mugghiante, o divino.

« Di chi sono? » domandò Robin.

« Di James Elroy Flecker » rispose Strike. « È una poesia che è stata adottata dalla SAS come dichiarazione di intenti. È riportata in una targa nella mensa della base di Hereford e anche sulla torre dell'orologio dove sono incisi i nomi degli uomini rimasti uccisi in servizio. Un povero bastardo sopravvisse alle operazioni del suo commando, poi rimase ucciso in un attacco mordi-e-fuggi in America ».

« Sei stato all'interno della base della SAS? » domandò Robin con una certa curiosità.

« Una sola volta, nell'ambito di un'indagine del SIB. Devo dire che il loro bottino non aveva nulla da invidiare a quello di Kenneth Ramsay ».

« Che cosa intendi dire? »

« Hanno intere vetrinette piene di argenti, e diciamo che alcuni souvenir preziosi un tempo appartenuti a dittatori sono finiti nelle tasche della SAS mentre avveniva la capitolazione. In una teca sulla parete c'è la pistola personale di Uday Hussein, il figlio di Saddam. L'hanno sfilata dal cadavere. La tacita intesa, riguardo agli oggetti ricordo, è 'se li vuoi, vieni a prenderli'. Credo che nessuno abbia voglia di provarci.

«Il motivo per cui dubito molto che Wright fosse Semple, però, è che non capisco perché mai qualcuno avrebbe dovuto volerlo eliminare. Assassinarlo nottetempo nel caveau di un negozio di argenti senza rivendicare la propria responsabilità non mi sembra molto nello stile dello Stato islamico.

«Nel caso di Tyler Powell è vero il contrario. Abbiamo un chiaro motivo di vendetta, perché molti hanno ritenuto fosse responsabile della morte di due persone, ma torniamo alla domanda: perché ucciderlo nel caveau? È un caso opposto a quello di Semple: un sistema assurdo. Perché ricorrere a tutti quegli inganni, che comportano anche il rischio di fallimento, solo per farlo andare in incognito in un negozio di argenti e ucciderlo nel posto più scomodo del mondo?»

«Specie quando avrebbero potuto farlo fuori con una nocciolina» aggiunse Robin, e Strike rise. «E cosa pensi di Fleetwood?»

«A me personalmente sembra, come Powell, molto improbabile, ma non l'ho dimenticato. Stasera Kim sorveglia di nuovo Albie. Trovare Tish Benton sarebbe d'aiuto».

Seguì un altro silenzio, che Robin a un certo punto si sentì in dovere di rompere.

«Pat ha fatto nessun progresso con Hussein Mohamed?»

«Sì, tre di loro vivono nell'area di Forest Gate. Credo che alla fine si dovrà tornare ai vecchi metodi di girare in lungo e in largo e bussare alle porte».

«Credo stia andando a Ipswich» disse Robin mentre seguivano il furgone di Plug sull'M11.

«Ho guardato l'agenda del poker di Todd, quella che si è lasciato dietro e ci sono degli interessanti appunti a matita a margine delle pagine».

«Perché, cosa dicono?»

«Non è tanto quello che ha scritto, che sono solo piccoli brani di sapienza pokeristica, quanto il modo in cui l'ha scritto. È molto probabile che Todd sia dislessico. Scrive parole completamente destrutturate anche quando ha, a guidarlo, un testo che mostra la grafia corretta».

Per uno o due secondi, Robin non capì perché quel particolare fosse così interessante, poi di colpo comprese.

«Ah!» esclamò. «Pensi al curriculum di William Wright?»

«Proprio così. Pieno di errori di ortografia, ha detto Pamela».

«Credi sia stato Todd a scriverlo?»

«Mi pare assai probabile. Todd sapeva esattamente quello che cercava Kenneth Ramsay e avrebbe potuto impostare il curriculum in maniera che corrispondesse esattamente alle sue esigenze: il jujitsu, il precedente lavoro da un antiquario e così via. Poi qualcuno ha aiutato Wright a imparare sull'argento nozioni sufficienti a fargli superare il colloquio. Todd ha lavorato per due anni da Ramsay Silver, prima che comparisse Wright, e immagino che chiunque fosse in contatto prolungato con Kenneth Ramsay avrebbe finito per sapere più di quanto desiderasse, sugli argenti massonici».

«Credi sia stato Todd a infilare l'indirizzo di posta elettronica di Wright nella lista dei candidati?»

«Sì. Poi si è spaventato quando ha sentito Pamela dire che non le piaceva il curriculum e ha aggiunto il nome di Wright all'elenco dei papabili senza che lei se ne accorgesse. Non credo a quello che ha raccontato quando gli ho parlato, ossia che non sapeva entrare nel computer. Credo che abbia aiutato Wright ad avere quel lavoro e credo che sapesse *esattamente* cosa sarebbe successo da Ramsay Silver la notte del 17 giugno, e che sia per questo che insistette a giocare a poker fino alle quattro del mattino, per assicurarsi di avere un alibi a prova di bomba.

«In ogni caso, sto tentando al momento di rintracciare la madre ex prostituta di Todd per vedere se sa dov'è il figlio. A proposito, hai visto che Patterson è stato condannato?»

«Sì, a due anni» disse Robin.

«Cazzo, troppo poco secondo me» disse Strike. Sentendo che lei non commentava, aggiunse: «Ho letto che c'è una richiesta ufficiale di informazioni sulla Peugeot metallizzata».

«Sì» confermò Robin, che quella mattina aveva visto immagini sfocate dell'auto online. Nonostante il nuovo appello, non risultava da nessuna parte che la polizia avesse fatto marcia indietro riguardo all'identificazione di Wright con Jason Knowles.

«Se era Medina a impersonare sia la bionda sia la bruna, non capisco perché non abbia tenuto la parrucca per tutto il tempo» osservò Strike.

«Immagino che una parrucca faccia molto caldo e prurito, dati i folti capelli veri che aveva» disse Robin.

«O forse la bionda doveva fare una parte del lavoro e la bruna l'altra, e nessuno doveva collegare le due» rifletté Strike.

Il sole era al tramonto e Plug aveva acceso i fanali del furgone quando a Strike arrivò un *bip* sul cellulare che teneva ancora in mano. Con la coda dell'occhio, Robin vide il suo socio leggere il messaggio e rimanere immobile come una statua per una trentina di secondi. Girandosi un attimo a guardarlo, le parve che avesse un'aria turbata.

«Che cos'è successo?»

«Io... niente» rispose lui.

«Non ci credo. Cos'è, altra fuffa di Culpepper?»

«No, è che...»

A Strike, stordito dal sollievo, non venne in mente altro da dire che la verità.

«Ho appena saputo di non essere padre».

«Che cosa?» fece lei, con un filo di voce.

«Non volevo dirtelo...»

Frastornato per lo scioglimento della tensione, Strike sentì la bocca muoversi in maniera indipendente dal cervello. Aveva provato quella sensazione solo un paio di volte nella vita: quando era arrivato, in mezzo alla campagna allagata, nella vecchia casa di St Mawes appena in tempo per raggiungere il letto di morte di sua zia, e quando aveva trovato Charlotte viva, in ospedale, quarantott'ore dopo avere rinvenuto a casa sua il vestito della festa fatto a brandelli.

«Non volevo dirtelo finché non fossi stato sicuro».

«Sicuro di che?»

«Bijou Watkins ha partorito prematuramente la figlia di Honbold, e lui ha pensato che la bambina fosse stata concepita prima e potesse essere mia. Mi sono sottoposto al test del DNA, e Bijou mi ha appena inviato i risultati. Cazzo di una minchia, non ho niente a che vedere con la sua gravidanza, ma lei l'ha sempre saputo, per cui immagino che i risultati non le abbiano fatto né caldo né freddo».

Buttò un'occhiata di traverso a Robin, che continuava a guidare con gli occhi fissi sui fanali di coda del furgone di Plug.

«So che avrei dovuto dirtelo ma, dopo tutta la merda che mi ha riversato addosso Culpepper, volevo sapere con assoluta certezza come stavano le cose» concluse.

Indipendentemente dalla sua volontà, Robin sentì allentarsi la morsa della rabbia e dell'angoscia che le aveva serrato il cuore da quando Ilsa le aveva parlato della bambina di Bijou.

«Quando hai fatto il test?»

«Giovedì. L'ho incontrata al Savoy. Un tampone buccale. Gliel'ho consegnato e spero ardentemente di non rivederla mai più».

Si girò un attimo a guardare il profilo di Robin.

«Puoi dirlo».

«Che cosa?»

«Che sono uno stupido, incosciente stronzo che se lo sarebbe meritato, se il risultato del test fosse stato positivo».

«Non intendevo dir...»

«Lo dico io, allora. Sono uno stupido, incosciente stronzo e avrei meritato di...»

«Gli incidenti capitano» lo interruppe Robin, desiderosa di sapere fino a che punto Strike si sarebbe confidato.

«Non sarebbe stato un incidente, non da parte sua. Ilsa mi ha detto che Bijou è solita cercare nei bidoni della spazzatura profilattici usati». Si passò una mano tra i capelli e si guardò intorno. «Cazzo, perché non abbiamo a bordo un po' d'alcol? Dovremmo tenere una bottiglia a portata di mano».

«Per festeggiare ogni volta che scopri di non essere padre?»

«Non ci sarà un'altra volta, te lo prometto» disse Strike. «Niente più donne che sono mine vaganti. Non posso giustificare in alcun modo il fatto di non avere sentito la puzza di guai quando ce l'avevo sotto il naso. Avevo sedici anni di maledetta esperienza, al riguardo».

«Allora perché ti sei fatto incantare dalla mina vagante?»

«Perché a volte» disse Strike abbandonando ogni cautela, «se non puoi avere quello che vuoi, ti accontenti di quel che passa il convento».

Confusa e trepidante, Robin si chiese che cosa intendesse dire. Chi o che cosa voleva, Strike? C'era un'ennesima donna di cui lei non sapeva niente, a cui aspirava? Alludeva forse alla defunta Charlotte, ormai al di là di ogni speranza di correzione o ricongiungimento? O alludeva a lei? Ma non se la sentì di chiederglielo. Aveva paura di fare un passo che poteva darle informazioni le cui conseguenze sarebbero state ben più importanti di quanto non fosse, per lei e Murphy, decidere se fare un'offerta per la casa superiore a quella dei loro sfidanti.

Accanto a lei, Strike pensava: *chiedimelo. Chiedimi che cosa intendo dire e io, cazzo, te lo dirò. Chiedimelo.*

Ma né l'uno né l'altro parlò, e continuarono a procedere in silenzio sull'autostrada.

79

Nel regno di Ade discese
per portare alla luce del sole
il cane tricefalo dell'Inferno.
Robert Browning
Herakles

Più di un'ora dopo, il furgone bianco di Plug mise la freccia a sinistra e svoltò nella strada che conduceva alla rimessa all'interno della discarica a nord di Ipswich.

« Qual è il piano? » chiese Robin, scrutando nel buio pesto dov'erano visibili solo le luci posteriori della macchina di Plug.

« Nella remota ipotesi fosse possibile, cercare di accedere all'area recintata fingendo di avere a nostra volta un cane pericoloso a bordo » disse Strike. « È in casi come questi che una Land Rover fa comodo ».

« Merda. Va bene, ma non credo proprio funzionerà, Strike » disse Robin. « Avranno un elenco di nomi, no? »

In fondo alla strada sterrata che conduceva alla rimessa, videro comparire un uomo barbuto con in mano una torcia elettrica. Plug tirò giù il finestrino e scambiò poche parole con la sentinella, che gli fece segno di passare. Robin guardò nello specchietto retrovisore e vide avvicinarsi un altro furgone di un colore che sembrava blu.

« Vale la pena tentare » disse Strike. « Tu continua ad andare ».

L'uomo barbuto e tarchiato stava guardando il furgone blu al di là dalla Land Rover. Sorrise, salutò con la mano, fece cenno distrattamente alla Land Rover di procedere e la superò, presumibilmente per parlare con l'amico al volante del furgone.

« Bravissima » disse Strike a Robin, che accelerò lungo la strada.

Mentre si avvicinavano a un appezzamento accidentato su cui erano parcheggiati molti furgoni e auto, grida maschili lontane diventarono sempre più forti. Sulla sinistra videro una folla di uomini in controluce, che circondavano qualcosa che non si vedeva e che era illuminato dai fanali di tre furgoni parcheggiati.

Robin parcheggiò. A una ventina di metri di distanza, Plug era sceso dal suo furgone e si distingueva appena, al buio. Intorno c'erano capannoni e recinti di filo metallico dietro a cui si agitavano e abbaiavano cani giganteschi.

«Dopo che sono sceso, gira la macchina con il muso verso l'uscita» disse Strike.

«Come sarebbe a dire 'dopo che sono sceso'? Possiamo filmare da qui» replicò Robin, cui non piacevano per niente né l'aspetto dei partecipanti né i ringhi, i guaiti e gli ululati che provenivano non solo dall'arena, ma anche dai veicoli radunati lì intorno.

«Se riesco a riprendere delle facce, ci potrà essere un processo, ma voglio che la macchina sia rivolta verso la strada nel caso ci tocchi scappare in gran fretta. Resta qui e chiudi con la sicura le portiere».

Prima che Robin potesse protestare, Strike scese dall'auto. Lei lo guardò incamminarsi verso la folla e avanzare con cautela nel terreno accidentato. A quanto poteva vedere, era l'unica donna presente.

Girò la Land Rover in maniera che avesse il muso rivolto verso l'uscita e solo allora si ricordò di avere ricevuto un messaggio da Murphy mentre guidava. Tirò fuori il cellulare e lesse:

Un gran bel giorno di San Valentino del cazzo.

«E di chi è la colpa?» sibilò arrabbiata, buttando nella borsa il telefonino e allungando il collo per scrutare la folla di uomini a cui adesso si era unito Strike.

Data la sua altezza, Strike non fece fatica a vedere che cosa stava succedendo al centro della folla schiamazzante. Due enormi cani, uno grigio, l'altro pezzato, entrambi con le zampe arcuate e il naso schiacciato, si rotolavano ringhiando e sanguinando in terra, avvinghiati l'uno all'altro. Molti spettatori filmavano. Strike tirò fuori il cellulare e si mise a registrare.

La visibilità era scarsa, perché i fanali erano posizionati in maniera da illuminare i cani, non gli uomini, ma a Strike parve di riconoscere in una faccia in ombra l'amico di Plug visto in metro, quello che teneva il libro mastro a Ipswich, e vide che stava prendendo contanti da una coppia di ritardatari. Cambiando posizione, isolò il bersaglio e con lo zoom inquadrò Plug, che in quel momento applaudiva e dava pugni nell'aria incitando i cani a combattere. Strike scorse tra la folla due gruppi di uomini che facevano fatica a controllare la coppia di cani che doveva affrontare il combattimento successivo. I cani avevano entrambi la museruola ed era quasi impossibile trattenerli.

Al centro del ring, il cane grigio, con il muso lacerato, aveva afferrato il cane pezzato per il collo. Mentre Strike guardava, l'animale pezzato cominciò a perdere sempre più sangue e vitalità, e quando dalla giugulare gli uscì un fiotto copioso, le zampe gli tremarono e alla fine cedettero. Un uomo dalla testa rasata entrò nel ring e, allargando con forza le braccia in un gesto da arbitro di boxe, decretò la fine dell'incontro. Metà folla, incluso Plug, ruggì per l'esultanza, mentre l'altra metà esplose in un coro di fischi. Il proprietario del cane grigio e altri due uomini corsero nell'arena e staccarono le fauci dell'animale dal cadavere. Poi, con una certa difficoltà, gli misero la museruola e la pesante catena che fungeva da guinzaglio e lo tirarono fuori da quel ring di fortuna.

Strike continuò a filmare il cane morto che veniva trascinato via da altri due uomini. Plug aveva intorno degli amici con cui stava scherzando. Uno dei proprietari dei due cani che si accingevano a combattere diede dei calci nelle costole al suo animale e rise vedendo quanto quel trattamento lo facesse arrabbiare.

«Tu chi sei?» chiese una voce vicino a Strike.

«E a te che cazzo frega?» rispose Strike con studiata aggressività, guardando dall'alto in basso un uomo dalle spalle larghe e dai molti tatuaggi e piercing facciali.

Ma pensò fosse tempo di andarsene. Si rimise in tasca il cellulare e tornò indietro, cercando con gli occhi, nel buio terreno accidentato, i contorni della Land Rover.

«Ehi, tu!»

Strike accelerò quanto poteva, sempre stando attento a non inciampare in un posto del genere dove aveva per giunta dei cani feroci alle spalle. Udì altre grida confuse, poi un urlo:

«*Prendetegli quel cazzo di cellulare!*»

Robin lo vide, in controluce, avanzare più in fretta che poteva sul terreno accidentato. Spalancò subito la portiera, ma mentre lo faceva vide, illuminata dalle torce di un gruppo di inseguitori, una gigantesca creatura simile a un bulldog che era stata liberata e, senza museruola, si stava lanciando dritta contro Strike.

«Forza, Lennon!» gridò uno degli inseguitori aizzando il cane, e Robin capì che l'ormai barcollante Strike non avrebbe mai raggiunto la macchina prima che il cane raggiungesse lui. Allora infilò la mano nella borsa, ma non fu abbastanza veloce: il cane spiccò un balzo, colpì Strike alle ginocchia, facendolo cadere, e gli affondò i denti nella coscia.

«CAZZO!»

Robin scese dall'auto mentre le figure indistinte degli inseguitori si avvicinavano sempre di più, puntò lo spray al peperoncino contro il cane che aveva azzannato Strike a glielo spruzzò negli occhi a distanza ravvicinata. Con un guaito rabbioso, il cane, semiaccecato, mollò la presa.

«SALI, SALI!» gridò Robin, tuttavia Strike non era solo stato morsicato, ma si era anche preso una buona parte del peperoncino in faccia, con il risultato che non vedeva niente. Brancolando alla cieca in direzione del posto in cui pensava fosse la macchina, riuscì a raggiungerla e a salire. In terra, il cane mostruoso ululava e si toccava disperatamente il muso con le zampe, ma a quel punto la minaccia più grande non era più rappresentata da lui, bensì dal gruppo di uomini a pochi metri di distanza. Trattenendo il fiato e chiudendo gli occhi, Robin lasciò andare dallo spruzzatore una nuvola di peperoncino, poi saltò sulla Land Rover e chiuse la portiera, mentre l'inseguitore più vicino cacciava un urlo di dolore e si portava le mani agli occhi, investito dall'intruglio venefico.

Molti uomini picchiarono i pugni sulla macchina, ma Robin aveva già messo in moto. Abbassò il pedale a tavoletta e la Land Rover partì come una saetta sulla strada sterrata, lasciandosi dietro un gruppo di energumeni che tossivano e ansimavano.

80

Il mondo per essi è realtà amara e nera,
loro destino piangere e sospirare.
Ah, conservino fiducia sincera,
ché l'un senza l'altra non può durare.

Matthew Arnold
Euphrosyne

« Cristo, cosa c'era in quella bottiglia? » disse Strike, che non aveva messo la cintura di sicurezza perché non vedeva niente e aveva gli occhi che non smettevano di lacrimare.

« Spray al peperoncino, scusami tanto, ma era l'unico modo per cavarsela ».

Robin si immise nella strada asfaltata a gran velocità, poi buttò un'occhiata a Strike, che nel sedile passeggeri si premeva una mano contro l'interno della coscia. Il sangue gli fluiva tra le dita.

« Oddio, Strike, hai bisogno del pronto soccorso? »

« No, sto bene ».

« Nel vano portaoggetti ci sono i fazzolettini di carta ».

Con gli occhi gonfi che gli bruciavano, Strike cercò tastoni il pomolo.

« Dobbiamo andare all'ospedale » disse Robin, guardandogli il cavallo dei pantaloni macchiato di sangue.

« No » replicò lui a denti stretti, premendosi contro la parte interna della coscia un tampone fatto di vari fazzoletti di carta. « Lo sai che se quello stronzo di cane fosse stato solo di due centimetri più alto, non avrei dovuto mai più preoccuparmi di essere il padre di questo o quel bambino? Per poco non mi ha staccato tutt'e due le palle ».

Infilò la mano libera in tasca e sentì con sollievo che il telefonino era ancora lì. Se l'avesse lasciato cadere, avrebbe perso la vista per niente.

«Mi dispiace, mi dispiace tanto, ma era l'unico modo per scollarti di dosso quel cane» ripeté Robin, reprimendo l'impulso isterico di ridere.

«Lo so, ma ti sarò più grato quando sarò sicuro di avere ancora le palle degli occhi» disse Strike, asciugandosi la faccia bagnata con la manica del braccio libero. «Le Nazioni Unite dovrebbero essere al corrente della potenza di quest'arma. Se Saddam l'avesse avuta, il nostro intervento sarebbe stato giustificato».

«Cercheremo un posto dove fermarci a prendere un po' di latte».

«Latte?»

«È il rimedio migliore per il peperoncino negli occhi. Ho dovuto informarmene su internet quando mi sono toccata un occhio mentre preparavo lo spray».

Finalmente, Robin vide un'area di servizio e ci si fermò. L'adolescente dall'aria annoiata al banco della rivendita non commentò l'urgente richiesta di latte, ma le mise davanti due cartoni e un'altra confezione di fazzolettini.

Robin tornò sulla Land Rover e versò un po' di latte su due fazzoletti di carta che poi mise in mano a Strike. Lui si tamponò gli occhi e dopo un po' mormorò: «Va un po' meglio».

«Bene. E la gamba?»

«Bene. Però c'è sangue sul sedile, mi dispiace».

«La macchina è di tutti e due, non solo mia» replicò lei.

Strike appoggiò la testa allo schienale e si premette la carta inzuppata di latte sugli occhi.

«Peccato che quello stronzo di cane non abbia addentato la protesi, come fece quel jack russell, ti ricordi? Si sarebbe rotto i maledetti denti».

Strike rimase per qualche minuto appoggiato allo schienale con gli occhi coperti dai fazzolettini. Dopo un poco, Robin preparò un secondo impacco.

«Ecco» disse, sollevandogli la mano dagli occhi e cambiandogli i tamponi.

«Grazie» mormorò lui.

Restarono seduti sulla Land Rover nell'area di servizio vuota, mentre le macchine sfrecciavano nella notte. Guardando Strike che non poteva vederla, Robin pensò all'improvviso, stranamente, che in quel momento era come se avesse rimesso a fuoco la sua figura. Era un uomo esasperante, ostinato e poco comunicativo, mentre lei avrebbe voluto fosse aperto ed estroverso, ma era anche spiritoso e coraggioso e quella sera era stato sincero con lei, mentre si era aspettata che avrebbe mentito. In poche parole, era il suo imperfetto migliore amico.

«Sai, non ho mai pensato tu fossi l'anello debole» disse lui, con i fazzoletti impregnati di latte ancora sugli occhi rossi.

Robin rise, anche se fu contenta che Strike non potesse vederla, perché le si erano riempiti gli occhi di lacrime.

«Ho scelto molto male le parole. Non sei l'unica con un'esperienza passata di merda. Anche a me qualcuno potrebbe venire alle spalle e gridare: 'Mina che esplode!' Volevo solo dire...»

«Ho capito cosa volevi dire».

«Ero preoccupato, tutto qui».

«Lo so» mormorò Robin.

«Vuoi venire a Sark con me?»

«Che cosa?»

«È un'isola piccolissima. Potremmo controllare i de Leon molto più velocemente se fossimo in due».

Strike aveva notato che la tensione creatasi tra di loro si era sciolta. Era troppo dolorante per riflettere sul motivo per cui era successo, ma intendeva approfittarne il più possibile.

Robin immaginò di prendere l'aereo e volare a Sark. Grandi orizzonti, luce, mare...

«Sì, va bene» disse.

Rimise in moto. Strike aveva ancora gli occhi gonfi e irritati, la ferita alla coscia gli doleva sempre più e avrebbe dovuto fare con tutta probabilità l'antitetanica, ma all'improvviso si sentì più felice di quanto non lo fosse da mesi.

PARTE SETTIMA

«L'argento c'è, eccome» ripeté più e più volte, «chiede solo di essere trovato» e dunque proseguì imperterrito, ora qua ora là, ovunque l'occasione gli apparisse più propizia.

John Oxenham
A Maid of the Silver Sea

81

Insomma, è in primo luogo dominando il proprio carattere, e governando le proprie passioni, che ci si addestra a preservare la pace e l'armonia tra gli uomini tutti, e specialmente tra i confratelli.

Albert Pike
Morals and Dogma of the Ancient and Accepted Scottish Rite

Ci vollero ben quarantott'ore perché le sclere degli occhi di Strike si riprendessero dallo spray al peperoncino, ore durante le quali si fece praticare un'antitetanica di emergenza e consegnò alla polizia di Ipswich il filmato del combattimento tra cani e i nomi e gli indirizzi di Plug e dei suoi sodali. Per via dei morsi all'interno coscia, camminare era ancor più doloroso del solito, eppure Strike rimase di umore euforico per tutto il tempo. Non solo Robin aveva accettato di andare a Sark con lui, ma aveva scelto di non rispondere alla chiamata di Murphy il giorno di San Valentino, e i suoi sentimenti nei confronti del socio sembravano tornati alla normalità. Era vero che Strike non sapeva di preciso in che cosa consistesse questa normalità, ma quanto meno la loro amicizia sembrava essersi misteriosamente e pienamente ristabilita. A quanto pareva, l'universo aveva deciso, invece di renderlo bersaglio di un crudele scherzo cosmico, di concedergli un briciolo di speranza, e Strike era talmente raggiante, sia per aver recuperato l'usuale rapporto con Robin sia per non aver messo al mondo una figlia, che ora osò domandarsi se, in qualche occasione propizia sull'isola di Sark, avrebbe potuto spingersi a fare la dichiarazione che fino a poco tempo prima gli era sembrata impossibile.

Strike e Robin non poterono partire per l'isola prima del mercoledì della settimana successiva, perché il lunedì e il martedì, nella bassa stagione, il traghetto da Guernsey non imbarcava passeggeri. Pat aveva prenotato per gli investigatori due stanze all'Old Forge, l'unico B&B aperto a febbraio, e Strike aveva dato un'occhiata al sito della struttura. Forse non offriva lo stesso panorama dell'hotel che, colmo di aspettative, aveva scelto nel Lake District, però possedeva un certo fascino rustico. Meglio ancora, lui e Robin sarebbero stati completamente soli in quella casa isolata: il proprietario, nonché responsabile della colazione, viveva altrove.

Nel frattempo, dopo San Valentino, Robin e Murphy avevano avuto modo di parlare parecchio. Murphy si era scusato senza riserve per essere diventato aggressivo in seguito alla vicenda dell'appartamento, e Robin si era sentita in dovere di fare a sua volta qualche concessione, sicché gli aveva spiegato, in maniera solo in parte sincera, che se si era mostrata riluttante a cercare un posto adatto alla convivenza non era perché non volesse abitare con lui, ma perché entrambi conducevano una vita già sufficientemente frenetica e stressante, senza bisogno di aggiungerci anche la ricerca di una casa. Inoltre gli aveva detto che, se stava bene anche a lui, era più che lieta di alzare l'offerta per l'appartamento con due camere, e aveva provato a ignorare il leggero tuffo al cuore quando lui si era detto d'accordo. Quindi Murphy era ritornato sul discorso dei figli, ma solo – ci aveva tenuto a precisare – perché voleva che fossero completamente onesti l'uno con l'altra, e non perché voleva affrettare una decisione da parte di Robin. Per un recondito desiderio di ingraziarselo, e poiché si sentiva in colpa per le mezze verità e le deliberate bugie degli ultimi tempi, lei gli aveva confessato per la prima volta di essere andata da un medico per un controllo, e di aver scoperto che le probabilità di successo della FIV erano molto più basse di quanto aveva immaginato. Murphy non era riuscito a nascondere del tutto quanto fosse felice di sapere che aveva consultato un medico: evidentemente, immaginava che Robin stesse valutando di congelare gli ovuli nell'immediato futuro. Sperando di poter approfittare del suo buonumore, Robin gli aveva comunicato che la settimana successiva sarebbe andata a Sark, per lavoro.

Murphy aveva preso la notizia piuttosto bene, ma il lunedì sera, mentre consumavano una cena da asporto nell'appartamento di Robin, due giorni prima della partenza per Guernsey, di punto in bianco buttò là che non avevano mai fatto una vacanza all'estero insieme. Robin concordò con lui che sarebbe stato divertente, e sperò che il discorso morisse lì.

Quindi andarono a letto e, appena lei ebbe spento la luce, su di loro calò un silenzio carico di tutto il non detto. Robin era sicura di doversi aspettare qualcosa che avrebbe preferito non sentire. Poi, nel buio, Murphy disse: «Cos'avresti deciso di fare, se non fosse stata ectopica?»

«Come?» chiese lei, anche se l'aveva udito perfettamente.

«Se la gravidanza fosse stata regolare, cos'avresti deciso di fare?»

A Robin sembrò che il letto si smaterializzasse sotto di lei. Era la domanda che tanto temeva, la domanda che non aveva il coraggio di porre nemmeno a se stessa, e sapeva benissimo perché Murphy gliel'aveva fatta mentre non potevano vedersi in faccia. Ogni secondo sembrò durare un'ora. Poi rispose: «Non è giusto che tu me lo chieda».

Aspettò che lui dicesse qualcosa ma, siccome non lo fece, proseguì: «L'ho saputo solo quando era già tutto finito. Non ho avuto scelta. Il... l'embrione... qualunque cosa fosse... era già morto quando l'ho scoperto».

«Ma se non fosse morto. Se avessi potuto scegliere».

«*Non è giusto che tu me lo chieda*».

Aveva perso il controllo della voce.

«È stato un incidente» continuò. «Un errore. Non sarebbe dovuto succedere, punto e basta».

«Ma se...»

«Non lo so, Ryan. Non so come mi sentirei se restassi incinta per sbaglio di un bambino che potrebbe sopravvivere, e comunque non lo saprò *mai*, giusto?»

«Io non...»

«Non volevi turbarmi? Non volevi discutere? Perché proprio adesso? Perché me l'hai chiesto stasera?»

Ma Robin sapeva perché. Era per via di Sark, per via di Strike. Forse Murphy non l'aveva fatto apposta, eppure era certa che volesse punirla e al contempo spingerla a fare qualche ammissione, che confermasse o fugasse i suoi sospetti.

Avendo colto la sofferenza nella sua voce, Murphy si fece più conciliante, e anche Robin, troppo stanca per mettersi a battibeccare, si costrinse a rispondergli con lo stesso tono. La breve conversazione che seguì non risolse un bel niente, e anche se alla fine si abbandonò tra le braccia di Murphy, Robin dovette costringersi a rimanere immobile, con la consueta fitta di rabbia e angoscia alla bocca dello stomaco.

« Ti senti bene? » chiese Pat con tono brusco, sfilandosi la sigaretta elettronica dalla bocca prima di parlare, quando l'indomani mattina Robin entrò in ufficio.

« Tutto a posto » rispose lei.

Aveva appena visto una cosa su Instagram che, pur non cancellando i suoi problemi personali, li aveva quanto meno sospinti nel retro della sua mente.

« Sai dov'è Kim? » chiese a Pat.

« È a Forest Gate, sta cercando la casa di quel tale Hussein Mohamed ».

« Come procede con Powell? » domandò Robin, osservando, sulla scrivania della segretaria, la lunga lista di pub, per lo più depennati, nel cui nome compariva un riferimento all'argento. Il Silver End a Colchester; il Silver Ball in Cornovaglia; il Silver Hind a Lymington...

« Niente da fare. *Lui* ti ha detto » Robin capì che Pat stava parlando di Strike, che chiamava sempre 'lui' quando non era presente « che a Sark c'è un solo B&B aperto? È bassa stagione ».

« Lo so. Ma non importa, non è mica una vacanza » rispose Robin, come se Murphy potesse sentirla; poi, preferendo cambiare argomento, lanciò un'occhiata all'acquario commentando: « I pesci se la passano bene ».

« A lui non piace quello nero » disse Pat.

« A chi? A Strike? » chiese Robin, osservando il pesce con la testa bitorzoluta che fluttuava piano tra le piante di plastica.

«Gli ho detto che gli somiglia» spiegò Pat, e malgrado il malumore Robin si mise a ridere.

Il telefono vibrò, Robin abbassò lo sguardo sulla foto che le aveva appena mandato sua madre, un ritratto di Stephen e Jenny accanto a Martin e Carmen, con le due madri che tenevano in braccio i rispettivi figli, il paffuto Barnaby e il gracile Dirk. Con un'ennesima stretta al cuore per il senso di colpa, a Robin venne in mente che non aveva ancora comprato un regalo per i nuovi nipoti.

Si spostò nell'ufficio dei soci, si sedette alla scrivania e fece per chiamare Kim, quando il telefono annunciò l'arrivo di un messaggio. Con sua sorpresa, Robin vide che a scrivere era Wynn Jones, l'amico di Tyler Powell, che aveva contattato il giorno prima per rinnovargli la richiesta di un colloquio e rassicurarlo che non lavorava per i Whitehead.

Il messaggio di Jones conteneva una foto di Robin che era comparsa sui giornali due anni prima. Aveva scritto: **Questa sei tu?**

Sì, rispose Robin. **Perché?**

Con suo disappunto, Jones rispose con l'emoji che sbavava.

Robin sapeva che il mondo era pieno di giovani uomini la cui reazione istintiva a ogni donna dall'aspetto passabile era una battuta a sfondo sessuale. Sapeva anche che, per tenere aperto quel nuovo canale di comunicazione, doveva rispondere con un'emoji che rideva. Così fece, senza sorridere, poi prese un respiro profondo e chiamò Kim Cochran.

«Ciao» disse Kim, rispondendo dopo qualche squillo. «Dimmi tutto».

«Hai fatto progressi con la casa dei Mohamed?»

«Non ancora» rispose Kim.

«Capito» disse Robin. «Comunque, volevo parlarti della ragazza con i capelli scuri che Albie Simpson-White ha incontrato al Sun in Splendour».

«Clarissa, sì. Che succede?»

«Be', tanto per cominciare non si chiama Clarissa» spiegò Robin. «Quella era Laetitia Benton, la ragazza che stavamo provando a rintracciare».

«No» replicò Kim, sicurissima di sé, «il nome era per forza Clarissa, lui continuava a chiamarla 'Riss' o un nomignolo del genere».

«Gli amici la chiamano 'Tish'» disse Robin «e so *per certo* che era Laetitia Benton, perché ha appena accettato la mia richiesta di amicizia su Instagram. Le foto più recenti la ritraggono mentre è in vacanza, e non in Sicilia, dove tu hai detto che sarebbe andata, ma in Sardegna».

«Ok, va bene, ho sentito male» disse Kim, come a liquidare l'argomento. «Ma sappiamo dove vive al momento, e quando tornerà dalla Sardegna...»

«Siccome non hai preso sul serio l'incarico, ci siamo fatti scappare l'occasione di parlare faccia a faccia con una delle persone che, prima della sua scomparsa, erano più vicine a Rupert Fleetwood. Era la pista migliore che avevamo».

«Prendo sempre sul serio gli incarichi» sbottò Kim, «ma il pub era molto rumoroso, e ultimamente non sono l'unica ad aver commesso qualche errore...»

«Hai detto a Strike che potevi esserti sbagliata?» chiese Robin.

«Ero *convinta* di aver sentito bene, quindi perché dirgli il contrario? Scusa, ma per qualche ragione la stai facendo più grossa del dovuto. Puoi sempre mandarle un'e-mail, no?»

«Pensavo che una donna con la tua esperienza sapesse che per i testimoni è più difficile rifiutarsi di parlare di persona» rincarò Robin.

«'Testimoni'» sbuffò Kim. «Non siamo nemmeno sicuri che sappia qualcosa!»

«Quindi ti impegni solo quando decidi che ne vale la pena?»

«No» disse Kim con un'altra delle sue risatine, «ma...»

«Sai che sono socia dell'agenzia, vero?»

«Sì, ovviamente lo...»

«Allora è meglio se usi un altro tono».

«Volevo solo sottolineare...»

«Sarebbero gradite delle scuse».

«Ok, va bene, mi dispiace!»

Robin riattaccò.

Sfogare la rabbia non le aveva offerto la catarsi che desiderava.

Guardò il cellulare per controllare se Wynn Jones le avesse scritto di nuovo, ma tutto taceva, quindi accese il computer e aprì il sito di persone scomparse in cui era menzionata Sapphire Neagle. La ragazza non era ancora stata ritrovata.

Dopo aver riflettuto per un paio di minuti, Robin aprì il filmato della telecamera all'interno del Ramsay Silver, che aveva salvato.

L'esistenza di una bionda alla guida della Peugeot 208 le aveva riportato alla mente qualcosa a cui prima non aveva dato importanza. Mandò rapidamente avanti le immagini, poi cliccò su 'play' nel momento in cui la figura sfocata della cliente bionda entrava nel negozio.

Distinguere il volto era impossibile, ma la donna era senz'altro bassa e magra, eppure formosa. Decisamente non una ragazza – ed era questo che Robin voleva verificare – che meritasse il soprannome di 'Olivia'. Eppure, da come si muoveva tra gli espositori, sembrava giovane. I capelli, mossi e abbastanza corti, erano una massa biancastra. Indossava un vestito, e non il top rosa e i jeans di Medina, ma portava in spalla una borsa di tela piuttosto capiente. Poteva contenere un cambio di abiti?

Robin la osservò mentre parlava con Pamela. Quest'ultima si infilò i guanti bianchi per aprire una vetrinetta. Wright sbucò dalle scale e trasportò una delle casse di dimensioni medie nel caveau.

Arrivò Todd, ma Robin continuava a osservare la bionda. Era strano che una donna così giovane facesse acquisti in quel posto... ma ovviamente poteva avere un parente massone...

Ora Wright e Todd sollevavano la cassa più grande e sparivano di nuovo dall'inquadratura, mentre la bionda, sotto lo sguardo di Pamela, sembrava valutare un piccolo oggetto nella stessa vetrinetta da cui Kenneth Ramsay aveva recuperato l'orologio da tasca triangolare e l'amuleto sferico per mostrarli a Robin.

Pamela aprì l'espositore. La bionda scelse qualcosa che Robin non riuscì a mettere a fuoco e Pamela si spostò verso la cassa, mentre Wright ricomparve, seguito dopo qualche istante da Todd.

La cliente bionda se ne andò, con il suo acquisto dentro un sacchettino nero. Pamela scese le scale diretta al caveau.

Robin lasciò scorrere le immagini, e intanto pensò alla bionda e alla mora che avevano entrambe guidato la stessa Peugeot 208. Due giovani donne, o una sola giovane donna che aveva cambiato vestito e parrucca? Propendeva nettamente per la seconda ipotesi, e sospettava che la donna in questione fosse Sofia Medina.

Sullo schermo, le figure sfocate di Wright e Todd stavano gesticolando tra di loro; Todd stava senz'altro provando a comunicare l'intenzione di andarsene, mentre Wright, a giudicare dai movimenti concitati, stava protestando. Todd si allontanò. Wright rimase solo, dando le spalle alla telecamera. Alle 17.55 attraversò il negozio per azionare la manovella e iniziare ad abbassare le saracinesche delle vetrine.

Robin allungò la mano e premette 'pausa'. Aveva notato qualcosa che finora le era sfuggito. Fece tornare indietro il video.

Era quasi impercettibile, ma Wright aveva leggermente inciampato mentre raggiungeva la vetrina. Robin ripensò immediatamente alla vittima di un precedente caso di omicidio, che era stata vista storcersi un tacco mentre usciva dal lavoro. In quella circostanza, si spiegava col fatto che era stata drogata, ma nel caso di Wright sembrava decisamente improbabile. Forse era solo stanco; aveva sollevato e trasportato parecchi pesi. Ciononostante, Robin tornò indietro e osservò di nuovo quel leggero vacillamento, strizzando gli occhi nel tentativo di mettere a fuoco la figura, senza successo.

Sembrava che il piede avesse incontrato un piccolo ostacolo, ma per via dei molti espositori in vetro che gremivano il locale e della scarsa qualità della registrazione, era impossibile capire in cosa avesse inciampato. Dopo aver osservato l'incidente cinque volte di fila, Robin non aveva scoperto nulla di nuovo, e interruppe il video. In quel momento, ricevette un altro messaggio di Wynn Jones.

Non mi dispiacerebbe farmi perquisire da te

In caso Robin non avesse colto la sottile battuta, aveva aggiunto due emoji con delle gocce d'acqua, le quali, come lei sapeva benissimo, potevano indicare il sudore o lo sperma. Meno divertita che mai, rispose comunque con un'altra faccina che rideva.

82

L'argilla giace immota, ma il sangue è vagabondo;
il respiro è una merce che non dura.
Su, svegliati, ragazzo: quando poi
sarà finito il viaggio dormirai finché vuoi.

A.E. Housman
IV: La sveglia, Un ragazzo dello Shropshire

Nonostante la stanchezza, e il senso di colpa e l'ansia costanti che stavano rapidamente diventando la sua quotidianità, l'indomani mattina alle sei Robin arrivò a Gatwick in uno stato di relativa allegria ed eccitazione, perché il desiderio di lasciare Londra, anche se per poco, si stava avverando.

Entrò in aeroporto trascinandosi dietro un piccolo trolley, e controllò i banchi del check-in in cerca del suo socio, senza vederne traccia. L'ultimo messaggio di Strike era arrivato alle dieci della sera prima, mentre sorvegliava Plug, che era ancora a piede libero. Robin si era appena unita a una coda quando vide Strike che le veniva incontro, zoppicando appena, con un borsone in spalla, la barba non rasata e gli occhi gonfi per la stanchezza.

«Ho passato la notte in bianco, cazzo» furono le sue prime parole quando la raggiunse.

«Come mai?»

«Quello stronzo di Plug non è ancora stato arrestato. Sta diventando un incubo».

«Che cosa vuoi dire?»

«In macchina aveva un paio di cani di piccola taglia. È andato di nuovo al quindici di Carnival Street – quella mostruosa creatura chiaramente non è morta nella strage di San Valentino – e li ha portati dentro, tenendoli per la collottola. Poi si sono sentiti dei rumori orribili, come se quel cazzo di mostro nero li stesse facendo a pezzi».

«Oddio» disse Robin.

«Ho chiamato la società per la protezione animali, gli ho detto che dovevano venire in Carnival Street appena possibile. Prima abbattono quella cosa, meglio è. Comunque, dopo Plug è andato a Barking».

«Mi sembra coerente».

«Eh? Ah, *bark*, abbaiare, sì... Be', credo che quella bestiaccia infernale abbia una sorella, perché verso le cinque del mattino Plug è uscito da un cesso di casa con un cucciolo praticamente identico.

«A ogni modo, per prima cosa ho dato un colpo di telefono a suo zio. È furioso che non l'abbiano ancora arrestato. C'è mancato poco che non desse la colpa a me».

«E in che modo sarebbe colpa tua?»

«Lo sai come sono i clienti, no?» rispose Strike. «Si aspettano che facciamo miracoli. Gli ho detto che la polizia proverà a identificare quanti più membri della gang possibile e ad arrestarli nello stesso momento, in modo che non diano l'allarme agli altri, ma a quanto pare io dovrei mettergli il pepe al culo».

Consegnati i bagagli al check-in, raggiunsero l'area partenze, dove Strike mandò giù un paio di espressi nel tentativo di svegliarsi. Non era così che aveva immaginato il viaggio verso Sark. Considerando la dichiarazione che sperava di fare sull'isola, avrebbe quanto meno voluto prima farsi una doccia, e al momento era troppo esausto per escogitare qualche battuta spiritosa. Robin, accorgendosi che il socio faticava a tenere gli occhi aperti, decise di aspettare di essersi imbarcati prima di avviare la conversazione sul Belgio e Reata Lindvall che non vedeva l'ora di intavolare. Al tempo stesso, nonostante Strike fosse uno zombie, Robin si stava godendo una serenità che ultimamente aveva sperimentato di rado, e sapeva che una delle ragioni era che nessuno avrebbe provato a coinvolgerla in una discussione su gravidanze interrotte e ovuli congelati.

Infine salirono a bordo dell'aereo, e Robin cedette a Strike il posto al finestrino, perché era abbastanza massiccio da disturbare entrambi i vicini se avesse occupato quello centrale. Il giovane uomo alla sinistra di Robin chiacchierava animatamente in francese con un amico sull'altro lato del corridoio, dunque non le parve rischioso dire a Strike: «Ieri notte ho fatto un bel po' di ricerche su Reata Lindvall. So che secondo te non...»

«Dimentica quello che ho detto» la interruppe Strike, un po' più arzillo grazie alla caffeina appena assunta, e convinto di poter approfittare di quella momentanea scarica di energia. Era pronto a rimangiarsi quasi tutto quello che aveva detto in vita sua, se questo gli avesse dato maggiori chance con Robin, e nonostante anche lui avesse qualche novità da condividere, fu più che felice di ascoltare lei per prima.

«Ok» continuò Robin. «Ecco, so che Jim Todd non può avere ucciso Reata e sua figlia, perché era già in carcere per tratta di esseri umani, ma sembra avere ottimi contatti negli ambienti criminali. Almeno quanto Jason Knowles, a modo suo».

«Sì» disse Strike. «È un peccato che sia troppo vecchio per essere uno degli sgherri di belle speranze di Branfoot. Sarebbe calzato a pennello. Avrebbe potuto consigliargli Oz come sicario».

«Oz sembra più giovane di Todd, vero? Ma non *così* giovane».

«Concordo» rispose Strike, «però mi pare che lui e Todd condividano lo stesso gusto in fatto di vittime: ragazze adolescenti e donne giovanissime. Credo rientri assolutamente nel regno del possibile che si siano conosciuti grazie al giro di trafficanti».

L'aereo cominciò a muoversi.

«Dunque, ieri notte ho scoperto un paio di cose sul caso delle Lindvall» raccontò Robin. «Stavo passando in rassegna vecchi articoli di giornale, e naturalmente per lo più sono in francese, quindi non è stato semplice, però i resti umani trovati nel bosco sono interessanti... più per quello che mancava che per quello che c'era».

«Quali parti mancavano?»

«Le teste, le mani e i piedi» disse Robin. «I frammenti ossei recuperati erano così piccoli che fu impossibile determinare se appartenessero a un adulto o un bambino. Ma di chiunque fossero, pare che le vittime siano state smembrate, e che le ossa siano poi state scaldate per renderle più friabili».

Ritrovandosi schiacciata contro il sedile quando il muso dell'aereo si sollevò per aria, Robin recuperò un articolo che aveva salvato sul cellulare, in cui comparivano alcune foto dei boschi attorno al Lac d'Ougrée.

«So che è possibile che qualche animale selvatico si sia messo a scavare e abbia spostato dei pezzi di cadavere, negli anni prima del ritrovamento» continuò Robin, «ma mi sembra troppo comodo che una volpe abbia fatto sparire proprio le parti che avrebbero permesso l'identificazione».

«È vero, sì» convenne Strike. L'effetto della caffeina si stava esaurendo prima del previsto, ma si sforzò di concentrarsi, in parte per il desiderio di mettersi in buona luce, ma anche perché Robin aveva davvero destato il suo interesse. «Quindi c'è una netta somiglianza tra il modus operandi dell'assassino delle Lindvall e quello di chi ha ucciso William Wright?»

«Esatto» confermò Robin, «ma c'è dell'altro. La maggior parte degli articoli che ho recuperato davano per scontato che sia Reata che Jolanda fossero sepolte nel bosco, visto che furono ritrovati vestiti e oggetti di entrambe, ma il resoconto contemporaneo più dettagliato che ho trovato, e che ho dovuto tradurre in inglese, sostiene che i frammenti ossei vennero associati a un solo profilo di DNA. Il problema era che sia Reata che Jolanda erano figlie di padri ignoti, e che la madre di Reata era stata cremata, quindi non c'era modo di determinare se i frammenti appartenessero alla madre o alla figlia, e ovviamente gli altri oggetti nel bosco erano marciti o arrugginiti, quindi non fu possibile testarli, e il fidanzato indagato aveva fatto sparire ogni cosa da casa».

«È uno spunto interessante» disse Strike, non del tutto sincero. Nonostante i suoi sforzi, si sentiva sempre più intontito.

«E poi il caso fu molto politicizzato» continuò Robin, scorrendo verso destra per mostrargli la foto di una manifestazione di donne, in marcia lungo un ponte sul fiume Mosa, vicino al Lac d'Ougrée. «Hai letto delle proteste durante il processo?»

«Donne arrabbiate» commentò Strike, mentre l'aereo attraversava una piccola turbolenza, e i loro gomiti si scontrarono.

«Sì» disse Robin. «I legali di Maes sostenevano che Reata trascurasse Jolanda, che la considerasse un impiccio, che si fosse pentita di non averla data in adozione, e che l'avesse uccisa, forse involontariamente, in un raptus di rabbia. La difesa di Maes sostenne anche che Reata stessa avrebbe potuto abbandonare i propri oggetti nel luogo della sepoltura, sperando di far credere che oltre a Jolanda fosse morta anche lei».

«Non mi sembra molto plausibile».

«Lo so. È comprensibile che sia diventata una vera *cause célèbre* per le femministe. Non voglio dire che la giuria si lasciò condizionare ma, se vogliamo essere obiettivi, non esistevano prove concrete che fossero state uccise due persone. L'unico elemento su cui non ci sono dubbi è che nel bosco erano presenti dei resti umani. Ma Maes fu l'unico a descrivere Reata come una madre negligente. Altri testimoni dissero che amava Jolanda. Intanto l'accusa ritenne più probabile che i frammenti d'osso appartenessero a Reata, perché i resti di Jolanda dovevano essere più piccoli e più facili da occultare. Maes continua tutt'oggi a ribadire la propria innocenza. Online ha un piccolo fan club di uomini convinti che Reata l'abbia incastrato. Ci sono stati dei presunti avvistamenti dopo la sua scomparsa, ma nessuno sembra molto credibile».

Sebbene Strike facesse del proprio meglio, Robin si accorse che non trovava il suo racconto molto avvincente, dunque virò su un argomento obiettivamente più rilevante.

«Tra l'altro, ho fatto qualche progresso con Wynn Jones, l'amico di Powell. Ci siamo scambiati dei messaggi».

«Davvero?» chiese Strike, sopprimendo l'ennesimo sbadiglio. Trovava il movimento dell'aereo decisamente soporifero.

«Sì. A dire il vero è stato un po'...» La parola che le venne in mente fu 'disgustoso', ma si disse che, in confronto ad alcuni degli uomini coinvolti nel caso, il comportamento di Jones era stato più goffo che inquietante, quindi concluse: «...ammiccante».

«Ah sì?»

«Sì. Ha trovato su Google delle mie foto mentre entravo e uscivo dal tribunale» spiegò Robin. «A ogni modo, credo di essere riuscita a convincerlo che i Whitehead non sono nostri clienti. Gli ho detto che lavoriamo per una donna, e lui ha ribattuto 'È Dilys, vero?' Gli ho spiegato che non potevo confermarlo, ma lui mi ha detto che Dilys l'ha chiamato, temendo che il corpo nel caveau fosse di Tyler, e lui... Jones, cioè... le ha risposto che le mancava una rotella».

«Questo potrebbe spiegare perché Dilys lo consideri un cafone».

«È quello che ho pensato anch'io. Comunque spero di convincerlo a vederci su FaceTime, e di riuscire a farmi spiegare perché Powell abbia menzionato l'argento al telefono con lui, dato che ha già ignorato due volte la domanda.

«Ma a proposito di Powell: nonostante l'idea non mi entusiasmi, credo davvero che dovrei provare a parlare anche con i Whitehead. Solo per scoprire se avevano ragioni concrete di sospettare che Powell avesse manomesso l'auto, o se fosse solo un pettegolezzo. E ci sono un paio di altre cose» continuò Robin. «Forse non è niente, ma...»

A metà della frase si accorse che Strike aveva ceduto alla sonnolenza, con la testa contro il finestrino. Mentre lo guardava, lui cominciò a russare rumorosamente. Alla sua sinistra, il francese scoppiò a ridere.

«È stanco, tuo marito».

«Sì» disse Robin, sfilando la rivista della compagnia aerea dallo scomparto davanti a lei. «Lavora di notte».

Cinquanta minuti più tardi, mentre l'aereo cominciava una movimentata discesa, Strike si svegliò di soprassalto.

«Merda» farfugliò. «Scusa».

«Non c'è problema» disse Robin.

«Ho russato?»

«Un po'».

Strike si pulì la bocca con il dorso della mano, temendo di avere anche sbavato.

«Non credo che russassi così forte prima di rompermi il naso» disse con tono di scuse.

«Com'è successo?» chiese Robin, che non gliel'aveva mai domandato.

«Boxe. Un montante da parte di un granatiere gallese. Ha avuto una botta di culo».

«Come no» fece Robin, divertita.

«È vero» insistette Strike. «Il round dopo l'ho mandato KO. Mi stavi parlando della Lindvall» aggiunse.

«Avevo finito» mentì Robin. «Non c'è altro».

Il fatto che Strike si fosse addormentato mentre parlava aveva momentaneamente smorzato il suo entusiasmo per l'argomento.

Strike sbadigliò, poi disse: «Sapevi che nell'Ottocento a Sark trovarono l'argento?»

«Davvero?»

«Sì. Nell'Ottocento. Trovarono una vena ricca, pensarono di aver svoltato e investirono un sacco di soldi nelle miniere, però la vena si esaurì. Costò uno sproposito, perché si misero a scavare in mare, e avevano bisogno di pompe per tenere a bada l'acqua. Poi un pozzo cedette, dieci minatori annegarono, e questa fu la fine dell'argento di Sark. Il Seigneur rimase sul lastrico».

«Chi è il Seigneur?»

«Il governatore feudale di Sark. È un posto bizzarro» spiegò Strike. «L'ultimo sistema feudale rimasto in Europa, fino al 2008, quando decisero di provare la democrazia».

I sogni di caldo e luce che Robin aveva nutrito si infransero non appena poté vedere Guernsey, dove il tempo era freddo e umido. Lei e Strike presero un taxi dall'aeroporto fino alla cittadina di St Peter Port, dove dovevano imbarcarsi sul traghetto per Sark. Il loquace autista impedì loro di discutere ulteriormente del caso finché non li depositò davanti alla biglietteria dei traghetti, dove scoprirono che, in aggiunta ai biglietti, dovevano acquistare anche un'etichetta per i bagagli, di modo che all'arrivo a Sark venissero recapitati direttamente al loro alloggio in trattore.

«Come te la cavi in mare aperto?» chiese Strike a Robin quando si avviarono verso il porto, con la pioggia che sferzava loro il volto mentre osservavano il mare grigio e mosso.

«Non ho mai avuto molte occasioni di scoprirlo» ammise Robin.

«Oh be'» fece Strike. «Sarà una traversata breve».

Solo quando iniziò a discendere la rampa metallica – lunga, ripida e bagnata – che conduceva al traghetto, gli venne da pensare che avrebbe dovuto riporre anche il bastone nel borsone che, per forza di cose, aveva riempito in fretta e furia quella mattina. Avanzava a rilento, con il ginocchio destro che tremava ogni due passi, reggendosi saldamente al corrimano, mentre Robin lo guardava con una certa apprensione. Strike raggiunse comunque il ventre del piccolo traghetto senza contrattempi e, non volendo correre altri rischi, prese posto nella prima fila di gelidi sedili in plastica, esattamente di fronte a un cartello che recitava: 'La compagnia Sark si riserva il diritto di negare imbarco e traversata a chiunque appaia in stato d'ebbrezza'.

I motori presero vita con un ruggito e il traghetto si staccò dal molo.

«Occhi fissi sull'orizzonte se ti viene da vomitare» consigliò Strike a Robin, e lei ripensò immediatamente alla vigilia di Natale, alla sua vista offuscata, e alla schiena curva e rabbiosa di Murphy.

83

«E i nostri uomini... be', loro sono figli di Sark, e hanno ben più che un briciolo del diavolo in sé».

John Oxenham
A Maid of the Silver Sea

«Non è andata così male» disse Strike quarantacinque minuti dopo.

«No» concordò Robin, anche se in realtà non aveva trovato il movimento del vecchio traghetto molto piacevole e anzi aveva passato gli ultimi venti minuti con lo sguardo fisso sull'orizzonte, senza proferire parola.

«Attenti ai gradini» li avvertì un giovane marinaio alle loro spalle. «Si scivola».

Maledicendosi di nuovo per aver dimenticato il bastone, Strike risalì a passo di lumaca i ripidi gradini in pietra del porticciolo, che in effetti erano pericolosamente viscidi, nonostante ormai avesse smesso di piovere. Infine, con la gamba che pulsava, giunse in cima alla scala, dove vide tre trattori, uno dei quali trainava un rimorchio aperto per il trasporto passeggeri già quasi al completo, mentre sugli altri due venivano caricati i bagagli.

«Stringetevi un po'» gridò il bigliettaio, facendo segno a Strike e Robin di avvicinarsi. «Avanti, c'è posto!»

Robin rimediò una strisciolina di sedile accanto a un uomo corpulento con uno zuccotto macchiato di vernice, mentre Strike si incastrò tra due donne con le ginocchia coperte di borse della spesa. Robin non si capacitava di come il rimorchio potesse accogliere altre persone, ma gli ultimi due passeggeri del traghetto, entrambi uomini e palesemente del luogo a giudicare da come salutarono gli autisti, salirono a bordo senz'alcuna fretta e, non trovando posto a sedere, si appollaiarono senza batter ciglio sul bordo della vettura, rimanendo in piedi, aggrappati alle sbarre metalliche che sorreggevano il tettuccio.

L'autista avviò il motore e si accodò agli altri trattori per attraversare una breve galleria nel fianco della collina, quindi imboccò una ripida salita, mentre Robin si preoccupava inutilmente per gli uomini in piedi, che sembravano sprezzanti di ogni pericolo. Un paio di minuti dopo, il trattore giunse in vetta all'altura e si fermò davanti a un pub color crema, il Bel Air, sopra il quale sventolavano sia la bandiera di Sark che la Union Jack. Tutti i passeggeri smontarono e si allontanarono a piedi in direzioni diverse, lasciando Strike e Robin soli a familiarizzare con i dintorni, mentre il trattore con le valigie con le etichette verdi sparì dalla loro vista.

Davanti a loro si stendeva quella che doveva essere la strada principale del villaggio, anche se, per chi era abituato a Londra, aveva un aspetto piuttosto bizzarro: niente auto, edifici a un solo piano e un'aria decisamente sonnolenta.

« Bene » disse Strike, « la madre di de Leon vive in Rue des Laches, che dovrebbe essere vicina ».

Aveva messo su un'espressione tesa, da cui Robin capì che stava già soffrendo parecchio. Risalirono per un breve tratto la strada, che in realtà era una pista sterrata, ben livellata ma piena di pozzanghere, con dei sassi che spuntavano qua e là. Solo adesso Robin comprese appieno le implicazioni della totale assenza di autobus o taxi: li aspettava una camminata non da poco, dato che erano sbarcati sulla costa orientale dell'isola e il loro B&B si trovava su quella meridionale.

Con suo sollievo, i primi cartelli in legno in cui si imbatterono li indirizzarono a sinistra, verso Rue des Laches. Procedettero lungo una seconda strada sterrata, con dei campi su un lato e delle case sull'altro, finché Strike disse: « Ecco, è quella ».

La casa dal tetto basso era intonacata di un azzurro pallido, e sembrava piuttosto malandata. Nel cortile sul davanti c'erano un paio di meli spogli. Mentre Robin e Strike risalivano il vialetto, un uomo ben piantato e barbuto svoltò l'angolo dell'edificio, spingendo una carriola piena di ciocchi di legno.

«Buongiorno» salutò Strike. «Mi chiamo Cormoran Strike, questa è Robin Ellacott, e stiamo cercando la signora de Leon».

«È andata a St Peter Port» disse l'uomo sospettoso. «Che cosa volete da lei?»

«Abbiamo delle domande su suo figlio Danny».

«Ah sì?» fece l'uomo, lasciando i manici della carriola. La sua espressione si era indurita. «Perché?»

«Posso chiederle chi...?»

«Sono suo fratello» rispose l'uomo. «Il fratello maggiore. Richard de Leon».

Robin si preoccupò quando Richard raccolse uno dei corti ciocchi dalla carriola e, tenendolo saldamente in mano, avanzò lentamente verso di loro. Le tornò in mente Ian Griffiths che si fiondava fuori dalla sua casa di Ironbridge brandendo rabbiosamente la chitarra, ma il maggiore dei fratelli de Leon rappresentava una minaccia di tutt'altro calibro. Pur essendo più basso di Strike, gli avambracci erano enormi, e i capillari rotti sulla faccia evocavano lunghe giornate di duro lavoro all'aperto.

«Perché vi interessa Danny?» chiese.

«Vorremmo solo sapere se lei o sua madre l'avete sentito di recente» rispose Strike.

«No» disse Richard. «Non l'abbiamo sentito».

«Quindi non è tornato a Sark?»

«No» ripeté Richard. «Non è tornato».

«E non avete avuto sue notizie ultimamente?»

«No» negò Richard per la terza volta. «Non è qui. Non l'abbiamo visto e non abbiamo avuto sue notizie».

«Da quanto tempo?» domandò Strike.

«Perché vuoi saperlo?»

«Stiamo indagando su un corpo non identificato» spiegò Strike, infilando la mano in tasca ma tenendo gli occhi fissi sul ciocco impugnato da Richard. «Alcuni amici di Danny a Londra temono che sia lui. Ecco il mio biglietto da visita».

De Leon glielo strappò dalle dita e lo studiò con aria sospettosa.

« 'Investigatore privato'? » disse con uno sbuffo, come se Strike volesse giocargli uno scherzo.

« Esatto » rispose Strike.

De Leon fissò il detective con gli occhi scuri iniettati di sangue. C'era solo una vaga somiglianza tra lui e l'uomo biondo con l'abbronzatura artificiale che adornava la bacheca dell'ufficio.

« Cosa volete davvero? »

« Gliel'ho appena detto » rispose Strike. « Ma se dice che Danny non è qui... »

« Non è che lo dico *io*, non c'è e basta » insistette Richard alzando la voce. « Mi stai dando del bugiardo? »

« No » rispose Strike, « sto solo dicendo... »

« È a Londra » ribatté Richard. « Va bene? È andato a Londra ».

« E da quanto tempo non ha sue notizie? »

« A te che cosa importa? »

« Il fatto è che se vi siete parlati dopo lo scorso giugno, il corpo che stiamo provando a identificare non può essere il suo » spiegò Strike.

Richard de Leon guardò in cagnesco Strike per alcuni secondi, poi disse: « No. Non ci siamo parlati dopo giugno ».

« Ok » disse Strike. « Bene, la ringrazio... »

« State alla larga da mia madre » disse de Leon, e ora a Robin tornò in mente che Valentine Longcaster aveva lanciato una minaccia velata molto simile, a proposito della sorella minore. « Non avvicinatevi a mia madre, cazzo, capito? »

« Sarebbe piuttosto complicato, visto che è a Guernsey e che non ho idea di che faccia abbia » replicò Strike. « Ma grazie per il suo aiuto ».

Non potendo escludere che, appena gli avessero voltato le spalle, de Leon avrebbe usato il ciocco, Strike fece cenno a Robin di allontanarsi per prima. Entrambi tornarono in strada senza riportare ferite da pezzi di legno volanti, ma Richard de Leon continuò a guardarli in cagnesco finché non sparirono dal suo campo visivo.

« Gli credi? » chiese Robin sottovoce, mentre percorrevano a ritroso Rue des Laches.

« Non lo so » fece Strike. « C'è qualcosa che non mi torna nel nostro scambio ».

« Io mi sarei aspettata che fosse più preoccupato, e tu? Quando gli hai detto che da qualche parte c'è un corpo che potrebbe appartenere a Danny? »

« Anch'io, sì » disse Strike. « E non ha nemmeno battuto le palpebre, vero? Voleva solo che togliessimo il disturbo ».

« Forse lui e Danny non vanno d'accordo? Forse non gli importa se è vivo o morto? »

« Oppure sa esattamente dov'è, e pensa che vogliamo fargli la festa ».

« Che siamo sicari assoldati da Oliver Branfoot? »

« Se è questo che lo preoccupa, significa che Danny e suo fratello non hanno segreti tra di loro... e immagino sia possibile » disse Strike. « Tendo a dimenticare che esistono fratelli che si dicono tutto ».

« Perché, voi non lo fate? » chiese Robin.

« Cristo, no » disse Strike. « E voi? »

« No » ammise Robin, ripensando alla débâcle di Natale.

« Ti va di mangiare un boccone mentre decidiamo le prossime mosse? »

Tornarono al pub Bel Air, dove parve loro più probabile trovare da mangiare, con Strike che cominciava a zoppicare in maniera sempre più pronunciata. Quando si fermò per accarezzare il golden retriever uscito da una piccola gelateria per salutarli, Robin disse: « Senti, ti raggiungo al pub. Mi sono dimenticata di portare una cosa... voglio vedere se riesco a comprarla ».

Chiedendosi se volesse chiamare Murphy, Strike superò da solo le toilette del pub, che si trovavano sull'altro lato di un piccolo cortile, contrassegnate dalle targhette MEN/HOMMES e WOMEN/FEMMES, ed entrò al Bel Air.

Alcuni abitanti del posto stavano guardando una corsa di cavalli sul grande schermo piatto nella sala principale, tappezzata di rosso. Il pub gli riportò alla mente il suo vecchio posto del cuore in Cornovaglia, il Victory, con la sua atmosfera spiccatamente marinaresca che, nella seconda stanza, culminava in un bancone ricavato da una barca a remi in legno. Si prese una pinta, chiese cosa ci fosse da mangiare, venne informato che il menu offriva unicamente pizze e ne ordinò due, poi andò a sedersi, con sollievo, a un tavolo d'angolo, accanto a un muro ricoperto di vecchi poster musicali, tra cui figuravano non solo i Beatles e Bowie ma anche la band di suo padre, i Deadbeats.

Nel frattempo Robin stava percorrendo la strada principale, l'Avenue. A parte un negozietto di gioielli in argento, quasi ogni altro esercizio era chiuso, ma infine notò una specie di minimarket, che era aperto e sembrava fornito di un po' di tutto, dagli articoli essenziali per la casa a giocattoli e biglietti d'auguri. Stava per entrare quando, lanciando un'occhiata a sinistra, scorse una sagoma massiccia che le veniva incontro, e riconobbe Richard de Leon. Quando la vide, l'uomo si voltò di scatto e tornò di buon passo verso Rue des Laches.

Robin si incamminò verso il pub portando con sé il suo acquisto: un bastone da passeggio con l'impugnatura in gomma. Arrivata all'altezza di Rue des Laches lanciò un'occhiata in quella direzione, ma a quanto pareva Richard de Leon aveva battuto in ritirata in casa della madre.

Trovò Strike nella sala posteriore del Bel Air, dove gli consegnò il bastone.

«Sì, ne hai bisogno *eccome*» disse con fare esasperato quando Strike aprì la bocca per protestare. «Dopo dobbiamo andare a piedi al B&B. Avanti, Strike, te l'ho preso verde militare, così nessuno penserà che sei una femminuccia».

Strike ridacchiò, per quanto controvoglia, perché non stentava a immaginare Murphy che marciava sull'isola con passo svelto e deciso, magari con quel suo cavolo di borsone della palestra e la borraccia d'acqua.

«Avrei dovuto portarlo» ammise. «Grazie. Ti ho ordinato una pizza, non avevano altro».

«Ottimo» disse Robin. «A proposito, ho appena incrociato Richard de Leon. Non mi è sembrato minaccioso» aggiunse, anticipando la domanda di Strike. «Non ha detto niente, mi ha vista e ha semplicemente girato i tacchi per tornare da dov'era venuto».

«Strano» commentò Strike, mentre un gruppetto di avventori si accomodava al tavolo accanto. Bevve un sorso di birra analcolica, poi, abbassando la voce, continuò: «Stavo per dirtelo quando mi sono addormentato sull'aereo. Hai presente la Gateshead scozzese che secondo me poteva essere la sorella del migliore amico morto di Niall Semple? Nel weekend credo di aver trovato delle sue tracce online. Negli ultimi sette anni ha creato e poi abbandonato due diversi account su Twitter e un profilo su Facebook. Guarda tu stessa».

Robin fece scorrere le foto sul cellulare di Strike. I post di Rena Liddell erano spesso criptici, talvolta ingarbugliati. Sembrava una fan degli scatti improvvisati alle nuvole, ai portoni e alle schiene sfocate dei passanti, ma non dei selfie. La foto profilo di tutti e tre gli account era un disegno fumettistico di un pipistrello viola e blu.

«Zubat» disse Robin.

«Eh?» fece Strike.

«L'avatar è un Pokémon che si chiama Zubat. Mio fratello Jon andava matto per i Pokémon da piccolo. Però lei si è ribattezzata @Mirbat, non @Zubat».

«È una delle ragioni per cui sono quasi sicuro che sia lei».

«Te ne intendi di Pokémon?» disse Robin, scoppiando a ridere mentre alzava lo sguardo.

«No» disse Strike, «Mirbat è una città sulla costa dell'Oman. Ci si svolse una battaglia nel 1972: nove uomini della SAS contro duecentocinquanta ribelli comunisti. Vinsero i primi».

«*Nove contro duecentocinquanta*?»

«Il meglio del meglio» commentò Strike, come già aveva fatto a Ironbridge. «Non mi stupirebbe se Rena avesse saputo della battaglia dal fratello, da cui il nome».

Robin fece scorrere le caotiche e confuse esternazioni di Rena. Dai suoi post trapelava in maniera evidente una certa fissazione per i musulmani e la minaccia che, secondo lei, rappresentavano per il Regno Unito. Alcuni tweet erano stati segnalati ed eliminati. A giudicare da quelli che restavano, Robin sospettò che fossero stati estremamente islamofobici.

«Credo che stiamo parlando di un grave caso di disturbo mentale, o di dipendenza, o di entrambe le cose» disse Strike. «Pubblica post a raffica, poi tace per mesi, ma ultimamente scrive sempre meno ed è sempre più sconclusionata. Comunque, se torni al 2015, è riuscita a dire qualcosa di interessante, forse mentre prendeva le medicine giuste...»

Robin tornò indietro e lesse:

dicono che mio fratello e morto ma x me non e morto davvero. non ci credo.

«Naturalmente» continuò Strike, «se Richard de Leon sta dicendo la verità e non ha più avuto notizie di Danny dal 18 giugno dell'anno scorso, Rena Liddell diventa irrileva...»

Il cellulare di Strike squillò tra le mani di Robin.

«Wardle» disse lei porgendoglielo.

«Vado a rispondere fuori» fece Strike, lanciando un'occhiata al gruppetto del tavolo accanto.

Il bastone, per quanto gli scocciasse ammetterlo, si rivelò utile, e gli permise di uscire nel cortile più velocemente che se avesse dovuto arrangiarsi senza.

«Dimmi tutto».

«Ciao» salutò Wardle. «Nulla di urgente. Volevo solo chiederti... dicevi sul serio a proposito di quel lavoro all'agenzia?»

«Sì, certo. Però sarà difficile riuscire a uguagliare lo stipendio che prendi ora».

«Sì, lo so» disse Wardle. «Ci sto riflettendo. Come ti ho detto, con i soldi che mi ha lasciato mia madre posso comunque sistemare Liam».

«Possiamo metterti al lavoro appena sei disposto a iniziare» fece Strike, anche se, mentre lo diceva, gli venne in mente che non ne aveva ancora discusso con la sua socia. Voltandosi sovrappensiero verso la strada principale, vide Richard de Leon che sbucò da Rue des Laches, si guardò intorno, individuò Strike che lo fissava e batté rapidamente in ritirata nella stessa direzione da cui era venuto.

Nel frattempo, al pub, un barista si era presentato al tavolo di Robin con due pizze.

« In vacanza? » chiese deponendole sul tavolo.

« Non proprio » rispose Robin. « Stiamo cercando un uomo di nome Danny de Leon ».

« Danny? » chiese il barista con tono allegro. « L'ho appena visto, è da Helen Platt. Al Clos de Camille, in Rue de La Seigneurie. Le sta sistemando il giardino ».

84

Che cos'è più falso della verità
se è falsa per te?
Dov'è il dente del serpente
scansa l'albero!

Robert Browning
Lei ha l'ultima parola

Una mezz'ora dopo, mangiate le pizze, Strike e Robin uscirono dal Bel Air e si incamminarono lungo l'Avenue, sotto un cielo che minacciava altra pioggia, seguendo le indicazioni ricevute dal barista servizievole. Passando oltre i piccoli negozi al piano strada, o vuoti o chiusi, Strike disse: « Secondo te, quante probabilità ci sono che il nostro amico Richard stesse provando a sgattaiolare da questa parte per avvertire suo fratello che lo stiamo cercando? »

« Molte, anzi *moltissime* » rispose Robin.

« Perché non gli ha semplicemente telefonato? »

« Forse l'ha fatto » disse Robin. « O forse ha aspettato che rientrassi nel pub per correre da lui. Magari ci sta aspettando a casa di Helen Platt. Spero che non abbia portato il suo ciocco ».

Strike rise, ma si astenne dal rispondere alla battuta, dato che persino col bastone l'Avenue si stava rivelando più complicata che se fosse stata una normale strada asfaltata, e in più non voleva dare l'impressione di trovare il terreno impervio, soprattutto visto che Murphy, al suo posto, avrebbe superato ogni ostacolo con un volteggio, quell'agile stronzetto.

« Non capisco come mai questo posto sia considerato britannico » osservò Robin, quando svoltarono a destra in Rue de La Seigneurie. « Tutti i nomi sono in francese, e siamo più vicini alla Francia che alla Gran Bretagna ».

«Non penso che sia britannico in senso stretto» disse Strike, ancora determinato a dissimulare l'affanno e le smorfie di dolore. «Una volta il Seigneur reggeva l'isola per conto del monarca britannico, o qualcosa del genere. Risale tutto ai tempi di Guglielmo il Conquistatore».

Superarono una chiesa con annesso cimitero e la stazione di polizia locale, entrambi bassi e antichi edifici in pietra, e dopo altri cinque minuti si ritrovarono lungo una fila di splendide case. Più in lontananza, sulla sinistra, potevano scorgere la torre di quella che, dalle mappe, Strike sapeva essere la Seigneurie, il grande palazzo in pietra dove risiedeva l'attuale Seigneur.

«Eccola» disse improvvisamente Robin, indicando una casa dall'intonaco rosa chiaro. «Il Clos de Camille».

Era tenuta decisamente meglio della residenza della famiglia de Leon, e la camelia da cui prendeva il nome si ergeva fiera accanto alla porta. Tuttavia nessuno rispose quando Robin suonò il campanello.

«Forse Richard l'ha davvero chiamato per avvertirlo» disse, ritornando da Strike in strada.

Sul lato, un cancelletto verniciato era aperto e permetteva di sbirciare il giardino ben curato che si estendeva sul fondo.

«C'è un tizio con una vanga» disse Strike, strizzando gli occhi in direzione di una figura con una giacca giallo canarino, che sembrava indaffarata all'estremità di un prato. «Potremmo...»

Il cellulare di Robin squillò.

«Scusa» disse, con un tuffo al cuore quando vide che era Murphy a chiamare. «Devo...»

«Ok, ci vediamo dentro» disse Strike, e si allontanò oltre il cancello aperto, facendo ampio uso del bastone mentre si incamminava sul prato, in direzione della figura in fondo al giardino. Robin aspettò che il socio non potesse più sentirla, poi accettò la chiamata.

«Ciao» disse Murphy. «Com'è Sark?»

«Fredda» rispose Robin, guardando Strike che si avvicinava lentamente all'uomo distante con la giacca gialla, che dava ancora la schiena alla strada.

«Trovato quello che cercavate?»

«Forse, non lo so».

«Ascolta, volevo parlarti di lunedì sera».

Robin, che riteneva di essere stata affettuosa quando l'aveva salutato il martedì mattina, quanto meno abbastanza da evitarsi di dover riesumare la serata, pensò: *Oh Dio, non adesso.*

«Ryan, sono nel mezzo di un lavoro. Possiamo parlarne quando torno».

«E quando torni?»

«Domani, se saremo fortunati» rispose Robin osservando Strike. La figura con la giacca gialla non si era ancora voltata.

«È solo che continua a ronzarmi in testa» insistette Murphy. «Non volevo turbarti, dico sul serio, dicendo quelle cose, stavo solo provando...»

«*Ti prego*» disse Robin a denti stretti, «non dirmi che stavi solo provando a essere sincero».

«Non vuoi che...?»

«Sì, certo che voglio che siamo sinceri l'uno con l'altra, è solo che mi pare una scusa jolly per obbligarmi a discutere di cose che...»

«Non volevo obbligarti a fare un bel niente, sto solo provando a capire...»

«E io ti ho risposto» disse Robin, cercando di non perdere la calma. «Ti ho risposto in tutta onestà. Non so cos'avrei fatto se la gravidanza fosse stata regolare, e non mi sembra giusto che...»

«Eri triste? Almeno un po'? Per il bambino?»

«*Sì*» disse Robin, e le si spezzò la voce. «Sì, ho pianto per lui. È questo che volevi sapere? Che non sono disumana?»

«Non ho mai...»

«Sii sincero, Ryan. Vuoi che mi comporti come secondo te dovrebbero comportarsi le donne».

«E questo che cosa vorrebbe...»

«Volevi che singhiozzassi tra le tue braccia per il bambino che abbiamo perso, e che ti dicessi che volevo subito congelare gli ovuli, per avere un rimpiazzo».

«Non è questo che...»

« Senti, sto lavorando » lo interruppe Robin, osservando Strike, che ormai era abbastanza vicino al giardiniere da rivolgergli la parola. « Preferirei... » Trasalì, poi esclamò: « Dio santo... devo andare! » e riagganciò.

Cormoran Strike si era appena beccato un colpo di vanga in faccia.

85

« Tu non conosci gli uomini di Sark... Prima fanno una cosa e solo dopo se ne dolgono... »

John Oxenham
A Maid of the Silver Sea

Danny de Leon aveva abbattuto la vanga sulla testa di Strike con forza tale da mandarlo a terra. Ritrovandosi improvvisamente con la faccia tra l'erba umida, Strike vide il giovane uomo in preda al panico che lasciava cadere l'arma e iniziava a scappare in direzione della casa, mentre Robin correva verso di loro.

« Non ci provare, cazzo! » gridò Strike, temendo che de Leon ricorresse alla violenza anche contro Robin, ma lei si fece forza e, approfittando del fatto che de Leon si era voltato verso Strike, si piegò e lo placcò all'altezza della vita, agganciandogli la gamba con la sua e mandando al tappeto entrambi, anche se lei ebbe la peggio, cadendo rovinosamente a terra con de Leon addosso.

« Siamo detective privati, non vogliamo farti del male » riuscì ad ansimare, pur essendo rimasta senza fiato. « Siamo venuti a Sark per scoprire se stavi bene! »

De Leon stava provando a liberarsi dalle sue grinfie, mentre lei si era aggrappata con tutte le forze alla giacca gialla. Strike nel frattempo era riuscito a rimettersi in piedi e, dimenticando il bastone, arrancò sconsideratamente verso la coppia che lottava, scivolando sull'erba e rischiando di cadere di nuovo. Li raggiunse appena in tempo per acciuffare de Leon prima che si divincolasse da Robin, e per sollevarlo in posizione eretta.

L'abbronzatura artificiale e i capelli ossigenati erano spariti. Ora de Leon sfoggiava una chioma castano scuro, probabilmente il suo colore naturale, e i denti perfetti pagati da Lord Oliver

Branfoot risaltavano bianchissimi nella faccia che, al posto della tintarella fasulla, portava i segni naturali del tempo. Era basso, avvenente, dal fisico robusto, e continuò a lottare con Strike finché quest'ultimo non lo scosse urlando: « FALLA FINITA, CAZZO! NON SIAMO QUI PER AMMAZZARTI! »

« Temevamo che ti avessero ucciso » annaspò Robin, scompigliata e sporca d'erba, tirandosi su a fatica. « Pensavamo che fossi un cadavere... »

« In una camera blindata » completò Danny, e subito sembrò pentirsene. Aveva smesso di opporre resistenza ma sembrava spaventato e arrabbiato. Portandosi le mani alle orecchie disse: « Gli auricolari... »

« Chi se ne frega dei tuoi cazzo di auricolari » disse Strike, la cui mascella grondava sangue e si stava gonfiando a vista d'occhio. « Vogliamo parlarti ».

A giudicare dalla faccia, Danny avrebbe voluto rifiutarsi, ma quando sollevò gli occhi su Strike la voglia di fare l'osso duro sembrò in parte abbandonarlo.

« Va bene » mormorò. « Possiamo andare in casa ».

« E la proprietaria? » fece Strike.

« Non c'è. È andata a fare compere a Guernsey con mia madre ».

« Ti recupero il bastone » disse Robin a Strike. « Ci vediamo dentro ».

Così Strike si trascinò in direzione della casa, la mascella che pulsava, il ginocchio attraversato da fitte lancinanti per la corsa sull'erba scivolosa, e la mano ancora serrata sulla giacca di Danny, in caso provasse a scappare, mentre Robin raggiunse l'estremità del prato, dove raccolse il bastone di Strike e ritrovò gli auricolari di Danny, uno dei quali era stato distrutto da una pedata.

L'ingresso posteriore del Clos de Camille conduceva direttamente in una cucina ordinata, con le pareti di un rosa pallido, su cui erano appesi dei quadretti a tema marinaresco, che a Strike ricordarono la casa di Ted e Joan a St Mawes. Danny si era appena seduto al tavolo di pino quando Robin entrò con il bastone di Strike.

«Devi darti una ripulita» disse, guardando la faccia di Strike, su cui la vanga aveva lasciato un taglio violaceo. «Sta sanguinando ed è lurido».

Strike si avvicinò al lavandino e si diede da fare con acqua e sapone, mentre Robin aprì lo sportello del freezer e recuperò un sacchetto di piselli surgelati. Lo consegnò a Strike, che borbottò un grazie mentre si asciugava la faccia con la carta da cucina.

Ora una quarta persona entrò dall'ingresso posteriore: Richard de Leon.

«Oh Cristo, e *tu* cosa vuoi?» strepitò Danny.

«Che cazzo succede?» pretese di sapere Richard.

«Tuo fratello mi ha appena spaccato la faccia con una vanga» riferì Strike, premendosi il sacchetto di piselli surgelati contro la mascella.

«*Perché non rispondevi a quel cazzo di telefono?*» chiese Richard al fratello minore.

«Stavo ascoltando musica, va bene?»

«Come le abbiamo già detto, signor de Leon» disse Robin, provando a disinnescare la bomba, dato che i fratelli sembravano sul punto di esplodere, probabilmente abbandonandosi alla violenza fisica, «temevamo che suo fratello fosse morto».

«Be', non lo è, giusto?» disse Richard.

«Grazie a Dio» fece Strike, continuando a premersi i piselli sulla faccia. «Non ne eravamo sicuri».

«Allora, perché lo state cercando se non è...»

«Non è complicato» disse Strike, che ora si lasciò scivolare su una delle sedie attorno al tavolo, col ginocchio che faceva un male cane e più che pronto a sfogare la rabbia su chiunque gli offrisse un bersaglio. «Un uomo è stato ucciso, secondo una soffiata era tuo fratello, così ci siamo messi a cercarlo, è vivo, non era lui. Se vuoi posso farti un disegno».

«Non sei d'aiuto, ok?» disse Danny a Richard, con tono risentito. «Ora vedi di *levarti dai coglioni*!»

«Oh, col cazzo» ribatté Richard, quindi, voltandosi verso Robin, da cui gli sembrava più probabile ottenere una risposta razionale, aggiunse: «Bene, ora sapete che è vivo... che cosa ci fate ancora qui?»

«Vorremmo fargli qualche domanda su Oliver Branfoot» rispose Robin.

Richard spostò lo sguardo da Robin a Danny e poi di nuovo su Robin.

«È la verità?» disse, più scioccato che arrabbiato. «Quella storia di Branfoot? È tutto vero?»

«Ti ho già *detto* di sì!» rispose Danny.

«Sì, ma tu racconti un sacco di stronzate, no?»

«Perché non te ne vai a...?»

«È tutto vero» intervenne Robin.

«Chi ci dice che non lavorate per lui?» disse Richard.

«Ti pare che in quel caso faremmo il suo nome?» ringhiò Strike. Sapeva già che, una volta arrivati al B&B, avrebbe avuto la faccia terribilmente gonfia.

«Danny» disse Robin, «come fai a sapere che Lord Branfoot pensa che l'uomo nella camera blindata sia tu?»

«Mi è stato riferito» rispose Danny.

«Da chi?»

«Col cavolo che te lo dico. I prossimi saranno loro».

«Sputa il rospo, imbecille» intervenne Richard, scostando una terza sedia dal tavolo e prendendo posto.

«Che importanza ha chi ha cantato?»

«È stato un altro attore dei filmini privati di Branfoot?» chiese Robin.

«Te l'ho detto, non... *e tu come cazzo fai a saperlo?*»

«La tua amica Fiona ha infilato un messaggio anonimo sotto la porta del nostro ufficio» spiegò Robin. «Il suo ragazzo le ha detto che il corpo nel caveau eri tu, e lei gli ha creduto. È molto preoccupata per te».

«Lo so, continuava a chiamarmi» disse Danny, «ma mica potevo dirle che stavo bene, no? Perché quel pezzo di merda di Craig sarebbe andato dritto da Branfoot, se avesse scoperto dov'ero».

«Fiona dice che Lord Branfoot ti ha minacciato, dopo averti pagato il lavoro ai denti».

«Ti ha pagato i cazzo di *denti*?» esclamò Richard.

«Sì» fece Danny, «e allora?»

«*Non potevi pagarteli da solo?*»

«Si è offerto lui, ok?»

«Merda, è questo il problema» disse Richard, puntando l'indice massiccio contro Danny. «È sempre così, pretendi le cose senza mai dare un cavolo di niente in cambio!»

«Branfoot ne ha avute parecchie di cose in cambio, non preoccuparti!»

«Cosa ti ha spinto a tornare a Sark, Danny?» chiese Robin.

«Avevo... non importa» mormorò Danny.

«*Di' la verità, cazzo*!» ruggì Richard.

«Avevo una brutta sensazione!» strillò Danny. «Contento?»

«Che sensazione?»

«Per via di Branfoot?» domandò Robin.

«Sì» rispose Danny.

«Cos'è successo?» disse Robin, cercando di battere sul tempo Richard.

«Ecco... una sera stavo tornando a casa» cominciò Danny con voce esitante, «e qualcuno mi stava seguendo. Un tizio enorme. Ho aumento il passo, e lui anche. Ho iniziato a correre, e lui anche. Un taxi passava di lì e l'ho fermato. Mi sono girato, e quello è scappato nella direzione opposta... Branfoot conosce certa gente, gente capace di tutto, grazie a quel suo... avete presente... quelle cazzate di beneficenza. Tizi che sono finiti in galera e hanno bisogno di soldi... Una volta mi ha detto che è l'unico uomo in tutta Londra che conosce tanti sbirri quanti criminali... Dopo quella sera sono rimasto a casa per qualche giorno, ma poi l'ho visto di nuovo. Se ne stava lì in strada, a guardare verso le mie finestre».

«Ed è stato allora che hai deciso di tornare qui?» chiese Robin.

«Non subito. Ma poi mi ha chiamato un amico, per riferirmi che quello stronzo di Craig andava in giro a dire che presto si sarebbero 'occupati di me'. E allora... be'... ho fatto i bagagli, ho aspettato che il tizio in strada se ne andasse per la notte, ho chiamato un taxi e sono filato dritto in aeroporto».

«L'amico che ti ha avvisato che Branfoot si sarebbe 'occupato di te' » disse Robin, « è la stessa persona che ti ha detto che secondo Branfoot il corpo nel negozio di argenti era il tuo? »

« Sì » disse Danny. « Il tizio incaricato di ammazzarmi deve aver detto a Branfoot che ero io ».

Dall'espressione di Richard, Robin capì che fino a quel momento il racconto degli eventi che avevano spinto Danny a fuggire da Londra gli era parso esagerato, se non del tutto inventato. L'arrivo di quei due sconosciuti che cercavano suo fratello era stato chiaramente uno choc, ma Robin intuiva che, ascoltando Danny raccontare di nuovo la sua storia ad altre persone, e soprattutto a persone che potevano confermarla, l'aveva messo in uno stato di agitazione che finora era riuscito a evitare.

« Be', Branfoot non penserà per sempre che il corpo era il tuo, non credi? » disse Richard con impeto. Indicando Strike e Robin continuò: « Se l'hanno scoperto loro, può scoprirlo anche quello stronzo di Branfoot! Quanto credi che gli ci vorrà per capire che sei tornato a casa da mamma? »

« Senti, tu *stanne fuori*, non sono affari tuoi! » disse Danny con rabbia, e si alzò talmente di scatto da far ribaltare la sedia.

« Danny, per favore, siediti » disse Robin. « *Per favore*. Vogliamo aiutarti ».

Lanciò un'occhiata al suo socio, per sollecitare un suo gesto di conferma, ma dato che al momento anche lui avrebbe volentieri alzato le mani su Danny, Strike non disse niente.

« *Voi*, aiutarmi? » le fece Danny, e Robin percepì la paura dietro l'aggressività. « Come cazzo fate *voi* ad aiutarmi? State solo peggiorando le cose! Finché è convinto che il corpo nel caveau è il mio, sono al sicuro, e voi invece venite qua per dimostrare che non ero io! »

« Be', il modo più ovvio per disinnescare la minaccia sarebbe... »

« *No* » dissero i fratelli de Leon in coro.

« Col cazzo che renderà pubblica questa storia » fece Richard.

« Non parlerò con la stampa, manco morto » dichiarò Danny.

« Nostra madre non sa cos'ha combinato » riprese Richard. « E non lo deve sapere, ok? Ha perso nostro padre l'altr'anno ».

«Se parlo, Branfoot si *assicurerà* che mi facciano secco» disse Danny.

«Però quello che Branfoot sta facendo è illegale» intervenne Robin. «Filma le persone senza il loro consenso, e se...»

«Hanno tutti preso dei soldi davanti all'obiettivo, non ci sono prove» la interruppe Danny. «Se parlo...»

«Ma tuo fratello ha ragione, Danny. Quando il corpo verrà identificato...»

«Allora me ne andrò da un'altra parte» disse Danny fuori di sé.

«Intendi nasconderti per sempre?»

«Sì, se devo!»

«Cristo onnipotente, che *cazzo* di casino!» esplose Richard, e anche lui si alzò. «Ho sempre preso le tue difese con papà, Dan, ma Gesù Cristo, inizio a pensare che avesse...»

Danny si avventò contro il fratello; Richard parò il pugno, ma Danny continuò a farsi sotto, spingendo l'altro, che a quanto pareva preferiva non rispondere ai colpi, contro gli armadietti della cucina. Strike lasciò cadere la busta di piselli, si alzò in piedi, infilò il suo corpo massiccio tra i fratelli e spinse Danny all'indietro, premendo l'enorme mano contro il petto del fratello minore.

«Raccogli quella sedia e *posa il culo*» disse, «e ricordati che sei in debito per quella merdosa vanga». Indicò Robin. «Lei è più buona di me. Il mio interesse per la tua incolumità è finito quando ho scoperto che eri vivo. Il problema è che ora Branfoot se l'è presa con *noi*, perché è convinto che dimostreremo che il corpo nel caveau *era* il tuo, e a quanto pare ha sguinzagliato gli scagnozzi che ti davano la caccia contro la nostra agenzia. *Lei* è già stata minacciata con un cazzo di pugnale».

«Non ci credo» disse Richard, passandosi una mano sulla bocca. «Non ci credo, porca troia».

Danny, che contravvenendo all'ordine di Strike era rimasto in piedi, urlò contro il fratello: «*Sai bene perché me ne sono andato!*»

Richard, che sembrava aver perso la voglia di discutere, si tirò su i pantaloni con aria inquieta.

«Sì, lo so perché... e non sto dicendo che hai fatto male a levare le tende, Dan. Ma perché dovevi fare proprio *quello* per camp... »

« Sai stato tu a dirmi che non so fare nient'altro! »

« Non ti ho mai detto che non sai fare altro, maledetto bugiardo, ho detto che non saresti mai diventato un cavolo di muratore! » urlò Richard. « Non ci sono altre opzioni a Londra, vero? O tirar su muretti a secco o far vedere il cazzo? »

Ora Strike raccolse la sedia caduta e la drizzò.

« *Seduto* » ordinò a Danny per la seconda volta. Con aria sconfitta, Danny ubbidì.

Anche Richard prese una sedia, e lo stesso fece Strike, il cui ginocchio destro tremava più che mai.

Fissando Robin da sotto le folte sopracciglia, Richard borbottò: « Nostro padre... ci andava pesante con Danny. Ma perché ti sei dovuto immischiare in *quella* roba? » concluse con aria affranta, rivolgendosi al fratello.

« Non lo so » rispose Danny. « Avevo bisogno di soldi... è successo e basta! »

« La cocaina, ecco cos'è successo, piccolo coglione » disse Richard.

« Piccolo mica tanto » borbottò Danny, « altrimenti non avrei potuto pagarmi la coca ».

« Ah ah, che ridere, cazzo » fece Richard. Lanciò un'occhiata in tralice a Strike. « E ora che si fa? »

« Diciamo a Branfoot che è vivo » rispose Strike senza lasciarsi impietosire.

« Non possiamo! » intervenne Robin.

« Dimmi, vuoi passare i prossimi due anni a guardarti le spalle da un tizio con un pugnale? » le chiese Strike con rabbia. « L'altra volta era smussato, la prossima magari non sarà così. Branfoot conosce dei *veri* criminali, ci si è impegnato parecchio ». Quindi si rivolse a Danny. « O parli di Branfoot con la stampa, e ti assicuri che si spaventi troppo per prenderti di mira, oppure ci parliamo *noi*. Non esiste una terza opzione. Verrà tutto fuori ».

A giudicare dalla faccia, sembrava che anche i fratelli de Leon fossero stati colpiti da una vanga. Robin raccolse da terra il sacchetto di piselli e lo porse a Strike, che se lo premette contro la mascella dolorante con un grazie. Infine Richard disse: «Parlerà con la stampa, appena avremo preparato nostra madre».

«Oh Dio» fece Danny, abbandonandosi faccia in giù sul tavolo della cucina.

«Be', dobbiamo dirglielo» disse Richard con rabbia. «Sarà la cosa più clamorosa successa a Sark dopo l'occupazione tedesca».

«Avrei dovuto ammazzarmi» disse Danny, con la voce smorzata.

«A chi gioverebbe, idiota, se non a Branfoot?»

«Farà una dichiarazione» continuò Richard rivolto a Strike. «Dateci solo qualche giorno».

Strike lanciò un'occhiata a Robin, che gli restituì uno sguardo supplicante. Con estrema riluttanza disse: «Dovete fare in fretta. Voglio che Branfoot ci lasci in pace».

«Va bene. Spiegheremo tutto a nostra madre... anche se non so come *cazzo* faremo... Oh, non cominciare!» disse alla nuca di suo fratello, perché Danny, sempre a faccia in giù, aveva iniziato a singhiozzare.

«Hai ancora il mio biglietto da visita?» chiese Strike a Richard.

«Sì, a casa».

«Voglio anch'io i vostri numeri, Branfoot va sputtanato *in fretta*. Aspettate troppo, e potrebbe essere uno di noi a rimetterci la pelle».

Richard gli diede i numeri di telefono di entrambi e Strike li salvò sul cellulare, mentre Danny continuava a singhiozzare. Una volta finito, Richard si alzò.

«Vi accompagno».

Lasciando Danny con la faccia sul tavolo, tornarono in strada facendo il giro della casa, Strike in preda al dolore, scaricando tutto il peso sul bastone. Quando arrivarono sulla via, Richard disse con aria imbarazzata: «Non giudicatelo... nostro padre è stato uno stronzo con Danny. Era... ecco, come si dice... Omofobo. Non sono mai andati d'accordo. Per questo Danny se n'è andato. Per questo ha preso una brutta strada, quell'idiota. È scappato e ha fatto quello che secondo nostro padre facevano gli uomini come lui, capite? Ribellione » concluse Richard. « In fondo si trattava di questo ».

« Capisco » fece Robin.

Strike, la cui ferita doleva sempre di più per via del contatto con l'aria fredda, rimase in silenzio. Gli sembrava che un lato della faccia fosse stato gonfiato con una pompa per palloni.

« Idiota » ripeté Richard. « Io non avevo capito... è sempre stato un contaballe, sapete? Pensavo che la metà se la fosse inventata. Pensavo che se lo fosse immaginato che quel tizio voleva accopparlo. Tutto questo è... è uno choc, capite? »

« Certo » disse Robin. « Non vogliamo che gli succeda qualcosa di brutto, davvero ».

Richard gettò un'occhiata a Strike, che rispose con un verso evasivo, solo per far contenta Robin.

« Bene, ok, come vi ho detto... dateci qualche giorno » disse Richard. Fece un sospiro profondo. « Nostra madre pensa che Danny lavorasse in una sartoria di Savile Row. Le ha raccontato di tutti i VIP a cui ha preso le misure per qualche smoking del cazzo ».

86

Tutto quel lieto e fiero ardore,
tutta quella cara, umana emozione;
occhi d'anima pieni, segnati dal patire,
un dolore sofferto con eroico ardire,
un amore fedele, profondo e divino –
Matthias, eran forse tuoi, poverino?

Matthew Arnold
Poor Matthias

«Cerchiamo un posto dove sederci?» furono le prime parole di Robin dopo che Richard de Leon fu rientrato nel Clos de Camille. Anche se lo squarcio prodotto dalla vanga aveva smesso di sanguinare, il lato sinistro della faccia gonfia di Strike stava diventando viola, man mano che i lividi emergevano in superficie.

«Sto bene» fece lui, consapevole che il suo aspetto lasciava pensare l'esatto contrario.

«Be', dopo quello che è successo, io avrei bisogno di un caffè o qualcosa del genere» disse Robin.

Con suo sollievo, poiché temeva di dover tornare sull'Avenue per trovare una caffetteria, lungo Rue de la Seigneurie c'era un locale aperto, anche se per raggiungere il Captain's Bar bisognava salire al piano superiore, sul cui soffitto spiovente erano stati dipinti degli oblò. Non essendo più dell'umore giusto per apprezzare i decori marinareschi, Strike si lasciò cadere su una sedia alla finestra, e quando Robin lo informò che non servivano caffè, chiese la birra che in realtà desiderava.

«Alcolica» aggiunse, perché in mancanza di antidolorifici era più che lieto di improvvisare, e a Robin tornarono subito in mente la sera della Vigilia e lo scatto d'ira di Murphy, quando lei gli aveva chiesto se la sua pinta contenesse alcol.

«Quindi... è fatta» disse Robin, quando tornò al tavolo da Strike, con una birra per lui e un'acqua tonica per sé. «De Leon è fuori dai giochi. Era il tuo candidato preferito per Wright, se non sbaglio».

«Lo era, sì» ammise Strike. «Mi sembrava sensato che fosse stato lui a finire ammazzato nel caveau, mentre non riesco a capire per quale cavolo di ragione Powell o Semple...»

«Oppure Rupert...»

«Oppure Fleetwood, se è per questo... perché loro dovessero morire lì».

«Nemmeno io» convenne Robin. Dopo un secondo o due aggiunse: «Secondo te il morto era qualcun altro ancora, ucciso per ragioni che non conosciamo?»

«Ci penso almeno ogni due ore» rispose Strike. «Ma se *davvero* era qualcuno che non conosciamo, direi che non lo conosce nemmeno la polizia, e mi pare proprio strano che letteralmente nessuno si sia fatto avanti per dire 'Ehi, ecco chi potrebbe essere'. Però credo sia ragionevole dedurre che Oz, chiunque egli sia, non fosse l'uomo che Branfoot ha pagato per uccidere de Leon. Shanker si è fatto abbindolare. Dovrò dirgli che il presunto killer gli ha rifilato un sacco di cazzate».

La pioggia riprese a cadere mentre sedevano alla finestra a sorseggiare le rispettive consumazioni.

«Quindi, a quanto pare esistono davvero dei fratelli che si raccontano tutto» disse Robin.

«Dubito che Danny volesse raccontarglielo» ribatté Strike. «Probabilmente si è detto che il sostegno di Richard potrebbe tornargli utile, nel caso si facesse vivo lo scagnozzo di Branfoot».

«Però si vogliono bene, è evidente... Hai visto Al di recente?» chiese Robin, riferendosi all'unico fratellastro con cui Strike avesse rapporti.

«No» disse Strike. «È ancora incazzato perché non ho fatto pace con Rokeby dopo aver scoperto che aveva il cancro alla prostata. Non ci siamo più parlati».

«A me piace» disse Robin, che aveva incontrato Al una sola

volta, ma conservava il ricordo di una persona che sembrava voler bene e ammirare il fratello maggiore.

«Non fai che ripetermelo».

«Piace anche a te» disse Robin con un sorriso.

«È un tipo a posto» ammise Strike, alzando appena le spalle. «È solo che non abbiamo un cazzo in comune».

«Come Martin e me» fece Robin, che subito si batté una mano sulla fronte e sospirò: «Oh cavolo».

«Che c'è?»

«Ieri ho dimenticato di chiamare mia madre per chiederle di Dirk».

«Di chi?»

«Dirk, il figlio di Martin. Il mio nuovo nipote. Doveva tornare a casa ieri. C'è stata qualche complicazione durante il parto; ha un braccio paralizzato».

«Merda» esclamò Strike.

«Pensano che si risolverà» disse Robin.

«La tua famiglia sta figliando parecchio ultimamente».

Robin avvertì di nuovo quel sussulto interiore che ormai accompagnava ogni riferimento a bambini e gravidanze, ignara del fatto che Strike aveva notato anche una leggera smorfia esteriore.

«Ascolta» disse, ansiosa di cambiare argomento, «dubito che potremo rimediare una cena da asporto, non ho visto nemmeno un posto aperto. Che ne dici se vado a comprare qualcosa da cucinare stasera all'Old Forge?»

«Sta piovendo».

«E infatti è una fortuna che non sia fatta di cartapesta».

«Ok, vengo anch'io» disse Strike, afferrando la pinta con l'intenzione di trangugiarla d'un fiato.

«No» lo fermò Robin. «Tu resti qua e riposi la gamba. Non guardarmi così, dopo dovremo comunque andare a piedi al B&B. Dalle un po' di tregua, io torno subito».

Quando Robin lo lasciò, Strike tornò a guardare fuori della finestra, con la sensazione di essere un vecchio arnese malridotto accudito dalla nipote. Non si era ancora visto la faccia allo specchio, ma sapeva che la vanga doveva avergli lasciato una brutta ferita, perché stava attirando gli sguardi in tralice degli uomini che giocavano a biliardo. Il ginocchio, che si era storto durante l'avventato scatto sull'erba per acciuffare Danny de Leon, sembrava anch'esso gonfio in maniera preoccupante. Mentre si chiedeva quanto ci sarebbe voluto per raggiungere il B&B, osservò un gruppetto di bambini delle elementari che correvano sotto alla finestra, chiaramente appena usciti da scuola, svelti e sani come pesci. Lui si sentiva ancora stanco morto, sapeva di avere un aspetto terribile e, dopo le impreviste sfide fisiche che aveva già incontrato a Sark, era quasi nello stesso stato pietoso di quando, più di un anno prima, Robin gli aveva detto che non era nelle condizioni di salire le scale con lei, verso quella che temeva fosse una trappola mortale. Non era così che si era augurato andasse quella trasferta e, ad accentuare ulteriormente la sua tristezza, si chiese se la strana espressione di Robin, quando aveva fatto quella battuta sulla fertilità della sua famiglia, significasse che presto avrebbe avuto – o che forse aveva già – qualcosa da dirgli, qualcosa che avrebbe rinsaldato il suo rapporto con Murphy al punto che nessuna dichiarazione da parte sua avrebbe potuto indebolirlo.

Robin ci mise quasi un'ora, prima per trovare il supermercato e poi per riempire un sacchetto con gli ingredienti per gli spaghetti alla carbonara, a cui aggiunse del vino, perché pensava che se lo meritassero, e antidolorifici e salviette disinfettanti per la faccia di Strike. Tornò al Captain's Bar perché non voleva che Strike le andasse incontro da solo, viste le condizioni in cui versava la sua gamba. Quando arrivò, il gonfiore e i lividi sulla mascella erano persino peggiorati, e gli rendevano la faccia tutta storta.

«Come ti senti?» gli chiese.

«Comunque meglio di quando mi hai spruzzato quel tuo maledetto spray».

Strike si costrinse ad alzarsi in piedi.

«Posso portarne uno» disse allungando la mano.

«Non ti preoccupare, ce la...»

«Dammi un cazzo di sacchetto, ho una mano libera e una gamba sana».

«Va bene, va bene» disse Robin esasperata. «Ecco, contento?»

«Al settimo cielo» disse Strike, quindi raggiunsero le scale.

Mentre ripercorrevano Rue de la Seigneurie, con inevitabile lentezza perché la storta al ginocchio lo rallentava considerevolmente, Strike domandò: «Che ne diresti se Wardle venisse a lavorare per noi?»

«Wardle?» fece Robin sorpresa. «Gli interesserebbe?»

«Certo che sì».

«Be', sarebbe ottimo» disse Robin, «ma possiamo permettercelo?»

«Non si aspetta lo stipendio che prende alla CID. Costi-benefici; con un altro collaboratore potremmo accettare più incarichi. Credo che si pagherebbe da solo».

«Perché ha deciso di lasciare la polizia?»

Mentre Strike le spiegava la combinazione di motivazioni personali per le quali Wardle desiderava cambiare carriera, Robin ebbe il tempo di ricordare che a Murphy Eric Wardle non piaceva. Non le aveva mai spiegato perché, ma di norma lasciava cadere un'osservazione critica ogni volta che saltava fuori il suo nome. A ogni modo, chi assumevano all'agenzia non era affare di Murphy, non più dei casi su cui decidevano di indagare.

Aveva di nuovo smesso di piovere, ma la luce andava rapidamente affievolendosi e, dato che avanzavano così a rilento, il sole era già tramontato quando raggiunsero la via isolata in cui doveva trovarsi l'Old Forge. Ben presto si ritrovarono avvolti in un buio simile al velluto.

«Le stelle sono incredibili, non trovi?» disse Robin alzando lo sguardo. Non essendoci lampioni stradali, risaltavano luminose e intense contro il nero profondo, ogni costellazione perfettamente delineata.

«Sì» convenne Strike; in altre circostanze avrebbe tentato un'uscita poetica, ma al momento stava soffrendo troppo, ed era soprattutto concentrato sul terreno fradicio e irregolare che Robin illuminava con la torcia del telefono. Il vento mormorava tra le siepi; Robin continuava a guardarsi alle spalle, temendo di vedere un'auto dietro di loro, per poi dirsi, con sollievo, che non sarebbe comparso nessuno con una maschera da gorilla.

«Credo sia questo» disse infine, quando un edificio si stagliò alla loro destra.

Strike si astenne dal commentare 'Cristo, spero di sì' e la seguì con circospezione su per un vialetto sterrato, giù per qualche gradino in pietra e infine, con enorme soddisfazione, attraverso la porta aperta del B&B, dove Robin accese le luci.

Si ritrovarono in un ampio ingresso, con una passerella in legno sulle loro teste a collegare le due camere al piano di sopra. A destra c'era un'altra camera, a sinistra il bagno con la doccia. Le valigie, con le etichette verdi ancora attaccate, erano posate al centro del pavimento in parquet.

«Vuoi tu la camera di sotto?» chiese Robin.

«Grazie» disse Strike. «Ti spiace se faccio la doccia prima di cenare?»

«Tranquillo, cucino io» rispose Robin, facendosi consegnare il sacchetto con la spesa.

Quando glielo porse, le loro dita si sfiorano. Robin si sentì attraversare da un minuscolo brivido, poi da un'improvvisa sensazione di eccitazione mista a panico.

87

... e noi ci troveremo
più saldamente uniti – due creature che la terra
genera separate – con sentimenti strani, inconfessati
se non l'uno all'altra...

Robert Browning
Pauline

La cucina dell'Old Forge disponeva di un fornello AGA inserito in un muro in mattoni, e aveva abbastanza posti a sedere per otto persone. Sui davanzali c'erano dei modellini in legno di fari, ma il buio all'esterno era talmente fitto da nascondere completamente la costa e il mare.

Robin stava cucinando e bevendo vino da dieci minuti quando le vibrò il cellulare; immaginò che fosse Murphy. Togliendo il sugo alla carbonara dal fuoco, raccolse il telefono e lesse.

Forse è la mia insicurezza a parlare, però è la verità. Dici che mi ami, ma sento che mi tieni nascosta una parte di te. A volte ho addirittura la sensazione che tu voglia soltanto assecondarmi. È da un pezzo che mi sembra di essere io a trascinarti in questa storia della convivenza, e non ricordo nemmeno una volta in cui hai mostrato un po' di entusiasmo, e quando ti ho detto che ci avevano soffiato l'appartamento, non ho colto nemmeno un briciolo di delusione da parte tua.

Venendo a quello che hai detto prima, a proposito del bambino: ti sbagli. Il punto non è che voglio che ti comporti come ritengo dovrebbero comportarsi le donne, è che nemmeno una volta hai ammesso che quello che hai perso era il nostro bambino. Mi sento come se non potessi mostrare nemmeno un po' di

tristezza per quello che è successo, perché altrimenti ti metterei pressione.

A volte c'è una distanza tra di noi e non so se è semplicemente il tuo modo di essere, il tuo modo di amare, o se stai mentendo sia a me che a te su quello che provi. E se è così, vorrei saperlo subito.

Robin rimase a fissare il messaggio, talmente sgomenta che ricordò dove si trovava solo quando si accorse che l'acqua degli spaghetti stava traboccando e tornò in fretta a occuparsene. Gelide ondate di panico e paura la investivano. Quindi Murphy sapeva.... cosa? Lei lo amava, no? Sì, pensava di amarlo, *sapeva* di amarlo. Ma lui aveva intuito...

Strike entrò in cucina; aveva ancora bisogno del bastone, ma si sentiva molto meglio dopo la doccia, coi capelli che, da bagnati, erano un po' diversi da com'erano di solito.

« Che profumino » disse, e iniziò ad apparecchiare il più piccolo dei due tavoli nella stanza.

« Come va la faccia? » chiese Robin.

« Ne ha viste di peggio » bofonchiò Strike.

« Ci sono delle salviette disinfettanti in fondo al sacchetto, se ti servono ».

Dopo aver versato gli spaghetti in un grande piatto che mise al centro del tavolo, Robin disse:

« Dammi un att... tu fatti sotto, non mi aspettare » e uscì in ingresso, prese il bagaglio, lo portò di sopra e scelse a caso la camera più vicina, che era decorata in giallo e ospitava tre letti, di cui uno matrimoniale: progettata per una famiglia, notò distrattamente... Seduta sul letto, rilesse il messaggio di Murphy, poi iniziò a digitare la risposta, una frase dolorosa dopo l'altra.

Lo sai che ti amo.

Ma era vero? Sinceramente? Provando a scacciare un'altra ondata di angoscia e senso di colpa, Robin continuò:

Non so cosa vuoi dire con distanza.

Davvero non lo sapeva? Forse invece sì... eppure qualunque coppia avrebbe attraversato un momento di tensione, dopo la sua lunga permanenza a Chapman Farm, il tragico caso su cui lavorava Murphy, lo stress della ricerca della casa e, naturalmente, la gravidanza ectopica, no?

Robin continuò a scrivere:

Ero triste per il bambino, ho pianto per lui, ma scoprire che non posso avere figli in modo naturale è stato orribile. Devo ancora accettarlo, e il fatto che tu mi forzi a parlarne, e a decidere cosa fare dei miei ovuli, non mi è d'aiuto. Per favore, cerca di capire che mi serve del tempo per digerire quello che mi è successo e capire cosa sia meglio fare d'ora in poi.

Questo almeno era vero.

Ti prego, possiamo parlarne come si deve quando torno? Sono con Strike, stiamo ancora lavorando, e non posso discuterne senza che lui mi senta.

Esitò, ripensando ai momenti belli che aveva vissuto con Murphy. Sapeva che era un brav'uomo, un uomo perbene, no? Quindi terminò:

Ti amo davvero xxxxx

Premette 'invio', con un vuoto dentro che non aveva nulla a che vedere con la fame. Il telefono vibrò; aveva paura di quel che avrebbe letto, ma abbassando lo sguardo vide soltanto un altro messaggio di Wynn Jones.

Quindi l'unico modo per parlarti è farmi interrogare?

Sì, rispose Robin in automatico. Poi, preferendo non restare troppo a lungo di sopra, col rischio che Strike le chiedesse se andasse tutto bene, discese la scala in legno.

« Scusa » disse Strike, con la bocca piena di spaghetti, quando lei entrò in cucina. « Morivo di fame ».

« Non ti preoccupare, ti avevo detto di non aspettarmi » rispose Robin con allegria forzata, rabboccando il bicchiere di vino. « Credo che a breve potrò parlare con Wynn Jones. Mi ha appena scritto di nuovo ».

Strike deglutì.

« Ottimo. A proposito, è buonissima ».

« Bene » fece Robin, sedendosi di fronte a lui.

« Allora, hai scoperto come sta Dirk? »

« Ch... oh, mio nipote? Sì » rispose Robin, che in effetti aveva chiamato sua madre quel pomeriggio, mentre andava al supermercato. « Sono soddisfatti di come procede. Sperano che questa paralisi si risolva ».

« Che problema ha avuto? »

« È stato un parto complicato » disse Robin. Un nodo le serrò di nuovo la gola. *La clamidia ha fatto molti danni...* Mandò giù un altro sorso di vino. « I nervi si sono lacerati, e come se non bastasse era prematuro ». *L'embrione è ostacolato dal tessuto cicatriziale...*

« Quindi è più piccolo del nipote da cinque chili? »

« Molto » disse a fatica Robin, ripensando all'accidentata corsa in barella e al tocco gelido della sonda ecografica.

Strike prese un'altra generosa forchettata di spaghetti. Nonostante il dolore pulsante alla faccia e alla gamba, sapeva che il momento in cui le avrebbe detto che la amava si stava avvicinando rapidamente. Quello che ci voleva adesso era una conversazione frivola, magari inframmezzata da qualche risata, e dell'altro vino per allentare le inibizioni. Avrebbe potuto iniziare a sondare con delicatezza lo stato della sua relazione con Murphy, e poi...

« Allora, da quel che hai potuto vedere, ti piacerebbe vivere a Sark? » chiese.

« Non lo so » disse Robin, che faticava a scacciare il pensiero dei messaggi di Murphy, e riusciva a stento a mandar giù la pasta per via del groppo alla gola. « È molto bella ».

« Credevo che avremmo visto più cavalli ».

«Probabilmente tirano fuori i carri solo in estate» disse Robin. «Per i turisti».

«Già. A me basterebbe che mi lasciassero avere un trattore tutto mio, ma...»

Di punto in bianco, con sua grande costernazione, Strike si accorse che Robin stava piangendo, anche se provava a nasconderlo. Deglutì in fretta.

«Cos'ho...?»

«Non è niente, non sei tu» disse Robin con voce stridula. Si alzò in piedi, si trascinò verso il rotolo di carta da cucina e ne prese un paio di strappi. «Fa' finta di niente, ignorami, mi dispiace».

«Perché...?»

«Non è n-niente» ripeté, appoggiandosi al bancone, ma senza riuscire a smettere di piangere.

«Non è vero. Che cosa...?»

«Ho... ho perso un bambino».

«*Cosa?*» fece Strike, atterrito.

Non riuscendo più a tenersi tutto dentro, non riuscendo più a fingere, non riuscendo più a reggere da sola il peso della confusione e del senso di colpa, Robin barcollò verso il tavolo, si sedette e raccontò a Strike, tra i singhiozzi, la breve e brutale storia della sua gravidanza fuori programma.

«Merda» commentò Strike. «Mi... mi dispiace».

Non sapeva cos'altro dire. Non aveva idea di quali fossero le ripercussioni su Robin e sulla sua relazione, non sapeva se stesse soffrendo per la perdita del bambino, o se avrebbe voluto tenerlo. Impotente, la guardò mentre lei lottava invano per ritrovare il dominio di sé.

«Non so perché sono così... oh *Dio*».

Non riuscendo a smettere di piangere, si abbandonò sul tavolo, proprio come Danny de Leon poco prima, con la faccia nascosta tra le braccia e i capelli che finirono nel piatto di spaghetti. La lealtà che la legava a Murphy si mischiava con i suoi sentimenti contrastanti rispetto ai messaggi che le aveva mandato, e si ritrovò a combattere contro l'intenso bisogno di confessare cose che non aveva mai avuto il coraggio di rivelare ad anima viva.

Strike non sapeva cos'altro fare se non allungare l'enorme mano attraverso il tavolo e posarla sulla spalla di Robin, mentre lei piangeva. Di rado gli era capitato di sentirsi così smarrito, o di avere tanta paura di dire la cosa sbagliata.

«Lo... lo volevi?»

«No» disse Robin, la voce a metà tra uno squittio e un gemito. «È successo per sbaglio. Non lo sapevo nemmeno... finché non è... finito tutto... Oh Dio, mi dispiace...»

«Smettila di chiedere scusa» disse Strike. Nella sua totale ignoranza delle implicazioni di una gravidanza ectopica, aggiunse: «Cosa... per quanto sei rimasta in ospedale?»

«Solo un paio di notti» disse Robin, sollevando la faccia bagnata, faticando ancora a ritrovare il controllo. «Non è stato nulla... nulla di grave. È solo che è successo perché... lo stupratore... quando avevo diciannove anni... mi ha trasmesso un'infezione ed è per questo che non posso... non so perché faccio così!» esclamò, con tono un po' isterico, mentre altre lacrime scendevano inesorabili e lei si asciugava freneticamente la faccia.

«E Murphy... Ryan...?»

«È stato fantastico, ma lui vuole tanto dei figli». Robin si soffiò il naso con la carta da cucina e fece un respiro profondo. «Non posso fargliene una colpa, dice che vuole stare con me, che io possa avere figli o meno, ed è così premuroso da quando è successo...»

«Bene» si sforzò di dire Strike, anche se probabilmente fu la parola più falsa che gli fosse mai uscita di bocca. «Si capisce» aggiunse, «mica è scemo. Sa che non troverà un'altra come te».

«Grazie» mormorò Robin, tamponandosi gli occhi con la mano sinistra, mentre con la destra trovò quella di Strike e la strinse.

«E se ho capito bene» disse Strike, «potresti ancora... se lo volessi...»

«Ma io non lo so se voglio *davvero* dei figli» disse Robin, e il sollievo di poterlo confidare a qualcuno che non fosse Murphy fu come slacciarsi un laccio emostatico. «Se avessi un figlio, non potrei più fare *questo.* Sono sicura che ci sono donne capaci di fare entrambe le cose, ma io non credo di essere una di loro. Non è che non mi piacciano i bambini, capisco perfettamente perché la gente li voglia e perché sia felice di averli, lo capisco, per quanto sia possibile per una che non ne ha avuti, ma il fatto è che io adoro tutto *questo*. Non sarebbe la stessa cosa se avessi dei figli, avrei più remore a correre dei rischi, mi sentirei in colpa a lavorare fino a tardi, significherebbe dividermi in due, e ho paura che, se dovessi rinunciare al lavoro, o se non riuscissi più a metterci l'impegno che ci metto adesso, darei la colpa a loro. Sono egoista?» chiese, guardando Strike con gli occhi pieni di lacrime.

«Cavolo no, tutto il contrario» disse Strike con foga. «Se la gente ci riflettesse bene prima di avere dei figli, ci sarebbero molte meno persone fuori di testa al mondo».

«I dottori dicono che dovrei congelare gli ovuli, e Ryan vuole che lo faccia, me l'ha dipinta come un'opzione in più... forse dovrei» disse Robin, asciugandosi gli occhi con la manica. «Forse è la cosa più saggia da fare... è solo che mi è tutto *cascato* addosso, e scoprire che quello stupratore bastardo mi ha tolto la possibilità...»

Si asciugò gli occhi, si accorse del sugo tra i capelli e ripulì anche quello.

«Mi dispiace» ripeté Strike, non sapendo cos'altro dire.

«È tutto ok» disse Robin, soffiandosi il naso. «Non è nulla, in confronto a quello che hai passato tu».

«Cosa? La gamba? È diverso, non peggio» disse Strike. «Quando esci da un ospedale militare, credimi, ringrazi tutti i tuoi santi. Mi hanno amputato sotto al ginocchio. Se fosse stato sopra, sarebbe stato tutto un altro campionato. Non sono rimasto paraplegico. Non mi sono saltati in aria i genitali, ci vedo ancora... a malapena, dopo il tuo maledetto spray. Me la cavo». Pur temendo che fosse troppo presto per una battuta, aggiunse: «È comunque una tragedia sapere che non potrò più ballare nel *Lago dei cigni*».

Con suo sollievo, Robin rise.

«Ci pensi mai a quello che ha piazzato la mina?»

«Non spesso» rispose Strike. «Ha fatto quello che riteneva di dover fare. Niente di personale».

«Penso che neanche il mio stupro sia stata una questione personale» disse Robin.

«È diverso» ripeté Strike.

Robin fece un respiro profondo, poi disse: «Mi dispiace tanto di averti scaricato tutto addosso».

«A cosa servono gli amici, altrimenti?» ribatté Strike.

Ma non aveva mai affrontato un dilemma come quello che gli si presentava ora. Davvero poteva dirle, mentre era ancora scossa per la recente perdita di un bambino, 'Senti, c'è una cosa che dovresti prendere in considerazione quando pensi al futuro: ti amo'?

«Concentriamoci sul caso» disse Robin, sollevando la mano da quella di lui. «Per favore».

«Va bene, ma prima ceniamo» disse Strike.

E così mangiarono, ciascuno immerso nei propri pensieri. Strike stava valutando disperatamente quale fosse la cosa migliore da fare, cercando di studiare la questione da tutti gli angoli. Robin aveva appena condiviso qualcosa di estremamente intimo. Non era forse il via libera per fare altrettanto? Finalmente erano soli, a tu per tu, nel posto più isolato che verosimilmente avrebbero mai visitato, dove nessun altro poteva trovarli o disturbarli. Non sarebbe stato folle farsi sfuggire l'occasione? Eppure temeva che, parlando adesso, con Robin palesemente nel pieno di una crisi, si sarebbe trasformato, forse per sempre, da amico e confidente a un'ulteriore fonte di dolore e confusione.

Robin notò il suo leggero broncio, e si chiese se anche agli occhi di lui, come ai propri, apparisse sconclusionata e imbranata, per essersi cacciata in quel guaio, per essersi messa a singhiozzare con i capelli negli spaghetti, e d'un tratto si vide davanti Kim Cochran, sempre inappuntabile, professionale e allegra, la sua vita personale in perfetto ordine. *Tutte commettiamo un errore, prima o poi. Va detto che io non ho mai* sposato *uno dei miei.*

Quando entrambi finirono di mangiare, si trasferirono su suggerimento di Robin nel salotto lì accanto, che aveva il soffitto a travi e un camino in mattoni con stufa a legna. Robin portò il vino.

«Accendiamo il fuoco?» propose Strike, perché la stanza era

fredda e, anche se a lui non dava troppo fastidio, sapeva per esperienza che le donne lo trovavano sgradevole.

«Perfetto» disse Robin, che aveva già preso un plaid dal divano e se l'era avvolto addosso.

Diede un'occhiata alla stanza dal soffitto basso; guardò la nave in bottiglia e il cavallo di porcellana sulla mensola del camino, l'ennesimo quadro a tema marinaresco sulla parete e la raccolta di opuscoli che reclamizzavano le attrazioni di Sark sparsi su un tavolino, e pensò che quel posto le sarebbe piaciuto parecchio se non fosse stato per il messaggio di Murphy. Si sentiva stanca fisicamente, ma aveva bisogno di stimoli mentali, ed era anche consapevole del desiderio di dimostrare a Strike che, nonostante i suoi problemi personali, era ancora in grado di fare il suo lavoro.

«Dunque» disse, mentre Strike si industriava con vecchi giornali e ciocchi, «dobbiamo ancora capire perché Wright è stato ucciso nel caveau, se non si è trattato di un doppio bluff massonico».

«Giusto» rispose Strike, che a quelle parole sentì precipitare il morale sotto terra. Robin voleva parlare di lavoro. Era un tentativo deliberato di scongiurare ogni conversazione più intima? Era consapevole quanto lui dell'eccezionalità della situazione – la casa isolata, le centinaia di miglia tra loro e Londra – e stava cercando di riportare il rapporto su un piano professionale? Con riluttanza, e con la morte nel cuore, giunse alla conclusione che rivelare i suoi sentimenti in quel momento sarebbe stato un errore, forse addirittura irrimediabile.

«Bene» disse, dopo essere riuscito ad accendere il fuoco, per poi chiudere lo sportello della stufa e sollevarsi in posizione eretta aiutandosi con la mensola del camino, «che motivazioni possono esserci per uccidere in un determinato luogo?»

«Non lo so» disse Robin.

Strike si versò altro vino e si sedette in una sedia di vimini che scricchiolò rumorosamente.

«A me ne vengono in mente quattro».

«Davvero?» commentò Robin spiazzata.

«Sì. Casualità, comodità, opportunità e necessità».

«Be'» disse Robin, stringendosi addosso il plaid, lieta di avere un esercizio intellettuale con cui tenere occupata la mente, e grata per il fuoco, «direi che di certo non è stata una casualità, no? Wright e l'assassino non si sono ritrovati nel caveau a quell'ora di notte per caso. È stato premeditato. Pianificato».

«Concordo» disse Strike.

Robin bevve altro vino, provando a concentrarsi.

«Cosa c'era dopo la casualità?» chiese.

«Comodità. Si applica agli omicidi domestici, soprattutto. Ma direi che possiamo scartarla. Parlando di posti per ammazzare qualcuno, fatico a immaginarne uno più scomodo del caveau sotterraneo di un negozio di argenti».

«Bene, quindi... opportunità?»

«L'opportunità sarebbe stata la motivazione perfetta, se l'assassino fosse stato Kenneth Ramsay, Pamela Bullen-Driscoll o Jim Todd. Il caveau sarebbe stato uno dei pochissimi posti in cui far fuori un uomo giovane e forte colpendolo alla nuca, senza testimoni. Purtroppo, hanno tutti un alibi di ferro. Quindi ci resta la necessità. Il caveau era letteralmente l'unico posto in cui l'omicidio poteva aver luogo».

Interpretando correttamente la mancata risposta di Robin, Strike proseguì: «Nemmeno io riesco a immaginare perché sia stato necessario farlo lì. Anche se accettiamo la premessa che Wright è stato attirato in una trappola mortale con una quota del ricavato dalla rapina, come mai l'assassino si è complicato tanto la vita? Se la vittima è in cerca di soldi facili, ci sono cento scenari diversi in cui coinvolgerla, e prima o poi verrà sempre il momento in cui offrirà la nuca all'assassino. Perché *lì*?»

«Non lo so» ripeté Robin. «Ho la sensazione che abbiamo davanti tante tessere di puzzle diversi».

«È così» disse Strike. «Semple, Powell, Fleetwood... Knowles, come se non bastassero gli altri... e chissà che cazzo è 'Barnaby'».

Osservando le fiamme che danzavano, Robin chiese: «Secondo te, quanto sono frequenti i casi in cui sia la vittima che l'assassino si fingono qualcun altro?»

«Molto rari, suppongo» disse Strike, «ma credo che molti più killer opterebbero per questo stratagemma, se riuscissero a organizzarsi. La falsa identità di Wright è stato un assist colossale al suo assassino. Quando non si riesce a identificare la vittima, è un bel casino capire perché qualcuno la volesse morta».

Entrambi guardarono per qualche tempo le fiamme che danzavano nella stufa. Poi Robin disse: «Continuo a pensare a Wright. Da come l'hanno descritto Daz e Mandy... mi sembra...»

La sua voce si spense. Bevve altro vino.

«Ti sembra?» la sollecitò Strike.

«Ecco, un po'... solo, o smarrito, o qualcosa del genere... Mi sembra così stupido scendere dai vicini, mangiare una cena da asporto e fumare una canna con loro, e permettergli di guardarti per bene, se hai assunto una falsa identità perché stai progettando una rapina. Se Wright sapeva che sarebbe rimasto per poco tempo, perché dare confidenza a Mandy e Daz? E farsi recapitare dei pesi nell'appartamento... perché fare una cosa del genere, se sapeva che si sarebbe fermato solo un mese?»

«Due ottime osservazioni» commentò Strike.

«Pensi ancora che sia stato Todd a scrivere il curriculum di Wright?» chiese Robin.

«Penso di sì» rispose Strike. «*Ergo*, Wright credeva che Todd fosse solidale con lui, magari persino un amico... ma questo apre la porta ad altri interrogativi, non credi? Se Todd faceva il doppio gioco, e ha convinto Wright di essere dalla sua parte, mentre in realtà voleva attirarlo nel caveau così che Oz potesse ucciderlo, torniamo all'eterna domanda: perché l'omicidio doveva aver luogo nel caveau? E perché diavolo Wright avrebbe accettato di scendere là sotto all'una di notte, insieme all'uomo da cui stava scappando? Questa non è una commedia di Shakespeare, in cui basta che un uomo cambi pettinatura perché all'istante nessuno lo distingua più da sua sorella. Una parrucca riccia non è esattamente un travestimento impenetrabile».

«Forse Wright non aveva mai incontrato Oz, o non sapeva che faccia avesse».

«Ma è comunque strano che sia sceso nel caveau con lui all'una di notte. Mandy ha raccontato che Wright aveva detto a lei e a Daz 'o potrebbe mandare qualcuno'. Wright sapeva che forse non avrebbe riconosciuto l'uomo che gli dava la caccia».

«So che Reata Lindvall probabilmente *non era* 'Rita Linda'» disse Robin, memore dell'espressione scettica di Strike sull'aereo, «ma *supponiamo* che lo sia, solo come ipotesi... forse Todd ha raccontato a Wright che cosa le era successo, dopo aver scoperto la verità mentre era in carcere in Belgio?»

«Ci ho pensato anch'io quando ho saputo che Todd era stato in una prigione belga» disse Strike, «ma se Wright lo considerava un amico, perché condividere l'informazione con la stampa? Avrebbe fatto saltare la copertura di Todd, ricordando al mondo che aveva alle spalle una condanna per stupro, avrebbe messo i giornalisti e la polizia sulle sue tracce, e Todd sarebbe finito nei guai per aver occultato delle prove».

Passò quasi un minuto, mentre ciascuno seguiva il filo dei propri ragionamenti.

«L'e-mail mandata a Osgood dal Ramsay Silver...» disse poi Robin, liberandosi dal plaid per sfilare il telefono dalla tasca. Ritrovò il messaggio e lo lesse ad alta voce. «'Gentile signor Osgood (Oz), se avesse la compiacenza di darmi un appuntamento, potrei aiutarla in una cosa che so essere stata un problema per lei'».

Quindi sollevò lo sguardo su Strike.

«*Deve* essere stato Wright a mandarlo. Todd non avrebbe mai scritto a Oz dal lavoro, non se erano complici».

«Direi che fila, fino a un certo punto» disse Strike, «ma Wright voleva scrivere a Oz, il finto produttore musicale, o a Osgood, quello vero?»

«E se Wright avesse saputo che qualcuno si spacciava per Osgood e avesse voluto dirgli chi era? In tal caso menzionare 'Oz' potrebbe essere stato un indizio?»

«Possibile» disse Strike, «ma non è l'unica spiegazione. E se il problema per cui Wright aveva offerto il suo aiuto doveva essere risolto nel caveau all'una di notte?»

«Che genere di problema poteva avere Osgood che comportasse scendere nel caveau del negozio all'una di notte?»

«Be', per esempio, 'ora come ora mi mancano centomila sterline in argento massonico'» disse Strike, e Robin rise.

«Ho la tentazione di far entrare Semple in questa storia» continuò Strike, «perché le sue condizioni mentali potrebbero spiegare alcune delle anomalie... l'eccessiva fiducia verso Todd, la canna fumata con i vicini. Forse aveva davvero un'ossessione per gli argenti Murdoch...»

«Ma ci potrebbe rientrare anche Powell» disse Robin. «Voleva ricominciare da zero, e sappiamo che non era esattamente una cima, e questo potrebbe spiegare perché si sia fidato troppo di Todd, e non abbia compreso quanto fosse pericoloso Oz per lui».

«Vero, ma come ho detto a Ironbridge, mi sembra davvero strano che un meccanico decida di andare a lavorare in un negozio di argenti massonici. In più, sembra che a nessuno fregasse molto di Powell, a parte sua nonna, e persino nel suo caso l'interesse sembra nascere dal fatto che non le fa più la spesa. Credo che lo schianto sia stato un vero incidente d'auto. Davvero vogliamo pensare che dei bravi borghesi come i Whitehead, per quanto sconvolti, abbiano assoldato dei sicari per dare la caccia a Tyler Powell in lungo e in largo per tutto il Regno Unito?»

«No» ammise Robin, «ma è possibile che Tyler si sia convinto che sarebbe andata così... e ci stiamo dimenticando di Rupert Fleetwood».

«Non l'ho dimenticato» disse Strike, «però ascolta una cosa: non ha senso che Todd abbia scritto il curriculum per conto di Fleetwood, che era perfettamente in grado di scriverselo da solo... e considerando le costose scuole private che ha frequentato, mi stupirebbe se non fosse stato in grado di racimolare abbastanza informazioni sull'argento da superare il colloquio senza bisogno di Todd. D'altro canto, mi pare credibile che Powell fosse felice che qualcun altro si sobbarcasse quella parte del lavoro, e lo stesso potrebbe valere per Semple. Non sappiamo nulla delle sue capacità di lettura, scrittura o concentrazione dopo la lesione al cervello, e probabilmente non aveva mai scritto un curriculum in vita sua. Gli uomini delle Forze speciali non ne hanno bisogno».

«Io sono *sicura* che Rupert è ancora vivo» disse Robin, «ma non ti saresti aspettato che a questo punto si fosse fatto sentire? Deve sapere che lo stiamo cercando. Sacha Legard deve aver verificato dove si trova, dopo che gli hai parlato. E sono *certa* che Albie Simpson-White sa cosa gli è successo. Eppure Rupert non ha fatto niente per impedirci di trovarlo, o per dare un po' di tregua a Decima. Deve sapere che, a lungo andare, sarebbe la cosa giusta da fare... e che dire di suo figlio? Non gliene importa proprio nulla?»

«Non ne ho idea» fece Strike.

«Lui è un altro che pare essersi comportato in maniera davvero incoerente» riprese Robin. «A sentire Albie, sembra proprio una brava persona, sai. Ha *giurato* che Rupert amava Decima. Eppure se n'è andato senza una parola... *Devo* provare a mettere alle strette Cosima Longcaster» continuò Robin con determinazione. «Proverò a farlo questa settimana... Ascolta, ti spiace se vado a dormire? Sono esausta... e devi esserlo anche tu, hai passato la notte in bianco».

«Sì» disse Strike. «È meglio che andiamo a letto presto».

«Prima lavo i piatti» disse Robin, liberandosi dal plaid in cui si era avvolta.

«Ci penso io, tu hai cucinato. Sono solo una padella e due piatti» disse Strike, alzandosi a fatica dalla sedia, con l'aiuto del bastone. «Tu va' a dormire, faccio io».

Quando Robin fu salita di sopra, Strike zoppicò fino alla cucina, con il morale sotto i piedi. Era una magra consolazione sapere di aver fatto la cosa più giusta e morale, non riversando su Robin la sua crisi emotiva quando lei era chiaramente nel bel mezzo di una crisi tutta sua, ma ormai l'ultimo barlume di speranza si era spento nel buio, lasciandolo a muoversi una serie di rimproveri. Non poteva incolpare nessun altro a parte se stesso se, nel luogo più propizio a un momento romantico che lui e Robin avrebbero mai visitato, era stato costretto ad ascoltarla mentre ventilava i suoi piani di congelare gli ovuli per Murphy.

Sul davanzale sopra al lavandino in cui stava lavando le stoviglie della cena, c'era un motto incorniciato. Diceva: 'Concludi sempre la giornata con un pensiero positivo. Non importa se tutto è andato storto, domani è una nuova occasione per migliorare'.

Strike lanciò al quadretto un'occhiata torva mentre si asciugava le mani, poi zoppicò attraverso l'ingresso diretto alla sua camera.

88

Ma lei non aveva compreso il suo uomo.
Forse non ne aveva incontrati molti come lui.

John Oxenham
A Maid of the Silver Sea

L'indomani mattina la faccia di Strike era in condizioni persino peggiori, il gonfiore era leggermente diminuito ma la pelle era chiazzata da lividi di un blu violaceo. Il dolore non era passato e Strike decise di non radersi, per timore di riaprire il taglio inflittogli dalla vanga.

Prima di tornare al traghetto, lui e Robin fecero una breve passeggiata lungo La Coupée, che si trovava appena oltre l'Old Forge: un istmo stretto e sopraelevato, che collegava l'isola principale a Little Sark. Mentre Robin, scarmigliata dal vento, osservava il mare grigio e agitato ai loro piedi, Strike, che aveva appena controllato il telefono, disse: « Forse è una fortuna che torniamo oggi ».

« Perché? »

« La tempesta Doris ha appena colpito il Regno Unito » rispose Strike. « Venti da novanta miglia all'ora. Hanno cancellato un sacco di voli ».

Poco ma sicuro, quando arrivarono all'aeroporto di Guernsey scoprirono che il loro volo era in ritardo e tra i passeggeri irritati correva voce che l'avrebbero cancellato. Robin si sorprese a sperare che fosse così; che lei e Strike potessero riparare in un albergo di Guernsey e che avesse modo di godersi un'altra serata lontana da Londra, senza che le rimordesse la coscienza. Tuttavia, un'ora dopo l'orario di decollo previsto, poterono imbarcarsi.

La discesa verso Gatwick mise a dura prova i nervi di entrambi, e a un certo punto Robin afferrò d'istinto l'avambraccio di Strike mentre l'aereo zigzagava verso la pista, sballottato dai venti di burrasca. Atterrarono comunque senza inconvenienti, tra gli applausi dei passeggeri, eccetto Strike, per il quale la stretta all'avambraccio era stata un'esperienza dolce e amara, e che sarebbe stato lieto di affrontare un atterraggio ben più movimentato pur di prolungare il contatto fisico.

Anche se Londra portava ancora i segni del flagello della tempesta, il giorno seguente fu tranquillo, freddo e assolato. Un albero si era abbattuto sulla strada di Richmond in cui vivevano Due-volte e la moglie, e Strike osservò gli uomini con i giubbotti gialli intenti a rimuoverlo, seduto nella sua BMW e felice di non dover scaricare il peso sulla gamba dopo la sfacchinata a Sark; la mascella doleva ancora, e si sentiva persino più depresso che all'Old Forge. Il ricordo di Robin che gli si aggrappava al braccio sull'aereo o che gli teneva la mano in cucina non gli dava alcun conforto, perché ben presto lei e Murphy sarebbero andati a convivere e, che lei volesse o meno dei figli, la rotta era ormai tracciata: Murphy le avrebbe fatto pressione, per quanto discretamente, Robin alla fine avrebbe ceduto e, per concludere, avrebbe scoperto, come aveva detto a Sark, che non poteva separarsi dal bambino abbastanza a lungo da lavorare quanto lavorava adesso...

Kim doveva subentrargli nel turno di sorveglianza della Signora Due-volte alle sette di sera, ma quando mancavano dieci minuti Strike ricevette un suo messaggio.

Mi spiace un sacco, emergenza personale, ti spiace coprirla tu? Arrivo appena posso.

Dato che alla depressione si erano aggiunte la fame e la stanchezza, Strike non fu molto contento del messaggio, ma rispose in maniera affermativa; pochi minuti dopo vide la Signora Due-volte che usciva da casa, sola, per salire su un Uber e partire in direzione del centro di Londra. Strike la seguì con la BMW, sperando che non andasse troppo lontano: moriva dalla voglia di tornare a casa. Mentre la osservava ritoccarsi il trucco sul sedile posteriore dell'auto, Strike si domandò se alla fine Due-volte non l'avrebbe scaricata, come aveva già fatto con una precedente fidanzata, rivelatasi tediosamente monogama. Era un peccato, pensò Strike, che non condividesse anche lui la perversione di Due-volte; sarebbe stato grandioso se avesse potuto trarre piacere dalla consapevolezza che la donna che amava andava a letto con un uomo più attraente di lui.

L'autista fece scendere la Signora Due-volte davanti al St Martins Lane Hotel. Strike trovò un parcheggio, quindi entrò nella spaziosa hall con i pavimenti bianchi, decorata con oggetti d'arredo come una gigantesca pedina degli scacchi e un divano avvolto in pelliccia finta. Provando a non zoppicare troppo vistosamente, raggiunse il banco informazioni e scoprì che c'erano sia un ristorante che un bar. Procedette a controllare entrambi, ma non trovò traccia del suo bersaglio.

Chiedendosi se la Signora Due-volte non fosse effettivamente sparita in una camera per un incontro clandestino, chiese a un membro dello staff che passava di lì se ci fosse qualche altro posto in cui cercare la sua donna, e gli venne indicato il Blind Spot, un secret bar cui si poteva accedere solo attraverso una porta bianca nascosta, con una mano d'oro tesa a fare da maniglia. Strike non era dell'umore giusto per trovare la cosa deliziosamente estrosa.

All'interno c'era una stanza lunga e stretta, talmente buia che per poco non cadde faccia in giù, incespicando col piede finto nel bordo di un tappeto. Avendo ritrovato l'equilibrio, scorse la Signora Due-volte all'altro capo del locale, appena illuminata da una piccola lampada col paralume, in un separé con altre due donne. Un cameriere indicò a Strike l'unico posto libero: un divanetto in pelle posizionato in modo da obbligarlo a tener d'occhio la Signora Due-volte attraverso un grande specchio sulla parete di fronte, che gli restituiva un'immagine parziale e distorta.

Gli altoparlanti sopra la sua testa trasmettevano *Itchycoo Park*.

I feel inclined to blow my mind...

Il cameriere gli porse la lista dei cocktail. *Al diavolo.* L'ufficio distava dieci minuti a piedi e poteva lasciare la macchina dov'era; si meritava dell'alcol. Dopo aver dato una scorsa impaziente ai cocktail, tutti ispirati a città e Paesi diversi, ordinò un doppio Ardbeg e cercò di trovare un modo per distendere la gamba con la protesi nel risicato spazio tra il tavolo e il divanetto in pelle.

Il drink arrivò quando aveva appena comunicato a Kim la nuova posizione. Mandò giù un sorso abbondante di whisky affumicato, poco propenso, nonostante la fame, a ordinare anche gli stuzzichini dal prezzo esoso, perché sperava di non doversi trattenere a lungo. Tutt'attorno, nella penombra, sedevano delle coppie con i volti illuminati dalle piccole pozzanghere di luce proiettate dalle lampade; così, sperando di passare per qualcuno che stava aspettando una ragazza, si rifugiò nel telefono, cercando online tracce della madre di Jim Todd, un compito cui si era dedicato a intermittenza per tutto il giorno.

Localizzare Nancy Jameson si stava rivelando complicato, perché alternava costantemente il cognome da sposata a quello da nubile. Strike aveva trovato diverse sentenze del tribunale a suo carico, soprattutto per disturbo della quiete pubblica, ma anche per taccheggio, anche se l'ultima di queste risaliva a cinque anni prima. Strike sapeva che poteva essere morta, ma si ostinava a cercarla perché questo compito banale distraeva la sua mente da altre preoccupazioni. Finito il primo whisky, ne ordinò un secondo.

Alle otto, mentre Françoise Hardy cantava dagli altoparlanti e Strike era arrivato al terzo doppio Ardbeg, una chiamata inoltrata dall'ufficio gli fece squillare il cellulare. Lo accostò all'orecchio e rispose: « Strike ».

La linea era disturbata. Per qualche secondo nessuno parlò, ma Strike udì un crepitio. Poi una voce maschile singolarmente profonda disse: « Sono Rupert Fleetwood ».

Gli ci volle qualche secondo per capire cos'aveva appena sentito; due doppi Ardbeg e mezzo non avevano favorito la sua concentrazione. Frugandosi rapidamente in tasca in cerca del taccuino, alzò la voce al di sopra di quella di Françoise Hardy e disse: « È un piacere sentirla, signor Fleetwood ».

« Mi state cercando » constatò la voce profonda.

« Sì » confermò Strike.

La chiamata inattesa, arrivata poco dopo che Robin si era detta stupita che Fleetwood non li avesse ancora contattati, l'aveva colto alla sprovvista.

«La sua ex fidanzata è molto preoccupata per lei».

Nessuna risposta.

Oui mais moi, je vais seule
Car personne ne m'aime...

«Dove si trova al momento?» chiese Strike, che era riuscito ad aprire il taccuino e ora stava cercando la penna.

«Non ha importanza» rispose la voce profonda. «Dite a Decima che sto bene, tutto qui».

«Temo che non ne sarebbe molto contenta» disse Strike, spostando il cellulare all'orecchio sinistro, in modo da poter scrivere. «È convinta che non l'avrebbe mai lasciata. Pensa che la ragione per cui è sparito è che sia morto».

Aspettò, ma non ottenne risposta.

«Quanto meno, credo che vorrebbe sapere perché è scomparso» disse Strike.

«Tra noi non poteva funzionare».

«E perché?»

«È così e basta» rispose la voce. «Non è colpa sua».

«Se vuole che riferisca il suo messaggio, mi serve una prova che sia davvero Rupert Fleetwood» disse Strike. «Mi dica qualcosa che solo Rupert e Decima possono sapere».

Attese, con la penna pronta per scrivere.

«Mi chiamava 'orsetto'» disse la voce profonda.

«E Decima e Rupert sono gli unici a saperlo, vero? Decima non l'ha mai chiamato così in presenza di altri?»

Comme les garçons et les filles de mon âge
Connaîtrais-je bientôt ce qu'est l'amour?

«Io ho in mente una cosa che solo Rupert e Decima sapevano, prima che lui sparisse» disse Strike.

«Ho rubato la nave d'argento di suo padre» replicò la voce profonda.

«Sono in parecchi a sapere che Rupert ha rubato quella nave. Voglio qualcosa che solo Rupert e Decima...»

L'altro riattaccò.

Strike abbassò il cellulare aggrottando la fronte. Si domandò se fosse il caso di chiamare Robin per informarla che aveva appena chiamato Rupert Fleetwood, o qualcuno che si spacciava per lui, ma probabilmente lei era con Murphy.

Anche se il whisky non gli aveva esattamente risollevato il morale, quanto meno aveva sortito un effetto anestetizzante, che era sempre meglio di niente; così ne ordinò un quarto, chiedendosi dove si fosse cacciata Kim. Quel ritardo non era affatto da lei: di solito spaccava il secondo.

Il cameriere gli aveva appena posato davanti il nuovo drink quando il cellulare ricominciò a suonare, e anche questa volta era una chiamata inoltrata dall'ufficio. Sperando che fosse di nuovo l'uomo con la voce profonda, rispose.

« Strike ».

« Ehi, sono io » disse un bisbiglio forte e rabbioso. « Che stai aspettando? *Devo vederti!* »

Dopo un momento di confusione, Strike disse: « Sei la persona che mi ha chiamato parlando di un ponte? »

« Lascia perdere! » replicò una voce di donna furibonda. « *Devi venire subito!* »

« Dove sei? » chiese Strike, provando a sfilare di nuovo il taccuino dalla giacca.

« Vieni al Golden Fleece, cazzo! »

« Dov'è? »

« Lo sai dov'è, è l'unico posto dove sono al sicuro, più o meno, ma devo fare attenzione. Penso che mi stanno guardando... »

« Sei Rena Liddell? »

« NON DIRE IL MIO CAZZO DI *NOME*! » ululò lei.

Strike sentì il tonfo del ricevitore di una cabina che veniva sbattuto.

Merda.

Ora, oltre a essere leggermente brillo, aveva anche una fame smodata, quindi capitolò e ordinò patatine fritte e anelli di calamari dal menu del bar. Il cameriere se n'era appena andato quando finalmente Kim entrò nel locale.

« Mi dispiace tanto, non ho *mai* fatto tardi per un lavoro » borbottò.

Mentre si sedeva accanto a lui, Strike vide, alla luce fioca del separé, che non era l'unico con il volto malconcio. Qualcuno si era palesemente avventato contro la faccia di Kim, lasciandole graffi profondi e sanguinanti. L'occhio destro era gonfio e Strike notò distintamente i lividi che prendevano forma tutt'attorno.

« Che cosa ti è successo? »

« Io... è... Ray... hai presente? Il mio ex... »

Più lento di comprendonio del solito, per via di tutto l'Ardbeg che aveva ingurgitato, Strike disse: « Il tizio disoccupato, sì... è stato *lui*? »

« No, è stata... Ti ho detto che stava con una quando ci siamo messi insieme, no? Ecco, è stata lei ».

« Cristo » esclamò Strike.

« Ho aperto la porta di casa e me la sono ritrovata lì che aspettava » spiegò Kim. « Senti, mi spiace davvero, posso prendermi un drink come si deve? Ho proprio... »

Non essendo nella posizione di negarglielo, considerato tutto l'Ardbeg che aveva in corpo, Strike alzò la mano per chiamare il cameriere e, mentre Kim sedeva con la faccia tra le mani mormorando 'Va bene qualsiasi cosa', ordinò un Ardbeg anche per lei.

Quando il drink arrivò, Kim ne mandò giù un sorso abbondante, poi tossì e disse: « Dio, è disgustoso, cos'è? »

« Whisky ».

« Oh... be', immagino che servirà allo scopo ».

Ne ingollò un altro sorso.

« Perché l'ex del tuo ex si è presentata proprio oggi? » chiese Strike.

« Perché Ray si è ammazzato » rispose Kim senza girarci intorno.

L'immagine di Charlotte distesa nella vasca piena di sangue riemerse dal subconscio di Strike. Ricordò anche lo choc quando una vecchia signora sospetta era stata trovata impiccata nel proprio garage.

« Cazzo, mi dispiace ».

«Io non c'entro niente» si affrettò a dire Kim. «Ci siamo lasciati mesi fa, non è responsabilità *mia*, ma lei ha bisogno di dare la colpa a qualcuno. Era *lei* a chiedergli soldi in continuazione. Hanno avuto dei figli» aggiunse.

Prese un altro sorso di Ardbeg.

«Ho aperto la porta di casa per uscire e lei era lì, che aspettava sul pianerottolo. Mi ha afferrata per i capelli e mi ha tirato un pugno dritto in faccia. Mi ha buttata a terra, e poi mi ha presa a calci, e poi mi è salita addosso...»

«Non è una poliziotta?» disse Strike, che ricordava vagamente quello che Kim gli aveva raccontato nel Dorchester.

«Sì. Se è tanto preoccupata per i figli, ti pare sensato che decida di farsi arrestare subito dopo la morte del padre, eh? I miei vicini sono usciti sul pianerottolo, l'uomo me l'ha staccata di dosso e la moglie ha chiamato la polizia. Ho dovuto rilasciare una dichiarazione. Quando sono uscita ho scoperto che mi aveva rigato la macchina e sfondato tutti i finestrini. Sono dovuta venire in taxi. Non so come farò a seguire la Signora Due-volte fino a casa».

«Io non mi preoccuperei di questo» disse Strike. «Stanotte non si porterà a letto nessun altro».

«Oh Dio, sei davvero carino» disse Kim, e gli si appoggiò addosso mentre vuotava il bicchiere di whisky. «Posso averne un altro?»

Strike aveva qualche remora all'idea di concederle un altro drink, ma alzò comunque la mano. Se non avesse ordinato da mangiare avrebbe già preso la via di casa, ma stava morendo di fame e voleva le sue patatine.

Quando arrivarono gli stuzzichini per Strike e il secondo Ardbeg per Kim, lei si era già abbandonata due volte contro di lui, premendo il braccio destro contro quello sinistro di Strike, con piccole risate sfiatate. Sembrava comprensibilmente scossa dalla notizia della morte dell'ex, ma a Strike non piaceva l'atteggiamento ammiccante che si era insinuato nel suo comportamento, o in conseguenza del recente lutto o per altre ragioni. Nel frattempo, gli avevano portato solo tre anelli di calamari, che non gli sembrarono granché come ricompensa per non aver levato le tende. Si dedicò alle patatine.

«Eccolo, questo è Ray» disse Kim mostrandogli una foto sul cellulare, nonostante Strike non avesse particolare desiderio di vederla. Ray era un uomo avvenente, con gli stessi capelli folti e prematuramente grigi di Barclay. Strike si chiese se Kim gli stesse mostrando la foto perché accanto a Ray c'era lei, in un top a fazzoletto che non lasciava molto spazio all'immaginazione.

«Qui eravamo a Ibiza» disse Kim, con un'increspatura nella voce, voltando verso di sé lo schermo e studiando la foto. «Oh Dio» disse, colta da un'improvvisa emozione mentre sfogliava le foto. «L'ha fatto in macchina. Gas di scarico. Non so perché sono...»

Scoppiò a piangere. Strike, che preferiva evitare qualsiasi gesto fisico di conforto e che faticava a tenere le redini dei suoi pensieri, per via della stanchezza e della notevole quantità di whisky che aveva bevuto, disse: «Bella situazione di merda».

Esattamente come aveva temuto, Kim gli si lanciò addosso e rimase lì, tra i singhiozzi, mentre Johnny Kidd & the Pirates iniziavano a cantare dagli altoparlanti.

When you move right up close to me
That's when I get the shakes all over me...

Porca troia, pensò Strike, impossibilitato a raggiungere le patatine senza spostare Kim. Abbassando lo sguardo, vide il cellulare posato sulle ginocchia di lei, a schermo in su, su cui compariva una foto di lei nuda, mentre mostrava la linea dell'abbronzatura allo specchio. Distolse lo sguardo, sperando che l'assenza di un braccio amico sulle spalle la convincesse a cambiare posizione, cosa che dopo un minuto effettivamente fece. Con un'altra risata sfiatata bisbigliò 'scusami', drizzò la schiena e si asciugò gli occhi col dorso della mano.

«Oh merda!» esclamò poi, con un'aria di imbarazzo non molto convincente, voltando il telefono. «Non so cosa sto...» Fermando per la prima volta lo scintillante sguardo castano sulla faccia di Strike, si lasciò sfuggire un piccolo sussulto. «Aspetta... a *te* cos'è successo?»

Strike fu troppo lento per impedirle di sfiorargli il lato della faccia.

« Una vanga » disse, protendendosi a prendere l'ultima patatina.

« Una *vanga*? »

« Sì. Senti, devo... »

Alzò il braccio per chiedere il conto, e in quel momento Kim fece scivolare la mano sulla sua coscia.

« Sei stato molto carino. Grazie ».

Lui abbassò il braccio per afferrarle il polso e le gettò la mano sulle ginocchia.

« Smettila ».

« Cosa? »

« Lo sai cosa. Io e te non scoperemo » disse Strike, con più veemenza che se non avesse bevuto tanto. « Mai ».

« Cosa? Io non... »

« *Basta* » sbraitò Strike, sentendo la lingua di gran lunga più pesante del normale; ma finalmente la rabbia che provava per se stesso, e per il disastro che aveva combinato con Robin, aveva trovato un bersaglio. « Basta messaggi inviati per sbaglio, basta con tutto quanto, capito? E tieniti le tue cazzo di foto nuda per te ».

Mentre saldava il conto, era estremamente consapevole di Kim che sedeva rigida accanto a lui. Non aveva dubbi che si sentisse arrabbiata e umiliata, ma non gli importava. Dopo aver pagato, si alzò a fatica, con spilli e aghi nelle gambe, e senza guardarla disse: « Ci vediamo in ufficio ».

Se ne andò, e solo per miracolo evitò di inciampare una seconda volta nel tappeto.

89

A metà strada, per quell'ordine ignorato
la donna fece la sua sosta perpetua,
e tutt'oggi, fulgido monito,
nel deserto di sale si erge.
Dietro di lei, tuonavano i ribollenti tini
del giudizio, e fitto lo zolfo nevicava:
egli verso il colle della sua rovina
proseguì il cammino.

A.E. Housman
XXXV, More Poems

Robin aveva la sensazione di essere rimasta lontana da Londra per due settimane, invece delle quarantotto ore che erano effettivamente trascorse. Peggio di tutto era l'irrequietezza che si era rifatta viva appena l'aereo scosso dal vento aveva toccato terra. Solo ora Robin capiva quanto si fosse sentita al sicuro a Sark. Era tornata nell'affollata e chiassosa Londra, dove qualsiasi uomo le passasse accanto poteva nascondere in casa una maschera da gorilla; ricominciò a guardarsi alle spalle ogni pochi passi, a scattare nel traffico per seminare eventuali pedinatori, e a scendere dai treni della metro all'ultimo secondo.

Ma questa paura costante e repressa non era la prima delle sue preoccupazioni. Quel sabato sera lei e Murphy si incontrarono a cena in un ristorante italiano, per parlare. Lei ribadì che lo amava, disse che non avvertiva alcuna distanza tra loro e che voleva senz'altro andare a convivere con lui. Provò a non ripensare a Strike che le teneva la mano sul tavolo dell'Old Forge, o a quanto era stato comprensivo quando aveva pianto. Doveva dimenticare tutto. Stava per andare a convivere con Murphy.

Passò la notte nell'appartamento di Murphy e si fermò lì anche la domenica. Fecero sesso due volte; lui sembrava molto più felice rispetto agli ultimi tempi, e Robin si disse che lo era anche lei.

Con sua sorpresa, nel tardo pomeriggio di domenica, l'amico di Tyler Powell, Wynn Jones, accettò di parlare con lei quella sera stessa su FaceTime.

«Tutto bene?» le chiese Murphy, che aveva notato la sua espressione mentre leggeva il messaggio di Jones.

«Sì» disse Robin. «È solo una persona con cui sto provando a parlare di Rupert Fleetwood».

Si chiese perché continuasse a mentirgli sulle sue reali mosse nel caso del caveau, e immaginò che fosse la forza dell'abitudine.

«Senti, ti dispiace se vado un'ora in palestra?» chiese Murphy.

«No, certo che no» disse Robin.

Si sentì sollevata all'idea di restare sola, e fu ancora più felice che Murphy non fosse presente quando, dieci minuti dopo che era uscito, Strike la chiamò.

«Puoi parlare?» le chiese con voce gracchiante.

«Sì» disse Robin. «Stai bene?»

Strike, che era steso sul letto nella mansarda, con la protesi slacciata, rispose: «Sì, sto bene».

In realtà, aveva avuto tutto il giorno lo stomaco sottosopra, a causa, sospettava, del kebab che aveva mangiato rincasando dal Blind Spot la sera prima, non essendo riuscito a placare la fame con qualche patatina e tre anelli di calamari dal prezzo esorbitante. Aveva dormito fino a tardi, poi era rimasto steso a letto, provando a ignorare il fastidio gastrointestinale mentre svapava e continuava a cercare online la madre di Jim Todd, con un impacco di ghiaccio sul ginocchio dolorante. Presto avrebbe dovuto rimettersi la protesi, perché quella sera doveva pedinare Plug.

«Ho grandi notizie» continuò. «Ieri sera ho ricevuto una chiamata da un uomo che sosteneva di essere Rupert Fleetwood».

«*Cosa?*»

«Esatto. Una bella coincidenza, dopo che hai detto di essere sorpresa che non si fosse ancora fatto vivo. Mi ha rivelato il nomignolo con cui, stando a lui, lo chiamava Decima e ha ammesso di aver rubato la *nef*, ma, quando l'ho incalzato per farmi dire qualcosa che solo lui e Decima potevano sapere, ha riattaccato».

«Oh» fece Robin.

«Aveva la voce da basso. Ho mandato un'e-mail a Decima per chiederle se corrisponda alla voce di Rupert, anche se conoscendola dirà che qualcuno deve averla imitata. Credo anche di aver trovato la madre di Todd. Vive a Harlesden, quindi andrò a dare un'occhiata appena avrò il tempo, per verificare se Todd l'abbia contattata. Un'altra cosa» continuò Strike, sperando di non scatenare una discussione. «Kim si è licenziata. Ho appena ricevuto la sua e-mail».

«*Oh*» fece di nuovo Robin. Per la prima volta da giorni sentì risollevarsi l'umore. «Perché...? È successo qualcosa o...?»

«Sì, è successo qualcosa» rispose Strike, che aveva deciso che doveva essere sincero a riguardo, anche se poteva creare problemi. «Mi ha dato il cambio per la sorveglianza ed era conciata male. Il suo ex si è suicidato in macchina».

«Oh mio Dio!»

«E poi la ex *di lui* si è presentata da Kim, per darle una ripassata. È arrivata al bar e si è messa a piangere, era davvero ridotta male e... be', mi si è appoggiata addosso e mi ha messo la mano sulla gamba e...» Ripensò alla foto nuda, ma decise che non era il caso di menzionarla. «Io avevo bevuto. Le ho detto di andare al diavolo e lei si è offesa. In effetti» ammise Strike, «sono stato abbastanza offensivo. A ogni modo, le dimissioni sono due righe: 'Desidero terminare il contratto di lavoro con effetto immediato. Vi prego di inoltrarmi il saldo dei pagamenti'».

«Capisco» disse Robin, sentendosi leggermente intontita. Erano parecchie informazioni da digerire in una sola telefonata. «Be'... per essere del tutto sincera... sono felice di vederla andar via».

«Grazie a Dio» disse Strike, rilassandosi un poco. Temeva la reazione di Robin; per l'esattezza, aveva paura che si sarebbe stizzita sapendolo coinvolto in una nuova 'questione di donne', per usare un eufemismo. «Passando a una nota più positiva, Wardle ha dato le dimissioni, quindi non resteremo scoperti per molto».

«Ottimo» fece Robin. «Be', io ho appena fatto un passo avanti con Wynn Jones. Tra mezz'ora ci vediamo su FaceTime».

«Continua a flirtare?»

«Se per te mandare emoji di melanzane può definirsi 'flirtare'» disse Robin.

«Ti ha mandato *cosa*?» chiese Strike, per cui quella frase non aveva alcun senso. Non aveva mai usato un'emoji in vita sua.

«Te lo spiego un'altra volta» disse Robin. Non aveva mai discusso con Strike di peni eretti e dei simboli usati online per indicarli, e non intendeva iniziare adesso. «Ti faccio sapere come procede. A presto».

Robin si preparò del caffè e, all'ora concordata, chiamò Wynn Jones dal computer portatile. Dopo qualche squillo, lui rispose con le parole 'Eccoci qua'.

Jones era un ragazzo corpulento, col doppio mento e quasi senza collo. I capelli scuri molto corti erano già arretrati parecchio, scoprendo un'ampia fronte rossa e lucida. Uno degli occhi era più grande dell'altro, il che malauguratamente gli conferiva un'aria subdola. Con quell'aspetto trasandato e la camicia in stoffa scozzese, sarebbe potuto passare facilmente per uno degli agricoltori che Robin aveva conosciuto a Masham, tra cui alcuni compagni di scuola del tutto disinteressati alla vita accademica perché avevano delle fattorie da mandare avanti e, in alcuni casi, da ereditare.

Jones sedeva in quello che sembrava un salotto pieno di roba e tutt'altro che ordinato. Il divano in ecopelle portava qua e là le tracce degli artigli di un gatto. Lattine di birra accartocciate e confezioni di cibo da asporto erano impilate su un basso tavolino alla sua sinistra, mentre sopra la sua testa si scorgeva la parte inferiore di un bersaglio da freccette, con la parete attorno butterata di fori. Jones aveva in mano una lattina di Carlsberg e, anche se non erano nemmeno le sei del pomeriggio, aveva l'aria intontita e leggermente sfatta di un uomo che si era già scolato diverse birre.

«Ciao» disse Robin. «Grazie mille per aver accettato di parlarmi, Wynn».

«Non c'è di che» fece Jones. Lanciò un'occhiata fuori dall'inquadratura e sollevò le sopracciglia all'indirizzo di qualcosa o qualcuno che rimase invisibile; uno sguardo d'intesa, divertito.

«È figa?» chiese una voce fuori campo.

«Sì, non male» rispose Jones ridacchiando.

«Allora, come ti ho spiegato, Wynn» disse Robin, fingendo di non aver sentito, «volevo parlare con te di Tyler, perché sua nonna pensa...»

«Lui era un bel tipo» disse Jones, e Robin sentì la rauca risata dell'uomo fuori campo. «Lei è rincoglionita, vero? Se ci hai parlato, una detective di Londra sveglia come te dovrebbe averlo già capito».

Essendo nata nello Yorkshire, Robin aveva familiarità anche con quel piccato disprezzo per la capitale e i suoi abitanti, quindi ignorò il commento.

«Dilys non crede che l'uomo che l'ha chiamata dopo luglio sia Tyler. Pensa che...»

«Che sia stato io, lo so» disse Jones, senza manifestare alcuna vergogna. «Quella vecchia matta. Le ho detto che si sbaglia. Lugs mi ha detto di dirglielo, così l'ho fatto».

«Lugs?»

«Lo chiamiamo così. 'Lugs'. Tu e il figlio di Jonny Rokeby dovreste pagarmi, tra l'altro. Vi sto dicendo cose che dovreste già sapere».

L'uomo fuori campo rise.

«Dilys pensa che la gente provi sempre a fregarla» disse Wynn. «L'anno scorso si è convinta che il postino le aveva fregato il libretto della pensione, quella vecchia rincoglionita. Lugs comunque non la sopporta più. Lo obbligava a farle la spesa eccetera».

«E *tu* hai sentito Tyler da quando se n'è andato?»

«Sì, ma poi si è incazzato con me» disse Jones, con un ghigno più largo che mai.

«E perché?»

«Gli ho detto che era un cagasotto, ecco».

«E perché gli hai dato del cagasotto?»

«Avrebbe dovuto dare una lezione a tutti quei bastardi che raccontavano stronzate su di lui e quell'incidente» disse Jones, prendendo un altro sorso di birra. «Io avrei fatto così, se avessero buttato merda su di *me*. Tagliando la corda, ha fatto credere di essere colpevole, cazzo».

«Quindi tu sei sicuro che Tyler è innocente, giusto?»
«Perché lo chiedi a me, se stai dalla parte di Dilys?»
«Sto solo provando a scoprire dove sia finito Tyler e se qualcuno gli abbia fatto del male» disse Robin.
«Nessuno gli ha fatto un cazzo, sta da Dio. E non avrebbe mai fatto niente alla sua Mazda. Andarsene fino a Birmingham per metterla fuori uso? Tutto un mucchio di cazzate».
«La gente diceva che l'auto è stata manomessa a Birmingham, è così?»
«'La gente' non ha detto un bel niente. È stato quello stronzo di Faber Whitehead».
«Sarebbe il padre di Hugo?»
«Sì. Blaterava di un tizio che è stato filmato al parcheggio, mentre armeggiava con l'auto».
«Davvero?» disse Robin. «Sai che aspetto avesse...?»
«Non c'era nessuno» sbuffò Jones. «Whitehead si rifiutava di credere che quel coglione del figlio avesse superato il limite di velocità. Sabotaggio un paio di palle».
La persona fuori campo rise di nuovo.
«Tyler era a casa la notte dell'incidente, vero?» disse Robin.
«Sì, aveva il raffreddore o qualcosa del genere».
«C'erano anche i suoi genitori?»
«No, loro avevano già portato il culo in Florida».
«Wynn, tu sai dov'è andato?»
«Sì» rispose Jones, e il ghigno si allargò. «Ma se vuoi saperlo, mi aspetto qualcosa per il disturbo».
Un altro scroscio di risate in sottofondo.
«Tyler non è lì in questo momento, vero?» disse Robin, colta da un improvviso sospetto. «Non sta ascoltando la nostra conversazione?»
Robin sentì una porta che si apriva e che si chiudeva di colpo, insieme a un'esplosione di risate.
«No, certo che no» disse Jones, col ghigno più largo che mai.
«Potresti presentarmi l'amico che ci sta ascoltando?» chiese Robin.
L'obiettivo ruotò di scatto mentre Jones puntava il telefono su

un giovanotto con i denti storti e marroni, seduto su una poltrona di tweed sfondata. Robin immaginò che ad aver sbattuto fosse la porta alle sue spalle, chiusa o dal ragazzo con i denti guasti per effetto comico o da una terza persona che se n'era appena andata. Il giovanotto la salutò con un gesto della mano, sghignazzando, poi l'obiettivo del telefono tornò a inquadrare Jones.

«Non vuoi che Dilys si metta il cuore in pace, Wynn?» chiese Robin.

«Gliel'ho *detto* che è andato a lavorare in un pub, e gliel'ha detto anche *lui*, e le ho detto pure che non ero io a chiamarla» rispose Jones spazientito. «Lugs non vuole che sappia dove lavora perché preferisce evitare che quella vecchia matta gli dia fastidio, tutto qui, ma le ha *detto* che è vivo, anche se lei continua a ripetere 'smettila Wynn Jones, lo so che sei tu'».

Robin decise di tentare un'altra strada.

«Hai detto che Tyler ti ha tolto la parola, giusto?»

«Esatto».

«Quando è successo?»

«Non ricordo. Verso Natale?»

«Sei sicuro che fosse davvero Tyler a scriverti e chiamarti, però?»

«Certo che sì».

«Parlami di Tyler e Anne-Marie» disse Robin, sperando di ottenere in quel modo il nome del pub.

«Non c'è niente da dire».

«Avevano una relazione, è così?»

«Nah, lui sbavava dietro a quella Chloe Griffiths».

Il ragazzo con i denti guasti rise di nuovo sullo sfondo.

«È la stessa Chloe che viveva nella casa di fronte?»

«Sì. Anne-Marie non era niente, di lei se ne fregava. Be'» si corresse Jones, «gli è spiaciuto che è morta, ma non perché scopavano».

«Quindi Anne-Marie non era la ragazza di Tyler?» disse Robin.

«No. Solo amici».

«A quanto so io, Tyler era molto scosso quando si sono lasciati».

«E chi te l'ha detto, quel coglione di Faber Whitehead?»

«Non ho parlato con i Whitehead» disse Robin.

«A lui piaceva Chloe, non Anne-Marie. Era dietro a Chloe che correva, e lei lo prendeva per il culo, e lui pensava che prima o poi sarebbe andato in buca, ma io avrei potuto dirgli che stava sprecando il suo tempo».

«E perché?» chiese Robin.

«Lei gli ha scucito della roba ma non ci ha mai fatto niente, e poi l'ha piantato in asso e se n'è andata con un altro tizio. Una snob» aggiunse Jones. «La prima della classe. Col cavolo che andava con un meccanico».

«Che cosa ha scucito Chloe a Tyler?» chiese Robin.

«Lui le ha comprato un braccialetto del cazzo, pieno di fiori, per il compleanno» disse Jones, come se fosse assurdo che Powell avesse fatto una cosa del genere, e la mente di Robin andò al braccialetto d'argento con i ciondoli nascosto nell'armadio, che ancora non aveva mai indossato. «Ma quell'imbecille non ha mai avuto niente in cambio da lei».

«Tyler ha mai parlato di argento al telefono con te?» chiese Robin.

«Argento?» sbuffò Jones. «Perché cavolo avrebbe dovuto parlarmi di argento?»

«Non lo so, per questo te lo sto chiedendo. Ricordi qualche conversazione telefonica in cui Tyler abbia menzionato l'argento, o detto qualcosa che assomigliasse ad argento, o a *silver*...»

«Sylvain, forse» disse Jones, apparentemente colpito da un pensiero improvviso. «Sylvain Deslandes».

«Chi è Sylvain Deslandes?» chiese Robin.

«Il terzino sinistro dei Wolves».

«Un calciatore?»

«Sì» fece Jones, ghignando di nuovo perché quella donna di Londra ignorava le nozioni più basilari.

«Ricordi davvero che Tyler ti ha parlato di Sylvain Deslandes, o credi solo sia possibile che l'abbia fatto?»

«È possibile che ne abbiamo parlato, sì» disse Jones. «Lugs era un gran fan».

«Conosci una ragazza chiamata Zeta?» chiese Robin. «Viveva a Ironbridge, più o meno nel momento in cui Tyler se n'è andato».

«No, non conosco nessuna Zeta» disse Jones. «Io non vivo a Ironbridge, vivo a Apeton».

«Zeta mi ha detto che Tyler, per caso, l'aveva sentita parlare di lui, e che l'ha minacciata».

«Non è colpa sua» disse Jones con foga. «Se avessero raccontato tutte quelle stronzate su di me, io gliel'avrei fatta vedere... femmine incluse» aggiunse, e bevve un altro sorso di lager.

«Tyler ha mai preso in prestito un'auto dall'officina dove lavorava?»

«No, certo che no. Perché?»

«Zeta dice che un'auto l'ha quasi investita in Wellsey Road, e ha pensato...»

«*Wesley* Road» la corresse Jones, con la soddisfazione pedantesca dell'autoctono che bacchetta l'ignoranza del forestiero.

«Quindi conosci Ironbridge?» disse Robin.

«Ci sono andato a scuola, no? E a volte ci vado a bere».

«Ma non hai mai incontrato Zeta?»

«No, e se dice che Lugs ha provato a investirla, allora è una stronza bugiarda in cerca di attenzione».

«E invece Rita?» disse Robin. «Hai mai sentito Tyler parlare di qualcuna con quel nome?»

«Zeta, Rita... e poi chi manca, Peter?»

«Chiquita» disse il ragazzo con i denti storti fuori campo, ed entrambi risero a crepapelle.

«Quindi non ti ha mai parlato di una donna chiamata Rita o Reata?» insistette Robin.

«Cazzo, te l'ho appena detto, a lui piaceva quella stronza di Chloe Griffiths» ribadì Jones spazientito, «quindi Zeta e Rita e tutti quegli imbecilli che parlavano dell'incidente dicevano solo un sacco di cazzate, e se hanno detto che lui gli ha fatto qualcosa, be' sono tutte stronzate, capito? Solo per mettersi in mostra dopo quello che è successo».

«Wynn, mi faresti davvero felice se mi dicessi come si chiama il pub dove lavora Tyler. Vorrei soltanto rassicurare Dilys che è vivo, poi potremo chiuderla qui».

«Potrei anche dirtelo, se tu dai qualcosa a me» disse Jones, e il ragazzo fuori campo si strozzò dalle risate.

«Tyler aveva altri amici con cui potrei parlare di dov'è andato?» chiese Robin, ignorando quel secondo riferimento a un possibile *do ut des*.

«No» fece Jones, e poi: «Be', sì, aveva degli amici, ma nessuno ne sa più di me».

«Per favore, Wynn, puoi dirmi il nome del pub dove lavora?»

Jones prese un abbondante sorso dalla lattina di Carlsberg, vuotandola, poi l'accartocciò con una mano e si chinò a prenderne un'altra; Robin intravide una porzione di moquette lurida e un posacenere stracolmo.

«Tu cosa mi dai?» chiese Jones, con la faccia grassoccia ancor più rossa per lo sforzo di essersi chinato. Si posò il cellulare sulle ginocchia e Robin vide il soffitto macchiato di nicotina e il fondo della lattina che Jones stava aprendo, prima che la sua faccia riempisse di nuovo lo schermo.

«Vuoi aiutare Dilys a mettersi il cuore in pace?» chiese Robin.

«Quella vecchia matta mi sparla dietro, non me ne fotte un cazzo del suo cuore» disse Jones. «Senti qua...»

L'amico di Jones aveva iniziato a ridere più forte che mai, anche se lui non aveva ancora concluso la frase. Robin credeva di sapere dove sarebbe andato a parare; era assolutamente prevedibile, dopo la prima emoji con la bava. O Jones non sapeva dove si trovava Powell o aveva promesso all'amico di serbare il segreto. Era rozzo e infantile, convinto che una donna che non avrebbe mai avuto la chance di incontrare servisse solo per spassarsela e far divertire i suoi amici.

«... facci vedere le tette e ti dico...»

Robin concluse la chiamata.

Si abbandonò sulla sedia e si massaggiò gli occhi stanchi. Non poté evitare di pensare che l'amicizia tra Powell e il volgarissimo Jones rendeva più credibile il ritratto che gliene avevano fatto Chloe e Zeta piuttosto che quello di Dilys e Griffiths. Riaprendo gli occhi, Robin guardò il suo taccuino.

Per qualche ragione, avvertiva il minuscolo tarlo di un dubbio, pur non sapendo spiegarsi perché. Le era sfuggito qualcosa, aveva ignorato un collegamento importante? Rilesse i suoi appunti, ma nulla le balzò agli occhi, quindi provò a ricordare tutto quello che le aveva detto Jones, oltre alle parti che le erano sembrate abbastanza importanti da annotarle. *Secondo Dilys Jones finge di essere Tyler. Braccialetto per Chloe. Zeta, Rita, e poi chi, Peter? Apeton. Wesley Road.*

Robin sentì la porta di casa che si aprì e si richiuse. Murphy era tornato. Entrò nella stanza qualche secondo dopo, frugando nel borsone da sport.

«Ma *porca puttana*... Ho lasciato il cellulare in quella cazzo di palestra».

«Tieni» disse Robin, porgendogli il suo.

Murphy chiamò il proprio numero e dopo una breve conversazione riattaccò.

«Ce l'hanno alla reception. Prendo del curry tornando?»

«Ottima idea» disse Robin con uno sbadiglio.

Murphy uscì di nuovo. Robin continuò a pensare a Tyler Powell, di cui non aveva trovato alcun profilo sui social. Tornando al computer, aprì sia Twitter che Instagram e iniziò a cercare variazioni sui nomi 'Lugs' e 'Powell'.

Dopo venti minuti, trovò un profilo Instagram che, forse, poteva essere appartenuto a Tyler: LugzCarz. Non pubblicava nulla se non foto di auto d'epoca, miste a immagini dei motori su cui l'utente che postava stava lavorando. Il profilo aveva pochi follower, ma due cose spinsero Robin a sospettare che fosse di Powell: non era più stato aggiornato dopo il maggio dell'anno prima, quando Powell, perseguitato dai sospetti, aveva lasciato Ironbridge, e sotto la foto di una Austin-Healey Mark III del 1965 qualcuno aveva commentato: *piantala di postare macchine come se non sapessimo quello che hai fatto.* Comunque, quanto a permetterle di capire dove si trovasse Powell al momento, il profilo si rivelò inutile.

Robin chiuse il sito, si stiracchiò e si alzò in piedi.

Murphy aveva lasciato lì accanto il borsone della palestra. Ne era uscita una pozzanghera di liquido trasparente. Evidentemente non aveva avvitato bene il tappo della borraccia.

Robin aprì il borsone e trovò un garbuglio di vestiti sportivi umidi. Come si aspettava, la borraccia conteneva solo qualche rimasuglio, e il tappo non era stato avvitato correttamente.

Un leggero odore la spinse ad annusarsi le dita. Stentando a credere al proprio naso, Robin si infilò l'indice in bocca.

Ancora china, sentendo il sapore di alcol liscio, avvertì la stessa gelida ondata di choc che l'aveva travolta quando aveva trovato l'orecchino di brillanti caduto dalle lenzuola nella casa di Deptford, il giorno in cui aveva lasciato Matthew per sempre. Ripensò alle sempre più frequenti sessioni di allenamento e corsa che aveva creduto tanto salutari per Murphy. Ripensò alla sera della Vigilia, quando, se non l'avesse conosciuto bene, avrebbe pensato che avesse bevuto come i suoi fratelli. Ripensò alla notte del loro peggior litigio.

Con volto inespressivo, recuperò il rotolo di carta da cucina e asciugò il liquido sul pavimento, poi posò la borraccia, con i suoi rimasugli compromettenti, sul tavolo da caffè. Rimase immobile a fissarla per un altro minuto, quindi andò in cucina, dove esaminò metodicamente ogni armadietto, senza trovare nemmeno un goccio di alcol.

Fuori il cielo era scuro; non si era accorta che era calata la notte. Andò in camera e aprì l'armadio di Murphy. Presumibilmente, il suo fidanzato aveva spesso perquisito per lavoro gli armadietti e i cassetti altrui, ma raramente un investigatore privato aveva l'occasione di frugare tra gli effetti personali di qualche sospetto.

Robin dovette sollevarsi in punta di piedi per raggiungere l'ultimo ripiano. Dietro una pila di magliette e una scatola con dei contanti stranieri e vecchi caricabatterie, c'era una borsa di iuta che tintinnò quando la sfiorò. La tirò giù, sapendo già cosa vi avrebbe trovato.

Dentro c'erano sei bottiglie di vodka, di cui una quasi vuota.

90

Eppure qualcosa gli faceva pizzicare
e formicolare il sangue; un'astuzia – un trucco –
e molte cose avrebbero trovato spiegazione.
Robert Browning
Sordello: Book the Second

Strike era tornato, per l'ennesima volta, in Carnival Street a Haringey, per sorvegliare la casa in cui gli amici di Plug tenevano l'enorme cane nero. Iniziava a sentirsi piuttosto in sintonia con l'atteggiamento del suo cliente, stando al quale era scandaloso che Plug non fosse stato ancora arrestato. Strike non provava particolari emozioni per gli animali; con l'unica eccezione di una biscia che una volta, da bambino, era riuscito a catturare, non aveva mai sentito l'esigenza di possedere un animale. Eppure, grazie a ciò a cui aveva assistito durante il combattimento tra cani, e a quello che in seguito aveva scoperto sul conto di Plug, si era convinto che quel bastardo sadico andasse sbattuto in carcere il prima possibile, liberando così sia la madre che il figlio dalla sua influenza e dalle sue vessazioni.

Al momento Strike si trovava in una densa chiazza d'ombra, sotto un lampione fuori uso, e stava svapando in attesa che il bersaglio ricomparisse. A poco a poco le stelle fecero capolino sulla sua testa, un po' più visibili che in una strada meglio illuminata, anche se non così luminose come quando le aveva osservate a Sark. Preferendo non rimuginare sulla notte all'Old Forge, Strike attraversò la strada e trovò un altro punto in ombra, sul marciapiede davanti allo sfasciacarrozze. Un grande cartello annunciava che il posto si chiamava 'Brian Judge Rottami' e la recinzione esterna correva lungo tutta la strada. Strike riusciva a vedere la cima di diversi cumuli di metallo compattato. Si chiese se la vecchia Land Rover di Robin fosse stata consegnata a un cimitero di lamiere come quello.

Un furgone arrugginito gli passò davanti e si fermò davanti all'ingresso del deposito. L'autista spense le luci, uscì e andò a parlare al citofono accanto al cancello.

Mentre la faccia dell'uomo era illuminata dalla luce di sicurezza sopra il cancello, Strike ebbe la strana sensazione di averlo già incrociato da qualche parte. Era più basso della media, irsuto, sulla quarantina, molto scuro e non particolarmente attraente. A Strike pareva di averlo visto in giacca e cravatta, invece che con la canottiera e i jeans trasandati che sfoggiava al momento, e che fosse in compagnia di un gruppo di uomini altrettanto azzimati, ma gli sfuggiva quando e dove fosse successo.

Dall'interno dello sfasciacarrozze arrivò uno sferragliare di catene. Il cancello iniziò ad aprirsi. L'autista tornò a bordo del furgone, lasciando le luci spente, ed entrò. Il cancello si richiuse.

Dove diavolo l'aveva già visto? A un matrimonio? Un funerale? Lo associava vagamente a una chiesa, ma negli ultimi dieci anni Strike non aveva messo piede in un luogo di culto se non in una manciata di occasioni. Senz'altro l'uomo scuro non aveva partecipato ai funerali di Ted o Joan, né si trovava nella chiesa deserta in cui Strike aveva trascorso parte della mattina in cui aveva appreso la notizia della morte di Charlotte.

La porta della casa che Strike stava sorvegliando si aprì. Ne uscì Plug, con un enorme cucciolo che si contorceva. Strike scattò un paio di foto dall'ombra e stava per incamminarsi dietro a Plug lungo la strada quando all'improvviso ricordò doveva aveva già visto l'autista del furgone.

Qualche anno prima, lui e Robin avevano indagato su un *cold case* che li aveva portati nell'orbita di un paio di violenti criminali chiamati fratelli Ricci. Ogni domenica i due facevano visita al padre Niccolò (un gangster noto come 'la Bestia' nei suoi giorni gloriosi da pappone e pornografo) nella sua casa di riposo. Ora Strike riuscì a visualizzare chiaramente il gruppo in arrivo, con i figli e le mogli tutti in tiro, e i due uomini in completo. Il fratello maggiore,

Luca, aveva la nomea più temibile, ma Marco, il minore dei due, nonché colui che aveva appena condotto il furgone all'interno del Brian Judge Rottami, aveva un curriculum di aggressioni con l'acido e accoltellamenti di tutto rispetto.

Una potente intuizione disse a Strike di restare dov'era, invece di pedinare Plug, così lo guardò allontanarsi senza seguirlo. Rimasto solo nella strada deserta, si domandò a che gioco stesse giocando, ma non aveva alcuna risposta da darsi, tranne che il suo inconscio, avendogli rivelato l'identità dell'uomo sul furgone, sembrava volergli dire qualcos'altro.

Ritornò in postazione nella prima chiazza d'ombra in cui si era nascosto, sul lato opposto della strada rispetto allo sfasciacarrozze. Passarono dieci minuti, durante i quali Strike fissò il cartello con il nome del deposito. Poi, proprio come i rottami talvolta possono scivolare e assestarsi, qualcosa nelle profondità della sua mente si smosse; comprese che cos'era rimasto nascosto fino a quel momento, e capì perché era rimasto.

Lo slang cockney in rima.*

Brian Judge.

Una parola che faceva rima con *Judge...*

Rudge... Barnaby Rudge, come il romanzo di Dickens.

Mentre si tastava la tasca in cerca del cellulare, una Renault rallentò e si fermò davanti al cancello. Marco Ricci sgattaiolò fuori dallo sfasciacarrozze e salì in auto, che si allontanò. Dall'interno del deposito arrivò un rombo. Strano orario per dedicarsi alla rumorosa attività di compattare un veicolo o di avviare un inceneritore, ma in circostanze particolari certe operazioni potevano rivelarsi urgenti.

Shanker rispose alla chiamata di Strike dopo trenta secondi.

* Il Cockney rhyming slang consiste nel sostituire la parola cui si fa riferimento con una locuzione in rima, spesso tralasciando la parola che effettivamente fa rima.

«Che c'è, Bunsen?»

«Volevo chiederti una cosa. Hai personalmente le mani in pasta da Barnaby?»

Quando riprese la parola, Shanker si era fatto più guardingo. «Perché me lo chiedi?»

«Rispondi».

«Io, di persona, non l'ho mai usato» disse Shanker. «No».

«Quindi la polizia non potrebbe collegarti a un certo posto a Haringey? In Carnival Street, per la precisione?»

Strike si aspettava che Shanker negasse che Barnaby si trovasse in Carnival Street; invece, con tono minaccioso, gli chiese: «Che cosa stai combinando, Bunsen?»

«Ti sto dando un avvertimento, in cambio di quello che hai dato tu a me mesi fa».

«Chi ha vuotato il sacco?» chiese Shanker furibondo.

«Qualcuno è stato pedinato e una certa attività sospetta è stata osservata» rispose Strike.

«*Merda*» fece Shanker. Poi aggiunse: «Non sei insieme a uno sbirro, vero?»

«Credi che ti chiamerei se con me ci fosse un poliziotto?» disse Strike.

«Come faccio a saperlo? Ne conosci parecchi di quei succhiacazzi, no?»

«Anche loro parlano benissimo di te» ribatté Strike. «Bene. Volevo solo metterti in guardia».

«Ottimo, grazie» grugnì Shanker, e riattaccò.

91

... perdonami! Mi prostro –
So che fui folle e mostruoso oltre ogni dire
in quel che allora feci; ma come Dio
me ne dà contezza – il cuore per sentire e la lingua
per testimoniare – così anche tu mostra clemenza!
Non giudicare l'uomo per la solitaria azione
– ah, così dicono, e io posso crederlo –
del demone che in lui alberga...

Robert Browning
The Inn Album, IV

Nell'istante esatto in cui Robin udì la chiave di Murphy girare nella toppa della porta, Strike la chiamò sul cellulare. Lei rifiutò la telefonata e attese, piena di disgusto, che Murphy ricomparisse in salotto, cosa che lui fece qualche secondo dopo, col telefono in una mano e un sacchetto di curry nell'altra.

«Ti ho preso un pollo Madras» disse, sorridendo e sollevando il sacchetto.

Poi gli cadde lo sguardo sulla borraccia vuota che Robin aveva posato sul tavolino davanti a sé.

«Quella che cosa ci fa lì?»

«Si è rovesciata» disse Robin. «Nel tuo borsone».

«Perché stavi rovistando nel mio...?»

«È colata sul pavimento» disse Robin. «Stavo pulendo quando ho capito cos'era».

Lo fissò, in attesa, percorsa da uno strano brivido, come quando si cova l'influenza.

Lui aprì la bocca e la richiuse. Guardò la borraccia con il fondo di vodka, poi guardò Robin, infine disse: «Io...»

Mentre aspettava il suo ritorno, Robin aveva immaginato ogni sua possibile reazione. Si era chiesta se Murphy avrebbe provato a far finta che fosse stata una ricaduta occasionale, o addirittura che qualcuno avesse riempito la borraccia a sua insaputa. La vita le aveva insegnato che esistevano pochi limiti alle bugie che gli uomini disperati erano disposti a raccontare.

Gli occhi di Murphy si riempirono di lacrime. Lasciò cadere il cibo da asporto e si sedette in poltrona, la faccia tra le mani, e iniziò a singhiozzare. Non c'era dubbio che le lacrime fossero genuine: stava facendo dei versi quasi inumani; lamenti strozzati e penetranti, con tutto il corpo che si scuoteva.

Robin non l'aveva mai visto piangere, ma non si offrì di consolarlo. Voleva ascoltare quel che aveva da dire, e capire fino a che punto fosse pronto a distorcere la verità.

Infine Murphy iniziò a parlare, a brandelli di frasi, senza guardarla e senza smettere di piangere.

«Quei ragazzini a cui hanno sparato... ho combinato un casino... è stata tutta colpa mia... pensavo che il testimone oculare dicesse cazzate... ho arrestato la persona sbagliata... è stata tutta colpa mia, sono stato io... ero sicuro che fosse stato quel bastardo... ci sono andato giù pesante... un'indagine... reclami...

«Ho preso una birra in un pub... solo una... non sono riuscito a fermarmi... non sono riuscito a fermarmi, cazzo... ora te ne andrai, vero?»

Alzò lo sguardo su di lei, con gli occhi rossi e la faccia bagnata.

«Non hai fatto che parlarmi di onestà» bisbigliò Robin, «e per *tutto il tempo* hai continuato a bere...»

«Non tutto il tempo... te lo giuro, non tutto il tempo, è capitato a singhiozzi... continuavo a provare a... domani tornerò agli Alcolisti Anonimi. Butterò tutto l'alcol che ho da parte, puoi guardare mentre lo faccio».

«Ce n'è dell'altro, in questo appartamento?» chiese Robin, per metterlo alla prova.

«Sì, nel... nell'armadio» disse Murphy. «Lo faccio subito. Robin, sei letteralmente la cosa migliore che mi sia mai capitata, saprò farmi perdonare...»

«Che cosa mi dici di quella notte?» chiese lei. «La notte in cui sono rimasta incinta?»

«Non ero ubriaco quella volta» rispose subito lui. «È iniziato dopo».

Lei non gli credette. Si alzò dal divano e andò in camera, per recuperare il cappotto e il borsone con le cose per la notte che aveva già preparato. Quando ritornò, Murphy si era alzato in piedi.

«Robin, ti giuro che torno agli Alcolisti Anonimi domani, ci darò un taglio...»

«Ho bisogno... di non essere qui» disse lei infilandosi il cappotto. Le sembrava di avere le viscere ghiacciate. Da mesi si sentiva in colpa per avergli omesso certe cose, mentre lui serbava quel segreto enorme.

«Tutto qui?» disse lui, come in preda al panico. «È così che finisce?»

«Ho bisogno di tempo» ribatté Robin.

«Mi ami?»

«Sì» rispose lei in automatico.

«La casa...»

«Dobbiamo ritirare l'offerta» disse Robin. Aveva riflettuto anche su quello, mentre lui recuperava il cellulare dal pub o dal bar in cui era stato, a meno che non fosse davvero andato in palestra, a bere vodka liscia nell'area caffetteria, fingendo di reidratarsi dopo l'allenamento.

«No» disse Murphy. «Robin, ti prego...»

«Ora devi pensare a tornare sobrio» disse Robin. «Non aggiungeremo un trasloco a tutto quello che abbiamo già in ballo. Ti chiamo quando avrò...»

«Quando avrai deciso come comunicarmi in maniera gentile che è finita?» la interruppe Murphy, ricominciando a singhiozzare. «Robin, non andartene. Ti prego non andare. Te lo giuro, tornerò pulito...»

«Ne riparliamo domani» disse Robin. Si mise il borsone in spalla e infilò la porta di casa.

92

Ragazzo mio, le nostri madri non partorirono dei re.

A.E. Housman
IX, Last poems

Strike diede per scontato che Robin fosse troppo impegnata a divertirsi con Murphy per incomodarsi a rispondere alla sua chiamata, il che per certi versi smorzò la sensazione di trionfo per l'inattesa epifania su Barnaby. Stanco, ma senza la minima voglia di tornare a casa a deprimersi nella sua mansarda, aveva deciso di andare a Harlesden, all'ultimo indirizzo noto della madre di Jim Todd, Nancy Jameson nata Philpott.

Quaranta minuti dopo aver lasciato Carnival Road, si fermò in un parcheggio bordato su tre lati da bassi condomini. Persino nella semioscurità, Magdalen Court sembrava un luogo desolato; piuttosto, Strike avrebbe preferito Carnival Street, con vista sullo sfasciacarrozze. C'era spazzatura abbandonata ovunque. Un'aiuola di erba secca, accanto al punto in cui si era fermato, era coperta di mozziconi. Diversi muri grigi erano imbrattati di graffiti. Gli edifici erano in cemento e, nel loro brutalismo annacquato, somigliavano a dozzinali omaggi al National Theatre. Lunghe balconate grigie correvano a ogni piano, con le porte disposte a intervalli regolari. Strizzando gli occhi, Strike individuò l'appartamento di Nancy Jameson, il numero 39, illuminato al secondo piano della palazzina centrale. Alla finestra si scorgeva una luce accesa.

Un gruppetto di cinque ragazzi era intento a svapare a poca distanza da dove aveva parcheggiato, e tutti adocchiarono la BMW con l'aria di stare architettando qualcosa. Due di loro erano bianchi, due del sud-est asiatico e l'ultimo nero. Strike andò dritto da loro, immergendosi in una nuvola di vapore alla cannabis.

« Vi do cinque sterline a testa se quando torno giù la macchina è nello stesso stato in cui l'ho lasciata ».

« Eh? » fece uno dei ragazzi bianchi, strascicando la voce. Aveva i capelli ossigenati, lunghi e secchi, e indossava una felpa con la scritta WACKEN OPEN AIR.

« Ok, ci stiamo » disse il ragazzo nero, che era alto e tonico, e non portava la giacca sopra la maglietta di Snoop Dog, nonostante il fresco della sera.

Strike raggiunse le scale visibili all'angolo della palazzina centrale. Anche le pareti interne erano coperte di graffiti, e di recente qualcuno aveva gettato del curry da asporto sul corrimano, o forse aveva vomitato. Strike, che aveva vissuto in posti simili con sua madre, ringraziò Dio tra sé e sé per non essere più costretto a farlo.

Raggiunse la balconata al secondo piano e bussò alla porta dell'appartamento 39. Non rispose nessuno.

Affacciandosi sul cortile anteriore, vide che i cinque ragazzi lo stavano osservando.

« Conoscete Nancy Jameson? » gridò loro.

Uno dei due ragazzi sud-asiatici, con la barba a ciuffi, gli rispose. « Vedrai che si incazza ».

I suoi compari scoppiarono a ridere. Strike bussò di nuovo. Nessuna risposta.

Si spostò per sbirciare attraverso la finestra, ma le luride tendine a rete rendevano pressoché impossibile vedere alcunché, a parte il fatto che c'era una lampada accesa. Ciononostante, dopo aver scrutato per qualche secondo, credette di scorgere un movimento nell'angolo della stanza.

Tornò alla porta e bussò una terza volta. Nessuna reazione. Ridiscese nel parcheggio.

« Tu conosci Nancy, vero? » disse al ragazzo con la barba mentre si avvicinava al gruppetto.

« Sì, è una vecchia stronza » rispose l'adolescente, suscitando risate e mormorii di approvazione tra i suoi amici.

« L'hai vista di recente? »

Il ragazzo scosse la testa.

« E voialtri? » disse Strike, facendo scivolare lo sguardo sul gruppo.

« Io sì » fece il secondo ragazzo bianco, che portava una maglia da calcio del Millwall. « Con un tizio grasso ».

« Più giovane di lei? »

Il ragazzo fece spallucce. Strike ricordava cosa voleva dire avere la loro età; chiunque avesse più di quarant'anni gli sembrava decrepito.

« Bene » disse. « Ho motivo di credere che Nancy si sia fatta male e non riesca ad aprire la porta ».

Era una scusa ridicola, ma dato che i ragazzi avrebbero comunque assistito a quello che stava per fare, pensò che fosse il caso di gettare subito le basi di una strategia difensiva. Tornò alla macchina e recuperò il mazzo di chiavi passe-partout dallo scomparto portaoggetti.

« Vuoi forzare la porta? » domandò il ragazzo con la barba, incuriosito.

« Non forzerò niente » mentì Strike.

« Possiamo venire? » chiese il ragazzo con la maglietta del Millwall.

« Siete anche voi preoccupati per Nancy, eh? » ribatté Strike.

« Sì » rispose il secondo ragazzo asiatico, l'unico a portare il cappotto, e con un'acne che doveva essere dolorosa. « Siamo preoccupati da morire ».

« E secondo voi dovrei entrare a controllare come sta, giusto? » disse Strike, continuando a pensare alla spiegazione che forse gli sarebbe toccato fornire a un avvocato.

Il ragazzo con l'acne rise.

« Sì » disse, « ovvio ».

Strike immaginò che fossero state le chiavi passe-partout a destare il loro interesse, o magari volevano assistere alla sfuriata della vecchia ubriaca nel momento in cui un estraneo si fosse introdotto in casa sua. Dubitava che ci fosse molto altro da fare a Magdalen Court in una domenica sera di febbraio.

« Ho bisogno che almeno uno di voi tenga d'occhio la macchina » disse.

« Chi te la tiene d'occhio si piglia tutte le venticinque sterline? » chiese il ragazzo nero.

« No, ma ne prende cinque in più » rispose Strike.

« Allora ok, resto io » fece il ragazzo.

Strike si trascinò di nuovo su per le scale, con i due ragazzi bianchi e i due asiatici al seguito.

« Quello è stato Baggy » sentì uno di loro dire agli altri, indicando il curry o il vomito sparso ai piedi delle scale, e tutti si misero a ridacchiare.

Strike bussò una quarta volta alla porta di Nancy, senza successo, così infilò la chiave nella toppa e girò. La catenella all'interno non era inserita, dunque non fu costretto a prendere a spallate la porta o a sfondarne una parte.

« Cos'è 'sto cazzo di odore? » esclamò il ragazzo con la barba, facendosi avanti, ma ritrovandosi bloccato dal braccio che Strike aveva appena sollevato.

« Restate qui » disse l'investigatore con fermezza. « *Non* entrate ».

L'inconfondibile tanfo nauseabondo della carne in decomposizione gli aveva appena aggredito le narici. Sentiva il ronzio delle mosche.

« *Fermi qui* » disse con decisione ai ragazzi, e imboccò lo stretto corridoio per sbirciare attraverso la porta aperta sulla destra, dove la luce era rimasta accesa e un gatto incredibilmente emaciato lanciò un miagolio pietoso, gli trotterellò accanto e scappò sulla balconata.

I corpi di Jim Todd e di una donna che Strike immaginò essere sua madre Nancy erano stesi sulla moquette lurida, avvolti da un disgustoso miasma, alimentato dalla stufa a gas che continuava ad ardere. Todd, completamente vestito, era stato accoltellato diverse volte. Il sangue ormai nero aveva intriso la camicia e il pavimento sotto di lui. Dai segni sembrava che il gatto affamato gli avesse staccato a morsi parte della faccia. Nancy, una donna piccola e minuta in camicia da notte, era stata uccisa con un'unica coltellata al petto. La linea orizzontale della *tache noire* era visibile negli occhi fissi e spenti, dentro uno dei quali si contorceva una larva.

«CAZZO!»

Strike si voltò: ovviamente i ragazzi avevano ignorato il suo ordine di non entrare. Quello con l'acne si era coperto la bocca con la mano.

«Fuori» disse Strike. «*Fuori!*»

Tre dei ragazzi scattarono goffamente all'indietro, ma quello con la barba rimase dov'era, a quanto pareva incapace di muoversi. Strike lo afferrò bruscamente per la spalla e lo trascinò sulla balconata, troppo tardi per impedire al ragazzo con la maglietta del Millwall di urlare all'amico che stava tenendo d'occhio l'auto: «*Porca troia, li hanno ammazzati!*»

«Sta' zitto» sbottò Strike. «Non è un cazzo di gioco».

In quel momento la porta dell'appartamento 38 si aprì e una donna con la faccia coperta di rughe, i capelli tinti di rosso e la gola tatuata uscì in vestaglia e pantofole.

«Che cosa succede?» chiese con rabbia.

«Sono da lei tra un minuto» rispose Strike.

Si voltò verso il ragazzo con l'acne, che pareva sul punto di vomitare e aveva l'aria molto meno eccitata degli altri, cosa che a Strike parve indice di un certo livello di maturità.

«Chiama la polizia. Digli che...»

«Ho detto *che cosa succede?*»

«Un attimo, signora...» Strike abbassò la voce. «Digli che due persone sono state uccise e dagli l'indi...»

«Se arriva la polizia io me ne vado» disse il ragazzo con la felpa del festival di Wacken, e si allontanò di buon passo, dando una spinta alla vicina per farsi strada.

«Ahi!» esclamò lei, seguendolo con gli occhi. «Che cos'è questa puzza?» aggiunse, avvicinandosi a grandi passi.

«Da' l'indirizzo alla polizia» riprese Strike, sempre rivolto al ragazzo con l'acne. «Va' giù ad aspettarli e poi portali quassù... *non una parola con nessun altro*» aggiunse, vedendo che gli altri due ragazzi armeggiavano già coi cellulari. «Non vogliamo che arrivi qualche ficcanaso del cazzo, e voi non volete essere accusati di intralcio alla giustizia».

Quest'ultima, naturalmente, era una minaccia del tutto infondata, che però servì allo scopo; entrambi si infilarono i cellulari in tasca.

«Ho *detto...*» ricominciò la vicina con tono aggressivo.

«C'è stato un incidente» disse Strike, mentre i tre ragazzi tornavano verso le scale. «Stiamo informando le autorità competenti».

«Ma...»

Strike tornò nell'appartamento 39 e sbatté la porta in faccia alla donna.

Anche se aveva visto numerosi corpi in vita sua, i cadaveri in decomposizione non esercitavano su Strike alcun fascino. Ciononostante, si sollevò il bavero del cappotto sulla faccia per proteggersi il più possibile dal tanfo di carcassa e tornò nel soggiorno, deciso a sfruttare al meglio i dieci o quindici minuti a sua disposizione prima dell'arrivo della polizia.

Un secondo sguardo ai corpi confermò la sua impressione: erano morti da giorni, anche se probabilmente il processo di putrefazione era stato accelerato dalla stufa accesa. Notò che Todd, oltre a essere stato accoltellato più volte all'addome e al collo, aveva una ferita alla testa.

Strike osservò la piccola stanza piuttosto spoglia. Qua e là la carta da parati in trucioli di legno si stava staccando. Il televisore aveva almeno dieci anni. A terra c'era un grosso fermacarte in cristallo, massiccio e spigoloso, coperto di sangue rappreso e di un unico capello grigio. Oltre a questo, nessun segno di colluttazione.

Strike andò a controllare il resto del piccolo appartamento. Il bagno non era particolarmente pulito, ma non c'era traccia di sangue. La camera di Nancy era ingombra di cose, in disordine, con un odore terribile. La stanza accanto era piena di immondizia, ma il letto singolo, con il piumino sgualcito, suggeriva che Todd avesse dormito lì. L'angolo di un libro spuntava da sotto il cuscino, che Strike spostò per leggere il titolo: *Come ho vinto più di un milione di dollari a poker* di Doyle 'Texas Dolly' Brunson.

In lontananza si udiva sempre più forte una sirena. Da fuori arrivavano delle voci: altri vicini stavano uscendo dagli appartamenti, ammassandosi come mosche attorno a un cadavere. Sollevandosi di nuovo il bavero davanti al naso, Strike uscì dall'appartamento giusto in tempo per vedere la luce blu intermittente che entrava nel cortile buio.

PARTE OTTAVA

Per mesi aveva inseguito una vena che si dipanava sotto il mare, facendosi sempre più ricca via via che la portava alla luce. Era convinto che lo avrebbe condotto alla vena madre...

John Oxenham
A Maid of the Silver Sea

93

Hai avuto il tuo momento, detto le tue amare verità:
ora è il turno mio, e tu mi segui a ruota.
Ammesso questo, non cambia il punto di partenza –
Tu mi disprezzi.

Robert Browning
Bishop Blougram's Apology

Nel corso della sua vita professionale, Strike si era ritrovato più di sovente nel ruolo di interrogante che in quello di interrogato, eppure negli ultimi anni era capitato, più spesso di quanto avrebbe voluto, dal lato sbagliato di un interrogatorio di polizia. Era vero, c'erano state occasioni in cui vi aveva preso parte in quanto vittima – l'anno prima avevano sparato a lui e a Robin, e quello prima ancora un ordigno esplosivo era stato spedito al loro ufficio – ma questa era la terza volta in cui Strike si imbatteva in un cadavere a Londra, senza contare i due trovati da Robin. Osservando la faccenda in maniera obiettiva, poteva capire perché la Met cominciasse a nutrire qualche sospetto su quella che, più che una circostanza fortuita, iniziava a sembrare una predilezione.

Raggiunse la stazione di polizia locale a bordo della sua auto, scortato da un agente in uniforme, e rilasciò una dichiarazione rinunciando al diritto a chiamare un legale. Dopo aver ascoltato il suo racconto su come aveva trovato i due Jameson senza vita, compreso il fatto che era stato assunto per identificare il corpo nel caveau del Ramsay Silver, il suo interlocutore, un uomo strabico in là con gli anni, pretese che Strike gli consegnasse i passe-partout, cosa che non lo preoccupò, dato che ne possedeva un vasto assortimento. Quindi l'agente lasciò la stanza borbottando che doveva fare alcune telefonate. Per quasi un'ora il detective rimase solo al tavolo grigio graffiato, svapando finché una poliziotta irritata, che gli aveva portato una tazza di tè tiepido, gli intimò di smettere.

Quando infine l'agente strabico fece ritorno, fu solo per comunicargli che l'avrebbero portato a Scotland Yard. Quando Strike chiese se poteva prendere di nuovo la sua auto, gli rispose di no, e poi, quasi come gli fosse venuto in mente solo allora, lo dichiarò in arresto.

«Per cosa?» chiese Strike, conoscendo già la risposta, ma volendo una conferma.

«Per violazione di domicilio» rispose il sergente strabico.

Era quasi mezzanotte quando Strike scese dalla volante davanti a Scotland Yard. L'ultima volta che ci aveva messo piede, era stato per aiutare concretamente – non solo pro forma – la Met in una delle sue indagini. Venne condotto in un'altra stanza degli interrogatori a uno dei piani superiori, e di nuovo fu lasciato solo.

Avendo bene in mente l'avvertimento di Wardle – su come avesse fatto incazzare parecchio la squadra della omicidi che verosimilmente stava per incontrare – Strike decise di essere sincero, nei limiti del possibile, pur mirando a un ragionevole livello di auto-conservazione. Una giuria avrebbe potuto perdonare la sua irruzione nell'appartamento della signora Jameson, se fosse riuscito a convincerla che credeva che le due persone a terra potessero essere salvate, dunque decise di attenersi scrupolosamente alla storia di cui aveva gettato le fondamenta a Magdalen Court. Se poi la squadra investigativa gli fosse sembrata troppo intransigente, aveva a disposizione un utile bastone metaforico e un'allettante carota informativa, ed era piuttosto sicuro di poterli usare entrambi proficuamente. Dunque tirò fuori la vape-pen e ricominciò a godersi in silenzio la nicotina, finché poco prima dell'una di notte due agenti in borghese entrarono nella stanza: un uomo bianco sulla cinquantina, tendente al flaccido, con addosso un completo da due soldi e un'espressione forzata, e una donna sui trentacinque anni con i capelli rossi che le arrivavano alle spalle. Se proprio avesse dovuto dare un giudizio, Strike l'avrebbe definita carina. Aveva un grosso neo sulla guancia, larghi spazi tra i denti, ma un incarnato sano e occhi verdi e attraenti. Qualcosa gli diceva che poteva essere lei il contatto di Murphy: la donna di nome Iverson con cui il fidanzato di Robin aveva pomiciato da ubriaco. Strike si domandò se i due fossero stati tirati giù dal letto per interrogarlo, o se facessero il turno di notte. L'espressione tesa dell'uomo poteva essere spiegata da entrambe le ipotesi.

L'uomo accese il registratore e presentò se stesso come ispettore capo Northmore e la rossa come ispettrice capo Iverson, confermando l'intuizione di Strike. Northmore scandì la data e l'orario, rivelando di avere un alito decisamente pesante, che Strike riuscì a percepire a un metro e mezzo di distanza. Northmore invitò Strike a dichiarare nome e indirizzo, gli chiese di confermare di aver rinunciato al diritto a un legale, quindi lo informò che Iverson stava indagando sull'omicidio nel caveau, mentre lui era al lavoro sull'omicidio di Sofia Medina. Quest'ultima informazione destò l'interesse di Strike: evidentemente la Met non riteneva più che l'uomo e la donna avvistati in St George's Avenue fossero frutto dell'immaginazione di Mandy.

Northmore consultò gli appunti che gli aveva passato l'agente in uniforme di Harlesden, poi disse: «Ha dichiarato di essere stato assunto per identificare il corpo trovato al Ramsay Silver il 20 giugno dello scorso anno».

«Esatto» disse Strike.

«Chi l'ha assunta?»

«Questo non posso dirvelo, spiacente».

«Comprende di essere in arresto?» disse Northmore, che aveva grosse borse grigie sotto gli occhi azzurri iniettati di sangue.

«Sì, l'avevo intuito» fece Strike.

«Ha rinunciato al diritto di restare in silenzio».

«Ho firmato un contratto legalmente vincolante col mio cliente, che pretende riservatezza».

«Quelle regole non valgono quando sono le forze dell'ordine a fare le domande, signor Strike».

«Nulla di quello che ho fatto questa sera ha a che vedere col mio cliente. Sono entrato nell'appartamento della signora Jameson» proseguì Strike – tanto valeva togliersi almeno quel pensiero – «perché quando ho guardato attraverso la finestra ho visto non solo due persone a terra, ma anche dei segni di movimento. Ho pensato che almeno uno di loro potesse essere vivo, e che forse avesse urgente bisogno di cure mediche».

«È impossibile che abbia visto qualche movimento» disse Northmore, e un'altra intensa folata di gengivite travolse Strike. «A meno che non sostenga di aver notato le larve dalla finestra» aggiunse con un risolino.

«C'era un gatto nella stanza» disse Strike. «I ragazzi che sono saliti con me hanno visto che se l'è svignata quando sono entrato. Le tendine a rete erano luride. Non ho capito che a muoversi era un animale. Ho pensato che fosse uno dei corpi».

«Perché non ha chiamato un'ambulanza, se credeva che a terra ci fossero due persone ferite?»

«Non volevo far perdere tempo ai servizi d'emergenza, nel caso fossero stesi lì vivi per qualche altra ragione».

«Ha appena detto che nessuno le ha aperto la porta».

«Ragion per cui ho pensato che qualcuno dovesse entrare di corsa e verificare cosa fosse successo».

Strike sapeva che entrambi stavano recitando a favore di registratore. Quel botta e risposta era un preludio alla faccenda più seria che li attendeva. Northmore stava ricordando a Strike che era già nei guai fino al collo; Strike stava imbastendo la linea difensiva che intendeva seguire, in caso volessero davvero incriminarlo. La partita non era ancora iniziata.

Ora prese la parola Iverson, rivelando – cosa inattesa – di essere gallese.

«La sua cliente ha avuto un figlio di recente? O ha portato avanti una gravidanza nel corso dell'ultimo anno?»

Strike sperò sinceramente che la sua espressione non l'avesse tradito, ma la domanda l'aveva preso in contropiede.

«Perché me lo...?»

«Wright ha detto a un vicino del piano di sopra che la sua fidanzata era incinta» spiegò Iverson, monitorando la reazione di Strike. «Ha detto che stava risparmiando per un anello di fidanzamento».

«Il vicino in questione era un membro della famiglia Mohamed?» chiese Strike.

«Sì» rispose Iverson.

«Non posso rivelare dettagli sulla mia cliente» disse Strike, pur essendo scosso dalla scoperta che Wright aveva affermato di avere una fidanzata incinta.

«Da chi ha avuto la soffiata che l'uomo trovato nel caveau non era Knowles?» chiese Iverson.

Notando che stavano ammettendo implicitamente di sapere benissimo, già prima di quella sera, che stava indagando sul corpo nel caveau, Strike rispose: «Un contatto».

«Lo stesso che già in passato le ha fornito informazioni sulla criminalità organizzata?»

«Sì» disse Strike.

«Verrebbe da pensare che un informatore del genere si renderebbe più utile collaborando con la polizia invece che con un investigatore privato» disse Northmore. Il suo fiato era davvero pestilenziale; Strike provò a non respirare dal naso. «O lo paga talmente bene da assicurarsi di essere l'unico destinatario delle sue confidenze?»

«Non è una questione di denaro» disse Strike, e Northmore si abbandonò a un piccolo sbuffo canzonatorio, che irritò l'investigatore, anche se provò a non darlo a vedere. «Questo contatto particolare collaborerebbe con la Met solo quando glielo chiederà il diavolo in persona».

«Ma dobbiamo credergli sulla parola quando afferma che Knowles è finito da 'Barnaby'?»

«Non c'è bisogno di credere a lui, posso mostrarvi io stesso cos'è Barnaby e dove si trova» disse Strike, decidendo che era arrivato il momento di sventolare la sua preziosa carota informativa.

Come si era aspettato, seguì un lungo silenzio.

«Quindi sa dov'è, è così?» disse Iverson.

«Esatto» disse Strike. «A dirla tutta l'ho scoperto questa sera».

«Molto comodo» fece Northmore.

«Pura coincidenza» ribatté Strike.

« Non sembra molto pentito di aver complicato o intralciato il lavoro della polizia, signor Strike » disse Northmore.

« Quando l'avrei fatto? » chiese Strike.

« Appena un paio di ore fa è entrato sulla scena di un omicidio senza autorizzazione ».

« Nessuno sapeva che era la scena di un omicidio prima che entrassi io ».

« Ha interrogato delle persone collegate a due indagini per omicidio ancora in corso ».

« L'indagine su William Wright era conclusa quando la mia agenzia ha accettato il caso » disse Strike. « L'avevate identificato come Knowles. Da quando abbiamo iniziato a indagare, vi ho passato ogni informazione che poteva esservi utile. Non ho nascosto nulla ».

« A parte Barnaby » fece Northmore.

« Ve l'ho appena detto: ho scoperto cos'è solo questa sera ».

« Quante informazioni le ha passato l'ispettore Ryan Murphy? » chiese Northmore.

Con la coda dell'occhio, Strike vide che l'espressione di Iverson si era fatta più tesa. Era sorpreso che avessero menzionato Murphy, a verbale. Che ci fossero dei sospetti su di lui? Che fosse addirittura oggetto d'indagine?

« Zero » rispose Strike.

« Non si è mai fatto sfuggire nulla nel dormiveglia? » domandò Northmore.

« Ancora non ci sono andato a letto » disse Strike. « Mi faccio desiderare ».

Iverson si lasciò sfuggire un leggero sospiro, che poteva essere una risata trattenuta.

« Murphy non ha mai condiviso informazioni riservate con me, e a quel che so non le ha mai condivise nemmeno con la mia socia » disse Strike.

« Non si è fatto scrupoli a procurarsi in maniera illecita del materiale della nostra squadra » disse Northmore.

« Se si riferisce alle foto del cadavere, la Cochran ha agito di propria iniziativa » ribatté Strike, « e ha lasciato la nostra agenzia ».

«Ah sì? E perché? Non apprezza il suo modo di lavorare?»

Sospettando che fosse un riferimento ai recenti articoli di giornale sul suo atteggiamento verso le donne, Strike scelse di non rispondere.

«È rimasto sorpreso quando stasera ha trovato Jim Todd morto, signor Strike?» chiese Iverson.

«Certo che sì» rispose Strike. «Ero là per provare a scoprire da sua madre dove fosse finito, sempre che lei lo sapesse. Non avevo idea che vivesse con lei».

«Come mai tutto questo interesse per Todd?»

«Credo che sia stato lui ad aiutare William Wright a ottenere il lavoro al Ramsay Silver».

Ebbe l'impressione che Iverson non fosse sorpresa della sua risposta, e immaginò che la squadra che indagava sull'omicidio del caveau fosse giunta alla stessa conclusione.

«Cosa sa a proposito dei movimenti di Jim Todd il 17 giugno?» chiese Iverson.

«Non molto» rispose Strike.

«Per caso sa perché è andato a Dalston?»

L'interesse di Strike si impennò vertiginosamente.

«Ipotizzerei» disse, immaginando che la Met avesse esaminato i filmati di altre telecamere a circuito chiuso, «che dovesse incontrare Larry McGee».

Le espressioni impassibili che si trovò a fronteggiare sembravano indicare che quella fosse anche l'ipotesi della polizia, ma Iverson chiese: «E cosa glielo fa pensare?»

«Perché due tizi collegati agli argenti Murdoch che vanno fino a Dalston, cosa che a quanto sappiamo non hanno alcun motivo di fare, più o meno alla stessa ora» (Strike non poteva essere certo che fosse successo alla stessa ora, ma voleva sondare il terreno), «mi pare una coincidenza un po' eccessiva».

Dalla mancanza di obiezioni, dedusse che McGee e Todd si fossero effettivamente spostati a Dalton alla stessa ora.

«Cosa sa del rapporto tra McGee e Todd?» chiese Iverson.

«A parte il fatto che Todd lavorava al Ramsay Silver e che McGee quel giorno ha consegnato lì gli argenti Murdoch, non molto. Quando l'ho interrogato, Todd si è lasciato però sfuggire che sapeva della morte di McGee, il che mi è parso strano, perché all'inizio aveva affermato di non avere idea di chi fosse».

«Ha contattato anche la figlia di McGee» disse Iverson.

«Sì, è vero» rispose Strike, «ma non mi ha detto nulla di utile, a parte che McGee era un porco con le donne, cosa che avevo già scoperto dai suoi ex colleghi di Gibsons».

«Ha offerto del denaro alla figlia?» chiese Northmore.

«Perché avrei dovuto offrirle del denaro?» ribatté Strike, ma il poliziotto non appagò la sua curiosità.

«Perché McGee la interessava tanto?» domandò Iverson.

«Mi interessa tutto quello che è successo agli argenti rubati. Sono collegati all'uomo assassinato che dovrei identificare» disse Strike. «Informazioni di contorno, giusto?»

Non aveva dimenticato che l'interesse della polizia per quello che era successo agli argenti Murdoch subito prima che arrivassero al Ramsay Silver era stato minimo.

Iverson lanciò un'occhiata a Northmore, che si drizzò sulla sedia prima di domandare: «Da dove le è venuta l'idea che Sofia Medina fosse collegata all'omicidio del caveau?»

«Non sono stato io, è stata la mia socia. Ha notato che la descrizione del fisico e dei vestiti di Medina corrispondeva alla descrizione che ci è stata fatta della donna che ha prelevato alcuni oggetti dalla stanza di Wright a Newham. Come sapete» aggiunse Strike, di nuovo a favore di verbale, «quando siamo venuti al corrente dell'uomo e della donna che erano entrati a casa di Wright nelle ore immediatamente precedenti e successive all'omicidio, vi abbiamo subito passato l'informazione».

«Avete offerto ai testimoni del denaro in cambio di queste informazioni» disse Iverson.

«Sì» ammise Strike. «Navigano in cattive acque».

«Ha elargito un sacco di soldi a potenziali testimoni» intervenne Northmore, e il tanfo di gengive infette investì di nuovo Strike, «il che rende più semplice screditare la loro testimonianza in tribunale».

«Se mi sta dicendo che la Met non ha mai ricompensato gli informatori...»

«Ha pagato anche due ex vicini di Jim Todd. Non capisce che potrebbe intorbidire le acque? Un investigatore privato benestante che se ne va in giro a sganciare denaro tra testimoni e sospetti?» disse Iverson.

Quella donna aveva una bella faccia tosta, pensò Strike. Aveva passato informazioni a Murphy, sapendo perfettamente chi fosse la sua compagna, e ora se ne stava lì, con quell'aria tronfia nel completo blu marino, e voleva dare a credere che lei, al contrario di Strike, non si era mai scostata di un millimetro dalla più rigorosa professionalità. Ciononostante, Strike doveva ammettere che l'accusa che lei e Northmore stavano imbastendo contro di lui non era niente male. Prima della vendita della casa di Ted e Joan era tutt'altro che benestante, e ogni entrata veniva reinvestita nell'agenzia, ma sarebbe stato fin troppo facile dipingerlo come il figlio di una rock star multimilionaria che si immischiava, per pura vanagloria, in indagini ancora in corso, corrompendo testimoni importanti e magari addirittura spingendoli a mentire per i suoi fini. Ora comprendeva la prima, strana illazione di Northmore, sul fatto che avrebbe tenuto Shanker tutto per sé sventolando il portafogli, invece di condividerlo con la polizia, come se fosse una specie di metal detector umano.

«Ha dato dei soldi anche a Gretchen Schiff?» chiese Iverson.

«È stata la mia socia a interrogare la Schiff, e no, non le ha dato dei soldi» disse Strike, decidendo che era arrivata l'ora di tirar fuori il bastone metaforico. «Devo dire che ci ha sorpreso che non aveste ottenuto da lei le informazioni su Oz, specialmente visto che Medina non è l'unica giovane donna a essere sparita dopo averlo incontrato, no?»

Una cosa doveva concederla a Iverson: sarebbe stata un'eccellente giocatrice di poker. Il riferimento a Oz non aveva suscitato in lei nemmeno un vago fremito di riconoscimento.

«Sapete che è successo almeno due volte, giusto?» disse Strike. «Che una ragazza di nome Sapphire Neagle è scomparsa dopo aver incontrato un uomo che si spacciava anche lui per produttore musicale, e che anche in questo caso le ha regalato una collana di rubini? »

« Qui ci interessa quello che sa *lei*, non quello che sappiamo noi » ribatté Iverson.

« Sono semplicemente sorpreso che non abbiate raccolto informazioni su di lui » disse Strike. « Soprattutto vista la faccenda della monovolume ».

Strike capì che Iverson non voleva chiedergli di spiegarsi meglio: sarebbe stata un'ammissione di debolezza. Ma alla fine disse: « La faccenda di quale monovolume? »

« Oz stava cercando una monovolume da comprare » disse Strike. « Il vero Calvin Osgood ha ricevuto un'e-mail a tal proposito, ma lui non aveva mai provato a comprare una vecchia monovolume. E una monovolume abbandonata è stata trovata nei pressi del corpo di Medina, o sbaglio? »

Avrebbe potuto aggiungere altro, avrebbe potuto dire che sapeva che una giovane donna, o bionda naturale o con una parrucca, era salita a bordo di una monovolume dopo aver riconsegnato la Peugeot metallizzata all'autonoleggio, ma siccome era un'informazione che aveva ottenuto da Murphy per il tramite di Robin, la tenne per sé.

« Strano che Truman non abbia voluto seguire nessuna pista che non avvalorasse l'ipotesi che il corpo appartenesse a Knowles » disse Strike.

Gli occhi di Northmore scattarono verso il registratore. Strike sapeva benissimo che era preoccupato per quello che avrebbe potuto dire a verbale, ragion per cui aveva intenzione di dirlo. Se volevano intimidirlo con l'eventualità di rovinargli la reputazione, dovevano sapere che anche lui aveva in serbo delle storie da raccontare.

« A proposito di coincidenze, e di indagini per omicidio sabotate » continuò, « non credo sia già di dominio pubblico che Malcolm Truman è membro della Loggia massonica Winston Churchill, o sbaglio? È buffo, ma è la stessa loggia a cui si è unito Lord Oliver Branfoot un paio di anni fa. Ultimamente si è molto interessato a me, dunque mi sono preso la briga di restituirgli il favore.

Di norma lo faccio» concluse, guardando Northmore dritto negli occhi.

«Facciamo una breve pausa» disse quest'ultimo, lanciando un'occhiata all'orologio sul muro. «Interrompiamo l'interrogatorio all'una e venticinque».

Premette il pulsante 'off' sul registratore, si alzò in piedi e incrociò lo sguardo di Iverson. Entrambi lasciarono la stanza.

Strike rimase da solo per venti minuti prima che gli agenti tornassero, Northmore con un'espressione ancora più torva di quand'era uscito.

«Ha detto che le piace restituire i favori, signor Strike» esordì Iverson.

«Sa, mi sentirei più tranquillo se riavviaste la registrazione» disse Strike, incrociando le braccia. Le velate minacce di screditarlo a mezzo stampa e la concretissima possibilità di essere a breve incriminato per violazione di domicilio non lo rendevano propenso ad accettare accordi che potevano essere ritrattati.

Dopo una breve pausa, Northmore riaccese il registratore, annunciò che erano le due meno un quarto e ripeté i nomi dei presenti.

«Ha detto che le piace restituire i favori, signor Strike».

«Quando posso, sì» fece Strike.

«Potremmo essere disposti a non incriminarla per violazione di domicilio, visto che pensava che almeno uno dei Jameson potesse ancora essere salvato».

«Molto gentile da parte vostra» disse Strike, senza nemmeno abbozzare un sorriso.

«Ma riceverà un ammonimento per l'uso improprio delle chiavi passe-partout».

«Mi sembra giusto» commentò Strike.

«Se qualcuna delle informazioni che abbiamo condiviso con lei stanotte diventasse di pubblico dominio, naturalmente comprometterebbe le indagini» proseguì Iverson. «Lo stesso vale per qualsiasi informazione di carattere personale che potrebbe credere di avere sull'ispettore Truman...»

«Oh, sono assolutamente certo di quelle informazioni» disse

Strike. «Ho prove fotografiche che frequenta la Loggia Winston Churchill».

Northmore non riuscì a dissimulare un leggero sussulto.

«Anche se fosse...»

«Non vedo perché dovrei condividere queste informazioni con qualcun altro» continuò Strike. «Non è divertente essere massacrati dai tabloid, io lo so bene». A favore di registratore aggiunse: «E, come credo di avere già dimostrato, passandovi tutte le informazioni rilevanti scoperte dalla mia agenzia, non voglio affatto ostacolare le indagini della polizia».

La smorfia di Northmore gli fece piacere.

«Detto ciò» continuò Northmore, «saremmo lieti di sapere cos'è e dove si trova 'Barnaby'».

«È comprensibile» disse Strike. «C'è uno sfasciacarrozze chiamato Brian Judge Rottami in Carnival Street, a Haringey. Avvia gli inceneritori e compatta i veicoli a strane ore della notte. Marco Ricci, il fratello di Luca, era lì qualche ora fa, per consegnare un lurido furgone commerciale».

Northmore e Iverson si scambiarono alcune occhiate che a Strike fecero ipotizzare che fossero già sorti dei sospetti sullo sfasciacarrozze e il suo proprietario.

Iverson guardò di nuovo l'orologio sulla parete.

«Interrogatorio concluso alle due meno sette». Dopo aver spento il registratore, aggiunse: «Bene, signor Strike. È libero di andare».

Strike era stanco e aveva fame, la gamba gli pulsava e aveva dovuto lasciare la BMW a Harlesden. Ciononostante aveva la sensazione che quella notte poteva essere messa a bilancio tra gli utili.

94

Ma quando le nevi a Natale
si sparsero sulla cima del Bredon,
la mia amata si alzò molto presto,
e furtiva, senz'essere osservata,
andò da sola in chiesa.

A.E. Housman
XXI: Bredon Hill, Un ragazzo dello Shropshire

Alle cinque del mattino, non avendo praticamente chiuso occhio, Robin decise che non aveva senso restare a letto e si alzò per prepararsi il caffè.

Sul cellulare c'erano tre chiamate senza risposta di Murphy, che aveva ignorato, e diversi messaggi che aveva letto man mano che arrivavano. A uno di questi era allegato un video: Murphy si era filmato mentre vuotava nel lavandino della cucina delle bottiglie di vodka. Robin si chiese che cos'avesse in mente. Aveva immaginato che lei credesse che la sua scorta segreta comprendesse tutto l'alcol del mondo?

I suoi messaggi, tra scuse, suppliche e spiegazioni, erano pieni di informazioni di cui lei non era al corrente. Al lavoro era finito sotto indagine, e un superiore aveva sollevato l'argomento della sua tendenza ad alzare il gomito, dopo che un collega, sapendo che consumava vodka mentre era in servizio, 'aveva fatto la spia'.

Nei messaggi notturni sosteneva di non averle detto nulla per via della gravidanza ectopica: non voleva aggiungere altre preoccupazioni, non voleva scaricarle addosso tutti i suoi problemi dopo quello che aveva passato. Diceva che da mesi era consumato dal senso di colpa, che Robin era troppo per lui, che l'amava più di qualsiasi altra donna avesse mai amato, ma che se voleva lasciarlo l'avrebbe capita, perché aveva tradito la sua fiducia in modi che non voleva nemmeno provare a giustificare, eppure la implorava lo stesso di restare, di dargli un'altra possibilità, di permettergli di redimersi ai suoi occhi.

L'effetto complessivo di tutti quei messaggi non fu solo quello di privare Robin del sonno, ma anche di riempirla di rabbia, paura e sensi di colpa.

La storia di Murphy era contraddittoria. Al lavoro era già stato oggetto di un'indagine interna prima del suo ricovero, e lei era certa che mentisse sulla notte in cui era rimasta incinta, e che invece fosse stato ubriaco quando avevano fatto sesso. Anche se non poteva dare a lui ogni colpa – era stata lei a scegliere di affidarsi per un periodo ai preservativi e di non ricorrere alla pillola del giorno dopo – gli rimproverava comunque lo scatto d'ira quando gli aveva chiesto se avesse bevuto, cosa che le aveva fatto rimordere la coscienza per averlo accusato ingiustamente.

Eppure... mentre guardava il cielo scuro, Robin non poté mentire a se stessa. Neanche lei era esente da colpe.

Nemmeno una volta Murphy l'aveva criticata per essersi sottoposta volontariamente ai lunghi mesi sotto copertura a Chapman Farm, che l'avevano lasciata in una condizione mentale talmente fragile da decidere di non ricominciare con gli ormoni. Si era mostrato premuroso e comprensivo mentre lei si riabituava alla vita di sempre, ed era stato allora (Robin se ne accorse solo adesso, col senno di poi) che aveva quasi smesso di parlarle del suo lavoro. Lei aveva preso agevolmente l'abitudine di non chiedergli dettagli, e aveva dato per scontato che lui preferisse evitare di discutere di quello. Una donna che lo amasse davvero non avrebbe insistito di più, anche a costo di litigare? Era vero, lui l'aveva ingannata, ma lei, dal canto suo, non era stata un po' troppo incline a lasciarsi raggirare? E non gli aveva mentito per mesi, o per omissione o con bugie vere e proprie?

Robin bevve il caffè che andava velocemente freddandosi, e ripensò alla notte in cui aveva pianto, riversa sulla scrivania dei soci, per il bambino perduto, ma anche a Cormoran Strike. *Dici che mi ami, ma sento che mi tieni nascosta una parte di te...* Era anche lei una delle ragioni per cui Murphy aveva ricominciato a bere? *A volte c'è una distanza tra di noi e non so se è semplicemente il tuo modo di essere, il tuo modo di amare...* pensò al sollievo che l'aveva travolta quando un offerente migliore aveva soffiato loro l'appartamento... *Non puoi passare neanche la vigilia di Natale senza correre a scrivergli un messaggio...* non aveva scritto a Strike, però aveva controllato il telefono nella speranza che lui avesse scritto a lei... era spesso colpevole, non negli atti, ma nelle intenzioni...

Poteva lasciare Murphy adesso, nel mezzo di quello che era chiaramente uno dei punti più bassi della sua vita? Quando lui le era rimasto accanto dopo Chapman Farm e la gravidanza? Che ne sarebbe stato di Murphy se se ne fosse andata? E se l'avessero licenziato? Pensò all'ex di Kim, che si era ucciso dopo che lei l'aveva lasciato. Le parve di rivedere, per l'ennesima volta, lo splendido volto di Charlotte Campbell, velato dall'acqua insanguinata della vasca. Nonostante tutto, era convinta che Murphy fosse un uomo fondamentalmente buono. Gli aveva detto più e più volte di amarlo.

Incapace di sopportare quei pensieri che la sprofondavano sempre di più nella tristezza, Robin fece una doccia e si vestì. Mentre si asciugava i capelli, Murphy le scrisse ancora.

Ti prego non lasciarmi. Ti prego.

Robin non rispose. Anche se era un orario ridicolo per andare al lavoro, non le importava: decise di raggiungere l'ufficio e mettersi in pari con le scartoffie.

95

Dunque, chi gli ha fracassato la testa? Chi tra tutti può avergli fracassato la testa?

John Oxenham
A Maid of the Silver Sea

Un'ora più tardi, appena uscita dalla stazione di Tottenham Court Road, Robin si accorse che mentre era in metropolitana Strike le aveva mandato un messaggio.

Chiama quando sei sveglia, ho avuto una notte movimentata

Robin compose il suo numero.

«Che cos'è successo?»

«Credevo che stessi ancora dormendo. Dove sei?»

«Charing Cross Road».

«Che cavolo ci fai in giro a quest'ora?» chiese Strike.

«Non riuscivo a dormire» rispose Robin.

«Conosco la sensazione» disse Strike. Era tornato a Harlesden in taxi per recuperare l'auto, l'aveva lasciata nel solito garage e si era incamminato verso l'agenzia, dopodiché, avendo avuto un'idea ed essendo troppo sveglio per andare a letto, aveva passato le ore successive a riesaminare il caso del caveau.

«Tu dove sei?» chiese Robin, udendo il chiacchiericcio e i tintinnii sullo sfondo.

«Non lo so» disse Strike. «Dove sono? Aspetta... Il Little Portland Café in Little Portland Street. Mi sto facendo una colazione all'inglese completa. Ho saltato la cena».

«Vuoi compagnia?»

«Sì, se si tratta di te» rispose Strike, e per quanto si sentisse stanca e depressa, a quelle parole Robin avvertì un fremito di sollievo.

«Ok, ti raggiungo».

Poco prima di arrivare alla caffetteria, ricevette un altro messaggio del suo fidanzato.

Ti prego almeno chiamami.

Un'altra ondata di rabbia e senso di colpa la travolse. Prima di rispondergli, doveva decidere cosa dirgli, e ora come ora non ne aveva idea.

Quando entrò nel locale – una tavola calda all'antica, dove l'aria era intrisa dell'odore del grasso del bacon e delle uova fritte – vide Strike a un tavolo d'angolo. Il suo aspetto corrispondeva esattamente a come si sentiva lei: esausto e un po' sciupato.

«Che cos'è successo?» chiese Robin, lasciandosi cadere sulla sedia di fronte.

«Stai bene?» domandò Strike, vedendola molto pallida e sbattuta.

«Tutto a posto» disse Robin.

Non aveva intenzione di parlare con lui del problema con l'alcol di Murphy: si sentiva troppo leale nei confronti del suo uomo per farlo.

«Vuoi mangiare qualcosa mentre ti aggiorno?»

«A dire il vero» disse Robin, che non aveva fatto colazione, «sì».

Ordinò del tè e un panino al bacon, e quando il cameriere si allontanò, Strike la mise al corrente delle sue attività notturne, partendo da Barnaby, passando per la scoperta dei due cadaveri, e terminando con l'arresto, l'interrogatorio e il rilascio senza addebiti; a quel punto il panino e la tazza di tè di Robin erano arrivati, e lei era rimasta a bocca aperta.

«Oh... mio... *Dio*».

«Già» fece Strike. «E c'è dell'altro. Iverson mi ha chiesto se la nostra cliente fosse incinta o avesse avuto un figlio di recente».

La mano di Robin scattò davanti alla sua bocca, proprio com'era successo a Fiona Freeman quando le aveva detto che la telecamera l'aveva ripresa mentre infilava il messaggio cifrato sotto la porta dell'agenzia.

«A quanto pare» continuò Strike, «Wright ha detto a uno dei vicini di sopra che la sua ragazza era in dolce attesa».

«Oh no» bisbigliò Robin attraverso le dita.

«Magari era una cazzata» disse Strike, che si era aspettato quella reazione.

«Ma...»

«Forse voleva dipingersi come un uomo dalla vita piena, per ingraziarsi i nuovi vicini».

«Lo so, ma...»

«Mi è venuto un cazzo di colpo quando me l'ha detto» ammise Strike, «ma questo non significa per forza che Wright fosse Fleetwood. Per quel che sappiamo, anche Powell o Semple potrebbero aver ingrav... essere in attesa di un figlio» si corresse subito Strike, perché dopo quello che Robin gli aveva confidato a Sark non voleva apparire insensibile in tema di gravidanze. «Comunque, ora sono ancora più determinato a trovare Hussein Mohamed, e Shah crede di avere individuato la casa giusta».

«Davvero?»

«Sì, l'ho appena visto nel fascicolo. È stata la moglie ad aprirgli la porta, e Shah ha notato una sedia a rotelle dietro di lei, nell'ingresso. La moglie dice che il marito lavora come autista per Uber. La visita sembrava averla gettata nel panico, e ha sbattuto la porta in faccia a Shah prima che potesse chiederle di Wright. Credo che dovremmo tenere d'occhio la casa e vedere se riusciamo a beccare Hussein che entra o esce tra un turno e l'altro».

«Vogliamo informare Decima di quello che ha detto Wright?»

Strike masticò un boccone di salsiccia, riflettendo.

«Preferirei di no» disse poi. «Non finché non scopriamo qualcosa di più, qualcosa di concreto. C'era quel tizio che ha chiamato dicendo di essere Fleetwood, ricordi?»

«Decima ti ha mai risposto?»

«Sì» disse Strike. «Una risposta prevedibile. 'Chiunque mi ha sentita chiamare Rupert "orsetto", e quell'uomo poteva benissimo fingere di avere una voce profonda' – nota la tacita ammissione che Fleetwood *ha* una voce profonda – e poi 'chiunque lavorasse da Dino's sapeva del furto della *nef*'. È convinta che qualcuno si sia spacciato per lui, o per fare uno scherzo macabro o perché è coinvolto nell'omicidio e sta provando a depistarci. Onestamente, credo che potremmo trascinarle davanti Fleetwood in carne e ossa e lei insisterebbe comunque a dire che è morto».

«Tish Benton è tornata dalla Sardegna» disse Robin, tirando fuori il cellulare e aprendo il profilo Instagram di Tish. «Non credo sia stata una vacanza, per lo meno non solo. Ha un nuovo lavoro, che comporterà parecchi viaggi. D'ora in poi, ci servirà un bel po' di fortuna per incontrarla a Londra».

Strike prese il telefono dalla mano di Robin. Una bella ragazza con lucidi capelli neri sfoggiava un sorriso radioso nella foto più recente, di fronte a un cartello con scritto Hotel Serenità, accompagnata dalla didascalia:

> Sono entusiasta di annunciare che dal 1 marzo lavorerò come #consulentedimmagine per #ClairmontHotelEuropa!!! #viaggi #lavorodasogno #hoteldilusso

«Ah» disse Strike. «Be', dovremo provare a beccarla a casa tra un volo e l'altro».

Robin aveva davvero un'aria esausta e abbattuta, pensò Strike mentre le restituiva il telefono. Non poteva dipendere solo dallo choc perché le probabilità che Wright fosse effettivamente Fleetwood erano aumentate, dato che era già pallida e triste quand'era arrivata.

«Sei sicura di stare bene?» le chiese, ricordando che poco prima aveva ammesso di non essere riuscita a dormire.

«Sì» rispose Robin in automatico, «tutto ok».

Ma il desiderio di togliersi, se non tutti, almeno qualche peso dalla coscienza la spinse ad aggiungere: «Ryan sta... attraversando un brutto periodo».

«Ah» fece Strike, pentendosi di averglielo chiesto, perché non trovava particolarmente gradevole il pensiero che Robin avesse passato la notte in bianco per consolare o consigliare il suo fidanzato. « Non volevo dirtelo, ma nel corso dell'interrogatorio di questa notte è spuntato il suo nome ».

« A che proposito? » domandò Robin, colta da un panico improvviso.

« Mi hanno chiesto se ci avesse passato delle informazioni... io ho negato, ovviamente. Ho risposto che non ha mai detto niente a nessuno dei due ».

Rimasero in silenzio per un minuto. Poi Robin disse: « E se stesse attraversando una specie di crisi psicologica? »

« Chi, Murphy? »

« No! » rispose subito Robin. « Rupert Fleetwood! »

« Oh! » fece Strike, avvilito dal suo tono protettivo.

« Lo so che pensi che sia troppo tenera con Rupert » proseguì Robin, « però ascoltami, ti prego. Sul lavoro gli fanno un mobbing terribile. Longcaster lo sfotte davanti ai clienti per la morte dei suoi genitori. Uno spacciatore gli dà la caccia pretendendo dei soldi. Tutti sono contrari alla sua relazione. Decima annuncia di essere incinta. Diciamo che Rupert ha avuto una specie... una specie di esaurimento... che ha rubato la *nef* e solo dopo si è accorto di aver peggiorato di molto la situazione. È un *sacco* di stress. Supponiamo che sia andato a lavorare al Ramsay Silver per dimostrare qualcosa... che poteva cavarsela da solo, che non aveva paura di sporcarsi le mani... magari si è raccontato che sarebbe tornato da Decima come un eroe e... »

« E per farsi arrestare per il furto nella *nef* » concluse Strike.

« Ma magari non pensava razionalmente? »

Strike mandò giù un boccone generoso di sanguinaccio prima di dire: « Non nego che Fleetwood sia risalito nelle quotazioni dei possibili Wright, ma rispondi a questa domanda: se davvero era felice per la gravidanza, perché quando Decima gliel'ha detto ha strappato la sua 'T-shirt fortunata'? »

« Non lo so » disse Robin. « Ma se la fidanzata di Wright era incinta, e se Wright non era Fleetwood, mi pare strano che nessun'altra donna si sia fatta avanti per cercare il padre di suo figlio. A quanto sappiamo, Decima è l'unica neomamma che sospetti che Wright fosse il suo compagno».

«Forse la donna in questione crede semplicemente di essere stata abbandonata» ipotizzò Strike. «Una specie di anti-Decima».

«Vorrei comunque capire perché Rupert è andato alla festa di Sacha Legard» disse Robin. «A quanto sappiamo, è l'ultima volta che è stato visto, ed è davvero strano che si sia imbucato, considerando tutto quello che stava succedendo in quei giorni. In settimana parlerò con Cosima, la *obbligherò* a parlare con me, in un modo o nell'altro... hai più avuto notizie di Kim dopo ieri?»

«No. Perché?»

«Non mi aspettavo che mollasse così facilmente. Ho pensato che magari ti avesse ricontattato, per convincerti a tenerla».

«Non dopo quello che le ho detto in quel bar» disse Strike. «No, stamattina ho lasciato un messaggio sulla scrivania di Pat, per saldarle quello che ancora le dobbiamo, poi se Dio vuole non sentiremo più parlare di lei».

«Ora cosa farà?»

«Si unirà alla nuova agenzia di Farah Navabi, probabilmente».

«Sai quando potrà iniziare Wardle?»

«Mercoledì. Vuole cominciare subito, e aveva delle ferie non godute. A quanto pare, quando ha dato le dimissioni, non erano troppo entusiasti all'idea di averlo ancora tra i piedi. Lui è convinto che abbiano subodorato che lavorerà per noi».

Robin si guardò intorno nel locale che andava riempiendosi in fretta, e abbassò la voce.

«Quindi... Todd».

«Il decisamente morto Todd» disse Strike, «eh già. Lo stesso modus operandi dell'omicidio di Wright, mutilazioni e smembramento a parte. Un colpo alla nuca e diverse ferite da taglio. La madre ha ricevuto un'unica coltellata allo stomaco. Non deve aver richiesto grandi sforzi. Era piccola e magra».

«È terribile» disse Robin.

«Non è piacevole» concordò Strike. «Credo che Oz abbia commesso quattro omicidi in otto mesi, il che ci conduce in zona serial killer, ma non penso che abbia ucciso per il gusto di farlo...

almeno non in tutti e quattro i casi. Credo che gli sia piaciuto ammazzare Medina, ma dubito che si sia eccitato a far fuori Todd e sua madre. Todd era semplicemente diventato un peso, e doveva liberarsene».

«Per via delle foto sotto le gonne?»

«Credo di sì, esatto. Sapeva che era possibile che Todd avesse attirato di nuovo l'attenzione della polizia, e immagino che vederlo finire in una stanza degli interrogatori fosse una delle ultime cose che Oz volesse. E se Todd avesse deciso di patteggiare, vuotando il sacco su di lui?»

«Quindi anche Todd *doveva* essere coinvolto nell'omicidio di Wright, giusto?»

«Sì» disse Strike, «e penso che anche la polizia propenda per quest'ipotesi; hanno collegato i puntini per quanto riguarda Todd e McGee, anche se non credo che sappiano molto più di noi. Mi hanno chiesto perché sono andati entrambi a Dalston alla stessa ora».

«Ma Todd aveva un alibi di ferro per l'omicidio vero e proprio».

«È vero, sì, ma sono pronto a scommettere che Todd ha scritto il curriculum di Wright e che l'ha aiutato a prepararsi per il colloquio. E quando sono uscito dalla stazione di polizia, mi è venuta in mente un'altra cosa. Se è stato Todd a trovare per Wright quel buco di stanza in St George's Avenue, è possibile che a un certo punto abbia avuto le chiavi. Potrebbe averne fatto delle copie da passare a Oz. E per quanto riguarda la faccenda dell'uomo con gli occhiali da sole che teneva d'occhio il negozio e il Tempio Diciassette, e il fatto che Wright avesse un'aria da checca, credo che fossero tutte stronzate, un tentativo di depistarmi».

«Quindi... Oz» disse Robin. «Abbiamo tra le mani un maniaco sessuale violento che uccide chiunque rappresenti una minaccia per lui?»

«Un maniaco sessuale violento che non ha alcuna pietà per i complici che non sanno astenersi dal molestare le donne, anche se tutte le prove dimostrano che dovrebbe lavorare anche sul *suo* autocontrollo».

«Però non l'hanno ancora beccato per nessuno di questi omicidi» disse Robin, «il che indica una certa intelligenza».

«Concordo» disse Strike. «Intelligenza e, sospetto, anche esperienza. Un uomo davvero squilibrato potrebbe esplodere in un'improvvisa furia omicida, ma Oz non è uno squilibrato. È metodico, controllato... tranne quando c'è di mezzo una ragazza. Ma anche in quel caso, non si è ancora fatto beccare».

«E tu hai parlato di quattro omicidi in otto mesi» disse Robin, «ma potrebbero essere cinque. Ancora non sappiamo cos'è successo a Sapphire Neagle».

«Non mi aspetterei di scoprirlo tanto presto, dato che nel caso di Oz la polizia ha parecchio terreno da recuperare» disse Strike. «Non credo che avessero collegato l'omicidio di Medina alla scomparsa di Neagle finché non ne ho parlato io questa notte, e mi è parso che non sapessero che il vero Osgood ha ricevuto un'e-mail da uno sconosciuto in merito a una monovolume, da cui deduco che non hanno contattato il vero Osgood e non hanno provato a recuperare i messaggi misteriosi che gli sono arrivati. D'altro canto, credo abbiano scartato l'ipotesi che Mandy si sia inventata di aver visto Oz e Medina in St George's Avenue in cambio di soldi...»

«Probabilmente scoprire che la Peugeot metallizzata si è spostata a Newham due volte è stato decisivo» disse Robin.

«È quel che credo anch'io. Sembravano davvero incazzati che sapessimo che Malcolm Truman è massone, e ancora più incazzati quando ho suggerito che abbia deliberatamente ignorato ogni indizio che il corpo potesse non appartenere a Jason Knowles, cosa che, inutile dirlo, mi sono assicurato finisse a verbale».

Strike fu colto da uno sbadiglio. Quando ebbe finito, fece un cenno all'indirizzo del cameriere per chiedere altro caffè.

«Immagino tu abbia notato» disse quando ebbe di nuovo la tazza piena, «che sulla stampa non si fa menzione dei porno privati di Lord Oliver Branfoot? I fratelli de Leon non hanno mantenuto la loro parte dell'accordo».

«Sono passati pochi giorni. Abbiamo convenuto che prima potevano preparare la madre».

«Voglio che Branfoot sia neutralizzato» disse Strike. «Finché sarà libero di starci col fiato sul collo e mandare i suoi scagnozzi a intimidirci, siamo vulnerabili su più fronti. 'Sospettiamo che tu abbia un appartamento in cui giri filmini sconci' non mi sembra una base abbastanza solida per una controffensiva. Ci servono delle prove. Un indirizzo».

«Credi ancora che l'uomo che mi ha minacciato sia del giro di Branfoot?»

«Nessun altro coinvolto in questo caso ha a disposizione dei tirapiedi che sarebbero lieti di infrangere la legge in cambio di una mazzetta di contanti, e finché quel pezzo di merda ha un collegamento diretto con Culpepper, c'è il rischio che vengano pubblicate altre falsità. L'ispettore Northmore mi ha tirato una frecciatina sul modo in cui gestisco la mia attività. Direi che sarebbe felicissimo di vedermi di nuovo massacrato dai tabloid. Sarebbe molto utile se potessimo escludere Powell o Semple. Com'è andata con Wynn Jones?»

Robin gli fece un breve riassunto della conversazione con Jones, per poi concludere: «Se dovessi scommettere, direi che sa dove si trova Tyler, e che ha promesso di non dirlo a nessuno. Sostiene di essere sicuro che Tyler non ha manomesso l'auto, ma il suo alibi per quella notte è davvero fragile... stava male ed è rimasto a casa dei suoi, solo. D'altro canto però immaginare che Tyler li abbia seguiti fino a Birmingham per mettere fuori uso l'ABS in un parcheggio rasenta l'inverosimile».

«Sì, è vero» disse Strike. Si passò la mano sulla mascella non rasata, quindi continuò: «Quando Jones ha detto che Powell non gli ha mai parlato di argento, gli hai creduto?»

«Mi ha praticamente riso in faccia» rispose Robin. «Forse hanno davvero parlato di Sylvain Deslandes. Lasciamo che Pat continui a telefonare a tutti i pub chiamati Silver Qualcosa? Decima si troverà a pagare un conto decisamente salato».

«Sì, ma se non abbiamo un cazzo di niente su Powell... tra parentesi, giovedì sono finalmente riuscito a contattare direttamente la Gateshead scozzese. Quando le ho chiesto se era Rena Liddell, ha strillato 'non dire il mio nome', o qualcosa del genere, e ha riagganciato, quindi possiamo ragionevolmente ipotizzare che sia lei. Ho lasciato dei messaggi su tutti i suoi vecchi account sui social, chiedendole di ricontattarmi. Dio solo sa dov'è. Non a Londra, da quanto ha detto. Ho pensato che forse è tornata in Scozia, ma stanotte ho fatto qualche ricerca e non ho trovato nemmeno un pub scozzese chiamato Golden Fleece. A meno che non me ne sia sfuggito qualcuno, è un nome che fa presa solo sugli inglesi e i gallesi...

«Comunque» concluse, «stamattina faccio un salto alla Holborn Library».

«Per scoprire perché in Scozia non ci sono pub chiamati Golden Fleece?» chiese Robin, confusa.

«No, perché voglio controllare se abbiano delle vecchie planimetrie di Freemasons' Hall e di Wild Court. Online non ho trovato nulla, ma la biblioteca potrebbe avere qualche vecchio documento in archivio».

«Perché ti interessano le planimetrie di Wild Court?»

«Perché ancora non riesco a capire in che modo Wright e Oz siano arrivati al negozio quella notte. L'hai detto tu stessa che qualche telecamera di sicurezza deve averli inquadrati mentre si avvicinavano al negozio, ma se la polizia avesse trovato un filmato, a questo punto l'avrebbe già reso pubblico. Gli unici individuati mentre entravano a Wild Court a quell'ora erano i quattro studenti che abbiamo escluso. Quindi come cavolo è possibile che quei due si siano materializzati a Wild Court senza essere visti da nessuno, o senza essere ripresi dalle telecamere?»

«Non lo so, ma in che modo le planimetrie...? Aspetta» disse Robin, incerta se essere divertita o meno. «Non starai suggerendo una specie di...»

«Un passaggio segreto tra Freemasons' Hall e il negozio sul retro? Lo ammetto, sembra assurdo, ma voglio controllare quando è stato costruito il negozio, e scoprire se per realizzarlo sia stata riconvertita qualche parte del palazzo. Se c'è un collegamento tra i due edifici, significherebbe che stiamo cercando due uomini che sono entrati a Freemasons' Hall quella sera, dopo che Wright ha preso la metro a Covent Garden».

«Ma il palazzo doveva essere chiuso... oh. Intendi per partecipare a un incontro di massoni?»

«Forse. Sto provando a scoprire quali logge si sono incontrate lì quella sera. Se Oz e Wright erano entrambi massoni, si spiegherebbe perché Wright si sia fidato di Oz, pur sapendo che qualcuno gli stava dando la caccia».

«Ma se Wright si è fidato perché entrambi erano massoni, Oz avrebbe potuto spingerlo a seguirlo *ovunque*» disse Robin. «Perché dargli appuntamento a Freemasons' Hall, con un sacco di altri massoni come testimoni, e poi portarlo via dall'incontro per ucciderlo al Ramsay Silver?»

«Perché doveva succedere proprio nel caveau?» disse Strike aggrottando la fronte. «Già. Siamo punto e a capo».

96

... gli strani occhi gelidi di una piccola Sirena
e il fulgore dei suoi capelli d'oro.

Matthew Arnold
The Forsaken Merman

La notizia del duplice omicidio di Jim Todd e di sua madre comparve sull'*Evening Standard* di Londra il giorno dopo. Con sollievo di Strike, non si faceva menzione della sua presenza sulla scena. Una volta tanto, il suo interesse sembrava coincidere con quello della Met: la polizia preferiva non si sapesse che l'Agenzia investigativa Strike ed Ellacott aveva un certo margine di vantaggio nel caso dell'omicidio del caveau, e Strike non voleva incoraggiare i giornalisti a tornare in Denmark Street. A quanto pareva la stampa non aveva colto il collegamento tra l'omicidio di Wright e quello di Todd e sua madre, cosa per cui anche Robin era grata. Faceva volentieri a meno di ulteriori complicazioni nel rapporto già teso con Murphy.

Lei e il fidanzato si incontrarono infine il martedì sera, di nuovo al pub Duke. Nei due giorni dall'ultima volta che si erano visti, Murphy sembrava aver perso peso. Leggermente ingobbito e con gli occhi rossi, ascoltò mentre Robin gli faceva il discorso che si era preparata.

«Non voglio lasciarti» esordì, e gli occhi di Murphy si riempirono di lacrime; si allungò a prenderle la mano, ma Robin la ritrasse. «Ma non possiamo far finta che sia tutto come al solito, Ryan, perché proprio non lo è. Non posso convivere con te finché non avremo ricostruito un rapporto di fiducia».

«Hai ragione» disse Murphy. «Hai assolutamente ragione. Merda, pensavo di averti persa per sempre» e gli si ruppe la voce. «Cavolo, quanto ti amo, Robin».

«Ti amo anch'io» disse Robin, «ma questa volta dobbiamo essere sinceri fino in fondo. Ho bisogno che mi spieghi per filo e per segno cosa sta succedendo, al lavoro e con l'alcol...»

«Ieri sono tornato agli Alcolisti Anonimi» rispose Murphy. «Avevo smesso di frequentare gli incontri. Avevo così tanta pressione sul lavoro che mi sono detto che non potevo sprecare tempo per... ma ora è la mia priorità assoluta. Se solo questa merdosa indagine interna finisse...»

«Perché ti hanno messo sotto indagine? Perché bevevi?»

«No, è per via del primo tizio che ho arrestato per la sparatoria» borbottò Murphy, che chiaramente non voleva scendere nei dettagli, ma Robin lo incalzò.

«Ma perché stanno indagando su di te?»

«Lui... sostiene che l'ho aggredito».

«Ed è vero?»

Ci fu una breve pausa. Poi Murphy annuì.

«Aveva un sacco di precedenti e la rottura con la madre dei bambini è stata davvero orribile. Non ero l'unico a pensare che fosse stato lui. Ho perso il controllo. Avevo appena visto il ragazzino più giovane con mezza testa esplosa» disse Murphy, e le nocche che stringevano il bicchiere di acqua frizzante erano sbiancate. «Girava voce che fosse convinto che il figlio più piccolo non era suo. So che non avrei dovuto... e in più la madre se l'è ripreso, cazzo, e lo sta incitando a fare causa, perché odia i poliziotti quanto li odia lui».

«Ryan, mi dispiace, è terribile. Ma d'ora in poi *devi* dirmi cosa ti succede. Non puoi tenerti tutto dentro».

«Lo so» fece Murphy, allungandosi di nuovo ad afferrarle la mano; questa volta Robin non la ritrasse. «Lo farò».

Il mercoledì pomeriggio, mentre teneva d'occhio l'ingresso del Dino's sotto la pioggia gelida, Robin si disse che stava facendo la cosa giusta. Lei e Murphy ne avevano passate parecchie insieme e lui le stava davvero a cuore. Voltargli le spalle in quel momento sarebbe stata pura crudeltà. Solo più avanti, quando Ryan avesse recuperato un po' di stabilità emotiva, avrebbe deciso se... ma era un pensiero che si rifiutava di terminare. Charlotte Campbell, in una vasca piena di sangue; l'ex di Kim, nell'auto piena di monossido di carbonio. Non poteva lasciare Murphy adesso.

Quel giorno il lavoro non le offriva molte distrazioni. Robin dubitava che avrebbe concluso granché, restando per ore a gelare sotto l'ombrello, anche se aveva deciso che l'unica possibilità concreta di parlare faccia a faccia con Cosima era quando la ragazza entrava o usciva dal Dino's, il solo posto che apparentemente frequentava senza una banda di amici. Il problema era che c'erano solo pochi, brevi passi tra la strada e la porta d'ingresso del club, presidiata da un usciere in frac color borgogna e cilindro. Tuttavia, sapeva per esperienza che un approccio inatteso e improvviso era talvolta capace di strappare qualche risposta all'interlocutore e, dato che l'agenzia non aveva registrato progressi nella ricerca di Rupert Fleetwood, si era risolta a fare quel tentativo disperato.

Mentre aspettava, scrutando con estrema attenzione la strada battuta dalla pioggia in cerca di segni del suo bersaglio, Robin notò un uomo di mezza età a bordo di una Honda Accord parcheggiata poco distante dalla sua Land Rover. Sembrava che la tenesse d'occhio, perché quando lo guardò voltò subito la testa. Aveva folti capelli brizzolati e un naso insolitamente piccolo, che ricordava uno champignon, nel mezzo della faccia larga e squadrata. Robin continuò a osservarlo, chiedendosi se fosse il caso di preoccuparsi. Sembrava più grosso e più in carne dell'uomo che le aveva brandito contro il pugnale massonico. Cambiò leggermente posizione, nella speranza di scorgere il numero di targa, ma poi individuò la Mercedes con autista di Dino Longcaster che percorreva la via, e riconobbe Cosima, sola sul sedile posteriore.

Raggiunse quasi di corsa il marciapiede opposto. Quando l'auto si fermò, Robin era pronta, in attesa che Cosima scendesse. La ragazza se la prese comoda, prima spazzolandosi i lunghi capelli e ritoccandosi il lucidalabbra con l'aiuto di uno specchietto pieghevole sul tettuccio dell'auto, e poi digitando quello che sembrava un messaggio, prima di riporre finalmente le sue cose in borsa e aprire la portiera del passeggero.

« Cosima » disse subito Robin, mentre l'usciere accorreva verso le due donne reggendo un grosso ombrello borgogna.

La ragazza la guardò con stupore.
«Mi chiamo Robin Ellacott. Sono un'investigatrice privata. Volevo farti qualche domanda su Rupert...»
«Cosa?» fece Cosima fissandola, mentre l'usciere la riparava dalla pioggia con l'ombrello.
«... Rupert Fleetwood. Che cosa ti ha detto alla festa di compleanno di Sacha Legard?»
«Io... cosa?» ripeté Cosima, ma la faccia pallida aveva preso colore. «Io non... lasciami in pace!»
«Cosima, sai senz'altro che Rupert è scomparso» disse Robin, affrettandosi a seguire la ragazza mentre avanzava di buon passo verso l'ingresso del Dino's. «Tua sorella è molto preoccupata per lui e...»
«*Lasciami in pace!*» ripeté Cosima con voce stridula, e uscendo da sotto l'ombrello corse oltre la porta girevole e si sottrasse alla sua vista.
L'usciere, un uomo alto sulla cinquantina, disse: «Ha sentito cos'ha detto? Se ne vada immediatamente».
«Questo è suolo pubblico» rispose gelidamente Robin.
Si ritirò in un portone poco distante dal Dino's, chiedendosi quale dovesse essere la prossima mossa. Immaginò ci fosse la remota possibilità che Cosima, come Fyola Fay, tornasse indietro per sincerarsi di cosa Robin avesse già scoperto, ma non era pronta a scommetterci.
Lo sguardo le cadde di nuovo sulla Honda Accord parcheggiata, con a bordo l'uomo con il naso a champignon. Anche questa volta distolse di scatto la testa quando Robin lo guardò. Da quella posizione non riusciva a vedere la targa della Accord. Mentre si chiedeva se fosse una buona idea spostarsi per annotarsela, fu distratta da un pesante rumore di passi alla sua sinistra, e quando si voltò vide avvicinarsi Dino Longcaster, imponente e con uno splendido completo, la testa a palla di cannone leggermente lucida.
«Ho saputo che ha importunato mia figlia» disse con voce strascicata.
«Non l'ho importunata» ribatté Robin, obbligandosi ad appa-

rire imperturbabile, perché Longcaster incuteva timore sia per la stazza che per l'atteggiamento. «Le ho solo fatto una domanda».

«Ha cinque minuti da dedicarmi?» chiese Dino Longcaster, guardandola dalla cima del lungo naso. «Nel club?»

«Certo» rispose Robin.

«Grazie, Joshua» disse Longcaster quando superarono l'usciere.

«Signor Longcaster, signore» mormorò il sottoposto, sfiorandosi il cilindro, e distolse il capo quando Robin gli passò accanto, rivelando l'auricolare e il microfono.

Un tepore delizioso accolse Robin quando mise piede in un ingresso opulento pieno di specchi invecchiati ad arte. Le pareti erano rivestite in carta da parati color blu notte, con delle decorazioni in oro di donne e levrieri stilizzati alla moda degli anni Venti; l'aria profumava di ambra e sandalo, e una scala si snodava oltre una moltitudine di dipinti, tra cui molti di cani. Un esemplare in carne e ossa bianco, in cui Robin riconobbe un cane da montagna dei Pirenei, aspettava Longcaster subito oltre la porta, scodinzolando; infilò il muso nella mano del padrone, e lui l'accarezzò.

«Andiamo di sopra» disse Longcaster, quindi si rivolse a una splendida donna nera con i capelli raccolti in uno chignon e un abito borgogna attillato. «La Montagu è libera, vero?»

«Sì, signor Longcaster, signore».

«Da questa parte» fece Longcaster a Robin, e cominciò a salire le scale, con il cane da montagna dei Pirenei che gli trotterellava appresso.

Sul ballatoio del piano di sopra c'erano altri camerieri vestiti in borgogna, tutti piacenti, tutti sull'attenti come suricati eleganti all'arrivo di Longcaster. Robin era impegnata a ripetersi che si rifiutava categoricamente di lasciarsi intimidire da quell'uomo o dal suo club, perché nella sua carriera di investigatrice aveva incontrato persone di gran lunga più temibili, ma l'impennata di attenzione e nervosismo che sembrò coinvolgere ogni membro del personale a cui passarono accanto le disse che ci voleva parecchia spina dorsale per non farsi spaventare da Dino Longcaster.

Condusse Robin oltre un paio di porte contrassegnate dalle targhette 'Amarillo' e 'Dostoevskij' e infine la fece entrare in una stanza vuota, ancor più opulenta dell'ingresso, che riusciva nell'impresa di essere al contempo mozzafiato e accogliente. Le pareti erano coperte in un tessuto rosso, in un turbolento motivo cachemire; c'erano molti altri dipinti a olio, quasi tutti di cani e cavalli; nel focolare ardevano dei ciocchi; rose scarlatte erano disposte in grandi vasi di cristallo; le poltroncine in velluto erano profonde e sembravano comode. Una tavola da backgammon e una scacchiera erano posizionate su dei tavolini, e l'impressione di trovarsi in una casa privata era rafforzata dalle poche fotografie, in cornici d'argento o appese alle pareti, alcune in bianco e nero, che per lo più ritraevano Longcaster stesso o la sua figlia più fotogenica. In una di queste, Longcaster stava ricevendo un trofeo di equitazione in argento dalla Regina; in un'altra accoglieva, in frac nero, l'Aga Khan sulla porta del club.

«La prego» disse a Robin, indicando un paio di poltrone accanto al fuoco.

Pinzò i pantaloni all'altezza delle ginocchia per sollevarli prima di prendere posto di fronte a lei. Subito il cane gli posò l'enorme testa bianca sulle cosce, e Longcaster cominciò a massaggiarlo con le lunghe dita a spatola.

«Posso avere il piacere di sapere chi ha molestato mia figlia?»

«Mi chiamo Robin Ellacott, sono un'investigatrice privata, e non c'è stata nessuna molestia».

Continuando ad accarezzare il cane, Longcaster allungò la mano libera per suonare un piccolo campanello in ottone su un tavolino da salotto. Un cameriere in livrea comparve con tale rapidità che Robin immaginò dovesse essere già all'erta accanto alla porta.

«Martini» disse Longcaster.

«Sì, signor Longcaster, signore. Signora?»

«Niente, grazie...»

«Portale un Maestà» disse Longcaster al cameriere, che lasciò la stanza con un sorriso. Longcaster tornò a voltarsi verso Robin. Gli occhi grigi infossati la scrutarono da capo a piedi e ritorno, poi disse: «Quindi, sta provando a rintracciare il mollusco».

«Chi è 'il mollusco'?» chiese Robin facendo la finta tonta.

«*Genere* Fleetwood» disse Longcaster. «*Specie* Rupert».

Distese il lungo braccio verso una scatola su un altro tavolino basso, l'aprì e ne estrasse un sigaro e un cutter. Il cane gli lanciò un'occhiata di rimprovero per le coccole interrotte, quindi, con una specie di sordo ringhio, si distese ai suoi piedi, la testa sulle zampe. Longcaster si dedicò a tagliare un'estremità del sigaro, lanciando un'occhiata a Robin per poi dirle: «Non dovrebbe indossare il nero».

«Cosa?»

«Il nero. La invecchia. Non può avere più di... quanti anni? Trentacinque?»

«Non trova che sia piuttosto *sgarbato* dire una cosa del genere a una persona che ha appena incontrato?» ribatté Robin, sforzandosi di sembrare divertita.

«Non c'è nulla di sgarbato. Le sto dando un consiglio utile».

«Ma io non gliel'ho chiesto».

«Probabilmente perché non sapeva di averne bisogno. Immagino che pensi che il nero la sfini, giusto?»

«No» rispose Robin. «È solo più semplice da indossare».

«Il buon gusto non ha niente a che vedere con la *semplicità*» disse Longcaster con asprezza, allungandosi a recuperare un grosso accendino in malachite. «Il nero è elegante sulle donne asiatiche, sulla *maggior parte* delle donne nere, e su *qualche* caucasica dai capelli scuri, ma non c'è nulla di più *cheap* del nero su una bionda».

«Bene, grazie per il suggerimento» disse Robin. «Non è vietato fumare nei club al giorno d'oggi?»

«Lo è» disse Longcaster, facendo un tiro possente di sigaro.

La porta si aprì e il cameriere ricomparve. Posò accanto al gomito di Longcaster un Martini con un'oliva su uno stecchino, e una coppa da champagne piena di un intruglio dall'intenso color rubino accanto a Robin.

«Cos'è?» chiese Robin a Longcaster, osservando il drink mentre la porta si richiudeva alle spalle del cameriere.

«Dubonnet e gin. Lo chiamiamo Maestà perché è il preferito della Regina. Mi urta pensare che beva qualcosa di tanto banale».

Longcaster sorseggiò il Martini, gli occhi scuri fissi su Robin, quindi disse: «Lo beva. È improbabile che provi ad avvelenarla, non crede? O ha paura che le salti addosso? Non deve preoccuparsi. Oggi come oggi mi eccita di più la pisciata del mattino che le donne».

«Preferisco restare lucida mentre lavoro» disse Robin, accorgendosi di quanto sembrasse leziosa.

«Dubito che Decima le rimprovererebbe un unico Maestà».

Robin scelse di ignorare il commento.

«Sa dove si trova Rupert Fleetwood, signor Longcaster?»

«No».

«Sua zia pensa che abbia trovato lavoro a New York».

«Mi pare *estremamente* improbabile».

«Perché?»

«I molluschi non spiccano per la loro capacità di prendere un aereo per New York. Beva quel cavolo di drink».

Robin prese il bicchiere e mandò giù un sorso.

«Le piace?» chiese Longcaster.

«Sì» rispose Robin in tutta sincerità.

«Lo immaginavo» disse Longcaster. Soffiò il fumo del sigaro e continuò: «Dubito che Fleetwood sia arrivato lontano, a meno che non abbia incontrato una corrente dominante abbastanza forte. Immagino che possa essersi *spiaggiato* da qualche parte... con i bambini che lo punzecchiano con le palette di plastica...»

«Non è per nulla preoccupato che possa essersi ucciso?»

«No» disse Longcaster, «no, posso affermare in tutta onestà che non mi sono preoccupato nemmeno un secondo per quell'eventualità».

«Sembra che, prima di scomparire, avesse molta pressione addosso» disse Robin.

«Non parlerei di *pressione*» ribatté Longcaster con la sua voce strascicata. «È uscito da qua vacillando sotto il peso di un eccezionale esemplare di artigianato olandese del diciassettesimo secolo. Direbbe che è un indizio di intenti suicidi? O è il comportamento di un giovanotto che, per usare le parole di Wodehouse, non riesce a capire 'la sottile differenza tra *meum* e *tuum*'?»

« Però ha chiamato la polizia, giusto? » disse Robin.

« Ovvio, ma i nostri arditi ragazzi in blu non sono particolarmente interessati a recuperare i beni di quelli come me. 'È assicurato, no?' è il loro ritornello. Però può riferire a Decima che appena fiuterò dov'è finito il mollusco, metterò la polizia sulla giusta pista. Sono certo che ormai deve aver capito che quell'affare è impossibile da vendere. Nessun mercante serio lo sfiorerebbe, non senza un certificato di provenienza autentico. È un oggetto particolarmente bello e riconoscibile nel suo genere e, sfortunatamente per il mollusco, compare nelle foto della sala Dostoevskij ». Longcaster fece un altro tiro di sigaro, poi aggiunse: « Lo sapeva che l'ho vinto a suo padre? »

« Sì, lo sapevo » disse Robin.

« Peter e io andavamo entrambi a Eton. In realtà, non aveva alcun diritto di giocarsela, visto che la *nef* apparteneva a sua moglie. Lei diede di matto quando scoprì cos'aveva fatto. Peter non aveva un secchio in cui pisciare, prima di sposare Veronica. Il mollusco è proprio come lui, mirava a fare un buon matrimonio ».

Longcaster puntò un lungo dito contro una fotografia alla parete in cui comparivano due uomini, uno riconoscibile come una sua versione più giovane, l'altro con una faccia sottile dall'espressione sfrontata, insieme a tre donne. Una di queste, anche lei sulla quarantina, portava gli occhiali e aveva un'aria piuttosto severa. Le altre due erano più giovani, una mora e una bionda, entrambe molto belle. Tutti e cinque erano in posa – le donne in abito da ballo, gli uomini in smoking – davanti a un enorme castello su cui garriva una bandiera gialla con un leone nero.

« Quelli lì sono Peter e Veronica » disse Longcaster. « La donna con gli occhiali è Anjelica, la sorella di Peter... la zia del mollusco. Non le vado a genio, come immagino le avrà detto se le ha parlato ». Longcaster osservò la foto con aria distaccata per qualche secondo ancora, per poi aggiungere: « Non sono sicuro, ma *credo* di essermela portata a letto quel weekend. E la mora è una mia ex. All'epoca provavo a ignorare i suoi non troppo velati inviti a fare di lei una donna onesta, ma mi stavo godendo la parentesi tra una moglie e l'altra ».

«Quella è la casa dei Fleetwood?» chiese Robin, osservando il castello medievale sullo sfondo.

«Per la miseria, certo che no, quella è Gravensteen» sbuffò Longcaster.

Vuotò il bicchiere, quindi si allungò a suonare di nuovo il campanello in ottone. Nel giro di qualche secondo il cameriere aprì la porta.

«Un altro Martini. Per lei niente, sta cincischiando».

Quando la porta si fu richiusa, Robin disse: «Una persona che ha osservato il loro rapporto da vicino mi ha detto che Rupert era sinceramente innamorato di Decima. Questa persona non crede che Rupert stesse con lei per i sol...»

«Cazzate» ruggì Longcaster. «Nessuno si innamorerà mai di Decima per la sua bellezza o il suo fascino. Quei due insieme sembravano Pincopanco e Pancopinco... immagina che figli con la faccia a palla avrebbero avuto? Cosa c'è?» concluse vedendo l'espressione sulla faccia di Robin.

«Stavo solo pensando che è una cosa orribile da dire sulla propria figlia».

«Mi riservo il diritto di parlare come mi pare dei miei figli» ribatté bruscamente Longcaster. «L'habitat naturale di Decima è una villetta semi-indipendente a Basingstoke. Le piacciono le cose di seconda scelta, e le persone di seconda scelta. Ora ha fatto di nuovo la figura della cretina e non vuole ammetterlo, ed è per questo che ha assoldato voi».

«Rupert è il suo figlioccio, vero?» chiese Robin.

«E questo che diavolo c'entra? Crede che dovrei coccolarmelo solo perché un tempo conoscevo i suoi genitori? Il mondo è pieno di figliocci. Quello di cui ho bisogno è del personale capace. Ho fatto un favore al mollusco, dandogli un lavoro, e in cambio Fleetwood ha provato a svuotare il conto in banca di mia figlia, e mi ha derubato senza vergogna. Se crede di essere finito nella merda, non è niente in confronto a quello che gli capiterà quando lo acciufferò».

«Sapeva che Rupert si è imbucato alla festa di compleanno di Sacha Legard, dopo aver rubato la *nef*?» chiese Robin. «Che ha discusso con Valentine, e ha detto a Cosima qualcosa che l'ha fatta piangere? »

Era sicura, dal leggero inarcarsi delle sopracciglia di Longcaster, che non lo sapesse. Sfilandosi il sigaro dalla bocca, l'uomo disse: « Mi pare altamente improbabile che il mollusco abbia contattato i membri della mia famiglia dopo aver rubato una cosa che mi apparteneva ».

« Be', invece l'ha fatto » insistette Robin. « È successo poco prima che scomparisse. Molti testimoni hanno assistito alla litigata. Era di questo che volevo parlare con sua figlia ».

Il cameriere tornò col secondo Martini di Longcaster. Appena si avvicinò alla porta, Longcaster disse: « Oliver, di' a Mimi di venire ».

« Sì, signor Longcaster, signore ».

Sperando che 'Mimi' stesse per Cosima, Robin bevve un altro sorso del suo cocktail, che, doveva ammetterlo, dopo due ore sotto la pioggia era gradito quanto il fuoco.

« Non sarebbe affatto brutta, se facesse uno sforzo » disse Longcaster, scrutando di nuovo Robin da testa a piedi con sguardo annoiato. « Se acconciasse un po' meglio i capelli. Portarli così all'indietro non le rende giustizia ».

« Dice a tutti come dovrebbero vestirsi e pettinarsi, signor Longcaster? »

« Solo a chi ne ha bisogno » rispose lui.

Sembrava davvero frustrato, quasi addolorato, che Robin non fosse acconciata e abbigliata meglio. Le tornò in mente la descrizione di Longcaster che le aveva fatto Albie: un uomo che voleva vivere in un mondo completamente sotto il suo controllo, che considerava un peccato vestirsi male ed essere sovrappeso; e pensò a Decima, e a cosa potesse significare crescere con un padre del genere.

In quel momento Cosima entrò nella stanza. Trascurando di ringraziare il cameriere che le aveva aperto la porta, prese posto su una sedia tra Robin e il padre, di fronte al fuoco. Robin capì che era estremamente a disagio, anche se fingeva il contrario. Gettò all'indietro i lunghi capelli biondi, lisciò la gonna del corto vestito rosso, accavallò le gambe, e lanciando un sorriso al padre disse: «Ciao, papà».

«Mi hanno appena informato» cominciò Longcaster, «che il mollusco si è imbucato alla festa di compleanno di Sacha Legard».

Alla parola 'mollusco' Cosima reagì con una risata forzata, ma suo padre non sembrò divertito.

«E ho saputo che tu e Valentine gli avete parlato».

«Solo due parole» disse Cosima. «Niente di che».

«Perché non hai avvertito la polizia di dove si trovava?» chiese Longcaster. «O chiamato me, in modo che lo facessi io?»

«È solo che... un momento era lì, e un attimo dopo era sparito» si giustificò Cosima. «La polizia non avrebbe fatto in tempo a prenderlo. Praticamente è entrato ed è subito uscito».

La mano destra giocava con una parure di anelli d'oro alla mano sinistra. Accavallò le gambe nell'altro senso.

«Sacha ha raccontato al mio socio che Rupert ha detto o fatto qualcosa che ti ha fatta piangere» disse Robin.

«È...»

Robin intuì che Cosima avrebbe voluto negare, ma questo avrebbe significato dare del bugiardo a un attore bello e famoso.

«In realtà, ecco... non stavo piangendo per Rupert».

«Sacha sostiene di sì» insistette Robin. «Dice che Rupert ti ha turbata».

«No, non è così» disse Cosima, arrossendo. «Tu non c'eri, non sai cos'è successo. Ero turbata perché, insomma, praticamente ha rovinato la festa di Sachy, ok?»

«Hai appena detto che non stavi piangendo a causa di Rupert» disse Robin.

Si aspettava che Longcaster intervenisse per proteggere la figlia prediletta dalle sue domande, invece il proprietario del club fissava Cosima con un'espressione non troppo amichevole sulla faccia paffuta.

«È vero... sono successe così tante cose quella sera, ok? Mi sentivo sopraffatta e quando Rupert si è presentato è stato, tipo, l'ultima goccia, ho pensato che ci sarebbe stata una scenata...»

«Che genere di scenata?» chiese Robin.

«Ecco, sai, che venisse coinvolta la sicurezza e, tipo, che la gente pensasse che Val e io avessimo invitato Rupert o qualcosa del genere...»

«Perché qualcuno avrebbe dovuto pensare che l'aveste invitato?» chiese Robin. «Nessuno di voi era suo amico, giusto? Rupert ha soltanto lavorato qui per un po'. Non sarebbe stato più probabile che la gente pensasse che era stato Sacha a invitarlo, visto che sono cugini?»

«Senti» disse Cosima, che si era fatta ancora più rossa in volto, «quella notte ero semplicemente agitata, ok? Ed ero, tipo, *disgustata* che si fosse presentato dopo aver rubato la nave d'argento di mio padre...»

«Ma non abbastanza disgustata da chiamare la polizia» intervenne Longcaster.

«È successo così in fretta, papà, l'attimo prima era lì e quello dopo...»

«Però si è fermato abbastanza per litigare con Valentine, giusto?» chiese Robin.

«Credo che Val volesse solo, ehm, cioè, ha visto Rupert, e credo che abbia provato a mandarlo via» disse Cosima, ancora rossa in volto.

«Di nuovo, non è quel che ha detto Sacha Legard» ribatté Robin. «Lui sostiene che Rupert sia arrivato deciso a litigare. È stato lui a cercare Valentine, non il contrario».

«Be', io non... non ho visto niente, c'era un sacco di gente, non so cosa sia successo. *Dio*, che sarà mai?» fece Cosima, con una risata fasulla. «Perché ti *importa* tanto?»

«Te l'ho detto perché, in strada» rispose Robin. «Tua sorella è molto preoccupata per Rupert. È scomparso».

«Non è colpa *mia*» disse Cosima, ma una strana espressione di panico le attraversò il volto delizioso. «Non sono stata io. Non sapevo... non è colpa *mia*».

«Cos'è che non sapevi?» disse Robin.

«Volevo dire che non sono stata io a spingerlo a rubare quella nave, non è colpa *mia* se è sparito».

«Basta così» intervenne Longcaster, quando Robin aprì bocca per ribattere. Suonò di nuovo il campanello di ottone lì accanto. «Mi pare che l'abbiamo già ascoltata abbastanza, signorina...»

«Ellacott» disse Robin.

Il cameriere che prima aveva servito loro da bere ricomparve.

«La signorina Ellacott sta andando via, Oliver».

Longcaster si alzò in piedi, svegliando il cane da montagna dei Pirenei, che si stiracchiò e cominciò a scodinzolare.

«Arrivederci» fece Longcaster, tendendo la mano per salutare Robin. «Una visita interessante».

«Arrivederci» disse Robin. «Grazie per il drink».

Mentre lasciava la stanza, incrociò un'ultima volta lo sguardo di Cosima. La ragazza aveva un'aria invelenita ma anche, le parve, spaventata.

97

Eppure, via via che avanziamo
sempre aumenta la mole
di tomi ancora da leggere
di segreti ancora da esplorare.
Matthew Arnold
Empedocles on Etna

La sera di pioggia del primo di marzo, stanco e annoiato dopo aver trascorso il pomeriggio a sorvegliare la Signora Due-volte, che aveva appena affidato a Wardle, Strike fece una deviazione fino alla House of Computers di Tottenham Court Road, per comprare un nuovo portatile. Poi fece un salto al Flying Horse, da dove chiamò il solito tecnico dell'agenzia, chiedendo istruzioni su come installare un browser per la navigazione anonima sul nuovo dispositivo. Già che era lì, gli sembrò stupido non concedersi un paio di pinte e un hamburger, e quando finalmente tornò verso casa erano già le otto e mezza.

Imboccando Denmark Street, fu sorpreso di vedere una luce alla finestra dell'ufficio, perché Robin aveva la serata libera e Pat era l'unica tra i dipendenti dell'agenzia ad avere le chiavi. Salì la scala in metallo fino al secondo piano ed entrò dalla porta di vetro con il nome inciso.

Robin sedeva al solito posto alla scrivania dei soci, con accanto una pizza lasciata a metà e, sparsi davanti a sé, una gran quantità di documenti, tra cui le planimetrie di Wild Court e di Freemasons' Hall che Strike si era procurato alla Holborn Library. Aveva delle ragioni personali per trattenersi in ufficio invece che tornare a casa, e una di queste era che il timore di essere seguita o minacciata non accennava a diminuire. Assorta nel materiale che stava leggendo ed esaminando, aveva perso la cognizione del tempo ed ebbe un sussulto quando sentì la chiave di Strike nella toppa. Vedendo che era lui, il cuore le si scaldò (se ne accorse subito, e non senza sentirsi in colpa) più di quanto avrebbe dovuto.

«Scusa» disse in automatico, prima di accorgersi che non aveva ragione di scusarsi.

«Non c'è bisogno di chiedere scusa, è anche il tuo ufficio» disse Strike. «Che ci fai qui a quest'ora? Credevo avessi la serata libera».

«Ryan doveva lavorare, quindi ho pensato di darmi da fare anch'io» disse Robin.

Non era del tutto vero. Murphy era effettivamente impegnato, ma la seconda ragione per cui Robin non voleva tornare a casa troppo presto era che temeva che il fidanzato si presentasse nel suo appartamento per 'farle una sorpresa'. Al momento Murphy oscillava tra il bisogno di rassicurazioni e l'irascibilità. Quest'ultima era senza dubbio dovuta alle crisi di astinenza causate dalla brusca interruzione dell'assunzione di alcol, ma continuava a provare a incastrare Robin in una serie di progetti, a riempire l'agenda di entrambi di impegni futuri, a cercare conferme che sarebbero stati ancora insieme tra sei, otto, dodici settimane. La sera prima aveva suggerito di passare il suo trentaquattresimo compleanno, che cadeva di lì a poco, a San Sebastián, dove viveva sua sorella. Robin aveva risposto che ci avrebbe pensato. Al momento era restia a prendere impegni che non potevano essere cancellati facilmente.

Triste all'idea che, per Robin, non avesse senso andare a casa se non c'era anche Murphy, Strike posò il nuovo portatile sulla scrivania.

«Quello vecchio ha dato i numeri?» chiese Robin, e notò che Strike indossava la camicia azzurra che le piaceva.

«No» rispose lui, dirigendosi verso il cucinino. «Non voglio lasciare sul PC dell'ufficio tracce di quello che sto per cercare. Dark web. Non si è mai troppo cauti, con l'MI5 che ci tiene d'occhio».

Recuperò da un armadietto il whisky che Robin gli aveva regalato per il compleanno.

« Vuoi da bere? » le chiese.

« Non posso, guido » rispose Robin, cercando di sembrare pragmatica. Loro due soli, dopo il tramonto: le tornò alla mente la notte che avevano passato a Sark, e quell'altra notte in cui avevano mangiato un curry da asporto lì in ufficio, prima ancora che incontrasse Murphy, quando Strike le aveva detto che era la sua migliore amica. Non avrebbe dovuto pensarci. Non avrebbe dovuto notare la sua camicia.

« Mi ha appena scritto Dev » disse. « Vuole prendersi una settimana libera a Pasqua, se possiamo cavarcela senza di lui ».

Strike tornò in ufficio con il whisky e un bicchiere e si sedette di fronte a lei.

« Una settimana intera sarà un bel casino, se non ci liberiamo del maledetto caso del caveau » disse. « A proposito, ha qualche problema? »

« Chi, Dev? No, non mi pare. Perché? »

« Ultimamente è stato molto scontroso con me, e non posso evitare di notare che ha chiesto le ferie a te, non a me ».

« Non mi ha detto niente » disse Robin. « Ehm... forse ho capito cosa significa il biglietto che Niall Semple ha lasciato alla moglie ».

« Cosa? » fece Strike, preso completamente alla sprovvista.

« Ho letto il libro che hai scaricato. *Morals and Dogma of the Ancient...* »

« *... and Accepted* bla bla di stocazzo, sì » disse Strike. « Cos'hai trovato? »

Robin guardò lo schermo del suo computer e lesse ad alta voce.

« '*Domanda: Qual è il numero più occulto?*

« '*Risposta: Il 5, perché è racchiuso al centro della serie.*

« '*Domanda: Qual è il numero più benefico?*

« '*Risposta: Il 6, perché contiene la fonte della nostra felicità spirituale e corporale.*

« '*Domanda: Qual è il numero più fortunato?*' Hai capito, no? » disse. « Se ci ho visto giusto, Niall intendeva lasciare a Jade un codice di otto cifre: due, cinque, zero, sei, due, zero, uno, sei. Immagino sia troppo sperare che sia la combinazione del caveau del Ramsay Silver? »

« Ne dubito » disse Strike, mentre Robin gli allungava un post-it attraverso la scrivania; abbassò lo sguardo sulla serie di numeri. « Non ci sono nove. Il tasto più consumato sul tastierino era il nove... ma potrebbe essere una data. Il 25 giugno 2016 ».

« Oh Dio, non ci avevo fatto caso! Cos'è successo il 25 giugno 2016? »

Strike cercò su Google.

« Cinque nuove specie di orchidee sono state scoperte nelle Filippine ».

« Pensavo più che altro a cos'è successo nella vita di Semple » disse Robin, divertita.

« È tre settimane dopo l'ultima volta che è stato sicuramente visto da vivo, quindi la tua ipotesi vale quanto la mia ».

Strike aprì il taccuino alla pagina con le istruzioni di Spanner su come installare il browser per la navigazione anonima. Non stava pensando a Sark, né alla sera in cui avevano mangiato il curry in ufficio, o a quando avevano diviso il letto dopo che Robin era scappata da Chapman Farm; stava pensando che quella era la situazione che aveva sperato si presentasse spontaneamente durante il caso del caveau, e che in fin dei conti era stato assurdo accettare quel maledetto incarico.

« Ho un'altra novità » disse Robin. « Poco fa mi ha chiamato il padre di Hugo Whitehead ».

« Dammi un indizio ».

« Suo figlio Hugo si è schiantato con la macchina di Tyler Powell ».

« Ah sì. Cosa ti ha detto? »

« Gli ho spiegato che stiamo provando a rintracciare Tyler Powell, e lui mi ha detto che è felice di parlare con me a patto che la moglie non venga a saperlo, perché discutere dell'incidente la agita troppo, quindi andrò a casa loro lunedì sera, quando lei sarà da un'amica ».

Il telefono fisso dell'ufficio squillò.

« Potrebbe essere di nuovo Rena Liddell » disse Strike afferrando il ricevitore.

Sentì il rumore del traffico.

« Ehi... sono di nuovo io ».

Strike sollevò il pollice all'indirizzo di Robin.

« Salve » disse e, provando a non spaventarla come aveva fatto l'ultima volta, chiese: « Come sta? »

« Devo vederti. Ho *paura* ».

Cominciò a piangere.

« Di che cosa ha paura? » chiese Strike.

« So che mi stanno spiando ».

« Sono disposto a vederci » disse Strike misurando le parole, « ma dovrà dirmi di quale Golden Fleece sta parlando ».

« C'è qualcuno lì che ascolta? » chiese lei, d'un tratto guardinga.

« No » rispose Strike.

« Ce l'hai una pistola? »

« No » disse Strike. « Perché? »

« Ne voglio una ».

« È una pessima idea » ribatté Strike con fermezza.

« Sì, forse... stavo per... ma non è giusto, no? Nemmeno se sono musulmani, vero? Non è giusto... vieni al Golden Fleece, ok? Lui era lì, non posso dirti altro, non credi? »

Strike sentì un *bip* e capì che la donna stava telefonando da una cabina. Forse aveva finito le monete, perché cadde la linea. Strike cominciò in fretta a digitare il 1471 per rintracciare il numero da cui aveva chiamato, quando il telefono squillò di nuovo.

« Merda... Sì? » disse, rispondendo.

« Sono io » disse Midge, apparentemente da un bar o un ristorante. « Grosse novità su Plug ».

« Un attimo » fece Strike, inserendo il vivavoce. « Sono con Robin. Dicci tutto ».

« Lui e certi amici suoi sono alla Stapleton Tavern di Haringey e stanno progettando di accoltellare qualcuno ».

« *Cosa?* » esclamò Robin.

« Sapete che teneva quel mostro di cane nero in Carnival Street, da un amico? »

«Sì» disse Strike.

«L'amico l'ha fatto sopprimere. Ovviamente non vuole finire dentro per aver partecipato a un giro di combattimenti illegali. Plug ha dato di matto. A quanto pare il cane era un killer di prima categoria».

«Merda» ripeté Strike. «E la spedizione è fissata per stanotte?»

«Non ne sono certa» disse Midge, «ma ho chiesto a Shah di venire a darmi una mano, per sicurezza. Ho delle foto di tutti quanti».

«Ottimo» fece Strike. «Però fa' attenzione».

«Certo» promise Midge e riattaccò.

«Che cazzo» esclamò Strike, passandosi una mano sulla faccia. «Le disgrazie non vengono mai da sole, come si suol dire...»

«A proposito» cominciò Robin con una certa esitazione, «credo di essere di nuovo seguita. Non è successo niente» si affrettò ad aggiungere in risposta all'espressione di Strike, «ma ho visto già due volte lo stesso uomo su una Honda Accord. Mercoledì era davanti al Dino's, e questa mattina venendo in ufficio me lo sono trovata alle calcagna. Quando ho rallentato per parcheggiare lui ha tirato dritto, ma ho visto una parte della targa e ho dato una bella occhiata alla sua faccia. Di certo non è lo stesso uomo che mi ha minacciata col pugnale... è più vecchio e grasso. Un naso minuscolo, la faccia grande, capelli grigi folti».

«Merda» fece Strike.

«Ti sembrerà una follia» proseguì Robin, provando a far sì che nemmeno un briciolo della sua costante paura trapelasse dalla sua voce, «ma a giudicare dall'aspetto – molto ordinato, rispettabile, barba rasata – non mi pare uno dei ragazzetti di Branfoot, e non ho potuto fare a meno di chiedermi...»

«Un poliziotto?»

«Be', sappiamo che alla squadra che indaga sul caso del caveau non stiamo esattamente simpatici. Forse sperano di beccarci mentre interferiamo con l'indagine?»

«In effetti, non mi stupirebbe affatto se i due che ho conosciuto io provassero a incastrarci» ammise Strike.

«Ovviamente» disse Robin esitando, «c'è anche la possibilità che sia...»

«Dell'MI5?»

«Be', forse» rispose Robin.

«Cristo, abbiamo fatto incazzare un sacco di gente con questo caso» disse Strike. «Hai condiviso con gli altri la descrizione del tizio della Accord?»

«Sì, e anche il pezzo di numero di targa».

«Bene» disse Strike, prendendo un sorso di whisky. Poi, guardando le planimetrie di Wild Court e di Freemasons' Hall che Robin aveva davanti, aggiunse: «Hai avuto fortuna con quelle? Io non ho avuto il tempo di studiarle per bene».

«Nulla che possa tornarci utile» disse Robin. «Il negozio venne ricavato da un paio di magazzini sul retro di Freemasons' Hall, nel 1958. C'erano due porte lungo le pareti di fondo, ma furono murate quando i magazzini divennero un locale commerciale».

«C'era una porta anche al piano interrato, vero?»

«Sì, all'epoca in cui era una dispensa sotterranea».

«Di preciso dov'era la porta?»

«Sul retro del caveau, ma come ti ho detto è sparita, murata. C'è anche dello spazio inutilizzato dietro il muro del seminterrato, dove ci sono gli armadi, ma per entrarci bisognerebbe comunque aprire un varco nei mattoni».

«È uno spazio sufficiente per ospitare un assassino in agguato?»

«Forse un bambino a gattoni» disse Robin, «ma prima dovrebbe entrare dalla porta del negozio, scendere nel seminterrato e aprirsi un passaggio nel muro per infilarcisi».

«E in tal caso persino Kenneth Ramsay se ne sarebbe accorto» commentò Strike. «Quindi è impossibile che quella notte Wright e Oz si siano introdotti nello scantinato da Freemasons' Hall».

«Esatto» disse Robin.

«E allora come *cazzo* hanno fatto a entrare senza essere visti?»

«Non ne ho idea» ammise Robin, prendendo un'altra fetta di pizza fredda. «A ogni modo, cosa vuoi cercare sul dark web?» chiese, osservando Strike che armeggiava col portatile nuovo.

«Ho un paio di ipotesi azzardate» rispose lui, «ma a questo

punto sono disposto a tentarle praticamente tutte. Una cosa a cui non mi dispiacerebbe dare un'occhiata è il profilo OnlyFans di Medina».

«È sparito» disse Robin. «Ho controllato».

«Sì, sparito dal web di superficie, ma ho pensato che forse galleggia ancora da qualche parte nella fogna al di sotto».

«Stai cercando Oz?»

«Sì. So che su OnlyFans non si sarà fatto chiamare 'Oz', ma spesso la gente si sceglie degli pseudonimi che lasciano degli indizi, anche gente parecchio più intelligente di Jim Todd. Rodolphe Lemoine. Sidney Reilly. Laurel Rose Willson... anche se a dire il vero lei era fuori di testa».

«Chi sono Rodolphe Lemoine, Sidney Reilly e... chi era l'altra?»

«Lemoine» disse Strike, chinandosi per inserire la spina del nuovo portatile, «era una spia francese durante la Seconda guerra mondiale, il suo vero nome era Stallman, ma per le missioni usava il cognome da nubile della madre».

«Come Todd, che usava il cognome della madre per i suoi giri di prostituzione».

«Infatti. Sigmund Rosenblum, noto anche come l'Asso delle Spie, doveva essere molto affezionato alle sue iniziali...»

«Come Fyola Fay» intervenne Robin.

«... esattamente... perché si ribattezzò Sidney Reilly. E Laurel Rose Willson scrisse delle memorie inventate sulla sua vita in una violenta setta satanica, con il nome di Lauren Stratford, guadagnò un sacco di soldi prima di essere smascherata, poi ricomparve nel ruolo di sopravvissuta all'Olocausto, di nuovo una menzogna, con il nome di Laura Grabowski».

«Stasera dov'è Wardle?» chiese Robin.

«Sta seguendo la Signora Due-volte» rispose Strike. «Per cominciare, ho pensato di affidargli un caso semplice».

Il telefono di Robin squillò. Sentì un tuffo al cuore quando vide che era Murphy.

«Ciao» rispose, alzandosi e spostandosi nell'ufficio esterno per evitare che Strike le parlasse, dato che non voleva che Murphy sapesse che erano in agenzia da soli.

«Non sei a casa» fece Murphy.

«No, sono ancora in ufficio. Visto che dovevi lavorare, ho pensato di sbrigare un po' di scartoffie. Come fai a sapere che non sono a casa?» aggiunse, chiedendosi se fosse appostato davanti al suo appartamento.

«Ho fatto un salto, nel caso ti andasse di vederci, per prendere un caffè o qualcosa del genere. Ora sto tornando in centro».

«Oh» fece Robin. «Se avessi saputo che avevi un po' di tempo libero sarei rientrata».

«Quindi sei ancora in ufficio? C'è anche Strike?»

«No» mentì lei di nuovo, con il ben noto, martellante senso di colpa. «Ha il turno di sorveglianza».

Conclusa la chiamata con Murphy, Robin tornò nell'ufficio dei soci. Si sentiva ancora più in colpa di prima della telefonata e, anche se avrebbe voluto fermarsi a discutere con Strike del caso del caveau, disse: «È meglio che vada».

«Va bene» fece lui.

Quando fu uscita, Strike, ben consapevole che stava prendendo l'abitudine di bere da solo, cosa che per anni aveva cercato di scongiurare, si versò dell'altro whisky prima di tornare al PC, selezionò l'album di Tom Waits *Blue Valentine* e cliccò sullo shuffle. Apprezzava sempre il ruvido conforto che gli offriva la voce roca del suo cantante preferito. Waits cantava di disperazione, di droghe e ubriachezza, di morti che nessuno piangeva e di vite trascorse in povertà e sofferenza; l'amore, per Waits, in genere era qualcosa di sporco o di destinato a finire, e la morte arrivava anzitempo, casuale e brutale. Strike l'aveva scoperto per conto proprio, da adolescente, e l'aveva trovato un gradito antidoto alle rock band schitarranti degli anni Settanta che sua madre ascoltava senza sosta.

Romeo is bleeding but nobody can tell,
Sings alone with the radio
with a bullet in his chest...

Venti minuti e una lunga pisciata dopo, Strike tornò al portatile appena configurato, pronto a inoltrarsi nelle lande senza legge di Internet, dove la compravendita di droghe, armi e dati trafugati non era nulla di straordinario, dove si potevano acquistare documenti falsi e assoldare hacker, e dove chi li trovava eccitanti poteva guardare i video di azioni raccapriccianti.

Gli ci volle quasi un'ora per recuperare una versione archiviata della pagina OnlyFans di Sofia Medina, su un sito chiamato '*TROIE MORTE*', dedicato a rifornire di materiale masturbatorio gli uomini che gradivano vedervi comparire donne comprovatamente uccise dalla violenza maschile, invece di attrici che si limitavano a fingere.

Si fece strada attraverso i nomi e i commenti degli abbonati. Oz era forse 'Fat_Hard_Cock'? 'Bucket O'Jism'? Ne dubitava. Oz cercava contatti reali, e un uomo che si spacciava per un ricco produttore musicale difficilmente avrebbe avviato una conversazione con 'ficcati dentro il pugno'. SkunkB, d'altro canto, aveva postato 'sei bellissima. Spero che troverai un uomo che ti tratti come meriti', al che Medina aveva risposto con tre emoji a cuore. A ogni modo, non era visibile in pubblico se SkunkB avesse proseguito quello scambio promettente.

Tom Waits continuava a cantare.

I'm callin out my bloodhounds, chase the devil through the corn...

Il whisky stava spingendo Strike sempre più a fondo in una spirale depressiva, ma continuò distrattamente a farsi strada nelle paludi del cyberspazio, compulsando siti che offrivano documenti e carte di credito contraffatti di una vasta serie di Paesi, dall'Ucraina alla Thailandia, o anche quelle che Strike sospettava fortemente fossero merci umane. Un sito accuratamente criptato chiamato '*Nursery*' era pieno di emoji di fiori. A giudicare dal contesto, sospettò che fosse un sostituto per la parola 'bambina'.

Dicendosi che l'Interpol aveva già abbastanza esperti che provavano a rintracciare falsari e pedofili senza bisogno del suo aiuto, cominciò a cercare video delle esecuzioni di Daesh, pensando alla missione segreta che a Niall Semple era costata il migliore amico.

Ciascuno dei filmati che Strike cominciò ad aprire metodicamente portava nell'angolo la bandiera bianca e nera dello Stato Islamico, con un cerchio bianco contenente, in arabo, le parole 'non c'è altro Dio oltre Allah, e Maometto è il suo messaggero'. A Strike tornò in mente la bandiera sottratta a Daesh che aveva visto nel quartier generale della SAS, incorniciata ed esposta di fronte a una svastica della Seconda guerra mondiale sulla parete opposta. Secondo Strike, tra le due non c'era alcuna differenza. I nazisti avevano perpetrato indicibili atrocità contro il loro stesso popolo, oltre che contro i non-tedeschi; Daesh uccideva molti più musulmani che occidentali, ed entrambi i gruppi erano capaci di un sadismo che superava l'immaginazione della maggior parte degli esseri umani. La morte ai loro occhi non era una punizione sufficiente: i nemici dovevano anche patire umiliazioni, oltraggi, terrore e dolore estremi prima che il lavoro potesse dirsi concluso.

Guardò senza batter ciglio uomini che venivano arsi vivi, crivellati di colpi, decapitati e affogati. I filmati rivelavano una mano esperta: i membri di Daesh volevano che il mondo sapesse quanto fossero privi di empatia umana. Uomini mascherati gettavano tra risate di scherno dei cadaveri in una profonda voragine naturale nel nord della Siria, chiamata al-Hota. L'arabo di Strike era troppo rudimentale per capire cosa dicessero, ma sembravano prendere la cosa come un gioco, mentre provavano a smuovere un corpo rimasto incastrato su una sporgenza con il cadavere di un altro uomo. Aveva visto al-Hota una volta, molti anni prima. Circolavano molte leggende locali sul mostro che viveva nelle sue profondità.

Avvertendo una vaga nausea, spense il portatile nell'istante in cui il suo cellulare squillò. Era Wardle a chiamare.

«Solo per avvisarti» disse l'ex poliziotto, con tono piuttosto perplesso. «Sta per suonare il citofono dell'ufficio».

«Chi?» chiese Strike, confuso.

Il citofono suonò nell'ufficio esterno.

98

I mali degli amanti puoi comprarli:
pallido aspetto, voce cavernosa,
il capo chino, l'occhio cerchiato,
basta volerlo, sono tutti tuoi.

A.E. Housman
VI, Un ragazzo dello Shropshire

« Sono sicuro che non mi ha sgamato » disse Wardle, che sembrava preoccupato.

Strike spense Tom Waits e uscì dall'ufficio dei soci, chiudendosi alle spalle la porta divisoria per nascondere il whisky, i libri e le planimetrie di Wild Court.

« Com'è arrivata qui? » chiese.

« Taxi » disse Wardle. « È scesa in Charing Cross Road... ho pensato che fosse una coincidenza, ma... »

Il citofono suonò una seconda volta.

« È possibile che abbia bisogno che tu la segua quando se ne andrà » disse Strike, « quindi resta in zona ».

Concluse la chiamata, poi premette il pulsante del citofono.

« Strike » disse.

« Lo so » rispose una voce femminile. « Voglio parlarle ».

« Va bene » fece lui, « le apro subito ».

Spense la luce nell'ufficio esterno. Mentre aspettava che l'ospite inattesa facesse la sua comparsa, Strike colse un movimento con la coda dell'occhio: l'orribile pesce nero con la protuberanza a palla sulla testa galleggiava a pelo d'acqua, a pancia in su, sbattendo invano le pinne.

La sagoma della Signora Due-volte comparve sul pianerottolo. Strike aprì la porta di vetro.

« Si accomodi » disse.

«Grazie» rispose lei con voce strozzata, passandogli davanti e sedendosi sul divano.

Come ci si poteva aspettare da una donna che passava la maggior parte delle sue giornate a comprare vestiti e farsi la manicure e la messa in piega, era vestita e acconciata in maniera inappuntabile, con un cappotto di un tessuto che sembrava satin, un vestito color panna aderente alle sue forme e scarpe nere con il cinturino e il tacco alto. Eppure era più attraente da lontano che da vicino. I lineamenti erano minuti e anonimi, ma era la prova vivente di quello che il denaro, l'abilità e il buon gusto potevano fare per l'aspetto di una donna: la linea tenuta a bada dalla dieta, i capelli color caramello, con le mèches costose che mettevano in risalto l'incarnato, gli occhi truccati con mano esperta affinché apparissero il doppio della grandezza naturale.

«Ho scoperto stamattina che lui la paga perché mi segua» disse, sempre con voce flebile e strozzata. «Ho riconosciuto il numero del conto in banca».

«Davvero?» disse Strike, intuendo che negare non avrebbe avuto senso. «Come?»

«Ero la sua assistente personale. Una volta mi ha chiesto di controllare i bonifici periodici che le versava. Mi sono annotata il conto in banca. È successo quando stava con quella ragazza straniera».

«La russa» disse Strike. «Già».

«Mi sono chiesta se avrebbe fatto lo stesso anche con me. Crede *davvero* che faccia la scema in giro?»

«Non lo so» disse Strike, e per certi versi era vero. Non aveva intenzione di esporle la sua teoria sulle tendenze sessuali del marito. «Gli ho assicurato che non ha mai lasciato sospettare di essergli infedele».

«Mmh» fece lei. I suoi occhi scivolarono attraverso l'ufficio prima di fermare di nuovo il loro sguardo calcolatore su Strike. «Ok, be', sto provando a decidere come comportarmi».

Strike, cogliendo una sfumatura minacciosa in quelle parole, si portò dietro la scrivania di Pat e si sedette sulla sua sedia da ufficio.

«Io *so* che lui tradisce me» disse la Signora Due-volte.

«Ah» fece Strike.

«Escort» disse lei. «Riconosco anche quel conto corrente. C'è un posto che gli è sempre piaciuto, sono anni che lo usa. È per questo che è sempre così felice quando esco con le amiche».

La domanda sul perché avesse sposato un uomo del genere era appena affiorata alla mente di Strike che subito si rispose da solo. I vestiti firmati, i capelli impeccabili, i lunghi pranzi, le battute e le risatine con camerieri avvenenti: probabilmente erano sufficienti ad addolcire lo strano patto che aveva sottoscritto.

«È abbastanza noto nel suo campo» disse la Signora Due-volte, esaminandosi le unghie perfettamente curate. «Potrei creargli parecchi fastidi, se coinvolgessi anche lei. Desterebbe un notevole clamore, e lui non potrebbe più usarla per spiare le sue ragazze, non crede?»

Il cattivo presentimento di Strike si fece più concreto.

«Oppure» proseguì la Signora Due-volte alzando lo sguardo, «potrebbe iniziare a sorvegliare lui per *me*. Raccogliere prove delle escort. Non gli direi che ho usato la sua agenzia, e non mi dispiace l'idea che sia lui a pagarle l'onorario per fornirmi le prove per un ottimo accordo di divorzio».

«Sarebbe senz'altro una soluzione ingegnosa» disse Strike.

«Quindi accetta?» fece lei.

«Direi di sì. Affare fatto».

Lei si alzò, prese una penna dal vaso sulla scrivania di Pat e scrisse il suo numero di cellulare su un post-it.

«Gradirei degli aggiornamenti settimanali» disse strappando il foglietto e porgendolo a Strike.

«Bene» fece lui.

Si strinsero la mano. Quella di lei era gelida.

«Non pensavo che sarebbe durata» disse. «Gli uomini non cambiano, vero?»

«Be'... non molto spesso» disse Strike.

Lei lanciò un'occhiata all'acquario.

«Temo che il suo pesce stia morendo».

Strike aspettò sul pianerottolo finché non sentì il portone aprirsi e chiudersi, quindi chiamò Wardle.

«Lasciala andare» disse. «Non è stata colpa tua. È più furba di lui, tutto qui. Sali a farti una bevuta, se ti va, ho stappato del whisky».

Cinque minuti dopo, Wardle entrò nell'ufficio esterno, dove Strike aveva già portato la bottiglia di Arran Single Malt.

«Capita spesso?» chiese Wardle, dopo che Strike gli ebbe riferito quel che gli aveva detto la Signora Due-volte.

«Per me è la prima volta» disse Strike.

«Nah, passo» disse Wardle, rifiutando con un gesto l'offerta di un whisky, quando Strike sollevò la bottiglia. «Me ne facevo un po' troppa di quella roba, da solo, qualche mese fa. Per un po' voglio darci un taglio».

«Ah» fece Strike, versandosi una dose tripla. «Buon per te».

«Quel pesce sta bene?» chiese Wardle, osservando il grumo nero che boccheggiava sulla superficie dell'acquario.

«No» rispose Strike.

«Spappola un pisello» disse Wardle.

«Cosa?»

«Probabilmente ha ingurgitato troppa aria in superficie. Sono dei bastardi ingordi, i pesci rossi. Tiralo fuori e fagli mangiare un pisello spappolato. A volte funziona».

«Tu come diavolo fai a saperlo?»

«Mia nipote ha dei pesci. Tre vasche diverse in camera sua. Da poco è passata ai Betta».

Non avendo idea di cosa fossero i Betta, e non interessandogli minimamente, Strike tornò a occupare la sedia di Pat e chiese: «Allora, da quant'è che non bevi?»

«Dalla notte dopo che sei passato per quel curry. La cosa buffa è che è merito tuo, della proposta di lavorare qui. Mi ha fatto pensare a... insomma... a fare dei cambiamenti. Però non mi dispiacerebbe un caffè» disse Wardle. «Ce l'hai decaffeinato?»

«Se c'è, è in uno di quegli armadietti» disse Strike, che in tutta la vita non aveva mai bevuto scientemente del caffè decaffeinato. Mentre ingollava altro whisky, il suo cellulare vibrò e, quando lo guardò, vide un messaggio di Midge.

Plug è andato a casa. Niente accoltellamento stasera.

«Come?» chiese, avendo la vaga sensazione che Wardle avesse appena detto qualcosa.

«Ho detto 'Hai sentito che Murphy si è riattaccato alla bottiglia?'»

Wardle aveva trovato del caffè decaffeinato e se lo stava preparando. Strike, il cui battito cardiaco era appena schizzato alle stelle come se si fosse messo a correre, disse, provando a dissimulare la curiosità nella voce: «Mi hai detto che qualcuno pensava che avesse ricominciato».

«Sì, be', aveva ragione, è così. L'hanno beccato a tracannare vodka alla scrivania. È in un mare di merda, comunque vada. Probabilmente, riuscirà a cavarsela leccando i culi giusti» aggiunse Wardle storcendo le labbra. «Iverson continua a pensare che sia un poverino incompreso».

«Iverson» ripeté Strike. Si sentiva il cervello in pappa.

«La donna che indaga sul caso del caveau. Quella con cui ha limonato tempo fa».

«Oh. Sì, l'ho conosciuta. Una rossa».

«Esatto» fece Wardle, mentre l'acqua cominciava a bollire. «Cosa risponderesti se Murphy venisse cacciato e volesse lavorare qui?»

«Ci penserò a tempo debito» disse Strike.

«Probabilmente proverà a convincere Robin ad andarsene e a fondare con lui l'agenzia Ellacott e Murphy, se non lo assumi» disse Wardle, continuando a dare la schiena a Strike. «O Murphy e Murphy, se gli va bene».

«Come?» disse ancora Strike.

Wardle tornò al divano con la tazza di caffè.

«Le chiederà di sposarlo».

«È una tua idea?» domandò Strike con tono brusco. «O lo sai per certo?»

«L'ha detto a Iverson la settimana scorsa, e lei l'ha riferito a me quando le ho detto che avrei iniziato a lavorare qui» rispose Wardle. «Probabilmente le ha confidato che avrebbe fatto la proposta per togliersela dai piedi. Quando me l'ha raccontato sembrava sul punto di piangere».

« Capisco » disse Strike, che aveva l'impressione di essersi fatto di ghiaccio dal collo in giù. « Ha comprato l'anello e tutto, quindi? »

« Non saprei » disse Wardle, bevendo un sorso di caffè.

Soprattutto per il timore che la sua espressione tradisse i suoi sentimenti, Strike tornò a concentrarsi sul telefono. Midge gli aveva mandato un secondo messaggio.

ho le foto dei suoi complici

Strike, con un vago lamento nelle orecchie, rispose **ottimo**, poi dovette chiedere di nuovo « Come? », perché Wardle aveva senz'altro detto qualcosa.

« Quella Kim Cochran. L'altro giorno ho sentito una cosa molto interessante su di lei. La ragione per cui ha lasciato la polizia ».

« Ah sì? » fece Strike, che continuava a pensare a Murphy e Robin. « Be', non è più affar mio ».

Che avesse notato la distrazione del suo collega o meno, Wardle chiese: « Allora, cosa vuoi che faccia? Domani comincio a pedinare Due-volte? »

« Devo rifletterci » rispose Strike, obbligandosi a concentrarsi. « Dovremo continuare a fingere di seguire la moglie, perché lui pretenderebbe delle spiegazioni se non vedesse nessuno nei paraggi quando la incontra ».

Discussero delle minuzie di questo lavoro da doppiogiochisti, finché Wardle, finito il caffè, disse che tanto valeva andare a letto presto. Strike, non vedendo l'ora di restare solo, gli disse di lasciare la tazza: l'avrebbe lavata lui insieme al bicchiere del whisky.

Quando Wardle se ne fu andato, Strike rimase seduto dov'era. Ormai era costretto ad ammettere che, nonostante tutti i discorsi sugli ovuli da congelare, aveva serbato la flebile speranza che potesse ancora succedere qualcosa che separasse Robin e Murphy. Ma se c'era una proposta di matrimonio in ballo...

Ripensò all'anello di zaffiri che ornava il terzo dito di Robin quando aveva iniziato a lavorare per lui, quando occupava il posto che ora apparteneva a Pat. L'anello rappresentava un enorme punto fermo blu: niente da fare. Aveva sposato Matthew, nonostante il precedente tradimento e il fatto che Strike in privato lo ritenesse un completo coglione, e c'era voluto un secondo tradimento ancor più sfacciato per mandare in fumo il matrimonio, ma Murphy, ahimè, pareva fedele... *è stato fantastico... non posso fargliene una colpa... vuole stare con me, che io possa avere figli o meno... è così premuroso da quando è successo...*

Strike si alzò in piedi, accorgendosi di non essere più molto stabile, e tornò nell'ufficio dei soci. Mentre chiudeva varie finestre aperte sul computer, fece ripartire per sbaglio Tom Waits.

Nobody, nobody
will love you the way that I could
cause nobody, nobody's that strong...

Interruppe di scatto la musica, arrestò il computer, spense la luce e tornò nell'ufficio esterno, dove lavò la tazza di Wardle e il suo bicchiere.

Stava per spegnere la seconda luce quando di nuovo gli cadde lo sguardo sul pesce nero che galleggiava a pelo d'acqua, a pancia in su, sbattendo le pinne e boccheggiando pateticamente in preda all'agonia, la quale, se c'era da credere a Wardle, era totalmente autoinflitta. Col dito sull'interruttore, barcollando leggermente sulle gambe, Strike lo fissò, immaginando che al mattino l'avrebbe trovato morto stecchito, a galleggiare dove ora stava lottando per sopravvivere. I due compagni d'acquario, uno argenteo e uno rosso, sguazzavano sereni più in basso, indifferenti al suo calvario. Il pesce nero era straordinariamente brutto, quasi un abominio. Che portasse il suo nome era un ulteriore insulto.

« Va bene, stupido cazzone » borbottò, e imboccò con gambe malferme le scale che portavano in mansarda, ignorando se avesse dei piselli surgelati ma – stupito di quello che stava facendo, eppure con un vago desiderio di aggiustare qualcosa, mentre tutto il resto attorno a lui andava in malora – pronto a controllare.

99

... l'onestà assoluta, qualità che dovrebbe essere condivisa da tutti, è più rara dei diamanti.

Albert Pike
Morals and Dogma of the Ancient and Accepted Scottish Rite

L'indomani mattina successero diverse cose in rapida successione che mandarono completamente in crisi Robin.

Per cominciare, venne svegliata alle sei da una telefonata di Barclay, che voleva avvisarla che non era necessario che pedinasse la Signora Due-volte, perché avrebbe passato la giornata in una spa con alcune amiche, cosa che Due-volte aveva dimenticato di comunicare all'agenzia. Robin fu felice di ritrovarsi inaspettatamente con il sabato libero, e decise di dedicarlo a riposare e fare il bucato.

Sfortunatamente, poco prima delle nove, fu Murphy a svegliarla di nuovo, per informarla che i suoi genitori erano arrivati in città senza preavviso, e per invitarla a pranzo a casa sua.

« Non li aspettavo, mi hanno fatto un'improvvisata » disse, con tono scocciato. « Una 'sorpresa' perché ultimamente non mi sono fatto sentire abbastanza. Allora, ti va di venire? Ci terrebbero tanto a conoscerti. Cucino io, mio padre vuole vedere la partita. Non si fermano per la notte, grazie a Dio, staranno dalla sorella di mia madre ».

Si dava il caso che, nonostante la relazione tra Robin e Murphy fosse entrata nel secondo anno, Robin non avesse mai incontrato nessuno dei suoi familiari. I genitori pensionati vivevano in Irlanda, dov'era nato suo padre. Una volta Robin aveva risposto a una telefonata di sua madre, che era inglese, e avevano scambiato quattro chiacchiere mentre Murphy finiva di fare la doccia, ma i loro contatti diretti si esaurivano lì. Per questo Robin pensò che fosse impossibile rifiutare l'invito, dunque si trascinò controvoglia giù dal letto e iniziò a cercare qualcosa di adatto da indossare tra la ristretta scelta di vestiti puliti.

Aveva appena iniziato a riempire la vasca quando il telefono squillò di nuovo. Questa volta era Strike. Dopo un breve resoconto della visita a sorpresa della Signora Due-volte in ufficio, la sera prima, le chiese se fosse disposta a rinunciare alla giornata libera per coprire Due-volte, perché letteralmente ogni altro investigatore dell'agenzia era impegnato, o per sorvegliare Plug e quei potenziali assassini dei suoi sodali, che ancora non avevano aggredito l'uomo che aveva fatto sopprimere il mostruoso cane di Plug, o per tracciare i movimenti di Lord Branfoot, o per provare a beccare l'autista di Uber Hussein Mohamed a casa, o per seguire Albie Simpson-White. A Robin parve di avvertire una traccia di esasperazione quando Strike menzionò l'ultimo nome dell'elenco, e immaginò che fosse un modo nemmeno troppo sottile per ricordarle che era stata lei ad aggiungere quell'impegno extra alla tabella dei turni.

Quando Robin gli spiegò che non poteva sottrarsi al pranzo con i genitori di Murphy cinque minuti dopo aver accettato, Strike commentò recisamente: «Bene. Speriamo che la Signora Due-volte non si incazzi perché non facciamo quello che ci ha chiesto e non si rivolga alla stampa».

Essendo la prima volta da anni che Robin rifiutava un incarico per ragioni personali, e dato che ultimamente aveva affrontato una mole di lavoro superiore a quella di tutti i collaboratori, trovò il tono spazientito di Strike decisamente ingiustificato, ma prima che potesse dirglielo lui riattaccò.

Infastidita oltre che esausta (di chi era la colpa se al momento l'agenzia era vulnerabile alla cattiva pubblicità?), Robin si fece il bagno. Una volta asciutta e vestita, aprì le tende della camera e vide – il suo sguardo ne fu attirato all'istante, come se lo stesse aspettando – un uomo con un giubbotto verde sul marciapiede di fronte. Si era voltato di scatto appena le tende si erano aperte, come per nascondere il volto, anche se da quella distanza lei non avrebbe potuto vederlo senza binocolo. La sua mente razionale provò a dirle che non poteva esserne certa, ma l'istinto le raccontò una storia diversa: stesso giubbotto verde, stessa corporatura, stessa altezza dell'uomo che aveva indossato la maschera da gorilla per minacciarla con il pugnale massonico.

Col cuore in gola, Robin lo osservò allontanarsi, sempre con la faccia discosta. Era sicura che stesse sorvegliando le sue finestre.

Che l'uomo avesse indossato lo stesso giubbotto con cui Robin l'aveva già visto a distanza ravvicinata non era indice di una spiccata intelligenza. Tuttavia, sapeva benissimo che i maschi stupidi potevano essere pericolosi tanto quanto quelli più furbi. Andò a controllare di avere in borsa l'allarme antiaggressione e lo spray al peperoncino, dicendosi che l'uomo non avrebbe osato fare nulla in una strada così affollata, in pieno giorno, e ricordando a se stessa che c'erano pochi passi tra il portone del suo palazzo e la Land Rover. Valutò se chiamare Strike, ma decise di no, visto il suo tono scontroso al telefono poco prima. In ogni caso, all'agenzia non c'era nessuno che potesse venire ad aiutarla. Per la seconda volta in altrettanti mesi desiderò non vivere da sola, ma poi ricordò a se stessa che se avesse convissuto con Murphy si sarebbe ritrovata in un ginepraio ben peggiore. Murphy non sapeva ancora nulla dell'uomo con il giubbotto verde, né del piccolo gorilla di gomma o del pugnale massonico nascosti nel cassetto dei calzini.

Forse Giubbotto Verde aveva una macchina? L'avrebbe seguita a casa di Murphy? Aveva fatto qualcosa alla Land Rover mentre Robin dormiva o era nella vasca? Avrebbe dovuto verificare prima di salire a bordo, e nel frattempo avrebbe impugnato lo spray al peperoncino. Presa questa decisione, Robin si mise il cappotto, esaminò di nuovo il contenuto della borsa e uscì dall'appartamento.

Era una giornata fresca, con le nuvole che passavano davanti al sole. Robin si guardò attorno e alle spalle mentre raggiungeva di buon passo l'auto, ma non c'era traccia dell'uomo con il giubbotto verde. Con lo spray in mano, si chinò a controllare sotto la Land Rover, ma non vide niente, e non c'erano graffi sulla vernice. Entrò rapidamente a bordo e bloccò le portiere. Sentendosi più tranquilla, lasciò la borsa aperta sul sedile del passeggero, con lo spray a portata di mano, e partì guardando costantemente lo specchietto retrovisore.

Il problema di Blackhorse Road era che era sempre abbastanza trafficata. Robin sapeva che, se fosse stato sveglio, Giubbotto Verde avrebbe avuto tutto il tempo di salire su un'auto e seguirla, specialmente se conosceva l'indirizzo di Murphy. Non aveva idea di quale macchina potesse avere, d'altro canto non dubitava che sapesse perfettamente quale Land Rover tallonare.

Robin arrivò all'appartamento di Murphy poco prima di mezzogiorno, senza essere riuscita a capire se qualcuno l'avesse pedinata. Ad aprirle la porta fu la sorridente madre di Murphy, una donna sulla sessantina, attraente e ben vestita, di un biondo tendente al beige, da cui evidentemente Murphy aveva ereditato il bell'aspetto: aveva la stessa struttura ossea e il labbro superiore carnoso.

« Che *piacere* conoscerti, finalmente! » esclamò, e Robin rispose con tutto lo slancio di cui fu capace, pur continuando a pensare a Giubbotto Verde.

Se il bell'aspetto di Murphy dipendeva dai geni materni, l'altezza e i capelli li aveva presi dal padre, un irlandese corpulento con la voce profonda, che si mostrò altrettanto lieto di conoscere Robin, dicendo che Murphy l'aveva tenuta nascosta per troppo tempo. Murphy sembrava leggermente sulle spine, cosa che Robin attribuì all'arrivo a sorpresa dei genitori e al fatto che doveva cucinare per loro. Mentre lui era impegnato ai fornelli, Robin e i Murphy senior si sedettero a chiacchierare, in maniera abbastanza spigliata, del loro trasferimento a Galway dopo molti anni a Londra, della terza gravidanza della sorella maggiore di Murphy, e dei due nipoti di Robin appena nati. Notò che nessuno dei due le chiese del suo lavoro, cosa strana, perché era così che lei e Murphy si erano conosciuti. Si domandò se avesse pregato lui i genitori di non menzionare l'agenzia.

Il pranzo fu abbastanza gradevole, anche se le pietanze avrebbero potuto essere più gustose: le bistecche di Murphy erano gommose e le patate leggermente crude. In tavola c'era del vino, che il padre di Murphy si versò in abbondanza tra una battuta e l'altra, alcune delle quali simpatiche.

Robin non poté evitare di pensare ai suoi ex suoceri. Anche il padre di Matthew era ciarliero, mentre la madre era più taciturna, più raffinata e attenta, e Robin aveva sempre pensato di non andarle molto a genio. La madre di Murphy era molto più amichevole della sua omologa Cunliffe, eppure Robin, da qualche segnale, intuì che la stava sottoponendo a un esame discreto.

«Ci dispiace aver saputo che vi hanno soffiato la casa» disse a Robin.

«Sì» rispose lei. «Che peccato».

Più il pranzo si prolungava, più Robin aveva la certezza che i genitori di Murphy non sapessero nulla della recente ricaduta del figlio nell'alcol. Lo sguardo indagatore della signora Murphy suggeriva che avesse subodorato che dietro la storia del secondo appartamento che si erano lasciati soffiare ci fosse dell'altro. Forse (Robin fu attraversata da un'ondata di disagio), i genitori di Murphy sapevano della gravidanza ectopica. Robin aveva fatto promettere al fidanzato di non dire nulla ai genitori *di lei*, ma non aveva preteso rassicurazioni circa quelli di lui.

Nel corso del pranzo, venne a sapere per la prima volta perché Murphy, nato a Londra, fosse un tifoso del Liverpool: il padre aveva passato gran parte dell'adolescenza in quella città ed era tuttora un fan sfegatato; non avrebbe sopportato che il figlio tifasse per un'altra squadra, disse a Robin, che rise per educazione. Quel pomeriggio il Liverpool giocava contro l'Arsenal, il calcio d'inizio era alle cinque e mezza, ragion per cui Murphy senior non aveva voluto mangiare fuori: non si poteva mai sapere quanto si sarebbe trascinato un pranzo nei ristoranti chic di Londra. Entrambi i genitori di Murphy dissero ripetutamente a Robin quanto fossero orgogliosi del figlio, il quale li ascoltava con aria tesa. Robin si sorprese ad aspettare con ansia il calcio di inizio, perché 'quando comincia non potremo più fiatare', come aveva preannunciato la madre di Murphy, alzando comicamente gli occhi. «Mi sono portata i ferri da maglia».

«Il suo socio tifa per l'Arsenal» disse Murphy con un cenno in direzione di Robin, che colse una vaghissima punta di ostilità in quel commento, il quale scatenò una buona dose di frecciatine benevole da parte del padre, sul fatto che lunedì l'ufficio di Robin sarebbe stato un posto decisamente sgradevole, dato che l'Arsenal stava per prendere una sonora batosta.

Alle cinque in punto i tre Murphy si trasferirono sul divano e poltrona, in buon anticipo sull'inizio della partita; il signor Murphy si spaparanzò lasciando un posto minuscolo per Robin, che quindi rimase al tavolo a cui avevano pranzato.

A partita iniziata, Robin tirò fuori con discrezione il cellulare. Avrebbe preferito il portatile, ma quello non avrebbe potuto portarlo con sé. Murphy e suo padre, che a quanto pareva avevano il permesso di parlare quanto volevano, criticavano ed elogiavano i vari giocatori e le loro tattiche, mentre la signora Murphy era per lo più concentrata a sferruzzare quello che sembrava un maglione da bebè in angora rosa.

Per prima cosa Robin controllò se Tish Benton (che al momento si trovava in un hotel a cinque stelle di Parigi, a giudicare dalle ultime foto su Instagram) avesse risposto alla richiesta di parlarle che le aveva inviato attraverso la catena Clairmont, ma tutto taceva.

«METTILA DENTRO!» strepitarono Murphy e suo padre all'unisono, e Robin ebbe un sussulto. Entrambi agitavano i pugni; Firmino aveva segnato per il Liverpool. Robin si affrettò a fare qualche verso celebrativo e sfoggiò un largo sorriso finché l'attenzione dei Murphy non fu riassorbita dal televisore.

Aveva appena chiuso Instagram quando ricevette un messaggio da suo fratello Martin.

Posso stare da te per un paio di giorni?

Robin fissò il messaggio, domandandosi se Martin l'avesse mandato alla persona sbagliata. Non solo il suo secondo fratello non le aveva mai fatto visita a Londra, ma era di gran lunga il membro della famiglia a cui era meno legata. Naturalmente gli voleva bene ma, come aveva detto a Strike a Sark, avevano ben poco in comune. Da giovane, Martin aveva patito il confronto con i risultati accademici più brillanti degli altri fratelli, e si era sfogato con una leggera ma costante campagna di persecuzione nei confronti di Robin, per il semplice fatto che era l'unica femmina. I loro amici, le loro abitudini e scelte di vita non potevano essere più distanti.

Pensando che una semplice domanda l'avrebbe aiutato a capire che aveva sbagliato destinatario, rispose:

Intendi con Carmen e il piccolo?

Martin non rispose subito, quindi Robin tornò alla pista investigativa a cui si era dedicata la sera prima fino a quando, a notte fonda, la stanchezza non aveva avuto la meglio su di lei.

Poco dopo mezzanotte, aveva casualmente scoperto che la zia paterna di Rupert, Anjelica, era una storica, un tempo affiliata all'Università di Gent, in Belgio. Aveva mantenuto rapporti professionali con l'ateneo belga anche dopo essersi trasferita in Svizzera con il marito, lui pure professore, e quando Rupert era piccolo faceva la spola tra i due Paesi. La decisione di mettere Rupert in collegio sembrava dovuta al fatto che la zia e lo zio, non avendo figli, sarebbero stati in quel modo liberi di perseguire le rispettive, brillanti carriere accademiche.

« Non avresti dovuto lasciare Sánchez in panchina, eh Wenger, mezza sega? » disse Murphy. Il padre esplose in una risata. Robin proseguì con le sue ricerche.

Anjelica aveva lasciato il posto all'Università di Gent nel 2000, quando Rupert aveva nove anni.

Mi pare abbia detto... non ha detto che sapeva cosa le era successo? Non ci disse che ne avrebbero parlato i giornali?

Possibile che Rupert avesse sentito o fosse venuto a sapere qualcosa sull'omicidio di Reata Lindvall e sua figlia? Che gliene avesse parlato la zia, o uno dei colleghi di lei residenti in Belgio?

« SÌÌÌÌÌÌ! IN PORTA, CAZZO! » gridò Murphy mentre il padre ruggiva di approvazione. Il Liverpool aveva segnato di nuovo, quasi alla fine del primo tempo.

Incollandosi in tutta fretta un sorriso in faccia, Robin disse: «Qualcuno vuole dell'altro tè? Caffè?»

Ma la madre di Murphy stava già andando in cucina, lasciando il suo lavoro a maglia, morbido e rosa, sulla poltrona. Murphy senior annunciò ai quattro venti che doveva pisciare.

Robin prese il suo taccuino e scrisse: La zia ha lavorato in Belgio fino ai nove anni di Rupert. Doveva ammettere che, vista nero su bianco, l'informazione non sembrava un grande progresso. Quando chiuse il taccuino, Murphy senior rientrò nella stanza, con la mano ancora sulla patta.

«Il tuo Strike non sarà felice, eh?» disse a Robin, lasciandosi cadere sul divano e occupando agevolmente due posti. «Già due a zero!»

«No» fece Robin, obbligandosi a sorridere. «Per niente».

Quindi sai qualcosa del mio lavoro. Conosci il nome del mio socio.

«Ora faranno entrare Sánchez» disse Murphy.

«Sì, be', a questo punto non hanno scelta» replicò suo padre.

Robin accettò un caffè dalla madre di Murphy, sorridendo e ringraziando, poi la donna raccolse il lavoro a maglia e si riaccomodò in poltrona. Quando la partita ricominciò e l'attenzione degli altri fu di nuovo rivolta al televisore, Robin si alzò con aria disinvolta, con la scusa di doversi stiracchiare, ma in realtà per guardare fuori dalla finestra.

Non vide traccia di Giubbotto Verde, anche se c'erano diverse auto parcheggiate in cui poteva essere appostato.

Tornò a sedere e riaprì Instagram, seguendo il filo di una nuova idea. Aveva già trovato due diversi profili intestati a Chloe Griffiths. Quello più vecchio mostrava diversi scorci riconoscibili di Ironbridge; quello più recente numerose foto di Chloe e del fidanzato in Interrail.

A parere di Robin, la foto più interessante tra quelle postate prima della scomparsa di Tyler risaliva al compleanno di Chloe in aprile, festeggiato con un party casalingo: Robin riconobbe sullo sfondo il poster di Gesù che fumava una canna.

Molti ragazzi si erano assiepati nell'inquadratura, ma al centro della foto ne spiccavano quattro. C'era Tyler Powell, con le orecchie grandi e il sorriso impacciato, che teneva un braccio gettato sulle spalle di Anne-Marie, riconoscibile dalle fotografie comparse sui giornali: una ragazza dall'aspetto insipido, il cui viso pallido non traeva alcun giovamento dai capelli rosa apparentemente tinti in casa. Anne-Marie sembrava perfettamente felice e a suo agio. Invece Chloe, in piedi sull'altro lato di Tyler, sfoggiava un sorriso che appariva forzato. Un giovanotto il cui volto non era visibile, ma con una zazzera di capelli rossi, teneva un braccio al collo di Chloe. Stava cadendo in avanti, a quanto pareva ridendo, e stava trascinando con sé Chloe, mentre dal bicchiere in plastica si rovesciava della birra. Wynn Jones era in ombra, dietro la coppia, con espressione sorniona, mentre Ian Griffiths, accanto a Jones, non sembrava molto contento, forse a causa della birra che di lì a poco sarebbe finita sulla moquette.

« MERDA! » strillò Murphy, e Robin sussultò di nuovo, incollandosi subito un sorriso sulla faccia prima di accorgersi che lui non stava esultando e che era stato l'Arsenal a segnare, non il Liverpool.

« *Niente volgarità* » disse con un filo di voce la signora Murphy, e a Robin tornò di nuovo in mente l'ex suocera, che dalla sua famiglia esigeva sempre un certo contegno serioso, anche nei momenti di crisi o di festa.

Robin tornò alla foto del party di Chloe. La giovane donna portava un bracciale con quelle che sembravano delle violette in smalto; Robin ipotizzò che fosse il regalo di compleanno di Tyler, che Chloe doveva aver indossato per pura cortesia, dato che non si sposava granché col semplice vestito nero. Si chiese perché Chloe non avesse, come molti commenti rabbiosi pretendevano da lei, rimosso le foto di Tyler, anche se forse in una delle sue risposte si celava un indizio.

ponzie2 chloegriff togli le foto nessuno vuole vedere quello stronzo
chloegriff fottiti nessuno mi dice cosa fare

L'ultimo post sul profilo più vecchio, pubblicato un paio di settimane dopo il compleanno di Chloe, era una citazione di Sylvia Plath.

Mi appoggio a te, insensibile come un fossile. Dimmi che sono qui.

Una citazione singolare, pensò Robin, da cui trapelava una forma di nichilismo che ci si poteva aspettare da un'adolescente, e non da una giovane donna di più di vent'anni. Era una manifestazione di cordoglio per la sua amica Anne-Marie? Il vecchio profilo era ancora online, forse come gesto di sfida all'atteggiamento censorio di Ironbridge, mentre quello nuovo comunicava la decisione consapevole di voltare pagina, dato che si apriva con un'altra citazione della Plath:

Sentii i polmoni gonfiarsi per l'irruzione dello scenario: aria, montagne, alberi, persone. Pensai: 'Ecco com'è la felicità'.

Le nuove fotografie illustravano i viaggi di Chloe attraverso l'Europa in compagnia di un giovane uomo decisamente di bell'aspetto. Erano foto artistiche di città e del cibo che la coppia consumava, alcuni selfie che la ritraevano sola con sfondi pittoreschi, altri in compagnia del ragazzo. Poi, seguendo un altro pensiero, Robin passò dal profilo di Chloe a quello di Oz.

Dall'ultima volta che l'aveva guardato, il profilo aveva guadagnato altri trenta follower, cosa che le diede sui nervi. Era stato usato per adescare due ragazze, una delle quali era morta. La Met non aveva pensato di intervenire in nessun modo? O forse era talmente decisa a non prestare ascolto all'agenzia da attribuire al profilo fasullo una priorità minima?

Le foto più recenti di Oz erano immagini di Nashville, con i consueti hashtag vaghi e accattivanti: #TS6, #ProgettoSegreto. Nei commenti, una ragazza aveva risposto tutta eccitata:

OMG... TAYLOR SWIFT?????????

Al che Oz aveva risposto con l'emoji dell'occhiolino.

Un altro urlo dal divano annunciò che il Liverpool aveva segnato il terzo gol.

«È fatta!» gridò Murphy senior. «Abbiamo vinto!» Quindi si voltò verso Robin e disse: «Porgi le mie condoglianze al signor Strike» con un tono e una soddisfazione da cui Robin dedusse che Strike doveva essere stato un argomento di conversazione tra Murphy padre e Murphy figlio, e che il secondo doveva aver detto chiaro e tondo al primo quanto poco gli andasse a genio il socio di Robin.

Bene, pensò Robin, e usando il profilo Instagram a nome di Venetia Hall, che aveva riservato al lavoro, scrisse nei commenti sotto il post più recente di Oz:

> Quest'uomo è un impostore. Non conosce Taylor Swift, non sta lavorando al suo sesto album e se fate una ricerca per immagini con le sue foto scoprirete che sono tutte rubate.

Finita la partita, i coniugi Murphy si apprestarono ad andarsene, radunando le loro cose, ora intenti ad arrivare in orario dalla zia di Murphy.

«È stato un piacere conoscervi» disse Robin, con ogni briciolo di entusiasmo che riuscì a chiamare a raccolta. «Un vero piacere».

L'abbraccio della madre di Murphy la colse alla sprovvista.

«Siamo così felici di averti incontrata, finalmente».

Ma l'abbraccio sembrò forzato, e il corpo della donna più anziana, più che accogliente, pareva rigido.

«Ogni tanto prenditi un weekend di riposo, ragazza mia» disse il padre di Murphy, facendole l'occhiolino. Evidentemente aveva capito che, mentre loro guardavano la partita, lei aveva lavorato. Forse Murphy si era lamentato anche delle sue tendenze stacanoviste?

Infine i tre Murphy uscirono: il figlio aveva deciso di accompagnare i genitori all'auto. Robin tornò alla finestra per controllare se ci fossero tracce di Giubbotto Verde, ma non vide nulla. I Murphy parlarono per cinque minuti davanti al portone, poi i genitori partirono e il figlio tornò indietro.

Appena entrò nel salotto, Robin capì di essere nei guai. Ciononostante, cercò di alleggerire l'atmosfera che il fidanzato aveva portato con sé nella stanza.

«Sono davvero cari...»

«Se non vuoi stare qui» disse Murphy a bassa voce, «basta dirlo».

Robin lo fissò.

«In che senso 'se non voglio stare...'»

«Non avresti potuto avere una faccia più scocciata nemmeno se ti fossi sforzata».

«Un attimo» ribatté Robin. «Tua madre mi ha detto che durante la partita non potevamo parlare».

«Non diceva mica alla lettera! Potevi almeno venire a sederti con...»

«Tuo padre occupava due terzi del divano!»

«Potevi chiedergli di spostarsi!»

«L'ho appena conosciuto, non posso dirgli dove sedersi in un appartamento che non è mio» replicò Robin.

D'un tratto, anche lei era furiosa. Nonostante fosse esausta, aveva chiacchierato per tutto il lungo pranzo, aveva riso a ogni battuta del padre, risposto a ogni domanda della madre e caricato da sola la lavastoviglie, di modo che i genitori di Murphy avessero il figlio tutto per loro durante il caffè. Aveva rinunciato all'ultimo minuto al suo sabato libero, solo per farlo felice. Si era sforzata di far finta che le importasse della vittoria del Liverpool.

Eppure il vero problema, ne era sicura, non era che era rimasta in disparte, su quella sedia dura, ma che invece di tirare fuori i ferri da maglia – magari per lavorare a un maglione da bambino – aveva preso il taccuino e il cellulare. Forse Murphy pensava che in realtà si fosse collegata a internet per scrivere a Strike, cosa di cui l'aveva accusata la vigilia di Natale. *Non puoi dimenticarti almeno per qualche minuto del lavoro?*

«Ho bisogno di prendere aria» disse Murphy. Si voltò, la porta di casa sbatté, e Robin rimase dov'era, sotto choc.

Aria? Come tutte le corse che andavi a fare, e le sessioni in palestra che ti concedevi?

Con distaccata efficienza, Robin iniziò la perquisizione, cominciando dagli armadietti della cucina. Non ci trovò dell'alcol, e nemmeno nel piccolo ripostiglio della caldaia, né sotto il divano o nascosto dietro la misera collezione di libri di Murphy. Nemmeno nel bagno ce n'era: Robin arrivò persino ad annusare lo shampoo e il dopobarba per accertarsene. Restava solo la camera da letto.

Non c'erano bottiglie né sotto al letto né nei comodini. Di nuovo frugò tra i vestiti di Murphy, tirò fuori la scatola con i caricabatterie e i contanti, tastando ogni punto del ripiano superiore dove l'altra volta lui aveva nascosto la vodka, ma le bottiglie erano sparite. Non c'era nulla nemmeno nel borsone della palestra, tranne le scarpe da ginnastica e una tuta.

Sul fondo del guardaroba c'era però una valigetta. Robin ci infilò la mano, e le sue dita si chiusero su quello che sembrava un piccolo sacchetto di carta.

Lo tirò fuori e vide che portava il logo di una gioielleria di lusso. Quando ci guardò dentro, trovò un piccolo astuccio di velluto nero, anche quello evidentemente nuovo, con uno scontrino arrotolato accanto. Con uno choc molto più intenso di quando aveva sentito sbattere la porta, Robin comprese all'improvviso cos'avrebbe visto aprendo l'astuccio.

Ed effettivamente, sollevando il coperchio, si ritrovò tra le mani un solitario, con un piccolo diamante montato su un anello in oro bianco o platino.

Un'ondata di sudore le passò sul corpo.

Oh Dio, no.

Tirò fuori lo scontrino, per controllare non il prezzo ma la data. Murphy l'aveva comprato giorni prima che lei scoprisse la vodka, prima che decidessero di rinunciare alla casa nuova.

Robin ripose attentamente l'anello e lo scontrino nel sacchetto, che rimise nella vecchia valigetta, quindi chiuse l'anta dell'armadio e cominciò a raccogliere le sue cose. Se davvero Murphy non era andato al pub o al negozio di liquori, probabilmente sarebbe tornato presto, in preda alla contrizione, chiedendosi se questa volta avesse davvero rovinato tutto.

Robin era talmente confusa quando lasciò l'appartamento che si dimenticò di Giubbotto Verde. Raggiunse comunque sana e salva la Land Rover e partì, persino più spaventata di quand'era arrivata: non di essere aggredita fisicamente, ma dell'anello color argento nascosto nei recessi dell'armadio di Murphy. Una piccola catena scintillante.

100

Ah ah, ora Giacomo la sua rosa carezza
per liberarsi da un dolore nel cuore!
Ecco: petalo su petalo, raggi feroci dischiude;
antera su antera, aculei aguzzi disvela;
e non rugiada ma sangue nel petto ribolle;
e una zaffata di zolfo è il suo solo sentore;
ed ecco, orribilmente avvinto è nei lacci
di un enorme fiore infernale, nero come carbone!

Robert Browning
The Heretic's Tragedy

Alle otto e mezza di lunedì mattina, Strike salì a bordo della sua BMW per una trasferta nel West Country. Non era necessario partire così presto, ma non voleva imbattersi in Robin in ufficio, né aveva risposto alla sua e-mail su quelli che a lui sembravano vaghissimi legami familiari tra Rupert Fleetwood e il Belgio. Convinto che Murphy le avesse fatto la proposta con successo e che l'irrinunciabile pranzo del sabato di Robin servisse a presentarle i futuri suoceri, a Strike servivano più di quarantott'ore per perfezionare l'espressione e il tono festoso di cui avrebbe avuto bisogno la prossima volta che avessero parlato.

Alle nove meno un quarto Strike ricevette una telefonata da Midge.

«Ho l'indirizzo dell'appartamento di Branfoot» gli annunciò con tono trionfale.

«Fantastico» fece Strike, con l'umore leggermente risollevato a quella notizia, dato che spaventare Branfoot e i suoi scagnozzi era una delle sue priorità assolute. «Dov'è?»

«Black Prince Road, a Lambeth, al secondo piano di un caseggiato elegante» disse Midge. «L'ho seguito ieri notte. È entrato verso le undici, un'ora dopo sono arrivati anche un tizio nero in giubbotto di pelle e una ragazza ubriaca. Si sono accese le luci al secondo piano, e si sono spente solo dopo circa tre ore.

«Alle quattro, Branfoot è sgattaiolato fuori. Alle sei la ragazza è uscita barcollando sul marciapiede per prendere un taxi, aveva l'aria devastata. Mezz'ora dopo è uscito anche l'altro porco. Ho le foto di tutti e tre».

«Ottimo lavoro» disse Strike.

«Grazie» rispose Midge. «Be', ecco, ora devo beccare quell'Hussein Mohamed tra un turno e l'altro. Mi serve del caffè. Ci sentiamo presto».

Strike percorse la M40 per una mezz'ora, quindi, come più o meno si aspettava, Robin lo chiamò. Facendosi coraggio, rispose.

«Pat mi ha detto che stai andando a Hereford» disse Robin. «Perché...?»

«Devo incontrare Rena Liddell. Ieri sera mi ha risposto da uno dei suoi vecchi profili Twitter: 'Hereford, domani alle due'... e a Hereford c'è un Golden Fleece».

«Wow, ottimo» disse Robin. «Be', Midge ha trovato...»

«Lo so, mi ha appena telefonato» la interruppe Strike, «quindi quando arriverò a Hereford chiamerò de Leon e lo avviserò che sto per andare da Branfoot, per dirgli di persona che so cosa combina in quell'appartamento, e che se de Leon preferisce restare con le mani in mano e aspettare che la storia esploda senza elaborare una buona spiegazione per il suo coinvolgimento, sono fatti suoi».

«Be', ho altre novità» disse Robin, che al momento si trovava nell'ufficio dei soci. Strike sentì una fitta allo stomaco.

«O meglio, ce l'ha Pat» continuò Robin. «Ha trovato un pub a Yeovil che si chiama Quicksilver Mail, dove per un paio di settimane, a giugno, ha lavorato un barista di nome Dave. Era basso, con le orecchie grandi. L'hanno licenziato perché non era molto bravo».

«Ah» fece Strike. «Be', tra un paio d'ore non sarò molto lontano da Yeovil. Potrei farci un salto dopo Hereford per mostrare la foto di Tyler Powell».

«È un bel pezzo di strada in un giorno solo» disse Robin. «Hereford e Yeovil non sono così vicine».

«Credo che ce la farò. Altro?»

Robin, non apprezzando molto il tono tagliente di Strike, disse: «No, sono passata solo per archiviare delle ricevute, ma questa sera intervisterò Faber Whitehead, come ti ho detto».

«Ok, ti lascio libera» disse Strike.

«Strike» fece Robin bruscamente.

«Cosa?»

«Se sei ancora arrabbiato per sabato, dimmelo. Mi hai chiamato praticamente all'ultimo minuto, e non puoi dire che di recente non abbia rinunciato a parecchio tempo libero...»

«Non sono arrabbiato per sabato, lo so che era all'ultimo minuto. Ero preoccupato che la Signora Due-volte mi stesse velatamente minacciando di rivolgersi alla stampa, tutto qui».

«Be', dato che non sono stata *io* a metterci nei radar dei tabloid...»

«L'attenzione dei tabloid è un rischio del mestiere» disse Strike. «Chiedilo al tuo fidanzato».

Come aveva mezzo sperato che facesse, Robin riattaccò.

Restò davanti alla scrivania dei soci, furibonda, a fissare il cellulare come se potesse vedere la faccia truce di Strike che la scrutava. *Maledetto idiota.* Robin spalancò la porta divisoria con tale veemenza che Pat si guardò intorno, spaventata.

«Va tutto bene?»

«Tutto ok» rispose Robin. «Devo archiviare delle ricevute».

A metà strada verso lo schedario notò una grande vaschetta di margarina piena d'acqua accanto all'acquario. Ospitava il pesce nero battezzato Cormoran, che nuotava pigramente nello spazio limitato.

«Perché questo pesce è fuori dalla vasca?»

«Lui vuole che gli dia dei maledetti piselli» si lamentò Pat.

Contro l'acquario era appoggiato un biglietto di istruzioni, nella grafia illeggibile di Strike. Incuriosita suo malgrado, Robin lo prese per leggerlo.

I pesci rossi si nutrono sul fondo
Se ingoiano troppa aria in superficie possono rovinarsi l'equilibrio e iniziare a galleggiare a pancia in su.
D'ORA IN POI INUMIDIRE IL MANGIME PRIMA DI DARGLIELO
Dategli solo piselli spappolati finché non si riprende
Potrà tornare nella vasca quando starà di nuovo dritto

«Ora è nella posizione giusta» disse Robin a Pat.

«Davvero?»

Pat le si avvicinò ed entrambe rimasero a osservare il pesce con l'escrescenza a palla in cima alla testa, il corpo tozzo che si dimenava e la doppia pinna che gli si allargava dietro alla coda mentre nuotava in cerchio nella vaschetta. Lunghi filamenti di escrementi turbinavano nella sua scia.

«Lo rimetto dentro?» chiese Pat.

«Io direi di sì» rispose Robin. «Qui non ha molto spazio».

Nel frattempo, il salvatore riluttante del pesce nero stava percorrendo la M40, flagellandosi per quello che aveva appena detto a Robin. Una mossa davvero intelligente, si disse, comportarsi da coglione subito dopo il suo fidanzamento. Sembrava quasi che volesse spingerla ad andarsene e a dar vita all'agenzia Murphy e Murphy.

101

... unicamente la necessità e il bene superiore della maggioranza possono legittimamente interferire con il dominio della giustizia assoluta e ideale.

Albert Pike
Morals and Dogma of the Ancient and Accepted Scottish Rite

Strike lasciò la BMW in un parcheggio a più piani vicino al centro di Hereford, e si incamminò in cerca di un posto dove pranzare, dato che la colazione gli sembrava già parecchio lontana. Dopo un breve tragitto scorse un ristorante chiamato Beefy Boys, che scelse sulla base di un rabbioso istinto di auto-sabotaggio, perché ormai che senso aveva competere con Murphy in forma fisica? Dopo essersi accomodato a un tavolo all'esterno, per poter svapare, e aver ordinato la specialità della casa, il Dirty Boy Burger, chiamò Danny de Leon, che non rispose. Strike gli lasciò allora un messaggio in segreteria, avvisandolo che l'agenzia aveva individuato l'appartamento in cui Branfoot filmava di nascosto ragazze ubriache e ignare mentre facevano sesso con delle pornostar, e che presto ne avrebbe chiesto conto a Branfoot in persona. Se Danny non avesse parlato con la stampa, provando a mitigare il rischio di una vendetta di Branfoot, avrebbe dovuto affrontarne le conseguenze.

Strike cercò poi nella tasca del cappotto il libro appartenuto a Jim Todd, *Per averli in pugno: come vincere tanto e sempre*, che aveva portato con sé per finire di esaminare le annotazioni di Todd. Aprendolo a una nuova pagina, passò in rassegna un elenco di nomi in codice per diverse combinazioni di carte iniziali.

K-K: Cowboy
K-Q: Matrimonio
K-J: Kojak
K-9: Cane

Stava per voltare la pagina, su cui Todd aveva scritto soltanto 'poket 8' senza ulteriori spiegazioni, quando una minuscola vibrazione nel suo inconscio gli disse di non essere troppo frettoloso.

7-7: Bastoni da passeggio... («Te l'ho preso verde militare, così nessuno penserà che sei una femminuccia...»)

4-4: Barche a vela... («Occhi fissi sull'orizzonte se ti viene da vomitare...»)

Cazzo. Ogni cosa doveva proprio ricordargli Robin? Continuò a leggere finché non sentì vibrare il telefono, e lo tirò fuori nella speranza che Robin gli avesse mandato un messaggio furibondo, fornendogli l'occasione per digitare, con poco sforzo, delle scuse per il suo commento malevolo su Murphy. Invece era solo Barclay, che lo informava che Due-volte era appena entrato in un hotel con aria furtiva.

Strike rimase col telefono in mano, chiedendosi se fosse il caso di scusarsi con Robin anche in mancanza di un primo messaggio da parte sua. Sapeva perfettamente che punirla perché non ricambiava sentimenti di cui lui non aveva mai fatto parola significava comportarsi da stronzo fatto e finito. Stava ancora elaborando un messaggio da cui non trasparisse in maniera troppo evidente il sottotesto 'odio che tu stia con Murphy' quando il suo hamburger arrivò, e Strike mise da parte il telefono con sollievo.

L'ingestione di un enorme cheeseburger, con tanto di bacon e cipolle fritte, diede al suo umore una leggera scossa. Finita l'ultima patatina, prese il telefono e scrisse a Robin.

Mi dispiace per quello che ho detto. Sono fuso ma non è una scusante.

Rimase a fissare il cellulare per un minuto, sperando di veder comparire tre puntini, a indicare che Robin stava scrivendo, ma non successe niente.

Dopo aver bevuto il caffè, pagato il conto e approfittato del bagno del Beefy Boys, Strike partì per quella che, stando a Google Maps, doveva essere una breve camminata fino al Golden Fleece.

Entrando nel pub, trovò un locale stretto e angusto, che ricordava un corridoio, con un grosso televisore sintonizzato su Sky Sport. Ordinò una birra analcolica e fece per sedersi quando il barista si allungò verso di lui e chiese: « Sei Cameron Strike? »

« Sì » rispose lui.

« Devi andare lassù » disse il barista, indicando la porta sul retro del pub.

Venne fuori che il barista intendeva letteralmente 'lassù'. Una piccolissima area esterna pavimentata, senza tavoli, ospitava però una ripida scala in metallo che portava al tetto. Strike immaginò che Rena Liddell non sapesse che aveva una gamba finta. Si trascinò su per i gradini con l'aiuto del corrimano, mentre la birra gli colava sulla mano.

Arrivò in una terrazza, con alcuni tavoli e delle palme di plastica in vasche quadrate sull'erba artificiale. Alcune bandierine con la croce di San Giorgio erano fissate ai parapetti, oltre i quali Strike riusciva a scorgere l'alta guglia della chiesa di St Peter.

Solo un tavolo era occupato. Di fronte a Strike, con un mezzo sorriso sulle labbra, c'era il presunto agente dell'MI5, Ralph Lawrence: alto, capelli sale e pepe, mascella squadrata. Quel giorno non indossava un completo, ma dei jeans e una camicia con il colletto sbottonato sotto un maglione di cachemire verde scuro, mentre gli occhi azzurri erano nascosti da un paio di occhiali da sole da aviatore.

Strike era consapevole che dalla sua espressione erano trapelati sorpresa e fastidio, ma si accorse anche che Lawrence ne sembrava soddisfatto. Con un lungo viaggio alle spalle, il ginocchio e il tendine doloranti e la manica bagnata per la birra versata, dopo essersi visto obbligato a salire la scala per volere di un uomo che sapeva benissimo che gli mancava mezza gamba, Strike faticava a nascondere il proprio risentimento. Quando prese posto di fronte a Lawrence, una specie di Ruota della fortuna di teorie cominciò a vorticargli in testa, fermandosi sulla domanda più ovvia.

«È stata Rena a darmi appuntamento o è stato lei?»
«Rena» rispose Lawrence con tono mellifluo, «ma noi stavamo guardando».
«Dov'è?»
«È stata internata».
«Perché?»
«Ha provato a procurarsi una pistola».
«Per fare cosa?»
«Ha trovato i suoi profili social. Me lo dica lei quale categoria di persone, secondo Rena, potrebbe meritarsi una pallottola».
Strike non intendeva cadere in quella trappola. Lawrence bevve un sorso di quella che sembrava acqua e Strike, tirando fuori la vape-pen, si divertì per un istante a immaginare di fargli cadere il bicchiere di mano.
«È il genere di cose che secondo la gente fanno le spie, no?» disse. «Far passare per pazzo chi sa qualcosa di troppo?»
«Cosa le fa credere che Rena Liddell sappia alcunché?»
«Qualcosa deve pur saperlo» ribatté Strike, «o lei non sarebbe qui. Se non temesse che mi abbia già detto qualcosa, mi avrebbe lasciato credere di essere stato bidonato».
«O magari ho delle domande da farle».
«Avanti, spari» disse Strike.
«È evidente che ha avuto altri contatti con Rena, oltre a quelli sui social media».
«Davvero?»
«Il primo contatto non è avvenuto lì. Chi ha approcciato chi?»
«Ormai è tutto un po' fumoso» rispose Strike.
«Angela mi ha detto che si crede spiritoso» fece Lawrence.
«No, non è vero» replicò Strike con calma.
«Senta» disse Lawrence, e Strike fu felice di constatare che non gli era piaciuto che il suo commento pungente gli fosse scivolato addosso senza lasciare il segno, «le sto facendo un favore, anche se a quanto pare non l'ha capito. Ha avuto contatti online con un'islamofoba malata di mente che ha provato a procurarsi una pistola».
«Non riuscirà a spaventarmi insinuando che sono stato in con-

tatto con una terrorista» disse Strike. «So perfettamente perché è qui, e le pistole non c'entrano un cazzo. Ha combinato un casino, suggerendo a Rena di ignorarmi. È questo che le ha dato l'idea di contattarmi. Se è diventata un problema, è colpa sua, non mia».

«Signor Strike, le sto chiedendo di collabo...»

«E avrei potuto accettare, se non mi avesse costretto ad arrampicarmi su questo tetto di merda, versando la mia birra».

Con una spinta Strike si alzò in piedi.

«Esistono ancora delle libertà civili in questo Paese. Vi toccherà affrontare parecchie grane, se la volete tenere per un tempo imprecisato in una clinica psichiatrica. Io posso aspettare».

Si voltò e, facendo del proprio meglio per non zoppicare, cominciò a scendere la ripida scala di metallo. Dato che aveva avventatamente promesso di fare un salto al pub Quicksilver Mail di Yeovil, si disse che era il caso di mettersi in moto.

102

Seguitemi un momento soltanto: dovessi fallire
– e col favore, si badi, di cotanto pubblico! –
nello sbrogliare le cose, mi si consideri pari alla massa
in quanto a comprensione della mente umana!
La massa – ecco, è da lì che nasce l'errore!

Robert Browning
Tertium Quid

Al momento, Robin era troppo arrabbiata con Strike per accettare il suo messaggio di scuse. Voleva che almeno sul lavoro non le toccasse sopportare che gli uomini sfogassero su di lei il loro malumore, e non vedeva alcuna ragione di mostrare a Strike una cortesia che lui di rado usava agli altri.

Plug non era stato ancora arrestato, il che irrazionalmente rinfocolò la furia di Robin nei confronti di Strike: associò il pessimo comportamento del socio con l'allevatore di cani da combattimento, tuttora impunito. Ma quel pomeriggio, nel corso dell'ennesimo turno di sorveglianza davanti alla casa della madre di Plug, non le fu di alcun sollievo ripetersi che la sua stanchezza e la sua tristezza non erano nulla se paragonate alla spossatezza che aveva sperimentato mentre era sotto copertura alla Universal Humanitarian Church. Non riusciva quasi a chiudere occhio, e la mattina si era svegliata alle quattro, convinta di essere di nuovo nel dormitorio, da cui doveva allontanarsi di soppiatto una volta a settimana, per far pervenire aggiornamenti a Strike. Poi era rimasta a letto sveglia, a rimuginare su Murphy, finché non era suonata la sveglia.

Sabato, lui l'aveva chiamata prima ancora che Robin fosse tornata a casa, scusandosi per averla piantata in asso dopo pranzo. Come sospettava lei, i genitori non avevano idea che avesse ricominciato a bere, né che fosse oggetto di un'indagine interna al lavoro. Le aveva detto che da sempre faticava a sopportare la logorrea e la passione per l'alcol del padre, e che, prima che Robin si unisse a loro per pranzo, la madre l'aveva interrogato senza mezze misure sul mancato acquisto della loro casa. Robin era certa di averci visto giusto in merito ai sentimenti della signora Murphy: era convinta che non fosse la compagna devota che il figlio meritava.

Non aveva chiesto a Murphy se i suoi genitori fossero al corrente della gravidanza ectopica, perché non voleva conoscere la risposta, ma era senz'altro così. Sospettava anche che sapessero del solitario di diamante nascosto nell'armadio di Murphy. Erano venuti a Londra per conoscere la donna che il figlio intendeva sposare, nonché l'ipotetica madre dei loro futuri nipoti, ignorando tutto quello che Murphy aveva fatto per spingere Robin a dubitare di voler fare progetti a lungo termine con lui.

Se aveva accettato le scuse di Murphy e non quelle di Strike era perché il primo, al telefono, le era parso contrito, e lei si sentiva ancora in dovere di aiutarlo a rimanere sobrio. Se dalla loro ultima litigata poteva nascere qualcosa di buono, si era detta, era che Murphy doveva aver compreso che quello era un pessimo momento per chiederle di sposarlo. Robin avrebbe preferito credere che avesse rinunciato del tutto al proposito, ma il fatto che non avesse restituito l'anello col suo scontrino suggeriva che fosse ancora in attesa dell'occasione propizia.

Plug rimase a casa fino alle cinque e mezza, quando Robin venne sostituita da Midge. Mangiò un sandwich a bordo della Land Rover, poi partì alla volta di Beaconsfield, nel Buckinghamshire, dove doveva interrogare il padre di Hugo Whitehead, che si era schiantato a bordo dell'auto di Tyler Powell. A quanto aveva scoperto online, i Whitehead avevano fatto i bagagli e lasciato per sempre Ironbridge subito dopo il funerale di Hugo.

Robin arrivò in Tilsworth Road poco prima delle sette. La casa dei Whitehead era grande, in mattoni rossi, con un doppio garage. Dato che la signora Whitehead non doveva sapere della sua visita,

Robin lasciò la Land Rover un po' più avanti lungo la strada, in un parcheggio non illuminato, e tornò verso la casa a piedi.

La porta d'ingresso si aprì appena ebbe suonato il campanello, e comparve Faber Whitehead, il quale, come Robin sapeva, era un premiato architetto. Un uomo dall'aspetto bizzarro, con la pelle molto pallida, gli occhi piccoli e un'enorme fronte stondata e stempiata, che la fece pensare a un beluga con gli occhiali; indossava un maglione nero sformato e un paio di jeans, e le lenti degli occhiali dalla montatura di un rosso acceso erano talmente spesse da ridurre gli occhi a due punticini.

« La signorina Ellacott? »

« Sì » rispose Robin, tendendogli la mano, che lui strinse.

« Prego, si accomodi » disse Whitehead, e dopo essersi fatto consegnare il cappotto e averlo appeso, condusse Robin attraverso l'ingresso fino a un salotto con le pareti di un greige scuro, alla moda, un tavolino da caffè in vetro, e un lungo, basso divano color nero e acciaio, dalla seduta talmente profonda che Robin dovette scegliere se appollaiarsi sul bordo o abbandonarsi contro lo schienale tenendo le gambe stese in avanti.

« Posso offrirle qualcosa? » le chiese Whitehead. « Tè, caffè...? »

« Un bicchiere d'acqua sarebbe splendido » disse Robin. « Grazie ».

Mentre Whitehead andava a prenderlo, Robin si guardò intorno e vide una cornice digitale su un mobiletto in legno scuro. Mostrava una lenta successione di foto di famiglia, e il suo sguardo ci si soffermò nel momento in cui sullo schermo compariva un'immagine di Hugo, con i capelli rossi, che riconobbe dalla foto di compleanno di Chloe Griffiths. Sapeva che Hugo era morto all'età di vent'anni, ma lì sembrava averne circa quattordici e indossava una maglia da rugby mentre si indicava la bocca, apparentemente ridendo per la mancanza di un dente.

« Allora » disse Whitehead, dopo averle consegnato l'acqua ed essersi seduto in una poltrona abbinata al divano, con un bicchiere di vino rosso in mano, « state investigando su Tyler ».

« Non proprio » spiegò Robin. « Come le ho spiegato nella mia e-mail, siamo stati incaricati di identificare il corpo nel caveau del negozio di argenti. La polizia aveva incluso Tyler tra le possibili vittime, dunque abbiamo indagato anche su di lui. Se scopriamo dove si trova, potremo naturalmente escludere che lui sia William Wright».

«Capisco» disse Whitehead. Mandò giù un sorso di vino e continuò: «So che avete già parlato con Ian Griffiths e Dilys Powell».

«Sì, è vero. Voi siete in contatto?»

«Ho fatto in modo di mantenere i contatti con Griffiths» rispose Whitehead. «Mi ha assicurato che lei e il suo socio siete persone corrette».

«Oh, bene».

«Sia Griffiths che io vogliamo che Tyler venga trovato, anche se per ragioni differenti».

Con un'occhiata alla finestra che andava scurendosi, proseguì: «Dovremo giocoforza fare in fretta, perché non so quanto possiamo aspettarci che Lucinda resti fuori. Aveva quasi annullato la cena, ma io l'ho convinta ad andare. Penso che le farà bene. Prende dosi da cavallo di antidepressivi, ma è comunque... e nostro figlio maggiore, Harvey, dovrà ripetere l'ultimo anno di università. Ha avuto un crollo dopo quello che è successo a Hugo. Per fortuna hanno avuto pietà e gli permetteranno di rifare gli esami finali».

«Mi dispiace molto» disse Robin. «Dev'essere un argomento molto doloroso per lei».

«È meno doloroso parlarne che pensarci, tutto il giorno, tutti i giorni» disse Whitehead. «Lucinda vuole che 'vada avanti'. Non possiamo discuterne, si agita troppo. Harvey invece è dalla mia parte. È al corrente del nostro incontro di questa sera. È d'accordo con me che la persona responsabile l'ha fatta franca».

«Intende Tyler?»

«Oh no» rispose Whitehead. «No, no, non Tyler. *Chloe Griffiths*».

Robin ne fu così stupefatta che non riuscì a trovare nulla da dire.

«Mi sembra sorpresa» osservò Whitehead, fissandola con intensità. «Ma quando le avrò spiegato... lei sa chi è Chloe Griffiths?»

«Sì» disse Robin lentamente. «La figlia di Ian Griffiths...»

«Esatto, sì» Whitehead bevve un altro sorso di vino. «Ecco, vede, c'è una cosa che la polizia non ha mai divulgato... il filmato di una telecamera a circuito chiuso. Alla fine la polizia ha deciso che non era abbastanza schiacciante per usarlo, ma esiste un video in cui una persona *entra nella Mazda nel parcheggio di Birmingham*».

«Davvero?» disse Robin, pensando che la pessima qualità dei filmati delle telecamere non aveva fatto altro che complicare il caso. «Le spiace se prendo appunti?»

«No, no, faccia pure...»

Mentre Robin recuperava taccuino e penna, Whitehead proseguì: «La polizia lo ha esaminato, prima di scartarlo in quanto irrilevante. Ci hanno detto che era molto sfocato, e che quella notte pioveva a dirotto, il che non ha aiutato, ma una figura all'apparenza femminile si è infilata tra la Mazda e l'auto accanto, poi si è chinata scomparendo alla vista, e la polizia ha pensato che potesse essersi introdotta nella Mazda, ma poi ha deciso che doveva essersi semplicemente allacciata una scarpa o qualcosa del genere».

«Per quale ragione hanno controllato la telecamera del parcheggio?» chiese Robin.

«Sono venuti a conoscenza di tutte le voci che giravano a Ironbridge, su Tyler che avrebbe manomesso l'auto, e se davvero era andata così, doveva essere successo al parcheggio, perché si sono schiantati al ritorno. Ora, è impossibile che sia stato Tyler. E non solo perché nessuno potrebbe scambiarlo per una femmina, per quanto un filmato possa essere sfocato, ma anche perché nell'esatto momento in cui quella persona è entrata nella Mazda a Birmingham, lui era al cellulare. Le celle telefoniche hanno confermato che stava chiamando da Ironbridge».

«Lei sa con chi stesse parlando?» chiese Robin.

«No, ma sono sicuro che la polizia abbia verificato. Alcune persone che conosco a Ironbridge hanno detto che Tyler se n'è andato per via dell'incidente, ma io so per certo che pensava di levare le tende già da tempo. L'ho sentito mentre ne parlava con Hugo».

«Ha detto che voleva andare a Londra?»

«No, solo che desiderava cambiare vita, e che le sue capacità potevano tornargli utili dappertutto, sa, era un bravo meccanico. A ogni modo, è chiaro che non può essere stato Tyler a manomettere l'ABS» disse Whitehead. «Dev'essere stato qualcun altro a metterlo fuori uso. Sapevamo tutti che stava arrivando una tempesta. Era il modo perfetto per fargli del male senza essere scoperti. Chiunque sapeva che il viaggio di ritorno sarebbe stato complicato, soprattutto per un neopatentato».

Robin, che stava prendendo appunti, fu felice di avere una scusa per non guardare Whitehead negli occhi. Non aveva bisogno di questo colloquio per sapere che persino le persone più intelligenti possono essere accecate dal fervido desiderio di non guardare in faccia la realtà. La notte dell'incidente fatale, a Hugo era stata negata la Range Rover di famiglia. I suoi genitori dovevano essersi chiesti se, nel caso avesse guidato quella, sarebbe sopravvissuto.

«Capisco perché la gente abbia iniziato a dire che Tyler aveva fatto qualcosa all'auto, che quella notte aveva finto di star male, perché, ovviamente, la Mazda era sua... aveva le chiavi. Ma Chloe e Tyler erano amici... è possibile che lei gliele abbia fregate, o che si sia fatta una copia a sua insaputa. A volte andava a trovarlo all'officina, quindi potrebbe avergli chiesto come interferire con il sistema ABS».

Robin aprì bocca per dire qualcosa, ma Whitehead tirò dritto.

«Ecco, gli amici e la nonna di Tyler si sono convinti che siamo stati *noi* a mettere in giro le voci secondo le quali era stato lui a sabotare l'auto, ma non è vero. Subito dopo l'incidente, Lucinda e io siamo rimasti al capezzale di Hugo ventiquattr'ore su ventiquattro... non avevamo idea di quello che si diceva a Ironbridge. Solo più tardi siamo venuti a conoscenza delle voci che giravano, e abbiamo saputo del filmato della telecamera. Ma non ho mai capito per quale ragione Tyler avrebbe dovuto farlo, mai».

«Mi è stato riferito» disse Robin con delicatezza «che era geloso, che Anne-Marie era la sua ex?»

«No, no, quello era successo anni prima» rispose Whitehead, scacciando l'idea con la sua enorme mano pallida. «Quando avevano entrambi sedici anni o giù di lì. È assurdo pensare che fosse arrabbiato per *quello*. Ma quando i poliziotti hanno capito che non poteva essere stato Tyler a manomettere l'auto a Birmingham, ci è sembrato che abbiano escluso *qualsiasi* ipotesi di sabotaggio. Eppure c'era comunque quella figura nel filmato».

Che forse si era solo allacciata la scarpa.

«Nessuno si è preso un attimo per chiedersi come mai di punto in bianco Chloe Griffiths sia andata all'estero» disse Whitehead. «Prima dell'incidente non aveva mai manifestato l'intenzione di lasciare Ironbridge... e, cosa che la polizia non ha mai preso sul serio, *aveva minacciato di uccidere Hugo e Anne-Marie*».

«Davvero?»

«Sì. Aveva avuto una brutta discussione con entrambi, davvero spiacevole. Noi l'abbiamo saputo solo settimane dopo l'incidente, ma c'erano molti testimoni. Ha letteralmente gridato 'vi ammazzo, cazzo, se non la smettete', a entrambi».

«Se non smettevano di fare cosa?» chiese Robin.

«Avevano fatto una battuta, una battuta banalissima, sul fatto che Chloe avesse messo le corna al fidanzato, un ragazzo di Telford, con Tyler. Non c'era cattiveria. La stavano solo prendendo un po' in giro. Tyler aveva regalato a Chloe un braccialetto... è questo che ha scatenato la litigata. Hugo è tornato a casa parecchio scosso. Ha detto che lui e Anne-Marie l'avevano chiamata 'mammoletta', perché sul braccialetto c'erano delle viole, e lei aveva iniziato a scaldarsi, e poi avevano alluso al fatto che stesse tradendo il fidanzato con Tyler, e posso solo immaginare che Chloe avesse paura che il ragazzo venisse a saperlo, perché ha dato completamente di matto e si è messa urlare. Una reazione *decisamente* eccessiva, ma all'Horse & Jockey l'hanno sentita tutti... però nessuno ha riferito alla polizia che era diventata aggressiva e minacciosa per un nonnulla. Ho pregato gli altri che erano al pub quella sera di farsi avanti. Anche Harvey li ha implorati. Ma la polizia non ha voluto saperne. 'Oh, è stata solo una discussione da niente'... ma insomma, dire, dire *letteralmente*, che li avrebbe uccisi...

A me e a Lucinda quella ragazza non è mai piaciuta molto» continuò Whitehead. «Certo, faceva un po' pena: senza madre, un padre così giovane, non sorprende che non sapesse come comportarsi in pubblico. Era piuttosto cupa e taciturna, e poi di punto in bianco diventava cattiva. Credo che sia abbastanza abituata a considerarsi una vittima, e che il padre le abbia sempre dato corda, quindi si aspetta che il resto del mondo la tratti allo stesso modo. Molto carina, ma avevi sempre la sensazione che da qualche parte, dietro la facciata, ci fosse qualcosa di spiacevole. E ora ha tagliato la corda e se n'è andata all'estero, con un tempismo davvero stupefacente. È per questo che non voglio perdere i contatti con Griffiths. Quando Chloe tornerà a casa, voglio saperlo».

«Capisco. Ha...?» cominciò Robin, ma Whitehead le parlò sopra.

«Tra i ragazzi, prima dell'incidente, tutti erano convinti che Chloe stesse prendendo in giro Tyler. Lui era chiaramente invaghito di lei, ma Chloe lo trattava come un galoppino, lo umiliava e via dicendo. Non è un genio, ma è un ragazzo di cuore, e a casa era infelice. Suo padre, Ivor, è un uomo orribile, quindi Tyler era sempre a casa dei Griffiths, e a Chloe tornava comodo, capisce? Per farsi scarrozzare eccetera. E penso che avere questo cagnolino sempre intorno le solleticasse l'ego. Ma la sera in cui ha minacciato Hugo e Anne-Marie, ha detto delle cose davvero crudeli e umilianti su Tyler. Ha detto chiaro e tondo che non era abbastanza per lei, e Hugo è rimasto sconvolto... Lui voleva bene a Tyler, gliene voleva davvero. In seguito, Hugo mi ha detto che Chloe quasi non gli rivolgeva più la parola, era come se volesse *farla pagare* a lui e ad Anne-Marie. Hugo ha provato a farla ragionare, ma lei l'ha mandato a quel paese. Una rabbia incredibile, per una cosa da niente».

«Chloe mi ha detto...»

«*Le ha parlato?*» fece Whitehead, con un entusiasmo quasi irritante.

«Solo su WhatsApp. A dire il vero, mi ha detto che Tyler non le piaceva, che era stata gentile con lui solo perché le faceva pena, e in effetti ha ipotizzato che sia stato lui a manomettere...»

« Ecco, lo vede? Sta *ancora* provando a incastrarlo! Chi ha aizzato le malelingue contro Tyler? Chi ha rinfocolato i pettegolezzi? Io credo sia stata Chloe. Tyler per lei poteva essere sacrificato, era solo un utile capro espiatorio. Sono *sicuro al cento percento* che è stata lei ad alimentare le voci sul suo coinvolgimento nell'incidente. Griffiths stesso ha ammesso con me di averlo saputo per la prima volta da Chloe. 'Sono solo chiacchiere tra ragazzi. Sono certo che non c'è niente di vero' ».

« Sa se Chloe abbia un alibi per quella notte? » chiese Robin.

« La polizia non ha voluto dircelo » rispose Whitehead. « Non ci ascoltavano, punto e basta ».

« Conosce una ragazza di Ironbridge di nome Zeta? » chiese Robin.

« Zeta? No, non mi pare. Se non era nella compagnia di Harvey e Hugo, è difficile che la conosca. Perché? »

« Sostiene che Tyler abbia avuto un atteggiamento minaccioso con lei, dopo averla sentita ripetere il pettegolezzo su di lui e la Mazda ».

« Non posso fargliene una colpa » disse Whitehead con decisione. « Essere accusati di una cosa del genere... »

« Sostiene che l'abbia quasi investita ».

« Oh, sono sicuro che non è vero » disse subito Whitehead. « No, no, non sarebbe da Tyler. Il suo amico Wynn Jones, invece... da *lui* me lo aspetterei, è un vero selvaggio... ma Tyler no. Sa, non mi sorprenderebbe se anche lui sospettasse che dietro l'incidente ci sia Chloe. Sono davvero, davvero determinato a trovarlo, e a ottenere delle risposte, e ad aiutarlo a ripulirsi la reputazione... Credo che a breve dovremo terminare » continuò Whitehead, lanciando un'occhiata nervosa al cielo scuro fuori dalla finestra senza tende. « Se Lucinda dovesse tornare prima... »

« Certo » fece Robin. « Solo un'altra domanda. Se Chloe usava Tyler per farsi scarrozzare, significa che non aveva un'auto sua? »

« No, ma avrebbe potuto prendere in prestito quella del padre, giusto? Era quando non aveva a disposizione l'auto di Griffiths che faceva affidamento su Tyler ».

«Giusto» disse Robin. «Be', grazie mille per il tempo che mi ha dedicato».

«Sa» riprese Whitehead, accompagnando Robin in ingresso. «A Hugo piaceva la velocità, nessuno finge il contrario... era un ragazzo... ma mai in quelle condizioni, e non con un passeggero a bordo. E» aggiunse, staccando il cappotto di Robin dal gancio e porgendoglielo, «*sapeva* che stava arrivando una tempesta. Lo sapevamo tutti».

«Mi dispiace molto per la vostra perdita» disse Robin, non riuscendo a farsi venire in mente nient'altro.

«Me lo farà sapere se troverete Tyler?»

«Se lo troveremo, gli chiederemo se non gli dispiaccia che la informiamo» promise Robin.

Fuori faceva freddo. Ripercorse di buon passo la strada fino alla Land Rover e salì a bordo, ripensando a quanto aveva appena scoperto. Poi prese il cellulare e scrisse un altro messaggio a Chloe Griffiths.

Ciao Chloe, sono Robin Ellacott. Mi dispiace contattarti di nuovo, ma ho qualche altra domanda, e credo tu sia l'unica persona che possa darmi delle risposte. Capisco che sia molto difficile per te, e non ti disturberei ancora se non pensassi che fosse importante.

Dopo aver inviato il messaggio, Robin rimase seduta a pensare. Per qualche ragione, il nome Horse & Jockey continuava a ronzarle in testa, ma non sapeva di preciso perché. Aveva appena aperto Google per controllare quando la portiera accanto a lei si spalancò. Prima che potesse urlare, una mano le serrò la gola.

103

... guardate
quel che una debole donna può fare da sola.

Matthew Arnold
Merope: A Tragedy

Le fu addosso, e la spinse all'indietro sul sedile del passeggero; Robin sentì la leva del cambio che le premeva contro la schiena; non poteva gridare per via delle mani attorno alla gola; le stava salendo sopra, immobilizzandola; sentì la borsa cadere nello spazio per i piedi...

Lui stava provando a spingerla più in là, e Robin capì che il suo piano era di mettersi al volante e portarla via; sentì cadere il telefono con un tonfo; vide la sua faccia, tra strane ombre e luci squadrate, la ferocia, le sopracciglia folte...

Riuscì a liberare la mano destra dal peso di lui e gli afferrò il polso, cercando di allontanargli le dita dalla gola, mentre con la mano sinistra tastava il pavimento, al buio; era lì, sapeva che era lì, aveva controllato prima di lasciare l'appartamento quella mattina...

Le dita si strinsero sulla plastica, cercarono il beccuccio, e ora puntini neri cominciarono a comparire davanti ai suoi occhi, però l'aveva trovato...

Il primo spruzzo non lo colpì... Robin avvertì l'odore pungente nell'aria...

Il secondo spruzzo gli investì il lato della testa, e Robin chiuse gli occhi...

Lo sentì tossire, rantolare e ansimare; la stretta alla gola si allentò; spruzzò ancora e ancora e lo sentì imprecare... ora stava provando a schivare lo spray ma era ancora inginocchiato su di lei...

Con ogni briciolo di forza a cui poté fare ricorso sferrò un pugno con la mano destra, alla cieca, verso l'alto, e sentì lo schiocco delle nocche contro l'osso...

Aprì gli occhi; iniziavano a lacrimare per via dei vapori urticanti che intridevano l'aria, ma ora sapeva dove mirare...

Un altro spruzzo, un altro ancora, dritto in faccia...

Prese fiato, e ora anche i suoi polmoni andarono a fuoco, ma non le importava: gridò più forte di quanto avesse mai gridato in vita sua, aggrappandosi con i pugni ai capelli ricci di lui.

104

Avvelenare con calunnie un nome, che già è stato lordato, significa infierire con ustioni di ferro rovente su chi è già stato scorticato dalla frusta...

Albert Pike

Morals and Dogma of the Ancient and Accepted Scottish Rite

Al momento Strike stava percorrendo la M4, di ritorno verso Londra. La deviazione a Yeovil e al Quicksilver Mail era stata inutile: nessuno al pub aveva riconosciuto la foto di Tyler Powell.

« Nah, Dave era, sa... un po' in carne » aveva detto una delle bariste, tracciandosi un hula hoop invisibile attorno alla vita, a indicare la stazza considerevole dello scomparso Dave.

Per quanto fosse allettante credere che Tyler Powell avesse messo su diversi chili per trasformarsi in 'Dave', a Strike parve inverosimile che avesse accumulato un ventre del genere nel giro di un mese, quindi, dopo aver ringraziato, era tornato alla BMW ed era ripartito per Londra. Nonostante avesse assicurato a Robin, con permalosa arroganza, che non sarebbe stato un problema guidare un paio di ore in più, aveva i crampi alla gamba destra. Aveva anche una fame da lupi; il Dirty Boy Burger del Beefy Boys era ormai un lontano ricordo. La rabbia che provava nei confronti di Ralph Lawrence continuava a riproporsi, come il reflusso gastrico.

A dieci miglia dalla città, il telefono squillò.

« Sono io » disse una voce in preda al panico. « Danny de Leon ».

« Hai ricevuto il mio messaggio, vero? » fece Strike. Troppo stanco, indolenzito e affamato per i convenevoli, aggiunse: « Quando ci siamo visti, ti ho avvertito che sarei andato avanti senza di te se ci avessi messo troppo a vuotare il sacco ».

«Non sapevo a chi rivolgermi» disse la voce agitata. «Ok? Non sapevo come funzionano queste cose...»

«Allora avresti dovuto chiamarmi per chiedermelo» ribatté Strike. «Ti manderò il contatto di un giornalista di nome Fergus Robertson, che si è già interessato a Branfoot, ma dovrai chiamarlo *subito* se non vuoi passare il resto della vita con la nomea di predatore a libro paga di Branfoot, e vedi di mostrarti sinceramente contrito per le cazzate che hai fatto».

«Vedi di fare cosa?»

«Di mostrarti *contrito*» disse Strike alzando la voce. «Dispiaciuto. Pentito. Se non vuoi essere incriminato, e se vuoi sfuggire alla sua vendetta, sputtana quello stronzo *adesso*».

Strike terminò la chiamata e continuò a guidare, chiedendosi se fosse una buona idea fermarsi alla prossima area di servizio per mangiare, invece di aspettare di raggiungere il cuore di Londra.

Dieci minuti dopo, dall'area di servizio di Heston, Strike inviò a Danny de Leon i contatti di Fergus Robertson, e nel mentre si accorse che Robin non aveva risposto al suo messaggio di scuse. Fece un salto in bagno e, dopo aver pisciato, andò a prendere da mangiare, senza pensare ad altro che alla sua depressione e alla reazione appropriata che gli sarebbe toccato avere appena Robin gli avesse annunciato il fidanzamento ufficiale.

Quando il cellulare suonò di nuovo, vide che era Fergus Robertson, e lasciò partire la segreteria telefonica. Evidentemente de Leon aveva appena contattato il giornalista, e Robertson voleva che Strike confermasse che era affidabile; ma essendo appena arrivato alla fine della coda per il cibo, Strike ignorò la chiamata.

Rimase leggermente sorpreso quando Robertson richiamò mentre aspettava il caffè, e una terza volta quando stava per sedersi a mangiare il suo sandwich.

«Che c'è?» rispose infine Strike.

«Sto cercando di farti un favore» disse la voce spazientita di Robertson.

«Ti ha già contattato, vero?»

«Eh?»

«De Leon. A proposito di Branfoot».

«Di che cosa stai parlando?»
«Io... lascia perdere. Che favore vuoi farmi?»
«Culpepper sta per pubblicare una bomba su di te. L'ho saputo da un amico. Ha una nuova fonte».
Fu come se un serpente gelido si fosse infilato nell'esofago di Strike. Aveva pensato che fosse finita, chiusa, dimenticata, ma capì all'istante chi poteva essere la nuova fonte di Culpepper.
«Kim Cochran?»
«Non lo so».
«Che genere di articolo sarebbe?» domandò, ma conosceva già la risposta.
«A quanto pare ti sei ritrovato in un triangolo amoroso con una figa bruna e Andrew Honbold. Honbold ha diffidato i giornali dal rivelare che non sapeva se la figlia dell'amante fosse tua o sua. La diffida da ogni pubblicazione è appena stata annullata. Interesse pubblico: il crociato dei valori della famiglia che tradisce la moglie».
«La bambina è sua» disse Strike. «Non sono io il padre».
«Ok, bene, se hai le prove, è il momento di passarle a un avvocato» disse Robertson. «Probabilmente è troppo tardi per impedire la pubblicazione dell'articolo, ma potresti pretendere una rettifica».
«Capisco» disse Strike, stupito di quanto fosse tranquillo il suo tono. «Grazie per avermi avvertito».
Si alzò, senza aprire la confezione del sandwich e senza toccare il caffè, e si trascinò fino alla BMW, dove rimase per un minuto a fissare il buio davanti a sé. Se il pezzo usciva, era fottuto. I giornalisti sarebbero di nuovo calati a sciami su Denmark Street. Tutte le insinuazioni che finora Culpepper aveva fatto sul suo conto sarebbero state amplificate un centinaio di volte. Sarebbe diventato il Tizio che aveva fatto tutte quelle cose a quelle donne: Candy la escort; Nina, che aveva scacciato dopo essersela portata a letto; Charlotte, morta in una vasca da bagno; Bijou, con la figlia illegittima e l'amante che ce l'aveva a morte con i tabloid. L'agenzia sarebbe andata a ramengo. Chiunque lavorasse con lui sarebbe stato irrimediabilmente marchiato.

Chiamò Bijou. Rispose al secondo squillo.

«Hai saputo?» disse lei, e dalla voce sembrava nel panico quanto lui.

«Sì, lo so. Dimmi la verità: hai confessato a Honbold che abbiamo scopato?»

«No, *mai*! Ho detto che l'avevo *fatto credere* a certa gente sul lavoro, per provare a ingelosirlo! Gli ho mostrato i test del DNA e proprio ieri lui mi ha detto che gli spiaceva di aver dubitato di me, ma *ora*...»

«Bene. Tu continua a insistere che al massimo abbiamo bevuto una cosa, e io farò lo stesso» disse Strike. «Nessuno può smentirci. Proverò a trovare una via d'uscita. Ora devo andare».

Riattaccò. Vedeva un'unica soluzione a quel dilemma, e nulla se non un'emergenza simile poteva spingerlo a compiere quel passo. Strike si riempì i polmoni di nicotina e chiamò la sorellastra Prudence.

105

La notte che mio padre mi concepì
io non ero nei suoi pensieri;
non tormentava la sua fantasia
chiedendosi se dovessi essere io
il figlio che ora avete dinnanzi.

A.E. Housman
XIV: The Culprit, Last Poems

La casa a schiera davanti alla quale Strike arrivò una mezz'ora più tardi era alta e bianca, con una colonna su entrambi i lati del lucido portone nero. Quando fu abbastanza vicino da vederlo, si accorse che, invece della consueta testa di leone, il battaglio in ottone della porta aveva la forma di una chitarra elettrica. Strike decise di suonare il campanello.

Sentì dei passi, e aveva appena infilato la mano in tasca in cerca di un biglietto da visita, aspettandosi una governante o forse persino un maggiordomo, quando la porta si aprì rivelando Jonny Rokeby in persona, alto e brizzolato, con un completo nero e una camicia azzurra sbottonata sulla gola.

« Ah » disse con una risatina, facendosi da parte per lasciar passare Strike. « Entra ».

Strike sapeva che da giovane Rokeby era alto quanto il suo primogenito, mentre ora era un po' più basso. Dopo averla tinta per anni di un castano prugna, Rokeby aveva permesso alla folta criniera che gli sfiorava le spalle di ingrigire. La faccia color noce era segnata da rughe profonde, senz'altro dovute ai lunghi soggiorni nella casa di villeggiatura ai Caraibi, oltre che ad anni e anni di droghe e alcol. A differenza del figlio maggiore, era molto magro.

« Qua dentro » disse, conducendo Strike in un enorme soggiorno arredato sui toni del cioccolato e dell'oro. Gli pareva vagamente familiare ma, perso nei suoi pensieri, Strike non avrebbe saputo dire perché.

«Pru ha detto che ti serve aiuto».

«Sì» fece Strike. Ogni particella del suo corpo si tormentava all'idea di doverlo ammettere, ma o questo, o la fine certa dell'agenzia. «Mi serve un avvocato che agisca in fretta. Pago io, ma suppongo che tu sia in grado di trovarne uno più velocemente di me».

«Nessun problema» disse Rokeby.

Sfilò il cellulare dalla tasca e compose un numero.

«Denholm, sono Jonny. È urgente. Sono a casa, chiamami... Si farà vivo appena lo sente» disse Rokeby, posando il telefono sul tavolino da caffè. «Vuoi bere qualcosa?»

«Devo guidare» disse Strike.

«Una birra analcolica? Io con l'alcol ho smesso. Ordini del dottore. Siediti».

Strike fece come gli aveva detto, accomodandosi sul grande divano marrone disposto ad angolo retto rispetto alla sedia di Rokeby. Quest'ultimo suonò un piccolo campanello sul tavolino in vetro che aveva accanto, e comparve una donna filippina di mezza età con un'uniforme grigio argento.

«Ci porti un paio di quelle birre finte, Tala?»

Lei se ne andò, e Rokeby tornò a rivolgersi a Strike.

«Perché ti serve un avvocato?»

«Dominic Culpepper vuole pubblicare un'altra storia su di me» rispose Strike.

«Perché cazzo ti ha preso di mira? Cosa...?»

Il telefono squillò. Rokeby rispose.

«Ciao, Denholm, scusa se ti ho chiamato a quest'ora... No, è mio figlio... No, Cormoran... No, è lui che ha bisogno di te... sì... è qui con me adesso. Te lo passo».

Strike prese il telefono del padre.

«'Sera» disse.

«Buonasera» rispose una voce secca, dall'accento elegante, all'altro capo della linea.

«Mi serve aiuto per un articolo che Dominic Culpepper sta per pubblicare».

«A che proposito?»

«Una diffida da ogni pubblicazione richiesta da Andrew Honbold, Patrocinante della Corona. Voleva impedire ai giornali di scrivere che non sapeva se la figlia di una certa Bijou Watkins fosse sua o mia. Non ho mai avuto una relazione sessuale con lei, e lei può confermarlo, e ho un test del DNA che dimostra che la bambina non è mia, e Honbold ha potuto visionarlo. Posso inoltrarle subito tutto il materiale, se necessario».

«Molto bene» disse Denholm, «Culpepper, ha detto?»

«Esatto».

«Bene. Ci risentiamo tra...»

«Dammi il telefono» disse Rokeby ad alta voce, gesticolando all'indirizzo di Strike. «Dammelo».

Strike glielo porse.

«Denholm? Costringi quello stronzo a scusarsi anche per quelle cazzate sulla squillo».

«Non c'è...» cominciò Strike.

«Di' a quel bastardo di Culpepper» continuò Rokeby, zittendo Strike con un gesto, «di rimangiarsi tutto, o Cormoran lo trascinerà in tribunale. *Tutto quanto.* Voglio che quel figlio di puttana *se la faccia sotto*... Sì... esatto... Sì. Va bene».

Rokeby riattaccò e disse: «Ci richiama appena li avrà contattati».

«Non voglio rivangare anche quell'altra storia» disse Strike, faticando a tenere a freno la collera.

«Perché?» disse Rokeby. «È vera?»

«No, ma...»

La governante sorridente ricomparve con un vassoio, che depose sul tavolo in mogano perfettamente lucido. Dopo che ebbe versato le birre e se ne fu andata, Strike disse: «Non posso permettermi una causa di anni».

«Non ci vorranno anni. Denholm ne verrà a capo. Quegli stronzi si cagheranno addosso, perché sanno che i suoi clienti possono asfaltarli».

«Ma io non sono in quella fascia di reddito, quindi...»

«Posso paga...»

«Non voglio che tu paghi niente. Te l'ho già detto. Sono venuto per i tuoi contatti, non per i tuoi soldi».

«E che cazzo, lasciamelo fare».

«No» disse Strike.

«Orgoglio, eh?» disse Rokeby, e dal tono sembrò che parlasse di una malattia sessualmente trasmissibile.

«Qualcosa del genere, sì» fece Strike.

«Allora prendi una parte dei *tuoi* soldi. Sono ancora lì che ti aspettano, cazzo».

«Non li voglio».

«Perché?» chiese Rokeby, ma prima che Strike potesse rispondere continuò: «Vuoi vendicare tua madre? Perché pensi che abbia chiuso i rubinetti e l'abbia costretta a vivere in povertà? Te lo spiego io perché smisi di darli direttamente a lei: fu perché tua zia Joan chiamò il mio ufficio dicendo che Leda stava sperperando tutto in droghe e uomini, mentre tu non avevi un paio di scarpe decenti. Leda avrebbe potuto ottenere tutto quello che voleva, se fosse stata in grado di dimostrare che era per te, ma non mi chiese più niente dopo che ricorsi a qualche contromisura. Troppa fatica. A ogni modo, ne hai già preso in prestito una parte, no?»

«Non avevo scelta, se volevo lavorare. Nessuno pensava che un uomo senza una gamba, che non aveva mai ottenuto un mutuo, fosse un buon investimento» disse Strike. «E ho restituito tutto, nel caso il tuo commercialista non...»

«Lo so che hai restituito tutto, ma che cazzo di senso ha? Sono *soldi tuoi*. Sono legalmente *tuoi*. Cosa intendi farne quando muoio, bruciarli? Donarli a un merdoso rifugio per asini?»

«Probabilmente alla Società nazionale di salvataggio» disse Strike. Bevve un sorso di birra.

«Per tuo zio, giusto. Come si chiamava?»

«Ted» rispose Strike.

Seguì un silenzio imbarazzato, durante il quale Strike, che preferiva non guardare Rokeby, rivolse la sua attenzione al ritratto gigante dei Deadbeats eseguito da David Bailey, appeso sopra il caminetto.

«Ascolta, non sapevo che Gillespie ti stesse dando il tormento perché restituissi i soldi» disse Rokeby. «Non gli era piaciuto quello che avevi detto su di me quando avevi preso il prestito, ma io non sapevo che ti stesse col fiato sul collo. Ora se n'è andato. È in pensione. E a dirti la verità è stato un piacere vederlo fare i bagagli. Ho passato quarant'anni costantemente strafatto, lasciando che fossero gli altri a gestire tutto per me. Non ne vado fiero, cazzo».

«Non mi importa di Gillespie» replicò Strike. «Volevo restituirli fin dal principio. Glielo dissi quando li presi in prestito».

Ci fu un'altra breve pausa.

«Ho saputo che tu e Pru ogni tanto vi vedete» disse Rokeby.

«Sì».

«È buffo. Tra tutti, voi due siete quelli che mi somigliano di più».

«Io somiglio a Ted» ribatté un Cormoran Strike sedicenne e inviperito per bocca della sua versione quarantaduenne, ma se ne pentì subito.

«Non mi riferisco alla personalità» disse Rokeby, che non sembrava offeso. «Voglio dire, tutti e tre ci siamo fatti da soli. Lo sai cosa faceva il mio vecchio?»

«Il poliziotto» disse Strike.

«Esatto. Un cazzo di poliziotto! Gli saresti piaciuto: l'esercito, le medaglie, eccetera. È un peccato che sia morto senza sapere che avevo messo al mondo un uomo con le palle. Ci odiavamo. Mi diede un calcio in culo e mi buttò per strada quando avevo quindici anni. Dovetti accamparmi da Leo. Lo sai chi è Leo?»

«Il tuo batterista» disse Strike.

«Esatto» fece Rokeby. «Sono partito da zero. Proprio come te».

«Io non sono partito da zero» lo contraddisse Strike. «Non tutti hanno una barca di soldi da cui attingere per avviare un'attività».

«Non tutti hanno un amico di nome Leo che li salva dalla vita di strada» ribatté Rokeby. «Capitano le sfighe e capitano le botte di culo. È la vita. Le sfighe le affronti e, quando puoi, sfrutti al meglio le botte di culo, perché non arrivano tanto spesso. La vecchia band nacque perché i genitori di Leo mi avevano permesso di vivere con loro, e ora guarda, ho così tanti posti dove dormire che della metà nemmeno mi ricordo... A te, per il solo fatto di essere mio figlio, è toccata una buona dose di sfiga, tanto vale che te ne venga anche qualcosa di buono, tanto per cambiare. Lo sai cosa succede se ti aggrappi al risentimento? Ti viene un cazzo di cancro».

Strike si obbligò a chiedere: «Come stai? Ho saputo...»

«Che cosa, la mia prostata?» disse Rokeby, come a voler minimizzare. «Dicono che è tutto a posto. Devo fare dei controlli eccetera».

Un'altra pausa, più lunga. Strike bevve un po' di birra.

«Ascolta» fece Rokeby. «Quel giorno allo studio...»

«Non mi va di parlarne» lo interruppe Strike, sperando che quel maledetto avvocato chiamasse subito.

«Lo so che mi comportai da stronzo. Avevo passato la notte a bere, e mi ero appena fatto un tiro di coca per svegliarmi, perché dovevamo registrare. Lo sai perché ero in quelle condizioni? Perché la notte prima Jimmy ci aveva detto che si era beccato l'AIDS. Aghi infetti a Chelsea, quel coglione di merda. Poi arriva Leda, senza nemmeno avvertire, con te appresso...»

«Ti ho detto che non mi va...»

«Mi comportai da stronzo, lo ammetto, cazzo, ok? Dopo mi sentii in colpa. Non andavo fiero di me. Avrei dovuto comportarmi meglio? Certo che sì, porca troia. Tu non hai mai fatto niente di cui ti vergogni?»

«Eccome» rispose Strike. «Ma non sono qui per parlare del passato, non voglio le tue scuse. Eri l'unico che poteva aiutarmi in questa circostanza, altrimenti non sarei venuto».

«I tuoi capelli sono identici a quelli di Eric Bloom» disse Rokeby, scrutandoli. «Sai chi...»

«Il cantante dei Blue Öyster Cult, sì, ma i capelli li ho presi dal mio nonno cornico» disse Strike.

«Be', e io come cazzo facevo a saperlo?» disse Rokeby. «Non per mancarle di rispetto, ma Leda la dava in giro parecchio, e quello che le piaceva davvero era Eric, quindi capisci bene che quando nascesti pensai...»

«Capisco perfettamente, tutto quanto» disse Strike a denti stretti. «Lascia stare. Non ha importanza».

«Ti mise 'Blue' come secondo nome, per la miseria. Cosa dovevo pensare? Tu li ascolti i Blue Öyster Cult?»

«Quando c'era la mamma» disse Strike. «Poi basta».

«A me non piacciono. Ma dal vivo erano imbattibili, cazzo. Un portento. Questo devo ammetterlo, e Leda adorava i loro concerti. Mi diceva sempre...»

«In che senso 'ti diceva *sempre*'?» fece Strike, lasciandosi coinvolgere suo malgrado. «Successe solo una volta, no?»

«Ma no che non successe una volta sola» disse Rokeby spazientito. «Venti volte, forse. Anche di più. Capitava ogni volta che era nei paraggi. Te lo disse lei che fu una volta sola?»

Strike non rispose. Tutto quello che Leda gli aveva detto sul suo concepimento era che era successo durante 'il party più favoloso' a cui avesse mai partecipato, immaginando senz'altro che per lui fosse motivo di orgoglio aver cominciato la propria esistenza in un loft di New York, circondato da una miriade di rock star degli anni Settanta e dai loro accoliti. Il risentimento nei confronti di Rokeby, per essersi rifiutato di riconoscere la paternità finché un test del DNA non l'aveva costretto, aveva fatto sì che, durante l'infanzia di Strike, Leda facesse di rado il suo nome, se non per inveirgli contro.

«Non successe una volta sola, e non successe su una poltrona a sacco al centro di una cazzo di stanza, mai» disse Rokeby, irritato. «È come la storia di Marianne Faithfull e quella merdosa barretta di Mars. La gente si inventa delle stronzate e decide di crederci. Fu in una stanzetta appartata e non c'era nessuno a guardare, perché io non ho mai avuto quella tendenza, e nemmeno lei. E io un mese dopo dovevo sposare quella stronza di Carla, quindi ovviamente mi toccò dire che non era mai successo, capisci? E il giorno prima di quel party Leda era stata al concerto dei Blue Öyster Cult, così quando arrivasti tu, con i capelli uguali a Eric... »

« Che ne dici se la smettiamo di parlare di chi potrebbe o meno essersi scopata mia madre? » disse Strike a denti stretti.

« Va bene » fece Rokeby stringendosi nelle spalle. Bevve un altro sorso di birra, poi continuò: « Il fatto è che tua madre era divertente, davvero divertente. Questo di lei mi è sempre piaciuto. Mi piacciono le donne col senso dell'umorismo. Chissà perché cazzo sposai quella stronza di Carla, che è divertente più o meno come chiudersi il prepuzio nella zip. A proposito, da dov'è che Leda tirò fuori 'Strike'? »

« Un ragazzo arrivato in città con una fiera » rispose Strike. « Lo lasciò una settimana dopo il matrimonio ».

« Ah » disse Rokeby. « Ero convinto che se lo fosse inventato. Quindi porti il nome di un tizio che non hai mai conosciuto? »

« Lo uso perché era il nome di mia madre » disse Strike. « Possiamo cambiare...? »

« Ascolta. Mi sono arrivate alle orecchie certe cose » disse Rokeby, allungandosi verso Strike. « So che pensi che voglia farmi bello con la stampa, dicendo che siamo rimasti in contatto, ma ti sbagli, ho sempre provato a proteggerti da quei giornalisti di merda, perché se pensassero che sei pronto a darmi in pasto alla stampa, ti salterebbero addosso come dei cazzo di sciacalli... Vuoi un sandwich o qualcos'altro? Io dovevo andare a cena fuori, prima che Pru mi chiamasse per dirmi che stavi arrivando. Ho bisogno di mettere qualcosa sotto i denti ».

L'irritazione di Strike condusse una breve battaglia contro la sua fame feroce, perché per via di quella storia aveva lasciato il sandwich a Heston senza nemmeno sfiorarlo.

« Sì, anch'io mangerei qualcosa » rispose a malincuore.

Rokeby suonò di nuovo il campanello al suo fianco, poi disse: « Pru dice che non vuoi figli ».

« No » fece Strike.

« Io ero troppo giovane quando diventai padre. Non capivo cosa volesse dire. Poi, gli altri figli, li ho viziati. Ed è di nuovo in riabilitazione » sospirò. « Allora, perché quello stronzo di Culpepper ce l'ha con te? »

« Ho dimostrato che sua moglie aveva una relazione ».

« Uh » disse Rokeby, sorseggiando la birra. « E stai con qualcuna? Ce l'hai una donna? »

« No » rispose Strike.

« Mi è spiaciuto sapere di quella Charlotte ».

« Be', è andata come è andata » disse Strike.

« Bellissima ma fuori di testa » continuò Rokeby. « Ci sono passato anch'io. Anche Carla era così. Un giorno ti svegli e pensi, be', tette da urlo e viso magnifico, ma che cazzo di persona orribile. Alla fine però ci ho visto giusto. Jenny e io stiamo insieme dall'81, lo sapevi? »

« Lo sapevo, sì » disse Strike, scegliendo di non menzionare il fatto che per alcuni il terzo matrimonio di Rokeby non poteva essere considerato un trionfo assoluto, dati i suoi molti e risaputi tradimenti.

« Mi ha lasciato tre volte, però è sempre tornata » disse Rokeby. « Siamo fatti l'uno per l'altra, tutto qui. Ora è in Australia, per produrre un film... »

Il cellulare di Strike suonò. Vedendo il nome di Robin, rispose.

« Ciao, tutto bene? »

« Io... tutto ok » rispose lei, ma Strike percepì la tensione nella sua voce. « Sto bene, ma sono in una stazione di polizia ».

« Per...? »

« L'uomo che mi ha minacciata col pugnale massonico... »

« Cosa? » Si alzò e si diresse verso la porta del soggiorno, non riuscendo a restare seduto mentre l'ascoltava.

« Ti prego... *ti prego...* non metterti a urlare » disse Robin, e Strike capì che stava piangendo. « *Ti prego.* So che ho combinato un casino. Andando a Beaconsfield non ho visto nessuno che mi seguiva, ma avrei dovuto controllare l'auto... ci aveva messo un dispositivo di tracciamento ».

« Sei sicura di stare bene? » chiese Strike, nonostante fosse palese che non era vero, e non si capacitò del perché avesse detto qualcosa di tanto stupido.

«Sì, non ha usato un coltello, ha provato a... a rapirmi, o qualcosa del genere, è entrato in auto...»

«Come fai a sapere che era lo stesso uomo?»

«Aveva lo stesso giubbotto verde» disse Robin, faticando a trattenere i singhiozzi. «Ma ho usato lo spray ed è così che me lo sono tolto di dosso, e un uomo che passava in strada mi ha sentita urlare e mi ha aiutata, l'ha trascinato fuori e l'ha tenuto a terra e ha chiamato la polizia».

«Gesù Cr...»

«Ho appena finito di rilasciare una dichiarazione, e ora lo stanno interrogando... penso che tutto sommato potrebbe essere una cosa positiva...»

«Come *cazzo* può essere una cosa positiva?»

«*Ti prego, non urlare!*» strillò Robin.

«Scusa... scusami, è solo che...»

«Quanto meno ora è in custodia... e Strike: ha i capelli ricci. Potrebbe essere Oz. Forse è fatta. Il nome sulla patente è Wade King, ma per ora non so altro. Ti richiamo appena scopro qualcosa di più. Vogliono che aspetti qui finché non sentiranno cos'ha da dire».

«Va bene» disse Strike. «In che stazione sei? Vengo a prenderti».

«Non preoccuparti. Verrà Ryan» disse Robin.

«Ok, be'... tienimi aggiornato... grazie a Dio avevi lo spray».

«Probabilmente dovrò spiegare perché l'avevo in borsa» disse Robin distratta da qualcos'altro. «Non ho idea di cosa inventarmi. Ci sentiamo presto».

Riagganciò, lasciando Strike in piedi nell'ingresso con le boiserie, a fissare il mandala di farfalle di Damien Hirst senza vederlo davvero. Quando si fu ripreso, tornò in soggiorno.

«Tutto a posto?» chiese Rokeby.

«Sì» rispose Strike. «Era la mia socia».

«Robin?»

«Sì».

«A Pru piace. Dice che è una brava persona».

«Lo è, sì».

«Pru pensa che dovreste mettervi insieme».

«Davvero?» fece Strike.

«Sì. Pensa che tu sia innamorato di lei. Non dirle che te l'ho detto, però, se no si incazza con me».

La porta del soggiorno si aprì e la governante entrò con un secondo vassoio, questa volta con due sandwich a tre strati e delle birre fresche.

«Come hai fatto...?» cominciò Rokeby.

«Ho iniziato a prepararli quando ho saputo che non andava a cena» disse la domestica con un sorriso.

«Vali tanto oro quanto pesi, dico sul serio, Tala» disse Rokeby. «Grazie, cara».

«Puoi lo stesso uscire a cena» propose Strike. «Non voglio rovinarti i programmi».

«Non ne avevo comunque voglia» disse Rokeby, con la bocca piena di sandwich, mentre la governante usciva. «Mi sta sul cazzo mio genero, il nuovo marito di Danni, ma non dire a Danni che te l'ho detto».

«Non abbiamo rapporti» disse Strike.

«È un fenomeno delle PR» continuò Rokeby. «E una testa di cazzo».

Il sandwich di Strike era ottimo. I due uomini mangiarono per un minuto, poi Strike d'un tratto capì cosa gli aveva ricordato il soggiorno di Rokeby: il bar del Ritz davanti al quale lui e Robin si erano quasi baciati. In quell'istante Rokeby disse: «Lo vuoi un consiglio?»

«No» rispose Strike, e Rokeby rise.

«Anch'io odio i consigli e via dicendo. È per questo che non sopporto quel coglione del marito di Danni. Continua a illustrarmi il suo punto di vista da PR, e poi dice 'è gratis, Jonny'. Uno di questi giorni gli chiederò quanto vuole per tenere chiusa quella cazzo di bocca. Ma quello che volevo dirti è che alla fine l'unica cosa che conta è stare con una brava persona. Io l'ho imparato a mie spese. E in giro non ci sono tante brave persone quante uno potrebbe credere. Non brave *per davvero*».

Per un istante, Strike fu trasportato alla veglia funebre di Ted, e ripensò a Polworth che alzava la pinta verso il soffitto. *Un uomo perbene, Ted.*

« Non lasciartela scappare, quella Robin, se è lei che vuoi » continuò Rokeby. « La vita è fin troppo breve, cazzo ».

Il cellulare sul tavolo squillò e lui lo raccolse.

« Denholm » disse Rokeby, passando il telefono a Strike.

« Parla Strike » disse l'investigatore.

« Ho informato il giornale che lei può fornire prove inconfutabili di non essere il padre » annunciò la voce dall'accento elegante all'altro capo della linea.

« Gliele inoltro subito ».

« Non è necessario, mi hanno creduto sulla parola » disse Denholm, « sanno per esperienza che è la via più saggia e meno dispendiosa. Gli ho anche detto che non è mai andato a letto con quella donna e che adirà le vie legali se verrà fatto il suo nome. Per l'altra questione, dovranno parlare con il giornalista prima di decidere se fare un passo indietro. Da quanto ho capito, Culpepper ha garantito che la storia della donna era verificata ma, dalla quantità di improperi che mi è appena toccato sentire, credo che il suo superiore nutrisse dei dubbi già all'epoca. Naturalmente, ho messo in chiaro che il risarcimento che le spetterà aumenterà di giorno in giorno, se rifiuteranno di scusarsi, considerando i danni alla sua reputazione e le ripercussioni sul suo reddito ».

« Grazie » disse Strike. « Mandi a me la fattura. Non a mio padre ».

« Non costo poco » fece Denholm con tono leggermente divertito.

« Se ho capito bene, il risarcimento dovrebbe coprire le spese ».

« Dovrebbe » convenne Denholm. « Mi rifarò vivo quando saprò cos'hanno deciso in merito a quella Candy, ma la storia della bambina ce la siamo tolta dai piedi. È stata ritirata dal sito, e si stanno precipitando a ristampare la versione cartacea corretta ».

Per la seconda volta in altrettante settimane, Strike provò un'ondata di sollievo quasi vertiginoso. Restituì a Rokeby il cellulare.

« Ha risolto? »

« Sì » disse Strike.

« E la storia della prostituta? »

« Ci sta lavorando » disse Strike. Con una certa difficoltà, aggiunse: « Lo apprezzo molto. Grazie ».

« Ho soltanto fatto una telefonata » si schermì Rokeby. « Non è granché. Posso chiederti qualcosa in cambio? »

« Che cosa? »

« Voglio che restiamo in contatto. Non per la mia cazzo di immagine, o altre stronzate del genere. Non mi piace non sapere niente di te. Sei carne della mia carne, cazzo. So di essere stato un pezzo di merda, ok? So di non poter tornare indietro e farti da padre, ma sono vecchio. Sembra assurdo esserci arrivato, dopo aver vissuto come ho vissuto io, dovrei già essere morto e sepolto, ma sono vecchio e non voglio crepare senza averti conosciuto. Magari pensi che non abbia il diritto di essere orgoglioso, invece lo sono. Sono orgoglioso di te ».

Gli occhi iniettati di sangue di Rokeby si erano riempiti di lacrime.

« Non devi accettare nulla, non sto provando a comprarti, so che non ti è andato giù che ti abbia offerto dei soldi, prima. Voglio solo conoscerti. Solo una birra o qualcosa del genere, e non in pubblico. Un'altra birra, quando non avrai più i giornalisti alle calcagna. Una birra ».

Strike lo guardò per qualche combattuto secondo, poi disse: « Sì, va bene. Ci faremo una birra ».

PARTE NONA

Osservando la conformazione della caverna, giunse alla conclusione che da qualche parte, sul lato opposto, dovevano esserci delle aperture...

John Oxenham
A Maid of the Silver Sea

106

Chi sostiene, chiedi, la mia mente in questi giorni bui?

Matthew Arnold
To a Friend

Nonostante quello che continuava a ripetere a Murphy, Robin non si sentiva 'bene', 'a posto', 'decisamente ok'. Era costantemente sull'orlo delle lacrime. Continuava a rivedere il volto del suo aggressore, distorto dalle strane ombre rettangolari proiettate in obliquo dal lampione stradale. Le sembrava di sentire le sue mani forti che la strozzavano. Deglutire era doloroso. Quando si guardava allo specchio, vedeva dei lividi grigio scuro sul collo; quando faceva la doccia, vedeva altri ematomi sui fianchi e il ventre, dove l'aggressore aveva piantato le ginocchia. Continuava ad avere dei flash dell'uomo che per un soffio non l'aveva uccisa quando aveva diciannove anni, della maschera da gorilla a pochi centimetri dalla sua faccia, della macchia di vitiligine sotto il suo orecchio, che aveva notato e che, a quanto le aveva riferito in seguito l'agente di collegamento, era stata fondamentale per identificarlo e arrestarlo. Le sembrava di sentir prudere la cicatrice di venti centimetri sull'avambraccio, che le riportava alla mente un altro uomo che l'aveva aggredita, sbucando dal buio.

Se avesse raccontato tutto questo a uno sconosciuto, le avrebbe chiesto come diavolo fosse possibile che avesse dovuto fronteggiare tre uomini diversi, tutti decisi a strangolarla o accoltellarla. E ancora non aveva menzionato il fatto di essere stata minacciata con una pistola, o la volta in cui era stata aggredita sessualmente dal capo di una setta. Lo sconosciuto avrebbe pensato che stesse mentendo, o che avesse un disperato bisogno di attenzioni. Era assurdo. Era ridicolo. Queste cose non succedevano, punto e basta. E se succedevano, di certo non capitavano tutte alla stessa donna. Aveva fatto qualcosa per attirarli? Cosa c'era di sbagliato in lei?

Era l'anello debole. Era la più semplice da intimidire. Per il resto della vita si sarebbe trascinata dietro la sua storia di vittima, in piena vista, così che tutti potessero approfittarsene.

Di questo, con Murphy, non poteva fare parola. Non potevano affrontare entrambi due colossali crisi sul lavoro allo stesso tempo. Se Murphy era già preoccupato per lei, nonostante non gli avesse detto nemmeno la metà di quello che era successo – no, non gli aveva detto nemmeno un centesimo di quello che stava succedendo – Robin faticava a immaginare come avrebbe reagito se avesse saputo che Giubbotto Verde l'aveva già seguita almeno due volte, che l'aveva minacciata con un coltello e che, ne era quasi certa, le aveva messo in mano un piccolo gorilla da Harrods. Non poteva dirgli che il suo aggressore era quasi certamente uno degli ex galeotti di Branfoot, perché da lì si sarebbe arrivati subito a Malcolm Truman, alla Met e ai massoni, e se gli avesse rivelato che un secondo uomo l'aveva pedinata a bordo di una Honda Accord, o se l'avesse informato delle telefonate minacciose in ufficio, lui si sarebbe infuriato. *Perché non mi hai detto niente?*

E la risposta a quella domanda era semplice: perché lui le avrebbe suggerito di smettere di rivivere i suoi traumi, di lasciare il lavoro che le aveva regalato la cicatrice e i lividi, l'insonnia e gli incubi; lo stesso consiglio che – Robin non aveva dubbi – le avrebbe dato qualunque persona sana di mente. Murphy avrebbe voluto che si ritirasse alla vita semi-monastica in cui era piombata dopo lo stupro devastante, quando quasi non riusciva a uscire di casa. Lui non capiva che quel lavoro le aveva restituito il senso della propria indipendenza, che aveva perso a diciannove anni. Oltre a tutte le altre cose che la recente aggressione aveva comportato, era stata costretta ad affrontare il fatto nudo e crudo che avrebbe preferito rinunciare a tutto, Murphy incluso, piuttosto che lasciare l'agenzia. A causa di questa consapevolezza, aveva timore a parlare con un terapeuta. Non voleva che qualcuno analizzasse le sue scelte lavorative, e non voleva rivivere da capo lo stupro, con una confezione di fazzoletti a portata di mano e uno psicologo che prendeva appunti annuendo.

Strike, nel frattempo, aveva insistito al telefono perché si prendesse qualche giorno libero. Ne avevano discusso. Robin era terrorizzata dall'eventualità di non riuscire più a lasciare l'appartamento, se ci fosse rimasta troppo a lungo. Alla fine, aveva accettato di lavorare da casa per una settimana.

Quello che Robin ignorava era che Murphy aveva chiamato Strike il giorno dopo l'aggressione a Beaconsfield. La conversazione era stata breve e serrata. Murphy aveva detto a Strike che Robin era in uno stato pietoso. Strike aveva risposto che, per quanto lo riguardava, Robin era libera di assentarsi per tutto il tempo che voleva, ma che era stata lei a insistere per prendersi appena cinque giorni.

«Dopo Chapman Farm ha avuto soltanto una settimana libera» aveva detto Murphy con tono accusatorio.

«Di nuovo, è stata una sua scelta» aveva ribattuto Strike.

Ma la telefonata aveva prodotto in Strike, che stava sorvegliando l'ufficio di Due-volte dalla sua BMW, un crescente senso di preoccupazione per le condizioni mentali di Robin. Non gli serviva che fosse Murphy a dirgli che Robin avrebbe avuto bisogno di un periodo di riposo più lungo, dopo essere uscita dalla setta su cui aveva indagato l'anno prima, né che gli facesse una lezioncina sugli effetti del disturbo post-traumatico da stress, perché ne aveva sofferto in prima persona.

Aveva colto, nel tono di Murphy, una nota possessiva che in passato non era mai stata altrettanto palese, senz'altro perché lui e Robin ora erano ufficialmente fidanzati, e questo aveva spinto Strike a essere più conciso al telefono di quanto sarebbe stato altrimenti. Ciononostante, la telefonata aveva sortito l'effetto desiderato, cioè ricordare a Strike che aveva degli obblighi etici nei confronti di Robin, anche se era socia dell'agenzia e non più una dipendente. Queste riflessioni l'avevano spinto ad affrontare la successiva conversazione con Robin con un tatto per il quale, come Strike sapeva benissimo, non era esattamente famoso. Quando quel mercoledì si presentò un pretesto per contattarla, la chiamò dall'ufficio: «Ho delle novità».

«Oh, bene» disse Robin. «Mi annoio. Sono qui a seguire il dibattito parlamentare sulla finanziaria». Non era del tutto vero. Il Cancelliere dello Scacchiere si stava effettivamente rivolgendo al Parlamento sul televisore con volume azzerato, ma Robin in realtà stava consultando un vecchio sito amatoriale dedicato ai presunti avvistamenti di Reata Lindvall successivi al presunto omicidio.

«Be', per cominciare: Barclay ha beccato Due-volte. Foto in cui esce da un hotel con una bionda in minigonna e con quantità industriali di trucco in faccia».

«Ottimo. L'hai già detto alla Signora Due-volte?»

«Sì, e credo che lo spolperà per bene, quindi gli ci vorrà qualche anno prima che possa dedicarsi di nuovo ai suoi pruriti da spione. Ma ho una notizia persino migliore. Indovina chi ha acconsentito a incontrarmi venerdì?»

«Chi?»

«Un tizio buffo della TV. Partecipa a un sacco di quiz. Paga per fare ammazzare delle pornostar».

«Stai scherzando?»

«No. E non finisce qui: vuole offrirmi la cena al Goring Hotel».

«Perché?»

«Pura ruffianeria» disse Strike. «A questo punto i suoi contatti in polizia devono averlo informato che William Wright non era Jason Knowles, quindi penso sia ancora più preoccupato che ficchiamo il naso nei suoi affari. Ho chiamato il suo ufficio stamattina, dicendo che volevo parlare con lui della regolamentazione delle investigazioni private, considerando i suoi commenti sui giornali. 'Oh, certo, un'idea sublime'».

«Non ha mai detto 'sublime'».

«Certo che sì. Ha detto anche 'mirabile'».

«Te lo stai inventando».

«Aspetta» disse Strike. «Gli ho detto che volevo portare anche la mia socia. Ha risposto che ne sarebbe entusiasta».

«Fantastico, ho bisogno di uscire da questo maledetto appartamento» disse Robin con entusiasmo: esattamente la reazione che Strike aveva sperato. «Il Goring... non è dove stanno sempre gli aristocratici quando vengono a Londra?»

«Credo si aspetti che resteremo a bocca aperta».

«Perché sta provando a lisciarci il pelo?»

«Direi che ci tiene a farci vedere che non ha assolutamente nulla di personale contro di noi, solo un interesse professionale nella regolamentazione del settore. Ma immagino speri anche che, davanti a un'aragosta alla Thermidor, gli diremo tutto quello che sappiamo a proposito di un certo cadavere in un caveau».

«Non mi piace l'aragosta».

«Allora ordinala e lasciala. Paga lui» fece Strike, e Robin rise. «Io e te dovremo incontrarci prima, al bar, per mettere a punto la strategia».

«Ottimo» disse Robin. «Ora cosa stai combinando?»

«Sono di nuovo sul dark web».

«Per fare cosa?»

Strike dubitava che Robin fosse nelle condizioni psicologiche più adatte per dirle che aveva ricominciato a guardare i video delle esecuzioni di Daesh, dunque scelse di condividere solo la parte più digeribile della verità.

«Mi ci sono volute quasi dodici ore, ma credo di aver trovato Rena Liddell che chiedeva consigli su come rimediare una pistola online. Anche lì si faceva chiamare 'Mirbat'. Ero sicuro che l'avrei scovata da qualche parte. Se ha chiesto una pistola a me, un perfetto sconosciuto, perché non farlo apertamente su internet? A ogni modo, ha avuto un breve scambio con un tizio che sosteneva di poterla aiutare, e lei gli ha candidamente dato il numero di cellulare. Ho la sensazione che quest'uomo non fosse chi diceva di essere. Credo che fosse lì per tenderle una trappola».

«Perché?»

«L'ortografia e la punteggiatura erano troppo corrette, e le ha fatto delle domande ad arte. Ma devono essere rimasti delusi da quello che le hanno cavato, perché appena ha avuto l'occasione di mettere le mani su un'arma, lei si è messa a chiedere se in fin dei conti uccidere non fosse sbagliato. Immagino che non abbiano ragioni valide per trattenerla a lungo in una clinica psichiatrica contro la sua volontà. Le ho lasciato un messaggio sul cellulare».

«Sei sicuro che contattarla sia...?»

«Saggio? Se farà arrabbiare l'MI5? Se Ralph Lawrence si incazzerà perché non sono scappato a gambe levate come mi ha suggerito lui?»

«Sì, tutto quanto» disse Robin.

«Mi ha costretto ad arrampicarmi sul tetto di quel cazzo di pub per darmi una lezione. Non infrango nessuna legge chiamando un numero di telefono».

«Lo so, ma...»

«Porta degli occhiali da aviatore! Non c'è altro da aggiungere».

Pur sapendo che non avrebbe dovuto, Robin rise di nuovo.

«Tu hai qualche novità?» chiese Strike.

«Non molte» rispose Robin, facendo un respiro profondo, perché voleva sembrare disinvolta e distaccata mentre diceva quello che stava per dire. «Il tizio che mi ha aggredito a Beaconsfield è stato rilasciato con la condizionale».

«Merda» fece Strike.

Sapeva che sarebbe successo, ma trovava vergognoso che fosse successo davvero. Strike era convinto che alcune categorie di criminali fossero trattate con eccessiva clemenza da parte del sistema giudiziario, un'opinione che aveva preso forma nel corso dell'adolescenza, quando aveva assistito alle violenze del patrigno, poi rilasciato con una serie di obblighi che non aveva mai rispettato.

«Hai scoperto qualcos'altro su di lui?» chiese Strike.

«Non molto» disse Robin. «Sembrano ancora credere che mi abbia scelta a caso, anche se ho raccontato loro delle altre volte che l'avevo visto...»

«'Volte', al plurale?» chiese Strike con una nota di severità nella voce.

«Ti prego, non cominciare» disse Robin, «l'ho... l'ho visto sabato, fuori dal mio appartamento».

Con estrema difficoltà, Strike si costrinse a 'non cominciare', ricordando a se stesso che proprio sabato era stato un coglione con

Robin, cosa che probabilmente l'aveva dissuasa dal chiamarlo per avvisarlo che Giubbotto Verde era appostato sotto casa sua.

«Quindi sa dove abiti?»

«Sì» rispose Robin. «Hai presente il gorilla di gomma e il pugnale massonico con cui mi ha minacciata?»

«Sì, stranamente li ho ancora ben presenti».

«Li ho qui a casa, chiusi nei sacchetti da freezer. Ne ho parlato con la polizia, ma finora nessuno è venuto a prelevarli. Sembrano propendere per l'ipotesi che sia un criminale opportunista o uno stalker, e non qualcuno che voglia impedirmi di andare avanti con l'indagine. Non erano molto interessati quando gli ho detto che sabato un uomo con lo stesso giubbotto era davanti a casa mia».

«Murphy non può convincerli a prenderla un po' più sul serio, cazzo?»

«Ha fatto tutto quello che poteva» mentì Robin.

«Quindi non ti hanno detto altro? Solo che l'hanno rilasciato con la condizionale?»

«E che vive a Londra, ma in tutt'altra zona. Credo abbiano pensato che mi sarei sentita più al sicuro... Anche se, visto che sa perfettamente dove abito, non ha funzionato» ammise Robin. «Comunque, valgono le solite condizioni: non può cambiare domicilio, non gli è permesso contattarmi e si deve presentare in commissariato una volta alla settimana».

«Oh sì, questo lo fermerà senz'altro» si lasciò sfuggire Strike, prima di ricordare che probabilmente non era la cosa più intelligente da dire. «E quel tizio più vecchio sulla Honda Accord? Lui l'hai rivisto?»

«Non da quando te ne ho parlato».

«Ok, bene, dobbiamo decidere come gestire la faccenda d'ora in poi».

«Che cosa vuoi dire?»

«Sai benissimo cosa voglio dire» rispose Strike.

Non era un caso se le aveva proposto di unirsi a lui per la cena al Goring prima di affrontare questa parte della conversazione, perché voleva rassicurarla che non intendeva estrometterla dal caso. La mancata risposta all'altro capo della linea gli fece capire che

Robin era sulle spine per quello che stava per dirle, ma non era più tempo di girarci attorno o di minimizzare. Non si sarebbe arrabbiato com'era successo a Ironbridge, ma nemmeno sarebbe venuto meno a quello che sapeva essere il suo dovere, anche se Robin non avrebbe apprezzato. Scoprire che l'uomo con il giubbotto verde era stato più insistente di quanto avesse sospettato finora l'aveva rafforzato nella convinzione che fosse necessario ricorrere a misure di sicurezza più stringenti.

«Qualcuno, probabilmente Branfoot, sta provando a spaventarci, e tu sei il suo bersaglio» disse Strike.

«Perché sono...»

«Perché crede di avere individuato il tuo punto debole» disse Strike con decisione. «E una volta che il tuo avversario ha individuato il tuo punto debole, non continui a offrirglielo, ma lo *proteggi*. Sei letteralmente la migliore con cui abbia mai lavorato. *La migliore di tutti.* Ma tu non ti sei fatta remore a dirmi che non potevo lavorare con le stampelle, e ora ti restituisco il favore. Niente mezzi pubblici, niente luoghi isolati, e *soprattutto* niente trasferte notturne da sola. *Zero*, finché non avremo chiuso il caso».

«Ma...» cominciò Robin, i cui occhi si erano riempiti di lacrime quando Strike aveva detto che era la migliore con cui avesse mai lavorato.

«Nessun 'ma'» disse Strike. «Abbiamo già affrontato l'argomento. Se tutto questo non ti ha fatto suonare un campanello d'allarme, è il caso che succeda adesso. Non significa che non puoi lavorare, significa solo che per un po' lavorerai in maniera diversa».

«Ma Strike, non posso smettere di lavorare di notte. Se Plug e i suoi amici stanno progettando di vendicarsi dell'uomo in Carnival...»

«Finora non è successo niente, e potrebbe essere solo un mare di chiacchiere e spacconate. Ascolta» disse Strike, e dovette mettere da parte l'orgoglio per ammettere che ricordava alla lettera le parole di lei, «tu mi hai detto che non 'volevi perdermi'. *Io* non voglio perdere *te*».

Anche se questa volta Strike non poté sentirla, perché si era coperta la bocca con la mano, Robin aveva ricominciato a piangere. Calde lacrime le colavano lungo le dita, e non si sentiva abbastanza sicura di sé da riprendere a parlare.

« C'è una cosa che non ti ho detto » continuò Strike. « Venerdì, quando hai chiamato, ero da Rokeby ».

« Dove? » disse Robin, con voce leggermente strozzata.

« Da Rokeby » ripeté Strike.

« Cos'è, un ristorante? » chiese Robin, sforzandosi di sembrare normale.

« No, a casa di Jonny Rokeby » disse Strike. « L'uomo che mi ha regalato metà del mio DNA. Mio padre, se vuoi chiamarlo così ».

« *Cosa?* » fece Robin. L'informazione era servita a distrarla, proprio come Strike aveva sperato. « Tu... *cosa*? Perché? Come? »

Quando Strike ebbe finito di spiegarsi, Robin, stupefatta, disse: « Hai accettato di prendere una birra con lui? »

« Non avevo molta scelta, ti pare? Non dopo che mi ha tirato fuori da quel casino. Ma oggi, se guardi il giornale, ci troverai una rettifica e delle scuse per la questione di Candy. Le hanno relegate a pagina sedici, ma comunque... »

« Wow » esclamò Robin, che si era asciugata la faccia con la manica e ora, nonostante l'imposizione delle nuove condizioni di lavoro, si sentiva molto meglio rispetto all'inizio della telefonata. Per quanto strano, era rassicurante sapere che anche Strike aveva commesso degli errori di valutazione, che avevano rischiato di compromettere non solo la sua serenità mentale ma anche la sua capacità di lavorare.

« Che impressione ti ha fatto? » gli domandò. « Voglio dire, è la prima volta che avete un incontro come si deve, no? »

« Mi è piaciuto un briciolo di più di quanto mi aspettavo » ammise Strike. « È stato più sincero di quanto credevo, a proposito della sua vita. Se avesse attaccato bottone in un bar, non mi scomoderei a incontrarlo di nuovo. Ma mi è sembrato un tipo a posto ».

« Mi fa piacere » disse Robin. « E sono felice per la rettifica riguardo a Candy » aggiunse, prendendo l'appunto mentale di farlo presente a sua madre.

«Comunque» continuò Strike, «venerdì, per andare e tornare dal Goring, voglio che tu prenda un taxi, ok? E c'è un'altra cosa che puoi fare da casa, visto che io non ho tempo. Ho passato al setaccio 'La verità sui massoni' e 'Accusati ma Innocenti' in cerca di username, di domande e dettagli personali che compaiano su entrambi i siti, facendo particolare attenzione a chi ha postato attorno al giugno dello scorso anno o prima, ma non ho trovato niente. Apprezzerei molto se facessi una ricerca più approfondita e sistematica».

«A quanto sappiamo, Wright non ha mai pubblicato niente su nessuno dei due siti» disse Robin, che sospettava le avesse affidato un compito destinato a non produrre risultati, ma che la tenesse occupata e al sicuro nel suo appartamento. «È possibile che li abbia solo consultati. E quante probabilità ci sono che abbia usato lo stesso nome utente su entrambi?»

«Se è furbo non l'ha fatto» convenne Strike, «ma tentar non nuoce».

«Va bene» sospirò Robin, «darò un'occhiata».

«Ti sarei anche grato se insistessi un po' di più con Tish Benton. Siamo completamente bloccati per quanto riguarda Fleetwood».

«Sto tenendo d'occhio il suo profilo Instagram» disse Robin. «Se la sta spassando, volando da un hotel Clairmont all'altro».

«Clairmont, hai detto?» fece Strike.

«Sì. Sai, è una grande catena di lusso. Era in un hashtag sotto una delle foto che ti ho mostrato, sul suo Instagram».

«Ah» disse Strike. «Avrei dovuto farci caso».

«Perché?»

«Il bisnonno di Charlotte era il proprietario del primo hotel. Il nome da nubile di sua madre è Tara Clairmont. Credo sieda ancora nel consiglio di amministrazione della società».

«Oh» fece Robin.

«Mi pare una coincidenza bizzarra» disse Strike, ma visto che Robin non rispondeva aggiunse che doveva andare e riattaccò, chiedendosi perché non gli avesse detto della proposta di matrimonio, e concludendo che probabilmente stava aspettando di annunciarglielo di persona.

Il riferimento a Charlotte aveva causato in Robin uno strano groppo al cuore, che non riusciva a spiegarsi ma su cui preferiva non interrogarsi oltre. Le parve di essere diventata un groviglio di nervi ipersensibili, e aveva decisamente bisogno di darsi una regolata, di smettere di essere così nervosa ed emotiva, soprattutto ora che Strike era riuscito a farla sentire un po' meglio. Ciononostante, dopo che Strike ebbe riattaccato, pianse ancora. Si trascinò in cucina per prendere qualche fazzoletto con cui asciugarsi gli occhi e soffiarsi il naso, e si disse che il vero problema era che era stanca, quindi tornò al divano e al sito su Reata Lindvall, che non veniva aggiornato da diversi anni.

L'intestazione in cima alla pagina diceva: 'ELIAS MAES HA SCONTATO DIECI ANNI PER UN REATO CHE NON HA COMMESSO'.

In realtà, Maes aveva ormai scontato sedici anni per il duplice omicidio di Reata e della figlia. La sua foto mostrava un uomo dall'aria rabbiosa con un marcato prognatismo, le sopracciglia folte e una faccia che pareva lercia per via della barba non fatta; a dire il vero, aveva tutta l'aria di poter essere un duplice omicida.

Sotto alla foto segnaletica ce n'erano altre. Sulla sinistra, alcune foto vere di Reata; sulla destra, immagini di ipotetici avvistamenti in svariate località del continente, successive alla sua presunta morte.

Avvistata a Ossendorf in un bar, giugno 1999. Capelli ovviamente tinti ma fate caso alla forma delle sopracciglia, una più alta dell'altra. Ossendorf è a 1 ora appena da Liegi!!!!!!

Settembre 2001 hall di un hotel a Dortmund. La Lindvall sta per salire in ascensore, capelli di nuovo ossigenati.

25 aprile 2002 ha messo su UN SACCO di chili e ha tagliato i capelli, ma il profilo destro CORRISPONDE ALLA PERFEZIONE.

C'era anche una foto di Jolanda, più o meno all'età di tre anni: una bambina mora, seduta sulle ginocchia di Reata, che invece era bionda. Tutte e due sembravano serie e concentrate, con lo sguardo puntato nella stessa direzione. L'assenza di un sorriso sulla faccia di entrambe era stata interpretata, dalla persona che aveva compilato la didascalia, come una prova schiacciante dell'indifferenza di Reata nei confronti della figlia. *'Una madre amorevole'. Ne ha proprio l'aria, vero?*

Le ultime foto erano state selezionate per 'dimostrare' che Reata fosse molto più felice senza Jolanda. Una la ritraeva con un vestitino succinto mentre ballava durante un concerto in un affollato locale di Liegi, simile a una grotta, con i capelli biondi sollevati per aria.

Lui le disse che gli ricordava una ragazza svedese che aveva conosciuto in passato.

Con un *clic* Robin chiuse il sito, e tornò a quello dell'associazione di persone scomparse su cui si era imbattuta in Sapphire Neagle. La ragazza non era ancora stata ritrovata.

Con un sospiro, andò a prendere caffè e biscotti. Aveva bisogno di energia se davvero doveva dedicare giorni e giorni a scoprire se qualcuno, tra le centinaia di utenti di 'La verità sui massoni' e 'Accusati ma Innocenti', avesse un legame, anche tenue, con uno dei loro candidati a essere William Wright.

107

Avesse voluto lei l'incanto, pure sarebbe rimasto
un velo tenue e sicuro tra il mio amore e lei –
avrei potuto fissare il viso dietro un velo,
e trovare la sua anima come quando amici si parlano
da amici, e potevano essere innamorati.

Robert Browning
Accanto al caminetto

I cambiamenti nell'orario di lavoro di Robin avrebbero reso molto difficile coprire tutti gli attuali incarichi dell'agenzia, se non fossero già venuti a capo del caso di Due-volte. Strike aveva chiesto a Wardle di dedicarsi in via prioritaria a scoprire tutto quello che poteva sul conto di Giubbotto Verde, noto anche come Wade King, mentre lui, dal canto suo, esitava ad accettare il primo cliente in lista d'attesa: un uomo che temeva che la moglie, una funzionaria di alto livello, lo tradisse.

«Dovremmo provare a lavorare meglio per lavorare meno» propose Barclay, incrociando Strike in ufficio il giovedì.

«Come se avesse mai funzionato» grugnì Strike.

Il venerdì pomeriggio, Strike tornò nell'appartamento in mansarda dopo aver sorvegliato per diverse ore Plug, che con sommo fastidio di tutti era ancora a piede libero, per cambiarsi in vista della cena con Lord Oliver Branfoot. Mentre si annodava la cravatta, ricordò a se stesso che, quando Robin gli avesse annunciato di essere ufficialmente fidanzata, avrebbe dovuto recitare meglio di quanto avesse mai recitato in vita sua.

«Congratulazioni» mormorò tra sé, mentre fissava lo specchio del bagno, l'unico che possedeva. Il suo riflesso aveva l'aria di chi deve annunciare un decesso.

Wardle lo chiamò mentre stava scendendo la scala in metallo che portava in strada.

«Ho qualcosa su Wade King».

«Eccellente. Spara».

«Trentasei anni, fino a pochi mesi fa faceva il camionista su lunghi percorsi, al momento è disoccupato, vive con la compagna a Rainham, ha un figlio. Un vicino lo sospetta di violenza domestica: la donna indossa spesso gli occhiali da sole».

«Precedenti?»

«Aggressione aggravata quando aveva venticinque anni. Da allora niente. Mai finito al fresco».

«Hai idea del perché abbia perso il lavoro?»

«No» disse Wardle, «ma prima che lo licenziassero aveva lavorato cinque anni per la stessa ditta».

«Interessante» fece Strike.

Apprendere che King era un violento non fu una sorpresa, ma Strike si era aspettato di scoprire che fosse molto giovane, che vivesse nel degrado, che avesse un disperato bisogno di soldi e fosse appena uscito di galera: in breve, il prototipo del giovane che Lord Branfoot poteva usare come scagnozzo. Perché un uomo che fino a poco tempo prima aveva un lavoro stabile, pur avendolo perso da poco, per non parlare di una compagna e di un figlio a casa, doveva tentare di rapire una donna, solo per denaro? E in più faceva il camionista... anche il defunto Todd aveva lavorato come camionista, prima di essere licenziato. Possibile che fosse una coincidenza?

Mentre raggiungeva in taxi il Goring, uno dei pochi hotel a cinque stelle di Londra in cui non aveva mai messo piede, si ritrovò per l'ennesima volta a interrogarsi sull'enigmatico Oz. Forse, come aveva suggerito Robin, King *era* Oz? Possibile che la polizia avesse arrestato e rilasciato l'uomo che secondo Strike aveva ucciso almeno quattro persone in un anno? Tirò fuori il taccuino e prese un appunto per ricordarsi di scoprire, se possibile, dove si trovava Wade King al momento degli omicidi di William Wright e Sofia Medina.

Quando arrivò al cocktail bar del Goring, trovò Robin già seduta a un piccolo tavolo rotondo accanto al caminetto in marmo, sullo sfondo di una parete con delle stampe botaniche su carta dorata; era più bella che mai (il che non rendeva le cose più semplici), con i capelli biondo rame puliti e sciolti, e un vestito a collo alto e aderente, color rosa antico, che Strike trovò sexy nella sua estrema sobrietà. Quando le si avvicinò, lei posò la stessa rivista che lui aveva letto al Savoy, con in copertina Cosima Longcaster scarmigliata dal vento.

«Ciao» disse Strike, scostando la sedia in velluto per accomodarsi, quindi aggiunse (ma che importanza poteva avere, ormai?): «Stai benissimo».

«Mi sono detta che dovevo fare uno sforzo» si schermì Robin, anche se il complimento le aveva fatto piacere. Invece di ammettere di aver scelto la versione rosa del vestito invece di quella nera per via del consiglio di stile non richiesto di Dino Longcaster, proseguì: «L'ho comprato online, mi serviva qualcosa che mi coprisse il collo».

«Ah» disse Strike. «Hai dei segni?»

«Fidati, non vuoi vedere cosa c'è qua sotto».

Mettimi alla prova, pensò Strike.

Lei gli porse il menu con la mano destra, mentre la sinistra rimase nascosta.

«Hai ordinato?» chiese Strike.

«Non ancora. Prenderò qualcosa di analcolico».

Dopo aver chiesto al cameriere un whisky e un mocktail, Strike si voltò verso Robin, e vide che si scostava i capelli dalla faccia con la mano sinistra, a cui non portava nessun gioiello. Robin, notando il suo sguardo attento, controllò se sul dorso della mano avesse qualcosa di cui non si era accorta: una traccia di mascara, per esempio, di cui, come a Ironbridge, lui non l'aveva informata.

«C'è qualche ragione particolare per cui non vuoi bere?» chiese Strike, domandandosi se astenersi dall'alcol fosse necessario per il prelievo degli ovuli.

«Non mi va, tutto qui» rispose Robin, decidendo di non confidargli che preferiva restare completamente lucida. Sarebbe tornata a casa in taxi, ma c'era comunque il tragitto tra il marciapiede e il portone. « Perché? »

All'improvviso, Strike decise di passare all'offensiva in territorio nemico.

« Wardle mi ha detto che Murphy ci è ricascato ».

« Oh » fece Robin, tutt'altro che contenta che Strike ne fosse al corrente. Aveva bisogno di distrarsi, non di discutere della sua relazione. « Be'... sì, ha avuto una ricaduta, quando le cose si sono messe male al lavoro. Ma ora è tornato agli AA. È tutto sotto controllo ».

« Capisco » disse Strike. « Andrete comunque a convivere? »

« In realtà no » rispose Robin. « Abbiamo perso la casa ».

« Ah » fece Strike. « State ancora cercando? »

« Al momento abbiamo smesso, con tutto quello che sta succedendo. Comunque » proseguì Robin, evidentemente preferendo non soffermarsi sull'argomento della ricerca della casa, « ho trovato qualcuno su 'Accusati ma Innocenti' che ha postato anche su 'La verità sui massoni'... a meno che non ci siano due persone che usano lo stesso nome utente ».

« Sul serio? » disse Strike, sorpreso. « E che nome è? »

« Austin H » disse Robin.

Dal nulla, la parola '*fuzz*' fece capolino nella mente di Strike; non sapeva perché, ma prima che potesse indagare oltre, un'affettata voce maschile disse: « Salve salve! »

Strike e Robin alzarono lo sguardo su Lord Oliver Branfoot, alto e paffuto, con gli inconfondibili capelli arruffati, gli occhi dal taglio spiovente e un sorriso affabile a incurvargli le labbra carnose.

Al suo fianco, in un abito nero aderentissimo, lungo fino alle ginocchia, c'era Kim Cochran.

108

Ma la Vendetta segue una via perigliosa,
biforcata, irta di trappole e insidie
per chiunque la percorra, che insegua o fugga –
un'ardua via per la preghiera di una madre.

Matthew Arnold
Merope: A Tragedy

L'arrivo di Branfoot aveva scatenato un fremito di eccitazione in tutta la stanza. Molte teste si erano voltate, con espressione per lo più divertita.

Strike fu il primo a riprendersi dalla sorpresa di vedere Kim. Quando si alzò per accettare la stretta di mano di Branfoot, il flusso dei suoi pensieri cambiò marcia, come capitava sempre quando era sotto pressione. Vide stendersi davanti a sé, come le tessere di un domino, la sequenza di eventi che poteva aver dato vita a quell'accoppiata; era certo che fosse stata Kim a fare la prima mossa, e Branfoot era stato lieto di accettare il dispendioso aiuto dell'agenzia Navabi per neutralizzare la minaccia rappresentata da Strike e Robin.

Robin sentì la borsetta scivolarle dalle ginocchia e si chinò a raccoglierla, felice di avere una scusa per nascondere lo choc che, ne era certa, le si leggeva in faccia.

«Lei e la signorina Ellacott conoscete già la signorina Cochran, se non erro?» disse Branfoot, con la sua pronuncia blesa.

«Come no» fece Strike.

Né Kim né lui porsero la mano all'altro.

«Oh, la prego, non vogliamo metterle fretta!» disse Branfoot con tono amabile, quando Strike vuotò il bicchiere di whisky.

«Non c'è problema» disse Strike. «Siamo pronti per la cena».

Robin, che aveva raccolto la borsetta, si alzò, consapevole che nella sua espressione si leggeva chiaramente la totale confusione che provava.

«Le fotografie sui giornali non le rendono giustizia, signorina Ellacott» disse Branfoot raggiante.

Robin gli permise con riluttanza di stringerle la mano. Quello era l'uomo che aveva provato a fare assassinare Danny de Leon, e che stava facendo tutto il possibile per sabotare la loro agenzia: la sua piaggeria aggiungeva la beffa ai danni celati dal vestito rosa.

«Ci appropinquiamo, che dite?» propose Branfoot, agitando il lungo braccio in direzione della hall.

Altre teste si voltarono quando il quartetto si mosse verso la porta, e Branfoot rispose con un ghigno a trentadue denti a ogni faccia sorridente, degnando alcune di un mezzo cenno di saluto. Kim procedeva al suo fianco, senza guardare né a destra né a sinistra, i tacchi un paio di centimetri più alti di quelli di Robin, ogni capello sulla testa scura perfettamente acconciato. Robin lanciò uno sguardo in tralice al suo socio, provando a decifrare la sua reazione a quella situazione imprevista, ma l'espressione di Strike non lasciava trapelare nulla. Allo stesso tempo, la sua mente aveva iniziato ad arrovellarsi, e mentre camminava accanto a Kim un sospetto prese forma, e più ci pensava, più era certa di avere ragione.

Quando attraversarono la hall, con le palme dipinte sulla carta da parati, un uomo anziano lanciò uno strillo di piacere alla vista di Branfoot e si fermò per stringergli la mano.

«Vogliamo che torni!» gli disse, e sembrava sincero, mentre la moglie rimase un poco in disparte con un sorrisetto nervoso. «Vincerebbe a mani basse!»

«*Aut viam inveniam aut faciam*» li rassicurò Branfoot con una risatina. «Restate sintonizzati».

Quando i tre detective e Branfoot entrarono nell'ampia e sontuosa sala da pranzo, completa di lampadari e di moquette cremisi, Strike disse: «Se mi concedete un momento, devo fare una rapida telefonata».

«Ma certo» disse Branfoot con un sorrisetto.

Non avendo idea di chi volesse chiamare Strike o del perché, e non sapendo nemmeno se davvero intendesse fare una telefonata, Robin si lasciò condurre insieme a Branfoot e Kim a un tavolo d'angolo rotondo, con una tovaglia candida come la neve. Dall'atteggiamento deferente del cameriere trapelava la stessa divertita trepidazione mostrata dalle altre persone che avevano riconosciuto Branfoot. Era come se fosse l'amico la cui comparsa a una festa viene accolta con gioia: ora poteva davvero cominciare lo spasso.

«*Bene*» disse Branfoot. «È davvero un piacere conoscerla, signorina Ellacott. Devo dirglielo, nutro una *sconfinata ammirazione* per quello che ha fatto lo scorso anno, con quell'orribile setta. È stata un'impresa assolutamente nobile».

«La ringrazio» rispose Robin.

«I giovani sono vulnerabili in modi che spesso la società ignora... soprattutto i giovani maschi. Il desiderio altrimenti sano di avere uno *scopo*, una missione, di prestare servizio, conduce molti giovani uomini a smarrirsi, e quel che ha fatto lei è ancor più ammirevole considerando che, se non erro, non possiede un addestramento formale nelle operazioni di polizia?»

«Be', sono quasi sette anni che faccio questo lav...»

«Lei era la *segretaria* del signor Strike, è corretto?»

«Non esattamente. Ho lavorato all'agenzia come interi...»

«Come interinale, sì, giusto, è quel che intendevo» la interruppe Branfoot con aria affabile. «Un notevole avanzamento di carriera! E considerando la sua storia personale, ha dato prova di un coraggio davvero *straordinario*».

Robin avrebbe potuto chiedere 'quale storia personale?', ma non si fidava di se stessa. Branfoot poteva riferirsi alla ferita da coltello sull'avambraccio destro, di cui avevano parlato i giornali, ma se la teoria di Strike era corretta e Giubbotto Verde era uno dei suoi giovani tirapiedi, Branfoot doveva essere al corrente dello stupro. Si allungò per prendere il pane e notò con rabbia che le tremavano le dita.

«Se ho capito bene, è legata sentimentalmente a un ispettore della CID».

«Preferirei non parlare della mia vita privata, se non le spiace» disse Robin con fermezza.

«Oh, di norma sarei d'accordo che i segreti d'alcova dovrebbero restare privati» disse Branfoot, continuando a sorridere, «ma il signor Strike desidera discutere della regolamentazione del vostro settore, e a preoccuparmi sono *precisamente* le zone d'ombra tra investigatori regolari e non. Anzi, so che preoccupano anche la polizia».

Robin guardò Kim all'altro lato del tavolo.

«Di' a Navabi che l'uomo della Honda Accord è un cane».

«Scusami?» fece Kim con tono gelido.

«L'investigatore sulla Honda Accord, l'uomo con i capelli grigi e il naso minuscolo. Dovresti dire a Navabi che l'ho notato più volte».

«Perdonami, ma non so di cosa stai parlando» replicò Kim, ma un vago rossore sulle guance sembrò confermare che Robin aveva colto nel segno.

Strike nel frattempo stava facendo avanti e indietro sul marciapiede davanti all'hotel, mentre concludeva un'urgente conversazione con Wardle.

«Mi serve un nome» disse Strike, «e in fretta, o siamo fregati».

«Mi rifaccio vivo appena posso» disse Wardle e riattaccò.

Quindi Strike chiamò Fergus Robertson.

«Bene, bene, bene» disse quest'ultimo, rispondendo quasi all'istante. «Ti avrei chiamato appena avessi avuto...»

«Danny de Leon si è fatto vivo?»

«Stamattina» disse Robertson, abbassando la voce ilare, «e questa volta sono davvero in debito con te. Partirò per le Isole del Canale lunedì, per intervistarlo di persona. Ovviamente ci serviranno delle pezze d'appoggio, ma potrebbe essere una cazzo di bomba...»

«Quindi il pezzo non è in uscita?»

«Gesù Cristo, Strike, non puoi sbattere una storia del genere in prima pagina senza prima sottoporla all'ufficio legale!»

«Allora dovresti mandare qualcuno con una macchina fotografica all'appartamento di Branfoot in Black Prince Road, questa sera stessa».

«Ma... cos'è suc...?»

«Ancora nulla, ma scommetto che prima che la serata finisca manderà qualcuno a far sparire l'attrezzatura per le riprese e forse anche il finto specchio».

«Aspetta... intendi *avvisare* quel pezzo di merda?»

«Se de Leon avesse parlato quando gli ho detto di farlo, tu avresti già pubblicato il tuo scoop e io non mi ritroverei davanti a quello stronzo al tavolo di un ristorante» disse Strike con rabbia. «Ti sto facendo un favore: se vuoi salvare la tua inchiesta, manda qualcuno in Black Prince Road. Ora devo andare, sto aspettando una telefonata».

Riattaccò e continuò a fare avanti e indietro, sotto lo sguardo dell'usciere in bombetta del Goring, ma cinque minuti dopo Wardle non aveva ancora richiamato. Decidendo che non poteva lasciare un istante di più Robin da sola con Branfoot e Kim, Strike risalì i gradini per tornare nell'hotel.

«Ah, eccolo qui!» esclamò Branfoot, notando Strike diretto al loro tavolo. «Ordiniamo prima di dedicarci agli affari? *Cenabis bene, mi Fabulle!*»

«Catullo però voleva che fosse Fabullo a offrire cibo e bevande» disse Strike sedendosi. «Io credevo che pagasse lei».

Questo strappò a Branfoot una risata di stupore.

«Voleva anche che Fabullo gli procurasse una ragazza 'bellissima e disponibile', non lo dimentichi. Ma sì, signor Strike, offro io. Quindi conosce Catullo?»

«Più o meno» rispose Strike.

«È una fortuna che i nostri orrendi amici *woke* non l'abbiano mai letto, non crede? Avrebbero appiccato il fuoco alle nostre biblioteche».

Branfoot mantenne viva una conversazione allegra mentre i quattro consultavano i menu.

«Vi consiglio *caldamente* il pollo ripieno al tartufo. Non fate complimenti, io intendo cominciare col caviale, le ostriche qui sono assolutamente stratosferiche...»

Una volta ordinate le pietanze, e congedato il sommelier dopo una lunga discussione con Branfoot, quest'ultimo disse: «Anche lei conosce il latino, signorina Ellacott?»

«No» rispose Robin.

«*Pedicabo ego vos et irrumabo, Aureli pathice et cinaede Furi...* sono i primi versi del carme sedici, in cui Catullo minaccia di sodomizzare Aurelio e stuprare oralmente Furio, perché si sono presi gioco delle sue poesie più svenevoli» disse Branfoot. «L'unico modo corretto di trattare i critici, non credete?»

«Io sottoporrei l'idea a un focus group prima di farne il mio programma elettorale» commentò Strike, e Branfoot rise ancora.

«Dunque, a che punto eravamo?» domandò Strike all'intero tavolo.

«Abbiamo appena grattato la superficie» disse Branfoot, con quella lieve smorfia che, come aveva notato Robin, non abbandonava mai la sua faccia. «Stavo facendo i complimenti alla signorina Ellacott per l'importante contributo che la vostra agenzia ha dato alla chiusura dell'UHC, e ho ventilato alcune delle mie preoccupazioni riguardo al settore delle investigazioni private. La signorina Ellacott è stata molto abile a non svelare le sue carte».

«Capisco» disse Strike. «Be', sono sicuro che lei è un uomo a cui piace parlare chiaro, quindi perché non andiamo dritto al sodo? Si è interessato parecchio a noi, appena abbiamo incominciato a indagare sul corpo trovato al Ramsay Silver la scorsa estate».

«È il caso che vi è stato affidato da Decima Mullins?» chiese Branfoot.

Robin avvertì un improvviso timore, che non aveva niente a che fare con le sue vicende private.

«Gli hai detto tutto, vedo» fece Strike rivolgendosi a Kim, sul cui volto ora era apparso un sorriso da gatta morta. «Hai infranto l'accordo di riservatezza?»

«Farah e io abbiamo deciso che dovevamo scoprire di più su Decima Mullins, dopo che ho lasciato l'agenzia» ribatté Kim. «Non mi avevi mai detto che ha un figlio e che sta provando a nasconderlo. L'accordo che ho firmato non riguardava anche *questo*».

«Che gran stronza» disse Robin, cogliendo Strike di sorpresa. Il sorriso di Kim si allargò e Branfoot rise.

«Un bambino è qualcosa da celebrare, mi pare» disse quest'ultimo.

«E non dimentichiamo che, oltre al ristorante, sta perdendo anche la testa» continuò Kim, «e voi due le state spillando fino all'ultimo centesimo, mentre vi dedicate ai vostri viaggetti e a inutili turni di sorveglianza, facendo finta di voler scoprire di chi era quel corpo. Due giorni fa è andata al pronto soccorso, convinta che il bambino fosse malato perché non smetteva di piangere. Questa è la persona che state sfruttando. *E in più* siete in combutta con lei per tenere nascosta l'esistenza del figlio. Immagino che allertare un assistente sociale avrebbe significato rendere nota la situazione a qualcuno che vi avrebbe impedito di fregarle altri soldi».

«Prospettiva interessante» disse Strike con ammirazione. «Sì, è chiaro che i giornali potrebbero metterla così. Una ristoratrice abbiente con un figlio segreto e un'ossessione per l'ex fidanzato, e due detective celebri che le danno corda... niente male, affatto».

Arrivò il vino. Quando Robin declinò, Branfoot fece una risatina.

«Giuro, non ho mai conosciuto qualcuno che rifiutasse un Montrachet del '92. A ogni modo, ce n'è di più per noi, eh, signor Strike... o possiamo darci del tu?»

«Sentiti libero» fece Strike.

Quando il cameriere si fu allontanato, Strike continuò: «Allora, qual è la proposta? Noi smettiamo di indagare sul corpo nel caveau e voi non parlate alla stampa di Decima e del figlio?»

«Devi capire che io non ho alcun interesse *personale* in questa storia» rispose Branfoot, «ma è *esattamente* il genere di situazione che ritengo vada regolamentata in maniera più stringente. Lo sfruttamento economico delle persone vulnerabili, tariffe esorbitanti senza alcun risultato rilevante, un atteggiamento piuttosto disinvolto per quel che riguarda la protezione dei minori... Ecco, non nego che voi due abbiate ottenuto dei successi degni di nota, ma... per essere del tutto onesto... Grazie alla mia fondazione di beneficenza ho ottimi contatti in polizia e – correggimi se sbaglio – di recente sei stato interrogato a proposito della corruzione di certi testimoni. Sventolargli davanti del denaro, naturalmente, rende alquanto fragile la loro testimonianza in tribunale».

«Bene, a quanto pare ci hai incastrati per benino» disse Strike. «Hai finito?»

«Non proprio» disse Branfoot sorridendo. «Il fidanzato della signorina Ellacott... desolato di dover tornare sull'argomento...»

Arrivarono tre *amuse-bouche* per ciascuno di loro. Il cameriere li descrisse in termini allettanti, ma Robin non udì una parola. Avvertiva una leggera nausea. Se la carriera di Murphy fosse andata in malora per il suo legame con lei...

«Dov'ero rimasto?» disse Branfoot, quando il cameriere si fu di nuovo allontanato. «Ah giusto, l'ispettore Murphy. Sì, mi spiace doverne parlare, ma è indispensabile. Sta avendo parecchi grattacapi sul lavoro, vero? Per via dell'alcol e di quell'arresto ingiustificato? E come se non bastasse, vi ha passato informazioni sottobanco».

«No» disse Robin. «Non l'ha mai fatto. L'unica persona ad averci passato informazioni riservate, che non avrebbe dovuto conoscere, è seduta di fronte a me».

Branfoot rise.

«È evidente che lei non fa politica, signorina Ellacott. L'ispettore Murphy supererebbe il vaglio dell'opinione pubblica? La gente non gradisce quando un rappresentante delle forze dell'ordine arresta la persona sbagliata, o maltratta un sospetto, o spiffera informazioni su un caso di omicidio alla prima ragazza carina con cui va a letto... e tutto questo senza menzionare la faccenda dell'alcol sul lavoro. Quindi, mi perdoni se glielo dico, ma credo che la stampa, addosso alla sua dolce metà, sentirebbe puzza di bruciato lontano un miglio».

«Be', a quanto pare ci hai passati ai raggi X» disse Strike. Poi si rivolse a Kim: «Hai rimorchiato qualcuno di interessante a Lambeth ultimamente?»

«Cosa?» fece Kim.

«Qualcuno che ha attaccato bottone nei pressi nell'ufficio di Lord Branfoot? Qualcuno che possiede un appartamento in Black Prince Road?»

L'espressione di Kim si fece stranamente vacua. Fissò Strike, e Robin, pur sapendo che avrebbe dovuto trovare deplorevole una simile eventualità, si sorprese a sperare che Kim si fosse lasciata convincere ad andare in quell'appartamento. Poi guardò Branfoot.

La maschera del buffone cordiale era svanita. Nei suoi occhi, nel volto da gnomo altrimenti buffo, ardeva un fuoco scuro, e d'un tratto era semplicissimo immaginarlo mentre porgeva una busta piena di denaro a un giovane criminale pericoloso, ordinandogli di uccidere un altro giovane uomo. Eppure l'espressione di Branfoot le parve più machiavellica che spaventata. Forse stava ripensando alla miriade di avvocati, politici, poliziotti, massoni e contatti nella stampa a sua disposizione, nell'eventualità che il pericolo che aveva subodorato si fosse manifestato concretamente, proprio come Robin aveva trovato conforto tastando lo spray al peperoncino nella borsa.

Il telefono di Strike vibrò. Lo tirò fuori dalla tasca e vide un messaggio di Wardle, di solo due parole:

Ed Billings

Ripose il cellulare in tasca. Il cameriere tornò per recuperare i piatti su cui erano stati serviti gli *amuse-bouches*. Poi Strike disse: «Uno dei nostri 'viaggetti', a cui ha appena fatto riferimento la signorina Cochran, ci ha portati sull'isola di Sark, anche se credo sarete lieti di sapere che non l'abbiamo messo in conto alla signorina Mullins. Siete mai stati a Sark?»

Branfoot non rispose. Il suo improvviso, inconsueto silenzio era non tanto quello della preda, quanto quello del carnivoro che si prepara all'attacco.

«Un posto interessante» disse Strike come per fare conversazione. «Molte cose da vedere. E indovinate chi abbiamo incontrato? Un tuo conoscente».

Strike si servì una pagnotta. Il silenzio proseguì ininterrotto fino all'arrivo degli antipasti.

Assemblare tutte le componenti del caviale di Branfoot non fu impresa da poco. Strike, che aveva ordinato lo sgombro della Cornovaglia, ne mangiò due bocconi nel tempo che al cameriere servì per disporre gli albumi, i bliny, la cipolla cruda e il caviale in maniera accettabilmente simmetrica. Quando infine il cameriere se ne andò, Strike proseguì rivolgendosi a Branfoot: «Avrei dato mille sterline per farmi spiegare dal tuo sicario perché dovesse uccidere de Leon nel caveau del negozio di argenti massonici. Cos'ha fatto? L'ha spacciata per una partita a scacchi in 3D? Un'esplosione di violenza massonica... comodo, tra l'altro, che tu sia massone, così avresti potuto confondere le acque, no? Non fraintendermi, tutto si tiene. Ho considerato seriamente la possibilità che avessi tentato un doppio bluff, soprattutto visto che ti comporti come se credessi davvero che il tuo piano sia riuscito. Ma la mia lunga esperienza in campo investigativo mi ha portato a concludere che, quando puoi farti una chiacchierata faccia a faccia con qualcuno, be', quel qualcuno non è morto».

Robin non poté che ammirare il sangue freddo di Branfoot. Apparentemente imperturbabile, stava impilando del caviale su un bliny. Kim, dal canto suo, non aveva toccato la sua terrina di fegato d'oca speziato.

«Se stai meditando di mandare un altro sicario sulle tracce di de Leon» continuò Strike, «sappi che è troppo tardi. Ha già vuotato il sacco. Quindi, visto che stiamo elencando tutti gli elementi che potrebbero interessare alla stampa, ci aggiungerei la Loggia Winston Churchill, a cui appartenete sia tu che Malcolm Truman; l'appartamento in Black Prince Road; la tua frequentazione di vecchia data col produttore porno Craig Wheaton; le foto in cui tu e diversi attori a luci rosse entrate e uscite dall'appartamento; e, a quel che ho sentito dire, una lista non indifferente di persone che, quando scoprono di essere state filmate di nascosto a letto con una pornostar...»

Kim, che aveva impugnato la forchetta, la lasciò cadere sul piatto con un tintinnio. Strike accennò un sorriso.

«Sapevo che non sarebbe riuscito a resistere alla tentazione di filmare anche te» le disse. «Come ha fatto? Ti ha portato in un bar nei dintorni, ti ha presentato un tizio di bell'aspetto e poi se l'è svignata con qualche scusa? Be', ora lo sai. Non è tornato a casa dalla moglie. Si è intrufolato nell'appartamento per aspettare dietro lo specchio, con la patta aperta e il cazzo in mano».

Branfoot non aveva ancora detto una parola. Stava continuando a mangiare il suo caviale.

«Ecco, potrei sbagliarmi» proseguì Strike, «ma direi che dei poliziotti massoni, un cialtrone della TV, dei filmini segreti, un mucchio di pornostar e un assassinio fallito siano molto più appetitosi, per la stampa, di una donna che voleva tenere nascosto alla famiglia di aver avuto un bambino, e che ci ha assunti per scoprire se il padre di suo figlio sia ancora vivo. Ma ho una registrazione in cui minacci velatamente di sputtanarla» aggiunse, picchiettando sul cellulare nel taschino della giacca, «quindi alla lista potremmo anche aggiungere un ricatto».

Robin si aspettava un qualche genere di esplosione da parte di Branfoot, che invece si limitò a fissare Strike dall'altra parte del tavolo, masticando meccanicamente l'ultimo bliny. Infine si alzò lentamente e, abbassando lo sguardo su Strike, disse: «Puoi pagartela da solo questa cena di merda».

Gettò il tovagliolo sul tavolo e, senza degnare Kim di uno sguardo, se ne andò.

Kim era sbiancata, e sembrava che lo choc l'avesse inchiodata alla sedia. Strike alzò la mano per chiamare un cameriere che li stava guardando.

«Potrebbe cancellare l'altra portata di Lord Branfoot, per favore?» chiese. «Un imprevisto l'ha obbligato a lasciarci. E cancelli anche la sua» aggiunse indicando Kim.

«Ne è...?» cominciò il cameriere.

«Sì, è sicura» disse Strike.

Il cameriere si allontanò, confuso.

«Dunque» disse Strike rivolgendosi a Kim. «Ora tocca a te. Mi hai detto che avevi lasciato la polizia per questioni 'politiche'».

«È così» disse Kim.

«Cosa c'è di politico nel fare un pompino a un collega in auto, mentre dovreste essere in servizio?»

La faccia di Kim si fece scarlatta.

«Non è mai successo. Si diceva in giro, ma non è vero».

«Allora perché la moglie di Ed Billings l'ha cacciato di casa?»

«*Non è mai successo*... è stato tutto... è un pettegolezzo messo in giro dalla ex di Ray!»

«Non te ne fregava un cazzo della verità quando sei andata a raccontare a Dominic Culpepper che avevo avuto una figlia con Bijou Watkins. *Non azzardarti a raccontarmi stronzate*» aggiunse quando Kim aprì la bocca. «Lo so che sei stata tu. Ma quando i giornalisti metteranno le mani sul filmino che Branfoot ha girato nel suo scannatoio di Lambeth, e vedranno che vi compare anche un'ex poliziotta, ci metteranno due minuti a scoprire che te ne sei andata perché ti hanno beccata a spompinare un collega sposato...»

«Non l'ho fatto, è una bugia, *non l'ho...*»

«Oh, probabilmente ci infileranno un paio di 'presumibilmente', ma da quel momento in poi a nessuno importerà un bel niente degli altri frequentatori dell'appartamento. Finirai in prima pagina per settimane» disse Strike.

«Non puoi...»

«Sta' a vedere» disse Strike. «Come faceva Branfoot a conoscere i dettagli della situazione lavorativa di Murphy? *Gliel'hai detto tu*. Come faceva a sapere del figlio di Decima? *Gliel'hai detto tu*. Però ti prometto una cosa: se d'ora in poi non terrai chiusa quella cazzo di bocca su questa storia, sta' tranquilla che risponderemo senza esclusione di colpi. Farò in modo che nessuna agenzia investigativa del Regno Unito voglia avere a che fare con te. Intrallazzi con uomini sposati, il suicidio di Ray, il pompino a Billings, andartene a Black Prince Road per realizzare un pornazzo amatoriale... credi di essere fatta di Teflon, ma farò in modo che ti si attacchi addosso così tanto fango che non te lo laverai via nemmeno con una cazzo di idropulitrice, e non me ne fotterà un bel niente di cos'è vero».

La faccia arrossata di Kim era sbiancata di nuovo. Gli occhi si erano riempiti di lacrime.

Strike tornò a dedicarsi al suo sgombro, come se Kim nemmeno esistesse. Dopo un minuto, lei si alzò sulle gambe malferme e lasciò il ristorante.

« È sbagliato » disse Robin sottovoce, « che mi sia davvero, *davvero* piaciuto? »

« Se era sbagliato, non me ne frega niente di cos'è giusto » rispose Strike con la bocca piena di sgombro.

« Come hai fatto...? »

« Wardle. L'altra notte ha provato a spiegarmi in dettaglio perché Kim aveva lasciato la polizia, ma io ero distratto da altre questioni ».

Ricordando quali fossero quelle 'altre questioni', mandò giù un altro sorso di Montrachet del '92, poi aggiunse: « Wardle ha scoperto qualcosa sul nostro amico con il giubbotto verde, Wade King ».

« Davvero? » disse Robin, provando a sembrare soltanto interessata. Udire il nome di quell'uomo le aveva riportato alla mente il ricordo vivido della sua faccia, distorta dalle ombre squadrate.

« Ha fatto il camionista su lunghi percorsi finché non l'hanno licenziato ».

« Il camionista... » ripeté Robin. « Come... »

« Il nostro defunto amico Todd. Esatto ».

« King ha mai viaggiato sul continente? »

« Probabile. Lo fanno in molti ».

Robin abbassò la voce: « Credi che la rete di trafficanti sia ancora operativa? »

« Penso che sia possibile ».

« Quindi, tutto lascia supporre che King *potrebbe* essere Oz? »

« Penso che anche questo sia plausibile. Sto provando a scoprire dov'era il weekend tra il 17 e il 19 giugno dell'anno scorso. Nel frattempo, le nostre misure di sicurezza restano in vigore, ok? Limitati al lavoro diurno, nessuna missione notturna da sola ».

Robin decise di non controbattere. Sollevato dall'assenza di proteste, Strike continuò: « Torniamo a quello che mi stavi dicendo al bar, a proposito di Austin H ».

« Ah, sì » disse Robin. « Be', su 'La verità sui massoni' ha chiesto se i confratelli si proteggano tra di loro ».

«Mi sembra di averlo visto» disse Strike aggrottando leggermente la fronte. «E qualcuno gli ha risposto che quella era la mafia, vero?»

«Esatto» disse Robin.

«*Fuzz*» buttò lì Strike.

«Come?»

«Da qualche parte non c'era la parola '*fuzz*'? Ho la sensazione di aver visto il nome Austin insieme a '*fuzz*'».

«Che vuol dire?» fece Robin, confusa.

«Non ne ho idea... Ah, è svanito. Darò un'occhiata anch'io. Cos'ha scritto su 'Accusati ma Innocenti'?»

«Che il padre della sua ragazza stava mettendo in giro voci orribili sul suo conto, e voleva sapere come fermarlo. Molti commentatori gli hanno consigliato di prenderlo a pugni».

«Sì, ho notato che su quel sito i sostenitori del dialogo non sono molti».

«Però *potrebbe* corrispondere a Rupert, no?» disse Robin.

«Forse» disse Strike, anche se il suo tono era scettico. «Ma se le 'voci' erano Dino Longcaster che raccontava in giro che Fleetwood gli aveva rubato la *nef*, be', erano vere. L'unico punto su cui letteralmente tutti sembrano concordare, compreso lo stesso Fleetwood, è che aveva davvero rubato la nave».

Strike rifletté per un altro minuto, poi continuò: «Lunedì potrei avere altre informazioni su Fleetwood. Sto seguendo una pista. Potrebbe non portare a niente. Ti faccio sapere cosa viene fuori».

Dirle la verità sulla pista che aveva deciso di seguire in merito a Rupert Fleetwood avrebbe significato menzionare Charlotte, e ultimamente quasi ogni volta che l'aveva fatto Robin aveva subito chiuso la discussione.

Arrivò un cameriere per portare via i piatti. Quando se ne fu andato, Strike disse: «Dio solo sa quanto ci faranno pagare, ma prendiamoci anche il dolce. Se uno deve farsi impiccare, tanto vale rubare una pecora, come si dice dalle mie parti».

Entrambi pensarono immediatamente al ciondolo in argento a forma di pecora al braccialetto che Robin ancora non aveva mai indossato.

109

Vento, onda e legno portano via Euthukles e me,
Balaustion – non dal dolore ma dalla disperazione,
non dal ricordo, ma dal presente e il suo tormento!

Robert Browning
Aristophanes' Apology

Il lunedì mattina Strike si alzò alle cinque e partì per il Northumberland prima che sorgesse il sole, decidendo di prendere l'auto in parte perché il treno non era molto più veloce, ma soprattutto perché Heberley House, la casa dove Charlotte aveva trascorso gran parte dell'infanzia e dell'adolescenza, era difficilmente raggiungibile con altri mezzi.

Aveva passato una notte agitata. I video delle esecuzioni di Daesh che aveva guardato avevano deciso di tornare a galla nel sonno, in differita e a colori sgargianti. Aveva rivisto una fila di prigionieri legati e inginocchiati, con delle tute arancioni ispirate a Guantanamo e le facce coperte da un sacco, uccisi con un colpo alla nuca, mentre fori sanguinolenti comparivano nei sacchi nel momento in cui le facce esplodevano verso l'esterno. Aveva visto altri uomini decapitati, oppure bruciati vivi in una gabbia, e un uomo incappucciato incatenato a un bilanciere in metallo, issato sulla balaustra di un ponte e poi gettato nel fiume al di sotto, dove era affondato senza lasciare traccia.

Nel sonno aveva anche rivissuto il suo incontro personale con al-Qaeda: la strada di terra gialla e il ragazzo che fuggiva, trascinando con sé un bambino; l'ordigno esplosivo improvvisato che aveva tranciato in due il corpo dell'autista Gary Topley, che aveva fatto saltare in aria metà della faccia di Richard Anstis e che aveva strappato a Strike il piede e la parte inferiore della gamba destra.

Si era svegliato, madido di sudore, e aveva svapato per un po'. Non gli serviva uno psicologo per capire che a far riaffiorare il passato era stato l'imminente viaggio a Heberley. Charlotte sarebbe rimasta per sempre legata ai ricordi della ferita che aveva messo fine alla sua carriera militare, perché era tornata da lui, ed era rimasta, e l'aveva aiutato a rimettersi in sesto prima che, fatalmente, le profonde e insanabili fratture tra di loro avessero ricominciato ad allargarsi.

Stanco e abbattuto, avanzava in direzione nord, verso una casa che sarebbe stato felice di non rivedere mai più. Non serbava ricordi lieti di Heberley, che aveva frequentato il minimo indispensabile durante il lungo tira-e-molla con Charlotte. In quella casa Charlotte era sempre di umore teso e irritabile, lei e la madre si passavano accanto nella sala da pranzo e nei corridoi come gatti ostili. Ned Legard, il defunto patrigno di Charlotte e padre di Sacha, era abbastanza amorevole ma spesso assente, avendo bisogno di allontanarsi regolarmente dalla moglie per preservare anche solo la facciata di un matrimonio funzionante.

Lady Tara Jenson (già Tara Clairmont, Tara Campbell, Tara Longcaster e Tara Legard) aveva sempre disapprovato la relazione della figlia con Strike, un'opinione che non si era mai sforzata di dissimulare. Strike non si era lasciato turbare dal suo disprezzo, nemmeno da giovane. Non solo aveva conosciuto di rado una persona che gli piacesse meno, ma la sua infanzia l'aveva dotato di una resilienza che difficilmente si sarebbe lasciata mettere alla prova da gelidi silenzi inframezzati da esplosioni di stizza. A ogni modo, se oggi fosse riuscito a persuaderla ad aprirgli il cancello elettrico, era ragionevolmente certo che Tara avrebbe acconsentito a parlargli. Come la figlia defunta, coglieva sempre al volo l'occasione di sfoggiare la sua formidabile creatività in fatto di invettive; perdere il controllo la ringalluzziva e la riempiva di gioia.

Aveva chiamato in anticipo per assicurarsi che Lady Jenson fosse in casa, fingendosi un rappresentante di Cartier incaricato della consegna di un importante collier. La copertura scelta dipendeva da due fatti collegati tra loro: Tara era esattamente il tipo di donna a cui i collier a prezzi esorbitanti venivano consegnati di persona da venditori ossequiosi, e il suo compleanno ricorreva in marzo, anche se Strike non ricordava più la data esatta. Al momento Sacha era impegnato con le riprese in America, il che rappresentava un doppio vantaggio: non sarebbe stato a Heberley House, pronto a interferire, ed era plausibile che avesse deciso di mandare alla madre un regalo di compleanno adeguatamente costoso.

Più si spingeva verso nord, più i ricordi, affilati come rasoi, si insinuavano nei suoi pensieri: Charlotte che correva a piedi nudi, singhiozzando, giù per il lungo viale, in fuga dall'ennesima lite; Charlotte che rideva istericamente mentre percorrevano insieme quella strada, giurando che avrebbe rifilato un ceffone alla madre se avesse 'ricominciato'; Charlotte, che piangeva ubriaca nel piccolo cottage che un tempo aveva ospitato il guardacaccia, dove si era rifugiata insieme a Strike nel mezzo di una notte particolarmente avvelenata.

Gli veniva difficile non soffermarsi sull'ironia della sua situazione. Aveva percorso quella strada molto tempo addietro, giovane e innamorato, e ora che aveva raggiunto la mezza età, era innamorato e disperato quanto a diciannove anni, anche se per ragioni diverse. Ricordava di avere citato Catullo a Charlotte, la notte in cui si erano conosciuti. Voleva fare colpo, dimostrare che un ragazzo che aveva frequentato diciassette scuole diverse poteva essere colto e brillante quanto gli studenti di Eton che Charlotte per lo più bazzicava. Era un ricordo imbarazzante, ma lo Strike quarantaduenne era davvero più saggio del ragazzo che aveva mandato a memoria le poesie d'amore a Lesbia? Almeno il giovane Strike sapeva quello che voleva e aveva agito con determinazione, fregandosene delle eventuali conseguenze disastrose. La sua versione più matura aveva deciso di essere cauta quando avrebbe dovuto osare; comprendendo troppo tardi quello che voleva, e di cui forse aveva persino bisogno, aveva compromesso quella che sempre più gli appariva come la sua unica occasione di essere davvero felice.

Percorrendo l'autostrada, Strike pensò a quanto fosse stato emblematico il suo primo incontro con Robin. Lui si era fiondato fuori dall'ufficio per seguire Charlotte, con la quale si era lasciato solo poche ore prima, temendo (aveva ancora in mente l'overdose e l'autobus) che stesse per buttarsi sotto a un treno della metropolitana. Invece di raggiungere la fidanzata aveva travolto Robin, con tale forza da mandarla gambe all'aria sul pianerottolo, e solo i fulminei riflessi di lui le avevano impedito di cadere dalle scale, magari rompendosi il collo. Robin che l'aveva fermato mentre tornava da Charlotte, lui che in cambio l'aveva quasi ammazzata: di rado si era imbattuto in un simbolismo più trasparente...

L'anulare di Robin poteva anche essere nudo, ma Strike era sicuro che fosse solo questione di tempo prima che le cose cambiassero. E ne era convinto proprio perché la conosceva bene. Robin era il tipo di persona che non si tirava indietro, nemmeno quando la sua lealtà poteva apparire assurda, e Strike non poteva certo lamentarsi di questa sua qualità, avendone beneficiato in prima persona. Nessuno che avesse a cuore il suo bene le avrebbe consigliato di restare nella sua agenzia, all'inizio, quando avrebbe potuto guadagnare parecchio di più in una società che non apparisse sul punto di fallire da un momento all'altro. No, Robin era una persona buona, perbene, e le persone buone e perbene non tagliavano la corda quando le cose si facevano complicate, né abbandonavano il compagno quando attraversava una crisi.

Dopo essere stato geloso di Murphy per il suo aspetto e il suo successo, ora gli invidiava profondamente la ricaduta nell'alcol e i problemi sul lavoro.

110

Chi può ricucire quest'unione? Cosa può esserci
tra noi se non orrore eterno, abissi di sangue
che ci separano? Attraverso quel baratro
chi può tendere le mani?

Matthew Arnold
Merope: A Tragedy

I grandi alberi contorti che bordavano la strada e le distese di fertili terreni coltivati ricordavano un paesaggio uscito da un sogno mezzo dimenticato. Strike provò a consolarsi con la splendida indifferenza della natura a ogni preoccupazione umana, ma la strategia si rivelò talmente inefficace che fu quasi un sollievo imboccare la deviazione che conduceva a Heberley e dedicare la sua attenzione al compito che lo aspettava.

Il grande cancello in ferro battuto si ergeva davanti a lui, fissato a pilastri in cima ai quali erano stati scolpiti dei salmoni, un tributo allo stemma della famiglia Legard e, forse, al fiume Tyne, che scorreva accanto alla casa. Strike scese dall'auto e si avvicinò al citofono, che era nuovo: quello vecchio, ricordava, era arrugginito. Premette il pulsante, e gli rispose una donna con l'accento dell'Europa dell'est.

«Chi è, prego?»

Il viale era costeggiato da rododendri, ma era ancora troppo presto perché fossero in fiore; formavano invece, lungo tutta la salita, una serrata guardia d'onore, con la livrea di un verde lucido e scuro. Quando la BMW giunse sulla sommità della collina, in lontananza comparve Heberley House: un enorme blocco rettangolare di conci rossastri, con alte finestre e colonne in stile dorico. Strike doveva percorrere ancora mezzo miglio, mentre il viale attraversava il parco dei cervi, dove nei giorni assolati gli enormi alberi secolari offrivano preziose pozze d'ombra, e la famiglia Legard, quand'era sufficientemente sobria, talvolta si godeva un picnic, che non era un pranzo improvvisato a base di coperte ruvide, tupperware e uova sode, come quelli che Strike aveva conosciuto insieme a Ted e Joan, bensì prevedeva che i domestici apparecchiassero i tavolini sui cavalletti con tovaglie immacolate, e facessero avanti e indietro attraverso il prato con l'argenteria.

Parcheggiò nel cortile in ghiaia sul davanti e, mentre si avvicinava alla porta, questa si aprì rivelando una donna che ipotizzò dovesse essere una governante: bassa, magra, capelli chiari e con indosso un abito nero. Non la riconobbe, ma non si aspettava nulla di diverso. Se a Heberley House c'erano stati dei servitori di lungo corso, se n'erano via via andati tutti, dopo l'arrivo di Tara, nota per la sua incapacità di trattenere i domestici tenuti a interagire con lei regolarmente.

« Lei ha collana? » chiese la governante con aria curiosa, adocchiando le mani vuote di Strike.

« È chiusa in macchina » disse, indicando la BMW. « Ho l'ordine di non tirarla fuori se non in presenza di Lady Jenson ».

Questa spiegazione inverosimile sembrò soddisfare la governante, la quale si voltò per precederlo nell'ingresso dal pavimento in marmo, che non era cambiato granché dall'ultima volta che Strike ci aveva messo piede. Altri salmoni scolpiti fungevano da ornamento alla base dell'ampia scalinata, e le sedie del diciottesimo secolo, che ancora ricordava, erano disposte davanti a un enorme camino in pietra.

Strike aspettò che la governante si ritirasse, poi, il più furtivamente possibile, prima si avvicinò alla porta del salotto, che aprì per poter gettare una rapida occhiata all'interno della stanza, quindi attraversò l'ingresso per osservare la sala da pranzo. Aveva appena visto quello per cui era venuto, quando sentì degli altri passi e tornò al suo posto davanti al camino.

Tara stava scendendo le scale e intanto cominciò a parlare: « Credevo dovesse consegnarmi qualcosa per conto di mio figlio, ma... »

Si fermò a metà frase, a sei gradini dal pavimento, fissando Strike.

Un tempo mora e bella da mozzare il fiato quanto la figlia defunta, Tara era ora tinta di biondo. Si era fatta un lifting, o probabilmente più di uno, così che a entrambi i lati della bocca le erano comparse strane pieghe orizzontali, dove la pelle era stata stirata verso l'alto. Il filler aveva alterato le proporzioni del suo viso. Era magra come sempre, e sfoggiava la sua personale, costosa interpretazione di una tenuta da campagna, che quel giorno prevedeva una camicetta di seta e dei pantaloni di tweed. Se fosse stata in grado di muovere normalmente la faccia, Strike era certo che avrebbe indossato un'espressione furibonda.

«Cosa *cazzo* ci fai tu qui? *Perché l'hai fatto entrare?*» chiese alla governante, che era appena tornata nell'ingresso, forse per offrire qualche rinfresco.

«Ha detto che è di Cartier» rispose la governante, con aria terrorizzata.

«Gli hai chiesto un documento?»

«No» fece la governante, sul punto di scoppiare in lacrime.

«Non è colpa sua» intervenne Strike.

«*Tu* sta' zitto» sbottò Tara. «Anzi, vattene. Va' via, cazzo, *subito*, o ti farò *trascinare* fuori da uno dei giardinieri».

«Te lo sconsiglio, a meno che tu non voglia vedere Sacha accusato di ricettazione su tutti i giornali» disse Strike. «E prima che tu faccia finta di non sapere di cosa sto parlando: l'ho appena vista sulla credenza in sala da pranzo».

Per qualche secondo Tara lo fissò, poi sbraitò «Caffè!» alla governante, che scappò via. Tara scese gli ultimi gradini senza guardare Strike, girò su se stessa come faceva Charlotte, da ubriaca, per voltare le spalle a chi la infastidiva o annoiava, e procedette verso il salotto. Strike la seguì, giusto in tempo per vedere Tara che prendeva una sigaretta da una scatola in avorio, l'accendeva e si lasciava cadere in una bassa poltrona in broccato.

La stanza era stata rinnovata dall'ultima volta che ci era entrato, nove anni prima, quando i muri erano di un pallido azzurro argenteo. Ora erano verde scuro, e alcuni dei quadri avevano cambiato posto, anche se sulla mensola del camino c'era lo stesso ritratto della bisnonna annoiata di Sacha Legard, realizzato da Augustus John.

«Non capisco con quale cazzo di faccia tosta puoi venire qui» sibilò Tara.

«Perché?» disse Strike, sedendosi sul divano senza aspettare un invito.

«Sai benissimo perché. *Dopo quello che hai fatto*».

«Ho fatto parecchie cose» ribatté Strike, stendendo la gamba con la protesi, che dopo il lungo viaggio era di nuovo in preda ai crampi. «Dovrai essere più precisa».

«*È colpa tua se si è ammazzata!*» sbraitò Tara.

Strike fu tutt'altro che sorpreso che nel giro di pochi secondi fossero già arrivati a quell'accusa grottesca, che alla maggior parte delle persone sarebbe parsa accettabile solo come climax di una lite furibonda. Quando discuteva, la tattica di Tara era da sempre di ricorrere all'argomento più devastante che potesse brandire contro il suo avversario, prima che questo avesse il tempo di ragionare con calma. Charlotte era rimasta segnata a vita dalle raffiche di apertura di sua madre. *Vorrei non averti mai avuta. Fatti venire un'altra overdose, frignona in cerca di attenzioni. Dio, sei una noiosa, orribile stronzetta.*

«Ma allora di chi è la colpa dei due tentativi di suicidio prima che la conoscessi?» chiese Strike.

«*Vaffanculo!*»

«Eloquente come sempre» disse Strike. «Comunque, per tornare alla credenza».

«Non sono fatti tuoi cosa c'è sulla mia credenza!»

«Non è la tua credenza, è di tuo figlio, e se la prenderà in quel posto quando la stampa scoprirà che fine ha fatto la nave d'argento di Dino Longcaster, non credi?»

«Sacha sa che è qui e non gli importa!» disse Tara, ricorrendo a quella che Strike era certo fosse una menzogna grossolana. Se Sacha avesse saputo cos'aveva fatto sua madre, sarebbe stato parecchio preoccupato che qualcun altro, in special modo qualche giornalista, ne venisse al corrente. «Ho letto la lettera d'addio di Charlotte» aggiunse Tara a voce alta. «*So quello che le hai fatto*».

«La cosa peggiore di cui puoi accusarmi, riguardo a Charlotte, è di non aver riorganizzato tutta la mia vita attorno al suo desiderio di morire» disse Strike.

«L'hai tradita, l'hai...»

«Ho raccolto ogni cazzo di pezzo finché non è stato più possibile rimetterla in sesto» disse Strike «e ora ho di fronte a me la ragione per cui non avrebbe mai potuto campare a lungo».

«*Bastardo*» disse Tara. «E intendo *letteralmente*, ovvio».

«Direi che sono un ottimo spot per le madri single, certificato da te e da Charlotte» disse Strike. «Ma tornando alla nave...»

«Se pensi che mi metterò a dare spiegazioni allo stronzo che ha praticamente ucciso mia figlia...»

«Bene» disse Strike, alzandosi. «Mi rivolgerò ai giornali, dirò che la nave rubata è in possesso di Sacha e, credimi, mi divertirò un sacco».

«Non *osare*... torna qui!» strepitò Tara quando Strike fece per lasciare la stanza. Prima che raggiungesse l'uscita, la porta si aprì rivelando la governante terrorizzata.

«*Fuori*» le urlò Tara, «è una faccenda priva...»

La governante scrutò la stanza, reggendo il vassoio. Tara fece un verso di esasperazione.

«*Prima* porta qui il caffè» disse. «*Poi* vattene. E tu torna qui!» gridò a Strike. «Torna *qui*!»

«Non abbiamo altro da dirci» rispose Strike, voltandosi a guardarla mentre la governante deponeva il vassoio sul tavolino e versava a Tara una tazza di caffè con mano tremante.

«Sì, invece» disse Tara furibonda. «Siediti. *Siediti*».

Strike non si mosse. Era liberatorio poterla trattare come pensava si meritasse: in passato, doveva sempre tenere a mente che, se si fosse concesso il lusso di perdere le staffe con Tara, sarebbe stata Charlotte a pagare lo scotto; ma ora Charlotte era al cimitero di Brompton e si era lasciata ogni tribolazione alle spalle, a differenza di quella donna macilenta, ancora viva e vegeta, col volto deformato e minuziosamente truccato e una sigaretta macchiata di rossetto nella mano ad artiglio.

Dopo aver versato il caffè a Tara, la governante si affrettò a lasciare la stanza, chiudendo la porta, mentre Strike rimase in piedi.

«Siediti» ripeté Tara. «*Seduto*».

«Non sono un cane del cazzo» replicò Strike. «Sei disposta a rispondere alle mie domande?»

«Sì» disse Tara spazientita. «Ora *siediti*».

Prima di tornare al divano, Strike si versò del caffè. Poi disse: «Immagino non sia stata tu a chiedere a Fleetwood di rubare la *nef*. Lui l'ha fregata, poi l'ha portata qui, perché non gli è venuto in mente un altro posto dove sbarazzarsene, giusto?»

Interpretò il silenzio di Tara come un sì.

«Quanto gli hai dato?»

«Non sono affari tuoi. Di' a quello stronzo di Dino...»

«Non è lui il mio cliente» disse Strike.

«Non mentirmi, non sono scema, e Dino non ti ha raccontato tutta la storia, ma digli pure che ho dei testimoni. Lottie Hazlerigg e Angus Lyall mi hanno raccontato tutto!»

«Tutto cosa?»

«Dino ha *barato*. Voleva da *sempre* quella nave, e Peter Fleetwood era così sbronzo, la notte in cui se l'è giocata, che probabilmente vedeva due tavole da backgammon. C'erano anche Lottie e Angus, e assistettero a tutto, loro sanno cosa ha fatto Dino, ma nessuno gliene ha mai chiesto conto, perché è capace di essere davvero crudele, come io so bene. Mi ha lussato questa maledetta spalla quando...»

«Sì, conosco la storia della spalla» disse Strike. «Ricordo il tavolo ribaltato e le ustioni sulla tua gamba, so che lo hai trovato a letto con una ragazza che avevate assunto per servire a una festa. A me interessa solo la nave».

«Ma te lo sto spiegando!» sbottò Tara. «Dino ha *sempre* vessato Peter, lo trattava come se fosse ancora una matricola a Eton, anche quando eravamo già sposati. Quindi puoi andare *dritto* da quel pezzo di merda e dirgli da parte mia...»

«Te l'ho appena detto, non è lui il mio cliente. Io lavoro per sua figlia, Decima».

«A lei cosa importa di quella stupida nave?»

«Non gliene frega niente. Le interessa solo sapere che fine ha fatto Rupert Fleetwood. Ti ha parlato di Decima quando è venuto da te?»

«No».

«Quindi quanto hai sborsato pur di vendicarti di Dino?»

«Te l'ho già detto, non sono affari...»

«Sì che sono affari miei, perché se hai dato a Fleetwood cinquantamila sterline, sarà riuscito a nascondersi molto più efficacemente che se gliene hai date dieci».

Tara lo fissò, fece un altro tiro di sigaretta, poi, attraverso una nuvola di fumo, disse: «Gliene ho date seimila. Ecco. Contento?»

«Credo tu gli abbia dato anche qualcos'altro».

«Per esempio?»

«Per esempio un lavoro all'estero, in un hotel Clairmont».

«Non spetta a me decidere chi assumere o licenziare».

«Dubito che i membri del consiglio di amministrazione siano disposti a contraddire l'unica Clairmont ancora in vita, se dice che vuole dare al nipote acquisito un lavoro in un ristorante o una cucina. E dubito che opporrebbero troppa resistenza, se insistesse per offrire un lavoro da consulente d'immagine all'unica altra persona che sa dov'è finita la *nef*».

«Be'» disse Tara, strizzando gli occhi sopra la tazza di caffè, «sei proprio intelligente, eh?»

«Le prove puntano in questa direzione, sì» disse Strike. «In quale hotel si è nascosto Fleetwood?»

«Non lo so» disse Tara. «Gli ho detto di trovargli qualcosa, e loro l'hanno fatto. Non so dove sia andato. Mi ha mandato un biglietto per ringraziarmi, però. Molto educato. Non ricordo lettere di ringraziamento da parte *tua*».

«Perché cazzo dovrei ringraziarti?» disse Strike.

Tara era vecchia, non era più la bellezza che aveva stregato aristocratici e rock star all'inizio degli anni Settanta, prima che andasse sul sicuro e sposasse Sir Anthony Campbell, che aveva alle spalle la cospicua fortuna di famiglia e un castello sull'isola di Arran, ma in quella schermaglia con Strike si scorgeva ancora un barlume del fascino perduto. La sua spavalderia, la sua arroganza, la sua crudeltà distratta, unita alla sua sbalorditiva bellezza, un tempo erano in grado di soggiogare gli uomini, ma Strike era vaccinato contro le lusinghe del suo fascino insidioso grazie alla lunga consuetudine con la figlia che le somigliava tanto. Una volta Strike e Charlotte si erano chiesti se le loro madri si fossero mai incontrate; esisteva una foto di Tara insieme a Jonny Rokeby, dopo qualche concerto: era andato a letto anche con lei? «Forse siamo fratelli» aveva detto Charlotte, un'idea che Strike trovava ripugnante invece che eccitante.

«Rupert ti ha detto perché voleva andare all'estero?»

«Perché aveva Dino alle calcagna, ovvio».

«Ti ha detto che era stato alla festa di compleanno di Sacha?»

Tara prese un altro tiro di sigaretta.

«Lui no, ma Sacha mi ha detto che si era imbucato».

«Ti ha detto anche perché?»

«Immagino perché non ha spesso l'occasione di frequentare tanta bella gente, non credi?»

«Rupert non è abbastanza bello per lavorare a contatto col pubblico, quindi? Cos'è, un lavapiatti?»

«Te l'ho appena detto, non so dove sia e non so cosa faccia».

«Ok» disse Strike, alzandosi. «Non voglio disturbarti oltre. Ti spiace se prima di andare mi faccio una pisciata?»

«Sì» ringhiò Tara.

«Resta pure comoda» disse Strike, ignorando la risposta. «Ricordo dov'è il cesso».

III

Si direbbe che siamo giunti alla fine di ogni cosa...

John Oxenham

A Maid of the Silver Sea

Preferendo mettere una certa distanza tra sé e i dintorni di Heberley House prima di fermarsi a mangiare un boccone, Strike procedette verso sud fino alla città di York. Seduto nella BMW parcheggiata, pregustando un pranzo fuori orario in qualche pub una volta sbrigata quella sgradevole incombenza, telefonò a Decima Mullins.

Quando ebbe finito di riferirle la conversazione con Tara, Decima disse con voce stridula: « No... non può essere vero. Non avrebbe *mai*... Non aveva nemmeno *rapporti* con Tara... No, deve aver mentito! »

« Ha la *nef* » disse Strike, « e sinceramente, mi sento uno stupido per non essermi ricordato dell'esistenza di un'ex moglie che sarebbe stata ben felice di fare imbestialire Dino Longcaster, che non ci tiene molto all'etica e ha parecchi soldi da buttare. Sostiene di non sapere dove sia Rupert, ma penso sia sincera quando dice che lavora in uno degli hotel. Ha approfittato della sua posizione per trovare un lavoro nella catena a lui e a Tish Benton. Mi dispiace, so che non è la risposta in cui sperava, ma... »

« Quindi ha intenzione di telefonare a tutti gli hotel Clairmont, *anche se lui non è lì*? »

« Lui è in uno di quegli hotel » disse Strike, provando a iniettare un po' di empatia nella voce, invece che impazienza « e no, non ho intenzione di chiamarli. Il caso è chiuso ».

« Co... Mi lasciate così? »

«Non resta nulla da fare che non possa fare da sola, quindi sarebbe scorretto continuare a farla pagare. Mi dispiace» ripeté. «So che preferiva credere che Rupert non fosse più in vita, ma...»

«Non è questo... Come può dire una cosa del genere?» esclamò lei. «*Certo* che preferisco che sia vivo, ma non mi avrebbe mai lasciata così, *mai*!»

«A volte capita di sbagliarsi sulle persone, anche quando ci sembra di conoscerle bene» disse Strike, faticando a conservare la pazienza. «Mi dispiace ma, per quanto mi riguarda, il lavoro è terminato. Le auguro buona fortuna» concluse in maniera un po' goffa, «e... un futuro migliore».

Interrotta la chiamata, Strike uscì dalla BMW e, zoppicando di nuovo leggermente, andò a procacciarsi del cibo. Mentre camminava, chiamò Robin e l'aggiornò sulla trasferta a Heberley.

«... e dunque è finita» concluse. «Il compito di identificare William Wright torna alla Met. Noi siamo fuori».

Strike non rimase sorpreso quando quelle parole furono seguite da un silenzio scioccato.

«Ma perché Rupert se n'è andato così?» disse infine Robin. «Perché essere tanto crudele?»

«Posso solo immaginare che la spiegazione corretta sia quella più semplice» rispose Strike. «Non voleva un figlio e se l'è filata da bravo codardo. A ogni modo, sto morendo di fame e più avanti c'è un pub, ci sentiamo presto».

Il nome del pub, l'Old White Swan, evocò in Strike il triste ricordo di Ironbridge, ma non volendo camminare ancora, entrò e si ritrovò in un locale gradevole, con le pareti dipinte di bianco e azzurro. Aveva appena preso una pinta di birra analcolica e ordinato del fish and chips quando lo chiamò il suo contatto nella Met, George Layborn.

«Ciao» disse il poliziotto. «Ho ricevuto la tua e-mail su Wade King».

«Ah» fece Strike, sperando sinceramente che questo avrebbe chiuso definitivamente il caso del caveau. «Quindi...?»

«Dal 16 al 19 giugno dello scorso anno era in Francia».

«In Francia?» ripeté Strike aggrottando la fronte.

« Sì, ha portato un camion pieno di scotch da Speyside a Cannes ».

« Ed è verificato, giusto? »

« Assolutamente confermato, sì ».

« Merda » fece Strike. « No... voglio dire, buono a sapersi. Grazie, a buon rendere ».

Riagganciò. L'informazione di Layborn, per quanto utile, era una brutta sorpresa. Se Wade King fosse stato Oz, tutto sarebbe stato chiaro, ma visto come stavano le cose...

Mentre riponeva il taccuino nella tasca, fece cadere per sbaglio la vape-pen; rotolò sotto il tavolo vuoto lì accanto e, mentre si chinava per recuperarla, Strike ripensò all'oggetto a forma di tubetto lasciato cadere da William Wright, che secondo Mandy e Daz era una fialetta di droga, mentre a dire di Wright era un campione di sangue, e per l'ennesima volta si chiese cosa fosse davvero.

112

Ballare, bere, ridere
fa sì che il greve mondo giri.
Se i giovani cuori evitassero il pensiero,
resterebbero giovani per sempre.
Non pensar più; è il pensare
che porta i giovanotti sotto terra.

A.E. Housman
XLIX, Un ragazzo dello Shropshire

Quindi il caso era chiuso. L'agenzia aveva sostituito Decima col primo cliente in lista d'attesa, e il corpo mutilato dell'uomo noto come William Wright giaceva ancora, non identificato, in un ignoto obitorio, senza occhi e senza mani, e Robin avrebbe dovuto smettere di pensare a lui, o alla defunta Sofia Medina, o a Sapphire Neagle, tuttora scomparsa; la sua mente però rifiutava di espellere i fatti ancora confusi del caso del caveau, e continuava fastidiosamente a rimasticarli, come frammenti di ghiaia. Davvero Wright aveva una fidanzata incinta? Perché aveva consultato 'Accusati ma Innocenti'? Dov'erano finiti gli argenti Murdoch? Cosa significavano le otto cifre che Niall Semple aveva lasciato alla moglie? Perché Chloe Griffiths era diventata così aggressiva a causa di un braccialetto? Quali erano le cose che secondo Albie Simpson-White era meglio che Decima non scoprisse?

Robin sapeva che doveva dimenticare. Il caso ora era nelle mani della Met e, come per ribadire questo semplice fatto, quel giovedì un portavoce della polizia annunciò che il corpo nel caveau non apparteneva a Jason Knowles. Il *Sun* fu l'unico giornale a dare rilevanza alla notizia, pubblicata sotto il titolo: **CADAVERE MASSONICO: LA POLIZIA HA 'COMMESSO UN ERRORE'.**

Dietro insistenza di Strike, Robin continuò a lavorare da casa o dall'ufficio. Cominciava a sentirsi come l'assistente di Pat, relegata a occuparsi di scartoffie o a sbrigare piccole ricerche che si potevano condurre online. D'altro canto, sapeva che le sue condizioni psicologiche erano più precarie che mai. Col passare dei giorni, invece che migliorare, si sentiva sempre peggio. I rumori improvvisi, persino lo squillo del suo telefono, la spaventavano; non riusciva a dormire per più di un paio d'ore di fila, e continuava a vedere flash dell'uomo che aveva provato a strozzarla nella Land Rover. Ogni minima cosa rischiava di farla piangere: un po' di succo d'arancia versato, un bottone smarrito. Faceva del proprio meglio per nasconderlo a chi aveva intorno, compreso Murphy, certa che dire la verità avrebbe condotto a una discussione, o alla richiesta che per un po' smettesse di lavorare del tutto.

Wade King era uscito con la condizionale, e sapeva dove trovarla. Robin, che da sempre amava vivere da sola, per la libertà che le concedeva, ora non si sentiva al sicuro nel suo appartamento, ragion per cui ogni giorno faceva la spola tra casa e Denmark Street. Potendo, avrebbe optato per stare costantemente in compagnia di persone che conosceva e di cui si fidava.

Giovedì sera aspettava Murphy a cena, e ricevette una sua chiamata quando svoltò in Blackhorse Road.

«Stasera non riesco a venire da te».

«Oh» fece Robin, arrabbiata con se stessa perché aveva di nuovo voglia di piangere. «Perché?»

«Un'ora fa sono andato a casa di un sospetto e ho trovato quelle che sembrano due bombe rudimentali in fondo all'armadio».

«Merda!»

«Già, e visto che il livello di minaccia terroristica è 'grave', abbiamo evacuato mezza strada e stiamo aspettando gli artificieri».

«Be', nulla al confronto del mio pomeriggio passato ad archiviare ricevute» disse Robin, e Murphy rise. Fu sorpresa dal sollievo che provò strappandogli quella risata; aveva l'impressione che negli ultimi tempi non avessero riso molto insieme.

«Domani sera?» propose Murphy, e Robin accettò.

Stava calando il buio. Dopo aver parcheggiato davanti al suo condominio, recuperò dalla borsa il nuovo flacone di spray al peperoncino che aveva preparato, dato che il primo le era stato confiscato dalla polizia, quindi rimase dov'era per qualche minuto, provando a raccogliere il coraggio per attraversare il parcheggio buio. Ripetersi allo sfinimento che non c'era nessuno in agguato non serviva a nulla: convincere il suo inconscio sembrava impossibile.

« Avanti » si disse con fermezza, e uscì dall'auto.

Aveva coperto metà della distanza fino alla porta quando sentì delle voci maschili che urlavano. Travolta dal panico, cominciò a correre verso la Land Rover.

Due uomini si fiondarono fuori dall'edificio e vennero dritti verso di lei. Robin tremava così forte che le chiavi dell'auto le caddero di mano. Quando si chinò per raccoglierle, sentì qualcuno che ringhiava le parole 'maledetta *puttana*' e poi il primo uomo le sfrecciò accanto, il profilo della chioma riccia ben visibile contro il lampione – *è lui* – mentre il secondo uomo, più alto e massiccio, rallentò il passo; l'aveva quasi raggiunta...

« NO! » gridò Robin, brandendo lo spray al peperoncino.

« Rob, sono io » disse una voce familiare. « Sono io! »

« *Martin?* » fece Robin con un filo di voce, appoggiandosi all'auto, lo spray ancora in mano e le chiavi ancora a terra. « Cosa...? »

« Chi era quel tizio? » chiese Martin.

In mano aveva un foglio di carta appallottolato. Robin non riusciva a riordinare i pensieri. Incapace di trattenersi, scoppiò in lacrime.

« Rob » disse suo fratello stringendola tra le braccia. « Cosa cazzo succede? »

« Niente, niente » ansimò lei, sapendo che era una risposta del tutto ridicola. « Che cosa ci fai qui? Come hai fatto...? »

« *Che cosa sta succedendo?* » ripeté Martin.

« Quell'uomo... l'ho fatto arrestare, lui... » ma non poteva raccontare a Martin dell'aggressione, e soprattutto non sopportava l'idea che sua madre venisse a saperlo « ... così ora ce l'ha con me... ma tu come hai fatto a...? »

«Stava piovendo. Uno dei tuoi vicini mi ha fatto entrare. Mi sono seduto sulle scale per aspettare che tornassi e poi è arrivato quel coglione e ha provato a infilare questo sotto la tua porta» spiegò Martin, sollevando il foglio appallottolato. «Gli ho detto: 'Tu chi cazzo sei?' e lui è diventato aggressivo e allora lo sono diventato anch'io, e poi è scappato».

«Cosa c'è su quel foglio?» chiese Robin, liberandosi dall'abbraccio di Martin. Ma era chiaro che lui non voleva mostrarglielo. «Martin, dammelo».

Glielo porse controvoglia. Sul foglio c'era l'immagine della faccia di un gorilla.

Martin conosceva il significato del gorilla nel passato di Robin.

«Come fa a saperlo?» chiese.

«È online» disse Robin. «Senti, sono davvero felice di vederti, ma cosa ci fai qui?»

«Carmen mi ha cacciato di casa».

«Oh, Mart, mi dispiace» disse Robin.

In circostanze normali, le sue principali emozioni, trovando Martin sulla porta di casa, sarebbero state fastidio e stupore. Era tipico di lui presentarsi senza preavviso, o meglio, quasi due settimane dopo averle chiesto se poteva farle visita, e senza aver ricevuto una risposta affermativa. A ogni modo, era così grata che fosse lì in quel momento critico, e così felice di avere un ospite per la notte, che lo strinse di nuovo a sé.

«È bello vederti. Entriamo, così puoi raccontarmi tutto».

«Hai una nuova Land Rover» disse Martin mentre si incamminavano verso l'edificio. «Cos'è successo a quell'altra?»

«Non ha superato la revisione».

«Devi guadagnare parecchio ultimamente» commentò Martin, lanciando un'occhiata all'auto, con un tono tra l'invidioso e l'ammirato.

«È dell'agenzia» disse Robin, «non è mia».

Voleva bene a suo fratello, ma Martin non si era mai fatto problemi a chiedere soldi ai familiari. Finora, non aveva mai dato il tormento a Robin da quel punto di vista, perché sapeva che non aveva niente da parte.

Martin recuperò il borsone dal gradino su cui l'aveva abbandonato e seguì Robin nell'appartamento.

«Bel posto».

«Grazie» disse Robin in automatico. La foto del gorilla frusciò: lei la guardò e si accorse che stava tremando.

Senza togliersi il cappotto, Robin andò in cucina per prendere un altro sacchetto da freezer in cui riporre la foto. La polizia l'avrebbe presa sul serio? Finora nessuno si era presentato per recuperare il pugnale massonico o il gorilla di gomma che si era ritrovata tra le dita da Harrods.

«Ascolta» disse voltandosi verso Martin, tenendo in mano la foto, ormai al sicuro nel sacchetto, «per favore... *per favore*... non dire niente a casa. Ti imploro, Martin, oltre a tutto quello che sto passando, non posso sopportare che ci si metta anche la mamma».

«Vuoi chiamare Ryan?»

«Stasera ha cose più importanti di me di cui occuparsi» disse Robin, ripensando agli ordigni rudimentali. «Senti, c'è una bottiglia di vino in frigo...»

Il suo telefono squillò: Strike.

«Vado a rispondere in camera, tu prendi tutto quello che vuoi».

Stringendo ancora in mano l'immagine del gorilla e con il cappotto addosso, Robin entrò in camera, si sedette in fondo al letto e rispose al suo socio.

«Ciao».

«Volevo solo controllare» disse Strike. «Sei tornata a casa sana e salva?»

«Sì» rispose Robin tremando. «Tu dove sei?»

«A Haringey. Plug e suo figlio sono a bordo del furgone in Carnival Street».

«Oh no» disse Robin con rabbia. «Ora vuole coinvolgere suo *figlio* in una spedizione punitiva?»

«Così sembra. Barclay e Shah stanno pedinando altri due membri della banda, e pare che tutti stiano convergendo qui. Credo succederà stanotte».

Robin scartò subito l'idea di dire a Strike che Wade King si era fatto vivo. Stava provando a scongiurare un possibile accoltellamento: non era il momento giusto. Strike aveva comunque colto una nota forzata nella voce di lei.

« Sei sicura che vada tutto bene? »

« Sì. Mio fratello Martin è qui. Mi ha fatto un'improvvisata ».

« Ah » fece Strike, felice di sentirglielo dire, per due ragioni: Robin aveva con sé un uomo massiccio che poteva proteggerla e, se non aveva già provveduto, era poco probabile che Murphy le facesse la proposta quella sera. « Be', salutalo da parte mia ».

« Lo farò » disse Robin. « Buona fortuna con Plug. Spero davvero che nessuno si faccia male ».

« Un po' di botte gli farebbero bene » disse Strike, « ma farò del mio meglio per impedire che ci vada di mezzo il ragazzo ».

Robin nascose il foglio di carta che aveva in mano nello stesso cassetto del pugnale e del gorilla di gomma. Stava ancora tremando. Cedendo a un improvviso impulso, prese di nuovo il cellulare e, prima di avere il tempo di rifletterci, chiamò Prudence, la sorellastra terapeuta di Strike.

« Robin! » rispose Prudence. « Come stai? »

« Ehm... non molto bene, a essere sincera » disse Robin. « Mi dispiace davvero coinvolgerti, Prudence, e so bene che non puoi essere tu, personalmente, ma mi stavo domandando se potessi consigliarmi qualcuno... un terapeuta, voglio dire. Per me. Ma, Prudence... scusami » ripeté Robin, consapevole di farfugliare lievemente, « non può essere... non voglio qualcuno che provi a convincermi a smettere di fare quello che faccio per campare. Mi serve qualcuno... qualcuno che... non so... che capisca... qualcuno che... non so spiegare bene cosa voglio dire... »

« Robin, è successo qualcosa? » chiese Prudence, preoccupata. « Qualcos'altro, intendo? »

« Sono successe un sacco di cose » disse Robin, « e io... non sono proprio in gran forma. Probabilmente avrei dovuto... dopo Chapman Farm... ma non l'ho fatto ».

All'altro capo della linea ci fu una pausa, poi Prudence disse con tono premuroso: «Credo di conoscere *esattamente* la persona giusta».

«Davvero?» fece Robin, sorpresa e speranzosa.

«Sì. È poco convenzionale, ma i suoi pazienti la adorano».

«Ok» disse Robin con un briciolo di diffidenza, chiedendosi se 'poco convenzionale' comportasse cristalli e reiki; le sembrò di avere davanti agli occhi la smorfia derisoria di Strike. «Cosa intendi...?»

«Può essere piuttosto prescrittiva» disse Prudence.

«Nel senso che ti dice cosa fare?»

«Sì, e ha molte opinioni. E dice un sacco di parolacce».

«Lavoro con tuo fratello, quindi questo non mi preoccupa» disse Robin, e Prudence rise.

«E non costa poco».

«Non ha importanza» disse Robin. «Se è brava... so che è il momento di agire. Devo fare qualcosa».

«Ti inoltro il suo contatto, anche se, ora che ci penso, è possibile che al momento sia via».

«Se è la persona giusta, non mi dispiace aspettare» disse Robin. «Sapere di aver fatto un primo passo mi farà già stare meglio, credo... e Prudence, per favore... per favore non dire a Strike che ti ho chiamata».

«Certo» disse Prudence, «ma...»

«Lui sa» continuò Robin a fatica «che sto attraversando un brutto momento. Però preferirei che non sapesse che ho tirato in ballo anche te».

«Non mi hai 'tirata in ballo', Robin» ribatté Prudence. «Sono felice di aiutarti».

Terminata la chiamata, Robin rimase per un istante col telefono in mano, e al solo pensiero della terapeuta sconosciuta e sboccata già si sentì un po' meglio. Si tolse il cappotto, lo gettò sul letto, fece un respiro profondo e tornò in salotto, dove trovò suo fratello, seduto sul divano, che si versava del vino in una tazza.

«Ho dei bicchieri» disse Robin.

«Non li ho trovati» rispose Martin, il che significava, come Robin ben sapeva grazie alla lunga consuetudine col fratello, che non aveva avuto voglia di aprire più di uno sportello. Andò a recuperare un bicchiere per sé e si sedette accanto a lui sul divano.

«Perché Carmen ti ha cacciato?»

«Ho scoperto che mi mette le corna, cazzo».

«*Cosa?*»

«Ieri sera quando sono tornato a casa c'era quello stronzo del suo ex. 'Oh, ciao Martin. Jason è solo passato a portare un regalo per Dirk'».

A Robin non piacque l'imitazione che Martin fece della compagna; anche il suo ex marito adottava un falsetto lamentoso quando faceva il verso alle donne.

«Ed è sposato anche lui, quel bastardo».

«Stavano...?»

«No, non avevano ancora avuto il tempo». Martin ingollò mezza tazza di vino. «O forse l'avevano già fatto e si erano rivestiti».

«Mart, sei *sicuro*...?»

«Che cosa ci faceva lì, mentre io ero fuori?»

«Be'... magari aveva davvero portato un regalo al piccolo. *C'era* un regalo?»

«Sì» disse Martin, «e l'ho buttato dalla finestra davanti ai suoi occhi».

Robin fece un grugnito tra sé e sé. Conosceva suo fratello: un'inguaribile testa calda, impulsivo e soggetto a scatti di rabbia che un osservatore obiettivo avrebbe giudicato del tutto ingiustificati. La gelosia era stata un problema in numerose delle sue relazioni precedenti.

«Da quanto tempo si sono lasciati, Carmen e questo tizio?»

«Non so, sei, sette anni...» A Robin tornò in mente Tyler Powell, e il sospetto che fosse abbastanza geloso da manomettere un'auto della ragazza con cui era stato a sedici anni. «Le ho detto che non volevo che rivedesse quel viscido bastardo, ed ecco che lei lo invita a casa quando io non ci sono!»

«Martin, non hai alcun diritto di dire a Carmen chi può frequentare».

«*Perché non mi ha detto che sarebbe venuto?*»

«Forse non lo sapeva, forse ha fatto un salto mentre passava di lì?»

«Strano che sia successo proprio quando ero fuori».

«Oppure» disse Robin, preparandosi a un eventuale scatto di rabbia rivolto a lei, «non te l'ha detto perché sapeva che avresti dato di matto?»

«Ti ha chiamata?» pretese di sapere Martin.

«No, certo che no. Non ha il mio numero, se non gliel'hai dato tu».

«Le ho detto: 'Come faccio a sapere che Dirk non è suo?'»

«Martin, per l'amor del cielo... dimmi che non l'hai detto davvero!»

Martin vuotò la tazza e si allungò a prendere di nuovo la bottiglia.

«Pensi *sul serio*» disse Robin, ignara del fatto che stava parafrasando quello che non molto tempo prima Strike aveva detto a Bijou Watkins, «che volesse fare sesso con il suo ex nel vostro appartamento, sei settimane dopo aver partorito?»

«Non fa che parlare di lui, cazzo!» disse Martin con veemenza. «Quel pezzo di merda. Ha una ditta tutta sua. Sai come si chiama? *Excalibur*» concluse Martin, con tale disprezzo che Robin dovette sforzarsi per non sorridere.

«Che tipo di ditta è?»

«Noleggia cassoni per detriti».

Nonostante tutti i suoi sforzi, Robin scoppiò a ridere. Fu uno sfogo e un sollievo; ebbe difficoltà a smettere.

«Sta facendo una fortuna» disse Martin con amarezza, tra gli accessi di riso di Robin. «Lavora in tutto lo Yorkshire, ha monopolizzato il cazzo di mercato. Excalibur di merda... e mette una spada dappertutto, sul fianco dei cassoni, sulla tuta dei suoi cazzo di dipendenti. Mi sorprende che non abbia convinto Carmen a tatuarsela sul culo».

Trattenendo un'altra risata, Robin disse: «Scusami... Scusa, ma non puoi dirmi che non è divertente. 'Noleggio Cassoni Excalibur'».

Un ghigno riluttante comparve sulla faccia di Martin, che però disse: « È un coglioncello. Lui e Carmen giocavano sempre a Dungeon & Dragons e cazzate simili. Sono stato a casa sua, con Carmen, stava dando una festa... per mostrarle cos'avrebbe potuto avere se non si fossero lasciati. Una cazzo di TV a schermo piatto e una palestra privata. E ha messo quel logo di merda su tutto, anche a casa! Sui cazzo di *cuscini*... Noleggia cassoni per campare e crede di essere... di chi era Excalibur? »

« Di re Artù » disse Robin, combattendo ancora con il desiderio di ridere.

« Lui, sì » disse Martin, trangugiando la seconda tazza di vino. « E le faceva vedere i bicipiti. Spade sulle magliette e su quei cazzo di pesi. Maledetto coglione ».

« Sembra un vero idiota » fece Robin.

« Lo è » disse Martin, che sembrava aver trovato quel commento vagamente consolatorio. « Sì ».

Ma Robin capiva perché, nonostante le sue stramberie, quell'uomo avesse esacerbato le insicurezze latenti di suo fratello. Martin non possedeva risparmi né beni immobili, non aveva mai saputo tenersi stretto un lavoro né, a dirla tutta, nulla che richiedesse un vero impegno.

« Mart » disse Robin con delicatezza, « sei *sicuro* di non esserti immaginato tutto? »

« Perché mi ha cacciato, se no? » domandò Martin, con la sua caratteristica mancanza di logica.

« Forse perché hai buttato dalla finestra il regalo di vostro figlio e l'hai accusata di portarsi a letto un noleggiatore di cassoni che pensa di essere re Artù » suggerì Robin, strappando a suo fratello una risatina riluttante.

Fu strano sedere sul divano con Martin e riflettere che aveva scelto di andare da lei piuttosto che da un altro membro della famiglia. Forse era semplicemente scappato verso il letto libero più lontano che potesse trovare, ma Robin non riusciva a mettere a tacere il sospetto, non del tutto lusinghiero, che ora più che mai vedesse in lei una sorta di spirito affine, con la sua bizzarra carriera a tratti pericolosa, che la madre non approvava, con un matrimonio fallito alle spalle e la ricerca di una casa ormai messa in pausa; tutt'altro paio di maniche rispetto a Stephen, felicemente sposato e padre di due figli, o a Jonathan, il laureato, con il suo nuovo, convenzionale lavoro nella consulenza aziendale. Ma poi Robin ricordò quando Martin, decisamente ubriaco, aveva cercato di attaccar briga col suo ex marito, il giorno del loro matrimonio, e rise di nuovo.

«Mi è tornato in mente quando hai quasi fatto a botte con Matthew».

«Ah» disse Martin, e questa volta rise per davvero. «Lui sì che è un *vero* coglione».

«Lo è» convenne Robin. «Però non quanto il tizio per cui ti preoccupi tanto. Ascolta... credo che dovresti chiamare Carmen per chiederle scusa».

«Col cazzo che...»

«Penso *davvero* che non abbia fatto niente di male, Martin».

Robin conosceva troppo bene suo fratello per fargli pressione; era un irrecuperabile bastian contrario, e avrebbe fatto la cosa giusta con i suoi tempi, oppure non l'avrebbe fatta mai. Si alzò dal divano.

«Preparo qualcosa da mangiare».

Aveva appena aperto il frigo per ispezionarne il misero contenuto quando, colpita da un pensiero improvviso, tornò in salotto.

«Mart, hai detto che il tizio di Excalibur si è fatto mettere il logo sui *pesi*?»

«Sì, lo mette dappertutto, cazzo» disse Martin.

«Si possono personalizzare anche i pesi?»

«Se sei il tipo di sfigato a cui piacciono queste cose. Perché?»

«Così» disse Robin. Tornò in cucina.

113

E dunque destino volle che, un giorno, dopo aver pazientemente scavato tutt'attorno a un grande blocco di roccia, fino a smuoverlo dal suo letto ancestrale, lo sentisse tremare sotto la mano e, appoggiandovi sopra il peso, quello sparisse nello spazio al di là.

John Oxenham
A Maid of the Silver Sea

Il mattino dopo, Robin lasciò Martin addormentato sul divano letto in soggiorno e andò in ufficio. C'era una cosa che voleva dire a Strike di persona, dunque si costrinse a guidare fino in centro, controllando costantemente lo specchietto retrovisore, e sentendosi nervosa e indifesa nel breve tragitto a piedi per raggiungere Denmark Street.

Arrivando poco dopo le nove, trovò Pat già alla sua scrivania, e Wardle che parlava con Strike nell'ufficio dei soci.

«Non c'erano tre pesci là dentro?» chiese a Pat mentre appendeva il cappotto, perché il grosso pesce nero e quello rosso più piccolo sembravano aver perso un compagno.

«Travolta è morto» borbottò Pat. «Lui dice che l'ha trovato a pancia in su quando è arrivato stamattina».

«Travolta?»

«Sì, avevamo Cormoran, Robin e Travolta. Il tuo è l'unico che non ci ha dato problemi. Tutto torna» aggiunse Pat con tono cupo.

Strike riemerse dall'ufficio dei soci, con la barba non rasata e l'aria stravolta.

«'Giorno» fece a Robin. «Ieri ti sei persa un bello spettacolo del cazzo. Lo stavo giusto raccontando a Wardle...»

Robin lo seguì in ufficio, dove Wardle era rimasto in piedi, a braccia conserte, appoggiato alla parete.

«Abbiamo intercettato Plug, due suoi amici e il figlio mentre erano diretti al 15 di Carnival Street» disse Strike. «Hanno dato per scontato che fossimo in combutta col tizio che ha ammazzato il cane e hanno tirato fuori i coltelli. Per farla breve, Shah si è beccato una coltellata alla gamba».

Robin trasalì; il discorso che intendeva fare a Strike abbandonò la sua mente.

«Adesso come sta?»

«Meglio. L'hanno dimesso questa mattina, ma la ferita è profonda. Barclay ha trattenuto Plug, io ho mandato a terra il suo compare più grosso, ma il terzo l'ha fatta franca. Però siamo riusciti a convincere il figlio di Plug a starsene buono, quel poveretto. Hai detto che un cane gli ha mangiato mezza faccia, vero?»

«Sì» disse Robin. «Credo che resterà segnato a vita... in più di un senso. Ora dov'è?»

«Con il prozio e la nonna» disse Strike. «Se tutto va bene, Plug non uscirà di galera per un bel pezzo e il ragazzo avrà un barlume di speranza di farsi una vita normale. Comunque, abbiamo dovuto rilasciare una dichiarazione alla polizia, e ci è andata di lusso che avevamo parecchie prove fotografiche per dimostrare che abbiamo pedinato Plug per mesi, altrimenti temo che ci avrebbero sbattuto al fresco per aggressione, cosa che, come ben sai, alla Met farebbe un gran piacere. E siamo a corto di un uomo, forse definitivamente».

«Che cosa vuoi dire?» chiese Robin.

«Credo ci sia la possibilità che Navabi ci freghi Shah».

«Cosa?» disse Robin, inorridita. «Dev non ci lascerebbe mai!»

«Non ci metterei la mano sul fuoco. Ieri sera, mentre aspettavamo la mossa di Plug, abbiamo discusso. Ha sfoderato tutti gli argomenti di Kim. Che non avremmo dovuto accettare il caso del caveau, che ci stiamo approfittando di Decima, che siamo 'complici nell'occultamento di suo figlio', che ci facciamo viaggetti in tutto il Paese eccetera. Credo che qualche vecchio amico alla Met gli abbia detto che lavora per un vero bastardo. Pensa anche che io abbia molestato Kim».

«Che...?»

«Deve averglielo detto lei» disse Strike con aria stanca. «Kim e Navabi sembrano davvero decise a farmi incazzare. Hanno provato a fregarmi anche voi due?»

«No» disse Robin. «Immagino che dovrei essere offesa».

«Parlerò *io* con Shah di quella stronza della Cochran» disse Wardle con piglio torvo. «Gli spiegherò *esattamente* che tipo è. Te l'ho già detto, causa problemi dovunque lavori. È una cazzo di mela marcia».

«Sarebbe utile, grazie» disse Strike, massaggiandosi gli occhi che bruciavano per la stanchezza, «e già che ci sei, puoi dire a Shah che il caso del caveau è ancora aperto, e che pagherò di tasca mia».

«*Cosa?*» fece Robin, e a quella notizia il morale le schizzò alle stelle.

«È meglio che vada» salutò Wardle. «Tra mezz'ora devo occuparmi della funzionaria fedifraga».

Quando Wardle si fu richiuso la porta divisoria alle spalle, Strike guardò Robin e disse: «Perché hai l'aria così felice?»

«Dici davvero? Il caso del caveau è ancora aperto?»

«Sì, certo».

«Anch'io voglio contribuire economicamente. Non puoi sostenere tu tutte le spese. Di questo passo non ti resterà nulla dell'eredità».

«Non me ne faccio niente» disse Strike con aria indifferente.

«Non pensi mai a comprarti una casa?»

«Perché dovrei? Una comoda come il mio appartamento non la troverei mai» disse Strike.

Avrebbe potuto dire che se Robin avesse voluto convivere con lui, sarebbe stato più che lieto di mettersi a cercare casa, ma naturalmente non lo fece.

«Perché sei così soddisfatta di continuare con il caso?» chiese.

«Perché... Non ti arrabbiare, ok?»

«Cos'è successo?» ribatté Strike con tono sospettoso.

«Niente, ma probabilmente solo perché con me c'era Martin».

Robin gli riferì gli eventi della sera precedente, e concluse:

«Non voglio passare il resto della vita a guardarmi le spalle. Voglio portare a termine il caso come si deve».

«Hai informato la polizia che King ha violato i termini della condizionale?» domandò Strike, esercitando il massimo dell'autocontrollo, per restare calmo come lei gli aveva chiesto.

«Sì» rispose Robin. «E ho anche fatto presente che ho ancora altri due oggetti che gli appartengono, ma...»

«Non erano interessati».

«Non penso sia mancanza di interesse» disse Robin. «Il livello di allerta terrorismo è alto: capisco che un foglio A4 con la faccia di un gorilla non sia la loro massima priorità. In ogni caso» proseguì rapidamente, perché aveva intuito che Strike era lì lì per cominciare a imporle nuove precauzioni e regole di sicurezza, «voglio interrogare Hussein Mohamed».

«Ne abbiamo già parlato. Non voglio che lavori sul campo» si oppose Strike, sforzandosi di mantenere la calma. «E direi che la notte scorsa dimostra...»

«Ok, va bene» si arrese Robin. «Può interrogarlo uno degli altri; non mi importa, basta che qualcuno lo faccia».

«Perché?»

Robin fece un respiro profondo.

«Bene, forse ti sembrerà una pazzia, ma ieri Martin mi ha parlato di un tizio che conosce e che ha messo il logo della sua ditta sui pesi della palestra privata. È un imprenditore ossessionato da Excalibur e a quanto pare l'ha messa dappertutto».

«Credi che Wright abbia ordinato dei pesi personalizzati?» disse Strike inarcando le sopracciglia.

«Sappiamo che Oz e Medina sono tornati nell'appartamento di Wright a notte fonda, per prendere qualcosa che persino Oz faticava a trasportare, giusto? Sei stato tu a dire che probabilmente erano i pesi. Be', e se sopra ci fosse stato qualcosa, qualcosa di personale... Non so, un disegno, un motto...?»

«Dei pesi personalizzati mi sembrano un acquisto decisamente stravagante per un tizio che poteva a mala pena permettersi di vivere in quella topaia» obiettò Strike.

«Lo so» ammise Robin, «ma non dovevano per forza essere personalizzati, magari è possibile, non so, che ci fossero degli adesivi, o qualcosa del genere. Degli adesivi che Medina non è riuscita a staccare, e anche se ci fosse riuscita, le tracce avrebbero comunque potuto rivelare qualcosa che l'assassino voleva nascondere, qualcosa che avrebbe consentito di identificare Wright. O forse erano di una marca particolare, o di un colore, o qualcos'altro, che poteva svelare l'identità di Wright. Sappiamo che Mandy e Daz non sono mai entrati nella stanza di Wright, ma forse Mohamed sì. So che sembra campato per aria, però, Strike, credo che abbiamo un notevole vantaggio sulla polizia. Abbiamo considerato l'ipotesi che Wright non fosse Knowles molto prima che ci arrivassero loro. È solo che ho la sensazione...»

Bussarono alla porta e Pat entrò con aria scocciata.

«Ha chiamato lo zio di Plug. Vuole che racconti che il ragazzo non c'era. Dice che non è colpa sua, che il padre l'ha obbligato».

«E che cazzo» sbottò Strike, «abbiamo già rilasciato le nostre dichiarazioni alla polizia. Che altro? Vuole che Shah faccia finta di essersi pugnalato la gamba da solo?»

«Quindi è un no» fece Pat con una smorfia, e richiuse la porta.

Ora Strike abbassò la voce.

«Che cosa stava dicendo su quel cavolo di pesce, quando sei arrivata?»

«Travolta?»

«Eh?»

«L'aveva chiamato così. L'ho appena scoperto».

«Perché cazzo gli ha dato un nome?»

«La gente lo fa con gli animali domestici» spiegò Robin, divertita.

«Sapevo che sarebbe finita così» fece Strike esasperato. «L'occhiata che mi ha sganciato quando le ho detto che è morto, manco me lo fossi mangiato... cosa stavamo dicendo?»

«Mohamed» disse Robin. «E poi, ieri notte, ho ricevuto questo da Chloe Griffiths. Guarda...»

Gli porse il telefono e Strike lesse:

Ciao Chloe, sono Robin Ellacott. Mi dispiace contattarti di nuovo, ma ho qualche altra domanda, e credo tu sia l'unica persona che possa darmi delle risposte. Capisco che sia molto difficile per te, e non ti disturberei ancora se non pensassi che fosse importante.

Quali domande?

Ho parlato col padre di Hugo, mi ha raccontato di una brutta discussione che hai avuto con Tyler e Anne-Marie a proposito di un braccialetto.

E allora?

Sono solo un po' confusa riguardo al rapporto tra te e Tyler.

Ma non ce li hai dei CAZZO DI OCCHI? Quello sul mio Instagram ti sembra Tyler?

Non volevo insinuare che Tyler sia con te in Interrail.

A quel punto, Chloe aveva smesso di rispondere.

«Un po' aggressiva» commentò Strike, restituendo il telefono a Robin.

«Vero? So che forse ne ha le scatole piene...»

«*Io* ne ho le scatole piene» disse Strike, passandosi la mano sulla faccia non rasata, «ma questa mattina alle sette mi ha chiamato Rena Liddell. L'hanno dimessa dalla clinica e sostiene di stare bene, ora che ha ricominciato a prendere il clonazepam, anche se il ricovero coatto non ha giovato alla sua paranoia. Vuole incontrarmi, ma ha paura che 'ci spiino'. Ci vedremo all'Engineer di Camden, dove lei e Semple probabilmente hanno bevuto una cosa prima che lui sparisse. Che Ralph Lawrence possa rifarsi vivo è un rischio che dovremo correre».

Visto che Strike non le aveva urlato contro per via di Wade King, Robin si disse che doveva mostrare altrettanto autocontrollo, quindi, invece di mettere in dubbio l'opportunità di irritare ulteriormente l'MI5, chiese: «Dunque la ragione per cui vuoi continuare a indagare è Rena?»

«No, ho deciso di andare avanti prima che chiamasse. Quando sono tornato da quel delirio, tra coltellate e ospedale, sono venuto qua dentro e ho avuto... non direi una rivelazione, ma un'idea, a proposito della consegna di Gibsons e del Centrotavola Orientale, e più ci penso, più mi convinco di aver trovato qualcosa. Prenditela con Tom Waits».

«Il cantante?» disse Robin, confusa.

«Sì. Ascolta qua».

Strike premette un pulsante sulla tastiera e un pianoforte tintinnante cominciò a suonare.

«Aspetta il ritornello».

... a soldier's things
His rifle, his boots full of rocks
And this one is for bravery
And this one is for me
And everything's a dollar
In this box...

«Io... non capisco» disse Robin.

«Vieni qui» disse Strike, facendole cenno di spostarsi sul suo lato della scrivania, e quando Robin si mosse per osservare sullo schermo il video in pausa dell'interno del Ramsay Silver, lui colse di nuovo il suo profumo. Mentre Tom Waits continuava a cantare, Strike premette 'play'.

Larry McGee entra nel negozio, posa le casse ed esce.

Wright porta la prima cassa nello scantinato.

La giovane bionda arriva e attira l'attenzione di Pamela.

Wright porta la seconda cassa nel caveau.

Poi porta di sotto la terza cassa.

Todd entra nel negozio e aiuta Wright a portare nel caveau la cassa più grande.

Wright torna al piano terra.

Todd è ancora nello scantinato. Ci rimane per quasi venti minuti.

Todd ricompare.

La bionda esce.

Pamela scende da sola nello scantinato.

Pamela torna al piano strada, con degli oggetti che poi ripone in una borsa.

Wright se ne va portando con sé la borsa.

Pamela riceve un messaggio.

Pamela dice a Todd di restare.

Pamela riceve una chiamata. Indica a Todd la porta. Lui esce dal negozio.

Wright e Todd fanno ritorno, incespicando sotto il peso di un'altra grande cassa.

La portano di sotto nel caveau.

Todd torna di sopra e riconsegna a Pamela la borsa.

Pamela esce.

Todd ha un attacco di tosse.

Passano quarantaquattro minuti.

Wright riemerge dal caveau.

Lui e Todd discutono.

Todd se ne va.

Strike premette 'pausa'. Tom Waits continuò a cantare:

And everything's a dollar in this box...

«L'hai visto?» disse Strike.

«Niente che non abbia già visto le altre volte che l'ho guardato» ammise Robin.

«Ok» fece Strike, mandando indietro il filmato, e riproducendo i fotogrammi in cui Todd e Wright portavano nel caveau la cassa più grande della consegna originale. Todd si muoveva con estrema lentezza, come un granchio, e sembrava che da un momento all'altro la cassa potesse sfuggirgli.

«Diresti che stanno recitando?» disse Strike. «Che fanno finta che sia più pesante di quanto sia davvero?»

«No» disse Robin. «Sembra davvero pesante».

«Ma dentro non c'è il Centrotavola Orientale, no? Perché quello è finito da Bullen & Co. Ora...»

Strike mandò avanti la registrazione e permette 'play'. Pamela fece ritorno dal caveau, con dei piccoli oggetti tra le braccia che ripose in una borsa, e la porse a Wright che uscì.

«Di sotto Pamela ha scoperchiato la cassa grande, giusto?» Strike disse a Robin. «E invece del centrotavola, ha visto i piccoli oggetti che aveva comprato per il suo negozio».

«Giusto» disse Robin.

«Oggetti che lei... una donna di quasi sessant'anni, con le ginocchia malferme... è riuscita a portare di sopra. Quindi...?»

«Perché la cassa era così pesante quando l'hanno portata di sotto?» disse Robin, inorridendo. «*Perché non l'ho visto?*»

«Per la stessa ragione per cui non l'ho visto io. La stessa ragione per cui Pamela non si è accorta di nulla, e nemmeno Wright. La stessa ragione per cui la gente casca ancora nel gioco delle tre carte» disse Strike. «E poi ho cominciato a pensare all'impronta nel sangue accanto alla testa, e a quella maledetta saracinesca, e alla porta leggermente deformata dietro il bancone. Se l'assassino avesse acceso la luce nello scantinato, si sarebbe visto dalla vetrina...

«Questo non ci spiega il perché» continuò Strike, «e non ci dice chi, ma ci racconta qualcosa di importante sul nostro assassino. Il caveau era letteralmente l'unico posto dove poteva avere una possibilità concreta di cogliere William Wright di sorpresa. Necessità. Non aveva letteralmente altra scelta».

114

Al trillo acuto della campana d'argento,
fredde gocce di terrore si sparsero svelte
sul selciato tutt'a un tratto disseminato
dei volti della moltitudine.

Robert Browning
Christmas-Eve

Martin tornò nello Yorkshire dopo la seconda notte a casa di Robin. Carmen aveva accettato le sue scuse al termine di quelle che erano sembrate altre ventiquattr'ore di recriminazioni reciproche via telefono. Robin non aveva avuto altra scelta che ascoltare la versione dei fatti di Martin, e in gran parte anche quella di Carmen, tanto urlava. Tra i diversi round della litigata telefonica con Carmen, Martin aveva confidato a Robin che Dirk dormiva solo un'ora per volta, che la cicatrice dell'episiotomia di Carmen continuava a darle fastidio e che i capezzoli le sanguinavano tanto che aveva dovuto smettere di allattare. Robin avrebbe fatto volentieri a meno di quei dettagli sgradevoli, ma Martin sembrò sollevato di potergliene parlare. Robin lo guardò partire con sentimenti contrastanti. Il suo posto era chiaramente con la compagna e il figlio, ma per lei la sua presenza era stata rassicurante.

Robin continuava ad alternare giornate di lavoro in ufficio e da casa, che, come aveva temuto, aveva iniziato a sembrarle più che altro una prigione. Sfortunatamente, a meno che in ufficio con lei non ci fosse Strike (e non le piaceva ammetterlo nemmeno con se stessa, ma era la verità) Denmark Street non la faceva sentire più al sicuro. Era lì che la lettera 'G' era stata dipinta sulla porta, e Denmark Street e Charing Cross Road erano rumorose e caotiche, cosa che la rendeva ancora più nervosa.

Il 22 marzo, al risveglio, Robin decise di passare la giornata nel suo appartamento, perché il suo socio era impegnato a pedinare la presunta funzionaria fedifraga. La porta di casa era chiusa a doppia mandata, l'allarme inserito, e aveva incastrato una delle sedie della sala da pranzo sotto la maniglia della porta. Si sforzava di non invidiare Midge, che al momento era appostata a Forest Gate in attesa di Hussein Mohamed. Robin le aveva dato istruzioni dettagliate, spiegandole che era soprattutto interessata a sapere se Mohamed avesse mai visto dei pesi nell'appartamento di Wright, eppure avrebbe voluto condurre il colloquio di persona.

Aveva preso appuntamento con la terapeuta consigliata da Prudence e, anche se non avrebbe potuto incontrarla prima di tre settimane, sapere che qualcuno l'avrebbe aiutata le dava già un certo sollievo, proprio come aveva detto a Prudence. Non aveva parlato con nessun altro dell'appuntamento, nemmeno con Murphy. Ciò che questo diceva sullo stato della sua relazione, Robin aveva deciso di ignorarlo.

Finita la colazione, mandò un altro messaggio su WhatsApp a Chloe Griffiths, che dopo l'ultimo scoppio di rabbia era rimasta in silenzio.

Chloe, so che non hai voglia di affrontare questo argomento, ma la polizia ha scoperto che Tyler stava chiamando al telefono qualcuno a Londra da Ironbridge, nel momento in cui Anne-Marie e Hugo si sono schiantati, quindi lui non c'entra niente.

Con sua leggera sorpresa, ricevette una risposta nel giro di pochi minuti.

Quindi? Non ho mai detto che è stato lui di sicuro.

Robin digitò:

Ma allora perché ha lasciato Ironbridge, secondo te?

E io come faccio a saperlo? rispose Chloe immediatamente.

Il signor Whitehead dice che tu e Tyler eravate legati.

È una cazzata. Te l'ho detto, Tyler è uno schifoso.

Tuo padre e Wynn Jones pensano che Tyler sia andato a lavorare in un pub. Lui te ne ha mai parlato?

Sì, una volta ha detto che stava pensando di andare a lavorare in qualche pub da un'altra parte.

Ti ricordi dove?

Wolverhampton, forse. Voleva essere vicino allo stadio Molineaux.

È dove giocano i Wolves, vero?

Sì.

Scusa se sono pignola, Chloe, ma la prima volta che mi hai scritto hai detto che Tyler 'non aveva mai desiderato vivere altro che a Ironbridge'.

Questa volta, Chloe non rispose. Robin stava per posare il telefono quando squillò.

«Dove sei?» disse la voce allarmata di Murphy.

«A casa, per...?»

«Grazie al cielo. C'è stato un attentato terroristico a Westminster Bridge».

«Oh Dio, cosa...?»

«Un tizio ha deliberatamente puntato l'auto contro i pedoni. Devo andare, volevo solo controllare che non fossi in zona».

Murphy riattaccò. Un'ondata di sudore freddo passò sul corpo di Robin. Strike era a Westminster, a pedinare la funzionaria. Lo chiamò. Lui non rispose.

Corse al televisore e accese su Sky News.

L'auto del terrorista era salita sul marciapiede del ponte e aveva falciato i pedoni, uno dei quali era caduto oltre il parapetto precipitando nel Tamigi. Il terrorista era andato avanti fino a schiantarsi contro la recinzione perimetrale del palazzo di Westminster, poi era scappato a piedi, armato di coltello, e aveva aggredito un agente di polizia disarmato.

Con gli occhi fissi sullo schermo, Robin chiamò di nuovo Strike. Nessuna risposta.

«Dio, ti prego, fa' che stia bene» mormorò.

Il guidatore era stato neutralizzato da poliziotti armati. L'intero attentato era durato ottantadue secondi, ma decine di corpi umani spezzati e insanguinati erano rimasti feriti e forse uccisi.

Il telefono di Robin squillò: Strike.

«Scusa» disse, «ho dovuto mettere la modalità silenziosa per ascoltarla mentre parlava con un'amica».

«Dove sei?» chiese Robin, che riusciva a udire diverse sirene e parecchie urla.

«Alla St Stephen's Tavern».

«Proprio lì accanto!» esclamò Robin, che conosceva il pub: c'erano stati insieme.

«Sì, e non possiamo andarcene, ci sono poliziotti armati dappertutto» disse Strike, che aveva dovuto alzare la voce al di sopra della confusione che lo circondava. «Ti tengo aggiornata, ma sto bene».

«Ok» rispose Robin con un filo di voce.

Le tremavano le gambe. Quando Strike riattaccò, si lasciò cadere sul divano, fissando il televisore. Quell'atto di estemporanea brutalità aveva fatto impennare la sua percezione di una minaccia costante.

Poi un pensiero orribile le attraversò la mente. Sarebbe stata altrettanto terrorizzata e atterrita se a Westminster ci fosse stato Murphy? Se fosse stato Murphy a non rispondere al telefono?

Certo che sì, disse a se stessa con rabbia. *Ma certo.*

115

In sogno io vedo un campo lontano,
e sangue e fumo e spari.
Là nelle tombe sono i miei compagni,
nella mia tomba io non sono.

A.E. Housman
XXXIX, More Poems

Alle sette di quella sera, guidando verso Camden, Strike stava ascoltando l'autoradio. Quattro passanti erano stati uccisi dal terrorista, ancora non identificato, che aveva falciato i pedoni su Westminster Bridge. Più di venti erano rimasti feriti, alcuni in maniera grave. Una donna era stata sbalzata oltre il parapetto cadendo nel Tamigi, ed era in condizioni critiche.

Strike sperava che nessuno di sua conoscenza scoprisse mai quello che aveva provato e fatto quando aveva udito le urla fuori dalla St Stephen's Tavern, quando aveva visto i poliziotti armati che correvano e i civili che scappavano, e poi aveva sentito lo sparo. A distanza di ore, era ancora mortificato al ricordo della sua reazione istintiva e irrazionale.

Il sudore freddo gli aveva bagnato il corpo intero, e si era trascinato il più in fretta possibile verso la strada, spintonando gli avventori in preda al panico, come se fosse ancora armato e indossasse un giubbotto antiproiettile, e avesse due gambe intere, e toccasse a lui, personalmente, salvare Londra. Un poliziotto, correndogli davanti, gli aveva urlato di riportare dentro il culo, e la razionalità di Strike si era riaffermata con un'ondata di vergogna; aveva battuto in ritirata nel pub, un aspirante eroe per caso di quarantadue anni...

Ma per qualche secondo il pub e le urla e gli avventori avevano cessato di esistere, e Strike si era ritrovato sulla strada di terra gialla in Afghanistan, a bordo del veicolo che stava per saltare in aria, perché aveva urlato 'Frena!' troppo tardi. Strike sospettava che la pressione sanguigna fosse rimasta alle stelle per ore dopo l'attacco, e ancora non era certo che fosse tornata alla normalità.

Non aveva idea dell'effetto che l'attentato avrebbe avuto su Rena Liddell, che deplorava l'afflusso di islamisti in Gran Bretagna, e che aveva fatto un tentativo poco convinto di procurarsi una pistola per sparare a qualche musulmano. Non l'avrebbe sorpreso se non si fosse presentata al loro appuntamento all'Engineer. L'effetto di atti di violenza devastanti sulle menti già instabili poteva essere catastrofico, come Strike sapeva bene. Ricordava la storia che gli aveva raccontato un suo amico, medico militare, a proposito di un uomo gravemente ferito che era precipitato in uno stato di psicosi paranoica e che, a quanto pareva, era convinto di essere lui in persona a far saltare in aria gli edifici di Baghdad, anche se si trovava in un letto d'ospedale in Germania.

Strike parcheggiò la BMW in Gloucester Avenue, dove si trovava l'Engineer. Notò che il pub distava poche centinaia di metri dal ponte sul Regent's Canal. L'insegna sopra la porta del locale mostrava l'ingegnere Isambard Kingdom Brunel con il suo cilindro.

Entrando, Strike si ritrovò in un elegante pub gourmet. Il bancone era in legno accuratamente verniciato, le pareti erano di un colore scarlatto e tutti gli avventori sembravano estremamente azzimati. Non c'era nessuna donna con la faccia tatuata, né all'interno né nel cortile. Deciso ad accertarsene, tornò al bancone.

«Mi chiamo Cormoran Strike e avrei un appuntamento con una persona. Qualcuno mi ha lasciato un messaggio? Una giovane donna bionda».

Il giovane barista lo guardò leggermente divertito, e Strike non poté fargliene una colpa. Ormai, in un mondo in cui esistevano i cellulari, chi lasciava messaggi attraverso intermediari umani? Quel vecchio idiota non si era accorto di essere stato sorpassato? Ma alle parole di Strike, una donna più anziana dietro il bancone si voltò.

«Ha un tatuaggio sulla faccia?»

«Sì» rispose Strike.

«È lei» disse la barista al collega. «Quella zozzona che si è messa a gridare».

«Oh» fece l'altro barista, rivedendo senz'altro il proprio giudizio sui vagheggiamenti di Strike, ma disapprovando palesemente i suoi gusti.

«Non credo che stia molto bene» disse Strike. «Quando è passata?»

«Un'ora fa, più o meno».

«Ha lasciato un messaggio?»

«No» rispose la barista. «Ha urlato qualcosa a proposito di un ponte e poi se n'è andata».

«Capisco» disse Strike. «Grazie».

Uscì dal pub per tornare in strada. Cos'aveva fatto Rena dopo essere scappata dall'Engineer? Aveva lasciato Londra in autostop? Guardò verso il ponte sul canale: non c'era nessuna bionda.

Si incamminò, e quando notò sulla sinistra alcuni gradini che dalla strada portavano al Regent's Canal, li discese senza una chiara idea del perché lo stesse facendo, tranne che, ogni volta che si trovava nelle vicinanze di una massa d'acqua, avvertiva l'impulso spontaneo di andare a dare un'occhiata, ma anche perché si chiese se Rena avesse preso quella direzione.

Arrivò su una strada pedonale che correva in parallelo al canale, dall'acqua lenta di un verde limaccioso, ritrovandosi tra due ponti, uno in mattoni per le auto e i pedoni, l'altro in ferro, a sostenere la ferrovia.

La luce della sera andava spegnendosi in fretta. Le ombre degli alberi spandevano chiazze ancora più scure sull'acqua ristagnante. Un cigno solitario si avvicinò lentamente a Strike, con i piccoli occhi scaltri. Strike lo osservò scivolare sotto il ponte in metallo, il suo bianco puro che diventò grigio sporco tra le ombre, e in quel momento notò una massa scura, rannicchiata sotto il ponte, che poteva essere umana.

Un runner superò Strike, sbuffando perché l'aveva costretto a deviare di trenta centimetri dal percorso predeterminato. Superò quel che sembrava un cumulo di stracci senza nemmeno guardarlo. Questa era Londra: a meno di non urlare ai quattro venti il proprio dolore, o la propria appartenenza a un gruppo demografico capace di suscitare empatia (e talvolta nemmeno in quel caso), gli altri abitanti erano troppo occupati per fermarsi un attimo e troppo stanchi per prestare attenzione. Strike lo sapeva per esperienza personale. Era troppo grosso, troppo virile e troppo minaccioso per suscitare istinti di protezione nel cuore dei passanti, come gli aveva insegnato la generale diffidenza con cui era stato trattato quando si era accasciato su un marciapiede cittadino, senza riuscire a rialzarsi, la volta in cui il tendine del ginocchio l'aveva definitivamente abbandonato.

Strike si avvicinò lentamente alla sagoma. Era rannicchiata in posizione fetale, muta e immobile, accanto a uno zaino rigonfio. Le mani luride posate sulla cima della sporca testa bionda sembravano artigli coperti di tatuaggi amatoriali. Era piccola, senz'altro non un uomo.

«Rena?» disse Strike sottovoce.

Lei alzò lo sguardo. Persino all'ombra della copertura del ponte, Strike notò che la carnagione era di un pallore malsano, coperta di chiazze. Aveva una brutta piaga da herpes sul labbro inferiore, e il confuso tatuaggio di una lacrima sotto l'occhio destro.

«Sono Corm...»

Dall'inizio alla fine, l'attentato terroristico di quella mattina era durato ottantadue secondi. Questa volta fu tutto molto più rapido, ma la reazione di Strike fu ancor più fulminea proprio perché, poco prima, si era ritrovato a due passi da una strage. Le aveva afferrato il polso sottile prima ancora che la sua mente conscia notasse la canna della pistola; la spinse verso l'alto e con l'altra mano gliela strappò dalle dita; lei urlò, picchiandolo alle gambe col pugno libero, la voce che riecheggiava tutt'attorno nel ventre del ponte.

Lui parò i colpi, cercando di non metterci più forza del necessario, le narici piene dell'odore di lei; sembrava che non si lavasse da mesi.

«Sono io... Cormoran Strike... volevi incontrarmi... e che *caz-*

zo» disse, afferrando la mano che si accaniva a colpirlo, «sono io, sono settimane che mi cerchi!»

Il significato delle sue parole dovette fare breccia: lei smise di lottare e lui la lasciò andare, non volendo essere accusato di aggressione. Strike osservò la pistola per controllare se fosse carica, e notò all'istante che era una replica, per giunta non molto convincente. Infilandosela in tasca, le tese una mano.

«Alzati. Creperai di freddo se resti qui sotto. Possiamo andare a mangiare qualcosa».

«Vaffanculo» ribatté lei con foga. «Io resto qui».

«Perché?»

«Voglio così. C'è della gente che mi segue».

Sapendo per certo che Rena era nel mirino dell'MI5, non poteva attribuire quella convinzione unicamente al suo essere una Gateshead.

«Be', mi fa piacere incontrarti, finalmente» disse.

Lei strabuzzò gli occhi, e a Strike parve per metà incuriosita e per metà sospettosa.

«Sei davvero tu? L'investigatore?»

«Sì, sono io» rispose Strike.

«Mi hanno detto che non devo parlarti».

«Lo so» disse Strike. «Pensano che voglia creare problemi. Ma non è così. Sto solo provando a scoprire che cosa ne è stato di Niall Semple».

«Pensavo che volessi trovare mio fratello».

Merda.

Ovviamente Strike aveva visto il tweet in cui Rena scriveva di non credere che suo fratello Ben fosse morto, ma sperava che nei due anni successivi avesse accettato la verità. Questa situazione, lo sapeva bene, richiedeva un tatto particolare, perché non aveva idea se Niall Semple, con la sua lesione cerebrale, le avesse dato la falsa speranza che il fratello fosse ancora vivo.

«Andiamo a mangiare qualcosa» propose, con quello che nelle intenzioni doveva essere un tono incoraggiante.

«No» fece di nuovo lei, continuando a guardarlo con gli occhi strabuzzati nella semioscurità, poi continuò: «Eri nell'esercito, vero? L'ho visto online».

«Ero nell'esercito, sì» disse Strike.

«Io non credo negli eserciti, io non credo proprio che dovremmo averli, ho visto le porcate che combinano».

Avendo avuto nell'infanzia parecchi contatti con persone affette da problemi mentali e dipendenze, Strike aveva imparato che, a meno di non apprezzare i conflitti esplosivi e le scenate, il metodo migliore era, quando possibile, una pacata accondiscendenza.

«Sì, succedono parecchie cose brutte» disse. «Perché non facciamo due passi?»

Rena ignorò la proposta. I capelli biondi erano raccolti in dreadlock, e Strike non sarebbe rimasto stupito a vederci zampettare degli insetti. Non la biasimava per le condizioni fisiche in cui si trovava, ma si chiese per quale ragione al mondo l'avessero dimessa dalla clinica psichiatrica, per quanto a lui facesse comodo che fosse uscita.

«Credo che avesse in mente questo posto» disse Rena, indicando il ponte.

«Chi? Niall?»

«Sì. Ha detto che ci ha lasciato delle cose per me. Altre cose. Forse le ha nascoste dietro i mattoni?» disse lei, guardando vagamente verso l'alto.

«Sì, mi hai detto che quando vi siete incontrati ti ha dato qualcosa» disse Strike. «Cos'era?»

«Non lo darò a te» disse lei, di nuovo in preda al sospetto.

«Non lo voglio» la rassicurò Strike. «Mi interessa solo perché me l'hai detto tu».

«Non te l'ho mai detto».

«Allora me lo sarò immaginato» la tranquillizzò Strike. «Avanti, facciamo due passi. Poi possiamo tornare qui. Non hai fame?»

«Tu non lavori per quegli stronzi dei servizi segreti di merda, vero?»

«No» rispose Strike. «Non gli sto simpatico. Non vogliono che io e te ci incontriamo».

«Sì, *questo* lo so» fece lei. «Per via di quello che potrei dirti».

«Inizia a fare freddo. Perché non vuoi camminare un po'?»

Per un momento o due, lei si frugò sconsolata sotto l'unghia del pollice, poi disse: «Ok, va bene».

Si alzò e raccolse anche lo zaino.

«Vuoi che lo porti io?» chiese Strike, mentre Rena se lo metteva in spalle.

«No... hai solo una gamba, giusto?»

«Una e mezza» disse Strike, sollevando la gamba sinistra dei pantaloni per mostrare a Rena la barra di metallo che gli faceva da caviglia.

«Merda» fece lei. «Hai una siga?»

«No» disse Strike, mentre si incamminavano lungo il canale. «Ho cominciato a svapare».

«Com'è quella roba?»

«Non male» rispose lui. «Ma non è come fumare».

«Ah» fece Rena, con tono vagamente divertito.

«Hai incontrato Niall all'Engineer?» chiese Strike.

«Sì».

«Di cos'avete parlato?»

«Mi ha detto solo che voleva fare qualcosa per Ben. Che voleva trovarlo».

«Davvero?» disse Strike.

«Sì. È per questo che quegli stronzi non vogliono che parli. Hanno lasciato mio fratello laggiù senza un modo per tornare e non vogliono che nessuno lo sappia».

La notte stava calando rapidamente. L'alzaia non era particolarmente indicata per la gamba destra di Strike.

«Sei sicura che non vuoi mangiare niente?» chiese.

Lei lo guardò in tralice nel crepuscolo.

«Ok, va bene» disse.

Era come se avesse lasciato l'ostilità tra le ombre del ponte, e Strike sperò che il suo umore non mutasse. Tornarono ai gradini da cui era sceso e raggiunsero insieme la strada, Strike col ginocchio e il tendine doloranti, quindi entrarono all'Engineer.

Gli sembrò di scorgere un'espressione diffidente sulla faccia dei baristi quando fece ingresso in compagnia della sporca e puzzolente Rena, ma nessuno impedì loro di occupare un tavolo alla finestra, nella sala con le pareti rosse, anche se una coppia di mezza età arricciò ostentatamente il naso quando Rena passò lì accanto.

«Non ho ricordi prima dei sei anni» annunciò Rena di punto in bianco quando si furono seduti.

«Davvero?» fece Strike. Aveva molta familiarità con le affermazioni estemporanee e sconnesse dei mentalmente fragili.

«Sì» rispose Rena, grattandosi di nuovo sotto le unghie. «È quando morirono i nostri genitori».

«Mi spiace» disse Strike. «Come morirono?»

«In un terremoto in Turchia, mentre erano in vacanza. A Izmit. Solo che non penso che fossero i miei veri genitori. Ricordo una donna bionda, ma quella che morì era mora».

Strike si chiese se la storia del terremoto fosse vera. Una sequela di lutti traumatici poteva ben spiegare i problemi mentali di Rena, ma gli tornò anche alla memoria una donna a cui non pensava da anni, e che aveva conosciuto da bambino in una delle più orribili case occupate in cui sua madre aveva trascinato lui e Lucy. Aveva i denti spezzati e uno sguardo folle, e diceva a chiunque l'ascoltasse di essere la figlia illegittima della Principessa Margaret e del suo primo amante, Peter Townsend, e che poteva dimostrarlo con date, orari e i suoi primi ricordi, tra cui quello di una donna con una tiara che piangeva sulla sua culla.

Entrambi ordinarono da bere: Rena chiese una pinta di birra.

«Guarda» disse Rena, di nuovo senza bisogno di alcuno stimolo, e ignorando il menu che la barista le aveva messo davanti, «mi ha dato questo».

Frugò sotto gli strati di vestiti lerci e scoprì una collana d'argento. Vi era appeso uno strano ciondolo: un quadrato a scacchi.

«Te l'ha dato Niall?» chiese Strike osservandolo.

«Sì. Ha detto che era magico» disse Rena. «Che mi avrebbe protetta. Me l'ha dato quando ci siamo incontrati. E che me ne avrebbe dati altri. L'ha detto lui. Al ponte».

«Ti voleva dare altri gioielli d'argento?»

«Sì, esatto. Così credo. Li ha nascosti giù al ponte».

«Al ponte dove ci siamo incontrati?»

«Sì, penso di sì. O magari quello lì vicino. Non lo so».

«Quando l'hai incontrato, Niall aveva una valigetta?»

«Sì» disse Rena. «Ed era bella pesante. Penso che dentro ce ne fosse dell'altro».

«Dell'altro argento?»

«Sì».

La birra di Rena arrivò e lei ne trangugiò metà, con gusto. Strike si chiese quale potesse essere l'effetto del mix di lager e clonazepam, la medicina che a quanto sapeva Rena stava assumendo.

«Quindi, quando vi siete incontrati, Niall ti ha detto che voleva andare a cercare Ben?»

«Sì» rispose lei, con un improvviso rigurgito di rabbia, «visto che nessun altro stronzo andrà a prenderlo, non credi?»

«Tu e Ben siete cresciuti insieme, dopo la morte dei vostri genitori?»

«No. Io sono andata a stare da mia nonna e lui da nostro zio. Nostro zio non è sposato, e Ben era più grande. Non voleva una bambina piccola».

A Strike tornò subito in mente sua madre e la sua separazione forzata da Ted, quando era piccola, a due anni. La vita di Leda sarebbe stata diversa se avesse potuto restare con suo fratello? E quella di Rena?

«Io *penso* che sia mio fratello» disse Rena agitandosi. «*Penso* che lo sia».

«Dove vivevi quando Niall ti ha contattata l'anno scorso?» chiese Strike. «Sempre con tua nonna?»

A guardarla, Rena gli pareva tra i venticinque e i trent'anni, anche se era difficile averne la certezza. Poteva essere più giovane di quanto lasciasse sospettare la sua faccia scavata e segnata.

«No» disse Rena. «È morta da un pezzo. Ero in un *posto*».

Il tono con cui pronunciò quell'ultima parola suggeriva che Rena si trovasse in una clinica psichiatrica, o forse in un centro per la disintossicazione.

«Niall ti ha spiegato com'era riuscito a scoprire dov'eri?»

«Penso che gliel'abbia detto Ben» rispose Rena con aria vaga.

«Quindi tu e Ben siete rimasti in contatto?»

«Più o meno. Mi ha parlato» disse animandosi all'improvviso, «di una battaglia il giorno del mio compleanno, il 19 luglio, e che non volevano dare a questo tizio che era morto e che, come dire, aveva davvero le palle, e non era britannico, era delle Fuji o qualcosa del genere, non lo so, comunque... non gli volevano dare una vera medaglia perché nessuno doveva sapere dov'erano, e queste sono le porcate che combinano quelli dell'esercito».

«Talaiasi Labalaba» disse Strike. «La battaglia di Mirbat».

«E tu come lo sai?» domandò Rena, metà eccitata e metà infastidita.

«C'è una sua statua alla base della SAS a Hereford» disse Strike.

Di colpo gli era venuto in mente perché, al bar del Goring insieme a Robin, il nome utente 'Austin H' l'avesse fatto pensare alla parola '*fuzz*'. L'aveva vista su 'La verità sui massoni':

Quasi sicuramente Austin 'Fuzz' Hussey (anche lui della SAS, battaglia di Mirbat) era massone.

116

« E molti e lunghi dovran essere i cimenti
che affronterai vittoriosamente,
se la fronte è sincera e gli occhi decisi;
come il cercatore di gemme attento scruta
il tesoro che ha tratto dalla sua tomba montana –
basta che un solo raggio a sua difesa
balzi fuori da quella spaventosa oscurità,
e acciaio e fuoco avran fatto la loro parte,
e il tesoro andrà al cuore di chi l'ha trovato... »

Robert Browning
The Flight of the Duchess

Robin era a casa, sola. Era calata la notte, le tende erano tirate, la porta chiusa a doppia mandata, l'allarme inserito, e la sedia della sala da pranzo ancora incastrata sotto la maniglia. La TV era sintonizzata sul notiziario, senza volume, e Robin aveva attivato i sottotitoli per scoprire qualcosa di più sull'attentato di Westminster Bridge. Il terrorista morto non aveva ancora un nome, ma la sua descrizione suggeriva che fosse musulmano. Sapeva che fissare le immagini della carneficina non era certo un toccasana per la sua ansia, ma era come se non riuscisse a distogliere lo sguardo.

Il telefono squillò facendola sussultare.

« Ciao » disse Midge con tono trionfale. « Ho ottenuto da Hussein Mohamed quello che volevi. Oggi è tornato prima dal lavoro, poveraccio. 'Una pessima giornata per essere un musulmano in auto per Londra'. Ti mando subito il file audio, così puoi ascoltarlo da te ».

« I pesi? » chiese Robin, in preda alla trepidazione. « Ti ha parlato...? »

«Tu ascoltalo e basta» disse Midge, con l'aria di andare molto fiera di sé. «Non resterai delusa. Comincia al settimo minuto».

Robin allora riattaccò e fece come le aveva detto Midge, aprendo il file audio e alzando al massimo il volume del cellulare.

«... non riconosce nessuna di queste foto?»

«L'ingresso era molto buio, capisce» disse una voce maschile dall'accento siriano. «Non l'abbiamo mai visto bene, e con la barba e gli occhiali...»

«Però gli ha parlato?»

«Io personalmente solo un paio di volte. La prima, si era offerto di aiutarci con la sedia a rotelle di Hafsa. Era un problema, vivendo all'ultimo piano. Noi avevamo detto che ci saremmo arrangiati... qualsiasi cosa pur di uscire dal centro di accoglienza. L'abbiamo invitato a entrare per un caffè, ma lui ha detto che aveva da fare... Siete sicuri che non fosse lui il ladro?»

«Sì» disse Midge. «Perché?»

«Perché si spiegherebbero molte cose, se fosse stato un ladro. Non voleva che guardassimo nella sua stanza. Addirittura aspettava che passassimo oltre prima di aprire la porta».

«Le ha detto che la sua fidanzata era incinta, vero?»

«Non a me, l'ha detto un giorno a mia moglie, quando io ero fuori e lui l'ha di nuovo aiutata con Hafsa. Ha detto che sperava che fosse una femmina. Lei gli ha detto 'di solito gli uomini vogliono un maschio'. Lui le ha risposto che sono i maschi a creare gran parte dei problemi del mondo, e lui non voleva aggiungercene un altro... Mia moglie gli ha chiesto perché la sua ragazza non stava con lui, visto che aspettava un bambino, e lui ha risposto che l'avrebbe raggiunto presto. Ha detto che la famiglia di lei non lo accettava, e questo complicava tutto. Dopo che l'hanno ucciso, abbiamo pensato che forse c'entrava la famiglia della ragazza... ma magari invece erano tutte bugie, quelle che le ha raccontato».

«In seguito non gli ha più parlato?»

«Solo una volta».

«E di cosa avete parlato?»

«Leoni» disse Mohamed.

«*Leoni?*»

«Sì. Mia moglie, io e Hafsa eravamo stati fuori tutto il giorno. Aspettavamo un pacchetto. L'uomo del piano terra ci ha detto di aver visto William che portava delle scatole nel suo appartamento. Mi sono detto che forse aveva preso anche il nostro pacco, così sono andato a bussargli. Ci ha messo parecchio a rispondere. Aveva tirato le tende e c'era solo una luce accesa, quindi era buio, e poi aveva fatto una cosa strana. Aveva steso un lenzuolo sui suoi pesi, però mentre ero lì è scivolato. Lui è andato a coprirli di nuovo. Ho capito che non voleva che li vedessi... Lì per lì non sono riuscito a spiegarmelo, non capivo perché. Ma se li avesse rubati si spiegherebbe tutto. Forse venivano da una casa che aveva svaligiato?»

«Ricorda qualcosa dei pesi?» chiese Midge, mentre il battito cardiaco di Robin accelerò in maniera quasi dolorosa.

«Sì, erano gialli, con sopra il muso di un leone nero, o forse una leonessa, sembrava quasi un fumetto. Li ho visti solo per un secondo. Dopo averli coperti di nuovo mi ha lanciato un'occhiata strana. Quasi colpevole, capisce? Però si era accorto che li avevo visti, così ho detto... per fargli capire che non m'importava, per essere cortese... 'Ah, il leone è il mio animale portafortuna. Hafsa significa cucciolo di leone'. Gli ho detto così. E lui ha sorriso e ha detto: 'Ma al-Assad non viene chiamato il leone siriano?' Ed è vero, ed è una cosa che non tutti sanno, così gli ho detto: 'Ma non è colpa dei leoni' e lui ha riso. Mi ha dato il mio pacchetto ed è finita lì... No» disse Mohamed, «c'è un'altra cosa. Aveva un completo e lo stava stirando. Mi ha detto che quel lunedì doveva iniziare un nuovo lavoro. Sembrava soddisfatto».

«Ha parlato con la polizia dei pesi gialli che ha visto nella stanza di Wright?»

«No. Li avranno visti con i loro occhi, no? Quando sono entrati?»

«Sapeva che due persone, un uomo e una donna, sono entrate due volte nell'appartamento di William, prima e dopo l'omicidio, per portar via delle cose?»

«Ho sentito che erano venuti, ma non che avevano portato via delle cose. La vicina del piano terra mi ha chiesto se li avevo incontrati, ma io non li ho mai visti. Sta dicendo che hanno rubato? Che hanno svaligiato l'appartamento? »

« Sì, pensiamo di sì. Ricorda qualcos'altro che William ha detto a lei o a sua moglie? A proposito di amici, colleghi, qualcun altro che conosceva a Londra? »

« No... tranne... ci ha parlato di un banco alimentare... in Stone Road, mi pare che fosse ».

« Wright l'aveva mai frequentato? »

« Credo di sì. Ci ha detto che non aveva molti soldi ».

« Stone Road, giusto? »

« Sì. Mia moglie e io ci siamo andati un paio di volte, dopo che ce n'ha parlato lui ».

Robin mandò un messaggio di ringraziamento a Midge, poi si accorse di avere ricevuto una risposta su WhatsApp da Chloe Griffiths.

> **No non so perché Tyler se n'è andato, praticamente non mi rivolgeva la parola prima che partissi per l'Interrail e il mio ragazzo si arrabbiava anche solo se lo salutavo per strada dopo che mi ha regalato quel braccialetto da due soldi con i miei fiori. Perché continui a rompermi le scatole? NON HO IDEA DI DOVE SIA TYLER POWELL E NON ME NE FREGA UN CAZZO.**

Robin le mandò un altro messaggio.

> **Per curiosità, dov'eri la notte in cui Hugo e Anne-Marie si sono schiantati?**

Aveva la sensazione che Chloe avrebbe preferito pensarci un po' prima di risponderle.

Poi Robin fece una ricerca su Stone Road a Newham, dove William Wright si era rivolto a un banco alimentare. Avevano bisogno di un'unica persona che non fosse stata sbronza o drogata, o che non soffrisse di disturbi alla vista, quando aveva potuto osservare William Wright alla luce del giorno; ne bastava una che, guardando la fotografia, dicesse, con convinzione, 'Era lui'...

Comprensibilmente, Mohamed aveva sbagliato il nome della via in cui si trovava il banco alimentare: era 'Strone', non 'Stone'. Robin prese un appunto mentale, e nel frattempo ripensò a quando Wynn Jones l'aveva corretta con spocchia: 'in Wellsey Road... *Wesley* Road...'

Parole che potevano essere scambiate facilmente... cose che apparivano esattamente come ci si aspettava. Un fascio di grano, o un albero. Un leone nero su sfondo giallo...

Nomi... William Wright era un produttore all'ingrosso di servizi in argento, o un botanico scozzese del diciottesimo secolo, o un famoso calciatore inglese, o un massone affogato durante la Prima guerra mondiale... il significato dei nomi...

Colpita da un'idea sbucata dal nulla, Robin controllò il significato di un nome su Google.

«Dio santo» mormorò.

Con mani tremanti, aprì di nuovo Instagram. Doveva esserne certa prima di contattare Strike. Doveva esserne assolutamente certa.

Passò un'ora, e per la prima volta da quando era stata aggredita davanti alla casa dei Whitehead, Robin dimenticò le sue paure. Non sussultò ai piccoli rumori notturni, né si alzò dal tavolo per assicurarsi che la porta fosse chiusa. Non le venne in mente di avvicinarsi alla finestra su Blackhorse Road, per controllare se Wade King la stesse sorvegliando. Le interessava solo dimostrare la folle teoria che le era venuta in mente, a partire dal significato di un nome.

Infine si allungò a prendere il cellulare accanto a lei e compose il numero del suo socio.

Strike rispose quasi immediatamente.

«Dove sei?» chiese Robin.

«Ho appena lasciato Rena Liddell in un hotel Travelodge» rispose Strike. «Le ho pagato un soggiorno di due notti. Tu come stai?»

«Strike, credo di aver scoperto qualcosa di importante... *davvero* importante».

«Che coincidenza» disse Strike, che stava zoppicando verso la sua BMW. «Anch'io».

PARTE DECIMA

Qui, non v'era dubbio, disse a se stesso, si trovava il cuore d'argento da cui dipartivano tutte le vene secondarie.

John Oxenham
A Maid of the Silver Sea

117

Cavaliere dell'Est, o la Spada...
La gran parte degli uomini cede all'impeto della corrente, e si lascia trasportare a riva, o viene travolta dalle rapide; e solo in rari casi il cuore forte e audace e le braccia vigorose continuano a lottare fino al trionfo definitivo.

Albert Pike
Morals and Dogma of the Ancient and Accepted Scottish Rite

« Penso comunque » disse Strike, « che ci servirà un bel po' di fortuna per destare l'interesse della Met, con quello che abbiamo finora ».

Era tornato in ufficio, seduto alla scrivania dei soci, il cielo nero come la pece fuori dalla finestra. Lui e Robin stavano proseguendo la telefonata a cui aveva risposto mentre raggiungeva l'auto, due ore prima. Ciascuno aveva condiviso quel che aveva scoperto e dedotto, e mentre entrambi erano convinti di aver finalmente isolato le singole tessere del puzzle di William Wright da quelle degli altri uomini coinvolti e di averle disposte correttamente, la loro conversazione si era avvitata su se stessa da un pezzo.

« Mi mangerei le mani » disse Robin. « Avrei dovuto vedere... »

« Stavamo cercando un ago in un cazzo di pagliaio » la interruppe Strike, « ma non capisco come potremmo controbattere se la polizia dovesse dirci che abbiamo solo qualche congettura, un paio di profili Instagram finti e un vecchio annuncio su eBay... tra parentesi, sei stata bravissima a scovarlo ».

Mentre parlava stava guardando il vecchio annuncio, perché Robin gliel'aveva inoltrato via e-mail: pesi di seconda mano, venduti da un uomo di Dagenham nel maggio dello scorso anno.

Robin aveva già contattato il venditore, e aveva scoperto che un uomo di nome Will li aveva comprati in contanti: ne era entusiasta, perché non avrebbe mai immaginato che un set del genere potesse esistere.

«Mi preoccupa che tu debba tornarci da solo» disse Robin, rifiutando di lasciarsi blandire da qualche complimento.

«Non sarò solo, mi porterò Barclay e Wardle».

«Vuoi andarci pesante, allora. Nel senso di farti arrestare di nuovo per violazione di domicilio».

«Questa volta sarà diverso».

«Come?»

«Con un po' di fortuna, entrerò e uscirò senza che nessuno se ne accorga. Sei tu quella che pensa sia questione di vita o di morte».

In effetti era quello che Robin aveva detto all'inizio della telefonata, ma dopo averne discusso per due ore non era più così ottimista.

«Forse era solo una pia illusione. Odio doverlo dire, ma è possibile che Sapphire Neagle sia morta. Non dà segni di vita da mesi e sappiamo che lui non si fa scrupoli a uccidere chi non gli è più utile».

«Be', se domani da Ramsay Silver tu e Midge avrete successo, avremo qualcosa che dimostrerà concretamente almeno una parte della nostra teoria. Ti ho detto che il negozio è chiuso da quando hanno saputo dell'omicidio di Todd?»

«No» disse Robin. «Perché?»

«A quanto pare, la commessa se n'è andata, temendo di essere la prossima dipendente a venire uccisa, la moglie non è nelle condizioni di lavorare e lui sbarca a stento il lunario con le sue consulenze finanziarie. Dice che dovrà dichiarare fallimento».

«Oh no» fece Robin.

«Ti ha sempre fatto più pena di quanto meriti» continuò Strike. «So del figlio morto e della moglie malata, ma quel tizio è un idiota».

«Va bene, ma ora calmati» disse Robin, leggermente stupita dal tono spigoloso di Strike. «Capita a tutti di commettere degli errori».

«Sì, e io ne ho fatti un sacco, ma non faccio così il sentimentale quando qualcuno combina di continuo dei casini facilmente evitabili, e quel maledetto negozio è stato un casino fin dal principio».

Sentì un *bip*.

«Hai un'altra chiamata?»

«Sì, scusa... devo rispondere, è Ryan. Ti...»

«Va bene, ci sentiamo domani» tagliò corto Strike, mettendo giù.

«Ciao» disse Robin al suo fidanzato.

«Va tutto bene?» chiese Murphy.

«Benissimo» rispose lei, perché che altro poteva dire?

Penso che domani potremo risolvere un caso in cui la polizia ha combinato un disastro, ma finora non ho potuto dirti come ci siamo arrivati, perché avrebbe comportato raccontarti tutta una serie di cose che ti ho deliberatamente tenuto nascoste. In più il mio socio sta per introdursi di nuovo in una casa privata e io non ho fatto niente per fermarlo.

«A te come va?» chiese. «Novità sul tizio dell'ordigno?»

«Hanno confermato che è un ragazzo con molti problemi relazionali» disse Murphy. «Nulla a che vedere con l'attentato di Westminster».

«Bene» rispose Robin, anche se non avrebbe saputo dire perché. Una bomba era una bomba. Forse era un sollievo sapere che il ragazzo aveva tramato un piano assassino da solo e non all'interno di un'organizzazione. Nel corso della conversazione con Strike, la percezione di una catastrofe imminente si era fatta più intensa: Oz aveva un numero sconosciuto di complici.

«Comunque» disse Murphy, «stavo pensando al mio compleanno».

A Robin ci vollero un paio di secondi per risintonizzare il cervello sulla vita quotidiana. Certo, il compleanno di Murphy incombeva: avrebbe dovuto fargli un regalo, oltre a quelli che non aveva ancora comprato per i nuovi nipoti.

«Ho prenotato al ristorante del Ritz» disse Murphy. «Ho pensato che non ci diamo abbastanza alla pazza gioia. Te lo dico con parecchio preavviso così puoi prenderti la serata libera, ok? Perché hanno il numero della mia carta di credito».

«Oh» disse Robin con voce piatta. «Ok. Voglio dire... va bene, farò in modo di essere libera».

Temendo di non essere stata abbastanza entusiasta, aggiunse: «Sarà meraviglioso, il Ritz».

Ma dopo aver riattaccato, rimase immobile a fissare la stampa di Raoul Dufy appesa sopra il camino. Ritraeva un paesaggio di mare visto attraverso due finestre aperte, e aggiunse un tocco di nostalgia alla sua improvvisa sensazione di panico.

In fatto di serate fuori, il suo fidanzato propendeva di solito per i pub gourmet. Mai, nel corso della loro relazione, aveva proposto di andare in un posto chic come il Ritz. Non era una questione di soldi: al contrario, Murphy lasciava sempre mance generose ed era il primo a offrirsi di pagare da bere, ma non aveva mai dimostrato alcun interesse per la cucina francese, o per quel genere di ristoranti in cui era necessario mettersi in ghingheri.

A dieci miglia di distanza, Strike si era pentito del tono con cui aveva parlato di Kenneth Ramsay. La sua insofferenza per chi combinava cose stupide e per la facilità con cui Robin tendeva a perdonare non aveva molto a che fare con il proprietario del negozio, ma dipendeva unicamente dall'alcolista recidivo la cui proposta di matrimonio, ne era certo, era sempre più vicina.

Di solito il lavoro aiutava Strike a dimenticare i problemi personali; era abilissimo a tenere separate le varie parti del suo cervello e a concentrarsi unicamente su quello che andava fatto, un talento affinato nell'esercito. Sfortunatamente, negli ultimi tempi la strategia non funzionava molto bene, perché la persona su cui stava provando a non indulgere era inestricabilmente legata al lavoro.

Ciononostante, una pianificazione e una preparazione meticolose erano necessarie, se voleva uscire indenne da quel che avrebbe tentato di fare l'indomani; così, sforzandosi al massimo di mettere da parte ogni pensiero su Robin e Murphy, Strike ricominciò a stilare l'elenco di tutte le cose che doveva concludere o procurarsi prima di passare a quella che sperava sarebbe stata l'ultima fase del caso del caveau. Dopo aver riletto tutto quello che aveva scritto, Strike aggiunse manette (più di un paio?), rifletté ancora qualche istante, quindi scrisse la parola 'prete'. Fatto questo, spense la lampada da scrivania, prese il taccuino e salì in mansarda.

118

Non un uomo tralascia la prudenza, trascura del tutto
la segretezza, la sicurezza, o non pondera la ritirata,
dopo aver ponderato di poter avanzare.

Robert Browning
Count Guido Franceschini

«C'è una ragione se stiamo partendo alle sette di mattina, vero?» sbadigliò Barclay l'indomani, al suo arrivo al garage dove Strike teneva la BMW. Aveva in mano un sacchetto di McDonald's che profumava di bacon. Wardle, arrivato un paio di minuti prima, stava bevendo un caffè da asporto.

«Sì, voi due andrete per primi in ricognizione» disse Strike. «La mia faccia e la mia auto sono già state viste in zona, quindi aspetterò che cali il buio per presentarmi. Puoi guidare tu fino all'autonoleggio» aggiunse porgendo le chiavi dell'auto a Wardle. «Non voglio che mi si blocchi la gamba, se dovessi fare a botte».

«Ci pensiamo noi a lui, se si arriva a tanto» disse Wardle, facendo il giro dell'auto.

«Nessuno di voi dovrà ingaggiare un confronto fisico, a meno che non sia strettamente necessario» spiegò Strike. «Se beccano me, sarà una bella grana, perché ho già fatto incazzare la polizia e finirò di nuovo sui giornali. Ma se un tizio che ha appena lasciato la Met viene scoperto a violare un domicilio, o se un mio dipendente appena arrestato per essersi arrampicato sui tetti viene fermato per aggressione, ci ritroveremo con una percentuale un po' troppo alta di collaboratori con nome e foto segnaletica sbattuti sui quotidiani».

«A me viene il mal d'auto se mi siedo dietro» disse Barclay con tono sconsolato, quando Strike prese posto sul sedile anteriore.

«Te la caverai» fece Strike, «a meno che non abbiano messo dei gamberi nel tuo McMuffin».

«Con quest'atteggiamento, scordatelo, che ti presti il mio tirapugni» ribatté Barclay, infilando le lunghe gambe nell'abitacolo.

119

... ed ecco che ricomincia la ricerca!
Qui, dove il mietitore si è or ora prodigato...

Matthew Arnold
The Scholar-Gypsy

«Ciao» disse Midge, raggiungendo Robin in fondo a Wild Court alle nove meno un quarto. Era una mattina livida, grigia e fredda, e Midge indossava una sciarpa sopra il giubbotto in pelle, mentre Robin si era pentita di non essersi messa un maglione. Le due donne avevano con sé dei grossi borsoni, e Robin sorrise sentendo sferragliare quello di Midge.

«Telepatia» disse, aggiustandosi il borsone in spalla.

«Sì, ho portato quasi tutto il mio kit di attrezzi».

Insieme si infilarono nel vicolo, oltre i bidoni della spazzatura e l'ingresso posteriore dell'hotel Connaught Rooms.

«Come te la passi?» chiese Robin, che da settimane non faceva una chiacchierata decente con Midge.

«Non male. Ieri sera mi sono fatta una trombata consolatoria».

«Buon per te» disse Robin, fingendosi divertita, sebbene ora come ora le relazioni troncate e i sentimenti feriti fossero l'ultima cosa a cui voleva pensare. *Ho prenotato al ristorante del Ritz... Te lo dico con parecchio preavviso...* «Chi è la fortunata?»

«Si chiama Ellen. È l'ex della mia penultima ex».

«Ah» fece Robin.

«L'ho sempre trovata sexy. Però ha un gatto che fa proprio schifo».

«Davvero?»

«Ha solo tre zampe» spiegò Midge.

«Poverino, non è colpa sua» ribatté Robin, pensando a Strike.

«E un occhio solo...»

«Non è comunque...»

«E quando è indispettito caga nella vasca da bagno».

Robin scoppiò a ridere, poi notò Kenneth Ramsay che veniva verso di loro a passo sostenuto, i capelli grigi arruffati, la giacca che gli cadeva persino più larga dell'ultima volta che l'aveva visto.

«Tutto questo è molto... quando ho ricevuto la telefonata del signor Strike...»

«La prego, non ci metta il cuore sopra» disse Robin. «Non sappiamo con certezza se la nostra teoria sia corretta».

Ma capì, dal modo nervoso in cui armeggiava con le chiavi del negozio, che Ramsay stava sperando in un miracolo.

120

... e poi, infine, un filo d'argento
si snoda, muto, nel folto del bosco, finché
attraverso una fenditura, tra muschio e roccia,
con un grido si unisce al fiume da cui è nato.

Robert Browning
Pauline

Mentre procedevano verso nord, Strike raccontò a Barclay e Wardle in che modo, secondo lui, William Wright era stato assassinato, e perché. Lo trovò un esercizio utile, perché la loro incredulità lo aiutò a capire esattamente quello che avrebbero dovuto fare lui e Robin per convincere la polizia.

«Se è davvero andata così» disse Wardle, «è l'omicidio più complicato che io ricordi, e non mi capacito che sia riuscito a farla franca».

«Non c'è riuscito» gli fece notare Strike, «altrimenti non staremmo per prenderlo, no? È stato tutto fin troppo ingarbugliato. Troppe pedine da muovere. Oltre al fatto che non ha resistito ad aggiungere al resto pure un reato a sfondo sessuale. Mai mischiare il lavoro e il piacere».

«Penso che ti servirà una gran botta di culo, se tutto dipende da quell'impronta» disse Wardle.

«Se abbiamo ragione, troveremo parecchie prove materiali in più, oltre all'impronta» disse Strike. «Anche se devo ammettere che per ora non ne abbiamo nemmeno una, e che alcune non so dove cercarle».

Arrivarono all'autonoleggio di Banbury poco dopo le nove. Wardle e Barclay presero la Mitsubishi a nolo e continuarono verso nord, mentre Strike dovette trovare un posto nella cittadina dove ammazzare qualche ora. La tavola calda Old Town gli offrì non solo del caffè ma anche un tavolino all'aperto dove poté consumare due dolcetti d'avena e miele, svapare e leggere le notizie del giorno sul cellulare.

Lo Stato Islamico aveva rivendicato l'attentato terroristico di Westminster Bridge. L'uomo alla guida era stato identificato come Khalid Masood, un cinquantaduenne residente in Gran Bretagna e convertito all'Islam, con alle spalle una lunga sfilza di condanne penali. Strike scorse il sito della BBC in cerca di qualche distrazione. Robin non l'aveva ancora chiamato, e se la sua teoria sul Ramsay Silver si fosse rivelata errata, forse avrebbe ancora avuto il tempo di chiamare Barclay e Wardle per dir loro di fare dietrofront. Per questo, quando vide il nome di Dominic Culpepper, il suo interesse non si impennò come sarebbe successo solo qualche giorno prima. Il giornalista era stato licenziato dal suo quotidiano, e Strike ebbe il forte sospetto che fosse per via della storia senza fondamento su Candy.

Il telefono squillò. L'afferrò senza guardare chi fosse, e per un momento rimase interdetto quando sentì la voce di Shah invece di quella di Robin.

«Ciao» disse Shah. «Ecco, io... ti ho chiamato per chiedere scusa».

«Per cosa?» fece Strike, talmente assorto nei suoi pensieri che lì per lì non riuscì a ricordare che ragioni potesse avere Shah per sentirsi in colpa.

«Perché ho detto quello che ho detto sul caso del caveau, e per aver creduto alla Cochran quando ha raccontato che avevi allungato le mani. Wardle e io abbiamo parlato e... sì. Non avrei dovuto prendere la sua versione per oro colato. E so che vi state ancora sbattendo per provare a scoprire chi ha ammazzato quelle persone, e che stai pagando di tasca tua, quindi... non vado fiero di quello che ti ho detto».

«Chi se ne frega, io ho detto un sacco di cose di cui non vado fiero» replicò Strike. «Come va la gamba?»

«Fa male» rispose Shah.

«Ci credo. Non preoccuparti per i soldi, possiamo pagarti tre mesi di stipendio pieno mentre ti riprendi».

«Wow, è davvero generoso» fece Shah.

«Be', ecco, preferisco tenerti all'agenzia» disse Strike.

Sentì un *bip*.

«Shah, devo andare, potrebbe essere Robin».

Passò all'altra chiamata senza attendere risposta.

«Ciao» disse la voce di Midge. «Siamo quasi dentro. Robin ha pensato che ti avrebbe fatto piacere una telecronaca minuto per minuto. Ha quasi rimosso il retro».

Robin, leggermente più bassa di Midge e un filo più magra, era inginocchiata all'interno di uno dei vecchi armadi nel seminterrato del Ramsay Silver, da cui avevano rimosso tutti i prodotti per la pulizia. Solo i piedi erano visibili mentre, con l'aiuto del martello da carpentiere di Midge, stava estraendo i chiodi.

«Che aspetto ha?» disse Strike. «È stato alterato di recente?»

«Ci sono dei chiodi nuovi» disse Midge, «ma ancora non sappiamo se la parete dietro la tavola sia intatta».

Kenneth Ramsay sedeva sui ripidi gradini in legno che conducevano nel seminterrato, con la testa tra le mani.

«Fatto» esclamò la voce attutita di Robin, e Strike sentì un fruscio e dei tonfi.

Arruffata e coperta di polvere, Robin riuscì a riemergere dall'armadio, trascinando con sé la tavola che ne aveva coperto il fondo.

«Dammi la mazza» disse a Midge. «Hanno rimesso a posto i mattoni ma non sono ben fissati».

«Ha appena detto che i mattoni non sono fissati?» chiese Strike a Midge, in preda alla tensione.

«Sì» rispose Midge mentre passava la mazza a Robin. Quest'ultima tornò a infilarsi nell'armadio, con solo i piedi che spuntavano fuori. Strike sentì altri tonfi attutiti.

«Cosa succede?»

«Sta provando a sfondare la parete».

Robin aveva colpito i mattoni con tutta la forza possibile in quello spazio angusto, e uno di loro cadde nel vuoto dall'altra parte. Urtò qualcosa di metallico con un rumore secco.

«Torcia» strillò Robin a Midge, che gliene porse una.

«Ha chiesto...?»

«Voleva una torcia e io gliel'ho data» spiegò Midge.

Tossendo in un nugolo di polvere, con gli occhi che lacrimavano, Robin spinse la mazza fuori dall'armadio e accese la torcia, per sbirciare nel buco lasciato dal mattone caduto.

Il fascio di luce cadde su un tesoro d'argento nascosto nell'intercapedine dietro il muro. Robin vide il Centrotavola Orientale, brutto e riccamente decorato; i magli e le squadre d'argento; il pugnale cerimoniale di John Skene e, con le vele e il sartiame d'argento che proiettavano un'ombra sulla parete alle sue spalle, la *nef* della *Carolina Merchant*. Nell'angolo più lontano c'erano quelli che sembravano dei vestiti appallottolati. La camicia era coperta di macchie color ruggine.

Robin strisciò fuori dall'armadio e prese il telefono dalla mano di Midge.

«È lì» disse a Strike. «Mi sembra che ci sia tutto. E anche i vestiti di Wright».

«Scarpe?»

«Non ne ho viste».

«Merda» disse Strike.

Calcolando tutte le possibilità, gli era parso verosimile che gli argenti Murdoch non avessero mai lasciato il negozio, ma sentirsi dire che la sua teoria aveva trovato conferma fu un immenso sollievo. Poi udì un forte raglio riecheggiante.

«Che cavolo è?»

«Ehm... è stato il signor Ramsay» disse Robin.

Il proprietario del negozio si era messo a quattro zampe per infilarsi nell'armadio e sbirciare attraverso il buco creato da Robin. Ora, con solo le gambe e il sedere visibili, era stato colto da singhiozzi isterici.

«Aspetta un attimo» disse Robin, mentre l'eco dei ragli di Ramsay riempiva lo spazio minuscolo, e risalì le scale fino al piano strada. «È un po' sovreccitato» disse sottovoce.

«Non mi stupisce» disse Strike.

«Mi domando quanto ci abbia messo Todd a fare il buco nel

muro» disse Robin. «La malta era vecchia e friabile, quindi non penso sia stato troppo complicato. La parte peggiore dev'essere stata rannicchiarsi nell'armadio per farlo».

«Un problema che il nostro amico Oz non ha avuto, quando ci ha nascosto gli argenti» disse Strike.

«Vero... dove sei in questo momento?» chiese Robin, che ora si trovava nel negozio buio e polveroso.

«A Banbury, sto aspettando notizie di Barclay e Wardle».

«Aspetterai che faccia buio?»

«Questa volta non devono esserci testimoni» disse Strike. «Sono già sul filo del rasoio. Ascolta, venendo qui ho ripensato a Fleetwood. Perché non... merda, aspetta...» disse mentre il telefono lanciava dei *bip*. «Ti richiamo».

Strike riattaccò e rispose all'altra chiamata.

«Ciao» disse il suo contatto nella Met, George Layborn, con voce lugubre. «Avevi ragione».

«L'hai trovato?» disse Strike, stupito. «Di già?»

«Sì».

«C'è voluto poco».

«Dopo Knowles, l'atteggiamento generale è che le tue soffiate non vadano ignorate. I familiari saranno informati già questa mattina».

«Ok, grazie per avermi avvisato».

«C'è altro che ti va di condividere, già che ci siamo?»

«Non ancora» disse Strike.

«Che cosa stai tramando?» chiese Layborn, con un tono sospettoso che, Strike dovette ammetterlo, era pienamente giustificato.

«Non vuoi saperlo» disse Strike.

Interruppe la telefonata e richiamò Robin.

«Layborn» disse, andando dritto al sodo. «Hanno trovato il corpo di Semple».

«Oh Dio».

«Già» disse Strike, «ma almeno è un punto fermo. Meglio così che restare nell'incertezza. Senti, potresti convincere Ramsay a tenere la bocca chiusa sugli argenti ritrovati, finché non mi sarò occupato del resto? Spiegagli che è nel suo interesse... che altrimenti potrebbe sembrare che abbia provato a farsi pubblicità, nascondendoli lui stesso nel suo negozio».

«Ok» disse Robin. «Ma per favore sta' attento».

«Credo sia quella che si chiama 'faccia tosta', se a dirlo è una donna che una volta è saltata davanti a un treno in corsa» disse Strike. «Va bene, starò attento. Ecco Barclay» aggiunse quando il telefono ricominciò a suonare. «Ti tengo aggiornata».

Interruppe una seconda volta la chiamata con Robin e accettò la telefonata di Barclay.

«Siamo arrivati» disse lo scozzese, «ma lui se n'è appena andato, su un furgone pieno di altri tizi. Wardle li sta seguendo. Io sto ancora sorvegliando la casa».

«Ok» disse Strike. «Mi avvicino».

Pagò per i dolcetti e il caffè, fece un salto al bagno del locale, tornò all'auto e partì alla volta di Ironbridge.

121

Sulla faccia del gioiello vedete una rappresentazione dei primi tre assegnatari di questo grado, due dei quali calano il terzo nella cripta sotterranea.

Albert Pike
Liturgy of the Ancient and Accepted Scottish Rite of Freemasonry

Era già calata la notte quando Strike decise che fosse sicuro rientrare nella cittadina che, alla luce del giorno, gli era apparsa di una bellezza pittoresca. Ora aveva tutt'altro aspetto, o forse era quel che Strike sapeva sul conto di uno dei suoi abitanti a conferire un'aria minacciosa all'ampio, nero Severn e al colossale ponte ad archi. Stretto tra il fiume e il ponte, alla sua sinistra, e le case che sembravano precipitare lungo la scoscesa collina, alla sua destra, avvertì qualcosa di simile all'ancestrale diffidenza verso i crepacci e i burroni, la sensazione di essere accerchiato e intrappolato. Pensò alla gola di al-Hota, apparentemente senza fondo, ai cadaveri che vi erano stati scaraventati e alle storie che circolavano su quel che si celava nelle sue profondità.

Le luci della Swan Taphouse, dove lui e Robin avevano discusso, brillavano allegre più avanti. Imboccò il tornante che conduceva in New Road, che avevano risalito a piedi, passando davanti alla targa commemorativa di Billy Wright e a una finestra illuminata nel cottage color arancione bruciato di Dilys, prima di parcheggiare a qualche portone di distanza dalla vecchia casa di famiglia di Tyler Powell.

Mentre scendeva dalla BMW, un'alta sagoma emerse dall'ombra.

«Novità?» chiese Strike.

«Ho appena sentito Wardle, sono ancora al pub di Horsehay»

disse Barclay. « È a quindici minuti d'auto da qui. A meno che là dentro non ci sia qualcuno a cui piace stare al buio, la casa è vuota ».

« Quanti erano oltre a lui? »

« Ce n'erano due davanti, e probabilmente qualcun altro nel retro del furgone ».

« Hai provato il campanello? »

« Sì. Non ha risposto nessuno ».

« Ok » fece Strike, controllando di avere in tasca le chiavi passe-partout, le manette e il pesante randello da pesca. « Io entro. Se ti accorgi che lui o il furgone stanno tornando, chiamami ».

« E se ti sento chiedere aiuto? »

« Ignorami, ovviamente ».

Strike si incamminò lungo la strada. La notte era di un freddo pungente, la luna calante sembrava una falce appesa sopra gli alberi sulla riva opposta del Severn. Tutte le luci erano spente nella vecchia casa dei Powell, anche se il cartello 'In vendita' era sparito: a quanto pareva Ivor aveva finalmente ricevuto un'offerta che soddisfaceva le sue avide aspettative.

Strike svoltò a destra e imboccò il vialetto che conduceva all'ingresso posteriore di Ian Griffiths. Tirò fuori le chiavi passe-partout e si mise all'opera, sperando che all'interno non ci fosse una catenella o un chiavistello.

Dopo un paio di minuti, la serratura decise di collaborare e la porta si aprì con un debole cigolio. Strike varcò la soglia dell'ingresso buio come la pece e si chiuse silenziosamente la porta alle spalle.

Gli riempì le narici un odore terroso e muschiato, che non c'era l'ultima volta che era stato in quella casa, probabilmente perché i bastoncini di incenso, di cui coglieva una leggera traccia, in quell'occasione l'avevano mascherato. Muovendosi in silenzio, con cautela, entrò in soggiorno e tirò le tende alla finestra prima di accendere la torcia del cellulare. Il fascio di luce cadde quasi all'istante sulla piccola riproduzione del Manneken Pis. Con l'aiuto della torcia si guardò lentamente intorno nella stanza. Come in precedenza, souvenir di pessimo gusto erano esposti ovunque. Il fascio di luce illuminò il poster di Gesù che fumava una canna e fece scintillare l'elefante thailandese, prima di scivolare sulle numerose fotografie di Chloe, a dimostrazione che Ian Griffiths era un padre devoto, che andava fiero della figlia, al momento in viaggio all'estero con un bel fidanzato. E poi c'era la foto della donna graziosa con una collana di perline rosse, che teneva le braccia attorno a una giovane Chloe. Strike si chiese se fosse ancora viva. A quanto pareva, per Griffiths quella collana color rubino era l'equivalente della tuta arancione delle esecuzioni di Daesh.

Quando fece per lasciare la stanza, Strike udì in lontananza la suoneria di un cellulare.

Spense immediatamente la torcia e restò immobile, in ascolto.

Un tonfo sordo sopra la sua testa fece tremolare il lampadario. C'era qualcuno nella stanza subito sopra di lui.

Con movimenti furtivi si addossò alla parete accanto alla porta del soggiorno, mentre una voce maschile si faceva via via più distinta.

«Sono io, Jonesy. Chi altri potrebbe essere? Mi hai appena chiamato, idiota... sei sbronzo?»

Qualcuno stava scendendo le scale, qualcuno di grosso e pesante, a giudicare dal rumore. La luce in ingresso si accese. Strike fece scivolare il telefono nella tasca sinistra del soprabito e sfilò dall'altra il 'prete' di Ted.

«Sì, continua... ah ah ah... no, stavo schiacciando un pisolino... eh?... ieri mi sono devastato, ecco perché... sì, chiaro... faccio il babysitter, no? Va bene, sì, la preparo.... ah ah ah.... grazie».

Strike sentì dei passi e un leggero fruscio seguito da un tonfo. Assomigliava parecchio al rumore che, a detta di Griffiths, aveva fatto Dilys quando era uscita dalla stanza, urtando il tavolo in ingresso.

«Devi darti una lavata» disse l'uomo. «Mickey vuole farsi un giro, stanno tornando».

«Non riesco a prendere la roba» disse la voce lamentosa di una ragazza. «Mi ha legata di nuovo».

« Se mi costringi a scendere laggiù, voglio qualcosa in cambio » disse l'uomo. « Un pompino, oppure resti lurida ».

Strike si spostò il più silenziosamente possibile in ingresso, con il 'prete' di Ted in mano. Non vide nessuno. Svoltò un secondo angolo.

Subito davanti a lui, a sinistra delle scale e con la schiena rivolta all'investigatore, c'era un uomo della stessa stazza di Strike, col collo grasso e i capelli scuri e corti. Sembrava sul punto di calarsi in una botola aperta, accanto alla quale era ammucchiato un tappetino.

In un modo o nell'altro, Wynn Jones dovette avvertire la presenza di Strike. Girò la testa, ma era troppo tardi: il randello da pesca aveva già iniziato la sua discesa.

122

... più di un uomo
in cerca di una preda da ghermire,
ha rapito una piccola schiava dai capelli chiari...
Matthew Arnold
The Sick King in Bokhara

Il randello si abbatté sul cranio di Jones con un forte schiocco e lui cadde in avanti, sbattendo la fronte contro il bordo opposto dell'apertura rettangolare nel pavimento, quindi ci piombò rovinosamente dentro, urtando prima una corta scaletta a pioli e poi, con un tonfo riecheggiante, il pavimento del seminterrato. Strike si fece avanti e vide il corpo massiccio di Jones, immobile, steso scompostamente sul cemento. Sapendo che c'era la concreta probabilità che avesse appena ucciso un uomo, mise un piede sulla scaletta e, intralciato dal peso del soprabito, scese con una certa difficoltà in un vano sotterraneo in cui l'odore muschiato che aveva già colto era ancora più intenso, ora con delle note di feci e urina.

«Tu chi sei?» disse la voce terrorizzata di una ragazza.

Era seduta contro il muro di fronte. Mentre gli occhi di Strike si abituavano al buio pesto, vide una faccia che sembrava un teschio, con gli occhi infossati. Il pallore del viso riluceva nel buio come una luna, e gli bastò una rapida occhiata per capire che era praticamente nuda. Si sfilò il soprabito e si avvicinò, chinando la testa per non urtare il soffitto bassissimo, poi le stese addosso il cappotto.

«Sono qui per aiutarti. Sei legata?»

«Sì» disse lei, la voce stridula per il panico. «*Tu chi sei?*»

«Un detective».

La stanza nel seminterrato sembrava essere stata scavata dal padrone di casa in persona. Il pavimento in cemento era irregolare, pieno di bozzi. Nell'angolo c'era un wc. Un tubo correva tutt'attorno alla base della parete. Due enormi dildi erano posati su un tavolino pieghevole. C'era anche un catino di acqua insaponata, in cui galleggiava una spugna.

Strike si chinò a esaminare il braccio della ragazza, che era sia legato che incatenato al tubo alla base della parete della caverna; liberarla non sarebbe stato un lavoro rapido.

« Sei Sapphire? » chiese.

« Come lo sai? »

« Ti stavamo cercando. Ora ti libero » le promise Strike, « devo solo controllare se quello stronzo è morto ».

Sempre a testa china, Strike tornò da Jones e gli tastò il collo in cerca delle pulsazioni. Le avvertì, ma avrebbe esitato a scommettere che non si fosse spezzato il collo nella caduta. Nonostante la stempiatura, quel lardoso di Jones aveva, da svenuto, un'aria assurdamente giovane.

Strike era sicuro che il telefono, rimasto nella tasca del cappotto che ora copriva Sapphire, non avesse campo sottoterra.

« Devo solo prendere il cellulare e salire di so... »

« No... prima liberami! Liberami! » strepitò Sapphire, con la voce che si alzò in un lamento.

« Devo chiamare delle persone che possano aiutarmi a slegarti ».

« *Liberami! LIBERAMI!* »

« *Sta' zitta!* »

Strike aveva udito qualcosa sopra la sua testa: l'inconfondibile rumore della porta sul retro che si apriva, seguita dal borbottio di voci maschili.

« *Oh Dio, no, no, no, vattene, mi ucciderà...* »

Strike le fece bruscamente cenno di tacere, e intanto si avvicinò all'apertura nel soffitto, valutando rapidamente le sue opzioni. Non dubitava che Wardle o Barclay avessero provato ad avvertirlo che Griffiths e i suoi amici stavano tornando, e non era colpa loro se al momento si trovava in una camera sotterranea in cemento, dove il telefono non prendeva, ma questo non cambiava la situazione, innegabilmente pericolosa, in cui si trovavano lui e la ragazza. La sua risposta superficiale a 'E se ti sento chiedere aiuto?' non gli sembrava più così divertente; forse i suoi colleghi stavano aspettando un segno o una richiesta di assistenza, ma dato che in quel momento fare il minimo rumore avrebbe rivelato la sua presenza a quelli che sembravano quattro o cinque uomini, uno dei quali Strike sapeva essere un serial killer, scelse invece di inoltrarsi nelle ombre dietro la scala.

Dal soggiorno arrivò della musica ad alto volume: gli Steely Dan. *While the music played...*

Da un momento all'altro, qualcuno – forse il 'Mickey' menzionato da Jones, che 'voleva farsi un giro' – avrebbe svoltato l'angolo dell'ingresso, vedendo la botola aperta e Jones esanime. La conversazione rumorosa degli uomini si mischiò alla musica.

«Vattene via» piagnucolò Sapphire. «Penserà che è colpa mia...»

«Sta' zitta!»

«*Ha ammazzato della gente!*» bisbigliò Sapphire.

«Lo so, *sta' zitta*!»

Aveva bisogno di Wardle e Barclay; se almeno fossero riusciti a convincere gli uomini al piano di sopra che erano dei poliziotti, avrebbe avuto una chance...

«Che cazzo?» disse una voce maschile subito sopra di lui, e un'ombra si stagliò sul corpo inerte di Jones. «Jonesy?»

Un piccolo piede in una scarpa da tennis comparve sul primo piolo della scala. Strike infilò la mano nello spazio subito al di sopra, afferrò la caviglia e tirò.

Ian Griffiths cadde con un grido che Strike sperò venisse mascherato dalla musica che arrivava dal piano di sopra, piombò sul corpo immobile di Jones e rotolò di lato.

Strike gli si lanciò addosso prima che potesse rialzarsi, lo sbatté sul pavimento in cemento, premendogli la grande mano destra sulla bocca e cercando con l'altra di agguantargli il polso, ma non fu abbastanza rapido...

Strike sentì un dolore bruciante quando la lama lo colpì al lato della testa; fu fortunato che la faccia non venisse squarciata, ma l'orecchio era stato affettato...

Col sangue che schizzava dalla ferita alla testa, Strike riuscì ad afferrare il polso della mano con cui Griffiths impugnava il coltello, poi sbatté anche quella contro il pavimento in cemento finché non sentì la lama sfuggire alla sua presa, mentre Griffiths provava a urlare a pieni polmoni, con l'altra mano di Strike premuta sulla bocca. Strike gli sbatté ripetutamente la testa contro il pavimento, nel tentativo di convincerlo a non opporre a resistenza...

La musica in soggiorno tacque. Strike sentì dei colpi sulla porta sul retro, poi un grido in cui riconobbe la voce di Wardle.

«Aprite, polizia!»

Strike udì dei passi che correvano sulla sua testa; un'ombra scivolò sopra di lui e Griffiths, e la botola venne richiusa con un calcio da qualcuno che, a quanto pareva, non aveva guardato in basso. Ora i tre uomini e la ragazza erano sigillati tutti insieme nel buio, e Strike sentì il tappeto che veniva steso sulla botola per nasconderla.

Un forte grugnito echeggiò nello spazio angusto: Jones stava riprendendo i sensi. Strike, presumendo che fosse vent'anni più giovane, non aveva alcuna voglia di misurarsi con lui, considerando la stazza di Jones, l'orecchio ferito che gli stava già dando la nausea, un secondo uomo da tenere a bada e un coltello caduto da qualche parte nel buio.

«Che cazzo?» fece la voce stordita di Jones. «Che cazzo è successo?»

Strike stava ancora provando a tenere immobilizzato Griffiths a terra, con una mano sulla sua bocca, mentre si divincolava. Non ci sentiva bene dall'orecchio sinistro, che era pieno di sangue.

«Che cazzo è successo?» ripeté Jones, e Strike udì dei movimenti; lungi dall'essere felice che Jones fosse vivo, ora avrebbe preferito che si fosse davvero rotto il collo. Griffiths stava provando a parlare da dietro la mano di Strike, ma emetteva solo un mormorio strozzato.

«Chi c'è là?» chiese Jones, con tono timoroso. «Che cosa succede?»

Per quanto smorzati dalla botola e dal tappeto, da sopra si udirono delle urla e dei colpi. Dato che Barclay e Wardle dovevano tenere testa a più di due avversari ciascuno, Strike dubitò di poter contare su un aiuto immediato. Sollevando la mano dalla bocca di Griffiths, visto che non aveva più importanza se lo stronzo si fosse messo a gridare, sferrò un pugno nella direzione in cui sapeva si trovava la sua testa e sentì un guaito di dolore. Il sangue continuava a colare dalla ferita all'orecchio.

«Che cosa succede?» ripeté Jones, e Strike sentì un'enorme mano che provava ad afferrargli la spalla insanguinata. «Tu chi cazzo sei?»

«STRIKE?» disse la voce di Wardle.

«QUAGGIÙ» gridò Strike.

«Eh?» fece Jones, invisibile, e Strike sentì che provava a rimettersi in piedi, poi un urlo di dolore quando sbatté la testa contro il soffitto basso.

La botola si spalancò e Strike vide Wardle che si affacciava su di lui.

«Gesù Cristo» esclamò con tono allarmato, e Strike capì che la sua spalla sinistra era intrisa di un lucido scarlatto.

«Ho bisogno di aiuto» ansimò, ancora seduto addosso a Griffiths.

«Barclay!» strillò Wardle, prima di calarsi nell'apertura senza usare la scala.

Se Barclay non si fosse introdotto nel seminterrato in quel preciso istante, Strike dubitava che le cose si sarebbero messe bene per Wardle, perché il giovane Jones, per quanto intontito, sembrava essersi accorto che quegli sconosciuti non avevano a cuore il suo bene. Il suo tentativo di travolgere l'ex poliziotto fu sventato dallo scozzese, che, sollevando la scala dai supporti, la fece roteare, mancando per un soffio la testa di Strike e facendo cadere di lato Jones, che travolse il tavolino su cui erano disposti i dildi.

«Un coltello, da qualche parte» ansimò Strike, tenendo immobilizzato a terra il sempre più agitato Griffiths.

«Preso» disse Wardle, raccogliendolo dal pavimento prima di aiutare Barclay, che stava provando ad ammanettare Jones dietro la schiena.

«Che cosa succede di sopra?» chiese Strike.

«In tre hanno tagliato la corda appena siamo entrati» ansimò Wardle. «I due più lenti li abbiamo ammanettati, ma non so se uno di loro è...»

«Il nostro uomo è questo» disse Strike, sempre provando a domare Griffiths.

«Lo sapevi che ti penzola l'orecchio?» gli chiese Barclay.

«Tu hai una figlia, vero?»

«Sì» rispose Barclay, con aria comprensibilmente perplessa per quel *non sequitur*.

Strike, con la vaga idea che il padre di una femmina fosse l'alternativa migliore, in mancanza di una donna, fece un cenno in direzione di Sapphire.

«È legata a quel cazzo di tubo. Riesci a liberarla?»

«Nessun problema» fece Barclay, drizzandosi per quanto possibile, ora che Jones era ammanettato come si doveva e steso sulla pancia. «Va tutto bene, tesoro» disse a Sapphire, avvicinandosi. «Ti porteremo via di qua in men che non si dica».

«Aiutami a trascinare di sopra questi stronzi» ansimò Strike all'indirizzo di Wardle, mentre Griffiths continuava a dimenarsi.

123

Comprendiamo per istinto cosa sia la giustizia, meglio di quanto possiamo descriverla. Cosa essa sia di caso in caso dipende a tal punto dalle circostanze che ogni definizione è di per sé ingannevole.

Albert Pike
Morals and Dogma of the Ancient and Accepted Scottish Rite

Quando Wardle l'ebbe ammanettato, Griffiths smise di opporre resistenza. Strike fu lieto di constatare che gli aveva rotto il naso, che ora era spiaccicato sulla faccia e sanguinava copiosamente, anche se era nulla in confronto alla ferita al suo orecchio sinistro, che gli procurava un dolore atroce. Sentiva uno strano freddo, come se una porzione di carne che non vi era mai stata esposta incontrasse l'aria fresca per la prima volta, creando un contrasto sgradevole col flusso costante di sangue caldo.

«Devi andare in ospedale» gli disse Wardle, mentre sollevavano Griffiths su per la scala che Barclay aveva rimesso al suo posto. «In fretta».

«Più tardi».

Il dolore non era tale da impedirgli di notare che Griffiths, mentre lo trascinavano con sé, camminava con un piede un po' varo, una peculiarità che, la prima volta che si erano ritrovati faccia a faccia, Strike aveva attribuito al fatto che avesse inciampato nella chitarra. Questa piccola, ulteriore conferma della sua teoria fu sufficiente a spingerlo ad andare fino in fondo da solo, perché temeva che Ian Griffiths potesse ancora farla franca per l'omicidio di Tyler Powell. 'Insufficienza di prove', era questo il verdetto che paventava. Anche se potevano essergli addebitati gli omicidi di Sofia

Medina, di Jim Todd e della madre di quest'ultimo, anche se fosse stato giustamente condannato a diversi ergastoli, per Strike non sarebbe stato abbastanza. Voleva giustizia, persino vendetta, per Tyler Powell: un giovane uomo che da vivo era stato vittima di una dose inusitata di sfortuna, e che quasi certamente non si meritava il destino a cui era andato incontro per mano di Griffiths. La natura ingegnosa, complessa e stravagante dell'omicidio avrebbe comunque potuto far sì che una giuria stentasse a credere che le cose fossero andate come Strike era certo che fossero andate, ma negli ultimi tempi Powell era diventato per lui assolutamente reale: un ragazzo un po' smarrito, come aveva detto Robin, ma coraggioso, determinato e pieno di risorse, non lo sciocco che poteva apparire agli occhi della gente; un giovane uomo che, Strike ne era sicuro, era stato 'davvero perbene', e il cui più grande errore era stato credere che l'uomo che gli aveva teso la mano lo facesse per gentilezza.

Il soggiorno era a soqquadro. Una tastiera era stata ribaltata e il poster di Gesù con la canna penzolava storto dal chiodo. Strike spostò con un calcio l'orsacchiotto rastafariano steso a faccia in giù sulla moquette. Era una stanza pensata nel minimo dettaglio per un uomo a cui piaceva adescare adolescenti e giovani donne, una stanza che dava la falsa impressione di un seduttore fuori dagli schemi, rimasto giovane nell'animo. Strike la detestava.

Seduti a terra c'erano due uomini, ammanettati schiena contro schiena. Uno era un giovanotto pelle e ossa, con la bocca spalancata a scoprire dei denti decisamente malridotti. L'altro era un uomo di mezza età, con la barba folta, che singhiozzava.

« Porta su quell'altro » disse Strike a Wardle, mentre spingeva Griffiths sul divano con la fodera a mandala. « Se ti dà problemi, fatti aiutare da Barclay ».

« Strike... »

« *Va' a prendere quel pezzo di merda di Jones, lo voglio qui per interrogarlo!* »

« Potresti mandare all'aria tutta l'azione penale » disse Wardle abbassando la voce. « Dobbiamo chiamare la polizia *ora*, così che possano vedere quello che abbiamo visto noi, e tu devi andare in osp... »

« Potrebbe ancora sfangarla per l'omicidio del caveau » disse Strike. « L'hai detto anche tu: l'impronta non è abbastanza. *Va' a prendere quello stronzo* ».

Con evidente riluttanza, Wardle lasciò la stanza.

« Chiudi il becco » ruggì Strike all'uomo con la barba, i cui singhiozzi si trasformarono in mugolii.

Oltre a essere irritato con Wardle per aver insinuato davanti ai prigionieri che poteva mettere a repentaglio l'esito del caso, Strike faticava a sentire, perché l'orecchio sinistro era pieno di sangue; ci infilò l'indice per pulirlo, ma il dolore fu tale che per poco non vomitò. Da quanto aveva avvertito al tocco, sospettò che Barclay non scherzasse quando gli aveva detto che l'orecchio penzolava.

Griffiths sedeva in silenzio sul divano, il naso continuava a gonfiarsi e respirava dalla bocca. Strike era certo che avesse cominciato a considerarsi intoccabile, per questo aveva deciso di correre parecchi rischi, di puntare così in alto, di giocare con il fuoco, e sospettava che non avesse perso del tutto la convinzione della propria impunità, persino adesso, col naso talmente livido e gonfio da assomigliare sempre più a una barbabietola, e coperto del sangue dell'uomo che aveva appena accoltellato.

Wardle ricomparve con un Jones dall'espressione truce ma ancora lievemente stordito, con l'enorme fronte rossa, il doppio mento e gli occhi uno diverso dall'altro. Wardle lo spinse a terra e lo ammanettò agli altri due già seduti sul pavimento. Un enorme bernoccolo stava lievitando sulla sua fronte, dove aveva colpito il bordo della botola prima di piombare nel seminterrato.

« Ci scommetto che ha un trauma cranico » disse Wardle.

« Con una testa tanto dura se la caverà » disse Strike.

« Devi... »

« Puoi portarmi qualcosa per questo cazzo di orecchio? » chiese Strike, sperando di sbarazzarsi dell'ex poliziotto. Wardle lasciò di nuovo la stanza di malavoglia.

Strike trascinò al centro del pavimento la sedia su cui mesi prima si era seduta Dilys e ci si lasciò cadere sopra, il che fu un sollievo: da seduto, la testa girava di meno. Uno sferragliare distante e la voce di Barclay raggiunsero la stanza.

« Bene » disse Strike a Griffiths. « Dov'è tua figlia Chloe? »

« Non hai diritto di farmi domande » rispose Griffiths con voce nasale. « Hai infranto la legge, ti sei intrufolato qui dentro, ci hai aggrediti... »

« Io la ricordo diversamente » disse Strike. « Ho bussato alla tua porta, tu hai aperto, alcuni dei tuoi amici se la sono filata, tu hai provato ad accoltellarmi alla faccia, il che mi ha fatto sospettare che avessi la coscienza sporca, un'ipotesi che ha trovato conferma quando ho sollevato la botola all'ingresso. E così la ricorderanno anche i miei amici. Non dovresti prendere Wardle troppo sul serio. Ha appena lasciato la polizia. Ha delle idee piuttosto antiquate sulle procedure e sull'uso della violenza sui sospetti. *Dov'è Chloe?* »

Dopo una breve pausa, Griffiths disse: « È in Interrail col suo ragazzo ».

« Col cazzo, il suo profilo Instagram è finto quanto il tuo di Oz. Hai soltanto incollato lei e un ragazzo a caso davanti a qualche monumento ».

Nonostante il dolore atroce, Strike fu soddisfatto di vedere sbiancare la faccia di Griffiths.

« Non ho fatto niente, non ho fatto niente » mugolò l'uomo barbuto a terra.

« Taci » gli fece Strike. « Tu... » Indicò il ragazzo con i denti guasti. « Come ti chiami? »

« Darren Pratt » bisbigliò lui.

« E lui? » chiese Strike.

« Wynn Jones ».

« E lui? » chiese indicando l'uomo con la barba.

« Mickey Edwar... »

« Non *dirglielo*! » strepitò Edwards.

« Se tu sei Mickey, stavi decisamente per fare qualcosa, stronzo » disse Strike, « e ci scommetto le chiappe che l'hai già fatto in passato ».

« Ti prego... *ti prego...* sono sposato, ho dei figli... »

«Allora probabilmente faranno meglio ad andarsene da Ironbridge e a cambiare cognome» disse Strike. «Non si divertiranno granché al parco giochi quando avrò finito con te. Qualcuno di *voi* sa dov'è Chloe?» chiese ai tre uomini a terra.

«In Interrail» rispose Jones a bassa voce. «Griff te l'ha appena detto, cazzo».

«Non dovete rispondere alle sue domande di merda!» disse Griffiths.

«Sì invece, se ci tengono ai loro denti» disse Strike, poi, rivolgendosi di nuovo a Pratt, continuò: «Tyler ha regalato a Chloe un braccialetto per il suo compleanno, giusto?»

Pratt lanciò un'occhiata a Griffiths e restò in silenzio.

«Ti sei cagato addosso per quel braccialetto, non è vero?» disse Strike a Griffiths. «E sappiamo entrambi perché Chloe ha dato di matto al pub, quando gli altri insistevano a parlarne, giusto? Viola. Violette. Ma ci torneremo».

Wardle tornò nella stanza con quello che sembrava un lenzuolo pulito e lo porse a Strike. Quest'ultimo lo prese e se lo premette contro il lato sinistro della testa, e il dolore fu appena meno lancinante di quando si era infilato il dito nell'orecchio.

«Bene» disse Strike, rivolgendosi ai quattro uomini ammanettati, tenendo premuto il lenzuolo contro la testa e sperando che la nausea passasse, «finirete tutti dentro per lo stupro della ragazza nel seminterrato: questo è poco ma sicuro. La vera domanda è quanto siete invischiati in tutte le altre cose che ha combinato il simpatico pappone del quartiere. Sapevate di aver fatto amicizia con un killer, oltre che con un trafficante di donne?»

«Nessuno l'ha costretta!» sbottò Jones, lanciando uno sguardo malevolo a Strike. «È d'accordo anche lei!»

«Davvero?»

«È scappata di casa» disse Griffiths. «Le ho dato un posto dove stare. Le piace il sesso, e allora?»

«Perché è incatenata a un cazzo di tubo?»

«*Cinquanta sfumature*» rispose Griffiths. «Alle ragazze di oggi piace così. Chiediglielo. Te lo dirà anche lei».

«Pensavo che fosse consenziente!» singhiozzò Edwards.

« L'hai mai fatto con Chloe, Mickey? » gli chiese Strike. « Prima che lei sparisse e arrivasse Sapphire? »

« Mai » gemette Edwards.

« Wardle » disse Strike, « fatti dare da Barclay le chiavi passepartout che ho nella tasca del cappotto e va' a controllare la casa di fronte, nel caso ci sia una ragazza legata anche là ».

« Devi... »

« *Va' a controllare quella cazzo di casa* ».

Wardle uscì. Strike tornò a rivolgersi agli uomini a terra.

« Sto per fare un favore a voi tre ».

Non pensava che sapessero tutto; anzi, sospettava che Griffiths avesse raccontato loro il minimo indispensabile. A saperne di più era senz'altro Todd, per questo doveva morire. Ciononostante Strike era sicuro che Griffiths avesse usato anche quegli uomini, attirandoli un po' per volta nella sua vita sordida, nascosta, segreta. Gli uomini come Griffiths erano abili a scorgere negli altri l'aspirante stupratore; sapevano come legare a sé complici e burattini, sapevano come spingerli a fare un passo falso, a compromettersi. Doveva essere stato così che Griffiths – o il suo braccio destro Todd – aveva usato l'avido e depravato Larry McGee. Una grossa cassa vuota di Gibsons, un paio di etichette scambiate, la promessa non solo di denaro ma anche di sesso per irretirlo. Forse gli era persino stato concesso di palpeggiare Medina dietro l'angolo, così che lei lo distraesse da quello che stava succedendo davvero nel retro del suo furgone.

Ma anche Strike sapeva giudicare gli uomini; anche Strike sapeva come usare gli altri. Valutò che il singhiozzante Edwards fosse inutile; conosceva bene il tipo: '*Nego tutto, sono innocente!*' L'avrebbero detto anche con le mani grondanti sangue, convinti di poter sciogliere il duro cuore dei rappresentanti della legge, con il loro patetismo accuratamente simulato. A ogni modo, la scaltrezza nello sguardo di Jones suggeriva a Strike che dietro si celasse un potente istinto di autoconservazione. Il ragazzo magro con i denti guasti sembrava terrorizzato, ma anche lui poteva essere usato in maniera proficua. Strike decise che la cosa più intelligente da fare fosse dare per scontato che un uomo talmente inetto da portare la felpa al contrario fosse stupido e malleabile.

«Non ho fatto niente» bisbigliò di nuovo Edwards. «Niente! Non capisco...»

«Ti aiuto io a capire, coglione, non preoccuparti» disse Strike. «Voi due eravate amici di Tyler, vero?» chiese poi a Pratt e Jones.

«Sì» rispose Jones con fare aggressivo. «E allora?»

«Parliamo di quel provvidenziale incidente d'auto».

«Lugs non ha mai fatto niente all'auto!» disse subito Pratt.

«Lo so, idiota» disse Strike. «Ha fatto comodo al tuo amico Griff, non a Tyler».

«Smettetela di rispondere alle sue domande del cazzo!» esclamò Griffiths, poi, avendo evidentemente capito che era meglio difendersi da solo piuttosto che affidarsi agli altri, continuò: «In che modo mi avrebbe fatto comodo? Sono stato *io* a prendere le difese di Tyler quando tutti gli altri gli si sono rivoltati...»

«Non rifilarmi queste stronzate. Tyler sapeva che eri stato tu a mettere in giro quelle voci. Ha scritto di te in un post su 'Accusati ma Innocenti', non è vero? 'Il padre della mia ragazza sta mettendo in giro delle voci su di me.' E sapeva anche del trucchetto di Oz. Doveva averglielo detto Chloe. Ha provato a dire al vero Osgood chi eri. Se sei nella merda, in parte è grazie all'uomo che secondo te era troppo scemo per lasciare un segno a questo mondo».

Con enorme soddisfazione di Strike, quel poco di colore rimasto lasciò la faccia di Griffiths.

La parte successiva dell'interrogatorio – Strike ne era consapevole – era fondamentale. Quello di cui aveva bisogno era che uno degli altri, deliberatamente o per caso, si rivoltasse contro Griffiths, perché era lì, in quel groviglio di lealtà malriposta e di connessioni indimostrabili, che l'occasione di rendere giustizia a Tyler Powell poteva ancora sfuggirgli di mano.

«Voi lo sapevate» disse Strike rivolgendosi a Jones e Pratt, mentre Edwards continuava a singhiozzare sommessamente, «che Tyler ha scritto un post su 'Accusati ma Innocenti' per chiedere consiglio?»

«Sta provando a fregarvi» disse Griffiths con la bocca secca.

«Gli sto facendo un favore» ripeté Strike. «Gli sto dimostrando che hai provato a coinvolgerli in un omicidio».

«Che cazzo di omicidio?» ghignò Jones. «Chi è stato ammazzato?»

«Il tuo amico Tyler» rispose Strike.

«Sta lavorando in un pub!»

«Ne hai le prove?» disse Strike.

«Continuiamo a sentirci, no?»

«Gli hai parlato? Non solo per messaggio?»

«Sì!»

«Fa' molta attenzione a quello che dirai adesso» continuò Strike. «Perché se sono stati solo messaggi – ed è tutto verificabile – sarà più semplice per te in tribunale. È facile non riconoscere un messaggio contraffatto, è più difficile quando si sente una voce. Ora pensaci bene. Se continui a mentire sui contatti che hai avuto con Tyler dopo il giugno dello scorso anno, pregherai perché ti accusino soltanto di stupro. Ti riterranno complice di un omicidio, e penseranno che eri in combutta con Griffiths per fingere che Tyler fosse ancora vivo. Non ti è sembrato strano che Tyler ti chiedesse, dal suo nuovo numero, di chiamare sua nonna spacciandoti per lui?»

«Era solo uno scherzo...» cominciò Jones.

«CHIUDI QUELLA CAZZO DI BOCCA!» tuonò Griffiths. «Ti sta *incastrando*, cazzo, non te ne...?»

«Non ti sto incastrando» disse Strike, continuando a rivolgersi a Jones. «Se davvero credevi che un vecchio amico ti avesse chiesto un favore, se davvero hai solo preso in giro una vecchietta un po' scema, è tutt'altro paio di maniche rispetto ad aver coperto un omicidio».

Strike credeva di capire il genere di amicizia tra giovani maschi che aveva legato Powell, Pratt e Jones. Le giornate passate a scuola, le battute, le bevute in compagnia, ma senza alcun tipo di comprensione più profonda, e senza mai alcuna confidenza. Non lo stupiva che tutti avessero nascosto agli altri dei segreti enormi: anche lui aveva avuto amicizie simili. E in ogni caso Powell doveva sapere che, se avesse parlato con quei due idioti della vita segreta di Griffiths, avrebbe messo a repentaglio qualcosa di più della sua vita.

Ci fu un movimento sulla soglia alle spalle di Strike. Voltò la testa, delicatamente per via dell'atroce dolore all'orecchio su cui premeva il lenzuolo, e vide Barclay.

« È solo la seconda volta che vedo un tizio farsela addosso » disse quest'ultimo, osservando gli uomini sul tappeto con aria di interesse professionale. E in effetti, o perché aveva bevuto troppo al pub di Horsehay o perché l'andazzo della conversazione l'aveva mandato nel panico, tanto da non riuscire a trattenersi, Mickey Edwards aveva appena perso il controllo della vescica. Una grande chiazza bagnata si stava allargando sul tappeto, e Jones ora sedeva nell'urina del suo compare.

« E che *cazzo*, Mick! » ruggì.

« Strike » fece Barclay, osservando la ferita dell'investigatore, « quel cavolo di orecchio... »

« Come procede con la ragazza? »

« Mi servono delle pinze. Quando arriva l'ambulanza...? »

« Quando la chiamo. Va' a vedere se trovi del whisky o del brandy... qualcosa di forte, cazzo. Porta la bottiglia ».

Barclay scomparve di nuovo.

« Sei stato fregato » disse Strike a Jones, che ora sedeva in una pozza di piscio, « e quel che deciderai di dire adesso può fare una differenza di dieci anni di carcere. Il tuo amico Tyler è stato ammazzato, e qualcuno l'ha attirato in una trappola mortale attraverso il sito 'Accusati ma Innocenti'. Penso che sia stato uno di voi a suggerirglielo, perché ci scommetto le palle che non avrebbe mai accettato un consiglio da questa testa di cazzo » disse indicando Griffiths. « Allora, com'è che è andata? Uno di voi ha parlato di 'Accusati ma Innocenti' a Tyler, e poi ha detto a Griffiths che scriveva lì? O è stato Griffiths a presentarlo a voi come un posto dove Tyler poteva chiedere consi... »

« Sì... » cominciò Pratt, ma d'un tratto Griffiths urlò: « *Sta' zitto!* »

« Tu lo stavi aiutando! » disse Pratt, evidentemente convinto di dare una mano a Griffiths, e Strike si sarebbe messo a sghignazzare se per farlo non avesse avuto bisogno dei muscoli collegati all'orecchio sanguinante.

«Griffiths ti ha detto di non dire a Tyler che il consiglio veniva da lui?»

«S...»

«*Taci, porca troia!*» ululò Griffiths.

«Sei un tipo sveglio, Darren» disse Strike, e Pratt lo fissò a bocca aperta, senz'altro perché nessuno in vita sua gli aveva mai detto che era intelligente. «Continua a raccontare la verità, e le cose si metteranno decisamente meglio con la polizia, te lo garantisco.

«Quindi» continuò rivolgendosi a Griffiths, «Tyler posta con il nome della sua auto preferita, Austin 'H', per Healey, e scrive: 'Il padre della mia ragazza sta mettendo in giro delle voci su di me', perché sapeva benissimo che lo stronzo che c'era dietro eri tu, vero? Magari sospettava persino che fossi stato tu a causare l'incidente. Una persona con la taglia di un nano è stata beccata da una telecamera mentre ronzava attorno alla macchina, a Birmingham. A quanto pare, a nessuno è venuto il dubbio che fosse Tyler stesso a dover morire nell'incidente, visto che l'auto era sua e che anche lui doveva andare al concerto».

«Non puoi...»

«Hai ragione» disse Strike, «non posso provarlo, ma non ha importanza. Che tu abbia manomesso l'auto o no, sei comunque riuscito a sfruttare l'incidente a tuo vantaggio, giusto? Volevi cacciare Tyler da Ironbridge, allontanarlo il più possibile da Chloe, e intrappolarlo in un posto dove persino uno stronzetto sottodimensionato come te poteva avere una chance di farlo fuori. Tra parentesi, Todd ti ha mai detto perché ha usato il nome 'Kojak' per adescare Tyler?»

«Non so chi sia questo Todd» fece Griffiths con la faccia madida di sudore.

«Quanti maniaci sessuali bassi e grassi hai ammazzato di recente? Kojak. Re-Jack. Una delle mani iniziali del poker. Come quando tu ti sei fatto chiamare Skunk per attaccare bottone con Sofia Medina».

La faccia di Griffiths era sempre più grigia.

«Io non...»

«Skunk Baxter. Il chitarrista degli Steely Dan».

«Sono solo dei cazzo di...»

«Dei nomi utente, sì» disse Strike, «e lo ammetto, di per sé non sono granché, ma ho la sensazione che il tuo hard disk ci racconterà tutta un'altra storia».

Barclay ricomparve, con delle pinze in una mano e una bottiglia di whisky Teacher's nell'altra. Quest'ultima la consegnò a Strike.

«Come procede?» chiese l'investigatore.

«Ci siamo quasi» rispose Barclay.

«Ottimo. Prima di andare, fammi un altro favore» continuò l'altro, lasciando cadere il lenzuolo insanguinato per stappare la bottiglia di Teacher's. «Portami i loro cellulari. Non di quello che si è pisciato addosso» aggiunse. «Degli altri due».

Con l'orecchio sano, Strike sentì la porta sul retro che si apriva e si richiudeva. Poco dopo, Wardle ricomparve nella stanza.

«Non ci sono altre ragazze legate qua di fronte».

«Non pensavo che ci fossero» ammise Strike. Mandò giù un sorso di whisky. Non lenì molto il dolore, ma gli fu comunque un po' d'aiuto.

«Perché cazzo stai bevendo?» disse Wardle.

«E tu chi cavolo sei, mia moglie? Salute» ribatté Strike, mentre Barclay gli porgeva due cellulari, prima di andarsene con le pinze in mano. «Non starmi addosso, cazzo» disse poi a Wardle, con tono scocciato. «Se vuoi restare, siediti».

Wardle prese posto sul divano accanto a Griffiths, con un'espressione di completa disapprovazione.

«Hai l'aria di uno che sta per svenire» disse a Strike.

«Sto bene» rispose l'altro, trangugiando un sorso abbondante di whisky. «Tornando a noi» continuò rivolgendosi a Jones e Pratt. «Tyler aveva un EpiPen, giusto? Per via dell'allergia alle noccioline?»

«Sì» disse Pratt con circospezione.

«Gli è caduto davanti a dei testimoni» spiegò Strike a Griffiths. «Ha mentito, ha provato a far finta di niente, ma quando lo vedranno, capiranno perfettamente di cosa si trattava».

Anche se riusciva a sentire da un orecchio solo, Strike colse distintamente il suono di una sirena in lontananza.

«Hai chiamato la polizia?» chiese a Wardle.

«No» disse Wardle e, con aria confusa, si alzò e lasciò la stanza.

Temendo che Wardle mentisse, e temendo ancora di più di non avere il tempo di finire quello che aveva cominciato, Strike disse a Griffiths: «Tutto il tuo piano ruotava intorno al fatto che sei un merdoso pigmeo, vero?»

«Non capisco cosa vuoi dire» rispose Griffiths.

«Non avevi la minima possibilità di affrontare Powell faccia a faccia, quindi tu e Todd avete architettato un piccolo piano astuto, vero? Voi due avevate fatto ottimi affari negli anni Novanta, giusto? Spostando ragazze tra bordelli e case private? Stuprandole e molestandole impunemente ogni volta che vi veniva voglia? Ma sei riuscito a tagliare la corda prima che la gang venisse beccata in Belgio, non è vero?»

«Non sono mai stato in Belgio» disse Griffiths. «Mai».

«Internet» disse Strike, «ci racconta un'altra storia».

Ma quando infilò la mano nella tasca dei pantaloni per prendere il cellulare, ricordò che era rimasto nel cappotto con cui aveva coperto Sapphire nel seminterrato. Allora prese invece uno dei telefoni che aveva sulle ginocchia, e che Barclay aveva requisito a Pratt e Jones.

«Questo di chi è e qual è il pin? Non obbligatemi ad alzarmi, cazzo» li avvertì Strike, «perché non mi siederò finché non vi avrò storditi di botte. Pin. Ora».

«Sessantanove sessantanove» borbottò Wynn Jones.

«Cazzo, ma certo» mormorò Strike, sbloccando il telefono e cercando su Google la foto che gli serviva, con l'orecchio che pulsava al punto che si chiese se avrebbe vomitato. «Ecco» disse infine, sollevando il cellulare per mostrare la foto a Griffiths. «Questo sei tu in Belgio, a suonare la tua merdosa chitarra nello scantinato di un club. L'ha trovata la mia socia. Strano ma vero, il tuo amico Wade King – che vediamo qui mentre suona il basso – ha provato fin dal principio a intimorire la persona giusta. È stata Robin a risolvere il caso».

«Quello non sono io» sussurrò Griffiths, «e non conosco l'uomo col b...»

«Sì che sei tu» disse Strike. «La mia socia ha fatto qualche ricerca, e la tua schifosa band pan-europea ha viaggiato parecchio sul continente negli anni Novanta, giusto?»

Ora Wardle ricomparve nella stanza.

«È successo qualcosa giù al ponte. Ci sono la polizia e l'ambulanza, si vedono le luci dalle finestre sul davanti».

«Sono troppo occupati per badare a noi, allora» disse Strike.

«Col cazzo» disse Wardle con tono determinato. Lasciò per l'ennesima volta la stanza, e Strike sentì sbattere la porta sul retro.

«È uno sbirro nell'anima» disse poi a Griffiths. «Il dovere prima di tutto».

Anche se Strike non possedeva una lunga esperienza in fatto di svenimenti, aveva il vago sospetto che quella sensazione di galleggiare fosse ciò che si provava poco prima di perdere i sensi, quindi non voltò la testa quando sentì altri movimenti dietro di lui.

«L'ho liberata» annunciò Barclay, entrando nel campo visivo di Strike con le pinze ancora in mano. «È in cucina, sta mangiando. Ne ha bisogno» aggiunse lanciando un'occhiata minacciosa a Griffiths. «Serve dare una ripassata a uno di loro? Sono dell'umore giusto».

«Forse» rispose Strike. «Siamo ancora nella fase della raccolta delle informazioni».

«Ottimo» fece Barclay, battendosi le pinze contro il palmo. «A che punto siamo arrivati?»

«Al modo in cui Tyler è stato attirato al Ramsay Silver» disse Strike, tornando a rivolgersi a Griffiths. «Todd consiglia a Tyler di cambiare nome e di camuffarsi, di fingere persino di essere mancino, per sottrarsi alla furia assassina del padre della sua ragazza, e di cercarsi un lavoro dove nessuno si sarebbe aspettato di trovarlo, in modo da guadagnare abbastanza per mantenere se stesso e la sua ragazza quando lei scapperà... In realtà, tutto serve a rendere il più complicata possibile l'identificazione dopo la morte».

«Io non so *niente* di questa storia!» gemette l'uomo barbuto sul pavimento.

«Questo chi è?» chiese Barclay a Strike.

«Mickey Edwards».

Con due lunghi passi Barclay attraversò la stanza e sferrò un calcio al lato della testa di Edwards, così forte che l'uomo cadde sul fianco, trascinando con sé Jones e Pratt.

«Lei mi ha parlato di te» disse Barclay, torreggiando su quel groviglio di uomini ansimanti e balbettanti.

«Non puoi farlo» gridò Griffiths dal divano, con sguardo folle.

«Giusto, meglio evitare» disse Strike a Barclay, bevendo un altro sorso di whisky, «davanti a Wardle».

«Dov'è finito?»

«È successo qualcosa al ponte, è andato a dare un'occhiata. A ogni modo» riprese Strike, tornando a rivolgersi a Griffiths, con la testa che continuava a galleggiare, «siete riusciti a convincere Tyler a recitare la parte sul lavoro, ma a casa non potevate controllarlo, giusto? Dove avete buttato i suoi pesi dei Wolverhampton Wanderers? E le sue mani, i suoi occhi, il suo cazzo e le sue orecchie? A Petts Wood?»

Griffiths aveva la faccia più grigia che mai, ma continuò a insistere: «Non so di cosa stai...»

«Petts Wood, dove siete andati tu e Medina dopo aver fatto un salto nella camera di Wright, nelle prime ore del mattino» disse Strike. «Se le orecchie, o il cazzo, o i pesi di Powell dovessero saltare fuori da quelle parti, sarebbe una prova mica male. *Decisamente* più di un'impronta».

Strike sentì che cominciava a biascicare, ma si disse che non poteva essere il whisky: non ne aveva bevuto abbastanza. Forse era l'emorragia? Aveva la testa sempre più leggera. Prese un altro sorso abbondante di Teacher's.

«Ti è piaciuto mutilare il corpo, vero?» disse. «La finta pista massonica, certo, ma ti è piaciuto, cazzo. Tyler Powell ti aveva smascherato. Sapeva cos'eri. Voleva portare Chloe al sicuro, e tu l'hai fatto a pezzi. Ma è stato tutto un po' troppo elaborato. Sì, il sistema di sicurezza del Ramsay Silver faceva cagare, e un caveau senza telecamere... Medina di sopra, che teneva impegnata Pamela... Todd ti fa uscire e tu ti nascondi... dove? Nel cesso? Nell'armadio? Resti là dentro finché Todd non tossisce per darti il via libera, e tu sorprendi Tyler alle spalle e lo colpisci alla nuca con un cazzo di maglio, e continui a colpire fino a sfondargli il cranio».

Strike sentì la porta sul retro che si apriva. Wardle tornò nella stanza ormai affollata.

«Uno dei vostri amici si è appena buttato dal ponte di ferro» informò gli uomini ammanettati. «È voluto sfuggire alle sue responsabilità».

Strike provò a dire 'che coincidenza', ma le parole si rifiutarono di uscire. In ogni caso, nessuno nella stanza avrebbe capito. Edwards scoppiò di nuovo in lacrime.

«Chiudi il becco» ringhiò Barclay, «o ci penso io».

«Stanno arrivando» disse Wardle a Strike. «I poliziotti. Gli ho detto che abbiamo trovato una ragazza rapita. Saranno qui da un momento all'altro. Dobbiamo togliere le manette a questi stronzi».

«Va bene» disse Strike. Provò ad alzarsi, ma ricadde sulla sedia.

«Resta dove sei, Cristo» disse Barclay. «Chiamo un'ambulanza».

Forse mischiare un'abbondante emorragia con del whisky liscio non era stata la migliore delle idee, ormai Strike era pronto ad ammetterlo, ma doveva continuare a parlare, perché voleva che Griffiths sapesse che *lui* sapeva. Mentre Wardle era impegnato a liberare gli uomini a terra, Strike disse: «L'hai ucciso, e hai calpestato il sangue attorno alla sua testa. E non te ne sei accorto... eri troppo agitato. Dovevi salire di sopra, con quella barba finta di merda, il completo e gli occhiali, con le tue scarpe da tennis insanguinate in un sacchetto del Ramsay Silver, e ai piedi le scarpe di Tyler, per spacciarti per William Wright, per far credere che avesse lasciato il negozio e fosse andato alla stazione di Covent Garden.

«E sei inciampato» disse Strike, «perché i tuoi cazzo di piedi minuscoli non riempivano le sue scarpe quarantatré».

«Strike, cazzo, basta parlare» disse la voce impaziente di Wardle. «Lascia perdere».

«Sei tornato al negozio per mutilare il corpo. Non potevi accendere la luce... quindi non hai notato l'impronta... era secca... Non c'è stato trascinamento... Dimostra che l'omicidio è accaduto prima della mutilazione... Ma Todd non ti avrebbe aiutato, a meno di non far sembrare che l'omicidio fosse successo di notte... perché lui era finito dentro per il Belgio, e tu invece l'avevi fatta franca... E non dirmi che non sei mai stato in Belgio, cazzo...»

Strike brandì il cellulare di Jones contro Griffiths.

«Quella foto... il tuo concerto del cazzo... la vedi la bionda nella foto? Quella è Reata Lindvall, che è morta due mesi dopo... sua figlia è scomparsa... un bonus non da poco, la ragazzina... per un uomo che vuole trafficare giovani donne... ed è cresciuta e ti è tornata utile, no? In un modo diverso... 'Jolanda' significa 'viola' o 'violetta'... Chloe gli aveva detto il suo vero nome... quando controlleranno il tuo computer... troveranno una ricerca sul nome Jolanda...

«Dov'è? Cosa le hai fatto?»

«Mi ha detto che è sotto il pavimento in cemento» sussurrò una voce infantile.

Con ancora addosso il cappotto di Strike, bianca come uno spettro, Sapphire era comparsa sulla porta.

Griffiths provò a darsela a gambe, ma dopo appena tre passi Barclay lo mandò al tappeto con un forte e soddisfacente tonfo.

«Prove schiaccianti» disse Strike, aprendo la rubrica dei contatti sul telefono di Jones. «Eccolo qua...»

Il numero era salvato sotto 'LUGS NUOVO'. Strike ci cliccò sopra.

Da qualche parte, in un'altra stanza, sentirono la suoneria: *Do It Again* degli Steely Dan.

In the mornin' you go gunnin'...

«Ecco» disse Strike a Jones. «Ti ha fregato. Ha ammazzato il tuo amico».

Stupidamente, Strike pensò che alzandosi si sarebbe sentito meglio. L'ultima cosa che vide prima che gli occhi roteassero all'indietro nella testa e perdesse i sensi fu Gesù che fumava una canna.

EPILOGO

Aveva trovato quel che aveva cercato con tanta pena e perseveranza. Che altro importava?

John Oxenham
A Maid of the Silver Sea

124

Ed egli era felice, sempre che conoscere
le cause di ogni cosa, e vedere
sotto i piedi il raccapricciante fluire
del terrore, e della folle angoscia,
e del precipitoso destino, sia la felicità.

Matthew Arnold
Memorial Verses: April, 1850

Undici giorni dopo che Ian Griffiths e i suoi amici furono tratti in custodia, e Strike e Sapphire Neagle furono portati in ambulanza al Princess Royal Hospital di Telford, il detective, nella sua mansarda, indossò il suo unico completo nero, quindi guidò, di nuovo, fino a Hereford.

Quel giorno lui e Robin avevano in programma di mettere al suo posto l'ultima tessera del caso del caveau, ma Jade Semple aveva chiamato in ufficio, invitando personalmente Strike al funerale del marito. Il corpo decomposto e gonfio d'acqua di Semple era stato trovato, come aveva immaginato Strike, sul fondo del Regent's Canal, sotto il ponte della ferrovia, trattenuto sul letto del canale da una valigetta piena di mattoni, ancora legata al polso del cadavere con delle manette.

«Credo che dovrei andare» aveva detto Strike a Robin, pur con un certo rammarico. Gli sarebbe piaciuto partire di nuovo insieme a lei, anche se ormai non aveva più speranze di poter sfruttare uno splendido paesaggio per mandare all'aria il suo imminente fidanzamento. «Ti sei meritata l'ultima tessera, puoi farcela da sola».

Strike oggi non era preoccupato per l'incolumità di Robin. Anche se il trafficante Griffiths aveva dei complici in Italia, non avrebbe avuto senso aggredire Robin ora che diversi computer e telefoni erano al vaglio degli esperti forensi, e una rete che si estendeva attraverso l'intero continente veniva lentamente ma metodicamente portata alla luce. Le reali proporzioni della vicenda non erano ancora emerse sulla stampa. Nessun giornalista era a conoscenza del collegamento tra l'uomo ucciso al Ramsay Silver e la rete di trafficanti. Le uniche notizie trapelate erano che una ragazza scomparsa era stata trovata in una casa di Ironbridge e che pochi giorni dopo (e questa era apparsa su diverse prime pagine) il corpo di una seconda giovane donna era stato scoperto sotto il cemento grumoso della cantina di casa Griffiths. Il cadavere non era stato ancora identificato, anche se il contatto dell'agenzia nella Met, George Layborn, aveva rivelato confidenzialmente a Strike che si trattava del corpo di una ragazza incinta.

Il coinvolgimento dell'agenzia investigativa nell'arresto di Griffiths era, finora, ignoto alla stampa, il che, secondo Strike, faceva comodo alla polizia quanto a lui. Questa volta nessuno aveva fatto troppe storie per le chiavi passe-partout; nessuno, tra i coinvolti nel caso, sembrava ritenere che contro Griffiths e i suoi compari stupratori fosse stato usato un eccesso di forza. Da questo punto di vista, naturalmente, l'orecchio quasi mozzato di Strike si era rivelato utile. Sembrava anche che ci fosse un tacito accordo per cui, fintanto che l'agenzia si fosse tenuta in disparte, in silenzio, permettendo alla polizia di parlare vagamente di 'fonti' e 'soffiate' e di prendersi il merito di aver sgomitato la rete di trafficanti, qualsiasi azione poco ortodossa o illegale intrapresa da Strike, Wardle e Barclay, fino a includere diverse aggressioni fisiche, poteva essere ignorata.

Nel frattempo, lo scoop di Robertson su Lord Oliver Branfoot era stato pubblicato sul *Sunday Telegraph* («Quegli avvocati del cazzo per poco non hanno preteso anche un campione di feci» aveva detto il giornalista al telefono con Strike), e nelle ultime quarantott'ore sembrava che non fosse successo praticamente nient'altro nel Regno Unito, compreso il ritrovamento del corpo sotto il pavimento del seminterrato di Griffiths. Danny de Leon aveva rimediato un generoso contratto di esclusiva con il *Sun*; la moglie e i figli di Branfoot erano stati seguiti per strada da giornalisti schiamazzanti, finché uno dei giovani Branfoot non aveva sferrato un pugno a un cameraman, mancando il bersaglio e colpendo invece una reporter alla mascella; il presentatore fisso del quiz in cui Branfoot aveva fatto una dozzina di comparsate aveva pubblicato una dichiarazione 'scioccata e disgustata'; dal canto suo, Branfoot – di cui si diceva che avesse assoldato l'agenzia di PR più costosa di Londra – era sparito dalla scena pubblica, pur avendo diffuso un comunicato che non confermava e non negava niente, ma lo faceva con tono compassatamente amareggiato; Craig Wheaton sembrava scomparso dalla faccia della Terra; e diverse giovani donne filmate a loro insaputa in Black Prince Road si erano coalizzate per assoldare nientemeno che Andrew Honbold, Patrocinante della Corona.

Era a questo bailamme che Strike si ritrovò a pensare, sotto il fioco sole di aprile, quando si fermò rispettosamente alle spalle della folla che circondava la fossa in cui sarebbero state calate le spoglie terrene di Niall Scott Semple. Il cimitero di St Martin's ospitava già un gran numero di tombe di membri della SAS, tutte con lapidi pressoché identiche, in pietra pallida, su cui era inciso il distintivo del reggimento: un pugnale alato.

Strike era rimasto più colpito dal ritrovamento del corpo di Semple di quanto si sarebbe aspettato, o di quanto aveva ammesso persino con Robin. Rispetto al putiferio scatenato dalle malefatte di Branfoot, o alla scoperta del corpo di Jolanda sotto il pavimento in cemento, il suicidio di Semple non aveva quasi lasciato traccia sui giornali. L'opinione generale e sottaciuta sembrava essere che la sua morte era triste, ma che era quel che ci si poteva aspettare capitasse a un soldato cerebroleso, e poi l'opinione pubblica passò oltre, preferendo gongolare per gli eccessi laidi e sfrontati di Lord Branfoot. Tuttavia, per quel che riguardava Strike, in quella fine tra acque limacciose, in quel corpo rimasto ignorato e invisibile, c'era qualcosa che gli torceva brutalmente le viscere, qualcosa che andava al di là del cordoglio. Almeno in parte, la ragione per cui si trovava lì, invece di andare in Italia con Robin, era che aveva letto alcuni commenti alle poche e sparse notizie sulla morte di Semple che l'avevano irritato: manifestazioni di compianto di facciata, seguite da lunghe disquisizioni sulla politica estera britannica, e sul ruolo dell'esercito nelle oppressive imprese coloniali. Nessuno sembrava farsi venire il dubbio che Semple e i suoi colleghi avessero messo a repentaglio la propria vita così che altri civili – compresi i commentatori o i loro familiari – non venissero falciati da un estremista assassino mentre attraversavano un ponte.

Simili pensieri stavano distraendo Strike dalle parole del parroco, ma non dalle fitte all'orecchio sinistro. Si era reso necessario un intervento microchirurgico per riattaccarlo, perché era quasi del tutto mozzato. Aveva il vago ricordo di qualcuno che gli diceva che avrebbe potuto perderlo completamente, e un ricordo leggermente più nitido di un'infermiera che gli prospettava la possibilità di ricorrere alla chirurgia estetica, se era preoccupato per il suo aspetto.

Non era la prima volta che Strike si presentava a una funzione religiosa ferito, eppure aveva la sensazione che la benda all'orecchio fosse irragionevolmente vistosa. Nemmeno i lividi sulla faccia – nessuno era stato abbastanza rapido da afferrarlo quando aveva perso i sensi nel soggiorno di Griffiths, di conseguenza aveva sbattuto la faccia sul pavimento – si erano ancora riassorbiti del tutto, il che rafforzava ulteriormente l'impressione che avesse partecipato a un incontro di wrestling prima di presenziare al funerale.

Il parroco concluse il suo discorso. Strike era abbastanza alto da vedere la bara che veniva calata, anche se tra lui e la fossa c'erano tre file di persone. Jade singhiozzava sommessamente in un fazzoletto, con accanto la gemella e la madre.

Infine la cerimonia giunse al termine. Strike era appena tornato all'auto quando il telefono squillò. Sperava che fosse Robin, invece era Wardle. Sapendo che era in contatto con Iverson – l'agente dai capelli rossi che indagava sull'omicidio – rispose.

«Hanno trovato i pesi dei Wolves» disse Wardle senza preamboli. «E un paio di mani umane».

«Petts Wood?»

«Sì, ieri sera. Stanno continuando le ricerche».

A quella notizia, un'enorme ondata di sollievo si abbatté su

Strike. Persino mentre guidava verso Hereford, quella mattina, era stato tormentato dal dubbio che Tyler Powell non venisse identificato, e che la sua morte per mano di Griffiths non venisse provata.

« Sapphire sta parlando » disse Wardle, « parecchio. Griffiths l'ha adescata a Londra, l'ha tenuta in una stanza lurida con altre due minorenni, cui facevano visita regolarmente Wade King, Todd e diversi altri, poi l'ha portata a nord, a Ironbridge, dove quegli stronzi che abbiamo conosciuto facevano a turno ».

« Cristo » disse Strike, disgustato. « Ascolta, per caso sai anche se Griffiths l'abbia obbligata a spacciarsi per un paio di altre ragazze al telefono? »

« L'ha fatto, sì » disse Wardle, e dalla voce parve sorpreso. « Come fai a...? »

« Se n'è accorta Robin. Ha ricevuto le telefonate di due giovani donne, una presunta nipote di Dilys Powell e una tale Zeta che non abbiamo mai rintracciato. In entrambi i casi le hanno dato informazioni errate su Tyler Powell, e hanno provato a scoprire cosa sapevamo. In un caso, la ragazza ha sbagliato il nome di un paio di posti ».

« Ah » fece Wardle. « Be', finora a casa di Griffiths hanno trovato sei diversi cellulari usa e getta, oltre a una parrucca riccia e a una collana color rubino nascosta in una custodia sopra a un armadio ».

« Gesù, Iverson non si fa problemi a condividere le informazioni, eh? » disse Strike, sorpreso. « Mi sarei aspettato che tenesse la bocca chiusa dopo quello che ha passato Murphy per averci aiutato ».

« Lei, ehm... abbiamo bevuto una cosa ieri sera » fece Wardle, con un tono di riserbo imbarazzato che disse a Strike tutto quello che aveva bisogno di sapere. Susan Iverson, immaginò, doveva essere dello stesso umore suo, quando aveva accettato l'invito di Bijou Watkins a bere qualcosa, più di un anno prima: in cerca di una distrazione che lenisse le ferite al suo ego, ora che ogni speranza che si era fatta su Murphy era irrimediabilmente infranta. Forse, pensò Strike con un tuffo al cuore, se aveva scelto Wardle come ripiego significava che Robin e Murphy erano, alla fine, definitivamente fidanzati. Invece di parlare di questo, chiese: «Il corpo sotto al pavimento è stato identificato? Qualcuno ha contattato il Belgio chiedendo il DNA di Jolanda?»

«A quanto pare lo faranno oggi. Oh, e il vero produttore musicale, quell'Osgood? Hanno recuperato le e-mail cancellate».

«E?»

«Una cugina di Sofia Medina l'ha contattato dalla Spagna. Medina le aveva detto che lei e il suo fidanzato produttore musicale volevano fare uno scherzo a un tizio che l'aveva fregato».

«E lo scherzo comprendeva che nascondesse un carico di argento e che svaligiasse un appartamento di merda?»

«A quanto pare» disse Wardle.

«Cristo» esclamò di nuovo Strike.

«Ho sentito dire che nulla rende più felice Quincy Jones che introdursi in un negozio di argenti» fece Wardle e, nonostante l'umore cupo, Strike rise. Era la prima volta da molto tempo che sentiva da Wardle qualcosa che assomigliava a una battuta. Il sesso faceva decisamente miracoli per l'umore... forse anche Strike come Wardle doveva iniziare a leccarsi le ferite...

Conclusa la telefonata, proseguì verso la BMW, quando una voce forte e roca lo chiamò per nome. Si voltò e vide Jade Semple, alla quale aveva stretto brevemente la mano prima di entrare in chiesa.

«Le va di venire al rinfresco?» disse con l'affanno.

«Sì, certo» rispose Strike, anche se avrebbe di gran lunga preferito evitare.

Così raggiunse l'hotel e si unì al gruppo di persone a lutto che, simili a tetri corvi, andava riempiendo una grande sala decorata in blu, con molti tavoli rotondi ma molte meno sedie del necessario. Un buffet era disposto lungo una delle pareti, ma nessuno aveva iniziato a mangiare. Decidendo che le sedie andavano riservate agli anziani e ai familiari più stretti, sentendosi in imbarazzo e fuori luogo per via dell'orecchio bendato, e pentendosi di non aver portato con sé degli antidolorifici, Strike prese una birra a basso contenuto alcolico e raggiunse l'area esterna per fumatori, notando in lontananza Ralph Lawrence, col suo aspetto distinto. Quest'ultimo gli rivolse un lieve cenno del capo, e l'investigatore rispose allo stesso modo: un gesto adatto sia al loro grado di familiarità sia al mix di avversione e rispetto che Strike sospettava entrambi nutrissero.

Una volta all'esterno, dato che la circostanza era propizia e non riusciva più a resistere all'impulso di farlo, Strike chiamò Robin.

«Ciao» disse quando lei rispose. «Dove sei?»

«In taxi» disse Robin. «Dovrei arrivare all'hotel tra dieci minuti».

Si trovava in Sardegna, lungo una strada fiancheggiata da palme, sotto un limpido cielo azzurro. Atterrando a Cagliari, le era sembrato di entrare nella stampa di Raoul Dufy sopra il suo camino: un mare scintillante, case color pastello, il sole caldo sulla pelle. Sapeva che il suo soggiorno sull'isola sarebbe stato brevissimo, il che dava un sapore dolce e amaro alla bellezza del posto e al clima meraviglioso. Al massimo sarebbe stata solo una tregua temporanea dalla miriade di problemi che si era lasciata alle spalle nella tetra e grigia Londra; stranamente, si sentiva come quando era in ospedale dopo la gravidanza ectopica: la stessa parvenza di irrealtà sembrava avvolgere ogni cosa.

«Il funerale è finito?» chiese.

«Proprio adesso» disse Strike. «Jade ha voluto che partecipassi al rinfresco. Ti ho chiamata perché Wardle ha appena avuto aggiornamenti dalla squadra investigativa».

«Ci parlano ancora?» disse Robin sorpresa.

«Una di loro sì» rispose Strike, scegliendo di non fornirle ulteriori dettagli. «A ogni modo...»

La reazione di Robin, quando Strike ebbe finito di riferirle le informazioni di Iverson, non fu esultante quanto si era aspettato.

«Se solo me ne fossi accorta prima» sospirò Robin, fissando il mare scintillante alla sua sinistra. «Se avessi capito che era la stessa ragazza a chiamarmi...»

«Avrebbe ingannato chiunque» disse Strike.

«No, avrei dovuto capire che qualcosa non tornava» disse Robin. «Ha detto 'Jockey & Horse' invece di 'Horse & Jockey',

'Wellsey Road' invece di 'Wesley'. E ieri sera mi è tornata in mente un'altra cosa: la prima volta che ha chiamato, ho sentito qualcuno che scriveva... doveva essere Griffiths che la istruiva su cosa dire, non pensi?»

«Probabile» rispose Strike.

«Avrei dovuto capirlo» ripeté Robin.

«Però Griffiths è decisamente spacciato» disse Strike.

«Lo so e ne sono felice» disse Robin, «ma non riesco a smettere di pensare a Jolanda. Che vita terribile, terribile. Rapita dall'assassino di sua madre. Costretta a recitare in eterno. E poi, quando ha pensato che forse poteva essere libera... e non dimentichiamo Tyler... ho la sensazione che, alla fine, senza accorgercene, è come se l'avessimo conosciuto. Penso che fosse davvero una brava persona».

«Anch'io» disse Strike. «Forse non era un genio, ma era abbastanza interessato al mondo là fuori da sapere che Assad era chiamato il Leone siriano, e lavorava sodo, ed era disposto a correre ogni genere di rischio per portare quella ragazza via da Griffiths...»

«Immagino che, man mano che Jolanda è cresciuta, Griffiths non potesse più tenerla completamente nascosta. Ha dovuto permetterle di andare a scuola, se voleva vivere nel Regno Unito».

«Probabilmente confidava che avesse troppa paura di lui per raccontare la verità a qualcuno. E poi doveva essergli molto utile per adescare altre giovani donne. Era un'ottima copertura: padre single devoto, rimasto vedovo da giovane... Ma l'ha messa incinta. Difficile spiegarlo».

«Credi che fosse suo figlio? Non di Tyler?»

«Immagino che a tempo debito lo scopriremo, ma sì, sospetto che fosse suo, e Tyler era disposto ad aiutarla a crescerlo».

Strike si era domandato se, in un caso simile, sarebbe stato generoso quanto Tyler Powell, ma non aveva trovato una risposta.

«Strike, ora devo andare, mi sembra di vedere l'hotel» disse Robin.

«Ok» rispose lui, «ci sentiamo quando torni».

Gli sembrò che non fosse il caso di restare all'aperto a svapare mentre la sala era piena di gente a lutto, ma quando si voltò per tornare nell'hotel vide Ralph Lawrence che usciva. L'investigatore sospettò che l'avesse tenuto d'occhio in attesa che concludesse la chiamata e, più per curiosità che per preoccupazione, aspettò di sentire cosa volesse dirgli questa volta.

«Come sta?» chiese l'uomo che Strike, con riluttanza, era pronto ad ammettere fosse dell'MI5.

«Bene» disse Strike. «Lei?»

«Impresa non da poco, trovarlo».

«Un'intuizione fortunata» disse Strike con indifferenza.

«Sa perché si è ucciso in quel modo?»

«Ho un sospetto» disse Strike. All'occhiata interrogativa di Lawrence, proseguì: «Ho visto un video di Daesh sul dark web. Un uomo incappucciato, incatenato a un bilanciere e gettato giù da un ponte. Ho pensato che potesse essere Ben Liddell».

Lawrence si lanciò un'occhiata alle spalle, verso la sala che andava ancora riempiendosi di persone in nero, poi disse a bassa voce: «Quattro uomini dello Squadrone E sono stati introdotti di nascosto in un territorio dove le forze britanniche stanno conducendo un'operazione top secret. Lo scopo era mettersi in contatto con un gruppo anti Stato Islamico, per fornirgli strumenti di comunicazione di ultima generazione.

«La missione è stata un disastro. Erano a bordo di un piccolo velivolo, sono stati colpiti da un missile antiaereo. Il pilota è morto sul colpo, l'aereo ha preso fuoco ed è precipitato; si sono dovuti lanciare a bassa quota. Due ragazzi del Reggimento sono morti nell'impatto col suolo, Semple è rimasto gravemente ferito ed era appena cosciente, ma Liddell l'ha trascinato al sicuro.

«Avevano una radio, e abbastanza munizioni per tenere a bada, per qualche ora, chiunque volesse raggiungerli, ma era impossibile sapere se gli aiuti sarebbero arrivati prima che venissero catturati o uccisi. Quando la squadra di salvataggio è arrivata, hanno trovato Semple da solo. Liddell aveva lasciato il riparo per provare a portargli dell'acqua. Non ha mai fatto ritorno.

«Quando Semple è scomparso, l'MI6 ci ha passato il fascicolo. Avevano trovato il video dell'esecuzione che ha visto anche lei, ma a quanto pare lo Stato Islamico non aveva capito di aver catturato un uomo della SAS, altrimenti avrebbero fatto le cose molto più in grande. Liddell doveva sapere che la massima priorità era non ammettere di essere del Reggimento. Il suo arabo era buono. Solo Dio sa chi o cosa abbia finto di essere.

«Abbiamo cancellato ogni traccia di quel maledetto video dal web di superficie e, come avrà notato, Liddell comunque non è riconoscibile. Il nostro obiettivo è sempre stato impedire a Niall Semple di gridare ai quattro venti la sua confusa versione dell'accaduto. Quando è uscito dal coma, era arrabbiato e disorientato. Prima della lesione, gli erano state affidate informazioni molto delicate. Questo è un mondo completamente nuovo, signor Strike: ai bei vecchi tempi, provavamo a impedire che i giornalisti mettessero le mani su informazioni riservate, ma oggi come oggi, con i social media, a Semple serviva soltanto una connessione internet, e in un batter d'occhio diverse persone che operavano sotto copertura si sarebbero ritrovate in pericolo».

«Rena Liddell sa com'è morto suo fratello?»

«È possibile che Semple gliel'abbia detto, ma non è ancora pronta ad accettare la morte del fratello. Aveva ragione a proposito delle mie preoccupazioni sul suo conto. Non temevo solo che Semple potesse averle raccontato una versione alterata di quello che era successo durante la missione, temevo anche che Rena condividesse informazioni che mai avremmo voluto finissero nelle mani di una donna eccentrica con dei problemi mentali».

«Adesso cosa farete? La rinchiuderete in un altro istituto psichiatrico?»

«Anche se non mi crederà» rispose Lawrence con tutta calma, «io sono un sostenitore delle libertà civili... Ma talvolta la sicurezza nazionale richiede delle misure che possono violare l'ideale di giustizia di qualche sognatore».

«Quanti anni ha sua nonna?» chiese Strike, e Lawrence sembrò sorpreso.

«Come?»

«Ha appena citato Albert Pike» disse Strike. «C'è un passaggio in *Morals and Dogma* su un generale che fa saltare un ponte per salvare la maggior parte del suo esercito, anche se ciò significa sacrificare un battaglione. Azioni simili non sono ingiuste, dice Pike, ma 'possono violare l'ideale di giustizia di qualche sognatore'».

«Ah» disse Lawrence. «Quanti anni ha *sua* nonna?»

«Sono morte entrambe» rispose Strike.

Attraverso la porta a vetri che conduceva alla sala del rinfresco, notò l'agitazione della folla, il che significava che la famiglia era arrivata: Jade, con il vestito e il cappotto neri, e accanto la gemella, che le teneva la mano.

«Dovremmo...»

«Sì» disse Lawrence, e tornarono dentro fianco a fianco.

Strike aveva appena preso posto in piedi, al margine della stanza, quando vide Jade che si faceva strada verso di lui.

«Grazie per essere rimasto» gli disse.

«Mi dispiace molto per la sua perdita» rispose lui in tono formale.

Si accorse che Jade era di nuovo sull'orlo delle lacrime, ma oggi non gliene fece una colpa. Senz'altro si sentiva come si era sentito lui al funerale di Ted: come se avesse una lastra di pietra sul petto.

«L'ha incontrata, vero?»

«Rena Liddell? Sì» rispose Strike, e dal tono della sua voce capì che Jade aveva ancora dei sospetti sull'esatta natura del rapporto tra il marito e la sorella del suo amico defunto. «Non erano... non c'era niente di romantico tra loro. Lui voleva solo contattarla per darle quella collana d'argento».

«Quella però spettava a *me*» si lagnò Jade, scoppiando in lacrime.

Diverse teste si voltarono. Alcune avevano un'espressione accusatoria: Strike stava turbando la vedova.

«Usciamo un momento?» suggerì lui, non avendo alcuna voglia di offrire ai presenti una triste sceneggiata, e condusse Jade nell'area fumatori. Lei crollò su una sedia in legno e lui le si sedette accanto mentre piangeva. Infine, Jade ficcò la mano nella borsetta nera e tirò fuori un pacchetto di sigarette.

«Ha smesso di svapare?» chiese Strike, guardandola con invidia mentre ne accendeva una.

«Probabilmente ricomincerò» disse Jade, facendo un lungo tiro di Marlboro e soffiando il fumo verso il cielo, «ma oggi potrò ben concedermi una cavolo di sigaretta, no?»

«Certo» fece Strike.

«La collana d'argento apparteneva alla madre di Niall. Suo padre la comprò anni fa, in Oman. Perché l'ha data a *Rena* e non a me?»

«Credo» rispose Strike, «che volesse saldare una specie di debito. Il senso di colpa per essere sopravvissuto mentre il fratello di lei non ce l'ha fatta? In più credeva che l'avrebbe protetta».

«Ma allora perché voleva proteggere *lei* e non me?» insistette Jade, col mascara che le rigava la faccia mentre piangeva.

«Perché sapeva che era nei guai e che non le restava nessuno, dopo la morte di Ben?» suggerì Strike.

Jade piangeva, la sua sigaretta si consumava lentamente, e Strike avrebbe voluto prendergliela dalle dita e fumarla lui. Infine, Jade disse: «Ha presente il codice, quello della valigetta piena di mattoni? Lo sa cos'era?»

«No» disse Strike.

«La data in cui avrei dovuto partorire il figlio che ho perso. Quindi... doveva significare qualcosa per lui, no?»

«Sì» disse Strike. «Doveva essere così... c'erano solo dei mattoni nella valigetta, ho saputo?»

«Mattoni e delle cose che aveva scritto, avvolte nella pellicola, ma mi hanno detto che nessuno è riuscito a leggerle. L'acqua le aveva rovinate. Non so se sia vero... forse era una lettera per me?»

«Forse» fece Strike.

Personalmente, avrebbe scommesso che Semple avesse messo per iscritto la sua verità sulla missione dello Squadrone E, qualsiasi essa fosse. Non vedeva altra ragione per cui avrebbe dovuto lasciare degli indizi sul posto dove ritrovare sia lui che il suo messaggio, né un motivo valido per farlo sparire, che fosse davvero rovinato dall'acqua o meno.

«A volte desideriamo tanto una persona, anche se sappiamo

che è sbagliato e che non funzionerà, ma la desideriamo lo stesso, ha presente?» disse Jade con voce strozzata.

«Sì» disse Strike, e con l'occhio della mente vide il sorriso sardonico di Charlotte.

«Non eravamo giusti l'uno per l'altra, ma volevamo lo stesso stare insieme. Non riuscivamo a venirne fuori. Non eravamo compatibili, so che lo dicevano tutti, ed era vero, avevano ragione, ma noi... io lo amavo» mormorò. «Lo amavo davvero. Ho sempre sentito di non riuscire a *capirlo*. Ecco, se solo fossi riuscita a *entrargli nella testa*... ma non ce l'ho fatta».

Strike ripensò alla convinzione che aveva abbandonato molto tempo addietro: che in un modo o nell'altro avrebbe potuto aiutare Charlotte, guarirla, ricomporre i pezzi e renderla felice.

«Stai bene, tesoro?» disse una voce sospettosa alle loro spalle.

L'uomo con i baffi rossi che Strike aveva intravisto a Crieff era venuto a recuperare Jade.

«Sì» gracchiò lei, alzandosi in piedi. «Sto bene... arrivederci» disse a Strike, e Baffo Rosso la portò via, lanciando un'occhiata diffidente al colosso con l'orecchio bendato.

Strike osservò Jade mentre veniva riassorbita dalla folla. Questa volta non rientrò nella sala. Una volta certo che nessuno lo stesse guardando attraverso la porta a vetri, tornò all'auto.

125

Quando sarò morto e mondo
dal torto commesso da mio padre?
Tra quanto, oh quanto pala e carro funebre
metteranno a dormire la maledizione di mia madre?

A.E. Housman
XXVIII: The Welsh Marches, A Shropshire Lad

L'hotel Serenità era ancora più bello dal vivo che su Instagram: un enorme edificio in pietra gialla segnata dal tempo, che in precedenza era stato una villa di campagna. Dopo aver pagato l'autista, Robin attraversò la hall con l'aria condizionata, sforzandosi di apparire disinvolta, e si diresse verso un'area esterna dove poteva vedere alcune persone intente a godersi il pranzo. La sua intenzione era di ordinare da mangiare, per poi iniziare a fare domande allo staff.

Ma non fu necessario. Robin era seduta da appena due minuti quando un giovane uomo dalla faccia tonda e il collo corto, con i capelli biondi scoloriti dal sole della Sardegna fin quasi a diventare bianchi, comparve per porgerle un menu in inglese e chiederle se potesse portarle un drink prima che ordinasse.

«Rupert» disse Robin. Anche se si aspettava di trovarlo lì, la sua materializzazione fisica fu uno choc.

La faccia tonda di Fleetwood si afflosciò all'istante, in quello che Robin ipotizzò dovesse essere il culmine di mesi di paura.

«Mi chiamo Robin Ellacott» disse, «sono un'investigatrice...»

«Lo so chi è» disse lui con la sua profonda voce da basso. «Oh Cristo... Non c'è anche *lei*, vero?»

«Decima?» disse Robin. «No, è nel Regno Unito».

«Sa che...?»

«Sa che lavora in un hotel Clairmont, ma non sa quale. Ho dedotto io che fosse questo. Sapevo che Tish Benton è venuta qui fuori stagione, e ho immaginato che le avesse fatto visita».

Fleetwood la fissò, impietrito.

«Non sono qui per causarle problemi, Rupert» continuò Robin a bassa voce, perché una famiglia al tavolo accanto stava guardando il cameriere, incuriosita dal suo comportamento bizzarro e dalla sua bocca spalancata. «Vorrei solo parlarle. Quando va in pausa?»

Credeva che non le avrebbe risposto, ma poi, con aria rassegnata, Fleetwood borbottò: «Alle tre».

«Potremmo parlare, per favore? Le prometto che prima di allora non contatterò nessuno».

Lui acconsentì con un cenno disperato.

Così, alle tre, Robin e Rupert Fleetwood si incontrarono su una terrazza ombreggiata, coperta da una buganvillea rosa chiaro in piena fioritura. Fleetwood portò del caffè per entrambi, ma non sembrava in grado di sostenere lo sguardo di Robin. Quando lei lo ringraziò, rispose con un cenno, poi versò dello zucchero nella sua tazza senza guardarla.

«Come sta Decima?» chiese, fissando la superficie del caffè che stava mescolando.

«Non molto bene» rispose Robin.

«Ho provato... ho chiamato il suo socio».

«Lo so» fece Robin.

«Per farle sapere che ero vivo».

«Sì» disse Robin, «ma per lei è stato ancora più doloroso dell'eventualità che fosse morto. Non riusciva a capire perché l'avesse lasciata a quel modo, soprattutto visto che era incinta».

Rupert lasciò cadere il cucchiaino con un leggero tintinnio, che a Robin fece tornare in mente il mattone che aveva colpito gli argenti Murdoch.

«Ha abortito?» mormorò.

«No» disse Robin. «È diventato padre».

«Oddio» fece lui, nascondendosi la faccia tra le mani.

« Il bambino sta bene » continuò Robin. « È nato senza complicazioni ».

Dopo qualche istante fu chiaro che Rupert stava piangendo, non rumorosamente come Danny de Leon o Murphy, ma senza emettere un suono, con le spalle che si scuotevano.

« Rupert » disse Robin, « credo di sapere perché se n'è andato ».

« È impossibile » rispose la voce smorzata di lui.

« Io penso di no » disse Robin. *Quei due insieme sembravano Pincopanco e Pancopinco... immagina che figli con la faccia a palla avrebbero avuto.* « Ha scoperto che Decima è la sua sorellastra ».

Lui alzò lo sguardo, con un'espressione di orrore sul volto rigato di lacrime.

« Come...? »

« Ho letto un'intervista a Cosima in cui diceva di aver fatto un test del DNA. Poi mi sono accorta che vi assomigliate tutti » disse Robin. « Dino, Decima e lei ».

Rupert si ripulì alla bell'e meglio la faccia con la manica della divisa bianca da cameriere, ma le lacrime continuavano a grondargli dagli occhi. Robin trovava che avesse un viso gradevole; non esattamente attraente, ma più bello di persona che nella foto che lei e Strike avevano mostrato alle persone legate a William Wright.

« Come l'ha scoperto? » gli chiese.

Dopo essersi asciugato la faccia una seconda volta con la manica, Fleetwood infilò le dita nel taschino del gilet, estrasse un pacchetto di Marlboro Light, ne accese una e disse con voce roca: « Valentine ».

« Gliel'ha detto lui? »

« Non... esplicitamente » disse Fleetwood.

Robin aspettò. Fleetwood fumò senza parlare per un minuto buono, poi proseguì: « Ha dato addosso a me e Decima fin dall'inizio... Una sera al Dino's si è sbronzato e mi ha detto che Dino era andato a letto con mia madre, che avevano avuto una storia... ha raccontato di averli sorpresi su un divano quand'era piccolo... Poi, non so, probabilmente ha temuto di essersi spinto troppo oltre. Ha provato a fare marcia indietro, ha detto che stava scherzando ed è uscito barcollando dal locale...

«Il giorno dopo l'ho chiamato, e mi ha spiegato che voleva soltanto che stessi alla larga da Dessie, e che se aveva detto così era solo per provare a spaventarmi... ma...»

Fleetwood fece un tiro profondo di sigaretta e continuò: «Quel pomeriggio ho guardato per bene Dino e sono riuscito... a vederlo. Lui, Dessie, io, tutti e tre avevamo la faccia tonda e... il collo abbastanza tozzo. Ho sempre saputo che non assomigliavo per niente a Peter Fleetwood... non assomiglio nemmeno a mia madre, a parte i capelli biondi... Quindi, più mi guardavo nello specchio, più ho capito che assomigliavo molto più a un Longcaster che a un Fleetwood...»

«A Decima l'ha detto?»

«Merda, no» rispose Fleetwood, chiudendo gli occhi per un momento. «Ho solo... ho fatto uno di quei test del DNA... e sì. C'era un link al test di Cosima, online... Era la prova che eravamo fratellastri. E questo spiegava *parecchie* cose, cazzo. Mia zia mi ha sempre detestato... probabilmente sapeva che non eravamo parenti, ma le è toccato comunque occuparsi di me. E poi ha sempre *odiato* Dino Longcaster... Doveva essere *disgustoso* per lei vedermi crescere e assomigliare sempre di più a lui».

«Quindi è andato alla festa di Sacha perché...?»

«Volevo chiarire le cose con Valentine» disse Rupert. Prese un altro lungo tiro di sigaretta, espirò e continuò: «Ero *fuori di me* dalla rabbia. Se avesse avvertito me e Decima all'inizio, non sarebbe successo niente. Se solo ce l'avesse detto prima che restasse incinta... che coglione codardo. Non voleva che Dino si agitasse, ecco tutto. Non svegliare il can che dorme... Non so per quale cazzo di ragione Cosima si sia messa a piangere. Forse temeva che scatenassi uno scandalo sui giornali o qualcosa del genere. Dino ce l'ha a morte con la stampa. O magari, conoscendola, ha pensato che avrei avanzato delle pretese sull'eredità di Dino... temeva che le sarebbe toccato un quarto invece di un terzo...»

«Chi sa la verità?» chiese Robin. «Albie? Tish?»

«Sì, loro» rispose Fleetwood, con le lacrime che continuavano a scorrere dagli angoli degli occhi. «Solo loro. A qualcuno dovevo dirlo. Stavo impazzendo... *incesto*» disse, abbassando lo sguardo sul tavolo, e Robin avvertì l'orrore e la vergogna che dovevano divorarlo da quasi un anno a quella parte.

«Ho letto che i parenti che crescono separati possono essere attratti l'uno dall'altro, quando si ritrovano» disse Robin. «Possono percepire una connessione, possono sentirla. Non è colpa di nessuno dei due».

«È quel che hanno detto anche Tish e Albie, ma è facile parlare quando non è successo a te. Sono andato a letto con mia *sorella*, cazzo...»

A Robin non venne in mente nulla da dire. Era strano e incongruo trovarsi nel mezzo di tanta bellezza, col mare blu petrolio che scintillava in lontananza e la buganvillea tutt'attorno, e parlare di un antico tabù, infranto da due persone che non avevano idea di quello che stavano facendo.

«Immagino che sappia anche della *nef*, giusto?» borbottò Fleetwood.

«Che l'ha rubata e venduta a Lady Jenson? Sì» rispose Robin.

«Era di mia madre» disse Fleetwood con un filo di voce. «Apparteneva ai Legard. Io sono comunque un Legard, questo nessuno può portarmelo via. Dino non aveva diritto di tenerla. È l'unica cosa sua che ho preso, l'unica, ma qualcosa me lo doveva. *Cazzo, me lo doveva eccome*».

«Rupert, Decima continua a tormentarsi. È convinta che sia morto. Pensa che sia colpa sua...»

«Sono morto nel caveau di un negozio di argenti» disse Fleetwood, chiudendo di nuovo gli occhi per qualche istante. «Lo so, me l'ha detto Albie. Ma ho chiamato il suo socio...»

«Decima si rifiuta di credere che fosse lei. Rupert, sarebbe molto meglio... sarebbe più premuroso... se chiamasse Decima e le spiegasse tutto di persona».

Fleetwood sembrò rifletterci su. Robin sorseggiò il caffè, dicendosi che, considerando la rapidità e la facilità con cui l'aveva trovato, non aveva alcuna ragione per rimandare il ritorno a Londra. Col sole della Sardegna sulla schiena e la buganvillea che tremolava sulla testa, ripensò alla volta in cui Murphy le aveva chiesto perché non avessero mai fatto un viaggio all'estero insieme, e poi, inevitabilmente, all'anello di platino col solitario di diamante, nascosto nella valigetta. Era sicura di avere ancora quattro giorni prima che glielo regalasse, al Ritz. Robin non aveva fatto nulla per scongiurare la proposta, perché non aveva trovato un modo per farlo senza rivelargli che aveva frugato tra le sue cose.

«Vede» disse Fleetwood con voce flebile all'altro capo del tavolo, «io la amo ancora. Ho provato davvero a smettere... ma la amo».

«Anche Decima la ama ancora» disse Robin, «ma adesso c'è un bambino di mezzo, Rupert. Voi due dovete trovare una soluzione. Non potete nascondervi per sempre».

Rupert spense la sigaretta nel posacenere.

«Come l'ha chiamato?»

«Lion» rispose Robin.

«Oh Cristo» disse Rupert, nascondendosi di nuovo la faccia tra le mani. «Per quei cazzo di White Lion? Non significavano nulla, non è mai stato mio padre...»

«Rupert» disse Robin, «Decima ha affrontato il parto da sola. Ha vissuto mesi d'inferno, dandosi la colpa della sua morte. Per favore, la chiami e le dica la verità».

126

La mia speranza personale è che il sole romperà
la nuvolaglia più densa stesa sulla terra;
che dopo l'Ultimo ritornerà il Primo,
pur se il giro si allarga ed estende –
ciò che al meglio è cominciato non può nel peggio terminare,
e Dio non maledice ciò che un giorno ha benedetto.

Robert Browning
Fallimento apparente

« In un certo senso » disse Decima Mullins, « ho la sensazione che sia morto *per davvero* ».

Era il pomeriggio di venerdì, sul tardi, e la loro ex cliente aveva richiesto un ultimo incontro con Strike e Robin, in ufficio. Decima oggi era conciata molto meglio di come l'avessero mai vista i due soci; ancora troppo magra, ma con un fascino sommesso, sebbene gli occhi fossero tuttora allucinati. Come aveva già spiegato, era tornata a Londra con il figlio e intendeva riprendere a breve il lavoro al ristorante, anche se part-time.

Robin, che in teoria aveva il giorno libero, aveva voluto partecipare all'incontro, e si era presentata con l'abito rosa antico e i tacchi alti che aveva indossato al Goring. Strike aveva già lanciato un'occhiata alla sua mano sinistra. Ancora nessun anello.

« Se solo me l'avesse detto... » iniziò Decima.

« Penso » disse Robin « che la scoperta l'abbia sconvolto... »

« Ma scappare via a quel modo... *Sapeva* che lo stavo cercando, gliel'hanno detto Albie e Tish... »

« Non sto giustificando la sua fuga » intervenne Robin. « So che avrebbe dovuto restare ed essere sincero ».

« Ci sono momenti in cui vorrei che non l'avessimo mai scoperto» disse Decima con tono disperato. «Se non l'avessimo saputo, tutto forse sarebbe andato per il meglio. A che cosa serve saperlo? Ieri mi ha richiamata, sapete. Siamo rimasti al telefono sei ore».

«*Sei?*» fece Robin.

«Sì. È sempre così quando parliamo; non riusciamo a smettere» disse Decima. «Ero tanto arrabbiata... e poi ci siamo messi a piangere, e poi... dopo un po', è tutto tornato quasi com'era una volta, ma mi sembrava di parlare al suo fantasma. Ovviamente però è finita. Devo pensare a lui in un modo completamente diverso. Non potremo mai... non possiamo tornare indietro. È un bel casino, tutto quanto... Lui dice che vuole tornare a Londra, trovare lavoro qui e aiutarmi con Lion. Vuole avere un rapporto normale con lui...»

Fece un respiro profondo, quindi arrivò a quella che secondo Strike era la vera ragione di quell'incontro.

«Val e Cosima non lo diranno a nessuno, si vergognano troppo. Quindi...»

«Nessuno dei nostri collaboratori sa nulla, e Cormoran e io non ne faremo mai parola» disse Robin. Strike confermò con un cenno.

«Grazie» disse Decima. «Non voglio che Lion senta pettegolezzi o lo scopra prima che abbiamo stabilito un modo per... per dirglielo».

«È davvero necessario?» intervenne Strike, e Robin lo guardò stupita; si sarebbe aspettata che per il suo socio la verità, per quanto indigesta, fosse sempre preferibile a una menzogna, e non poté fare a meno di ripensare al suo rabbioso consiglio: *non siamo dei fottuti assistenti sociali.*

«Perché dovrebbe sapere qualcosa, a parte il fatto che i suoi genitori l'hanno voluto ma che la relazione non ha funzionato?» disse Strike. «Fisicamente è tutto a posto, no?»

«Sì» disse Decima, «è sano. Immagino che sia una fortuna che nessuno in famiglia abbia gravi disordini genetici. Siamo tutti in buona salute».

«Queste cose probabilmente succedevano molto più spesso di quanto si pensi, prima che i test del DNA fossero alla portata di chiunque» continuò Strike. «Direi che vostro figlio se la passa molto meglio di molti altri bambini. Ha dei genitori che lo amano e che sono in ottimi rapporti. Un padre che vuole contribuire a tirarlo su. Sì, direi che è un bambino estremamente fortunato, rispetto ad altri».

Robin notò una specie di stupore nell'occhiata che Decima rivolse a Strike. Sembrava profondamente colpita dal suo atteggiamento pragmatico in quella situazione, e Robin avvertì un'ondata di affetto per il suo socio, che immediatamente le provocò uno spasmo di senso di colpa, perché era il compleanno di Murphy, e tra un'ora e mezza avrebbe dovuto cenare con lui, e non era giusto che avvertisse quel calore dentro di sé all'inattesa manifestazione di sensibilità e compassione da parte di Strike, quando l'uomo che sosteneva di amare probabilmente stava decidendo quale sarebbe stato il momento giusto per tirar fuori l'anello col diamante... Si accorse che Decima aveva ricominciato a parlare, e obbligò i suoi pensieri a tornare al presente.

«... scoperto chi era l'uomo morto nel caveau. E che quella povera ragazza sia al sicuro».

«Ed è merito suo» disse Strike. «Senza di lei, Tyler Powell non avrebbe avuto giustizia, la rete di trafficanti non sarebbe stata sgominata e la moglie di Niall Semple non avrebbe scoperto che cosa ne era stato di lui. Insomma: aveva ragione. William Wright non era Jason Knowles».

Decima sorrise. Aveva un aspetto migliore rispetto a quando era entrata nell'ufficio: era meno tesa e ansiosa.

«Adesso devo andare» si congedò, «la baby sitter smonta alle sei. Grazie a entrambi».

Strinse la mano a tutti e due e se ne andò. Quando sentirono la porta di vetro che si chiudeva nell'ufficio esterno, Robin disse con un filo di voce: «È terribile, non credi?»

«Poteva andare meglio» ammise Strike.

«Penso che si ameranno per sempre e che non potrà mai portare a niente».

Nel tentativo di dissimulare la profonda tristezza che le parole di Robin gli avevano appena provocato, Strike disse: « Ti va un caffè? »

Robin controllò l'orologio del telefono. Aveva ancora un'ora abbondante prima di dover essere al Ritz. Ogni volta che ci pensava, avvertiva un fremito di panico allo stomaco.

« Sì, volentieri » disse, felice di avere ancora un momento per pensare solo al lavoro, o almeno per provarci.

Pat era ancora al computer nell'ufficio esterno. Quando c'era un cliente, si fermava sempre per preparare il tè o il caffè, anche se, come oggi, significava restare oltre le cinque.

« Sei libera di andare » le ricordò Strike, accendendo il bollitore.

« Voglio finire queste fatture, già che ho cominciato » bofonchiò la segretaria, con la sigaretta elettronica che penzolava dalla bocca mentre continuava a battere sulla tastiera. « Non mi va di pensarci lunedì ».

« Hai trovato un rimpiazzo per Travolta » disse Robin, notando che nell'acquario c'era un nuovo ospite, questa volta a chiazze bianche, nere e arancioni.

« Sì » rispose bruscamente Pat. « Con due soltanto sembrava troppo vuoto ».

« Questo come si chiama? »

« Elton » rispose Pat, e Robin rise.

Quando i due investigatori furono tornati nell'ufficio dei soci con il caffè, Robin disse: « Non ti ho ancora chiesto come va l'orecchio ».

« A quanto pare si sta riattaccando alla testa » disse Strike, « ed è un bene, perché sembrerei proprio un coglione, se provassi a mettermi gli occhiali da sole senza ».

« Ti fa ancora male? »

« No » rispose Strike, senza sapere di preciso perché stesse mentendo, anche se sospettava di non aver ancora perso l'abitudine di voler apparire in forma e fisicamente perfetto quanto Murphy. « Un caso pieno di amanti sfortunati, non pensi? » disse, provando a spostare la conversazione dal suo decadimento fisico.

« È vero » concordò Robin. « Rupert e Decima. I Semple. Pamela Bullen-Driscoll e suo marito... »

Strike ridacchiò, poi tornando serio disse: «E Tyler e Jolanda... è quel braccialetto del cavolo che li ha fregati. Griffiths forse sospettava che Jolanda si stesse legando troppo a Tyler, ma il braccialetto è stato il loro grande errore».

Robin pensò per l'ennesima volta al braccialetto con i portafortuna in argento nascosto a casa, nella borsetta da sera.

«Non riesco a sopportare l'idea di Tyler che arriva a Londra, fa di tutto per assumere una nuova identità» disse Robin, «supera il colloquio al Ramsay Silver, convinto di stare preparando una casa per Jolanda... e si chiede se valga la pena unirsi alla massoneria, per protezione...»

«Sì» disse Strike, «lo so».

Come per Robin, anche per Strike il caso del caveau era stato uno dei meno divertenti di sempre. Naturalmente era una soddisfazione sapere che Griffiths e i suoi compari stupratori e trafficanti erano stati tratti in custodia; in teoria, era motivo di orgoglio avere scoperto dove fosse o che fine avesse fatto ciascuno dei cinque possibili William Wright, ma, ripensando agli ultimi mesi, avvertiva soprattutto un amaro rimpianto e una serie infinita di autorecriminazioni, che non avevano nulla a che fare con il caso e tutto a che vedere con Robin.

«Ora devo proprio andare» disse lei controvoglia quando ebbe finito il caffè.

Strike l'accompagnò nell'ufficio esterno, dove Pat si stava infilando il cappotto, avendo evidentemente concluso le sue fatture.

«Passate un buon weekend» disse con tono scontroso.

«Anche tu, Pat» rispose Robin. «Grazie per esserti fermata».

Quando la porta si chiuse alle spalle della segretaria, Strike indicò il vestito di Robin.

«Vai in qualche bel posto?»

«Sì» rispose lei senza guardarlo. «È il compleanno di Ryan. Andiamo al Ritz... il ristorante» si affrettò ad aggiungere, nel tentativo di distogliere il pensiero di entrambi dal bar. «Bene, ci vediamo lunedì».

La porta di vetro si aprì e si richiuse, e Robin era sparita.

Strike avvertì una scarica istantanea di adrenalina. Era come se fosse di nuovo sulla strada di terra gialla, consapevole di quello che stava per accadere, perché aveva notato il ragazzo che, dopo aver piazzato l'ordigno, si allontanava di corsa dalla strada, trascinando con sé un bambino per metterlo al riparo dall'imminente esplosione. Aveva urlato 'Frena!', troppo tardi però per evitare il disastro.

Quasi sicuramente anche adesso era troppo tardi. Ciononostante spalancò la porta di vetro.

127

Non una crepa di avvertimento, non un sottile zampillo o fiotto dalla verde immensità sull'altro lato. Solo un collasso universale, un acme caotico, cominciato e terminato nel medesimo istante, quando il guscio della camera, non più sostenuto dalla bolla d'aria, si dissolse sotto l'irresistibile pressione del mare.

John Oxenham
A Maid of the Silver Sea

I tacchi di Robin facevano un tale baccano sulle scale in metallo che non si accorse che il suo socio l'aveva seguita finché non lo sentì chiamare il suo nome. Voltandosi, lo vide sopra di sé sullo squallido pianerottolo. Con sua sorpresa, Strike non disse nulla, ma si limitò a guardarla.

«Che cosa c'è?» chiese Robin.

Strike scese un paio di gradini.

«Non commettere due volte lo stesso errore».

«Cosa?» fece Robin confusa.

«Solo perché Murphy ti è stato vicino quando... hai capito... non gli devi nulla».

Robin continuò a fissarlo, senza provare altro che puro stupore. Poi, d'un tratto, ebbe l'illuminazione.

«Lo *sai*?»

«Che cosa?» fece Strike.

«Che Ryan vuole chiedermi di sposarlo».

«Lo sai anche *tu*?» disse lui, scendendo un altro gradino e provando a decifrare l'espressione di Robin.

«Come...?»

«L'ha detto a Iverson. Lei l'ha riferito a Wardle».

Robin avvertì un intenso e inspiegabile bisogno di piangere. Odiava l'idea che qualcuno, e Strike più di tutti, sapesse dell'imminente proposta; le metteva addosso una pressione insopportabile, adesso che le restava meno di un'ora per decidere cosa diavolo dire quando Murphy avrebbe tirato fuori dalla tasca la custodia dell'anello.

«Devo andare» disse, voltandosi per allontanarsi.

«Robin».

«Cosa?» chiese di nuovo.

«Devi... c'è una cosa che voglio dirti».

Strike scese ancora, e ora li speravano solo due gradini, e il sangue gli rombava nelle orecchie, proprio come la mattina in cui aveva scoperto che Charlotte era morta. Passarono i secondi finché, con fare quasi aggressivo, le disse: «Sono innamorato di te».

Robin non si mosse e non fiatò, ma da qualche parte dentro di lei sentì un'eruzione fredda, e non avrebbe saputo dire se fosse lo choc, il piacere o il dolore, e non le venne in mente nulla da rispondere se non chiedere per la quarta volta: «Cosa?»

«Sono innamorato di te» ripeté Strike.

L'espressione di Robin era completamente vacua, la faccia era un po' più pallida del solito ma indecifrabile. Il silenzio si prolungò, e Robin continuò a fissarlo. Non riusciva a credere alle proprie orecchie, ma la conclusione a cui era giunta nel corso degli ultimi, tormentosi mesi finalmente la spinse a dire, con voce tagliente: «So perfettamente cosa stai facendo». Le ci volle ogni briciolo di autocontrollo per non crollare. «Hai paura che lascerei l'agenzia se dovessi sposare...»

«Stronzate, non è questo...»

«Allora perché dirmelo stasera? Perché credi che stai per perdermi» fece lei prima che Strike potesse rispondere. «Be', non devi preoccuparti. Non andrò da nessuna...»

«Non c'entra l'agenzia. Non è questo» insistette lui prima che lei potesse contraddirlo. «La lascio *io* questa cazzo di agenzia prima che lo faccia tu. Sono mesi che cerco di trovare il momento giusto. Non era questo che avevo in mente» disse indicando lo squallido pianerottolo. «Volevo dirtelo nel Lake District, e poi a Sark...»

«Non ti credo» disse Robin a fatica, perché le pareva che le si fosse gonfiata la gola. Non sapeva se per rabbia – nei confronti di Strike, di se stessa, di Murphy – o per il dolore terribile che le torceva il cuore. «Se tu sinceramente... se è tutto vero... Devo andare» ripeté, e iniziò a correre giù per le scale, piantando in asso Strike.

Lui ascoltò i suoi passi e si domandò se fosse il caso di seguirla, ed era ancora lì, indeciso sul da farsi, quando sentì che lei stava risalendo le scale, e quando la vide svoltare l'angolo era rossa in volto e arrabbiata, ma Strike, convinto che una donna che non provasse per lui null'altro che un sentimento di amicizia avrebbe già sbattuto il portone, d'un tratto sentì rinascere la speranza.

«Hai avuto un sacco di tempo» disse Robin, tremando dalla rabbia. «*Anni.* Ero single. Ero libera. Ogni volta che ci siamo... avvicinati anche solo di un millimetro... mi hai spinta via e sei andato a scoparti qualcun'altra».

«Non di recente» fece Strike.

«No, perché ora che sto con Ryan farti avanti non ti sembra così pericoloso!»

«Pensi che abbia cazzeggiato per divertirmi, vero?»

«Forse» disse Robin, e lacrime di furia le illuminarono gli occhi. «Dirmi che *Charlotte* pensava che fossi innamorato di me... Come avrei dovuto rispondere? Stavi provando a decidere cosa volevi... hai avuto *anni*» continuò alzando la voce «e non hai detto *niente*!»

«Avevo paura di rovinare le cose, di rovinare tutto...»

«L'agenzia, è sempre...»

«Non era solo l'agenzia, era tutto questo, *noi*, la nostra amicizia».

«Bene, sono comunque tua amica, quindi non devi...»

«Non voglio essere il tuo cazzo di amico» disse Strike, alzando anche lui la voce, «è quello che sto provando a dirti, porca puttana. Sono innamorato di te. Se ne accorge chiunque, perché tu no?»

«E ti aspetti che butti via una relazione di due anni per diventare l'ennesima donna di cui ti stancherai dopo un paio di mesi, è così?» disse Robin, e la sua voce riecheggiò nella tromba delle scale.

«Sono passati sette anni e non mi sono mai annoiato. Pensi che te l'avrei detto se volessi solo scopare? Non ti sto chiedendo di tradire Murphy, non voglio un'avventura. Voglio stare con te. Sempre. Sposami».

Strike non si aspettava di sentirsi pronunciare quelle parole. Robin eruppe in quella che somigliava a una via di mezzo tra una risata e un sussulto.

«Tu sei... tu sei pazzo» disse, intontita dallo choc. «Sei letteralmente... Hai perso la testa. Non ci siamo mai nemmeno...»

«Rimediamo subito».

Strike scese gli ultimi gradini, le mise le mani sulle braccia e l'attirò a sé, ma lei gli puntò il pugno contro il petto e lo spinse via.

«No!» disse, tremando al contatto, e arrabbiandosi con se stessa per quella reazione. «Non sono quel tipo di persona... Non farò a Ryan quello che Matthew ha fatto a me!»

«Dovevo dirtelo» disse Strike. «Dovevi saperlo».

Robin si sforzò di trovare qualcosa da ribattere ma non ci riuscì. Infine si voltò e corse via, con i tacchi che ticchettavano contro il metallo, e questa volta Strike sentì che raggiunse l'ingresso, quindi udì il rumore del portone che si apriva e poi sbatteva alle sue spalle.

Per un minuto intero rimase dov'era, sperando che si riaprisse, ma non successe.

Cazzo.

Si voltò e, aggrappandosi al corrimano, risalì le scale verso il secondo piano, ma poi si bloccò di colpo. Sul pianerottolo c'era Pat.

«Dovevo andare in bagno» disse lei sulla difensiva.

Se Strike si chiese se la sua voce e quella di Robin fossero filtrate oltre la porta del bagno, non dovette attendere a lungo la risposta.

«Non preoccuparti» gracchiò Pat. «Terrò la bocca chiusa».

Incapace di trovare qualcosa da dire, Strike passò oltre, entrò nell'ufficio e si lasciò cadere sulla sedia di Pat. Pochi secondi dopo si accorse di non essere solo e alzò lo sguardo. Pat l'aveva seguito.

«Certo, quel Murphy è proprio bello» disse, con la sua voce roca da baritono.

«Grazie, avevo proprio bisogno di sentirmelo dire» replicò Strike risentito.

«Ma ultimamente non mi è sembrata felice. A casa, intendo».

Strike non disse nulla.

«Non ci si fa avanti così, urlando a una donna sulle scale, solo perché il suo ragazzo sta per farle la proposta» osservò Pat.

«Non era mia intenzione... Mi è venuto e basta».

«Be', a *lei* questo non dirlo» disse Pat con tono tagliente. «Ci manca solo che tu faccia marcia indietro».

Strike emise un basso lamento e si prese la testa fra le mani. Se l'avesse guardata, avrebbe notato che la faccia scimmiesca di Pat si era leggermente addolcita.

«Non puoi aspettarti che ricambi già stasera, no?»

«Perché no?»

«Per essere uno intelligente, sei davvero tonto» disse Pat, esasperata. «Cosa dovrebbe fare, col suo uomo che l'aspetta dietro l'angolo con un anello in tasca? Comunque, non l'hai trattata benissimo, non credi?»

«In che senso...?»

«Hai aspettato che un altro volesse sposarla prima di dirle qualcosa. È ovvio che pensi che tu voglia impedirle di andarsene».

«Non era questo il mio piano».

«Allora ti serve un nuovo piano, no?» disse Pat con tono energico. «Ora devo andare. Aspetto gente per la partita di bridge».

Si voltò e uscì, chiudendosi la porta alle spalle. Strike rimase a fissare il pannello di vetro, su cui era incisa la scritta 'Agenzia Investigativa Strike ed Ellacott'.

Non fu come risvegliarsi in ospedale senza mezza gamba, né come scoprire che Charlotte si era uccisa. Questa volta non era una semplice vittima del destino: era stato lui a scatenare volontariamente quel sommovimento tellurico, potenzialmente catastrofico. Fissando la porta, gli venne in mente che, pur essendosi sempre considerato padrone del suo destino, era stato abilissimo a incassare i colpi che gli erano stati sferrati. Solo tre volte in tutta la vita aveva preso consapevolmente, senza che nessuno lo obbligasse, una decisione rivoluzionaria la cui responsabilità non poteva scaricare su niente e nessun altro.

La prima volta, da studente a Oxford, aveva attraversato una stanza affollata, ubriaco e convinto di ricevere un rifiuto, per parlare con la donna più bella che avesse mai visto. La seconda, aveva avviato l'agenzia investigativa, sfidando l'umiliazione e la rovina finanziaria. Questa sera era la terza. Finalmente, e forse troppo tardi, aveva trovato qualcosa che desiderava di più della solitudine e della sicurezza, e ora immaginava di non poter far altro che aspettare di scoprire se anche Robin Ellacott avrebbe deciso di volere la stessa cosa.

Il telefono sulla scrivania davanti a lui iniziò a squillare. Strike lasciò partire la segreteria telefonica. Mentre sfilava la vape-pen dalla tasca, scorse un movimento con la coda dell'occhio. Il pesce nero chiamato Cormoran stava di nuovo annaspando disperatamente a pelo d'acqua.

«Stupido coglione» sbottò. «Te la sei andata a cercare».

Il telefono smise di squillare. Strike rimase in silenzio per un altro minuto, a svapare, poi si diede una spinta e si alzò in piedi, con l'orecchio e il ginocchio che pulsavano di dolore. In mancanza di altro da fare per migliorare la sua situazione, salì in mansarda per recuperare la vaschetta di margarina vuota e qualche pisello.

RINGRAZIAMENTI

Un enorme grazie, come sempre, al mio incomparabile editor David Shelley. Non mi viene in mente nessuno con cui preferirei lavorare ai libri di Strike.

Nithya Rae ha, di nuovo, fatto un eccezionale lavoro di correzione delle bozze, per cui sono immensamente grata.

Più gratitudine di quanta sia possibile esprimere a parole va a Séan e Nadine Harris, che hanno aperto certe porte, mi hanno offerto il pranzo alla Swan Taphouse e mi hanno fornito cibo, comfort e ospitalità di un livello che per lo più si trova solo negli hotel a cinque stelle.

Come sempre, grazie infinite al mio agente, Neil Blair, per l'instancabile lavoro che fa per me; agli insostituibili Nicky Stonehill, Rebecca Salt e Mark Hutchinson, coloro che mi aiutano a restare sana di mente, e a Di Brooks, Simon Brown, Danny Cameron, Angela Milne, Ross Milne, Fiona Shapcott e Kaisa Tiensuu, il cui duro lavoro e la cui efficienza permettono alla mia vita reale di scorrere senza intoppi quando mi perdo in qualche mondo immaginario.

Per concludere, grazie a Neil, Der, David e Kenzie: senza di voi, nulla avrebbe importanza.

Crediti

'Silver Bells' (p. 134) dal film della Paramount Picture *The Lemon Drop Kid* (*Il ratto delle zitelle*). Parole e musica di Jay Livingston e Ray Evans. © 1950 (rinnovato), Sony Music Publishing (US) LLC. Tutti i diritti amministrati da Sony Music Publishing (US) LLC, 424 Church Street, Suite 1200, Nashville, TN37219. International Copyright Secured. Tutti i diritti riservati. Pubblicato con il permesso di Hal Leonard Europe Ltd.

'Have Yourself a Merry Little Christmas' (p. 160) da *Meet me in St. Louis* (*Incontriamoci a Saint Louis*). Parole e musica di Hugh Martin e Ralph Blane. Copyright © 1944 EMI Feist Catalog Incorporated, USA. Tutti i diritti amministrati da EMI United Partnership Limited. International Copyright Secured. Tutti i diritti riservati. Pubblicato con il permesso di Hal Leonard Europe Ltd.

'Have Yourself a Merry Little Christmas' (p. 160) Parole e musica di Ralph Blane & Hugh Martin © 1943. Pubblicata con il permesso di EMI Feist Catalog Inc./Sony Music Publishing Ltd, Londra N1C 4DJ.

'Not Tonight Santa' (p. 394) Parole e musica di Brian Higgins, Shawn Mahan, Nicholas Coler, Lisa Cowling & Miranda Cooper. © 2005 pubblicata da Hipgnosis Songs Fund Limited, diritti amministrati da Peermusic (UK) Ltd.

Per l'edizione italiana

Indice

GRAFICA VENETA
GV CARBON NEUTRAL

Fabbricato da Grafica Veneta S.p.A.
con un processo di stampa e rilegatura certificato 100% carbon neutral
in accordo con PAS 2060 BSI

Certificato PEFC
Questo prodotto è realizzato con materia prima da foreste gestite in maniera sostenibile e da fonti controllate
PEFC
PEFC/18-31-226
www.pefc.it

Fotocomposizione Editype S.r.l.
Agrate Brianza (MB)

Finito di stampare
nel mese di novembre 2025
per conto della Adriano Salani Editore s.u.r.l.
da Grafica Veneta S.p.A. di Trebaseleghe (PD)
Printed in Italy